NOUVELLES COMPLÈTES

MARCEL AYMÉ

NOUVELLES COMPLÈTES

NOUVELLES

ET

CONTES ILLUSTRÉS

D'APRÈS LES ALBUMS ORIGINAUX

PAR NATHAN ALTMAN, MADELEINE PARRY

ET NATHALIE PARAIN

QUARTO
GALLIMARD

AVERTISSEMENT

Tous les contes et nouvelles de Marcel Aymé ont été réunis ici suivant l'ordre chronologique de publication, qui correspond de près à celui de l'écriture, tout en conservant la composition des recueils constitués par Marcel Aymé depuis *Le Puits aux images* (1932) jusqu'à *En arrière* (1950). Dès qu'une nouvelle était terminée, Marcel Aymé la publiait. Rétrospectivement, il semble qu'il ait été assez indifférent au support. On le voit publier aussi bien dans la presse de droite, d'extrême droite et de gauche. La première nouvelle, « Et le monde continua », date de 1927 ; la dernière, « La Fabrique », de 1967. Nous y avons ajouté les nouvelles publiées hors recueils ainsi que les nouvelles posthumes (publiées dans les trois volumes d'*Œuvres romanesques complètes* de la « Bibliothèque de la Pléiade », 1989, 1998, 2001).

Toutes les fictions brèves de Marcel Aymé permettent au lecteur de découvrir, chez lui, la puissance et la variété de cette veine. Il s'est peu expliqué au sujet de ses histoires. Si l'on trouve quelques remarques, en particulier dans la correspondance échangée avec son frère Georges, ce sont seulement des allusions, faites généralement pour exprimer son inquiétude devant le beau sujet « qu'il tient » et qu'il risque de gâcher.

Quant aux *Contes du chat perché*, publiés en albums illustrés entre 1934 et 1946, ils paraissent dans les mêmes journaux que les autres nouvelles. Ils n'étaient donc pas, à l'origine, spécialement destinés aux enfants.

LES ÉDITIONS DES *CONTES DU CHAT PERCHÉ*

Plusieurs catégories d'éditions sont à distinguer :
• les prépublications dans des revues, de 1932 à 1967, indiquées dans la présente édition en note de bas de page.
• les éditions originales en albums illustrés par Nathan Altman, Madeleine Parry et Nathalie Parain, de 1934 à 1946, qui guident ici l'ordre de présentation des 17 contes et dont nous reprenons la plupart des illustrations parues dans ces albums.
• les rééditions en recueils : *Les Contes du chat perché*, 1949, et *Les Autres Contes du chat perché*, 1950, illustrés tous les deux par Nathalie Parain, et *Les Derniers Contes du chat perché*, 1958, illustrés par Lesly Queneau ; *Les Contes rouges du chat perché* et *Les Contes bleus du chat perché*, 1963, illustrés par Palayer.
• les rééditions de la collection « Blanche », qui publie les neuf premiers contes en 1939, puis, après de nombreuses réimpressions, propose en 1964 la première édition complète des 17 *Contes du chat perché*.

Le premier recueil de quatre contes, de 1934, est reproduit ici avec toutes les illustrations de Nathan Altman qui l'accompagnaient dans l'édition originale. Artiste originaire de Vinittsa en Ukraine, à la fois peintre, sculpteur, graphiste, Nathan Altman (1889-1970) a laissé une œuvre importante. On y trouve aussi bien des portraits de Lénine au crayon que de nombreuses peintures inspirées par l'histoire juive, des portraits nettement cubistes dont le plus célèbre est celui de la poétesse Anna Akhmatova à Saint-Pétersbourg (1914). Après avoir été critiqué par le régime pour avoir tenté d'identifier l'art du prolétariat au futurisme, Altman se voit confier les décors gigantesques du premier anniversaire de la Révolution, pour lesquels il utilise des formes géométriques. À partir des années 1920, il fait partie du mouvement artistique qui se développe à Moscou où il exécute des décors pour le théâtre juif Kamerny et il expose avec Chagall et Chterenberg. Il fait un long séjour à Paris entre 1928 et 1935. C'est André Schiffrin, responsable de la littérature pour enfants chez Gallimard, qui lui commande alors les illustrations du premier recueil des *Contes*. Altman est également connu pour avoir réalisé de nombreuses couvertures de livres et pour son talent d'illustrateur. De retour à Leningrad, il continuera à illustrer des livres et à peindre des décors de théâtre et de cinéma. Altman illustrera encore deux albums en 1935: «Le Mauvais Jars» et «L'Éléphant».

Madeleine Parry se voit confier l'illustration de deux albums: «La Buse et le Cochon» en 1936, «L'Âne et le Cheval» en 1937. Épouse du photographe Roger Parry, collaborateur de la *NRF*, elle continue à donner des illustrations à Gallimard pour le livre de Marie-Claire, *Les Bêtes et leurs petits*, publié en 1938 dans la collection «Albums du Gai Savoir», et pour le livre d'Henri Bosco, *L'Enfant et la rivière*, en 1960.

La rencontre entre Marcel Aymé et Nathalie Parain est réellement décisive. Il trouve dans cette Russe, née à Kiev en 1897 et qui a fait les Beaux-Arts à Moscou, l'interprète dont il rêve pour les *Contes*. «Je n'écris plus un conte du Chat perché sans penser à vos dessins, si bien que vous êtes maintenant responsable du texte et des illustrations», lui écrit-il en lui envoyant un nouveau récit, «avec l'espoir que vous voudrez bien vous en charger». En 1930, après avoir rencontré Paul Faucher, elle crée les premiers albums du Père Castor. Ses travaux sont directement influencés par les constructivistes russes, particulièrement par Malévitch. À partir de 1937, Nathalie Parain recrée en images le monde de Delphine et Marinette tel que Marcel Aymé l'imagine lui-même. Les deux petites filles, les parents, le chat, la ferme ont une existence propre qui s'affirme au fil des albums. Sa source d'inspiration en est le plus souvent Verdelot, le village natal de Brice Parain qu'elle a épousé en 1926, alors qu'il était le secrétaire de Gaston Gallimard. En 1944, le prix du centenaire de l'Académie des beaux-arts de Paris lui est décerné pour l'ensemble des illustrations des *Contes du chat perché*. Elle poursuivra son activité en illustrant les fables de La Fontaine pour Hazan et les prières de Charles Péguy pour Gallimard.

1 9 2 7 - 1 9 3 0

ET LE MONDE CONTINUA

*L*es Temps étaient révolus. Les anges de lumière qui servent Dieu, les anges de la nuit qui servent l'Ennemi pressaient les âmes revêtues de chair vers la vallée de Josaphat où dominait la Croix de Jésus. Des confins des Enfers déferlaient d'immenses cohortes dans la lumière ardente du soleil qui avait suspendu sa course et les hommes de la Terre, surpris par la trompette de l'archange, s'acheminaient, vivants et lourds encore de leur misère, au lieu du jugement dernier. Lorsque toutes les âmes furent assemblées au pied du Tribunal, le Père apparut sur un nuage de lumière et le Fils était à sa droite. Aussitôt les violes invisibles préludèrent aux chœurs des anges qui chantaient la gloire de Dieu dans le silence du monde agonisant. Et les âmes des damnés, et les âmes des hommes de la Terre, qui n'avaient jamais ouï la musique céleste, maudissaient ces hymnes à la règle et à l'unité en regrettant la douceur d'un chant d'oiseau dans les plaines où nulle moisson ne lèverait plus.

Au Tribunal suprême avaient pris place le Père et le Fils et le signe de la Croix était sur eux. Mais, tandis que s'affligeaient les âmes, le Prince des Ténèbres s'avança vers le trône radieux. Sous son front grave, refuge des désirs du monde, son regard n'avait pas de haine. Dieu le Père étendit la main et dit à Satan :

« Prince de la Nuit, le jour est venu que toute discorde est vaine entre nous, car nous n'avons plus rien à nous disputer. Je règne absolument sur le Ciel comme tu règnes absolument sur l'Enfer et il n'est plus de chemin entre nos deux royaumes puisque le monde est à sa fin. Que nos dernières paroles soient de paix et puisse ton règne être juste derrière les portes de l'Enfer à jamais fermées sur le néant. »

Cependant, le Fils écoutait en silence et son visage, penché sur la foule des âmes, était triste comme au jour qu'il souffrit d'angoisse sur la montagne des Oliviers.

Nouvelle écrite en janvier 1927. Première publication dans les Cahiers Marcel Aymé, *n°3, 1984 ; reprise dans le recueil posthume* La Fille du shérif, *Gallimard, 1987.*

Satan, la tête haute, fixait Dieu dans son éblouissante majesté : «Crois-tu donc, dit-il, que je me satisfasse de commander des immortels ? Et se peut-il que toi-même tu te complaises dans une perfection que nie ta volonté ? Jéhovah, tes œuvres seront marquées de la faiblesse qui t'obligea de composer avec moi au commencement des Temps, car tu ne sais pas la science des harmonies. Ta perfection est dans l'immuable et, pour la réaliser, il te faut détruire, car la diversité t'embarrasse et tes œuvres ne sauraient participer que d'une essence – la tienne. Ton paradis sera ce qu'il a été, la perfection dans une seule dimension, et, rivé à ton ennui, tu te souviendras du monde où tu courbais les destinées, où tu commandais, jaloux de ta toute-puissance. Es-tu donc las déjà de la félicité ? Quand tu mis l'homme sur la terre, rien ne le distinguait des animaux que la noblesse de son corps et tu m'appelas pour l'enseigner. Je lui appris la souffrance, l'amour et la mort ; je lui appris la beauté. Pour prix de mes travaux, je ne demandais rien que soustraire des âmes à ta discipline et, âprement, tu me les disputais. Les louanges, les actions de grâce montaient vers toi et les hommes maudissaient mon nom. On t'appelait le Maître, le Seigneur. Moi, j'étais l'ange du mal. Et aujourd'hui, croyant t'accomplir, tu abdiques, en séparant nos deux royaumes tu t'avoues mon égal. Jéhovah, tu me hais comme je te méprise, mais nous ne pouvons construire l'un sans l'autre, car il n'est d'équilibre que par la lutte. C'est pourquoi je viens à toi et je te dis : continuons le monde !»

Mais Dieu le Père, transporté d'une immense colère, s'écria : «Va-t'en !» Sa voix était large comme le tonnerre, son front était fulgurant. Et Satan paraissait plus beau encore.

Dans la vallée, troublées par les accents de la colère divine, les âmes craignaient.

Alors le Fils se leva et tendit ses mains trouées. À ses pieds, des gouttes de sang tachèrent la nuée blanche et il parla au Père :

«Seigneur, Seigneur, ne renvoie pas celui-là, il m'a fait mourir pour assurer ta gloire chez les hommes et, maintenant, lui seul peut empêcher que je meure une deuxième fois. Seigneur, je suis l'espoir des hommes, toute ma vie est dans les âmes en peine du Ciel, dans les âmes qui souffrent par les maléfices du Démon. Et tu te sépares de Satan, ô mon Dieu, tu anéantis le monde et moi je n'ai point de place au paradis où l'on n'espère plus. Voué à la mort définitive, je vais me résoudre en toi, rejoindre le néant, les œuvres que tu as reniées. Et je suis ton Fils, Seigneur ! Tout à l'heure que ta justice aura prononcé sur la dernière âme où l'espoir aura frémi, n'aurais-je pas le droit, dans mon agonie, de te répéter : *"Eloi, lamma sabach-tani."* Seigneur, entre ta colère et moi il faut choisir : si tu aimes ton fils, ne repousse pas l'offre de Satan…»

Vaincu, le Père courba son front irrité :

«Que les hommes de la Terre regagnent leurs cités et leurs labours. Le monde continue.»

Le Soleil rouge descendait à l'occident et, dans la vallée déserte où Dieu rêvait à des vengeances, grandissait l'ombre de la Croix.

L'ŒIL

Meunier gagnait sa vie paisible chez les Frères Bois et Cie, des pâtes dentifrices. Les Frères Bois étaient bons pour lui. Il travaillait dans un bureau encombré de dossiers, avec quatre collègues. L'un d'eux était Baumel. Il y avait deux dactylographes : Blanche Louis et une autre qui n'eut jamais d'importance avant sa majorité. Il arriva que Blanche Louis, après avoir promis sa main à Baumel, la promit à Meunier et les commandes continuèrent d'affluer chez les Frères Bois et Cie.

Un dimanche après-midi, Blanche Louis eut un peu de génie et Meunier sortit de chez elle assez troublé, car il lui manquait un peu de peau sur le nez et un œil. De trois balles de revolver égarées par une passion honnête, la première lui déchaussait le cristallin et l'autre éraflait des cartilages secondaires. Pour la troisième, elle était déjà un regret ; elle s'en allait fracasser un sujet de pendule en plâtre colorié. Il restait à Meunier un œil intact qui lui fut très utile pour se diriger dans le vestibule. Sa fiancée se tordait les bras et suppliait qu'il oubliât le passé. Meunier ne répondait pas, descendant l'escalier par deux ou trois marches à la fois. C'était un homme pondéré, il croyait que lorsqu'on a un trou dans la tête, il y a tout intérêt à le faire boucher. La concierge de sa fiancée le conduisit à un agent, l'agent le confia à un chauffeur en donnant l'adresse d'un hôpital. Meunier avait un tampon de mouchoirs sur sa blessure et geignait. Avant de s'évanouir, il dit à l'agent :

«Blanche Louis, au numéro 9, quatrième étage. C'est elle qui a tiré.»

À l'hôpital, il fut bien soigné. Le médecin fouilla la plaie, nettoya l'orbite et, après le temps convenable, y mit un œil de verre de couleur agréable : le bleu en était plus profond qu'à l'œil épargné. Cet œil de verre avait l'inconvénient de n'être pas mobile. Parfois, Meuniet pensait sans noblesse : alors il avait le regard oblique, mais d'un œil ; l'autre restait fixe.

Première publication dans Candide, *19 décembre 1929 ; reprise dans le recueil posthume* La Fille du shérif, *Gallimard, 1987.*

Sa guérison fut très longue, mais, à l'hôpital, les visites ne lui manquaient pas ; de ses parents, des camarades de bureau et même d'amis qu'il n'avait jamais vus. En général, on s'accordait à dire qu'il avait eu de la chance, car au lieu d'être borgne, il aurait aussi bien pu être aveugle. Meunier en convenait, mais avec certaine réticence qu'il ne formulait pas. Pour la conduite de Blanche Louis, on le désignait comme il fallait : elle était d'une fille impure qui méritait les pires sévérités. Et chacun, en humant le parfum délétère des iniquités, concluait avec une volupté trouble :

«Elle mérite le bagne, mais vous verrez qu'elle sera acquittée parce qu'elle est pucelle.»

Meunier hochait la tête et ne savait quoi répondre. Il avait un peu moins de méchanceté qu'il n'est habituel. D'autre part, il pensait qu'un œil est un œil.

Son camarade le plus attentif était Baumel, parce qu'ils s'asseyaient au même bureau depuis cinq ans, l'un face à l'autre. On disait de Baumel qu'il était un brave garçon, sur cela qu'il avait toujours des cravates fraîches et l'estime de ses patrons, les Frères Bois et Cie. Il avait une manie qui était de répéter à chaque instant :

«Moi, je suis un homme très entier.»

Baumel n'expliquait pas s'il fallait l'entendre comme d'un cheval ou si le sens en allait d'une autre conception arithmétique des harmonies intimes, mais il s'appliquait à rejoindre cette proposition dans ses moindres jugements, dans ses moindres conseils.

Le premier samedi après le drame, la semaine était anglaise chez les Frères Bois, Baumel vint à l'hôpital. Ce fut un jour important dans la vie de Meunier.

«Ça ne peut pas se passer comme ça, dit Baumel après trois banalités. Voilà une fille qui aura éclaboussé les murs avec ton œil, qui t'aura mis à deux doigts de mourir et aura brisé ta carrière.»

Meunier voulut dire quelque chose, sa tête boursouflée de pansements fit gauche et droite sur l'oreiller, mais Baumel était très entier.

«Je dis briser ta carrière, oui. Avec un œil, tu ne seras jamais chef de bureau. Je connais peut-être les Frères Bois, et je dirai même que je les approuve : un œil, c'est le bras droit d'un homme d'affaires.»

Meunier fut très impressionné, son œil sain devint rêveur. Et Baumel :

«Tu obtiendras des dommages-intérêts, mais combien ? De quoi mettre un louis sur le grand prix tous les ans, si tu les obtiens. Ah ! elle t'a bien arrangé. Et dire qu'elle sera acquittée, parce qu'elle passera à travers, c'est sûr…»

Ce jour-là, Baumel en avait assez dit pour que Meunier fît un peu de température. La semaine suivante, Baumel vint trois fois à l'hôpital. La première fois, il prononça : « Mon pauvre vieux, je ne peux pas te dire comme tu me fais pitié. Ah! voir un homme dans cet état-là. À ta place, je ne sais ce que je ferais. Je crois que je l'esquinterais. Je voudrais lui rendre ce qu'elle m'a fait, tiens, œil pour œil... » Il dit cela et d'autres choses. Et sa méchanceté était désintéressée, elle fumait vers le diable. À chacune de ses visites, il dénonçait la cruauté d'une jeune fille assez perverse, lâche, malfaisante, pour mutiler un homme doux et bon travailleur. Si bien que l'œil unique de Meunier finit par étinceler à chaque instant.

Un dimanche, Baumel eut de la surprise. Meunier était assis dans un fauteuil, la tête libre de bandages, des parents tout autour de lui. Ses pommettes étaient roses, c'était un peu de joie.

« Tu vois, dit-il, j'ai retrouvé mon œil. »

La famille était dans une gravité attendrie. Elle tenait des parapluies. Autour des autres lits, il y avait aussi des parapluies tenus par des familles. Le plus souvent, la famille était une personne qui n'était pas riche et certains lits n'avaient pas de parapluie du tout ; c'étaient des lits de pauvres, et ils auraient bien voulu avoir des parapluies, ces pauvres, au moins un, rien qu'un, pour ne pas s'en aller au cimetière comme des carnes. Il y avait, dans cette salle d'hôpital, cent personnes ou deux cents, et cela faisait un murmure léger, tendre, un murmure de rien du tout. On se confiait tout bas que le fourneau de la cuisine ne tirait pas bien et on regardait en biais si le voisin de lit n'avait pas surpris la confidence. Tous ces gens en visite étaient bons, pour une demi-heure. En entrant, ils avaient beaucoup de savoir-vivre tout d'un coup et leur bonne santé leur donnait de la honte. Il venait là des hommes rudes qui soufflaient le pernod ou rangeaient une chique dans leur poche, et ils faisaient des sourires de vierge en regardant le mal qu'il y avait dans les lits.

« Tu vois, j'ai retrouvé mon œil. »

Meunier essayait de mettre un peu de bonheur en équilibre. C'était difficile, il aurait fallu lui parler doucement, dire par exemple : « Ah! tu sais, on ne croirait jamais que c'est un œil de verre. » C'était à peu près une phrase comme celle-là que la famille attendait de Baumel. À plusieurs reprises, Meunier avait dit avec un peu de fièvre : « Je me demande comment il va me trouver, hein ? »

Il disait cela parce que Baumel avait été fiancé à Blanche Louis, c'était un peu comme si une femme allait prononcer. Et voilà, devant les bons parapluies, Baumel éclata d'un rire obscène où le diable était. Un rire qui ne finissait pas, dans cette salle de misère. Meunier était rouge de confusion.

« Ah ! comme te voilà, hoqueta Baumel. Non, pardonne-moi, mais tu es si changé, si drôle. »

Il suspendit son rire, fit quelques phrases et s'en alla. Dans le couloir, Dieu lui donna un premier avertissement. Comme il franchissait la porte, Baumel bouscula par mégarde un homme râblé qui le botta au verso.

L'heure des visites terminée, une infirmière vint vers Meunier et lui enleva son œil. La plaie était parfaitement cicatrisée, mais il avait encore de violents maux de tête et il fallait l'habituer doucement à porter son œil. La nuit suivante, il ne dormit pas et rêva tout éveillé qu'il arrachait des yeux avec une pince à sucre. Il se dit plusieurs fois que Blanche Louis l'avait privé du meilleur de vivre :

« Qu'est-ce que c'est qu'un œil ? J'aime autant rien. Ce qui est bon va par deux. »

Il eut horreur des nombres impairs, devint hargneux. Lorsqu'il jouait aux dames avec un convalescent, il prétendait, s'il avait cligné de l'œil, que l'adversaire en avait profité pour avancer un pion.

Un soir, il pinça la hanche d'une infirmière et attendit avec anxiété. L'infirmière fixa simplement un regard apitoyé sur son œil creux. Ce fut sa plus mauvaise nuit. Le lendemain, il dit au médecin :

« J'en ai assez, je veux mon œil. Il n'a rien à faire dans le tiroir de l'infirmière.

– C'est bon, vous lui donnerez son œil et vous le marquerez sortant pour samedi prochain. »

Meunier connut alors des jours plus calmes. Un miroir à la main, il s'appliqua des heures entières à composer sa physionomie avec son œil de verre. Dans cette occupation, il fut surpris par un jeune homme élégant, décoré, au parler facile.

« Je suis l'avocat de Mlle Blanche Louis et chargé par ma cliente de vous présenter ses regrets amers du lamentable accident qui vous fit perdre un œil. Je l'eusse fait plus tôt, si je n'avais redouté une émotion qui vînt contrarier votre guérison. Laissez-moi d'ailleurs vous féliciter, car je vous vois comme si rien n'était de cet accident. »

Meunier eut un sourire très aimable qui mit à l'aise l'avocat de Blanche Louis. Le maître plaida comme il eût fait devant les jurés, fit valoir que l'œil crevé n'était rien autre chose que le témoignage durable d'une passion vigoureuse. Il semblait bien que Meunier se rendît à ses arguments ; l'entretien devenait cordial, le jeune avocat tenait dans sa main celle de Meunier et, avec une émotion décente, donnait un couplet élégiaque à la grâce des deux fiancés. Car il prononça le mot de fiancés et Meunier ne protesta point.

Baumel vint le lendemain après-midi et parla de Blanche Louis avec des reproches violents.

Le procès eut lieu la semaine suivante. Meunier fit une déposition généreuse, affirmant qu'il avait été victime d'un accident. Il était, dit-il, si bien assuré de l'innocence de sa fiancée que ses sentiments n'avaient pas varié. Il était prêt à épouser. Blanche Louis tendit les bras vers son fiancé et s'évanouit. Les jurés pleuraient, gagnés par la générosité de la victime à la grâce de l'imprudente jeune fille. Le duel entre l'avocat général et le défenseur fut, de l'avis unanime, un régal littéraire. On y disputa si le drame était cornélien ou racinien. M. l'avocat général tenait pour cornélien. Enfin, la cour prononça le verdict d'acquittement et tout le monde alla prendre un verre. Meunier et Blanche Louis sortirent bras dessus bras dessous.

Dehors, Baumel les attendait avec une gerbe de fleurs qu'il remit à la fiancée en murmurant :

«Je suis bien heureux, c'est un beau jour pour moi.»

Puis, tandis que Meunier se débattait entre les journalistes, il réussit à isoler la jeune fille.

«Blanche, vous ne craignez rien de Meunier? Je lui trouve un regard étrange avec cet œil de verre. Blanche, pourquoi avons-nous rompu nos fiançailles? Je suis inquiet. S'il est vrai que votre charité vous dévoue à Meunier, je veux rester dans votre amitié...»

Et Dieu envoya un deuxième avertissement à Baumel sous des espèces automobiles. Un taxi, gêné dans sa manœuvre, lui corna dans le dos sans qu'il y prît garde. Le chauffeur, irrité, jeta le mot spécifiquement français qui désigne la plus internationale des choses. Baumel n'y prêta pas assez d'attention. À peine se retourna-t-il, tout en prononçant le nom de Blanche. Par hasard, mais providentiel, le chauffeur comprit «mange», descendit de son siège avec une grande colère et lui donna du pied au c...

Baumel n'entendit rien, pour ainsi dire, à peine le coup de gong qu'il prit pour un appel de klaxon ; et une rage mauvaise acheva de pourrir son cœur. Par la suite, il se réjouit d'être méchant, de retrousser la jupe au scandale, et prit l'habitude de voir secrètement la fiancée de Meunier alors que les bans étaient publiés.

Rien n'arrive par hasard, quand la Providence veut bien. Les noces de Blanche Louis avec Meunier eurent un éclat extraordinaire. Devant le porche de l'église, deux autocars attendaient le cortège nuptial pour le conduire à Joinville-le-Pont où était dressée une table de trente-quatre couverts. Il y avait aussi des photographes des grands quotidiens qui voulaient illustrer d'un portrait «le touchant épilogue d'un drame passionnel». Sous le porche de l'église, de grands éclairs de magnésium éblouirent les époux. Blanche ferma les paupières, mais Meunier jeta un regard de côté sur Baumel qui lui parlait dans l'instant.

Le lendemain, tous les journaux reproduisaient, à côté d'une mariée agréable, un buste cravaté de blanc dont un œil fixait le lecteur, et l'autre un article de fond sur les allumettes suédoises ou les destinées d'un empire asiatique.

Ce fut Baumel qui, le premier, apporta aux époux une édition du matin, en se réclamant d'une bonne camaraderie pour forcer leur intimité. Blanche Meunier vit le portrait, rit et puis rougit d'être la femme de cet homme-là. Elle rit encore, les yeux dans les yeux de Baumel qu'elle se prit à regarder comme du matériel neuf. C'était une chose entendue, maintenant.

Meunier était un homme pondéré, qui avait beaucoup d'esprit de suite. Toute la journée, il songea à son œil. Il y songea même le lendemain et encore un très long temps, pendant quoi Blanche le trompa en compagnie de Baumel.

Puis Meunier acheta un revolver très simple et prit l'habitude de regarder sa femme en grinçant des dents, tandis qu'une flamme dansait dans son œil de verre. Comme elle était amoureuse, Blanche n'y fit pas attention.

Le dénouement est banal, mais il prouve Dieu.

Un soir, Meunier partit pour Marseille où il devait défendre les intérêts des Frères Bois et Cie et rentra deux heures après son départ. Dans la chambre à coucher, sa femme feuilletait un livre, debout, et le dos tourné à une fausse tapisserie qui masquait un placard. Elle ricana sous le nez de son mari. Meunier, à tout hasard, étreignait la crosse de son revolver; il ajusta sa femme en clignant de son œil indemne, ce qui revient à dire qu'il visait avec son œil de verre. La détonation fit bouger la fausse tapisserie. Baumel tomba sur le parquet en hurlant et en pleurant du sang, les deux yeux crevés.

Meunier grinçait des dents avec plaisir, il poussait des cris de vieillard allumé.

Puis il ôta son œil de verre, se pencha sur Baumel. Et il lui mit son œil de verre dans la main.

AUGMENTATION

À quarante-cinq ans, le droguiste avait pris le mal d'amour et épousé une vierge fragile. La droguerie était bien achalandée ; Antoine Lesauveur y avait succédé à son père. Le commis, blond et maigre, était de l'espèce dévouée qui ne connaît jamais sa myopie. Un matin, Antoine Lesauveur dit à son commis :

« Vous travaillez consciencieusement, Dominique, je pense à vous augmenter.

– Vous êtes bien bon, monsieur Antoine », répondit Dominique. Et il rougit, parce qu'il croyait que le progrès était en marche. Cela fit plaisir au droguiste qui prit une pleine conscience de sa bonté ; et, comme il se méfiait d'une décision arrêtée sous l'empire d'un sentiment généreux, il différa de préciser les nouveaux appointements du commis. De ses doux yeux myopes fixant le patron, Dominique attendait un chiffre.

« Il faudra que vous veniez dîner un de ces jours avec nous », ajouta Antoine Lesauveur.

C'était la première fois que le droguiste priait son commis à dîner. Bouleversé, Dominique considéra que le monde était harmonieux, promis aux bons travailleurs. Il balbutia une action de grâces et, la mâchoire pendante un peu, attendit une date.

« Nous reparlerons de tout cela », dit Antoine Lesauveur. Dominique craignit d'avoir montré une insistance indiscrète qu'il voulut racheter par une parole pleine de tact :

« Est-ce que la santé de Mme Lesauveur... »

Le droguiste quitta son comptoir avec précaution, à cause de ses pieds goutteux chaussés de pantoufles molles, et fit quelques pas au milieu de la boutique. Sa tête chauve dodelina un peu, il soupira :

« Mon brave Dominique, je suis toujours bien inquiet. Ce n'est pas que Mme Lesauveur soit en danger, mais elle est toujours fatiguée,

---

Première publication dans Candide, *16 octobre 1930 ; reprise dans le recueil posthume* La Fille du shérif, *Gallimard, 1987.*

sans appétit, autant dire sans forces. Elle mange comme un oiseau, voyez-vous, et il lui faut beaucoup de sommeil. C'est une enfant si frêle, si douce ; si...»
Avec sa main droite, il mit au bout de sa pensée un geste tendre comme une caresse d'ange gardien. Ému par une passion aussi délicate, Dominique sentit son cœur frémir d'une tendresse compatissante et chercha une parole qui en donnât témoignage.
Mais le droguiste avait regagné le tiroir-caisse et hargnait sur des écritures. Au bout d'un quart d'heure, il appela Dominique.
«J'ai oublié de descendre le sac de monnaie, dit-il. Montez vite au premier étage, vous le trouverez dans le tiroir du meuble de la salle à manger, au fond du couloir. Surtout, ne faites pas de bruit. Mme Lesauveur dort encore, n'allez pas la réveiller en passant devant la porte de sa chambre. Montez doucement, sur la pointe des pieds.»

Depuis le milieu de la boutique, Dominique s'éloigna sur la pointe des pieds, à la satisfaction d'Antoine Lesauveur qui le suivit du regard jusqu'au fond de la droguerie. Au premier étage, il ouvrit facilement la porte et pénétra dans l'appartement avec de grandes précautions. Il eut quelque inquiétude à constater que la porte de Mme Lesauveur était légèrement entrebâillée. Redoublant d'attention, il gagna le fond du couloir avec la discrétion d'un rat d'hôtel et alla prendre le sac de monnaie dans la salle à manger. Là, il s'accorda une minute de repos et s'amusa de son habileté. Au retour, il allait d'un pas toujours prudent, mais déjà habitué. Et comme il venait de dépasser la porte entrouverte de Mme Lesauveur, Dominique fit un faux pas qui faillit compromettre son équilibre. Sur le parquet, ses talons claquèrent. Redoutant les conséquences de sa maladresse, le commis resta immobile et, d'instinct, tourna la tête vers la porte entrebâillée. Alors, il entendit une voix aux inflexions toutes passionnées, la voix de Mme Lesauveur qui interrogeait avec une langueur d'amour :
«C'est toi, Jules ?»
Dominique ne mesura pas toute la portée d'une pareille question. Il comprit seulement qu'il avait troublé le sommeil de la patronne, la contrariété le rendit perplexe.
Cependant, Mme Antoine Lesauveur, menée par une tendre impatience, s'avançait déjà. Tandis que le commis dénonçait la méprise, elle parut, dans l'encadrement de la porte, vêtue d'une chemise légère, mais les joues parées des roses délicates qu'un doux émoi avait écloses, mais les yeux tout brillants d'un éclat humide. Un

temps très court, ils restèrent face à face, puis Dominique, épouvanté, fit un demi-tour et courut jusqu'à la porte sans laisser à la jeune femme le temps de s'évanouir.

Sur le palier, il fit une pause assez longue pour reprendre ses esprits. Consterné, il songeait à la juste colère du droguiste, lorsqu'il apprendrait par sa femme la coupable maladresse de son commis. Honnêtement, il essaya de mesurer sa faute et évoqua l'apparition du couloir. Mais Dominique ne distinguait pas bien dans quelle mesure il était compromis par le spectacle de cette quasi-nudité. Sa frayeur empêchait qu'il en ressentît les troubles atteintes. Aussi bien, lorsque cette frayeur se fut dissipée, il se prit à considérer chastement la vision de cette jeune femme nue que la dignité patronale revêtait à ses yeux d'un voile d'innocence, couvrait du pavillon de la neutralité.

Il avait mis déjà un peu d'ordre dans ses idées et descendait les premières marches de l'escalier, lorsqu'il eut un sursaut et murmura, légèrement anxieux :

«Jules? Mais quel Jules?»

Dominique s'assit sur une marche. Dominique connaissait bien la famille du droguiste et la famille de sa femme. Il n'y avait personne, dans l'un et l'autre, qui eût prénom Jules. Par naturelle disposition, Dominique croyait à la vertu des maîtres ; il ne douta point d'abord qu'il découvrît rapidement un Jules d'une espèce à dormir sur les deux oreilles. Mais encore... eût-il découvert un cousin ignoré, il fallait que ce Jules fût un bien grand saint pour justifier un accueil aussi dépourvu de cérémonial. Le doute s'insinuait dans le cœur de Dominique, mais ce n'était encore qu'un doute. Tandis qu'il reprenait la descente de l'escalier, la même question l'obsédait :

«Quel Jules, mais enfin, quel Jules?»

Et, en arrivant aux dernières marches, il s'essayait déjà à dépister tous les Jules possibles du voisinage. Chose curieuse, il n'y avait point de Jules dans les environs. Puis il en découvrit trois, coup sur coup : Jules Billet, le marchand de couronnes funéraires, de l'autre côté de la rue ; Jules Valin, le boucher, et Jules Moine, le cafetier ; ces deux derniers, proches voisins, ayant accès dans le couloir de la droguerie. Dominique avait fait une nouvelle halte pour méditer les chances propres à chacun des trois Jules. Finalement, il haussa les épaules, révolté par les soupçons où il s'égarait.

Pourtant, lorsqu'il pénétra dans la boutique où le patron se promenait de long en large au petit pas de ses pieds souffrants, il sentit renaître toutes ses inquiétudes.

D'un geste nerveux, le droguiste saisit le sac de monnaie pour aller en vérifier le contenu à la caisse. Le compte était juste, il jeta la monnaie dans le tiroir avec mauvaise humeur et coula un regard de méfiance irritée vers le commis qui était retourné à ses caisses de savon. Après quelques instants d'un silence menaçant, il ne put dissimuler son inquiétude. Allant à Dominique, il interrogea :
« Dominique...
– Monsieur Antoine ?
– Vous êtes resté bien longtemps là-haut. Il ne faut pas vingt minutes pour prendre un sac de monnaie. »

Dominique baissa le nez sur une caisse pour dissimuler le trouble qui paraissait à son visage. Cela ne fit qu'accroître la méfiance du droguiste.

« Je vous demande ce que vous avez fait là-haut. Regardez-moi et répondez-moi. »

Dominique, les joues chaudes, leva la tête et resta coi.

« Est-ce que vous avez vu ma femme ? »

Dominique eut une sueur d'agonie, il voulut mentir et répondit :
« Oui, monsieur. »

Le droguiste eut un grognement furieux, il étreignit la main de son commis et râla :
« Alors, quoi, vous l'avez vue dans son lit, vous l'avez vue en chemise ?
– Oui, monsieur. »

Antoine Lesauveur se laissa aller sur une chaise, essuya son front moite. Un sourire de prière sur ses lèvres blêmes, il reprit :
« Dominique, vous ne me comprenez pas. Je vous demande si vous avez vu ma femme en chemise et vous répondez : "Oui, monsieur." C'est insensé... vous ne m'avez pas compris, bien sûr. »

Et comme s'il se fût agi d'une plaisanterie, il ajouta sur le ton de la jovialité discrète :
« Pendant que vous y êtes, dites-moi de quelle couleur était la chemise ! »

La gorge serrée, Dominique balbutia :
« Une chemise mauve, monsieur. »

Alors, le droguiste eut la vision abominable de son commis froissant la chemise mauve de Mme Lesauveur contre sa blouse de grosse cotonnade bleue. Les yeux cruels, il marcha sur Dominique, le traita de serpent, l'accusa d'avoir abusé de sa confiance pour déshonorer un commerçant honnête. Dominique, épouvanté par la méprise, eut un mouvement de révolte et, le front écarlate, jeta, dans le feu d'une vertueuse indignation :

«Monsieur Antoine, qu'allez-vous supposer! Moi, qui travaille chez vous depuis quatre ans... Me croire capable d'une chose pareille le jour où vous me donnez une augmentation!

– Serpent! éclata le droguiste. Je vous en ficherai de l'augmentation! Je vous ai accueilli chez moi pour que vous veniez salir la droguerie où mon père s'est installé en 87. De l'augmentation! Pas un sou, vous m'entendez. La prison, pour des suborneurs comme vous, le bagne... Ma femme était vierge, monsieur, quand je lui ai donné mon nom, vierge et de bonne famille. Et il a fallu qu'un gredin de votre espèce... Ah! ah! de l'augmentation pour un homme qui a séduit ma femme, jamais.»

Dominique mesura clairement la grandeur du péril où sa maladresse l'avait fourvoyé. L'avenir lui apparut dans toute son ampleur morne, sans espoir, une étendue aride où il cheminait, dans le chaos des caisses de savon et des bouteilles d'essence de térébenthine, courbé sous l'opprobre d'un péché qu'il n'avait pas consommé, à jamais interdit du frais délice des augmentations de salaire et des gratifications de fin d'année. Comme il n'était pas amoureux, il renâcla sur le chemin du martyre et, dans un élan d'instinctive défense, cria au droguiste:

«Monsieur Antoine, ce n'est pas moi, c'est Jules!»

Il y eut tout de suite suspension des hostilités. Le droguiste, oppressé, sentait vaciller sa raison. Cachant son visage dans ses mains, il demeura silencieux quelques instants. Lentement, il releva la tête, et d'une voix terne, sans accent, murmura:

«Jules? mais quel Jules?

– Je ne sais pas, monsieur.»

Le droguiste enveloppa Dominique dans un regard soupçonneux. Il dit sévèrement:

«Dominique, n'essayez pas de me raconter une histoire. Ce ne serait pas le moyen d'obtenir une augmentation, je vous préviens.»

Ainsi, le mouvement de la discussion conduisait le commis à soutenir l'accusation d'adultère. Il crut habile de préluder au récit de son aventure par une protestation désintéressée.

«Ah! monsieur Antoine, dit-il, il s'agit bien d'augmentation!»

Le droguiste en fut très ému, son regard devint affectueux, il soupira:

«Oui, vous dites bien, mon brave Dominique: il ne s'agit pas d'augmentation. Mais racontez-moi comment vous avez vu...

– Je venais de prendre le sac de monnaie. Je marchais dans le couloir sur la pointe des pieds et c'est après avoir dépassé la porte entrouverte de Mme Lesauveur que j'ai fait un faux pas. Mme Lesauveur a

27

entendu le bruit, et c'est à ce moment-là qu'elle a demandé : "C'est toi, Jules ?"

– Cré Dieu, gronda le droguiste.

– En même temps, elle s'est avancée sur le pas de la porte, en chemise...

– Alors, c'est vrai ? Vous l'avez vue en chemise ?»

Dominique eut un sourire d'humilité et murmura doucement :

«Oh! monsieur Antoine, ça ne fait rien. C'était moi, Dominique. Et puis, je me suis sauvé tout de suite.»

Avec lucidité, le droguiste examina le commis, dont l'allure dégingandée et sage d'enfant de chœur adulte parut le convaincre, qu'en effet, ça ne prouvait rien. Antoine Lesauveur eut un instant la tentation généreuse de disculper sa femme aux yeux de Dominique, en invoquant qu'il attendait un cousin Jules, mais sa passion de la vérité lui arracha une exclamation rageuse :

«Quel Jules, Bon Dieu, je n'en connais pas, moi, de Jules.

– Il y en a pourtant dans le voisinage», suggéra Dominique.

Comme il parlait, un client pénétra dans la boutique. C'était un familier : la main tendue, il vint à Antoine Lesauveur qui le salua distraitement :

«Bonjour, Jules.»

Sitôt qu'il eut dit, le droguiste eut un mouvement de recul et considéra Jules Moine d'un regard angoissé. Il lui trouva un air satanique. Le cafetier Jules Moine, dont le débit était contigu à la droguerie, semblait parfaitement à l'aise. Il fit l'achat d'une boîte d'encaustique et sortit avec son emplette après avoir serré la main du droguiste qui répondit à son salut en murmurant d'une voix accablée :

«Au revoir, Jules.»

Il fit quelques pas derrière lui, puis, venant à Dominique, s'écria :

«Qu'est-ce que vous pariez que ce cochon-là est venu pour voir si j'étais là, pour s'assurer que l'escalier du premier étage était libre. En tout cas, je lui ai fait payer sa boîte d'encaustique dix sous de plus. Croyez-vous, ce cochon-là, un ami d'enfance...

– On ne peut pas dire, fit observer Dominique. Il y a d'autres Jules.

– Bien sûr, convint le droguiste, bien sûr. Je parierais que la rue en est pleine, de Jules...»

Peu à peu, ses soupçons se fixèrent, il dit au commis :

«C'est égal, il y a tout de même des chances pour que ce soit ce cochon de Jules Moine. Il avait un air... Tenez, j'en mettrais presque ma main au feu. Dominique, si c'est lui, il ne s'est douté de rien.

Attendez un moment, et puis vous monterez au premier étage sous prétexte d'aller chercher mes lunettes. Vous marcherez sans bruit et vous tâcherez de savoir ce qui se passe...
– Oui, monsieur.»

Dominique reprit le chemin qu'il avait parcouru une demi-heure plus tôt. En s'engageant dans le couloir, il vit que la porte de Mme Lesauveur était largement ouverte et décida qu'il passerait très vite pour gagner la salle à manger. Mais le hasard contraria ses projets, car Dominique se trouva nez à nez avec l'épouse coupable qui sortait de sa chambre. La situation pouvait être embarrassante pour lui, si la jeune femme n'avait pris une initiative assez hardie. Elle serra Dominique dans ses bras et l'entraîna chez elle pour détruire, disait-elle, le mauvais jugement qu'il avait pu former de sa vertu. Dominique résistait honnêtement, mais la politesse qu'on doit aux patrons empêchait qu'il y mît toute sa vigueur. Trois quarts d'heure plus tard, il quittait la chambre et la jeune Mme Lesauveur l'accompagnait jusqu'à la porte en murmurant:
«Vous le voyez bien, grand benêt, je n'aime que vous.»
Cependant, le droguiste guettait anxieusement le fond de la boutique. Lorsque Dominique apparut, il interrogea d'une voix avide:
«Alors?
– Je n'ai rien vu, monsieur Antoine. Je n'ai pas osé rester plus longtemps.»
Antoine Lesauveur hocha la tête, pensif, vint à sa rencontre et lui toucha l'épaule avec amitié:
«Mon pauvre Dominique, je comprends qu'une pareille surveillance ne vous amuse pas...
– Oh! monsieur Antoine...
– Non, non, ne protestez pas, je vois bien que cela vous ennuie. Et il faut tout le dévouement que vous me portez pour vous y décider. Dominique, je vous le disais tout à l'heure, je suis très satisfait de votre travail et je vous sais si attaché à la maison que j'ai décidé de vous augmenter de cinquante francs par mois.»
Dominique s'inclina sans mot dire, le visage empourpré par l'émotion.
«Et maintenant, reprit le droguiste, écoutez-moi. Je ne suis pas surpris du tout que vous n'ayez rien vu. J'ai bien réfléchi à la question et il me semble que Jules Moine ne peut pas être le coupable. Ce n'est qu'une impression, direz-vous. Bien sûr, mais il y a cinq minutes, Jules Valin est venu m'acheter une brosse en chiendent. Je

ne serais pas étonné qu'en sortant d'ici, vous m'entendez bien...
Dominique, si j'osais, je vous demanderais de remonter dans un
quart d'heure ?

– Pour vous servir, monsieur Antoine», consentit Dominique avec
une hypocrisie encore mal assurée.

LE PUITS
AUX IMAGES

_____

1932

LE PUITS AUX IMAGES

*L*a Mélitine Trelin s'avança sur la route et dit au marchand de peaux de lapin :

«J'en ai point tué cette semaine, monsieur Bosselet. Figurez-vous que j'ai un feignant de mâle qu'est propre à rien de bon, ne veut rien savoir pour la gaudriole. Ça fait que je n'ose pas me dégarnir maintenant, vous comprenez?»

M. Bosselet fit signe qu'il comprenait, eut un petit rire à cause du mâle et repartit :

«Ça se voit des fois, des mâles comme ça qu'ont point d'idée.»

Ensemble, ils eurent un accès de gaieté. La vieille en était toute secouée, sa poitrine énorme ballottait dans son caraco. Toujours riant, elle jeta :

«Vous serez bien toujours le même, oui, que je dis...»

Le marchand de peaux de lapin savait être délicat avec les femmes. Il prit un air modeste.

«Dans notre métier, on en voit des vertes et des pas mûres, ça c'est vrai, mais c'est bien parce que c'est vous, madame Trelin, que je prends le temps de rire un coup. À vous revoir, il faut que j'arrive à Glaisans avant que le cinéma soit commencé.

– Le cinéma, quel cinéma?

– Oui, un cinéma de deux cents places qui ouvre ce soir. Ça marchera tous les jeudis et dimanches, dans le grangeage de l'ancien notaire. Bien le bonjour!»

La Métiline le regarda s'éloigner, puis rentra dans sa cuisine en marmonnant: «Eh ben, eh ben...» Tout l'après-midi, elle pensa au cinéma. De savoir qu'il y avait une pareille nouveauté à six kilomètres de chez elle, la Mélitine ressentait une allégresse inaccoutumée avec, de temps à autre, des coups d'angoisse en supputant l'accueil que ferait le vieux à sa démarche. Ce n'était pas qu'il fût

Écrite en octobre 1927. Première publication dans La Nouvelle Revue française, *décembre 1927.*

méchant, ni bien contrariant, ce vieux, mais têtu comme une vieille bourrique et quand il avait dit non une fois, restant figé dans sa volonté première, sourd à toute objection.

Quand le père Trelin entra, la soupe était sur la table. Il dit en s'asseyant :

« T'as vu du monde, cet après-midi ?

– Non, personne. Il y a juste Bosselet qui a passé.

– Le Bosselet des peaux de lapin ? releva le vieux, un drôle de corps...

– L'autre jour, je lui ai vendu une peau 3 francs 15 sous. Je l'ai roulé proprement, oui, que je dis...

– Tu l'as roulé, tu l'as roulé... il est plus futé que toi, la vieille. »

La mère Trelin eut un rire qui sonna faux et qu'elle regretta, car elle sentit le vieux sur ses gardes. Penchée sur la marmite et, d'une main, tisonnant le feu, elle se décida :

« Tu ne sais pas ce qu'il m'a dit, le Bosselet ?

– Cause voir.

– Il m'a dit qu'il y avait maintenant un cinéma à Glaisans... »

Le vieux restait coi, dans l'attente, en se grattant la main avec sa barbe du dernier dimanche. La Mélitine voulut y discerner un encouragement et, avec une désinvolture diplomatique, comme si la volonté de son homme n'était pour rien dans la décision qu'elle prenait :

« J'ai envie d'aller y faire un tour dimanche, oui, que je dis. »

Il n'y eut pas d'abord de réponse. La Mélitine put croire que son projet de fugue bénéficiait de l'indifférence qu'elle souhaitait. Mais le bonhomme, sans la regarder, prononça :

« Ça ressemble à rien d'aller au cinéma.

– Ma foi, ça serait manière de voir... »

Le vieux tourna la tête lentement vers le fourneau, fit gicler en belle verticale un jet de salive claire et affirma sans élever la voix :

« T'iras pas. »

Inutiles ses paroles conciliantes et sa finasserie, la Mélitine se préparait aux invectives. De longs hurlements provenant du voisinage suspendirent son élan. Le père Trelin rit doucement avec son nez :

« Ça sera encore le Clotaire qui descend sa femme dans le puits », conclut-il.

Et, tandis qu'il continuait à manger sa soupe, la Mélitine, laissant ses casseroles, sortit en hâte. Au coin de la maison Pignol, elle s'arrêta, goûtant, avec un rire silencieux, le spectacle qui lui était donné. Penché sur la margelle du puits, un petit homme rouquin, trapu et robuste, aux pattes arquées, parlait d'une toute petite voix aigrelette à laquelle répondait une autre voix étouffée, lointaine, comme de ventriloque. C'était Clotaire Pignol qui haranguait sa femme. Il semblait qu'il parlât sans colère, parfois un rire grêle lui secouait les épaules. La Mélitine l'entendait invectiver sa femme, posément : « Cré carne, te v'là au frais, à c't heure. Répète voir, salope, que je suis saoul, répète voir, hein... je t'ai p'têt ben matée, dis, cré carne... ah ! la carne ! Je sais pas ce qui me retient de donner toute la chaîne, que ça soit fini une bonne fois... carne... »

La Mélitine, ayant fait provision suffisante de joie, interpella le tortionnaire, feignant une grande indignation :

« Tu n'as donc point de honte, Pignol, de martyriser cette pauvre Jouque, all'gueulait tout à l'heure, cette pauvre Jouque, qu'on devait l'entendre depuis la cure. »

Pignol se retourna et donna un sourire aimable :

« C'est donc vous, la Mélitine. Qu'est-ce que vous faites par là, y a le vieux qui va être jaloux... »

La Mélitine ne put se défendre de rire. Elle plaignait sincèrement la Jouque, reconnaissait volontiers que le Clotaire était un ivrogne et un galvaudeux, mais rien qu'à regarder sa gueule avec son grand nez de travers qui reniflait la rigolade, ses petits yeux malins et sa bouche à la serpe, le rire la chatouillait déjà. Pourtant, il avait bien le diable au corps, ce sacré Clotaire. Il ne savait qu'inventer pour tourmenter la Jouque, une créature tremblante, passive à tous ses caprices. Sa dernière trouvaille avait été la descente dans le puits : avec un gros clou planté dans le cylindre de bois, il mesurait la chaîne de façon que la Jouque, debout dans le seau, demeurât suspendue juste au-dessus du niveau de l'eau et il la laissait là pendant quelquefois une heure, se délectant aux cris de la malheureuse. Au village, personne n'était ignorant de ces cruautés, mais tout le monde gardait un silence complice, car la simplicité des champs est naturellement indulgente aux brutes.

Caressant le manche d'un énorme fouet qu'il avait en main, Pignol ajouta :

« Hein, dites voir, la Mélitine, c'est qu'il va croire qu'on se donne des rendez-vous, le vieux ?

– Oui, que je dis, riposta la Mélitine, des rendez-vous avec des vieilles comme moi, ça ne mène toujours pas bien loin... »

Tandis que Pignol protestait galamment, une voix lamentable monta du puits :

« Remonte-moi, Clotaire, que le fricot va brûler. »

– Sacré nom de femelle, faudra donc toujours que je l'entende chanter, grommela Pignol et, penché sur la margelle, il cria avec sa drôle de voix d'enfant de chœur :

– Non, que je te dis. Je m'en vais trousser la fille au Birot, j'y ai promis. Salut les poulettes!»

Et il s'éloigna avec du rire plein le corps.

La Mélitine n'osait pas remonter la Jouque, par peur d'irriter Pignol. La tête penchée sur le puits, elle essayait de voir, mais ses yeux usés ne distinguaient rien qu'un miroitement intermittent de l'eau où couraient des spasmes de lumière argentée.

Tout à coup, des sanglots très doux, presque ininterrompus, montèrent du fond du puits. La Mélitine en fut chavirée, l'émotion lui fit le cœur en molle éponge, arrêtant les mots dans sa gorge serrée. Et les sanglots emplissaient le puits, pitoyables, d'un désespoir monotone.

Timidement, la Mélitine appela :

«Jouque, mon petiot bichon, Jouque!»

Le bruit des sanglots s'apaisa.

«C'est vous, la Mélitine ?

– Oui, je dis que tu ne devrais pas te ronger les sangs comme tu fais. Si j'avais un drôle comme le tien, je saurais le redresser, oui que je dis…»

Debout dans le seau et des deux mains cramponnée à la chaîne, la Jouque regardait au-dessus d'elle le rond de lumière sur lequel le buste de la mère Trelin se découpait noir et net. Parfois un mouvement maladroit imprimait au seau des balancements qui lui causaient une peur atroce. C'était une petite femme toute chétive, comprimée par l'angoisse perpétuelle où la mettaient les caprices de son mari. Elle avait un visage mince avec des yeux étonnés grands et bleus, au regard doux.

Doucement, la mère Trelin continuait ses consolations.

«Pleure pas, allons, faut te dire que ça ne durera pas toujours, cette vie-là.

– Pensez-vous, y a plus rien à faire, allez.

– S' qu'on sait. Il peut changer, ce garnement-là. Je me rappelle le mien, l'était pas toujours doux non plus.

– Ça ne se compare pas, la Mélitine.

– Tu crois ça toi ? Si je te disais qu'il ne veut rien savoir pour me laisser aller au ciné, tu sais, le nouveau ciné de Glaisans.

– Le ciné…

– Oui, je voulais aller au ciné, une idée comme ça.

– Pourquoi faire?

– Pourquoi faire? Regarder, tiens. Tu y as déjà été toi, au ciné?

– Ouat, un homme comme le mien, ça serait bien rare.

– T'en as toujours bien entendu causer?

– Ça se peut, je me rappelle plus. Ça vaut-il de voir?

– Oui. Y a la Margot au Bédouin qui me racontait l'autre jour une machine qu'elle avait vue. Figure-toi une salle où il fait tout noir, comme tu dirais dans ton puits, t'as plus qu'à regarder dans le fond, sur une toile, tu vois des choses que tu croirais y être. Je ne sais seulement plus l'histoire à la Margot... Il y avait une femme, belle, attifée et tout, des messieurs habillés comme tu dirais le conseiller de Glaisans ou le député; tout du beau monde qui se faisait des mamours, ouaïe donc, la Margot disait qu'ils étaient tout joliets à regarder. Tout par un coup, ils s'embrassent à la fin, sur la bouche, oui que je dis...»

La Jouque en oubliait où elle était. Tête penchée, elle écoutait le récit de la mère Trelin et, sur la surface de l'eau froide, ses yeux suivaient un couple heureux pour qui le monde semblait fait tout exprès; une belle fille et un beau garçon, qui la regardaient avec sympathie, lui souriaient d'amitié...

«Je ne te cause pas des coups de revolver, poursuivait la Mélitine, il paraît que ça n'empêche rien. C'est-il pas malheureux, dire que je verrai pas ça pour une idée qui a passé dans sa tête de bois, à ce vieux pistolet.

– Vous n'avez pas de chance, non plus, dit la Jouque, je comprends que ça vous fasse gros de ne pas y aller.»

Les deux femmes méditaient, l'une au-dessus de l'autre. Pour combler un silence trop lourd, la Mélitine dit encore:

«Les hommes, c'est encore de la sale graine, pas vrai. Des oiseaux comme ça, je dis, moi, que ça serait pain bénit de leur faire pièce...»

Elle prit une aiguille piquée dans ses cheveux et, toujours penchée sur la Jouque, tricota en silence.

Au bout d'un moment, elle regarda autour d'elle, pour s'assurer que personne ne venait:

«Dis donc, la Jouque, si on y allait quand même...

– Vous n'y pensez pas!

– Cout' voir, que je te dise. C'est-il pas dimanche que ton Clotaire doit mener une vache à Varpois pour la saillie?

– Oui.

– Bon, moi je vais dire au mien que la Brunette ne peut plus rester en champs à cause qu'elle est chaude et je m'arrangerai pour qu'on ait fini les foins tout juste samedi : comme ça, il sera obligé de la mener dimanche après-midi. Une fois partis les deux Clotaire, on n'est pas près de les voir rentrer. Pendant ce temps-là, on aura le temps d'aller au ciné. »

La Jouque était écrasée par l'ampleur du projet. Songeant aux conséquences possibles d'une telle fugue, elle eut un frémissement qui fit vaciller le seau. Au-dessus d'elle, la Mélitine devenait pressante.

« Pourquoi qu'on n'irait pas, y a point de risques, ils vont rentrer à minuit fin saouls tous les deux. Ça serait-il qu'il faudrait se gêner pour ces denrées-là ? Allons-y je te dis. »

La Jouque hésitait encore. Sur l'eau claire, les beaux amants passaient et repassaient avec les grâces de la ville.

« S'il le savait ?

– Ouat ! Pense voir qu'ils ne reviendront pas avant la nuit et qu'ils vont encore s'arrêter au café de chez Piclet, ainsi ! Allez, c'est dit ?

– C'est dit », murmura le puits.

Pignol, vêtu d'un complet, et tirant sa vache, cria depuis la route :
« Ça y est-il, le vieux ?

– Attends une minute, cria la Mélitine par la fenêtre, il est en train de mettre son col. »

Dans la cuisine, le vieux s'énervait.

« C'est bien comme ça, je vais m'arranger, cours détacher la Brunette.

– Bon, surtout tâche d'être là à sept heures, t'entends, hein ? Si t'es en retard, je te veux secouer… »

Elle criait fort pour que Pignol l'entendît. Le père Trelin fut vexé qu'on le traitât ainsi par-devant le monde.

Pendant que la Mélitine était à l'étable, le vieux prit de l'argent dans une cachette à lui, sous l'horloge. Puis il sortit dans la cour où sa femme maintenait une petite vache tachetée de noir.

« On y est, ce coup-là, dit le Clotaire, alors en route.

– En route », dit le vieux.

Tandis qu'ils s'éloignaient, la mère Trelin cria encore : « T'as compris, je ne veux pas que tu t'arrêtes ? ».

Alors son homme se retourna, irrité. Il dit sans éclat de voix :
« Et moi, je te dis de fermer ta gueule. »

Devant l'écran, la Mélitine et la Jouque connurent une grande déception. D'abord, il y eut un film documentaire sur la culture de la betterave aux États-Unis qui les fit bâiller d'ennui. L'autre film traitait un sujet historique auquel les deux femmes ne comprenaient rien du tout. Tandis que la Mélitine s'endormait tranquillement, la Jouque cherchait sur l'écran quelque chose qui lui rappelât l'image surgie du fond du puits, le soir que le Clotaire courait la blonde. Mais, dans le guerrier sanglé dans son uniforme des houzards de la garde, qui fracassait des crânes et enlevait les filles entre deux galops de charge, elle ne retrouvait pas le jeune homme tendre et joli qui souriait à sa promise comme sur les cartes postales glacées du bureau de tabac. Elle en eut une grande détresse; il lui parut qu'un espoir se dérobait, comme si des amis chers eussent manqué à un rendez-vous.

Après le spectacle, lorsque les deux complices furent sur le chemin du retour, la Mélitine condensa ses impressions:

«Ça ne vaut seulement pas d'aller regarder une partie de quilles chez Piclet pendant que le phono joue la *Valse brune.*»

La Jouque hocha la tête.

«Avec tout ça, reprit la Mélitine, il est plus de 10 heures, pourvu que nos galvauds n'aillent pas rentrer avant nous... Qu'est-ce que tu as, petiote, tu pleures encore?»

La Jouque pleurait sans bruit et, seul, le mouvement de ses épaules trahissait sa peine.

«C'est-il parce que tu as peur que ton Clotaire soit rentré?

– Oh non, ça ne me tourmente guère.

– Alors quoi, qu'est-ce que tu as?

– Je sais pas, dit la Jouque, je sais pas.»

Vraiment, il y avait plaisir à sortir avec Pignol. Il avait des copains partout et n'était jamais en retard pour payer sa tournée. Un peu abrutis par les spiritueux, les deux hommes cheminaient sans hâte, aux côtés de leurs bêtes. Comme on était en vue des premières maisons du village, le vieux suggéra:

«On va toujours s'arrêter un moment chez Piclet, hein? L'est pas 9 heures.

– Si vous voulez, le vieux, on boit sur le pouce et on s'en va.

– On s'en va? Mais non, que je te dis, y a bien le temps.

– Oh moi, ce que j'en cause, ça serait pour vous, parce que la Mélitine all' pourrait vous secouer le paletot, des fois.

– Core plutòt, la garce, qu'all' ferait du foin...»

Il y avait du monde chez Piclet. L'entrée de Pignol fit du bruit. On l'appelait de partout. Tout le monde le voulait à sa table. On rigolait à pleine gorge, la joie bourrait dans tous les coins.

Il était comme ça, Pignol. Quand il entrait dans un café, le vin devenait tout chantant. Tirant le vieux par la manche, il l'entraîna vers une table :
« Salut Mauglet, salut Clavin, je viens vers vous ! Juliette, porte voir un litron de blanc. »
Flattés de l'avoir à leur table, Mauglet et Clavin voulurent payer chacun leur tournée. Vaincu dans un assaut de générosité, le vieux s'écria :
« Juliette, remets-nous ça pour une tournée de marcs. »
Il était bon, ce marc, avec un petit goût de pomme qui faisait plaisir dans le nez. Pignol le dit, on en tomba d'accord.
« On joue une autre tournée à la manille », dit Mauglet...
On en joua trois tournées et puis du vin blanc. La manille s'animait. Pignol beuglait avec sa petite voix :
« Tends voir, Clavin, que je te foute un 34 sur les osses ! »
Le vieux était saoul au point de ne pas reconnaître l'atout. À chaque carte posée, il coupait en disant avec une incompréhension douce :
« Ton roi de trèfle ? J'y fends l'cul.
– Mais non, hurlait Pignol, faut que tu fournisses du bois !
– J'y fends l'cul », s'entêtait le vieux.
À 11 heures, le père Trelin et Pignol restaient seuls dans le café, ivres. Assis face à face, ils se regardaient, les yeux hébétés.
« Puisque t'avais du bois, tu devais fournir », répétait Pignol.
Le vieux, incapable de parler, en convenait par des signes de tête.
« Faut cependant qu'on rentre nos vaches, hein, le vieux », dit enfin Pignol.
Conduits par leurs bêtes, les deux hommes reprirent leur chemin.
Le vieux, sans s'occuper de Pignol, mena sa vache à l'étable et se laissa choir sur un tas de paille. Par la porte laissée ouverte, il entendit encore avant de s'endormir la voix perçante de Pignol :
« Bougre de sale bique, 'tends voir, tiens, je te vas montrer les convenances... »
Dans la chambre à coucher, Pignol commençait à se dévêtir lorsqu'il s'avisa que la Jouque n'était pas dans le lit.
« Où qu'all peut bien être, à l'heure qu'il est », songea-t-il.
Il visita les trois pièces qui constituaient le logement, puis la grange et les écuries.
« C'est drôle quand même », murmura-t-il. Il appela : « Jouque ! eh ! Jouque ! »
Mais la Jouque ne répondait pas. Debout au milieu de la cour, Pignol méditait l'étrangeté de cette absence. Tout à coup, son regard s'arrêta sur le puits. Une angoisse l'étreignit :

«Nom de Dieu, dit-il, non, c'est pas possible cependant. Je l'aurais-t-il descendue dans le puits avant de partir?»

L'émotion avait en partie dissipé son ivresse. Il couru au puits et cria dans le trou : «Jouque, Jouque!» La chaîne était déroulée, il la tira. La chaîne vint à lui sans résistance. Sa femme n'était pas dans le seau – n'était plus, songea-t-il. Grelottant, le misérable s'assit sur l'auge de pierre accotée au puits et tenta de rassembler précisément ses souvenirs. Mais la terreur et les fumées du vin obscurcissaient sa mémoire, il n'arrivait pas à se rappeler les circonstances qui avaient précédé son départ. Stupide, il en revenait toujours à la même question : «Je l'aurais-t-il descendue dans le puits avant de m'en aller?» Partant d'un gros noyer, l'appel d'un hibou l'emplit d'une épouvante abominable. Claquant des dents, il se coucha dans l'auge de pierre, à plat ventre ; il entendait le hibou hululer le nom de la Jouque :

«Jouque, où est la Jouque…»

Il sortit de son auge et courut vers la maison.

Comme il poussait la porte de la chambre à coucher, un bruit léger le fit sursauter, dont il pensa défaillir. Se raidissant contre la peur, il entra. La Jouque était là qui se déshabillait. Pignol la prit par les poignets et l'interrogea en bégayant :

«Où que t'étais? Où que t'étais?

– Où j'étais, dit la Jouque tranquillement, j'étais au cinéma.»

Le soulagement de Pignol était trop grand pour que sa colère fût immédiate. Les dents serrées, il se contenta de murmurer :

«Ah, la carne! C'est bon, on réglera ça demain. J'ai sommeil.»

La Jouque était levée depuis longtemps et vaquait à soigner les bêtes. Pignol passa un pantalon, chaussa des sabots et entra dans la cuisine. Il coula un regard sournois du côté de la Jouque occupée à confectionner la pâtée pour les poules, et, sans rien dire, alla décrocher un fouet qui pendait au mur. La Jouque ne prenait même pas garde à lui. Le rouquin en fut exaspéré :

«Tu sais ce qui t'attend», siffla-t-il.

La Jouque se retourna vers lui, et dit posément :

«Tu attendras que j'aie donné le manger aux poules.»

Un peu décontenance par ce sang-froid inaccoutumé, Pignol consentit :

«Donne-leur, pendant, je vais manger un morceau.»

Tandis qu'il mangeait, la Jouque appelait les volatiles, d'une voix joyeuse, sembla-t-il à Pignol.

«All' se fout de moi, la garce», grinça-t-il.

Ses joues flambèrent d'une colère brusque; serrant son fouet, il sortit:

«Jouque, viens ici, c'est le moment. T'as rigolé hier, c'est mon tour ce matin.»

Calme, elle posa ses gamelles, et vint au puits, Pignol, au passage, lui cingla les jambes d'un coup de fouet. Sur la peau nue, la lanière s'imprima en rose vif, mais la Jouque n'eut pas une plainte. Au commandement de son homme, elle tourna la manivelle, amena le seau et grimpa sur la margelle. Le seau était large et profond. Elle y entra jusqu'à mi-cuisses. Pignol s'assura que la chaîne était au cran d'arrêt, allongea un soufflet à la Jouque qui dédaignait de le regarder et dit: «En route.» Puis, l'opération terminée, il rentra en disant que la gaieté lui donnait de l'appétit.

La Jouque écouta décroître le bruit des pas. Levant les yeux vers la lumière, elle se vit bien seule et eut un sourire de contentement. Pour mieux assurer son équilibre, elle essaya de se blottir dans le seau. Elle le pouvait presque; en fléchissant les genoux, il n'y avait plus que son buste qui dépassât. Rapidement, ses yeux s'habituaient à l'obscurité. La tête penchée en avant, elle se prit à regarder l'eau tranquille. Les gentils amoureux étaient toujours là qui la regardaient avec un sourire d'amitié. Jamais ils n'avaient été si beaux. Entre leurs visages, la Jouque voyait, reflété dans l'eau bleue, son propre visage, menu, de grâce avec ses yeux clairs. Alors elle ôta le peigne qui retenait ses cheveux blonds, elle dégrafa son corsage. Dans l'eau froide et claire, une fille frêle parut, offrant aux amants du puits ses longs cheveux et ses seins nus. Sur ses épaules blanches, les amants appuyaient leurs têtes, heureux d'amour. Doucement, les deux visages se rapprochaient, la Jouque vit leurs bouches tout près de se joindre. Alors elle fit signe qu'ils l'attendissent et plongea dans l'eau claire. Les dieux païens étaient en fête dans le puits à Pignol.

LA RETRAITE DE RUSSIE

Sur son cahier de brouillons, Petit Doré conjuguait à l'imparfait du subjonctif: «Je manque de respect à mon maître et à mes camarades.» Il écrivait sans hâte. Le maître l'avait condamné à conjuguer pendant le temps de la récréation sans fixer la longueur du pensum. Dans la cour de l'école, les copains jouaient aux billes, à la balle au pot et à fio. De temps à autre, Petit Doré levait la tête pour écouter les exclamations qui lui étaient familières:
«J'ai la main sur toi!
– Pouce!
– J'défends queue de vache et la médecine...»
Devant la fenêtre, il voyait passer et repasser les élèves punis pour n'avoir pas appris leur leçon d'histoire. Traités avec moins de rigueur que lui, ils devaient passer la récréation à tourner en rang autour de la cour, silencieusement. Cela n'empêcha point Léon Jars qui marchait en serre-file de jeter à Petit Doré par l'entrebâillement de la fenêtre:
«Nous, au moins, on prend l'air. Ça t'apprendra à nous manquer de respect!
– J'ai l'air plus intelligent que toi», répliqua Petit Doré.
Et il brandit une salière en papier pour bien montrer qu'il occupait agréablement sa solitude. Lorsque Léon Jars eut rejoint le peloton, il dissimula sa salière et reprit la plume. Il venait d'en finir avec l'imparfait du subjonctif et il eut un certain plaisir à conjuguer au futur: «Je manquerai de respect à mon maître et à mes camarades.» Car Petit Doré ne regrettait rien, il avait dit ce qu'il fallait dire et si le maître avait eu quelque discernement, il aurait dû reconnaître avec effusion son dévouement à la cause de l'intelligence. Il est vrai que les choses s'étaient passées drôlement, le maître était un peu excusable; il ignorait la détestable conduite de Léon Jars qui avait précipité l'incident de la classe d'histoire. En vérité, toute la faute était à ce grand imbécile de Jars dont les torts dataient de loin...

Écrite en mars 1930. Première publication dans Les Nouvelles littéraires, *5 avril 1930.*

Petit Doré était rouquin de grand vif et, dans tout Varpois, sa mère était seule à lui donner son prénom de Pierre.

En instruction civique, en histoire, en géographie, Petit Doré était avancé pour son âge. En orthographe, il hésitait rarement sur les pluriels difficiles. Il savait le calcul mental.

«Ce Pierre Chaudet, disait le maître, il n'a pas onze ans, mais il est déjà de la force du certificat d'études.»

Les copains en étaient un peu jaloux et, entre tous, Léon Jars, un grand sifflet de treize ans, orgueilleux parce qu'il avait un peu de duvet sous les bras et une amorce de triangle au bas du ventre. Il était acharné à faire des plaisanteries sur la couleur des cheveux de Petit Doré.

«Un fagot de plus, disait-il, et tu flambais.»

Petit Doré n'avait pas honte d'être rouquin. Il pensait même que ce fût une couleur distinguée, mais, par précaution, il affirmait volontiers la supériorité de l'esprit sur les apparences temporelles. Aux railleries de Léon Jars, il répliquait posément:

«Ça se peut que je sois rouquin. Ce qui est sûr, c'est que je suis le meilleur en dictée; et quand tu sauras tes départements comme je sais les miens, tu auras des cheveux blancs. Et encore, c'est façon de dire; un qui est né bête, il reste bête toute sa vie.»

Parfois les répliques de Petit Doré préludaient à une controverse sur les bienfaits de l'instruction. Léon Jars ne croyait pas qu'elle fût bénéfique et associait avec une grande répugnance le fruit des études scolaires aux travaux de la terre.

«À quoi que ça te sert, disait-il, de savoir que cheval prend un *s* au pluriel. C'est pas ça qui va t'aider à conduire une carne.

– On ne fait pas rien que de conduire des carnes, objectait Petit Doré.

– Je sais bien, il y a des moments qu'on va à la blonde, quoique avec tes cheveux de rouquin, ça ne soit guère ton affaire. Enfin, mettons. Mais une supposition que tu sois avec une fille, tu ne vas pas lui réciter ta table de multiplication.»

Petit Doré en convenait. Pourtant, il aurait pu objecter au grand Jars qu'une bonne instruction donne une certaine assurance auprès des filles. Il aurait pu lui raconter que le jeudi, il allait souvent au bois jouer avec la Marie Blot, une des meilleures élèves de l'institutrice, et qu'elle ne se lassait pas de l'entendre réciter les «Animaux malades de la peste» ou

Mon père, ce héros au sourire si doux...

Mais ces choses-là ne le regardaient pas. Et ce matin, sur le chemin de l'école, excédé par l'assurance du grand Jars, il voulut tirer argument de ces récréations sous bois et fit des confidences. Mais le grand Jars lui rit au nez et prononça sur le ton d'une pitié hautaine :
« C'est bien ça, tu es le premier de la classe, tu fais des problèmes avec des règles de trois, tu connais toutes les guerres de 70 et tu ne sais pas seulement à quoi que les femmes servent. »
Petit Doré rougit, blessé qu'on pût le soupçonner dans une pareille ignorance. Il répliqua sèchement :
« Je sais bien qu'elles servent à faire les enfants.
– C'est déjà pas mal, convint le grand Jars. Mais heureusement que c'est moi qui te l'ai appris ; s'il n'y avait eu que le maître... Et les hommes, tu le sais, à quoi ils servent ?
– C'est pas une question, murmura Petit Doré.
– Pourquoi que c'est pas une question ?
– Les hommes, c'est les hommes.
– Bien sûr, tu ne peux pas savoir : un rouquin, ça n'est pas comme les autres... »
Ils avaient encore dix minutes avant la rentrée en classe. Le grand Jars décida qu'il sacrifierait une partie de billes à l'édification de Petit Doré et entreprit de lui démontrer qu'il n'y a point d'effet sans cause. Ses arguments étaient parfaitement sains. Petit Doré en fut bouleversé. La chose était extraordinaire et entraînait des conséquences qu'il pressentait graves. Il interrogea timidement :
« Alors, le maître.
– Bien sûr, affirma le grand Jars, puisqu'il est marié avec la maîtresse. Ah ! il ne s'en vante pas... »
L'heure de la rentrée en classe était proche ; par-dessus la haie, on apercevait l'école à deux cents mètres.
Alors, Léon Jars laissa prendre quelques mètres d'avance à Petit Doré et se mit à courir en criant :
« Dernier arrivé dans la cour est un con ! »
Petit Doré partit de son meilleur galop. Toutes les fois il se laissait prendre au jeu et il arrivait le dernier, naturellement, parce que Léon Jars avait de grandes jambes. Pourtant, il savait bien qu'il n'y a point de bon sens à vouloir que l'esprit tienne sa supériorité d'un galop de course, et il aurait pu en faire la preuve au grand Jars, les arguments ne lui manquaient pas ; mais lorsqu'il touchait au but, avec cinq ou six mètres de retard sur son camarade, il avait la fierté

de ne rien dire et d'accepter les conclusions de la gageure sans se prévaloir des attendus honorables qu'elle comportait à son égard.

Ce matin, soit que le grand Jars eût fourni une course plus molle, soit que lui-même se fût employé de plus grande ardeur, ils arrivèrent en même temps dans la cour. La fin de la lutte avait été suivie passionnément par les copains, et lorsque les deux coureurs débouchèrent du chemin de la haie, tout le monde se mit à crier : « Allez, Petit Doré ! allez, allez... Ça y est, c'est le rouquin ! C'est le rouquin ! »

La vérité est qu'ils avaient touché ensemble le gros acacia du bout de la cour, mais les grands mouvements de passion vont toujours à l'inouï, la gloire à ceux qui violent les habitudes. Petit Doré fut vraiment le vainqueur, on n'en finissait pas de crier : « Vive le rouquin ! »

Le grand Jars enrageait. Profitant d'un silence relatif, il dit bien haut : « Je lui avais donné au moins dix mètres d'avance en partant et si j'avais voulu... »

Mais personne ne voulut l'entendre. Petit Doré, éclatant d'orgueil, les cheveux tordus en flammes rouges, humait le parfum de sa peau glorieuse qui fumait dans l'air frais du matin. Il répliqua au grand Jars : « C'était forcé que tu arrives le dernier, avec toutes les âneries que tu me disais tout à l'heure... »

Tout le monde l'approuva sans savoir de quelles âneries il s'agissait.

Léon Jars, encore haletant, le regardait en biais et méditait une revanche.

Le maître parut sur le seuil de la classe et donna le signal de la rentrée.

Sur les bancs, les élèves étaient placés par ordre de mérite, les meilleurs élèves près du maître. Léon Jars, qui était entre les plus cancres, avait sa place au fond de la classe, tandis que Petit Doré était au premier rang.

Lorsque tout le monde se fut assis, le maître fit l'appel, puis il dit à Petit Doré :

« Pierre Chaudet, allez ramasser les cahiers de rédaction, vous les apporterez sur mon bureau ouverts à la page du devoir. »

Cette levée des cahiers était une marque de confiance qui allait toujours à un bon élève. La charge revenait souvent à Petit Doré et il en avait une grande fierté. Pourtant sa conscience de bon élève n'empêchait pas qu'il fût charitable à ses camarades. Si l'un d'eux n'avait pas fait son devoir, Petit Doré, informé par un clin d'œil, passait devant le coupable sans ramasser son cahier, en manœuvrant assez adroitement pour que le maître n'en eût pas le soupçon.

En arrivant à la dernière rangée, il comprit tout de suite, à son visage soucieux, que le grand Jars n'avait pas fait sa rédaction. Avec noblesse, Petit Doré se réjouit d'obliger un ennemi. Une fois de plus la manœuvre réussit. Il alla déposer la pile de cahiers sur la chaire et, comme le maître demandait s'il avait ramassé tous les cahiers, il affirma :
« Oui, monsieur, c'est complet. »
Alors le grand Jars se leva et avertit d'une voix assurée :
« M'sieu, je n'ai pas fait ma rédaction. »
Un murmure courut dans toute la classe qui appréciait avec indignation la perfidie du grand Jars.
Le maître ajusta ses lunettes et se recueillit pendant quelques secondes. Il n'était pas bien surpris que Léon Jars n'eût point fait sa rédaction, mais il jugeait sévèrement la conduite de Petit Doré qui aurait dû l'informer de cette défaillance.
« Pierre Chaudet, dit-il, levez-vous. Je vous prends en flagrant délit de mensonge. Vous avez abusé de la confiance que je vous ai témoignée. Dorénavant vous ne lèverez plus les cahiers de vos camarades. »
Petit Doré, les joues chaudes de colère, voulut protester. Le maître lui imposa le silence d'un geste et dit à Léon Jars :
« Je vous sais gré de votre franchise, Léon Jars, et c'est pourquoi je ne vous punis pas. Vous voyez qu'il y a toujours avantage à être franc. Mais pourquoi n'avez-vous pas fait votre rédaction ?
– On a tué le cochon, hier.
– Je n'en ai pas entendu parler, observa le maître. Il me semble qu'on tue bien souvent des cochons chez vous. En tout cas, puisque vous n'avez pas fait votre rédaction, vous avez dû avoir le temps d'apprendre votre leçon d'histoire. Parlez-moi donc de la retraite de Russie. »
Léon Jars n'avait en histoire que des idées générales, il répondit que Napoléon était un grand homme. Encore était-ce là plutôt une impression qu'il ne put, à la demande du maître, justifier par l'examen des faits. Ayant infligé au grand Jars un chapitre d'histoire à copier, le maître lui prédit un avenir sombre, hanté par le remords d'une enfance paresseuse. Toute sa vie, isolé du monde par l'ignorance et la sottise, il écouterait avec envie les conversations des hommes instruits, en regrettant amèrement de n'avoir pas su moissonner les richesses que la sollicitude d'un gouvernement éclairé mettait à sa disposition. Les bras croisés, le grand Jars écoutait l'avertissement avec une placidité qui ne dissimulait aucune inquiétude secrète. Le maître haussa les épaules avec découragement et

interrogea d'autres élèves. Mais les réponses n'étaient guère plus satisfaisantes.

On savait bien qu'entre les Français et les Russes, il y avait eu la guerre – dans l'histoire de France, tout le monde passe son temps à la guerre, si l'on excepte quelques originaux comme Henri III qui jouait au bilboquet ou Louis XV qui faisait du café; on savait même qu'il avait neigé assez fort, pendant cette campagne de Russie, mais on n'en tirait pas de conclusion décisive.

Le maître, froissé que la retraite de Russie ne fût pas appréciée à son importance, infligea une punition collective. Tous les élèves qui n'avaient pas su leur leçon passeraient la récréation suivante à tourner en rond autour de la cour.

Cependant, Petit Doré donnait des signes d'agitation. La perfidie de Léon Jars le secouait d'une colère fébrile, son cœur battait à grands coups; il ne tenait pas en place. Croyant l'interrogatoire terminé, il fit claquer son doigt et dit à plusieurs reprises:

«M'sieur, je peux sortir?»

Le maître le considéra d'un air surpris, presque peiné. Au cours de sa carrière, il avait observé que c'étaient toujours les mauvais élèves qui étaient sollicités pendant les heures de la classe, au lieu que les bons contenaient facilement leurs besoins jusqu'au moment de la récréation. Cherchant une explication à l'impatience de Petit Doré, il pensa que son meilleur élève, décidément en passe de se dévoyer, voulût échapper à la retraite de Russie. Avec un hochement de tête réprobateur, il accorda la permission. Mais, au fond de la classe, il y eut un éclat de voix; le grand Jars protestait qu'il avait demandé l'autorisation avant Pierre Chaudet. Dans le doute, le maître craignit d'être injuste.

«C'est bon, dit-il, allez tous les deux et revenez vite.»

Petit Doré et le grand Jars se précipitèrent avec une navrante impétuosité. Il y eut une bousculade à la porte. Léon Jars prit l'avantage et réussit à sortir le premier. Toute la classe, les yeux fixés sur la porte, suivit avec intérêt ces ébats tumultueux. Indigné, le maître voulut rappeler au sentiment des convenances les deux coupables, mais il ne fut pas entendu et, autorisant sa décision de ce déplorable exemple, il informa qu'à l'avenir personne n'irait aux cabinets pendant les heures de la classe.

Dans la cour, Petit Doré laissa aller sa colère et fit d'amers reproches au grand Jars.

«Il n'y en a pas un dans toute la classe qui aurait fait ce que tu as fait.»

Et il le traita de cafard, de vache, de saligaud et de fausse couche.

Le grand Jars, qui avait souri avec un cynisme tranquille à tous les reproches, se révolta tout d'un coup.

«Fausse couche? Répète-le donc, si tu n'en es pas une...»

Petit Doré savait qu'il n'était pas le plus fort. Il se contint, serrant les mâchoires. Le grand Jars ricanait d'une manière insupportable. Ensemble, ils entrèrent dans l'étroite et fétide cabane où ils se poussaient avec des regards de défi. Après une minute de silence, le grand Jars fit observer d'un ton rogue:

«Je pisse plus haut que toi.»

Il disait vrai; sa supériorité était incontestable, mais la morgue avec laquelle il s'en prévalait fut intolérable à Petit Doré qui répliqua en haussant les épaules:

«Et puis, qu'est-ce que ça prouve? C'est parce que tu as deux ans de plus que moi.

– Ce n'est pas ça qui fait. Dans la question de pisser haut, l'âge n'a rien à voir. La preuve, c'est que j'arrive aussi haut que mon frère qui rentre du régiment et qui a vingt et un ans.»

Sa mauvaise foi était évidente. Petit Doré n'hésita pas à relever une vantardise aussi flagrante.

«Ce n'est pas possible, qu'est-ce que tu viens nous raconter là... aussi haut que ton frère! C'est peut-être qu'il n'essaie pas. En tout cas, je peux te dire une chose et il n'y a personne pour aller contre: c'est que plus on est vieux, plus on peut pisser haut. Je ne sors pas de là.»

Il se disposait à regagner la classe, mais le grand Jars lui barra la porte.

«Tu dis que c'est la question d'être vieux?

– Je le dis et je le répète.

– Alors, si tu en es là, pourquoi qu'un homme qui aurait soixante ans ne pisserait pas par-dessus les maisons? Une supposition, voilà le maître, pourquoi qu'il ne pisse pas par-dessus la maison commune, hein?»

Petit Doré chercha une réponse, mais un argument d'une logique aussi rigoureuse était difficilement vulnérable. Cette démonstration par l'absurde le laissa coi. Il lui sembla que l'arithmétique venait de le trahir, qu'elle ne mordait plus sur les réalités. Humilié dans un sentiment intime des valeurs proportionnelles, il douta de l'esprit.

«Tu vois bien», triomphait le grand Jars.

Il ajouta:

«Les rouquins, ça ne pourra jamais pisser haut, c'est bien connu.»

Et il rentra en classe en courant. Petit Doré le suivit, lentement, et alla s'asseoir au pied du gros acacia, où il avait vaincu tout à l'heure.

Il se mit à regarder les fenêtres de la classe, avec dégoût. Il lui semblait que d'épaisses ténèbres eussent tout d'un coup submergé la science du maître.

Pourquoi faire, mon Dieu, apprendre la division, l'orthographe et tant de choses compliquées ? Et pourquoi triompher en calcul mental ou en géographie, puisque tant de savoir ne prévaudra point contre l'insolente mauvaise foi d'un Léon Jars.

Ce n'est pas la peine d'être un élève laborieux, fier d'avoir commerce avec les puissances de l'esprit, pour voir la vérité bafouée, humiliée par la logique, sans pouvoir protester...

Il se leva, plein de rancune, et marcha d'un pas traînant vers la porte de la classe. Le maître l'accueillit sévèrement.

«Pierre Chaudet, c'est pour aller vous asseoir au pied d'un arbre que vous m'avez demandé à sortir ?»

Petit Doré regagna sa place sans même alléguer qu'il avait mal à la tête, comme il eût été naturel. Le maître, irrité par son silence, reprit sur le ton de l'ironie menaçante, en prenant la classe à témoin :

«Sans doute, monsieur Chaudet a-t-il espéré qu'une absence prolongée le dispenserait d'exposer ses vues personnelles sur la retraite de Russie...»

Les copains riaient avec complaisance, le grand Jars surtout. Les bras croisés sur la table, Petit Doré méprisait cette joie servile dirigée contre lui. Une colère triste pâlissait son visage où les taches de rousseur, piquées sous la peau laiteuse, apparaissaient plus nettes.

«Allons, dit le maître, revenons à la retraite de Russie. Je vous écoute, Pierre Chaudet. Levez-vous.»

Petit Doré sortit de son banc et, sans regarder le maître, commença :

«Napoléon était entré à Moscou le 14 septembre 1812...»

Il dit l'incendie, les cosaques, la Bérésina et les pontonniers, la neige, les pieds gelés, la viande de cheval ; il n'oublia rien. Mais son débit était monotone, sans chaleur. D'habitude, le maître disait qu'il récitait avec le ton. Aujourd'hui, sa voix était unie ; il avait l'air excédé et regardait vaguement la fenêtre qui encadrait le gros acacia.

«Les soldats étaient mélangés avec les chefs, on n'obéissait plus. Cependant il y avait des généraux comme le maréchal Victor et le maréchal Ney...»

Petit Doré suspendit sa phrase. Le sang affluait à ses joues. Le buste cambré, il regarda son maître.

«Il y avait le maréchal Ney. Au lieu de se sauver, il avait pris un fusil et c'était le plus brave. C'est pour ça que Napoléon l'a appelé le brave des braves. Le maréchal Ney s'était battu sous la Révolution. Il était né à Sarrelouis et il avait les cheveux roux...»

Petit Doré se tourna vers la classe et répéta, d'une voix éclatante : « Il avait les cheveux roux.»

Les copains se poussaient du coude en ricanant discrètement, le maître lui-même réprimait à peine un sourire.

Alors Petit Doré jeta sa toison rousse en arrière, d'un mouvement de tête altier, comme s'il eût défié une armée de cosaques, et tourné vers le grand Jars, il jeta :

« Il avait les cheveux roux, et dans toute l'armée, il pissait plus haut que n'importe lequel.»

LES MAUVAISES FIÈVRES

« $\mathcal{S}$ ainte Vierge de misère », pense Maximilien. Assis devant le poêle, les pieds sur ses sabots, il regarde fumer ses chaussons. « Sainte Vierge de misère. » (D'abord, ce n'est pas à proprement parler une prière, tout au plus une façon de s'entretenir avec lui-même. Peu à peu, il se laisse prendre au jeu. Il fait des vœux, il prie.) « Sainte Vierge de misère, vous connaissez l'Esther aussi bien que moi. Vous savez ce qu'elle vaut et que tout ce qui m'est arrivé de pire, dans ma saleté de vie, est arrivé par sa faute. Puisque la voilà bien malade, à soixante-douze ans sonnés, faites qu'elle ne passe pas la nuit prochaine. »

Pour séduire le ciel, Maximilien fait le compte de ses griefs. Depuis quarante-cinq ans qu'ils sont mariés, sa femme s'est ingéniée à le rendre malheureux.

D'abord, il s'est laissé berner par de mauvaises promesses, lui qui avait cru faire un mariage d'inclination et d'argent. L'Esther avait deux oncles. L'oncle Jules, riche et avare, vit encore. Il a quatre-vingt-onze ans et il a mis tout son bien en viager l'année dernière. L'oncle Alfred, besogneux, est mort l'année de l'Exposition Universelle, léguant à Esther une mauvaise bicoque perdue au milieu des bois. C'est cette maison-là que Maximilien habite aujourd'hui, faute d'avoir pu trouver un locataire qui voulût se résigner à cette solitude.

Avant même l'accomplissement des noces, Maximilien souhaitait une descendance nombreuse. L'Esther lui a fait attendre quinze ans la naissance d'une fille au visage revêche, au caractère difficile, en tout le portrait de sa mère.

Maximilien ne dit rien au ciel des milles tourments qui sont la monnaie quotidienne de son existence. Il veut être généreux. Mais il ne peut passer sous silence l'histoire douloureuse des fonds russes. Avant la guerre, les époux possédaient cinq mille francs d'or et d'ar-

Première publication dans Candide, *13 octobre 1931.*

gent répartis en divers pots de fleur. En homme de bon sens, Maximilien les avait convertis en valeurs russes. Où était le mal ? Un tel placement ne comportait aucun risque. Or, depuis qu'une révolution (une révolution n'ayant ni queue ni tête, il ne se lasserait jamais de le répéter) avait consommé le désastre, les reproches de l'Esther ne tarissaient pas.

«Heureusement que mon pauvre oncle Alfred m'avait laissé sa maison, a-t-elle coutume de dire non sans quelque ironie. Avec tes fonds russes, tu n'achèterais pas même une douzaine d'œufs.»

À de pareilles réflexions, parfaitement insupportables, si l'on veut bien réfléchir que la révolution russe n'aurait pas dû arriver, Maximilien riposte parfois par une volée de la main droite, car il pense que c'est justement dans l'adversité qu'on doit montrer un cœur ferme.

«Sainte Vierge, je ne l'aurai jamais calottée assez pour me payer des maux qu'elle m'a fait endurer.»

Cependant, l'Esther respire avec oppression. On lui a dressé un lit dans un coin de la cuisine, pour qu'elle ait de la société. Calée sur son oreiller, la bouche pincée, elle n'a plus assez de voix pour se plaindre. Son petit œil rond fixé sur le vieux, elle attend qu'il lui donne l'occasion de dire non, d'un coup de menton sur l'oreiller. Mais Maximilien lui tourne le dos. Plus souvent qu'il irait lui ouvrir la bouche, à la vieille toupie. Leur fille Léonie, revenue de la ville pour soigner sa mère, est occupée à nettoyer un placard où elle plonge jusqu'aux hanches. On ne peut pas compter qu'elle va mettre de l'huile sur le feu maintenant. La vieille ronge son frein.

«Faites qu'elle ne passe pas la nuit prochaine...»

Maximilien prie avec tant de ferveur que ses lèvres se mettent à remuer. Il en a conscience tout d'un coup et craint d'avoir trahi ses vœux les plus secrets. À la dérobée, il coule un regard vers le lit et rencontre les petits yeux attentifs. Par contenance il dit tout haut, avec un peu d'impatience :

«C'est les mauvaises fièvres, quoi!»

L'Esther fait signe qu'elle n'est pas du tout de son avis, et la Léonie développe ce qu'elle croit être la pensée de sa mère :

«Papa, vous répétez toujours la même chose.»

D'un effort qui la fait suer, la malade réussit à articuler :

«Oui, toujours la même chose.»

Le vieux donne dans le panneau encore une fois.

«Vous le savez de belle, toutes les deux, si ce n'est pas les mauvaises fièvres. Moi je dis que c'est les mauvaises fièvres, parce que c'est les mauvaises fièvres.»

La Léonie n'en reste pas là : une longue dispute s'engage entre le père et la fille. L'Esther tape du menton sur sa couverture en ricanant, dans l'espoir que le vieux finira par perdre toute patience. Mais il abandonne la partie, au moins pour le moment.

«On verra bien ce que le médecin va dire tout à l'heure.»

Le docteur arrive vers 4 heures après midi. Il a laissé son auto sur la route, à deux cents mètres de la maison.

«Les chemins sont bien mauvais pour arriver jusque chez vous. On n'a pas idée d'habiter en plein bois.

– C'est la faute de la femme, explique Maximilien : la baraque lui vient de son oncle Alfred, le frère donc à son père. C'est bien un caprice de vieux fou d'avoir voulu bâtir par ici. Je vous dis, dans sa famille ils n'en font pas d'autres.»

Le docteur met son thermomètre à chauffer dans le derrière de l'Esther qui le trouve bien familier. Tout en prenant le pouls de la malade, il s'informe s'il y a du gibier dans les environs. Maximilien raconte des histoires de chasse; il parle d'un sanglier qu'il a tiré une fois dans un champ de pommes de terre et qui est allé tomber à deux kilomètres, près du déversoir de l'étang des Filles. Le médecin est très intéressé.

«Sapristi, s'avise-t-il soudain, vous me faites oublier mon thermomètre avec votre animal. Hé!... hé... je vois que nous avons de la fièvre...

– C'est bien ce que je disais, triomphe le vieux, les mauvaises fièvres!

– Hum... nous allons soigner ça. Avant tout, la diète...»

Le médecin prescrit divers médicaments et dit que ça fera vingt-cinq francs. Il y en a qui ont bientôt fait de gagner des sous.

«N'importe, songe le vieux, j'aurai fait tout ce qu'il faut, personne ne pourra me reprocher de l'avoir mal soignée.»

Tandis qu'il reconduit le docteur jusqu'au chemin, Maximilien ne tient presque pas en place. Il pense à ce qu'il va dire tout à l'heure en rentrant dans la cuisine.

«Surtout, insiste le docteur, ne l'alimentez pas. La diète absolue.

– Ayez pas peur», dit le vieux.

En poussant la porte de la cuisine, il voit la Léonie penchée sur l'oreille de la malade. «Elles se montent le coup contre moi», pense Maximilien.

«Question des mauvaises fièvres, dit-il, j'avais pourtant raison...

– Jamais de la vie, coupe la Léonie. Vos mauvaises fièvres, c'est de la bêtise.»

L'Esther approuve d'un battement vif des paupières. Le vieux est en colère.

«Mais puisque le médecin l'a dit, puisqu'il l'a vu sur son thermomètre, tout de même.»

Alors la Léonie hausse les épaules et dit tranquillement en s'éloignant du lit:

«S'il fallait écouter les médecins, on n'en finirait pas. Son thermomètre, il l'avait laissé trop longtemps, vous comprenez. D'abord qu'est-ce que c'est que ces façons de vous mettre un thermomètre… Moi aussi le médecin est venu me voir quand j'ai été malade chez mes patrons, et il ne m'a jamais mis de thermomètre. Je ne l'aurais pas supporté.»

Les mains au dos, Maximilien arpente la cuisine.

«J'aime mieux me taire», dit-il d'une voix rageuse.

À la vérité, il manque d'arguments.

Passant auprès de la malade, il lui rappelle avec un plaisir malin:

«Ça ne fait rien, te voilà à la diète pour un bon moment.»

Et il répète pour sa fille:

«Je disais à la vieille qu'elle n'est pas encore à la veille de manger.»

La Léonie ne répond pas et va chercher un œuf dans le placard.

«Un œuf? s'étonne son père. Mais qu'est-ce que tu veux faire avec un œuf?

– Un lait de poule, pardi, riposte la Léonie. Il faut bien qu'elle prenne des forces…

– Mais Bon Dieu, tu n'as pas entendu ce qu'a dit le médecin? à la diète! et puis ta mère n'a pas faim…»

Mais l'Esther tape du menton, pour faire entendre qu'elle est affamée.

«Plus bête qu'une vache, tempête Maximilien. Quand une vache est malade, elle a assez d'intelligence pour comprendre qu'elle ne doit pas manger. Je dis bien, plus bête qu'une vache…»

Cependant, l'Esther avale son lait de poule avec une affectation de voracité, et, pour humilier son homme, elle en réclame un autre.

Bientôt, elle est rouge comme son édredon et murmure en suffoquant qu'elle se sent déjà bien mieux.

«Après tout, songe Maximilien, c'est une façon d'en finir. Au moins, je l'aurai avertie.»

Il reprend sa place devant le poêle, le regard sur ses chaussons qui recommencent à fumer; probablement parce qu'ils ne sont pas bien secs. Maintenant que son Esther est condamnée à tourner de l'œil dans la nuit, Maximilien sent fondre un peu de sa rancune. Que sa femme se soit toujours montrée carne, on n'en peut guère douter, et ce n'est pas lui qui dira le contraire. Pourtant, il ne peut lui refuser le bénéfice de quelques circonstances atténuantes. Tout de même, comme lui, elle a subi le contrecoup de cette révolution russe. D'autre part, il reconnaît loyalement qu'il a eu envers elle des torts légers; comme ce soir de vin où il lui avait chauffé la plante des pieds sur le fourneau avec le concours du grand Victor Mérinet. Il est vrai que tout ça est bien loin. C'était le temps de la belle jeunesse... Tandis qu'il s'attendrit à tous ces souvenirs, la Léonie dit à sa mère:

«Ce n'est pas pour dire, mais je trouve que vous avez déjà meilleure mine.»

Le vieux a entendu, mais il n'en croit rien; il sait bien que la fin approche; c'est pourquoi il ne se formalise pas de cette nouvelle insolence. Il dit sans effort:

«Ce serait bien à souhaiter. Enfin, les mauvaises fièvres, ça se guérit des fois.

– Mauvaises fièvres ou pas, mon lait de poule lui a redonné des forces. Elle respire déjà plus facilement. J'ai idée que ça l'a décongestionnée. Je ne lui donne pas longtemps avant d'être d'aplomb.»

En effet, l'Esther s'est dressée sur ses oreillers; elle qui ne parlait plus qu'à voix basse, articule distinctement:

«Si ton père n'avait pas acheté du russe avant la guerre, je ne risquerais pas à chaque instant d'attraper un chaud et froid.»

Alors Maximilien comprend qu'il y a vraiment un mieux sensible, mais il ne prend pas le temps de rêver à la vertu curative des laits de poule. Le reproche de l'Esther a réchauffé sa colère.

«Il n'y avait pas de meilleur placement que le russe. Ça serait à refaire, j'en rachèterais encore. S'il n'y avait pas eu la révolution là-bas, tu ne causerais pas comme ça aujourd'hui, tu dirais bien sûr que c'est toi qui y avais pensé la première.»

À son tour, il lui reproche amèrement la trahison de l'oncle Jules qu'on aurait dû faire enfermer avant sa décision criminelle; il tourne en dérision l'héritage de l'oncle Alfred dont la bicoque a déjà coûté plus cher qu'elle ne valait.

«Tu es bien content de l'avoir», riposte l'Esther.

Mais l'effort l'a fatiguée, elle ne peut tenir tête à son homme plus longtemps, et Maximilien profite de son avantage jusqu'au moment où la Léonie l'interrompt pour lui demander:

«Il est bientôt temps que vous descendiez au pays. Je n'ai plus ni sucre, ni sel, ni café. Je vous avais pourtant demandé d'y aller ce matin.»

Le vieux, qui ne pensait plus à cette menace suspendue sur sa tête pendant toute la journée, se tient coi, le dos humble, dans l'espoir qu'on l'oubliera.

La Léonie s'est replongée jusqu'aux hanches dans son placard. Il semble bien qu'elle ait oublié son père. C'est l'opinion de l'Esther, qui fait observer à voix haute :

«Maximilien tu ferais bien de ne pas partir trop tard.

– C'est vrai, dit la Léonie. Dépêchez-vous, il va faire nuit.»

Alors Maximilien devient rouge de colère et dit en se levant :

«C'est bon, puisque tout le monde se met après moi, j'y vais.»

Il se dirige vers la porte, tête nue, en manches de chemise, pour bien faire voir à ces deux garces-là que si elles veulent le faire crever, si c'est leur idée de derrière la tête, il ne se défendra pas. Au fond, il pense bien que la Léonie va le rappeler. Au contraire, elle le regarde ouvrir la porte, sans une parole. Ulcéré, Maximilien fait trois pas sous la pluie, rentre et dit d'une voix gênée :

«Ce n'est pas croyable, ce qu'il peut tomber.»

Dans son lit, la vieille le regarde avec des yeux brillants d'ironie. Il éclate :

«Un homme de mon âge faire huit kilomètres sous la pluie, en pleins bois, pour me voir rigoler au nez...

– Habillez-vous, papa, je vais vous faire la liste des commissions.»

Maximilien ne finit pas de s'habiller.

«Ma pèlerine, je trouve pas ma pèlerine...»

Il crie que c'est toujours la même chose dans cette baraque à l'oncle Alfred, on n'est jamais fichu de mettre la main sur ses affaires au moment qu'on en a besoin. La Léonie cherche la pèlerine que son père a cachée sous le buffet dans la matinée. Le vieux se réjouit déjà de son stratagème ; le doigt tendu, l'Esther dit à sa fille :

«Elle est sous le buffet.»

Enragé, il boutonne la longue pèlerine à capuchon et rafle la liste des commissions.

Pour gagner la route qui mène par bois au village, il lui faut suivre un mauvais chemin où les charrois ont creusé des ornières profondes. Il fait exprès de jeter ses pieds dans les flaques d'eau pour la joie amère d'en tirer argument :

«À mon âge, me faire piétiner dans la gadoue. Bon Dieu de femelles...»

Un peu avant de joindre la route, il soulève le capuchon qui gêne son regard et heure un noisetier. Une douche froide l'asperge au visage. Il manque perdre l'équilibre. Maximilien jure que tout arrive par la faute de l'Esther. C'est elle qui voudrait le faire crever par jalousie de le voir encore vif.

«Si je la tenais encore, les deux pieds nus sur le fourneau», songe-t-il.

Maximilien ne prend pas garde que le jour décline. Lorsqu'il arrive au village, on allume déjà les lampes. Au lieu de prendre sur sa gauche le chemin de l'épicier, il s'en va droit à la maison commune. L'institutrice, qui remplit les fonctions de secrétaire de mairie, est une jeune fille de vingt-cinq ans. Maximilien l'a toujours admirée pour sa science, son sourire et ses lunettes d'écaille qui lui donnent un air distingué. Ce n'est pas la Léonie qui porterait des lunettes d'écaille... L'accueil de l'institutrice est cordial, elle propose au vieux de retirer sa pèlerine trempée et de la mettre à sécher près du fourneau.

«Pendant ce temps-là, vous vous reposerez.»

Mais Maximilien proteste qu'il n'a pas le temps de retirer sa pèlerine et qu'au reste il n'a pas du tout le cœur à s'asseoir. Comme l'institutrice le presse de questions, il jette avec précipitation:

«Je venais déclarer l'Esther.

– Vous venez... oh!»

Le vieux renifle dans son capuchon et dit en baissant la voix:

«Oui, l'Esther est morte dans l'après-midi.»

Il étouffe un soupir de frayeur et de délivrance. Il lui semble qu'il vient de pousser l'Esther dans un engrenage perfide, qu'il va l'entendre râler, aplatie entre deux feuillets du registre de l'état civil. L'institutrice cherche des paroles de circonstance et dit en prenant son mouchoir dans sa poitrine:

«Ce n'est pas possible, je ne peux pas croire.

– Je vous le dis.

– Mon Dieu, mon pauvre monsieur Maximilien, quel malheur, pour vous!

– Bien sûr, c'est embêtant.»

Maximilien, gêné par l'insuffisance de son désespoir, comprend qu'il doit à l'institutrice un récit détaillé de l'affaire, et se décide à prendre une chaise.

«Ça l'a prise l'autre jeudi qu'elle a voulu casser des rains dans le bûcher. Elle s'est mise au lit sur les 5 heures en disant qu'elle avait mal dans le côté. J'ai bien vu tout de suite que c'était les mauvaises fièvres. Aussitôt, j'ai fait venir la Léonie, et j'ai appelé le médecin. Je ne m'étais pas trompé. C'était bien les mauvaises fièvres.

– Le médecin a dit...

– Oui, il a reconnu la maladie du premier coup, mais c'est tout ce qu'il a fait de bien. Ces médecins, ils n'ont pas mauvaise volonté, mais nous autres, on en sait souvent plus qu'eux. Voyez donc, avant de faire venir celui-là, moi j'avais commencé de soigner l'Esther à ma façon : tous les jours, je lui donnais ses trois ou quatre laits de poule, et si j'avais continué le traitement, je vous dis que la vieille s'en tirait. Il n'y a rien comme le lait de poule pour vous ravigoter un malade. Et pourtant, j'ai cru bien faire de la mettre à la diète ; le médecin l'avait dit. Depuis qu'il est venu la voir, je peux dire qu'elle a décliné à vue d'œil. Ce matin, elle ne pouvait déjà plus parler et c'était une pitié de voir comme elle souffrait. Je n'ai pas arrêté de lui tenir la main. Vers midi, elle était glacée par les sueurs de la mort, mais elle avait encore toute sa connaissance.

– Alors, c'est cet après-midi ?

– Il était juste 4 heures et demie. Quand je pense que j'aurais pu la sauver rien qu'avec des laits de poule... »

L'institutrice se tamponne les yeux ; dans un élan de sympathie, elle cherche la main du vieux et ne rencontre que la pèlerine mouillée. Maximilien est tassé sur sa chaise comme une boule noire que les sanglots font sauter.

« Quel malheur, répète l'institutrice. Une personne si alerte pour son âge...

– Elle était née en 59, dit Maximilien, le 16 de décembre. C'était quand même une bonne femme. Je ne peux pas m'empêcher que de repenser à l'année où on s'est marié, en 85. Jamais il n'avait fait si chaud, ni d'aussi bonne heure. On était heureux quand même, allez donc...

– Vous voilà bien seul. Il faudrait que votre fille vienne habiter avec vous.

– Jamais, s'écrie Maximilien. La Léonie vaut encore moins que sa mère et c'est peut-être bien elle qui lui a monté le coup contre moi. Dans le fond, l'Esther n'était pas mauvaise... »

L'institutrice a un geste d'assentiment.

« L'Esther n'était pas mauvaise, répète Maximilien.

– C'était bien la meilleure des femmes. Est-ce que vous avez fixé le jour de l'enterrement ? »

Le vieux ramasse ses sabots et, gagnant la porte, gémit sans se retourner :

« Ah ! ne me parlez pas d'enterrement. Qu'est-ce que j'en sais, moi ? Misère de Dieu, une femme qui n'avait point de méchanceté... »

Il pleut à verse, mais Maximilien ne sent plus ses soixante-douze ans. Il imagine qu'il est fin saoul, par un dimanche d'orage, un dimanche d'il y a longtemps, après avoir beuglé tout l'après-midi en tapant le carton chez Clinclin. Il parle comme s'il était dans le vin. «Voilà qu'on arrive à la nuit. Il faut que je rentre faire un garçon à l'Esther.»

Mais le vent de la plaine, et la musique de la pluie pincée par le vent, et l'eau rigolante au creux des fossés répètent ses paroles tout de travers. Maximilien riposte:

«Je ne veux point de fille, qu'est-ce que je ferais d'une fille? À mon âge, on ne se dérange pas pour faire une fille. Je veux un garçon.»

En arrivant au chemin qui mène à l'épicerie, il s'arrête et dit en hochant la tête:

«Je ne pensais plus qu'elle était morte.»

À une centaine de pas, une maison ouvre sa porte, jetant un faisceau de lumière dans la nuit. Le vieux crie:

«L'Esther est morte, vous savez!»

Mais sa voix coule dans sa pèlerine, il ne l'entend pas lui-même. Alors il reprend sa marche vers le bois en murmurant:

«Du moment qu'elle est morte, elle n'a pas besoin de sucre, ni de café, ni de rien. Si l'autre veut sucrer son café, elle ira à l'épicerie.»

Le grand vent le rejette d'un côté à l'autre de la route, lui colle sa pèlerine entre les cuisses. Maximilien titube et le vin du vent lui donne des chansons. Lui, il rit entre les couplets, si léger qu'il danse dans sa grande pèlerine. Avant de s'engager dans le bois, il se retourne et dit au village: «Mon Esther est morte.» Puis il donne à tout le monde rendez-vous chez Clinclin pour une date qui n'a jamais figuré à aucun calendrier.

La pluie tombe si serrée qu'elle dérobe les lumières du village en bas de la côte. Le vieux trouve que tout va bien et entre dans le bois. Il n'a pas fait cinquante pas que la forêt se met à pleurer. Maximilien n'en est pas surpris.

Il marche dans la grande allée de l'église, et c'est un bel enterrement. Sur son passage, il entend les murmures des hommes qui lui parlent avec compassion. «Maximilien, tu ne mérites pas ce qui t'arrive.» Il y a là tous les hommes du pays: ses conscrits qui ont tiré au sort avec lui, et ceux qui sont nés longtemps après lui. Ils ont mis des complets, des souliers et des chapeaux mous, pour faire honneur à l'Esther. Leurs femmes sont agenouillées de l'autre côté de l'allée. «Ce pauvre Maximilien, c'est encore lui le plus à plaindre», disent-elles; et c'est la vérité. Dans les bancs du catéchisme, les gamins reniflent en faisant craquer leurs bottines de dimanche. Maximilien console tout le monde et, les pans de sa pèlerine rejetés en arrière, bénit des deux mains. Il dit que c'est malheureux de perdre une femme comme l'Esther, parce que c'est une bonne femme, sans méchanceté, et qui savait abattre de l'ouvrage ; une femme comme on n'en voit plus guère à présent. Il dit que c'est malheureux, mais que rien ne sert de se décourager. Voilà ce qu'il a à leur dire, à tous ceux qui sont venus, et maintenant qu'il a fini, il laisse aller le curé : *Dominus vobiscum*, qu'il dit. Et tandis que le vieux fait son signe de la croix, un grand coup d'harmonium s'engouffre dans sa pèlerine et le porte jusque sur un tas de pierres. De là, il domine toute l'église.

« Je n'aurais jamais cru qu'il serait venu tant de monde. Il y en a de toutes les communes du canton ; les gens ont été bien convenables. C'est vrai que j'ai toujours été bien estimé partout où je suis passé, et l'Esther n'était pas désagréable non plus quand on savait la prendre. »

Maximilien ôte son capuchon pour écouter l'office des morts qui souffle dans la forêt. Le curé n'a jamais eu autant de voix. Le vieux, à chaque instant, se sent arraché de la terre, et lorsqu'il reprend son chemin, il est encore si léger qu'il entasse des pierres dans son panier, par précaution.

Maximilien arrive sans bruit devant la fenêtre de la cuisine, tout frissonnant encore du *Dies irae* et de la pluie qui lui coule entre les épaules. Les persiennes ne sont pas fermées, il voit la lampe allumée sur la table où deux couverts sont dressés. La Léonie doit être occupée derrière la maison à soigner les bêtes. L'abat-jour de la lampe fait une zone d'ombre dans l'angle de la pièce où repose l'Esther, allongée sur le lit. Maximilien, le nez écrasé sur la vitre, regarde bouger sa femme qui fait danser des ombres massives sur le mur blanchi à la chaux.

« Nom de nom, dit-il à voix basse, et le monde qui va arriver bientôt… »

Sur le rebord de la fenêtre, il dépose son panier de pierres, et va pousser la porte de la cuisine avec précautions. L'Esther l'a entendu, elle le regarde de ses petits yeux ronds, et dit sèchement :

« Deux heures que t'es parti. T'as encore été te saouler le nez. »

Le vieux fait entendre un petit rire de colère et répond depuis la porte :

« T'as bien de la gueule, ce soir. »

Puis il traverse la cuisine à grands pas et revient au chevet du lit.

Courbé dans sa longue pèlerine, il regarde de tout près ce visage hargneux, qui a trop de peau.

«C'est peut-être que tu aurais envie de guérir? Va, je t'en foutrai, moi, des laits de poule. T'as donc rien que de la méchanceté sous la peau? Pour quoi que tu veux me faire passer? Voilà le monde qui va venir, des gens que j'aurai dérangés pour rien...

– Je te dis que tu es saoul. Depuis les fonds russes...

– Vas-tu te taire avec tes fonds russes?» grogne Maximilien.

Comme l'Esther se rebiffe, il lui applique un oreiller sur le visage pour ne plus l'entendre. La malade se débat, mais le vieux tient bon...

«Je l'ai pourtant fait taire», murmure-t-il en abandonnant son étreinte.

Avant de quitter la cuisine, Maximilien borde soigneusement sa femme. Il a retapé l'oreiller et lui a posé la tête bien au milieu, le regard tourné vers le mur. L'une des mains de la morte semble pincer la couverture avec une grâce espiègle. Si la Léonie entrait, elle pourrait croire sa mère endormie. En baisant le pauvre visage marbré, le vieux soupire:

«Jésus de misère, comme les choses vous arrivent.»

Puis il s'éloigne sous la pluie, dans le chemin détrempé qu'il a suivi tout à l'heure. En arrivant à la route, il fait la rencontre d'une voiture arrêtée au bord du fossé. Le voiturier est descendu de son siège pour serrer des courroies de son attelage.

«C'est toi, Emile, dit Maximilien. Te voilà en route...

– Oui. Vous aussi, Maximilien... vous voilà en route...

– Oui. À propos, tu le sais que l'Esther est morte?»

Émile accueille la nouvelle avec un mouvement d'émotion qu'il exagère par civilité.

«Qu'est-ce que vous me dites-là?

– Elle a passé vers les 4 heures et demie. Depuis jeudi soir, elle traînait les mauvaises fièvres.

– Vous n'avez guère de chance. Elle n'était pas vieille, l'Esther...»

Ayant bouclé ses courroies, Emile va suspendre sa lanterne au cul de la voiture. Maximilien le suit en geignant:

«Une femme qui n'avait pour ainsi dire point de méchanceté. Tu n'as jamais vu personne pour s'entendre comme nous deux. Mais c'était l'année de notre mariage qu'il aurait fallu la connaître. Fraîche, Bon Dieu, qu'elle était, comme une pomme, et toute ronde à la main...»

Il se met à rire doucement et, quittant la route, s'enfonce dans la forêt.

« Eh ! Maximilien ! pas possible, vous vous trompez de chemin ! » crie le voiturier.

La voix étouffée, déjà lointaine, le vieux lui répond qu'il s'en va attendre son monde au déversoir de l'étang des Filles.

NOBLESSE

*V*ers 8 heures du matin, une soixantaine d'hommes et de femmes étaient rassemblés dans la cour de la firme Paris-Cinéma. Le régisseur les avait racolés la veille à vingt-cinq francs par tête pour figurer dans un film à épisodes et à prétentions historiques. C'étaient, pour la plupart, des gens pauvrement vêtus, quelques-uns malpropres, tous préoccupés de lendemains hasardeux, à excepter quatre ou cinq femmes de modeste bourgeoisie hantées par la carrière foudroyante de quelque étoile américaine. Des groupes s'étaient formés au hasard des rencontres. On y parlait à bâtons rompus, sans entrain, pour occuper l'attente. Ceux qui avaient déjà «tourné» renseignaient les nouveaux sur les avantages et les inconvénients du métier, avec une bienveillance un peu condescendante.

Nicolet, à l'écart des conversations, était appuyé contre la grille d'entrée et considérait ses compagnons avec un peu de gêne. C'était un garçon paisible de vingt-cinq ans, bien vêtu, de bonne mine et qui avait dix francs dans sa poche. Un mois auparavant, il était employé dans un établissement de crédit qui l'avait congédié pour son manque d'assiduité. Il venait, pour la première fois, figurer à Paris-Cinéma.

Le voyant seul, un homme maigre, guenilleux, d'âge incertain, vint à lui.

«Vous n'auriez pas une cigarette, des fois?»

Nicolet fouilla dans ses poches, en retira une cigarette en deux morceaux et l'offrit en s'excusant:

«Ça ne fait rien, dit l'homme sale. Tout se fume. Je m'appelle Bigne.»

À son tour, Nicolet se présenta, ajoutant sans excès d'amabilité:

«Il y a du monde.

– Sûrement qu'il y a du monde, approuva Bigne. Entre nous, on peut même dire que ce n'est pas du joli monde... Mais vous, vous avez

---

Première publication dans Candide, *3 juillet 1930; écartée de la 2ᵉ édition du recueil* Le Puits aux images *en 1948, la nouvelle est reprise dans le recueil posthume* La Fille du shérif, *Gallimard, 1987.*

---

l'air bien de votre famille. L'année qu'ils ont fini la guerre, je m'étais acheté un complet aussi ; il m'a duré longtemps. Vous avez l'heure ?
– Non, dit Nicolet, assombri par le souvenir d'une montre en or qu'il avait laissée au mont-de-piété. »
Bigne flaira l'embarras du jeune homme ; il fit couler un jet de salive entre ses gencives édentées et prit l'attitude d'un homme considérable.
« Je n'ai l'air de rien, mais je suis marié », dit-il en soufflant une bouffée de fumée dans le visage de Nicolet. « J'ai un logement dans la rue des Petits-Carreaux, moi, et il n'y en a guère, de tous ceux qui sont là, qui pourraient dire la même chose. Je viens ici manière de toucher vingt-cinq francs. Je cause à qui je veux… Tiens, voilà le régisseur qui arrive. »
Celui qu'on nommait le régisseur entra dans la cour, un papier à la main. D'une voix impatiente, il commanda :
« Alignez-vous sur deux rangs, les hommes par ici, les femmes de l'autre côté. Allons, vite, nous sommes déjà en retard. »
Il compta ses gens, puis, à haute voix, il expliqua :
« Chez les hommes, il me faut quinze nobles et douze laquais. Chez les femmes, dix nobles. Le reste sera de la foule. »
Lentement, il commença sa promenade devant les figurants alignés, les examinant.
« Vous, le grand au chapeau melon, dans la noblesse… Vous, avec les laquais dans le deuxième tas… »
Après avoir examiné un bon tiers du contingent, il parut mécontent. Il n'avait que trois nobles encore. Hochant la tête, il maugréa :
« La noblesse ne va pas. »
Bigne donna du coude dans les côtes de Nicolet et ricana en regardant les trois nobles :
« Regarde donc si ce n'est pas honteux… mettre ça dans la noblesse. »
Le régisseur poursuivait son tri. Avant d'arriver à Nicolet, il interrogea :
« Je ne vois pas l'homme au bouc. Est-ce que l'homme au bouc ne serait pas venu ? »
L'homme au bouc sortit des rangs.
« Ah ! bon, soupira le chef. Dans la noblesse, naturellement. C'est vous qui mettrez l'habit avec l'écharpe blanche. »
L'homme au bouc toucha son chapeau de feutre et dit avec fermeté :
« Dans ces conditions-là, vous comprenez, ce n'est plus pareil. Du moment que vous vous servez de mon bouc, je veux être payé pour mon bouc. Je ne suis plus figurant, j'ai un rôle.
– Je vous ai engagé comme figurant, repartit le chef. J'ai le droit de vous habiller comme je veux ; c'est compris ?

– Ce n'est pas la peine que je m'esquinte à porter le bouc, alors. Si vous le prenez comme ça, moi je vous dis que je me ferai raser à midi.»

Le régisseur eut un geste de mauvaise humeur qu'il réussit à maîtriser. Il articula sèchement :

«Faites-vous raser si vous voulez. Mais moi je n'ai pas besoin de vous ; voilà votre ticket, vous reviendrez vous faire payer ce soir, et à l'avenir vous irez figurer ailleurs qu'à Paris-Cinéma.»

L'homme au bouc prit son ticket et s'éloigna la tête haute. Le régisseur le suivit du regard jusqu'à la grille, puis il se tourna vers ses figurants :

«On n'en finirait pas s'il fallait écouter des boniments pareils... Avec tout ça, je perds quand même un noble ; et un bon noble.»

Soucieux, il hésita devant un homme ventru, l'expédia dans le coin de la noblesse en haussant les épaules et se trouva en face de Nicolet. Alors un sourire de détente éclaira son visage. Il frappa sur l'épaule du jeune homme, lui dit avec amitié.

«Ah bon ! Voilà ! Bon ! Tout s'arrange. Vous allez faire un jeune seigneur tout ce qu'il y a de bien. Et même...»

Bigne eut un mauvais sourire.

«Il n'a jamais tourné.»

Le régisseur ne répondit pas à Bigne. Il tira Nicolet hors du rang et suivit son idée.

«Mais oui, vous pourriez prendre l'écharpe blanche, pourquoi pas ? Vous faites un peu jeune, mais ça ne gâtera rien. Allez ! c'est dit, vous porterez l'écharpe.»

Nicolet, réjoui par la cordialité du régisseur et secrètement flatté de cette distinction où il était appelé, se dirigea vers ses pairs. Et Bigne lui emboîtait le pas furtivement, lorsque le régisseur l'arrêta :

«Où allez-vous ?

– J'allais les retrouver, expliqua Bigne.

– Je ne veux pas de ces comédies-là, hein ? Vous allez me faire le plaisir de rentrer dans le peuple.»

Bigne reprit sa place, dissimulant qu'il était vexé.

Les quinze seigneurs suivirent le régisseur à travers les hautes toiles de décor, jusqu'à une petite salle ménagée entre trois paysages lacustres. Sur des tréteaux, les quinze costumes étaient alignés par ordre de taille. Il y avait pour chacun un chapeau, un pourpoint, une collerette, une paire de culottes, une épée, des bas et des souliers ; le tout assez mal assorti.

Le régisseur désigna un costume à chacun des figurants pour éviter toute altercation et leur donna dix minutes pour s'habiller. Nicolet se déshabillait entre deux hommes d'une quarantaine d'années. Le voisin de droite lui confia qu'il était chanteur de café-concert sans engagement.

«Mon nom d'artiste, c'est Fernando. Je chante toujours en smoking. Pour le moment et tel que tu me vois, je suis en pourparlers avec plusieurs directeurs. Je peux dire que c'est surtout l'embarras de choisir qui me fait venir ici en attendant que je me décide. Qu'est-ce que tu fais, toi, d'habitude ?

– J'étais employé de banque, au service des avances sur titres.

– Il y a de drôles de métiers, dit Fernando. Dis donc, tu as eu de la chance, tu as vu comme le régisseur s'est emballé sur toi. Il penserait à toi pour un rôle que je ne serais pas étonné. L'écharpe blanche peut te faire remarquer. Tout dépend de ce que dira le metteur en scène. Ah! si c'était moi...»

Nicolet acheva de s'habiller et s'assit sur un tréteau. Il avait un pourpoint rouge très ajusté à la taille, des culottes noires bouffantes serrées à mi-cuisse par un élastique, des bas verts, un large feutre noir à plume blanche et, suspendue au côté par l'écharpe blanche, une épée à large coquille. Fernando lui fit compliment de son élégance.

«Tu es bien, avec ton petit corsage rouge. Je te jure, c'est coquet...»

Nicolet se leva pour faire bouffer ses culottes. Le voisin de gauche lui toucha l'épaule.

«Aide-moi à boutonner ma collerette, je n'y arrive pas. C'est comme la veste, elle est un peu juste. À part ça, tu parles d'un métier. C'est tout de même humiliant pour un communiste militant comme je suis, d'être habillé en seigneur. En seigneur, dis donc...»

«La noblesse, Bon Dieu! Qu'est-ce qu'elle fout, la noblesse ?»

À la voix irritée du metteur en scène, l'assistant fit irruption chez les seigneurs.

«Dépêchons-nous, on attend après vous pour la scène de la rue.»

Les yeux clignotants, la noblesse déboucha dans la lumière dure des projecteurs. Le décor figurait une double rangée de maisons en toile et carton ; les façades à encorbellements avaient un air de vétusté et de saleté qui devait donner la note historique. Le peuple grouillait déjà dans la rue, mais avec des allures de flâneurs endimanchés, qui inquiétaient le metteur en scène. Du haut de son belvédère, il dit à l'assistant :

«Mettez la noblesse dans la rue et secouez-moi le peuple un peu. Il a l'air endormi, ce peuple. Je veux des gens affairés, qui aillent à leur travail. Les nobles, deux par deux et qui tiennent le haut du pavé. Le peuple devra s'écarter devant les seigneurs. S'ils ne s'écartent pas, les nobles les bousculent à coups d'épaule.»

Pendant le conciliabule, le peuple et les seigneurs se considéraient avec des regards de défiance. À quelques pas de la rue, la noblesse, déjà oublieuse de ses origines, formait un groupe distant. On s'y essayait à deviser avec aisance et courtoisie. Les vêtements seigneuriaux, le bruit des épées, favorisaient une atmosphère de complicité. Fernando pérorait avec l'assurance d'un professeur de distinction et chacun s'efforçait à dire des riens aimables. Seul, le seigneur communiste ne se mêlait pas à ces badinages et se contentait de sourire cordialement à quelque plaisanterie. Dans sa rue en carton, le peuple paraissait mécontent. Au premier plan, Bigne, à peine moins loqueteux que d'habitude, avait réuni quelques hommes du peuple et faisait des plaisanteries désobligeantes sur les gentilshommes.

Cependant, l'assistant avait choisi huit seigneurs, entre lesquels Fernando et Nicolet, et leur expliquait ce qu'ils avaient à faire. «Faites semblant de causer et faites des gestes.» Les gens doivent s'écarter pour vous laisser passer, mais ayez l'air un peu brutal avec eux.

Les premiers, Fernando et Nicolet entrèrent dans la rue. Bigne n'avait pas bougé.

Il dit au passage de Nicolet:

«Ça porte des écharpes blanches et ça n'a pas quarante sous pour acheter du tabac... crâneur!»

Nicolet se retourna la main sur la garde de son épée. C'était un garçon paisible qui rêvait habituellement à une nourriture abondante et à des filles fraîches. Il vit dans les yeux de Bigne une volonté agressive et se contenta de hausser les épaules. L'autre le suivit, accompagné de deux ou trois gueux avec lesquels il échangeait des propos tout pleins d'une ironie dirigée contre «les mecs dorés sur tranche qui n'ont pas assez d'esprit pour savoir répondre». Nicolet finit par faire demi-tour. Nez à nez avec Bigne, il prononça d'une voix sévère, calme encore:

«J'aimerais bien que tu la boucles.»

Sur quoi les comparses de Bigne jetèrent les hauts cris, dénonçant la morgue de ces petits prétentieux qui se croient tout permis parce qu'ils ont des plumes sur la tête. Fernando, complètement dominé par son rôle, assurait son chapeau d'un geste désinvolte et jetait sur la racaille accourue de tous côtés un regard circulaire d'absolu mépris. Prenant le bras de son compagnon, il voulut l'entraîner. «Mon cher, dit-il à voix haute, je vous en prie; cavalons un peu plus loin, vous voyez bien que ces types-là sont jaloux.» Paroles malheureuses qui mirent tout le peuple en effervescence. Fernando fut pris à partie par une dizaine d'hommes qui l'injuriaient. Sur son belvédère, le metteur en scène se frottait les mains, charmé par le spectacle de cette rue toute pleine de vie et de mouvement. Comme l'assistant faisait mine d'intervenir, il lui fit signe de s'écarter et donna l'ordre de tourner à l'opérateur.

Fernando, serré de près par des gens débraillés et grondants, commençait à perdre la foi dans la vertu de son chapeau à plume. Il s'en confessait.

«Laissez-moi passer, disait-il. Pourquoi faire se chamailler, comme si on n'était pas là pour palper nos vingt-cinq francs à la fin de la journée.»

Et, à la dérobée, il pinçait la hanche de Nicolet pour lui faire apprécier la nécessité d'être opportuniste. Nicolet était lent à la colère, mais, gros mangeur, n'en était plus maître lorsqu'elle éclatait; il fallait qu'elle suivît son cours comme une digestion. Étendant le bras, il saisit Bigne par le pourpoint et l'amena contre lui. Bigne avait peur; il fut poli tout d'un coup et murmura avec soumission:

«Il a raison, ton copain. On est là pour nos vingt-cinq francs, tous autant qu'on est.»

Nicolet, écœuré, lâcha cette chose molle et malpropre qui tremblait dans ses mains. Fernando, jeté par un remous dans le milieu de la foule, appelait à l'aide en agitant son chapeau à plume blanche. On n'osait pas encore le frapper du poing, mais les coups de pied dans les jarrets ne lui étaient pas épargnés. Déçu par la platitude de Bigne, Nicolet cherchait de quoi satisfaire sa colère. Voyant la situation fâcheuse où s'était mis Fernando, il écarta la foule en jouant durement des coudes.

Le metteur en scène était dans une grande jubilation, l'opérateur tournait sa manivelle.

«À moi, les copains de la noblesse!» criait Fernando.

Les seigneurs n'avaient d'abord pas compris grand-chose du tumulte. Ils pensaient que ce fût une mise en scène réglée à l'avance. Les appels angoissés de Fernando, l'énergie déployée par Nicolet leur firent deviner la vérité. Quelques-uns d'entre eux tentèrent de se frayer un passage à travers le peuple. Ils se heurtèrent à une résistance vigoureuse et décidèrent les autres gentilshommes à se jeter dans la mêlée.

Le seigneur communiste, demeuré seul à l'écart du champ de bataille, se débattait dans une crise de conscience, hésitant s'il marcherait contre le peuple.

« Car enfin, songeait-il, le peuple est le peuple. »

Mais les appels de Fernando, de plus en plus étouffés, semblait-il, l'agitaient d'une fièvre impatiente. Il grimpa sur une chaise pour suivre les péripéties de la lutte. Tout à coup, il eut un haut-le-corps qui faillit le précipiter de son observatoire. Un truand avait décoiffé Fernando et arrachant du chapeau la longue plume blanche, l'agitait en trophée au-dessus de la bousculade. Le gentilhomme communiste en eut au cœur comme une vive brûlure. Une impatience tendre et cruelle bouscula ses derniers scrupules. Il n'hésita plus. Jetant son épée et son chapeau, il ôta son pourpoint, retroussa ses manches de chemise et, tête baissée, fonça dans la rue. Il n'avait pas pris le temps de retirer sa collerette qui voisinait plaisamment avec la régate de tricot noir nouée sur sa chemise kaki à poches rapportées.

Son intervention fut d'ailleurs décisive. Le metteur en scène, considérant qu'au premier plan d'une rue du seizième siècle, cette chemise américaine aggravée d'une cravate en tricot noir n'était rien moins qu'un anachronisme, exhalait sa colère dans le porte-voix :

« C'qu'il fiche en bras de chemise, cet oiseau-là ? Et au premier plan, encore, et en plein milieu ! Faites exprès ? Imbécile, crâne de piaffe ! Allez vous habiller... Et puis, assez de pagaïe dans la rue. »

Après la scène de la rue, le peuple fut disponible jusqu'à midi et se mit à errer dans le studio, tandis que la noblesse se transportait dans la salle du trône. Contre une fausse boiserie gothique, deux fauteuils également gothiques étaient occupés par la reine mère et par la jeune reine, une veuve de guerre vêtue de noir. Le metteur en scène était descendu dans la salle du trône et rabrouait un prince jeune et beau qui faisait sa cour aux souveraines.

« Mais non, ce n'est pas ça, voyez-moi cet empoté. Mais vous êtes amoureux, mon garçon, faites de l'œil à la reine et soyez aimable avec la vieille. Recommencez votre salut. Non, enlevez-vous de là et regardez comme je fais... Là, en vous relevant, vous coulez des yeux doux à la petite, mais non, des grands yeux mourants, et puis un sourire à la vieille... C'est déjà mieux. Exercez-vous pendant que je place les gens de la cour. »

Aux portes, il plaça quelques laquais, immobiles, au garde à vous. À distance respectueuse du trône, il disposa des groupes de dames et de gentilshommes qui devisaient en souriant, le visage tourné vers les souveraines.

« Voilà qui prend tournure, affirma le metteur en scène. De la grâce surtout. Je veux de la grâce, hein. Et maintenant, il me faut deux seigneurs au premier plan ; vous, l'homme à l'écharpe blanche, et cet autre-là qui a perdu la plume de son chapeau. Mettez-vous par ici, qu'on vous voie de profil. Vous ferez semblant de parler de choses et d'autres. Surtout, des gestes et du sourire, compris ? »

Il donna encore quelques conseils et regagna son observatoire. Fernando, chapeau bas, la main sur la pomme de sa rapière, était ému.

« C'est bête, avoua-t-il à Nicolet, mais j'ai le trac. Moi qui passe ma vie sur les planches, voilà que j'ai le trac en face d'un appareil... Un rôle de premier plan, dis, c'est déjà un rôle. Si on s'en tire proprement, on ne sait pas ce que ça peut nous donner. Pour être plus à l'aise, je vais réciter un monologue ; toi, tu diras ce que tu voudras. »

Nicolet ne répondit pas, occupé de lorgner Bigne qui bavardait au milieu d'un groupe populaire, en dehors du champ lumineux des projecteurs, et dont l'attitude était décidément injurieuse : il montrait du doigt les deux gentilshommes du premier plan, assaisonnant ses réflexions de grands éclats de rire.

Du haut de son belvédère, le metteur en scène criait dans le porte-voix :

« Le prince, écartez-vous à droite, vous masquez la reine mère. Là, encore... ça va. La petite, penchez la tête un peu... Mais non, ma petite, ne faites pas cette bouillotte-là, voyons. J'ai dit un léger sourire, quelque chose d'attendri qui soit encore décent. Vous êtes veuve, ne l'oubliez pas... Hep ! le grand laquais à droite, joignez les talons... Maintenant, attention, on va tourner.

– On tourne... on tourne... »

C'était une feinte, une manière de répétition générale. Le jeune prince était devenu plus attentif à son rôle. Les reines souriaient avec une bienveillance mélancolique. Fernando récitait un monologue, se ménageant des silences pour sauvegarder l'apparence du dialogue.

> *Hier soir, après l'heure de la soupe, l'grand Laridon, qu'est mon pays*
> *Dit : « Viens donc jusqu'à la cantine, on verra la grande Anaïs... »*

Suspension, et Nicolet mâchonnait d'une voix irritée avec des mouvements nerveux :

« Ce salopard de Bigne et les autres qui sont avec lui, ils commencent à me dégoûter. La matinée ne se finira pas avant que... »

Il eut un geste expressif, de sa main fermée, tandis que Fernando reprenait :

> *... En buvant l'coup.* » *Mais moi qu'étais en bourgeron,*
> *Je lui dis :* «*Mon vieux Laridon...*»

C'était un de ses monologues favoris, et qui rencontrait toujours l'estime du public. Mais la grande habitude qu'il en avait fit qu'il accompagna le récit d'une mimique qui, n'était point d'un gentilhomme. Comme Nicolet profitait d'un silence de Fernando pour exhaler sa mauvaise humeur contre Bigne, il y eut un grand éclat dans le porte-voix. Le metteur en scène hurlait :
« Regardez-moi cette face molle au premier plan ! M'a fichu un seigneur comme ça ? On dirait un clown qui a perdu sa femme. Pouvez pas prendre l'air intelligent... »
Fernando et Nicolet paraissaient insensibles aux reproches du metteur en scène, chacun étant très sûr que l'observation était destinée à l'autre. Fernando avait repris son monologue, et ses bras pendants ramaient doucement, ainsi qu'il sied à un militaire de deuxième classe dont l'âme est candide. Le metteur en scène eut un rugissement presque douloureux :
« Il continue ! Voilà qu'il continue ! Ah ! il va faire tout rater, l'imbécile, l'idiot... Voyons, mais faites comme le grand, mettez la main sur la garde de votre épée. Campez-vous, enfin... »
Fernando avait fini par comprendre que son nonchaloir irritait le metteur en scène. Tout en l'accusant secrètement d'injustice, il voulut bien faire cas de ses conseils et s'efforcer à une attitude désinvolte. L'incident pouvait être clos, mais il est difficile d'asservir la réalité aux apparences. Dans cette cour royale d'une physionomie pourtant benoîte, l'atmosphère était chargée de passions funestes.

À midi, tous les figurants, en tenue de ville, étaient réunis dans la cour du studio. Les différences sociales n'étaient plus apparentes. Les seigneurs fraternisaient avec le peuple et les laquais. Nicolet disait à Fernando qu'il avait envie de manger une choucroute. À quelques pas, Bigne parlait d'un restaurant où l'on déjeunait très bien pour quatre francs ou quatre francs cinquante. Le régisseur vint ouvrir une petite porte à côté de la grille et fit sortir ses gens un par un, en donnant à chacun le ticket qui devait lui permettre de rentrer à une heure et demie.
Bigne se dirigea sans hésitation vers son restaurant habituel. Quelques hommes lui avaient emboîté le pas, entre lesquels le sei-

gneur communiste dont le pourpoint vert paraissait sous la veste mal boutonnée.

«C'est un restaurant qui ne paraît pas, disait Bigne, mais vous allez voir comment qu'on mange.»

Le premier avertissement n'était pas superflu, le restaurant avait mauvaise apparence. Il y flottait des odeurs de graisse rance et de lavabo gratuit. En entrant, Bigne reconnut, assis à une petite table de marbre, l'homme au bouc que le régisseur avait congédié quelques heures plus tôt. Bigne vint s'asseoir en face de lui et désigna deux tables voisines à ses compagnons. L'homme au bouc était de méchante humeur ; il interrogea :

«Alors qu'est-ce que c'est que cette machine qu'ils tournent ?

– Du film historique : Reine, reine mère, gigolo et puis le peuple pour donner la physionomie. Il y a aussi des seigneurs... mais si tu voyais cette équipe de seigneurs, tu rirais.»

L'homme au bouc eut un gloussement satisfait. Bigne, ayant commandé un bifteck et un litre de rouge, poursuivit :

«C'est toujours la même chose, quoi. Au lieu de choisir des gens du métier, ils ont la manie de prendre des nouveaux. On a vu ce que ça a donné ce matin. J'étais dégoûté de voir ce gamin à l'écharpe blanche qui ne savait pas comment se tortiller devant l'appareil. J'avais envie de dire au metteur en scène : "Mais donnez-moi donc ses habits que je leur montre comment on s'y prend..."»

L'homme au bouc considéra Bigne d'un air attentif et dit en hochant la tête :

«Je ne dis pas que tu ne sois pas à la coule. Quand même, tu n'as pas le genre qu'il faut pour faire un seigneur.»

À la table voisine, le gentilhomme communiste approuva :

«C'est la vérité. Tu aurais été dans la salle du trône, la princesse se serait sauvée rien qu'à voir ta gueule.»

Bigne ulcéré, fit effort pour ne rien laisser paraître de son dépit. Il convint avec un sourire forcé :

«Je sais bien que je ne suis pas beau. Ce que j'en dis est plutôt question métier. Au fond, j'aime cent fois mieux être dans le peuple que dans la noblesse : on a tout de même l'air moins déguisé.»

Le gentilhomme, à qui l'on venait de servir un lapin en gibelotte, étalait son mouchoir sur son pourpoint vert pour éviter qu'un éclat de sauce en vînt gâter le coloris. Avant d'attaquer son lapin, il jeta d'une voix méprisante :

«Pour être juste, il faut dire aussi que tu ne lui fais guère honneur, au peuple.

– Et pourquoi est-ce que je ne lui ferais pas honneur? riposta Bigne. Je n'ai peut-être pas un ventre de bourgeois comme toi, mais moi, au moins, je fais pittoresque.»
L'homme au bouc eut un geste sec, de compétence, et affirma:
«Il a raison. On ne peut pas lui enlever ça: il fait pittoresque. Et dans le peuple, qu'est-ce qu'il faut? Du pittoresque et pas autre chose.
– Naturellement qu'il faut du pittoresque, appuya Bigne. Et c'est pourquoi j'ai la prétention qu'il n'y a personne dans tous les figurants d'aujourd'hui, qui soit capable de jouer comme moi, parce que moi, je fais pittoresque. Une supposition: voilà le noble qui mange son lapin, eh bien! je ne le vois pas dans le peuple.»
Le gentilhomme communiste repoussa son lapin d'un geste coléreux; il frappa du poing sur la table, parce qu'il était sincèrement indigné qu'on le rejetât du peuple, lui, communiste.
«S'il y en a un ici qui puisse dire qu'il est du peuple, c'est moi, rien que moi. Qu'est-ce que tu nous chantes avec ton pittoresque?
– Tu ne comprends rien, répondit Bigne. Alors, naturellement, tu ne sais pas ce que tu dis. Ta place n'est pas dans le peuple.»
Il y eut un échange de propos très vifs, puis d'injures et il fallut toute l'autorité du patron pour éviter une bataille. Finalement, le gentilhomme quitta le restaurant en traitant Bigne de vieille savate. Il ajouta qu'il allait lui frotter les oreilles de la belle manière lorsqu'il le retrouverait au studio.

Sur le ciel embrasé des feux du couchant, les dômes jumelés des hautes collines bleues se profilèrent à travers les arbres au feuillage jauni; dans le creux d'une vallée où serpentait un ruisseau, apparut un village aux toits de chaume et de tuile rouge; plus loin la flèche d'un prieuré médiéval s'élançait dans la clarté d'or du matin.
Bigne, à travers un dédale de décors, fuyait de toute sa vitesse la colère du gentilhomme communiste. Il s'était laissé surprendre dans un coin isolé du studio et cherchait, dans le labyrinthe des toiles et des accessoires, un chemin par où il pût joindre ses compagnons. Derrière lui, à quelques mètres, le communiste, suant, soufflant, ahanant, s'acharnait à sa poursuite; parfois, il s'arrêtait une seconde pour reprendre haleine.
Et Bigne, qui profitait de la trêve pour respirer, l'entendait grincer:
«Attends, je vais te faire voir si je suis du peuple, moi, je vais te faire voir...»
Bien qu'il fréquentât le studio depuis fort longtemps, Bigne était incapable de s'y orienter, car les décors étaient changés de place à chaque instant.

«Je devrais rencontrer des figurants, songeait-il, puisqu'ils ne tournent pas en ce moment. Et le peuple…»

Derrière lui, et toujours plus proche, semblait-il, il entendait la voix sifflante du gentilhomme :

«Une sacrée fessée, que tu vas prendre, bouge pas.»

Bigne venait de s'engager pour la troisième fois dans le même chemin. À main gauche, il aperçut une trouée aboutissant à un large espace où circulaient des figurants. Emporté par son élan, il n'eut pas le temps de prendre le virage et poursuivit droit sa course en criant :

«À moi, le peuple! À moi!

— Oui, je vais t'en donner du peuple», ricana le communiste.

Bigne se sentait faiblir. Comme son adversaire marquait un temps d'arrêt, il donna un effort désespéré en songeant :

«Après le tournant, je me glisserai derrière les toiles.»

Le communiste, furieux de se voir distancer, forçait l'allure. Bigne l'entendit jurer, un bourdonnement lui emplit les oreilles, la peur lui donna un dernier sursaut d'énergie; comme il arrivait à un carrefour, il se glissa derrière un panneau et, sur la pointe des pieds, se dirigea à travers un tas d'accessoires. Harassé, les jambes molles, il finit par s'arrêter derrière un décor, coincé entre le châssis de la toile et une commode Louis XV. À quelques pas, il entendit le bruit d'une conversation qu'il n'eut pas la force d'écouter.

Le seigneur communiste déboucha sur le carrefour et vit Fernando et Nicolet qui semblait flâner.

«Vous n'avez pas vu Bigne? Bigne, le type de ce matin…

— Vu personne, répondit Nicolet.

— Ah! c'est fichu, ragea le communiste, maintenant, il est loin. Dire que je le tenais là, tout seul… ah! le sagouin. J'allais lui passer une avoine…»

Nicolet, qui avait déjeuné sur sa colère du matin, n'avait plus de rancune. Il plaida :

«Laissez-le courir, il n'est pas bien méchant.

— Une bonne correction, il mérite, oui. Qu'est-ce qu'il ne se croit pas, cette espèce de vieux pittoresque… Le peuple, c'est moi, qu'il dit.»

Fernando prit le bras du communiste et il dit sur le ton du badinage agréable :

«Mon cher, vous ne vous conduisez pas en seigneur. Se battre à coups de poing, ce n'est pas des façons de gentilhomme. Quand vous avez des rognes avec quelqu'un, vous devez tout de même garder vos distances. Toujours correct, c'est ce qu'il y a de beau dans la noblesse.»

Le communiste écoutait avec un scepticisme débonnaire. Nicolet souriait, amusé.

«Ah! c'était le bon temps, s'exaltait Fernando. On n'obéissait qu'au roi, et encore... Une supposition, en vous promenant dans la rue, vous preniez un coup de pied dans les fesses; il n'y avait pas de bureau de police ni de tribunal qui tiennent. Vous regardiez votre homme en face et vous lui disiez: "Morbleu, monsieur, vous m'avez insulté", ou bien "Voilà un coup de pied qui sera lavé dans le sang", enfin quelque chose qui montre qu'on avait de l'esprit et du sang-froid. Et alors, vous tiriez l'épée, comme ça...»

Fernando avait dégainé. Le bras arrondi au-dessus de la tête, il ferraillait dans le vide, rompait, marchait, faisait des appels, des feintes, comme s'il eût combattu un adversaire nombreux. Le seigneur communiste, qui n'avait pas un tempérament d'homme de théâtre, fit observer à Nicolet:

«Il se fatigue pour pas grand-chose, tout de même.»

Fernando, très excité, fit une volte-face qui l'amena devant une toile de décor figurant un jardin à la française. Au premier plan, était peinte une haute statue de Pomone caressant des fruits dans une corbeille. Sans avoir égard au sexe, Fernando tomba en garde devant elle. Un instant il demeura immobile, comme s'il étudiait le jeu de l'adversaire. Après quelques feintes, il se fendit dans une détente vigoureuse. L'épée entra dans l'estomac de Pomone d'une demi-longueur de lame. Derrière la toile il y eut une plainte longuement soupirée, une voix murmura:

«Le peuple... pour le peuple...»

Les épées de Paris-Cinéma étaient d'une trempe détestable, fort mal acérées. Le soir, en sortant du studio, Fernando offrit un apéritif à Bigne et aux deux témoins du drame. Le gentilhomme communiste avait pardonné. En s'asseyant à la terrasse du café, il dit à Bigne qui portait la main en écharpe:

«Maintenant, tu tiens le bon métier. Tu en as pour un mois ou deux à toucher tes vingt-cinq francs par jour à l'assurance. Tout de même, s'il y avait une justice sur la terre, il devrait me revenir au moins cent sous sur ces vingt-cinq francs-là. Je les verserais à la caisse du parti, ma parole. Ce serait pour le peuple...

– Oh! le peuple, murmura Bigne, tu sais, le peuple...»

A ET B

D' un regard, M. Jourdin s'assura que le poêle était allumé. Puis il frappa sa table d'un coup de règle et dit en soulevant ses lunettes : «Je commencerai mon cours lorsque Messieurs du fond auront fait silence.»

Il se fit aussitôt un silence total; le professeur remit ses lunettes. Messieurs du fond étaient six, dont cinq élèves de troisième A, tous cancres, et un élève de troisième B. Salignon, l'élève de troisième B, ne s'intéressait qu'aux mathématiques. On le réputait mauvais esprit. Le soin qu'avaient pris ces vauriens de choisir les bancs les plus éloignés de la chaire magistrale témoignait sûrement de leur indignité.

«Nous commençons aujourd'hui, dit M. Jourdin, l'étude d'*Andromaque*. À l'analyse de cette admirable peinture de l'amour maternel, vous comprendrez, et je vous y aiderai de toute mon expérience, pourquoi l'auteur a mérité d'être appelé le tendre Racine. Cette noble et touchante figure de femme, baignée d'une lumière si pure, préparera vos jeunes intelligences à une compréhension saine d'autres chefs-d'œuvre où le génie racinien s'exalte dans le mystère des passions plus âpres et de leurs funestes cortèges.»

Le professeur leva les yeux au plafond, passa la main sur son crâne chauve et murmura pour lui-même.

«À la vérité, je ne crois pas que l'on puisse comprendre Racine avant l'âge de vingt-cinq ans.»

Soupirant, il repoussa de tendres obsessions et poursuivit avec un sourire d'ironie :

«Certes, j'aurais aimé d'aborder Racine dans un esprit de véritable humanisme; j'aurais souhaité m'attarder aux rencontres virgiliennes qui surgissent aux détours de la pensée, à la cadence du vers; mesurer ce que le rythme, la syntaxe même doivent au commerce

Première publication dans Candide, *23 avril 1931; également reprise dans le recueil* Enjambées, *Gallimard, 1967.*

des anciens. Cette étude généreuse, la seule qui porte des fruits durables, je pourrais m'y livrer avec mes élèves de A que leur connaissance du latin met en mesure de suivre ces fécondes échappées. Hélas! la fusion au cours de français des classes de troisième A et de troisième B, imposée par le règlement, me réduit à des considérations d'un ordre moins élevé. Mais je ne veux pas, en m'attardant sur les conséquences de ce système, infliger de stériles regrets aux élèves de troisième B qu'un mauvais départ condamne, depuis la sixième, à une appréciation étroite de l'univers spirituel...»
Les élèves de troisième B écoutaient avec un peu d'inquiétude. Lenoir, le meilleur élève de la classe, assis au premier rang, considérait ses deux camarades latinisants, Janvier et Rougevin, avec le sentiment obscur de son infirmité. Quant à Janvier, un gros courtaud, il se rengorgeait, les bras croisés haut, tout gonflé de cet univers promis à son âme de raffiné.

Au fond de la classe, la rangée des cancres ne ressentait ni orgueil ni humiliation. Elle ne ricanait même pas, très intéressée par une expérience de Salignon qui prétendait accoupler un cafard et une araignée dans une boîte en carton grillagée.
Cependant, le professeur interrogeait les élèves qu'il avait priés, l'avant-veille, de lire *Andromaque* afin d'en pouvoir donner un résumé. D'abord, il interrogea Janvier et Rougevin, qu'il tenait pour ses deux meilleurs élèves. Rougevin fut médiocre; il confondait Pylade avec Pyrrhus et prêtait à Hermione, sur des apparences acariâtres, la qualité de belle-mère d'Andromaque. Janvier se montra meilleur, mais inégal. Après avoir donné un aperçu de l'intrigue et comme le professeur l'interrogeait sur la parenté d'Astyanax, il répondit que l'enfant était fils d'Hector et petit-fils de Priape, erreur considérable de la part d'un latiniste. Quelques élèves de A se mirent à rire et M. Jourdin lui-même eut un sourire indulgent. Ces joyeuses méprises, songeait-il, d'un sel si classique, n'étaient possibles qu'avec des élèves de latin.
«Voyons, dit-il à Lenoir, parlez-moi de l'ascendance d'Astyanax. Je suis curieux de savoir quelle idée peut se faire un élève de B de la parenté d'Hector.»
Lenoir se leva, expliqua tranquillement que Priam avait eu cinquante fils dont il nomma une dizaine, ce que le professeur lui-même n'aurait su faire. Il conta la mort de Patrocle, les adieux d'Hector, la victoire d'Achille. M. Jourdin écoutait d'un air pincé, en hochant la tête, froissé qu'un élève de B eût pénétré si avant dans

l'intimité d'Hector. Comme Lenoir était à la mort de Priam et parlait du geste impuissant de la victime soulevant son javelot d'un bras débile, le professeur interrompit avec amertume :

« Oui, oui... *Telum imbelle, sine ictu...* »

Lenoir rougit, comme si lui eût été glissée une allusion à des origines roturières. M. Jourdin vit son trouble, et soupçonnant qu'un élève de B n'avait pu s'élever à ces connaissances que par des moyens honteux :

« Asseyez-vous. C'est très bien, mon ami. Mais où avez-vous pris ce que vous venez de me réciter ?

– Je l'ai lu dans une histoire des Grecs », dit Lenoir.

Le professeur se caressa le menton et consentit après un silence :

« C'est très bien, en somme. Vous avez une excellente mémoire encyclopédique. Cela peut servir, surtout dans vos études de mathématiques... Je vous mets dix-huit », ajouta-t-il avec mépris.

Ses yeux étincelèrent derrière ses lunettes, il eut un geste violent et scanda penché sur sa table :

« Quant à vous, Janvier, vous aurez un zéro. Il n'est pas admissible qu'un élève ayant expliqué Virgile ignore jusqu'au nom de Priam. Je vous mets zéro, et je suis indulgent. »

Comme le professeur allait poursuivre l'interrogation, les mauvais élèves, et même les élèves moyens, se bouchèrent le nez avec ostentation, en chuchotant :

« Caoutchouc. Caoutchouc... »

L'odeur du caoutchouc brûlé n'arrivait pas encore à M. Jourdin, mais sa grande expérience lui fit comprendre qu'un élève avait mis du caoutchouc sur le poêle. Il jugea qu'un élève de B, seul, avait pu se livrer à une plaisanterie aussi grossière ; il tenait pour impossible qu'un élève de A, formé aux humanités dans la décence et le bon goût, oubliât le respect de sa dignité et insultât, par telles polissonneries, à la musique racinienne. D'un regard cursif, M. Jourdin sonda les quatorze élèves de B disséminés parmi leurs camarades de A. En arrivant à la rangée des cancres, il n'hésita plus et prononça le doigt tendu :

« Salignon, vous avez mis du caoutchouc sur le fourneau !

– Non, monsieur, s'écria Salignon, avec un accent de vérité, ce n'est pas moi ! »

Il s'était dressé à son banc, pâle d'indignation.

En réalité, Salignon était coupable. La veille au soir, en quittant la classe, il avait disposé sur le poêle éteint de menus morceaux d'une vieille chambre à air de bicyclette ; ce matin, un quart d'heure après l'entrée, la fonte s'échauffait, provoquant la puanteur désirée. Mais nul ne pouvait témoigner avoir vu Salignon rôder tout à l'heure autour du poêle. Il s'était bouché le nez, comme les autres, et rien ne le désignait au soupçon de M. Jourdin qu'une injuste prévention. Aussi la révolte du coupable était-elle sincère : innocent du forfait, on l'eût accusé aussi bien.

« Non, monsieur, je vous dis que ce n'est pas moi. Ça ne peut pas être moi...

– Taisez-vous, cria M. Jourdin. N'aggravez pas votre cas par des protestations mensongères. Vous aurez trois heures de retenue ; et, d'abord, vous allez prendre les pincettes et ôter le caoutchouc que vous avez mis sur le poêle... Silence ! Je sais que vous êtes coupable. Seul un élève de B était capable d'une pareille incongruité. »

La partialité de cette accusation, étayée sur des espèces sentimentales, était évidente. Salignon sentit les puissances du droit à sa dévotion. Il riposta d'une voix ferme qui fit passer un frisson de fierté parmi les élèves de B :

« Je n'enlèverai pas le caoutchouc. Je suis un élève de B, mais ce n'est pas une raison de m'accuser.

– Salignon, vous vous mettez en rébellion ouverte contre votre professeur. Vous serez puni en conséquence. Et maintenant, revenons à *Andromaque*. Toutefois, les élèves incommodés par la triste plaisanterie de leur camarade Salignon peuvent sortir à la condition d'aller motiver leur absence auprès du surveillant général. »

Au banc des meilleurs élèves, Lenoir se leva et, regardant l'un après l'autre ses camarades de troisième B, prit la direction de la porte. Et Salignon et tous les élèves de B sortirent derrière lui. M. Jourdin s'était trop engagé pour s'opposer à cette manifestation. L'œil étonné, les joues apoplectiques, il contemplait le défilé muet, en murmurant dans son faux col :

« C'est un mot d'ordre, un véritable mot d'ordre... »

Pourtant, comme les cancres de troisième A se disposaient à imiter leurs camarades de B, M. Jourdin se ressaisit :

« Messieurs du fond, dit-il avec élégance, demeurez à vos places. Puisque nous avons l'avantage de rester entre humanistes, nous allons assainir cette puante atmosphère de caoutchouc brûlé par quelque commentaire renouvelé de la sagesse antique. »

M. Jourdin tira son mouchoir, essuya lentement les verres de ses lunettes, et, le buste renversé sur le dossier de sa chaise, humant son propos avec une volupté délicate, poursuivit d'une voix infiniment nuancée :

«La morale de cet incident – dirai-je regrettable? – nous est proposée, Messieurs, par la fable du canard et du buisson qui firent autrefois un pacte d'amitié. Notre fabuliste, qui se connaissait en amitiés, nous conte l'humeur voyageuse du canard amoureux d'horizons variés, humeur qui s'oppose fâcheusement à celle du malheureux ami dont l'immobilité borne les conceptions stagnantes. S'il me fallait, Messieurs, rapporter ce charmant apologue, symbole des incompatibilités spirituelles, à la fusion au cours de français des classes de troisième A et de troisième B, j'y verrais, pour ma part, plus d'un enseignement... Dites-moi, Rougevin, sans vous lever, comment vous apparaît, dans cette classe de troisième, l'opposition du canard et du buisson? Parlez et développez, d'une manière qui les rende sensibles à vos camarades, les incomparables avantages du parti canard – si je puis risquer ce transport audacieux sur un objet pensant...»

Quoiqu'il eût été attentif, Rougevin n'avait pas pénétré la pensée profonde du professeur. Il répéta la question plusieurs fois, hésitant; pressé d'une réponse, il dit avec inquiétude:

«L'avantage des canards... c'est qu'ils sont sortis dans la cour...»

M. Jourdin agita les bras, indigné:

«Mais c'est insensé! Vous n'avez pas compris que nous nous placions en esprit, en esprit...»

Il eut un soupir de mélancolie et ajouta:

«Après tout, ces subtilités sont au-dessus de votre âge. Reprenons *Andromaque*.»

Avant que tous les Grecs vous parlent par ma voix...

Le cancre Burnier, de la rangée du fond, suspendit sa lecture, car M. Cugnon, le principal, pénétrait dans la classe, accompagné du surveillant général et précédant les quatorze élèves de B qui regagnèrent leurs places, le front haut. M. Jourdin s'avança à la rencontre du principal et parla le premier:

«Vous constatez, Monsieur le principal, qu'il s'agit d'un complot fomenté par la classe de troisième B tout entière.»

M. Cugnon jeta un regard courroucé sur les élèves de B, et M. Jourdin ajouta en souriant:

«Nous assistons aujourd'hui à la cabale d'Andromaque; cela ne me surprend guère de cette troisième B qui s'est toujours montrée rétive aux enseignements de la pensée classique. Je crois utile de préciser, car vous l'ignorez sans doute, que l'élève Salignon, en protestant grossièrement contre une mesure disciplinaire, dont il était justement l'objet, a déclenché cette sortie en corps...»

M. Cugnon, faisant face à la rangée du fond, ordonna :
« Levez-vous, Salignon. Votre inconvenance à l'égard de M. Jourdin, intolérable dans un établissement tel que celui-ci, s'avère d'autant plus grave qu'elle est en même temps une occasion de scandale. Sans vouloir connaître des causes qui vous valurent d'être puni par votre professeur, j'ajoute à cette punition, pour le double motif de scandale et d'insolence, deux jours de retenue qui vont sans préjudice de la punition collective méritée par la classe de troisième B.
– Monsieur le principal, ce n'est pas moi qui ai mis le caoutchouc !
– Silence ! »
M. Jourdin eut une moue attristée, comme s'il déplorait cette victoire obtenue au prix d'une intrusion des pouvoirs administratifs. Il avait fallu, songeait-il, la volonté perverse de cette classe de troisième B pour provoquer ce scandale de basse police.
Cependant le surveillant général, M. Ruban, qui avait reçu les dépositions des élèves de troisième B, manifestait une certaine nervosité. Il assumait, en même temps que les fonctions de surveillant général, la tâche d'un enseignement subalterne dans les classes de sixième B et cinquième B. N'ayant aucun diplôme, il détestait M. Jourdin qui émaillait ses propos de provocantes citations latines. Comme Salignon s'était laissé tomber sur son banc, écrasé par la sentence du principal, M. Ruban prit la parole avec déférence.
« Monsieur le principal, il me semble qu'en l'occasion la bonne foi de M. Jourdin s'est laissée surprendre par certaines apparences. D'abord, je ne crois pas qu'une punition collective des élèves de B soit de bonne justice puisque leur professeur les avait autorisés à sortir. D'autre part, il semble que M. Jourdin se soit un peu pressé d'accuser Salignon...
– Permettez, dit M. Jourdin, je suis seul juge...
– Mais une pareille erreur, s'il faut parler d'erreur lorsque...
– Monsieur, je ne vous autorise pas à apprécier ma conduite, et je vous invite à plus de réserve. »
Les deux hommes s'étaient rapprochés ; sans égard à la présence de M. Cugnon, ils s'interpellaient avec violence.
« Enfin, s'écriait le surveillant général, vous avez accusé un élève sous prétexte que, seul, un élève de B était capable d'une pareille incongruité. Vous l'avez dit expressément.
– Je l'ai dit, mais ma conviction...
– Et je prétends, moi, qu'un élève de A peut bien avoir mis du caoutchouc sur le poêle... »

Le principal, qui essayait vainement d'intervenir, toucha l'épaule du surveillant général.

« Monsieur Ruban, dit-il, n'insistez pas. Ce n'est pas le lieu d'un pareil débat. D'ailleurs, vous n'êtes pas du tout dans votre rôle ; pas du tout. Je suis fâché d'avoir à vous le rappeler. »

Le surveillant général rougit et se tut. Un murmure courut parmi les élèves de troisième A.

« À bas Ruban, enlevez Ruban... »

M. Jourdin triomphait avec dignité, les lèvres pincées, souriant à peine. Comme le murmure persistait, il fit un geste d'apaisement qui rétablit le silence.

Mais Salignon, encouragé par la plaidoirie du surveillant général, se dressait hors de son banc et protestait avec élan.

« Monsieur le principal, ce n'est pas moi. Personne n'a pu me voir près du fourneau. Ça ne peut pas être moi ! »

Irrité, M. Cugnon se dirigea vers lui, le saisit par le bras.

« Je ne veux plus vous entendre. Vous avez suffisamment troublé ce cours de français. »

Ébranlé sans doute par les affirmations de M. Ruban, le principal ajouta :

« La punition est maintenue jusqu'à nouvel ordre. Si vous avez une réclamation à faire valoir, vous viendrez la faire dans mon bureau. »

Tout à coup, M. Cugnon eut un haut-le-corps ; il venait d'apercevoir la boîte en carton grillagée que Salignon avait aménagée pour les coupables ébats d'un cafard et d'une araignée. Dissimulée sous la couverture d'*Andromaque*, la boîte venait de glisser sur la pente du pupitre. Le principal se pencha sur la cage avec un frémissement d'horreur et de curiosité.

Il se releva lentement, repoussant de sa main ouverte cette abominable vision.

« Comment, une araignée... et cet insecte noir... Quelle est cette bête ?
– Un cafard, monsieur », murmura Salignon avec accablement.

Le surveillant général expliqua d'une voix maussade :

« Cafard est le nom donné communément à la blatte. »

Il était ennuyé de la tournure des événements et supputait avec dépit les conséquences de cette nouvelle affaire. Les bras croisés et le menton haut, le principal tonnait contre Salignon :

« Votre conduite demeurera la honte de ce laborieux établissement. Une araignée ! un cafard ! une blatte ! Ah ! c'est ainsi que vous préparez votre esprit à recevoir l'enseignement fécond de nos grands poètes du XVIIe siècle ? Au lieu de concentrer votre attention sur les splendeurs de cette immortelle *Andromaque*, vous vous complaisez, enfermant une blatte et une araignée dans une cage ridicule, à des occupations dégradantes qui font songer avec dégoût à ces jeux proposés à la vaine curiosité des populaces du bas-empire romain. Est-ce pour surveiller les ébats de deux insectes répugnants que vos parents s'imposent le sacrifice de vous envoyer sur les bancs du collège ? Je comprends à présent pourquoi M. Jourdin a pu fonder sa conviction de votre culpabilité : car il est maintenant hors de doute que vous avez mis du caoutchouc sur le poêle...

– Non, monsieur. Ce n'est pas moi. Ça ne peut pas être moi !

– Silence. Ne devriez-vous pas rougir de vos turpitudes ? La punition prononcée tout à l'heure est désormais sans appel. J'y ajoute une journée de retenue pour vous être livré, pendant l'explication d'*Andromaque*, à des jeux d'une révoltante malpropreté... Monsieur Ruban, saisissez-vous de la cage aux insectes ; vous la garderez dans votre bureau jusqu'à nouvel ordre, car j'ai l'intention d'informer les parents de cet élève indigne.»

D'un geste craintif, le surveillant général s'assura de la cage, et, la portant à bout de bras, sortit derrière le principal.

À la récréation, Lenoir gifla Rougevin sous un prétexte futile ; Rougevin riposta par un coup de poing ; ils s'empoignèrent. Toute la classe de troisième entourait les combattants. Janvier, les mains aux cuisses, donnait des avis à Rougevin.

«Cale-toi... Prends-lui la jambe...»

Il approcha si près qu'il prit une claque au menton. Furieux, il passa derrière Lenoir et lui donna un coup de pied aux fesses que l'effort tendait. Ce geste peu sportif déchaîna une autre bagarre. Il y eut un œil poché. Les injures répondaient aux défis.

«Fumier, on le sait que ton père a eu cinq cents francs d'amende...

– Cassez-lui sa gueule de B...»

Lenoir et Rougevin avaient roulé dans la poussière et s'étreignaient encore. Tout faisait prévoir une bataille rangée, lorsque Salignon, qui avait assisté sans mot dire à ces préliminaires, sépara les combattants avec décision.

«Je ne veux pas de bataille, dit-il. C'est encore des histoires qui me retomberaient sur le dos, avec une bande de cafards comme les types de A...»

Les types de A protestaient avec violence, Salignon ajouta :

«Oui, je dis bien : des cafards et des vendus. Naturellement, des gens qui bredouillent du latin, ça prend tout de suite des manières de jésuites.»

S'adressant à la classe de B, il eut un geste affectueux:
«Vous venez, vous autres?...»
Le surveillant général faisait les cent pas dans la cour entre M.
Roulard, professeur de mathématiques, et M. Lamain, professeur de
sciences naturelles. Avec une perfidie badine, il expliquait à ses collègues l'injustice subie par Salignon. M. Roulard, petit homme sanguin, était pourpre d'indignation. Il interrompait à chaque instant,
d'une voix rageuse:
«Dites donc, Ruban, mais c'est très grave. Pas votre avis, Lamain?»
Le professeur de sciences naturelles était un homme triste et lym-
phatique; il répondait par des hochements de tête. Lorsque le surveillant général rapporta l'épisode du cafard et de l'araignée, il sortit
de son mutisme et dit d'une voix molle:
«C'est un élève qui montre des dispositions pour les sciences naturelles. Fallait pas le punir...
– Mais vous ne comprenez pas, éclata le professeur Roulard, qu'il
s'agit d'une persécution systématique! On veut détourner les élèves
de l'étude des sciences. Observez que cette vieille bête de Jourdin a
choisi Salignon, mon meilleur élève en mathématiques, pour lui
faire endosser les écarts de conduite de ses voyous de troisième A...
Mais attendez un peu, je vais aller parler à Salignon avant la fin de
la récréation.»
Assuré d'avoir l'appui de son professeur de mathématiques, Salignon
conçut en secret, pour sa justification, un plan redoutable. L'après-
midi, la classe de troisième assistait en dernier lieu à un cours d'allemand dans la classe de M. Jourdin. Salignon occupait sa place
habituelle dans la rangée des cancres, mais il eut soin d'accrocher son
pardessus au portemanteau placé près du poêle. À la fin du cours, il
alla décrocher son vêtement et jeta furtivement des morceaux de
caoutchouc sur la fonte refroidie, ainsi qu'il avait fait la veille.
Le lendemain, il ne vint pas au collège. À 8 heures, la troisième A et
la troisième B entraient dans la classe où le poêle venait d'être
allumé. Tout le monde avait remarqué l'absence de Salignon, sauf
M. Jourdin. Les dix premières minutes se passèrent en récitations.
Lorsque l'odeur du caoutchouc commença à se faire sentir, les
regards se fixèrent avec curiosité sur le professeur. M. Jourdin, qui
se repaissait de «la coquetterie vertueuse d'Andromaque», par deux
fois s'interrompit pour flairer l'odeur suspecte. Incertain, il reprit
son commentaire. Tout à coup, il repoussa le livre ouvert devant lui,
le regard de ses yeux clignés s'arrêta sur la rangée des cancres qui
lui apparaissait confusément, à cause de sa vue faible.

«Cette plaisanterie insipide du caoutchouc se renouvelle ce matin, dit-il. Salignon, je porte à une journée entière de retenue les trois heures infligées hier, et je vous ordonne de sortir.»

Il y eut un déchaînement de rires parmi les élèves de troisième B, des applaudissements claquèrent. Lenoir se leva; avec une joie sévère, il fit observer au professeur:

«Monsieur, je vous demande pardon, mais Salignon n'est pas venu ce matin.»

M. Jourdin comprit tout de suite quel parti le surveillant général allait tirer de cette erreur contre son accusation de la veille. Pour lui, sa conviction n'était pas entamée, mais, sous le coup de la surprise, il perdit de sa contenance et murmura machinalement:

«Ah! Salignon n'est pas venu ce matin...»

Lenoir, resté debout à son banc, dit avec une ironie froide:

«C'est heureux pour lui, sans quoi il était puni.

– Oui, répliqua M. Jourdin, il aurait été puni, et très justement, car, s'il était venu ce matin, Salignon n'aurait laissé à aucun de vous, messieurs de B, le soin de mettre du caoutchouc sur le poêle.»

Le faux pas de M. Jourdin fut sévèrement commenté par le surveillant général et par M. Roulard: l'innocence de Salignon éclatait en même temps que le parti pris de ce professeur de latin à l'égard des élèves de B. Le principal, mis au courant, présenta de prudentes observations à M. Jourdin, parla d'erreur probable. M. Jourdin ne céda rien. Pour lui, il était clair que cette nouvelle polissonnerie avait été concertée entre les élèves de B pour tenter de justifier Salignon; elle constituait précisément un témoignage accablant pour le coupable.

«Je maintiens mes trois heures de retenue, dit-il. Libre à vous, Monsieur le principal, d'effacer les deux journées de retenue que vous avez infligées à cet élève pour les motifs de scandale et d'insolence. Je vous laisse également le cafard et l'araignée...»

La manœuvre de Salignon n'avait pas été inutile. Elle renforçait la conviction de M. Roulard, entraînait celle de plusieurs autres professeurs et cimentait une solidarité agressive entre tous les élèves du collège qui n'étudiaient pas le latin. La punition demeurait néanmoins. Salignon ne désarmait pas. Non qu'il fût orgueilleux, l'auréole du martyre suffisait à son amour-propre, mais il était humilié dans un sentiment formaliste de la justice: rendu *a priori*, le jugement n'était pas conforme aux apparences qui l'absolvaient formellement. Bon élève de mathématiques, Salignon donnait néanmoins à la vraisemblance le pas sur la vérité.

Vers la fin de la semaine, il forma un nouveau projet dont l'exécution devait confondre M. Jourdin dans sa fierté d'humaniste. Le matin du samedi, le principal, accompagné du surveillant général, passait dans les classes pour y donner lecture des notes de la semaine. Dans la classe de M. Jourdin, cette solennité s'accomplissait au début de la première heure consacrée à un cours de latin pour les seuls élèves de troisième A. Exploitant sa méthode habituelle, Salignon prit ses dispositions la veille au soir.

Le samedi matin, à 8 h 10, la puanteur du caoutchouc emplit la classe de latin. M. Jourdin faisait expliquer une lettre de Pline.
«Observez, disait-il, la vigueur, la concision voulue de ce *Cur non hic?* Il semble que soient ramassées, dans cette saisissante interrogation, toutes les...»
Reniflant, il allongea le cou ; son visage se crispa. Il voulut parler, hocha la tête plusieurs fois et ferma les yeux. La classe de troisième A, consternée, osait à peine respirer. M. Jourdin ôta ses lunettes, promena longuement ses regards sur ses élèves de latin, depuis le banc de Janvier et Rougevin jusqu'à la rangée des cancres. D'une voix qu'on entendit à peine, il ordonna :
«Rougevin, continuez!»
Rougevin, qui avait repris la lecture de Pline, en était tout tremblant. Affaissé sur sa chaire, le professeur ne suivait plus la leçon et, les yeux mornes, contemplait vaguement la lueur rouge du fourneau. Lorsque le principal entra, suivi du surveillant général, il se leva difficilement et fit quelques pas. Pressé, M. Cugnon ouvrit un cahier et commença la lecture des notes. À plusieurs reprises, il marqua un temps d'arrêt, incommodé par la puanteur du caoutchouc. Derrière lui, le surveillant général reniflait avec dégoût. Lorsqu'il eut achevé, le principal ne prit pas le temps d'un commentaire et s'écria d'une voix furieuse :
«Ah ça! on a encore mis du caoutchouc sur le poêle!»
Le surveillant général ricanait, les yeux cruels ; il tenait enfin la preuve de l'indignité des élèves de latin et se réjouissait avec insolence. M. Jourdin avait écouté la lecture des notes, appuyé sur un pupitre, les épaules voûtées, la tête basse. Le cri indigné du principal le tira de son apathie. Il se redressa lentement, de toute sa taille ; son visage était très pâle.
«Monsieur le principal, dit-il, je ne sens rien.»
M. Cugnon parut abasourdi. Le surveillant général voulut parler, M. Jourdin marcha sur lui et répéta, scandant les mots :

«Je ne sens rien.»

Et, se tournant à demi vers les élèves, il ajouta:

«Nous ne sentons rien?»

Toute la classe répondit, d'une voix tranquille:

«Non, monsieur, nous ne sentons rien...»

C'était un murmure tendre, d'une affectueuse complicité, qui fit éclore un sourire sur les lèvres du professeur. Le principal eut une seconde d'hésitation, puis il suivit M. Jourdin qui le précédait vers la porte en expliquant avec aisance:

«Nous étions en train d'étudier Pline. Ce matin, nous en étions à la lettre sur la création d'une école. Une bien belle chose, Monsieur le principal, une bien belle chose...»

PASTORALE

I

*L*e péril de la surpopulation, à l'avènement de la XVIIe République française, alarmait déjà plus d'un citoyen réfléchi, et les dirigeants, qui venaient de restaurer le suffrage universel, s'en émurent eux-mêmes lors des premières élections législatives. Deux cent vingt millions de sujets prirent une pleine conscience de leurs devoirs civiques ; sur toute l'étendue du territoire, cela fit des incendies, des tueries importantes et une grande dépense d'explosifs. Les nouveaux élus, la plupart éclopés de la lutte et soucieux des campagnes électorales à venir, apportèrent à la loi du suffrage universel l'amendement que l'on sait : les citoyens âgés d'au moins dix ans furent maintenus dans le droit de voter, mais les suffrages furent exprimés sur un coup de dés que l'électeur jouait à la mairie en présence de trois officiers municipaux. Les passions politiques en allèrent moins fiévreusement et la première assemblée du sort, dite Chambre de Zanzibar, ne différa point de la précédente, car elle avait aussi une gauche, une droite et un centre.

Cependant, les citoyens proliféraient entre deux coups de dés, les immigrants affluaient chaque année en France par centaines de mille. Le gouvernement voulut réglementer les naissances et l'immigration. Le malthusianisme devint d'État. On surveilla mieux les frontières. Les étrangers qui ne pouvaient faire la preuve de cent mille francs de rente se voyaient refuser l'accès du territoire. L'immigration n'en fut pas ralentie. À chaque instant, d'immenses escadres d'avions géants, venues des quatre points cardinaux, déposaient au milieu de la France dix ou quinze milliers d'indésirables qui bâtissaient une ville dans le temps qu'il fallait à la gendarmerie pour se rendre sur les lieux ; de telle sorte que les agents de l'autorité arrivaient tout juste pour naturaliser en bloc ces étrangers. On essaya de la violence. Une dizaine de ces villes en huit jours furent anéanties, les habitants massacrés. Cela créa des incidents diplo-

---

Écrite en juin 1930. Première publication dans Lire de l'inédit, *n°1, août 1931.*

matiques. Les États-Unis d'Amérique parlaient de réclamer l'arriéré des annuités que leur payait la France depuis dix-sept cents ans. D'autre part, devant l'attitude menaçante des îles Borromées qui détenaient le secret du Napus, il fallut faire amende honorable. Douze députés traversèrent le lac Majeur, en pyjama et la corde au cou. Alors les laboratoires nationaux déclenchèrent régulièrement des fléaux microbiens et des ondes funestes. La première épidémie de grippe phocéenne étouffa huit cent mille habitants et la joie fut grande parmi les dirigeants soigneusement immunisés. Mais, par une de ces réactions compensatrices de la nature, une délirante fureur sexuelle, succédant à cette première hécatombe, étreignit la population. L'année suivante, des milliers et des milliers de familles honorables, qui avaient déjà atteint le deuxième enfant autorisé par la loi, s'augmentèrent d'une unité et voire deux, car il y eut abondance jamais vue de jumeaux. Syndiquées, elles refusèrent de payer l'amende exorbitante dont elles étaient redevables. À cela et par conséquence, s'ajouta une difficulté d'ordre économique : un tiers de la récolte de blé fut gâché par les couples fervents des travailleurs de la terre qui s'étreignaient à grande fringale dans les épis mûrs.

En vain les poètes subventionnés chantaient-ils les plaisirs jadis indicibles de l'amour qui n'ose pas dire son nom. La mode fut à l'amour tout court. Les élégants portaient des culottes collantes dessinant des simulacres flatteurs. Aux femmes, il poussa brusquement de la poitrine et de la hanche grasse. Toute la nation se soulevait en rut et la mortalité était grande parmi les sénateurs.

Le premier recensement qui suivit l'épidémie de grippe phocéenne accusait un accroissement d'un million et demi d'habitants. Cela fit un tumulte effroyable au Parlement. La gauche accusait la droite, disant que ça ne coûtait rien aux bourgeois de se multiplier, et la droite reprochait aux partis de désordre leur imprévoyance et leurs appétits de jouissance bien connus. Le ministère fut mis en minorité, les Chambres votèrent de nouveaux crédits pour le développement de l'hydrothérapie et introduisirent au baccalauréat une composition d'obstétrique avec le coefficient vingt-sept.

Les commissions secrètes ne songeaient pas à rapprocher cette épidémie de nouveau-nés de l'épidémie de grippe phocéenne. Elles firent organiser des conférences sans auditeurs et multiplièrent les affiches ridiculisant les familles nombreuses. On supprima les prisons. Les criminels et les voleurs furent désormais punis d'une diminution en tout ou partie. Cela fit six cent mille Abélards aux yeux ternes qui promenaient dans le pays galvanisé la nostalgie des neiges d'antan. On avait compté sur eux pour prêcher le néant des plaisirs charnels ; mais ils quittèrent presque tous la France pour diminuer l'offense d'une infériorité qu'ils ressentaient trop vivement au milieu de l'exaltation générale. Il y eut six cent mille habitants de moins, mais le niveau de la moralité remonta, en même temps la natalité. On fit encore donner les laboratoires. La peste tua deux millions de Français sans choisir. Le résultat, à retardement, fut saisissant. Au matin, les concierges trouvaient des nouveau-nés dans tous les ascenseurs. Bien plus, une vague de sentimentalité, d'un ordre nouveau, déferla sur la France. On entendit chanter, aux coins des rues, des refrains tendancieux, où il était question de têtes blondes et d'innocence du premier âge. Un député centre-droit, socialiste notoire, demanda, dans une interpellation émouvante, qu'on accordât enfin le droit d'avoir quatre enfants. Le peuple grondait, réclamait « le quatrième ». À Paris, quelques exaltés dressèrent même une barricade sur laquelle un étudiant se fit tuer en récitant une pièce de *L'Art d'être grand-père*. Effrayés, les députés votèrent « le quatrième » qui déchaîna un enthousiasme formidable. Tout le monde voulut profiter de la loi, en sorte qu'il fallut bientôt voter le cinquième. Il y eut alors un déplacement bien curieux de l'esthétique féminine. Les hommages des hommes allaient surtout aux femmes enceintes. Les orthopédistes firent des fortunes extraordinaires avec de faux ventres de baudruche, et si furieuse en fut la mode qu'à l'Opéra le rôle de Juliette était tenu par une actrice en instance de maternité. Cependant, les laboratoires nationaux émettaient successivement le choléra triphasé, le torticolis rabique et les ondes Durand, sans se rendre compte du triste résultat de ces calamités. Alors que toute la population appréciait au juste la relation entre ces mystérieux fléaux et les accroissements de la natalité, le gouvernement ne comprenait pas. Un député, mis en éveil par sa concierge, s'avisa un jour de l'étrangeté de ces coïncidences et renversa le ministère. Les nouvelles commissions secrètes décidèrent la suppression des calamités périodiques. Toutefois, comme le décret d'émission en était signé par le chef de l'État, on laissa courir un dynamotyphus qui rendit vacants, rien qu'à Paris, quinze mille appartements. Dès lors, les laboratoires nationaux ne servirent plus qu'à de modestes épurations de police. Il se fit bien moins d'enfants. La loi du quatrième fut rapportée sans difficulté et l'œillet vert put refleurir aux boutonnières. L'accroissement de la population, quoique ralenti, demeurait une menace, et les résultats acquis pendant toute une période de fausses manœuvres abortives étaient redoutables. Une cohue gigantesque,

composée des plus divers éléments ethniques que la grande folie érotique n'avait pas réussi à fondre suffisamment, se pressait entre les
frontières naturelles à les distendre. Il était de certaines régions où
les villes huit jours se touchaient. Une mêlée de charabias, aggravée
par la T.S.F. déjà fort perfectionnée, sévissait dans toute la France.

II

Le plus grave était que l'agriculture eût trop de bras. Les paysans
suffisaient à dévorer leur blé et il ne restait aux citadins que des ali-
ments synthétiques aigrissant le caractère. Aussi tout le monde vou-
lait-il être paysan. On avait beau prêcher le retour à l'usine, les têtes
brûlées ne rêvaient qu'à tenir les mancherons de la charrue. Il y eut
une telle fureur de bâtir à la campagne que la surface des terres cul-
tivables diminua de moitié en quelques années. La récolte de blé ne
suffit même plus aux paysans. Les statisticiens poussèrent alors un
cri d'alarme qui fut entendu. Des commissions furent instituées au
sein des Chambres et travaillèrent activement. En vingt ans elles
eurent arrêté un programme.
Tous les pompiers de la réserve et de la territoriale furent mobilisés.
Cela composa une armée de dix millions d'hommes qu'on lâcha
dans les campagnes avec mission de raser les habitations rurales.
Elle s'y employa de bonne ardeur et mit le pays de France tout nu
dans un temps excellent. Il y eut bien, dans la population rurale,
quelque déchet par morts assassines, mais le prestige de l'uniforme
de pompier le compensa presque.
Les campagnes dénudées convenablement, on s'occupa de rebâtir.
Chaque village important fut reconstruit en un unique gratte-ciel, ce
qui rendit à la culture des millions d'hectares.
La vie des gratte-ciel ruraux ne s'organisa pas sans de graves difficultés.
À des querelles d'intérêt s'ajoutèrent des querelles de vanité ou politiques. Les indigents des 33e et 34e étages, somptueusement logés,
enviaient les étages inférieurs et bouchaient les serrures des appartements de l'entresol au nom des immortels principes d'égalité. Il
arrivait que l'église, généralement placée au sommet de l'édifice, fût
reléguée dans les sous-sols par une municipalité athée soucieuse
d'assurer à la mairie une place magistrale. Cela donna lieu à des
interpellations à la Chambre, les journaux en écrivirent. *Le Futur*
publia un article retentissant où il était dit que les sous-sols conve-

naient bien à l'obscurantisme de la religion, et *Le Passé* démontra que l'ambition laïque du dernier étage était la revanche des aspirations mystiques latentes au neurospongius de tout homme. Longtemps aussi on disputa de l'opportunité de situer les écuries dans les régions du quarantième étage. Les uns arguaient que l'ozone des altitudes gardait le lait des vaches du bovicrobe, les autres que la diminution de la pression atmosphérique menaçait le cheptel national d'une affection cardiaque. Un décret ministériel accorda tout le monde en désignant la place du bétail aux huitième et neuvième étages. Toutefois, l'expression «plancher des vaches» resta dans la langue pour désigner la terre ferme.

Pendant les vingt dernières années de la XVIIe République régna dans les campagnes une anarchie effroyable. Appauvrie par le rendement dérisoire de l'exploitation individuelle, surmenée par un effort disproportionné au résultat (les paysans d'alors travaillaient jusqu'à sept et huit heures par jour), déchirée par des querelles de paliers, la population rurale cherchait désespérément un régime social qui nouât les solidarités nécessaires à un heureux développement. Les choses en étaient là lorsque les Chambres votèrent l'état de révolution qui aboutit à la dictature infrarouge. Cette dictature des indigents dura un peu plus de deux années pendant lesquelles il fut mis à mort trois millions de bourgeois. La contre-révolution ne fut pas moins sanglante et les bourgeois, exaspérés, massacrèrent les indigents en si grand nombre qu'on put croire un instant à l'extinction du paupérisme. C'est alors que Félicien III, dont le règne allait s'inspirer des sages traditions de la dynastie des Potin, accéda au trône. Le Grand Félicien, par le prestige de ses alliances et de sa propre famille, – un aïeul des de Potin avait porté le sabre-baïonnette en 1914 – par la profondeur de ses vues commerciales, jouissait déjà par toute la France d'une réputation qu'il soutint avec éclat. Dès au pouvoir, le monarque ménagea toute son attention à la question agraire et mena la tâche de donner une Constitution aux gratte-ciel campagnards.

Chaque village eut un chef héréditaire consacré par le roi et responsable devant le roi. L'autorité du chef était absolue dans les limites où elle servait la Constitution et s'exerçait aussi bien sur la justice ou l'enseignement que sur l'économie générale du gratte-ciel. Les professions dites libérales furent héréditaires et, phénomène curieux qui devait aiguiller l'humanité vers la glorieuse sélection automatique des aptitudes, toutes les autres professions d'agriculteurs, de sans-filistes ou de cordonniers, devinrent héréditaires au bout d'un siècle sans l'exercice d'aucune contrainte. (Seuls, à cette loi, firent exception les poètes, éternels inconsolés des hiérarchies du ciel, que l'on interdit du droit d'être pères.) Cette disposition, éminemment favorisée par une sévère discipline des cerveaux et dont on soupçonne aujourd'hui qu'elle n'est peut-être pas l'échelon suprême de la spécialisation organique, Émile Ier la fixa définitivement par le *Décret primogénital*, tandis qu'il établissait, par le *Décret des esclaves*, une distinction de principe qui existait déjà en fait entre les maîtres et les serviteurs – valets de chambre, d'écurie, garçons d'étage etc. Les décrets d'Émile Ier tiraient toute leur valeur d'un prudent dosage des naissances déjà prévu par la Constitution du Grand Félicien. Il fut arrêté que tous les habitants, maîtres et serviteurs, devaient à leur village deux enfants dont l'aîné était un garçon et l'autre une fille. Cette faculté d'engendrer pile ou face, qui nous paraît si naturelle aujourd'hui, était alors une grande nouveauté mise au point par l'immortel savant canaque Iuiu Fi. Le chef, seul, avait trois enfants, deux garçons et une fille, la dernière née. Des deux enfants mâles, l'aîné devait succéder à son père et le cadet devenir curé du building.

Si le malheur voulait qu'une personne mourût prématurément ou qu'un poète naquît dans quelque famille, l'ordre n'en était pas dérangé et il ne fallait au chef que résoudre une opération arithmétique en signifiant à tel couple qu'il eût à mettre au monde un enfant du sexe nécessaire.

Bien que le célibat ne fût pas interdit, il y avait peu de réfractaires au mariage, car l'obligation où était chacun d'avoir deux enfants décourageait les rares vocations de célibataire. En général, les jeunes gens se mariaient entre seize et vingt ans, et l'épousée, au sortir de l'école où elle venait d'achever sa classe de philosophie de la toilette, secondait son mari dans sa profession et s'appliquait au jeu des intrigues amoureuses où toute une éducation prévoyante l'avait inclinée.

La propriété agricole ne fut pas abolie, mais les intérêts, dans un gratte-ciel, étaient si bien liés qu'elle perdit toute nécessité et devint purement honorifique. Un citoyen pouvait bien se prévaloir du nom de Durand de Trois-Hectares, mais sans attacher à son titre une correspondance matérielle, et bien au contraire. Le travail, dans la vie des maîtres et aussi bien des esclaves, avait peu de place ; la discipline et le machinisme l'avaient réduit au plus juste.

La facilité de l'existence, l'agencement confortable des habitations comblaient les besoins et les plaisirs des paysans, tout en bornant les imaginations. Dans ces gratte-ciel où chaque désir trouvait satisfaction immédiate ; on perdit peu à peu la notion des solidarités extérieures. L'attrait des inconnues géographiques, abâtardi, devint une curiosité platonique, facilement apaisée par le cinéphone ou le télésensorium. J'y eus très vite un particularisme de gratte-ciel dont l'ancien esprit de clocher n'était pas le point de départ. Au lieu de se fonder, comme celui-ci, sur l'orgueil ou sur l'envie, il participait d'une simple arithmétique d'habitudes. De plus, comme la loi obligeait les paysans d'un même village à se marier entre eux, chaque building fut habité par une race, aux caractères très particuliers, quoique l'uniforme des existences imposé par la Constitution à toutes les campagnes françaises rendît peu apparentes ces particularités.

D'apparence, la vie d'un gratte-ciel campagnard et la vie d'un gratte-ciel de Bordeaux ou Paris différaient peu : au foyer, mêmes occupations, d'économie domestique, de voisinages, d'adultère et de T.S.F. À l'extérieur même, les travaux mécaniques d'un agriculteur et d'un ouvrier des villes étaient à peu près identiques. Il semblait donc qu'entre la population urbaine et celle des champs dût naître une sympathie de similitude. Ce fut tout justement le contraire. Parfaite l'organisation des villages, lorsque tous les Français purent manger du pain à leur contentement, les citadins, oublieux du rôle nourricier des buildings paysans et toujours à l'affût d'une sottise qui fît échec à la politique du gouvernement, dénoncèrent à grands cris le péril d'une féodalité rurale. Des agitations suscitèrent des troubles promptement réprimés, mais qui laissèrent au cœur des citadins une profonde rancune contre les « Seigneurs de la terre ». Du village à la ville, il n'y eut plus de relations que nécessitées par des échanges alimentaires, ce qui favorisa encore cet égoïsme des gratte-ciel ruraux bien connu sous le nom de « célégrattisme ». Entre villages mêmes, la distance n'était pas moins grande. La Constitution du Grand Félicien, qui faisait de chaque village un organisme complet et obligeait les campagnes à vivre sur un même rythme, avait abouti à supprimer toute convergence d'intérêts ou de sentiments entre gratte-ciel voisins. Les rivalités n'avaient plus d'objet, et il n'était plus d'entraide pour décider une sympathie de voisinage.

De nos jours, avec notre morale d'intercellulisme qui est au grand contraire de la morale d'alors, il est difficile d'apprécier exactement la vie intime de ces paysans. C'est une besogne d'historien qui veut du tact et toute tentative d'explication sera vaine si l'on a oublié que les valeurs neurospongiales s'ordonnaient par rapport aux valeurs matérielles selon l'antique formule de l'âge du béton armé*. Dans ces modestes villages dont les plus peuplés comptaient à peine quinze mille habitants, il peut paraître à première vue que les ruraux menaient une vie patriarcale assez proche du bonheur, selon la conception grossière qu'on avait alors du bonheur. Pourtant, les nombreux documents de l'époque nous révèlent, parmi ces paysans, une espèce d'insatisfaction morbide, et une secrète complaisance au désespoir que le très bon état sanitaire de ces buildings ne semblait pas devoir favoriser. Dans sa très belle étude sur le célégratisme, M. Gerbois en donne une explication séduisante. De même, dit-il, que l'autonomie d'un organisme équivaut pour celui-ci à un arrêt de mort, de même l'isolement moral d'une collectivité humaine est le départ d'une agonie certaine. Il n'est pas à débattre si l'échafaudage de cette théorie est solide. Je garderai seulement la conclusion à laquelle des travaux personnels m'ont fort attaché :

À la fin de l'année dernière, mes fonctions de poète municipal me conduisaient à effectuer des recherches dans la bibliothèque des pas-de-vis, et j'eus la fortune de découvrir un in-folio portant le sceau d'une imprimerie rurale. Ce livre, oublié depuis des siècles, constitue certainement un très précieux document pour les annales du célégrattisme. Cédant à mon étrange manie d'arrangeur de fables, mais fidèle à la vérité, j'en ai composé un récit dont la probité scrupuleuse fait tout le mérite.

III

Pendant huit siècles, le petit village de Dulcène, haut de cinquante-deux étages, compta cinq mille habitants, jusqu'au jour où son chef décréta qu'il en compterait cinq mille vingt-trois pour compenser la naissance de vingt-trois poètes qu'on avait eue à déplorer au cours d'une même année. Ces vingt-trois bambins furent convaincus de poésie par le service des mises au monde, sur le geste désabusé qu'ils avaient eu en prenant le sein de leurs mères. D'autres symptômes non moins probants confirmèrent cette calamité unique dans les annales de l'histoire de France.

---

* *C'est seulement au début du LIIIe siècle que fut promulguée la charte de l'Amour et de l'Amitié. Auparavant, il n'était pas de loi qui punît les délits d'amour ou d'amitié et les «sentiments» n'avaient d'existence, sinon pour les romanciers et les baladins, que virtuelle. Cf. Histoire de la législation amoureuse, du R.-P. Cohen, tome XLI.*

La première décision du chef, un homme de bon sens, fut qu'ils seraient mis à mort.

«Qu'avons-nous à faire de vingt-trois poètes? dit-il au grand conseil du travail; nous en possédons déjà deux qui font plus de tapage à eux seuls que tout le reste de la commune. Avant quinze années, vous verrez que notre village sera divisé en vingt-trois écoles de poésie toujours prêtes à se déchirer pour quelque obscur calembour. Dans l'intérêt même de la poésie, il est bon qu'ils disparaissent: vous savez bien que les poètes passent le plus clair de leur temps à lamenter leur solitude. Si le nombre s'en accroît hors de proportion raisonnable, ils n'auront plus cette fameuse solitude qui est le meilleur de leur inspiration. Dès lors, comment apprécieront-ils ce qu'il leur plaît appeler leur mission? Voilà le grand danger. Moi, chef par la naissance et par le consentement de Félicien XII, considérant, d'une part, qu'il convient d'assurer la tranquillité à tous les étages de Dulcène; considérant, d'autre part, qu'il est nécessaire de parer à la congestion de la poésie, je décrète qu'il sera procédé, sauf inconvénient d'ordre sanitaire ou constitutionnel, à la mise à mort de ces vingt-trois poètes.»

Son frère, le curé du building, prit la parole. Il déplorait que l'autorité du chef, qui s'était toujours exercée en harmonie avec le pouvoir spirituel de l'Église, y faillît aujourd'hui par manquer au cinquième commandement de Dieu. Comme le chef lui promettait de ne point laisser mourir les poètes sans son ministère, le prêtre fit observer que la colère divine ne menaçait point les victimes, mais bien les bourreaux dont la cruauté était sans excuse. Car il s'agissait là d'un homicide criminel, et non point d'un châtiment: de quels crimes, en effet, pouvait-on charger la conscience de ces nouveau-nés?

En vain le chef se déclara-t-il prêt à assumer la responsabilité de cette exécution, le curé tint ferme et démontra qu'une telle conduite était contraire à l'esprit de la Constitution qui faisait la part de Dieu.

«Monsieur le curé, objecta le chef, je dois vous répondre qu'un cas d'exception appelle une mesure d'exception. Le pape ne parlerait pas autrement...

– Les Constitutions qui donnent au chef le droit de vie et de mort sur ses administrés ne sont pas des Constitutions, fit observer un électricien.

– Vous voyez bien, triompha le curé, votre décision n'est pas recevable dans les limites de la Constitution dont elle brime l'esprit et le principe même.

– Et puis, murmura un notaire, les poètes, ce n'est pas méchant.»

Le chef s'absorba dans une grave méditation et prononça :
«Que les vingt-trois poètes vivent donc, puisque la Constitution les
garde. Docteur, vous n'en commanderez pas moins sept filles et
seize garçons aux familles dont je vous donnerai la liste.»
Se tournant vers le curé, il ajouta :
«Monsieur le curé, ces poètes vous doivent la vie. Puissiez-vous en
être récompensé et les entendre, plus tard, chanter louange à Dieu.
Moi, j'ai peur que vous n'ayez à en pâtir des premiers. Nous verrons
bien la suite.»
Dans les quinze années qui suivirent cette délibération, le curé n'eut
pas le sujet de regretter son intervention. Les vingt-trois poètes, sous
la férule de maîtres convenablement choisis, furent enseignés dans
la vénération de l'Église catholique, dans les sciences exactes et le
mépris des travaux littéraires. L'emploi de leur temps était si justement réglé que la précocité de leur veine poétique n'eut pas le loisir
de s'exercer dans leur prime enfance. Ils apportaient d'ailleurs à
l'étude des mathématiques une ferveur de bon augure, et le curé ne
désespérait pas qu'on en fît des ingénieurs appliqués.
«Le démon de la poésie, disait-il au chef, car il s'agit bien d'un
démon, sera vaincu par une discipline de piété qui agit à la manière
d'un exorcisme. Je vous dis que ces enfants-là aiment la règle ; leur
goût des sciences mathématiques en est la preuve.
– Monsieur le curé, approuvait le docteur en psychiatrie, le démon
de la poésie n'est pour moi qu'une image, mais je crois aux vertus
thérapeutiques des habitudes. La discipline habituera votre démon
dans la modestie.»
Comme on le pressait de donner une opinion, le chef haussait les
épaules, murmurant invariablement :
«Les poètes sont les poètes.»
Et, à mesure que les poètes croissaient en âge et en connaissance, le
chef devenait plus soucieux. L'après-midi il lui arrivait de travailler
pendant de longues heures, dans la solitude de son cabinet, à formuler un projet d'organisation qui neutralisât cette menace de poésie torrentielle. Parfois il s'interrompait, avec un grand geste
décourage et gémissait :
«Il n'y a rien à faire, les poètes sont les poètes, et l'on ne meurt pas,
hélas ! de la fièvre poétique. Quand je pense aux temps bénis, à l'âge
d'or, où les poètes crevaient de faim... Mon Dieu, comme nos pères
étaient sages, tout grossier qu'ils étaient...»
Cependant, Dulcène continuait à vivre dans l'abondance et les plaisirs, ignorante des dangers qui la menaçaient. Le village de Dulcène,

à quelque cent kilomètres de la ville de Tours dont les ruines attestent l'ancienne splendeur, était une charmante bâtisse de cinquante-deux étages en béton armé incrusté de pierre blanche. Le petit nombre des habitants, l'étendue du territoire et la sagesse de son gouvernement lui assuraient une remarquable prospérité; et, jusqu'à Orléans à son est, l'on entendait parler des «repus de Dulcène».

Dulcène avait des vignes qui descendaient à vallons doux jusqu'au Val de Loire, ses blés étaient entre les plus beaux de France, son bétail était nombreux. L'esprit de science engraissait la terre, et l'économie des rayons solaires était assez judicieuse pour que la plupart des céréales y mûrissent deux fois l'an. Les besognes qui assuraient la vie de la commune étaient si bien distribuées entre tous les habitants, si parfaites les machines, que les heures de travail n'absorbaient guère, pour les hommes, qu'une moitié du matin ou de l'après-midi. Le reste du jour était consacré aux plaisirs de la conversation, de l'amitié, de l'alcool, aux doux soins de l'adultère et du conjugal, à tous les jeux qu'une administration prévoyante mettait à la disposition des citoyens.

Les femmes, qu'une longue suite de siècles avait accoutumées dans une oisiveté intelligente, étaient belles jusqu'à un âge avancé. Aussi bien, nulle besogne pénible n'humiliait les hommes dans leurs corps. L'obésité, la maigreur, les genoux gras ou les pieds plats étaient regardés comme des maladies aussi graves que la fièvre jaune ou la diphtérie. L'excellence de l'hygiène, la régularité des digestions et le bon accomplissement de toutes les fonctions organiques maintenaient parmi les Dulcéniens une parfaite égalité d'humeur. Les hommes et les femmes, ainsi qu'aux premiers âges de la Bible, étaient d'aimables animaux. Leurs fronts ne suaient pas à gagner le pain de chaque jour.

Par courtoisie envers le curé, les Dulcéniens remplissaient leurs devoirs de catholiques, mais sans grande ferveur. Ils ne connaissaient guère l'inquiétude de la mort et, pour les choses de l'au-delà, se reposaient sur la Constitution du Grand Félicien dont ils ne doutaient point qu'elle pourvût à leurs félicités éternelles.

Par ordre du chef, les vingt-trois poètes vivaient isolés dans une aile du trente-cinquième étage et n'en sortaient guère que pour une promenade dans la campagne ou une courte sieste sur une promenade dans la campagne ou une courte sieste sur la terrasse qui dominait l'édifice, toujours sous l'étroite surveillance d'un maître. Leur application à l'étude, la discipline sévère qui leur était imposée, les séparaient complètement des autres Dulcéniens. Dès les premiers jours, leurs parents les avaient reniés, honteux d'avoir donné le jour à ces monstres. Ces enfants étaient doux, laborieux, les maîtres n'avaient qu'à se louer de leur docilité et l'optimisme du curé avait fini par gagner la plupart des gens que leurs fonctions mettaient en rapport avec eux.

Or, il arriva qu'un matin le maître de mathématiques quitta précipitamment la salle d'études et courut dans le vestibule téléphoner au chef :

« Allo ! ici le maître de mathématique du trente-cinquième étage. Monsieur le chef, il arrive une chose effroyable, une chose... enfin, l'élève Belin vient de me réciter un poème !

– Allo ! vous dites : un poème ?

– L'erreur n'est pas possible. Il s'agit bien d'un véritable poème sur les sections coniques, un poème en prose, il est vrai, mais cela n'est pas moins grave. »

Le chef voulut douter :

« Voyons, mon cher professeur, soyons calmes. Vous dites qu'il s'agit d'un poème, mais les termes d'une démonstration géométrique peuvent prêter à confusion : au moins n'y a-t-il rien de flagrant, de spécifiquement poétique ?...

– Hélas, monsieur le chef, mais c'est presque de la poésie pure. Tenez, je n'invente rien, écoutez comme ce malheureux parle de la parabole : "La section plane aux flancs du cône va perpétuant des infinis.". Une parabole, monsieur le chef !

– Le fait est..., murmura le chef.

– Cela n'est rien encore. Si vous l'aviez entendu parler de l'ellipse... l'atmosphère de la classe en était empoisonnée, j'ai vu pâlir mes meilleurs élèves. Figurez-vous que ce misérable Belin a employé une... comment vous dire... oui, une métaphore. "L'œuf du cône", voilà comment il appelle l'ellipse ! Il a même osé parler des "foyers du cratère..."

Sa voix se brisa. Le chef eut un gémissement douloureux.

« Et dire, reprit le professeur, dire que j'avais l'intention de leur commencer dans deux mois l'étude des imaginaires. Les imaginaires, ah ! j'en frémis. »

Déjà le chef s'était ressaisi, il commanda d'une voix ferme :

« Envoyez-moi l'élève Belin dès après la classe. Je vais faire immédiatement perquisitionner dans sa chambre. »

Une demi-heure après ces événements, Belin était introduit dans le cabinet du chef. C'était un garçon de quatorze ans, au visage frais. Ses yeux avaient une expression de franchise, presque d'audace. Le chef désigna un siège et lui dit à brûle-pourpoint :

«Il paraît que vous faites des poèmes.»

Belin se troubla, il balbutia une vague protestation.

«Ne niez pas, reprit le chef. Je sais que vous vous êtes permis, entre autres inconvenances, de donner à l'ellipse l'appellation ridicule d'œuf de cône. Monsieur, l'ellipse est une figure honnête et votre privauté n'a point d'excuse. D'autre part, on a trouvé dans votre chambre du papier et des porte-plume. Je n'ai pas besoin de vous rappeler que, seuls, l'ardoise et le crayon d'ardoise vous sont permis. Ah! ah! des porte-plume! Vous allez bien, jeune homme!»

Belin était très rouge. D'abord, il baissa les yeux, puis, irrité par l'humiliation, il regarda le chef bien en face, et articula:

«Quel inconvénient y a-t-il à ce que j'aie des porte-plume? Je ne vais pas me crever les yeux!

– Vous n'avez pas à discuter une mesure que j'ai jugée nécessaire. Vous ne devez qu'obéir.»

La réplique était sévère. Belin en eut un tressaillement de tout le corps. Il se leva et jeta d'une voix violente:

«Et si je ne veux pas obéir?»

Le chef demeura interloqué. Hochant la tête, il finit par murmurer:

«Évidemment, je n'ai rien à dire là contre. Du moment que vous êtes poète...»

Belin était pensif et comprenait mal le sens de ces paroles. Il y vit une allusion opiniâtre à la métaphore qu'il avait risquée à propos de l'ellipse. Mesurant l'audace de son élan contre la discipline du trente-cinquième étage, il s'excusa d'une voix redevenue timide:

«Monsieur le chef, je vous assure que je respecte absolument les propriétés des sections coniques, bien mieux, je les aime et suis tout prêt à les exalter. Il va de soi que je retire l'œuf de cône, mais croyez que je n'ai point prétendu à ravaler l'ellipse...»

Le chef, qui n'avait cessé de secouer la tête, lui imposa silence de la main. Songeant que le moment était venu de révéler à Belin le secret de sa naissance, il en fit un récit détaillé.

«Jeune homme, conclut-il, vous voilà donc poète et probablement un grand poète, puisque votre veine a été assez impatiente pour s'emparer des sections coniques. J'en suis bien malheureux; je viens de vous dire quel danger vous représentez pour le village de Dulcène. Or, il n'en faut pas douter, vous avez un grand génie...

– Évidemment, acquiesça Belin.

– Il me vient à l'esprit, poursuivit le chef, qu'une modeste bourgade de cinq mille habitants n'est pas de théâtre convenable à vos légitimes ambitions. Vous seriez plus heureux dans une grande ville où les beaux talents sont choyés. Bien entendu, la commune de Dulcène pourvoirait à vos dépenses ; en échange, ce serait un peu de votre gloire qui rejaillirait sur elle.»

Belin cala son menton dans ses mains et réfléchit longtemps. Le chef respirait à peine. Enfin le jeune homme secoua la tête et répondit d'une voix douloureuse :

«Si séduisante que soit cette perspective, je ne puis l'envisager.

– Pourquoi donc ?

– Parce que... je ne sais comment vous expliquer, mais je sens que j'ai une mission à accomplir dans ces lieux qui m'ont vu naître...»

Le chef eut un geste impatient, presque excédé :

«Permettez, dit-il, permettez...»

Mais Belin ne l'entendit pas. Il parlait avec exaltation, les joues chaudes, l'œil fixe.

«N'avez-vous jamais entendu sourdre dans les étages la rumeur plaintive des âmes inassouvies, des pauvres âmes appétant les clartés majuscules aux allégés matutins ? N'avez-vous jamais entendu gémir la conscience neuro-spongiale sous le poids des électrons projetés dans l'éternité dynamique ?

– Ma foi non, confessa le chef.

– Eh bien, c'est du propre, s'indigna Belin. Vous êtes chef et vous ignorez les puissances d'amour, sans doute les méprisez-vous. Prenez garde...

– Écoutez, mon cher poète, dit le chef, les puissances d'amour ne vont pas mal. Dieu merci, nos Dulcéniens ne chôment pas à faire l'amour, et avec toute l'hygiène qu'il faut. N'en ayez point d'inquiétude. Mais laissez-moi vous dire que votre exaltation vous prépare bien des déboires. Je ne vous ai pas dit qu'il existe déjà à Dulcène deux poètes en pied. Bien entendu, chacun prétend être le seul poète de la commune et jette de chaudes injures à la tête de l'autre. Il n'est pas douteux qu'ils voient d'un très mauvais œil l'intrusion d'un troisième augure. Ils vous traiteront de petit prétentieux, d'inverti, de faiseur, et insinueront probablement que vous êtes affligé d'une loupe sur la fesse. Vous vous vengerez en les appelant fossiles, daims, fruits blets, en moquant tout ce qui leur valut d'être adulés par les snobs de Dulcène. Il y aura de grandes disputes et vous en triompherez certainement, car toutes les femmes s'engoueront d'un poète impubère. Oublieux de votre fameuse mission, vous goûterez l'orgueil du triomphe, jusqu'au jour...

– Monsieur le chef, dit Belin avec beaucoup de dignité, sachez que je méprise la gloire et ses vains combats. Ce que vous me dites de ces deux poètes me fait assez voir qu'il s'agit de deux imposteurs. Je saurai les confondre, mais la passion de la vérité ne me fera point oublier l'appel des âmes souffrantes auxquelles le destin m'a dédié.

– … Jusqu'au jour, disais-je, où quelqu'un des vingt-deux poètes qui s'appliquent encore aux propriétés des sections coniques découvrira comme vous qu'il a une mission à accomplir. Il y aura encore de grandes querelles, puis surgiront un cinquième poète, un sixième, et Dulcène finira par compter vingt-cinq poètes. Avant six mois, monsieur, nous connaîtrons l'inflation poétique, et son cortège de haines, de divisions, de paniques, de mécontentement…»

Belin écoutait, l'air poli et ennuyé. Le chef s'échauffait, énumérait les fléaux qui guettaient l'aimable Dulcène. Il dit encore:

«Dans deux ans, monsieur le poète, le drapeau noir de la révolte flottera sur la terrasse de Dulcène. Si je n'y mets bon ordre», ajouta-t-il entre ses dents.

Belin s'était levé, il affirma avec gravité:

«S'il me paraît nécessaire d'appeler les Dulcéniens à la révolte, je le ferai certainement. Mais vos craintes me paraissent exagérées. Mes condisciples ne sont pas dangereux, je les connais bien, et, pour tout dire, il n'en est aucun qui se puisse donner pour un véritable poète. Quelques prétentions qu'ils aient par la suite, ces gens-là seront bien obligés de me reconnaître pour leur maître. Ils me suivront où je les conduirai, dans les chemins harmonieux…

– Allons, je vous souhaite une bonne chance, dit le chef. Je vais donner des ordres pour qu'il soit pourvu à votre installation. Surtout, ne dites pas à vos camarades pourquoi vous les quittez.»

Un mois après cette entrevue, Belin était pris à partie dans la *Revue des Étages* par ses deux aînés en poésie. Accusé d'ignorance, de plagiat, de félonie, et même de sacrilège, Belin riposta en fondant la *Dernière Revue*, dont l'apparition fit scandale. L'article de tête, intitulé: «La Poésie mûre», dénonçait aux Dulcéniens le conformisme, l'amphigourisme, la perversité, la jalousie et la bêtise des vieux. Le deuxième chapitre contenait le manifeste de la verte poésie, dont les trois cents pages suivantes illustraient les théorèmes en mètres divers.

Dès lors, les choses s'aggravèrent facilement. Les poètes de la vieille école intriguèrent si bien que la querelle fut portée devant le tribunal où Belin eut à répondre sur le triple chef de sadisme, d'irrévérence et de manœuvres anticonstitutionnelles. Les magistrats interdirent la diffusion des œuvres incriminées, et, le soir même, tour Dulcène les récita par cœur. Belin devint l'idole du public. Il le resta jusqu'au jour où l'un de ses anciens condisciples quitta le trente-cinquième étage pour lancer le manifeste de la «poésie subspontanée»; après lequel vint le manifeste de la «poésie brute», celui de la «néoclassique» et vingt autres. Les Dulcéniens devinrent nerveux, susceptibles, et s'agitèrent sans cesse sur un rythme inédit. Dans les ascenseurs, sur la terrasse ou dans les couloirs, des hommes se giflaient pour la primauté de la poésie verte ou de la pensée subjonctive. Des femmes se refusaient aux justes caresses de leurs époux, sous le prétexte d'incompatibilité d'humeur poétique.

Le soir, parfois, sur la grande terrasse qui dominait le gratte-ciel, les vingt-cinq poètes entraient en transes, et tous ensemble. Haletante, à demi-prosternée, la foule se gonflait de poésie, prise à la source, et qui finissait toujours par lui donner un peu dans la tête; de telle sorte que ces soirées littéraires dégénéraient régulièrement en pugilats, et les poètes en dangereux énergumènes.

Le curé vivait en de perpétuelles alarmes. Certains poètes avaient délibérément rejeté Dieu. D'autres, au contre-pied, manifestaient à l'Église une tendresse dont l'expression poétique était toujours compromettante pour la religion. D'autres – c'étaient les plus dangereux – avaient chacun leur manière personnelle d'interpréter les saintes écritures. Impuissant, le curé voyait ses brebis, sollicitées à hue et à dia, s'écarter chaque jour davantage de la célébration des saints mystères. Il lui arrivait de confesser au chef son remords d'avoir cédé à un mouvement de funeste pitié.

«Monsieur le curé, répondait son frère, ne vous accusez pas. Je suis seul coupable, moi qui n'ai pas su m'écarter des voies de Dieu comme il convient à un chef.»

Cependant, le chef ne faisait rien qui pût brider la fièvre poétique de Dulcène. Il feignait de s'intéresser à tous les mouvements poétiques et, daignant prendre parti, applaudissait à certains manifestes.

Un jour, il convia tous les poètes, à l'exception de Belin qu'il réussit à éloigner, à un somptueux banquet. Les agapes durèrent vingt-quatre heures, car chacun voulut dire un mot sur l'avenir de la poésie.

Dans les deux mois qui suivirent le banquet, tous les poètes moururent. Belin, seul indemne, s'enfuit en grande hâte sans attendre que le dernier de ses confrères eût succombé.

Le doyen des médecins déclara que les malheureux avaient été emportés par une maladie infectieuse, d'un caractère nouveau, à laquelle il donna le nom de *malaria poetica*, désinences latines qui suffirent à rassurer l'opinion publique sur le mystère de cette hécatombe.

Moins d'une année qu'elle eût enterré ses poètes, Dulcène commença d'entrer en mal étrange.

IV

Le curé regarda l'heure dans les lignes de sa main et vit qu'il était en avance de vingt minutes au rendez-vous donné par le chef. Il songea d'abord que c'était tant pis, après réflexion tant mieux. «Je ne vous attendais pas si tôt, dit le chef. Le docteur et l'expert en libido ne seront pas là avant un quart d'heure.

– Je ne voulais pas être en avance, soupira le prêtre. Mais c'est peut-être Dieu qui m'a pressé...»

Le chef ne répondit pas et détourna son regard. Son frère insista : «Dieu jette la corde aux naufragés sur l'océan des iniquités. Moi, je mets le câble dans les mains du pêcheur qui ne le voit pas... Louis, pourquoi n'es-tu pas venu à confesse depuis la mort des poètes ? N'as-tu rien à te reprocher ?

– Je suis le chef.

– Croyez-vous donc qu'il ne jugera point les chefs ?

– Monsieur le curé, vous savez bien que non. Le chef doit tout abandonner et jusqu'à son paradis, pour la santé du troupeau qu'il mène. C'est ce que j'ai fait, pour que soit accomplie la parole du Maître : "Les premiers seront les derniers."»

Le curé considérait avec effroi cette résignation dans le péché. Il se mit en oraison jusqu'à l'heure de délibérer.

Le doyen des médecins fit son entrée à 10 heures précises. Il avait un visage inquiet, presque consterné.

«Ça ne va pas du tout, dit-il en entrant, pas du tout.»

Il prit place dans un fauteuil en face du chef et attendit silencieusement que le conseil fût au complet. L'expert en libido entra dix minutes après 10 heures. C'était un petit homme au visage guilleret, au regard excessivement perçant comme ils ont tous. Il s'excusa de son retard :

«Je suis passé au bureau des songes, je voulais avoir la courbe du rêve dulcénien pour cette dernière nuit. La voici, dit-il en tirant un papier de sa poche. Je dois vous dire qu'elle est mauvaise, très mauvaise. Nous avons à peine douze rêves d'adultère et, chose incroyable, peut-être jamais vue dans les annales de Dulcène, aucun homme n'a rêvé qu'il faisait subir les derniers outrages à sa belle-mère. Par contre, quarante-sept sujets ont rêvé qu'ils galopaient dans les champs à califourchon sur un lapin gris dont ils tenaient les oreilles. N'est-ce pas effroyable? Il y a là une déficience de l'obsession érotique, une démission des pouvoirs d'intention bisexuée dont la réflexion normale et continue sur le miroir exécutif peut, seule, assurer le bon fonctionnement des organes.

– En somme, quelles sont vos conclusions? interrogea le chef.

– Je conclus à la régression de la curiosité chez tous nos Dulcéniens, due à l'ingérence dans les préoccupations sexuelles...»

Le docteur doyen, qui avait écouté avec impatience, interrompit:

«Permettez. Votre conclusion ne nous apprend rien que nous ne connaissions déjà, et depuis fort longtemps.

– Sans doute n'avons-nous pas la même opinion sur l'essence de la curiosité, repartit aigrement l'expert en libido. Pour moi, je ne saurais trop répéter que la curiosité est un prolongement de l'activité sexuelle, ou plutôt une manière de trompe sexuelle...

– Voyons, intervint le chef, l'heure n'est pas aux plaisanteries.

– Plaisanteries, monsieur le chef? Il ne peut être question de plaisanteries. D'ailleurs, qu'est-ce qu'une plaisanterie, sinon un troisième sexe auquel...»

Le chef réussit à lui imposer silence et pria le doyen de faire un exposé de la situation.

«Je ne vous apprendrai rien, dit celui-ci. Vous avez pu observer, tout aussi bien que moi, cette apathie qui se manifeste, chez nos concitoyens, dans tous les domaines de l'activité physique et intellectuelle. Au hasard et rapidement, je vous cite quelques manifestations du phénomène: les travaux des champs, regardés autrefois comme une récréation, s'accomplissent mollement, avec fatigue. Ainsi des autres travaux. Les salles de spectacle sont désertes. La *Gazette de Dulcène* n'a plus de lecteurs. Les femmes dédaignent les artifices de la toilette, et, à quelque étage que ce soit, on n'a point de hâte à l'amour. Dans quatre mois, la commune sera en retard de cinquante-sept naissances. Les Dulcéniens passent leurs loisirs dans une oisiveté complète et donnent tous les signes d'une prostration imbécile. Après cela, il reste que ces gens-là mangent, boivent et dorment parfaitement.

– Je vous arrête, s'écria l'expert en libido: Comment pouvez-vous affirmer qu'ils dorment parfaitement, alors que la courbe des songes nous indique que cette prostration imbécile où vous les avez surpris en état de veille se prolonge durant leur sommeil? Vous paraissez oublier, monsieur le doyen, que le sommeil ne doit être qu'une tendance vers un équilibre sexuel, je dis sexuel, je répète sexuel...»

Comme on lui coupait la parole, l'expert dit encore en levant les bras au ciel, transfiguré par une violence toute passionnée :
« Vous ne comprenez donc pas le visage de l'univers ? Vous ne voyez pas ce hérissement cosmique des sexes insurgés, et ce frémissement galvanique des vulves, infini, à perte de vue et de pensée ?... »
Le curé courbait les épaules, épouvanté par une vision aussi profane de la création. Cependant qu'il marmottait une prière d'exorcisme, le doyen toisa l'expert en libido et prononça d'une voix dédaigneuse :
« Seriez-vous poète, monsieur ? »
L'expert en libido rougit violemment, il jeta un regard d'angoisse vers le chef qui eut un sourire gêné.
« Je disais donc, reprit le doyen avec une évidente satisfaction, je disais donc que les Dulcéniens mangent, boivent, et dorment parfaitement. Voilà où le phénomène devient troublant. À première vue, en effet, il pouvait paraître qu'on eût affaire à une espèce de neurasthénie, voire de cachexie, ayant un caractère épidémique. Or, j'ai pu me convaincre, après de nombreuses observations, qu'il ne s'agit pas de troubles fonctionnels. Bien entendu, l'hypothèse de troubles mentaux collectifs m'est venue d'abord. Il m'a fallu l'écarter pour des raisons décisives. Bien plus, l'apathie des Dulcéniens – je lui donne ce nom pour la commodité d'en parler – n'est pas épidémique, et sa propagation n'est due à aucune cause extérieure telle qu'on la puisse trouver dans une nourriture, une eau malsaine ou une atmosphère viciée. Des expériences simples m'ont mis à même de l'affirmer. Il y a là un mystère où l'examen scientifique ne mord pas. C'est en considération de cette impuissance de la médecine que j'ai le regret, monsieur le chef, de quitter cette délibération : ma présence n'y a point d'utilité. »
Comme il se levait pour prendre congé, le chef le pria qu'il voulût bien lui faire l'amitié de demeurer.
« Si votre expérience médicale se trouve en échec, dit-il, votre expérience d'homme sage et réfléchi nous sera d'un grand secours. »
Cependant l'expert en libido s'agitait sur son siège et faisait déjà son avantageux en considérant la démission de la médecine.
« Monsieur le doyen, commença-t-il, je ne suis pas étonné que vos travaux aient été payés d'un résultat négatif, et j'en vois bien la raison. C'est que l'apathie de notre village n'est pas autre chose qu'un affaissement sexuel. Certainement, vous l'eussiez déjà éprouvé, n'était votre grand âge. J'en dirai tout autant de notre chef qui a fêté dernièrement son soixante-treizième anniversaire, et je ne veux point parler de M. le curé qui fait profession de n'avoir pas de sexe.

Pour moi, qui suis dans la force de l'âge, j'en apprécie mieux les atteintes, et il ne faut rien moins que l'application de toute ma volonté, tendue par le sentiment de mes responsabilités, pour ne point me laisser aller à cet abattement qui a ruiné, chez nos concitoyens, jusqu'aux facultés secondaires. Il reste à déterminer les causes de cet affaiblissement de la conscience sexuelle unanime. Cela est assez simple. Vous n'ignorez pas que la conscience sexuelle efficace résulte d'un antagonisme entre la pudeur et les obsessions incestueuses, ce qui explique cette grande faim d'amour où nous voyons toute l'espèce humaine. Or, les obsessions incestueuses ont à peu près disparu à Dulcène, du fait que l'inceste y est ordinairement pratiqué.»

Le prêtre eut un geste d'horreur, et le chef fit entendre une protestation indignée. L'expert en libido écouta tout souriant, puis il expliqua: «Ce n'est pas assez dire que l'inceste y est ordinairement pratiqué, j'aurais dû dire forcément. En effet, dans notre building, qui a huit cents ans d'âge, nos Dulcéniens n'ont jamais contracté mariage en dehors de la commune, en sorte qu'ils sont tous unis par des liens d'étroite parenté, et que l'atmosphère sexuelle a fini par atteindre à un point de sursaturation incestueuse, d'où vient tout le mal. À cela, je ne vois guère qu'un remède: accroître d'abord les effets du mal en favorisant encore le déficit des naissances, que l'on compenserait ensuite par des apports de sang étranger.»

Le chef, qui s'était trouvé fort désemparé par les déclarations du doyen, était assez disposé à accueillir l'explication libidineuse de l'expert, mais les conclusions l'effrayaient.

«L'idée n'a rien qui choque dans le principe, dit-il. Je ne suis pas si attaché à nos traditions que de les vouloir maintenir contre le bien de mes administrés. Mais il est raisonnable de penser que le mécanisme délicat de la vie dulcénienne ne peut s'accommoder d'une solution aussi radicale. Nous voyons assez ce que la conscience communale aurait à pâtir d'un apport de sang étranger; et je ne parle pas des troubles qui en résulteraient, par exemple, dans l'hérédité des professions. Il faudrait peut-être des siècles de patience pour ramener l'équilibre dans l'économie du building. Non, il n'y faut pas penser.

– D'autant moins, appuya le doyen, que l'explication de M. l'expert en libido m'apparaît de pure fantaisie. Pour ma part, je ne souscris pas au dogme des obsessions incestueuses qui en est le départ. Et puis M. l'expert nous dira-t-il pourquoi cette apathie s'est manifestée aussi brusquement? La conscience sexuelle efficace, pour servir votre expression, ne devait-elle pas s'affaiblir par degrés, à mesure que diminuaient les obsessions incestueuses ?

– Pas du tout, riposta l'expert ; le phénomène physique de sursaturation a trouvé là son correspondant physiologique. Je le disais tout à l'heure.

– Je n'en crois rien. En tout cas, il reste à expliquer pourquoi le building des Hauts-de-Faille, qui compte trois siècles d'existence de plus que Dulcène, n'a jamais eu à souffrir de cet affaissement sexuel... Vous voilà tout coi, et il me paraît que vous ferez sagement en laissant la parole à monsieur le curé. »

Le prêtre, qui n'avait pas écouté sans beaucoup d'effroi les développements de l'expert en libido, donna un regard de gratitude au doyen et dit avec un grand courage :

« Il faut prier. Les âmes sont toutes pleines de péchés obscènes. Je les vois bien, moi. Et Dieu les voit mieux encore. Il en a mal dans son indulgence, mais il ne peut que ce qu'il veut, parce qu'il est juste. Il faut donc laver les âmes à la grande eau de la prière et, comme cela ne suffit pas, il faut faire pénitence. C'est une bonne eau de Javel que la pénitence. Et aussitôt que les pécheurs détesteront leurs péchés, Dieu les aidera, leur rendra les obsessions nécessaires. Il faut prier.

– Bien sûr, approuva le chef poliment. C'est une bonne idée. »

L'expert en libido toussa bruyamment pour dissimuler qu'il ricanait. « Il est certain, dit-il, que la prière ne gâtera rien. Toutefois, je vous rappelle la parole de ce petit poète qui vivait à la cour de Charlemagne – ou de Louis XIV, je ne sais plus bien : "Aide-toi, le ciel t'aidera", disait-il.

– Ces poètes des premiers âges étaient bien raisonnables », soupira le chef.

Et il parut oublier ses hôtes qui l'abandonnèrent discrètement à son amère méditation.

Le bétail se mit à dépérir. Ce n'était pas qu'il fût mal nourri, mais une longue hérédité l'avait rendu sensible à l'humeur de ses maîtres. D'ordinaire, les Dulcéniens avaient pour plaisir de se rendre aux étables, au moins deux fois par jour, d'y parler aux bêtes avec amitié, en les caressant. Depuis la mort des poètes, ils avaient délaissé ce plaisir-là en même temps que les autres. Les bovins, qui avaient beaucoup de sensibilité, s'en montrèrent tout de suite très affectés, et il y eut un grand nombre de vaches qui se laissèrent aller en mélancolie jusqu'à crever de consomption. Les chevaux, contrariés dans leur amour-propre, devenaient ombrageux, rétifs, et ruaient dans les bat-flanc, si bien qu'il y en eut chaque jour d'estropiés.

Le recensement printanier accusa un dépérissement important du troupeau. Ce que voyant, le chef se résigna au remède de l'expert en libido.

On fit venir à grands frais une cinquantaine de Parisiens des deux sexes, auxquels on conféra le titre de citoyens de Dulcène. C'étaient des gens d'une saine activité, accoutumés dans les rudes labeurs de la ville, et que n'avait point encore énervés la mollesse des campagnes. Dulcène leur apparut, à l'abord, comme une manière de paradis terrestre, une délicieuse colonie de vacances, et quatre ou cinq jours durant ils menèrent un grand train de joie qui donna au chef l'illusion que son village ressuscitait. On avait pris soin de leur donner, dès leur arrivée, des époux et des épouses indigènes, et, bien que les Parisiennes eussent à se plaindre de la grande mollesse de leurs nouveaux conjoints, les choses promirent d'aller assez rondement. Cette conscience efficace des Parisiens ne dura pas plus d'une semaine, après quoi ils commencèrent à devenir moroses et à regarder dans le vide.

Dès lors, Dulcène tomba dans un demi-sommeil, une léthargie de l'esprit et des sens qui n'épargna personne que le chef. Il n'y eut plus, dans le building, que des espèces d'automates qui continuaient, tant bien que mal, par habitude, d'accomplir leurs tâches quotidiennes. Le service médical cessa de s'intéresser à l'hygiène du village. Dans son église déserte, le prêtre récitait la messe sans y penser. L'expert en libido, absolument affaissé, passait ses journées sur la terrasse, à bayer aux corneilles. Il lui arrivait encore, par un reste de conscience professionnelle, de débiter avec une voix morne, absente, quelques obscénités d'intention suggestive qui étaient accueillies par une indifférence générale.

Après dix années d'une vie ralentie, Dulcène était descendue à un état de molle barbarie. Les juges avaient désappris la justice, les criminels, le crime, et les médecins, la médecine. Les rêves de l'expert en libido étaient d'une pureté séraphique. Mal cultivés, les champs ne donnaient plus que de maigres récoltes. L'intérieur du building était sale ; certains couloirs étaient obstrués par des cloisons effondrées. La plupart des fenêtres, dépourvues de leurs vitres, laissaient entrer la pluie qui lézardait les plafonds, tachait les murailles, les mobiliers. Une poussière épaisse s'accumulait à tous les étages du gratte-ciel ; parfois, de grands courants d'air la soulevaient en nuages denses qui rendaient l'air difficilement respirable.

Les habitants vivaient dans une saleté presque animale. Par négligence, les hommes portaient de longues barbes et des chevelures embroussaillées, grouillantes de vermine. Leurs vêtements n'étaient plus que des loques souillées de nourriture.

Les femmes avaient décidément abandonné toute coquetterie. Comme elles n'étaient point appelées au-dehors par leurs travaux, elles vivaient nues, confinées l'hiver, dans leurs appartements, à la belle saison étalant leur nudité sur la terrasse du gratte-ciel. La notion de la pudeur s'était perdue, les vieilles femmes n'avaient pas plus de modestie que les jeunes et promenaient, sans aucune gêne, des seins lourds comme des outres sur les plis de leurs ventres mous. Les jolies femmes ne tiraient d'ailleurs pas le moindre orgueil de leurs nudités avantageuses, car elles en avaient oublié la destination.

Ce qui donnait un caractère très singulier au village de Dulcène, c'était le grand silence qui régnait du haut en bas. On n'y parlait presque pas, sinon pour des objets d'immédiate nécessité : encore s'exprimait-on plus volontiers par signes. Aux soirs d'été, hommes et femmes venaient s'allonger pêle-mêle sur la terrasse, absolument nus, dans une atmosphère d'indifférence chaste et triste. Cela composait un ensemble d'une désolation parfaitement égalitaire, où personne ne songeait à revendiquer sur son voisin.

Le manque d'hygiène n'avait pas tardé à se faire sentir, et il y eut un grand nombre de malades. On les laissait mourir avec indifférence. Les Dulcéniens voyaient périr un frère, ou un fils, sans émotion, sans envie non plus ; comme si, fatigués de vivre eux-mêmes, ils n'avaient plus assez d'imagination pour concevoir le suicide. Aussi bien, ceux qui mouraient n'en témoignaient ni joie ni tristesse.

Comme les décès n'étaient compensés par aucune naissance, la population avait diminué d'un tiers. Le chef était d'ailleurs seul à le déplorer. Il semblait que l'obsession de ses responsabilités l'eût préservé du mal mystérieux qui frappait ses administrés. Impuissant à y remédier, il désespérait du salut de Dulcène et n'attendait plus qu'un miracle. Toujours rasé de frais et le vêtement soigné, il avait coutume, en été, de se promener sur la grande terrasse, épiant obstinément, au milieu de la nudité sordide de ses concitoyens, l'éveil de quelque conscience, et son cœur s'affligeait des sexes masculins qui pendaient, inertes.

V

Belin, poète impénitent, après un séjour de dix années dans la ville de Dole, qui consacrait alors les réputations littéraires, possédait une chemise, un complet rapiécé et une paire de chaussures, dites espadrilles. Mettant à profit une nuit sans lune, il trompa la vigilance de ses créanciers et réussit à gagner la campagne. Il fit vingt kilomètres d'une haleine, puis s'accorda de réfléchir. La nuit était douce, parfumée de foin coupé et propre à l'inspiration poétique. Refoulant ses effusions lyriques, Belin se prit à considérer combien la vie lui était cruelle, et songea que sa fortune ne rendait compte en aucune manière de son génie. Car, à la réserve de son œuvre poétique, d'une ampleur incomparable, il se trouvait plus gueux qu'au jour où il avait quitté l'aimable Dulcène. Belin ne doutait pas que la postérité dût lui rendre justice, mais il regrettait l'ingratitude de ses contemporains. Mélancolique, il se reportait au temps de sa quinzième année, dans son village natal, où il était assuré d'un public compréhensif, sans préjudice du vivre et du couvert. Et, comme il avait une âme généreuse, il ne put se défendre d'un pleur de tendresse et d'un frais couplet qu'il dédia aux Dulcéniens. Longtemps, il en répéta le dernier vers :

Oh! ma Dulcène! oh! ma Dulcène!

Si bien que le nom du building bien-aimé finit par résonner infiniment dans son cœur de poète, et très profond. Belin sentit qu'il n'en resterait pas là. En effet, il composa dix autres couplets, puis forma le projet de regagner le gratte-ciel ancestral. Sa décision n'alla point sans qu'il hésitât longtemps. Il réussit à se persuader que la mort des vingt-quatre poètes dulcéniens avait été accidentelle et non pas imputable à la férocité du chef. La coïncidence même lui sembla belle, et il se promit d'en faire un très beau poème. Toutefois, il réserva qu'il agirait avec une grande prudence.

Sans argent, Belin entreprit de faire le voyage à pied. Pour subvenir à sa nourriture, il récitait ses poèmes au pied des gratte-ciel campagnards ; en échange de quoi on lui jetait, par les fenêtres des étages, tantôt un quignor, de pain, tantôt une pièce de monnaie. Parfois, on lui jetait aussi le contenu d'un pot de chambre, et Belin connaissait ainsi qu'un confrère l'avait entendu. Dans un état d'extrême dénuement qui lui donnait toute l'apparence d'un rôdeur funeste, il arriva, au déclin d'un jour de septembre, en vue de murailles de Dulcène. Il en eut une grande et douce émotion qu'il épancha sur un rythme impair.

En pénétrant dans le vaste préau du rez-de-chaussée, Belin ravalait sa salive en évoquant le repas plantureux qu'il se proposait, car il avait une faim douloureuse à l'endroit de l'estomac. D'abord, il fut surpris du grand silence qui l'accueillait. Il avait gardé le souvenir d'un préau bourdonnant, à toute heure du jour, d'une humanité active. Il ne vit, n'entendit personne. Les ascenseurs et les monte-charge étaient vides de leur personnel accoutumé. Belin commençait à être inquiet.

«Il faut, songea-t-il, que le chef ait préparé quelque fête de nuit sur la grande terrasse. J'en suis bien fâché, car je n'ai guère la mine de paraître à une fête.»

C'est en considérant la misère de ses vêtements qu'il décida de s'arrêter d'abord au trente-cinquième étage où il espérait trouver de quoi s'habiller décemment et apaiser sa faim. Il entra dans un ascenseur qu'il eut peine à mettre en marche. L'appareil grinçait, cahotait, les parois en étaient poussiéreuses et le plancher couvert de détritus qui dégageaient une odeur malsaine. Belin, à mesure qu'il montait, sentait l'envahir une angoisse, l'appréhension d'un inconnu qu'il pressentait redoutable.

Dans le préau du trente-cinquième étage, il jeta un regard circulaire pour reconnaître les lieux familiers à son enfance. Les couloirs, qui rayonnaient autour de lui en longues enfilades, étaient déserts. Il y pesait, tout ainsi qu'au rez-de-chaussée, un silence de sépulcre. Après quelques pas, Belin s'arrêta, déprimé par la peur, et des deux mains comprima son cœur qu'il entendait battre. Il voulut parler, pour rompre le silence accablant. Aux premiers mots, il s'arrêta court, comme si le bruit de ses paroles avait suscité des ombres d'épouvante dans la profondeur immobile des couloirs. Dans sa hâte d'échapper à l'angoisse torturante de cette solitude, il se mit à courir et ouvrir une porte au hasard. Haletant, il pénétra dans une pièce d'un luxe sordide, une sorte de boudoir aux meubles ruinés, aux tapisseries maculées. Et par terre, allongé sur le tapis, il vit un homme vêtu de haillons, le visage envahi de poil, et qui regardait le plafond. Belin en fut un peu réconforté, l'aspect misérable de cet inconnu le mettait à l'aise. Il s'excusa d'avoir manqué aux convenances et se présenta. Cependant l'hôte n'avait pas bougé d'une ligne, ses yeux conservaient la même fixité, et Belin commençait à douter s'il était bien en vie. Enfin le gisant s'agita faiblement, ses lèvres remuèrent, il dit, sans irritation :

«La porte.»

Belin ferma la porte en s'excusant de négligence et revint à son hôte :

«Monsieur, je suis décidément indiscret, mais je reviens à Dulcène après dix années d'absence et je ne puis me défendre d'y soupçonner quelque changement.»

L'hôte ne témoignait par aucun signe apparent qu'il entendit le sens de ces paroles et s'en donnait toujours de fixer le plafond. À plusieurs reprises, le poète renouvela sa question et ne fut pas plus heureux. Découragé, il haussa les épaules, songeant qu'il était entré chez un fou. Avant de sortir, il ne résista pas à la tentation de s'emparer d'un rosbif saignant et d'un morceau de pain oubliés sur un siège. Sitôt qu'il eut mangé son rosbif, Belin aima bien la vie.

«J'aurai plus de chance en frappant à une autre porte», se dit-il.

Il alla frapper à d'autres portes où il n'eut point de réponse, ce qui le décida à entrer de son chef, comme il avait fait d'abord. Dans un boudoir assez semblable au premier, il vit un homme hirsute étendu sur le tapis, qui contemplait, dans une parfaite immobilité, le plafond au plâtre écaillé. Belin s'approcha doucement et prit le temps d'examiner l'individu avec attention. Alors il eut un mouvement de surprise et murmura :

«Doménac...»

L'homme jeta sur le visiteur un regard distrait qu'il détourna tout aussitôt. Belin, agenouillé à son côté, lui parla d'une voix émue.

«Doménac... Est-il possible que tu sois Doménac, cet élégant qui donnait le ton à la jeunesse dorée de Dulcène?

Dieu, cette barbe sale, ces guenilles, ce visage atone... Me diras-tu quelle catastrophe a pu faire un être aussi misérable de l'incomparable séducteur que je connus autrefois? Le charme de ton esprit, de tes manières, de ta voix, retenait toutes les femmes. Tu étais aimé des plus belles, et même de la tienne. Mais parle donc, dis-moi ce qui s'est passé...»

Doménac s'obstinait dans un mutisme absolu. Il était évident que le souvenir de ses succès auprès des Dulcéniennes ne l'obsédait point. Belin lui saisit le bras avec nervosité :

«Tu ne dis rien. Voyons, pourquoi es-tu couché là, seul? Ta femme?

– L'est morte», dit enfin Doménac avec une tranquillité inconvenante.

Belin en fut un peu décontenancé, il crut devoir compatir malgré tout.

«Je comprends, le chagrin, mon pauvre ami... Et les autres? On ne rencontre personne dans les couloirs.

– Sais pas, p't-êt'là-haut.

– Sur la terrasse? Oui, c'est justement ce que j'ai pensé. Une fête, n'est-ce pas? Et ton deuil trop récent t'interdit d'y paraître. Je t'avoue que moi-même n'en ai guère le désir. Je me plairais mieux à quelqu'une de ces aimables causeries qui faisaient autrefois mes délices. Te souviens-tu, Doménac, de notre première rencontre dans le salon du cordonnier?»

D'un mouvement à peine perceptible de la tête, Doménac fit signe que non.

«Quoi! s'étonna Belin, est-il possible que tu aies oublié? Tu m'as pourtant reconnu, tout à l'heure?

– Non, voulut bien articuler Doménac.

– Doménac, mais j'étais ton meilleur ami! Ne connais-tu donc plus ton ami Belin, Belin le poète?»

Au mot de poète, une flamme brilla dans les yeux de Doménac, il souleva la tête et murmura:

«Poète... Ah! tu es Belin le poète, tu es la verte poésie... La Poésie...»

Il eut un clair sourire et retomba, épuisé, dans son examen du plafond.

Belin, qui regardait son bon ami avec une grande compassion, réfléchit qu'ils étaient à peu près de la même taille et lui demanda la permission de choisir un vêtement dans sa garde-robe. Passant dans la pièce voisine, le poète ouvrit un placard profond d'où s'échappèrent une fine poussière grise et une odeur de moisissure.

«Mon Dieu, s'écria Belin, tout est mangé par les mites!»

Avisant une commode, il en bouleversa les tiroirs qu'il trouva pleins de linge sale. Il eut de l'indignation et admonesta Doménac:

«Est-ce ainsi, lui dit-il, qu'on doit accueillir l'enfant prodigue? Qu'as-tu fait des traditions utiles? Pourquoi le pain du voyageur et les viandes et les fruits manquent-ils à être sur la table, et les tendres questions à fleurir dans ta barbe sale? Je reviens après dix ans de combat menés pour la gloire de l'esprit, et tu n'as pas une chemise à m'offrir! Tu m'accueilles sans larmes, presque sans paroles, et les placards de l'amitié sont envahis par la poussière et par les mites. Tant d'ingratitude me blesse, déjà je songe à de nouveaux combats qui me feront oublier l'ingrate Dulcène. Adieu!»

C'était une manière de parler toute poétique, et Belin ne fut pas sitôt dans le couloir qu'il songea d'abord à gagner la grande terrasse. Comme il se dirigeait vers l'ascenseur, il fit, à une croisée de couloirs, la rencontre d'une jeune femme. Elle était d'une taille agréable et portait les cheveux dans le dos. Belin remarqua tout de suite qu'elle était nue. Elle le précédait de quelques pas et ne lui accordait point d'attention, nullement troublée par cette présence d'homme. Tant d'aisance lui composait comme un voile d'ingénuité qui était bien fait pour charmer un poète.

«Les jolies hanches, songeait Belin, voilà une nudité d'un admirable envers. Tout y est de bonne rondeur. Les Dulcéniennes, de mon temps, faisaient plus de façons à dévoiler leur caractère. C'était dommage, on ne peut pas dire combien c'était dommage...»

Cependant, il pressait le pas pour rattraper la jeune femme. Un instant, il marcha silencieusement à ses côtés, admirant sans qu'elle en montrât de l'humeur ; d'où il lui vint la hardiesse de poser la main sur sa gorge en improvisant un madrigal comme les poètes savent. La jeune femme ne se défendit pas, elle tourna vers lui un visage inerte, de grands yeux doux et imbéciles. Belin s'émerveilla d'une candeur aussi parfaite et se promit bien qu'il en abuserait, car il avait, durant son voyage à travers la campagne française où les bergères n'étaient plus que les expressions d'une mythologie déjà ancienne, enduré des privations de toute sorte.

Ensemble, ils entrèrent dans le spacieux ascenseur qui devait les déposer sur la terrasse. Le poète tenait à sa compagne des discours assez exaltants qu'elle n'entendait pas du tout. Assise sur une banquette, les mains posées à plat sur les cuisses, elle regardait le plancher et ne voyait rien d'autre. Entre le quarantième et le quarante-et-unième étage, Belin arrêta l'ascenseur et, les yeux déjà à fleur de tête, lui signifia ce qu'il souhaitait de son libre consentement. La belle fille ne comprenait pas, mais l'insistance du poète finit par éveiller un peu sa curiosité et lorsqu'il eut précisé l'objet de sa volonté, elle eut un demi-sourire, comme si la chose lui paraissait d'une invraisemblance un peu ridicule. Alors, Belin ôta son chapeau, l'accrocha au portemanteau et, s'excusant de l'impolitesse qu'il allait faire, se mit en disposition de la violer. Il put d'ailleurs mener son jeu avec assez de commodité, car la résistance instinctive qu'elle opposa n'avait pas le ressort des indignations vertueuses et paraissait surtout d'une bête craintive.

En arrivant sur la terrasse, Belin fit quelques pas en compagnie de sa victime et prit congé en lui baisant galamment la main. Par hasard, le chef passait en cet endroit, il vit le baisemain et fut étonné de ce geste qu'il croyait oublié en toute Dulcène. Considérant Belin, il ne tarda pas à le reconnaître et, le voyant tout rouge encore et tout ému, il devina facilement la cause de cette rougeur, car il avait gardé, jusqu'en son extrême vieillesse, une grande fraîcheur d'imagination. Il ne put tenir la joie où il était de cet événement considérable. Levant les bras au ciel, il s'écria d'une voix tremblante :
«Belin... le poète Belin!»
Voyant l'agitation du chef, Belin commença de prendre peur. La mort de ses vingt-quatre confrères lui traversa l'esprit ; il crut voir briller dans les yeux du vieillard un éclair meurtrier. Reprenant l'ascenseur, il abandonna Dulcène où il ne devait plus reparaître.
Cependant, le chef s'arrachait les cheveux et se tordait les mains, comme on fait quand il y a malentendu.

«Je suis maudit, gémissait-il. Voilà un homme qui était plein d'initiative, son exemple pouvait secouer la paresse des mâles et je le mets en fuite par des exclamations ridicules.»

Tandis qu'il revenait sur ses pas, il vit, debout au milieu de la terrasse, la victime de Belin qui cherchait une place où s'allonger entre les corps étendus. Elle lui apparut, dans sa nudité, toute parée du péché de chair dont il supputait déjà la promesse. Il courut à elle et l'entraîna dans ses appartements, où il se proposait de surveiller son état avec une tendre vigilance.

Comme la science du corps médical était ankylosée depuis de longues années, il était obligé de ne compter que sur lui-même. Durant plusieurs semaines, il vécut dans une incertitude torturante, cherchant sur le visage de la jeune femme un symptôme qui lui donnât à conclure. Enfin l'avenir se décida, et le chef connut une grande joie.

Vers le cinquième mois de sa grossesse, la jeune femme, qui n'était pas encore sortie de sa torpeur, commença d'avoir de l'esprit; il devint possible de converser avec elle; le sentiment de la coquetterie s'éveilla. Un peu plus tard, elle donna des signes d'inquiétude, de nervosité, et finit par avouer au chef qu'elle rêvait constamment d'amour. Il s'excusa, sur ce qu'il était très âgé, de n'en pouvoir pas plus, et s'occupa sur-le-champ de trouver un homme capable. Il courut à travers les étages, interrogea beaucoup de monde, exhorta. Mais, qu'il suppliât les Dulcéniens de s'affirmer pour le bien du village, ou qu'il leur voulût faire honte d'une aussi déplorable mollesse, il ne rencontrait qu'indifférence. Dans la crainte que cette grande envie d'amour n'aboutît à un transport dangereux, il consigna sa protégée dans les appartements et n'ouvrit sa porte qu'aux hommes bien vénérables, afin que la vue des jeunes ne lui donnât pas de regret trop chaud. La jeune femme n'avait pas moins d'impatience et le chef était dans de graves alarmes. Il redoutait que cette obsession ne valût quelque disgrâce à l'enfant et se demandait avec beaucoup d'angoisse quelle forme pouvait affecter une envie d'amour chez un nouveau-né.

Dans les dernières semaines de sa grossesse, la malheureuse connut enfin le repos et n'eut point d'autres soucis que ceux de sa maternité. Un après-midi de printemps, elle obtint du chef la permission d'aller s'asseoir sur la grande terrasse. Il faisait un soleil chaud. La terrasse était jonchée de Dulcéniens abandonnés aux poux et à l'abrutissement. Hommes et femmes étendus pêle-mêle ils formaient une foule sordide dont la chaleur du soleil accusait la puanteur. La vue d'une femme enceinte et, particularité aussi singulière, habillée, n'étonna personne. Parmi ces misérables vautrés sur le béton, elle marchait lentement ; parfois, elle poussait du pied quelqu'un d'entre eux afin qu'il se détournât. On lui obéissait sans colère.

En arrivant au milieu de la terrasse, elle fut prise de douleurs soudaines et se prit à crier, au milieu de l'indifférence de la foule. Alerté par les cris, le chef arriva bientôt, poussant devant lui à coups de bâton quelques employés du service des mises au monde.

Le médecin leva l'enfant dans ses bras et prononça : « C'est un garçon. » L'ayant considéré de plus près, il ajouta : « C'est un poète », car il venait d'apercevoir une envie d'amour qui n'était rien moins que le signe de la poésie.

De fait, le nouveau-né se mit à vagir sur un rythme évidemment prémédité : « A-a, A-a-a-a, A-a... »

Alors, il passa comme un frisson sur la foule des corps allongés. D'un bout à l'autre de la terrasse courut un murmure qui grossit en clameur. Les têtes se dressèrent, les bustes, et, en un instant, tout le monde fut sur pied. Déjà, des hommes pressaient les femmes dans leurs bras. Le bruit des cris, des rires, des appels, des conversations augmentait à chaque minute. Dans un angle de la terrasse, deux hommes s'injuriaient, ils en vinrent aux mains et l'un d'eux réussit à précipiter l'autre par-dessus la balustrade.

Le chef, extasié, regardait renaître la vie.

LES CLOCHARDS

*L*es clochards du boulevard de la Chapelle, chassés par la tempête, désertaient les bancs pour chercher un abri. Des ombres traquées erraient sous la haute galerie couverte par le tablier du chemin de fer aérien et balayée par le grand vent. Maillard abandonna son banc où il était seul, hésita au milieu d'un courant d'air et se réfugia derrière l'une des piles de pierre qui supportent la voie aérienne. Il y trouva la compagnie d'un vagabond qui ne lui accorda pas un regard. Le dos collé à la muraille, les deux hommes se tenaient debout, l'un à côté de l'autre, les mains aux poches et la tête basse, serrant avec leurs mentons leurs cols de veste relevés. Ils frissonnaient dans la lumière municipale.

«C'est un sale temps, dit Maillard, il pleut comme vache. Quelle nuit…»
L'autre ne répondit pas, ne leva même pas les yeux. C'était un petit homme au visage maladif, envahi de poil noir. Ses vêtements étaient minces.

«C'est rare qu'en avril on voie un temps comme celui-là, poursuivit Maillard. Tu avais déjà vu ça, toi? Écoute-moi ce vent, quel vacarme, hein…»
N'ayant pas de réponse, il parut d'abord se résigner au silence de son voisin. Les rafales de vent tourbillonnaient avec de hautes clameurs entre les piliers; parfois un paquet de pluie, aspiré par un courant d'air, fouettait les deux clochards. Maillard dit encore:

«Ce n'est pas un temps à rester dehors, hein? Pas un temps à rester dehors, Bon Dieu… Pourquoi tu ne me réponds pas, dis… pourquoi?… Je suis autant que toi, dis…»
Le petit homme demeurait immobile, les lèvres serrées, Maillard s'emporta:

«À la fin, tu vas l'ouvrir ta sale gueule! Qu'est-ce que tu te crois donc! Allez, parle… dis-moi quelque chose. Regarde-moi. Je te dis de me regarder.»

Première publication dans Gringoire, *4 septembre 1931.*

Le voisin haussa une épaule, avec économie, et murmura «Crâneur.» Les mâchoires contractées, il se ramassait dans son mutisme. Maillard suppliait.

«Ah! parle-moi... dis-moi seulement que tu m'écoutes, rien que ça. Voilà quinze jours que personne ne m'écoute. Je n'ai pas l'habitude. Parle-moi, dis-moi ce que tu voudras. Tiens, j'ai encore huit francs cinquante dans ma poche.»

Le voisin de la cloche leva sur lui un regard irrité.

«Crâneur. Je dis bien. Si tu avais huit francs cinquante, qu'est-ce que tu ferais là...

– Quoi, qu'est-ce que tu veux que je fasse?

– Si tu avais encore huit francs cinquante, comme tu dis, tu ne serais pas là. Il ne manque pas de cafés qui sont encore ouverts du côté de leurs boîtes de nuit. Et d'abord on trouve à se coucher pour moins cher que ça. Garde tes boniments, je n'aime pas les crâneurs.»

Maillard fouilla dans sa poche, fit tinter des pièces de monnaie qu'il aligna sur sa main ouverte. Il y avait huit pièces de vingt sous et une de dix sous.

«Et ça, dit-il, qu'est-ce que c'est? Regarde bien et dis-moi ce que c'est.»

L'autre compta les pièces du regard et répondit avec colère.

«Tant mieux pour toi, si tu en as. Je te dis seulement de me foutre la paix. Il fait déjà assez froid.»

Maillard remit les pièces dans sa poche et lui toucha l'épaule.

«Tu vois, dit-il, ce n'est pas des boniments. Écoute, demain matin, on ira prendre un café ensemble. Mais je voudrais que tu me parles, je voudrais que tu me demandes comment je m'appelle, d'où je viens... Il y a quinze jours que personne ne m'a dit mon nom. Je m'appelle Maillard. C'est facile à retenir, hein, Maillard... Maillard...

– Maillard, répéta l'autre. Tu t'appelles Maillard... Dis donc, tu es bien habillé...»

Il tâta la veste de gros drap gris, le pantalon de velours à côte.

«C'est comme neuf. Moi, je m'appelle Dominique Ravaux, oui Dominique. Ça ne me sert à rien de m'appeler Dominique. Il faut des occasions comme voilà aujourd'hui pour que je m'en souvienne, ou des fois que les flics m'embarquent, mais maintenant, ils me connaissent, ils ne veulent même plus me garder au poste. Mais toi, je ne t'avais jamais vu...»

Dominique, non sans effort, entrait dans le jeu de Maillard et posait des questions.

«Qu'est-ce que je fais ? répondait Maillard. C'est une sacrée histoire. Je suis sorti de l'hôpital il y a quinze jours. Dans le temps, je déchargeais des péniches, tantôt ici, tantôt là. C'est du travail. Il y en a qui m'ont connu, mais on ne sait pas où ils sont. Un jour ici, un jour là, tu comprends, mais il y en a qui m'ont connu. Ils me disaient Maillard comme tu me dirais Maillard. J'avais une bonne vie, je peux bien le dire aujourd'hui.»

Maillard demeura pensif un instant, comme s'il avait perdu le fil de son histoire.

«Alors ? interrogea mollement Dominique. Qu'est-ce qui t'est arrivé ?

– Un jour, ils m'ont ramassé sur mon tas de sable, ils m'ont mené à l'hôpital. Quand je suis sorti, j'étais comme un vieux avec des guibolles en laine, des bras en laine, tout en laine. Un vieux, je te dis. D'abord, je ne voulais pas croire. Il faisait un petit soleil pas bien chaud, mais soleil quand même ; je suis monté vers les chantiers, au quai de la Râpée. Je m'approche d'un gamin qui chargeait du sable dans une benne. Un travail assez doux. Il me tend sa pelle, mais à la deuxième pelletée, les bras ne voulaient plus, et tout le reste, parce que ce n'est pas seulement l'affaire des bras. Quand j'ai vu ça, j'ai eu peur… ah, mon Dieu, si j'ai eu peur. Je me suis sauvé par ici, je ne sais pas où. J'avais encore cent francs en poche, et maintenant, tu sais, où j'en suis : huit francs cinquante…»

Maillard eut un geste d'effroi et serra l'épaule de Dominique.

«Voilà quinze jours que je traîne par les rues ; il y a du monde.

– Comme tu dis, approuva Dominique, il y a du monde.

– Quand je voyais tout ce monde qui passait, je me sentais plus d'aplomb, d'abord. On se figure… hein, qu'est-ce qu'on se figure ? Le monde peut bien passer, ce n'est pas ça qui engraisse. Pourtant, il y en a qui m'ont connu.

– Tu n'es quand même pas à plaindre, dit Dominique. Il te reste des sous. Et puis, tu es bien habillé, tu as le genre ouvrier propre. À ta place, j'essaierais quelque chose…

– Quoi faire ? pour travailler, il faut être fort.»

Dominique se mit à jurer ; une rafale de vent venait de s'engouffrer dans sa veste qui claquait comme un drapeau.

«Quoi faire ?» répéta Maillard d'une voix pressante.

«C'est vrai, grommela Dominique, tu n'as pas l'intelligence. À ton air cul, on voit bien que tu as toujours travaillé comme les bêtes. Il n'y a rien à faire pour toi.

– Je ne dis pas que j'ai l'intelligence, protesta le vieux. Quand même, il y en a qui m'ont connu. Je ne me laissais manquer de rien. Je me rappelle une fois, on était plusieurs, on était en train de manger un morceau ; il y en a un grand qui a dit devant tous les autres : « Maillard – c'était moi – Maillard, c'est l'homme qui sait prendre son travail. » Toi, tu dis que je n'ai pas l'intelligence ; bien entendu ; je n'ai pas la prétention non plus, mais je te redis ce qu'il m'a dit. Ce qui m'a manqué tout d'un coup, à moi, c'est les forces. Je suis comme un vieux. »

Dominique n'écoutait plus. Il essayait de somnoler tout debout. Maillard le secoua et lui rappela discrètement leur marché : « Au matin, on sera tout de même content de boire un café.

– Ah, là, là, gronda Dominique, en voilà du potin pour un café. Tu crois peut-être que je vais causer toute la nuit, sans m'arrêter ? Tu ne veux pas non plus que je te tienne la main ? »

Humilié, Maillard ne dit plus rien, et, après un temps de réflexion, fit mine de s'éloigner. L'autre le saisit par le bras et le maintint avec vigueur.

« Reste ici. En voilà des façons. Et mon café, alors ? »

Il y avait dans sa voix l'accent d'une colère anxieuse. Le vieux en fut réconforté ; dans sa poche, il tâta les huit francs cinquante avec une joie orgueilleuse.

« Je suis bien libre d'aller où je veux, dit-il. Si ça me plaît de m'en aller, c'est mon affaire. »

Dominique se fit conciliant et s'efforça dans un sourire difficile.

« Écoute donc, moi je cause dans ton intérêt. Toi, tu n'es pas d'ici, tu ne sais pas ce qu'il faut faire. Tout à l'heure, on ira se coucher près du métro, bien à l'abri, mais il faut attendre. L'agent qui fait le quart en ce moment nous viderait. C'est le gros à moustaches. Reste là, je te dis. »

Une pluie torrentielle battait le boulevard à peu près désert. Sur le trottoir passaient quelques filles en rasant les murs. Trop heureux qu'on l'eût empêché de partir, le vieux avait repris sa place auprès de son compagnon et demeurait silencieux.

Après un moment d'attente, Dominique jeta un regard autour de lui, sur les maisons et sur le trottoir. À certains signes, tels que l'éclairage d'un hôtel ou l'activité des filles à l'affût des rares passants, il jugea l'heure venue de quitter la place. Ils avaient deux cents mètres à faire sous la galerie pour arriver au métro Barbès. Maillard marchait un peu en avant, tout en geignant qu'il était fatigué. Dominique disait qu'il s'en foutait pas mal.

« Garde tes histoires pour toi. Si tous les clochards de l'endroit se plaignaient de leur fatigue ou de leur estomac, ça ferait une belle gueulée. On ne s'entendrait plus. »

Le vieux suspendit ses jérémiades et, jetant un regard sur son compagnon, le vit boiter.

« Qu'est-ce que tu t'es fait à la jambe, demanda-t-il.

– Mes fesses, répondit Dominique, qui paraissait excédé.

– Tu n'es pas poli, je te demande ce que tu t'es fait.

– Et moi, je te dis que si tu avais l'intelligence, tu tairais ta gueule ; tu saurais que de parler ça use la patience. On voit bien que tu as des sous, toi. Ah oui... »

Dominique marchait difficilement ; à chaque pas, il faisait effort pour ramener sa jambe qui le tirait en arrière, sa maigre poitrine haletait. Maillard, autant par pitié que pour se faire pardonner ses huit francs cinquante, le prit par le bras et l'aida à marcher.

Lorsqu'ils arrivèrent au métro, le coin sombre relativement abrité du vent était déjà encombré de clochards qui leur firent un mauvais accueil. Des voix irritées, portant des injures, sortirent de la pénombre.

« Il n'y a plus de place, foutez le camp. Ce n'est pas une heure pour venir se coucher !

– Ça vient là et ça reste en pleine lumière, pour nous faire accrocher par un flic... »

Maillard, intimidé, hésitait à aller de l'avant. Dominique le tira par la main et, sans répondre aux imprécations, se poussa au hasard, heurtant des corps allongés, marchant sur des pieds, sur des mains. Les reproches devinrent plus violents.

« On vous dit qu'il n'y a plus de place, Bon Dieu. Ils sont enragés.

– L'autre salaud qui m'écrase la jambe, mais fais attention ! »

Une voix s'éleva, dominant les autres, la voix d'un homme jeune qui occupait la meilleure place, dans un angle.

« Qu'est-ce que vous pariez que je vais leur torcher la gueule, à ces deux-là ! »

Le silence se fit aussitôt parmi les vagabonds. L'un d'eux saisit Maillard par le bas de son pantalon et murmura :

« Couche-toi là, je vais te faire une place quand même. »

Et il ajouta, lorsque le vieux se fut étendu sur l'asphalte : « On peut bien s'engueuler sans faire le méchant. »

De son côté, Dominique avait réussi à se coucher en demi-cercle, la tête calée au creux d'un estomac, le corps pressé entre deux corps. Il était heureux pour la nuit. Une bonne odeur d'homme et de misère chauffée le réconfortait. En écoutant la cadence des poitrines qui battaient contre lui et les ronflements de ce tas de misérables, il trouvait que la vie était moelleuse et bonne. Songeant au café qui lui était promis, il eut un soupir de tendresse, puis la crainte lui vint aussitôt que le bonhomme ne perdît ses huit francs cinquante, ou ne se laissât dépouiller pendant son sommeil. Avec précaution, pour ne pas réveiller ses voisins, il se mit à genoux et, dans l'obscurité chercha Maillard à tâtons. Comme sa main rencontrait une étoffe épaisse, Dominique crut reconnaître la veste du vieux qu'il avait palpée tout à l'heure. En suivant le revers du col, il toucha un visage rugueux, effleura une moustache. Alors, doucement, il secoua l'homme et lui dit à l'oreille :

« Fais attention à tes huit francs cinquante, il y en a qui sont adroits de leurs mains. Compte si tu as bien toutes tes pièces. »

L'homme que Dominique venait de réveiller, et qui n'était pas Maillard, poussa un grognement, s'étira, puis répéta machinalement :
« Compte si tu as bien toutes tes pièces. »

Il fouilla ses poches avec la fièvre d'un espoir soudain. Déçu, il essaya de retrouver le sommeil, mais la vision de pièces dorées le hantait. Il réveilla un voisin, puis un autre, et leur dit à voix basse :
« Il y a de l'argent par ici. On a entendu des billets, on a vu briller des pièces, et il y en avait des cent et des cent. »

Les deux vagabonds en restèrent éblouis d'abord, puis répandirent la nouvelle. Une rumeur basse, une rumeur d'or courut sur le tas obscur des clochards. L'annonciation allait de bouche en bouche, rebondissait d'un mur à l'autre. Dans un murmure sans fin, les clochards disaient qu'ils avaient des sous pour tous les jours de la vie. C'était comme une promesse de la toute délivrance qui se levait au fond des cerveaux obscurcis par le sommeil de la nuit. Un passant qui se hâtait sur la chaussée, au sortir d'une maison de plaisir, entendit dans l'ombre un concert de rires si doux qu'il s'enfuit, épouvanté.

Maillard accueillit la fortune avec des larmes d'allégresse.

« C'est fini, disait-il, fini de traîner sa gaine par les rues au milieu du monde qui ne vous regarde pas. On est riche pour toujours. C'est fini d'être tout seul, et puis d'avoir peur. Plus de fatigue, plus de vieillesse. Quand on est riche, c'est bien commode. »

Un rire d'extase faisait grelotter tous les compagnons de la cloche. La joie était si profonde, leur chair de misère en était si troublée qu'ils étaient, tout d'un coup, incapables de réfléchir. Du fond de l'ombre, leurs yeux éblouis regardaient la lumière des becs de gaz qui éclairaient le boulevard de la Chapelle et ils croyaient que c'était l'or de la richesse.

« Il y en a, murmurait Maillard, il y en a... »

Il ouvrait ses bras à la fortune, il débraillait sa veste et sa chemise pour y baigner son corps.

«Il y en a... il y en a...»

Autour de lui, les clochards en râlaient de plaisir et de folie. Tout à coup, Maillard se souvint de Dominique. Il appela :

«Dominique, tu es là, Dominique ? C'est moi Maillard, tu es là ?

– Oui, répondit Dominique. Crois-tu que tu as eu de la chance de venir avec moi ?

– Ah ! oui, je peux bien le dire, j'ai eu de la chance. Donne-moi ta main...»

Ils se prirent la main, celle de Maillard était fiévreuse et tremblante.

«Dominique, il n'y a plus de jambe malade. Nous voilà riches. Ta jambe est guérie.

– Bien sûr, approuva Dominique d'une voix calme, nous voilà riches, comme tu dis.»

Maillard lui serra la main de toute sa vigueur, et murmura avec exaltation :

«Il y en a, Dominique, il y en a...»

Et tous les clochards répétaient après lui :

«Il y en a... il y en a... il y en a...»

Doucement, Dominique repoussa la main brûlante de Maillard, et lui dit :

«Ne remue pas comme ça, le vieux, couche-toi et puis reste bien tranquille. Il fera jour demain...»

Mais le vieux ne l'écoutait pas, il se saoulait de ce murmure d'adoration qui montait du troupeau éperdu.

«Maillard, mon vieux, dit encore Dominique, il fera jour demain...»

Ses dernières paroles se perdirent dans un grondement de colère. Les clochards regardaient, dans la clarté des becs de gaz, la silhouette d'un homme fatigué qui se dirigeait vers leur abri. C'était un clochard, un traîne-misère de leur famille, un clochard clochant qui raclait de la semelle le pavé du boulevard. À cent mètres, on distinguait déjà qu'il avait des vêtements de pauvre, un mauvais paletot qui flottait comme un caraco d'été ; et à le voir marcher en titubant sous la violence du vent, on comprenait qu'il n'avait rien dans le ventre que l'espoir de trouver un peu de chaleur.

«Il n'y a plus de place pour lui ici, fit une voix, ni pour lui ni pour personne.

– Bien sûr, dit une autre voix, ce serait trop facile s'il n'y avait qu'à s'amener pour être riche.

– On est déjà assez comme ça. Nous aussi, on a été comme lui. Qu'il s'arrange tout seul !»

Cependant, l'homme cheminait lentement et la clameur du vent lui dérobait les paroles de violence qui partaient de la pénombre. En arrivant devant l'abri, il ne parut pas s'émouvoir de ces cris qu'il distinguait confusément. Habitué du coin, il savait que les premiers occupants se montraient jaloux de leurs places. Comme le misérable se disposait à passer outre, les cris devinrent plus menaçants.

«Va-t'en d'ici, ce n'est pas un endroit pour toi, voleur!»

Et le chœur des clochards se mit à vociférer:

«Dehors, sale voleur! Ici il n'y a que des riches, rien que des riches!

– Fauché! Crève-la-faim! Fous le camp!»

Maillard s'était dressé sur ses jambes et criait en trépignant de colère:

«Ne le laissez pas approcher, Bon Dieu! ne le laissez pas entrer chez nous. Il vient pour nous prendre nos sous! Mettez-le à la porte d'ici!

– Dehors, bandit! Ça n'a pas un rotin dans sa poche!»

Avec une obstination silencieuse, l'homme cherchait à se frayer un passage. Un coup de pied sur la jambe le fit hésiter. Il protesta:

«Ce n'est pas des façons. Voilà une heure que je marche. Laissez-moi un coin. En vous serrant, on trouvera une place, on aura plus chaud...

– Oui, on aura plus chaud avec nos sous! Va-t'en!»

Dominique, depuis sa place, voulut s'entremettre, il dit avec une voix fatiguée:

«Ah! Bon Dieu! laissez-le se coucher. Ça va bien de gueuler cinq minutes, mais vous ne pouvez tout de même pas le renvoyer par ce temps-là. Ça fera un riche de plus; il nous en restera toujours assez...»

L'ombre était assez épaisse pour dissimuler Dominique aux regards de ses compagnons. Il y gagna de n'être pas écharpé. Une clameur de haine couvrit ses paroles de conciliation.

«Rien du tout! Il n'aura rien! Ce serait trop commode.

– Quand tu passais devant une boutique, est-ce qu'on t'appelait pour que tu ailles taper dans la caisse?»

Le gaillard qui, l'heure d'avant, avait proféré des menaces contre Maillard et Dominique donna de la voix:

«Fous le camp tout de suite, ou je te défonce le ventre à coups de pied.»

Il y eut un concert d'approbations. Maillard s'égosillait plus fort que les autres:

«Bien dit! À coups de pied!»

Tant de férocité découragea l'intrus. Avant de s'éloigner, il demanda timidement:

«Vous êtes donc bien riches?

– Si on est riche ? Il demande si on est riche ! Ah : il y en a... il y en a...
– Bon Dieu ! soupira le malheureux qui avait froid et qui avait faim, Bon Dieu de Bon Dieu ! il y en a... »

Il tendit les bras d'un geste suppliant, mais les rires étaient si durs qu'il s'éloigna, les jambes plus lourdes, les épaules plus basses. Tandis que ses mauvais frères s'endormaient d'un sommeil doré, le clochard maudit revenait rôder autour de leur abri. Craintif, il contemplait à bonne distance ce coin d'ombre, magnifique et profond comme la caverne d'un conte oriental. Il oubliait qu'il avait faim, qu'il avait froid et que le jour se lèverait demain. Un agent remarquant qu'il se tenait immobile depuis un quart d'heure sur le bord du trottoir lui donna l'ordre de circuler.

Le maudit se mit en marche vers le boulevard Magenta et son cœur devenait plus amer à mesure qu'il s'éloignait du trésor.

« Pourquoi est-ce qu'ils garderaient tout pour eux ? songeait-il. Ça ne peut pas être rien qu'à eux. Ils veulent nous voler, nous prendre notre argent. »

Il lui sembla qu'une grâce du ciel venait d'être détournée de sa destination originelle. Alors, il entreprit une grande expédition de justice. Aussi loin que ses jambes purent le soutenir, il s'en alla porter la nouvelle à travers Paris, dans les coins où les sans-abri dorment sans se reposer jamais.

« C'est une chose qui nous a été donnée à nous tous, disait-il. Ils n'ont pas le droit de la garder pour eux. Mais ceux qui veulent être riches aussi n'ont qu'à être là-bas quand il commencera de faire jour. »

Tous les clochards de Paris ; ceux qui dorment sous les ponts de la rivière ; et les habitués des gares qui savent se faire oublier dans les angles noirs ; ceux qui dorment sous les galeries des palais nationaux ; ceux qui errent parmi les voitures des halles ; ceux qui attendent dans la lumière de Montmartre la charité des putains ou des hommes échauffés ; les clochards de couloirs, les clochards de cul-de-sac, et ceux des bouches de métro, tous abandonnaient leurs bancs, leurs dalles, leurs marches d'escalier, et prenaient le chemin du carrefour des heureux. Par les quatre boulevards, Barbès, Rochechouart, Magenta et de la Chapelle, ils arrivaient en longues files noires et venaient se masser sur les trottoirs autour de la gare du métro. Silencieux, ils se recueillaient dans l'attente du prodige.

Dans leur abri, les compagnons de la fortune ne soupçonnaient rien de ce rassemblement. Le grondement des premières rames de métro qui roulaient au-dessus de leur tête leur annonçait le com-

mencement du jour. Dans le demi-sommeil de l'aube, ils craignaient d'ouvrir les yeux, se serraient les uns contre les autres plus étroitement, chacun cherchant la nuit dans le gilet de son voisin. Maillard était couché sur un tas d'or qu'il couvrait tout entier avec les pans de sa veste déboutonnée. De sa poitrine, opprimée par l'asphalte, un gémissement s'échappait continuellement à la cadence de la respiration. Parfois, ses mâchoires contractées laissaient passer des lambeaux de phrases qui étaient des plaintes et des menaces. «Voleur... Ne le laissez pas... Il veut prendre nos sous...»
Par hasard, un voisin s'appuya lourdement sur son épaule. Le vieux se retourna, d'un brusque sursaut. À demi-dressé, les mains tendues en avant pour étreindre ou griffer, il promena autour de lui un regard hébété. La tempête de pluie s'était dissipée, un grand coin de ciel bleu apparaissait du côté de l'hôpital Lariboisière; le soleil se levait sur la Villette, tout au bout du boulevard de la Chapelle, jetant sa clarté pâle de part et d'autre de la galerie couverte. Autour du tas sombre des vagabonds, la vie recommençait à grincer.
Le vieux sentait quelque chose lui manquer, une chose qu'il ne retrouverait plus jamais sur sa route, et il se prit à crier :
«Ce n'est pas possible! Je suis riche, je veux rester riche!»
Les compagnons de la nuit se dressaient sur leur séant et cherchaient à comprendre pourquoi il criait.
Le vieux, enragé par la déception, leur passait sur le ventre et s'éloignait en râlant des paroles sans suite.
Dominique, le visage inquiet, s'était levé à son tour. Il cria :
«Maillard! Eh là! Ne te sauve pas avec notre argent!»
L'appel de Dominique réveilla dans la conscience de ses compagnons le souvenir d'une veillée somptueuse et féroce où la fortune leur était apparue. Cet argent qu'ils avaient possédé, qui avait accompagné leur sommeil, ils voulurent le caresser encore, le serrer sur leurs ventres creux.
«Notre argent! Il veut partir avec notre argent!»
La bande se jeta à la poursuite du vieux sous la galerie couverte.
«Notre argent! Notre argent! Il s'en va avec notre argent!»
Alors, l'armée des clochards massée sur les trottoirs s'ébranla d'un même mouvement et se rua sous la galerie. Une clameur immense domina le bruit des voitures, des klaxons et des rames de métro :
«Notre argent! Notre argent!»
Maillard se débattait dans un tourbillon de forcenés qui réclamaient leur argent. Mais les esprits étaient si troublés que personne ne faisait attention à lui. On l'avait déjà oublié.

«Notre argent! Qu'on nous rende notre argent! On nous a pris notre argent...»

Maillard n'était pas le dernier à s'égosiller. Il croyait que c'était vrai, et sa rage d'avoir été dépouillé lui faisait sortir les yeux de la tête. Dans la confusion, les voix hurlaient:

«Rattrapez-le! rattrapez-le!

– Avancez, Bon Dieu! avancez!»

Ceux qui se trouvaient en tête étaient poussés par les autres. Gagnés par la folie de ceux qui ne voyaient rien, ils crièrent à leur tour: «Avancez!» Et, comme s'ils voyaient leur argent rouler devant eux, les clochards se mirent à courir sous l'interminable galerie du boulevard de la Chapelle. C'était toute une armée de loqueteux qui galopait en silence, pour économiser son souffle. Les savates et les semelles détrempées claquaient l'asphalte avec un bruit mou.

Dans la mêlée, Dominique avait réussi à saisir Maillard par le col de son veston et le maintenait de toutes ses forces contre un pilier. Le vieux essayait d'échapper à l'étreinte et se démenait comme un furieux. «Lâche-moi! Vas-tu me lâcher, mille dieux!... notre argent! Mais tu ne comprends pas. Notre argent qui s'en va!

– Laisse donc, répondait tranquillement Dominique, ils ne sont pas à la veille de l'attraper. Viens vite me payer un café, il y a moins de risques.»

Fatigué, le vieux ne se débattait plus. Les yeux injectés d'envie, il regardait la course insensée des clochards qui s'en allaient vers la Villette à un train d'enfer. Des infirmes, qui n'avaient pas pu soutenir l'allure, béquillaient en arrière de la troupe et faisaient de grands gestes avec les bras.

«Comme ils y vont, murmura Dominique, comme ils y vont! Je me demande s'ils vont s'arrêter jamais.»

Il fit une pause et ajouta avec un accent de mélancolie affectueuse: «À moins qu'ils n'aillent tous se foutre au canal Saint-Martin, et ce ne serait pas une mauvaise chose...»

Le regard fixe, Maillard demeurait immobile. Dominique sentit trembler sa main dans la sienne. Doucement, il lui tapa sur l'épaule: «C'est des malheureux, dit-il, tu vois bien. Ils croient que la lune se lève au bout des rues. Allons boire nos cafés, je te dis.»

Maillard tourna la tête vers lui et se mit à pleurer.

«Je sais bien, disait-il, je sais bien. Quand même, tu aurais dû me laisser partir.

– Tu n'es pas fou? protesta Dominique. Là, qu'est-ce qui te prend, à ton âge... voyons. Mon pauvre vieux, on voit que tu ne connais pas encore le métier. Tu ne trouveras pas la table mise à chaque fois que tu auras faim…

– C'est justement…

– Allons, ça va bien. Redresse-toi, et pense que tu as huit francs cinquante dans ta poche. Est-ce que tu les as au moins?»

Maillard ayant tâté l'une de ses poches eut un geste d'inquiétude qui serra le cœur de Dominique.

«Tu ne les as tout de même pas perdus? dit-il avec colère.

– Je ne pense pas, balbutia le vieux, je croyais… mais non…

– Tu as cherché partout?»

Le vieux poussa un grognement satisfait, son visage était rouge de plaisir. Il souriait.

«Je les avais mis dans la poche de mon gilet avant de me coucher.

– Bon Dieu, tu m'as fait peur», soupira Dominique.

Les deux clochards étaient assis l'un en face de l'autre, devant leurs cafés bouillants.

«Un café, disait Dominique, il faut savoir le boire. Si tu mets trop longtemps, tu ne l'as pas bu assez chaud. Si tu l'avales tout bouillant, le plaisir ne dure pas. Il faut juste ce qu'il faut, tu n'as qu'à me regarder faire…»

L'INDIVIDU

*E*n descendant de l'autobus qui le ramenait chez lui à la fin de sa journée, M. Gustave Marcelin songea qu'il fumerait bien un voltigeur. Il entra au bureau de tabac et dit à la buraliste d'un ton parfaitement courtois :

«Donnez-moi donc un voltigeur. Je les aime bien secs.»

N'ayant pas de réponse, il répéta, en élevant légèrement la voix :

«S'il vous plaît, donnez-moi un voltigeur. Je suis pressé.»

La marchande n'y prit pas garde. Elle souriait à un monsieur ventru et très bien habillé qui entrait dans le magasin. Cet homme distingué souleva son chapeau, vint s'accouder au comptoir et dit avec une mollesse affable :

«Ce sera comme d'habitude», et il rit sans raison importante.

La buraliste avança une boîte de cigares et, tandis que son client choisissait, elle s'efforça dans des propos gracieux ; sa physionomie et son buste même exprimaient le contentement d'une personne supérieure à sa condition, qui réussit à s'évader pour un moment des laideurs de l'existence. M. Gustave Marcelin réprima un mouvement d'impatience et s'abstint d'une parole désobligeante, car le client distingué demeurait au premier étage de l'immeuble où il habitait lui-même.

«Je ne veux pas avoir d'histoires dans la maison, songea-t-il. C'est égal...»

Le locataire du premier choisit trois cigares, tendit un billet de cent francs et, tandis qu'on lui rendait lentement sa monnaie, dit avec un geste charmant de sa main potelée qu'il avait dégantée pour tâter les cigares :

«Les cigares sont moins exquis que le sourire de la vendeuse.»

Sur l'instant, M. Gustave Marcelin ne se défendit pas d'un sentiment d'admiration pour des paroles d'une galanterie si aisée. La buraliste, les yeux chargés de langueur, regarda sortir l'homme au madrigal ; la forme de ses méditations était élevée.

Première publication dans Candide, *13 août 1931.*

«Je voudrais un voltigeur, dit M. Gustave Marcelin avec modestie.

– Quoi?

– Je vous le répète pour la quatrième fois : un voltigeur.»
La marchande grommela que les belles manières n'appartenaient plus qu'à quelques-uns. M. Gustave Marcelin choisit un cigare et rafla la monnaie de ses quarante sous. Dehors, il pressa le pas, songeant avec plaisir qu'il avait à lire plusieurs journaux en retard, et que sa femme lui avait préparé de la tête de veau à la vinaigrette. Ayant marché cinquante mètres, il reconnut la silhouette de l'homme aux trois cigares qui marchait devant lui ; silhouette cossue, bien ajustée dans un complet de fantaisie qui moulait un torse gras et des fesses d'homme heureux.

«Un bonhomme qui ne se laisse pas souffrir, songea M. Gustave Marcelin. Il y a tout de même des gens qui mènent une vie agréable : habiter un bel appartement au premier et faire tout ce qui vous passe par la tête, je m'en contenterais. Celui-là, d'ailleurs, ne paraît pas désagréable. Il parle bien. Il a une bonne balle souriante.»
L'heureux de la terre jouait avec sa canne et fredonnait une chanson. Lorsqu'il pénétra dans la maison, suivi de M. Gustave Marcelin, la concierge était sur le pas de la loge. Une large pancarte était accrochée à la cage de l'ascenseur : «Arrêt momentané.» Le locataire du premier étage sourit à la concierge.

«Réparations?» dit-il pour le plaisir d'être aimable.
La concierge eut un mot de regret qu'elle fit suivre d'un sourire, et il gagna l'escalier d'un pas vif, en sifflotant. M. Gustave Marcelin, lui, ne put dissimuler sa mauvaise humeur.

«Alors, il va falloir que je m'appuie sept étages?

– Qu'est-ce que vous voulez que j'y fasse?» dit la concierge en haussant les épaules.
Il s'éloigna en grognant contre les sales mécaniques achetées au rabais sur la foire aux ferrailles par des propriétaires sans dignité, et la concierge lui jeta dans le dos, avec une voix de mépris et de rancune :
«C'est toujours ceux-là qui râlent le plus fort... naturellement.»
«Ceux-là» désignaient à n'en pas douter les locataires sans vergogne qui ne craignent pas d'offrir à leur concierge des étrennes dérisoires, qui rognent sur le denier à Dieu et sur les pourboires pour entretenir des familles de deux ou trois enfants tapageurs. Espèce morose et besogneuse, habituée dans un esprit de méfiance, et qui se croit forte de considérer comme des superstitions les usages honnêtes reconnus par tous les bons locataires au bénéfice des concierges.
«C'est toujours ceux-là qui râlent le plus fort...»

M. Gustave Marcelin voulut riposter vertement, mais elle était déjà rentrée dans sa loge.

Irrité, il entreprit l'ascension des sept étages. Au premier, l'homme cossu cherchait la clé de son appartement dans un trousseau important et continuait à siffloter. M. Gustave Marcelin lui jeta un mauvais regard.

«Bien sûr, songea-t-il, lui s'en fout que l'ascenseur soit arrêté. Quand on habite au premier... En a-t-il des clés, cet animal-là... qu'est-ce qu'il peut faire de toutes ces clés...»

En arrivant au troisième étage, il commençait à s'essouffler; ses jambes, engourdies par les longues stations assises des heures de bureau, le portaient avec fatigue. Soudain, l'apostrophe perfide de la concierge surgit dans sa mémoire comme un monument d'iniquité. Il répéta, lentement, à raison d'un mot par marche d'escalier.

«C'est toujours ceux-là qui râlent le plus fort... Naturellement que c'est toujours ceux-là! L'autre gros feignant, peut bien monter un étage en sifflotant, ce n'est pas ça qui va lui faire tomber le bide. Toujours ceux-là...»

Et, comme s'il suspectait l'honorabilité de ce voisin magnifique, il ajouta à haute voix:

«C'est à vous dégoûter d'être honnête.»

Au cinquième étage, il s'arrêta pour reprendre haleine, son cœur était plein d'amertume; et il commençait à avoir un peu d'imagination.

«Encore tout à l'heure, au bureau de tabac, il a fallu que ce cochon-là me passe sur le ventre, il a fallu qu'il se fasse servir avant moi qui attendais depuis vingt minutes. Et avec ça, il me ricanait dans le nez. Et quand je suis passé devant lui, cette manière qu'il avait de siffler en me regardant monter mes sept étages...»

Il se sentait victime d'une injustice universelle consommée au bénéfice et avec la complicité de ce repus du premier étage.

La chose était claire et les faits parlaient d'eux-mêmes : après une journée de labeur écrasant dans une salle inconfortable et sans air, M. Marcelin entrait au bureau de tabac faire l'achat d'un cigare dit voltigeur. C'était son droit, puisqu'il le payait avec son argent gagné par son travail. C'était son droit. Or, le locataire du premier étage arrivait derrière lui et se faisait servir avant lui – ma parole, il m'a presque bousculé... il m'a bousculé. Donc, cet individu l'avait bousculé avec l'approbation de la buraliste; après quoi, dans la rue, il avait joué avec sa canne et fredonné une chanson, par bravade. Passant devant la concierge, il tenait des propos badins au sujet de l'ascenseur détraqué; et l'exemple de sa détestable complaisance compromettait d'avance toutes les justes réclamations; la concierge, par le jeu d'une comparaison forcée, n'avait d'ailleurs pas manqué d'en tirer argument. *(Quelle suite, quel enchaînement...)* Enfin, on ne pouvait accorder au gros homme le bénéfice d'avoir agi par imprudence, puisque ce salopard-là, tandis qu'il fourrageait dans son trousseau de clés, avait regardé son voisin peiner sur la rampe d'escalier avec une ironie à peine déguisée; il sifflotait. On ne sifflote pas en cherchant une clé dans un trousseau; il y avait là une affectation d'insolence.

En entrant chez lui, M. Marcelin dit à sa femme:

«Ça sent le brûlé, ici...

– Ça ne peut pas sentir le brûlé, répondit Mme Marcelin. Il n'y a rien sur le feu.

– N'empêche que ça sent le brûlé. Je sais ce que je dis, peut-être.»

Mme Marcelin se garda d'insister. L'époux se laissa tomber sur une chaise, encore essoufflé par la montée. De plus en plus, il se sentait menacé par l'iniquité des hommes et cherchait un prétexte à exhaler son indignation. Dans la pièce voisine, ses deux garçons, âgés de six et huit ans, jouaient au chemin de fer. Paul faisait la locomotive, parce qu'il était l'aîné. Robert était à la fois le wagon et le chef de gare. Il y eut une dispute bruyante à propos d'une affaire de prééminence. Robert disait à Paul:

«Le train doit s'arrêter quand le chef de gare a sifflé ou alors, à quoi ça sert que je sois le chef de gare?

– Non, répondait Paul. C'est la locomotive qui mène tout. D'abord, je siffle plus fort que toi.»

Chacun se mit à piailler du plus fort. M. Marcelin, qui ne comprenait pas toute la portée de cette démonstration, menaça sans quitter sa chaise:

«Je vais aller vous calotter tous les deux pour vous apprendre à faire du potin.»

Il ajouta entre ses dents:

«Ah! je suis tranquille, ce n'est pas les gosses qui doivent embarrasser le gros sac du premier...»

Et jetant un regard sombre vers la porte par où avait disparu sa femme:

«Je suis sûr qu'il n'est même pas marié, cet individu-là.»

Consternés, les deux bambins avaient suspendu leurs jeux et venaient dire bonjour à leur père. Il eut conscience d'avoir été injuste, sa mauvaise humeur en fut aggravée. Il dit en les embrassant:

«C'est bon. Allez jouer encore un moment, mais faites un peu moins de bruit.»

Le train se reforma aussitôt, M. Marcelin regarda sortit ses enfants avec des yeux attendris.

«Pauvres gosses, ils n'ont pas assez de place non plus... Si les enrichis de la guerre n'avaient pas fait monter les prix des loyers, il n'y aurait pas de crise du logement.»

Car le locataire du premier, il en avait la certitude, était un enrichi de la guerre, et, probablement, un métèque. M. Marcelin voyait ça d'ici : pendant qu'il était en train de se faire casser la figure, l'autre expédiait des boîtes de singe depuis Buenos Aires. Et le gouvernement tolérait, le gouvernement laissait faire... saloperie de gouvernement... Il n'y avait de justice à attendre que de soi-même...

Au dîner, M. Marcelin resta longtemps silencieux et malgré la tête de veau. L'épouse l'observait à la dérobée, tout en veillant à la bonne tenue des deux garçons. Tout à coup, le père posa la serviette à côté de son couvert, d'un geste violent.

«Je vais faire une réclamation, dit-il. J'en ai assez.

– Une réclamation pour quoi, mon chéri, dit Mme Marcelin. Une réclamation à qui ?»

La question le laissa désemparé. Il finit par répondre d'une voix maussade :

«Je la ferai à qui de droit. On verra s'il y a une justice.»

Comme le repas était à peu près terminé, il alla se plonger dans la lecture des journaux. En réalité, il ne lisait pas, il examinait l'idée d'une réclamation. Toutes les fois qu'il avait affaire à un employé grincheux, soit dans un bureau de poste, soit dans un autobus, M. Marcelin songeait : «Je vais faire une réclamation», et sa colère en était apaisée. Cette fois, la formule n'avait plus sa vertu coutumière. Elle évoquait l'attitude d'un plaignant, autant dire d'un mendiant de justice, et M. Marcelin se sentait une âme de justicier de cinéma. D'ailleurs sa femme avait raison ; à qui pourrait-il adresser une réclamation, puisqu'il était seul à comprendre que le monde allait de travers...

Comme il avait besoin de méditer profondément, il se coucha une heure plus tôt qu'à l'ordinaire et s'endormit dès qu'il eut la tête sur l'oreiller.

Dans la nuit, il eut un rêve satisfaisant : À califourchon sur le dos de son insolent voisin, il gravissait un escalier vertigineux, interminable, tel qu'on imagine à un gratte-ciel de soixante-quinze étages.

M. Marcelin, qui n'était pas freudien pour un sou, goûtait simplement le plaisir d'humilier le gros homme qui respirait comme un soufflet de forge et demandait grâce avec une voix usée.

«Allons, plus vite, disait le cavalier. Plus vite, gros profiteur...»
Et il pressait sans pitié sa malheureuse monture dont la langue pendait jusque par terre. Cependant, Mme Marcelin, émue par un appareil inaccoutumé à cette heure tardive, disait à son mari, d'une voix un peu altérée:

«Qu'est-ce que tu fais donc, Gustave?»
L'époux s'éveilla au son de cette voix familière et, comme son genou pressait un flanc agité, il ne sortit pas tout de suite de son rêve.

«Plus vite, allons, plus vite, gros profiteur, gros...
– Gustave, qu'est-ce que tu racontes?»
M. Marcelin finit par se rendre compte de l'état des choses; et, mon Dieu, comme il en était là...

Lorsque sa femme lui eut fait part de ses certitudes, M. Marcelin demeura anéanti. Aphone, et le regard fixe, il semblait ne pas entendre, ne pas comprendre.

«Voyons, Gustave, disait Mme Marcelin, le mieux est encore d'en prendre son parti. Après tout, ce n'est pas une catastrophe. Quand il y a pour deux, il y a pour trois. Bien sûr, nous serons un peu gênés, à cause de la place, mais tant qu'il ne marchera pas...»
Brusquement l'époux devint écarlate.

«Le dégoûtant! Ah, le dégoûtant!»
Mme Marcelin le regardait avec un ébahissement craintif, hésitant sur le sens de cette apostrophe. Son mari poursuivit, et la fureur le faisait bégayer:

«C'est par trop se foutre du monde, tout de même!
– Mais Gustave, je ne te comprends pas. On dirait à t'entendre que je l'ai fait exprès. Tu ne m'as jamais parlé sur ce ton-là, mais qu'est-ce que tu as?
– Mais ce n'est pas pour toi que je parle, Bon Dieu! Tiens, je vais prendre l'air...»
Il était près de 9 heures du soir, M. Marcelin sortit sans chapeau, les idées en désordre, tremblant de colère. En traversant le palier du premier étage, il eut comme un appétit de carnage et proféra des menaces violentes que personne n'entendit. L'air frais du dehors lui fit quelque bien, sa véhémence tourna en mélancolie amère. Il ne doutait pas que Mme Marcelin portât le fruit de cette nuit mémorable où il avait, en rêve, humilié le locataire du premier étage.

Depuis il avait bien souvent rencontré le voisin dans l'escalier ; alors, il lui jetait un regard ironique, songeant :
« Va donc, mon bonhomme, va… J'ai tout de même grimpé une vingtaine d'étages à califourchon sur ton dos. Je t'ai fait suer et je t'ai fait geindre tout mon content… »
L'autre passait en jouant de sa canne et en sifflotant, avec la même indifférence sereine. Parbleu, il lui réservait un tour de sa façon et qui n'était pas un rêve… Tête nue sous les becs de gaz, M. Marcelin remâchait avec amertume :
« Dire que si j'ai un enfant, c'est parce qu'il m'aura forcé la main… »
Désormais, M. Marcelin se prit à considérer le locataire du premier étage comme un ennemi personnel dont la volonté perverse déchaînait des calamités dans son foyer. Sa rancune croissait à mesure que l'embonpoint de Mme Marcelin devenait plus apparent. Parfois, il se laissait aller à des réflexions saugrenues dont le sens échappait absolument à sa femme. La bouche pincée, il regardait d'un œil noir le ventre conjugal et disait par exemple :
« Faut-il qu'un individu soit lâche tout de même… »
Ou bien :
« On voit bien que ça ne lui coûte rien… »
Mme Marcelin, abusée par l'ambiguïté de ces propos, finit par se persuader que son mari la soupçonnait d'inconduite. Cette idée lui était insupportable.
« Gustave, dit-elle un jour, tu ne me dis pas tout ce que tu penses. Pourquoi parles-tu toujours de "l'individu" ? Comment peux-tu croire que j'aie connu cet individu ? »
M. Marcelin se mit à ricaner avec un parti pris d'injustice :
« Pas si bête, l'individu. Il ne fera jamais un enfant à une femme. Il le fait faire. »
Lorsqu'il se trouvait seul avec Paul et Robert, il lui arrivait de prendre les deux bambins sur ses genoux. Il les serrait contre sa poitrine.
« Vous êtes mes deux garçons, disait-il. Pour moi, il n'y en aura jamais d'autre. »

Un soir qu'il revenait de son travail, M. Marcelin entra au bureau de tabac et vit l'individu qui choisissait des cigares au comptoir.
« Comme d'habitude », disait-il à la marchande avec un aimable sourire.
M. Marcelin s'arrêta pour examiner son ennemi. Il y avait dans la personne de ce gros homme quelque chose de frétillant, qui le mit hors de lui. Courant au comptoir, il le bouscula d'un coup d'épaule, et cria en tapant du poing sur la plaque de verre :

«Un voltigeur, tout de suite!»

Effarée, la buraliste le servit aussitôt et il s'éloigna d'un pas non-chalant, tandis qu'elle murmurait dans le gilet de son client que le monde d'à présent était bien mal élevé.

Une autre fois, c'était une semaine avant l'accouchement, les deux hommes se rencontrèrent au rez-de-chaussée de l'immeuble. L'individu était déjà dans l'ascenseur. Voyant arriver son voisin du septième étage, il ouvrit la porte et l'invita d'un sourire à monter avec lui. M. Marcelin entra, le visage rogue, toisant l'individu d'un regard hautain.

«Vous devez être pressé d'arriver chez vous, dit l'autre. Je crois savoir que vous attendez un enfant?»

Tout en parlant, il pressait le bouton d'ascension. M. Marcelin, déjà irrité par la seule présence du gros homme, crut discerner, dans ces paroles affables, un accent d'ironie qui lui fit perdre la tête. Il le saisit aux épaules et dit, en le secouant:

«Vous, vous vous payez ma tête?

– Mais, monsieur.

– Pas de monsieur. Alors, ce n'est pas assez d'avoir embrouillé mes affaires? Mais ne secouez donc pas votre trousseau de clés. Vous m'agacez.

– Permettez...

– Rien du tout. Si vous voulez des enfants, c'est votre affaire. Mais fichez la paix aux autres.»

Le locataire du premier étage ne se connaissait pas d'ennemis. Il marqua d'abord de la surprise. Voyant l'acharnement de M. Marcelin, il devint craintif et murmura avec une humilité encore digne:

«Monsieur, il s'agit probablement d'une méprise. Je ne comprends rien à vos paroles.

– Qu'est-ce que vous ne comprenez pas? Voulez-vous dire que je radote? Dites-le donc!

– Je n'ai pas voulu insinuer...

– Alors, vous ne comprenez pas que vous avez gâché la vie d'une famille honnête? Oui, monsieur, une famille honnête que je fais vivre de mon travail. Je peux aller partout la tête haute, moi. J'ai fait la guerre, je me suis marié, j'ai eu des enfants. C'était mon droit, je suppose?

– Certes...

– Je ne veux pas entendre vos appréciations. Pensez-vous qu'on ait besoin des conseils d'un célibataire? Car vous êtes célibataire?

– C'est vrai, dit le gros sac, je suis célibataire, mais j'aime beaucoup les enfants des autres, je vous assure ; ainsi j'ai une petite nièce de douze ans...

– Je ne peux pas souffrir les filles, coupa M. Marcelin, et j'espère n'en avoir jamais. Mais puisque vous m'entreprenez sans pudeur sur un pareil sujet, j'ajoute que je me serais bien passé d'un troisième enfant, à quelque sexe qu'il appartienne. Car je suis une victime de la crise du logement, moi... Au fait, combien avez-vous de pièces ?... Je vous demande combien vous avez de pièces.»

Il secouait le bonhomme par le col du paletot, l'autre répondit en rougissant :

«J'ai trois pièces.

– Vous mentez. Vous avez quatre pièces. Je le sais. J'ai visité votre appartement quand je me suis installé dans cette maison. Ha! ha! vous avez honte de la quatrième pièce, n'est-ce pas ? en somme, vous convenez que pour un célibataire oisif, pour un parasite de la société, quatre pièces ne sont rien de moins qu'un défi à la patience des pères de famille laborieux.»

Le malheureux voisin cherchait une réponse d'un tour anodin qui pût apaiser cette véhémence indiscrète. Il crut l'avoir trouvée et repartit naïvement :

«Mon Dieu, je n'ai pas voulu faire mystère de cette quatrième pièce ; mais c'est qu'elle est si petite, voyez-vous... Pour l'utiliser, il m'a fallu en faire une sorte de boudoir oriental...»

M. Marcelin en demeura tout suffoquant.

«Un boudoir... ah, par exemple, ... un boudoir oriental... non, non. Tenez, foutez-moi le camp dans votre boudoir oriental! Allez-vous-en!»

Durant les derniers jours qui précédèrent la délivrance, M. Marcelin ne décoléra pas.

«Quand je pense, disait-il à sa femme, que tout cela nous arrive par la faute de cet individu, le sang me bout dans les veines, je me sens capable de n'importe quoi.

– Je te jure, Gustave, que je n'ai jamais songé, même une minute...

– Laisse donc, je ne te parle pas de ça... Je n'en ai qu'à lui, au sagouin qui nous a empoisonné l'existence. Si par malheur tu t'avisais de me donner une fille, je crois que j'irais la lui porter...»

Au milieu de la nuit, M. Marcelin s'habilla en toute hâte pour courir chez la sage-femme et chez le médecin.

«Ne te tourmente pas, dit-il à la malade, je suis là dans un quart d'heure. En descendant, je vais conduire les gosses chez un voisin.»

Paul et Robert dormaient à poings fermés. Il fallut les tirer du lit.

« Pressons-nous, mes enfants, vous dormirez tout à l'heure. »

Les yeux sans expression et les paupières gonflées de sommeil, les garçons ne se demandaient même pas quelles pouvaient être les raisons d'un réveil aussi insolite. Enfin, les apostrophes paternelles réussirent à les tirer de leur somnolence. Paul dit à Robert :

« C'est ma culotte que tu tiens là. Rends-moi ma culotte.

– Non, ce n'est pas ta culotte, c'est la mienne. La preuve, c'est qu'il manque un bouton par côté. »

Le père, qui était retourné auprès de sa femme, entendit le bruit de la querelle.

« Qu'est-ce que c'est ?

– Papa, il ne veut pas me rendre ma culotte.

– Voyons, Robert, rends-lui sa culotte. Ce n'est pas le moment de s'amuser.

– Ce n'est pas à lui, papa. C'est la mienne, à cause du bouton...

– C'est justement ! Le bouton s'est décousu cet après-midi pendant la récréation.

– Menteur ! »

Voyant ses deux garçons sur la même culotte, le père les gifla tous les deux. Ils se mirent à hurler et, lâchant l'objet de leur convoitise, ne voulurent plus en entendre parler. Ensemble, ils se précipitèrent sur la deuxième culotte. Le père dut les culotter lui-même.

« Sales garnements, ils auront juste choisi le moment où leur mère est dans les douleurs... »

Enfin, il put les pousser hors de l'appartement et sonna au hasard à une porte du palier.

« Personne, dit-il, allons sonner ailleurs. Dépêchons-nous. »

Affolé par l'idée du temps perdu, il carillonna à une autre porte et s'éloigna presque aussitôt.

« Allons, venez, on verra en bas. Donnez-moi la main. »

Il prit les deux enfants par la main et commença à descendre les étages quatre à quatre. Mais Robert avait été mal culotté : le fond de son pantalon bouffait par-devant et la braguette boutonnait sur les fesses. Cela le gênait pour marcher, il s'en plaignit.

« Papa, c'est ma culotte qui m'empêche de marcher. C'est toi...

– Ah ! non, ne recommence pas avec ta culotte, hein ! »

L'enfant reniflait ses sanglots, son père le prit sur son bras. Paul ronchonnait que c'étaient toujours les mêmes qui se faisaient porter. Pourquoi pas lui, aussi bien.

«Papa, j'ai mal à la jambe... j'ai mal à la jambe, papa... j'ai mal à la jambe, papa...

– Je vais te faire geindre pour quelque chose... Bon Dieu, ce n'était pas assez d'avoir deux galopins comme ceux-là... Il faut encore qu'il en vienne un troisième. Un troisième!»

En arrivant au deuxième étage, la lumière électrique s'éteignit. Pendant que le père tâtait les murs pour trouver le bouton de la minuterie, Paul en profita pour pincer son frère.

«Papa, il m'a pincé! il vient de me pincer encore une fois.

– C'est lui qui a commencé par me tirer les cheveux!

– Vous n'avez pas fini, deux infernaux... Mais qu'est-ce qu'il a pu devenir ce bouton?...»

La lumière revint sans qu'il eût découvert le bouton de la minuterie, et l'on entendit des pas dans le vestibule du rez-de-chaussée. M. Marcelin se pencha sur la cage de l'escalier et cria :

«Ne prenez pas l'ascenseur! Attendez-moi, c'est pour une chose grave!

– Bon, bon, dit une voix. J'attends.»

Soulagé, le père dit aux deux garçons :

«J'aurai tout de même trouvé à vous caser pour la nuit. Tâchez de ne pas vous rendre impossibles.»

Lorsqu'il arriva au rez-de-chaussée, M. Marcelin découvrit, appuyé à la cage de l'ascenseur, le locataire exécré du premier étage. D'abord, il eut un tel saisissement qu'il ne trouva rien à dire. L'individu paraissait assez gêné de la rencontre, ce fut lui qui parla le premier.

«Je crois comprendre que madame...»

M. Marcelin l'interrompit brutalement :

«Elle va accoucher, vous pouvez être content!

– Je prends part à votre émotion, mais enfin laissez-moi vous dire...

– Oui, oui, c'est ça, prenez part. Ça me fait une belle jambe, à moi.»

L'autre haussa les épaules et ouvrit la porte de l'ascenseur.

«Vous allez chez la sage-femme?

– Bien sûr que je ne vais pas chez le percepteur. Cette question...

– Puisque vous n'avez pas de temps à perdre, vous allez téléphoner de chez moi au docteur et à la sage-femme. Ce sera une demi-heure de gagnée. Vous pouvez retourner tout de suite auprès de votre femme et je garderai les enfants.»

M. Marcelin fut d'abord très impressionné. Il se ressaisit aussitôt et entra dans l'ascenseur en murmurant :

«C'est la moindre des choses.»

Effondré dans un fauteuil, l'époux écoutait les gémissements de Mme Marcelin qui était en plein travail dans la chambre voisine. Il entendait la voix furieuse du docteur:
«Allons, criez! ne vous retenez pas.»
La sage-femme sortit de la chambre et passa près de lui pour aller à la cuisine.
«N'ayez pas peur, dit-elle, tout ira bien. Pas de complications pour le moment.»
Il essaya de se cramponner à sa robe et murmura:
«Vous croyez? Vous croyez? Ah! si seulement c'était un garçon... Quelle affaire, mon Dieu... Dire que tout ça c'est la faute de ce gros dégoûtant du premier.
– Mais non, voyons, qu'est-ce que vous me chantez-là. C'est bien le moment d'être jaloux... Laissez-moi.»
Demeuré seul, il geignit tout doucement:
«Elle ne comprend pas...»
De l'autre côté, les cris devenaient plus hauts. Tout à coup, il n'entendit plus rien. Il eut peur et se mit à pousser des gémissements, à croire que c'était lui l'accouché. Il bégayait, la tête à moitié perdue:
«Ah! le salaud... ah! le salaud!...»
Puis le docteur ouvrit la porte. Les manches de chemise relevées jusqu'aux biceps, il était suant et hilare.
«C'est une fille, dit-il. Un beau brin de fille, ma foi!»
M. Marcelin courut dans la chambre embrasser sa femme. On lui montra sa fille et il se prit à rire et à sangloter:
«Une fille! J'avais toujours dit que ce serait une fille. Je la sentais venir, voyez-vous. Je le disais encore tout à l'heure.»
L'émotion l'étranglait, il se tournait vers sa femme en bafouillant:
«Ça c'est de la chance, hein... une fille.
– Laissez reposer votre femme, dit le docteur, vous lui cassez les oreilles.
– Qu'est-ce que ça peut faire... Attendez-moi, je reviens tout de suite.»
M. Marcelin descendit en courant jusqu'au premier étage et fit un grand vacarme de sonnette. Secouant les mains du gros homme il lui cria dans le nez:
«C'est une fille! La sage-femme dit qu'elle pèse au moins... je ne me rappelle plus, mais vous la verrez! Dire que c'est vous... ah, si vous pouviez savoir. Non, c'est incroyable!»
L'hôte, un peu abasourdi par ce tapage et cette soudaine cordialité, cherchait un compliment, et M. Marcelin se retenait à grand-peine de lui sauter au cou.

Paul et Robert, réveillés par les éclats de voix, avaient quitté leur lit d'emprunt. En voyant arriver les deux garçons, le père devint sérieux et fronça les sourcils.

«Vous avez une petite sœur, leur dit-il. Vous ne méritiez guère d'en avoir une, deux galopins que vous êtes. Mais essayez seulement de n'être pas poli avec elle, vous verrez qui est-ce qui va vous frotter les fesses.»

AU CLAIR DE LA LUNE

*L*a fée Udine sortit du fond du fleuve où elle était en pénitence depuis neuf cents ans.

«Le beau clair de lune, dit-elle, et qu'il fait bon respirer; j'en étais vraiment privée. Ce n'est pas pour dire, mais je crois que je me suis baignée pour tout le reste de ma vie. Ah! on ne me reprendra plus à faire des ronds dans l'eau...»

Cependant, elle secouait ses longs cheveux d'or, comme elles ont toutes, et tapotait sa robe de mousseline qui lui avait déjà fait bien de l'usage. Ses vêtements avaient gardé un peu d'humidité qui tomba en pluie comme une rosée de lune. Penchée sur le fleuve qui mirait son visage, elle dit avec un plaisir évident:

«Je ne voudrais pas me flatter d'une illusion, mais il me semble bien n'avoir pas changé depuis les premiers Capétiens...»

De fait, on lui eût donné dix-huit ans aussi bien pour la taille que pour le visage. Dans sa ceinture dorée, elle prit sa baguette, qui était l'instrument de sa puissance, décrivit trois cercles dans l'air et n'eut qu'à appeler:

«Bridin, Bridon, Bridène!»

Aussitôt, trois gros lapins blancs sortirent de terre, attelés à un chariot tout de jade et de cristal. Il n'y avait que les roues qui fussent en or massif. Udine s'installa sur le siège et, dans cet équipage, partit à fond de train sur la route nationale. La nuit était printanière, la fée se grisait de vitesse et de grand air.

«Ce qu'il y a de commode, quand on est resté neuf cents ans dans la rivière, c'est qu'on n'a presque pas de visites à faire en sortant. À part les collègues, on ne connaît plus grand monde...»

Ainsi songeait Udine, lorsque Bridène, attelé en flèche devant les autres lapins, se cabra soudain et se mit à couiner d'inquiétude. La fée, voyant un gendarme à cheval qui barrait la route, lui

Première publication dans Candide, *17 décembre 1931; également reprise dans le recueil* Enjambées, *Gallimard, 1967.*

144

demanda le passage avec une grâce qui eût touché un employé des postes.

« N'avez pas de lanterne, dit le gendarme, je vous dresse procès-verbal. On ne voyage pas la nuit sans lanterne.

– Une lanterne, monsieur le gendarme, mais pourquoi faire ? Une lanterne quand la lune éclate au firmament étoilé comme la rose livide dans un parterre de jasmins ?

– Il n'y a pas de jasmin qui tienne. Je ne connais que le règlement. Donnez-moi vos nom et qualité. Je vous requiers.

– Mais, monsieur, je ne vois pas en quoi mon nom peut vous être utile. Il est oublié depuis bien longtemps, hélas !...

– Je vous réitère d'obtempérer. Comment vous appelez-vous ? Donnez-moi votre nom d'abord, le prénom doit venir ensuite.

– Je m'appelle Udine, monsieur le gendarme, mais je vous assure qu'il n'est pas nécessaire...

– Profession.

– Fée.

– Je vous demande votre profession. Vous ne comprenez pas ? Qu'est-ce que vous faites dans la vie ? Vous avez une occupation ?

– Monsieur, je vous le dis. Je suis fée. À la vérité, je suis restée un certain temps sans exercer, mais vous voyez, j'ai encore ma baguette et j'ose dire ici que je n'ai rien perdu de mon ancien pouvoir. »

Udine jouait avec sa baguette et cela irritait le gendarme qui grommela, de mauvaise humeur :

« Ce n'est pourtant guère le moment de badiner... Vous devriez savoir que tout un chacun se doit au respect de l'autorité. D'abord, qu'est-ce que c'est que ce nom d'Udine ? Vous vous appelez Udine quoi ?

– Udine tout court, je n'ai pas de prénom. Pour nous autres fées, qui sommes sans famille, le prénom n'a pas d'utilité.

– Il faut avoir un prénom, dit le gendarme, c'est obligatoire et prévu par la loi. »

Cependant il considérait la délinquante dans son singulier équipage et sentait redoubler sa méfiance.

« Mon Dieu, Bridène, disait la fée, n'agitez pas votre queue ainsi, vous soulevez toute la poussière de la route ; et vous, Bridon, cessez un peu vos cabrioles, les guides n'y résisteront pas... Vous voyez, monsieur, comme mes trois lapins sont impatients. Tenez, voilà Bridin qui s'en mêle, regardez-le qui secoue son collier.

– Hum... tout ça ne me paraît pas clair et pas conforme. Vous avez des papiers ? »

Udine comprit qu'elle n'en sortirait pas à moins d'un maléfice, mais comme elle était bonne fée, elle répugnait à métamorphoser le malheureux gendarme en bélier mérinos ou en moulin à café. Elle avait coutume de dire qu'il y a déjà bien assez de vieilles fées carabosses pour tourmenter le pauvre monde. Soudainement inspirée, Udine poussa ses lapins sous le nez du gendarme et murmura en confidence :

«Monsieur le gendarme, je vois bien que votre curiosité ne me fera grâce de rien. Et ma foi, autant vaut le dire tout de suite : je suis la femme du préfet. Je crois d'ailleurs vous avoir déjà vu à la préfecture. Il paraît que vous êtes bien noté...»

Le gendarme en vacilla sur sa bête et porta la main à son képi. La surprise l'écrasait.

«N'est-ce pas, balbutia-t-il, je ne pouvais pas, nommément, savoir à qui j'avais affaire... bien sûr que le règlement n'est pas forcément le règlement. C'est égal, si vous aviez eu une lanterne, je me serais peut-être douté de quelque chose...»

Il détourna sa monture jusque dans le fossé, et Udine lui jeta dans le galop de ses lapins :

«Gendarme, je vous promets que vous aurez de mes nouvelles bientôt ! de bonnes nouvelles !»

Car, dans sa mansuétude, elle songeait à lui pour les galons de brigadier. Tandis que le chariot roulait à travers la campagne, la fée réfléchissait qu'elle venait de perdre un temps précieux avec le gendarme, sans compter les neuf cents ans passés au fond de la rivière. Elle avait hâte de faire une bonne action, par naturelle gentillesse de cœur, et pour soutenir l'éclat d'une réputation déjà ancienne, mais qui avait souffert d'une absence aussi longue. Car il ne manque pas de mauvaises fées pour dauber sur une compagne malheureuse.

Pour l'ordinaire, Udine protégeait la veuve et l'orphelin, acquittait les contributions des familles nombreuses, aidait les princes malheureux à reconquérir leurs couronnes, et assistait au baptême de leurs filles ; mais sa grande affaire était l'amour ; non pas qu'elle ne fût jamais éprise d'un jeune homme ; c'est un chapitre où les fées ont toujours soixante-quinze ans. Mais Udine était à l'aise de rapprocher les amants persécutés, favoriser des entrevues difficiles, doter les belles filles pauvres, confondre les rivales disgracieuses et les prétendants obèses. Et c'était toujours pour le bon motif. Au sortir de sa rivière, Udine voyait sa tâche compliquée par le fait qu'elle n'avait point de filleules à combler, à doter, ou à marier dans leur seizième année, comme c'est l'usage.

«Cela ne viendra pas si tôt, songeait-elle. Il faut bien le temps de prendre ses renseignements si l'on veut tomber sur des familles convenables. Mais je pourrais trouver autre chose à faire en attendant. Ah! si je rencontrais des amants bien désespérés et qui eussent la mort dans l'âme, cela ferait bien mon affaire.»

Les fées n'ont qu'à dire et tout leur vient à point. Comme elle hésitait à un carrefour, Udine descendit de chariot et mit ses lapins à brouter dans un carré de choux. Au bord de la route, elle aperçut alors un très beau jeune homme brun assis sur le marchepied de sa conduite intérieure et qui sanglotait dans un mouchoir à carreaux. Udine, qui avait vu plus d'une auto au fond de la rivière, ne s'étonna pas de celle-ci et s'enquit d'abord des raisons qui abîmaient un si beau jeune homme dans un profond désespoir. L'automobiliste leva la tête, et comme Udine portait les cheveux longs, il vit bien qu'il avait affaire à une fée, mais n'en laissa rien paraître d'abord.

«Ah! madame, dit-il, je suis le plus malheureux des garçons. Je m'appelle Jacot, et j'aime une jeune fille délicieuse ; elle sait jouer du triangle, elle a son baccalauréat et ses indéfrisables durent toute une année. Elle s'appelle Valentine, oui, madame, Valentine. Il n'y a qu'un moment, elle m'appelait son chéri, et tout à l'heure nous avons eu une querelle. Valentine me soutenait que piano s'écrit avec un x, et moi je savais bien que piano s'écrit avec un t. C'est une enfant très sensible, vous savez, une sensitive ; elle m'a jeté une carafe à la tête, nous nous sommes insultés et je suis parti sur des paroles irréparables. Je ne m'en consolerai jamais !

– Avez-vous un grand amour pour Valentine ? Je veux dire un amour honnête, le seul auquel je puisse m'intéresser.

– Ah! Madame! Je ne vivais que pour l'épouser. Nous nous connaissions depuis plus de deux mois déjà...

– Et pensez-vous que votre projet se heurte à de graves difficultés ? à des obstacles vraiment insurmontables ?

– Autant dire que le mariage est devenu impossible.

– Eh bien! vous pouvez vous flatter d'avoir de la chance !

– Comment donc ? Voulez-vous dire que je peux espérer d'obtenir un jour la main de Valentine ? Ah! madame !

– Mais oui, mais oui, je vais arranger votre affaire, n'en ayez plus d'inquiétude. C'est maintenant une chose faite.

– Vous lui direz, madame, que piano s'écrit avec un t, et non pas avec un x comme elle a sottement prétendu...

– Ma foi non, car je ne sais pas du tout comment on l'écrit. Mais dites-moi où demeure votre fiancée.

– C'est à main gauche, la troisième maison avant d'entrer dans la ville. Il n'y a pas plus de trente-cinq kilomètres. Bien entendu, je vous emmène dans la C6. C'est vraiment une bonne machine, vous me direz des nouvelles de la suspension.

– Je vous remercie, Jacot, mais j'ai de quoi rouler... Bridin, Bridon, Bridène! c'est assez brouté aujourd'hui.»

Jacot ne dissimula pas sa surprise de voir un chariot attelé de trois lapins blancs, puis il dit en hochant la tête:

«La carrosserie est originale, mais c'est un peu petit comme cabriolet, vous direz ce que vous voudrez. Ma voiture...»

Mais Udine avait déjà pris les rênes en main et galopait à tombeau ouvert sur le chemin de la ville. Elle était tout heureuse et tout aise à l'idée du joli mariage où elle allait engager deux jeunes gens qui s'aimaient déjà.

«Si j'en juge par le découragement où j'ai surpris ce malheureux garçon, la chose n'ira pas toute seule, et il me faudra intervenir de toute ma puissance. Il y aura peut-être quelque sorcier allié à la famille... Allons, tant mieux. Au reste, ce Jacot est un charmant jeune homme; un visage gracieux, des manières avenantes, et des yeux... Ah! des yeux si noirs...»

Tandis qu'elle songeait à lui un peu plus qu'il n'est raisonnable à une fée, Jacot, dans sa conduite intérieure, se félicitait qu'une bonne fée lui accordât son appui. Après avoir roulé cinq minutes, il s'étonna de l'avance qu'avaient prise les lapins et en eut de l'impatience dans les pieds. Il appuya sur l'accélérateur, mais il n'y avait rien devant lui que la route blanche qui menait à la ville. Le compteur marqua 70, 80 et 90. Enfin, le chariot de jade et de cristal étincela dans la lumière de ses phares; alors, il lui sembla que les trois lapins forçaient encore leur allure.

«Me faire gratter par des lapins! murmura Jacot, non, jamais! Avec un moteur comme j'en ai un, ce serait malheureux...»

Dans un élan qui faillit culbuter le fragile équipage, il réussit à doubler et conserva sa vitesse jusqu'aux premières maisons de la ville.

Udine arriva un bon moment après lui, ses lapins étaient tout fumants de l'effort qu'ils avaient fourni. La fée elle-même paraissait tout étourdie par la course et ses cheveux en étaient encore ébouriffés.

«Vous voyez, dit Jacot, j'aurais pu vous rendre au moins cinq kilomètres. Et encore, je n'ai pas donné tout ce que je pouvais. Vous comprenez, avec un pont arrière comme le mien, je ne crains rien.»

D'un air pincé, la fée regardait la C6 rangée sur le bord du chemin et dissimulait à grand-peine son dépit.

«Je ne sais pas, dit-elle, ce que mes lapins peuvent avoir aujourd'hui, mais ils ne sont pas en train comme d'habitude. Je me demande si Bridin ne se serait pas saoulé de trèfle vert... Je ne l'avais encore jamais vu aussi lourdaud.

– Bien sûr, accorda Jacot, les lapins c'est comme les moteurs, il n'y a rien de plus capricieux.»

Udine était si impatiente d'une bonne action, Jacot avait de si beaux yeux noirs, qu'elle voulut bien oublier l'incident.

«Est-ce là, dit-elle, la demeure de votre chère Valentine? Cette jolie maison blanche enfouie dans les pommiers en fleur?

– Oui, madame, et voilà les fenêtres de sa chambre, qui donnent sur le jardin. Ah! pourquoi faut-il que piano s'écrive avec un *t*, et que j'aie la passion de la vérité...»

Le pauvre garçon se reprit à sangloter; la bonne fée en avait le cœur tout déchiré, et les yeux humides.

«Ainsi, Jacot, c'est dans ces jardins tout parfumés de blanche aubépine et de tendre pêcher que vous veniez tous les soirs chanter la romance éternelle sous les fenêtres de Valentine?

– Oh! non, madame; d'abord, il y a des pièges dans le jardin; c'est écrit sur le mur. Et puis, je crois que Valentine n'aimerait pas beaucoup, elle dit que je chante faux et il est bien vrai que je ne m'accorde jamais avec le son du triangle. Quand je veux voir Valentine, je vais simplement tirer la sonnette. C'est plus commode.

– Voulez-vous dire que vous entrez chez ses parents? Mais non, ce n'est pas possible: le jeu serait par trop dangereux!

– Mais si, j'entre chez les parents de Valentine. N'est-ce pas naturel?

– C'est très ennuyeux, dit la fée en fronçant les sourcils. En somme, si j'ai bien compris, la famille ne s'oppose pas à votre mariage, puisque vous êtes reçu dans la maison comme un fiancé. Il n'y a père ou frère qui fasse seulement des vœux pour votre mort, personne qui se mette en travers de vos projets, qui cherche à vous perdre dans l'estime de Valentine.

– Non, vraiment, et c'est bien heureux. Si j'avais encore des ennuis de ce côté-là, il y aurait de quoi abandonner la partie.

– Quoi! pas même un prétendant bossu qui ait sur vous l'avantage de la fortune? Ah! ça, mon garçon, ah! ça. Comment voulez-vous que je puisse manifester ma puissance, si je n'ai pas d'ennemi à combattre? Quelles raisons aurais-je d'enchanter une demeure où mon protégé est bien accueilli? Moi, vous comprenez, quand je me mêle de favoriser les amants, c'est envers et contre tout ; et il n'y a point de fée un peu raisonnable qui voudrait seulement bouger le petit doigt pour une affaire d'aussi peu d'importance que la vôtre. Quel ragoût peut-on trouver à faire un mariage dans ces conditions ? Mon bon ami, j'en suis bien fâchée, mais je ne puis décidément rien pour vous.»

L'amoureux eut un désespoir si violent que la fée se laissa encore attendrir. Ce n'est pourtant guère l'habitude des fées de revenir sur une décision où leur dignité professionnelle est intéressée. Elles ont en toutes choses des principes coriaces, et il n'est prière ou menace qui les puisse entamer. Quant à Udine, il faut bien croire que ses principes s'étaient un peu amollis au fond du fleuve où elle était demeurée neuf cents ans prisonnière. Sans doute aussi avait-elle une grande envie d'être agréable au beau jeune homme brun. Elle prit la main à Jacot et lui dit avec sa belle voix des jours de baptême princier :

«Vraiment, Jacot, je ne pourrais pas supporter de vous savoir malheureux. Après tout, tant pis, je veux vous tirer d'embarras. Mais comment pourrai-je vous être utile ? Faudra-t-il que je fasse passer Valentine par les sept épreuves de l'eau, du feu, de la captivité, de la calvitie, de la laideur, de la pauvreté et de la folie ? Le cycle me paraît bien considérable pour des fins aussi modestes...

– Oh ! madame, proposa l'amoureux, je crois que si vous pouviez la convaincre que piano s'écrit avec un *t*, les choses ne traîneraient plus guère à s'arranger. Mais le diable, c'est qu'elle est têtue, vous savez. Elle n'entendra rien.

– Cela est assez simple, dit la fée, il me suffira de conférer à Valentine le don de l'orthographe, car c'est justement un privilège qui appartient aux fées de pouvoir accorder à autrui ce qu'elles ne possèdent pas elles-mêmes. Voilà qui est décidé.»

Jacot joignit les mains avec une fervente gratitude. Udine, qui avait une vieille expérience du monde, dit encore, avec un peu de mélancolie, et ses grands yeux clairs en étaient tout embués, son corsage battant et ses joues pâlies :

«Jacot, il ne sera pas mauvais non plus que je vous confère le même don ; par ainsi, vous aurez au moins un terrain d'entente avec votre femme. Mais je ne croyais pas qu'il fût si important à une femme de savoir l'orthographe...»

Elle parut hésiter un moment, et demanda, d'une voix un peu contrainte, comme si elle redoutait d'entendre la réponse :

«Jacot, est-ce que vous êtes sûr d'aimer Valentine? Est-ce que vous êtes sûr de l'aimer longtemps? très longtemps?»

D'abord, Jacot fut assez surpris de la question, puis il s'avisa qu'Udine était très jeune, qu'elle avait des cheveux dorés, et les plus beaux yeux du monde, toutes choses qui sont bien faites pour charmer un beau jeune homme brun. Pourtant, il n'osa rien dire encore de sa découverte et se contenta de répondre, avec autant de prudence et de discrétion qu'on doit à une fée:

«Mon Dieu, je ne sais pas... je n'y avais pas bien pensé. Il est certain que la chose demande plus ample réflexion.

– Mais quand donc y penserez-vous? Il me semble qu'il est grand temps, si vraiment vous voulez épouser Valentine?

– Vous avez raison. Voyez-vous, j'aurais besoin d'être conseillé. Je pense que peut-être... Vous auriez pu me dire...»

Udine rougit jusqu'aux oreilles, ce qui n'est jamais arrivé à une fée depuis qu'il y a des fées. Pour dissimuler sa confusion, elle dit à Jacot en laissant passer un long soupir qui lui fit deviner une partie de la vérité:

«Allons, je vais vous donner de l'orthographe. Mais n'oubliez jamais d'en faire un bon usage. C'est à cette condition.»

Très émue, elle effleura de sa baguette le visage du jeune homme; mais son trouble était si profond qu'elle se trompa de formule. Tout d'un coup, il poussa à Jacot des oreilles de veau et une corne sur le menton.

«Oh! je vous demande pardon, dit la fée, je me suis trompée. Mais n'ayez pas d'inquiétude, c'est l'affaire d'un moment.»

En effet, elle n'eut qu'à réciter la mauvaise formule à l'envers et tout rentra dans l'ordre aussitôt. Alors, elle récita l'autre formule, la bonne, la seule vraie et la seule efficace pour les insuffisances d'orthographe. D'abord, Jacot en resta comme étourdi, puis il s'écria, en proie à une très violente émotion qui fit étinceler le regard de ses beaux yeux noirs:

«Miracle! Je sens l'orthographe s'insinuer dans mon être comme une infusion enivrante! Déjà je connais mon erreur et que "piano" s'écrit sans x ni t. Ah! madame, votre charme vient de m'ouvrir mille carrières magnifiques. Mon ignorance de l'orthographe me condamnait à embrasser la profession d'écrivain; désormais, je puis prétendre à être employé de banque, rédacteur dans un ministère ou secrétaire particulier d'un sénateur... Il n'existe plus de borne à mon ambition!»

Le pauvre garçon était si content d'avoir de l'orthographe qu'il en perdait le fil des réalités amoureuses.

«Je n'ai encore accompli qu'une partie de ma tâche, fit observer Udine avec résignation. Il me reste à présent à doter votre fiancée. Il faut donc que vous me présentiez Valentine, car je ne puis rien faire sans l'avoir à portée de baguette.

– Non, dit Jacot, nous nous occuperons plus tard de Valentine. Je vous ai tant de reconnaissance qu'il n'y a rien de plus important pour moi que de vous donner des preuves de mon dévouement.

– Mon Dieu, Jacot, il ne serait pas honnête de vous laisser sur Valentine l'avantage de l'orthographe... Ce serait tricherie...

– Non, non. Laissez-moi vous dire que je n'oublierai jamais ce que vous venez de faire pour moi. Jamais! Et dès à présent...»

Les garçons d'aujourd'hui ne doutent de rien. Dans un élan de sincérité, Jacot se jeta au cou de sa bienfaitrice et la tint serrée contre lui pendant un moment assez long. Jadis la fée Udine n'eût point toléré des façons aussi hardies. Il lui souvenait encore d'avoir changé en bourrique un dignitaire de la cour de Charlemagne qui le prenait avec elle sur un pied cavalier. Mais cette nuit de printemps, l'étreinte la laissait toute surprise, toute tremblante entre les bras du beau garçon; elle balbutia ni plus ni moins qu'une toute jeune fille de seize ans: «Jacot... Ah! Jacot... Jacot... Il me semble que cela n'est pas tout à fait honnête. Jacot, vous croyez qu'il n'y a pas de mal...»

Et la pauvre bonne fée Udine se demandait ce qui avait bien pu se passer sur la terre pendant sa captivité. Elle n'eut d'ailleurs pas le temps d'en méditer davantage. L'une des fenêtres qui donnaient sur le jardin s'ouvrit brusquement et Valentine, vêtue d'un pyjama, s'avança sur le balcon. Elle semblait inquiète.

«Mon Dieu, murmura la fée. Nous avons réveillé le frère de Valentine. C'est tout de même bien ennuyeux, dites?»

La fée avait laissé sa tête reposer sur l'épaule de son protégé, et ses longs cheveux d'or jetaient une vive lueur sous le clair de la lune. Valentine eut un mouvement de surprise et dit avec un éclat de voix rageur:

«Ça, c'est trop fort! Oh! par exemple... Non, non, non. C'est trop se moquer du monde...»

Elle quitta le balcon, puis on l'entendit claquer des portes au rez-de-chaussée. Jacot était d'autant plus inquiet que la fée se serrait contre lui, en répétant à voix basse des paroles qui lui ôtaient le courage.

«Jacot, j'ai bien peur, vous savez... Jacot... est-ce que vous croyez que Valentine ne va pas être fâchée un peu?»

Elle était si troublée qu'elle ne pensait pas du tout à se servir de ses prestiges. Elle oubliait qu'elle était fée.

«Jacot, murmurait-elle, dites-moi quelque chose qui me rassure. Vous voyez bien que je ne suis pas tranquille.

– Ne vous inquiétez pas, tout va s'arranger dans un moment. Valentine comprendra très bien, vous allez voir.

– Non, Jacot. Dites-moi encore autre chose... Si vous saviez comme le cœur me bat... Tenez, posez votre main là.»

Alors, Jacot disait : «Ah...», et la fée n'avait presque plus peur. Mais Valentine, les mains dans les poches de sa veste, s'avançait en ricanant. On voyait bien à ses sourcils froncés qu'elle n'était pas contente.

«Joli couple... Ils sont vraiment ravissants tous les deux... ma foi, oui, ravissants.

– Valentine, prévint le fiancé avec un bon sourire, nous avions tort l'un et l'autre. "Piano" s'écrit sans x ni t, on l'écrit simplement comme on le prononce. C'est madame qui vient de me l'apprendre à l'instant.»

C'était là justement ce qu'il ne fallait pas dire. Mais les garçons amoureux n'en font jamais d'autres, surtout quand ils ont l'orthographe en tête. Valentine partit d'un mauvais rire qui donna le frisson à Udine.

«Ah! ah! piano s'écrit sans x, tiens, tiens, tiens... Et il y a longtemps que cette belle personne vous donne des leçons d'orthographe? En tout cas, il faut convenir que vous êtes un élève docile. Ah! piano s'écrit sans x... À voir Madame, on ne la croirait pas aussi savante; c'est une justice à lui rendre, mais elle n'a pas du tout l'air d'un bas bleu. Oh! non... Au fait, je ne saurais pas dire de quoi elle a l'air... Drôle de professeur, en tout cas.»

Valentine toisa la fée avec un dédain arrogant et lui dit des paroles de méchanceté, parce qu'elle était jalouse.

«Qu'est-ce que ce genre de porter les cheveux dans le dos? Et cette robe de mousseline blanche qui traîne dans la poussière? Vous devriez savoir que la taille se porte plus bas et que le plissé a passé de mode depuis trois mois... Mais j'y suis : vous chantez probablement dans quelque beuglant de la ville, et ce grand benêt se sera laissé prendre à vos chansons. Je lui ai toujours dit qu'il n'avait pas d'oreille. Je ne m'étais pas trompée.

– Un beuglant? répéta Udine en ouvrant de grands yeux. Mais qu'est-ce que c'est qu'un beuglant?»

Indigné qu'on osât traiter ainsi la plus aimable des fées, Jacot s'écria d'une voix vibrante de colère :

«Taisez-vous! Je vous interdis de tenir ces propos odieux. Tenez, méditez plutôt sur l'orthographe de cet adjectif "odieux" qui reste invariable au pluriel. Cela vous sera plus profitable que de calomnier une jeune femme irréprochable.»

Puis il se pencha vers Udine et lui dit à l'oreille :

«Voyons, montrez-vous un peu. Aidez-moi à la réduire au silence. Que diable, vous avez encore votre baguette!»

Udine essaya de reprendre courage, mais sa baguette tremblait dans sa main, elle ne put mieux faire que de soupirer :

«Jacot... Jacot... Qu'est-ce qu'elle a contre moi? Hein, Jacot, nous ne lui avons pourtant pas fait de mal.»

Cela fit enrager Valentine qui éclata en imprécations sauvages. La fureur la faisait bégayer :

«Menteur! Hypocrite! Insolent! Vous avez encore le toupet de lui parler à l'oreille devant moi! Ce n'était pas assez de venir me narguer jusque sous mes fenêtres... Ah! ma tante Babette a bien raison de dire que les hommes n'ont ni cœur ni conscience. J'en ai la preuve aujourd'hui. Et dire qu'à cause de vous, j'ai refusé un parti qui avait une situation dans les chemins de fer! Vous avez bien caché votre jeu... lâche, gredin, menteur, hypocrite!»

Timide, la fée voulut s'entremettre pour donner une explication, mais l'autre la traita de voleuse d'amants, de pas grand-chose et de fille de rien. Udine blottit sa tête contre la poitrine de Jacot, et peut-être qu'elle n'était pas bien fâchée de la méprise. Elle trouvait même que c'était une situation agréable que d'avoir la tête nichée dans le gilet d'un beau jeune homme brun. Elle n'avait rien éprouvé de pareil dans toute sa carrière de fée. Quant à sa dignité professionnelle, il est certain qu'Udine l'avait complètement oubliée.

«Jacot, dit-elle, emmène-moi loin... mon Jacot... Je veux m'en aller avec toi.»

De rage, Valentine en perdit la tête et cria en mordant son mouchoir :

«Mon Jacot?... par exemple! Attendez-moi, je vais vous en donner du Jacot!»

Elle étreignit un revolver de dame et ajusta la fée. Les deux premières balles s'en allèrent fracasser les phares de la C6; la troisième ne fut pas tout à fait perdue, elle vint briser la baguette de fée dans la main d'Udine.

«Oh! s'écria la fée.»

Sa baguette brisée, elle n'était plus rien qu'une femme, une femme qui n'avait à attendre que des hasards de l'existence. Udine le comprit aussitôt, mais n'en eut pas l'ombre d'un chagrin.

«Jacot, dit-elle, je suis bien contente… Pour ma baguette, cela n'a pas grande importance. J'avais déjà presque cessé d'être une fée, parce que… Oh! Jacot, c'est difficile à dire… parce que…»
Une balle mieux ajustée lui coupa la parole, elle ploya les genoux et ses joues perdirent leur éclat. Une large goutte de sang tachait la robe à l'endroit où le corsage gonflait la mousseline blanche.
«Jacot, j'ai froid.»
Jacot la prit dans ses bras, et l'étendit sur la rosée.

«Udine, Udine, répondez-moi. Udine… c'est votre Jacot qui vous parle.»
Il lui disait qu'il n'avait jamais aimé qu'elle, et qu'il le voyait bien à présent. Udine répondit qu'elle allait justement lui dire la même chose.
«Jacot, je suis heureuse aujourd'hui. Ah! les fées sont bien bêtes… Mais j'ai froid, Jacot, serre-moi dans tes bras.
– Udine, tout à l'heure, quand tu n'auras plus froid, je t'emmène-rai… Nous irons où tu voudras, Udine, où tu voudras.
– Oui, tu m'emmèneras. Tout de suite, Jacot. J'aime bien les C6.»
Comme il la soulevait dans ses bras, elle sourit, la tête renversée sur son épaule, et murmura dans un souffle:
«Bridin, Bridon, Bridène…»
De l'autre côté de la route, trois ombres de lapin glissèrent sous les arbres et se perdirent dans les prés humides.
Tandis que Jacot l'installait dans la voiture, Udine dit encore:
«Mon Dieu, Jacot, ne vous bourrez pas ainsi de trèfle vert… Je vous ai déjà dit…»
Il la tenait serrée contre lui et ne la quittait pas des lèvres. Elle mou-rut avec un grand soupir, comme si elle était lasse d'amour, et Jacot lui dit à l'oreille:
«Udine, Udine, nous partons. Appuyez bien votre tête au creux de mon épaule.»
Il commençait à rouler lorsqu'il entendit à côté de lui le pas d'un cheval et une voix impérative:
«Arrêtez-vous. N'avez pas de lumière. Je vous dresse procès-verbal.»
Jacot arrêta la voiture avec précaution, pour éviter les secousses.
«Pourquoi n'avez-vous pas vos phares allumés? dit le gendarme. Le règlement n'est cependant pas fait pour les chiens… Donnez-moi vos papiers.
– Impossible, gendarme. Je suis en voyage de noces et ma jeune femme s'est endormie sur mon épaule. J'aurais peur de la réveiller.»

Le gendarme eut un moment d'hésitation, il dit en hochant la tête:
«Du moment que vous êtes en voyage de noces, ce n'est déjà plus pareil... N'est-ce pas, il y a tout de même des cas où le règlement n'est pas forcément le règlement...»

Il rangea son cheval sur le bord de la route et porta galamment la main à son képi. Deux rayons de lune, filtrés par les arbres du chemin, barraient la manche du gendarme. Et c'était les galons de brigadier que la fée Udine lui avait promis tout à l'heure, en sortant du fleuve où elle était en pénitence depuis neuf cents ans.

LA LANTERNE

*D*iogène passa la tête hors de son tonneau, vit qu'il y avait un brouillard épais sur Athènes et grommela :

« Voilà la mauvaise saison, il est temps de s'en aller dans le Midi. » Dans le terrain vague où il avait élu domicile, près des fortifications, d'autres tonneaux s'éveillaient. Ils étaient occupés par des paysans, venus de la Diacrie ou de la Béotie, que leurs affaires retenaient quelques jours à Athènes.

En se dirigeant vers la ville, Diogène méditait son départ.

« Il faudra que j'aille voir Linoleom, songea-t-il. D'ailleurs, j'ai faim. » La maison de Linoleom, un des plus gros armateurs du Pirée, était sise dans une petite rue, à dix minutes de marche. Devant la porte, un esclave balayait.

« Dis à ton maître que je veux lui parler, et prépare-moi une salade de concombres. »

L'esclave considéra cet homme à la barbe sale, au vêtement guenilleux.

« Une salade de concombres ? et puis quoi encore ? Va-t'en. »

Diogène, devant la menace du balai, fit un pas de retraite et cria :

« Linoleom ! Linoleom ! »

Linoleom parut au seuil de sa maison.

« Ah ! c'est toi, Diogène !

– Oui, c'est moi. Dis donc, tes gens ont bien de la morgue. Sais-tu que cet animal-là m'a menacé de son balai ? »

Par courtoisie, Linoleom botta le derrière de son esclave, puis il fit entrer Diogène, lui offrit un siège. Il considérait le Cynique comme un redoutable dilettante du chantage, dont les victimes n'étaient plus à compter. Dernièrement, il avait fait exiler un grand banquier en répétant à tous les carrefours que cet homme était trop riche, que son luxe provocant éclaboussait les citoyens d'Athènes et qu'il insultait, par son orgueil, aux vrais principes d'égalité. C'est pourquoi Linoleom était plein d'égards.

Première publication dans Candide, *15 mars 1930.*

157

«Justement, dit-il, j'ai un bateau qui part après-demain pour Épidaure avec un chargement de statues.

– Après-demain?

– Il faut que tu te décides aujourd'hui, et même tout de suite. Je descends au port tout à l'heure et je laisserai des ordres au bureau pour qu'il te soit réservé une place.»

Diogène se mit à manger la salade de concombres qu'on lui apportait, avec voracité, souillant sa barbe hirsute qui était une partie importante de sa philosophie. Tandis qu'il contemplait vaguement un coin de la chambre où brûlait une lanterne, Linoleom le pressait pour qu'il se décidât. Et Diogène dit:

«C'est entendu, je m'embarque après-demain avec tes statues. Mais prête-moi cette lanterne qui brûle dans le coin.

– Une lanterne? Qu'est-ce que tu feras d'une lanterne?

– Je te dis: prête-moi ta lanterne.

– Prends-la, prends-la...»

Secoué d'une joie inexplicable pour Linoleom, Diogène saisit la lanterne et disparut sans prendre congé. La rue était presque déserte, il marchait vite, tout en surveillant la flamme de sa lanterne qu'il tenait contre sa cuisse. Bientôt, il fut sur une place bruyante et agitée. La foule y grouillait autour des portiques et des baraques de forains; les marchands vantaient à grands cris leurs marchandises, les orateurs faisaient appel à l'intelligence du peuple et les citoyens interpellaient, dans un tumulte et un mouvement que Diogène considérait avec plaisir. Il s'assura que sa lanterne était toujours bien allumée et déboucha sur la place en la tenant à hauteur de son visage. Mais la foule était trop dense. Personne ne prenait garde à sa lanterne. Quittant la place, il croisa quelques miliciens de la police accompagnés par un officier. Ces miliciens de la police athénienne recrutés dans la Petite Scythie s'exprimaient dans un langage hybride, composé de grec et de leur patois du Danube. Avisant Diogène avec sa lanterne, ils firent une plaisanterie dans leur jargon et rirent bruyamment, cependant que l'officier haussait les épaules. Diogène sentit le rouge de la colère lui monter au front et comme il était à un carrefour de ruelles, il cria avant de disparaître au tournant:

«Les soldats sont des vendus! À bas l'armée!»

Dans le dédale des ruelles, il poursuivait une marche incertaine lorsqu'il vit un archonte couronné de myrte sortir d'une maison. Un archonte connaît Diogène. Le Cynique ralentit son pas, leva haut sa lanterne et, comme s'il eût été distrait en rêveries, bouscula légèrement le magistrat.

«Eh, Diogène, dit l'archonte, ne vois-tu donc pas les gens? Dis-moi, qu'est-ce que tu peux bien faire de cette lanterne?»

Diogène parut s'éveiller et prononça:

«Je cherche un homme.

– Ah! et qui donc?

– Un homme, répéta Diogène.

– Peut-être as-tu oublié dans quelle rue il demeure. Si je puis te renseigner...»

Déjà, le Cynique s'impatientait:

«Mais puisque je te dis que je cherche un homme!

– Oui. J'entends bien, quoique je m'explique assez mal pourquoi tu portes cette lanterne allumée.»

Alors Diogène ne se retint plus d'injurier l'archonte. Il s'éloigna, déplorant en lui-même qu'un magistrat d'Athènes pût avoir un tour d'esprit aussi peu métaphysique.

«Enfin, songea-t-il, peut-être le répétera-t-il à d'autres qui comprendront.»

Il n'avait pas fait cent pas qu'il passait auprès d'une fille arrêtée au seuil de sa misérable masure. Elle n'était pas de ces courtisanes honorées, disputées à prix d'or, qui dictaient la mode du costume et de la philosophie. C'était une jeune femme trapue, la poitrine et les hanches massives, une matrone précoce assez semblable au commun des Athéniennes dont la lourdeur décourageait la fidélité des époux.

«Où vas-tu, beau garçon, avec ta lanterne?»

Machinalement, Diogène répondit:

«Je cherche un homme.

– Ah, dit la fille, moi aussi. C'est drôle.»

Avec une moue de pitié, elle examinait le passant, son vêtement ruiné, sa barbe souillée. Elle proposa sans conviction:

«Tu viens... non? Bien sûr, si tu cherches un homme... Ah, je voudrais pourtant bien en trouver un. Ce n'est pas facile. On ne croirait pas. On se dit qu'il y en a tellement, mais quand on en a besoin qu'il faut le chercher... C'est une question de chance aussi. D'un côté, ce n'est peut-être pas si bête de chercher l'homme avec une lanterne. Je me souviens quand j'étais à Mégare, chez la grande Pepsine, elle mettait une lanterne devant sa maison...»

Tout en causant, elle avait par distraction gardé le poignet de Diogène dans sa main. Il se dégagea brusquement et reprit sa marche. Il avait hâte de quitter ces ruelles étroites, si sombres que la flamme de sa lanterne brillait décidément dans la demi-obscurité.

Cette lanterne commençait à le gêner, parfois il avait envie de la jeter ou de l'éteindre et il soupirait à chaque instant :

«Pour une fois où j'ai voulu tabler sur l'intelligence des gens, cela ne me réussit guère.»

Afin de gagner un quartier plus animé, il enfila une rue resserrée entre des maisons sales, où deux hommes auraient difficilement marché de front. Le sol en était si malpropre, souillé d'immondices, qu'il lui fallut marcher avec précaution en promenant sa lanterne presque au ras du sol. Et Diogène songeait avec mélancolie :

«Par tous les dieux, quelle puanteur. Je cherche un homme, mais je crois vraiment que je suis sur la trace...»

Enfin, il quitta la venelle puante et fut dans une voie spacieuse, plantée de hauts platanes, où les portiques, les demeures modestes, mais propres, alternaient avec des bosquets. Il y régnait une animation paisible et l'espoir revint au cœur de Diogène. Deux jeunes hommes venaient à sa rencontre. Ils étaient d'une beauté remarquable, vêtus avec une grande recherche d'élégance. Leurs tuniques, assez ajustées, accusaient la taille sanglée dans un corset en lamelles de bois de tilleul, des bracelets d'or et d'ivoire serraient leurs bras nus. Ils marchaient appuyés l'un à l'autre et, dans la langueur de la causerie, leurs têtes ornées d'un feston de violettes mêlaient leurs cheveux dorés par la teinture. Diogène marcha droit à eux, la lanterne provocante, mais ils s'écartèrent avec répugnance pour le laisser passer.

«Ah, cher, qu'il est sale et qu'il est laid. Je crois que cette bête malpropre m'a frôlé, j'en suis tout tremblant.»

Diogène n'eut pas la force de les injurier, l'angoisse et la honte gonflaient sa poitrine et il allait son chemin, l'échine courbée, les bras pendants, sans même sentir que la lanterne lui chauffait la cuisse.

Apercevant Zolygnoste qui débouchait d'un bosquet à quelque cinquante pas, il eut envie de tourner bride, dans la crainte d'une nouvelle humiliation. Zolygnoste le Rhodien était le peintre à la mode. Venu de son île depuis une année à peine, il n'arrivait pas à satisfaire à toutes les commandes de l'État, et les plus illustres citoyens se disputaient la faveur de poser devant lui. Diogène hésitait, mais Zolygnoste l'avait vu et faisait de grands signes.

«Ah, aimable Diogène, s'écria-t-il, comme je suis heureux de te rencontrer...»

L'accueil était gracieux. Diogène leva sa lanterne d'un geste arrondi et dit avec effusion :

«Le plus illustre des peintres...

– Quelle faveur des dieux, coupa Zolygnoste, m'a valu ta rencontre ? Figure-toi que je cherche un homme…»

Diogène trouvait que c'était un peu raide, tout de même… Sa lanterne retomba.

«Oui, reprit le peintre, je cherchais un homme qui fût digne de poser pour ma grande composition de *La Chasse du faune*. Mais où trouver le faune qu'il me fallait ? J'errais par les rues d'Athènes en quête d'un modèle et tout à coup, cher Diogène, tu m'es apparu avec cette barbe négligée, ce rictus de ta bouche moqueuse, cet œil attentif à la proie…

– Va-t'en ailleurs chercher ton faune, cria Diogène, et puisses-tu, déchiré par toutes les furies, crever du remords de ta détestable peinture!»

Un peu soulagé par cette explosion, mais non moins inquiet du résultat de son entreprise, il s'éloignait à grands pas, lorsqu'il vit un cortège nombreux qui venait de son côté. Il eut un instant la tentation de se dérober dans un bosquet, car il venait de reconnaître, entourés d'une jeunesse attentive, les deux philosophes platoniciens, Lyniodore et Caraphon qu'il avait, en maintes occasions, accablés des traits les plus grossiers. Mais Diogène ne pouvait supporter l'humiliation de baisser lanterne devant cette philosophie de nigauds. Amassant des injures dans son cœur, il marcha vers l'académie, la flamme haute, et songeant dans son anxiété:

«Si encore c'étaient des sceptiques…»

Le groupe des disciples avait ralenti sa marche et le considérait avec un étonnement curieux. Diogène se poussa jusqu'aux deux philosophes et, leur promenant sa lanterne devant le nez, prononça d'une voix agressive:

«Je cherche un homme!»

Heureusement pour lui, les deux maîtres platoniciens se jalousaient furieusement. Caraphon n'eut pas plus tôt exprimé sa réprobation par une mimique dédaigneuse que Lyniodore se prit à sourire et, d'un regard circulaire appelant l'attention des disciples, posa une main bienveillante sur l'épaule du Cynique.

«Merveilleux Diogène, dit-il, par quels détours imprévus ton âpre philosophie appliquée aux contours de la vie inférieure vient-elle rejoindre la doctrine du maître ineffable! Et où la rejoint-elle ? Ô vous qui m'écoutez, ne voyez-vous pas qu'elle la rejoint à son sommet?»

À la voix de Lyniodore, les passants venaient grossir le cercle des auditeurs, les gens sortaient des maisons. Au centre de cette foule, Diogène épanoui songeait que l'affaire était dans le sac et se contenait pour ne pas embrasser l'orateur. Cependant, Lyniodore déclamait sous le regard envieux de Caraphon :

« Je dis que le Cynique Diogène vient de hausser sa philosophie jusqu'à l'expression la plus élevée de la pensée platonicienne. Car il cherche un homme avec une lanterne, suivez-moi bien, avec une lanterne. Et quel sens, Diogène, faut-il donner à cette lanterne ? »

Lyniodore s'était tu ; d'un sourire il invitait Diogène à une explication. Le Cynique était très embarrassé, mais il fallait bien parler, tous attendaient sa réponse.

« Je cherche un homme avec une lanterne, dit-il, qu'est-ce que tu veux que je te dise... »

Dans la foule que cette réponse n'avait pas satisfaite, des voix murmuraient. Lyniodore fit un grand geste d'apaisement et reprit :

« Entendez que cette lanterne avec laquelle il cherche un homme a la valeur d'un symbole...

– Bien sûr, approuva Diogène.

– Elle n'est autre chose, cette lanterne, que l'Esprit supérieur, l'expression de toute pensée libérée, la plus haute marche du trône où rayonne l'Esprit du Bien : lumière divine sans laquelle il est vain de prétendre à la connaissance de la perfection humaine et de la...

– Pas du tout, interrompit Diogène d'une voix furieuse, ma lanterne n'est rien de cela. En voilà des façons de faire parler les gens !

– Ah ! dit Lyniodore d'un air pincé, et qu'est-ce donc, s'il te plaît ?

– Eh bien quoi ! une lanterne... il n'y a pas d'Esprit qui vaille... une lanterne, c'est un falot... »

Cette mise au point mit une grande jubilation dans la foule qui commença de conspuer Lyniodore. Qu'est-ce qu'il racontait, cette espèce de platonicien, avec sa lumière divine ? Y avait-il du bon sens à prétendre qu'un esprit supérieur hantât les lanternes ? Tout le monde savait à quoi s'en tenir là-dessus et l'on admirait Diogène d'avoir exprimé aussi clairement, avec un sens si profond des réalités, que la lumière d'une lanterne n'a rien de commun avec une lumière divine. Il eut une belle ovation et, comme Lyniodore ouvrait la bouche pour argumenter, la foule couvrit sa voix en chantant :

> *Un falot, c'est une lanterne,*
> *Une lanterne, c'est un falot.*

Avec une modestie qui fut admirée, Diogène se dérobait à l'enthousiasme. En s'éloignant, il brandit sa lanterne et jeta par-dessus son épaule :

« Je cherche toujours un homme ! »

La foule se tordait. Diogène écoutait avec ravissement la caresse de sa voix nombreuse :

« Il cherche un homme !... Ah ! ce Diogène... Il cherche un homme... »

ENFANTS PERDUS

L' homme qui guérissait le mal de pendaison marchait de loin. Tant qu'un soir de lune, il arriva en vue des murs de Dole qu'est une belle ville en France. Sur son chemin, il y avait un gibet. Pendus de frais et par rang de taille, trois coquins s'y balançaient au vent du nord, et leurs ombres dansaient loin sur la plaine. Le voyageur les toucha tous les trois d'une manière qu'il savait.

«Je guéris le mal de pendaison, dit-il. Donnant, donnant, que donnez-vous?»

Le plus petit des trois coquins ne répondit pas. Avant d'étriper du monde, il avait, cathédrant, enseigné qu'il n'y a pas d'effet sans cause. Pendu depuis le matin, il trouvait là une raison nécessaire de garder le silence. Le guérisseur haussa les épaules et dit au deuxième coquin:

«Donnant, donnant, que donnez-vous?

– Guérissez-moi, gémit le coquin, je m'enseignerai dans un honnête métier et je demanderai pardon à Dieu tous les jours de l'année.

– Je ne guéris pas la folie, dit l'autre. Restez pendu.»

Et s'adressant au troisième coquin:

«Donnant, donnant, que donnez-vous?»

Le plus grand des trois coquins partit d'un rire qui ne finissait pas. La corde qui le pendait en vibrait comme viole en folie. Enfin, il répondit avec une voix forte qui mit le plus petit des trois coquins en deuil de sa philosophie:

«Vierge mère, qu'il fait bon rire, monsieur le guérisseur. J'en avais perdu le goût depuis ce matin qu'ils m'ont accroché là. Vous êtes un sacré bougre et je vous aime de tout mon cœur. Mais vous devriez couper un peu cette cordelette qui me gêne encore à l'endroit du cou. Ha, ha! donnant, donnant? Mais ces maudits robins m'ont dépouillé avec de méchantes raisons. Pourtant, j'ai une bonne amie qui paraissait contrariée de me voir pendre ce matin. J'irai trouver

Première publication dans La Revue du cinéma, *1ᵉʳ février 1931.*

Margot dans la tour collégiale où elle demeure avec son père. Je l'accolerai encore un coup et je vous la donnerai bien. C'est juré. Ma foi, vous aurez là la plus jolie fille de Dole, ou je ne m'appelai jamais Tripandaille.»

Le guérisseur se débarrassa de la grande épée qui lui battait les jambes, grimpa sur le gibet, puis d'un coup de poignard trancha la corde. Tripandaille ne fut pas sitôt dépendu qu'il ramassa la longue épée et courut au pied du gibet. Se haussant sur la pointe des pieds, il piqua l'homme dans le gras des chausses et lui dit au clair de la lune:

«Coupez-moi les deux autres cordes, il y pend gentils compagnons. Babinet, qui est le plus petit, fait bien un peu son rengorgé, mais c'est un solide à l'ouvrage, et puis mettez-vous à sa place... pour Maugrillon, il n'est bon qu'à couper des bourses, mais il se fera avec les années. Dépendez, dépendez. Votre épée n'a pas assez de fil, et j'aurais peur d'abîmer les mignons. Dépendez!»

L'homme n'avait pas l'air pressé, à califourchon sur son gibet.

«Allez-vous pas me faire grelotter longtemps dans ma chemise de jugé à pendre? cria Tripandaille. Tirez-moi donc cette jolie daguette dont le fourreau brille à votre ceinture, et coupez franc. Dépendras-tu, mille dieux, ou je te vas foutre d'une manière...»

Et tout en jurant, il le taquinait de la pointe; et l'autre n'était pas à son aise, si bien qu'il se pencha et, de deux coups, trancha les cordes. Maugrillon et Babinet, dans leurs chemises blanches, avec quatre pieds de corde qui leur pendait du col jusque sur les jambes, rejoignirent Tripandaille. Lorsque le guérisseur fut descendu, Tripandaille lui fit un tour de cou avec sa corde, tandis que les deux autres lui serraient chacun une main dans un nœud coulant.

Les trois coquins, claquant des dents sous leurs chemises, s'engagèrent d'un pas vif sur le chemin de la ville. Le guérisseur marchait les bras écartés en croix, entre Maugrillon et Babinet qui tiraient ferme sur leurs cordes. Tripandaille, quelques pas en arrière, le tenait en laisse, en le piquant au cul de son épée. Et il lui disait des paroles mauvaises:

«Charogne, ce qui est juré sur le seuil d'enfer est juré, je ne m'en dédis pas. Tu auras Margot, oui bien, mais je te promets que tu n'auras guère de goût à la mignoter...»

Tout à la joie de se sentir revivre, Maugrillon et Babinet, avec des voix qui sentaient encore la corde, chantaient la complainte des «Enfants perdus»:

Nous étions vingtz-à trente
Compagnons d'une bande
    Tous habillés de blanc, à la mod' des,
       Vous m'entendez,
Tous habillés de blanc
À la mode des marchands.

    La première volerie
    Que je fis dans ma vie;
       C'est d'avoir goupillé la bourse d'un,
          Vous m'entendez,
    C'est d'avoir goupillé
    La bourse d'un curé...

M. le guérisseur écoutait la chanson sans rien dire, il allait tête haute, regardant les étoiles du ciel comme un homme qui n'a pas d'autre souci. Et cela faisait enrager Tripandaille. « Rôdeur de potence, grinçait-il, tu ne feras pas toujours ton redressé. Je veux t'entendre crier merci et claquer des mâchoires. Je te verrai crever à deux cents pieds dans les nuages et tu seras jaune de peur. » Et il lui promettait mille supplices, mais l'autre ne semblait guère l'écouter.

« Il ne faut pas lui être cruel, plaidait Babinet qui aimait les bons raisonnements. Il a été bien obligeant, et je suis d'avis qu'on l'étrangle comme il se doit, mais sans arrogance.

– Pourquoi l'étrangler, objectait Maugrillon. C'est un homme qui peut encore nous être utile par la suite car, je ne sais pas si vous êtes comme moi, je me sens le diable au corps. »

Mais Tripandaille ne l'entendait pas ainsi.

« Tenez vos langues, vous autres, je n'ai jamais entendu de dépendus aussi sots. Ce joli cœur m'appartient, je le paie assez cher... »

Cependant les compagnons, quittant le grand chemin, allaient sans bruit par les sentiers.

Et quand ce fut minuit sonnant, tout le monde se glissa dans les murs de Dole. À la fin de marcher tout doucement, ils débouchèrent devant la tour collégiale qui mesure, de haut en bas, deux cents pieds comptés juste. Tripandaille se mit en devoir d'ouvrir la petite porte qui fermait par en bas l'escalier intérieur de la tour. Cela n'alla pas sans un peu de bruit quoiqu'il fût habitué à ce chemin-là pour rejoindre Margot. Sur la grand-place, des volets commencèrent de bâiller; d'une fenêtre à l'autre, les bourgeois s'interro-

geaient de ces trois fantômes blancs qui bougeaient sous la lune.
Cela donna un peu d'impatience à Tripandaille qui jeta par-dessus
son épaule :
« Allez coucher, bourgeois ! Je vous le dis de trois pendus qui sont
sortis d'enfer ! »
Sur quoi Babinet et Maugrillon, qui ne tenaient guère en place, se
remirent à chanter :

> *Ces messieurs de Grenoble*
> *Avec leurs grandes robes*
>> *Et leurs bonnets carrés m'ont bien vite hous,*
>>> *Vous m'entendez,*
> *Et leurs bonnets carrés*
> *M'ont bien vite houspillé.*

> *Ils me jugèrent à pendre*
> *Ah qu'c'est dur à entendre*
>> *À pendre, à étrangler sur la place du,*
>>> *Vous m'entendez,*
> *À pendre, à étrangler*
> *Sur la place du marché.*

Les bourgeois n'en menaient pas large et rabattaient leurs volets en
murmurant que si le guet venait à passer, ce serait pain bénit.
Tripandaille jurait par tous les dieux. D'être resté pendu tout un jour
lui avait un peu gâté la main. La porte finit par céder, il s'engagea
dans l'escalier, tirant sur le licol du guérisseur qui n'avait pas toutes
ses aises. À chaque fois qu'ils avaient grimpé quinze marches, un
rayon de lune, filtrant par une meurtrière, éclairait les coquins et
leur prisonnier. Maugrillon et Babinet menaient un grand vacarme,
ce qui fit encore jurer Tripandaille.
« Tairez-vous vos chansons ? que vous allez réveiller le père de Margot. »
Au haut de l'escalier, une porte massive les arrêta. Tripandaille mit
deux doigts dans sa bouche, et siffla jusqu'à ce qu'une voix de fille
interrogeât derrière la porte. Il répondit :
« Tripandaille, et sept et sept à la main pleine », qui était le mot de
reconnaissance.
La porte s'ouvrit sur la grande plate-forme pavée claire, occupée en
son milieu par la maison du veilleur. La mie, toute belle dans sa
longue chemise blanche, était très effrayée. Tripandaille, qui ne perdait jamais la tête, donna un tour de clé derrière lui, et Maugrillon,
un peu saoul de chansons, en profita pour faire son galantin :

« Tringue et Dingue, dit-il en tâtant Margot, j'irais bien dans un coin changer de chemise avec vous, la jolie. »
Par quoi il s'attira un soufflet de Tripandaille qui n'était pas content. Maugrillon voulut riposter et Babinet s'entremit pour arranger les choses. Cela fit une bousculade pendant laquelle le prisonnier eut les mouvements libres ; il saisit la grosse clé restée sur la serrure et la jeta de toutes ses forces par-dessus la balustrade. Au geste, les trois coquins s'étaient arrêtés et regardaient le guérisseur qui riait à petit bruit, en caressant les poils de chat qui lui sortaient du menton. « Il nous a enfermés dans la tour, gémit Maugrillon. Voilà bien où conduit l'orgueil.
– Monsieur le guérisseur, remontrait poliment Babinet, vous n'êtes pas raisonnable et vous gâtez votre jeu. Je me sentais du penchant pour vous et j'étais prêt à demander votre grâce à Tripandaille qui est bonhomme au fond. »
Tripandaille fit un beau tapage, tant qu'il fit apparaître le veilleur qui était en chemise, comme tout le monde.
« Enfermez-moi le vieux dans sa piaule, cria Tripandaille. Pour le guérisseur, ayez l'œil sur lui. Demain à midi, je le paierai selon ma promesse, et à la demie de midi, on lui coupera la gorge. D'ici là, j'ai à causer avec Margot... »
Le lendemain matin, les cloches ne sonnèrent point pour la messe. Il y eut rumeur dans la ville. Les curieux s'amassaient sur le parvis de la collégiale. Penchés sur la rampe de pierre, Maugrillon et Babinet se faisaient un jeu de les injurier. La foule grondait. Ils crachaient dessus, ou bien lui chantaient la complainte des « Enfants perdus ».

> *Du haut de ma potence*
> *Je regardais la France*
> > *J'y vis mes compagnons, à l'ombre d'un,*
> > *Vous m'entendez,*
> *J'y vis mes compagnons*
> *À l'ombre d'un buisson.*

Entre les deux coquins, M. le guérisseur s'amusait de tout cela, et ne paraissait pas trop inquiet. Ses gardes du corps, qui étaient habitués à sa personne, lui parlaient civilement et lui témoignaient un peu d'amitié.
« Monsieur le guérisseur, disait Babinet, si je n'étais amoureux de justice, je serais presque fâché de vous ouvrir la gorge dans un moment. Car vous allez manquer un beau régal. Cet après-midi, les

soldats vont venir enfoncer la porte à coups de solive, et nous en tuerons plus d'un. Mais puisqu'il vous faut mourir, tant pis. Du moins, j'ai pensé à vous couper la tête pour la jeter à ces braillards de la place : ils vont enrager.

– Vous pensez à tout, mais est-ce que la chose ne peut pas se remettre un peu ?

– Ma foi, grommelait Maugrillon, vous nous avez mis dans un mauvais pas, et vous méritez bien qu'on vous coupe la gorge, mais je vous en tiendrai quitte, n'en que pour contrarier ce Tripandaille qui n'a pas assez de pudeur, vraiment.

– Non, non, tranchait Babinet, cela n'est pas bien raisonné : la justice est la justice, et monsieur doit mourir de la gorge.»

Margot et Tripandaille se promenaient, enlacés, autour de la maison. Comme le soleil donnait fort, ils allèrent s'asseoir dans un coin ; et ils n'avaient jamais fini de s'entrebaiser. Maugrillon et Babinet, qui s'étaient mis à jouer aux dés, les regardaient avec autant d'envie que de mauvaise humeur.

«Dis-moi donc, Babinet, pourquoi Tripandaille nous a fait venir ici où nous sommes prisonniers ; est-ce qu'il ne devrait pas au moins nous donner la fille à caresser un peu ?

– Tu parles bien, approuva Babinet. Laisse-moi faire... Eh ! Tripandaille ! lâche la fillette, nous avons à causer.»

À regret, Tripandaille s'approcha.

«Ami, dit Babinet, puisque nous sommes ici à ton service, ne crois-tu pas qu'il serait juste de nous payer ?

– Vous vous paierez sur M. le guérisseur. Tout à l'heure, je vous le donnerai à découper à votre aise.

– Cela ne fait pas compte. Autant vaut le dire, je n'aurai presque pas de plaisir à l'égorger. Ne vois-tu pas de plaisir plus honnête pour de bons compagnons ?»

Tripandaille était déjà fort en colère des questions que lui posait Babinet, lorsqu'il vit Maugrillon pousser Margot d'un peu près, à l'endroit où elle était restée allongée. Il y courut et commença de mener son homme assez durement. Babinet, qui attendait ce moment-là, s'avança derrière Tripandaille et lui mit la corde au cou. Il était une demi-heure avant midi, lorsque le plus grand des trois coquins se trouva pendu de court à deux cents pieds au-dessus de la foule. Les pleurs de Margot ne pouvaient rien là contre. Maugrillon souriait avec bonté à M. le guérisseur qu'il prenait à témoin :

«Ce Tripandaille n'était pas mauvais compagnon, mais il ne donnait pas assez à l'amitié.»

Regardant Margot à genoux sur le pavé, qui menait un grand deuil, il ajouta :

« On ne peut pas savoir comme une journée de pendaison vous rend sensible au charme d'une jolie fille. Vous conviendrez, monsieur le guérisseur, que c'est bien mon tour à en goûter...

– Ton tour ? demanda Babinet, pourquoi ton tour ?

– M. le guérisseur te le dira comme moi : cette fille-là n'a eu de regards que pour moi depuis le matin. »

Babinet, malheureusement, ne voyait ni la cause ni l'effet, de sorte qu'il fallut bien en venir aux mains. Embrassés furieusement, ils faisaient de leur mieux pour se jeter mutuellement dans le vide. Un moment, grimpés tous les deux sur la rampe de pierre, ils hésitèrent sur le bord de l'abîme. À quelques pas, M. le guérisseur considérait le combat avec curiosité, et jouait avec les deux cordes qu'il avait tranchées la veille.

Sur le parvis de l'église, la foule menait un grand bruit, mise en appétit par la jolie pendaison de Tripandaille dont la chemise claquait au plein vent. Elle avait ménagé, au pied de la tour, un grand espace vide en forme de cercle, et attendait avec une chaude impatience que l'un ou l'autre des coquins vînt s'y écraser, ou tous les deux à la fois. Et cela faisait un tumulte de joie qui bondissait jusqu'au haut.

Les yeux secs, Margot s'était levée. Des mains du guérisseur, elle prit les deux cordes nouées bout à bout. Courant aux deux coquins, elle leur passa la tête dans chacun des nœuds coulants et les poussa dans le vide. La corde, en son milieu, rencontra une gargouille. Comme le nœud était solide, cela fit qu'à midi juste, Maugrillon et Babinet se trouvèrent pendus côte à côte avec Tripandaille.

Voyant ce curieux enchaînement de causes et d'effets, M. le guérisseur poussa Margot dans la maison où il prit la peine de l'enfermer. Puis il pissa contre la porte avec une façon hautaine et, ramassant son épée, alla voir de près les trois pendus par rang de taille.

« Je guéris le mal de pendaison, dit-il en les touchant de la pointe. Que vous semble de mes services ? »

Babinet ne répondit pas : passe pour une fois, songeait-il, de parler quand on est pendu, mais ces choses-là n'arrivent pas une deuxième.

« Retourne au diable, dit Maugrillon. Hier matin, j'étais mort avec tous les sacrements, et il a fallu que tu viennes me faire crever ici en état de péché...

– Monsieur le guérisseur, dit Tripandaille, vous êtes un bon homme. Je donne mon paradis de bon cœur pour cette nuit que je viens de passer avec Margot... »

Le plus grand des trois coquins vira un peu au bout de sa corde et dit à ses compagnons:

«Nous voilà au dernier couplet, voudrez-vous pas chanter avec moi?»

Et il entonna, soutenu par les voix de Maugrillon et de Babinet:

> *Compagnons de misère,*
> *Allez dire à ma mère*
>> *Qu'elle ne me verra plus, j'suis un enfant,*
>> *Vous m'entendez,*
> *Qu'elle ne me verra plus*
> *J'suis un enfant perdu.*

Et comme le couplet était fini, les trois coquins s'arrêtèrent de chanter, raides pour l'éternité.

1 9 3 2 - 1 9 3 4

LES FRÈRES LEGENDUM

*J'*étais au Havre depuis deux années en qualité de secrétaire de M. Alfred Legendum. Ce grand savant, qui me payait trois cents francs par mois, avait dévoué sa vie à l'étude de la dégénérescence du supin dans les conjugaisons latines. À soixante-douze ans, il avait usé quarante-trois hypothèses, mais il disait qu'il était bien près d'arriver au but. C'est un maigre traitement que trois cents francs par mois, mais il est vrai de dire que le courrier n'était pas considérable.

M. Legendum n'avait que deux correspondants : une jeune cousine de Châteauroux à qui il répondait lui-même, et le percepteur.

Un matin, il arriva une lettre d'Amérique. Je l'ouvris et lus ce qui suit :

> *Mon bien cher frère*
>
> *Voilà quarante-sept ans que nous sommes séparés, et pour moi, il me semble qu'il y a tout un siècle. À bientôt donc. Ton frère affectueux.*
>
> JÉRÔME.

Je glissai la lettre dans le dossier du courrier en instance que je portai à mon maître.

« Monsieur Perronnet, me dit-il, j'ai reçu hier une lettre de ma petite cousine Zulma, de Châteauroux. Elle arrivera dimanche soir. Vous direz donc à Hortense qu'elle ait à préparer la chambre rose. Mais dites-moi un peu, Monsieur Perronnet, où en est votre travail de classement dans ma correspondance. Est-il bien rationnel ?

– Oui, Monsieur. À ce propos, je voulais vous demander s'il convient d'ouvrir un nouveau dossier, car il vient d'arriver une lettre qui n'est pas de vos correspondants habituels. »

Je lui tendis le courrier en instance, il en prit connaissance.

Première publication dans L'Image, *27 mai 1932, avec des illustrations de Lucien Boucher ; reprise dans le recueil posthume* La Fille du shérif, *Gallimard, 1987.*

« Ah, ah... une lettre de mon jeune frère que je croyais décédé depuis quarante-sept ans. Je dis bien décédé, puisque j'ai hérité une somme importante qu'il avait consignée chez son notaire. Il est certain que Jérôme est fondé, dans une certaine mesure, à en exiger la restitution. Qu'en dites-vous ?

– Je crois en effet...

– N'est-ce pas ? Il est donc nécessaire de prendre dès aujourd'hui nos mesures de prudence. Et vous comprendrez que je sois obligé de réduire vos appointements. Comme j'avais l'intention de vous augmenter, je me contenterai de rogner cinquante francs sur vos appointements mensuels.

– Ah, Monsieur !

– Non, non, ne me remerciez pas. Vous avez mérité cette augmentation. »

Le dimanche suivant, je me tenais dans ma chambre, lorsque j'entendis un grand rire clair qui résonnait dans toute la maison. Je sortis sur le palier et, penché sur la rampe pour jeter un coup d'œil au vestibule, je lâchai le savon à barbe que je tenais à la main. Lâcher son savon à barbe est un des effets les plus ordinaires du coup de foudre. Autant vaut le dire d'abord, Zulma, la petite cousine de Châteauroux, était parfaitement belle. Depuis le palier du premier étage, je n'en avais encore qu'une vue cavalière, mais un quart d'heure plus tard, je pus admirer la fraîcheur de son teint, le velouté de ses grands yeux auxquels un léger strabisme donnait je ne sais quelle complicité langoureuse et trouble. Ses cheveux rares, mais bien tirés, faisaient mieux paraître le dessin du nez un peu fort, la ligne fière de son menton qui était comme doublé par un pli sensuel à la naissance du cou. Un maintien modeste faisait valoir la souplesse de sa démarche qu'une claudication à peine apparente rendait plus gracieuse encore.

« Zulma, prononça M. Legendum, je vous présente monsieur Perronnet, mon employé.

– Monsieur, protestai-je, je ne suis pas votre employé mais votre secrétaire. Il y a de la différence. Pour moi qui me nourris surtout de nuances et de dignité, elle m'est plus sensible que je ne peux dire, et tout l'or du monde ne fera jamais que je devienne votre employé. »

Zulma m'écoutait avec une attention grave qui faisait pendre sa lèvre charnue tout humide d'une adorable rosée. M. Legendum vit bien qu'elle n'approuvait pas sa manière, il en fut irrité.

« Monsieur Perronnet, dit-il, je vous signifie d'avoir à chercher un autre emploi. Puisque Zulma demeure chez moi une année entière, elle s'acquittera fort bien de vos fonctions. »

Zulma protesta qu'il n'y fallait pas compter. Elle parlait avec une chaleur, une sensibilité, dont M. Legendum se trouva ébranlé.

«Soit, me dit-il, restez à mon service. Mais puisque je vous garde contre ma volonté, je supprime votre augmentation. À compter d'aujourd'hui, je vous paie deux cents francs par mois.»

Les amoureux vivent très bien de petits pains et de chocolat. Je pris l'habitude de déposer chaque matin une gerbe de fleurs à la porte de Zulma. J'accompagnais mon présent d'une devise agréable et presque toujours en vers. Zulma ne témoignait jamais par un sous-entendu aimable qu'elle en eût du plaisir. Un beau matin, passant auprès de sa chambre, j'eus la surprise de voir M. Alfred Legendum qui se poussait dans l'entrebâillement de la porte avec ma gerbe de roses dans les bras.

«Ma chère enfant, disait-il, je me suis pressé d'aller chercher ces quelques roses pour accueillir votre réveil, mais les voilà qui pâlissent déjà d'avoir contemplé les roses de votre jeunesse...»

Le lendemain, je crus devoir remettre mes fleurs entre les mains de Zulma, et quelques minutes plus tard, M. Legendum m'appela dans son cabinet.

«Je vous mets à la porte, me dit-il sans préambule.

– Monsieur», dis-je, et j'avais envie de l'égorger avec mon porte-plume, «Monsieur, vous savez combien je suis attaché à vos travaux, mais si j'ai manqué à remplir en conscience mes fonctions de secrétaire, que votre volonté soit faite. Je quitterai la maison en appelant la bénédiction du ciel sur votre dernière hypothèse. Considérez pourtant que je suis prêt à réparer mon erreur et que, s'il vous plaît de revenir sur votre décision, tout rentrera dans l'ordre dès demain matin.

– Monsieur Perronnet, je crains qu'il n'y ait plus entre nous cette bonne entente des années passées, et si je vous reprends, ce ne peut être qu'en diminuant vos appointements de moitié. Pour un jeune homme de bonne conduite, et un tant soit peu philosophe, cent francs sont encore une somme raisonnable.»

À la fin du mois de novembre, il arriva une deuxième lettre du frère de M. Legendum. Il annonçait son arrivée au Havre pour les premiers jours de décembre.

«La menace se précise, dit mon maître. C'est pourquoi vous trouverez bon que je diminue vos appointements de soixante-quinze francs par mois. En face du danger, il importe que nous serrions les coudes.»

Je tombai bientôt à un état d'extrême dénuement. Je ne déposais plus à la porte de Zulma que des bouquets de violettes de dix sous, et M. Legendum en était de mauvaise humeur.

Un matin, je me mis au travail avec ardeur, et après dix minutes, j'achevais le travail de classement pour lequel je m'étais proposé un délai de six mois. Alors, je pus songer au suicide à tête reposée. Comme le temps était clair, décembre tout riant de soleil, rien ne me parut plus joli que de me précipiter dans la mer du haut d'une falaise abrupte. Ma décision prise, je mis sous enveloppe un sonnet gracieux et mélancolique dédié à Zulma, et dont le dernier tercet chante encore dans ma mémoire :

> *Mais la mort, en chaussant les galoches d'ébène*
> *Sourit sous les arceaux du passage à niveau*
> *Et vers l'amont ligneux souffle sa froide baleine.*

J'écrivis également au commissaire de police une lettre anonyme qui accusait M. Legendum d'avoir lâchement assassiné son secrétaire, et précipité son cadavre du haut de la Roche-Bossue. Vers 9 heures et demie, je quittais la maison par une porte dérobée et gagnais la campagne.

Il soufflait du sud une brise molle, un brouillard léger me dérobait le sommet de la Roche-Bossue. Parvenu au terme de mon ascension, je ne pus réprimer un mouvement de contrariété. Penché sur la mer qu'il surplombait de haut, un vieux monsieur regardait l'abîme avec un monocle. Je pris la liberté de lui dire que je mettais à profit cette belle journée de décembre pour venir me suicider. Le vieillard toucha son chapeau, et sans se laisser distraire de sa contemplation, répondit poliment :

«Que ma présence ne vous gêne pas, monsieur. Je ne serai pas si indiscret que de vous regarder.»

Ces paroles me mirent à l'aise, et je reculai de quelques pas pour mieux sauter. Alors, le vieillard tira de sa poche une liasse importante de billets de mille francs. Il en prit un, l'éleva au-dessus de sa tête, et le lâcha dans le vide. Soulevé d'abord par la brise, le billet retomba mollement vers la mer. L'homme au monocle eut un geste de dépit, saisit un autre billet qui se comporta comme le premier. Ainsi d'un troisième, d'un quatrième, d'un cinquième. Je différai mon suicide de quelques minutes pour demander à ce nabab le but de ses coûteuses expériences. Le vieillard retira son monocle, en essuya la buée avec un billet de mille francs qu'il jeta dans la mer, et répondit aimablement :

«Je cherche d'où vient le vent.

– Il souffle du sud-ouest, monsieur, mais il tournera dans la nuit. Regardez plutôt le disque du soleil et ses reflets rouge alliacé. Il est au ciel comme une bassine à confitures.

– Merci, jeune homme, et pardonnez-moi d'avoir retardé votre suicide. Je vous laisse la place.»
Ayant soulevé son chapeau, il s'éloigna d'un pas vif vers la descente. Je courus après lui.
«Monsieur, je vous ai donné la direction du vent, payez-moi mes honoraires. C'est mille francs.»
Le vieillard assura son monocle et me considéra des pieds à la tête avec beaucoup de mépris.
«Jeune homme, vos prix sont ridiculement exorbitants. Je veux bien que vous ayez pour moi prolongé de quelques minutes votre séjour dans cette vallée de larmes, mais enfin je n'ai pas sollicité vos avis, et je crois être généreux en vous payant dix francs une consultation aussi brève.
– Soit, je veux bien vous consentir cette diminution. Mais avez-vous réfléchi que vous êtes un vieil homme, que nous sommes sans témoins, et que votre poche à revolver n'est pas d'un accès si facile...
– C'est vrai, je n'y avais pas pensé. Je n'ai rien à dire là contre.»
Le vieillard me remit son portefeuille, sa montre, et une poignée de billets de banque. Je ne voulus retenir que les billets dont la somme faisait quatre-vingt mille francs, et j'exigeai, par contre, qu'il me cédât son revolver. Il obéit de bonne grâce et fut assez aimable de m'avertir que l'arme était chargée.
– Je vous dis cela pour le cas où ce genre de suicide vous tenterait.
– Précisément, je suis en train de réfléchir que ma mort serait prématurée. Je suis jeune, j'aime une jeune fille exquise et j'ai des raisons de croire qu'elle n'est pas insensible à mon amour. En vérité, je ne comprends plus du tout sur quoi j'ai pu fonder ma triste résolution. Où diable avais-je la tête ce matin?»
Cependant, nous faisions route ensemble vers la ville en échangeant nos impressions sur le paysage.
«Puisque j'y pense, dit tout à coup mon compagnon, donnez-moi donc l'adresse du commissaire de police, j'ai l'intention de porter plainte contre vous, et je ne voudrais pas faire traîner les choses.
– C'est ennuyeux. Vous auriez dû parler plus tôt, je vous aurais assassiné sur la Roche-Bossue. Dans ce chemin creux, je vais avoir toutes les peines du monde à dissimuler votre cadavre.»
Le vieillard eut un geste désolé et s'excusa des difficultés où sa négligence m'engageait. Je lui protestai que je saurais m'accommoder de la situation, qu'il n'eût pas à s'en tourmenter, et serrant la crosse de mon revolver, je lui demandai s'il ne voulait pas, avant de mourir, me charger de quelque commission dans la ville ou ailleurs.

«Justement, dit-il, je vous demanderai de passer au n° 3 de la rue Tournebrique et d'informer M. Alfred Legendum que vous avez assassiné son frère Jérôme. Il comprendra pourquoi je ne peux pas lui faire la visite que j'annonçais dans ma dernière lettre.

– Mille regrets, dis-je en remettant le revolver dans ma poche, mais je ne puis vous assassiner. Je connais votre frère.

– Vous n'avez pas de chance, compatit M. Jérôme. Vous craignez les émotions violentes pour mon frère et sans doute, l'aimez-vous beaucoup.

– Pas du tout. Votre frère est un vieux coquin, maniaque et sans entrailles. Par contre, je suis amoureux d'une adorable jeune fille qui habite sous son toit. Elle est d'ailleurs votre petite cousine.

– Est-elle si jolie ?

– Ah, monsieur ! La rose à son matin, quand la rosée l'emperle, ne possède ni l'éclat, ni la fraîcheur, ni la grâce de Zulma. Les senteurs du lys, de l'œillet, du benjoin, de la tomate et du chrysanthème se composent sur sa lèvre purpurine. Sa parole, monsieur, est une onde argentine. Et pour peu qu'elle se mît à latiniser, je crois qu'elle donnerait de la grâce au supin le plus sec.

– Allons, tant mieux, dit M. Jérôme. Peut-être ira-t-elle vous voir en prison...

– Non, monsieur, je n'irai pas en prison, car je vous rends vos quatre-vingt mille francs. Tout ceci n'était qu'une plaisanterie et vous l'aurez déjà compris. Pour moi, je retourne à la Roche-Bossue mettre fin à mon existence.»

M. Jérôme compta les billets de banque, alluma son cigare avec l'un d'eux, et me souhaita bonne chance. Je retournai sur mes pas et j'avais déjà marché cent mètres, lorsque le vieillard poussa un cri d'appel. Je le laissai courir la distance qui nous séparait ; il me dit en comprimant les battements de son cœur :

«Jeune homme, j'avais oublié que je vous devais dix francs pour votre consultation.»

Il fouilla toutes ses poches, sortir un billet de cinq francs, quatre pièces de un franc et une de dix sous.

«Vous voyez, me dit-il, je n'ai pas assez de monnaie. Mais si vous voulez bien me consentir un rabais de cinquante centimes, nos comptes se trouveront en règle.

– Impossible, monsieur, je vous ai déjà accordé une diminution de neuf cent quatre-vingt-dix francs. Je ne puis faire davantage.»

Le vieillard se tordait les mains avec désespoir, disant qu'il ne pourrait pas supporter de rester mon débiteur. Il me supplia de l'accompagner jusqu'à la ville où il ferait de la monnaie. Il sanglotait qu'il était un honnête homme, qu'il n'avait jamais fait tort d'un sou à personne.

« N'importe, je prétends mourir avant la chute du soir, et dans ma tombe amère emporter la splendeur d'un couchant barbare à l'Occident molletonné des sueurs de la terre.

– Ah, jeune homme, soupira le vieillard, je pouvais faire votre fortune… j'ai un coffre à la banque…

– Je ne veux que mourir.

– Jeune homme, je pouvais servir votre passion. Un complet neuf, une chaîne de montre en or massif et une canne à pomme d'ivoire valent aux yeux des femmes bien des madrigaux…»

Pour le coup, j'étais troublé. M. Jérôme se fit plus pressant, et comme il prononçait le nom de Zulma, je me rendis à sa discrétion. Au premier bureau de tabac, il me tendit un billet de mille francs et me pria d'aller lui faire de la monnaie.

« Monsieur, m'écriai-je en sortant du débit, votre coupure est fausse.

– C'est bien possible, je vais vous en donner une autre. »

D'une poche secrète qui avait échappé à mes investigations, il tira un petit portefeuille et me donna un billet de cent francs. Lorsqu'il eut acquitté sa dette de cinquante centimes, il me demanda si je me rendais auprès de Zulma.

« Non pas tout de suite, dis-je. Il me faut d'abord passer au commissariat de police et dénoncer dans les formes à M. le commissaire le faux monnayeur que vous êtes. Canaille ! Ah, je vous reconnais bien pour le frère de M. Legendum. Ah ! vous fabriquez de la fausse monnaie. »

Avisant deux sergents de ville, je leur dénonçai le faux monnayeur. Il fut appréhendé et l'un des agents lui prédit qu'il finirait aux travaux forcés à perpétuité, comme il est écrit.

Comme nous arrivions au commissariat de police, j'eus la surprise de voir entrer devant nous M. Alfred Legendum, mon maître, encadré par deux agents. Je l'entendis protester d'une voix furieuse.

« Je suis un savant respectable ! Vous n'avez pas le droit… »

Pour ne pas compromettre une erreur judiciaire qui me donnait satisfaction, je changeai de physionomie et pris un air de niaiserie qui me rendait méconnaissable.

Le commissaire de police sortit de son cabinet comme les deux coupables venaient d'entrer dans la salle d'attente.

« C'est vous, dit-il, qui êtes monsieur Legendum ?

– Oui, répondit mon maître, c'est moi qui suis monsieur Legendum.

– Je vous demande pardon, s'entremit M. Jérôme, mais c'est moi qui suis monsieur Legendum.

– Fouillez-moi ces deux gaillards-là», ordonna le commissaire.

Les agents s'empressèrent aux poches des criminels, et recueillirent papiers, montres et portefeuilles. Le commissaire en fit deux tas, préleva une carte de visite sur chacun d'eux, et appela :

«Monsieur Alfred Legendum, savant... monsieur Jérôme Legendum, milliardaire.»

Trompant la vigilance de leurs gardiens, Alfred et Jérôme se jetèrent dans les bras l'un de l'autre.

«Mon frère, je te retrouve après quarante-sept ans de séparation!»

Tout le monde pleurait. Les agents n'en finissaient pas de se moucher. Le milliardaire dit au savant :

«Tu n'as presque pas changé, Alfred, je t'assure. À propos, tu me dois onze mille francs que tu as hérités à tort, puisque je suis vivant.

– Jamais de la vie, rugit le savant. J'ai la loi pour moi, et je le ferai bien voir.

– Soit, nous plaiderons. Je n'entends pas me laisser gruger par mon frère aîné.

– Ah! tu n'as pas changé non plus, disait mon maître. Mais je ne te reconnais pas pour mon frère.»

Et s'adressant au commissaire :

«Cet individu n'est pas Jérôme Legendum. En effet, mon frère est mort depuis plus de quarante ans, et l'état civil a enregistré son décès.

– Ah, ah! dit le commissaire au milliardaire, vous fabriquez aussi de faux états civils?

– Monsieur le commissaire, j'ignorais que mon décès eût été enregistré officiellement.

– Il est mort, cria le savant, ne l'écoutez pas!

– Jolie famille, raillait le commissaire : un mort qui fabrique de la fausse monnaie, et un savant qui assassine son pauvre garçon de secrétaire.»

À ces derniers mots, je ne fus pas maître de retenir mes larmes. Mais M. Alfred Legendum le prit de haut :

«Commissaire, je vous trouve bien mal élevé d'oser pareille accusation. Sachez que le nom de Legendum est honoré dans le monde de la pensée. On connaît mes travaux sur la dégénérescence du supin dans les conjugaisons latines!

– En tout cas, le cadavre de ce malheureux jeune homme vient d'être découvert sur le rivage...»

Je me tenais dans l'ombre pour ne pas attirer sur moi l'attention de mon maître, mais il avait oublié ses lunettes, et la colère achevait de l'aveugler.

«Tant mieux, déclara-t-il, ce jeune voyou me coûtait les yeux de la tête et osait faire la cour à ma petite cousine Zulma Legendum!

– Monsieur Legendum, il semble bien que la jalousie soit le mobile du crime... Passez donc dans mon cabinet.»

En quittant le commissariat, ma première pensée fut d'aller rejoindre Zulma. Mais j'avais à cœur de laisser condamner mon maître et la moindre imprudence de ma part pouvait lui ouvrir la porte de sa prison. La nuit était tombée. Je m'approchai de la maison sans être vu, le rez-de-chaussée était éclairé. Dans le bureau de M. Legendum, je pus apercevoir ma tendre Zulma assise dans un fauteuil. Sans doute la nouvelle de ma mort lui était-elle déjà parvenue, car son visage était légèrement congestionné, comme par une peine insupportable. Un ami de la maison était là, qui lui passait un bras autour du cou et je pense qu'il lui parlait du cher disparu, car un sourire ému éclaira le visage de Zulma.

J'emportai cette radieuse vision en Amérique où je m'en allai le soir même chercher une place de groom, comme on fait quand on veut devenir milliardaire. Mais telle était mon impatience de serrer Zulma sur ma poitrine que je revins au bout de six mois sans avoir attendu de réaliser une fortune colossale.

En débarquant au Havre, je courus chez M. Legendum. Zulma était occupée de raccommoder une paire de chaussettes. Je l'étreignis avec une chaleur dont elle parut gênée.

«Pour un mort, dit-elle, vous avez de drôles de manières.»

Saisi d'un horrible pressentiment, je m'écriai aussitôt:

«Zulma! pour qui sont ces chaussettes?

– Pour mon mari...

– Enfer et damnation, Zulma, je vous aimais!

– Vous me dites ça maintenant, il est trop tard. Et puis, quand même, vous n'aviez pas une assez belle position.

Vous comprenez, moi, je suis dans mes meubles. Mon cousin Alfred Legendum m'a légué tout ce qu'il possédait. Ce pauvre cousin, tout de même...

– C'est vrai qu'il a été condamné...

– Oh! ces messieurs du jury n'ont pas fait de difficulté. On l'a justement guillotiné hier matin.

– Et son frère?

– Acquitté! Pensez qu'en Amérique, il est le roi de la fausse monnaie.

Mais si vous voulez le voir, vous n'avez qu'à monter, je lui ai loué la chambre que vous occupiez au premier étage.

– Adieu, Zulma ! mon cœur est meurtri, mais l'avenir réserve bien des mystères. »

Au premier étage, je trouvai M. Legendum junior en train d'étudier un projet d'émission de fausse monnaie bulgare. Je le traitai de voleur et lui réclamai des dommages-intérêts pour avoir manqué à la promesse qu'il m'avait faite de me pousser par tous les moyens dans les bonnes grâces de Zulma.

« Tous mes espoirs sont anéantis, mais nous plaiderons, monsieur.

– Impossible, jeune homme, vous savez bien que nous sommes morts tous les deux. Mais comme je suis loyal en affaires, je vous propose la situation d'inspecteur de ma fausse monnaie pour l'Amérique du Nord. Il y a aujourd'hui tant de contrefaçons qu'il me faut songer à créer ce nouveau service. »

Je signai sur le champ un contrat, et six mois plus tard, j'entrais dans une grande prison américaine pour y purger une peine de vingt années de réclusion. Lorsque j'en sortirai, dans dix-sept ans et trois mois, je compte bien que Zulma sera veuve.

ENTRE LES PAGES

Il y avait dix ans que Lambertin gagnait son pain à la sueur de son front, lorsqu'il rencontra Corvinard et la grande Julie. C'était à la fin d'une nuit de 14 juillet, à l'heure mélancolique de l'agonie des lampions qui incite les buveurs à rentrer en eux-mêmes. La grande Julie, assise au bord du trottoir, murmurait qu'elle avait mal au cœur et que c'était bien fait pour sa pomme. À quelques pas, un petit homme vêtu de loques, mais coiffé d'un chapeau melon fort décent, se tenait adossé à un arbre du boulevard désert. Il avait un livre à la main, ce qui fit dire à Lambertin après qu'ils eurent lié conversation :
« Apparemment que vous êtes dans les écritures ? Vous portez toute la barbe.
– Pas du tout, répondit Corvinard ; je suis philosophe, c'est ce qui vous explique la barbe. »
Lambertin sentit confusément que c'était encore plus beau que d'être dans les écritures et il admira que le plus obscur des citoyens pût ainsi rencontrer des philosophes dans la rue. Corvinard, voyant la déférence que lui inspirait sa qualité de philosophe, voulut pousser son avantage et dit avec importance :
« Quand on est ce que je suis, le spectacle d'une femme saoule vous inspire plus d'une réflexion. Dans mon état, on est toujours en train de réfléchir sur une chose ou sur une autre. »
Lambertin demeura silencieux, dans l'attente d'une parole élevée.
« Vous direz ce que vous voudrez, reprit Corvinard, mais pour se mettre dans des états pareils, il faut avoir des sous. Ce n'est pas tout le monde qui peut. »
Il y avait dans sa voix certaines inflexions qui décelaient plus d'envie que de philosophie, mais Lambertin n'y prit pas garde, saisi par la rigueur d'une telle déduction. Cependant, la grande Julie s'éveillait à la conscience de son état. Les fumées du vin lui brouillaient encore

Première publication dans Candide, *9 juin 1932 ; reprise dans le recueil posthume* La Fille du shérif, *Gallimard, 1987.*

185

la cervelle, mais l'instinct social reprenait le dessus et lui inspirait de violentes injures à l'adresse de Corvinard.

«Il a une sale tête qui ne me revient pas», disait-elle avec obstination. Lambertin voulut s'interposer et, comme il la remettait sur pied, elle convint avec une humilité qui l'inclina d'abord à l'indulgence :

«C'est toujours la même chose, je n'ai pas plus d'intelligence qu'une brosse à dents.»

Elle confia qu'elle vivait habituellement dans le péché, et, après diverses considérations sur les hasards et les avantages du métier, dit en manière de conclusion :

«C'est malheureux que je ne sache pas profiter de ma chance. Je suis peut-être plus belle que bien des femmes et, si j'étais un peu plus sérieuse, j'aurais des économies et un livret à la Caisse d'É-pargne. Tu me diras qu'il n'est jamais trop tard...»

La grande Julie poussa un profond soupir et ajouta, les yeux rêveurs :

«Ce qu'il me faudrait dans la vie, c'est un petit homme qui ait de l'autorité. Voilà.»

Le philosophe Corvinard eut un mouvement spontané, signifiant clairement qu'il était tout prêt à être cet homme-là, mais la grande Julie lui parla durement :

«Un pas beau comme toi? Jamais de l'existence. On a tout de même sa fierté.»

Puis elle sourit à Lambertin qui ne comprenait pas encore toute la portée du débat.

«Je ne sais pas si tu as de l'autorité, lui dit-elle, mais j'aime bien la manière que tu as de mettre ta casquette en arrière. Quitte à choisir un homme...

– Alors, interrompit Corvinard avec une ironie pleine d'amertume, c'est aujourd'hui la fête de la liberté et vous en profitez pour vous donner un maître?

– La fête de la liberté? riposta la grande Julie. Qu'est-ce que tu baves? Aujourd'hui, c'est le 14 juillet... Tu ne vas pas m'apprendre la date.»

Lambertin méditait avec lenteur la proposition qui lui était faite, songeant obscurément à l'heure matinale du travail quotidien où il lui faudrait gagner l'usine de la banlieue.

«Allons boire un coup, dit-il. On ne peut pas causer sous un bec de gaz.»

À peine étaient-ils installés au *Café de la Tirelire* que la grande Julie s'endormait sur la banquette. Lambertin proposa de la laisser reposer un moment, et Corvinard acquiesça, nullement pressé de se retrouver dans la rue.

«En attendant, bâilla Lambertin, on pourrait faire quelque chose.»
Ils se mirent d'accord sur une partie d'écarté. Le philosophe rangea
son livre dans sa poche et, avec la tranquillité d'un homme parfaitement insolvable, proposa un tarif élevé. La partie s'engagea mollement, mais bientôt les deux hommes se passionnèrent au jeu. À 7
heures du matin, lorsque la grande Julie s'éveilla, Corvinard perdait
vingt-cinq francs. À vrai dire, ce n'était qu'une blessure d'amour-
propre, et Lambertin le comprit si bien qu'il régla spontanément les
consommations sans réclamer son gain. Corvinard avait ouvert son
livre sur la table et semblait prendre un intérêt passionné à sa lecture.
«On ne dirait pas que c'est lui qui perd, fit observer la grande Julie.
Je ne le vois pas souvent sortir ses sous, mais je me doutais qu'il
n'avait pas des bonnes manières.»
Comme les deux joueurs demeuraient muets, elle insista en s'adressant à Lambertin :
«Si c'est comme ça que tu m'aides à faire des économies, on n'est pas
près de se retirer des affaires. Je t'aurais cru, tout de même, plus
sérieux.»
Lambertin faillit céder à un mouvement de mauvaise humeur ;
mais, comprenant que sa nouvelle situation l'obligeait envers sa
protégée, il se maîtrisa et dit à Corvinard d'une voix humble, comme
s'il s'excusait de lui parler avec cette rigueur :
«Tu me dois vingt-cinq francs, mais si tu veux être là ce soir à 5 heures,
je te donnerai ta revanche, et tu en profiteras pour me rembourser.»
Lambertin perdait chaque jour dix et quinze francs au *Café de la
Tirelire*. La grande Julie en avait de la mauvaise humeur et ne dissimulait pas certaines dispositions agressives à l'endroit de
Corvinard qu'elle traitait de petit prétentieux et d'individu pas clair,
une mauvaise fréquentation pour des gens convenables.
En vérité, on ne savait à peu près rien de la vie de Corvinard et il
semblait bien qu'il n'eût d'autres moyens d'existence que la mauvaise chance de Lambertin au jeu de l'écarté. Le philosophe affirmait qu'il avait fait autrefois de fortes études de latin et affectait de
lire Cornelius Nepos dans un livre fatigué qu'il gardait toujours
ouvert sur la table en buvant son apéritif et en jouant à l'écarté.
«Ce n'est pas étonnant qu'il gagne toujours, disait Julie à
Lambertin ; j'ai idée qu'il doit trouver dans son livre des renseignements sur l'écarté.
– Qu'est-ce que tu racontes ? répondait Lambertin ; on ne jouait pas
à l'écarté au temps du latin. Je suis sûr que, si l'écarté date de la
guerre de 70, c'est tout le bout du monde.

– C'est peut-être vrai. En tout cas, il y a une chose certaine, c'est que ton Corvinard ne paie jamais les apéritifs... Depuis que tu le connais, il nous a déjà coûté cher.»

Alors, Lambertin la priait qu'elle voulût bien fermer sa boîte une fois pour toutes, et la dispute en restait là. Mais ces mauvaises dispositions de Julie attristaient son amant. Il pensait que les femmes sont des créatures toutes matérielles, dont il n'y a vraiment rien à tirer que le pain quotidien avec les à-côtés que le mot comporte. D'avoir assisté autrefois à l'agonie de son cousin Antoine décédé en préparant son baccalauréat, Lambertin gardait le respect des prestiges de l'esprit. Les deux joueurs ne toléraient la présence de Julie à leur table qu'avec beaucoup d'impatience. L'apéritif du soir, disait Lambertin, n'est pas une amusette; les femmes sérieuses n'y ont leur place que le dimanche. Par ailleurs, Corvinard affirmait qu'il ne saurait y avoir de belle partie d'écarté qu'en tête à tête. Par lassitude ou par soumission, l'indésirable se relâcha de son assiduité au *Café de la Tirelire* et les gains de Corvinard prirent chaque jour plus d'importance.

Un soir, comme les deux hommes venaient de prendre place à leur table habituelle, la grande Julie entra sans être attendue et s'assit sur la banquette à la droite de Corvinard. Le philosophe eut un geste discret de contrariété, murmura quelques mots de politesse et s'absorba dans la lecture de Cornelius Nepos.

«Tu dois le savoir par cœur, dit la grande Julie. Dans le temps, j'étais comme toi, je ne pouvais pas m'endormir sans avoir lu mon feuilleton. Mais moi, ce n'était pas toujours le même. Question de lire, j'ai toujours aimé lire.»

Corvinard eut un sourire attristé et, une fois de plus, Lambertin donna le conseil à Julie de se faire oublier «si elle ne voulait pas prendre une claque sur les naseaux». Il y eut un échange de propos assez vifs où la grande Julie eut le dernier en traitant son protecteur de pou volant. Lambertin jugea la comparaison excessive, mais comme il aimait la bonne tenue devant le monde, il réussit à dominer sa colère. De ses dix doigts il tambourinait sur la table, et ses prunelles fixes brillaient d'un éclat dangereux. Corvinard comprit qu'il fallait sans tarder lui occuper les mains, et dit en tendant le jeu de cartes :

«À toi la donne. Je te laisse l'avantage de commencer.»

Tandis que son adversaire battait les cartes, le latiniste se replongeait dans son livre ouvert, et il faut bien croire que Cornelius Nepos est un auteur gai, puisque Corvinard balançait la tête en souriant. La grande Julie le considérait avec une curiosité malveillante qui n'allait pas sans commentaires.

Cependant le miracle quotidien s'accomplissait. Lambertin, en arrivant au *Café de la Tirelire*, était toujours d'humeur soucieuse. Mais qu'il fût pris par le jeu, et l'univers n'était plus rien d'autre, à ses yeux, qu'une lande desséchée servant de support à toutes les combinaisons qui sont entre les cœurs, les piques, les carreaux et les trèfles.

«Il tourne pique de la dame, dit-il avec exultation. Un peu plus, et c'était le roi.

– Bien sûr, railla Julie, mais voilà : ce n'est pas le roi.»

Corvinard, s'arrachant à la caresse de la phrase latine, ramassa son jeu sur son livre et interrogea d'une voix distraite :

«Qu'est-ce qu'il tourne ? Je n'étais pas au jeu…

– Je te dis, la dame de pique et c'est à toi de jouer.»

Corvinard parut sortir d'un rêve, il prononça en rangeant ses cartes :

«J'annonce le roi. Marque un point pour moi.»

La grande Julie siffla entre ses dents avec une ironie rageuse :

«Nature qu'il annonce le roi. Ça m'étonnerait s'il n'annonçait pas le roi.»

Les sourcils froncés, Lambertin tapait les cartes sur la table. À la fin du premier tour, il fit gicler l'eau du siphon dans son apéritif et dit avec un rire heureux :

«Tu commences bien. Déjà deux points pour toi, et tu n'as pas fini…»

La grande Julie haussait les épaules, grommelant que si l'on désignait aux suffrages le plus bel imbécile de France, Lambertin ferait une jolie fortune au cinéma. À son tour, Corvinard battait les cartes, le regard rivé à son livre qu'il tenait ouvert entre ses deux coudes, comme pour le garder d'une profanation. Il fit couper Lambertin, distribua les jeux, prit le temps de tourner la page de son Cornelius Nepos et amena une carte sans la regarder. Lambertin, la tête renversée en arrière, se claqua la cuisse avec un rire débonnaire qui fit sursauter le philosophe.

«Qu'est-ce que je te disais ? Voilà que tu tournes le roi de cœur !

– C'est tout de même vrai», murmura Corvinard en levant les yeux.

La grande Julie ne disait plus rien. Elle buvait son apéritif par petites gorgées, les lèvres pincées, le regard sournois sous les paupières mi-closes.

Lambertin perdit la première manche avec une rapidité qui l'enthousiasma. La deuxième manche allait du même train. Corvinard jouait sans fièvre et, quoiqu'il demeurât très attentif au jeu, il ne se privait pas du plaisir de consulter son auteur favori. Cette tranquillité parfaite, cet amour constant des belles lettres étaient pour Lambertin le sujet d'une admiration toujours renouvelée. Lorsqu'il lui arrivait d'y réfléchir, loin du *Café de la Tirelire*, il lui semblait que ce fût une folie présomptueuse que de vouloir vivre sans la connaissance du latin. Ce soir même, bien qu'il se passionnât au jeu, il eut un soupir d'envie en poussant les cartes vers son compagnon.

Corvinard, comme à regret, battit les cartes, donna les jeux, tourna la page de son livre. Alors, la grande Julie eut un mouvement vif de l'avant-bras, saisit fortement le poignet du philosophe qui extrayait avec beaucoup de doigté un roi de carreau d'entre les pages de son Cornelius Nepos. Son intervention était si bien calculée, si précise, que la provenance du roi de carreau ne pouvait pas être mise en doute. D'ailleurs, elle n'eut qu'à secouer le livre pour qu'il en sortît d'autres cartes. Lambertin demeurait stupide, le regard de ses yeux exorbités allait du coupable au corps du délit qui était tombé sur la table, le ventre en l'air, impudique dans sa majesté bariolée.

«Un militaire à la nuit...» railla la grande Julie qui fréquentait beaucoup les cartomanciennes.

Lambertin voulut dire quelque chose qui exprimât son indignation. Il ne put que bégayer des mots inintelligibles. Très à l'aise, Corvinard s'occupait de feuilleter son livre pour retrouver la page qu'il venait de quitter. Avant de reprendre sa lecture, il dit à Lambertin d'une voix compatissante :

«Tu vois, avec les femmes, il arrive toujours des histoires.»

Lambertin donna un violent coup de poing sur la table, on put croire un moment qu'il allait faire un éclat, mais il se contenta d'articuler en cherchant son portefeuille :

«Un philosophe... Ce n'est pas croyable. On m'aurait dit ça...»

Puis il appela le garçon, paya les soucoupes, jeta sur le tapis les huit francs qu'il venait de perdre à l'écarté, et sortit avec la grande Julie sans ajouter une parole.

Corvinard s'était désintéressé du règlement des consommations. Il rafla ses huit francs de gain, vida l'apéritif auquel Lambertin n'avait presque pas touché et se remit à la lecture de Cornelius Nepos. Il semblait bien qu'il y prît plaisir.

La grande Julie et son amant marchaient d'un pas pressé. Il était à peine 7 heures moins le quart, une foule impatiente se disputait les trottoirs, et les voitures menaient un grand vacarme. Lambertin bousculait les passants sans prendre garde aux protestations. Il ne voyait rien, distrait dans une rêverie sombre, ramassé sur lui-même, dangereux comme un dogue. Il écoutait en silence les commentaires de la grande Julie sur l'événement qui le jetait dans la rue à une heure inhabituelle, une heure où il aurait dû boire son apéritif en tapant le carton. Une nostalgie épaisse lui pesait sur le cerveau, tandis qu'il évoquait l'atmosphère enfumée du *Café de la Tirelire*, le cliquetis apéritif des bouteilles, le bourdonnement des clients, le sourire du patron et le marbre poisseux de la table consacrée où le Cornelius Nepos s'ouvrait entre les rondelles de mandarin curaçao et les traînées verdâtres du Pernod. Une colère et une tendresse vague lui serraient la gorge.

«Tu comprends, disait Julie, ce n'était pas naturel que tu perdes tous les soirs. Si la chance n'est pas à tout le monde, ce n'est plus la chance. Quand je l'ai vu tourner le roi trois fois de suite, j'ai compris qu'il se passait quelque chose.»

Ils marchaient maintenant dans une rue moins fréquentée, et Lambertin pressait encore le pas, comme s'il eût voulu fuir les explications de Julie. Elle avait peine à le suivre et élevait la voix pour être bien sûre qu'il l'entendît.

«Ce qui m'étonne, c'est que tu ne te sois jamais douté de rien, dis. Tu ne doutais pas?»

Lambertin grommela quelque chose qui se perdit dans son gilet. Essoufflée, un peu inquiète de son attitude, elle demeura un instant silencieuse. Ils venaient de s'engager dans une ruelle mal éclairée, presque déserte. Lambertin ralentit l'allure et épongea la sueur qui coulait sous sa casquette. La grande Julie se crut à l'aise de lui rappeler tout ce qu'il devait à son initiative, à sa clairvoyance.

«Je te l'avais toujours dit, tu te rappelles? Moi, rien qu'à voir la tête des gens...»

Elle n'eut pas le temps de faire valoir sa sagesse. Lambertin la poussa dans un coin obscur ménagé par une maison en avancée sur l'alignement. Il la gifla sur les deux joues, lui cogna la tête sur la muraille en rageant:

«Saleté! Tu ne peux donc pas laisser le monde tranquille? Il a fallu que tu viennes brouiller les jeux... Mais qu'est-ce que tu as dans le corps, je te demande.»

La grande Julie faisait du tapage et lui reprochait son ingratitude:

«Un homme, pour qui j'ai tout fait, me récompenser de cette manière-là! Un homme que j'ai rhabillé des pieds à la tête! Ça n'a même pas de reconnaissance.»

Lambertin redoublait de claques et accablait sa belle amie des pires injures.

« Corvinard ne t'avait pourtant rien fait... Mais tu étais jalouse de son instruction ! »

La grande Julie riposta qu'elle ne s'en souciait pas du tout, qu'au reste « Corvinard pouvait bien se mettre son instruction quelque part », ce qui prouvait suffisamment combien elle en méconnaissait l'importance et le sain usage. Lambertin fut blessé si profondément qu'il suspendit ses gifles mais, châtiment plus grave et dont la grande Julie comprit toute la portée, il se prit à lui parler à la deuxième personne de politesse.

« Madame, dit-il, vous allez rentrer vous coucher, d'abord et premièrement. Et, si je vous entends dire encore un mot de travers sur Corvinard, je vous causerai avec mes galoches, Madame. »

La rage au cœur, la grande Julie obéit, tandis que son amant s'en allait dîner seul.

Arrive un accident, il est toujours réconfortant de découvrir un responsable et de lui infliger un châtiment, même immérité. Lambertin mangea de bon appétit et la satisfaction du devoir accompli le fit durer en belle humeur jusqu'au moment de s'endormir.

Le lendemain, il entra en mélancolie depuis le matin. La présence de la grande Julie lui était insupportable ; il sortit de bonne heure et se mit à errer par les rues. La journée lui parut interminable. L'après-midi, à mesure qu'il sentait venir l'heure rituelle de l'apéritif, son angoisse devenait plus douloureuse. Comme il passait devant une librairie, il eut une inspiration et entra dans la boutique.

« Je voudrais avoir, dit-il au commis, un livre qui s'appelle Cornelius Nepos. »

Le commis consulta plusieurs catalogues et dit à Lambertin :

« S'il s'agit d'un ouvrage licencieux, je dois vous prévenir que nous ne tenons pas ce genre de publications. Mais le titre fait plutôt songer à un roman convenable...

– Peut-être bien. C'est un livre qui a une couverture en carton.

– Nous ne l'avons pas, reprit le commis, mais je me permets de vous conseiller un autre roman qui a beaucoup de succès : *Les Trois Béguins de l'archiduc*. Roman de mœurs, mais probe.

– Donnez toujours, soupira Lambertin, puisque vous n'avez pas l'autre. »

Il emporta le livre sans en espérer un grand réconfort, et reprit sa promenade solitaire. À 6 heures, peut-être par habitude, il passa devant le *Café de la Tirelire*. Par la porte ouverte, il put voir Corvinard assis sur la banquette à sa place habituelle, son livre ouvert sur la table. Lambertin entra presque malgré lui, happé par la tentation.

Le philosophe lui tendit la main comme si de rien n'était et commença de battre les cartes. Voyant le livre que Lambertin posait sur la table, il eut la curiosité de l'examiner. Lambertin avoua simplement sa démarche auprès du libraire, et Corvinard eut un sourire d'amitié. «Si tu m'en avais parlé plus tôt, je t'aurais cédé le mien. En tout cas, je suis prêt à faire l'échange contre tes *Trois Béguins de l'archiduc*. Tu n'aurais qu'à me donner vingt-cinq francs pour la différence, le classique est toujours plus cher, forcément.»

Le marché conclu, Lambertin saisit amoureusement le Cornelius Nepos et, avec les yeux de la foi, commença d'admirer les premières pages du texte latin.

«Attends», dit Corvinard en remettant la main sur le livre. Lambertin craignait déjà qu'il ne se ravisât mais l'autre se contenta de feuilleter les pages du Cornelius Nepos. Il en retira posément le roi de trèfle, la dame de trèfle et le roi de carreau. Lambertin, les joues un peu congestionnées, le considérait en silence. L'opération terminée, il dit avec un sourire timide, à peine mélancolique : «Tu savais donc que je reviendrais?»

Révoltée par la coupable indulgence de son amant, la grande Julie crut devoir reprendre sa liberté. Lambertin recommença, en maudissant la condition humaine, à gagner son pain à la sueur de son front. Et il fournissait un labeur acharné, car il lui fallait donner un aliment quotidien à la chance du philosophe Corvinard qui trouvait que tout était pour le mieux dans le meilleur des mondes.

LES GRANDES RÉCOMPENSES

*C*e sera l'honneur de ma vie d'avoir réalisé cet ambitieux projet où plus d'un imprésario habile se serait cassé le nez. J'avais observé que la mode des concours allait chaque année grandissant, et, comme le bruit courait depuis longtemps déjà que l'avenir de la France était dans une sélection rationnelle des citoyens par voie de concours, je formai le dessein d'organiser une manifestation éclatante, d'un caractère national, et où nos grands hommes politiques, payant d'exemple, entreraient en compétition pour disputer une palme symbolique. Il s'agissait donc d'un concours, mais déjà fallait-il en choisir l'objet. Ma première pensée fut naturellement de décerner un prix de beauté, mais je ne m'y arrêtai point ; certes, il ne manquait pas de jolis garçons à la tête du gouvernement, mais ce genre d'épreuve ne se pouvait parer de la solennité convenable à une fête que je souhaitais grandiose ; d'ailleurs le résultat eût été couru d'avance, et M. Albert Lebrun l'emportait évidemment.

Je rêvais d'une couronne qui rendît compte des mérites en quelque sorte professionnels du lauréat. L'idée m'en fut inspirée par l'approche de cette cérémonie annuelle qui consiste à décerner des récompenses aux meilleures élèves du Conservatoire. Mon choix était dès lors arrêté : mes illustres candidats brigueraient, selon leurs préférences et leurs dispositions naturelles, le grand prix de comédie ou le grand prix de tragédie.
Je dois le dire, mon projet se heurta d'abord à quelque résistance de la part des intéressés. M. Edouard Daladier, que je sollicitai le premier, m'accueillit presque froidement, mais sans me démonter, je lui dis avec cette rondeur perfide qui me rend parfois si redoutable : «Vous verrez que vous aurez ce pauvre M. Herriot encore un coup», et cela le décida tout aussitôt. Je me proposais de renouveler la

Première publication dans Fantasio, *1ᵉʳ juillet 1933 ; reprise dans le recueil posthume* La Fille du shérif, *Gallimard, 1987.*

manœuvre auprès de M. Edouard Herriot, mais le maire de Lyon m'arrêta dès les premiers mots pour me donner son adhésion ; telle était sa joie de paraître devant un public d'élite, qu'il m'embrassa sur les deux joues, comme si j'eusse été une petite fille, et me combla d'un autographe et d'une pipe souvenir. Ces deux collaborations acquises, les choses marchèrent assez rondement. Mes autres démarches en furent facilitées, et s'il y en eut encore de délicates, j'en vins à bout bientôt, car j'eus cette habileté suprême d'informer nos grands hommes qu'il s'agissait d'une fête de charité au bénéfice du contribuable, et leur sollicitude est si tendre à l'égard de cette triste mais nécessaire victime, qu'ils ne résistèrent pas à mes raisons.

Lorsque je fus assuré d'avoir tout mon monde, j'arrêtai définitivement la date et l'endroit de cette incomparable manifestation artistique. Elle eut lieu un dimanche matin, et à ciel ouvert, dans les arènes de Lutèce, proche le Jardin des Plantes. À l'heure où l'on boit les premiers vins blancs sur les zincs opalins, la musique de la garde républicaine préludait au gracieux tournoi par les mâles accents de notre *Marseillaise*. Le ciel était d'un bleu profond, et la nature avait bien voulu être en fête.

Le jury : Je l'avais choisi exclusivement dans le monde du théâtre, écartant de propos délibéré les critiques dramatiques qui sont gens de lettres et peu propres à porter un jugement, sinon après mûre réflexion dans le silence de leurs cabinets. Il fallait des gens du métier, prompts à saisir les intentions des candidats, et pour lesquels aucun jeu de scène ne fût perdu. J'avais réuni là tous les directeurs et les grandes vedettes dont s'enorgueillit le théâtre parisien. Il manquait, hélas, Mme Cécile Sorel, qui s'était excusée, alléguant ses rhumatismes auxquels il lui fallait donner tous ses soins pour être en état de lever la jambe bientôt dans un grand music-hall. Les directeurs s'interpellaient aimablement et faisaient des plaisanteries sur la dureté des gradins de pierre.
« Les spectateurs sont quand même mieux assis dans mon théâtre, disait l'un.
– Tu peux même ajouter qu'ils y ont plus de place », repartait un autre.
Et de rire. Comme on voit, l'atmosphère était des plus cordiales, et il n'y avait pas à redouter qu'un différend sérieux ne surgît entre les juges. Le tout-Paris était venu en foule assister à un spectacle d'une qualité aussi rare, et à mon grand regret, il fallut refuser du monde.

La recette atteignit néanmoins un million deux cent cinquante mille francs que je mis dans ma poche sans en avoir l'air, comme on fait assez habituellement dans les fêtes de charité.

LE GRAND PRIX DE COMÉDIE : Il me fallut d'abord m'excuser auprès du public de la défection de M. Painlevé qui devait paraître dans *Les Nuées* d'Aristophane, et que l'on attendit en vain ; vers le milieu de la matinée, ma concierge m'apporta un télégramme ainsi libellé : « Dois-je continuer à attendre jury dans arènes de Nîmes, P. P. Painlevé » ; message qui mit le jury en si joyeuse humeur qu'il pensa un moment, et malgré son absence, décerner le grand prix à l'illustre mathématicien.

Cependant le concours commençait avec M. Gaston Hulin qui fut jugé charmant, quoique un peu lent, dans la comédie de Musset, *Il faut qu'une porte soit ouverte ou fermée*. M. Paul Faure, secrétaire du parti S.F.I.O., qui lui succéda, dans *L'Amour médecin*, fut vivement applaudi. Déjà, l'on se disposait à écouter M. François-Albert dans le rôle de Triboulet, et chacun ajustait ses lorgnettes, lorsque le premier incident se produisit. Le speaker, embouchant son porte-voix, annonçait sans la moindre arrière-pensée *Le Roi s'amuse*, et M. Léon Dauder, se dressant tout à coup au banc des concurrents, s'écria d'une voix forte :

« Pas vrai que le roi s'amuse ! C'est une calomnie propagée par la Sûreté générale ! »

Il y eut un murmure d'étonnement parmi les spectateurs, et M. Pierre Laval dit avec bonhomie :

« En tout cas, il est en vacances depuis un certain temps…

– Comme vous ! répliqua vertement M. Daudet.

– Voyons », interrompit dans le jury la voix de Mlle Yvonne Printemps, « laissez parler Triboulet. Ce malheureux fou n'en finira pas…

– Un fou ? s'étonna M. Paul Faure, mais pourquoi ne pas le faire enfermer ? C'est si simple… »

Il se fit un silence gêné, et M. François-Albert en profita pour réciter un morceau. D'une façon générale, on jugea qu'il n'était pas de taille à interpréter un tel rôle, et M. Sacha Guitry lui fit entendre qu'il réussirait mieux dans l'opéra que dans la comédie, s'il voulait borner son ambition à jouer Oberon.

Par contre, M. Chéron fut très remarqué dans le rôle du bonhomme Chrysale qu'il conduisit avec un naturel parfait. À l'instant d'en délibérer, le jury balança s'il lui donnerait la couronne, mais il fut reproché à M. Chéron d'avoir pris certaines libertés avec le texte. Entre autres, on lui faisait grief d'avoir estropié un vers fameux jusqu'à en altérer le sens :

Je vis de bonne soupe, oui, et de beau langage.

MM. Paul Boncour et Louis Marin, le premier dans le rôle de Célimène, l'autre dans celui d'Alceste, se donnèrent la réplique avec un brio qui déchaîna l'enthousiasme. C'était un véritable régal que d'entendre M. Boncour soupirer en face de l'irascible Alceste :

Puis-je empêcher les gens de me trouver aimable,
Et, lorsque pour me voir, ils font de doux efforts,
Dois-je prendre un bâton pour les mettre dehors ?

Il n'y avait alors personne, dans l'assemblée, qui n'en voulût à ce misanthrope mal léché qui interrogeait d'un air bourru :

Voyons, voyons un peu par quel biais, de quel air,
Vous voulez soutenir un mensonge aussi clair...

D'ores et déjà, il apparaissait que M. Paul Boncour avait les meilleures chances de sortir vainqueur du concours. En effet, dans la même scène, MM. Léon Blum et Narcisse Renaudel se montrèrent beaucoup moins bons ; le ton des répliques était d'une sécheresse déconcertante, presque pénible. Le jeu de M. Léon Blum ne laissait rien paraître de cette farouche, mais tendre passion qui doit agiter le héros de Molière. Quant à M. Renaudel, Célimène un peu opulente, il semblait qu'il réservât toutes ses coquetteries pour d'autres occasions.

D'un point de vue purement artistique, la grande déception, qui fut aussi une surprise retentissante, nous vint de M. Édouard Daladier. Notre président du Conseil avait choisi de paraître dans le rôle de Trygée, le grand accoucheur de cette divinité aimable et craintive qui a non «la Paix», comme la comédie d'Aristophane. L'on était arrivé à l'instant où Trygée, sous le regard de Mercure (en l'occasion M. Louis Serre, ministre du Commerce), s'efforce de haler la Paix précipitée au fond d'un puits par le malheur des temps. M. Édouard Daladier, en bras de chemise, tirant sur la corde, et prenant du pied appui sur la margelle, récitait d'une voix essoufflée le texte d'Aristophane :
«Dira-t-on que je ne tire pas, que je ne suis pas suspendu à la corde, que je ne m'y mets pas tout entier, et que je n'y vais pas de tout mon possible ?»

Et Mercure, je veux dire M. Louis Serre, plaçait sa réplique :
«Comment se fait-il donc que rien n'avance?»
C'est alors que se produisit le coup de théâtre dont tout l'auditoire
demeura un instant frappé de stupeur. M. Édouard Daladier-Trygée
lâcha la corde, l'air rageur et désabusé, épongea son front moite, et
riposta par ces paroles inattendues :
«Comment ça se fait? Vous en avez de bonne, vous! Croyez-vous que
ce soit là une besogne où l'on doive atteler un homme seul? La
vérité est qu'il faut être quatre, ni plus ni moins!»
Le grand mot était lâché. Avant de remettre son veston, M. Daladier
jeta d'une voix ample, à l'intention du public :
«Quatre! nous nous occuperons de la Paix à quatre! et vous allez
voir comment ça va ronfler!
– Au fond du puits!» ajouta une voix ironique.
Cependant que le jury délibérait, la foule commentait l'attitude du
président du Conseil. J'entendis murmurer :
«Ce Daladier, tout de même, on l'aurait cru plus costaud. Il a des
bras en coton hydrophile.
– Bien sûr, grommelait M. Herriot, est-ce que je ne l'ai pas toujours
dit...»

LA DÉCISION : À l'unanimité, le choix se porta sur M. Paul Boncour
dont chacun avait apprécié la diction élégante, le jeu subtil, et le
noble port de tête. M. Fabre, le directeur de notre grand théâtre
national, délirait d'enthousiasme et voulait engager sur l'heure le
ministre des Affaires étrangères.
«Est-il au monde homme plus heureux que moi? disait-il. Dans le
moment que je perds une grande Célimène, j'en retrouve une plus
jeune encore et plus sémillante.»
L'on proclama sans tarder le nom du vainqueur qui reçut de mes
propres mains le masque comique en très beau carton-pâte, récompense du tournoi.
«En vous remettant, dis-je, ce masque symbolique, je rends hommage au grand homme d'État qui triomphe dans l'éloquence
comme dans la comédie, et associe ces arts... heu... ces arts...»
Je bafouillais un peu. M. Paul Bonjour vit mon embarras; il me
bourra les côtes d'un coup de coude et murmura en agitant gentiment son masque de carton :
«Ces arts de carnaval, quoi...»
Et un grand rire nous tordit à la face du monde pendant cinq minutes.

LE GRAND PRIX DE TRAGÉDIE : Les compétiteurs étaient beaucoup plus nombreux encore que dans le précédent concours, mais je dois à la vérité de dire qu'ils furent nettement moins bons dans l'ensemble. Il nous fallut subir un très grand nombre de sénateurs qui semblaient s'être donné le mot pour choisir leurs textes dans *Les Burgraves*. Il faut avouer d'ailleurs qu'ils jouaient avec assez de nature et plusieurs d'entre eux obtinrent un réel succès d'estime. M. Poincaré, dans le rôle du centenaire Job, assenant à M. Georges Leygues le fameux : «Taisez-vous, jeune homme», fit pleurer plus d'une personne sensible. Néanmoins l'on était déçu, et un peu las d'entendre chevroter ces vénérables. L'on espérait que M. Léon Daudet nous régalerait d'une vigoureuse tirade, et chacun devint attentif lorsqu'il commença de sa voix puissante, en pointant vers les ministres un index accusateur, l'apostrophe de *Ruy Blas* :

«Bon appétit, messieurs...»

Malheureusement, il ne sut jamais aller plus loin que ce premier hémistiche, car il s'interrompit d'abord pour dire au public :

«Notez bien que ce machin-là est stupide, comme tout le XIXᵉ siècle d'ailleurs, dont se réclame aujourd'hui le tas de gourdes et d'ahuris crapulards qui nous gouvernent pour notre malheur. Eurrière les feusils... non, c'est à se tordre de rigoler... N'importe, je reprends : "Bon appétit, messieurs..." mais à propos d'appétit, avez-vous déjà goûté d'une certaine poularde qu'on engraisse avec des graines de tournesol? On l'accommode dans les auberges de Provence, aux champignons et à la sciure de bois...»

Il en donna la recette, et de digression en digression, entretint l'auditoire de la pourriture du régime actuel, d'une certaine localisation de la parole dont il fit grief à Broca, et de la prochaine guerre qu'il prévoit pour le début de l'automne. Disqualifié par le jury, il regagna son banc en déclarant simplement :

«Vive le roi!»

Après lui, parurent MM. Doriot et Cachin, vedettes du parti communiste, dans une scène célèbre du *Cid*. M. Cachin, don Diègue moustachu, lança à M. Doriot :

«Rodrigue, as-tu du cœur?

– Non, je n'ai que du foie!» répondit Rodrigue.

Cette détestable parodie d'un grand chef-d'œuvre classique était, de toute évidence, une manifestation révolutionnaire; je ne fus pas long à m'en apercevoir, et comme nous étions là entre gens de bonne compagnie, je me trouvai fort ennuyé. Par une heureuse inspiration, je fis signe au chef de musique de la garde républicaine qui submergea ces répliques subversives sous un flot d'harmonie.

À ces deux hommes farouches succéda M. André Tardieu qui n'eut pas à se louer d'avoir préféré la tragédie à la comédie. En effet, depuis quelque temps, M. Tardieu faisait une grosse provision d'optimisme, en vue d'un revirement qui le mettrait en situation de pratiquer la politique de la bonne humeur. Il y parut bien à la façon dont il tint le rôle du jeune Horace, quand, après avoir fait le simulacre de tuer sa sœur, il laissa fuser dans son fume-cigarette un joyeux éclat de rire qui fut jugé sévèrement, tant par le public que par le jury. Celui-ci était alors très perplexe et se demandait à qui il décernerait le prix, car les candidats ne s'étaient pas montrés fameux, et il ne restait à entendre que M. Édouard Herriot.

Mais lorsque le maire de Lyon pénétra dans l'arène, sous les voiles de Phèdre, il y eut tout de suite une rumeur d'admiration. Le costume lui seyait à ravir ; notre président faisait songer à ces reines orientales, un peu grasses, à l'œil humide et voluptueux, et dont la majesté nonchalante dissimule tout un océan de passions. Il avait bien l'attitude accablée, je dirais presque pesante, qu'il fallait à son personnage. Lorsque, tétant sa pipe et abaissant sur ses collègues un regard soupçonneux, il récitait le vers immortel :

Tout m'afflige et me nuit et conspire à me nuire

il semblait à tous qu'il l'eût inventé lui-même dans l'instant, et je compris pour la première fois le mystère de la création théâtrale. Le parfait silence de l'assemblée n'était plus troublé que par le frais gazouillis des oiseaux bondissant dans l'azur. Phèdre nous parlait la langue des dieux, et l'on oubliait qu'il était midi et demie. Tout à coup, M. Herriot fit trois pas vers le banc où M. Daladier était assis entre ses collègues de la comédie. L'on n'osait plus respirer, comprenant qu'il allait se passer quelque chose de grand. Alors, M. Édouard Phèdre plissa les paupières, coula du côté de M. Daladier un regard d'une poignante mélancolie, et soupira :

Marianne, ma sœur, de quel amour blessée...

Là, il marqua un temps d'arrêt, et reprit d'une voix dure, accusatrice, chargée d'un reproche formel :

Vous mourûtes au bord où vous fûtes laissée

Un frisson parcourut l'assistance qui se dressa tout entière. L'art sublime de M. Herriot venait de découvrir à cette foule enivrée les desseins ténébreux de M. Daladier. Jailli de toutes les poitrines, un immense cri de réprobation se propagea dans l'amphithéâtre : « Pas de dictature ! Marianne vivra ! La République ne doit pas mourir ! »

Il n'y avait plus de juges, plus de jury, mais rien que la grande voix populaire qui décernait, dans un élan généreux, le prix de la tragédie à M. Herriot souriant dans ses voiles à la pensée qu'il venait de sauver la République encore un coup.

LE DIABLE AU STUDIO

*U*ne année que le Bon Dieu était en vacances, le diable fit des siennes sur la terre un peu plus qu'à son habitude. Passant par les studios de la firme cinématographique Royal Écran, il jeta un sort aux acteurs et les condamna sans autre forme à vivre pour de bon la vie des personnages qu'ils étaient en train de créer.

Le diable avait si fâcheusement choisi l'instant de son intervention que l'existence de quelques-unes des plus grandes vedettes allait s'en trouver bouleversée. Au Royal Écran, l'on était alors occupé à tourner un grand film d'amour et de haine, plein de tendresse et d'horreur, et, pour tout dire, réaliste. Gloria Pinson, une étoile de toute première grandeur, y tenait le rôle d'une petite modiste, pauvre et ingénue, qui gagnait honnêtement sa vie et répondait aux messieurs âgés et libidineux : «Tu m'as pas regardée, eh, vieux melon!»

Les vieux melons, qui n'avaient point d'autre utilité que de mettre en valeur la beauté et la vertu de la petite modiste, étaient recrutés parmi de modestes figurants dont on exigeait simplement qu'ils fussent capables de porter avec décence le monocle, le haut-de-forme, les guêtres blanches, et la fleur à la boutonnière.

Avec Gloria Pinson, les principaux acteurs n'étaient rien de moins que le séduisant Joachim Marat et le célèbre artiste Émile Jeannet. Le premier, dans un rôle de jeune peintre, sans fortune, timide et fier, se consumait d'amour pour la charmante modiste. Émile Jeannet, riche financier quinquagénaire, dépourvu de scrupules, faisait miroiter les séductions de son immense fortune et s'employait, par des ruses coupables, à fléchir la vertu de la pauvre apprentie.

Tout se passa dans l'ordre arrêté par le diable : en fin de journée, les acteurs perdirent le souvenir de leurs habitudes quotidiennes et quittèrent le studio de Royal Écran sans changer de vêtements. Gloria Pinson, oubliant la conduite intérieure qui l'attendait à la porte, se hâta

---

Première publication dans L'Image, *7 juillet 1933, avec des illustrations d'Henry Fournier; reprise dans le recueil posthume* La Fille du shérif, *Gallimard, 1987.*

vers l'arrêt du tram pour gagner, dans les faubourgs, une petite chambre sous les toits, où elle se proposait de dîner d'un œuf à la coque. Les vieux melons, qui n'avaient rien de mieux à faire, lui emboîtèrent le pas et firent entendre un concert d'éloges et de promesses perfides, comme de mettre la jeune fille dans ses meubles ou de lui payer un rang de perles. Gloria Pinson, qui ne se souvenait plus d'avoir rôti le balai, était rouge de colère et de confusion, car le diable, qui ne fait rien à demi, lui avait rendu son intégrité virginale. À la fin, son indignation éclata, et avec un accent de vérité auquel jamais encore elle n'avait atteint dans ses meilleurs rôles. Intimidés, les vieux melons battirent en retraite, et, cédant à l'entraînement de leurs déplorables instincts, se dispersèrent pour courir après d'autres jupons. Cependant, Émile Jeannet, le riche financier qui avait assisté, confortablement calé dans les coussins de sa voiture, à l'embarras de la modiste, s'arrêtait au bord du trottoir, et lui offrait de la conduire chez elle.

« Permettez-moi d'insister : il est tard, la pluie tombe de plus en plus fort et j'ai peur que vous n'attendiez votre tram bien longtemps... Ne croyez pas que je veuille être indiscret, mais je vous ai vue aux prises avec ces tristes individus, et c'est un sentiment paternel qui m'a poussé à vous parler... »

Le financier souriait avec bonhomie, mais l'éclat de son regard laissait paraître la perfidie de ses intentions. Gloria Pinson, avec sa candeur toute neuve, n'entendait rien à la manœuvre et était déjà sur le point de se laisser tenter par cette invitation paternelle. Dans l'instant qu'elle hésitait, elle vit un jeune homme à lavallière noire, arrêté à quelques pas de là, et qui la considérait avec une admiration respectueuse dont elle se sentit troublée. La jeune fille, avec fermeté, déclina l'invitation du financier et, après quelques minutes d'attente sous la pluie, monta dans le tramway où le peintre à lavallière noire prit place à côté d'elle. Ils ne tardèrent pas à lier conversation et furent si satisfaits l'un de l'autre qu'une heure plus tard ils entraient bras dessus bras dessous dans une salle de cinéma. Ce soir-là, on donnait un film où triomphaient Gloria Pinson et Joachim Marat.

« C'est curieux, fit observer le peintre, cette Gloria Pinson vous ressemble d'une façon frappante !

– En effet, il y a un air de ressemblance... mais beaucoup moins surprenant qu'entre vous et Joachim Marat !

– Est-ce que vous ne vous sentez pas attirée par le cinéma ?

– Oh si ! soupira la petite modiste. Ce doit être plus intéressant que de faire des chapeaux... Devenir une grande vedette...

– Moi, c'est mon rêve. La peinture, je ne vous le cache pas, j'en ai plein le dos. D'ailleurs, je n'ai aucun talent, aucune chance de connaître la gloire de ce côté-là… tandis qu'au cinéma, il me semble que je réussirais. Si nous essayions?

– Je veux bien», dit la petite modiste.

Trois mois plus tard, tous les acteurs de Royal Écran étaient en prison. Les vieux melons y furent des premiers, pour s'être fait prendre en flagrant délit de détournement de mineures. La petite modiste et le peintre à lavallière, après avoir frappé à toutes les portes, supplié tous les directeurs d'entreprises cinématographiques et leurs innombrables intermédiaires, n'avaient même pas réussi à se faire engager comme figurants. On leur reprochait de n'être pas photogéniques, d'être affligés d'un regard inexpressif et on leur conseillait d'entrer dans l'administration des postes ou dans l'alimentation. Leur humeur ne tarda pas à s'en ressentir, ils se chamaillaient à tout propos et s'accusaient mutuellement de leurs déboires.

«J'ai plus de talent que toi, disait l'un. Tu empêches le libre développement de ma personnalité.

– J'ai plus de talent que toi, disait l'autre, et tu savais bien ce que tu faisais quand tu t'es accroché à moi.»

Le plus grave était qu'ils fussent l'un et l'autre dépourvus de ressources, car ils avaient envoyé promener, dans la fièvre des premiers espoirs, la peinture et les chapeaux. Émile Jeannet, le riche financier quinquagénaire, n'avait pas oublié sa passion pour la modiste qu'il ne cessait de surveiller. Lorsqu'il vit les amants réduits à la misère, il se flatta auprès de la jeune fille de lui obtenir un brillant engagement dans une firme où il avait de gros intérêts, à condition qu'elle accueillît son amour.

«Tu m'as pas regardée, eh, vieux melon! répondit-elle tout d'abord. Si vous me causez encore, je le dis à mon amant!»

Cet homme pervers ne se découragea point d'un refus aussi catégorique. Il revint à la charge, se fit plus pressant, et sut décrire avec éloquence les pompes et la gloire de la vie d'artiste. La petite modiste l'écoutait avec moins d'indignation et consentait déjà qu'il lui baisât la main.

Les négociations étaient bien près d'aboutir lorsque le financier fut jeté en prison, ce qui est un risque assez ordinaire de sa profession. La jeune fille, qui avait vu s'entrouvrir les portes dorées, fut bien obligée d'en rabattre. Sans le sou, congédiés par un propriétaire sans entrailles, les deux amants furent réduits à dormir sur les bancs des boulevards. Une nuit qu'ils s'injuriaient en se reprochant mutuellement de manquer de talent, ils furent arrêtés pour vagabondage et tapage nocturne.

À son retour de vacances, le Bon Dieu vit tout de suite qu'on avait touché à ses affaires, car, en ouvrant son registre des âmes, il ne retrouva pas son buvard où il l'avait laissé. Comme il feuilletait le grand livre, il tomba sur le chapitre du cinéma et eut un haut-le-corps. «Par exemple! Gloria Pinson en prison? Je me demande... et Joachim Marat aussi! et Émile Jeannet!... Mais voilà qui est plus fort: j'avais douze vieux melons, tous bons époux, bons pères de famille, et je m'aperçois qu'ils sont sous les verrous. Il faut que le diable en personne soit passé par là. Cet animal n'en fait jamais d'autres. Ah! je ne devrais jamais m'absenter... Il va falloir encore que je passe l'éponge sur ces trois derniers mois.»

En effet, l'éponge fut passée et, un matin, les acteurs de Royal Écran se retrouvèrent au studio comme s'ils se fussent quittés la veille, sans le moindre souvenir de leurs troubles aventures. Joachim Marat demandait à Gloria Pinson:

«Qu'est-ce que tu as fait, hier soir?

– Dormi. J'étais esquintée après une journée pareille. Ah! le cinéma, tiens, j'en ai jusque-là... Je me demande si je ne serais pas plus heureuse d'être modiste, pour de bon, comme dans le film...

– Et moi alors, si tu crois que je n'en ai pas plein le dos? Je suis comme toi, je me demande si ma vraie vocation n'était pas dans la peinture... je suis sûr que j'avais des dispositions...»

Émile Jeannet surgit en brandissant un journal et interrompit avec éclat leurs propos mélancoliques:

«Vous parlez d'une tuile! Encore une banque qui saute et j'avais cent mille francs dedans! Quels salauds, ces financiers! Est-ce qu'on ne devrait pas tous les fourrer en prison...»

Cependant, les vieux melons, qui se tenaient modestement à l'écart, s'entretenaient des mérites de leurs épouses et d'une certaine façon d'accommoder les choux-fleurs qui en facilitait la digestion.

LE TRAIN DES ÉPOUSES

*D*epuis que les femmes ont entrepris de conquérir les places de leurs époux dans tous les domaines de l'activité masculine, l'on s'interroge avec autant d'angoisse que de curiosité sur le sort de ces hommes qui ont abdiqué leurs rôles de chef dans le ménage. J'ai eu la bonne fortune de surprendre un aspect de ce bouleversement, dans les circonstances particulières que je vais dire :
Il existe en Normandie une petite plage du nom de Flammenville, aujourd'hui peu connue du grand public, mais qui ne tardera guère d'être à la mode. Ils sont là une centaine d'hommes, tous Parisiens, qui ayant abandonné la culotte symbolique à leurs femmes, se sont groupés en colonie pour passer leurs vacances en caleçon de bain. L'on comprend assez les raisons qui les ont décidés ; ils se trouvent ainsi à l'abri de certains préjugés qui demeurent vivaces, même sur les plages à la mode ; et ils sont assurés que dans ce modeste village, nul ne leur fera grief de se rôtir le dos au soleil pendant que leurs épouses mènent à Paris une existence laborieuse. Je fus à Flammenville un samedi matin vers 10 heures, et après avoir revêtu un maillot de bain, je me rendis aussitôt sur la plage qui est de joli sable fin. Flânant, pêchant le crabe et la crevette, nageant ou devisant par groupes, ces hommes condamnés dans leurs ménages à un rôle mineur ne paraissaient pas souffrir de leur démission. Pour dire toute la vérité, ces victimes du féminisme sont d'heureuses victimes, et leur sort est bien fait pour exciter l'envie. Il n'y a pas un homme qui, après avoir vécu de leur vie pendant seulement un mois, ne devienne enragé féministe. Je ne connais point de bonheur qui se puisse comparer au leur ; l'on est en effet surpris de rencontrer chez ces gens la libre insouciance de l'enfance et la sérénité de l'âge mûr dont ils ignorent résolument les pénibles responsabilités.
Je n'étais pas arrivé depuis dix minutes que je liais connaissance

Première publication dans Fantasio, *16 juillet 1933 ; reprise dans le recueil posthume* La Fille du shérif, *Gallimard, 1987.*

avec l'un d'entre eux, homme aimable, bedonnant, au visage barbu, et qui jouait au diabolo.

« C'est un jeu bien amusant, me dit-il. Ma femme me l'a envoyé de Paris avant-hier.

– Votre femme est restée à Paris ?

– Il faut bien, cher monsieur. Josette ne peut pas lâcher ainsi ses affaires, surtout en ce moment... J'ai entendu dire qu'il y avait une crise économique, je ne sais pas ce qu'il y a de vrai... Peut-être pourra-t-elle malgré tout s'absenter une semaine vers le milieu de septembre ? Mon Dieu, vous me faites songer que je n'ai pas répondu à son envoi. C'est bête, je vais encore me faire gronder. Je ne suis pas raisonnable non plus : Josette est si gentille pour moi ! Elle m'achète tout ce que je veux, vous savez. Et puis, elle se donne tant de mal, là-bas... Enfin, il faut bien, n'est-ce pas ? »

Mon homme se remit à jouer au diabolo, et j'allai m'asseoir sur le sable à quelques pas de là, auprès d'un groupe qui devisait à mi-voix. J'observai que ces gens-là paraissaient inquiets.

« Surtout, disait l'un, ne te coupe pas. Si Lucienne arrive par le train de 5 heures et qu'elle s'étonne de ne pas me trouver à la gare, dis-lui bien que je suis parti où je t'ai dit.

– Sois tranquille. De ton côté, ne me vends pas non plus. Si jamais la petite m'abordait, sans voir que je suis accompagné, je dirais à Roberte qu'il s'agit d'une commission pour toi...

– Pour que ta femme aille le répéter à la mienne ? Non, mon vieux, non. Elle m'a déjà menacé une fois de me couper les vivres pour me faire rentrer... »

J'en entendis un autre s'écrier d'une voix rageuse en brandissant une lettre :

« Croyez-vous ? Marie-Louise m'écrit qu'elle ne vient pas. Après tout, qu'elle reste à Paris si elle veut, c'est son affaire. Mais au moins qu'elle envoie de l'argent ! Elle ne m'en parle même pas. »

Durant tout l'après-midi, il y eut des conciliabules, des consignes échangées. À mesure qu'approchait l'heure du train, les visages, que j'avais vus souriants dans la matinée, devenaient plus soucieux. À 5 heures, tous les hommes étaient massés sur le quai de la petite gare et, dans un silence anxieux, s'essayaient à un large sourire d'accueil. Le tacot arriva sans trop de retard, et un cent d'épouses en descendirent, la physionomie à la fois aimable et austère, comme si leur esprit eût été encore occupé de calculs difficiles. Elles prirent possession de leurs maris qui sautillaient à leurs bras, avec des mines candides et espiègles.

«Alors, mon chéri», demandait une frêle jeune femme à un gros et grand gaillard, «tu vas bien? Tu ne souffres pas trop de la chaleur?

– Ça va... j'ai déjà pris un kilo. Il fait chaud, bien sûr, mais je m'organise, ne sois pas inquiète...

– Pauvre mignon! Et tu ne t'ennuies pas un peu?

– Oh! non... c'est-à-dire... je trouve le temps long, parce que tu n'es pas là.

– Il faut être raisonnable, chéri, tu rentreras à Paris en octobre. Si tu savais la chaleur qu'il fait là-bas! C'est épouvantable.

– C'est bien ce que je me dis aussi...»

Sur le chemin du village, où je me trouvais entraîné par la foule, j'entendais d'autres conversations qui n'étaient pas aussi tendres.

«Je suis au courant de ta conduite, disait aigrement une épouse. Durand a tout écrit à sa femme qui me l'a répété.

– Écoute, Jacqueline, tu vas comprendre. Durand est jaloux...

– Jaloux? Tu avoues donc? Et moi qui m'impose tant de sacrifices pour t'envoyer au bon air...

– Tu ne me laisses pas parler... Durand est jaloux parce qu'il reçoit moins de colis que moi, et aussi parce que tu es plus jolie, plus élégante que sa femme...

– Flatteur... C'est vrai que cette pauvre Gilberte est bien mal ficelée, et puis, je crois que ses affaires ne sont pas très brillantes. Moi, au moins je ne te laisse manquer de rien. Et à l'hôtel, tu n'as pas d'ennuis? Il faut me le dire, tu sais.

– Non... simplement, je trouve que le goûter pourrait être plus abondant. Si tu voulais en dire un mot...

– Sois tranquille, je ferai mes observations à l'hôtelier», répondait cette femme forte.

À côté de moi, cheminait au bras d'une épouse massive un petit homme à la figure réjouie. Je vis sa mine s'allonger tout d'un coup lorsque sa compagne l'informa d'une voix tendre:

«Léopold, j'ai une bonne surprise à te faire... Je me suis arrangée pour pouvoir rester trois jours.

– Comment... murmura-t-il d'une voix consternée, trois jours?»

Il rencontra le regard sévère de sa femme et se reprit aussitôt:

«Ça, c'est une bonne surprise... Je suis content. Je suis rudement content.»

17 NOIR IMPAIR ET MANQUE

*M*e trouvant seul un soir sur cette grande plage de l'Atlantique j'entrai par désœuvrement au casino où je fis la rencontre du pseudo-comte d'Azaré dont la réputation de joueur n'est pas sans tache. Il errait par les salles, comme moi solitaire et désœuvré, mais la mine hargneuse. Pourtant, il voulut bien me reconnaître, et comme je l'interrogeais sur les raisons de sa mauvaise humeur, il me répondit avec brusquerie :

« Ne m'en parlez pas, je suis dégoûté. Vous savez que je suis entré en prison au milieu de l'été dernier ?

– Pardonnez-moi, dis-je, de l'avoir ignoré : je suis si peu mondain...

– J'en suis sorti ces jours-ci, et vous aurez sans doute peine à me croire, mais je regrette de n'y être pas encore. Quand je vois de quelle façon nous sommes gouvernés, je vous assure que j'ai honte de mon pays !

– Je ne vous savais pas si occupé de politique. Le pacte à quatre vous donnerait-il de l'inquiétude ? »

Azaré haussa les épaules : il s'agissait bien de pareilles balivernes.

« Vous ne serez jamais sérieux, me dit-il avec reproche. Je veux vous parler de cette licence infâme qui autorise la roulette et le trente-et-quarante. Ne trouvez-vous pas cela d'une immoralité révoltante ? »

Je n'apercevais pas pourquoi la fureur de la roulette ou du trente-et-quarante était plus funeste que celle du baccara, par exemple.

« Vous n'y comprenez rien, me dit Azaré. Le poker et le baccara ne sont pas des jeux de simple hasard, ils exigent de la réflexion, de la fermeté de caractère, et font appel aux plus nobles facultés. Le fait qu'on y puisse tricher n'est-il pas la preuve qu'ils exigent aussi un certain sens de l'honneur ? Au contraire, à la roulette, pas moyen de tricher, et au trente-et-quarante non plus...

Première publication dans Fantasio, *16 septembre 1933 ; reprise dans le recueil posthume* La Fille du shérif, *Gallimard, 1987.*

– Hum! dis-je un peu malgré moi, voilà un singulier critérium, et vous me semblez prêcher pour votre saint.

– Du tout, cher ami. Je veux seulement vous faire entendre combien ces jeux de hasard pur sont avilissants pour qui les pratique. La passion du joueur n'y est balancée par aucun effort de raisonnement, elle devient un entraînement pour ainsi dire animal. C'est pourquoi nous voyons les femmes s'y donner avec une fureur totale, primitive.

– Vous n'êtes pas galant.

– Peut-être bien, mais j'ai une grande expérience, sinon des femmes, au moins des salles de jeu. Tenez, regardez cette jeune et jolie femme qui entre. N'est-elle pas charmante, et la grâce de son sourire, la douceur de son regard, n'en font-elles pas une créature séduisante? Eh bien, nous allons la suivre jusqu'à cette table de roulette où elle s'en va d'un pas si assuré, et vous m'en parlerez dans un quart d'heure.»

Il me prit par le bras et manœuvra pour nous placer à côté de la jeune femme. Tout d'abord, elle misa sans fièvre apparente un jeton sur le numéro 11, et deux sur la couleur noire.

«Elle est venue avec une martingale en tête, me souffla Azaré, mais vous la verrez quand elle sentira que ça ne rend pas.»

La joueuse délaissa les numéros six fois de suite, en maintenant sa mise sur la couleur: à la septième, elle risqua de nouveau un jeton sur le 11, et sa main tremblait un peu. Pas plus que la couleur noire, le numéro ne sortit. La jeune femme eut une légère crispation du visage, et Azaré me dit rapidement:

«Je vous parie qu'elle va miser deux jetons sur son numéro et un seul sur la couleur.»

Elle fit exactement ce qu'il avait prédit, et Azaré reprit:

«Elle continuera ainsi pendant cinq ou six tours, et puis, elle ne jouera plus que le numéro. Avec les femmes, c'est réglé. Après dix minutes de jeu, elles lâchent presque toujours la couleur, le pair ou la passe, qui ne payent que la mise; elles ne pensent plus qu'aux numéros qui leur feront décrocher le gros lot... Vous voyez? Je vous avais bien dit. En général, les hommes sont plus raisonnables. Regardez le vieux bonhomme, là. Il vient tous les soirs risquer ses cent francs, et pour lui, les numéros n'existent pas. Il martingale tranquillement sur la passe. Quel traquenard épatant, ce jeu de la roulette! même pour les petits joueurs. Notez que pour les chances simples, il suffirait de mettre six couleurs au lieu de deux, mais avec ces trucs de passe et manque, de pair et impair, on donne au joueur l'illusion qu'il peut courir sa chance de un contre deux, de trois

manières différentes... sans compter que les mots de passe et manque ont un petit attrait de mystère...»
Tout en l'écoutant, j'observais notre joueuse qui misait maintenant sur trois numéros à la fois. Les yeux brillants, la bouche tirée par un tic nerveux, elle poussait ses jetons avec des gestes saccadés, et tandis que la boule blanche courait sur la roulette, j'entendais le bruit de son gosier contracté par l'anxiété et qui ravalait la salive. Parfois, sa main cherchait sur sa poitrine une médaille fétiche, et comme elle venait de doubler sa mise sur le numéro 17, je la vis esquisser un signe de croix.
«Vous voyez à quelle sauce on accommode la religion», murmura Azaré.
Le signe de croix n'y fit rien et le 17 ne sortit pas. Reniant Dieu, la jeune femme eut un juron, et parut désemparée. Pour mon plaisir, Azaré tenta une expérience, et dit à haute voix en la regardant:
«C'est aujourd'hui le dix, et il est exactement 10 heures dix...»
Elle leva vers lui des yeux hagards, répéta le numéro d'une voix rauque et poussa sur le 10 le restant de ses jetons. Par miracle, le numéro 10 sortit, et les ponteurs voisins d'Azaré, persuadés de ses dons de prophète, lui jetaient déjà des regards suppliants.
«Allons-nous-en, murmura mon compagnon, je suis écœuré...»
Il m'entraîna hors du cercle des joueurs, et nous en étions éloignés déjà de quelques pas, lorsqu'un homme le rejoignit, et lui prenant la main, pria d'une voix fervente:
«Monsieur, soyez bon, donnez-moi le numéro gagnant!
– Soyez raisonnable vous-même: si je connaissais le numéro gagnant, je le jouerais, voyons.
– Dites un numéro, le premier qui vous passera par la tête...
– Allez au diable!»
Et lorsque l'homme eut tourné le dos, Azaré ajouta pour moi:
«Si je lui avais donné un chiffre, cet imbécile l'aurait joué jusqu'à engager sa chemise. D'ailleurs, croyez bien qu'il ne m'a pas poursuivi en vain: il aura calculé que j'avais deux yeux, deux oreilles, cinq doigts à chaque main, et aura obtenu un numéro en faisant le total, ou toute autre opération du même genre...
– En tout cas, notre belle joueuse n'a eu qu'à se louer de votre prophétie. Vous avez mis dans le mille au premier coup.
– Oui, et je lui ai rendu sans le vouloir un bien mauvais service. Si elle avait quitté le casino sans un sou, elle était peut-être échaudée pour longtemps... Mais l'avez-vous bien observée quand son numéro est sorti?

– Hélas !

– Quelle harpie, n'est-ce pas ? Et ces doigts crispés, griffus, et cette expression d'avidité sordide sur ce joli visage ? De quoi vous dégoûter de l'amour et des femmes. Si j'avais un fils et qu'il voulût épouser une femme contre mon gré, je me contenterais de lui ménager une entrevue avec elle à la roulette. D'ailleurs, il faut être juste : si les hommes ont plus de tenue que les femmes en face des caprices du hasard, ils ne sont guère moins avisés. Les plus sages sont encore ces toqués qui jouent sans passion, uniquement occupés de vérifier par l'expérience certaines méthodes du calcul des probabilités. Hier soir, j'ai vu un bonhomme furieux d'avoir gagné deux ou trois mille francs, et qui grommelait : "C'est stupide, je n'aurais pas dû gagner."

– Mais pourquoi jouait-il ? Il pouvait aussi bien vérifier ses calculs en se contentant de regarder.

– Bien sûr, cet homme-là est un amateur de jeu pur, pour qui le gain ne compte pas, mais sa science des chiffres n'est pas assez spéculative pour se passer de l'épreuve personnelle. C'est une variété d'abrutis assez courante dans les salles de jeu où il n'en manque pas d'autres. J'aurais pu vous montrer tout à l'heure un type qui passe ses journées et ses nuits à la roulette sans y risquer un sou ; il se contente de suivre un joueur en se substituant ou en s'identifiant à lui ; il connaît ainsi toutes les émotions du joueur sans bourse délier. Cet après-midi, comme son poulain venait de ramasser un gros sac, je l'ai vu fondre en larmes et lui sauter au cou. À côté de ces innocents, vous avez des malins qui spéculent sur la jobardise des ponteurs ; je suppose que vous veniez de perdre dix billets en quelques heures ; vous voilà perdant la tête lorsqu'un quidam vient vous dire à l'oreille : "Monsieur, je possède un porte-bonheur infaillible et je vous le cède immédiatement si vous m'abandonnez le quart de vos gains." Vous répondez d'abord par un sourire désabusé, parce que vous êtes un esprit fort, et puis vous vous dites : "Après tout, qu'est-ce que je risque ?" et vous acceptez. Si vous gagnez, le type qui vous a cédé son bouton de culotte porte-bonheur encaisse sa part de vos bénéfices. Si vous perdez, lui, du moins, n'a rien perdu. Vous comprenez ?

– Très bien, mais je ne pense pas qu'il y ait beaucoup de gens pour se laisser prendre à cet attrape-nigaud.

– Erreur, cher ami. Même s'il ne croit pas à la vertu du bouton de culotte, le joueur en mauvaise passe est encore heureux de sentir auprès de lui quelqu'un qui fasse des vœux sincères pour sa réussite. Mais je dois dire que le coup réussit surtout avec les hommes qui sont, en général, plus naïfs que les femmes, et surtout plus sentimentaux... »

Cependant, nous nous étions approchés d'une table de trente-et-quarante où le banquier étalait ses cartes avec une merveilleuse dextérité. Mon compagnon me fit observer que la proportion des femmes qui jouait à ce jeu-là était moindre qu'à celui de la roulette. «La raison en est qu'au trente-et-quarante le ponteur ne peut gagner que sa mise. Ici, la chance est toujours simple et n'a pas l'attrait d'une loterie fabuleuse comme à la roulette où vous pouvez, d'un seul coup, gagner trente-cinq fois votre mise.

– En somme, c'est un jeu très honnête et les chances sont réparties très également entre le banquier et le joueur.»

Là, mon guide m'expliqua le principe du trente-et-quarante : le banquier étale deux séries de cartes, l'une après l'autre, chacune étant arrêtée lorsqu'elle atteint à un nombre de points supérieur à trente ; la série la moins élevée fait gagner le tableau correspondant.

«Vous voyez comme la chose est simple ? C'est justement ce qui en fait le danger. Ce jeu-là n'a pas des airs de casse-cou comme la roulette, et beaucoup de gens se laissent prendre à cette apparence d'honnêteté que vous affirmiez vous-même tout à l'heure. En venant ponter sur l'un de ces deux tableaux, vous avez presque l'impression de jouer à la bataille. Pourtant, l'on arrive très bien à s'y ruiner. Regardez donc ce jeune homme qui vient de miser quelque deux ou trois milliers de francs sur ce tableau ; il était probablement parti d'un louis en se jurant de doubler l'enjeu à chaque tour, jusqu'à ce que son tableau fût gagnant. Le malheureux n'avait pas calculé qu'en dix coups, la progression géométrique l'amène à dix mille francs, et que le même tableau sort souvent quinze ou vingt fois de suite…»

Le jeune homme venait de perdre quatre ou cinq mille francs. Il eut un geste de désespoir, très sobre, et doubla néanmoins. Il perdit encore, et quitta le trente-et-quarante, livide et le regard fixe. Azaré, qui l'observait, murmura :

«Un bon petit jeune homme, clerc de notaire, qui vient de claquer l'argent de ses vacances… ou bien l'argent de son patron qu'il ne pourra pas remettre dans la caisse. Notez que son cas, en tant que joueur, est des plus courants. Tous les débutants se laissent prendre à cette martingale élémentaire. N'avais-je pas raison tout à l'heure, de protester contre de pareils jeux ? Le trente-et-quarante est le plus dangereux des pièges à sous. D'ailleurs, je n'admets pas les jeux de cartes où le banquier soit seul à toucher les cartes ; il n'y a vraiment pas moyen de se défendre…»

LE NEZ DES JUMELLES

*I*l y avait un cultivateur du nom de Martin qui possédait les plus beaux blés de son village, mais qui ne trouvait pas le moyen de marier ses deux filles jumelles. Par leur modestie, leur piété et leurs qualités ménagères, Léonie et sa sœur Mélina méritaient pourtant l'amour d'un honnête et beau garçon. Le malheur voulait que Mélina eût un nez trop long d'une fois et demie, et que Léonie n'en eût point du tout. Les personnes d'une curiosité avisée prétendaient que, dans le sein de leur mère, l'une des jumelles avait profité de l'obscurité pour détourner à son profit toute la nourriture qui devait aller au nez de sa sœur. C'était là une supposition hardie, à laquelle il ne serait pas tout à fait raisonnable de s'attarder. Quelle qu'en fût la cause, cette mauvaise répartition des cartilages déparait deux visages qui n'eussent pas manqué, sans cela, d'être fort avenants, et le dommage paraissait plus sensible encore par l'effet du contraste. En fait de nez, les moins exigeants d'entre les hommes, s'ils ne se soucient pas de la forme, ne sauraient se désintéresser du volume et ils aiment bien une juste moyenne. Lorsqu'elles traversaient le village, Léonie se mouchait à chaque instant pour faire croire qu'elle avait un nez et Mélina tâchait à se montrer toujours de trois quarts pour faire illusion sur l'importance du sien, mais ces ruses innocentes n'abusaient aucun des jeunes hommes à marier et il n'y avait presque point d'espoir pour les deux infortunées de trouver jamais chaussure à leur pied.

«Mon Dieu, soupirait Léonie, quel bonheur ce doit être un mari qui vous mène par le nez...

– Hélas! soupirait Mélina, les époux mal accordés qui passent leur temps à se manger le nez sont encore bienheureux... Pour moi, je me laisserais manger la moitié du mien sans rien dire!»

Première publication dans une revue non identifiée, probablement parisienne, que l'on peut semble-t-il dater de 1934 ou 1935 d'après la présentation. Cette nouvelle a été retrouvée dans les extraits de journaux que Mme Marcel Aymé avait conservés après le décès de son mari.

Ainsi s'affligeaient les pauvrettes, et le bonhomme Martin eût payé de ses meilleurs champs de blé la joie de pouvoir prendre à l'une ce qu'elle avait de trop, pour donner à l'autre ce qui lui manquait. Mais quand une fille est entrée dans sa vingtième année, son nez est bien près d'avoir réalisé toutes ses promesses et il n'y a autant dire point de chance que la nature puisse encore se raviser.

La famille Martin avait dans le village une grande réputation de piété et il n'y en eut jamais, à notre connaissance, d'aussi méritée. Léonie et Mélina se vouaient à tous les saints, les priant qu'ils voulussent bien accommoder leurs deux nez d'une manière à les rendre aimables et d'un bon usage conjugal. D'abord, elles s'adressèrent à saint Pierre et à saint Paul qui sont les plus considérables comme les plus sérieux, mais ces deux grands saints ne s'émurent pas des prières qui montaient vers eux et il est croyable que l'objet leur parut indigne de leurs soins. Les deux sœurs songèrent alors à saint Nicolas pour ce qu'elles avaient entendu dire de sa bonhomie et de son cœur paternel – mais il fit la sourde oreille, lui aussi. Avec une admirable patience, elles supplièrent tour à tour saint Antoine, saint Jean, saint Jacques, sainte Catherine et une centaine d'autres à peine moins illustres qui se sont acquis, par leurs mérites, une situation enviable dans l'Église triomphante. Malheureusement, dans la liste si longue de tous les glorieux martyrs, il n'y en a aucun qui soit spécialisé dans le modelage des nez. Ni saint Éloi le forgeron, ni saint Crépin le cordonnier, n'étaient outillés pour mener à bien une besogne aussi délicate. Littéralement, les deux sœurs ne savaient plus à quel saint se vouer. En désespoir de cause, elles se décidèrent à demander conseil au curé de la paroisse. Après qu'elles lui eurent énuméré tous les saints déjà sollicités, il se gratta la tête, ce qui est un signe constant de perplexité, et déclara en haussant les épaules : « C'est à n'y rien comprendre... Je sais bien qu'ils ont leurs occupations au paradis, mais sur le nombre, tout de même... Écoutez, je crois qu'à tout hasard, vous pourriez prier saint Christophe. À vrai dire, je ne vois rien dans sa vie qui l'ait préparé plus particulièrement qu'un autre à l'accomplissement d'un tel vœu, mais il paraît qu'on en dit grand bien sur les routes. Essayez toujours. »

Les jumelles, rentrées à la maison, se mirent à prier saint Christophe qui leur apparut aussitôt dans sa lumière accoutumée. Il y a des saints plus savants, plus prisés que saint Christophe, il n'y en a point d'aussi cordial. Il ôta son auréole pour mettre les deux sœurs à l'aise et se fit dire toute l'affaire.

« Hum ! murmura-t-il, voilà qui n'est guère dans mes cordes...

– Ah ! grand saint Christophe, s'écria Léonie, donnez-moi du nez...

– Ôtez-m'en un petit bout ! supplia Mélina.

– Donnez-moi du nez, ôtez-moi du nez, c'est bien joli... mais comment faire ? Vous comprenez, moi, quand on me sort de l'automobile... Si encore vous étiez des automobilistes, je ne dis pas qu'à la rigueur, peut-être... Faites-moi donc venir votre père, je voudrais lui parler. »

Le bonhomme Martin s'avança en tremblant devant le bienheureux qui le rassura d'une parole aimable.

« Mon cher monsieur Martin, je ne voudrais pas être indiscret, mais avez-vous quelques économies ?

– On a de quoi, répondit le bonhomme.

– Puisque vous avez de quoi, achetez donc une conduite intérieure à vos filles et je verrai à me débrouiller pour les nez. »

Le bon saint Christophe remit son auréole sur sa tête, salua gracieusement la famille Martin qui était tombée à genoux et, sautant par la fenêtre, s'éleva dans les airs d'un coup de talon.

En considération de la visite du grand saint et dans l'espoir que le nez de ses filles lui ferait honneur un jour, le bonhomme Martin fit bien les choses et ne regarda pas à la dépense. La conduite intérieure n'eut pas moins de six cylindres et de dix-huit chevaux. Les jumelles avaient tant d'enthousiasme qu'elles apprirent toutes les deux à conduire dans une même journée. Mélina eut bien quelques difficultés dans le premier moment, à cause de son grand nez qui lui dérobait la vue de la route jusqu'à trente mètres en avant du capot, mais elle s'accoutuma très vite à regarder en biais.

Le miracle que l'on attendait de saint Christophe s'accomplit d'abord sans secousse et jour par jour. Les deux sœurs, dans leur six-cylindres, traversaient le village d'un train si vif que les garçons n'avaient pas le temps d'apprécier les imperfections de leurs profils. Il y avait bien encore quelques mauvaises langues pour rappeler que les filles Martin n'étaient pas avantageuses du nez, mais ces propos malveillants restaient à peu près sans écho. Au passage de la conduite intérieure, les hommes se prenaient à rêver et s'appuyaient avec langueur sur le manche de leurs fourches. On les entendait murmurer :

« Les jolies couleurs fraîches... Comme c'est souple et gracieux, et robuste aussi... »

En parlant ainsi, ils songeaient à la carrosserie, à la suspension, au moteur, mais ils arrivaient tout doucement à confondre la voiture et les jumelles dans une même admiration. Il faut dire que Léonie et

Mélina, depuis qu'elles roulaient dans une dix-huit chevaux, étaient devenues des jeunes filles élégantes. Elles n'auraient pas osé monter en voiture avec des sabots, un jupon de finette et un caraco. Elles se mirent très vite à porter des robes à la parisienne, du linge rose, des bas de soie et, comme elles avaient la jambe bien faite, il ne manquait pas d'hommes qui prenaient plaisir à les voir monter sur leurs sièges. Enfin, elles connurent l'art délicat de se maquiller. Mélina parvint même à tirer parti de son grand nez ; elle en teintait une moitié avec des fards ocre et l'autre moitié avec des fards de la couleur du temps qui la rendaient quasi invisible ; il fallait aux plus malins y regarder de bien près pour apercevoir ce que son nez avait en trop. Léonie, d'autre part, dissimulait le sien très habilement sous des lunettes de chauffeur.

Parmi les garçons du village, Antonin fut le premier qui s'intéressa tendrement aux filles du bonhomme Martin. C'était un garçon timide, indécis ; ne sachant sur laquelle des deux sœurs fixer son affection, il les courtisait l'une et l'autre. Après quelque temps d'hésitation, il parut néanmoins que son cœur penchait vers Léonie, la jumelle au nez trop court. Elle en eut une grande joie et vécut dans l'attente fébrile d'une déclaration d'amour, tandis que sa sœur se résignait déjà.

Un dimanche que le père Martin déjeunait avec ses filles, l'amoureux entra, poussa un soupir et déclara :

« Il faut pourtant que je me décide à vous le dire : je suis amoureux d'une de vos filles. »

Ce disant, il regardait tendrement Léonie, toute rougissante de bonheur.

« Je ne vois pas de mal à ce que tu te maries avec une de mes filles, répondit le père. Laquelle as-tu choisie ? »

Antonin sentit revenir d'un coup toutes ses hésitations, mais il fallait bien parler. Il se prononça au hasard :

« Je choisis Mélina. »

Léonie devint très pâle et aussitôt son nez s'allongea, ainsi qu'il arrive à peu près constamment aux personnes qui éprouvent une déception cruelle. Voyant le nez de sa fille s'allonger, le père tira dessus tant qu'il put afin de lui conserver ce calibre inespéré et il y réussit très bien.

Saint Christophe, qui avait mené toute l'affaire, se frottait les mains du haut du ciel et murmurait avec satisfaction :

« Et d'une. Le plus difficile est fait à présent, il me semble. »

En effet, saint Christophe avait accompli la partie la plus délicate de sa tâche. Pour Mélina, ce lui fut un jeu de réduire son nez à des proportions harmonieuses. Un jour que la jeune fille, imprudente comme elles le sont toutes, roulait à 100 à l'heure sur la route nationale, le bon saint combina un petit accident avec le concours d'un poulet neurasthénique. La pauvre bête fut si bien écrasée qu'il n'y eut pas d'autre moyen, pour la manger, que de l'accommoder en sauce. Quant à Mélina, un éclat de vitre lui sectionna le nez à l'endroit convenable et les chirurgiens firent le reste.

Pourvues de nez agréables par la grâce du bon saint Christophe, Léonie et Mélina devinrent les plus jolies filles du village et même des villages voisins à trois lieues à la ronde. Elles se marièrent toutes les deux par un joli samedi de printemps et eurent chacune huit enfants, sans compter les filles, tous beaux, bien faits, avec les plus jolis nez du monde.

LE NAIN

―――――

1934

LE NAIN

*D*ans sa trente-cinquième année, le nain du cirque Barnaboum se mit à grandir. Les savants étaient bien ennuyés, car ils avaient, une fois pour toutes, fixé à vingt-cinq ans l'âge limite de la croissance. C'est pourquoi ils firent en sorte d'étouffer l'affaire. Le cirque Barnaboum achevait une tournée qui devait l'amener à Paris par étapes. Il donna une matinée et deux soirées de gala à Lyon, où le nain parut dans son numéro habituel, sans éveiller aucun soupçon. Il entrait en piste, vêtu d'un costume de gommeux, et donnant la main à l'homme-serpent qu'il feignait de ne pouvoir embrasser du regard, tant il était long. Alors, on riait sur tous les gradins, parce que l'un était très grand et l'autre très petit. L'homme-serpent marchait d'un pas allongé qui faisait six ou sept des petits pas du nain, et en arrivant au milieu de la piste, il disait d'une voix caverneuse : « Je commence à être fatigué. » Le rire de la foule s'apaisait, pour permettre au nain de répondre avec une voix de fillette : « Tant mieux, M. Fifrelin, je suis bien content que vous soyez fatigué. » Et cela faisait rire encore à ventre déboutonné, et les gens se bourraient les côtes en disant : « Ils sont tordants, tous les deux... Mais c'est le nain, surtout... il est tout petit... cette petite voix qu'il a... » De temps à autre, le nain jetait un regard sur cette foule profonde dont les derniers rangs se confondaient dans la pénombre. Les rires et les regards ne le gênaient pas, il n'en ressentait ni peine ni plaisir. Jamais, à l'instant de paraître en public, il n'éprouvait cette angoisse qui serrait la gorge des autres artistes. L'effort du clown Pataclac, cette tension du cœur et de l'esprit pour faire entrer la foule dans son jeu, lui était inutile. De même qu'il suffisait à Tobie d'être l'éléphant, il lui suffisait d'être le nain, et il n'avait pas besoin d'aimer son public. À la fin de son numéro, il quittait la piste en courant, et l'homme-serpent, qui lui donnait la main, le soulevait de terre d'une manière drôle qui faisait partir les applaudissements sur

Première publication dans Candide, *1ᵉʳ mars 1934.*

225

tous les gradins. M. Loyal l'enveloppait alors dans un manteau et le conduisait auprès de M. Barnaboum qui lui donnait un bonbon ou deux, selon qu'il était satisfait de son travail.

«Vous êtes un excellent nain, disait M. Barnaboum, mais surveillez vos ronds de bras.

– Oui, monsieur», disait le nain.

Puis il allait auprès de Mlle Germina, l'écuyère, qui attendait derrière une tente le moment d'entrer en piste. Les jambes moulées par un maillot rose, et le buste pris dans un corselet de velours noir, elle se tenait très droite sur son tabouret, attentive à ne pas froisser son tutu et sa collerette de gaze rose. Prenant le nain sur ses genoux, elle l'embrassait au front et lui caressait les cheveux en parlant doucement. Autour d'elle, il y avait toujours des hommes qui lui disaient des choses assez mystérieuses. Le nain était depuis longtemps habitué à ces paroles de circonstance, et il aurait pu les répéter avec le sourire et le regard convenables, mais leur contenu demeurait pour lui une énigme irritante. Un soir qu'il était sur les genoux de Mlle Germina, Pataclac se trouvait seul avec eux, et dans son visage enfariné, ses yeux brillaient d'un éclat singulier. Voyant qu'il allait parler, le nain s'était avisé de le devancer, par jeu, et il avait murmuré à l'écuyère qu'il perdait le sommeil de ses nuits à cause d'une femme adorable, aux cheveux merveilleusement blonds, à la taille pincée dans un tutu rose qui la faisait ressembler à un papillon du matin. Elle avait ri aux éclats et le clown était sorti en claquant la porte derrière lui, quoique, à la vérité, il n'y eût point de porte.

Quand Mlle Germina sautait à cheval, il courait à l'entrée de la piste, et se tenait debout à côté des gradins. Des enfants le montraient du doigt, riant et disant: «C'est le nain.» Il les regardait avec méfiance et quand il était sûr de n'être pas vu par leurs parents, prenait plaisir à les effrayer de quelque grimace. Dans l'arène galopait l'écuyère dont les voltiges multipliaient le tutu de gaze rose. Ébloui par l'éclat des lumières et les ailes battantes de Mlle Germina, fatigué par cette lourde rumeur et haleine de vie qui emplissait le cirque, il sentait papilloter ses paupières et gagnait l'une des roulottes où la vieille Mary le bordait dans son lit après l'avoir déshabillé.

Sur la route de Lyon à Mâcon, le nain s'éveilla vers 8 heures du matin, avec une forte fièvre en se plaignant de violents maux de tête. Mary lui fit une tisane et lui demanda s'il avait froid aux pieds: pour s'en assurer, elle glissa la main sous la couverture et découvrit avec stupeur que les pieds du nain atteignaient l'extrémité du lit, alors que d'habitude, il s'en fallait d'au moins trente centimètres. Mary fut si effrayée qu'elle ouvrit la fenêtre et cria au vent de la course : « Mon Dieu ! Voilà le nain qui grandit ! Arrêtez ! Arrêtez ! » Mais le bruit des moteurs couvrait celui de sa voix, et d'ailleurs, tout le monde dormait dans les roulottes. Il fallait, pour faire arrêter le convoi, un événement d'une gravité exceptionnelle, et Mary, après réflexion, craignit d'encourir la colère de M. Barnaboum. Elle assista donc, impuissante, à la croissance du nain qui poussait des cris de douleur et d'inquiétude. Parfois, il interrogeait Mary d'une voix encore enfantine, mais déjà incertaine, qui est celle de l'âge ingrat.

« Mary, disait-il, j'ai mal comme si j'allais me casser en plusieurs morceaux, comme si tous les chevaux de M. Barnaboum travaillaient à m'arracher les membres du corps. Qu'est-ce qui m'arrive, Mary ?

– C'est parce que vous grandissez, nain. Mais ne vous agitez pas ainsi. Les médecins trouveront bien le moyen de vous guérir, et vous pourrez continuer votre numéro avec l'homme-serpent, et votre vieille Mary vous dorlotera encore.

– Si vous étiez un homme, aimeriez-vous mieux être nain ou être grand comme M. Barnaboum, avec des moustaches ?

– Les moustaches sont une chose bien agréable chez un homme, répondit Mary, mais, d'autre part, il est si commode d'être nain ! »

Vers 9 heures, le nain dut se coucher en chien de fusil dans son petit lit ; encore n'était-il pas bien à son aise. Mary avait beau lui faire des tisanes, il grandissait presque à vue d'œil, et en arrivant à Mâcon, il était déjà un gracieux adolescent. Appelé d'urgence, M. Barnaboum eut d'abord un mouvement de pitié et murmura avec sympathie : « Pauvre garçon ! À présent, sa carrière est brisée. Il était pourtant bien parti... »

Il mesura le nain, et en constatant qu'il avait grandi de soixante centimètres, il ne put dissimuler son dépit.

« Il est vraiment inutilisable, dit-il. Que diable peut-on faire d'un garçon qui n'a d'autre spécialité que de mesurer un mètre soixante-cinq ? Je vous le demande, Mary. Évidemment, le cas est curieux, mais enfin, je ne vois pas le moyen d'en faire un numéro. Il faudrait pouvoir le présenter "avant et après". Ah ! s'il lui était poussé une deuxième tête, ou une trompe d'éléphant, ou n'importe quoi d'un peu original, je ne serais pas embarrassé. Mais, en vérité, je n'ai que faire de cette croissance soudaine. Je suis même très ennuyé. Comment vais-je vous remplacer ce soir, nain ? Mais je continue à vous appeler nain, et je ferais mieux de vous donner votre nom de Valentin Duranton.

– Je m'appelle Valentin Duranton? demanda le ci-devant nain.

– Je n'en suis pas trop sûr. Duranton ou Durandard, à moins que ce ne soit Durand tout court, ou même Duval. Je n'ai pas le moyen de m'en assurer. En tout cas, je vous garantis le prénom de Valentin.» M. Barnaboum donna des ordres à Mary pour que l'événement ne fût pas ébruité. Il craignait que la nouvelle ne fît une petite révolution parmi les artistes de sa troupe; les phénomènes, comme la femme-à-barbe-canon, et le manchot tricoteur, en viendraient peut-être à considérer leur disgrâce avec quelque mélancolie, ou à concevoir des espérances déraisonnables, dont leur travail se ressentirait. On convint de dire que le nain, assez gravement malade, devait garder le lit et ne recevoir aucune visite. Avant de quitter la roulotte, M. Barnaboum mesura encore le malade qui avait pris quatre centimètres pendant la conversation. «Il va bon train, ma foi. S'il continue, il fera bientôt un géant assez présentable, mais il n'y faut guère compter. Pour l'instant, il est clair que ce garçon-là a toutes les peines du monde à tenir dans son lit et qu'il serait mieux assis. Mais comme il n'a plus de vêtement à sa taille, et afin qu'il ne perde pas ses habitudes de décence, vous irez lui chercher dans ma garde-robe ce complet gris à rayures groseille, que mon ventre naissant me fit reléguer l'année dernière.»

À 8 heures du soir, Valentin comprit que sa crise était terminée. Il mesurait un mètre soixante-quinze et rien ne lui manquait de ce qui fait ordinairement l'orgueil d'un très bel homme. La vieille Mary ne se lassait pas de le regarder, et, joignant les mains, lui faisait compliment de sa fine moustache, et du joli collier de barbe qui ajoutait tant de distinction à son beau visage de jeunesse, et aussi de ses larges épaules, de son torse bombé qui emplissaient avec avantage le veston de M. Barnaboum.

«Marchez un peu, nain... je veux dire monsieur Valentin. Marchez trois pas que je vous voie... Quelle taille! Quelle élégance! Quel balancé de la hanche et de l'épaule! Vous voilà mieux fait, sur mon honneur, que M. Janido, notre bel acrobate, et je ne vois même pas que M. Barnaboum, au temps de ses vingt-cinq ans, ait eu cette fierté et cette force gracieuse qui sont en votre personne!»

Valentin avait plaisir à tous ces compliments, mais il écoutait d'une oreille un peu distraite, car il avait bien d'autres sujets d'étonnement. Par exemple, les objets qui lui paraissaient si lourds autrefois, son gros livre d'images, la lampe-tempête, le seau rempli d'eau, ne pesaient pour ainsi dire plus à ses mains, et il sentait dans son corps et ses membres, des forces disponibles dont il cherchait vainement l'emploi dans cette roulotte où toutes les choses étaient de dimensions réduites. Il allait ainsi de toutes les notions, de toutes les idées, qui, la veille encore, comblaient son esprit et son imagination de nain ; il percevait maintenant qu'elles ne lui suffisaient plus, et toujours lui semblait-il, au moment de parler, qu'il lui manquât quelque chose. À chaque instant, ses efforts de réflexion, ou les propos de la vieille Mary, lui découvraient des nouveautés, dont il s'émerveillait. Parfois aussi, une intuition hésitante l'égarait sur de fausses routes, quoiqu'il soupçonnât quelque chose de son erreur. Comme la vieille Mary s'approchait pour lui ajuster sa cravate, il lui prit la main et débita une phrase qui lui revenait en mémoire pour l'avoir maintes fois entendue en d'autres circonstances.

« Comment pourriez-vous m'empêcher de vous trouver charmante ? Vos yeux ont la couleur tendre et profonde des grands soirs d'été, rien n'est plus doux que le sourire de votre bouche mutine, et tous vos gestes semblent tels que l'envol d'un oiseau. Heureux, mille et mille fois heureux celui qui saura trouver le chemin secret de votre cœur, mais qu'il soit maudit si ce n'est moi. »

Aux premiers mots, la vieille Mary fut d'abord un peu surprise, puis elle s'habitua très bien à l'idée qu'on pût encore lui adresser de pareils hommages. Elle sourit à la bouche mutine, battit de l'aile à l'envol de l'oiseau, et soupira la main sur le cœur :

« Ah ! Monsieur Valentin, il vous est venu plus d'esprit encore que de taille, et je ne pense pas qu'une personne sensible puisse résister à tant d'agréments. Je ne veux pas être cruelle, monsieur Valentin. D'ailleurs, ce n'est pas dans mon tempérament… »

Mais le galant, sans savoir pourquoi, partit d'un grand éclat de rire, et Mary comprit aussitôt qu'elle s'était laissée abuser par de belles paroles.

« Je suis une vieille bête, dit-elle en souriant. Mais comme vous allez vite, monsieur Valentin ! Voilà que vous vous moquez déjà d'une pauvre femme. »

Tandis que le spectacle commençait, M. Barnaboum fit une brève apparition dans la roulotte, pressé comme il était toujours. Il ne reconnut pas Valentin, et crut que la vieille Mary avait fait appeler le médecin.

« Eh bien, docteur, comment trouvez-vous notre malade ?

– Je ne suis pas le docteur, répondit Valentin, je suis le malade. Je suis le nain.

– Ne reconnaissez-vous pas votre complet gris à rayures groseille ? » ajouta Mary.

M. Barnaboum ouvrit de grands yeux, mais il n'était pas homme à s'étonner longtemps.

«Beau garçon! dit-il, je ne suis pas surpris que mon complet lui aille si bien.

– Et si vous saviez, monsieur Barnaboum, combien il a d'esprit! Ce n'est pas croyable.

– Mary exagère un peu, dit Valentin en rougissant.

– Hum! Drôle d'histoire qui vous arrive là, mon ami, et je ne vois pas encore quelle conclusion lui donner. En attendant, vous ne pouvez rester ainsi à étouffer dans cette roulotte. Venez avec moi prendre l'air, je vous ferai passer pour quelqu'un de mes parents.»

Si M. Barnaboum ne l'avait accompagné, Valentin se fût probablement livré à quelques excentricités, comme d'éprouver la force de ses jambes neuves en courant autour du cirque, ou de crier ou de chanter avec toute sa voix.

«La vie est une bien belle chose, disait-il. Je ne le savais pas encore hier soir. Et comme le monde paraît grand, quand il est vu d'un peu haut!...

– Sans doute, répondait M. Barnaboum, mais il n'y a pas autant de place qu'on pourrait le croire d'abord, et vous n'irez peut-être pas longtemps avant d'en faire l'expérience.»

Chemin faisant, ils croisèrent l'homme-serpent qui sortait de sa roulotte. Il s'arrêta auprès d'eux, et comme il était naturellement enclin à la mélancolie, il considéra sans bienveillance ce solide gaillard au visage épanoui, qui accompagnait le patron.

«Comment va le nain? demanda-t-il.

– Pas bien, répondit M. Barnaboum. Le médecin, qui est venu tout à l'heure, l'a fait transporter à l'hôpital.

– Autant dire qu'il est perdu», ajouta Valentin avec une impatience joviale.

L'homme-serpent essuya une larme et dit avant de s'éloigner:

«C'est bien le plus gentil camarade que j'aie jamais connu. Il était si petit qu'il n'y avait pas de place en lui pour la méchanceté. Il était doux, monsieur, et confiant. Quand il mettait sa petite main dans la mienne, pour entrer en piste, je ne peux pas dire comme j'étais heureux.»

Valentin était ému. Il aurait voulu dire à l'homme-serpent qu'il était le nain et qu'il n'y avait presque rien de changé, mais, en même temps, il craignait de se diminuer, de consentir à ses limites d'autrefois. L'homme-serpent lui jeta un regard hostile et partit en reniflant. M. Barnaboum dit à Valentin:

«Vous aviez des amis...

– J'en aurai d'autres.

– Ce n'est pas impossible... mais celui-ci était un ami sûr, qui n'avait rien à attendre de vous.

– Qui n'avait rien à craindre non plus, monsieur Barnaboum.

– Vous avez raison, monsieur Valentin, et la vieille Mary aussi, quand elle affirme qu'il vous est venu de l'esprit.»

Ensemble, ils entrèrent au cirque, et il fallut expliquer à plusieurs reprises que le nain venait de partir pour l'hôpital et qu'on ne le reverrait plus dans la troupe. Chacun essuyait une larme et donnait des paroles de regret. M. Loyal, le clown Pataclac, Janido et ses trois frères acrobates, Mlle Primevère la danseuse de corde, les Japonais équilibristes, Julius le dompteur, et tous les artistes du grand cirque Barnaboum, soupiraient qu'ils perdaient leur meilleur ami. L'éléphant lui-même balançait sa trompe d'une manière qui ne lui était pas habituelle et on voyait qu'il était malheureux. Cependant, personne ne prenait garde à Valentin, quoique M. Barnaboum le donnât pour son cousin. C'était comme s'il n'eût pas existé, et il demeurait silencieux, étranger, semblait-il, à ce grand chagrin dont il était la cause. Surpris et choqué qu'on ne fît pas plus attention à lui, il en voulait au nain de tenir encore tant de place.

Sur la piste, l'homme-serpent se livrait à de savants exercices, comme de s'enrouler autour d'un mât, passer par le trou d'une aiguille et faire un double nœud avec ses jambes. Valentin écoutait avec un peu d'envie le murmure d'admiration qui courait sur les gradins. Il avait, lui aussi, connu les faveurs de la foule, et, d'ailleurs, il espérait les connaître encore. Cette jeunesse du corps et de l'esprit, cette perfection qu'il sentait en lui, comment le public ne les aurait-il pas admirées?

Lassé par le spectacle et impatient de découvrir le monde, il porta ses pas dans les rues de la ville. Heureux de se débarrasser du nain, fier de sa force et de sa liberté, il arpentait le pavé avec exaltation. Mais son ivresse fut de courte durée. Les passants ne lui prêtaient pas plus d'attention qu'à l'un quelconque d'entre eux. Sans bien comprendre que sa nouvelle condition faisait de lui un homme comme les autres, il songeait qu'autrefois, quand l'homme-serpent ou la vieille Mary le conduisaient dans les rues de la ville où l'on donnait une représentation, tous les regards étaient braqués sur lui.

«J'ai grandi, soupira-t-il, et voilà qu'il ne m'arrive rien du tout. À quoi donc sert d'être un bel homme, si cela ne se voit pas? On dirait que le monde n'est fait que pour les nains.»

Après avoir marché un quart d'heure, le spectacle de la ville lui parut d'une extrême monotonie. Jamais il ne s'était senti aussi seul. Les passants étaient rares, les rues maussades, pauvrement éclairées, et, en se représentant les lumières éclatantes du cirque Barnaboum, il regretta de s'être éloigné. Pour tromper la solitude, il pénétra dans un café et se fit servir un bock sur le zinc, comme il avait déjà vu faire à l'homme-serpent. Le patron, qui bâillait en regardant la pendule, lui demanda d'une voix distraite :

« Comme ça, vous n'êtes pas allé au cirque ?

– Je n'ai pas eu le temps. Vous non plus ?

– Ma foi, non. Il faut bien être là pour garder l'établissement.

– En somme, dit Valentin, vous n'avez pas une existence très gaie ?

– Moi ? protesta le patron, mais je suis le plus heureux des hommes ! Ce n'est pas pour me vanter... »

Il expliqua en quoi consistaient ses occupations. Valentin n'osait pas dire ce qu'il en pensait, mais il lui semblait que le bonheur était une chose bien ennuyeuse, quand on n'avait pas la chance d'appartenir à une troupe d'artistes célèbres. Ignorant des usages, il partit sans payer son bock, et regagna le cirque Barnaboum.

Rôdant vers les écuries, Valentin aperçut Mlle Germina assise sur un tabouret pendant qu'un palefrenier harnachait son cheval. Il prit le temps de la regarder sans être vu et découvrit à son admiration des prétextes nouveaux. Il s'intéressait moins à la fraîcheur de la collerette, aux harmonies en rose et noir de son costume, qu'à la minceur de la taille, au modelé du genou et de la jambe, à la gracilité du col, et à il ne savait quel mystère impossible à nommer quand on n'est pas instruit des merveilles du *sex-appeal*. Il pensait en tremblant un peu qu'il s'était assis la veille encore sur les genoux de l'écuyère et qu'il avait appuyé sa tête contre le corselet de velours noir au doux renflement. Mais ses souvenirs le trahissaient, car il lui semblait avoir posé sur le corselet, non pas sa tête de nain, mais sa belle tête neuve, avec le collier de barbe et la fine moustache. Il réfléchit, néanmoins, qu'il ne pouvait plus s'asseoir sur les genoux de Mlle Germina. Il était trop grand et trop lourd.

« Je m'appelle Valentin, dit-il à l'écuyère.

– Je crois vous avoir aperçu tout à l'heure, monsieur. On m'a dit que vous étiez un parent de M. Barnaboum... Vous me voyez bien affligée, car je viens d'apprendre que mon ami le nain est à l'hôpital.

– C'est sans importance... J'ai à vous dire que vous êtes très belle. Les cheveux blonds, je trouve que c'est bien, et les yeux noirs aussi, et le nez, et la bouche... Je serais content de vous embrasser. »

Mlle Germina fronça les sourcils, et Valentin fut intimidé.
«Je n'ai pas voulu vous fâcher, dit-il, et j'attendrai pour vous
embrasser que vous me le demandiez. Mais vous êtes bien belle. Le
visage, le cou, les épaules, tout est parfait. C'est comme la poitrine.
Je suis sûr que les gens ne font pas attention aux poitrines, eh bien !
moi, je trouve que c'est très intéressant. La vôtre…»
Dans sa candeur, il tendit les deux mains, sans savoir qu'il allait
faire une chose épouvantable, défendue par les convenances. Mlle
Germina était en colère, elle lui dit qu'on n'agissait pas ainsi avec
une personne bien élevée et qu'elle était une artiste pauvre, mais
fière. Il ne trouvait rien à dire pour sa défense. À tout hasard, il
recourut à un boniment qu'il avait entendu cent fois dans la bouche
de Pataclac ou des frères Janido.
«L'amour me fera perdre la raison, soupira-t-il. Hélas ! pourquoi
faut-il, adorable écuyère, que mes yeux aient été troublés par vos
cheveux d'or et votre regard de velours, par la grâce et la majesté de
votre taille de fée ?»
Elle trouva qu'il parlait bien et écouta de meilleure volonté. Valentin
poursuivit :
«Mais comment vous faire comprendre que je voudrais déposer aux
pieds de votre âme une fortune digne de votre beauté ?»
L'écuyère eut un gracieux sourire, mais M. Barnaboum entra au
même instant et entendit le propos.
«Ne l'écoutez pas, dit-il à Mlle Germina. Ce garçon-là n'a pas un sou
de fortune. Ses discours sont encore plus menteurs que ceux de
Pataclac, qui possède au moins un très joli talent de clown.
– Moi aussi, repartit Valentin, j'ai un très joli talent, et le public ne
m'a jamais ménagé ses applaudissements.
– Et que faites-vous donc ?» demanda l'écuyère.
M. Barnaboum se hâta de parler d'autre chose, puis il entraîna
Valentin au-dehors.
«Parlons-en un peu de votre talent ! dit-il lorsqu'ils furent seuls. Vous
pouvez vous flatter de l'avoir gâché proprement ! Allez donc vous
présenter sur la piste, et nous verrons si le public vous applaudira
encore… Ah ! vous voilà un joli monsieur ! Il y a de quoi être fier, ma
foi. Quand je pense que vous mesuriez quatre-vingt-quinze centimètres et que vous étiez l'honneur de la troupe, quelle pitié de vous
voir ainsi arrangé !… Vraiment, c'est bien à vous de faire la cour aux
filles, qui ne savez même pas comment vous allez gagner votre vie.
Y avez-vous seulement réfléchi cinq minutes ?
– Gagner ma vie ?» dit Valentin.

Voyant son innocence et qu'il ne soupçonnait rien des nécessités de la vie, M. Barnaboum entreprit de l'en instruire. Il lui expliqua l'usage de l'argent, la difficulté qu'il y a pour un honnête homme à s'en procurer, et ce qu'il faut entendre par les plaisirs de l'amour. Valentin comprenait à merveille. Il avait seulement un peu d'inquiétude à cause de l'amour.

«Pensez-vous que Mlle Germina consente à m'épouser?

– Sûrement non! répondit M. Barnaboum. Elle est trop sage pour faire une pareille folie. Ah! si vous étiez un grand artiste, peut-être...»

Pour l'amour de Mlle Germina, et parce qu'il comprenait que dans la vie, à moins d'être nain ou éléphant, il faut bien faire quelque chose, Valentin décida qu'il serait un grand artiste. M. Barnaboum, en considération de ses services passés, voulut bien faire les frais de son apprentissage. Il fallait d'abord choisir une spécialité. Celles de trapéziste et d'acrobate en toutes manières ne pouvaient convenir, car elles exigeaient non seulement des aptitudes particulières, mais encore une souplesse et une élasticité du corps qui ne s'acquièrent plus à l'âge d'homme. Valentin se mit d'abord à l'école de Pataclac, mais au bout de quelques heures de travail, le clown l'avertit amicalement qu'il ne fallait rien espérer de ce côté-là.

«Vous ne ferez jamais rire un enfant. Je vous vois trop raisonnable d'esprit et d'allures pour surprendre votre public par quelque chose d'inattendu. Vous faites les choses comme vous les pensez, et vous les pensez comme elles doivent être faites.

«Ce n'est pas que le bon sens doive manquer à un clown, au contraire, mais nous le mettons plus volontiers là où on ne l'attend pas, dans une grimace ou un mouvement des doigts de pied. C'est une habitude qui vient toute seule quand on en a le goût, mais un homme comme vous perd son temps à vouloir être clown.»

À regret, Valentin se rendit aux raisons de Pataclac et commença son apprentissage de jongleur, auprès des deux Japonais. En arrivant à Joigny, il jonglait passablement avec deux boules de bois, mais il comprit qu'il ne saurait jamais aller beaucoup plus loin, et d'ailleurs, le jeu ne lui plaisait guère. Il lui semblait tricher avec des lois honnêtes qui avaient toute son approbation.

Il se mit à d'autres apprentissages, et sans plus de succès. En toutes choses, il se montrait assez adroit, mais pas plus qu'il n'est ordinaire. Lorsqu'il voulut monter à cheval, il y réussit aussi bien qu'un capitaine de gendarmerie, et M. Barnaboum convint qu'il avait de l'assiette. Ce n'était pas suffisant, il fallait d'autres mérites pour prétendre à être un artiste.

Valentin était si découragé par tous ces échecs qu'il n'osait plus regarder le spectacle ; et les villes où passait le cirque Barnaboum lui semblaient toutes aussi mornes que celle où il s'était risqué seul pour la première fois. Le soir, il préférait à toute autre la compagnie de la vieille Mary qui savait encore le consoler.

« N'ayez aucune crainte, disait-elle, tout finira par s'arranger. Vous serez un grand artiste, comme M. Janido ou M. Pataclac. Ou bien vous redeviendrez nain, ce qui serait une bonne chose, quoique vous ayez plus bel air ainsi. Vous serez nain, et vous reviendrez dormir dans votre petit lit de nain, et la vieille Mary vous bordera tous les soirs...

– Et Mlle Germina ?

– Elle vous prendra sur ses genoux, comme elle faisait autrefois.

– Et puis encore ?

– Elle vous donnera un baiser sur le front.

– Et puis encore ?... Ah ! Mary... Mary... si vous saviez ! non, je ne veux plus être nain. »

Il y avait déjà près d'un mois que Valentin avait grandi, lorsque le cirque Barnaboum arriva à Paris où il dressa ses tentes à la porte de Vincennes. Dès le premier soir, une foule nombreuse combla les gradins, et M. Barnaboum surveillait d'un air soucieux l'exécution du programme. Valentin se tenait derrière la piste, au milieu des valets en uniforme, et des artistes qui attendaient l'instant de faire leur entrée. Il avait perdu tout espoir de fournir une carrière d'artiste ; sa dernière tentative, avec M. Julius le dompteur, avait échoué comme les autres. Il était trop bien équilibré pour se risquer sans dommage dans la cage aux fauves. Il lui manquait ces initiatives du corps, qui préviennent le danger, et que ni le courage ni le sang-froid ne peuvent remplacer. M. Julius lui avait reproché d'être trop raisonnable en face des lions.

Valentin regardait Mlle Germina galoper sur la piste. Debout sur son cheval, et le bras tendu vers la foule, l'écuyère répondait par des sourires aux applaudissements, et Valentin songeait qu'aucun de ses sourires n'était pour lui. Il se sentit las et honteux de sa solitude. Il venait de voir défiler sur la piste la plupart des compagnons de la troupe : Pataclac, les frères Janido, Mlle Primevère la danseuse de corde, Fifrelin et les Japonais. Chacune de ces exhibitions lui rappelait un échec.

«C'est fini, soupira-t-il, je n'entrerai plus jamais en piste. Il n'y a plus de place pour moi dans la troupe du cirque Barnaboum.»

Il jeta un regard sur la foule et il aperçut, à quelque distance, un espace inoccupé à cause d'un poteau qui gênait la vue. Il alla s'y asseoir et oublia presque aussitôt sa mélancolie. Autour de lui, il entendait parler de l'écuyère, louer sa grâce et son adresse, et il mêlait ses propos à ceux des voisins. Oubliant qu'il était Valentin, il se confondait avec la foule et applaudissait sans y prendre garde. «Comme elle nous sourit!» murmura-t-il avec la voix du public. Quand ce fut la fin du spectacle, il se laissa porter vers la sortie par le flot des spectateurs. Il ne songeait plus aux carrières d'artiste et n'éprouvait plus le besoin d'être admiré. Au contraire, il était heureux d'appartenir à ce grand troupeau et de n'être plus tout à fait responsable de sa personne. M. Barnaboum, qui l'avait vu s'asseoir sur les gradins, le suivit des yeux longtemps, jusqu'à ce qu'il devînt, dans la foule, un point pareil aux autres points, et dit à M. Loyal qui se tenait auprès de lui :

«À propos, monsieur Loyal, je ne vous ai pas dit... Le nain est mort.»

LA CANNE

*L*es époux Sorbier décidèrent qu'on profiterait du dimanche après-midi pour faire un tour de promenade. Par la fenêtre, Mme Sorbier appela ses deux garçons, Victor et Félicien, qui jouaient dans la rue à se jeter des ordures au visage. Ils aimaient les jeux turbulents qui font gémir les mères de famille.

«Venez mettre vos costumes, dit-elle, on va se promener. Il fait un joli soleil de dimanche après-midi.»

Chacun entra dans ses habits du dimanche. Victor et Félicien enfilèrent des costumes marins avec une répugnance non dissimulée. Ils rêvaient d'avoir des habits d'homme, qu'il leur fallait attendre jusqu'au jour de leur première communion où ils toucheraient également une vraie montre en argent.

Le père mit un faux col dur sur lequel il ajusta un nœud papillon. Au moment de passer son veston, il en examina la manche gauche d'un air sérieux et dit à sa femme:

«Mathilde, qu'est-ce que tu dirais si j'ôtais mon brassard de crêpe? À Paris, le deuil ne se porte guère.

– Tu feras comme tu voudras, riposta Mathilde d'un ton sec. Il n'y a pas plus de deux mois que mon oncle Émile est mort, mais après tout, il n'était que mon oncle... et tu as bientôt fait d'oublier les gens, toi.

– Tu sais bien, Mathilde, ce que disait ton oncle Émile: "Quand je mourrai, mes chers enfants..."

– Naturellement, tu n'es pas obligé de respecter mes morts, mais tu reconnaîtras que j'ai toujours porté le deuil de tous tes parents. Depuis huit ans que nous sommes mariés, je n'ai presque pas quitté le noir...»

Sorbier hocha la tête d'un air contrarié et ne trouva rien à répondre. Abandonnant son projet, il mit son veston. Toutefois, il ne ressentit pas cette allégresse vertueuse que procure d'habitude le renonce-

Première publication dans Candide, *3 novembre 1932.*

ment. Il contempla mélancoliquement son image devant l'armoire à glace et soupira :

« C'est qu'on le remarque bien, tu sais... Ce serait un veston de couleur foncée, encore, je ne dis pas... »

Sorbier n'était pas exagérément coquet. En semaine, il s'accommodait très bien d'user au bureau des vêtements défraîchis, voire rapiécés, mais il pensait avec raison que le dimanche est fait pour s'habiller avec distinction. En effet, comment supporterait-on d'être malmené par son chef de service si l'on ne savait avoir chez soi un complet des dimanches ? C'est une question de dignité humaine. Or, il saute aux yeux qu'un brassard de crêpe compromet l'élégance d'un complet. D'autre part, le deuil est le deuil, il n'y a pas à aller contre, surtout quand on est marié et père de famille.

Cependant Victor et Félicien jouaient à cache-cache sous la table de la salle à manger. On leur avait pourtant dit que ce n'était pas un jeu d'appartement. Il arriva qu'un compotier se brisa sur le parquet. Leur mère accourut au bruit, gifla celui qui était à sa portée et enferma l'un des garçons dans les cabinets, pour les séparer. Ainsi, elle pouvait s'habiller tranquillement, sans crainte d'une catastrophe, puisqu'ils étaient séparés. En regagnant la chambre, elle vit son mari assis dans le fauteuil, qui regardait le plafond avec un demi-sourire de béatitude, en caressant la brosse dure de ses moustaches.

« Qu'est-ce que tu regardes au plafond ? Qu'est-ce que tu peux encore ruminer, avec ton sourire ?

– J'ai envie... Figure-toi, Mathilde, qu'il m'est venu une idée, là, tout de suite. J'ai envie... »

Il murmurait comme dans un rêve. Sa femme le pressa de parler, flairant déjà quelque nouvelle sottise.

« J'ai envie, reprit-il, de prendre la canne de l'oncle Émile... Je n'y avais encore pas pensé à la canne de l'oncle Émile... Tu ne penses pas qu'au lieu de la laisser dans le tiroir de l'armoire à glace, il vaudrait mieux... »

Mathilde pinça les lèvres, et lui, il rougit un peu. Évidemment, il s'était trop pressé de désirer cette canne, alors que la tombe de l'oncle Émile était encore toute fraîche, comme sa femme le lui donna à entendre, la voix rageuse et les yeux humides d'indignation :

« À peine deux mois... Un homme qui a travaillé toute sa vie. Il ne s'en était jamais servi, de sa canne !

– Justement...

– Quoi, justement? Pourquoi dis-tu justement? Il n'y a pas de bon sens à répondre: justement. Voyons!
– Je dis: justement. Et son visage eut une expression hermétique, comme s'il attachait à sa réponse un sens mystérieux.»
Mathilde somma son mari d'une explication. Il siffla. Elle attacha ses jarretelles en songeant à des représailles. À 2 heures et demie, tout le monde était réuni sur le palier. Il semblait bien que la promenade dût être ce qu'étaient toutes les promenades du dimanche: deux heures d'ennui coupées par une station silencieuse autour d'une canette de bière. Le père dit: «En route, mauvaise troupe.» C'était l'habitude. Sur le point de fermer la porte derrière lui, il se ravisa et dit avec un air de parfaite innocence qui abusa Mathilde: «J'ai oublié ma montre. Descendez, je vous rejoins en bas dans une minute, le temps d'aller et venir.»
Il courut à l'armoire à glace, ouvrit le tiroir et prit la canne de l'oncle Émile. La poignée en os jauni, figurant la gueule d'un bouledogue, était vissée sur une tige de bois verni, cerclée d'une virole en or. Sorbier n'avait jamais soupçonné que le fait de tenir une canne dans la main droite pût donner à un homme une conscience meilleure de sa dignité. En rejoignant sa famille qui l'attendait devant la maison, il ne se laissa pas entamer par l'apostrophe rageuse de sa femme. Il dit avec la fermeté d'un homme libre et d'un chef de famille décidé à défendre le bénéfice des mâles responsabilités qui lui incombaient naturellement:
«Eh bien! oui, j'ai pris la canne de ton oncle. Je ne vois pas où est le mal. J'ai trente-sept ans, c'est un âge où un homme qui a des responsabilités peut prétendre à porter une canne. Si tu tiens à ce que celle du vieux reste dans l'armoire, j'en achèterai une, et je te promets que ce ne sera pas de la camelote.»
Mathilde garda un silence contraint, elle craignait un coup de tête. On achète d'abord une canne, on prend le goût de la dépense, on a des maîtresses... Pour la première fois depuis plusieurs années, elle jeta sur son mari un regard d'effroi et d'admiration. Quoiqu'elle lui tînt rigueur de son irrévérence à l'égard du défunt, elle ne put se défendre de remarquer l'aisance boulevardière avec laquelle il maniait la canne. Elle poussa un soupir presque tendre que Sorbier interpréta comme une manifestation de rancune.
«Si tu as mal aux pieds, dit-il, rentre à la maison. Je continuerai avec les enfants; ils ne s'en plaindront pas...
– Il n'est pas question de mes pieds... mais pourquoi dis-tu que les enfants...

– Tu ne me crois pas capable de promener mes enfants ? Tu veux dire, sans doute, que je suis un mauvais père ? »

Il eut un ricanement orgueilleux et amer. Victor allait quelques pas en avant de la famille, tandis que Félicien donnait la main à sa mère qui la maintenait solidement. Sorbier s'en avisa et déclara sèchement, parce qu'il avait besoin d'affirmer son autorité par une initiative audacieuse :

« Je ne comprends pas qu'on empêche des gamins de s'amuser. Allons, Félicien, lâche la main de ta mère.

– Quand ils sont ensemble, objecta Mathilde, tu sais pourtant bien qu'on n'en est plus maître. On peut être sûr qu'ils déchireront leurs costumes, s'ils ne roulent pas sous une voiture... Quand l'accident arrive, il est trop tard... »

Sorbier ne répondit pas, et portant affectueusement un coup de canne aux mollets de Félicien :

« Allons, dit-il, va-t'en rejoindre ton frère. Ce sera plus gai que d'arpenter les rues dans les jambes de ta mère. »

Félicien lâcha la main de sa mère et alla faire à Victor la surprise d'un coup de pied au derrière. Victor riposta par une claque, un béret roula jusque sur le milieu de la chaussée. Mathilde considérait les conséquences de l'initiative paternelle avec une affectation d'indifférence qui n'allait pas sans ironie. Sorbier se mit à rire et dit avec bonhomie :

« Ils sont impayables, ces deux gamins-là. Ce serait dommage de ne pas les laisser s'amuser à leur aise. »

Toutefois, il reconnut la nécessité de diriger leurs ébats.

« Restez devant moi, à portée de ma canne, et amusez-vous gentiment. Puisque nous sommes partis de bonne heure, je vais vous faire faire une jolie promenade ; ce sera pour vous l'occasion de vous instruire. »

La famille parcourut un kilomètre de rues et de boulevards. Le père désignait les monuments avec sa canne et discourait avec une abondance et une bonne humeur qui exaspéraient sa femme.

« C'est plein de monuments historiques par ici. Là-bas, les magasins du Louvre... ici le ministère des Finances... Voilà la statue de Gambetta, celui qui a sauvé l'honneur en 70... rappelez-vous. »

Un peu plus loin, Victor avisa une femme nue debout sur un socle et la montra du doigt.

« Et celle-là, papa ? Qu'est-ce que c'est ? Elle a sauvé l'honneur aussi ? »

Le père eut un mouvement de contrariété. Il convint d'une voix rogue :
«C'est une femme... Allons, ne reste pas planté là.»
Et il poussa Victor du bout de sa canne. Il était choqué d'entendre un
si jeune garçon l'interroger sur une femme nue. Mais il se ressaisit
presque aussitôt, et donnant du coude à sa femme, il fit observer
d'un ton où perçait un reproche égrillard, à peine sous-entendu :
«C'est même une femme bigrement bien faite... On voit que c'est un
artiste qui y a mis la main. Regarde!»
Songeant aux imperfections qu'elle dissimulait péniblement dans
son corset, Mathilde eut un air de réprobation douloureuse. Sorbier
aggrava les choses en faisant entendre un claquement gourmand de
la langue.
«Bigrement bien faite! tu ne vas pas me dire le contraire? On ne
peut pas rêver une femme qui soit mieux faite.»
Mathilde répondit par un murmure confus qui était moins un
démenti qu'une protestation pudique. Sorbier se récria, comme s'il
eût été accusé de mensonge. Il lui semblait qu'on voulût compromettre, par des propos de mauvaise foi, l'incomparable dignité que
venait de lui conférer la canne de l'oncle Émile. Prenant Mathilde
par le bras, il la poussa au pied de la statue d'un élan pressé.
«Regarde cette ligne de la hanche, regarde cette courbe du ventre,
hein? Un ventre à peine bombé, juste comme un ventre doit être
bombé. Et les seins? parlons des seins, tiens... As-tu jamais rien vu
d'aussi beau?»
Mathilde en avait les larmes aux yeux. Victor et Félicien suivaient
avec beaucoup d'intérêt la démonstration de leur père, et à l'appel
des rondeurs qu'il caressait du bout de sa canne, les deux frères
réprimaient leur envie de rire, en se bourrant les côtes. Mathilde
tenta inutilement plusieurs diversions, exprimant même son inquiétude de voir les enfants détailler cette académie. Sorbier, qui s'exaltait au jeu, ne lui épargna rien, et passant à l'envers de la statue, il
eut un véritable rugissement d'enthousiasme :
«De l'autre côté, c'est pareil! Juste ce qu'il faut pour s'asseoir, pas
plus!»
Sa canne décrivit deux cercles, comme pour isoler l'objet de son
admiration. Victor et Félicien, déjà cramoisis par une hilarité contenue à grand-peine, éclatèrent d'un rire gargouillant qui leur sortait
par le nez et leur secouait les épaules. Effrayés par cet accès de
gaieté qui allait révéler aux parents des instincts dépravés, ils s'éloignèrent en courant. Cela décida le père à abandonner la statue.
Mathilde l'avait écouté jusqu'au bout, sans même songer à lui tour-

ner le dos. Elle lui emboîta le pas mécaniquement, dominée par l'image de cette nudité dont le détail l'accablait. Elle se surprit à rougir de sa poitrine dont l'abondance dissimulait à son regard la pointe de ses souliers. Dans un accès de modestie, elle se jugea ridicule, indigne de cet époux qu'elle avait méconnu. Sorbier lui apparut sous un jour nouveau et prestigieux ; il devenait tout d'un coup séduisant comme un démon, nimbé d'une auréole de perversité. Elle sentit naître dans son cœur un sentiment dévotieux, une fringale d'obéissance et de complète soumission à la volonté capricieuse de son époux. Toutefois, elle se garda de rien laisser paraître de cette révolution sentimentale. La démarche altière et le visage rogue, elle ne se départait pas d'un mutisme prudent, laissant à son mari le soin de tancer les enfants. D'un effort qui lui congestionnait les joues, elle ménageait sa respiration pour effacer son ventre abondant, sans se rendre compte que sa poitrine saillait d'autant. D'ailleurs, Sorbier ne lui prêtait point d'attention. Grisé par la ferveur de son invocation à cette nudité de pierre, il se répétait certaines phrases qu'il jugeait particulièrement heureuses ; en même temps, il se plaisait à évoquer les formes de la statue. À plusieurs reprises, Mathilde l'entendit prononcer d'une voix saccadée : «La cuisse, l'épaule, le ventre, le jarret.» Un moment, elle put croire qu'il méditait une manière originale de composer un pot-au-feu, mais après un silence, il ajouta en éclatant d'un rire nerveux : «Et les seins, nom de nom ! les seins !» Déjà, il s'avérait que l'émotion artistique de Sorbier n'était plus tout à fait pure. Il y avait dans l'éclat de son regard, dans la chaleur de sa voix, des signes qui avertissaient l'épouse. Elle ne put soutenir davantage son affectation d'indifférence, elle lui dit avec amertume, mais d'une voix basse, sans colère :

«Je ne sais pas si tu cachais ton jeu, mais autrefois tu ne t'es jamais permis de me parler de ces vilaines choses. Depuis que tu tiens la canne de l'oncle Émile, te voilà bien avantageux. Si ce pauvre oncle était encore là, il te dirait ce que sont les devoirs d'un époux et d'un père. Il te dirait qu'il n'est ni honnête ni raisonnable de parler à sa femme des seins d'une créature, même en pierre. Tu devrais savoir, quand ce ne serait que par l'exemple des Corvison, que le dévergondage du mari est la ruine du foyer. Et puis, dis-moi, à quoi bon ? Oui, à quoi bon rêver des seins d'une étrangère ? Mon chéri, souviens-toi des soirs, d'hier soir encore : il n'y avait qu'une poitrine au monde... souviens-toi, tu ne peux pas oublier, c'est impossible.»

Mathilde comprit aussitôt son erreur. Emportée par un mouvement de tendresse jalouse, elle avait eu le tort d'attirer l'attention sur sa poitrine. Non content d'avoir goûté aux plaisirs du libertinage, Sorbier se délecta d'être cruel et désinvolte. Il toisa Mathilde avec un air d'ironie apitoyée, la pointe de sa canne décrivit dans l'espace un renflement d'une ampleur injurieuse. Il eut un hochement de tête qui signifiait :

« Mais non, ma pauvre amie, mais non, tu n'es pas du tout dans la ligne. Regarde-toi, compare… »

Cela était si clairement exprimé que la colère empourpra les joues de Mathilde. Elle chercha une revanche :

« Après tout, je m'en fiche. Ce que je t'en dis est plutôt pour les enfants et pour toi-même qui ne te rends peut-être pas compte de ton ridicule ; parce qu'enfin, tu n'es pas de la première fraîcheur et tu n'es pas précisément joli garçon. La concierge me le disait encore hier matin quand je rentrais d'acheter un bandage pour tes varices.

– Naturellement, une vieille saleté qui a essayé deux fois de m'embrasser dans l'escalier ! Mais comme je le lui ai dit : le jour où il me plaira de tromper ma femme, il ne manque pas de jolies filles à Paris. Avec un peu d'expérience – et Sorbier eut un sourire entendu – on n'a que l'embarras de choisir, Dieu merci ! »

Comme il disait, une jolie femme passa et son regard rencontra celui de Sorbier. Par une inspiration soudaine, il donna un coup de chapeau avec son plus galant sourire. Un peu surprise, la jeune femme inclina la tête, esquissant même un sourire. Mathilde sentit qu'elle perdait la tête. Sa main étreignit l'épaule de Sorbier.

« Cette femme. Qui est cette femme ? Je ne l'ai jamais vue ni chez nous, ni ailleurs. Je veux savoir où tu l'as connue. »

Sorbier ne répondit pas tout de suite, comme s'il méditait une défaite. Mathilde insistait, rageuse.

« Je ne sais pas, murmura-t-il d'une voix gênée. Je l'ai connue… autrefois… Je ne me rappelle pas exactement. »

Jouissant de l'affolement qui paraissait au visage de Mathilde, il s'éloigna pour déloger Félicien d'une plate-bande. La famille quitta le jardin des Tuileries et gagna les boulevards par la rue Royale.

Passant devant une pâtisserie, Félicien se plaignit d'avoir faim et Victor prétendit qu'il avait encore plus faim que son frère.

« Maman, j'ai faim. C'est moi qui ai le plus faim… »

Agacée, elle distribua les gifles. Ils se mirent à pleurer et à geindre plus fort. Mathilde elle-même avait les yeux rouges et gonflés. Les passants regardaient avec une curiosité apitoyée cette mère douloureuse qui traînait deux enfants en larmes. Sorbier ne voulait rien

voir. Il marchait devant la famille, d'un pas élastique, les joues roses
et l'œil attentif, ne se retournant que pour suivre du regard une silhouette de femme. Devant la terrasse d'un café des boulevards, il se
laissa rejoindre par la famille.

«Allons prendre quelque chose, dit-il, cette promenade m'a altéré. Et
puis, nous verrons du monde, des femmes...»

Mathilde jeta un regard à la terrasse du café. Le luxe des fauteuils de
rotin à l'uniforme, les glaces, la belle tenue des garçons et la dignité
du majordome lui donnèrent de l'inquiétude. Habituellement, les
promenades du dimanche après-midi aboutissaient à quelque café
désert puant la sciure de bois et le gros rouge ; un petit bouchon tranquille, comme disait Sorbier avec sympathie, où le patron servait lui-
même la canette de bière. Devant cette terrasse du boulevard,
Mathilde s'effrayait du prix des consommations et songeait que son
mari glissait décidément sur une pente redoutable. Déjà Sorbier la
poussait devant lui, d'un geste qu'il voulait aisé. Elle résista.

«Tu sais, dit-elle, c'est un grand café. Nous n'allons jamais dans des
cafés comme celui-ci. Tu le sais bien.

– C'est un café comme un autre. On croirait que tu n'as jamais rien
vu. Je le connais comme ma poche, ce café-là.»

Mathilde eut un sourire humble et murmura timidement :

«Si encore nous n'étions que nous deux, je comprendrais... ce serait
une fantaisie plus raisonnable. Une autre fois...»

Sorbier s'impatientait ; il lui semblait que la foule des consommateurs s'amusât de l'hésitation de sa femme.

«Puisque tu ne veux pas venir, rentre à la maison avec les enfants.
Moi j'ai soif. Tu feras ce qu'il te plaira.»

Sans attendre la décision de Mathilde, il se glissa entre deux rangées
de tables, et la famille suivit. Au dernier rang de la terrasse, un
couple se leva, abandonnant une table dont Sorbier prit possession.
Il commanda un apéritif pour lui et de la bière pour les enfants.
Mathilde ne voulut rien prendre, prétextant un mal de tête. Les
époux, enfoncés dans leurs fauteuils de rotin, gardaient un silence
gêné. Sorbier lui-même paraissait mal à l'aise, inquiet de l'impression que cette foule oisive pouvait avoir de sa famille. À plusieurs
reprises, il lui sembla que le garçon le considérait sévèrement. Il dit
à Mathilde :

«Voyons, prends quelque chose. De quoi as-tu l'air ! On ne vient pas
au café pour ne rien boire, c'est ridicule.»

Elle finit par se laisser convaincre et demanda un bock. Sorbier en
eut un grand soulagement et sentit revenir sa belle humeur ; il se

souvint qu'il avait une canne et en examina la poignée avec une attention affectueuse.

«On a beau dire, mais une canne, ça finit d'habiller un homme. Je ne comprends pas comment je pouvais m'en passer.»

Il s'était adressé à Mathilde d'une voix aimable. Elle consentit, dans un élan de reconnaissance et d'amour :

«C'est vrai. Je n'avais jamais pensé qu'une canne t'allait aussi bien. Je suis contente que tu aies songé à la prendre.»

Dans cet instant, une femme pénétra sur la terrasse. Sa toilette, son maquillage et le coup d'œil dont elle évaluait les hommes indiquaient assez sa profession. Elle hésita entre plusieurs allées de fauteuils et, apercevant une table disponible à quelques pas de la famille Sorbier, vint y prendre place. Depuis qu'elle était entrée, Sorbier la suivait des yeux avec intérêt. Lorsqu'elle se fut assise, il n'eut aucun mal à accrocher son regard. Il y eut des sourires échangés et même des clins d'yeux. La créature se prêtait au jeu avec complaisance. La liberté avec laquelle Sorbier la regardait l'incitait sans doute à croire que Mathilde n'était pas sa femme. Penché sur son apéritif pour la mieux voir, Sorbier n'en finissait pas de sourire et de décocher des œillades. Mathilde ne pouvait pas ignorer le manège, mais la gorge serrée par la colère et la confusion, et n'osant pas affronter le ridicule d'une scène conjugale au milieu de cette foule, elle demeurait silencieuse. Pourtant, lorsque Victor et Félicien, curieux de connaître la destination des sourires du père, se retournèrent vers l'intruse, elle fit entendre une protestation rageuse.

«C'est révoltant. Se conduire ainsi devant ses enfants ! Une dévergondée qui n'a peut-être pas seulement un sou de côté !»

La foule des buveurs était si dense sur la terrasse que les garçons suffisaient à peine à la besogne. La créature essayait vainement d'attirer l'attention du majordome pour se faire servir. Sorbier manifestait, par des signes de tête, son indignation de voir avec quel sans-gêne le personnel en usait à l'égard d'une jolie femme. À la fin, il n'y tint plus et prononça en calculant la portée de sa voix, tandis que Mathilde le pressait du genou, pour l'inviter au silence :

«Il n'y a pas moyen de se faire servir. Ma parole, ce café-là devient une boîte ! Quand je pense à ce qu'il a été !»

La belle personne eut un long sourire de gratitude qui le combla d'aise. Pour justifier aux yeux de sa femme l'intervention qu'il méditait, Sorbier ajouta, impressionné lui-même par un dandysme qui épouvantait Mathilde :

« Voilà un quart d'heure que j'attends le garçon pour commander un cocktail ! »

Ce mot de *cocktail,* avec le cortège de turpitudes, de femmes nues et de bouteilles cachetées qu'il évoquait pour elle, acheva d'accabler Mathilde. Elle eut la vision précise de son mari dissipant les économies du ménage en taxis, en gibus et en dîners fins, tandis qu'elle allait engager son dernier bijou au mont-de-piété pour nourrir ses enfants affamés.

« Garçon, on vous appelle par ici ! C'est incroyable qu'on ne puisse pas avoir un garçon ! »

La voix de Sorbier se perdit dans le bourdonnement des conversations. La jeune femme eut un hochement de tête reconnaissant et rageur. Emporté par un mouvement de galante impatience, Sorbier saisit sa canne par le milieu pour cogner sur la table avec l'extrémité. Il la leva au-dessus de son épaule, d'un geste vif et généreux...

Derrière lui, un panneau de glace vola en éclats, fracassé par le bouledogue de l'oncle Émile. Écarlate, Sorbier se dressa hors de son fauteuil. Autour de lui, il y eut un tumulte de rires, de commentaires, de protestations. Un voisin se plaignait aigrement que des éclats de verre fussent tombés dans son apéritif. Les gens s'amusaient de la consternation du coupable qui tenait sa canne à deux mains comme s'il eût présenté les armes.

Mathilde, que le désespoir tassait tout à l'heure, reprenait goût à la vie. La frayeur de Sorbier, son air d'ahurissement la ressuscitaient ; son buste affaissé reprenait de la majesté. À demi dressée, elle jeta dans l'oreille de son mari, avec un ricanement cruel, sans souci de l'hilarité que provoquait son intervention parmi les témoins du drame :

« Cinq cents francs ! Voilà ce que nous coûtent tes imbécillités ! Pour une sale femme qui n'en avait qu'à ton argent ! »

Le gérant de l'établissement accourut sur les lieux du sinistre. Un garçon alla chercher un agent. Sorbier déclina ses noms et qualités, produisit des pièces d'identité. Vieilli, les épaules effacées, il répétait en bredouillant :

« Monsieur l'agent, je ne l'ai pas fait exprès... c'est la canne de l'oncle Émile... je voulais appeler le garçon avec ma canne... »

Mathilde suivait le débat avec une joie hargneuse, l'accablant de sarcasmes. D'une voix déjà résignée, Sorbier lui dit timidement :

« Voyons, Mathilde, tout à l'heure ! »

L'agent eut pitié de sa détresse et abrégea les formalités. De son côté, le gérant lui témoigna quelque compassion, affirmant que les dégâts n'étaient pas considérables et qu'il pourrait s'entendre facilement avec la compagnie d'assurances. Dévoré d'inquiétudes, Sorbier reprit sa place à côté de Mathilde, qui lui demanda :

« Tu n'as pas envie de prendre un cocktail pour te remettre ? Tu dois avoir besoin de prendre quelque chose… »

Il avait un visage si tourmenté, si humble, qu'elle se sentait maîtresse de lui infliger les pires tortures. Elle insista :

« Pendant que tu es dans les frais, tu peux bien en profiter pour commander un cocktail ! Tu m'en feras goûter… »

Sorbier eut un soupir douloureux ; son regard chercha celui de la jeune femme qui l'avait précipité dans cette funeste aventure, pour y trouver le réconfort d'une affectueuse compassion. Mais la créature, comprenant que l'accident avait rompu le charme, détournait la tête et souriait à un vieillard frileux qui la dévorait du regard.

« Regarde-la, ta gourgandine, dit Mathilde. Elle en a trouvé un qui marche avec deux cannes ! »

Victor et Félicien, avec une cruauté qui n'était pas tout à fait inconsciente, s'amusaient à reconstituer l'accident. La mère prenait plaisir à leur jeu et leur indiquait parfois un détail piquant dans l'exécution. Sorbier appelait le garçon d'une voix morne pour régler les consommations. Lorsqu'il put enfin quitter la table, Mathilde, attardée paresseusement dans son fauteuil, le rappela et lui dit avec une insupportable douceur :

« Tu oublies ta canne, mon chéri. »

Il revint sur ses pas, saisit sa canne d'un geste gauche et suivit sa femme qui poussait les enfants entre deux rangées de buveurs. Sa canne le gênait ; en tournant autour d'une table, il faucha un verre vide que le garçon rattrapa heureusement au vol. Mathilde ricana par-dessus son épaule :

« Décidément, tu parais en train ce soir. Tu ne vois plus rien à casser, non ? »

Sorbier songea qu'il aurait plaisir à casser sa canne sur l'échine de l'épouse, mais ce fut une pensée fugitive qu'il n'eut pas le courage d'exprimer. En quittant la terrasse, il eut encore l'amertume de voir la gourgandine se lever pour prendre place à la table du vieillard. Mathilde, à qui rien n'échappait, souligna le comique de la situation ; mais le désir de revanche qui bouillonnait en son cœur lui fit abandonner le ton de l'ironie. Elle planta son regard dans celui de son mari et attaqua de cette voix rogue qui était familière aux oreilles de Sorbier :

«Vas-tu me dire enfin pourquoi tu t'es permis de prendre cette canne? Une canne qui ne t'appartient même pas?»
Sorbier eut un geste vague. Il ne savait pas... Mathilde l'aurait giflé.
«Quand on prend une canne, on a une raison. J'exige que tu me dises pourquoi tu as pris la canne de l'oncle Émile.»
Elle s'était arrêtée et le retenait par son veston. Sorbier comprit qu'elle ne lui accorderait point de repos qu'il n'eût donné une explication. Avec probité, il s'appliqua à explorer les replis les plus secrets de son âme et, ne découvrant rien, se laissa aller à une inspiration poétique, dans l'espoir de charmer la colère de l'épouse.
«Qu'est-ce que tu veux que je te dise? Le soleil... oui, c'est ça, le soleil... tu comprends, quand j'ai vu qu'il faisait si beau, je me suis senti comme des idées de printemps... On ne sait pas pourquoi il vous vient des idées de printemps...»
Mathilde simula un accès d'hilarité tandis qu'il répétait d'une voix plaintive:
«Bien sûr, des idées de printemps... Si tu pouvais comprendre...»
Elle le poussa pour le remettre en marche, comme s'il n'était plus qu'une mécanique, et dit entre ses dents:
«Attends, mon garçon, je vais t'en donner des idées de printemps. Si tu crois que j'ai oublié ta conduite de tout à l'heure...»

Victor et Félicien avaient profité de l'interrogatoire pour s'accorder un peu de liberté. Il fallut presser le pas pour les rattraper dans la foule des flâneurs. Mathilde dit à l'un des garçons:
«Viens donner la main à ton père et fais bien attention qu'il ne te lâche pas.»
Docilement, Sorbier prit la main de son fils et allongea le pas. Mathilde le rappela, d'une voix d'adjudant:
«Donne-lui ta main droite, il a mal au poignet... Eh bien! tu ne comprends pas? Tu ne vas pas faire des embarras avec ta canne, j'espère. Tu n'as qu'à la tenir de la main gauche. Tu n'en paraîtras pas plus ridicule, va.»
Sorbier fit passer sa canne du côté gauche et son fils du côté droit. La canne le gênait de plus en plus, il la tint serrée sous son bras et Mathilde s'égaya de son allure craintive. Comme il se disposait à prendre une rue sur sa droite, elle ordonna d'une voix paisible qui lui donna de l'inquiétude:
«Non, tout droit. Continue. J'ai décidé de prendre un autre chemin.
– Il commence à être tard... sais-tu qu'il est déjà près de 5 heures?
– Tout à l'heure, tu n'étais pas si pressé. Moi, j'ai encore envie de me

promener. Nous allons refaire la rue Royale en sens inverse et nous prendrons par les Tuileries. À cette saison, il n'y a pas de plus jolie promenade.»

Depuis le départ du café, elle méditait sa vengeance : faire passer son mari humilié, vaincu, par les mêmes chemins qu'il arpentait tout à l'heure avec arrogance.

Sorbier allait d'un pas traînant, la tête basse, les épaules voûtées. Il ne songeait plus à regarder les femmes. Il était un pauvre homme qui aspirait à ses pantoufles et à son journal. Mathilde était sur ses talons, s'ingéniant à faire surgir des comparaisons entre la modestie de son attitude et cette fière assurance qu'il avait montrée à l'aller.

«As-tu vu cette jolie fille qui vient de passer ? retourne-toi... Tout à l'heure, tu avais l'œil plus vif...»

Dans le jardin des Tuileries, on rendit la liberté à Victor et à Félicien, mais Sorbier n'en profita point pour prendre sa canne dans sa main droite. Il essayait de l'oublier. Mathilde avait gardé un souvenir exact des lieux où l'époux avait affirmé son indépendance et son humeur libertine. Elle lui rappelait ses propos, avec de féroces commentaires. En arrivant à la statue de la femme nue, elle eut un frémissement altier de la poitrine et dit en la toisant :

«Eh bien ! la voilà, ta planche à pain ! Tu étais si emballé tout à l'heure... Tu ne dis plus rien, à présent ?»

Sorbier considérait la statue d'un regard mélancolique où Mathilde crut surprendre une nuance de regret. Elle prit la canne de l'oncle Émile, en promena l'extrémité sur les contours de pierre qu'elle se mit à détailler avec malveillance.

«Voyez-moi ça, comme c'est efflanqué... les épaules d'une bouteille, un ventre d'affamée ! Il faudrait mettre deux paires de lunettes pour lui voir les estomacs...»

Sorbier, le regard vague, paraissait absorbé dans un rêve mélancolique. Mathilde fronça les sourcils, posa la canne sur le socle de la statue et, croisant haut les bras, lui dit rudement :

«Alors ?»

Sorbier leva sur sa femme un regard de bête traquée. Il hésita un moment, puis il eut dans la gorge un petit rire de lâcheté et murmura :

«Bien sûr, elle fait trop jeune fille... Une belle femme doit être un peu forte...»

Cette opinion flatteuse qu'elle venait de lui extorquer fit monter aux joues de Mathilde une chaleur d'orgueil. Elle passa son bras sous celui de l'époux, d'un geste lent et saccadé, comme pour une reprise de possession définitive, et engagea la famille sur le chemin du retour.

Victor et Félicien s'étaient emparés de la canne posée sur le socle. Ils la tenaient chacun par un bout et couraient devant leurs parents. Le père les regardait avec soulagement, heureux d'être délivré d'un fardeau qui lui paraissait maintenant insupportable. Soupçonnant quelque chose de cette détente, Mme Sorbier dit aux garçons : «Rendez la canne à votre père. Ce n'est pas un jeu pour des enfants!»

Et, s'adressant à son mari :

«Puisque tu l'as sortie de l'armoire, à partir de maintenant, tu la prendras tous les dimanches.»

LA LISTE

*Histoire d'une fille qui ne pouvait pas tenir
dans un conte fantastique*

Noël Tournebise avait tant de filles à marier et si peu de mémoire qu'il ne pouvait pas se rappeler tous leurs noms et qu'il était obligé d'en avoir toujours la liste dans sa poche. À 4 heures du matin en été, à 5 heures en hiver, quand toute la famille était assemblée dans la cuisine de la ferme et que le café fumait dans les bols, Noël ajustait ses lunettes et grondait en sortant sa liste :

« J'entends qu'on me fait bien du bruit pour un jour comme tous les jours. Je vous demande si c'est une chose raisonnable de rire et de chanter, et de causer si fort aussi, quand il est déjà l'heure de maintenant. Mais voilà les filles. Je le disais bien souvent à la femme, du temps qu'elle tenait encore le balai : "Pourquoi faire me donner toujours des filles qui me jacassent dans les oreilles, que la maison en est comme un nid de pies-grièches. Tant qu'elles sont, je les donnerais toutes pour rien qu'un garçon." Oui, voilà pourtant ce que je lui disais, à la femme. »

Et tandis qu'il parlait ainsi, le père riait en dedans, et parfois riait des lèvres, et de l'œil derrière ses lunettes, parce qu'il était bien heureux d'avoir autant de filles. Quand il travaillait dans les champs, il n'avait qu'à jeter un regard sur la plaine pour en apercevoir toujours une douzaine, les unes allant à la lessive, ou à confesse, ou encore n'importe où, les autres gerbant la moisson ou bien paressant au frais d'un pommier (« Que j'apprenne seulement vos noms », pensait-il). Parfois même, passant sur la route, au loin, c'était celle d'un voisin, et il croyait encore que c'était une des siennes. Il se disait qu'il en avait à ne pas savoir où les mettre, de ces grandes garces rieuses qui foutaient Dieu sait quoi, quand on n'était pas derrière leur dos pour leur promettre une bonne paire de claques sur les oreilles.

Cependant, les filles plein la cuisine, en voyant leur père qui mettait ses lunettes, avalaient bien vite leur café, et pour un moment cessaient de rire et de se chamailler, et de comparer leurs tours de taille

Première publication dans Marianne, *4 juillet 1934.*

ou la forme de leurs mollets (il s'en fallait qu'elles fussent toutes jolies, mais quant à la jambe, il n'y en avait point de mal partagée). Noël dépliait sa liste et s'approchait de la fenêtre pour y voir plus clair. «Marie-Jeanne 1902! appelait-il. Allons, Marie-Jeanne?... tu t'en iras au Champ-Rouge sarcler les pommes de terre. Alphonsine 1900, au Champ-Rouge aussi... Lucienne 97, au Champ-Rouge... Louise 1908 et Roberte 1909, vous prendrez l'âne et vous irez au moulin prendre les deux sacs de son... Christine 1915 et Eugénie 1915, vous garderez les vaches... Viendront avec moi à la luzerne : Barbe 90, Guillaumette 91 et Marie-Anne 95... Véronique 1917 gardera les oies. J'en suis fâché pour elle, une grande fille de seize ans, mais il n'y a pas moyen de lui confier un travail plus sérieux. Pour les autres, elles trouveront à s'occuper dans les bois, au jardin, ou à la maison. Vous comprenez que s'il me fallait tracer à chacune la besogne de la journée, je n'en aurais jamais fini.»

Pourtant, il ne manquait jamais à les appeler toutes par leur nom, et avant de quitter la ferme, il les avertissait aussi qu'elles n'eussent pas à flâner seulement un quart d'heure, ou encore à se faire trousser la jupe par un maraudeur de pucelages, autrement de quoi son petit doigt saurait bien le lui dire. Alors, les filles se poussaient du coude et se regardaient en clignant un œil, car de pucelage à la maison, pensaient-elles, il n'était pas plus que de neige en été. La chose était si bien connue que les filles Tournebise ne se mariaient jamais et que sur quatre et cinq lieues de pays en rond, elles étaient tout le mauvais plaisir des hommes, et toute la crainte des épouses devant Dieu. Barbe 90, qui s'en allait pourtant sur ses quarante-quatre ans, avec une paire pour s'asseoir comme deux sacs de farine (et le feu au milieu, si vous voulez bien), était plus enragée que toutes ses cadettes, et le curé disait n'avoir jamais vu, dans toute son existence de curé, une aussi grande putain que cette satanée Barbe de la quarantaine ; même que, quand il la voyait venir à lui, la hanche bourriquante et le flottant de la gorge bien à l'avancée, il était tout heureux d'avoir l'empêche de sa soutane, et encore en plus de se réciter deux ou trois prières en pensant à ce qu'il récitait. «Ne nous laissez pas succomber.» Et ce qui le mettait en colère bien plus que tout, c'était de voir que cette grande éhontée, par l'exemple funeste qu'elle leur donnait ainsi, entraînait dans le péché tout le restant des Tournebise, depuis Guillaumette 91 jusqu'à Véronique 1917, qui se dévorait déjà de vouloirs à peine qu'elle avait ses seize ans. Aux veilles de fêtes, quand elles étaient toutes à faire la queue devant le confessionnal, il en avait la chair de poule et la suée dans son froc, à penser qu'il allait entendre les quatre cents coups de l'abomination sortir de toutes les bouches de ces garces de Tournebise. Mais plus que les autres ensemble, il redoutait Barbe dont les péchés faisaient tant de volume et de fracas que le confessionnal en était comme à l'envers, ballotté, secoué et remué cul par-dessus tête.

«Mon père, vous pouvez compter que je me repens bien. Figurez-vous que je venais d'ôter ma chemise pour me chercher une puce qui me courait là, dans l'entremis des deux tétons, mais voilà qu'elle se met à descendre…

– Passez, rageait le curé, allons, passez!

– Oui, mon père. Voilà donc le Noré Coutensot qui se penche et qui l'attrape, devinez où?»

À chaque instant, le curé s'en allait trouver Noël Tournebise pour se plaindre de la mauvaise conduite de l'une ou l'autre des sœurs, mais c'était le plus souvent à cause de Barbe 90.

«Vraiment, Noël, je ne comprends pas que vous ne teniez pas vos filles de plus près. Tenez, je viens encore d'apprendre que dans la seule journée de samedi, Barbe m'a débauché tout un pan de pays.

– Barbe? disait le père. Attendez, je m'en vais faire une marque sur ma liste pour me rappeler, et soyez tranquille, elle aura une belle paire de claques!»

Et Noël tâtait ses poches, mais dans ces moments-là, il ne trouvait jamais sa liste.

«C'est bon, grommelait le curé, je vois ce que c'est. Vous la soutenez, quoi?

– Pas vrai, monsieur le curé! Je vous promets qu'elle sera corrigée. Vous disiez que c'était Guillaumette?

– Mais non! et puis, après tout, Guillaumette si vous voulez! elles seront bientôt toutes à mettre dans le même sac, sauf que Barbe mène la danse…»

La liste de Noël Tournebise était dressée par ordre alphabétique, et il n'y manquait aucun des renseignements qui sont utiles à un père. D'un seul regard, il voyait sur une même ligne le prénom et la date de naissance. C'était une très bonne liste, bien écrite, avec des majuscules qu'il aurait pu lire sans lunettes. Malheureusement, elle était déjà ancienne, il s'en servait tous les jours au moins deux fois, et quoi qu'elle eût été copiée sur un papier solide, elle ne laissait pas de se couper aux plis. Il aurait fallu compter aussi avec les accidents. Dès déjà la première année, un matin que Noël prenait sa liste comme à l'ordinaire, l'une des extrémités, qui s'était trouvée prise entre le manche et la lame de son couteau de poche, avait été arrachée. La section était sans bavure, et le père n'avait pas soupçonné un instant qu'il pût lui manquer un nom. Les premiers temps, quand il appelait toutes ses filles, il éprouvait bien une démangeaison sur le bout de la langue en arrivant à la fin, mais sans plus. Celle qui n'était plus appelée se perdit au milieu de ses sœurs et ne compta plus. La besogne et le plaisir étaient si partagés que personne n'avait besoin d'elle et qu'elle recula dans la pénombre des habitudes mineures que l'esprit ne formule pas. Elle n'était plus qu'une unité, un participe sans référence d'un nombre lui-même incertain. Son nom s'était perdu dans la poche du père, et sans doute qu'à l'heure de 10 heures, en ouvrant son couteau dans les champs pour couper son pain, il l'avait laissé s'envoler au vent de la plaine, entre les bois et la rivière. On n'en avait plus entendu parler, et c'était comme s'il n'eût jamais été. Il y avait dans la maison une ombre familière qui passait inaperçue, vaquant aux soins du ménage et de la ferme. L'une des sœurs murmurait parfois d'une voix distraite : « Il faudrait mettre la marmite sur le feu », ou encore : « Il va falloir aller couper des poireaux. » Et presque aussitôt la marmite se trouvait sur le feu et les poireaux étaient coupés. Dans la maison, les placards étaient rangés, les caracos raccommodés, les boutons recousus, et souvent même sans qu'on s'en aperçût. Il arrivait, par contre, qu'une besogne ne fût pas accomplie, malgré le vœu qui en était formulé, et il fallait que Guillaumette, Véronique ou Marie-Thérèse se missent elles-mêmes au travail. Alors, elles jetaient alentour des regards furtifs, et sentant leur manquer une présence amie, pâlissaient d'un effroi superstitieux ; le soir, elles pétrissaient un gâteau ou se pressaient de tricoter une paire de bas, pour les déposer sur le plus haut rayon d'un placard qu'elles n'ouvraient guère qu'à cette occasion.

Quand les sœurs se querellaient, qu'elles étaient sur le point d'en venir aux mains, et il y avait plus d'un sujet de discorde, autant et un peu plus que d'hommes dans le pays, elles entendaient parfois comme un sanglot dans la maison, et en restaient les bras ballants, le regard honteux, tandis qu'un murmure de contrition leur venait aux lèvres. Et aussi quand elles riaient haut, le sang aux joues et une petite flamme dans l'œil, en se racontant la dernière aventure qui leur était arrivée sous la jupe, avec l'homme de la Marie Coutensot, ou avec l'un des quatre frères Pont ; alors, ce n'était pas un sanglot qu'entendaient les sœurs, mais rien qu'un soupir.

Les soirs d'été, après le dîner, Noël Tournebise s'asseyait devant la maison en fumant le caporal dans une pipe en merisier, et il y avait des garçons plein les prés d'alentour, et autant de cuisses aux étoiles que le bonhomme avait de filles sur la liste, ou plutôt le double d'autant.

«Les grillons nous font une belle musique», disait Noël à sa pipe en merisier.

Alors que c'était tout le contraire, et que les grillons, comme aussi bien les crapauds, les rainettes et les rossignols, en avaient la chanson coupée à l'étranglette d'entendre le ramage de tous ces couples qui se donnaient la bonne suée sur le frais de la rosée du soir. Il y avait des voix qui se répondaient deux par deux, Guillaumette et Frédéric, Marie-Louise et Léonard, on en a bien doux dans sa peau. Sur la rosée, au ras des prés, l'une après l'autre, ou à la fois. Autant de filles à Tournebise, autant de garçons par les prés. Tous ensemble, c'était une voix qui ne disait pas grand-chose, mais qui se comprenait assez bien. Et quand on croyait que la chanson était finie, il y avait encore la voix de Barbe qui était comme un roulement du tonnerre. Les grillons, les crapauds, les rainettes et les rossignols trouvaient que les filles de Noël n'étaient pas gênées, et ils regardaient d'un autre côté. Ils regardaient une ombre entre deux haies, dans le sentier qui menait vers les bois. C'était une ombre cambrée, et si elle n'avait été solitaire, on l'eût prise assez facilement pour l'une des plus jeunes Tournebise, Marinette ou bien Véronique. À l'endroit où le sentier sortait d'entre les haies, l'ombre s'arrêtait sur la plaine, et, s'étant secouée de ses vêtements, c'était une forme blanche et nue qui surgissait dans le soir de l'été. Elle frottait de rosée son corps et ses membres, s'attardant à caresser la rondeur du ventre et le plein de la hanche ; puis, dans ses deux mains, tendait un sein clair à la lune, et se plaignait un peu plus bas que la voix des grillons. Elle disait que c'était dommage qu'aussi blanc et ferme, il ne comptât plus. Comme il était doux dans ses mains, mieux encore aux mains d'un garçon, s'il avait compté pour un sein. Et tout ce qui n'était rien non plus, c'était dommage. Elle disait que les seins sont bien seuls, quand ils ne sont pas pour un homme ; et le reste aussi. Il sortait du pré un brouillard blanc et lourd où elle était jusqu'à la mi-jambe, mais c'était une caresse froide. La forme nue reprenait ses vêtements d'ombre et revenait sur ses pas, dans le sentier entre les haies.

Un soir que Noël s'en revenait avec Barbe de travailler aux champs, ils virent le curé qui venait à eux en levant les bras, et en criant qu'il y avait des témoins comme quoi c'était Barbe qui lui avait fait le coup de lui dépuceler ses deux enfants de chœur.

«Ah! vous pouvez être fiers, tous les deux! c'est un bel exploit!»
Barbe disait que ce n'était pas vrai du tout, et qu'au reste, les
hommes ne l'intéressaient pas plus que rien. Noël hocha la tête et dit
au curé:
«Vous voyez bien. Elle dit que ce n'est pas vrai.
– Vous êtes aussi coupable qu'elle. Quand je pense à ces deux
pauvres enfants qui n'avaient pas plus de malice que des anges du
Bon Dieu!
– Oh! pas plus de malice... vous le savez de belle!
– Taisez-vous, mauvaise fille! Des enfants auxquels il ne serait jamais
rien arrivé, s'ils n'avaient pas rencontré une grande effrontée...»
Barbe haussait les épaules, et le sang de la colère lui venait aux
joues. Le curé poursuivit, mais c'était un piège qu'il lui tendait:
«Une grande effrontée, oui, et de quarante-quatre ans, s'il vous plaît!
Voyez-moi ces deux innocents avec cette vieille...
– Deux innocents! s'écria Barbe qui n'en pouvait plus d'indignation.
Comme si ce n'était pas eux qui ont commencé!
– Elle a pourtant fini par avouer», triompha le curé.
Avec un soupir, Noël prit sa liste et traça une croix sur la deuxième
ligne, en face du nom de Barbe, qui venait après celui d'Alphonsine.
«Je vais voir à voir», dit-il.
Le lendemain matin, Noël monta sur son âne pour aller chercher un
homme à son aînée. Il fut trois jours dehors et revint avec un
inconnu qui avait des yeux bleus très doux. Barbe faillit d'abord se
jeter sur le nouveau venu, mais il la regarda d'une manière qui la fit
reculer. L'homme s'installa au foyer sans paraître gêné de se voir au
milieu de toutes ces filles. Il travaillait aux champs et faisait autant
de besogne que quatre sœurs ensemble. Le matin, Noël dépliait sa
liste et l'appelait en même temps que ses filles.
«L'homme, tu t'en iras avec Barbe passer la herse au champ des
Trois-Bouts.»
On lui donnait toujours la compagnie de Barbe, et l'on pensait qu'ils
ne tarderaient guère de se marier. Tout ce qui paraissait à craindre,
c'était que Barbe ne gâtât les choses par trop d'impatience. Les sœurs
Tournebise regardaient avec un peu d'envie le couple partir pour les
champs et ne perdaient pas une occasion d'aller rôder autour de lui.
Mais elles ne voyaient jamais rien qui autorisât l'espoir d'un mariage
prochain. L'homme travaillait sans lever les yeux et ne semblait
même pas s'apercevoir qu'il eût une femme à côté de lui. Au bout
d'un mois, Barbe déclara renoncer au mariage, et ses sœurs se
mirent à tourner autour de l'homme, chacune pour son compte.

Elles en étaient toutes éprises, et d'abord, on put croire que cette grande passion aurait sur leur conduite une heureuse influence. Par malheur, Barbe, qui avait fait l'effort d'être sage pendant tout un mois, se rattrapa si bien qu'en moins d'une semaine, elle plongea dans le désespoir quarante-cinq épouses devant Dieu, sans compter les fiancées et les mères de famille. Le curé était sur les dents, excédé de prêcher la résignation à tant de victimes. Comme toujours, le mauvais exemple de Barbe perdit les sœurs Tournebise qui retombèrent dans le péché. Elles disaient que la présence d'un homme au milieu d'elles leur échauffait le sang, et la chose paraît croyable, à considérer le grand nombre de leurs amants.

L'homme se montrait toujours d'une grande réserve, mais à la maison, aux heures des repas, son attitude était singulière. Tandis que toutes les filles le dévoraient des yeux, il regardait dans le vide avec un air d'intérêt, comme s'il eût vraiment aperçu quelque chose qui échappait à ses hôtes. On le voyait sourire, tourner la tête, faire un signe, et la cuiller suspendue, attendre on ne savait quel autre signe. Quand l'une de ses voisines lui adressait la parole, il répondait distraitement, comme s'il eût prêté l'oreille à d'autres propos. Parfois même, on l'entendait parler tout seul, mais dans un murmure si doux qu'il était difficile d'en rien saisir.

«L'homme, lui dit un jour Noël, tu n'es guère aimable avec mes filles!

– Toutes bonnes filles, répondit l'homme, je les aime bien.

– Est-ce que tu n'en veux pas marier une, cette année ou l'autre?

– Oh! si...

– Dis-moi son nom, que je fasse une marque sur ma liste.»

L'homme se mit à rire et dit à Noël:

«Pour vous dire son nom, il n'y a pas moyen... oh! non, pas moyen...»

Il y avait deux mois que l'homme était installé chez Tournebise et l'on s'aperçut qu'il se relâchait de son ardeur au travail. Le matin, il trouvait toujours une raison de retarder son départ pour les champs, et le soir, il était le premier rentré. On le trouvait assis dans la cuisine, et riant aux anges. Enfin, un matin que Noël appelait ses filles, on s'aperçut que l'homme n'était plus là, et jamais on n'eut de ses nouvelles. Depuis ce jour, quand Joséphine ou Guillaumette disaient qu'il fallait mettre la marmite sur le feu, elles ne pouvaient plus compter que la chose se fît toute seule. Et en faisant le ménage, les filles Tournebise se demandaient ce que l'homme avait bien pu emporter qui manquait dans la maison.

Environ une année après cet événement, la liste de Noël se coupa un jour par le haut, et le nom d'Alphonsine, qui précédait immédiatement celui de Barbe, se perdit dans un courant d'air. Il y eut une fille qui ne compta plus, et une forme nue qui se plaignit aux grillons dans les soirs d'été. Barbe s'en allait sur ses quarante-cinq ans, et l'on admirait qu'elle eût encore augmenté de douze livres en faisant dépérir tant d'hommes. Plus elle avançait en âge, plus elle avait d'ardeur aux jeux d'amour. Le curé ne voulait même plus la recevoir à confesse, préférant encore lui donner l'absolution sans l'entendre. Et les sœurs de Barbe, avec des moyens moins importants, suivaient un aussi mauvais chemin. La région en était désolée et comme ravagée, car les hommes n'avaient presque plus de forces pour faire venir les récoltes, et les gens et les bêtes maigrissaient d'une manière qui faisait pitié. Il n'y avait que le blé et le bétail de Noël qui fussent gras, et le curé l'accusait d'avoir calculé son affaire. «Tout ce qui arrive est la faute de cette misérable Barbe, et vous le savez bien. Depuis l'affaire des enfants de chœur, vous ne pouvez plus ignorer...

– J'ai essayé de la marier, répondait Noël, mais la chose n'a pas réussi.

– Alors, il faut lui trouver un autre mari et qui nous l'emporte loin d'ici!»

À la fin d'être talonné par le curé, Noël monta encore une fois sur son âne pour aller chercher un homme à sa fille aînée. Cette fois-ci, il resta cinq jours dehors et revint avec un garçon si timide et si rose que Barbe avait bien envie de le manger. Avec celui-là, les choses ne se passèrent pas tout à fait comme avec le précédent. Au premier jour de son arrivée, pendant le repas du soir, et comme on était au fromage, le garçon eut si chaud aux joues de sentir sur lui le regard de ces filles sans honte, qu'il s'excusa d'avoir à sortir un moment. Lorsqu'il fut dans la cour, il voulut entendre de près la chanson des grillons qui chantaient sur les prés. S'étant engagé entre deux haies, il vit une ombre qui le précédait dans le sentier, et la suivit jusqu'à l'instant où elle devint une forme blanche et nue sur la plaine. Le garçon n'avait jamais imaginé qu'il pût y avoir au monde merveille aussi nue. L'ayant entendue se plaindre que ses seins étaient tout seuls, il courut lui dire qu'il essaierait de faire pour le mieux et jamais on ne le revit à la ferme.

L'œil en feu et les mains crispées, Barbe l'attendit jusque après minuit, et voyant qu'il ne rentrait pas, qu'il s'était enfui comme l'autre, elle se coucha sans pouvoir trouver le sommeil, dévorée qu'elle était par tous les démons de la concupiscence. Il lui sembla qu'il n'y aurait jamais assez d'hommes sur la terre pour apaiser sa frénésie, et la vérité, c'est qu'elle avait envie d'un homme qui fût un peu nouveau pour elle. C'est pourquoi elle en vint à concevoir le plus triste dessein.

Le lendemain, le curé se promenait dans son jardin en lisant son bréviaire, lorsqu'il se trouva, au détour d'une allée, presque nez à nez avec Barbe qui ajustait haut sa jarretière en le regardant aux yeux avec une façon perverse. Il fut pris d'un vertige et sentit la salive lui manquer. Un parfum d'aisselles, qui se composait avec celui des fleurs, lui ôta le moyen de prier, et il se jugea perdu. Ce qui était abominable, mais bien séduisant aussi, c'est qu'autour de Barbe, l'air vibrait en friselis, comme il fait au-dessus d'un foyer ardent. D'une voix humide et gourmande, Barbe se mit à chuchoter des choses qu'il devait mettre cinq ans à désapprendre. Sur le point de succomber, il eut la chance que sa servante l'appelât par la fenêtre pour goûter d'un vin de messe qu'on venait de livrer. Alors, il traversa le jardin en courant, enfourcha sa bécane, et pédalant tout d'une haleine jusqu'au champ où travaillait Noël:
«Il faut lui trouver un homme tout de suite! cria-t-il. Un époux!
– Et à qui donc, monsieur le curé?
– Mais à Barbe, voyons!»
Noël prit sa liste et vit qu'en face du nom de Barbe, le premier maintenant avant celui de Charlotte, il y avait déjà deux croix.
«Je me rappellerai, promit le bonhomme. Aussitôt qu'on aura rentré les foins...
– Non! aujourd'hui même et tout de suite! Je pars avec vous.»
Noël se défendit, mais le curé le pressa si fort qu'il alla détacher son âne. Il ne leur fallut pas plus d'une journée pour trouver un homme. C'était un gendarme en congé, qui mesurait un mètre quatre-vingt-quinze et qui mangeait comme plusieurs personnes. Barbe lui parut une belle fille, il ne se gêna pas pour le dire. De son côté, elle trouva qu'il était bien joli homme, avec ses grandes moustaches noires et sa taille cuirassière. Le soir même de son arrivée, elle était si bien résolue à l'épouser que douze de ses sœurs furent obligées de monter la garde auprès d'elle pour qu'elle n'offrît pas tout à l'abord ce que les fiancés attendent justement du mariage. Le gendarme mordait ses moustaches en roulant de gros yeux, et l'on voyait qu'il était ému.

Le lendemain matin, les sœurs Tournebise achevaient de boire leur café, et comme le gendarme entrait dans la cuisine, Noël déplia sa liste. Le premier nom en commençant par le haut était celui de

Charlotte, et au moment de l'appeler, il eut une seconde d'hésitation et comme une gêne sur le bout de la langue. Il le prononça néanmoins, et après lui, ceux de Claudine, Clémentine, Dorothée, et jusqu'à celui de Véronique, le dernier. Et quand il eut fini d'appeler, l'on entendit une sorte de soupir dans la maison. Cela ressemblait au ronflement que produit un soufflet de forge, mais tel quel, c'était encore le soupir d'une ombre, et le gendarme, qui n'était guère habitué au commerce des ombres, ne l'entendit pas du tout.

«Il va falloir mettre une marmite d'eau sur le feu», dit Guillaumette. Elle n'eut pas plutôt dit que la marmite se trouva sur le foyer; et personne ne prit garde à la chose. Cependant, Noël demandait au gendarme comment il avait passé la nuit, et s'il était toujours aussi amoureux.

«Mais rappelez-moi donc le nom de celle que vous avez choisie?»

Le gendarme était bien empêché de le lui dire, et pour cause. Il examina longuement toutes les sœurs, et après avoir hésité entre Lucienne et Marie-Louise, il finit par désigner Guillaumette. Alors, on entendit un grand rugissement dans la cuisine.

«Pardon! s'écria une voix. Je prétends que je suis là!

– Qui donc parle si haut?» demanda Noël en regardant autour de lui.

Il ne put obtenir de réponse et dit au gendarme:

«J'avais cru reconnaître... mais non, ce n'est rien, ça ne compte pas!

– Ça ne compte pas? reprit la voix. Je vous le demande, gendarme, est-ce que tout ça ne compte pas?»

Et sous les mains tâtonnantes du gendarme extasié, la famille Tournebise vit une ombre qui prenait corps. C'était une forme généreuse, amplement rebondie, et tout autour d'elle, l'air ardent vibrait en friselis.

«Comme c'est plein, murmurait le gendarme, et chaud à la main.

– Enfin, quoi, tout de même!»

Noël était bien étonné, car il était sûr de reconnaître l'une de ses filles. Il fit encore une fois l'appel, mais sans pouvoir mettre un nom sur cette physionomie familière, et il commença à considérer sa liste avec un air soupçonneux. Enfin, comme il tirait sa montre de sa poche, il aperçut une languette de papier prise dans le boîtier.

«Barbe 90!» s'écria-t-il en versant des larmes de joie.

Les noces de Barbe Tournebise furent touchantes et belles. Elle avait voulu qu'y fussent conviés tous les hommes qui lui devaient un moment d'oubli et l'église ne fut pas assez grande pour en contenir seulement la moitié. Le soir même de son mariage, le gendarme recevait la nouvelle qu'il était nommé à un poste d'honneur, dans une colonie d'Afrique où la beauté de son épouse connut encore de justes hommages.

Noël fit recopier sa liste en trois exemplaires, sur un papier parcheminé, et n'égara plus aucun nom. Depuis le départ de Barbe, les filles Tournebise étaient si honnêtes et si pures, que le curé les proposait en exemple à ses autres paroissiennes. Et comme la vertu est la plus belle des parures, elles trouvèrent facilement à se marier.

DEUX VICTIMES

*A*près avoir marché toute sa vie dans les chemins malaisés de la vertu, M. Vachelin, alors qu'il atteignait sa cinquante-neuvième année, fut tenté par le Diable d'une manière habile, et son sens aiguisé de la dialectique le sauva du piège infernal. Il mourut deux ans plus tard d'un transport au cerveau, et l'on s'accorde à penser qu'il est maintenant au paradis. L'art de la dialectique est rarement un moyen de faire son salut, les plus savants docteurs y perdent souvent leurs âmes, et le cas de M. Vachelin est d'autant plus remarquable. En effet, ni le commerce de la quincaillerie, ni la pêche à la ligne à laquelle il se livrait depuis qu'il était retiré des affaires, n'avaient préparé cet honnête homme à une escrime aussi subtile. M. Vachelin chérissait la vertu et s'y exerçait sans vaine ostentation, mais avec une constance qui était un exemple pour sa famille et pour toutes les personnes de bonne volonté qu'il honorait de son amitié. Il ne devait pas un sou à personne, et sa justice n'était jamais en défaut; on en citait des traits dans le voisinage, entre autres qu'il avait refusé, à certaines élections cantonales, de donner sa voix à un candidat qui entretenait des relations suspectes avec une femme sans conduite. Mais c'est aux résultats qu'on apprécie vraiment l'excellence des principes sur lesquels un homme a fondé son existence. L'ordonnance de sa vie familiale témoignait assez que M. Vachelin était une âme d'élite. Son épouse, obéissante, économe, bonne ménagère, se plaisait à reconnaître l'autorité de son maître. Elle l'avait secondé sans faiblesse dans la tâche d'élever leurs deux enfants, Lucien et Valérie. La sévérité vigilante du père, l'exemple de sa vie de droiture, avaient porté leurs fruits. Valérie, dans sa dix-huitième année, était une agréable jeune fille, entendue aux choses du ménage, pianiste têtue, et qui ne devait guère tarder de se marier. Pour Lucien, il s'était toujours montré si raisonnable que son père avait pu l'envoyer sans la moindre inquiétude à Orléans faire ses

Première publication dans Marianne, *27 décembre 1933.*

études de médecine. Il avait échoué à son dernier examen, mais il était croyable que la chance lui avait été contraire.

M. Vachelin fut tenté par le Diable un matin qu'il prenait son petit déjeuner sous la tonnelle du jardin. Tout en déjeunant, il faisait son examen de conscience ; comme d'habitude, ses pensées étaient bonnes, et ses actions conformes à ses pensées. Au lieu de s'enorgueillir, il remerciait Dieu de l'avoir fait naître juste et bon, avec le jugement sain. Cependant, l'épreuve était en route, elle arriva au courrier du matin. Au premier regard qu'il jeta sur l'enveloppe, M. Vachelin s'étonna de recevoir d'Orléans une lettre qui ne fût pas de son fils, mais il l'ouvrit sans appréhension, car sa conscience était si pure que son univers domestique lui semblait graviter autour de sa personne dans une harmonie définitive. Dès les premières lignes, son cœur se serra, et à mesure qu'il lisait, les ténèbres d'une nuit sans étoiles obscurcissaient sa conscience. La lettre était écrite de main de femme ; une mère outragée demandait justice et réparation :

Monsieur,

Puisque votre fils Lucien ne se décide pas à vous faire des confidences, je viens vous informer d'une situation qui m'a été révélée lundi dernier. Avant de vous parler de ma fille, je tiens à vous dire d'abord que nous sommes une famille honnête et respectée. Mon époux, décédé en 1924, des suites d'un accident de motocyclette, était un fonctionnaire bien noté, qui a gardé jusqu'à son dernier soupir l'estime de ses chefs, et quoiqu'il m'ait laissé une bien petite pension, j'ai réussi à élever notre petite Irène dans le goût du travail et des bonnes façons. Ayant eu moi-même le bonheur de m'éveiller à la vie dans une famille distinguée, je connais trop le prix d'une bonne éducation pour l'avoir privée d'un pareil bienfait. Avant de l'envoyer faire son apprentissage de modiste, j'ai veillé à lui faire donner l'instruction qu'il faut, et je l'ai initiée moi-même à tous les travaux du ménage, dont la connaissance est indispensable à une jeune femme pour tenir coquettement l'intérieur de son mari. Sous ce rapport-là, Irène n'a donc rien à envier à des jeunes filles plus fortunées. Il est certain que si mon époux avait vécu, elle n'aurait pas été modiste, mais le passé est le passé et ma conscience de mère ne peut rien me reprocher. L'année dernière, au mois de novembre, ma petite Irène faisait la connaissance de votre fils Lucien, qui était venu l'attendre, d'abord sans succès, à la sortie de son atelier. Irène a toujours été une fillette timide, sans défense devant les dangers de l'existence, et les étudiants en médecine aiment bien s'amuser (remarquez que je ne les blâme pas, je comprends bien ce que c'est que des étudiants). Nos deux enfants se sont donné des rendez-vous dans la rue, ils sont allés au bal ensemble, Irène est montée plusieurs fois, sans penser à mal, dans la chambre de votre fils. La fatalité était en marche, l'amour devait faire son œuvre, et à présent, il est trop tard pour regretter: Irène en est à son cinquième mois de grossesse. Dès que j'ai eu connaissance de la chose, je suis allée trouver Lucien, qui s'est montré tout de suite un garçon raisonnable et loyal. Il adore ma fille et ne demande qu'à l'épouser aussitôt qu'il aura votre consentement. Vous me direz qu'Irène n'a pas de dot, et c'est la vérité. Mais je sais par Lucien que vous êtes un homme à principes, à cheval sur votre devoir, et aussi que vous êtes assez à votre aise pour que la question de fortune ne vous embarrasse pas. C'est pourquoi je vous demande de faire le nécessaire et d'unir nos deux enfants avant la naissance de notre petit-fils...

À la place de M. Vachelin, plus d'un honnête homme se fût contenté de déchirer la lettre. D'habitude, les pères ont bientôt réglé ces sortes d'affaires ; ils s'indignent d'abord de la maladresse de leur fils, et puis ils disent que la victime est une petite effrontée qui a voulu abuser de la candeur d'un garçon pour se glisser frauduleusement dans le sein d'une famille aisée. Ils ajoutent qu'avec eux, ça ne prend pas du tout. Mais M. Vachelin était épris de justice, c'est pourquoi il se sentait accablé. Comme il relisait la lettre, un rire frais résonna à l'autre bout du jardin, et il aperçut, à travers le feuillage de la tonnelle, sa fille Valérie qui coupait des poireaux. Il en eut la gorge serrée de tendresse. Fermant les yeux, il songea à sa maison confortablement installée, mais sans luxe inutile, à son jardin, où les fleurs tenaient une place modeste, à la réputation sans tache de sa famille, à tout ce qui avait fait le bonheur d'un juste. Et, regardant d'autre part l'inconduite de son fils Lucien, il eut un élan de révolte. Aussitôt, il se fit honte d'une pareille faiblesse, et écouta la voix de sa conscience. Ce n'était pas une voix pressante, mais il l'entendait assez distinctement pour que sa résolution fût prise : Lucien épouserait l'apprentie modiste, comme son devoir l'y obligeait.

Le malheureux père ne se dissimulait pas combien cette union était regrettable. Elle compromettait gravement l'avenir de son fils. En épousant une jeune fille sans dot, et peut-être sans orthographe, Lucien ne pouvait prétendre qu'à être médecin de campagne ou de petite ville, car les carrières glorieuses, comme de spécialiste des voies urinaires ou du larynx, ne s'ouvrent pas aux premiers venus, mais aux jeunes praticiens dont les femmes apportent du comptant et des espérances. C'est la vie, et l'on n'y peut rien, pas plus qu'on ne peut étouffer la voix impérieuse de la conscience. Tandis qu'il considérait le problème, et le retournait dans la lumière triste des réalités, il lui vint un doute sur la sagesse de sa résolution. Il n'était plus très sûr que son devoir lui imposât de marier son fils. Pourtant, il restait décidé à ne pas transiger avec sa conscience, et il en donna d'abord la preuve en murmurant ces paroles d'indignation, qui étaient un hommage à la vertu :

«Voyou!... un voyou et un cochon! voilà ce que mon fils est devenu là-bas!»

Dans son honnêteté, il ne songea pas une minute à jeter la pierre à la malheureuse Irène, victime douloureuse et tendre de son inexpérience. Au contraire, il exécra le crime de Lucien qu'il regarda comme le seul responsable. À ses yeux, il n'y avait point de circonstance atténuante qui valût pour un garçon instruit, de bonne famille, et enseigné par son père dans l'amour du bien. M. Vachelin sentait bouillonner en lui une colère de justicier contre ce fils indigne, et il ne songea plus qu'aux moyens de punir le vice. C'est pourquoi il s'interdit de marier Lucien avec l'apprentie. En effet, le séducteur (et la lettre le disait expressément) adorait sa victime et ne demandait qu'à l'épouser. En consentant à cette union-là, M. Vachelin eût récompensé le coupable, ce qui était pire que de l'absoudre, et contrarié les desseins de la Providence, lesquels ne pouvaient être que de châtier le criminel.

Restait la victime. Elle était touchante, M. Vachelin en tombait d'accord, mais enfin, son cas n'était pas désespéré.

«Dieu merci, songeait-il, je ne suis pas de ces bourgeois aux idées étroites, qui considèrent qu'une jeune fille est déshonorée parce qu'elle a un enfant. Cette petite-là est jeune; elle peut espérer, avec du courage et une bonne conduite, se marier plus tard avec un brave garçon qui l'aidera à élever son enfant. Pour moi, je le désire de tout mon cœur.»

M. Vachelin était trop prudent pour trancher, sur une argumentation aussi hâtive, un débat de cette importance. Il était encore hésitant sur le parti à prendre; mais sa méditation avait donné quelque répit à son inquiétude, et il en profita pour aller chercher son attirail de pêche dans le vestibule de la maison. Traversant le jardin, il baisa au front sa fille Valérie, et descendit vers la rivière.

Pendant une semaine, le malheureux père pêcha à la ligne du matin au soir, et il ne prit jamais autant de poissons que dans ces quelques jours-là. Le temps n'apaisait pas sa grande soif de justice ; la faute de Lucien lui paraissait toujours aussi détestable, et il demeurait inflexible dans sa volonté de punir.

« La séparation brutale sera pour lui le pire des châtiments », songeait-il.

Puis, se laissant surprendre par un mouvement de pitié, il se laissait aller à soupirer :

« Il vaudrait mieux, pourtant, que cette malheureuse fille épousât le père de son enfant... mais que devient la justice dans cette conjonction ? »

Un soir qu'il pêchait, plus attentif aux tourments de sa conscience qu'au flotteur de sa ligne, une brise fraîche se mit à souffler sur la vallée ; la cloche du bourg tinta pour l'Angélus. Inspiré par la tendresse de cette heure céleste, M. Vachelin murmura :

« Dieu me montrera la voie. Lui seul peut m'éclairer. »

Aussitôt, il se sentit bien mieux. Une grande paix descendit dans son cœur, et, comprenant qu'il agissait sagement en abandonnant au Ciel le soin de choisir, il se félicita de sa modestie, et décida de laisser l'affaire en sommeil.

Une deuxième épreuve, et celle-là décisive, était réservée à M. Vachelin. Un matin qu'il venait d'achever son petit déjeuner, M. Vachelin reçut une lettre, comme l'autre timbrée d'Orléans, mais d'une écriture inconnue. L'adresse était tracée d'une main malhabile, et pensant tout d'abord que ce fût un message envoyé par la malheureuse Irène, le père trembla un instant à la vue de cette écriture enfantine qui dénonçait une instruction peu soignée. Il fut détrompé après un coup d'œil à la signature. La lettre avait été rédigée par une certaine Léontine Michelon, et dans les termes suivants :

Cher Monsieur,

Je vous appelle « cher Monsieur » malgré que je ne vous connaisse pas, mais c'est parce que j'ai le droit de me considérer comme la fiancée de votre fils. Voilà comment les choses se sont passées : tous les soirs après dîner, M. Lucien venait prendre son petit bock au café des Trois-Boules, où j'étais serveuse. Je crois qu'il m'avait remarquée du premier jour qu'il était venu avec plusieurs de ses copains. La preuve en est qu'il est revenu le lendemain et qu'il avait une façon plutôt agréable de me regarder. De mon côté, je vous dirai qu'il m'a plu presque tout de suite, mais je n'ai fait semblant de rien, parce que j'avais ma fierté. On se disait des petits mots en passant, et je dois reconnaître que M. Lucien s'est toujours montré bien poli. Mais vous savez ce que c'est, un soir que j'étais de campo, il m'a demandé d'aller au cinéma avec lui, et il m'a donné rendez-vous dans sa chambre. Je n'ai pas à vous dire ce qui s'est passé, l'amour n'est jamais la faute de personne. Toujours est-il que je suis pour avoir un enfant de M. Lucien. Je pense que vous en serez content, malgré la surprise, et c'est pourquoi je me suis décidée à vous écrire. Je n'ai pas revu M. Lucien depuis que je lui ai annoncé la chose, et je compte sur vous pour lui rappeler ce qu'il doit faire. Il y a des témoins comme quoi il est le père de mon enfant, qui bouge déjà, et je ne suis pas embarrassée de le prouver. Je prétends que votre fils m'épouse, et avant la naissance de l'enfant, bien entendu, parce que je n'ai pas envie de me faire traîner plus bas que terre par tous ceux qui me connaissent. Je suis une femme honnête, et malgré que j'aie neuf ans de plus que M. Lucien, je me charge de le rendre heureux aussi bien que n'importe laquelle. J'espère que vous voudrez bien vous presser un peu d'arranger les affaires, pour ne pas vous attirer des ennuis ainsi qu'à votre fils, et je vous envoie mes salutations affectueuses.

« Mon fils ne m'aura rien épargné, murmura M. Vachelin, j'aurai bu le calice jusqu'à la lie. »

Il fit venir sa femme et dit en lui tendant la lettre :

« Ma bonne amie, j'aurais voulu t'épargner un grand chagrin, mais la conduite de Lucien est telle que je n'ai plus le droit de la laisser ignorer. Il faut que tu le saches, tu as donné le jour à un débauché. »

Mme Vachelin prit la lettre en tremblant, et après qu'elle en eut pris connaissance, s'écria d'une voix sauvage, avec la faiblesse touchante qu'ont les mères pour leurs fils :

« Cette fille-là est une saleté ! c'est elle qui a débauché notre petit Lucien ! jamais le pauvre enfant n'aurait pensé au mal, si une créature de cabaret ne l'avait pas entraîné ! »

Mais lui, le père, il secouait la tête, parce qu'il était avant tout un homme juste.

« Non, ma pauvre amie, ne cherche pas d'excuse à Lucien, il ne mérite pas que tu prennes sa défense. Il faut savoir être juste, même avec les siens. Ce misérable est ce que nous appelons entre hommes un sadique...

– Oh ! un enfant si affectueux...

– Je dis un sadique et un porc, qui a profité de sa liberté d'étudiant pour se laisser aller à ses mauvais penchants. Tu vois de quelle façon il a tenu compte de mes enseignements, mais avec une nature vicieuse, les bons conseils ne sont jamais que des paroles en l'air. Et pourtant, tu te souviens... lui ai-je assez dit, quand je le surprenais à flâner : "L'oisiveté est la mère de tous les vices"... Lui ai-je assez répété : "Ne fais jamais à autrui ce que tu ne voudrais pas qu'on te fît"... et voilà le résultat, il séduit une pauvre fille sans défense.

– Sans défense ? une fille de café qui a neuf ans de plus que lui ! comment peux-tu dire... mais voyons, réfléchis que Lucien est encore un mineur ! Cette vilaine femme a mérité la prison ! un mineur...

– Évidemment, Lucien est mineur, et je veux bien que l'excuse soit valable aux yeux de la loi, mais un homme de cœur n'accable pas une malheureuse avec ces raisons-là. Car cette fille a été séduite, et Lucien n'est qu'un séducteur !»

Mme Vachelin protesta, il lui tendit une autre lettre qu'il tira de sa poche :

«Tu ne connais pas encore toute la vérité... Tiens, lis cette première lettre que j'ai reçue il y a tout juste huit jours.»

À ce coup-là, Mme Vachelin demeura sans voix un long moment. Elle se ressaisit pour plaider encore la cause de son fils :

«Qui sait si ces deux filles, dans un but intéressé, n'ont pas cherché le déshonneur...»

M. Vachelin ne put en entendre davantage. Penché sur la table, il s'écria l'œil en feu et la voix courroucée :

«Oses-tu bien parler du déshonneur de ces pauvres filles ? le malheur qui les frappe ne les rend-il pas assez dignes de respect ? Pour moi, je me découvre bien bas devant elles, quoi qu'on en puisse dire. Je ne crains pas non plus d'affirmer que le déshonneur est pour Lucien, et pour lui seul ! Mon devoir d'honnête homme est de te mettre en garde contre un mouvement d'indulgence à l'égard d'un fils indigne dont les déportements ne méritent pas le pardon ! et je t'invite à réserver toute ta pitié, je dirai même ta tendresse, pour les deux victimes de ce misérable. Et quant à Lucien, il est juste qu'il supporte toutes les conséquences de ses turpitudes.»

Sur ces mots, M. Vachelin se leva de table, et son visage avait une expression si terrible, sa justice s'y manifestait avec tant d'austère volonté, que l'épouse n'osa l'interroger sur ses intentions. Par la fenêtre ouverte du salon, s'envolaient dans l'air pur du matin les gammes que Valérie jouait sur son piano. Les oiseaux chantaient dans les espaliers. Le père douloureux s'éloigna d'un pas ferme vers la maison, prit ses perches de ligne qu'il avait rangées la veille dans le vestibule, et gagna un coin d'ombre au bord de la rivière.

Assis sur son pliant, le dos calé par le tronc d'un saule, M. Vachelin pêchait à la ligne et peut-être qu'il ne voyait pas son bouchon. En effet, il se frappait la poitrine, par la pensée, car il ne pouvait le faire en réalité : des voisins auraient pu le voir et croire qu'il était fou. Et en pensée, il pleurait aussi des larmes de sang et de remords.

«Je suis un misérable, se disait M. Vachelin, un misérable et un méchant homme. Au reçu de la première lettre qui m'apprenait l'état de la malheureuse Irène, je me suis laissé surprendre par de fausses apparences, et au mépris de toute justice, j'ai décidé que Lucien n'épouserait pas cette petite. Par le détour d'un raisonnement perfide, j'ai pu sacrifier à mon amour paternel la justice et la vérité. Je pensais hypocritement : "Lucien ne l'épousera pas, ce sera pour lui la pire punition", et au fond de moi-même, je me réjouissais de ce que sa carrière de médecin ne dût pas être gênée par un enfant et une fille sans le sou. Je ne songeais qu'à punir, alors qu'il s'agissait d'abord de réparer. D'ailleurs, le véritable châtiment pour Lucien ne serait-il pas, justement, que sa faute l'empêchât de réaliser ses ambitions ? On en peut discuter. En tout cas, ce qui importait, ce que je n'ai pas voulu voir, c'est qu'il devait réparer ses torts envers la victime. Tout à l'heure encore, avant de recevoir la lettre de la servante, je me refusais à l'évidence, et avec quelle mauvaise foi, sous de faux-semblants d'indignation ! Hélas ! il n'aura fallu rien de moins que cette deuxième épreuve pour m'ouvrir les yeux, me montrer où était le devoir. Et je me flattais d'être un homme juste, probe ! Après avoir péché avec orgueil, j'ai péché par hypocrisie... »

Tandis qu'il s'accusait avec une telle humilité, Mme Vachelin épluchait les légumes pour le repas de midi et ne pouvait retenir ses sanglots. Son désespoir devint si lourd qu'elle ne put supporter plus longtemps la solitude et qu'elle alla chercher un réconfort auprès de sa fille. À la vue de ce visage en pleurs, Valérie interrompit ses gammes et s'écria, toute bouleversée :

«Mon Dieu ! il est arrivé quelque chose !

– Valérie, ton pauvre frère...

– Lucien est malade !»

La mère secoua la tête, et murmura bien bas, penchée sur Valérie.

«Lucien a eu des aventures... je ne devrais pas te le dire... il a eu des aventures avec des femmes... »

La jeune fille rougit, son regard se détourna sur la partition restée ouverte. Mme Vachelin poursuivit :

«Il a eu tort, bien sûr... pour sa famille, pour lui-même, pour ses études, il ne devait pas... Mais à présent, le mal est fait, ton père est au courant, et j'ai peur de sa colère. Ton père est bon, la bonté même, tu le connais... mais c'est un homme sévère, qui ne connaît que son devoir : il ne pardonnera pas à Lucien...

– Je lui parlerai, il comprendra que Lucien regrette sa conduite.»

Mme Vachelin eut un sanglot plus douloureux et balbutia :

« Ah ! si tu l'avais vu, tout à l'heure, s'en aller à la pêche...»

Valérie avait quitté le tabouret du piano. Elle se jeta dans les bras de sa mère, et les deux femmes, mêlant leurs larmes, pleurèrent tête contre tête jusqu'à une heure avancée.

M. Vachelin rentra de la pêche à midi. Il avait pris un gardon, une petite tanche et trois ablettes. Valérie et sa mère, les yeux rouges encore, l'attendaient au seuil de la maison. Et lui, comme si rien ne se fût passé, leur dit d'une voix tranquille :

« Ça n'a pas mordu aussi fort que j'aurais cru. Je me demande si je n'ai pas eu tort de vouloir pêcher au blé cuit.»

Ce calme terrible d'un homme qui avait le cœur broyé fit frémir les deux femmes. Il se mit à table et mangea de bon appétit, reprenant deux fois du rôti et du fromage. C'était un spectacle à la fois admirable et navrant. Vers la fin du repas, sa femme fit encore une tentative pour le fléchir, et interrogea d'une voix tremblante :

« Avant de prendre une décision au sujet de notre pauvre Lucien, as-tu bien réfléchi à ce qui peut arriver...

– Toutes mes dispositions sont arrêtées, il n'y a pas à y revenir. Lucien s'est conduit de façon ignoble, il doit payer et il paiera. Rien ne peut maintenant changer ma décision.

– Laisse-moi te dire encore qu'il y va de l'avenir de Lucien...

– Ne me parlez plus de ce misérable. D'ailleurs, ce n'est pas le sujet d'une conversation à tenir devant une jeune fille.»

De crainte et de confusion, Valérie rougit, mais n'écoutant que son cœur fraternel, elle déclara courageusement :

« Je ne sais pas au juste ce que vous reprochez à Lucien, je sais simplement qu'il a mal agi, et je vous demande de lui pardonner pour cette fois. Je serais trop malheureuse à la pensée qu'il pût souffrir, si loin de nous, à Orléans...»

Alors, M. Vachelin, laissant paraître sa colère, interrompit sa fille :

« Tu es trop généreuse pour ce garçon sans cœur ! Est-ce qu'il s'est soucié, lui, si sa conduite pouvait nuire à sa sœur ? et si le scandale risquait de l'éclabousser ? Tu avais la certitude d'être fiancée avec le fils Bergeron au début de l'automne. Qui sait, maintenant, si les fiançailles ne seront pas retardées, et qui peut dire de combien de mois ?»

La jeune fille pâlit tout à coup, et poussant un faible cri, quitta la salle à manger pour aller cacher son désespoir dans un coin du jardin. M. Vachelin regarda sa femme qui pleurait en silence, et haussa les épaules.

« Voilà les conséquences d'une mauvaise conduite : une jeune fille irréprochable, menacée dans son affection et dans son avenir par l'indignité d'un frère aîné... Et tu veux que je pardonne à ce jeune monstre ? mille fois non ! Je saurai l'obliger à rentrer dans le devoir. Tant pis pour lui, il l'aura voulu. »

Après le repas, M. Vachelin alla s'étendre sur son lit pour la sieste quotidienne et dormit tout d'un somme jusqu'à 4 heures. Cependant, les deux femmes, dans l'espoir qu'elles pourraient fléchir son courroux par de menues attentions, lui préparaient son attirail de pêche. La mère faisait cuire une pâtée de son, excellente pour attirer le poisson, et Valérie déterrait, dans le jardin, de très beaux vers de terre, rouges et minces comme son père les aimait.

À son réveil, M. Vachelin fit le tour du potager pour se dégourdir l'esprit et les jambes. Comme il revenait vers la maison, sa femme lui dit en montrant les perches de ligne appuyées contre le mur :

« Tout est prêt. J'ai mis deux lignes n°5 dans ton panier. J'ai fait aussi une bonne pâtée de son, pas trop cuite. Tu la trouveras dans une boîte blanche que j'ai mise dans la musette à côté de ton goûter.

– Et moi, dit Valérie, j'ai réussi à trouver quatorze vers bien rouges. Le terrain était sec, il a fallu creuser... »

Attendri, M. Vachelin les écoutait, et ses regards se posaient, mélancoliques, sur ses lignes et ses paniers. Il détourna les yeux et secoua la tête.

« Je n'irai pas à la pêche tantôt, dit-il avec une douceur pleine de fermeté.

– Mon Dieu ! il n'ira pas à la pêche...

– Non, et je vous demanderai de me laisser seul dans la salle à manger jusqu'à l'heure du dîner. Les vers seront encore très bons demain matin si vous prenez la précaution de leur donner un peu de terre humide. Mais auparavant, voulez-vous voir si l'encrier est rempli et s'il y a encore une bonne plume au porte-plume ? J'aurai besoin aussi d'un buvard frais. »

Quand elles eurent tout préparé, M. Vachelin s'enferma dans la salle à manger, et après qu'il eût fait encore une fois son examen de conscience, commença d'écrire :

Mon fils,

Tu ne mérites plus que je t'appelle mon fils, mais je ne puis oublier d'un seul coup, et malgré ma colère, les trésors d'affection que je t'ai toujours dispensés. Avant de te faire les reproches que tu mérites pour ce double accident qui jette toute la famille dans un accablement douloureux, je veux d'abord dégager mes responsabilités. Si ta nature vicieuse a prévalu contre mes bons enseignements, je n'y suis pour rien. Tout au plus puis-je me reprocher d'avoir péché par un excès de confiance à ton égard, et tu peux être certain qu'on ne m'y prendra plus. Je comprends, à présent, les raisons de ton échec au dernier examen, que j'avais mis généreusement sur le compte de la mauvaise chance. Ce n'est pas en courant les jupons et les cabarets que l'on se prépare à une carrière honorable. Je ne sais comment qualifier ta mauvaise volonté à profiter des sacrifices que je m'impose pour tes études de médecine. Mais, puisque tu portes mon nom, je ne veux pas avoir à rougir de toi, et j'entends que tu marches droit en prenant modèle sur tes parents et sur ta sœur Valérie qui joue, avec le fils Bergeron, du piano à quatre mains pour le bon motif.

Je n'ai pas besoin de te dire dans quelle stupeur indignée nous a plongés, ta mère et moi, la nouvelle que tu avais débauché une innocente petite modiste. Petit malheureux, au moment d'accomplir une action aussi coupable, comment n'as-tu pas songé à ta famille ? Il faut qu'un fils soit dépourvu de toute espèce de sentiments pour se laisser entraîner ainsi par ses instincts les plus bas. Tout cela, du moins, était, dans une certaine mesure, réparable. Mais que dire de notre désespoir et de notre dégoût en apprenant que cette jeune fille n'était pas ta seule victime, et qu'une brave servante portait dans son ventre le fruit de ta conduite odieuse ? Je préfère ne pas insister, car je me méfie de ma colère.

On peut dire que dans cette disgrâce, c'est pour toi une chance inespérée d'avoir fait en même temps le malheur de ces deux pauvres filles. Tu connais la rigueur de mes principes, et qu'elle s'est toujours montrée dans la conduite de mes affaires : si tu n'avais séduit qu'une seule de ces malheureuses, je t'aurais sans autre forme obligé à l'épouser, dût ta carrière de médecin en être compromise et même sacrifiée. Mais un scrupule d'équité, bien compréhensible, m'empêche de favoriser l'une ou l'autre de ces victimes, et me fait un devoir de les ignorer toutes les deux. Du moins, si la justice exige que tu ne les revoies jamais, tu trouveras d'abord ta punition dans le remords d'avoir précipité ces innocentes vers un abîme de maux bien cruels. Essaie d'imaginer quelle sera désormais l'existence misérable, difficile, de ces jeunes mères si dignes de notre commisération et de notre respect. Imagine leurs angoisses, et que cela te serve de leçon!

Mais ton châtiment ne serait pas complet, s'il ne t'atteignait pas plus personnellement. J'ai donc décidé de réduire à la somme de dix francs les cent cinquante francs que je t'allouais mensuellement pour tes menues dépenses. Ainsi, tu n'auras plus le moyen de céder aux dangereuses tentations qu'une bourse bien garnie propose aux jeunes gens de ton âge, et ton travail en ira mieux. Je n'ai plus rien à ajouter.

Ton père: R. VACHELIN.

RUE SAINT-SULPICE

*N*ormat était fabricant d'images de piété. Il avait quatre mètres de vitrine dans la rue Saint-Sulpice et des ateliers de photographie donnant sur l'arrière-cour. Un matin, après avoir consulté les statistiques de la vente, il prit le cornet acoustique le reliant à l'atelier H. «Priez M. Aubinard de descendre immédiatement au magasin.» En attendant son chef d'atelier, M. Normat inscrivit des chiffres sur une feuille de papier brouillon.

«Monsieur Aubinard, je vous ai fait appeler pour vous communiquer les dernières statistiques de la vente. En ce qui concerne le rayon des christs et celui des saints Jean-Baptiste, elles sont mauvaises. Je dirai même qu'elles sont déplorables. Dans les six derniers mois, nous avons sorti 47000 Jésus adultes contre 68000 écoulés pendant la même période de l'année dernière, et le débit des saints Jean-Baptiste a baissé de 8500. Notez que cette chute verticale suit de très près l'amélioration de notre aménagement photographique où nous avons, sur vos instances, engagé de lourdes dépenses.»

Aubinard eut un geste de lassitude qui trahissait des préoccupations plus hautes que celles du patron.

«La crise, murmura-t-il d'une voix morne, c'est sûrement la crise.»

M. Normat, le visage empourpré, quitta son fauteuil et marcha sur Aubinard avec un air menaçant.

«Non, monsieur. Il n'y a pas de crise dans le commerce des objets de piété. C'est un mensonge odieux. Comment osez-vous parler de crise pour nos spécialités, quand tous les honnêtes gens brûlent des cierges pour la reprise des affaires et essaient de se concilier le Ciel par la présence de Notre-Seigneur?»

Aubinard s'excusa, et M. Normat, regagnant son fauteuil, poursuivit:

«Monsieur Aubinard, vous jugerez vous-même que votre excuse est détestable quand je vous aurai prouvé que la maison n'a pas enre-

Première publication dans Marianne, *8 mars 1933, où la nouvelle avait pour titre* «La Faim du pianiste».

gistré le moindre fléchissement dans la vente des autres sujets. Approchez, voyez les chiffres... Tenez, la Vierge en trois couleurs fait ses 15 000... L'Enfant-Jésus part toujours aussi régulièrement. Voyez le saint Joseph, la Fuite en Égypte, la petite sœur Thérèse... je n'invente rien, les chiffres parlent d'eux-mêmes. Voilà saint Pierre et voilà saint Paul. Et vous pouvez regarder au hasard, même parmi les saints plus spécialisés. Je lis ici : saint Antoine 2 715 l'année dernière, 2 809 cette année. Vous voyez ? »

Aubinard, penché sur le fichier, risqua d'une voix molle :

« On dit qu'il y a une désaffection du Christ...

– Ce sont des bruits ridicules. J'ai eu l'occasion de parler l'autre jour à Gombette, de la rue Bonaparte. Il m'a laissé entendre que le Christ n'avait jamais été aussi fort. »

Aubinard se redressa et fit quelques pas devant le bureau du patron.

« Bien sûr, soupira-t-il, mais Gombette ne fait que des reproductions du Louvre, il ne travaille pas sur le vif, lui... Oh ! je sais bien ce que vous allez me dire : nos procédés photographiques sont au point, nous arrivons à des prix excellents et il n'y a pas de raisons pour que nos christs ne se vendent pas comme la sainte Vierge ou la petite sœur, puisque nous les traitons avec les mêmes soins. Je sais... »

M. Normat considéra son chef d'atelier avec une curiosité inquiète.

« Défaut de composition ?

– Je ne suis pas d'hier soir dans le métier, protesta Aubinard, et vous avez vu ce que j'ai fait dans Le Martyre de saint Symphorien : il n'y a peut-être pas eu deux réussites comme celle-là en dehors de mon atelier.

– Alors ?...

– Alors... »

Aubinard donnait des signes d'impatience. Il explosa :

« Ce qu'il y a, c'est qu'on ne trouve plus un Christ sur la place de Paris ! Fini, je vous dis, il n'y en a plus ! Qui est-ce qui porte la barbe, aujourd'hui ? Des députés ou des employés de ministère, et une douzaine de rapins qui ont des gueules de voyous. Vous cherchez un beau garçon dans la purée, bon. Je suppose que vous l'avez rencontré et qu'il accepte l'affaire. Vous perdez d'abord quinze jours en attendant qu'il lui vienne du poil au menton, et quand il a laissé pousser sa barbe, il a l'air d'un capucin rigoleur ou d'un pharmacien en deuil. On n'imagine pas ce qu'il peut y avoir de déchets... Tenez, rien que le mois dernier, j'en ai usé six, et pour ne rien faire de propre. Ah ! ceux qui travaillent sur les apôtres ou sur les saintes ne connaissent pas ces ennuis-là. Le vieillard est toujours le vieillard, et les clients n'y regardent pas de trop près quand il s'agit d'un apôtre ; aussi bien, il ne manque pas de petites garces qui sachent vous prendre des airs de pucelles... »

M. Normat allongea une moue ennuyée. Il n'aimait pas que le personnel de la maison s'exprimât dans un langage aussi cru.

Aubinard sentit la réprobation et reprit d'une voix plus posée : « Un Christ doit être jeune, barbu et joli garçon. Vous me direz qu'il y en a ? Ce n'est déjà pas si facile à trouver. Mais ce qui est plus rare, et ce qui est indispensable, c'est un homme qui ait le visage distingué et les yeux doux. Et il ne faut pas qu'il fasse purotin non plus, vous le savez aussi bien que moi : le public n'aime pas ce qui fait pauvre. Vous voyez que ce n'est pas commode. Depuis le temps que je cherche un sujet pareil, je finis par désespérer. Il n'en existe plus à Paris. Aussi, voyez mon dernier travail, Le Jardin des Oliviers. C'est soigné, c'est fini, il n'y a rien à redire de ce côté-là, mais le modèle avait des yeux de bœuf, pas plus tourmentés que s'il prenait son apéritif. Avec ça, il avait fallu lui coller une barbe postiche, trop jeune qu'il était pour en avoir une à lui. Résultat, mon Christ a l'air d'un monsieur de la Comédie-Française, et il n'y a pas à dire qu'on puisse le retoucher. Quand le naturel n'y est pas...

– C'est certain.

– Et ce que je vous dis de mon Christ, je vous le dirais aussi bien de mon saint Jean-Baptiste, barbe mise à part. »

M. Normat, pensif, quitta son bureau et, les mains derrière le dos, arpenta nerveusement la boutique. Aubinard laissait errer dans la vitrine un regard vague et mélancolique, rêvant au visage idéal dont le dessin le poursuivait jusque dans son sommeil. Tout à coup, il eut une émotion violente : entre le portrait du pape et l'effigie de la petite sœur Thérèse, le Christ soufflait une buée fine sur la glace de la vitrine. Il avait un faux col dur et un chapeau mou, mais Aubinard ne s'y trompa point ; il courut à la porte d'entrée, fit un pas sur le trottoir et se trouva en face d'un homme frileux, au vêtement pauvre, mais décent ; son visage résigné, aux yeux tendres et sans ironie, était encadré d'une barbe fine. Aubinard, immobile devant la porte, le dévorait du regard. L'homme sentit ce regard insistant, il baissa la tête, eut un mouvement peureux et fit un pas pour s'éloigner. Aubinard fit un bond de fauve, et le saisissant par le bras, lui fit faire volte-face, mais l'inconnu leva sur lui des yeux si craintifs, si douloureux, que le chef d'atelier fut bouleversé.

« Je vous demande pardon, balbutia-t-il, je vous ai peut-être fait mal.

– Oh ! non », dit l'homme d'une voix douce.

Et il ajouta, avec une modestie mélancolique :
« J'en ai bien vu d'autres.
— C'est vrai », murmura Aubinard, qui était encore troublé.
Ils se regardèrent en silence. L'homme ne semblait même pas attendre une explication, comme s'il s'abandonnait à la suite d'une aventure nouée depuis le commencement des temps. Aubinard avait la gorge serrée par la pitié et par un remords inexplicable. Il proposa timidement :
« Il fait froid, ce matin... Vous avez peut-être froid. Si vous voulez entrer un moment.
— Oh ! oui, je veux bien. »
Comme ils entraient, M. Normat jeta sur l'inconnu un regard soupçonneux et interrogea du fond de la boutique :
« Qu'est-ce que c'est ? »
Aubinard ne répondit pas. Pourtant, il avait entendu la question, mais il se sentait tout d'un coup plein d'hostilité à l'égard du patron. Il s'empressait autour de son hôte avec des prévenances qui irritaient M. Normat.
« Je suis sûr que vous êtes fatigué... si, si, très fatigué. Venez vous asseoir là. »
Avec précaution, il le conduisit vers le bureau et le fit asseoir dans le fauteuil du patron. M. Normat eut un haut-le-corps, et marchant vers son bureau, répéta d'une voix hargneuse :
« Mais qu'est-ce que c'est ?
— Alors, non. Vous ne voyez pas que c'est le Christ ? » jeta Aubinard par-dessus son épaule avec indignation.
M. Normat resta interloqué. Puis il dévisagea l'homme qui avait pris place dans son fauteuil et accorda :
« C'est vrai. Il a une bonne tête. Mais quand même, ce n'est pas une raison... »
Aubinard se tenait immobile devant le fauteuil, souriant et heureux.
M. Normat, agacé, lui dit rudement :
« Et il marche, votre type ? »
Aubinard avait perdu de vue ses préoccupations professionnelles. Les paroles du patron le remirent au fait. Bien qu'il lui en coûtât, il examina son modèle avec moins de désintéressement. « Les traits un peu tirés, songea-t-il, mais ce n'est pas mauvais, au contraire. Je suis sûr qu'il nous fera un Ecce homo de premier ordre. Pendant les premiers jours, on le mettra en croix, après on en fera un Jardin des Oliviers, et quand il se sera nourri, il me donnera des bons Pasteurs, des "Laissez venir à moi..." » En quelques secondes, il eut évalué

toutes les réussites évangéliques qu'il pourrait tirer de ce Christ inespéré. L'homme paraissait gêné du double examen dont il était l'objet. Son regard anxieux impressionnait encore Aubinard qui se sentait mal à l'aise pour l'interroger.

«Qu'est-ce que vous faisiez avant? interrogea M. Normat, et comment vous appelez-vous, d'abord?

– Machelier, Monsieur», répondit l'inconnu d'une voix humble, comme pour faire oublier la première question.

M. Normat répéta le nom plusieurs fois pour s'assurer qu'il rendait un son honnête, et s'adressant à Aubinard:

«Tâchez de l'avoir à l'œil. Avec ces gens-là, on a toujours des surprises. On ne sait même pas d'où il sort.»

Machelier eut un mouvement de colère et s'arracha du fauteuil.

«Je sors de prison, dit-il, je ne vous dois rien.»

Il se dirigea vers la porte. Aubinard le rejoignit et le prenant par le bras, le remit dans le fauteuil du patron. Machelier se laissa faire sans résistance, étonné de sa propre audace. Songeant à ses statistiques, M. Normat regrettait son imprudence.

«Vingt francs par jour, proposa-t-il, ça vous irait?»

Machelier ne parut pas entendre.

«Vous voulez vingt-cinq francs. C'est bien, on vous les donnera.»

Machelier demeurait muet, affaissé sur son siège. Aubinard se pencha et lui dit doucement:

«Le patron vous propose vingt-cinq francs par jour. D'habitude, on ne donne que vingt francs. Allons, c'est dit? Vingt-cinq francs... Venez avec moi à l'atelier. Le travail n'est pas difficile...»

Les deux hommes quittèrent le magasin et, après avoir traversé une cour, s'engagèrent dans un escalier obscur.

«Ils m'ont donné six mois sans sursis, disait Machelier. Oh! ce n'était pas trop pour ce que je leur avais fait. En prison, j'avais fait des économies, mais maintenant...

– On vous paiera tout à l'heure. Deux jours d'avance, si vous voulez.»

Ils arrivaient à un palier. Machelier s'arrêta.

«J'ai faim», murmura-t-il.

Il était très pâle et semblait essoufflé. Aubinard hésita et faillit céder à un mouvement de pitié, mais il songea aux possibilités qu'offrait ce visage de Christ affamé, humilié, implorant. «Quand il aura mangé, ce ne sera déjà plus ça, se dit le chef d'atelier. Il faut en profiter et le mettre en croix tout de suite.»

«Un peu de patience, vous mangerez à midi. Il est déjà 10 heures.»

La première séance parut interminable au patient. Les poses sur la croix étaient fatigantes, et dans l'état de faiblesse où il se trouvait, presque douloureuses. La seule vue des accessoires de son martyre le dégoûtait. Aubinard paraissait ravi. Il le lâcha vers 1 heure après midi et, après lui avoir avancé cinquante francs, lui accorda une après-midi de repos.

Machelier se mit en quête d'un restaurant où il pût manger à bon marché. Lorsqu'il eut dévoré deux portions de blanquette de veau, il lui vint un peu d'orgueil. En coupant son fromage, il évoquait un passé décent qui remontait à quelques mois avant la prison ; il était pianiste dans un café de Montmartre ; il avait des amis, les patrons lui parlaient avec déférence. Quand il saluait le public, il y avait des filles qui le regardaient avec amour. Mais, pour son malheur, le violoniste avait des cheveux noirs, brillants et ondulés. Avec ses cheveux, il avait séduit une fille que Machelier avait distinguée. Les violonistes entrent facilement dans le cœur des femmes, ils caracolent sur l'estrade, ondulent, piquent de la tête, font des chatouilles distinguées sur la queue de leur instrument et, dans les notes fuselées, quand ils ferment les yeux en s'étirant du col, on a toujours envie de leur regarder les pieds pour être sûr qu'ils ne s'envolent pas. À la fin de faire valoir ses cheveux, le violoniste avait couché avec la fille et, un jour qu'il s'en vantait, Machelier lui avait entrouvert la gorge avec une paire de ciseaux, le mettant à deux doigts de mourir.

En achevant son repas, Machelier songeait qu'après tout, le violoniste n'était pas mort, puisqu'il avait repris sa place à l'orchestre. Pourquoi lui, Machelier, ne trouverait-il pas un engagement. Ses six mois de prison n'empêchaient pas qu'il eût un grand talent. Il lui parut qu'il trahissait sa mission d'artiste en acceptant de se déshabiller dans un atelier de photographe. Il se persuada, dans l'optimisme de la digestion, qu'il trouverait sans difficulté un engagement, et décida que le lendemain il irait rendre au photographe les vingt-cinq francs qui lui avaient été avancés. En quittant le restaurant, il alla louer une chambre dans un hôtel de la rue de Seine et, tenté par la douceur du lit, remit au lendemain de chercher un emploi digne de son mérite. Son premier sommeil fut profond, et le mena jusqu'à minuit. Il s'éveilla et se rendormit presque aussitôt, mais d'un sommeil peuplé de cauchemars. Il rêva qu'il crucifiait le violoniste couronné d'épines, et que la cour d'assises lui infligeait encore six mois de prison. Il s'éveilla en claquant des dents. La lumière du jour le rassurait à peine, et à l'amertume de ses remords du matin s'ajoutait le souvenir des supplices endurés sur la croix.

Pourtant, sa résolution n'avait pas faibli. En montant à l'atelier H, il serrait dans sa poche les vingt-cinq francs qu'il se proposait de rendre à Aubinard.

Le chef l'accueillit avec amitié, presque avec déférence, et l'entraîna vers une table où étaient étalées des épreuves photographiques. «Regardez... quel travail, hein? Vous pouvez dire que vous avez été étonnant. Je n'exagère pas, étonnant.» Machelier regarda longtemps les épreuves. Il était très ému. Lorsque Aubinard lui demanda de se préparer pour la pose, il se déshabilla sans hésitation, avec un empressement qui le surprit lui-même.

On continua de le mettre en croix pendant trois jours, et lorsque le chef se jugea pourvu en attitudes de crucifié, il lui fit faire des chemins de croix. Il était très appliqué à son travail, et Aubinard s'émerveillait d'un zèle aussi intelligent. M. Normat ne tarda pas à se féliciter du modèle, car il obtint, sur épreuves, des commandes importantes de christs en croix.

L'ancien pianiste emportait chaque jour de l'atelier une dizaine de photographies du Christ dont il tapissait les murs de sa chambre. À l'hôtel, on croyait qu'il avait une dévotion particulière à la croix. Le soir, en rentrant chez lui, lorsque son regard tombait sur cette imagerie, Machelier éprouvait toujours un choc. Assis sur son lit, il passait de longs moments à se reconnaître dans tous ces christs. Il s'attendrissait sur son visage douloureux, sur son supplice et sur sa mort. Parfois, en songeant à ses juges et à sa prison, il lui semblait qu'il eût souffert d'une injustice, et il lui plaisait de pardonner à ses bourreaux.

À l'atelier, il n'avait jamais un mouvement d'impatience, il était doux, serviable, et cherchait toutes les occasions d'obliger ses compagnons. Chacun aimait sa douceur et respectait sa mélancolie. L'on s'accordait à dire qu'il avait bien choisi son emploi; il était même si bien adapté à son personnage que les employés s'étonnaient à peine de la bizarrerie de ses propos. Aubinard, qui avait de l'affection pour son modèle, s'en inquiétait parfois et lui disait doucement: «Il ne faudrait tout de même pas vous figurer que c'est arrivé.»

Un matin, saint Pierre entra dans l'atelier H où il venait demander un renseignement de la part du chef de l'atelier B. Il avait gardé sur la tête son auréole en carton. À son départ, Machelier l'accompagna jusqu'à la porte et lui dit:

«Va, Pierre...» d'une voix grave qui étonna le bonhomme.

Dans la rue, Machelier souffrait à chaque instant de l'indifférence des passants à son égard, non par orgueil humain, mais par miséricorde. En passant devant les églises, il tenait aux mendiants des propos obscurs et les comblait de promesses glorieuses.

«Faites-moi seulement une petite charité», lui dit un mendiant de Saint-Germain-des-Prés.

Machelier lui montra un homme cossu qui montait dans son automobile :

«Tu es plus riche que lui... cent fois, mille fois plus riche!»

Le mendiant le traita de fumier, et Machelier s'en alla en penchant la tête sur son épaule, sans rancune, mais l'âme accablée de tristesse. Un soir qu'il était dans sa chambre, il pensa à ses parents qui étaient morts et se demanda s'ils étaient au ciel. Il se tourna vers son image pour lui recommander les deux âmes en peine, puis il se ravisa et hocha la tête avec un sourire confiant, comme pour dire :

«C'est inutile. J'arrangerai l'affaire...»

Cependant, le chef d'atelier n'était pas loin d'avoir épuisé avec son modèle toutes les poses raisonnables, et prévoyait qu'il lui faudrait bientôt s'en séparer. D'ailleurs, Machelier avait engraissé, et, même pour un Christ triomphant, il avait les joues un peu pleines. Un matin, Aubinard le faisait poser en buste avec une auréole, et un gros cœur en carton pendu au cou, lorsque M. Normat entra dans l'atelier.

Examinant les derniers clichés, il fit observer à Aubinard :

«Ils sont loin de valoir les premiers...

– En effet.

– Je crois que vous ferez bien d'arrêter les christs. Nous avons maintenant une belle collection, qui bat de loin tout ce qu'on a fait dans le genre, et je ne vois vraiment rien d'utile à y ajouter.

– C'est ce que je pensais moi-même. Aussi, vous voyez que depuis trois jours je n'ai rien fait d'important.

– Il vous reste maintenant à travailler le saint Jean-Baptiste... C'est un article très demandé et où nous sommes d'une faiblesse déplorable, je vous l'ai déjà signalé. Il faut pourtant que nous ayons quelque chose de propre à donner à nos voyageurs le mois prochain...

– Pour le mois prochain, c'est un peu court, monsieur Normat... Il faudrait une chance extraordinaire, une rencontre comme celle de mon Christ...»

Aubinard jeta un regard de gratitude sur son Christ qui attendait, en caressant son cœur de carton, que M. Normat eût fini son inspection.

Machelier ne se départait de sa mansuétude habituelle qu'à l'égard du patron. Il le supportait avec une impatience pleine de dégoût et

rêvait de chasser ce marchand coloré et ventru. Aubinard, qui regardait son modèle en songeant à la difficulté de trouver un saint Jean-Baptiste, eut une inspiration soudaine et dit à l'apprenti :
« Va me chercher un rasoir, un blaireau et un savon à barbe. »
À M. Normat, qui s'étonnait, il désigna Machelier.
« Il est juste à point pour faire un saint Jean-Baptiste. Vous allez voir... »
Les deux hommes s'approchèrent du Christ et Aubinard lui dit :
« Vous avez de la chance... On va vous couper la barbe et vous en aurez encore pour huit jours en saint Jean-Baptiste. »
Machelier toisa le patron avec mépris et, regardant Aubinard d'un air de reproche, répondit :
« Je suis prêt à tout endurer, mais je ne me raserai pas la barbe. »
Aubinard lui représenta vainement qu'il était usé en Christ et qu'il n'y avait d'autre moyen, pour le garder, que de le changer en Baptiste ; Machelier, qui sentait que sa divinité résidait presque tout entière dans sa barbe, se bornait à répondre :
« Je ne laisserai pas toucher à un poil de ma barbe.
– Voyons, disait Aubinard, réfléchissez. Vous n'avez pas le sou, pas de situation...
– Je ne me séparerai jamais de ma barbe.
– Il est buté, dit M. Normat, laissez-le tranquille. Réglez-lui son compte tout de suite et qu'il débarrasse la maison. En voilà un abruti ! »
Lorsqu'il eut payé encore deux journées d'hôtel, Machelier recommença d'avoir faim. D'abord, il en eut quelque fierté, puis, comme la faim devenait plus douloureuse, il douta de sa divinité. Un jour, il se souvint qu'il était pianiste et prit le chemin de Montmartre. Il se proposait vaguement de rôder autour du café où il avait, pour la première fois, souffert d'injustice. Machelier songeait qu'il n'était rien qu'un pauvre homme, capable d'inspirer quelque pitié à ceux qui l'avaient connu autrefois.
Il partit à pied et, en descendant vers les quais par la rue Bonaparte, il vit son image dans plusieurs vitrines. Il se vit portant la brebis sur ses épaules, il se vit gravissant le calvaire, portant sa croix... Il en fut réconforté et attendri.
« Comme je souffre », murmura-t-il en regardant sa photographie de crucifié.
Passant la Seine, il retrouva son image rue de Rivoli, puis dans les environs de l'Opéra. Machelier ne sentait presque plus sa faim, il marchait lentement, attentif aux vitrines, suspendu à l'espoir d'une nou-

velle rencontre. Il se retrouva encore près de l'église de la Trinité, dans la rue de Clichy. En arrivant devant le café où il avait tenu le piano, il passa très vite, sans même regarder à l'intérieur. Il sentait qu'il était absent de cet endroit de Montmartre, il eut envie de monter plus haut. La fatigue et la faim lui donnaient la fièvre ; il dut se reposer plusieurs fois au cours de son ascension. Le soir tombait lorsqu'il arriva sur le mont des Martyrs. Devant la basilique, les boutiquiers commençaient à ranger leurs objets de piété. Machelier eut le temps de regarder à un étalage une partie de la collection qu'il avait fournie à Aubinard. Il y avait un bon Pasteur, un Christ aux enfants, un Jésus au jardin des Oliviers, tout un Chemin de croix, et dans un cadre de bois noir un agrandissement de son martyre. Machelier en était ébloui ; il alla s'appuyer à la balustrade de pierre et, en regardant Paris moutonner à ses pieds, il fut envahi par la certitude de son ubiquité. Les dernières lueurs du jour, à l'occident, cernaient la ville d'un mince ruban clair, des lumières s'allumaient jusqu'au loin dans les fonds de brume. Cherchant, dans l'étendue, le chemin jalonné par ses images, qu'il venait de parcourir, Machelier goûtait l'ivresse de se répandre dans la ville. Il sentait sa présence flotter sur le soir et écoutait le bruit de Paris qui montait comme une rumeur d'adoration.

Il était près de 8 heures du soir lorsqu'il descendit de la Butte. Il avait oublié qu'il était las et qu'il avait faim, un chant d'allégresse bourdonnait à ses oreilles. Dans une rue solitaire, il rencontra un sergent de ville et, tendant la main, se dirigea vers lui d'un pas hésitant :

« C'est moi », dit-il avec un tendre sourire.

L'agent haussa les épaules et grommela en s'éloignant :

« Bougre d'imbécile... feriez mieux de rentrer chez vous, au lieu d'embêter le monde avec vos histoires de soûlot. »

Machelier, surpris par cet accueil, demeura une minute immobile, puis il murmura en hochant la tête :

« Il ne comprend pas. »

Une inquiétude soudaine le fit hésiter, il eut envie de retourner sur ses pas, vers le sommet de la colline, mais ses jambes le portaient à peine et déjà il s'engageait dans une rue qui descendait vers une trouée de lumière.

Sur le boulevard de Clichy, Machelier erra un instant parmi la foule des promeneurs. Personne ne prenait garde à lui, et les gens qui rencontraient son regard pressaient le pas dans la crainte qu'il ne demandât une aumône. Il manqua plusieurs fois de se faire écraser, et, grelottant de fièvre, alla se reposer sur un banc. Il n'avait plus qu'une angoisse, plus qu'une idée fixe :

«Pourquoi est-ce qu'ils ne me reconnaissent pas?»
Traversant le boulevard, deux filles passèrent auprès de lui et l'accostèrent par dérision.
«Tu viens, Landru?» lui dit une vieille en faisant allusion à sa barbe.
Les deux filles se mirent à rire et la plus jeune ajouta :
«Mais non, c'est Jésus-Christ, je te dis.
– Oui, c'est moi», acquiesça Machelier.
Délivré de son angoisse, il se leva pour faire à ces deux filles la grâce de les toucher. Elles se sauvèrent en ricanant :
«Il va nous porter la poisse, le Jésus, allons-nous-en.»
Machelier comprit qu'il avait encore un effort à faire pour persuader les hommes qu'il était avec eux. Il décida qu'il annoncerait d'abord la nouvelle aux pauvres et abandonna le boulevard pour descendre dans la ville. Mais il ne rencontrait point de pauvres, il n'y avait pas un seul pauvre sur son chemin. Il s'en étonnait tout haut et arrêtait parfois les passants pour leur demander s'ils n'avaient pas vu des pauvres. Les passants n'avaient rien vu. Ils ne savaient pas qu'il y eût des pauvres.
Il était près de minuit lorsque Machelier arriva au pont des Saints-Pères. Il ne sentait plus ni faim, ni fatigue, mais rien qu'une grave impatience. Il se souvint qu'avant de connaître Aubinard, il avait dormi sous ce pont-là, et il espéra y découvrir des pauvres. Descendant sur le quai, il trouva l'abri désert. Machelier se sentit si seul qu'il eut envie de pleurer; mais, sur l'autre rive, il vit passer des hommes qui s'en allaient chercher un asile sous la voûte. Il fit un grand geste et cria :
«C'est moi!»
Les autres s'arrêtèrent, surpris par cet appel qui résonnait sur la pierre.
«C'est moi! ne vous dérangez pas! je viens...»
Il descendit l'escalier étroit qui plongeait dans l'eau.
«Je viens!»
Un moment, les clochards de l'autre rive virent Machelier qui marchait sur les eaux, et quand il n'y eut plus qu'un remous sur le fleuve, ils doutèrent s'ils venaient de s'éveiller ou s'ils avaient encore devant eux la promesse d'une nuit de sommeil pour oublier leur misère.

BONNE VIE ET MŒURS

*D*epuis le pré qu'il fauchait à la mécanique, Léon Bordier avait la vue d'un tronçon de route qu'il ne quittait presque pas des yeux, dans l'attente d'y voir surgir l'employée des postes, du pas vif dont elle portait les appels téléphoniques. Sa nervosité et sa distraction l'empêchaient d'avoir son attelage bien en main ; le cheval faisait des embardées ; la faucheuse traçait en sinuant, épargnait de longues et minces tranches de foin qui restaient debout sur le ras du pré. Mécontent de son travail, Bordier quitta le pré à 6 heures et demie et sitôt qu'il fut dans la cour de la ferme, courut sans dételer jusqu'à la cuisine où sa femme préparait le repas du soir.

« Léontine n'a pas téléphoné ? Il n'est venu personne de la poste ?

– Non, je n'ai rien vu... Je ne sais pas ce qu'il faut penser...

– Mais tu es sûre ? Des fois que tu aurais été au poulailler ou ailleurs pendant que la poste serait venue.

– Je n'ai pas bougé de la cuisine depuis les 4 heures. »

Le visage de Bordier s'empourpra, une grosse veine bleue se gonfla sur son front. Il ôta son chapeau, et, de colère et de découragement, le jeta dans un coin, à toute volée.

« Alors, ça y est, dit-il d'une voix rageuse. Du moment qu'elle n'a pas téléphoné, c'est qu'elle s'est fait refuser au brevet. Mais j'en étais sûr qu'elle n'aurait pas son brevet.

– Léontine n'a peut-être pas pu nous prévenir. Attendons qu'elle arrive, elle ne peut plus tarder maintenant. Après tout, pourquoi est-ce qu'ils l'auraient refusée ? Elle avait toujours des bonnes places dans la géographie. Et puis, tu l'avais bien recommandée à l'inspecteur et au sous-préfet. Tu es quand même le maire de Bellefond, tu manges avec ces gens-là dans les banquets... Tout compte. »

Bordier haussa les épaules et se mit à arpenter la cuisine. Il voyait déjà s'écrouler tous les espoirs qu'il avait caressés, pour sa fille, d'une vie dorée de fonctionnaire, avec une retraite au bout.

Première publication dans Marianne, *19 juillet 1933.*

«Refusée que je te dis! Et je suis sûr que ça n'aura pas fait un pli. Bon Dieu! on fait tout pour qu'elle arrive, on lui achète une bécane à changement de vitesse, un bracelet-montre, des toilettes, l'autre jour des bas de soie pour aller à l'examen, et voilà comme on est récompensé.» La mère, qui s'était laissée aller à la certitude d'un échec, plaidait la cause de Léontine, représentant à Bordier que leur fille avait travaillé dans des conditions difficiles : il lui fallait chaque jour faire dix kilomètres à bicyclette pour se rendre à l'école supérieure du chef-lieu, et autant pour le retour ; c'était à la fois une perte de temps et une grosse fatigue.

«Tu lui as toujours trouvé de bonnes excuses, ripostait Bordier. Fatiguée? Mais fatiguée de quoi? Une grande salope de dix-sept ans qui ne travaille pas la moitié du quart des autres filles du pays!

– Alors, là, Léon, moi je dis que tu causes mal. Ce n'est pas une façon pour parler sur sa fille.

– Je ne dis rien de plus que la vérité. Elle n'aurait point perdu de temps si elle avait toujours pédalé bien droit vers son école. Mais ce n'est pas en traînant par les chemins avec un Félicien Musillon que les livres vous entrent dans la tête. Un joli moineau, encore, celui-là...

– Pour une fois ou deux qu'on les a vus ensemble, dirait-on pas...

– Trois fois! Et la dernière, il était 9 heures du matin. Au lieu d'être à son école, elle était sur le remblai avec ton animal de Félicien qui lui racontait des histoires et on ne sait pas quoi...

– Personne n'a vu Félicien lui manquer de respect. D'abord, tu sais bien qu'il voudrait se marier avec Léontine.»

Bordier s'arrêta et cogna du poing sur la table. La colère le faisait suffoquer.

«Ce grand cochon-là, marier ma fille? Un feignant, un coureur, un dépensier! Ah! nom de Dieu! comme je lui ai dit, si jamais je le revois tourner autour de Léontine, je te lui casse les reins, tu m'entends bien? Quand je pense qu'il lui aura fait manquer son brevet... Mais, bouge pas, il faudra bien que Léontine change de façons. Je vais commencer par lui flanquer toutes ses robes au feu...»

La mère allait protester, mais un grelot tinta dans la cour. Les parents se ruèrent pour accueillir une grosse fille au visage enfantin et rieur dont le maquillage avait fondu à la chaleur. Léontine descendit de bicyclette et ses seins lourds sautèrent dans son corsage de soie rose.

«Reçue douzième sur trente-sept! cria-t-elle. Ça a gazé partout! Neuf en anglais que j'ai pigé... Ah! dis donc, qu'est-ce que j'y ai mis dans l'œil au prof d'anglais...

– Son brevet... murmura Bordier. Elle a son brevet...»

Jetant la bicyclette à sa mère qui la rangea contre le mur avec des précautions respectueuses, Léontine soupira :

« Ah ! dites donc, les vieux, s'il fait chaud ! Ce coup de bengale que j'ai pris sur la tirelire... Mais aussi, vous parlez si j'en ai foutu un choc pour m'apporter ! Comment c'est que je dois cocoter d'en dessous les bras... »

Pendant que Léontine contait les péripéties de l'examen, Bordier, assis sur la fenêtre, la gueule fendue de plaisir, l'écoutait en taillant dans un morceau de bois une cheville de limonière. Comme le chien aboyait, il tourna la tête et vit Félicien Musillon qui entrait dans la cour de ce pas nonchalant qui le dénonçait de loin à l'indignation des gens laborieux.

« Je t'ai défendu de foutre les pieds chez moi ! cria Bordier. Va-t'en d'ici ! »

Quoiqu'il fût à bonne portée de voix, le grand Félicien ne parut pas entendre. Il avançait sans hâte, le nez flâneur, jouant à souffler sur la grande mèche noire qui lui barrait le front depuis la visière jusqu'au coin de son petit œil plissé. Sachant que Léontine s'était présentée au brevet, il avait trouvé un prétexte pour venir aux nouvelles.

« Va-t'en d'ici, répéta Bordier.

— Bien le bonjour, Léon, et pour tout le monde de chez vous, dit Félicien.

— Il faudra peut-être que je te prenne par le col ? Allons, demi-tour. »

Le grand Félicien s'arrêta en face de Bordier et sourit avec cordialité.

« Ça m'ennuie de vous déranger, Léon, mais vous êtes le maire de Bellefond et il n'y a que vous qui puissiez me signer les papiers qu'il me faut.

— Les papiers... Quels papiers ? »

Félicien ne répondit pas. Il poussait son grand nez en avant et essayait de jeter un regard dans la cuisine par-dessus l'épaule de Bordier. D'un coup de menton, il montra la bicyclette appuyée au mur.

« Je vois que la fille est rentrée de l'examen.

— Douzième sur trente-sept ! cria Léontine de l'intérieur. J'ai quand même pas bavé à côté ! douzième !... »

Bordier fronça les sourcils et d'un geste violent commanda le silence dans la cuisine.

« Je suis bien content qu'elle soit reçue, dit Félicien. Vous savez ce que c'est quand on s'intéresse aux personnes. Moi, quand il arrive à Léontine un coup comme d'aujourd'hui, je ne peux pas vous dire tout le plaisir que ça me fait. Il me semble que je suis déjà de la famille... »

Les yeux mi-clos, il semblait rêver à des béatitudes honnêtes.

«Cause toujours, grogna Bordier, elle n'est pas pour ton nez. J'aimerais mieux qu'elle reste sans homme toute sa vie.»

Félicien eut un soupir qui alla jusqu'au fond de la cuisine et dit avec une voix de reproche:

«Léon, vous me faites du chagrin sans vous en douter. Oh! je sais bien qu'on hésite toujours à se choisir un gendre; on n'en trouve jamais qui soient sans défauts, et j'ai les miens comme tout le monde, pardi! Mais ce qui compte d'abord, voyez-vous, c'est la question du sentiment, et Léontine est sûrement de mon avis. Tenez, Léon, vous allez peut-être lui faire un cadeau pour son brevet? Demandez-lui donc ce qui lui ferait le plus de plaisir, moi je vous parie que c'est un petit homme qui s'appellerait Félicien.»

Bordier entendit Léontine qui riait derrière son dos, il se mit à jurer. Félicien, d'une détente de l'index, rejeta sa casquette en arrière, juste où il voulait, et ajouta avec un dandinement gracieux:

«Ça se comprend, n'est-ce pas? Il y en a de plus mal tournés que moi, et dans le fond, personne n'a rien de sérieux à me reprocher.

– Rien de sérieux? Un feignant qui ne fait rien de ses dix doigts et qui a déjà mangé les quatre sous que son père lui a laissés!

– C'est vrai, je ne me sens point de courage à travailler, mais si vous voulez mon idée, c'est parce que je me languis de cette petite Léontine. Une fois qu'on sera mariés, vous verrez, Léon, vous verrez si j'abattrai de la besogne... sans compter qu'avec ses brevets, Léontine aura sûrement une bonne position.

– Tu te ferais bien nourrir par ta femme, bien sûr? Et ce ne serait pas la première fois: la Claudine Machuré pourrait le dire, comment que tu te soûlais la gueule avec ses sous! Feignant, ivrogne, coureur de filles, ça va ensemble.

– Les mauvaises langues me font bien du tort, soupira Félicien, mais allez donc empêcher le monde de causer...»

La mauvaise humeur de Bordier s'accrut en voyant entrer dans la cour un vieil homme qui marchait en s'appuyant sur deux cannes. Malgré son âge et son infirmité, ce Narcisse Longeron était parmi les plus acharnés des adversaires politiques du maire de Bellefond et toujours attentif à lui susciter une mauvaise querelle.

«Finissons-en, dit Bordier. Qu'est-ce que tu es venu faire ici?

– C'est vrai, dit Félicien, je n'y pensais plus. Aussitôt qu'on me parle de Léontine, je n'ai plus ma tête à moi. Figurez-vous que j'étais venu pour vous demander un certificat de bonne vie et mœurs.»

Tout d'abord, Léon Bordier se contenta de faire un mot ironique sur les formalités parfois saugrenues auxquelles l'obligeaient ses fonctions de maire de la commune. Le vieux Longeron, qui était arrivé à quelques pas de la fenêtre, marqua, par un hochement de tête, qu'il désapprouvait une plaisanterie indigne d'un magistrat dans l'exercice de ses fonctions. Bordier ne lui fit pas l'honneur d'un regard et demanda à Félicien :

« Qu'est-ce que tu vas en faire, de ton certificat ?

– J'en ai besoin pour me chercher une place. Comme vous disiez tout à l'heure, ce n'est guère convenable de se faire nourrir par sa femme, et puisqu'un jour ou l'autre j'épouserai Léontine... »

Narcisse Longeron fit entendre un ricanement qui prétendait signifier combien cette union-là lui paraissait conforme à l'opinion qu'il se faisait de Léontine et de sa famille. Bordier devint écarlate et interrompit Félicien.

« Tu te fous de moi, à présent ? Eh bien ! moi, je ne te le délivre pas, ton certificat de bonne vie et mœurs. Tu m'entends, je ne te le délivre pas, et mes raisons, elles sont toutes prêtes, je n'ai pas besoin de les chercher. Avec une conduite comme tu en as une, tu ne l'as pas mérité. Je ne te le donne pas, non, et je te défends de revenir chez moi !

– Ça, Léon, vous ne m'empêcherez jamais de venir réclamer mon droit. Je ne peux pourtant pas aller réclamer mon certificat à la cure. En admettant que je sois un mauvais sujet – je dis en admettant – je peux toujours changer, et alors, vous n'aurez plus de raisons de me refuser ce que je vous demande. À bientôt, Léon, je suis sûr que vous réfléchirez...

– C'est tout réfléchi. Va-t'en chercher ton certificat ailleurs, et chez le curé si tu veux ! »

Le vieux continuait à ricaner en regardant les deux hommes. Félicien ressentit vivement l'affront que Bordier venait de lui faire en présence d'un témoin. Il jeta en s'éloignant :

« Si vous le prenez comme ça, moi je dis que vous n'en aurez pas fini de sitôt avec moi. »

Voyant le curé qui sortait du presbytère, Félicien s'assit sur une borne et, tirant son mouchoir, s'en frotta les yeux. Il avait presque cinq minutes pour se préparer et il réussit à amener des larmes au bord de ses paupières. Le curé tomba dans le piège et, touchant l'épaule de Félicien, s'informa des raisons de son désespoir.

« Je vais me noyer, monsieur le curé, je n'ai plus qu'à aller me noyer... »

Le prêtre avait peu d'estime pour Félicien Musillon, mais une aussi grande détresse ne pouvait le laisser insensible.

«Mon ami, c'est offenser Dieu que de parler ainsi. Vous n'avez pas le droit de désespérer de sa miséricorde...

– Non, monsieur le curé, non, c'est foutu. Y a point de miséricorde pour Félicien. À présent, je suis moins qu'un cochon de trois jours, vous m'entendez? J'ai honte pour tout le restant de ma vie...»

Le curé considéra Félicien avec sympathie. Cette extrême humilité lui fit croire qu'il arrivait à un moment favorable pour ramener à Dieu une brebis depuis longtemps égarée, et il sollicita les confidences du désespéré.

«Je peux bien vous le dire, monsieur le curé, mais comme vous me voyez, je sors de chez Léon Bordier. J'étais allé lui demander sa fille en mariage et il me l'a refusée.

– Léontine est bien jeune pour songer au mariage, fit observer le curé. D'autre part, M. Bordier n'a peut-être pas trouvé en vous toutes les perfections qu'il peut espérer d'un gendre. Il faut avoir le courage de regarder en soi...

– Bien entendu qu'il a ses idées là-dessus, et moi je suis d'avis que les parents ont toujours raison...

– Vous voyez bien...

– Attendez! En même temps, je lui demandais un certificat de bonne vie et mœurs pour me chercher une place et il me l'a refusé aussi!»

Le curé voyait assez de raisons au refus de Léon Bordier pour n'en point manifester de surprise. Félicien, qui le surveillait du coin de l'œil, se mit à geindre:

«Il veut m'empêcher de gagner ma vie, je vous dis, et pourquoi? Parce que je ne suis pas dans ses idées politiques et que je vais à la messe! Voilà toute l'affaire.

– À la messe? s'étonna le curé, mais je ne vous y ai jamais vu.

– Non, monsieur le curé, vous ne me voyez pas, mais c'est parce que je me mets toujours derrière un pilier. Et Bordier le sait bien, lui. Savez-vous ce qu'il m'a dit, tout à l'heure? Va-t'en chercher ton certificat chez le curé!

– Oh! il vous a dit...

– Tel que, monsieur le curé, tel que. Je n'invente pas: Narcisse Longeron était là, il a entendu aussi bien que moi.»

Le curé avait plus d'un grief contre le maire de Bellefond. Dans la même année, le conseil municipal avait refusé de voter des crédits pour le chauffage de l'église et pour des réparations à la toiture du presbytère. Le propos rapporté par Félicien réveilla toute sa rancune, et le lendemain, comme il avait affaire au chef-lieu, il ne put se tenir de conter les choses au directeur du journal bien-pensant de l'arrondissement, qui publia un entrefilet vengeur :

«Encore un abus de pouvoir. – Fidèles à notre ligne de conduite, nous dénonçons sans faiblesse les abus dont certains édiles se rendent coupables envers leurs administrés. L'un de ces tyranneaux, M. Léon Bordier, maire de Bellefond, bien connu pour son zèle antireligieux, refusait dernièrement un certificat de bonne vie et mœurs à M. Félicien Musillon, dont la piété et la modestie édifient tous les habitants de la commune. Comme M. Musillon faisait valoir que cette pièce lui était indispensable pour l'obtention d'un emploi, M. Léon Bordier, découvrant alors sa basse rancune de sectaire, lui répondit brutalement : "Allez donc chercher votre certificat chez le curé !!!" L'on croit rêver en apprenant que des brimades aussi odieuses demeurent possibles, et pourtant, les faits sont là : nous voyons la plus banale des formalités devenir, entre les mains d'un maire sans scrupule, un moyen de pression électorale !»

Deux jours plus tard, le *Phare régional*, organe de défense républicaine, laïque et sociale, ripostait en première page :

«Mise au point. – Émus par l'accusation portée contre M. Léon Bordier, le si sympathique maire de Bellefond, et soupçonnant une manœuvre d'intimidation cléricale, nous nous sommes transportés sur les lieux aux fins d'enquête. Nous n'avons pas eu de peine à découvrir M. Félicien Musillon qui se trouvait au cabaret, comme par hasard, et dans un état d'ébriété prononcé. Renseignements pris, ce modèle de piété est plus assidu à la table du café qu'à la Sainte Table, et s'est acquis la réputation d'un pilier de cabaret... assez chancelant. Nous respectons trop nos lecteurs pour leur rapporter les propos tenus en notre présence par ce digne paroissien, mais il y était fort question de jupons et de beuveries. Nous nous sommes rendus ensuite chez M. Léon Bordier et nous avons eu la compensation de nous trouver au milieu d'une honnête famille encore tout à la joie des succès remportés par Mlle Léontine Bordier, une charmante jeune fille qui vient d'être reçue brillamment au brevet. "Je dédaigne, nous a dit en substance M. Bordier, les calomnies colportées par des ennemis envieux, mais je m'étonne qu'un journal bienpensant (!) tienne pour *la plus banale des formalités* la délivrance d'un certificat de bonne vie et mœurs : pour moi, je me fais une idée plus haute de mes fonctions et j'ose prétendre qu'en accordant ce certificat aux individus de mauvaises mœurs, un maire manque à tous ses devoirs envers son prochain et envers la société." Voilà, certes, qui est bien parlé après avoir bien agi.»

Il y eut, de part et d'autre, une série d'articles, et le ton de la polémique s'exaspéra. Félicien s'en trouvait bien. Il fut choyé par les partisans du curé qui lui accordaient, pourvu qu'il communiât chaque dimanche à la grand-messe, des avantages importants, comme d'être nourri et payé pour de petits travaux qui n'exigeaient ni fatigue, ni assiduité. Il ne se tuait pas un cochon dans une famille pieuse qu'on ne l'invitât au boudin, et vers le milieu du mois d'août, la place se trouvant vacante, il fut appelé à la dignité de sacristain.

Pourtant, Léon Bordier ne variait pas d'une ligne dans son appréciation sur Félicien. Il se trouvait trop engagé dans la querelle des deux journaux pour rompre d'un pas. Il déclara dans l'une des interviews qu'il accorda au *Phare régional* :

« Il s'est trop mal conduit jusqu'à présent pour que je lui délivre son certificat cette année. On verra l'année prochaine s'il le mérite. »

Deux fois par semaine, Félicien venait chez le maire réclamer son certificat de bonne vie et mœurs, et toujours en l'absence de Léon Bordier. Le plus souvent, Léontine était seule à la maison. Bordier, qui se faisait seconder par sa femme dans les travaux des champs pour faire l'économie d'un domestique, n'avait pas voulu que sa fille mît la main à la moisson. Après les dures épreuves de l'examen, il jugeait nécessaire qu'elle se reposât, et d'autre part, il était fier de cette oisiveté qu'il regardait comme une prérogative de ces carrières accomplies au service de l'État, aux accès difficiles et tortueux, dont le brevet était une première porte.

Léontine se plaignait que le village manquât de distraction. Après avoir épuisé la joie d'être en possession de son brevet, il lui arrivait de regretter le travail des champs. Blasée sur les plaisirs de la bicyclette, elle passait à la maison des vacances monotones à feuilleter des revues de cinéma et à dormir sur la table de la cuisine. Les visites de Félicien Musillon étaient toujours des récréations qu'elle attendait avec impatience. Sa conversation était agréable, fertile en mots amusants, en propos galants et flatteurs. Félicien s'accoudait à la fenêtre de la cuisine et c'était déjà un divertissement que de l'entendre demander son certificat de bonne vie et mœurs.

« Si j'étais de mon paternel, repartait Léontine, tu parles comment que je te l'aurais donné ! »

Parfois, Félicien la regardait avec des yeux inquiétants et murmurait :

« Il y a des fois, Léontine, quand je te regarde, je me demande si je mérite mon certificat : il me passe des idées dans la tête... »

Il n'insistait pas, mais Léontine, tout en riant très haut, se sentait troublée. Félicien avait toujours su plaire aux filles, mais l'affaire du certificat le parait d'un prestige nouveau. Il était célèbre dans tout l'arrondissement autant pour les turpitudes que lui prêtait le *Phare régional* que pour les vertus dont l'autre feuille le louait. Aux yeux des filles de Bellefond, il avait acquis un visage double, mystérieux, et sa qualité de sacristain voué, peut-être, aux plus abominables orgies, avait un attrait redoutable de sabbat et de messe noire.

En rentrant des champs, Bordier ne manquait jamais de s'informer si Félicien était venu à la maison.

«Il est venu, disait Léontine, il a réclamé son certificat de bonne vie et mœurs et il est reparti tout de suite.

– Il sait pourtant bien que je ne suis pas là, grommelait Bordier. C'est pour montrer qu'il s'entête, mais il verra qu'il a trouvé plus têtu que lui.»

Un après-midi qu'il était attendu par Léontine, Félicien eut l'habileté de ne pas venir, dont elle ressentit toute la déception qu'il escomptait. Au jour suivant, il vint la surprendre, mais au lieu de se tenir accoudé à la fenêtre comme à l'habitude, il prit la hardiesse d'entrer, et Léontine eut tant de plaisir de sa visite qu'elle ne fit point d'observation.

«Ça fait plaisir de se voir de plus près, Léontine, il y a des choses qu'on ne peut pas dire par la fenêtre…

– Allons, finis, Félicien…

– Tu me parles de finir, et c'est juste quand le bonheur commence, Léontine.»

Effondré sur sa chaise, Bordier sortit enfin de son mutisme et d'une voix résignée dit à sa femme :
«Va me chercher Félicien, il n'y a rien d'autre à faire.»

Léontine, la poitrine posée sur la table et les yeux rougis par les larmes, feuilletait machinalement ses livres de classe. À l'instant de partir pour l'école, elle ne s'était plus senti le courage de monter à bicyclette avec cette pesanteur qu'elle avait dans les membres et dans le corps. La tête dans ses mains, elle avait avoué tout d'un trait. En attendant le retour de sa femme, Bordier songeait au brevet, à la porte magique entrouverte un moment sur les félicités tranquilles dispensées par le gouvernement. Il n'avait plus de colère, mais une immense lassitude et une tristesse de paria. Une seule fois, regardant sa fille, il murmura en hochant la tête :
«Un sacristain… un sacristain…»

Lorsqu'il fut dans la cuisine, Félicien manifesta les sentiments décents d'un étranger qui prend part aux malheurs d'une famille, mais nia d'abord sa culpabilité. Sa mauvaise foi rendit à Bordier quelque vigueur.

«Grand salaud! voleur de filles! Moi, je saurai bien t'obliger à reconnaître la vérité et aussi à marier une gamine de dix-sept ans que tu as foutue enceinte. Tu vas te décider, oui, et pas demain matin! tout de suite!

– Écoutez, Léon, je vous ai dit une fois que j'avais du sentiment pour Léontine et je ne m'en dédis pas. Mais je ne veux pas non plus m'engager à la légère…»

La discussion était ouverte, elle fut longue et difficile. Bordier n'y épargna pas les mots violents et Félicien fit mine, à plusieurs reprises, de rompre les pourparlers. Le fiancé faisait valoir que Léontine, habituée dans les écoles à mener une vie de princesse, était inhabile aux travaux ménagers :

«Ce n'est pas avec son brevet qu'elle me raccommodera mes chaussettes.»

Bordier défendait son bien, jurait qu'il n'avait pas assez d'argent pour consentir d'autres sacrifices, mais Léontine le trahissait, parlait des titres de rente cachés sous une pile de draps. Le père dut céder sur la plupart des points, et il parut que l'accord était à peu près fait. Pourtant, Félicien n'était pas encore satisfait, et Bordier lui dit avec impatience :

«Qu'est-ce qu'il te faut de plus? que je sois sur la paille?

– Il n'y a pas que les sous qui comptent, fit observer Félicien. Dans le pays, vous m'avez fait du tort pour l'affaire que vous savez, et vous m'avez fait attendre assez longtemps mon certificat pour me le donner aujourd'hui.

– Aujourd'hui moins que jamais! Un certificat pour un sagouin…

– Alors, Léon, j'aime mieux vous dire tout de suite qu'il n'y a rien de fait.»

Félicien se dirigea vers la porte d'un pas ferme et la femme de Bordier n'eut que le temps de le retenir par la manche.

«Non, non, laissez-moi, ce n'est plus possible.»

Léontine et sa mère mêlant leurs supplications, Bordier s'assit à la table et traça d'une écriture rageuse :

Je soussigné Léon Bordier, maire de la commune de Bellefond, certifie que le nommé Musillon Félicien, est de bonne vie et mœurs…

L'AFFAIRE TOUFFARD

O' Dubois, prince des détectives, quitta son appartement en compagnie de son fidèle ami Joubin pour faire sa promenade du matin. Comme tous les gens qui travaillent de la tête, il aimait beaucoup aller à pied et c'est à la pratique quotidienne du footing qu'il devait d'être resté svelte en dépit de ses cinquante-cinq ans. Joubin ressemblait à tous les confidents de grands détectives : massif, et d'esprit un peu lent, il lui arrivait de rire aux éclats sans raison apparente, en réalité parce qu'une plaisanterie entendue la veille venait de lui rendre son sel. Il était un peu le secrétaire d'O'Dubois et répondait pour lui aux interviews.

Comme les deux amis s'engageaient sur le boulevard de la Madeleine, Joubin demanda :

« Que répondrai-je au reporter de *Paris-crimes* qui viendra chez vous cet après-midi ?

– Intuition et réflexion. Vous aurez ainsi résumé toute ma méthode.

– Évidemment », approuva Joubin avec importance.

Ils poursuivaient leur promenade, lorsque le détective s'arrêta pile. Au pied d'un arbre, il venait d'apercevoir trois objets dont la présence lui parut tout de suite suspecte. Il y avait une pince à sucre en argent, un pince-nez à monture d'or et une pince-monseigneur. Un détective professionnel eût immédiatement pris des mesures ou cherché des empreintes. O'Dubois proposa simplement :

« Allons nous asseoir au café d'en face. »

Ils traversèrent la rue et s'assirent à une terrasse presque déserte. O'Dubois commanda un demi de bière blonde, un petit bock pour son ami, et entra en méditation. Il s'était donné trois minutes pour résoudre l'énigme et comme les trois minutes s'étaient écoulées sans résultat, il conclut logiquement qu'il s'agissait d'un crime important.

« Qu'est-ce que vous pensez de cette affaire-là, Joubin ?

Première publication dans Candide, *5 janvier 1933.*

– Je pense qu'il faut réunir des indices et construire une hypothèse que les faits confirmeront plus tard.»

O'Dubois but une gorgée de bière, se pinça le nez entre le pouce et l'index, et tendit sa canne à Joubin.

«Joubin, prenez ma canne et traversez la rue. Quand vous serez au pied de l'arbre où nous avons découvert les trois objets, regardez dans les premières branches, et si vous voyez un chapeau haut de forme, décrochez-le avec la canne.»

Rien n'étonnait Joubin de la part de son ami, pourtant il eut une seconde d'hésitation.

«Surtout, ajouta O'Dubois, ne touchez pas aux objets.»

Joubin s'éloigna, tourna autour de l'arbre, se haussa sur la pointe des pieds et, rouge d'émotion, traversa le boulevard en brandissant au bout de sa canne un chapeau haut de forme.

«Voulez-vous regarder à l'intérieur du chapeau, demanda O'Dubois, et me dire le nom du chapelier?»

Joubin retourna le chapeau et, l'ayant examiné avec attention, répondit:

«Le nom du chapelier est Pince Rodel.

– Évidemment, murmura le détective, évidemment...»

Joubin ne put dissimuler plus longtemps sa stupéfaction et son impatience.

«C'est incroyable! Comment avez-vous deviné que ce chapeau haut de forme était dissimulé dans les branches?

– J'en ai eu l'intuition, tout simplement!

– C'est vrai, balbutia Joubin. Intuition et réflexion...

– À propos de réflexion, dit O'Dubois, pouvez-vous me dire ce qui vous frappe, à vue de nez, dans toute cette affaire?

– Je ne sais pas, dut avouer Joubin. Il est bien difficile...

– Mon cher ami, vous manquerez toujours de sang-froid. Comment? Vous n'avez même pas été surpris par l'analogie des mots qui désignent ces trois objets? Pince à sucre, pince-nez, pince-monseigneur...»

Le visage de Joubin s'éclaira d'un sourire compréhensif.

«En effet je n'y avais pas songé. Cela fait trois pinces.

– Et, comment s'appelle le chapelier qui vendit ce haut de forme?

– Pince Rodel! s'écria Joubin. Nous avons déjà quatre pinces!

– Je crois que nous rencontrerons pas mal d'autres pinces, affirma O'Dubois. Voyez-vous, Joubin, dans un problème comme celui-ci, il faut toujours s'attacher à saisir l'idée générale qui sera le fil conducteur... Intuition et réflexion... Savez-vous pourquoi, tout à l'heure, je me suis pincé le nez, avant de vous envoyer chercher le haut de forme ? Eh bien ! j'avais compris que l'affaire reposait sur ce mystère de pinces. Je me suis donc pincé le nez pour me mettre en état de réceptivité intuitive. Vous avez vu le résultat... »

Joubin pliait sous l'admiration. À la dérobée, il se pinça le nez plusieurs fois, mais ne fit aucune découverte digne d'intérêt. O'Dubois sourit à ces tentatives et lui dit avec indulgence.

« Mon cher Joubin, vous êtes certainement trop intelligent, et c'est au détriment de votre intuition. Mais ne vous désolez pas, vos facultés de discernement font de vous un auxiliaire précieux. Tenez, voulez-vous aller m'acheter un paquet de cigarettes et la dernière édition du matin ? »

Rougissant de plaisir, le précieux auxiliaire galopa jusqu'au plus proche bureau de tabac, rafla une dernière édition dans un kiosque de journaux et, regagnant la terrasse, cria d'une voix entrecoupée :

« Un crime... écoutez... un crime épouvantable a été commis cette nuit !

– J'en étais sûr.

– Une famille de douze personnes assassinées !

– Je l'aurais parié.

– L'assassin présumé est en fuite.

– Je le savais. »

Joubin leva les bras au ciel et s'affaissa sur sa chaise en gémissant :

« Alors, on ne peut rien vous apprendre !

– Mais si. Lisez-moi l'article, il y a peut-être des détails que j'ignore encore. »

Joubin entreprit la relation du crime, qui tenait six colonnes du journal, et dont voici l'essentiel :

« Un abominable forfait, peut-être sans précédent dans les annales du crime, a été consommé cette nuit, entre 11 heures et minuit, dans un hôtel particulier du faubourg Saint-Honoré, où demeurait, depuis de longues années, M. Alcide Touffard, le milliardaire bien connu dans le monde de la chaussure.

« Hier soir, toute la famille de l'illustre industriel s'était donné rendez-vous chez lui pour fêter le quatre-vingt-septième anniversaire de l'aïeul et, en l'absence des domestiques auxquels il avait donné congé pour la soirée, organiser une sorte de surprise-partie. La concierge de l'immeuble voisin, qui prenait le frais sur le pas de sa porte, vers les 8 h 30 du soir, affirme avoir vu entrer dans l'hôtel

Touffard douze personnes portant des bouteilles et des victuailles empaquetées; son témoignage est formel sur ce point.

«Il y avait donc treize personnes réunies dans les appartements du vieillard.

«En rentrant du cinéma, un peu après minuit, les domestiques trouvèrent la famille attablée, mais silencieuse et immobile. Chacun des convives était ligoté sur sa chaise et sa cervelle s'échappait dans son assiette par un trou creusé au sommet du front à l'aide d'un marteau et d'un ciseau à froid. La police, immédiatement prévenue, a pu identifier sans retard les douze victimes de cette boucherie sauvage. Ce sont M. Alcide Touffard et les onze personnes dont les noms suivent, toutes appartenant à la famille.

«Le commissaire du quartier, au cours de son enquête, s'est montré surpris qu'il n'y eût pas plus de douze victimes, étant donné que la concierge voisine affirme avoir vu entrer douze personnes dans l'hôtel. Des recherches menées diligemment ont permis de découvrir que M. Jules Pontin, petit-fils de M. Alcide Touffard, n'était point parmi les victimes. La police s'est immédiatement rendue à son domicile et a trouvé dans son lit une jeune femme de mœurs légères, Mlle Pinçon d'Artigor. Celle-ci a déclaré que M. Pontin avait quitté son domicile la veille au soir à 8 heures pour aller fêter l'anniversaire de son oncle.

«Faut-il conclure de cette déclaration que M. Jules Pontin, échappant au massacre, a réussi à s'enfuir? Mais alors, pourquoi n'avait-il pas alerté le voisinage? Faut-il croire qu'il a lui-même participé à cet abominable forfait?...

«Aucun objet précieux n'a disparu de la demeure du milliardaire, et le coffre-fort n'a pas été ouvert. Détail curieux, bien fait pour dérouter les recherches: M. Alcide Touffard avait sur lui un portefeuille contenant vingt-trois mille francs, auquel les bandits n'ont pas touché, tandis que les autres convives ont été dépouillés de leur argent et même de leurs bijoux... À l'heure où nous mettons en page, M. Jules Pontin demeure introuvable.»

O'Dubois se commanda encore une chope de bière et dit en se frottant les mains:

«Alors, Joubin, qu'est-ce que vous pensez de cette affaire-là, vous?

– Je pense qu'il faut mettre la main sans tarder sur ce Jules Pontin. C'est lui qui a machiné cet horrible crime.

– Pourquoi donc?

– Cherchez à qui profite le crime...»

O'Dubois jeta sur son fidèle ami un regard bienveillant et dit en hochant la tête:

« Joubin, vous venez de faire une réflexion d'une portée incalculable. Vous m'entendez, incalculable.

– Oh! c'était bien simple, repartit Joubin, avec modestie. Il fallait y penser, voilà tout.

– Mais vous raisonnez comme un facteur rural, se hâta d'ajouter O'Dubois. Pourquoi diable voulez-vous que ce pauvre Jules Pontin ait assassiné douze personnes? S'il en avait eu l'intention, il n'aurait pas été si bête que de n'avoir pas préparé un alibi; il n'aurait pas disparu de cette manière soudaine qui fait douter s'il est mort ou en fuite, deux situations tout à fait défavorables à un héritier. Vous n'ignorez pas que la loi interdit à l'assassin d'hériter de sa victime... Non, pour que Jules Pontin fût coupable, il faudrait que la vengeance eût été le mobile du crime; la vengeance ou un accès de folie furieuse. Je ne le crois pas. Joubin, rappelez-moi le nom de cette belle personne que la police a trouvée dans le lit de M. Pontin.

– Pinçon d'Artigor.

– Pinçon? voilà un curieux prénom...

– Encore une pince, murmura Joubin, la cinquième.

– Vous voyez, Joubin. Il suffit parfois d'un détail infime pour établir un lien entre deux affaires qui paraissaient d'abord n'avoir aucun point commun. À vrai dire, j'avais déjà pressenti cette relation entre le crime et la découverte du chapeau haut de forme. Une fois de plus, les faits confirment mon intuition, et j'espère savoir, avant un quart d'heure, à quoi m'en tenir sur la disparition de Jules Pontin. Cependant, j'ai une mission des plus délicates à vous confier. Je voudrais que vous passiez chez le chapelier Pince Rodel et vous informiez si M. Jules Pontin comptait parmi ses clients. Ensuite, vous procéderez à une enquête pour dénombrer exactement la famille de feu M. Alcide Touffard. Je pense qu'on en est informé à l'heure actuelle dans toutes les rédactions de journaux. Tout cela ne demandera pas plus d'un quart d'heure. Je vais boire une chope de bière et, à votre retour, je vous dirai où se trouve actuellement M. Jules Pontin.

– Vous le savez déjà?

– Non, mais je vais y réfléchir sérieusement. À propos, ne laissez soupçonner à personne que je m'occupe de l'affaire. »

Joubin héla un taxi pour accomplir sa mission, et O'Dubois alluma une cigarette.

Joubin descendit de son taxi et accourut avec un visage rayonnant d'orgueil.

«Vous êtes en retard de deux minutes, dit aigrement O'Dubois.

– Oui, mais...

– Et vous oubliez de régler votre taxi.»

Joubin, riant de sa distraction, retourna sur ses pas et, dans l'enthousiasme où il était de sa découverte, il allongea au chauffeur un pourboire important. O'Dubois s'impatientait.

«Je n'ai pas perdu mon temps, lui dit Joubin. En vous quittant tout à l'heure, il m'est venu une idée étonnante.

– Je vous ai pourtant prévenu que si vous persistiez à avoir des idées, je me passerais de votre collaboration.

– Cher ami, laissez-moi vous dire. J'ai eu l'idée d'aller interroger la concierge de Jules Pontin.

– C'était inutile.

– Attendez! j'ai appris que Jules Pontin faisait la noce, qu'il était collectionneur et qu'il était endetté jusqu'au cou.

– Je le savais par l'édition spéciale que je viens d'acheter.»

O'Dubois déplia son journal et le mit sous les yeux de son collaborateur qui s'effondra.

«Enfin, murmura le malheureux, j'avais tout de même raison. Il avait besoin d'argent, et il a assassiné sa famille. La preuve en est qu'à l'heure actuelle, il est encore en fuite.»

O'Dubois haussa les épaules, visiblement agacé. Il riposta sèchement:

«Jules Pontin n'est pas en fuite. Il est mort.

– Mort? Vous savez où il est?

– Naturellement que je le sais. Croyez-vous que j'aie perdu mon temps à bavarder avec des concierges, moi?»

De confusion, Joubin devint écarlate, mais la curiosité lui donna la hardiesse d'interroger:

«Où est-il?

– Il est sur le trottoir d'en face.

– Vous vous moquez.

– Sur le trottoir d'en face. C'est comme je vous le dis.

– Intuition?» crut pouvoir ironiser Joubin.

O'Dubois ne daigna pas répondre. Il prononça sévèrement:

«Je crois vous avoir confié une mission délicate. Je suis encore à attendre votre compte rendu. Le chapelier?

– Je suis passé chez ce M. Pince Rodel et je lui ai fait subir un interrogatoire serré auquel il n'a pas su se dérober. D'abord je lui ai demandé pourquoi il s'appelait Pince Rodel. Son père, m'a-t-il dit, s'appelait Raoul Pince, et sa mère Germaine Rodel. Je ne sais pas ce que vaut l'explication, il faudra vérifier si...»

O'Dubois l'interrompit d'une voix furieuse et jura qu'il allait lui casser la tête s'il ne répondait pas très précisément à ses questions : Jules Pontin était-il un client du chapelier Pince Rodel ?

« C'était un très bon client, de même que son frère Léonard Pontin et son cousin Pierre Touffard.

– Bon. Et maintenant, dites-moi de combien de membres se composait la famille de M. Alcide Touffard.

– De douze membres sans compter l'aïeul. Ainsi que nous l'avions prévu, j'ai pu me procurer la liste complète dans les bureaux de *Paris-crimes*. La voici. Je puis donc, si vous le désirez, vous instruire rapidement de la généalogie de la famille Touffard.

– Allez, et soyez bref.

– Alcide Touffard, le milliardaire, était un enfant de l'Assistance publique. En 1871, alors qu'il était encore garçon de courses, il épousa une servante qui sortait également de l'Assistance publique. Il en eut un fils et deux filles dont l'une resta célibataire. Le fils eut trois enfants d'un premier lit et trois enfants d'un second lit. La fille aînée d'Alcide Touffard épousa un monsieur Pontin dont elle eut une fille et un garçon. Devenue veuve, elle eut encore un fils deux ans après la mort de son mari. Ce fils est précisément notre Jules Pontin. Il est assez remarquable qu'aucun des petits-enfants d'Alcide Touffard ne se soit marié, mais comme ils vivaient plutôt chichement, à cause de l'avarice bien connue du milliardaire, on suppose qu'ils attendaient la mort du bonhomme pour organiser leur existence. Je crois avoir été clair ?

– Parfaitement clair, Joubin.

– À votre tour, voulez-vous m'expliquer clairement où se trouve Jules Pontin ?

– Je vous ai dit : sur le trottoir d'en face. Voyez-vous à droite de l'arbre où vous avez découvert le chapeau, ce kiosque cylindrique bariolé d'affiches de théâtre ? Jules Pontin est à l'intérieur. Vous ne me croyez pas ? Allez faire un tour près du kiosque. Il fait une chaleur accablante, et le mort doit commencer à sentir. »

Joubin traversa le boulevard, fit le tour du kiosque et dit en revenant : « Il sent. »

O'Dubois commanda deux bocks, les but tous les deux, et consentit à entrer dans le détail de la découverte.

« Lorsque nous avons trouvé les trois objets au pied de l'arbre, le hasard m'a servi singulièrement. Supposez qu'au lieu de cette pince-monseigneur, vraisemblablement oubliée par les meurtriers de

Jules Pontin, nous ayons trouvé un rossignol ou un trousseau de clés. J'aurais pensé : voilà un trousseau de clés, une pince à sucre et un lorgnon. L'ensemble ne présentait aucun intérêt. Mais il y avait la pince-monseigneur à côté de la pince à sucre, et j'ai pensé «pince-nez» pour «lorgnon». J'étais donc en présence d'une triade de pinces qui ne pouvait manquer d'éveiller ma curiosité. Admirez, Joubin, que l'aspect des mots soit parfois plus suggestif que l'aspect des objets qu'ils désignent. Un poète y trouverait son compte... Après avoir découvert le chapeau par un effort d'intuition qui restera l'honneur de ma carrière, j'étais en droit de croire que son propriétaire n'avait pas choisi par hasard un chapelier du nom de Pince Rodel. C'est votre avis ?

– Bien sûr, approuva Joubin.

– J'attire votre attention sur le pince-nez. Notez que le lorgnon ne se porte plus guère, la mode est aux lunettes à monture d'écaille. Ce client de Pince Rodel, qui promenait des pinces à sucre dans sa poche et s'obstinait à porter un pince-nez, ne pouvait être qu'un maniaque...

– Je vous demande pardon, osa Joubin, mais d'où saviez-vous que le propriétaire du chapeau le fût également de la pince à sucre et du pince-nez ?

– Intuition, répondit sèchement O'Dubois. Ne m'interrompez donc pas pour des bêtises.»

Joubin se confondit en excuses, et O'Dubois poursuivit sur sa prière :

«Lorsque j'ai appris par le journal l'assassinat de la famille Touffard, j'ai tout de suite pensé que Jules Pontin, dont on signalait la disparition, devait être le propriétaire du chapeau, à cause de cette demoiselle Pinçon d'Artigor. Une chose me gênait pourtant : le haut de forme était marqué aux initiales P. T., au lieu de J. P., mais je n'ai pas tardé à en trouver une explication satisfaisante que votre enquête chez le chapelier a d'ailleurs confirmée ; par mégarde, Jules Pontin avait pris le chapeau de son cousin Pierre Touffard, lequel était également le client du chapelier Pince Rodel. Et voilà...

– Mais enfin, ce n'est pas tout ?

– Peuh ! la suite est si simple qu'elle ne vaut pas d'être racontée.»

Il fallut que Joubin se fît suppliant pour qu'il consentît à compléter son récit.

«Si l'on veut suivre Jules Pontin dans ses pérégrinations d'hier au soir, il ne faut pas oublier un instant que notre homme était un collectionneur de pinces : à sucre, à linge, à dessin, etc., et qu'il arrive à peu près constamment, chez les maniaques de cette espèce, que le mot désignant l'objet de leur manie devienne une obsession de tous les instants. En arrivant chez le milliardaire, où les douze personnes s'étaient donné rendez-vous pour cette petite fête de famille, Jules Pontin a présenté ses vœux à son grand-père. Il a aidé à dresser la table pour avoir l'occasion de mettre une pince à sucre dans sa poche ; ensuite, il n'a pas pu résister au désir de faire le pince-sans-rire et après avoir fait observer qu'on allait être treize à table, il est sorti en déclarant qu'il reviendrait en fin de soirée quand la table serait desservie. Je n'ai pas besoin de vous dire où il est allé. Vous le devinez sans peine ?

– Mon Dieu... pas positivement...

– Mais c'est enfantin. Il est allé aux Folies Fredaines voir jouer la revue *Ah ! pince-moi le nu.* »

O'Dubois se mit à fredonner le grand air à la mode et Joubin l'accompagnait de sa voix de fausset :

> *Ah ! pince-moi,*
> *Repince-moi.*
> *Ah ! pinçons-nous,*
> *Repinçons-nous...*

« Un véritable régal pour cet amateur de pinces. Il y a lieu de penser, et la suite l'établira, que Jules Pontin avait reçu, par les soins de ses meurtriers, un billet pour le grand spectacle des Folies Fredaines. De même qu'il avait reçu une invitation à l'ouverture de l'Astarté, ce nouveau dancing qu'on inaugurait hier soir dans la rue Vignon, à deux pas d'ici.

– Vous oubliez qu'en sortant du théâtre Jules Pontin devait regagner l'hôtel du milliardaire.

– Sans doute. Mais comment eût-il résisté au désir d'entrer dans une de ces boîtes que l'on désigne familièrement par le nom de pince-fesses ? Notez d'ailleurs que l'Astarté est à mi-chemin entre les Folies Fredaines et la demeure du milliardaire. Cela est d'une grande importance, car en quittant l'Astarté, Jules Pontin était si près de l'hôtel de son grand-père qu'il devait s'y rendre à pied et emprunter nécessairement l'itinéraire prévu par ses assassins qui l'attendaient sur le boulevard. Plus exactement, ils l'attendaient dans l'arbre où nous avons trouvé le chapeau haut de forme. »

Joubin sourit d'un air avantageux.

« Vous voulez dire, O'Dubois, que la victime s'est rendue bénévolement dans l'arbre même où l'attendaient les assassins ?

– C'est exactement ce que je veux dire. Allons, décrochez votre sourire, Joubin, vous m'agacez. »

Courbant la tête, Joubin prit un air consterné, et O'Dubois poursuivit :

« Quand Jules Pontin est sorti du dancing, il était certainement plus de 2 heures et demie du matin. Le boulevard était à peu près désert. Tandis que Jules Pontin passait auprès de l'arbre, ses regards furent attirés par un objet brillant abandonné au milieu du trottoir. C'était une pince à sucre qu'il mit dans sa poche. Il en vit une autre, puis deux, trois, quatre, qui le menèrent au pied de l'arbre contre lequel était dressée une échelle. Levant la tête, il vit briller des pinces dans les branches. La présence de l'échelle ne le surprit pas, à cause des travaux de ravalement de l'immeuble voisin dont vous apercevez les échafaudages. Le champagne de l'Astarté lui donnait d'ailleurs un peu dans la tête et empêchait qu'il s'étonnât de rien. Il s'assura simplement que personne ne le voyait, gravit les échelons et fut appréhendé aussitôt. Le reste n'était plus, pour les assassins, que de la besogne de manœuvre. Ils avaient tout le reste de la nuit pour s'en acquitter à loisir. Ils purent, sans quitter l'arbre, soulever le chapiteau du kiosque dont le sommet se dissimule dans le feuillage, et, par cette ouverture, précipiter le cadavre de Jules Pontin. Je suppose qu'ils l'auront préalablement rendu méconnaissable et affublé d'autres vêtements. Les assassins n'ont commis qu'une faute grave : c'est, en oubliant le chapeau haut de forme coincé dans les branches, d'avoir fourni une pâture à mes facultés intuitives. »

Loyalement, O'Dubois garda le silence une minute pour laisser à son collaborateur le temps de formuler quelques critiques, mais Joubin le regardait bouche béante avec une admiration dévotieuse.

« Vous voyez, comme c'est simple, reprit O'Dubois. Il ne fallait que découvrir le chapeau. Le reste n'était qu'une interprétation raisonnable des données qui m'étaient fournies : les pinces, l'échelle que vous pouvez apercevoir dressée maintenant contre l'échafaudage, la déposition de Mlle Pinçon d'Artigor déclarant que son ami avait dû s'abstenir d'aller au théâtre et au bal pour fêter l'anniversaire du milliardaire ; ce morceau de serpentin rouge qui vous tire les yeux, dans le feuillage de l'arbre tragique... »

Joubin allongea le cou, mais ne vit pas trace de serpentin. Il demanda :

« Enfin, pourquoi l'ont-ils assassiné dans cet arbre, au lieu de l'assassiner avec les autres ?

– Pour faire croire qu'il était l'assassin, ce dont vous étiez vous-même persuadé tout à l'heure.

– Et qui donc est l'assassin ?

– Je n'en sais rien encore. Mais je vais y réfléchir en buvant un demi de cette excellente bière, et il n'est pas douteux que je comble votre curiosité. »

O'Dubois méditait depuis treize minutes et n'avait rien découvert encore qui le mît sur la piste des assassins. Il était un peu nerveux. À côté de lui, Joubin parcourait distraitement la troisième page de son journal. O'Dubois, agacé par la placidité de son collaborateur, lui jeta un coup d'œil irrité ; puis, son regard s'abaissa sur la troisième page du journal et, par hasard, accrocha un titre en caractère gras : «Discussion du budget». Il pâlit tout d'un coup et murmura d'une voix étranglée par l'émotion :

«Joubin, réglez vite les soucoupes et filons pendant qu'il est temps.» Les consommations payées, O'Dubois héla un taxi, et à haute voix lui donna l'ordre de le conduire à la gare de l'Est. Joubin lui demanda s'il s'agissait d'atteindre les assassins dans une course aux poteaux-frontières. O'Dubois garda le silence.

À mi-chemin de la gare de l'Est, ils prirent un autre taxi qui les conduisit sur la rive gauche, d'où ils regagnèrent la rive droite par le métro. Après avoir pénétré dans divers immeubles à double issue, comme de simples détectives professionnels, ils reprirent un taxi qui les déposa au bois de Vincennes. O'Dubois loua un canot pour une promenade sur le lac, donna les rames à Joubin, et lorsque la barque fut à égale distance des deux rives, soupira en s'épongeant le front :

«Comment n'y avais-je pas pensé plus tôt ?...»

Le dévoué collaborateur avait lâché les rames pour écouter les précieuses confidences.

«Vous-même, Joubin, comment n'y avez-vous pas pensé ? La solution était si simple... Mais non, je suis injuste. Cette solution, c'est vous qui me l'avez livrée. Ah ! Joubin, vous êtes un grand détective ! Lorsque vous m'avez appris l'assassinat de la famille Touffard, vous avez tout de suite désigné le meurtrier, vous !

– Jules Pontin, n'est-ce pas ? J'avais raison ?

– Imbécile ! j'ai perdu vingt minutes à vous expliquer qu'on l'avait assassiné, et vous en êtes encore là ? À défaut d'intuition, je vous accordais un semblant de bon sens...

– Je ne comprends pas. Vous me dites que j'ai désigné le meurtrier.

– Voyons, Joubin, ne m'avez-vous pas dit expressément : «Cherchez à qui profite le crime» ?

– En effet, mais je ne vois pas...

– Naturellement que vous ne voyez pas. Pour y voir, il faut justement chercher à qui profite le crime. Si nous écartons la vengeance comme mobile du crime, et il y a à cela des raisons définitives que les journaux mêmes ont déjà démêlées, il reste l'intérêt. Le crime peut-il être le fait d'une entreprise de cambrioleurs? Non, puisque rien n'a été dérobé dans l'hôtel du milliardaire.

– Pardon, les hôtes du milliardaire ont été dépouillés de leurs bijoux et portefeuilles.

– C'est vrai, et nous reviendrons sur ce point tout à l'heure. Je n'en maintiens pas moins que des cambrioleurs se seraient attaqués au coffre-fort et au portefeuille de M. Alcide Touffard. Voilà qui est acquis. Faut-il soupçonner un industriel de la chaussure d'avoir voulu frapper une entreprise rivale dans son chef? Mais pourquoi eût-il assassiné douze autres personnes? C'était accumuler des difficultés inutiles. J'en dirai tout autant des financiers ou des hommes politiques que l'influence d'Alcide Touffard aurait pu contrarier.

– Le cercle se resserre», murmura Joubin qui caressait encore secrètement l'espoir que Jules Pontin serait incriminé.

«Oui, le cercle se resserre singulièrement. Vous le savez, chacun des enfants et petits-enfants avait intérêt à exterminer tous les autres membres de la famille, afin de s'assurer la totalité de l'héritage. Mais puisque tous ont succombé dans cette boucherie, il faut bien laisser leurs mémoires en paix.»

Joubin s'agita à son banc de rameur et fit vaciller l'embarcation.

«Enfin, s'écria-t-il, vous constatez vous-même que personne n'était intéressé à la mort de ces malheureux!

– Je vous demande pardon, Joubin, mais il reste encore un héritier.

– Comment? Un héritier? Mais qui donc?»

O'Dubois regarda autour de lui pour s'assurer qu'ils étaient bien seuls et répondit en baissant la voix :

«L'État.»

Joubin ouvrit de grands yeux et demeura muet d'étonnement.

«Oui, mon pauvre Joubin, l'État. C'est lui l'héritier du milliardaire, maintenant que toute la famille a péri. C'est à lui et à lui seul que profite le crime... Encore une fois, comment n'y ai-je pas songé plus tôt? Pourtant, j'avais entendu dire que l'État était gêné, qu'il n'arrivait pas à boucler son budget. On allait même jusqu'à faire courir le bruit qu'il se résignait à faire des économies, à entrer dans la voie des restrictions, et peut-être y a-t-il songé vraiment. Mais il fallait faire rentrer de l'argent frais, le temps pressait... Alors l'État, devant l'imminence du péril, a eu une idée géniale. Il a découvert qu'il existait en France un milliardaire n'ayant pour toute famille qu'une dizaine d'enfants et de petits-enfants. C'était un cas unique. En effet, combien y a-t-il de personnes qui n'aient pas au moins un millier de cousins, en partant d'un bisaïeul ou d'un trisaïeul?»

Joubin, qui commençait à se sentir oppressé, se détendit en songeant à ses quatorze neveux, aux huit filles de son oncle Ernest, et aux fiançailles du septième enfant de son cousin Alfred. Il soupira : «On a bien raison de dire que Dieu bénit les familles nombreuses.

– Comme Alcide Touffard était un enfant de l'Assistance publique, de même que sa défunte épouse, l'État n'avait pas à redouter de surprise. D'autre part, le milliardaire aimait trop ses enfants, malgré son avarice, pour avoir choisi un héritier en dehors de sa famille. L'État était donc sûr de son affaire.»

O'Dubois secoua la tête de côté et d'autre, comme s'il eût été mécontent de lui-même.

«En vérité, Joubin, je suis impardonnable de n'avoir pas, au moins, soupçonné le coupable en écoutant l'exposé des faits que vous m'avez lu dans votre journal ; souvenez-vous : "Chacun des convives était ligoté sur sa chaise, et sa cervelle s'échappait dans son assiette par un trou creusé au sommet du front à l'aide d'un marteau et d'un ciseau à froid." Ce raffinement dans la cruauté n'est-il pas comme une estampille de l'État ? Je vous le demande, Joubin, à vous qui êtes contribuable...

– C'est bien vrai, approuva Joubin d'une voix douloureuse.

– Et cet autre passage auquel vous faisiez allusion tout à l'heure : "M. Alcide Touffard avait sur lui un portefeuille contenant vingt-trois mille francs, auquel les bandits n'ont pas touché, tandis que les autres convives ont été dépouillés de leur argent et même de leurs bijoux." Naturellement ! l'État n'avait pas besoin de dépouiller le milliardaire puisqu'il devenait son légataire universel.

– Il le devenait également des autres victimes ?

– Sans doute, mais les autres victimes avaient pu faire des dettes, ou tester en faveur d'une maîtresse...

– Mais comment l'État a-t-il réussi à s'introduire dans la demeure d'Alcide Touffard ?

– Il a dû entrer sans se cacher vers la fin de l'après-midi. Personne ne pouvait s'étonner de sa présence. Vous savez qu'aujourd'hui l'État a un droit de regard partout. Lorsque les convives se furent attablés, il les ligota l'un après l'autre sur leurs chaises, sans se presser, tranquillement. Il avait le temps, puisque Jules Pontin, à qui il avait fait adresser, par les Beaux-Arts, un billet de théâtre et une invitation à l'Astarté, ne devait quitter le dancing qu'à 2 heures du matin.

– Ce qui m'étonne, c'est que les convives se soient laissé faire...

– Et la majesté de l'État, Joubin, qu'en faites-vous ? Et la bonne volonté des citoyens qui atteint parfois à une si touchante résignation ? Nous en voyons tous les jours de ces malheureux assujettis qui se laissent dépouiller de leur chemise même, sans élever un murmure de protestation. Comment la famille Touffard eût-elle résisté à un commandement de l'État parlant à sa personne ? Entre nous, je suis même persuadé que la précaution de ligoter les victimes était superflue. L'État aurait très bien pu les décerveler sans qu'aucun d'eux esquissât le moindre geste de défense. Mais je vous l'ai dit, l'État n'était pas pressé, il tuait le temps comme il pouvait. Je pense qu'il a dû quitter l'hôtel vers minuit moins le quart, qu'il est rentré chez lui et qu'il en est ressorti entre 1 heure et 1 heure et demie pour aller s'installer dans son arbre du boulevard de la Madeleine.

– Mais où est-ce, chez lui ? Vous dites qu'il est entré chez lui.

– Je ne sais pas, il a tant de domiciles... les musées, les églises, les ministères, les casernes, les palais. Il est chez lui presque partout, même sous les ponts... L'État s'est donc installé dans l'arbre après avoir semé des pinces à sucre sur le trottoir... mais vous connaissez la suite.»

Joubin, écrasé par la puissance et la simplicité des déductions de son illustre ami, demeura longtemps silencieux, frissonnant d'horreur à cette évocation de l'effroyable drame. Comme O'Dubois l'invitait à reprendre les rames, il interrogea :

«Et maintenant, O'Dubois, qu'allons-nous faire ?

– Rien du tout, vous m'entendez. Je pars ce soir pour l'Angleterre et je vous emmène avec moi pour être sûr que vous ne bavarderez pas. Tout à l'heure, à la terrasse du café, j'ai eu l'intuition que l'État rôdait sur le boulevard, près du lieu du crime, et il n'est pas impossible que notre présence ait éveillé ses soupçons...

– Vous croyez ? balbutia Joubin.

– Je n'en suis pas sûr. D'ailleurs, il n'a pas pu nous identifier et nos précautions auront suffi à le dépister. N'importe, je crois qu'il vaut mieux pour nous de nous tenir éloignés pendant quelque temps. D'autant plus que si nous restions à Paris, il ne manquerait pas de fâcheux pour nous demander de résoudre cette énigme ; et je n'ai pas envie de me faire de l'État un ennemi personnel. Tant pis pour la justice ! Je pense que le crime sera certainement imputé à ce pauvre Jules Pontin, et j'en suis fâché pour sa mémoire, mais je ne peux vraiment rien pour lui.»

LE MARIAGE DE CÉSAR

*I*l y avait à Montmartre un bougnat vertueux qui s'appelait César. Il tenait boutique de vins et charbons à l'enseigne des *Enfants du Massif*. Les ménagères qui s'approvisionnaient chez lui vantaient la qualité de sa braisette, la probité de son vin rouge, et plus encore la modestie de ses propos et de son maintien ; si bien que le bruit courut de la virginité du bougnat. En général, on s'accordait à lui en faire un mérite, car il avait quarante-deux ans, et il était bel homme avec ses grandes moustaches noires. Seule de toute la rue, Mme Dupin, qui tenait un magasin de couronnes mortuaires en face des *Enfants du Massif*, colportait de mauvais propos sur César, car son instinct maternel l'avertissait qu'il était amoureux de sa fille Roseline, une enfant de vingt-quatre ans, gracieuse et bien distinguée, et qui était passée par des écoles.

Mme Dupin, enragée par le doux entêtement des amoureux, essayait de répandre la calomnie par tout le voisinage ; mais le bougnat n'était pas atteint dans sa réputation, et les médisances ne prévalaient pas contre la bonne odeur de ses vertus. Un matin, la mère surprit Roseline qui échangeait un sourire furtif avec César ; l'ayant giflée, elle traversa la rue et traita l'amoureux de suborneur, de paillasson et de malappris. Le bougnat répondit par des paroles de douceur et d'humilité ; par la suite, il n'eut même pas de rancune contre Mme Dupin, mais son cœur était triste, tandis qu'il débitait la braisette, le vin rouge et les apéritifs.

Dans la clientèle du bougnat, il y avait des créatures. C'était forcé. Quand on est dans le commerce, on ne peut pas choisir son monde. Il arriva que plusieurs de ces créatures, agacées par la virginité de ce quadragénaire, ou peut-être même alléchées (il y a du monde qui a tant de vice dans la tête), formèrent le dessein de la lui ôter. C'était un projet diabolique, mais elles allaient éprouver que rien n'altérait la candeur du bougnat.

Première publication dans Marianne, *26 octobre 1932.*

La première de ces créatures qui voulut essayer son pouvoir avait de grands yeux sombres où passaient des flammes de l'enfer. Elle arriva sur le coup de 11 heures du matin, car les créatures se lèvent tard à cause des nuits qu'elles passent dans les mauvais lieux. La démarche ondoyante, frôleuse, elle entra aux *Enfants du Massif* et soupira en s'approchant du zinc:

«Ah, monsieur César... si vous saviez, monsieur César...»

Le bougnat toucha sa casquette et répondit poliment. Il était toujours poli.

«Et qu'est-ce qu'il faut vous servir, mademoiselle Pinpin?»

La créature se mit à respirer avec oppression, et découvrant très haut ses jambes, feignit de rattacher ses deux jarretelles. C'était honteux. Mais il arrive à peu près constamment que la modestie couvre les yeux des personnes convenables d'une taie épaisse, appelée familièrement «peau de saucisse». Le bougnat regardait les cuisses de l'infâme et ne voyait rien d'autre que deux tuyaux de poêle, ce qui lui fit dire, un peu au hasard:

«Alors, comme ça, vous brûlez de l'anthracite?»

La pécheresse, dans un murmure ardent, riposta qu'elle brûlait d'une flamme dévorante. Mais César n'entendait rien aux figures de rhétorique, ce qui prouve bien qu'il était foncièrement vertueux.

«Je ne tiens pas cet article-là. Vous comprenez, on ne peut pas tout avoir en magasin, il faudrait penser à me faire une commande à l'avance...»

Le lendemain il fut encore tenté par une autre créature de ses clientes. C'était une grande fille à la chevelure blond pervers, et qui avait une façon indécente de rire dans le nez des hommes. Elle avait guigné le moment favorable où le patron serait seul aux *Enfants du Massif.* Sous prétexte de se chercher des puces, elle mit sa poitrine à l'air en éclatant de ce rire détestable qui avait déjà fait tant de mal dans les ménages unis.

«Alors, monsieur César, comment les trouvez-vous?

– Comment je trouve les puces? Je me mouille le doigt, je les attends au deuxième rebond, et pan!»

Les sourcils froncés, il surveillait les deux seins nus, et bien sûr s'il y avait aperçu une puce, il n'eût pas manqué de mouiller son doigt et de l'écraser au deuxième rebond, en toute innocence. Mais, naturellement, il n'y avait pas de puce, on l'a déjà deviné. Et la fille fut bien obligée de renfermer sa poitrine, et de convenir qu'elle n'aurait pas si facilement raison de la chasteté du bougnat.

Dès lors, chaque jour et à chaque instant du jour, César eut à repousser les assauts des vilaines femmes, qui ressentaient comme un défi à leur triste condition cette constance infaillible dans les voies de la perfection. Une fois même, il arriva qu'une de ces malheureuses, en entrant aux *Enfants du Massif,* oublia son abominable dessein et respira avec émotion l'atmosphère d'humilité qui flottait parmi les relents de gros rouge et de mandarin ; comme le bougnat faisait un geste d'accueil, la créature se trouva dédamnée tout d'un coup ; renonçant au champagne et aux crèmes de beauté, elle trouva du travail chez une blanchisseuse de fin où elle se fit remarquer par sa bonne tenue et son assiduité.

Cependant, les filles de mauvaise vie devenaient, par le nombre, le meilleur de la clientèle des *Enfants du Massif.* En trois semaines, César eut écoulé plus de vin rouge et d'apéritifs que n'en consommaient ses clients habituels dans une année entière. Insensible aux poitrines, aux œillades et aux paroles menteuses qui assiégeaient son zinc, il servait les consommations et rendait la monnaie dans un nuage de poudre de riz, tout en rêvant à la jeune fille accomplie qui attendait l'heure nuptiale au milieu de sa clientèle d'affligés, là-bas, derrière la belle vitrine toute chatoyante des feuillages de perles et des pensées de métal colorié.

Mme Dupin triomphait : il arrivait ce qui devait arriver ; le bougnat était en train de perdre toute une clientèle. Quelle femme à la tête solide et au cœur bien placé oserait envoyer un fils ou un mari chercher un sac de braisette au milieu de ces créatures de perdition ? Il était à parier qu'avant quinze jours, César ne vendrait plus une miette de charbon. Plus une miette. Le caprice de ces filles qu'il avait accueillies – on savait trop pourquoi – le mettrait sur la paille, car un autre caprice les ferait déserter la boutique du jour au lendemain. Ainsi sont les filles de mauvaises mœurs, tout en caprices.

Roseline s'affligeait des propos que sa mère ne manquait pas de lui tenir en tête à tête. D'abord elle objecta à Mme Dupin qu'un commerçant n'était pas libre de choisir sa clientèle.

« Les mauvaises femmes meurent comme les autres, maman, et je suis sûre que tu ne refuserais pas de faire la vente d'une couronne pour l'une de ces malheureuses. »

Mme Dupin répondait qu'elle s'était toujours inclinée devant la mort, mais que les filles de noce n'auraient jamais besoin de ses offices, car elles finissent toutes à l'hôpital et à la fosse commune.

À la fin, lassée par tant d'obstination et de méchanceté, Roseline n'opposait plus à sa mère qu'un silence mélancolique.

La réputation des *Enfants du Massif* se répandit sur le boulevard de Clichy et dans tout le voisinage de la place Pigalle. Les filles en station aux terrasses des cafés annonçaient la nouvelle qu'il existait, à mi-flanc de la Butte, un bougnat aux yeux couleur d'aurore, à la longue moustache fière, et dont la virginité défiait la hardiesse et l'habileté des plus belles. On disait aussi qu'un seul de ses regards suffisait à donner la chance, ou à dissiper la mélancolie des personnes qui étaient dans le malheur.

Le noyau des ferventes de la première heure fut bientôt confondu dans la foule des nouvelles clientes qui se pressaient si nombreuses que César, n'arrivant pas à servir tout le monde, prit une servante pour l'aider. Puis la nécessité s'imposa d'abattre la cloison qui séparait la boutique de l'arrière-boutique. Pour compenser d'aussi lourdes charges, le bougnat fut obligé d'augmenter le tarif des consommations, dans le rapport du simple au triple. Enfin, au lieu de fermer sa porte à 9 heures du soir comme autrefois, il accueillit sa clientèle jusqu'à minuit.

L'assiduité de ce troupeau de filles perdues aurait pu, dans cette rue paisible, devenir un péril redoutable aux épouses et aux mères de famille, car les hommes ne sont pas toujours raisonnables. Heureusement, Mme Dupin comprit où était son devoir. Dans son magasin, chez les voisines, ou sur le marché de la rue Lepic, elle alertait les honnêtes femmes et les mettait en garde contre le danger permanent qui menaçait leur tranquillité.

«Surtout, disait-elle, ne laissez pas sortir votre mari le soir, ni vos fils. Ils disent qu'ils vont jouer à la manille avec des camarades, et ils s'en vont chez le bougnat jusqu'à des minuit passé. Et une fois qu'ils sont entrés là-dedans, c'est le commencement du malheur, je vous dis.»

Les avertissements de Mme Dupin eurent un résultat salutaire. Les époux du voisinage furent étroitement surveillés et interdits de sortir le soir. Il y en eut un grand nombre qui apprirent à faire de la tapisserie ou de la dentelle au crochet. On peut même affirmer que la plupart prirent une conscience meilleure de leurs devoirs d'époux. C'était un plaisir de les voir qui cherchaient à se rendre utiles dans leur ménage. Cela seul devait prouver plus tard que l'œuvre du bougnat était bonne.

Dans les cafés et les boîtes de nuit de Montmartre, on ne parlait que d'aller ou d'être allé «chez César». Entre minuit et 4 heures, il y avait toujours une double file de voitures immobilisées sous les fenêtres de Mme Dupin.

Pour satisfaire sa clientèle, César avait dû se résigner à acheter la crémerie voisine, à sa gauche, puis la boutique du photographe à sa droite. Il abattit les cloisons mitoyennes, décora les murs avec des guirlandes de papier et rendit obligatoire la consommation du champagne afin de sélectionner sa clientèle. Pour une centaine de francs, les amateurs pouvaient ainsi danser au son d'un orgue de Barbarie dont chacun considérait l'idée comme une trouvaille très originale. Le zinc primitif des *Enfants du Massif* avait disparu pour faire place à un bar américain au long duquel s'alignaient de hauts tabourets. Avaient disparu également les rayonnages où s'entassaient jadis les sacs de braisette.

Au milieu de ces transformations, César demeurait vierge. À vrai dire, il y avait moins de mérite que par le passé. Les soucis de son entreprise suffisaient à le garder de toute espèce de tentation, et sa virginité avait résisté à tant d'épreuves que les créatures s'étaient résignées à cesser leurs assauts. D'ailleurs, les habituées du bar avaient fini par découvrir les touchantes amours de César et de Roseline qui continuaient à échanger de muettes promesses d'un côté à l'autre de la rue. Attendries par cette constance, elles formaient des vœux pour que la Providence favorisât l'union de ces deux âmes si méritantes.

C'était à qui se souviendrait d'un parent défunt, d'un ami en péril de mort, pour saisir l'occasion d'acheter une couronne ou un vase funéraire. Le sentiment familial se réveillait peu à peu dans ces âmes obscurcies par le vice, et même le sentiment de la charité, car elles se mirent à surveiller leurs amies en traitement à l'hôpital, afin de pouvoir leur apporter, au moment des adieux suprêmes, le viatique d'un bouquet d'immortelles en aluminium.

Mme Dupin les accueillait avec bonté, en songeant que ces malheureuses étaient plus à plaindre qu'à blâmer ; et si elle leur faisait payer le prix fort, c'était dans la pieuse pensée que le denier à la vertu ainsi prélevé serait autant de moins qu'elles dépenseraient à de vaines frivolités.

Un soir que Roseline, sous la lampe familiale, travaillait à raccommoder ses bas, tout en rêvant qu'elle reprisait les chaussettes d'un époux, Mme Dupin acheva de compter ses couverts d'argent dans le buffet de la salle à manger, et se prit à rêver tout haut :

«Ce monsieur César, dit-elle, c'est quand même un travailleur. Je suis sûre qu'il gagne de l'argent...»

Elle prononça ces paroles avec un accent de bienveillance qui toucha le cœur de Roseline.

«Il faut bien qu'il ait gagné de l'argent, puisqu'il vient d'acheter la maison des *Enfants du Massif.*»

Mme Dupin demeura un moment silencieuse, puis elle murmura : «Je voudrais bien savoir quel prix il l'a payée. Il est certain que ce n'est pas une très belle maison.

– Une maison de trois étages, tout de même, repartit Roseline avec vivacité. À deux appartements par étage, c'est un revenu d'au moins vingt-quatre mille francs.»

Mme Dupin vint s'asseoir en face de sa fille, qui avait suspendu son travail de raccommodage.

«Roseline, dit-elle d'une voix grave et tendre, quand ton pauvre papa est mort, tu venais d'avoir huit ans le 17 mars. Mon cher Félicien, je le vois encore dans sa chemise de nuit bordée d'un petit filet mauve. Il était maigre, avec une pauvre tête grosse comme le poing. Il n'avait jamais été fort de la tête ; les chapeliers en étaient toujours surpris. Mais il était beau tout de même. Et il a gardé sa connaissance jusqu'au bout.»

Mme Dupin essuya une larme. Roseline en essuya une autre.

«Une heure avant de mourir, il me disait encore en parlant de toi : "Tout ce que je te demande, c'est qu'elle ait de l'instruction, et qu'elle épouse un garçon travailleur."»

Le souvenir du cher disparu plana un instant sur la salle à manger d'acajou, et après un silence recueilli, Mme Dupin prit la main de sa fille entre les siennes :

«Roseline, je t'ai fait donner de l'instruction, mais je n'ai encore accompli qu'une partie de ma tâche. Il me reste à choisir le garçon travailleur qui saura te rendre heureuse. Depuis le premier jour où M. César s'est installé dans la rue, j'ai cru deviner qu'il avait un sentiment pour toi. Mais je n'ai pas voulu paraître l'encourager d'abord, car mon devoir de mère m'obligeait à prendre des garanties. On ne voit pas toujours du premier coup si l'on a affaire à un garçon capable...»

Mme Dupin sourit malicieusement et ajouta :

«Je ne savais pas non plus si tu l'aimerais un jour ?»

Les roses de la pudeur fleurirent sur les joues de Roseline. Trop émue pour prononcer l'aveu, elle se jeta au cou de sa mère en pleurant des larmes de joie et de reconnaissance.

Pourtant, Mme Dupin ne chercha pas à précipiter le dénouement. D'abord elle en était empêchée par des raisons de dignité. D'autre part, Mme Dupin ne voulait pas s'engager à la légère ; certes, elle ne doutait pas que César eût déjà beaucoup d'argent, mais elle savait combien l'existence des *Enfants du Massif* dépendait des caprices de la mode, comme toutes les boîtes de cette espèce. Il se pouvait que la saison prochaine, la vogue se perdît de venir danser chez César, au son de l'orgue de Barbarie. Sans doute, il resterait l'hôtel nouvellement aménagé, mais, la clientèle du bar une fois dispersée, il perdrait les trois quarts de sa valeur... Mieux valait réserver sa décision pendant quelques mois encore, puisque l'on pouvait compter sur la fidélité du prétendant.

Un soir d'été que Roseline fermait le magasin, un vieux monsieur ivre sortit des *Enfants du Massif* et se fit écraser par un camion automobile. Roseline poussa un cri d'horreur que César entendit depuis son comptoir. Il traversa la rue avec précipitation, et soutint dans ses bras la jeune fille prête à s'évanouir. Mme Dupin sortit à son tour, tapa dans les mains de sa fille et remercia César de son empressement.

« Maman, murmurait Roseline, c'est affreux... Oh ! c'est affreux... » Cependant elle souriait tendrement à son sauveur. César jeta un coup d'œil sur les débris du vieux monsieur que les agents disputaient à la foule, et dit avec une sensibilité qui était surtout dans l'intonation de sa belle voix grave :

« C'était un bon client. Il vous dépensait un billet par semaine comme rien, soit au bar, soit à l'hôtel. D'habitude il venait toujours avec son gendre. Un bon client aussi, son gendre... J'espère qu'il me restera, lui. »

Le lendemain César pénétrait pour la première fois dans le magasin de Mme Dupin, pour choisir une couronne.

« C'est à cause du gendre, expliqua-t-il, je voudrais lui montrer qu'on sait être délicat dans la limonade aussi bien qu'ailleurs. »

Roseline composa aussitôt un très joli bouquet de fleurs en ferblanc. Elle le fit avec tant d'habileté, de grâce mutine, que César ne put retenir l'aveu de son amour.

« Madame Dupin », dit-il avec fermeté (car il avait sa conscience pour lui), « madame Dupin, j'aime Mlle Roseline depuis deux ans, et je suis un honnête homme. »

La glace était rompue. Mme Dupin versa un pleur en regardant sa chère petite qui, rougissante, nouait un ruban de crêpe autour de son bouquet ; puis elle demanda :

« L'un dans l'autre, monsieur César, qu'est-ce que votre affaire peut vous rapporter ? »

César répondit fièrement, et l'on devinait qu'il était sincère :

« J'ai payé pour quinze mille francs d'impôts cette année, et je suis loin d'avoir déclaré tout mon revenu. Pour vous donner un exemple, tenez: Quand une femme a rencontré un particulier dans ma maison et qu'ils ont réussi à s'entendre, c'est l'habitude qu'elle me fasse un petit cadeau en argent. Vous pensez bien que je ne vais pas en parler au fisc. Ni vu ni connu, pas vrai?

– Bien entendu, monsieur César. Ce n'est pas moi qui vais vous donner tort, ni Roseline.

– Je ne voudrais pas avoir l'air de me vanter, reprit César, mais vous voyez que je gagne bien ma vie.

– Je ne dis pas le contraire, monsieur César, mais quand on a comme moi la responsabilité de marier une fille élevée dans les bons principes, on est obligé de s'assurer de l'avenir. Roseline n'a jamais manqué de rien ici; je ne voudrais pas qu'elle puisse me reprocher un jour d'avoir été imprudente.

– Je vous répète que je gagne bien ma vie.

– Et je vous crois, monsieur César. Mais voyez-vous, dans notre genre de commerce, on est habitué à pouvoir compter sur la clientèle. Quoi qu'il arrive, il mourra toujours du monde dans le quartier, vous me comprenez?»

César commençait à comprendre. Les paroles de Mme Dupin précisaient une inquiétude qui l'avait déjà vaguement tourmenté; depuis quelque temps, il observait en effet un léger fléchissement de la consommation du champagne. La renommée des *Enfants du Massif* avait d'ailleurs suscité dans le voisinage plusieurs bars où l'on dansait également au son de l'orgue de Barbarie, et qui commençaient à lui faire du tort.

«Enfin, poursuivit Mme Dupin, il n'est pas douteux que le succès de votre entreprise doit beaucoup à votre réputation d'homme vierge, et si vous épousiez Roseline, il vous serait difficile de vous prévaloir...

– Bien sûr!» approuva César avec une impétuosité dont Roseline se sentit toute frémissante.

César fit de fréquentes visites au magasin d'accessoires mortuaires. Il était toujours bien accueilli, mais il se sentait enclin à douter de l'avenir. Roseline elle-même cédait parfois au même découragement; le soir lorsqu'elle se retirait dans sa chambrette, il lui arrivait de verser des larmes bien cruelles. Mais c'était là de courts moments de défaillance. Le lendemain matin, elle se reprenait à espérer d'un cœur plus fort.

César était de plus en plus préoccupé par la difficulté des affaires. Les filles et les fêtards avaient épuisé le plaisir de danser au son de l'orgue de Barbarie. Comme tout le monde, César dut se résigner à faire les frais d'un saxophone et d'un banjo. Malgré ces sacrifices, la vogue des *Enfants du Massif* allait chaque jour déclinant. Lorsque la saison d'été arriva, l'orchestre ne jouait plus que pour une demi-douzaine de couples, et l'hôtel en était réduit à louer ses chambres à la semaine ou à la journée, comme un simple hôtel de voyageurs. Les frais généraux absorbaient presque le total des recettes.

«Madame Dupin, disait-il, c'est vous qui aviez raison, et vos avertissements n'auront pas été inutiles. Ce qu'il faut dans la vie, c'est avoir une position solide. Un bar comme le mien dans une rue écartée, ce n'est pas sérieux, même avec un hôtel au-dessus. Et puis, ce n'est pas dans mon tempérament d'assassiner du monde à coups de cocktails. Question de boire, je ne suis pas ennemi de boire, mais je dis et j'estime qu'il y a des limites.»

Durant toute la saison d'Américains, César s'absenta fréquemment au milieu de la journée, et entretint une correspondance mystérieuse. Des hommes qui portaient le chapeau melon sur l'oreille venaient lui rendre visite dans la matinée. Un jour, un écriteau annonça la fermeture du bar.

Cependant, Roseline et César profitaient des moindres absences de Mme Dupin pour échanger de longues confidences. De ces entretiens, Roseline sortait un peu exaltée, et sa joie illuminait les vitrines de couronnes d'une flamme tendre et juvénile. Les mauvais jours attristés par le doute semblaient enfuis.

Un soir qu'elle dînait en face de sa mère, Roseline paraissait plus agitée qu'à son habitude. Tour à tour rougissante et pâlissante, elle riait nerveusement, et il ne fallait rien de moins que cette réserve pudique où une bonne éducation l'avait accoutumée pour qu'elle dominât son émoi. Le repas terminé, elle offrit son bras à sa mère et la conduisit jusqu'à la fenêtre qu'elle ouvrit toute grande.

La nuit était tombée ; une brise caressante courait au flanc de la Butte, et l'on entendait les flonflons de la place du Tertre ; Mme Dupin poussa un faible cri : de l'autre côté de la rue, l'enseigne dorée des *Enfants du Massif* avait disparu, les volets étaient clos, et, au-dessus du bar, un numéro lumineux flamboyait doucement à côté d'une lanterne de couleur.

«Ma chérie, murmura Mme Dupin, ma chérie...

– César a voulu te faire la surprise, maman. On a posé la lanterne après la fermeture du magasin.»

Il y eut une minute de silence poignant. Mme Dupin se sentait défaillir d'émotion, et, les yeux humides, ne se lassait pas de regarder la lanterne :

«Si ton pauvre papa était là, comme il serait heureux, lui aussi!»

Levées de bonne heure, toutes les anciennes clientes des *Enfants du Massif* faisaient la haie devant la porte de l'église pour féliciter les nouveaux époux.

Lorsqu'elles aperçurent le couple radieux qui sortait de l'église, ce fut un long murmure d'admiration, qui n'allait pas sans mélancolie, car beaucoup de ces malheureuses, faisant un triste retour sur la misère de leur condition, ne pouvaient s'empêcher de réfléchir que le vrai bonheur ne s'acquiert ici-bas qu'au prix d'une bonne conduite.

Cependant, la noce remontait en voiture, et s'arrêtait bientôt devant le magasin de couronnes mortuaires, que Mme Dupin avait fermé pour la circonstance. À leur descente de voiture, les époux furent salués par des cris d'allégresse, qui semblaient venir de l'autre côté de la rue : les pensionnaires du numéro 27, par une touchante inspiration, témoignaient leur confiance dans les destinées de la maison et souhaitaient la bienvenue à travers les lamelles des persiennes closes.

« Vive la patronne ! Vive Mme Roseline ! Vive la patronne ! »

Après un bon déjeuner servi dans la salle à manger de Mme Dupin, César et Roseline traversèrent la rue pour se rendre à leur domicile.

Quoiqu'il fût à peine 3 heures après midi, ils eurent la bonne surprise de trouver quatre clients dans le salon. Favorable présage !

Un an après son mariage, Roseline mit au monde un beau garçon que l'on appela Félicien, du nom de son grand-père. Nous renonçons à décrire la joie de cette famille unie et laborieuse, nous nous contenterons d'ajouter que Félicien fit honneur à ses parents, en passant brillamment de nombreux examens.

TROIS FAITS DIVERS

Sous un ciel sans lune, deux assassins se rencontrèrent à un carrefour. Ils allaient dans la nuit avec tant de précautions qu'ils se trouvèrent l'un face à l'autre sans avoir entendu le bruit de leurs pas. Tous deux, ils eurent un mouvement de frayeur que chacun prit pour une menace de l'autre. Le plus grand, qui avait des épaules de lutteur et la tête grosse comme une pomme, serra une trique qu'il balançait entre deux doigts. L'autre, un petit homme sec, ouvrit son couteau de poche. Un moment, ils furent immobiles, sur la défensive, les épaules remontées, le cou tendu en avant, écoutant leurs respirations oppressées. Dans l'ombre, ils s'apercevaient en silhouettes confuses, et leurs yeux luisaient d'inquiétude. Enfin, l'homme au gourdin laissa passer une plainte entre ses dents serrées par la peur. Alors l'autre eut un soupir de détente.

«Je m'appelle Finard, dit-il. La chose est arrivée ce soir que nous sommes. Il était 9 heures moins le quart.»

L'homme à la tête grosse comme une pomme soupira à son tour et laissa retomber son gourdin.

«Je m'appelle Gonflier. Moi aussi, il était tout juste 9 heures moins le quart.»

Ils restèrent une minute silencieux, ne sachant pas encore ce qu'ils feraient de leur rencontre.

«Et alors, murmura Finard, qu'est-ce que tu comptes faire?»

Gonflier eut un grand geste, de fatigue et d'incertitude.

«Je ne sais pas. Je vais devant moi. J'ai déjà marché bien des kilomètres... Je n'ose pas quitter la route.

– Moi non plus, je n'ose pas. Et pourtant, il vaudrait mieux d'être dans les bois.

– On pourrait faire un moment de chemin ensemble?» proposa timidement Gonflier.

Première publication dans Candide, *20 avril 1933.*

Les deux hommes firent quelques pas sur le carrefour, sondant la nuit coupée en quatre par la route aux bras blancs. Ils se mirent d'accord sur une direction et marchèrent l'un derrière l'autre, sur le bas-côté de la chaussée où l'herbe étouffait le bruit de leurs pas. Gonflier allait en avant, à grands pas, et sa tête minuscule se perdait dans la nuit. Après cinq minutes de silence, Finard se poussa contre lui et dit à mi-voix :

« Je me demande... »

Gonflier sursauta en poussant un cri d'effroi et se retourna, le gourdin haut... Finard interrogea d'une voix étranglée :

« Quoi... qu'est-ce que c'est ? Qu'est-ce que tu as vu ?

– Ah ! c'est toi, balbutia Gonflier. C'est bête, je t'avais oublié. Je me suis figuré... ah, qu'est-ce que je me suis figuré... »

Avec sa manche, il essuya la sueur qui coulait sur son visage.

« À propos qu'est-ce que tu voulais me dire ? Tu disais : je me demande...

– Je ne sais plus... Non, c'était seulement pour causer. Tu ne dis rien, toi. Ce n'est pas la peine d'être deux, j'ai presque plus peur que quand j'étais tout seul. On peut bien causer un peu. Tout à l'heure, je t'ai dit que je m'appelais Finard.

– Finard, oui, tu t'appelles Finard... J'ai connu du monde qui s'appelait Finard. Il y a même un Finard qui est marchand de vin, et qui fait bien ses affaires. Je me souviens de lui avoir acheté un petit fût de blanc. Il s'appelle bien Finard comme tu dis. Et j'en connais d'autres...

– Bien sûr, Finard, c'est un nom comme il y en a beaucoup. Mais des Gonflier, je n'en ai jamais connu. Gonflier. On ne peut pas non plus savoir tous les noms qu'il y a... Dis donc ? Si tu aimes mieux que je marche devant ?

– Je veux bien, accepta Gonflier avec empressement. La nuit est si noire...

– Heureusement qu'on a la nuit pour nous, dit Finard qui allait maintenant en tête. Il ne fera pas toujours nuit... »

Il s'interrompit et l'autre ne releva pas le propos qui faisait déjà surgir une aube de fait divers sur la campagne méfiante. Mais le silence leur parut bientôt insupportable. Finard s'arrêta et dit tout bas :

« Veux-tu savoir comment les choses sont arrivées ?

– Les choses... non, attends. Laisse-moi parler le premier, je vais te raconter ce qui s'est passé.

– D'abord moi. Écoute, tu vas comprendre tout de suite...

– Non, laisse-moi dire le premier. J'aurai vite fait... »

Finard se fâcha et fit valoir qu'il avait eu l'initiative des confidences. «C'est bon, accorda Gonflier, mais dépêche.»

Finard le prit par le bras et, au moment de parler, marqua un peu d'hésitation, embarrassé par ce qu'il avait à dire.

«Je ne suis pas un mauvais homme, dans le fond, et je n'ai jamais passé pour un mauvais homme. Quand j'étais gamin...

– Pas tant, coupa Gonflier, je n'ai quand même pas besoin que tu viennes me raconter ta première communion!

– Il faut bien trouver le premier bout de la vérité... Enfin... il y a cinq ans...

– Plus près, nom de nom, plus près! Ou alors tu n'auras jamais fini...

– C'est bon, il y a deux ans... ah! non ne râle plus, c'est tout ce que je peux te rabattre. Donc, il y a deux ans, j'ai rencontré une femme. Une blonde, mais blonde, tu sais. Tiens, il faut qu'il fasse nuit comme cette nuit pour se représenter la blonde qu'elle était. Et belle, une peau dorée je ne peux pas dire comme, et partout...»

Il en rêva une minute, et Gonflier en profita pour avancer:

«Moi, ma femme n'était pas blonde tout à fait. À bien la regarder, elle était même plutôt brune...

– Arrête donc, tu m'empêches d'aller. Enfin, je t'ai dit comme elle était. Une vraie belle femme...

– Je vois ce qui s'est passé. Tu te seras trouvé jaloux tout d'un coup, comme ça arrive. Moi, ma femme...

– Je ne te parle pas de ta femme, je te parle de la blonde. De la première fois que je l'ai vue, j'en suis tombé comme fou. J'étais marié pourtant, et j'avais une fille de six ans. N'empêche. Tu me diras que je n'aurais pas dû? D'accord que je n'aurais pas dû, mais quand on est amoureux d'une femme, c'est tout qui s'en va à l'envers.

– Bien sûr. Moi, dans un sens, c'est bien ce qui m'est arrivé quand je me suis marié. Figure-toi...

– Ta gueule, voyons, tu sais bien que je n'ai pas fini. Le malheur pour moi, c'est que la blonde était veuve, et tu vas bien voir pourquoi. D'abord, tout s'est passé comme il faut. J'allais chez elle deux fois par semaine, le soir, et je rentrais vers ma femme vers les minuit, comme si je revenais de faire une partie de cartes au café. C'était commode. Mais l'autre s'est mis en tête de me faire venir tous les jours de la semaine. Moi, je ne voulais pas, à cause de ma femme d'abord. Et puis, tous les soirs, ça épuise l'homme, quand on est encore obligé de faire des politesses dans son ménage.

– Alors, il y a eu dispute, et tu l'as tuée sans le faire exprès. Moi...
– Mais non, je ne l'ai pas tuée, j'ai fini par faire comme elle voulait. Mais ma femme a compris et, moi, j'ai eu du remords, parole. Je ne rentrais jamais plus tard que minuit. Pourquoi faire tourmenter le monde quand on peut s'en dispenser. Je le dis et je le répète, moi je n'ai jamais eu mauvais cœur. Mais la blonde, jamais contente, décide que je passerais toutes mes nuits chez elle et jusqu'au matin. Je veux bien qu'elle avait du plaisir avec moi, mais quand même... et puis, déranger un homme de cette façon-là ! J'ai dit non pendant toute une semaine, et à la fin, qu'est-ce que tu veux, il m'a fallu accepter. Pour un homme qui aimait sa femme comme j'aimais la mienne, c'était dur. Aussi, tu peux croire que la blonde ne s'amusait pas tous les jours. Des fois, on n'en finissait pas de se chamailler...
– Enfin, quoi ! s'impatienta Gonflier, de dispute en dispute, tu as fini par la tuer !
– Attends, laisse-moi t'expliquer. La semaine passée, elle me dit que les choses ne pouvaient plus durer : la situation n'était pas claire pour les gens de sa connaissance, et d'un côté elle avait peut-être raison. Il fallait choisir, ou bien ne plus la revoir, ou bien laisser ma femme et ma maison et venir habiter chez elle. Je l'ai envoyée promener, elle est revenue à la charge et je me suis mis en colère pour de bon. Je l'ai traitée de garce...
– Et c'est ce coup-là que tu l'as tuée, conclut Gonflier avec satisfaction. Moi...
– Mais non, tu ne me laisses le temps de rien. Avant-hier soir, elle m'a fermé sa porte, et pour me faire ouvrir, j'ai dû promettre qu'à partir de la semaine suivante, je viendrais m'installer chez elle. J'ai toujours été un homme de parole, je n'allais pas me dédire après coup, mais tu peux croire que je n'étais pas content de ce qui m'arrivait...
– Ça fait que tu l'as...
– Surtout qu'il me fallait prévenir ma femme, et c'était ce qui me coûtait le plus. Il y en a qui seraient partis sans rien dire, mais je n'aurais pas voulu lui faire une impolitesse. Ce soir-là, à la fin du dîner, elle était à table avec la petite, toutes les deux en face de moi. Je me balançais sur ma chaise et je retardais toujours le moment de causer. «Marie, que je lui fais, Marie...» mais je n'arrivais pas à lui en dire plus long. Elle me regardait d'un air qui me faisait mal pour elle. Et moi, de la voir avec cet air-là, le cœur m'a fondu. Je me suis levé et j'ai pris un grand couteau de cuisine que je lui ai planté dans la poitrine. Je ne savais plus où j'en étais. J'appuyais sur le manche

et je lui caressais la tête de l'autre main. Elle me regardait gentiment, tu sais. Et puis, ses yeux ont chaviré. Morte, elle était.»
Finard poussa un long soupir et reprit d'une voix fatiguée :
«C'est quand j'ai entendu crier la petite que la peur m'a empoigné. J'ai pris un morceau de pain sur la table et je suis parti en fermant la porte à clé derrière moi...
– Il y a du malheur quand même, dit Gonflier.
– Crois-tu, hein? Une si bonne femme! Il a fallu que l'accident lui arrive à elle. Ce n'est pourtant pas de ma faute. Ce n'est pas ma faute...
– On ne peut rien contre ce qui doit arriver. Moi, je te dirai qu'hier encore, je ne me doutais guère...
– Réponds-moi donc, au lieu de parler de tes affaires! Tu n'as point de conversation! Est-ce que je lui voulais du mal, à ma femme? Est-ce que c'est de ma faute? Tu dois bien voir que je ne suis pas un homme à être méchant!
– Je n'ai pas dit que tu étais un mauvais homme, accorda Gonflier. C'est la même chose pour moi, justement. Que je te raconte...»
Finard ne se résigna pas tout de suite à lui donner la parole. Il disait qu'il avait raconté trop vite et voulait recommencer l'histoire depuis le début. L'autre dut se mettre en colère.

«Sur tout le pays, commença Gonflier, tu n'arriverais pas à trouver un homme plus doux que moi. Je n'ai jamais fait de mal seulement à une bête. Tu m'aurais vu pleurer pour moins que rien, et dans les enterrements c'était l'habitude qu'on me place tout de suite derrière la famille. C'est bien la preuve que j'étais doux.
– Pas forcément, objecta Finard. C'est peut-être que tu étais bien habillé.
– Il y a ça aussi. Mais j'étais doux, et je ne l'invente pas. Tous ceux qui ont connu Gonflier te le diront.
– Et moi, donc? s'écria Finard. Tu vas peut-être dire que je n'étais pas doux?
– Pas comme moi, non. Je ne voudrais pas te vexer, mais, vois-tu, ce n'est pas possible.
– Qu'est-ce que tu en sais? Tiens, je vais te raconter comment ça s'est passé, une bonne fois. Je suis sûr que tu n'as pas bien compris...
– Ne me casse pas les oreilles avec ta femme, dit Gonflier. Écoute-moi.»
Remontant à dix années en arrière, il entreprit un récit copieux où il était surtout question d'intérêts de famille, de prés et de bétail mal

soigné. Finalement, le drame éclatait dans la soirée, à 9 heures moins le quart.

«En entrant dans l'écurie, je vois tout de suite que les vaches n'avaient pas eu leur fourrage. Ça m'a donné un coup, tu penses. Je m'en vais à la cuisine. La femme était là, avec les deux enfants dans ses jupons. Moi, j'étais en colère, à cause des bêtes, et j'en viens à lui dire : "Au lieu de tourner dans ta cuisine, tu ferais mieux de soigner les vaches." N'importe quelle femme aurait répondu pour s'excuser, quitte à chercher un mensonge. Elle ? Penses-tu ! Elle s'est mise à rire, sans un mot. Moi, bien sûr, j'aurais dû lui claquer la tête, mais je n'ai jamais pu battre une femme. Ce n'est pas dans mon tempérament. Je lui dis encore : "Vas-tu me répondre, tout de même ?" Elle continue à rire, et plus fort. Alors, je ne sais plus bien ce que je lui ai dit, mais j'ai empoigné la hache et je les ai abattus tous les trois, elle et mes deux enfants.

– Là, je trouve que tu as été vif, dit Finard. Ce n'est pas pour te faire un reproche, mais tu as été vif.

– Tu ne comprends pas, gémit l'homme à la tête grosse comme une pomme. Tu ne peux pas savoir...

– Ça va bien de tuer sa femme, puisqu'on ne peut pas faire autrement. Mais les enfants, non et non !

– Tu vois, je ne te le fais pas dire : c'est bien la preuve que je ne suis pas méchant et que j'avais tout bonnement perdu la tête. Un homme raisonnable n'aurait jamais fait une chose pareille. Enfin, mets-toi à ma place. Mais non ! tu ne veux pas te donner la peine de réfléchir.

– À ta place, dit Finard, je me serais mieux conduit... Voilà tout.

– N'empêche que tu as tué ta femme, dit Gonflier, et sans même avoir l'excuse d'être en colère. Dis le contraire ?

– C'est entendu, mais moi je n'ai pas touché à un cheveu de la petite !

– Non, mais tu l'as enfermée avec le corps de sa mère. Moi, c'est une chose que je ne me pardonnerais jamais de ma vie... Jamais !

– Pourtant, tu te pardonnes d'avoir tué tes deux enfants qui ne t'avaient rien fait du tout... Hein ? Tu te pardonnes ?... Avoue-le, ne te gêne pas. »

Gonflier, en se frappant la poitrine, protesta qu'il était dévoré de remords.

«C'est égal, répondit Finard, on sent bien que tu n'as pas autant de chagrin que moi. Franchement, ce n'est pas comparable.»

Longtemps, ils se disputèrent la palme du martyre. Ils parlaient de leurs souffrances avec tant d'exaltation qu'ils finirent par éclater en sanglots. Ils se consolaient mutuellement, en se donnant de grandes claques dans le dos. Devant eux, au bout de la route, la lune s'était levée, éclairant un paysage plat, barré par la forêt. Finard se calma le premier, non sans avoir fait observer qu'il surmontait sa douleur, mais qu'il avait du mal. Et il ajouta :

«De pleurer soulage toujours un peu, mais il ne faut pas abuser non plus.

– C'est vrai, approuva Gonflier, il vaut mieux ne pas se laisser aller.»

Baissant la tête, il examina son compagnon à la clarté de la lune. Finard avait le front court, une mâchoire de dogue et une jolie moustache noire sous son grand nez farceur.

«Tu es comme moi, dit Gonflier, tu n'as pas une tête à tuer du monde.»

Finard eut un sourire de douce mélancolie entre sa moustache noire et sa mâchoire de dogue :

«Ni l'un ni l'autre, nous n'avons mérité ce qui nous est arrivé. On était des garçons bien tranquilles tous les deux, et c'est toujours les meilleurs, justement, qui tombent sur des mauvaises femmes... Tu n'as pas remarqué?

– Cent fois! J'ai eu un oncle, tu n'imagines pas le bon homme qu'il était. Pourtant, sa femme n'arrêtait pas de lui chercher des raisons, si bien qu'il a fini par l'enterrer vivante... Heureusement, l'affaire n'a été connue que dans le pays, mais c'est pour te dire...»

Finard et Gonflier, mis en gaieté par la fantaisie du vieil oncle, se mirent à rire discrètement.

«Dans notre malheur, dit Finard, c'est tout de même une chance de nous être rencontrés.»

Ils se regardaient avec amitié, heureux de ne plus souffrir de solitude. Ils n'étaient pas seulement liés par la similitude de leurs aventures, mais par une compréhension mutuelle. Leurs remords en étaient apaisés. Ils s'habituaient à l'idée de leurs crimes en accusant la fatalité. Ils se sentaient réprouvés, séparés de la vie habituelle et commençaient à s'organiser dans un monde d'exception. Maintenant, ils écoutaient sans impatience le récit de leurs existences, s'appliquant à y découvrir des signes de leur mansuétude.

«Pour tout le bien que j'ai fait dans ma vie, disait Gonflier, on peut me pardonner beaucoup de choses.

– Moi aussi, disait Finard. Quand je pense à tous les services que j'ai rendus et qui ne me seront jamais comptés... Mais c'est comme ça : il n'y a pas à espérer de la reconnaissance de personne... Tu les connais aussi bien que moi...

– Pour un soir où on s'est fatigué d'être bon, c'est tout le reste qui est oublié, tout d'un coup.»

Ils versèrent encore des larmes sur leur bonté et sur l'ingratitude des hommes, entrecoupant leurs sanglots d'invocations à une justice obscure qui n'était ni celle de Dieu, ni celle des hommes : une justice à la mesure du monde nouveau qu'ils imaginaient à leur convenance. Sur la plaine, le silence était si parfait qu'ils pouvaient se croire seuls au monde, et ils le croyaient un peu. À force d'échanger des absolutions, d'affirmer l'innocence de leurs intentions, les deux hommes se sentaient pleinement rassurés. Au lieu de fuir un péril, il leur semblait au contraire marcher à la rencontre d'une promesse heureuse, d'un paradis qu'ils ne situaient nulle part, mais tout illuminé par leur bonté. Ils allaient d'un grand pas, pressés d'y arriver.

À deux ou trois cents mètres devant eux, la route pénétrait dans les bois, et ils regardaient, avec un sentiment de sécurité, le profil lourd de la forêt, découpé sur la clarté de la lune. Avant de s'y engager, Finard proposa quelques minutes de repos et tira de sa poche un morceau de pain dont il fit deux parts, gardant pour lui la plus petite.
« Ce qui est fait est fait, soupira Finard en s'asseyant à côté de Gonflier sur le revers du fossé ; il n'y a plus à y revenir. C'est arrivé malgré nous, et tout ce qu'on y peut, c'est de le regretter.
— Nous, au moins, on ne peut pas nous reprocher de ne pas le regretter...
— On en devient même un peu bêtes, tous les deux. Il faut savoir se raisonner. Si on s'écoutait, on ne mangerait bien plus.
— Ce qui compte, c'est de savoir qu'on n'a point de méchanceté. Je connais des hommes qui ne pourraient pas en dire autant, quoiqu'ils n'aient jamais fait de mal, comme ils disent. J'en connais plus d'un, et il y en a tant qu'on ne pourrait jamais les compter ! »
Et Gonflier, en songeant à ces hommes indignes, mordit avec colère dans son quignon de pain.
Finard lui dit doucement :
« J'aime autant être dans ma peau que dans la leur, vois-tu !
— Et moi donc ! Quand je pense que j'ai pu vivre avec ces gens-là !... Tiens ! j'en viens à ne plus rien regretter du tout !
— C'est pourtant vrai qu'il faut en arriver là, soupira Finard. Heureusement, tout le monde n'est pas comme eux. Dans le tas, il y en a qui valent tout de même mieux que les autres.
— Je voudrais bien les connaître, ceux-là ! protesta Gonflier d'une voix hargneuse.
— Il faut penser à tous les malheureux comme nous qui courent entre la nuit et les bois, ou qui se cachent dans un coin, parce qu'un

couteau ou une hache se trouvaient à portée de leurs mains au moment qu'ils étaient en colère contre leur femme, contre un ami, contre une belle-mère, ou encore au moment qu'ils avaient besoin d'argent. Il y en a, tu sais, il y en a...»

Gonflier demeura pensif, ému par l'énoncé de toutes ces infortunes. «Et tu crois qu'ils sont beaucoup?

– On ne peut même pas s'en faire une idée... Mais tu n'as qu'à lire les faits divers dans les journaux: il y en a des colonnes tous les jours.

– Alors, nous deux, dit Gonflier, ce qu'on vient de faire, c'est un fait divers?

– Pas autre chose.»

Ils échangèrent un sourire cordial et méditèrent un moment en silence.

«La preuve qu'il y en a beaucoup, fit observer Finard, c'est que nous nous sommes rencontrés. Tu peux être sûr qu'il n'en manque pas d'autres, et s'ils étaient tous réunis, tu peux croire qu'il y aurait du monde. Il faudrait plus d'une ville pour les loger.

– Une ville... murmura Gonflier, une ville où on ne serait rien qu'entre nous...

– J'y ferais venir la blonde, rêva Finard.

– Moi j'aurais des haches, des couteaux, des fusils, plein une maison...»

Ils cheminaient depuis quelques minutes lorsqu'ils entendirent un bruit de pas, et à cinquante mètres devant eux, un homme sortit du bois. On n'apercevait encore qu'une silhouette vague, perdue dans l'ombre des arbres, que la lune projetait sur la plaine. Finard et Gonflier s'étaient arrêtés au milieu de la route, le poil hérissé par cette apparition surgie d'un monde qu'ils avaient cru pouvoir oublier. Ils ne songeaient ni à s'enfuir, ni à se concerter; ils n'avaient même pas peur. La surprise les rendait muets.

L'homme avançait rapidement. Lorsqu'il sortit de la ligne d'ombre, il n'était plus qu'à une trentaine de mètres. On ne distinguait pas les traits de son visage qui se présentait à contre-clair, mais, à sa démarche et à ses gestes, on pouvait juger qu'il était dans une grande agitation.

Finard et Gonflier, le cœur battant de curiosité, regardaient venir sur eux ce messager d'un monde lointain. L'homme était nu-tête et parlait en gesticulant. Sans comprendre le sens de ses paroles, ils entendaient sa voix rauque, tantôt plaintive, tantôt menaçante. Tout

à coup, Finard serra le bras de Gonflier et murmura avec exaltation :
« Il est des nôtres. C'est un malheureux comme nous. Regarde-le,
écoute-le...
– C'est vrai, balbutia Gonflier. Il n'a pas l'air tranquille...
– Pas moyen de s'y tromper : ça se connaît au premier coup d'œil ! »
Les deux compagnons eurent un rire ému. Ils étaient transportés
d'allégresse. Leur ville commençait à se peupler, leur monde devenait une réalité, et ils imaginaient déjà, dans leur enthousiasme, une
levée d'assassins et de parias sur la plaine blanche de lune. Ils allèrent à la rencontre de l'homme, et Finard, lui ayant posé la main sur
l'épaule, lui dit d'une voix affectueuse, mais déférente, à cause de
son épingle de cravate et de la triple chaîne d'or qui barrait son gilet :
« Alors, vous aussi, à ce que je vois...
– Vous aussi ? » répéta Gonflier.
L'autre leva les yeux, regardant avec indifférence les deux inconnus
qui l'encadraient.
« Mon pauvre ami, reprit Finard, c'est encore à propos d'une histoire
de femmes, hein ?
– Ah ! les femmes... murmura Gonflier avec compassion. Toujours
les femmes ! »
L'homme parut sensible à l'accent de ces paroles et dit d'une voix
lasse :
« Les femmes, oui, les femmes... »
Pourtant, lorsque Gonflier le prit familièrement par le bras, il eut un
geste de résistance.
« Laissez-moi », dit-il.
Mais on lui parlait si doucement qu'il se laissa entraîner. Finard lui
avait pris l'autre bras et soupirait :
« Nous aussi, on est passé par là... nous aussi, tous les deux, et ce
soir même...
– On sait ce que c'est que le malheur, allez.
– Avec les femmes, dit Finard, il en arrive de toutes sortes. Voilà
Gonflier qui peut vous en parler aussi bien que moi. D'être bon garçon ne porte pas chance, et nous voilà maintenant trois malheureux
pour le dire. Rien qu'à vous voir de profil, je suppose que vous n'avez
guère mérité non plus ce qui vous est arrivé ? Je suis même prêt à
parier que c'est tout le contraire. »
L'homme s'appuya lourdement aux bras des compagnons. Il pleurait
en silence.
« Allez-y, dit Gonflier, vous serez soulagé, vous verrez. Nous aussi,
on a pleuré.

– Ce qui vous ferait le plus de bien, suggéra Finard, ce serait de vous confier à des amis.»

L'homme hocha la tête, ses paupières battirent sur ses yeux mouillés. «Je m'appelle Langelot, dit-il. J'ai six cent mille francs de rente.» D'admiration, Gonflier blasphéma. Finard eut un geste attristé et murmura:
«C'est tout de même dommage, quand on est riche à ces hauteurs-là, vous direz ce que vous voudrez.
– Je vous le dis pour que vous compreniez bien mon histoire. L'année dernière, j'ai rencontré une femme et j'ai commis l'imprudence de lui faire la cour. Elle avait les yeux jolis et une petite voix douce. Maintenant que j'y pense dans la nuit, je crois que c'est sa voix qui me fait perdre la tête. Je ne pouvais plus me passer d'entendre cette voix-là, si douce et qui chantait...
– Le sentiment ne se commande pas, fit observer Finard. C'est comme tout le reste.
– Je lui disais que je l'aimais. Alors elle riait. "En êtes-vous bien sûr?" Mon Dieu...»
Langelot médita un pleur, mais Gonflier le remit au fil:
«Allons, ayez du courage. Raidissez-vous. Pour une voix de femme!
– Bien sûr, pour une voix de femme, vous! J'étais célibataire, mais vous comprenez pourquoi j'hésitais à parler de mariage. Quand on a six cent mille francs de rente, on hésite à les porter à droite ou à gauche. Ah! j'avais bien raison de me montrer prudent. Si l'on savait... Je me suis décidé pourtant, sur les conseils d'un ami commun qui portait un collier de barbe rouge...»
Langelot serra les poings et se prit à vociférer d'une voix maladroite qui n'était pas habituée à de tels éclats:
«Le sale type! Je lui en foutrai des colliers de barbe rouge! Voyou! Mais je voudrais le tenir, là, au milieu de la route... Je l'obligerais à me demander pardon... Je le dresserais! Je lui étranglerais le cou sous son collier de barbe rouge!
– Mais non, protesta Gonflier, paternel et conciliant, vous ne feriez pas ça.
– Comment? Je ne ferais pas ça? Pas de pitié, vous m'entendez! Je l'étranglerais...
– Ce ne serait guère raisonnable, dit Finard. Il faut savoir se contenter. N'y pensez plus, à ce sacré collier de barbe rouge...
– N'y plus penser? ricana Langelot. Attendez la suite, attendez... Ce triste individu a donc réussi à me persuader. À l'entendre, elle avait

toutes les séductions, toutes les qualités aussi, et je n'étais que trop disposé à le croire. Il était d'ailleurs bien vrai qu'elle fût séduisante. Sans doute n'avait-elle pas un sou de fortune personnelle ; en fait d'espérances, rien qu'un oncle maternel qu'elle appelait habilement "mon vieil oncle", mais qui avait à peine quarante-cinq ans, et une santé de fer. Oh ! je n'aurais jamais songé à lui en faire le reproche, si elle s'était conduite loyalement, comme une épouse doit se conduire. Vous me voyez en colère, mais d'habitude je n'ai point de méchanceté...

– Nous non plus ! s'écrièrent Finard et Gonflier. Il n'y a pas plus doux que nous autres ! »

Langelot eut un rire amer, et oubliant son récit, s'absorba dans une méditation silencieuse.

« Ce n'est pas tout, dit Finard, il vous reste à dire maintenant le principal de l'affaire.

– C'est vrai, le principal et le plus douloureux. Je me suis donc marié à la fin de l'année dernière. C'était une bien belle cérémonie, il y avait du monde plein l'église. Lui, il était témoin à notre mariage... Voyou ! Et après, il était toujours fourré chez moi. C'était l'ami de la maison, et il couchait avec ma femme, autant le dire tout de suite !

– Pour être franc, dit Finard, je m'y attendais depuis le commencement.

– Moi, dit Gonflier, aussitôt que vous avez parlé de l'étrangler, je me suis douté de quelque chose.

– C'est curieux. Moi qui les voyais tous les jours, j'étais à cent lieues de m'y attendre. Il faut bien le dire, j'étais parfaitement heureux avec ma femme. Je l'aimais plus encore qu'avant notre mariage, et chaque jour davantage. Elle avait une voix si douce... il est des choses dont on ne peut pas parler, qu'on peut à peine imaginer ; mais le mariage permet aux jolies voix de femme des modulations que la modestie interdit à une jeune fille bien élevée. Je ne croyais pas qu'il y eût au monde un bonheur comparable au mien. Et dire qu'elle avait un amant... Mais je n'en aurais rien su si le hasard ne m'en avait fourni la preuve. Je m'absentais parfois pendant deux ou trois jours pour m'occuper de mes intérêts. Ce soir, je suis rentré un jour plus tôt que je n'avais prévu. Il faisait beau, je suis venu de la gare à pied...

– Je vous demande pardon, interrompit Finard, mais à quelle heure êtes-vous arrivé chez vous ?

– Il n'était pas tout à fait 9 heures moins le quart, si j'ai bonne mémoire.

– Pareil que nous! s'écria Finard. 9 heures moins le quart! Mais je l'aurais parié!

– C'est le plus beau de l'affaire, exulta Gonflier. Juste moins le quart!»

Émerveillés par la rencontre, ils riaient en se pinçant les côtes derrière le dos de Langelot. Celui-ci, choqué par une hilarité aussi bruyante, déclara d'un ton sec:

«Je ne me doutais pas, quand vous avez sollicité mes confidences, que vous cherchiez un divertissement. Je regrette maintenant...

– Surtout, n'allez pas vous vexer, dit Finard. Je ris avec Gonflier parce que la même aventure nous est arrivée justement à l'heure que vous dites. Mais vous pensez bien que ni l'un ni l'autre, nous n'avons le cœur à plaisanter. Vous disiez que vous étiez revenu de la gare à pied...

– Oui, je voulais faire à ma femme la surprise de mon retour, et je me suis glissé dans la maison sans être vu de personne. En montant au premier étage, j'entends une voix d'homme dans sa chambre; j'ouvre la porte et je le vois, lui, tout nu dans son collier de barbe rouge. Vous m'entendez bien. Tout nu devant ma femme. C'est incroyable, n'est-ce pas?

– Ces choses-là saisissent toujours un peu, dit Finard. C'est presque forcé.

– Moi, qui suis son mari, c'est une liberté que je n'ai jamais prise. L'idée ne m'en serait même pas venue, et, voyez-vous, c'est peut-être ce qu'il y a de plus irritant... Ma femme était assise sur le tapis, je vous laisse à penser dans quelle tenue, elle aussi. Elle paraissait un peu gênée, mais pas trop. "Tu vois, me dit-elle, j'avais invité notre ami..."

– Ah! c'est bien les femmes! fit observer Gonflier.

– Alors, quand j'ai entendu sa voix, cette même petite voix qu'elle avait d'habitude... Mon Dieu, quand je l'ai entendue...»

Il se tut, accablé par la précision de ses souvenirs, et Finard le pressa d'une voix avide:

«Alors?

– Alors?» interrogea Gonflier.

Langelot, passant sa main sur son front, conclut d'une voix brisée:

«Je n'ai pas pu en supporter davantage... Je me suis sauvé.»

Finard et Gonflier s'étaient arrêtés au milieu de la route. Langelot s'arrêta, machinalement, méditant sur son infortune. Après quelques instants, le silence des deux compagnons lui parut inquiétant. Il leva les yeux et vit leurs regards fixés sur son visage. L'homme qui avait la tête grosse comme une pomme se pencha sur lui et gronda d'une voix furieuse :

« Mais qu'est-ce que tu es venu faire chez nous ?

– Je vous demande pardon, balbutia Langelot, il doit être tard. Je crois qu'il faudrait songer… »

Il tira sa montre à plusieurs reprises et voulut se remettre en marche, mais les autres l'immobilisèrent. Il se mit à trembler :

« Tout à l'heure, vous m'avez parlé si doucement tous les deux… »

Gonflier, lui arrachant sa montre, la brisa sur la route. Finard approuva, d'un petit rire cruel, et répondit :

« Regarde-moi. Est-ce que j'ai une gueule à causer doucement avec le monde ? Et lui, est-ce qu'il a une gueule à causer doucement ? Ah ! tu t'es sauvé… comme ça, sans rien dire, tu t'es sauvé… »

Enragés par la déception, les deux assassins jouissaient de l'angoisse du traître.

« Laissez-moi m'en aller, dit Langelot.

– Tu voudrais t'en retourner là-bas ? dit Gonflier. Hein ? Tu voudrais t'en retourner près des autres ?

– Il a peur que sa bourgeoise s'inquiète, ricana Finard. De ce côté-là, au moins, nous sommes tranquilles, nous autres.

– J'avais cru trouver des amis. Je vous ai parlé comme à des amis.

– Il n'y a pas d'amis pour toi chez nous, dit Finard. Moi, je viens d'assassiner ma femme.

– Ce n'est pas vrai, gémit Langelot, je ne veux pas le croire. »

Les deux autres partirent d'un grand éclat de rire et Finard reprit avec jovialité :

« Il faut que je te raconte l'affaire. Je ne veux pas avoir de secret pour toi. Allons, assieds-toi.

– Lâchez-moi, vous n'avez pas le droit de me retenir !

– Aidons-le à s'asseoir, il paraît timide… là. Je te disais donc que je venais de tuer ma femme. C'était une envie que j'avais dans la tête depuis des années, et, finalement, la semaine dernière, j'ai décidé que je lui réglerais son compte aujourd'hui. Ce matin j'avais affûté un bon couteau et j'avais même demandé à ma femme de me tourner la meule. Tout à l'heure, comme elle desservait la table, je lui dis : "Passe-moi donc le couteau que j'ai aiguisé ce matin." Elle s'en va chercher l'outil dans le placard et dit en me le donnant : "Qu'est-ce que tu veux faire d'un couteau ?" Moi, j'avais un sourire en biais que j'aurais voulu voir dans une glace. "Tu ne devines pas ce que j'en vais faire ?" Alors, elle a compris. Je l'ai saignée pendant dix minutes.

– Laissez-moi partir... je vous donnerai de l'argent... Vous n'êtes pas méchants...

– C'est vrai, dit Gonflier, pas méchants, mais justes. Moi, ce n'est pas que j'en voulais à ma femme ou à mes enfants, mais j'avais envie de tuer. Chacun a ses travers, on ne peut rien contre la nature. Tout à l'heure, en rentrant chez moi, j'ai vu toute la famille autour de la table, et la hache posée sur un tabouret. Les choses m'ont paru si commodes, si bien préparées, que je me suis mis en bras de chemise. Même pour la femme qui était plus coriace que les enfants, il n'a fallu qu'un coup de hache. Et quand ils ont été abattus tous les trois...»

Langelot geignait faiblement, comme s'il fût entré en agonie. Tout à coup, il eut une détente et bondit sur la route. Il avait le bénéfice de la surprise, et la forêt n'était pas éloignée de plus de trois cents mètres, mais Gonflier avait les jambes très longues, Finard était agile. Langelot filait de toute sa vitesse, les dents serrées, sans se retourner. Un moment, la course fut indécise, mais dans les derniers cent mètres, le souffle manqua aux deux compagnons qui se fatiguaient à injurier le fugitif, lui promettant des supplices cruels comme de lui fouiller le cœur avec un cure-dent. Lorsqu'il eut plongé dans la forêt, les assassins reprirent haleine au bord de la route, et Finard dit à Gonflier :

«S'il nous a échappé, c'est bien par ta faute. Tu étais si occupé de raconter ton histoire que tu ne l'as pas vu partir...

– Et toi, qui nous avais endormis avec tes bêtises ? Pour une femme laissée sur le carreau, tu fais bien du fracas, ma foi !

– Je fais juste ce qu'il faut. Je ne suis pas un brutal, moi.»

Dissimulé au creux d'un taillis, Langelot assistait à la dispute des assassins. Il vit tournoyer un gourdin, briller la lame d'un couteau, et lorsque les deux hommes furent étendus sur la route, il rentra chez lui d'un pas vif et d'un cœur allègre, en jurant qu'on ne le prendrait plus à sortir le soir. L'aventure lui fit comprendre que le sort d'un mari berné est encore enviable, et, depuis lors, il se félicita de posséder une épouse à la voix de sirène et un ami fidèle, à la barbe de feu.

L'ARMURE

*L*e grand connétable crut qu'il allait mourir et dit à son roi :
« Sire, vous me voyez sur mon lit de mort, et bien affligé, car j'endure
un cruel remords : m'en revenant de guerre à l'automne de l'année
passée, j'ai détourné la reine de ses devoirs d'épouse.
– Ah ! par exemple ! s'écria le roi. Si je m'attendais à ça...
– Je vois bien que Votre Majesté ne me le pardonnera pas.
– Écoutez, Gantus, vous conviendrez que c'est délicat... D'autre part,
puisque vous allez mourir...
– Votre Majesté est trop bonne. Voilà comment les choses se sont
passées : revêtu de mon armure encore toute bosselée des grands
coups que je reçus à votre service, je m'étais égaré au sortir de la
salle des Mille Gardes, et j'errais par les chambres du palais à la
recherche d'une issue, lorsque je rencontrai la reine occupée, au
coin d'un bon feu, à broder sur une fine toile blanche.
– La chemise de mon dernier anniversaire, sûrement... un chiffre
brodé, avec une guirlande de marguerites ?
– Ah ! Sire, je suis déjà confus... mais c'était bien la guirlande que
vous dites. Moi qui suis plus familier des camps que de la cour, je ne
reconnus pas d'abord notre gracieuse souveraine dans cette jeune
femme très belle, à la taille superbe, au visage doux...
– Je vous dispense, Gantus, de ces appréciations qui sont autant de
crimes de lèse-majesté.
– Après lui avoir demandé mon chemin qu'elle m'indiqua de la
meilleure grâce du monde, je me mis à lui parler sur un ton cavalier, et – que Votre Majesté m'abreuve de tous les outrages –, à la luti-
ner un peu. Il faut vous dire que j'avais ôté mes gantelets de fer. Mais
pouvais-je me douter...
– Quand on ne sait pas, accorda le roi, on peut se tromper.
– Toute surprise de ces libertés auxquelles l'étiquette de la cour ne
l'avait guère préparée, la reine ne se défendait que par les grâces de

Première publication dans La Revue des vivants, *décembre 1933.*

la pudeur. Et moi, sans égard à la rougeur de son front, en bon militaire que j'ai toujours été, je ne m'empressais que plus fort d'avancer mes affaires, à la dragonne. Enfin, vous savez ce que c'est...

– Bien sûr : jeux de mains, jeux de vilains. Mais ne m'avez-vous pas dit que vous étiez vêtu de votre grande armure de fer ?

– Hélas ! Sire...

– Ha ! ha !

– Je dis : hélas ! mais que l'expression de mon regret n'abuse pas Votre Majesté, car ce fut justement cette armure qui me fit vous trahir, et vous allez bien comprendre pourquoi. J'avais fini par reconnaître la reine au médaillon qu'elle portait à son auguste corsage, et qui, en s'ouvrant, me découvrait votre portrait. Que ne me suis-je enfui dans cet instant-là ! Mais j'étais encore enflammé de l'ardeur que j'avais mise à ces premiers jeux, et je ne sais comment la fièvre qui me brûlait les joues, sous ma visière de fer à demi baissée, m'inspira d'aussi perfide manière. Le jour, en cette arrière-saison, éclairait faiblement la pièce, et la flamme rouge du foyer jetait sur toutes choses de vives et mouvantes lueurs qui en déformaient les contours. »

Le roi eut un geste impatient, et Gantus crut devoir s'excuser d'être aussi disert.

« Ce que je dis là n'est pas pour faire de la poésie, mais pour expliquer les circonstances qui facilitèrent ma supercherie. D'ailleurs, la poésie m'a toujours agacé, et quand je prends un sous-lieutenant à faire des vers, je lui colle ses quinze jours d'arrêts, c'est réglé. Je n'admets pas...

– Voyons, Gantus, venez au fait ! Vous pouvez passer d'un moment à l'autre.

– Bon, bon. Comme la reine, très inquiète, se débattait entre mes bras bardés de fer, je relâchai mon étreinte et lui dis en imitant votre voix : "Quoi, madame, ne connaissez-vous plus votre tendre époux sous son armure de soldat ?"

– Gantus ! s'écria le roi, vous êtes un répugnant soudard ! Un abominable traître !

– Qu'est-ce que j'avais dit à Votre Majesté ? Vous voyez...

– Et ensuite ?

– Le visage de la reine s'éclaira tout aussitôt, tandis qu'elle me considérait avec un peu de surprise. Votre Majesté et moi ne sommes pas tout à fait de la même taille. Je suis plus grand, plus large d'épaules.

– Pas tellement, Gantus, pas tellement.

– Il est certain qu'on pouvait aisément s'y méprendre, et la preuve...»

Le grand connétable baissa les yeux, car il était gêné. Il y eut un moment de silence.

«Alors? dit enfin le roi.

– Alors? Mon Dieu! je n'avais plus qu'à tirer les rideaux, à fermer les targettes, et à me débringuer de mon armure qui commençait à m'oppresser. Entre parenthèses, je vous dirai que ce n'était pas commode, dans le noir...

– Et Adèle?

– La reine Adèle... que voulez-vous que je vous dise, moi... il faisait noir, et dans ces instants-là, on n'a pas bien sa tête à soi. Ce que je puis vous affirmer, c'est que la reine n'a rien soupçonné de la substitution. J'ai remis mon armet, mes cuissards et tout le tremblement, dans l'obscurité, et j'ai filé. Figurez-vous que je me suis aperçu en sortant que j'avais remis mes genouillères à l'envers, ce qui m'obligeait à marcher les jambes raides. C'est amusant, n'est-ce pas?»

Le roi arpentait la chambre en grommelant qu'il était presque déshonoré. Mais comme il avait un grand fond d'optimisme, et voyant l'angoisse où se débattait son plus fameux capitaine, il revint au chevet du malade avec de bonnes paroles:

«Vous pensez bien, Gantus, que je ne vais pas vous faire mes compliments. Vous vous êtes très mal conduit, et je donnerais toutes vos plus célèbres victoires pour rattraper cette malheureuse aventure. Mais puisque vous me dites que vous allez mourir, c'est bon. Je vous pardonne.

– Sire, vous êtes un grand roi.

– Je ne dis pas le contraire. N'empêche... Enfin, tant pis. Après tout, ce qui importe d'abord, c'est que la reine soit innocente. Pour vous, ne songez plus qu'à faire une bonne fin. Adieu donc, Gantus, et que vos péchés vous soient remis dans l'autre monde, je ne vous souhaite pas d'autre mal.

– Votre Majesté me rend bien heureux et votre pardon arrive à temps: voilà que j'entre en agonie.

– En effet, vous n'avez pas bonne mine, et je ne veux pas vous déranger davantage. D'ailleurs, mon goûter m'attend au palais.»

Le roi fit un signe d'amitié à son grand connétable et gagna le carrosse qui l'attendait à la porte. La confession du mourant lui donnait un peu de mélancolie, car il aimait tendrement la reine et lui témoignait des soins assidus, en dépit d'une certaine froideur dont elle ne se départait jamais à son égard; c'était même avec la plus grande répugnance qu'il avait fait à l'opinion publique la concession de prendre une maîtresse. Tout en roulant vers le palais, le roi songeait que dans sa disgrâce, il était étrangement favorisé, puisque la reine demeurait ignorante de son crime, et que le seul coupable se débattait dans les affres de l'agonie. Pourtant, l'aventure lui laissait au cœur l'inquiétude d'il ne savait quelle menace incertaine, et il se demanda s'il lui convenait d'être jaloux.

En descendant de carrosse, le prince convoqua ses plus savants docteurs en philosophie, et promit vingt écus d'or à qui saurait le mieux lui définir la jalousie. D'abord, les savants parlèrent tous à la fois, dans un vacarme étourdissant où se heurtaient les mots de *processus, sentiment, échange, acrimonie, bile* et *atrabile*. Le roi les ayant menacés de son grand sabre, ils consentirent à parler à tour de rôle, et le résultat fut à peine meilleur : ils s'empêtraient dans des discours sans fin, et le roi avait bien envie de leur reprendre leurs diplômes. Cependant, un philosophe d'une trentaine d'années, que sa jeunesse condamnait à parler le dernier, s'absentait un moment pour aller consulter son dictionnaire. C'était un garçon avisé, qui avait un très bel avenir. Quand ce fut à son tour de parler, il dit avec une jolie voix claire :

«D'une façon tout à fait générale, la jalousie est le chagrin de voir posséder par un autre un bien qu'on voudrait pour soi.

– Voilà qui est parlé, dit le roi. J'ai compris du premier coup.» Et il se prit à songer tout bas : «Évidemment, à ce compte-là, je devrais être jaloux de Gantus, mais puisqu'il est mort, ce n'est pas la peine ; les morts ne possèdent rien du tout, la chose est bien connue.»

«Parfait, jeune homme, je vous accorde déjà les vingt écus d'or.»

Le jeune philosophe fit une révérence et poursuivit :

«Pour répondre plus précisément à la question proposée par Votre Majesté, j'ajouterai qu'en amour, la jalousie est la passion inquiète d'une personne qui craint qu'on ne lui en préfère une autre.»

Les autres philosophes étaient tout jaunes de dépit, car le roi paraissait fort satisfait. Il commentait en lui-même la définition : «Dois-je craindre que la reine me préfère une autre personne ? Mais non, puisqu'elle n'a jamais vu Gantus et qu'à peine sait-elle son nom.»

Puis il dit au jeune savant :

«C'est très bien, mon garçon. Je viens de découvrir, à la clarté de vos définitions, que je n'étais nullement jaloux. En conséquence, je vous déclare illustre, je vous fais membre de l'Académie et chevalier de mon ordre de Saint-Antoine qui est le patron des chercheurs, comme vous savez.»

Là-dessus, il fit venir ses musiciens et, après avoir goûté d'un pot de rillettes et d'un vin clairet, il se fit annoncer auprès de la reine. Elle était assise au coin du feu, le teint pâli et, dans les yeux, une grande mélancolie. Le roi lui prit la main, et, comme il faisait toujours, lui tint de tendres et gracieux propos, avec des images touchantes et belles dont les grands poètes du royaume lui faisaient une provision quotidienne. Mais la reine ne semblait pas l'entendre.

«Adèle, murmurait le roi, je suis le gai rossignolet, rêvons à la fraîcheur des sous-bois printaniers. Mon amour est une eau vive qui se perd dans le lac de vos grands yeux de mystère. Je voudrais être une hirondelle...»

La reine hocha la tête sans même lui accorder un regard. On voyait bien qu'elle n'avait pas d'entrain à imaginer que son époux se changeât en hirondelle. Il essaya d'autres figures poétiques, plus gracieuses encore. Puis il lui chatouilla le revers de la main avec ses deux doigts, feignant que ce fût une souris qui montait au long du bras, et disant d'une manière rieuse :

«Kili kili kili ki... kili kili ki...»

Pour réponse, la reine ne fit que hausser les épaules.

«Ah! Madame», dit le roi (et il était un peu en colère), «je ne comprends rien à votre mauvaise humeur. Je vous dis les plus jolies choses du monde, je m'efforce aux jeux les plus tendres, je suis tour à tour élégiaque, familier, gamin, et vous n'en remuez pas plus que si je vous parlais du budget de l'État. À la fin, les grandes passions se lassent d'une aussi pénible froideur, et j'ose vous dire que ma constance est bien près d'être à bout. Si encore il s'agissait d'un accès passager! Mais depuis que nous sommes mariés, c'est la même chose, et vous allez au plaisir ainsi qu'à l'échafaud...»

Alors, la reine parut s'éveiller, et ses yeux tristes s'illuminèrent d'un feu sombre.

«Seigneur époux, dit-elle, il vous plaît d'oublier, mais par malheur pour moi, j'ai meilleure mémoire...

– Comment donc? du diable si je comprends...

– Soit, n'en parlons plus. Mais cessez alors de vous plaindre, puisqu'à des façons mâles et cavalières, vous préférez ces vains babillages, ces ronds de bras, et ces pas de menuet, qui plaisent bien sûr, aux maîtresses de vos rimeurs et de vos baladins! Kili kili kili... est-ce ainsi qu'on doive traiter une reine, une épouse, une amante? Kili kili kili...»

Effaré, le roi levait les bras au ciel, mais la reine, l'œil en feu, se laissait aller à son courroux :

« Avez-vous oublié vraiment cette soirée d'automne où vous entrâtes armé, casqué, dans mes appartements, et sans vous faire annoncer ? En cette arrière-saison, le jour déclinant éclairait la pièce d'une lumière avare...

– Et la flamme rouge du foyer, soupira le roi, jetait sur toutes choses de vives et mouvantes lueurs qui en déformaient les contours.

– C'est pourquoi je ne vous reconnus pas d'abord sous votre armure. Vous paraissiez plus grand, plus fort...

– Oui, l'uniforme avantage toujours un peu.

– Et pourtant, lorsque après avoir ôté vos gantelets de fer, vous me pressâtes de toutes parts avec des mains hardies, quel n'était pas déjà mon trouble ! Enfin, vous vous fîtes connaître... »

Cependant que le prince jurait en sourdine, la reine fermait les yeux.

« Dans votre hâte, vous n'aviez pas pris le temps de retirer ni vos épaulières, ni votre cuirasse, et j'en demeurai meurtrie pendant toute une semaine. Délicieuses meurtrissures... Vos baisers avaient un goût de fer et de feu...

– Peuh ! dit le roi, il ne faut pas exagérer non plus.

– Je vous criais mon amour, et tendrement, vous rugissiez mon prénom d'Adèle !

– Ah ! non ! c'est trop fort !

– Niez donc, effronté... aussi bien ai-je perdu tout espoir d'un retour glorieux. Tandis que vous vous comparez à une hirondelle, à une fontaine, je me résigne à l'accomplissement d'un devoir à jamais dépourvu de cette exaltante dignité qui me fut révélée par un soir de l'automne dernier. Ha ! ha ! une hirondelle ? non Monsieur, une pie bavarde ! kili kili kili... »

Et en essuyant des larmes de rage, la reine sortit, claquant la porte. Le roi demeura consterné, songeant à la vanité de la philosophie et de ses définitions, car il ressentait maintenant les tourments de la jalousie. Il passa une très mauvaise nuit, hanté par des cauchemars, lui semblant qu'il vît des armures vides caresser son épouse avec des soupirs lascifs et un affreux bruit de ferraille. Le lendemain, une mauvaise nouvelle acheva de le bouleverser : Gantus n'était pas mort ; les médecins s'étaient aperçus qu'il souffrait d'une crise de rhumatismes et l'en avaient délivré par le moyen d'une peau de chat bien sèche dont ils l'avaient frotté pendant toute la nuit. À midi, le grand connétable déjeunait de bon appétit, puis montait à cheval pour s'en aller inspecter l'artillerie. Le roi l'appela au palais et lui dit sévèrement :

« Vous m'avez mis dans de beaux draps, Gantus.

– Que votre Majesté me pardonne : les médecins m'ont guéri sans prendre mon avis.

– C'est très ennuyeux. L'aventure que vous m'avez confessée hier soir n'avait presque plus d'importance du moment où vous étiez au cimetière, tandis que maintenant... Vous comprenez, pour nous autres princes, être cocu est une affaire d'État. Vous voilà possesseur d'un secret dangereux. Qui peut dire l'usage que vous en ferez ?

– Ah ! Sire, je suis trop homme d'honneur...

– Mon œil, dit le roi. Vous n'avez même pas su tenir votre langue devant moi qui suis pourtant l'époux. Alors ? »

Le grand connétable se frappait la poitrine et montrait les signes d'un profond désespoir.

« Ne vous lamentez pas, Gantus. Ce que je dis là est pour vous mettre en garde contre un mouvement d'imprudence. Au fond, vous m'inspirez toujours une entière confiance, et j'ai même pensé à vous pour un très joli commandement sur mes frontières de l'Ouest. Je suis sûr que vous saurez trouver là-bas l'occasion d'un trépas glorieux...

– Un trépas glorieux ? Mais nous ne sommes pas en guerre !...

– Nous le serons bientôt : j'ai l'intention de déclarer la guerre à mon cousin l'Empereur. En rappelant la classe 22, nous aurons une armée suffisante que vous commanderez en second. Dotée de la nouvelle pertuisane que l'on s'occupe de mettre au point, je suis sûr qu'elle fera merveille. »

Gantus se grattait la tête, n'osant protester contre sa nomination de commandant en second ; et sa gorge ronflait déjà d'injures contenues, à l'adresse du jean-foutre qui allait diriger les opérations.

« Mon cher connétable, dit le roi, vous voilà déçu, mais tant pis : j'ai décidé qu'à l'avenir, j'exercerais moi-même le commandement en chef de mes armées. Toutefois, pour vous laisser une certaine liberté dans l'exécution de la manœuvre, j'ai également décidé de conduire les opérations depuis ma capitale. Dès après les formalités de l'ultimatum, l'on ne me verra plus au palais qu'en uniforme de généralissime. Je voudrais, Gantus, que vous voyiez l'armure que je me suis commandée ce matin. Elle est en métal d'Asturbie, au panache bleu et or, la cuirasse et les épaulières ornées de fleurs champêtres et de mignonnes figures de pages. »

SPORTING

*L*a campagne qui précéda les élections au siège de conseiller général du canton de Castalin fut l'occasion d'une double manifestation
sportive dont le souvenir allait décider du résultat du scrutin. Chacun
des deux candidats principaux avait, en effet, lié le prestige de son nom
et de son programme à celui d'une société sportive qu'il présidait et
subventionnait. M. Labédoulière, candidat sortant, radical-socialiste,
patronnait depuis cinq ans une société de gymnastique, l'Espérance
castalinoise : on y accueillait la jeunesse des deux sexes sans distinction d'opinions politiques, mais en fait, la gratuité du costume en écartait la jeunesse bourgeoise ; et les tendances avancées de l'Espérance
éclataient, certains soirs de fête où les gymnastes, après boire et tard
dans la nuit, rentraient chez eux en beuglant sur l'air du *Pendu de
Saint-Germain*, des hymnes imprécatoires contre le parti de la droite :

L'Union des droites est bâtie sur merde
Rien à faire, il faudra qu'elle crève.
Sur ces vaches et sur ces cocus
Nous aurons toujours le dessus.

Il y avait à dire sur les rimes, mais la cadence était guerrière, et en
écoutant ce refrain tonner dans le silence de minuit, plus d'un
bourgeois de Castalin songeait, avec une crainte dévotieuse, à la
puissance de M. Labédoulière. De plus l'Espérance castalinoise
avait une fanfare à peu près sans rivale dans l'arrondissement, et
rien n'était magnifique, rien n'était émouvant non plus, comme ces
défilés de jeunes gens, tous à l'uniforme, pantalon blanc (les jeunes
filles portaient la jupe), maillot noir et casquette noire liserée de tricolore, et tous marchant d'un seul pas, au fracas héroïque des clairons et des tambours. Dans ces minutes-là où ils se sentaient si
fiers d'être français, nombre de citoyens encore hésitants décou-

Première publication dans Candide, *28 septembre 1933, où la nouvelle avait pour titre*
«*L'Espérance et le Sporting*».

vraient tout à coup leur religion politique et acclamaient presque sans y penser M. Labédoulière qui, du haut de son balcon, saluait avec un geste ému cette jeunesse généreuse à laquelle il avait donné, presque sans compter, ses soins et son argent. L'Espérance «cette phalange glorieuse et pacifique» était donc, à juste titre, considérée dans le canton comme une incarnation de l'idéal laïc, démocratique et social.

Le docteur Dulâtre, l'homme de la droite, demeuré longtemps spectateur des luttes politiques, avait brusquement démasqué ses batteries en fondant une société de rugby, le Sporting club castalinois. L'article inséré à cette occasion dans l'hebdomadaire local de la droite, où il exposait sa conception rationnelle du sport, avec une ironie cruelle pour les gymnastes, constituait un véritable défi dont la portée politique n'échappa point à la vigilance de M. Labédoulière.

En effet, la fondation du Sporting parut déclencher une effervescence inaccoutumée dans les milieux réactionnaires. Le docteur Dulâtre commença de pérorer dans les réunions publiques d'une manière significative. «Je ne connais qu'une politique, disait-il, celle de la santé physique et morale.» Et il expliquait très bien comment le sport intelligemment compris, le respect de l'ordre et des saines traditions, étaient les conditions essentielles d'une joyeuse santé.

Pour n'avoir ni clique ni drapeau, le Sporting club n'en flattait pas moins, chez la population, un appétit d'héroïsme. Les joueurs de rugby avaient un cri de ralliement, barbare et sonore («Hurrah Dulâtre!») qui excitait sur le terrain leur ardeur au jeu : ils avaient un vocabulaire à demi anglais auquel les spectateurs des matches de rugby s'initiaient avec orgueil. Enfin, les parties elles-mêmes étaient des spectacles épiques, des batailles dont le résultat incertain serrait le cœur des Castalinois émus dans leur patriotisme de clocher.

Le rapport étroit qui s'imposait à l'esprit du public entre la personne politique du docteur et sa personne sportive, créait un péril redoutable pour l'idéal démocratique, et M. Labédoulière allait se rendre coupable à jamais, devant son parti, de n'avoir pas su en mesurer la réalité profonde. En effet, le conseiller en place crut pouvoir mépriser une équipe de rugby qui essuyait constamment des échecs devant les rivales. Le dimanche soir, lorsque le Sporting venait d'essuyer une nouvelle défaite, il en plaisantait avec ses familiers :

«Ce pauvre Dulâtre s'est encore fait flanquer la pile. Décidément, son équipe bat de l'aile...»

Et il ajoutait malicieusement :

«De l'aile droite.»

Il était d'ailleurs bien vrai que les Castalinois fussent irrités contre le Sporting et son président. L'équipe s'affirmait si médiocre qu'ils voyaient peu de raisons d'espérer qu'elle vengerait jamais leurs déceptions d'amour-propre.

Au moment où s'ouvrit la campagne, M. Labédoulière se croyait assuré d'une très forte majorité à Castalin même. Dans les campagnes avoisinantes où le docteur Dulâtre avait poussé ses affaires en exerçant sa profession de médecin, les voix paraissaient devoir être également partagées, et l'on estimait, dans l'un et l'autre camp, que la partie se déciderait au chef-lieu. Les deux candidats avaient à peu de chose près le même programme. Ils étaient en tout, partisans de mesures énergiques, défendaient le contribuable, et se rendaient mutuellement responsables de la crise économique. En politique extérieure, le docteur Dulâtre prônait la sécurité et le désarmement, M. Labédoulière le désarmement et la sécurité. Avec une égale vigueur, ils protestaient de leur dévouement à la République. Les différences qui opposaient leurs professions de foi étaient si nuancées, si subtiles, qu'elles ne passionnaient pas les électeurs. Le docteur Dulâtre comprit le premier qu'il fallait faire porter le débat sur un objet plus sérieux, et il écrivit dans son journal un article de tête qui fut un coup de théâtre. Après diverses considérations médicales sur l'avenir de la race, le chef des droites s'élevait «contre la carence des pouvoirs publics, ou, ce qui est pire, l'inconscience criminelle de certaines personnalités politiques qui, sous le prétexte avoué de distraire la jeunesse et, en réalité, pour des fins purement démagogiques, l'embrigadent dans ces formations désuètes où la cause du sport est sacrifiée à une sorte de parade foraine qui trouve sa conclusion logique dans les beuveries si pernicieuses pour la santé de nos enfants».
Après avoir dénoncé ainsi le danger des sociétés de gymnastique, le docteur faisait valoir l'œuvre qu'il avait personnellement accompli en faveur du sport. Enfin, la veille même du jour où paraissait l'article, il faisait courir le bruit que son adversaire était atteint d'une maladie vénérienne. C'était un coup habile, que la doctrine radicale-socialiste ressentit durement.
Mais M. Labédoulière était un vieux routier de la politique, il se ressaisit aussitôt. Il fit d'abord placarder pendant la nuit une première affiche non signée, qui accusait le docteur Dulâtre d'avoir, au début de sa carrière et pour une misérable somme de cinq cents francs, empoisonné un couple de vieillards. Sans laisser à l'adversaire le temps de protester, il lançait une deuxième affiche signée.

«Nous méprisons les insinuations d'un individu dont les procédés, s'il faut en croire certaines rumeurs qu'il s'est bien gardé de démentir, seraient fortement sujets à caution. Si j'avais besoin de défendre ici notre vaillante Espérance castalinoise contre les calomnies d'un envieux, il me suffirait de mentionner les dix-sept médailles accrochées au drapeau frangé d'or de notre glorieuse et pacifique phalange. Mieux que ne saurait le faire une vaine argumentation, ces récompenses portent hautement témoignage de la valeur athlétique de nos gymnastes. C'est aux résultats qu'on apprécie l'excellence d'une entreprise et nous sommes encore à attendre les résultats promis par les défenseurs du rugby. Vive l'Espérance! Vive la République laïque, démocratique et sociale!»

Dès lors, la campagne électorale se fit sur le sport. Dans leurs discours et leurs articles, les candidats n'abordaient plus que subsidiairement les questions politiques. Ils n'étaient occupés que de rugby et de gymnastique. Le radical-socialiste, faisant allusion à la terminologie anglo-saxonne en honneur au Sporting club castalinois, taxait le réactionnaire de snobisme, et l'accusait d'abandonner les traditions bien françaises qui avaient fait leurs preuves. Le réactionnaire dénonçait chez l'homme des gauches un esprit routinier, et s'emportait au cours d'une réunion jusqu'à lui reprocher «son obscurantisme». Jamais élections ne se préparèrent à Castalin dans une atmosphère aussi surchauffée. L'on voyait des pères de famille conservateurs dérober la balle de leurs enfants pour essayer un *drop-goal* par-dessus l'armoire à glace; d'autres, d'opinions avancées, se jucher sur les épaules de leurs femmes, dans un équilibre difficile, pour faire une pyramide.

Le dimanche qui précéda de quinze jours celui des élections, il y eut un match entre la première équipe du Sporting et la troisième équipe d'un club voisin. Un public nombreux, massé sur la touche, put applaudir à un résultat sans précédent dans les annales du rugby castalinois : le Sporting n'était battu que par sept points à zéro. M. Labédoulière, informé de cette issue honorable, haussa les épaules et répondit simplement :

«Eh bien, Dulâtre est battu, comme d'habitude. Cet homme-là n'est-il pas né pour être toujours battu?»

Mais sous ces propos d'une hautaine ironie, l'homme de gauche dissimulait une grave inquiétude.

En quittant le terrain de rugby, le docteur Dulâtre, rayonnant d'orgueil, avait emmené toute l'équipe au grand café de la Nation où il avait offert un vin d'honneur. L'établissement était plein à craquer, et les curieux qui n'avaient pu trouver place se bousculaient à la porte pour essayer de voir et d'entendre. Très ému, le président du Sporting leva son verre aux succès du club et prononça une brève allocution, mais d'une voix vraiment vibrante :

« Mes chers enfants, vos qualités de courage et de ténacité commencent à porter leurs fruits. Vous avez compris que l'ordre et la discipline sont les conditions premières du succès dans tous les domaines de l'activité, c'est pourquoi j'ose dire que votre victoire était aussi méritée qu'attendue. À l'équipe tout entière, et à chacun en particulier, j'exprime ici ma joie, ma fierté, et ma gratitude. Il me reste à vous communiquer une importante et heureuse nouvelle que notre cher secrétaire-trésorier est encore seul à connaître. Au cours de mon récent voyage à Paris, je me suis entendu avec les dirigeants de l'Union olympique parisienne qui ont accepté d'envoyer dimanche prochain leur deuxième équipe à Castalin. Je n'ai pas à vous rappeler les prouesses de ce valeureux quinze demeuré jusqu'à ce jour imbattu dans sa division. Votre tâche sera donc très lourde, mais votre magnifique tenue d'aujourd'hui me fait bien augurer du résultat de cette rencontre. Gardiens de l'honneur du sport castalinois, vous jouerez comme des lions, et vous vaincrez, parce que je vous l'ordonne, et pour que vive le Sporting ! »

L'annonce de ce match contre une équipe de Paris causa une immense stupéfaction. Il y eut d'abord un silence d'émotion et de respect. Puis l'enthousiasme se déchaîna dans le café, et il se cassa pour cinquante francs de verres et de carafes, aux cris mille fois répétés de « Hurrah Dulâtre ! ».

Averti quelques minutes plus tard, M. Labédoulière convoqua aussitôt son état-major. Ils étaient six hommes réunis dans ses appartements, avec des mines consternées, et lui, il arpentait la pièce sans mot dire, dans une méditation furieuse. Mouvelon, le bourrelier, osa rompre le silence et prononça :

« Le Sporting sera battu, ça ne fait pas un pli, et dans les grandes largeurs, encore. C'est Mouvelon qui vous le dit. »

M. Roulin, qui méprisait les façons triviales du bourrelier, répondit d'une voix sèche :

« Vous êtes à côté du problème, Mouvelon, comme toujours d'ailleurs. Il n'y a personne qui mette en doute la victoire de l'Union olympique parisienne, cependant tout le monde voudra voir ce fameux match et, à huit jours des élections, vous ne m'empêcherez pas de dire que cela est regrettable. Il ne faut pas non plus nous dis-

simuler que les journaux sportifs de la capitale donneront des échos de cette rencontre, peut-être même des photographies...
– Il faut faire quelque chose», gronda M. Labédoulière.

Le lendemain matin, des affiches aux couleurs du Sporting confirmaient la nouvelle lancée par le docteur Dulâtre au café de la Nation : «Dimanche, au pré Bord, grand match de rugby. Paris contre Castalin. Le coup d'envoi sera donné à 14 heures précises. En raison de l'intérêt exceptionnel de cette rencontre qui sera un événement de la saison sportive, et pour permettre à tous d'assister à une belle démonstration de jeu classique, il sera perçu à l'entrée 1,50 franc seulement, au lieu de 3 francs. Les enfants et les militaires paieront 0,75 franc. Le match devant donner lieu à une lutte acharnée, le public est prié de s'abstenir de toute manifestation discourtoise à l'égard de nos hôtes.»
Le soir même, M. Labédoulière ripostait par une affiche de dimensions inusitées à Castalin :
«Grande fête de gymnastique donnée par l'Espérance castalinoise. Programme : le matin à 9 heures, défilé dans les rues principales de la ville. À 10 heures, les gymnastes, sous la conduite de leur président, déposeront une gerbe de fleurs au pied du monument aux morts. À 11 heures concert sur la place Robillot, par la fanfare de l'Espérance. À 14 heures précises, sur la promenade des Platanes, et en cas de mauvais temps sous la halle aux Grains, grand concours de gymnastique entre les champions de l'Espérance. Entrée absolument gratuite. Le soir, à 20 h 30, un grand bal familial sera donné par la jeunesse espérantine dans les salons de l'hôtel Pommier. Entrée et buffet absolument gratuits.»
Toute la semaine, M. Labédoulière se frotta les mains.
«Au moins, disait-il, je suis sûr que l'Espérance ne sera pas battue : elle est seule à concourir...»

Les joueurs de l'Union olympique arrivèrent le samedi soir, et, malgré les efforts du docteur Dulâtre, passèrent à peu près inaperçus. Après avoir dîné et joué à la belote dans leur hôtel, ils se couchèrent à 10 heures. Le dimanche matin, ils visitaient les curiosités de la ville sous la conduite du secrétaire-trésorier du Sporting et se dispersaient pour flâner dans les rues. On leur en voulut un peu de l'air amusé et condescendant avec lequel ils considéraient les lieux et les gens. Cependant, l'Espérance castalinoise quittait la salle de gymnastique à 9 heures, dans un ordre parfait. Au nombre de quatre-vingt-dix-neuf, les gymnastes marchaient par rangs de trois. La fanfare, silencieuse, ouvrait la marche, précédant le drapeau roulé dans sa gaine. Suivaient les dix-huit fillettes, sous la conduite de leur monitrice, puis la section des grandes, qui étaient quatorze. Le bataillon des mâles, qui comptait quarante-neuf têtes, était également divisé en sections : les adultes, les moyens et, fermant la marche, les pupilles. En arrivant sur la place de la Poste, les sections se déployèrent en ligne, face à la demeure du conseiller général, et en arrière de la fanfare, qui marquait le pas. L'étendard frangé d'or fut sorti de sa gaine, et comme M. Labédoulière paraissait à son balcon, les clairons sonnèrent «Au drapeau». Aussitôt, de toutes les rues avoisinantes, la foule déboucha sur la place et combla les trottoirs. M. Labédoulière, qui avait pris la précaution de se munir de son chapeau haut de forme, salua à plusieurs reprises, et quand les clairons sonnèrent de nouveau, des voix se mirent à fredonner dans l'assistance. La fête s'annonçait belle. Après une allocution du conseiller, l'Espérance reprit son ordre de marche et le véritable défilé commença.

La fanfare jouait avec un entrain et un brio qui faisaient passer dans les cœurs un frisson généreux. Une fois de plus, le miracle se renouvelait. En écoutant cette musique fière, chacun sentait s'insinuer dans ses veines une ardeur guerrière, une impatience de se dévouer à une noble cause. Les gens les plus débonnaires, les plus timorés, ceux qui se laissaient habituellement tyranniser dans leur ménage ou par leurs amis, goûtaient des promesses de revanche ; il leur semblait entendre l'annonce merveilleuse de quelque mobilisation générale ou de tout autre grand départ qui les retranchât des habitudes humiliantes de leur existence. Des époux échappés, dont les femmes comptaient l'argent de poche et surveillaient les sorties, se juraient tout bas qu'ils boiraient deux apéritifs. Sous le charme des uniformes et des cuivres, la population castalinoise sentait renaître dans sa chair une passion fiévreuse pour l'Espérance. La fanfare, le pas scandé, les torses musclés des adultes, les visages et les jambes gracieuses des fillettes, les poitrines des grandes qui tendaient le maillot noir et la présence même de la foule créaient une atmosphère d'émotion trouble, tendre et martiale. Il y en avait pour les hommes, pour les femmes et pour les enfants. On avait envie d'exterminer quelqu'un et de crier vive quelque chose. Et, sans qu'on y songeât, ce besoin éperdu de reconnaissance se fixait sur le chapeau haut de forme de M. Labédoulière et sur sa personne même. Le candidat radical-socialiste apparaissait comme un être magnifique, un héros que l'on souhaitait grandir encore en lui assurant le siège de conseiller général. Le peuple de Castalin tout entier glissait à gauche, d'un cœur amoureux et d'un pas militaire. Les plus avertis d'entre les conservateurs se défendaient mal d'un enthousiasme sournois et regardaient avec inquiétude le drapeau tricolore de l'Espérance, dont les plis n'avaient point d'exorcisme. Les esprits forts, les sceptiques, qui ne croyaient ni à la patrie ni à la démocratie, essayaient de ricaner, mais de mâles refrains leur venaient aux lèvres et, malgré eux, ils communiaient avec la foule dans l'amour des clairons, des uniformes, de la guerre, de la paix, des chapeaux haut de forme, du drapeau tricolore et de la laïcité.

Rien ne manqua au succès du défilé, ni les épisodes émouvants, ni les incidents comiques et attendrissants. Deux gendarmes à pied qui rentraient de faire leur tournée s'immobilisèrent au garde-à-vous pour saluer le drapeau de l'Espérance. L'émotion de la foule déborda de ce coup-là, et lorsqu'on vit M. Labédoulière, avec une cordiale simplicité, serrer la main à ces modestes serviteurs de l'ordre, une immense ovation accueillit le geste.

Plus loin, au passage des pupilles, une mère inquiète voulait joindre son fils, un garçon de dix ans, qui marchait dans le rang du milieu, le regard fixé sur la nuque du bambin qui le précédait.

«Lulu, je t'ai apporté ta flanelle; j'ai peur que tu prennes froid!»

Elle courait sur le flanc de la colonne, tendant la flanelle à bout de bras.

«Prends ta flanelle, je te dis.»

L'enfant rougit, son visage se crispa. Il entendit des rires, et comme la mère s'entêtait dans sa poursuite, il répondit, les dents serrées, sans tourner la tête:

«Ferme ta gueule, tout de même!»

La réplique souleva des rires et des réflexions attendris, et la mère déclara avec orgueil:

«Quand il est dans sa société, il ne connaît plus personne... Il répond déjà comme un petit homme!»

L'Espérance fit le tour de la ville et passa deux fois dans la rue principale. Les applaudissements et les cris d'enthousiasme, où revenait sans cesse le nom de M. Labédoulière, ne faiblirent pas un instant. On se montrait, non sans ironie, les joueurs de l'Olympique parisien, disséminés parmi les curieux et applaudissant les gymnastes avec une innocente courtoisie. Quant aux joueurs du Sporting, il semblait que leur insolence des jours passés fût bien rabaissée. En tout cas, leur moral était très atteint: la grande voix populaire se prononçait pour l'Espérance, et, à quelques heures du combat, la trahison de leurs concitoyens leur ôtait tout courage pour faire triompher la cause du rugby. Le docteur Dulâtre, seul, semblait n'avoir aucune inquiétude. Tandis qu'il se promenait dans la ville en compagnie du capitaine de l'équipe rivale, on le vit saluer le drapeau des gymnastes d'un geste plein d'aisance et regarder le défilé avec le plus paisible sourire.

À midi, après avoir prononcé un discours important devant le monument aux morts et applaudi au concert de la place Robillot, M. Labédoulière eut une grande joie. Le temps, qui avait été menaçant toute la matinée, se mettait décidément à la pluie. En passant à table, le conseiller exulta :

«Noyée, la partie de rugby! Noyé l'Olympique et noyé le Sporting! Cette fois, l'affaire est dans le sac.»

Ce dimanche-là, les réactionnaires de Castalin firent un mauvais déjeuner. Le docteur Dulâtre lui-même, qui traitait à sa table trois joueurs de l'Union olympique parisienne, regardait tomber la pluie en soupirant d'inquiétude.

«La balle sera lourde, disait le capitaine de Paris. On jouera surtout au pied. Mais si vos avants ont du souffle, de l'entrain...

– Je suis sûr de leur zèle répondait le docteur. Mais quelle malchance que cette pluie! C'est un véritable déluge...»

En effet, une pluie torrentielle balayait les rues, et M. Labédoulière, qui partageait son déjeuner avec quelques gymnastes, s'en réjouissait bruyamment :

«Voyez donc, disait-il avec un bon rire, il tombe des curés : il n'y a rien de pareil pour vous mettre en appétit!»

Ceux des Castalinois, que le désir d'assister au match hantait depuis le début de la semaine, renonçaient pour la plupart à affronter la pluie et la boue. Lorsque l'arbitre siffla le coup d'envoi, il n'y avait sur le terrain que les fervents de la première heure, les apôtres du rugby, les piliers de la réaction. Abrités sous des parapluies, ils étaient dix-sept en tout et y compris le docteur et le secrétaire-trésorier du Sporting.

Cependant, le gros du public castalinois se rendait à la halle aux Grains où avait lieu la fête de gymnastique. Il y faisait sombre, et, parmi les spectateurs, beaucoup songeaient avec un peu de nostalgie à la partie de rugby qui se déroulait loin de leurs regards. Les femmes, que le mauvais temps avait empêché de mettre leurs plus belles robes, étaient de mauvaise humeur. La fanfare, attaquant *La*

Marseillaise, réchauffa le cœur de la foule et la mit en meilleure disposition pour écouter le discours de M. Labédoulière. Le conseiller se défendit d'abord de vouloir entretenir ses auditeurs de politique. Il n'avait d'autre dessein que de leur exprimer sa gratitude pour le nouveau témoignage de fidélité qu'ils donnaient à la jeunesse espérantiste en venant assister en foule à ses gracieux exercices. Il en était d'autant plus touché que cette manifestation, précédant de fort peu des événements graves, constituait pour lui une marque d'estime et de confiance, dont il ne voulait point, par discrétion, souligner toute la portée. Dans un discours plein d'humour et d'ironie, il traça ensuite un parallèle entre la gymnastique et le rugby, «ce jeu baroque venu de l'étranger et dont les quelques défenseurs castalinois, pataugeant dans la boue avec une constance digne d'un meilleur sort, disputaient aux malheureux joueurs transis par la pluie, la chance d'attraper une bonne fluxion de poitrine». Il parlait à son auditoire sur le ton de la confidence familière, glissant de temps à autre une allusion aux élections du dimanche d'après, et comme s'il se fût agi d'une affaire qu'ils menaient d'accord, presque en complicité. Sa péroraison fut accueillie par des applaudissements à peu près unanimes. La partie qui se jouait entre le Sporting et l'Union olympique parisienne ne semblait plus maintenant qu'une aventure pitoyable, un peu humiliante pour la ville de Castalin ; le docteur Dulâtre en avait toute la responsabilité, et il en porterait le poids jusque devant l'urne électorale, car une sanction s'imposait. D'autre part, chacun se félicitait d'avoir pris le plus sage parti qui était de se distraire confortablement, la tête abritée et les pieds au sec. Certes, le spectacle des exercices de gymnastique n'avait rien d'imprévu ; on connaissait par leurs noms les meilleurs des gymnastes et l'on pouvait à l'avance établir le palmarès de l'après-midi : mais c'était un charme de tomber d'accord avec son voisin sur les pronostics, et qui donnait à cette réunion une sorte d'intimité familiale.

On applaudissait les gymnastes à intervalles réguliers, sans nulle frénésie, mais avec les sentiments d'estime qui vont au travail consciencieux.

Au pré du Bord, la pluie tombait toujours, mais les dix-sept spectateurs alignés sur la touche ne se plaignaient pas d'avoir froid aux pieds. Plusieurs, même, avaient fermé leurs parapluies pour avoir la liberté d'applaudir. C'est que les joueurs de Castalin menaient un jeu étourdissant ; jamais ils n'avaient montré autant de cran. Les Parisiens, au contraire, ne ripostaient pas avec l'énergie et la maîtrise

que l'on avait redoutées. Dans les mêlées, le talonneur du Sporting affirmait, sur celui de l'Olympique, une écrasante supériorité et le ballon sortait constamment à l'avantage de Castalin. Le capitaine de l'équipe parisienne, qui était trois-quarts centre, ratait toutes ses passes et commettait des fautes qui faisaient murmurer ses équipiers. Quant à l'arrière, son jeu était d'une lenteur et d'une maladresse qui autorisaient tous les espoirs. Les dix-sept spectateurs, sans souci de la boue qui les éclaboussait, galopaient le long de la touche, chargeant et se repliant avec les joueurs castalinois, tout en les excitant par de grands hurlements. Seul, le docteur Dulâtre ne semblait point partager leur enthousiasme, et au secrétaire-trésorier qui s'en étonnait, il répondait avec une impatience rageuse :
«Ils pourraient faire mieux, beaucoup mieux. À chaque instant, ils laissent passer l'occasion de marquer l'essai.»

À la mi-temps, qui fut sifflée sur le résultat de zéro à zéro, il félicita courtoisement les joueurs de l'équipe parisienne, et prenant à part leur capitaine, s'entretint une minute avec lui.

«Vous deviez me donner la victoire dès la première mi-temps, murmura-t-il avec reproche. Je suis très inquiet...

– Je vous jure que j'ai fait tout ce que j'ai pu... d'autre part l'arrière et le talonneur ont fait également ce qu'ils ont pu... n'accusez que votre équipe. Si j'avais pu prévoir qu'elle était aussi faible, je vous aurais demandé de désintéresser au moins deux joueurs de plus ; par exemple, les trois quarts ailes. Si vous faites encore ce sacrifice, nos lignes arrière n'existeront pour ainsi dire plus, et si vos joueurs ne parviennent pas à marquer au moins un seul essai, c'est à désespérer de l'avenir de votre club...

– Soit, je veux bien consentir encore ce sacrifice pour la cause du sport.

– Je vais donc régler l'affaire. De votre côté, vous pourriez prévenir deux ou trois joueurs. Ils joueraient avec plus de confiance.

– Non, non. Je veux une victoire loyale.»

Cependant, le secrétaire-trésorier s'en allait au galop à la halle aux Grains communiquer le résultat déjà glorieux de la première mi-temps. La nouvelle arriva comme les spectateurs bâillaient aux mouvements d'ensemble exécutés par les jeunes filles de l'Espérance. Elle provoqua une longue rumeur d'étonnement et d'admiration. Les gens s'agitaient sur leurs chaises, et le bruit courait que les Parisiens n'avaient échappé à la défaite que par la faute du mauvais temps.
«Le terrain était trop lourd... Castalin n'a pas pu jouer son grand jeu d'ouverture...»

La salle commençait à s'échauffer en parlant l'argot du rugby, mais M. Labédoulière, par une inspiration diabolique fit donner l'ordre à la fanfare d'exécuter la marche militaire Sambre-et-Meuse. En fredonnant le glorieux refrain, chacun oublia le Sporting, l'Olympique et le docteur Dulâtre, et cinq minutes plus tard, le cœur de la foule se retrouvait à gauche. M. Labédoulière, dodelinant de la tête, un sourire heureux sur les lèvres, chantait avec ses électeurs :

> *Le régiment de Sambre-et-Meuse*
> *Marche toujours au cri de liberté...*

Les lignes arrière de l'Union olympique parisienne paraissaient inertes, comme exténuées. Le capitaine boitait, les trois-quarts ailes étaient grelottants, et l'arrière ne courait pas dix mètres sans glisser et culbuter. Mais les lignes avant menaient un jeu endiablé et têtu, bousculant l'adversaire confiné dans ses vingt-deux mètres. Pendant dix minutes, malgré les fautes du talonneur, ils menacèrent constamment le Sporting et l'on crut vingt fois qu'ils marquaient l'essai.

Sur la touche, les dix-sept spectateurs ne respiraient plus. Le docteur Dulâtre, angoissé et furieux, se tournait à chaque instant vers le secrétaire-trésorier en murmurant :

«C'est à n'y rien comprendre... ces avants ont le diable au corps... de quoi se mêlent-ils ?»

De temps à autre, le capitaine de l'Olympique jetait sur lui un regard navré. Heureusement, un joueur de Castalin, par un coup de pied de dégagement qui trouva la touche, reporta le jeu vers la ligne des cinquante mètres. Les avants parisiens, fatigués par l'effort qu'ils venaient de fournir, jouèrent plus mollement. Trois fois de suite, la mêlée donna le ballon au Sporting club castalinois qui lança sa ligne de trois-quarts. Les deux premières attaques se brisèrent sur le demi de l'Olympique. Enfin, un joueur s'échappa sur la droite et n'eut plus devant lui qu'un trois-quarts et l'arrière de Paris. Fermant les yeux, pour ne pas voir un péril qu'il jugeait trop certain, il courut droit devant lui. Il entendit à ses côtés un bruit de pas mous et, plus loin, une grande clameur. Il sentit une main effleurer son mollet, courut encore quelques mètres, glissa et tomba sur les genoux sans lâcher le ballon. L'essai était marqué.

Au moment où un gymnaste montait en force un équilibre sur les barres parallèles, une voix tonnante, ivre de la joie du triomphe, jeta sous le couvert de la halle aux Grains :

«Le Sporting mène par trois à zéro! L'essai a été marqué par Duranton!»

Un écho immense répéta le cri victorieux, une panique de gloire s'empara de la foule dressée tout entière.

«Vive le Sporting! Vive Castalin! Vive Duranton! Vive Dulâtre!»

Les gens se pressaient en masse vers la sortie, courant sur les chaises, oubliant leurs parapluies.

«*Sambre-et-Meuse*! hurla M. Labédoulière. Mais jouez donc *Sambre-et-Meuse*, bon Dieu!

Mais la fanfare était dispersée, noyée dans le flot de la foule. M. Labédoulière, debout sur son estrade, épouvanté, tragique, s'époumonait en vain:

«Vous n'abandonnerez pas l'Espérance!... Vous n'en avez pas le droit!... Ce serait une infamie! On ne trahit pas ainsi l'idéal...»

Sur la touche, les dix-sept spectateurs étaient quinze cents. Au deuxième essai marqué par le Sporting, une joie frénétique s'empara de la population castalinoise qui se prit à brailler en chœur:

«Vive le Sporting! Hurrah Dulâtre! Vive Dulâtre!»

Vers la fin de la partie, comme les avants de l'Olympique s'obstinaient candidement à rétablir l'équilibre, on les conspua avec des cris furieux:

«Salauds! Cassez-leur la gueule! À mort! À mort!»

Le rugby, d'un seul coup, venait d'entrer dans les mœurs castalinoises, et l'élection du bon docteur était assurée.

LA CLÉ SOUS LE PAILLASSON

*U*n cambrioleur mondain s'échappa une fois d'entre les pages d'un roman policier, et, après d'admirables aventures, arriva dans une toute petite ville de province.

Au sortir de la gare, comme il traversait la place de la Gare et s'engageait dans l'avenue de la Gare, il entendit une grande rumeur dans la ville.

«N'oublie pas de mettre la clé sous le paillasson», s'écriait-on de tous côtés.

C'étaient les mères de famille qui s'en allaient avec leurs filles au bal de la Sous-Préfecture.

«Sois tranquille, répondaient les époux qui ne tenaient presque pas en place, la clé sera sous le paillasson, vous n'aurez pas besoin de sonner. Mais si, par hasard, vous rentriez avant moi...

– Avant toi? tu ne prétends pas, j'espère, faire durer ta partie de billard jusqu'à 4 heures du matin?»

Et les mères de famille avaient bien raison. L'on n'a jamais vu de partie de billard un peu honnête se prolonger après minuit. Cependant, le gentleman-cambrioleur se promenait dans les rues, parmi les robes de velours et de crêpe Georgette qui se hâtaient vers la place de la Sous-Préfecture. Il avait quitté Rome la veille au soir avec une valise de modestes dimensions, mais qui ne contenait rien de moins que les bijoux de la couronne et la mule du pape. Au hasard d'un arrêt, il était descendu à contre-voie pour dépister toutes les polices d'Europe qu'il savait à ses trousses, et il profitait de ce moment de répit pour méditer sur la vanité des grandeurs.

«Je n'ai plus rien à apprendre de l'industrie des hommes, songeait-il. Les coffres-forts les plus secrets sont sans défense devant moi et je n'ai pas mon pareil pour corrompre les personnes de confiance. Après mon stage de deux ans dans les prisons américaines où j'ai reçu l'enseignement des plus grands maîtres, je me suis fait un nom

Première publication dans Candide, *25 février 1932.*

dans l'escalade, l'effraction, la tire, le vol au poivrier et le vol au bonjour. Grâce à mon labeur acharné, j'ai vu s'accomplir les promesses de mes dons magnifiques. Aujourd'hui, je dévalise des têtes couronnées, j'ai des rabatteurs dans toutes les parties du monde, mes ordres de bourse font et défont les gouvernements, et cependant mon cœur est moins réjoui qu'au temps de mes quinze ans, alors que je préparais mon baccalauréat en me faisant la main sur les montres et les portefeuilles de mes professeurs. Ah! que ne puis-je ressusciter les jours fortunés de mon adolescence espiègle! Misère d'une existence dispersée dans toutes les capitales et dans tous les casinos de la terre! Jamais je n'ai senti comme aujourd'hui le besoin de revoir les lieux qui m'ont vu naître…»

Le gentleman-cambrioleur marchait dans une rue bordée de petites villas silencieuses. Il s'arrêta tout d'un coup pour murmurer avec inquiétude:
«Au fait, quel peut bien être le lieu de ma naissance? Ce doit être quelque part en France, mais du diable si je peux dire où. J'ai eu tant d'états civils, depuis que je cours l'aventure, et tant de faux parents respectables que je ne suis pas fichu de m'y retrouver. Aussi bien, je me demande quel est mon nom véritable.»
Il porta la main à son front et cita rapidement une cinquantaine de noms.
«Jules Moreau… Robert Landry… non… Yolande Garnier? Mais non, c'était à l'occasion d'un déguisement… Alfred Petitpont… eh, eh, Alfred Petitpont? ou plutôt Raoul Déjeu… mais non, c'était l'affaire des émeraudes… Jacques Lerol… non… Duc de Géroul de la Bactriane? sincèrement, je ne crois pas.»
À la fin, il eut un mouvement de lassitude et dit avec dépit:
«C'est agaçant, il faudra que je fasse prendre des renseignements à la Sûreté générale.»
Obsédé par la recherche de son véritable état civil, il franchit sans y penser la grille d'une petite maison et, machinalement, commença de crocheter la serrure de la porte d'entrée. Alors, il haussa les épaules et murmura en replaçant son trousseau de rossignols dans sa poche:
«Suis-je bête, je ne pensais plus que la clé était sous le paillasson.»
En effet, la clé était sous le paillasson. Il pénétra dans le vestibule et ouvrit sa valise pour se mettre en tenue de travail: cape de soirée, chapeau haut de forme et loup de velours noir. Sa toilette achevée, le gentleman-cambrioleur explora le rez-de-chaussée de la maison

qui lui parut dénué d'intérêt. Toutefois, il glissa une montre en acier dans sa poche, par l'effet d'une habitude qu'il avait gardée de son enfance. Au premier étage, il eut une minute d'attendrissement lorsqu'il entra dans une chambre de jeunes filles où, de chaque côté de la fenêtre, deux lits étroits se faisaient vis-à-vis.

«Aimables jeunesses, soupira-t-il en regardant deux photographies accrochées au mur. Puissent-elles, au bal de la Sous-Préfecture, tourner la tête à des garçons d'avenir, honnêtes, travailleurs et bons chrétiens, qui les feront danser pour le bon motif.»

Dans un moment de curiosité désintéressée, il ouvrit une armoire et en examina le contenu. Il ne put retenir ses larmes en déployant dans la lumière de sa lanterne sourde des pantalons de finette ornés d'un feston de broderie, et des chemises en grosse toile d'une incroyable décence. Saisi d'une émotion respectueuse, il ôta son chapeau haut de forme et son loup de velours noir.

«Pantalons festonnés d'innocence! s'écria-t-il d'une voix sourde, chemises de blancheur, et vous, chastes combinaisons d'une jeunesse convenable, que votre modestie peut avoir de puissants attraits pour un cœur blessé par la vanité du monde! En palpant ces robustes mystères, je sens une langueur honnête s'insinuer dans mon âme. Troublé par le parfum des vertus familiales, je me sens déjà prêt à renier les erreurs de ma vie d'aventures pour accomplir ma destinée dans un emploi de l'Enregistrement.»

Tout en méditant une fin édifiante, il ne laissait pas de poursuivre ses recherches dans l'armoire. Derrière une pile de mouchoirs, il finit par découvrir deux tirelires de faïence qui portaient respectivement les inscriptions : dot de Mariette, et dot de Madeleine. Après en avoir vidé le contenu dans ses poches, il fut mécontent de lui-même.

«Il faut absolument que je me défasse de cette habitude.»

Il remit l'argent dans les tirelires et tout aussitôt son cœur déborda d'une joie magnifique, d'où il conclut que l'honnêteté portait en elle sa récompense.

«Décidément, songea-t-il, c'en est fait de mon existence de cambrioleur mondain.»

Tant d'émotions l'avaient épuisé; comme il était à peine 10 heures du soir, il décida qu'il passerait la nuit dans la maison jusqu'à l'heure du retour des propriétaires. Il s'étendit sur l'un des lits des jeunes filles et s'endormit aussitôt d'un profond sommeil. Vers 3 heures du matin, il rêvait qu'il était sous-chef de bureau dans une administration importante, et décoré des palmes académiques, lorsqu'un éclat de voix rageuse l'arracha au sommeil. Il alla jusqu'à la fenêtre et vit un homme, accroupi devant la porte d'entrée, qui monologuait de mauvaise humeur :

« Je suis pourtant bien sûr d'avoir mis la clé sous le paillasson avant de sortir... Elle devrait être là, et pourtant... »

Il poursuivit ses investigations et conclut, non sans effroi :

« Ma femme doit être rentrée, il n'y a pas d'autre explication possible. J'aurais dû me douter qu'elle rentrerait de bonne heure... Ah ! me voilà frais. »

Il tira la sonnette, timidement d'abord, puis avec fracas. Le cambrioleur eut pitié de sa détresse ; songeant que le bonhomme gagnerait sa chambre au rez-de-chaussée et ne viendrait pas le déranger au premier étage, il lui jeta la clé et regagna son lit.

« J'ai encore deux heures à dormir, murmura-t-il, le temps de passer chef de bureau. Je sais ce que c'est qu'une mère de famille qui a deux filles à marier, celle-ci ne quittera pas le bal de la Sous-Préfecture avant les derniers lampions. »

Comme il reprenait le fil de son rêve, le propriétaire de la maison entra dans la chambre et donna la lumière électrique. Le gentleman-cambrioleur s'était assis sur son lit, tâtant déjà sa bouteille de chloroforme, mais le visiteur s'écria en ouvrant les bras :

« Mon fils ! Te voilà revenu au foyer après dix-huit ans d'absence ! »

Le cambrioleur mondain hésitait à verser un pleur de joie. Il calculait que dix-huit ans d'absence lui faisaient trente-cinq ans d'âge, et il était un peu froissé de se l'entendre dire. D'autre part, la coïncidence lui semblait curieuse.

« Je ne voudrais pas vous faire de peine, dit-il, mais êtes-vous bien sûr de reconnaître votre fils ?

– Si je te reconnais ? Mais bien entendu ? Et la voix du sang, alors ?

– C'est vrai, consentit le cambrioleur, il y a la voix du sang. Mais une erreur est bientôt faite, ce serait une déception aussi cruelle pour vous que pour moi...

– Voyons, il n'y a pas d'erreur possible, tu es bien l'aîné de mes enfants, tu es bien mon fils Rodolphe !

– Rodolphe... je ne vous dis pas le contraire. Ce nom de Rodolphe me dit quelque chose. Pourtant...

– Et tu as bien une envie de café au lait à la saignée du bras droit... »

Pour le coup, Rodolphe n'hésita plus à reconnaître son père. Il y eut une longue étreinte et des paroles émouvantes de part et d'autre :

« Mon cher enfant, disait le père, quel bonheur de te retrouver après dix-huit ans de séparation ; comme tu es resté longtemps...

– Oh, mon père ! Je savais bien que la clé était sous le paillasson...

– À ce propos de paillasson, ne va pas dire à ta mère que je suis rentré à 3 heures du matin... Elle aurait peut-être de la peine à comprendre qu'une partie de billard puisse durer aussi longtemps. Figure-toi qu'elle est allée conduire tes deux sœurs au bal de la Sous-Préfecture et j'en ai profité pour faire une manille avec de vieux camarades.

– Je croyais que vous m'aviez parlé de billard...

– Mais oui, une partie de billard, c'est ce que je voulais dire. Ou plutôt, nous avons commencé par une manille et nous avons fini par une partie de billard. En tout cas, dis bien à ta mère que je suis rentré avant minuit, c'est une façon de lui faire plaisir à peu de frais. »

Rodolphe promit avec un peu de répugnance. Il était devenu si honnête qu'il se sentait incapable même d'un pieux mensonge.

« Tout à l'heure, vous m'avez parlé de mes deux sœurs. Ce sont probablement les deux jolies filles dont les portraits sont accrochés au mur. Elles ont bien changé pendant mon absence, et à vrai dire, c'est à peine si je les ai reconnues.

– Ce n'est pas étonnant, l'aînée est venue au monde une année après ton départ ! Nous étions si affectés par ta soudaine disparition que ta mère ne m'a pas laissé de repos que le Ciel ne lui eût accordé un enfant. Mais comme elle avait souhaité la naissance d'un garçon, elle eut une grande déception et voulut tenter la chance encore une fois. Décidément le sort nous était contraire, puisqu'elle donna le jour à une deuxième fille qu'on appela Mariette. Quoiqu'il m'en coûtât de n'avoir pas de fils, j'eus la sagesse de ne pas écouter ta mère qui n'aurait pas reculé à mettre au monde douze filles d'affilée pour obtenir un garçon. Dieu merci, c'est bien assez d'avoir à élever ces deux gamines-là qui nous coûtent les yeux de la tête !

– Mon père, soupira Rodolphe, quel que soit l'effort où elles nous obligent, nous ne paierons jamais à leur juste prix les saintes joies de la famille.

– Les saintes joies de la famille, ricana le père avec amertume, on voit que tu ne les connais pas, toi. Si tu étais obligé de subvenir aux besoins de quatre personnes avec un traitement de neuf cents francs par mois, tu en rabattrais sûrement... »

Il jeta un regard d'envie et d'admiration sur le chapeau haut de forme et le manteau de son fils, et il ajouta :

« Les joies de la famille, on en parle à son aise, quand on est célibataire et qu'on peut s'acheter un chapeau comme le tien... Enfin, c'est une consolation pour moi de penser que tu gagnes de l'argent. Au fait, tu ne m'as pas encore parlé de ta profession... »

Sans hésitation, Rodolphe déclara d'une voix ferme :

« Mon père, je dois vous avouer que je suis sans situation depuis hier soir, et j'en suis plus honteux que je ne peux dire, car, je n'ignore pas que l'oisiveté est mère de tous les vices.

– Voilà un honnête proverbe, mon fils, qu'il est sage de ne pas oublier. Mais enfin, si tu n'as perdu ta place que d'hier au soir, c'est être trop sévère que de t'accuser d'oisiveté. Et puis, tu as bien, j'imagine, quelques économies...

– C'est vrai. Je possède à peu près, tant en argent liquide qu'en valeurs mobilières, de quatre à cinq cents millions de francs, auxquels il convient d'ajouter une somme sensiblement égale investie en diverses entreprises commerciales et industrielles. »

Étranglé par l'émotion, le père se laissa tomber sur une chaise et ôta son faux col.

« Ah, mon pauvre enfant ! balbutia-t-il, quand je pense que je voulais te faire entrer dans l'administration des Ponts-et-Chaussées... Les parents sont parfois bien coupables... Mais par quel miracle as-tu réalisé une fortune aussi magnifique ?

– Il n'y a pas de miracle. J'étais cambrioleur mondain et comme j'avais acquis un certain doigté, les choses allaient assez rondement.

– Cambrioleur mondain, murmurait le bonhomme un peu effaré, mon fils cambrioleur ?... Cambrioleur mondain, il est vrai... mondain et milliardaire...

– Rassurez-vous, dit Rodolphe. J'ai décidé, hier soir, d'abandonner la profession pour embrasser un état honnête et me consacrer aux joies paisibles du foyer. »

Le père leva les yeux et les bras au ciel pour mieux attester qu'il pardonnait à l'enfant prodigue tous ses péchés de jeunesse.

« Du moment que tu es un honnête homme, conclut-il, je ne veux rien connaître du passé. Je ne sais qu'une chose, c'est que tu es un milliardaire et un bon fils...

– Certes, acquiesça Rodolphe, je suis un bon fils et j'espère vous en donner des preuves ; mais non point milliardaire. Vous pensez bien que je ne vais pas garder des richesses aussi mal acquises. Toutes mes résolutions vertueuses seraient lettre morte si je ne restituais, jusqu'au dernier sou, le produit de mes innombrables larcins ; et quand j'aurai rendu gorge, il me restera encore à détester mes forfaits et à les expier par une vie de repentir. »

Et Rodolphe, tirant de son gousset la montre en acier qu'il avait dérobée au rez-de-chaussée, la tendit à son père avec toutes les marques d'une parfaite humilité. D'un geste affectueux, le bonhomme repoussa la montre et fit entendre à son fils qu'il pouvait disposer à son aise de toute la maison.

«Considère que tout ce qui est à moi t'appartient. Entre père et fils, c'est la moindre des choses.

– Vous voyez, dit Rodolphe, combien j'avais raison de vanter tout à l'heure les joies si pures de la vie familiale. Votre générosité me rend bien heureux et j'en userai sans façon en vous empruntant d'abord vingt-cinq louis.» (Rodolphe n'avait pu se défaire en quelques heures de ses habitudes de langage de cambrioleur mondain.) «Ce n'est pas que je sois sans argent. J'ai là dans ma poche une liasse de billets qui font sept ou huit cent mille francs, mais je me ferais scrupule d'en distraire si peu que ce soit...»

Le père entra dans une violente colère, reprochant à son fils l'inconvenance de sa conduite et la folie qu'il y avait à abandonner une fortune de huit cents millions, alors qu'il avait deux sœurs à doter et des parents âgés qui s'étaient autrefois saignés aux quatre veines pour lui faire passer son baccalauréat.

«Mon père, suppliait Rodolphe, je veux devenir un honnête homme, je n'aspire plus qu'à la vertu...

– Fiche-moi la paix avec ta vertu. Il n'y a point d'homme vertueux qui s'amuse à jeter l'argent par les fenêtres, et puisque tu as une telle fringale de vertu, commence par obéir à ton père... Tu vas d'abord me donner la liasse de billets de mille francs que tu caches dans ta poche de sûreté.»

Rodolphe eut beau lui expliquer que cette liasse de billets provenait d'un vol avec effraction consommé dans les appartements d'une princesse authentique dont il avait séduit les femmes de chambre, le père ne voulut rien entendre et le traita de mauvais fils.

«Cet argent-là m'appartient et j'ose dire qu'il ne suffira pas à me payer de toutes les inquiétudes que tes dix-huit ans d'absence m'ont fait endurer. Rends-moi cet argent!

– Mon père, cet argent vous brûlerait les mains et vous savez, d'autre part, qu'un bien mal acquis ne profite pas.

– Un bien mal acquis? Attends un peu, je vais t'apprendre à respecter tes parents. Je compte jusqu'à trois et si tu t'entêtes à me désobéir, je te donne ma malédiction.»

Trop souvent, Rodolphe avait été le héros d'un feuilleton ou d'un grand roman d'amour et de haine, pour ignorer qu'un noble cœur ne se relève jamais d'une malédiction paternelle. Terrifié, il tendit les billets de banque à son père qui les mit dans la poche de son veston après les avoir comptés et recomptés.

«Il y a exactement huit cent soixante-quinze mille francs, un peu plus que tu n'avais pensé. Va, tu es un bon fils et je ne désespère pas de venir à bout de cette folie où tu t'obstines depuis hier soir.

– Mon Dieu, soupirait Rodolphe, je ne pensais pas qu'il fût si difficile de devenir vertueux. Il ne s'est pas écoulé une nuit pleine depuis que j'ai formé le projet d'être un homme honnête, mais déjà je succombe à la tentation. Et pourtant... où peut-on être mieux qu'au sein de sa famille...»

Tandis qu'il se livrait à ces amères réflexions en écoutant d'une oreille distraite les conseils paternels, un coup de sonnette retentit à la porte d'entrée et une voix acide entra dans la maison par le trou de la serrure :

«Comment se fait-il que la clé ne soit pas sous le paillasson ?»

L'époux se pencha par la fenêtre et jeta la clé dans le jardin, mais si maladroitement que ni sa femme ni ses filles ne purent la retrouver. Il y eut un grand vacarme d'imprécations. Justement irritée, l'épouse déplorait qu'un père de famille eût si peu le souci de sa dignité qu'il rentrât aux trois-quarts ivre-mort et incapable d'ouvrir la porte lui-même. Après dix minutes de vaines recherches, les jeunes filles et leur mère commencèrent à craindre que la clé ne fût tombée dans la cave. Le père, qui les avait exhortées à la patience depuis le premier étage, ne dissimulait plus son inquiétude. Rodolphe mesura la situation et dit avec un peu de mélancolie, car il avait renoncé à Satan, comme à ses pompes et à ses œuvres :

«Ne craignez rien, mon père, je vais aller ouvrir la porte.»

Il descendit au rez-de-chaussée, tira de sa poche son trousseau de rossignols et fit jouer le ressort de la serrure comme il eût fait d'un simple loquet.

«C'est une chance, murmura le père, que tu aies cette adresse des mains...»

Rodolphe eut un pâle sourire de victime et remit son trousseau dans sa poche. Déjà sa mère se jetait à son cou et l'étreignait en sanglotant :

«C'est mon enfant bien-aimé qui me revient après dix-huit ans d'absence!

– C'est notre frère chéri pour lequel nous avons si souvent prié», disaient Madeleine et Mariette.

Il y eut de grandes effusions jusqu'à une heure avancée et tout le monde pleura d'émotion. Après quoi, l'on ouvrit le pot de confitures aux mirabelles dont on fit des tartines arrosées de café au lait. Charmé par la grâce et la modestie de ses deux sœurs, bercé par la tendresse des propos maternels, Rodolphe n'était pas loin de croire qu'il vivait le plus beau jour de sa vie. Il fit compliment à sa mère sur l'élégance de sa robe d'organdi et la façon gracieuse de son indéfrisable, ce qui fit dire à son père :

« Le garçon s'y connaît. Vous savez qu'il est très mondain... »

Rodolphe rougit jusqu'aux oreilles et, pour dissimuler son trouble, s'informa des fastes du bal de la Sous-Préfecture. Il apprit que la fête était tout à fait réussie, qu'on n'avait rien vu de pareil depuis l'inauguration de la statue.

« Moi, dit Madeleine, j'ai dansé toute la nuit avec le fils Duponart, il avait un complet marron avec une petite rayure grise et quoiqu'il n'ait jamais pris de leçons, c'est un des meilleurs danseurs de la ville. Quand il me prenait pour faire un tour de valse, je ne peux pas dire combien je me sentais légère. »

Une rougeur exquise lui monta aux joues tandis qu'elle ajoutait :

« Nous avons parlé de choses et d'autres et, après la dernière danse, il m'a dit qu'il viendrait trouver papa.

– Ce fils Duponart est un garçon bien convenable, affirma la mère, il m'a conduite au buffet deux fois. J'ai pris des renseignements auprès d'une voisine qui connaît bien ses parents. Il paraît que c'est un jeune homme travailleur, qui ne va jamais au café et qui passe ses dimanches en famille. Il n'a l'air de rien, et pourtant il gagne huit cents francs par mois dans les écritures. On peut dire que c'est une chance pour Madeleine s'il consent à l'épouser. »

Le père de Madeleine eut un geste de mécontentement, mais Mariette avait tant de hâte à parler de son danseur qu'il ne trouva pas le temps de placer un mot.

« Moi, dit-elle, j'ai dansé toute la nuit avec le brigadier Valentin, du train des équipages, qui a de si beaux yeux noirs ; et il m'a dit plusieurs fois qu'il n'avait jamais vu de danseuse aussi jolie que moi. Mais on ne peut pas se figurer de quelle manière il me le disait. On voyait bien que c'était sincère. Au moment de me quitter, il me l'a encore répété, et il m'a promis qu'il viendrait trouver papa. »

Mariette rougit avec toute la pudeur qu'il fallait, puis elle regarda sa mère qui dit en hochant la tête :

« Ce brigadier Valentin porte l'uniforme des tringlots comme pas un, et il m'a conduite deux fois au buffet. Je me suis renseignée sur son compte. Il paraît qu'il est bien noté par ses chefs. S'il montre un peu de suite dans ses idées, ce sera pour Mariette une chance inespérée. »

Dans cette atmosphère de promesses nuptiales, Rodolphe souriait à ses sœurs extasiées et se plaisait à songer qu'un jour viendrait où lui aussi choisirait une épouse aux solides pantalons de finette, bonne ménagère, connaissant la couture et la musique. Il allait tourner un compliment de circonstance, lorsque le père, saisissant le pot de confitures aux mirabelles, en donna un coup sur la table avec une brutalité calculée.

«Je ne veux pas de purotins dans ma famille, rugit-il. Grâce à la générosité de mon fils Rodolphe, qui est aujourd'hui milliardaire, je suis en mesure de donner deux cent mille francs de dot à chacune de mes filles, pour commencer. Ce n'est pas pour que Madeleine épouse un Duponart à huit cents francs par mois. Ni Valentin, ni Duponart, qu'on ne m'en parle plus! Un brigadier du train des équipages? Pourquoi pas un soldat de première classe? Je le dis une fois pour toutes, mes filles n'épouseront jamais qu'un homme ayant une automobile et un chapeau haut de forme.»

Rodolphe, voyant pâlir Madeleine et Mariette, les rassura d'un clin d'œil et fit un discours très raisonnable, remontrant à son père que l'argent ne fait pas le bonheur.

«Considérez, mon père, que le fils Duponart ne va pas au café...

– Justement, je ne veux pas d'un gendre que ta mère puisse me jeter dans les jambes à chaque instant de la journée...

– Considérez que le brigadier Valentin porte avec honneur l'uniforme des tringlots!

– C'est bien à toi, déserteur et insoumis, de faire l'éloge d'un militaire...

– Vive l'armée! s'écria Rodolphe d'une voix vibrante qui fit battre les cœurs des jeunes filles. J'ai trouvé hier soir mon chemin de Damas. J'abandonne ma fortune pour me dévouer à ma famille et à mon pays.

– Si ça ne fait pas mal d'entendre une chose pareille, protesta le père. De mon temps, c'étaient les parents qui radotaient, à présent ce sont les enfants. En tout cas, tu pourras toujours essayer de m'emprunter un sou. Une fois que j'aurai doté Madeleine et Mariette, il me restera quatre cent soixante-quinze mille francs que je placerai en viager, et je choisirai si bien les maris de tes sœurs que tu peux abandonner, en même temps que ta fortune, l'espoir de leur emprunter si peu que ce soit.»

Sans attendre la réplique de Rodolphe, il déclara qu'il allait se coucher et passa dans la pièce voisine en faisant claquer la porte. Madeleine, Mariette et leur mère, qui n'attendaient que ce moment-là, mirent les deux coudes sur la table et sanglotèrent dans leurs mouchoirs. Perclus de mélancolie, Rodolphe regardait cette grande douleur et n'osait faire un mouvement. Il ne pouvait se défendre de considérer avec inquiétude le peu d'efficacité de la vertu. Il lui souvenait d'avoir été un fameux redresseur de torts, au temps où il disposait de la lettre anonyme et de toutes les combinaisons de coffre-fort; il lui suffisait d'écrire: «Monsieur le Comte. J'interdis toute promesse de mariage entre votre fille Solange et le jeune Alexis. *Signé*: LA MAIN DE FER.» Maintenant qu'il était un honnête homme, un brave homme, une bonne pâte de brave homme, il se trouvait désarmé en face de l'erreur et de la méchanceté. Sa vertu ne lui offrait que des maximes et des paroles de consolation.

«N'importe, se dit-il, je demeure un homme de bien. Mon père pourra marier ses filles à des ivrognes et à des marchands de cochons, il ne m'empêchera pas d'être un homme vertueux.

– Mon pauvre Rodolphe, gémit sa mère en montrant un visage rougi par les larmes. C'est un grand malheur que tu aies été si généreux avec ton père. L'argent lui fait déjà perdre la tête. Lui qui aurait été trop heureux hier soir d'avoir un gendre brigadier et un gendre dans les écritures, n'aura point de repos qu'il n'ait fait le malheur de ses filles. Et encore si ce n'était que cela...

– Oh! maman, protesta Madeleine, comment peux-tu parler ainsi... Tu disais toi-même en revenant du bal qu'il n'y a pas dans toute la ville un garçon sérieux qui sache mieux danser que le fils Duponart.

– Oh! maman, protesta Mariette. Tu sais bien qu'il n'y aura jamais qu'un brigadier dans ma vie!»

Rodolphe lui-même fit entendre une exclamation qui pouvait passer pour un blâme respectueux. Alors la mère s'arracha une poignée de cheveux et s'écria en les posant sur la table:

«Petits malheureux, mais vous ne comprenez donc pas que votre père va profiter de ce qu'il a de l'argent pour aller courir les créatures! Ma vie est brisée pour toujours!»

Elle eut une crise de désespoir affreux, ce qui était bien compréhensible, et les deux jeunes filles se remirent à sangloter. Les yeux secs, Rodolphe paraissait absorbé dans une sombre rêverie. Au moment d'aller se coucher, il embrassa longuement sa mère, et lui promit d'arranger les choses. Après quoi, il monta chercher son bagage au premier étage et revint au rez-de-chaussée occuper la chambre qu'on lui avait destinée.

La maison était silencieuse. Rodolphe mit son chapeau haut de forme, son loup de velours noir, sa longue cape noire et entra dans la chambre de ses parents. Sa lanterne sourde éclaira la *Gazette départementale* que son père avait laissé tomber sur la descente de lit, et découvrit le coffre-fort dans un coin de la pièce. La combinaison était de cinq lettres. Rodolphe, réfléchissant que son père était allé se coucher de très mauvaise humeur, la découvrit du premier coup.

«Ce pauvre papa, murmura-t-il avec attendrissement. Il ne s'était pas creusé...»

Les huit cent soixante-quinze mille francs formaient un gros tas sur l'un des rayons. Rodolphe glissa le paquet dans sa poche, referma le coffre et gagna le vestibule. Il perdit encore dix minutes à chercher la clé de la porte d'entrée, car il répugnait à se servir d'un rossignol. Il finit par la découvrir. Comme il aurait dû s'y attendre, la clé était sous le paillasson. Avec précaution, il tira la porte derrière lui, franchit la grille du petit jardin et s'éloigna dans les rues de la petite ville. Il marchait depuis cinq minutes lorsqu'il songea tout à coup :

«Avec tout ça, je ne sais toujours pas comment je m'appelle. J'ai oublié de demander à mon père quel était notre patronyme. Suis-je bête...»

Le cambrioleur mondain eut un geste de mauvaise humeur, puis, hochant la tête, il partit pour de nouvelles aventures qui le conduisirent dans un excellent roman policier et dans divers grands romans d'amour et de haine.

Un jour qu'il passait en feuilleton au rez-de-chaussée de la *Gazette départementale* sous le nom de «Justicier des Ténèbres», le gentleman-cambrioleur leva les yeux vers le haut de la page et lut avec plaisir la nouvelle que ses sœurs Mariette et Madeleine avaient épousé respectivement le fils Duponart et le brigadier Valentin. Mais comme un défaut d'impression avait escamoté plusieurs lettres du texte, il dut se résigner à poursuivre ses aventures en continuant d'ignorer son nom de famille.

LE DERNIER

Il y avait un coureur cycliste appelé Martin qui arrivait toujours le dernier, et les gens riaient de le voir si loin derrière les autres coureurs. Son maillot était d'un bleu très doux, avec une petite pervenche cousue sur le côté gauche de la poitrine. Courbé sur son guidon, et le mouchoir entre les dents, il pédalait avec autant de courage que le premier. Dans les montées les plus dures, il se dépensait avec tant de ferveur qu'il avait une belle flamme dans les yeux; et chacun disait en voyant son regard clair et ses muscles gonflés d'effort:

«Allons, voilà Martin qui a l'air d'avoir la forme. C'est bien tant mieux. Cette fois il va arriver à Tours (ou à Bordeaux, ou à Orléans, ou à Dunkerque), cette fois il va arriver au milieu du peloton.»

Mais cette fois-là était comme les autres, et Martin arrivait quand même le dernier. Il gardait toujours l'espoir de faire mieux, mais il était un peu ennuyé parce qu'il avait une femme et des enfants, et que la place de dernier ne rapporte pas beaucoup d'argent. Il était ennuyé, et pourtant on ne l'entendait jamais se plaindre que le sort lui eût été injuste. Quand il arrivait à Tours (ou à Marseille, ou à Cherbourg), la foule riait et faisait des plaisanteries:

«Eh! Martin! c'est toi le premier en commençant par la queue!»

Et lui, qui entendait leurs paroles, il n'avait pas même un mouvement de mauvaise humeur, et s'il jetait un coup d'œil vers la foule, c'était avec un sourire doux, comme pour lui dire: «Oui, c'est moi, Martin. C'est moi le dernier. Ça ira mieux une autre fois.» Ses compagnons de route lui demandaient après la course:

«Alors, comme ça, tu es content? ça a bien marché?

– Oh oui! répondait Martin, je suis plutôt content.»

Il ne voyait pas que les autres se moquaient de lui, et quand ils riaient, il riait aussi. Même, il les regardait sans envie s'éloigner au milieu de leurs amis, dans un bruit de fête et de compliments. Lui, il restait seul, car il n'y avait jamais personne pour l'attendre. Sa

Première publication dans la revue 1933, 6 décembre 1933.

femme et ses enfants habitaient un village sur la route de Paris à Orléans, et il les voyait de loin en loin, dans un éclair, quand la course passait par là. Les personnes qui ont un idéal ne peuvent pas vivre comme tout le monde, c'est compréhensible. Martin aimait bien sa femme, et ses enfants aussi, mais il était coureur cycliste, et il courait, sans s'arrêter entre les étapes. Il envoyait un peu d'argent chez lui quand il en avait et il pensait souvent à sa famille, pas pendant la course (il avait autre chose à faire), mais le soir, à l'étape, en massant ses jambes fatiguées par la longue route.

Avant de s'endormir, Martin faisait sa prière à Dieu et lui parlait de l'étape qu'il avait courue dans la journée, sans songer qu'il pût abuser de sa patience. Il croyait que Dieu s'intéressait aux courses de bicyclette, et il avait bien raison. Si Dieu ne connaissait pas à fond tous les métiers, il ne saurait pas le mal qu'on a pour avoir une âme présentable.

« Mon Dieu, disait Martin, c'est encore pour la course d'aujourd'hui. Je ne sais pas ce qui se passe, mais c'est toujours la même chose. J'ai pourtant une bonne bécane, on ne peut pas dire. L'autre jour, je me suis demandé s'il n'y avait pas des fois quelque chose dans le pédalier. J'ai donc démonté toutes les pièces, une à une, tranquillement sans m'énerver, comme je vous cause. J'ai vu qu'il n'y avait rien dans le pédalier, ni ailleurs. Et celui qui viendrait me dire que cette bécane-là n'est pas une bonne bécane, moi, je lui répondrais que c'est une bonne bécane, une bonne marque. Alors ?... Bien entendu qu'il y a la question de l'homme : le muscle, la volonté, l'intelligence. Mais l'homme, mon Dieu, c'est justement votre affaire. Voilà ce que je me dis, et c'est pourquoi je ne me plains pas. Je sais bien que dans les courses, il faut un dernier et qu'il n'y a pas de honte à être le dernier. Je ne me plains pas, non. C'est plutôt pour dire. »

Là-dessus, il fermait les yeux, dormait sans rêves jusqu'au matin et, en s'éveillant, disait avec un sourire heureux :

« Aujourd'hui, c'est moi qui vais arriver le premier. »

Il riait de plaisir en songeant au bouquet qu'une petite fille allait lui offrir, parce qu'il serait le premier, et aussi à l'argent qu'il enverrait à sa femme. Il lui semblait lire déjà dans le journal : « Martin enlève l'étape Poligny-Strasbourg ; après une course mouvementée, il est vainqueur au sprint. » À la réflexion, il était peiné pour le deuxième et pour les suivants, surtout le dernier qu'il aimait déjà, sans le connaître.

Le soir, Martin arrivait à Strasbourg à sa place habituelle, parmi les rires et les plaisanteries des spectateurs. Il était un peu étonné, mais le lendemain, il attaquait l'étape suivante avec la même certitude d'être vainqueur. Et chaque matin, chaque départ de course, voyait se renouveler ce grand miracle d'espérance.

À la veille de la course Paris-Marseille, le bruit courut dans les milieux cyclistes de la capitale que Martin ménageait au public une surprise éclatante, et cinquante-trois journalistes vinrent aussitôt l'interviewer.

«Ce que je pense du théâtre? répondit Martin. Un jour que j'étais de passage à Carcassonne, je me suis trouvé de voir jouer *Faust* au théâtre municipal, et j'ai eu de la peine pour Marguerite. Je dis que si Faust avait su ce que c'est qu'une bonne bécane, il n'aurait pas été en peine d'employer sa jeunesse, et il n'aurait pas pensé à faire des misères à cette fille-là qui aurait sûrement trouvé à se marier. Voilà mon avis. Maintenant, vous me demandez qui est-ce qui sera le premier à Marseille, et je vais vous répondre, sans me cacher de rien : c'est moi qui gagnerai la course.»

Comme les journalistes le quittaient, il reçut une lettre parfumée d'une nommée Liane qui l'invitait à prendre le thé. C'était une femme de mauvaise vie, comme il y en a trop et qui n'avait pas plus de morale que de conduite. Martin se rendit chez elle sans méfiance, au sortir du vélodrome où il avait fait quelques tours pour vérifier sa machine. Il tenait à la main une petite valise contenant ses effets de cycliste.

Il parla des courses, de la meilleure tactique, des soins qu'il fallait prendre de sa bécane et de sa personne. La mauvaise femme lui posait des questions perfides :

«Comment s'y prend-on pour faire un massage, monsieur Martin?» Et tout en disant, elle tendait la jambe pour qu'il la prît. Et Martin prenait bonnement cette jambe de perdition, non plus ému que si c'eût été celle d'un coureur, expliquant avec tranquillité :

«Vous massez comme ça, en remontant. Avec les femmes, n'est-ce pas, c'est difficile, parce qu'il y a du mou sur le muscle.

– Et en cas d'accident, comment feriez-vous pour me porter?»

Elle lui posait bien d'autres questions, mais on ne peut pas répéter tout ce que cette créature disait. Martin répondait avec candeur, bien loin de soupçonner ses vilaines intentions. Elle eut la curiosité de savoir ce que contenait sa valise, et il ne fit point de difficulté à lui montrer son maillot, sa culotte, et ses souliers de coureur.

«Ah! monsieur Martin, dit-elle, comme j'aimerais vous voir habillé en coureur. Je n'en ai jamais vu de tout près.

– Puisque ça vous fait plaisir, répondit-il, je veux bien. Je vais passer dans la chambre à côté, pour le respect.»
Lorsqu'il revint, il la trouva vêtue d'un costume plus léger encore que le sien, et dont on aime mieux s'épargner la description. Mais Martin ne baissa même pas les yeux. Il regarda l'impudente avec un air sérieux, et dit en hochant la tête :
«Je vois que c'est votre idée de faire aussi des courses de bicyclette, mais je vous parlerai franchement. Le métier de coureur cycliste, à mon avis, ne convient pas aux femmes. Question de jambes, les vôtres arriveraient à valoir les miennes, ce n'est pas ce qui m'inquiète. Mais les femmes ont des poitrines et quand on roule deux ou trois cents kilomètres, c'est lourd à porter, madame. Sans compter qu'il faut penser aux enfants ; il y a ça aussi.»
Liliane, touchée par ces paroles de sagesse et d'innocence, comprit enfin combien la vertu est aimable. Elle se prit à détester ses péchés, et il y en avait beaucoup, puis elle dit à Martin en versant des larmes bien douces :
«J'ai été folle, mais à partir d'aujourd'hui, c'est bien fini.
– Il n'y a pas de mal, dit Martin. Maintenant que vous m'avez vu en maillot, je vais aller me rhabiller à côté, pour le respect. Pendant ce temps-là, vous en ferez autant et vous ne penserez plus à courir.»
Ainsi firent-ils, et Martin, emportant les bénédictions de cette pauvre fille à qui il rendait l'honneur et la joie de vivre en paix avec sa conscience, gagna la rue. Les journaux du soir publiaient son portrait. Il n'en ressentit ni plaisir, ni orgueil, n'ayant pas besoin de tout ce bruit pour espérer. Le lendemain matin, dès la sortie de Paris, il prit la place de dernier et la conserva jusqu'au bout. En entrant à Arles, il apprit que ses concurrents étaient arrivés à Marseille, mais il ne ralentit pas son effort. Il continuait à pédaler avec toutes ses forces et, au fond de son cœur, bien que la course fût terminée pour les autres, il ne désespérait pas tout à fait d'arriver le premier. Les journaux, furieux de s'être trompés, le traitèrent de fanfaron et lui conseillèrent de courir «le critérium des ânes» (jeu de mots incompréhensible pour qui ne lit pas les journaux sportifs). Cela n'empêchait pas Martin d'espérer et Liliane d'ouvrir, dans la rue de la Fidélité, une crémerie à l'enseigne de La Bonne Pédale, où les œufs se vendaient un sou moins cher que partout ailleurs.

À mesure qu'il croissait en âge et en expérience, Martin devenait plus ardent à la lutte, et courait presque autant de courses qu'il y a de saints dans le calendrier. Il ne connaissait pas de repos. Venait-il de terminer une course qu'il s'inscrivait aussitôt pour un nouveau départ. Ses tempes commençaient à blanchir, son dos à se voûter, et il était le doyen des coureurs cyclistes. Mais il ne le savait pas et semblait même ignorer son âge. Comme autrefois, il arrivait le dernier, mais avec un retard deux ou trois fois plus considérable. Il disait dans ses prières :

«Mon Dieu, je ne comprends pas, je ne sais pas à quoi ça tient...»

Un jour d'été qu'il courait Paris-Orléans, il attaquait une côte qu'il connaissait bien, et il s'aperçut qu'il roulait à plat. Tandis qu'il changeait de boyau sur le bord de la route, deux femmes s'approchèrent, et l'une d'elles, qui tenait sur le bras un enfant de quelques mois, lui demanda :

«Vous ne connaissez pas un nommé Martin qui est coureur cycliste?»

Il répondit machinalement :

«C'est moi, Martin. C'est moi le dernier. Ça ira mieux une autre fois.

– Je suis ta femme, Martin.»

Il leva la tête, sans s'interrompre d'ajuster le boyau sur la jante, et dit avec tendresse :

«Je suis bien content... Je vois que les enfants poussent aussi», ajouta-t-il en regardant le bébé qu'il prenait pour l'un de ses enfants.

Son épouse eut un air gêné, et, montrant la jeune femme qui l'accompagnait :

«Martin, dit-elle, voilà ta fille, qui est aussi grande que toi, maintenant. Elle est mariée, et tes garçons sont mariés...

– Je suis bien content... Je les aurais crus moins vieux. Comme le temps passe... Et c'est mon petit-fils que tu tiens dans tes bras?»

La jeune femme détourna la tête, et ce fut sa mère qui répondit :

«Non, Martin, ce n'est pas son fils. C'est le mien... Je voyais que tu ne rentrais pas...»

Martin retourna à son boyau et se mit à le gonfler sans mot dire. Quand il se releva, il vit des larmes couler sur le visage de sa femme et murmura :

«Dans le métier de coureur, tu sais ce que c'est, on ne s'appartient pas... Je pense souvent à toi, mais bien sûr, ce n'est pas comme quand on est là...»

L'enfant s'était mis à pleurer, et il semblait que rien ne pût apaiser ses cris. Martin en fut bouleversé. Avec sa pompe à bicyclette, il lui souffla dans le nez, disant d'une petite voix de tête :

«Tu tu tu...»

Le bambin se mit à rire. Martin l'embrassa et dit adieu à sa famille.

«J'ai perdu cinq minutes, mais je ne les regrette pas, surtout que je peux me rattraper facilement. Cette course-là est pour moi.»
Il remonta sur sa machine et longtemps les deux femmes le suivirent des yeux dans la montée. Debout sur ses pédales, il portait le poids de son corps tantôt d'un côté, tantôt de l'autre.
«Comme il a du mal, murmurait sa femme. Autrefois, il y a seulement quinze ans, il grimpait toutes les côtes rien qu'avec ses jambes, sans jamais bouger de sa selle.»
Martin approchait du sommet de la montée, il allait de plus en plus lentement, et l'on croyait à chaque instant qu'il allait s'arrêter. Enfin, sa machine se posa sur la ligne d'horizon, il fit roue libre une seconde, et son maillot bleu fondit dans le ciel d'été.

Martin connaissait mieux que personne toutes les routes de France, et chacune des milliers de bornes kilométriques avait pour lui un visage familier, ce qui paraît presque incroyable. Depuis longtemps, il montait les côtes à pied en poussant sa machine avec un halètement de fatigue, mais il croyait toujours en son étoile.
«Je me rattraperai à la descente», murmurait-il.
Et en arrivant à l'étape, le soir, ou quelquefois le lendemain, il était encore étonné de n'avoir pas la première place.
«Mon Dieu, je ne sais pas ce qui s'est passé...»
Des rides profondes sillonnaient son visage décharné qui avait la couleur des chemins de l'automne, ses cheveux étaient tout blancs, mais dans le regard de ses yeux usés brillait une flamme de jeunesse. Son maillot bleu flottait sur son torse maigre et voûté, mais il n'était plus bleu et semblait fait de brume et de poussière. N'ayant point d'argent pour prendre le train, il ne le regrettait pas. Quand il arrivait à Bayonne où la course était déjà oubliée depuis trois jours, il remontait en selle aussitôt pour aller prendre à Roubaix le départ d'une autre course. Il parcourait toute la France, à pied dans les montées, pédalant en palier et dormant pendant qu'il faisait roue libre aux descentes, ne s'arrêtant ni jour ni nuit.
«Je m'entraîne», disait-il.
Mais il apprenait à Roubaix que les coureurs étaient partis depuis une semaine. Il hochait la tête et murmurait en remontant sur sa bécane :
«C'est dommage, je l'aurais sûrement gagnée. Enfin, je vais toujours aller courir Grenoble-Marseille. J'ai justement besoin de me mettre un peu aux cols des Alpes.»
Et à Grenoble, il arrivait trop tard, et à Nantes, à Paris, à Perpignan, à Brest, à Cherbourg, il arrivait toujours trop tard.

«Dommage, disait-il d'une petite voix chevrotante, c'est vraiment dommage. Mais je vais me rattraper.»

Tranquillement, il quittait la Provence pour gagner la Bretagne, ou l'Artois pour le Roussillon, ou le Jura pour la Vendée, et de temps à autre, en clignant un œil, il disait aux bornes kilométriques :

«Je m'entraîne.»

Martin devint si vieux qu'il ne voyait presque plus. Mais ses amies les bornes kilométriques, et même les plus petites qui sont tous les cent mètres, lui faisaient comprendre qu'il eût à tourner à droite, ou à gauche. Sa bicyclette avait beaucoup vieilli, elle aussi. Elle était d'une marque inconnue, si ancienne que les historiens n'en avaient jamais entendu parler. La peinture avait disparu, la rouille même était cachée par la boue et par la poussière. Les roues avaient perdu presque tous leurs rayons, mais Martin était si léger, que les cinq ou six restants suffisaient à le porter.

«Mon Dieu, disait-il, j'ai pourtant une bonne bécane. Je n'ai pas à me plaindre de ce côté-là.»

Il roulait sur les jantes, et comme sa machine faisait un grand bruit de ferraille, les gamins lui jetaient des pierres en criant :

«Au fou ! à la ferraille ! à l'hôpital !

– Je vais me rattraper», répondait Martin qui n'entendait pas bien.

Il y avait bien des années qu'il cherchait à s'engager dans une course, et il arrivait toujours trop tard. Une fois, il quitta Narbonne pour se rendre à Paris où le départ du Tour de France devait être donné dans la semaine. Il arriva l'année suivante et il eut la joie d'apprendre que les coureurs n'étaient partis que de la veille.

«Je vais les rejoindre dans la soirée, dit-il, et j'enlèverai la deuxième étape.»

Comme il enfourchait sa machine, au sortir de la porte Maillot, un camion le projeta sur la chaussée. Martin se releva, serrant dans ses mains le guidon de sa bécane fracassée, et dit avant de mourir :

«Je vais me rattraper.»

LES CONTES
DU CHAT PERCHÉ

1934

Page précédente: couverture de l'édition originale des Contes du chat perché, *1934.*
Illustrée par Nathan Altman, cette première édition en album, au format cahier d'écolier,
contient quatre contes: «Le Loup», «Les Bœufs», «Le Petit Coq noir» et «Le Chien».

U n jour de l'année dernière, passant sous un pommier fleuri, j'ai vu un gros chat perché sur la plus basse branche. Il miaulait si tristement que je me suis arrêté pour lui demander où il avait mal.
«Eh bien voilà, m'a dit le gros chat. Tout à l'heure, je me suis endormi sur ma branche, et je ne sais pas comment la chose a pu se faire, mais quand je me suis éveillé, j'avais la moustache prise entre l'arbre et l'écorce. Elle y est encore, et je n'ose même pas bouger la tête, parce que ça fait mal et que ma moustache risquerait d'être arrachée.»
Je n'avais qu'à me dresser sur la pointe des pieds et à soulever un peu l'écorce pour le délivrer. C'est ce que j'ai fait aussitôt. Le gros chat, qui était très fier de sa belle moustache, paraissait bien content. Il m'a dit en ronronnant:

«*Tu as été très bon, et il faut que je te récompense. Justement, tu as l'air de chercher quelque chose.*

– C'est vrai, chat. Mais ce que je cherche, tu ne peux pas me le donner.

– Peut-être…

– Je cherche une histoire qui amuse les enfants, mais je n'en trouve pas.»

Alors, le chat s'est dressé sur ses quatre pattes, il a fait le gros dos avec un air important, et il a ri dans sa moustache.

«*Une histoire? mais moi, j'en connais, des histoires! écoute…*»

Je me suis assis sous le pommier, et le chat m'a conté des aventures qu'il était seul à connaître, parce qu'elles sont arrivées à des bêtes du voisinage et à deux petites filles blondes qui sont ses amies.

Ces contes du chat perché, je les donne ici sans y rien changer. L'opinion de mon ami le chat est qu'ils conviennent à tous les enfants qui sont encore à l'âge où l'on sait comprendre les bêtes et parler avec elles.

«*En tout cas, m'a-t-il dit, je connais d'autres histoires comme celles-là, et j'en apprendrai encore. L'année prochaine, si tu veux en savoir de nouvelles, tu n'auras qu'à repasser par ici quand les pommiers fleuriront, tu trouveras ton ami le chat perché sur la même branche.*»

LE LOUP

*C*aché derrière la haie, le loup surveillait patiemment les abords de la maison. Il eut enfin la satisfaction de voir les parents sortir de la cuisine. Comme ils étaient sur le seuil de la porte, ils firent une dernière recommandation.

Première publication dans Candide, *14 avril 1932. Repris une première fois dans l'album de quatre contes illustré par Nathan Altman en 1934, ce conte figure dans les éditions successives de la collection «Blanche» à partir de 1939.*

« Souvenez-vous, disaient-ils, de n'ouvrir la porte à personne, qu'on vous prie ou qu'on vous menace. Nous serons rentrés à la nuit. »

Lorsqu'il vit les parents bien au loin au dernier tournant du sentier, le loup fit le tour de la maison en boitant d'une patte, mais les portes étaient bien fermées. Du côté des cochons et des vaches, il n'avait rien à espérer. Ces espèces n'ont pas assez d'esprit pour qu'on puisse les persuader de se laisser manger. Alors le loup s'arrêta devant la cuisine, posa ses pattes sur le rebord de la fenêtre et regarda l'intérieur du logis.

Delphine et Marinette jouaient aux osselets devant le fourneau. Marinette, la plus petite, qui était aussi la plus blonde, disait à sa sœur Delphine :

« Quand on n'est rien que deux, on ne s'amuse pas bien. On ne peut pas jouer à la ronde...

– C'est vrai, on ne peut jouer ni à la ronde, ni à la paume placée.

– Ni au furet, ni à la courotte malade.

– Ni à la mariée, ni à la balle fondue.

– Et pourtant, qu'est-ce qu'il y a de plus amusant que de jouer à la ronde ou à la paume placée ?

– Ah ! si on était trois... »

Comme les petites lui tournaient le dos, le loup donna un coup de nez sur le carreau pour faire entendre qu'il était là. Laissant leurs jeux, elles vinrent à la fenêtre en se tenant par la main.

«Bonjour, dit le loup. Il ne fait pas chaud dehors. Ça pince, vous savez.»

La plus blonde se mit à rire, parce qu'elle le trouvait drôle avec ces oreilles pointues et ce pinceau de poils hérissés sur le haut de la tête. Mais Delphine ne s'y trompa point. Elle murmura en serrant la main de la plus petite :

«C'est le loup.

– Le loup ? dit Marinette, alors on a peur ?

– Bien sûr, qu'on a peur... »

Tremblantes, les petites se prirent par le cou, mêlant leurs cheveux blonds et leurs chuchotements. Le loup dut convenir qu'il n'avait rien vu d'aussi joli depuis le temps qu'il courait par bois et par plaines. Il en fut tout attendri.

«Mais qu'est-ce que j'ai? pensait-il, voilà que je flageole sur mes pattes.»

À force d'y réfléchir, il comprit qu'il était devenu bon, tout à coup. Si bon et si doux qu'il ne pourrait plus jamais manger d'enfants.

Le loup pencha la tête du côté gauche, comme on fait quand on est bon, et prit sa voix la plus tendre:

«J'ai froid, dit-il, et j'ai une patte qui me fait bien mal. Mais ce qu'il y a, surtout, c'est que je suis bon. Si vous vouliez m'ouvrir la porte, j'entrerais me chauffer à côté du fourneau et on passerait l'après-midi ensemble.

Les petites se regardaient avec un peu de surprise. Elles n'auraient jamais soupçonné que le loup pût avoir une voix aussi douce. Déjà rassurée, la plus blonde fit un signe d'amitié, mais Delphine, qui ne perdait pas si facilement la tête, eut tôt fait de se ressaisir.

«Allez-vous-en, dit-elle, vous êtes le loup.

– Vous comprenez, ajouta Marinette avec un sourire, ce n'est pas pour vous renvoyer, mais nos parents nous ont défendu d'ouvrir la porte, qu'on nous prie ou qu'on nous menace.»

Alors le loup poussa un grand soupir, ses oreilles pointues se couchèrent de chaque côté de sa tête. On voyait qu'il était triste.

«Vous savez, dit-il, on raconte beaucoup d'histoires sur le loup, il ne faut pas croire tout ce qu'on dit. La vérité, c'est que je ne suis pas méchant du tout.»

Il poussa encore un grand soupir qui fit venir des larmes dans les yeux de Marinette.

Les petites étaient ennuyées de savoir que le loup avait froid et qu'il avait mal à une patte. La plus blonde murmura quelque chose à l'oreille de sa sœur, en clignant de l'œil du côté du loup, pour lui faire entendre qu'elle était de son côté, avec lui. Delphine demeura pensive, car elle ne décidait rien à la légère.

«Il a l'air doux comme ça, dit-elle, mais je ne m'y fie pas. Rappelle-toi "Le Loup et l'Agneau"... L'agneau ne lui avait pourtant rien fait.»

Et comme le loup protestait de ses bonnes intentions, elle lui jeta par le nez:

«Et l'agneau, alors?... Oui, l'agneau que vous avez mangé?»

Le loup n'en fut pas démonté.

«L'agneau que j'ai mangé, dit-il. Lequel?»

Il disait ça tout tranquillement, comme une chose toute simple et qui va de soi, avec un air et un accent d'innocence qui faisaient froid dans le dos.

«Comment? Vous en avez donc mangé plusieurs! s'écria Delphine. Eh bien! c'est du joli!

– Mais naturellement que j'en ai mangé plusieurs. Je ne vois pas où est le mal... Vous en mangez bien, vous!»

Il n'y avait pas moyen de dire le contraire. On venait justement de manger du gigot au déjeuner de midi.

«Allons, reprit le loup, vous voyez bien que je ne suis pas méchant. Ouvrez-moi la porte, on s'assiéra en rond autour du fourneau, et je vous raconterai des histoires. Depuis le temps que je rôde au travers des bois et que je cours sur les plaines, vous pensez si j'en connais... Rien qu'en vous racontant ce qui est arrivé l'autre jour aux trois lapins de la lisière, je vous ferais bien rire...»

Les petites se disputaient à voix basse. La plus blonde était d'avis qu'on ouvrît la porte au loup, et tout de suite. On ne pouvait pas le laisser grelotter sous la bise avec une patte malade... Mais Delphine restait méfiante.

«Enfin, disait Marinette, tu ne vas pas lui reprocher encore les agneaux qu'il a mangés. Il ne peut pourtant pas se laisser mourir de faim!

– Il n'a qu'à manger des pommes de terre», répliquait Delphine.

Marinette se fit si pressante, elle plaida la cause du loup avec tant d'émotion dans la voix et tant de larmes dans les yeux, que sa sœur aînée finit par se laisser toucher. Déjà Delphine se dirigeait vers la porte. Elle se ravisa dans un éclat de rire, et haussant les épaules, dit à Marinette consternée:

«Non, tout de même, ce serait trop bête!»

Delphine regarda le loup bien en face.

«Dites donc, Loup, j'avais oublié le petit Chaperon Rouge. Parlons-en un peu du petit Chaperon Rouge, voulez-vous?»

Le loup baissa la tête avec humilité. Il ne s'attendait pas à celle-là. On l'entendit renifler derrière la vitre.

«C'est vrai, avoua-t-il, je l'ai mangé, le petit Chaperon Rouge. Mais je vous assure que j'en ai déjà eu bien du remords. Si c'était à refaire...

– Oui, oui, on dit toujours ça...»

Le loup se frappa la poitrine à l'endroit du cœur. Il avait une belle voix grave.

«Ma parole, si c'était à refaire, j'aimerais mieux mourir de faim.

– Tout de même, soupira la plus blonde, vous avez mangé le petit Chaperon Rouge.

– Je ne vous dis pas, consentit le loup. Je l'ai mangé, c'est entendu. Mais c'est un péché de jeunesse. Il y a si longtemps, n'est-ce pas? À tout péché miséricorde... Et puis, si vous saviez les tracas que j'ai eus à cause de cette petite! Pensez donc, l'affaire était dans tous les journaux, et naturellement on en a dit plus long qu'il n'y en avait. Tenez, on est allé jusqu'à dire que j'avais commencé par manger la grand-mère, eh bien! ce n'est pas vrai du tout...»

Ici, le loup se mit à ricaner, malgré lui, et probablement sans bien se rendre compte qu'il ricanait.

«Je vous demande un peu! manger de la grand-mère, alors que j'avais une petite fille bien fraîche qui m'attendait pour mon déjeuner! Je ne suis pas si bête...»

Au souvenir de ce repas de chair fraîche, le loup ne put se tenir de passer plusieurs fois sa grande langue sur ses babines, découvrant de longues dents pointues qui n'étaient pas pour rassurer les deux petites.

«Loup, s'écria Delphine, vous êtes un menteur! Si vous aviez tous les remords que vous dites, vous ne vous lécheriez pas ainsi les babines!» Le loup était bien penaud de s'être pourléché au souvenir d'une gamine potelée et fondant sous la dent. Mais il se sentait si bon, si loyal, qu'il ne voulut pas douter de lui-même.

«Pardonnez-moi, dit-il, c'est une mauvaise habitude que je tiens de famille, mais ça ne veut rien dire...

– Tant pis pour vous si vous êtes un mal élevé, déclara Delphine...

– Ne dites pas ça, soupira le loup, j'ai tant de regrets...

– C'est aussi une habitude de famille de manger les petites filles? Vous comprenez, quand vous promettez de ne plus jamais manger d'enfants, c'est à peu près comme si Marinette promettait de ne plus jamais manger de dessert...»

Marinette rougit, et le loup essaya de protester :

«Mais puisque je vous jure...

– N'en parlons plus et passez votre chemin. Vous vous réchaufferez en courant.»

Alors le loup se mit en colère parce qu'on ne voulait pas croire qu'il était bon.

«C'est quand même un peu fort, criait-il, on ne veut jamais entendre la voix de la vérité! C'est à vous dégoûter d'être honnête. Moi je prétends qu'on n'a pas le droit de décourager les bonnes volontés comme vous le faites. Et vous pouvez dire que si jamais je remange de l'enfant, ce sera par votre faute!»

En l'écoutant, les petites ne songeaient pas sans beaucoup d'inquiétude au fardeau de leurs responsabilités et aux remords qu'elles se préparaient peut-être. Mais les oreilles du loup dansaient si pointues, ses yeux brillaient d'un éclat si dur, et ses crocs entre les babines retroussées, qu'elles demeuraient immobiles de frayeur.

Le loup comprit qu'il ne gagnerait rien par des paroles d'intimidation. Il demanda pardon de son emportement et essaya de la prière. Pendant qu'il parlait, son regard se voilait de tendresse, ses oreilles se couchaient; et son nez qu'il appuyait au carreau lui faisait une gueule aplatie, douce comme un mufle de vache.

«Tu vois bien qu'il n'est pas méchant, disait la petite blonde.

– Peut-être, répondait Delphine, peut-être...»

Comme la voix du loup devenait suppliante, Marinette n'y tint plus et se dirigea vers la porte. Delphine, effrayée, la retint par une boucle de ses cheveux. Il y eut des gifles données, des gifles rendues. Le loup s'agitait avec désespoir derrière la vitre, disant qu'il aimait mieux s'en aller que d'être le sujet d'une querelle entre les deux plus jolies blondes qu'il eût jamais vues. Et, en effet, il quitta la fenêtre et s'éloigna, secoué par de grands sanglots.

«Quel malheur, songeait-il, moi qui suis si bon, si tendre..., elles ne veulent pas de mon amitié. Je serais devenu meilleur encore, je n'aurais même plus mangé d'agneaux.»

Cependant, Delphine regardait le loup qui s'en allait clochant sur trois pattes, transi par le froid et par le chagrin. Prise de remords et de pitié, elle cria par la fenêtre:

«Loup! on n'a plus peur... Venez vite vous chauffer!»

Mais la plus blonde avait déjà ouvert la porte et courait à la rencontre du loup.

«Mon Dieu! soupirait le loup, comme c'est bon d'être assis au coin du feu. Il n'y a vraiment rien de meilleur que la vie en famille. Je l'avais toujours pensé.»

Les yeux humides de tendresse, il regardait les petites qui se tenaient timidement à l'écart. Après qu'il eut léché sa patte endolorie, exposé son ventre et son dos à la chaleur du foyer, il commença de raconter des histoires. Les petites s'étaient approchées pour écouter les aventures du renard, de l'écureuil, de la taupe ou des trois lapins de la lisière. Il y en avait de si drôles que le loup dut les redire deux et trois fois.

Marinette avait déjà pris son ami par le cou, s'amusant à tirer ses oreilles pointues, à le caresser à lisse-poil et à rebrousse-poil. Delphine fut un peu longue à se familiariser, et la première fois qu'elle fourra, par manière de jeu, sa petite main dans la gueule du loup, elle ne put se défendre de remarquer:

«Ah! comme vous avez de grandes dents...»

Le loup eut un air si gêné que Marinette lui cacha la tête dans ses bras. Par délicatesse, le loup ne voulut rien dire de la grande faim qu'il avait au ventre.

«Ce que je peux être bon, songeait-il avec délices, ce n'est pas croyable...»

Après qu'il eut raconté beaucoup d'histoires, les petites lui proposèrent de jouer avec elles.

«Jouer? dit le loup, mais c'est que je ne connais pas de jeux, moi.»

En un moment, il eut appris à jouer à la main chaude, à la ronde, à la paume placée et à la courotte malade. Il chantait avec une assez belle voix de basse les couplets de *Compère Guilleri*, ou de *La Tour, prends garde*. Dans la cuisine, c'était un vacarme de bousculades, de cris, de grands rires et de chaises renversées. Il n'y avait plus la moindre gêne entre les trois amis qui se tutoyaient comme s'ils s'étaient toujours connus.

«Loup, c'est toi qui t'y colles!

– Non, c'est toi! tu as bougé! elle a bougé…

– Un gage pour le loup!»

Le loup n'avait jamais tant ri de sa vie, il riait à s'en décrocher la mâchoire.

«Je n'aurais pas cru que c'était si amusant de jouer, disait-il. Quel dommage qu'on ne puisse pas jouer comme ça tous les jours!

– Mais, Loup, répondaient les petites, tu reviendras. Nos parents s'en vont tous les jeudis après-midi. Tu guetteras leur départ et tu viendras taper au carreau comme tout à l'heure.»

Pour finir, on joua au cheval. C'était un beau jeu. Le loup faisait le cheval, la plus blonde était montée à califourchon sur son dos, tandis que Delphine le tenait par la queue et menait l'attelage à fond de train au travers des chaises. La langue pendante, la gueule fendue jusqu'aux oreilles, essoufflé par la course et par le rire qui lui faisait saillir les côtes, le loup demandait parfois la permission de respirer. «Pouce! disait-il d'une voix entrecoupée. Laissez-moi rire… je n'en peux plus… Ah! non, laissez-moi rire!»

Alors, Marinette descendait de cheval, Delphine lâchait la queue du loup et, assis par terre, on se laissait aller à rire jusqu'à s'étrangler. La joie prit fin vers le soir, quand il fallut songer au départ du loup. Les petites avaient envie de pleurer, et la plus blonde suppliait: «Loup, reste avec nous, on va jouer encore. Nos parents ne diront rien, tu verras...

– Ah non! disait le loup. Les parents, c'est trop raisonnable. Ils ne comprendraient jamais que le loup ait pu devenir bon. Les parents, je les connais.

– Oui, approuva Delphine, il vaut mieux ne pas t'attarder. J'aurais peur qu'il t'arrive quelque chose.»

Les trois amis se donnèrent rendez-vous pour le jeudi suivant. Il y eut encore des promesses et de grandes effusions. Enfin, lorsque la plus blonde lui eut noué un ruban bleu autour du cou, le loup gagna la campagne et s'enfonça dans les bois.

Sa patte endolorie le faisait encore souffrir, mais songeant au prochain jeudi, qui le ramènerait auprès des deux petites, il fredonnait sans souci de l'indignation des corbeaux somnolant sur les plus hautes branches:

> *Compère Guilleri*
> *Te lairras-tu mouri...*

En rentrant à la maison, les parents reniflèrent sur le seuil de la cuisine.

«Nous sentons ici comme une odeur de loup», dirent-ils.

Et les petites se crurent obligées de mentir et de prendre un air étonné, ce qui ne manque jamais d'arriver quand on reçoit le loup en cachette de ses parents.

«Comment pouvez-vous sentir une odeur de loup? protesta Delphine. Si le loup était entré dans la cuisine, nous serions mangées toutes les deux.

– C'est vrai, accorda son père, je n'y avais pas songé. Le loup vous aurait mangées.»

Mais la plus blonde, qui ne savait pas dire deux mensonges d'affilée, fut indignée qu'on osât parler du loup avec autant de perfidie.

«Ce n'est pas vrai, dit-elle en tapant du pied, le loup ne mange pas les enfants, ce n'est pas vrai non plus qu'il soit méchant. La preuve...»

Heureusement que Delphine lui donna un coup de pied dans les jambes, sans quoi elle allait tout dire.

Là-dessus, les parents entreprirent tout un long discours où il était surtout question de la voracité du loup. La mère voulut en profiter pour conter une fois de plus l'aventure du petit Chaperon Rouge, mais aux premiers mots qu'elle dit, Marinette l'arrêta.

« Tu sais, maman, les choses ne se sont pas du tout passées comme tu crois. Le loup n'a jamais mangé la grand-mère. Tu penses bien qu'il n'allait pas se charger l'estomac juste avant de déjeuner d'une petite fille bien fraîche.

– Et puis, ajouta Delphine, on ne peut pas lui en vouloir éternellement, au loup...

– C'est une vieille histoire...

– Un péché de jeunesse...

– Et à tout péché miséricorde.

– Le loup n'est plus ce qu'il était dans le temps.

– On n'a pas le droit de décourager les bonnes volontés. »

Les parents n'en croyaient pas leurs oreilles.

Le père coupa court à ce plaidoyer scandaleux en traitant ses filles de tête en l'air. Puis il s'appliqua à démontrer par des exemples bien choisis, que le loup resterait toujours le loup, qu'il n'y avait point de bon sens à espérer de le voir jamais s'améliorer et que, s'il faisait un jour figure d'animal débonnaire, il en serait encore plus dangereux.

Tandis qu'il parlait, les petites songeaient aux belles parties de cheval et de paume placée qu'elles avaient faites en cet après-midi, et à la grande joie du loup qui riait, gueule ouverte, jusqu'à perdre le souffle.

«On voit bien, concluait le père, que vous n'avez jamais eu affaire au loup...»

Alors, comme la plus blonde donnait du coude à sa sœur, les petites éclatèrent d'un grand rire, à la barbe de leur père. On les coucha sans souper, pour les punir de cette insolence, mais longtemps après qu'on les eut bordées dans leurs lits, elles riaient encore de la naïveté de leurs parents.

Les jours suivants, pour distraire l'impatience où elles étaient de revoir leur ami, et avec une intention ironique qui n'était pas sans agacer leur mère, les petites imaginèrent de jouer au loup. La plus blonde chantait sur deux notes les paroles consacrées : «Promenons-nous le long du bois, pendant que le loup y est pas. Loup y es-tu ? m'entends-tu ? quoi fais-tu ?»

Et Delphine, cachée sous la table de la cuisine, répondait : «Je mets ma chemise.» Marinette posait la question autant de fois qu'il était nécessaire au loup pour passer une à une toutes les pièces de son harnachement, depuis les chaussettes jusqu'à son grand sabre. Alors, il se jetait sur elle et la dévorait.

Tout le plaisir du jeu était dans l'imprévu, car le loup n'attendait pas toujours d'être prêt pour sortir du bois. Il lui arrivait aussi bien de sauter sur sa victime alors qu'il était en manches de chemise, ou n'ayant même pour tout vêtement qu'un chapeau sur la tête.

Les parents n'appréciaient pas tout l'agrément du jeu. Excédés d'entendre cette rengaine, ils l'interdirent le troisième jour, donnant pour prétexte qu'elle leur cassait les oreilles. Bien entendu, les petites ne voulurent pas d'autre jeu, et la maison demeura silencieuse jusqu'au jour du rendez-vous.

Le loup avait passé toute la matinée à laver son museau, à lustrer son poil, et à faire bouffer la fourrure de son cou. Il était si beau que les habitants du bois passèrent à côté de lui sans le reconnaître d'abord.

Lorsqu'il gagna la plaine, deux corneilles qui bayaient au clair de midi, comme elles font presque toutes après déjeuner, lui demandèrent pourquoi il était si beau.

«Je vais voir mes amies, dit le loup avec orgueil. Elles m'ont donné rendez-vous pour le début de l'après-midi.

– Elles doivent être bien belles, que tu aies fait si grande toilette.

– Je crois bien ! Vous n'en trouverez pas, sur toute la plaine, qui soient aussi blondes.»

Les corneilles en bayaient maintenant d'admiration, mais une vieille pie jacassière, qui avait écouté la conversation, ne put s'empêcher de ricaner.

«Loup, je ne connais pas tes amies, mais je suis sûre que tu auras su les choisir bien dodues, et bien tendres... ou je me trompe beaucoup.

– Taisez-vous, péronnelle! s'écria le loup en colère. Voilà pourtant comme on vous bâtit une réputation, sur des commérages de vieille pie. Heureusement, j'ai ma conscience pour moi!»

En arrivant à la maison, le loup n'eut pas besoin de cogner au carreau. Les deux petites l'attendaient sur le pas de la porte. On s'embrassa longuement, et plus tendrement encore que la dernière fois, car une semaine d'absence avait rendu l'amitié impatiente.

«Ah! Loup, disait la plus blonde, la maison était triste cette semaine. On a parlé de toi tout le temps.

– Et tu sais, Loup, tu avais raison: nos parents ne veulent pas croire que tu puisses être bon.

– Ça ne m'étonne pas. Si je vous disais que tout à l'heure, une vieille pie...

– Et pourtant, Loup, on t'a bien défendu, même que nos parents nous ont envoyées au lit sans souper.

– Et dimanche, on nous a défendu de jouer au loup.»

Les trois amis avaient tant à se dire qu'avant de songer aux jeux, ils s'assirent à côté du fourneau. Le loup ne savait plus où donner de la tête. Les petites voulaient savoir tout ce qu'il avait fait dans la semaine, s'il n'avait pas eu froid, si sa patte était bien guérie, s'il avait rencontré le renard, la bécasse, le sanglier...

«Loup, disait Marinette, quand viendra le printemps, tu nous emmèneras dans les bois, loin, là où il y a toutes sortes de bêtes. Avec toi, on n'aura pas peur.

– Au printemps, mes mignonnes, vous n'aurez rien à craindre dans les bois. D'ici là, j'aurai si bien prêché les compagnons de la forêt que les plus hargneux seront devenus doux comme des filles. Tenez, pas plus tard qu'avant-hier, j'ai rencontré le renard qui venait de saigner tout un poulailler. Je lui ai dit que ça ne pouvait plus continuer comme ça, qu'il fallait changer de vie. Ah! je vous l'ai sermonné d'importance! Et lui qui fait tant le malin d'habitude, savez-vous ce qu'il m'a répondu? "Loup, je ne demande qu'à suivre ton exemple. Nous en reparlerons un peu plus tard, et quand j'aurai eu le temps d'apprécier toutes tes bonnes œuvres, je ne tarderai plus à me corriger." Voilà ce qu'il m'a répondu, tout renard qu'il est.

– Tu es si bon, murmura Delphine.

– Oh! oui, je suis bon, il n'y a pas à dire le contraire. Et pourtant, voyez ce que c'est, vos parents ne le croiront jamais... Ça fait de la peine, quand on y pense.»

Pour dissiper la mélancolie de cette réflexion, Marinette proposa une partie de cheval. Le loup se donna au jeu avec plus d'entrain encore que le jeudi précédent. La partie de cheval terminée, Delphine demanda :

«Loup, si on jouait au loup?»

Le jeu était nouveau pour lui, on lui en expliqua les règles, et tout naturellement, il fut désigné pour être le loup. Tandis qu'il était caché sous la table, les petites passaient et repassaient devant lui en chantant le refrain :

«Promenons-nous le long du bois, pendant que le loup y est pas. Loup y es-tu? m'entends-tu? quoi fais-tu?»

Le loup répondait en se tenant les côtes, la voix étranglée par le rire :

«Je mets mon caleçon...»

Toujours riant, il disait qu'il mettait sa culotte, puis ses bretelles, son faux col, son gilet... Quand il en vint à enfiler ses bottes, il commença d'être sérieux.

«Je boucle mon ceinturon», dit le loup, et il éclata d'un rire bref. Il se sentait mal à l'aise, une angoisse lui étreignait la gorge, ses ongles grattèrent le carrelage de la cuisine.

Devant ses yeux luisants, passaient et repassaient les jambes des deux petites. Un frémissement lui courut sur l'échine, ses babines se froncèrent.

«... Loup y es-tu? m'entends-tu? quoi fais-tu?

– Je prends mon grand sabre!» dit-il d'une voix rauque, et déjà les idées se brouillaient dans sa tête. Il ne voyait plus les jambes des fillettes, il les humait.

«... Loup y es-tu? m'entends-tu? quoi fais-tu?

– Je monte à cheval et je sors du bois!»

Alors le loup, poussant un grand hurlement, fit un bond hors de sa cachette, la gueule béante et les griffes dehors. Les petites n'avaient pas encore eu le temps de prendre peur, qu'elles étaient déjà dévorées.

Heureusement, le loup ne savait pas ouvrir les portes, il demeura prisonnier dans la cuisine. En rentrant, les parents n'eurent qu'à lui ouvrir le ventre pour délivrer les deux petites. Mais, au fond, ce n'était pas de jeu.

Delphine et Marinette lui en voulaient un peu de ce qu'il les eût mangées sans plus d'égards, mais elles avaient si bien joué avec lui qu'elles prièrent les parents de le laisser s'en aller. On lui recousit le ventre solidement avec deux mètres d'une bonne ficelle frottée d'un morceau de suif, et une grosse aiguille à matelas. Les petites pleuraient parce qu'il avait mal, mais le loup disait en retenant ses larmes :

«Je l'ai bien mérité, allez, et vous êtes encore trop bonnes de me plaindre. Je vous jure qu'à l'avenir, on ne me prendra plus à être aussi gourmand. Et d'abord, quand je verrai des enfants, je commencerai par me sauver.»

On croit que le loup a tenu parole. En tout cas, l'on n'a pas entendu dire qu'il ait mangé de petite fille depuis son aventure avec Delphine et Marinette.

LES BŒUFS

*D*elphine eut le prix d'excellence et Marinette le prix d'honneur. Le maire embrassa les deux sœurs en prenant bien garde de ne pas salir leurs belles robes, et le sous-préfet, venu tout exprès de la ville dans son uniforme brodé, prononça un discours.

«Mes chers enfants, dit-il, l'instruction est une bonne chose et ceux qui n'en ont pas sont bien à plaindre. Heureusement, vous n'êtes pas dans ce cas-là, vous. Par exemple, je vois ici deux petites filles en robes roses, qui ont une jolie couronne dorée sur leurs cheveux blonds. C'est parce qu'elles ont bien travaillé. Aujourd'hui, elles sont récompensées de leur peine, et voyez donc comme c'est agréable pour leurs parents : ils sont aussi fiers que leurs enfants. Ah! ah! Et tenez, moi qui vous parle, je ne voudrais pas avoir l'air de me vanter, mais enfin si je n'avais pas toujours bien appris mes leçons, je n'aurais pas ma position de sous-préfet, ni l'habit d'argent que vous me voyez. Voilà pourquoi il faut bien s'appliquer à l'école, et faire comprendre aux ignorants et aux paresseux que l'instruction est indispensable.»

Le sous-préfet s'inclina, les écolières chantèrent une petite chanson, et chacun rentra chez soi. En arrivant à la maison, Delphine et Marinette ôtèrent leurs belles robes pour mettre leurs tabliers de tous les jours, mais au lieu de jouer à la paume, ou à saute-mouton ou à la poupée, ou au loup, ou à la marelle, ou à chat perché, elles se mirent à parler du discours du sous-préfet. Elles trouvaient qu'il était vraiment très bien, ce discours. Même, elles étaient ennuyées de n'avoir pas sous la main quelqu'un de tout à fait ignorant, à qui faire comprendre les bienfaits de l'instruction. Delphine soupirait :

«Dire que nous avons deux mois de vacances, deux mois qui pourraient être si utilement employés. Mais quoi?... Il n'y a personne...»

Première publication dans Candide, *14 décembre 1933. Repris une première fois dans l'album de quatre contes illustré par Nathan Altman en 1934, ce conte figure dans les éditions successives de la collection «Blanche» à partir de 1939.*

Dans l'étable de leurs parents, il y avait deux bœufs de la même taille et du même âge, l'un tacheté de roux, l'autre blanc et sans tache. Les bœufs sont comme les souliers, ils vont presque toujours par deux. C'est pourquoi l'on dit «une paire de bœufs». Marinette alla d'abord au bœuf roux et lui dit en lui caressant le front : «Bœuf, est-ce que tu ne veux pas apprendre à lire?»

D'abord, le grand bœuf roux ne répondit pas. Il croyait que c'était pour rire.

«L'instruction est une belle chose! appuya Delphine. Il n'y a rien de plus agréable, tu verras, quand tu sauras lire...»

Le grand roux rumina encore un moment avant de répondre, mais au fond, il avait déjà son opinion.

«Apprendre à lire, pourquoi faire? Est-ce que la charrue en sera moins lourde à tirer? Est-ce que j'aurai davantage à manger? Certainement non. Je me fatiguerais donc sans résultat? Merci bien, je ne suis pas si bête que vous croyez, petites. Non, je n'apprendrai pas à lire, ma foi non!

– Voyons, bœuf, protesta Delphine, tu ne parles pas raisonnablement, et tu ne penses pas à ce que tu perds. Réfléchis un peu...
– C'est tout réfléchi, mes belles, je refuse. Ah! si encore il s'agissait d'apprendre à jouer, je ne dis pas...»

Marinette, qui était un peu plus blonde que sa sœur, mais plus vive aussi, déclara que c'était tant pis pour lui, qu'on allait le laisser à son ignorance et qu'il resterait toute sa vie un mauvais bœuf.

«Ce n'est pas vrai, dit le grand roux, je ne suis pas un mauvais bœuf. J'ai toujours bien fait mon métier, et personne n'a rien à me reprocher. Vous me faites rire, toutes les deux, avec votre instruction. Comme si l'on ne pouvait pas vivre sans ça! Remarquez bien que je n'en dis pas de mal, je prétends que ce n'est pas une chose pour les bœufs, voilà tout. La preuve, c'est qu'on n'a jamais vu un bœuf avoir de l'instruction.

– Ce n'est pas une preuve du tout, répliqua Marinette. Si les bœufs ne savent rien, c'est qu'ils n'ont jamais rien appris.

– En tout cas, ce n'est pas moi qui m'y mettrai, vous pouvez être tranquilles.»

Delphine essaya encore de lui faire entendre raison, mais ce fut peine perdue, il ne voulait pas comprendre. Les petites lui tournèrent le dos, peinées qu'il s'entêtât dans son indifférence, et sa coupable paresse. Prié à son tour, le bœuf blanc parut touché de leur sollicitude. Il avait beaucoup d'affection pour elles et il ne voulait pas les attrister par un autre refus. D'autre part, il ne lui déplaisait pas de penser qu'il pourrait être plus tard un ruminant distingué. C'était un bon bœuf, un très bon bœuf, même; doux, patient, laborieux, mais qui avait un peu d'orgueil et d'ambition. Cela se voyait à la façon hautaine dont il dressait les oreilles quand son maître, aux labours, lui faisait une observation. Mais tous les bœufs ont leurs défauts, il n'y en a point de parfaits, et celui-là, en dépit de quelques petits travers, était une excellente nature.

«Écoutez, petites, leur dit-il, j'ai presque envie de vous répondre comme mon frère: à quoi me servira de savoir lire? Mais je tiens à vous faire plaisir. Après tout, si l'instruction n'est pas utile à un bœuf, elle n'est pas une gêne non plus, et à l'occasion, elle pourra me distraire. Si la chose ne me donne pas trop de tintouin, je consens donc à essayer.»

Les petites étaient bien contentes d'avoir trouvé un bœuf de bonne volonté, et le félicitaient de son intelligence.

«Bœuf, je suis sûre que tu feras de très bonnes études, de brillantes études.»

Et lui, à ces compliments, il rentrait sa tête dans ses épaules, plissant son col en accordéon, comme nous faisons, nous, quand nous voulons nous rengorger.

« En effet, murmurait-il, je crois bien que j'ai des dispositions. »

Comme les petites quittaient l'étable pour aller chercher un alphabet, le grand roux leur demanda sérieusement :

« Dites-moi, petites, est-ce que vous n'avez pas envie d'apprendre à ruminer ?

– Apprendre à ruminer, dirent-elles en s'esclaffant, et pour quoi faire ?

– Vous avez raison, convint le grand roux, pour quoi faire ? »

Delphine et Marinette, qui voulaient faire une surprise à leurs parents, décidèrent de garder le secret sur les études du bœuf blanc. Plus tard, quand il serait déjà savant, elles auraient plaisir à voir l'étonnement de leur père.

Les débuts furent plus faciles que les petites n'avaient osé l'espérer. Le bœuf était vraiment très doué, et d'autre part, il avait beaucoup d'amour-propre. À cause des railleries du grand roux, il feignait de prendre un plaisir sans égal à épeler l'alphabet. En moins de quinze jours, il eut appris à lire ses lettres et même à les réciter par cœur. Les dimanches, les jours de pluie, et en général, tous les soirs au retour des champs, Delphine et Marinette lui donnaient des leçons en cachette de leurs parents. Le pauvre bœuf en avait de violents maux de tête, et il lui arrivait de se réveiller au milieu de la nuit en disant tout haut :

« B, A, ba, B, E, be, B, I, bi... »

« Est-il bête avec ses B, A, ba, ronchonnait le grand roux. Il n'y a même plus moyen de dormir tranquillement, depuis que ces deux gamines lui ont donné des idées de grandeur. Si encore tu étais sûr de ne rien regretter plus tard...

– Tu n'imagineras jamais, ripostait le bœuf blanc, quel plaisir ce peut être de connaître les voyelles, les consonnes, de former des syllabes, enfin. Cela rend la vie bien agréable et je comprends à présent pourquoi l'on fait un si grand éloge de l'instruction. Je me sens déjà un autre bœuf qu'il y a trois semaines. Quel bonheur d'apprendre ! mais voilà, tout le monde ne peut pas, il faut des capacités. »

Le voyant si heureux, le grand roux en venait parfois à se demander s'il avait été sage de s'obstiner dans son ignorance. Mais comme cette année-là, le fourrage avait un excellent goût de noisette, que la paille était douce et longue, il résistait facilement aux séductions de l'esprit.

Tout d'abord, Delphine et Marinette purent se féliciter de leur initiative. Le bœuf faisait des progrès surprenants. Au bout du mois, il commençait à savoir compter, il lisait presque couramment, et il avait même appris une petite poésie. Il devint si studieux qu'à l'étable il avait toujours dans son râtelier un livre ouvert dont il tournait les pages avec sa langue. C'était tantôt une arithmétique, tantôt une grammaire, ou encore une histoire, une géographie, un recueil de poèmes. Sa curiosité n'avait d'égale que son application, et il s'intéressait à tout ce qui est imprimé.

« Comment ai-je pu vivre en ignorant toutes ces belles choses », murmurait-il à chaque instant.

Et qu'il fût aux champs, ou au vert, ou par les chemins, il ne se lassait pas de réfléchir à ses lectures. Il faut dire que c'était un bœuf de six ans et qu'à cet âge-là, les bœufs sont aussi raisonnables que peut l'être une personne d'entre vingt-cinq et trente. Malheureusement, ses études le fatiguaient beaucoup, à cause de son trop grand zèle, et aussi parce que ce nouveau labeur venait en surcroît et ne lui épargnait pas celui des champs. Le pire était qu'à rêver sans cesse, il oubliât la moitié du temps de boire et de manger, si bien que les petites voyant sa maigreur, ses yeux jaunes et ses traits tirés, furent prises d'inquiétude.

«Bœuf, lui dirent-elles, nous sommes très contentes de ton travail. Voilà que tu en sais maintenant presque autant que nous et peut-être plus, si c'est possible. Tu as donc mérité de te reposer, et d'ailleurs, ta santé l'exige.

– Je me moque de ma santé et ne veux penser qu'à orner mon esprit.

– Voyons, bœuf, il faut être raisonnable. Si tu allais à l'école comme nous, tu verrais que le travail n'est pas toujours bon, et qu'il y a temps pour tout. La preuve en est que nous avons des récréations pour nous reposer, et même des vacances.

– Les vacances? eh bien! oui, tenez, parlons-en un peu des vacances! ma parole, je ne suis pas fâché d'en parler, non!»

Les petites, ne voyant pas bien où il voulait en venir, se donnaient mutuellement des coups de coude, comme pour se dire sans en avoir l'air : «Mais qu'est-ce qu'il a, hein? qu'est-ce qui le prend?»

«Oh! je vous vois bien, dit le bœuf, ce n'est pas la peine de vous donner des coups de coude. Je ne suis pas fou du tout, et je sais très bien ce que je dis. Vous me parlez de vacances, et ci et ça, et que je devrais me reposer. Bon. Et moi, je vous réponds justement que je suis de votre avis. Parfaitement, des vacances, mais alors de vraies vacances qui me permettront de travailler selon mes goûts et mes aptitudes. Ah! pouvoir consacrer son temps à lire les poètes, à connaître les travaux des savants… c'est la vie, cela!

– Il faut bien jouer aussi, dit Marinette.

– On ne peut pas discuter avec vous, soupira le bœuf, vous êtes des enfants.»

Et il se replongea dans un chapitre de géographie, en faisant remuer sa queue pour témoigner aux petites que leur présence l'impatientait. Tout ce qu'on pouvait lui dire encore était inutile, il n'en ferait qu'à sa tête.

«Au moins, lui dit Marinette, puisque tu ne veux pas prendre de vacances, fais attention que personne ne te voie étudier. Quand je pense que tu as toujours un livre ouvert devant les yeux et que nos parents pourraient te surprendre…»

On peut juger par cette recommandation que les deux blondes n'étaient plus très sûres d'avoir fait œuvre de sagesse. Et en effet, elles ne se vantaient à personne de leur entreprise.

Bien entendu, le maître n'avait pas été sans apercevoir un change-ment dans l'attitude du bœuf blanc. Un jour, sur la fin de l'après-midi, il eut la surprise de le voir, assis sur le pas de la porte de l'étable, qui paraissait contempler distraitement la campagne.

«Par exemple, dit-il, qu'est-ce que tu fais là, bœuf, et dans cette posi-tion assise?»

Et le bœuf, balançant la tête et fermant à demi les paupières, répon-dit d'une voix douce:

> *J'admire, assis sous un portail*
> *Ce reste de jour dont s'éclaire*
> *La dernière heure du travail...*

Le maître ne savait pas, ou bien il l'avait oublié, que ce fussent là des vers de Victor Hugo, et il convint tout d'abord:

«Il parle bien, ce bœuf.»

Mais il soupçonnait que ce beau langage dissimulait un mystère inquiétant, car il ajouta:

«Hum! je ne sais pas ce qu'il a, mais depuis quelque temps, je trouve qu'il a des airs singuliers... tout à fait singuliers...»

Il ne vit pas la confusion des petites qui rougissaient jusqu'aux cheveux en assistant à cette scène pénible. Mais elles rougirent bien davantage et les larmes leur vinrent aux yeux, lorsque le père s'écria:

«Allons! ouste! rentre dans ton étable! je n'aime pas les bœufs qui font des manières, moi!»

Le bœuf se leva en lui jetant un regard triste et courroucé, puis il regagna sa place auprès du grand roux. Bientôt, le travail qu'il fournissait aux champs se ressentit de ses occupations studieuses. Il avait la tête si pleine de beaux vers, de dates historiques, de chiffres et de maximes, qu'il écoutait distraitement les ordres donnés par son maître. Parfois même, il n'écoutait pas du tout, et l'attelage s'en allait de travers et jusqu'au bord du fossé, quand ce n'était pas en plein dedans.

«Fais donc attention, lui soufflait le grand roux en le poussant de l'épaule, tu vas encore nous faire gronder.»

Le bœuf blanc avait alors un frémissement orgueilleux des oreilles, et s'il consentait à reprendre le droit chemin, c'était pour s'en écarter presque aussitôt. Un matin de labour, il s'arrêta brusquement au milieu d'un sillon, sans que le maître l'eût commandé et se mit à rêver tout haut. Voilà ce qu'il disait:

«Deux robinets coulent dans un récipient cylindrique de soixante-quinze centimètres de haut, et débitent ensemble vingt-cinq décimètres cubes à la minute. Sachant que l'un des deux robinets, s'il coulait seul, mettrait trente minutes à remplir le récipient, alors que l'autre mettrait trois fois moins de temps que s'ils coulaient tous les deux à la fois, calculer le volume du récipient, son diamètre et au bout de combien de temps il sera plein... C'est intéressant... très intéressant...

– Qu'est-ce qu'il peut bien jargonner? dit le maître.

– Voyons... je suppose que les deux robinets soient fermés... qu'est-ce qui se passe?

– Enfin, explique-moi donc un peu ce que tu racontes...»

Mais le bœuf était si profondément absorbé par la recherche de sa solution qu'il n'entendait rien et demeurait immobile en marmonnant des chiffres. De tout temps, les bœufs ont été loués pour leur parfaite égalité d'humeur, et l'on n'en a jamais vu s'entêter à rester sur place, comme font trop souvent les mulets et les ânes. Aussi le maître était-il fort surpris d'un pareil caprice. «Il faut que cette bête-là soit malade», songea-t-il. Lâchant les mancherons de la charrue, il passa en tête de l'attelage et interrogea d'une voix tout amicale : «Tu parais souffrant. Voyons, dis-moi ce qui ne va pas, franchement.» Alors, le bœuf, frappant la terre de son sabot, répondit avec colère : «C'est tout de même malheureux, mais il n'y a pas moyen de réfléchir en paix une minute ! On ne s'appartient pas ! On dirait que je n'ai pas d'autre affaire que leur charrue ! J'en ai par-dessus la tête de leur joug !»

Le maître demeura interloqué à se demander si son bœuf avait bien toute sa raison. Le grand roux était très attristé par cet incident, bien qu'il ne laissât rien deviner de ses préoccupations. Il savait très bien à quoi attribuer cet accès de mauvaise humeur, mais c'était un bon camarade qui n'aurait pas voulu rapporter pour se faire bien voir du patron. Avec lui, on pouvait être tranquille. Enfin, le bœuf blanc se ressaisit et s'excusa d'une voix maussade :

«C'est bon, j'ai été distrait. N'en parlons plus et reprenons la besogne.»

Ce jour-là, au repas de midi, les petites eurent une grande frayeur en entendant les paroles de leur père.

«Ce bœuf blanc devient impossible, disait-il, et ce matin encore, j'ai cru devenir enragé à cause de ses sottises. Non seulement il fait son travail de travers, mais il répond comme le pire des effrontés, et je ne peux même plus lui faire une observation. Croyez-vous, hein ? S'il continue à se rendre insupportable, je vais me voir obligé de le vendre pour la boucherie...

– À la boucherie ? demanda Delphine. Pour quoi faire ?

– Tiens, cette idée ! pour le manger, tout simplement.»

Delphine se mit à sangloter, et Marinette à protester.

«Manger le bœuf blanc ? dit-elle, mais c'est que moi je ne veux pas.

– Ni moi, dit Delphine. On ne mange pas un bœuf parce qu'il est de mauvaise humeur ou parce qu'il est triste...

– Il faudrait peut-être le consoler ?

– Bien sûr ! En tout cas, on n'a pas le droit de le manger !

– Et on ne le mangera pas !»

Les petites, voyant clairement le péril où elles avaient engagé leur ami, se démenaient comme des diablotins, criant, tapant du pied et sanglotant, si bien que le père s'écria d'une voix courroucée :

«Taisez-vous, deux péronnelles que vous êtes ! ces choses-là ne regardent pas des gamines. Un bœuf qui fait sa mauvaise tête n'est plus bon qu'à être mangé, et si le nôtre ne s'amende pas, il sera mangé comme il le mérite !»

Lorsque les deux petites furent sorties, il dit encore à sa femme, mais en riant et sans plus de colère :

«S'il fallait les écouter, on laisserait toutes les bêtes mourir de vieillesse... Quant au bœuf blanc, je ne crois pas qu'il soit possible de le vendre avant longtemps ; il est devenu si maigre que ce serait une mauvaise affaire. Je serais d'ailleurs bien curieux de savoir pourquoi il maigrit ainsi. J'ai toujours pensé que ce n'était pas naturel. »

Cependant, Delphine et Marinette avaient couru à l'étable avertir le malheureux bœuf qui était justement en train d'étudier sa grammaire. En les voyant, il ferma les yeux et récita sans se tromper une fois, la règle des participes, qui est pourtant très difficile. Mais Marinette confisqua la grammaire, et Delphine tomba à genoux sur la paille.

«Bœuf, il parait que si tu continues à tirer la charrue de travers et à répondre de travers, tu vas être vendu.

– Que m'importe, fillettes ? Là-dessus, je suis tout à fait de l'avis de La Fontaine : «Notre ennemi, c'est notre maître.»

Les petites trouvèrent qu'il n'était pas très gentil, car enfin, il leur devait au moins quelques paroles de regret.

«Vous voyez comme il est, fit observer le grand roux. À présent, il ne connaît plus ni parents, ni amis...

– Que m'importe d'être vendu ? reprenait l'autre. Le seul risque serait sans doute de me voir apprécié un peu mieux que je ne suis ici.

– Mon pauvre bœuf, lui dit Delphine, tu serais vendu au boucher.

– Pour être mangé, ajouta Marinette qui lui en voulait de tant d'ingratitude. Tu vas être mangé et ce sera notre faute à nous qui t'avons donné de l'instruction. Parce qu'il faut bien le reconnaître : c'est l'instruction qui t'a rendu insupportable. Et si tu ne veux pas être mangé, il va falloir commencer par oublier tout ce que tu as appris.

– J'avais bien dit que tout cela ne valait rien pour les bœufs, soupira le grand roux. On n'a pas voulu m'écouter.»

Son compagnon le regarda du haut en bas et répondit sèchement :

«Oui, monsieur, j'ai méprisé vos conseils, comme je les méprise aujourd'hui. Sachez que je ne regrette rien, et quant à vouloir oublier quoi que ce soit, je refuse. Mon seul désir, ma seule ambition, c'est d'apprendre encore et toujours. Plutôt mourir que d'y renoncer.»

Le grand roux, au lieu de se fâcher, répondit avec amitié :

«Si tu venais à mourir, j'aurais du chagrin, tu sais...

– Oui, oui, on dit ça, et puis dans le fond...

– Sans compter que ce ne serait pas agréable pour toi, poursuivit le grand roux. Un jour que je passais en ville, devant une boucherie, j'ai vu un bœuf pendu par les cuisses, le ventre ouvert. Sa tête était posée à côté de lui sur un plat. On lui avait ôté sa peau, et le boucher, avec un couteau, taillait des tranches de viande dans sa chair saignante. Voilà pourtant où ton instruction va te mener, si tu n'y prends pas garde.»

Le bœuf blanc n'avait plus du tout envie de mourir, et quoiqu'il s'en défendît, il était de l'avis des deux petites.

«Bœuf, lui disaient-elles, le discours de M. le sous-préfet n'était pas fait pour les bœufs. Si nous avions mieux réfléchi, nous t'aurions appris à jouer à des jeux : à la main chaude, au loup, à la tape, à la poupée, à chat perché...

– Non, tout de même, protestait le bœuf blanc, les jeux, c'est bon pour les enfants.

– Moi, disait le grand roux en riant de toutes ses dents, il me semble que j'aimerais ça, les jeux. Tenez, par exemple, la tape ou bien chat perché, je ne sais pas ce que c'est, mais c'est sûrement amusant.»

Les petites promirent de lui apprendre à jouer, et le bœuf blanc jura qu'à l'avenir il s'appliquerait aux travaux de la terre et n'aurait plus en présence du maître la moindre distraction.

Pendant une semaine, le bœuf s'abstint de toute espèce de lectures, mais il fut si malheureux qu'il maigrit, durant cette huitaine, de vingt-sept livres et trois hectogrammes, ce qui est considérable, même pour un bœuf. Les petites comprirent elles-mêmes qu'il ne pouvait durer à un pareil régime et lui rendirent quelques livres parmi ceux qu'elles jugeaient les plus ennuyeux : un traité sur la fabrication des parapluies, et un ouvrage très ancien sur la guérison des rhumatismes. Le bœuf les trouva si attrayants que, non content de les relire, il les apprit par cœur tous les deux. « Donnez-m'en d'autres », dit-il aux petites lorsqu'il eut fini, et il fallut bien lui obéir. Dès lors, il retomba dans sa funeste passion de l'étude et rien ne put l'en détourner, ni le péril de la boucherie, ni la colère du maître, ni les amicales remontrances du grand roux qui, de son côté, avait beaucoup changé en l'espace de quelques semaines.

Delphine et Marinette, dans l'espoir que le bœuf savant se laisserait tenter par les plaisirs de la tape, du colin-maillard et du chat perché, avaient appris ces jeux au grand roux qui s'en amusait beaucoup, et même un peu plus qu'il n'était raisonnable à un bœuf de son âge, car il devenait d'humeur frivole, riant à propos de tout et de rien.

Cela faisait une paire de bœufs très mal assortie, et les sujets de querelle étaient nombreux.

«Je ne comprends pas», disait le bœuf blanc d'une voix sévère en jetant sur son compagnon un regard attristé, «je ne comprends pas...

– Non, laisse-moi rire, interrompait le grand roux, c'est plus fort que moi, il faut que je rie...

– Je ne comprends pas qu'on puisse à ce point manquer de sérieux et de dignité. Quand on pense que la surface d'un rectangle s'obtient en multipliant la longueur par la largeur, que le Rhin prend sa source dans le massif du Saint-Gothard et que Charles Martel vainquit les Arabes en l'an 732, on est consterné par le spectacle d'un bœuf de six ans se livrant à des jeux imbéciles, et volontairement ignorant des merveilles...

– Ha! ha! ha! faisait le grand roux, tordu par un rire convulsif.

– Idiot! Si au moins il avait l'esprit de s'amuser discrètement et de ne pas troubler mes travaux. Vas-tu te taire?

– Écoute, vieux, laisse tes bouquins un moment et jouons à quelque chose, tous les deux...

– Voilà qu'il devient fou! comme si j'avais le temps de me prêter...

– À pigeon vole, rien qu'un quart d'heure... rien que cinq minutes...»

Parfois le bœuf blanc cédait, après avoir arraché à l'autre la promesse de le laisser étudier en paix. Mais toujours préoccupé, il jouait médiocrement et s'y collait presque tout le temps. Il arrivait même que le grand roux en fût agacé et se fâchât tout de bon, disant qu'il faisait exprès de mal jouer.

«Toutes les fois tu t'y laisses prendre, et du premier coup. Tu ne sais donc pas ce que c'est qu'une maison, toi qui es si savant?... Si tu le sais, pourquoi dis-tu "maison vole"? Ah! tu n'as pas l'esprit très vif, à ce que je vois...

– Je l'ai plus que toi, repartait son compagnon, mais je suis incapable de m'intéresser à des sottises, et j'en suis fier.»

Leurs jeux finissaient la plupart du temps par un échange d'injures, quand ce n'étaient pas des coups de pied.

«En voilà des manières, leur dit Marinette qui les surprit un soir au milieu d'une querelle. Vous ne pouvez pas vous parler gentiment?

– C'est de sa faute, il m'a forcé à jouer à pigeon vole.

– Mais non, il n'y a même pas moyen de plaisanter, avec lui...»

Ils en vinrent à ne plus pouvoir se supporter, et formèrent le plus mauvais attelage qu'on eût jamais vu. De plus en plus distrait, le bœuf blanc marchait à reculons quand il fallait marcher en avant, tirait à droite au lieu de tirer à gauche, tandis que son compagnon s'arrêtait à chaque instant pour rire à son contentement, ou bien se retournait vers le maître pour lui proposer une devinette :

«Quatre pattes sur quatre pattes. Quatre pattes s'en vont, quatre pattes restent. Qu'est-ce que c'est ?

– Allons, nous ne sommes pas là pour dire des bêtises. Hue !

– Oui, disait le grand roux en riant, vous dites ça parce que vous ne savez pas trouver.

– Moi ? je ne veux même pas chercher. Au travail !

– Quatre pattes sur quatre pattes, voyons, ce n'est pas difficile…»

Il fallait que le maître le piquât de son aiguillon, pour qu'il se remît au travail, et alors, c'était l'autre bœuf qui s'arrêtait pour se demander s'il était bien vrai que la ligne droite fût le plus court chemin d'un point à un autre, ou Napoléon le plus grand capitaine de tous les temps (certains jours, il se décidait pour César). Le fermier se désolait de voir que ses bœufs devenaient de si mauvais ouvriers, l'un tirant à hue quand l'autre tirait à dia. Quelquefois il mettait tout un matin à tracer un sillon qu'il lui fallait recommencer l'après-midi.

«Ces bœufs me feront perdre la tête, disait-il chez lui. Ah ! si seulement je pouvais les vendre… mais il ne faut pas espérer vendre le blanc, il est de plus en plus maigre, et d'autre part si je me débarrasse du grand roux qui est devenu insupportable, qu'est-ce que je ferais d'un seul bœuf ?»

Delphine et Marinette avaient encore un peu de remords en écoutant ces paroles, mais surtout, elles se félicitaient de ce qu'aucun des bœufs ne fût promis au boucher. Elles ne savaient pas que le bœuf blanc allait tout gâter, faute de pouvoir tenir sa langue.

Un soir, au retour des champs, le grand roux jouait à chat perché avec les petites dans la cour de la ferme. À vrai dire, il ne se perchait pas sur le fond d'un cuveau, ou sur un escabeau, ou sur une lessiveuse. Il était trop gros pour cela. Mais on lui en accordait le bénéfice quand il avait simplement posé un pied sur le perchoir. Le maître considérait ces ébats sans bienveillance. Comme le grand roux faisait le simulacre de se percher sur la margelle du puits, il le tira rudement par la queue et lui dit avec colère :

«As-tu fini tes singeries, regardez-moi un peu ce grand benêt, à quoi il s'amuse !

– Alors quoi, dit le bœuf, on ne peut même plus jouer, maintenant ?

– Je te donnerai la permission de jouer quand tu travailleras comme il faut. Va-t'en à l'étable.»

Puis il avisa le bœuf blanc qui faisait une expérience de physique dans l'auge de pierre où il venait de boire.

«Toi, dit le maître, je te conseille également plus d'application, et je trouverai bien un moyen de t'y obliger. En attendant, rentre aussi, à quoi cela ressemble-t-il de patauger dans l'eau comme tu fais? Décampe!»

Fâché d'interrompre son expérience, et plus encore humilié qu'on lui parlât sur ce ton, le bœuf blanc riposta:

«J'admets que vous vous adressiez avec cette rudesse à un bœuf ignorant, tel que mon compagnon. Ces espèces ne comprennent en effet point d'autre langage. Mais ce n'est pas ainsi que l'on traite un bœuf tel que moi, un bœuf instruit...»

Les petites, qui s'étaient approchées, lui faisaient de grands signes pour qu'il tînt sa langue, mais il poursuivit:

«Un bœuf, dis-je, instruit dans les sciences, les belles-lettres, et la philosophie...

– Comment, mais je ne te savais pas aussi savant, bœuf...

– C'est pourtant la vérité. J'ai lu plus de livres que vous n'en lirez jamais, monsieur, et je sais plus de choses que n'en sait toute votre famille réunie. Mais trouvez-vous convenable qu'un bœuf de mon mérite soit obligé aux travaux de la terre ? et pensez-vous, monsieur, que la philosophie soit à sa place devant la charrue ? Vous me reprochez de faire aux champs de mauvaise besogne, mais c'est que je suis fait pour accomplir d'autres travaux plus importants. »

Le maître l'écoutait avec attention, et de temps à autre, il hochait la tête. Pensant qu'il dût être fâché et qu'il le serait davantage quand le bœuf aurait tout dit, les petites n'en menaient pas large, mais elles eurent la surprise de l'entendre dire :

« Bœuf, pourquoi ne m'avoir pas parlé ainsi plus tôt ? Si j'avais su, tu penses bien que je ne t'aurais pas obligé à un labeur aussi pénible : j'ai trop de respect pour la science et la philosophie.

– Et les belles-lettres aussi, dit le bœuf, vous avez l'air d'oublier les belles-lettres.

– Bien entendu, les belles-lettres aussi. Mais va, c'est bien fini et j'entends que désormais tu restes à la maison pour achever tes études dans la quiétude la plus complète. Je ne veux plus que tu prennes sur ton sommeil le temps de tes lectures et de tes méditations.

– Vous êtes un bon maître, comment reconnaître votre générosité ?

– En prenant bien soin de ta santé. J'aime voir aux belles-lettres, aux sciences et à la philosophie un visage bien joufflu. N'aie donc pas d'autre souci que d'étudier, de manger et de dormir. Le grand roux travaillera pour deux. »

Le bœuf ne se lassait pas d'admirer et de louer l'intelligence d'un maître aussi rare, et les petites étaient fières de leur père. Il n'y avait que le grand roux qui n'eût pas à se féliciter de cette décision.

En fait, il s'accommoda assez bien du nouveau régime et s'il n'accomplit pas son travail d'une manière tout à fait satisfaisante, du moins avait-il moins de mal que lorsque son compagnon de joug contrariait ses efforts par distraction ou mauvaise volonté.

Quant au bœuf blanc, l'on peut dire qu'il vécut parfaitement heureux. Il s'était orienté décidément vers la philosophie, et comme il avait autant de loisirs qu'il en pouvait désirer, et un excellent fourrage, ses méditations étaient sereines. Il engraissait régulièrement et prenait bonne mine. Il était en possession d'une très belle philosophie, lorsque son maître, s'étant aperçu qu'il avait augmenté de soixante-quinze kilogrammes, décida de le vendre au boucher en même temps que le grand roux. Par bonheur, le jour où il les conduisit à la ville, un grand cirque venait de planter sa tente sur la place principale. Le propriétaire du cirque, en passant auprès d'eux, entendit le bœuf blanc qui parlait avec distinction de science et de poésie. Il pensa qu'un bœuf savant ne ferait pas mal dans son cirque, et il en proposa aussitôt un bon prix. Le grand roux regrettait maintenant de n'avoir pas étudié.

«Prenez-moi aussi, dit-il, je ne suis pas savant, c'est vrai, mais je connais des jeux amusants, et je ferai rire le public.

– Prenez-le, dit le bœuf blanc, c'est mon ami, et je ne peux pas me séparer de lui.»

Après quelques hésitations, le propriétaire du cirque voulut bien acheter le grand roux, et il n'eut pas à le regretter, car les bœufs eurent beaucoup de succès. Le lendemain, les petites vinrent à la ville et purent applaudir leurs amis dans un très joli numéro. Elles avaient un peu de peine en pensant qu'elles les voyaient pour la dernière fois, et le bœuf blanc lui-même, qui ne demandait qu'à voyager pour s'instruire encore, avait du mal à retenir ses larmes.

Les parents achetèrent une autre paire de bœufs, mais les petites se gardèrent bien de leur apprendre à lire, car elles savaient mainte-

nant qu'à moins de trouver place dans un cirque les bœufs ne gagnent rien à s'instruire, et que les meilleures lectures leur attirent les pires ennuis.

LE PETIT COQ NOIR

Sur le chemin de l'école et traversant les prés, Delphine et Marinette virent un petit coq noir qui allait d'un pas pressé dans l'herbe haute.

«Où vas-tu, coq? demanda Marinette.

– Je vais, dit le coq sans tourner la tête, et je n'ai pas le temps de bavarder.»

On voyait bien qu'il n'était pas disposé aux confidences, car il marchait en tapant du bec sur les plumes de son jabot, et une petite flamme de colère luisait dans son œil doré. Marinette était peinée qu'il eût fait une réponse de cette façon-là.

«Qu'est-ce qu'il se croit donc? murmura-t-elle à l'oreille de sa sœur. Pour un petit coq de rien du tout...

– Il a toujours été un peu fier, dit Delphine, mais je ne le crois pas mal élevé. Il aura appris, bien sûr, que tu as eu hier après-midi deux mauvais points à l'école, et c'est pourquoi il ne veut pas te répondre.

– Puisqu'il sait tout, il doit savoir aussi que je ne les ai pas mérités.»

Pendant qu'elles disputaient, le coq avait déjà fait du chemin; on n'apercevait plus que sa crête qui faisait une petite tâche rouge dans l'herbe drue. Delphine courut derrière lui, le dépassa, et fit une révérence.

«Coq, ma sœur est curieuse, mais elle voudrait savoir où tu vas, les plumes si belles et la crête si fraîche?»

Le petit coq noir s'arrêta. Il était content, à cause des plumes et de la crête. Il se redressa, une patte raide, l'autre repliée, et renfla son jabot.

«Ah! je viens de loin, petites, et je vais plus loin encore. Tel que vous me voyez, j'ai déjà passé la rivière sur un pont!»

Marinette, qui se tenait derrière lui, haussa les épaules, et regarda sa sœur comme pour lui faire entendre: «Il a passé la rivière, hein...

Première publication dans Candide, *22 juin 1933, sous le titre «Quand les poules auront des dents». Repris une première fois dans l'album de quatre contes illustré par Nathan Altman en 1934, ce conte n'est pas réédité dans les recueils illustrés pour les enfants, mais figure dans les éditions successives de la collection «Blanche» à partir de 1939.*

dirait-on pas… mais moi, je la passe tous les jours, la rivière.» Parce qu'elle était polie, elle ne dit rien pourtant, et ce fut encore Delphine qui parla.

«Et pourquoi donc ce grand voyage, coq?

– C'est toute une histoire, petites, toute une histoire» (et il renflait son jabot encore bien plus).

«Quand j'y pense… Ah! je suis en colère, vous savez! Figurez-vous que cette nuit, le renard est venu rôder autour du poulailler pour la troisième fois depuis quinze jours. Il sait que j'ai le sommeil un peu lourd et il en profite, mais soyez tranquilles, je ne lui laisserai pas toujours la partie aussi belle. Il peut se flatter d'avoir eu de la chance que je ne me sois pas réveillé…»

Marinette eut bien du mal à ne pas éclater de rire. Elle s'écria:

«Mais, coq, le renard t'aurait mangé! tu es tout petit!»

Alors, le coq se retourna tout d'un saut, la crête frémissante.

«Tout petit? par exemple! nous allons bien voir… Il n'y a qu'une chose qui vaille, c'est le courage et je n'en manque pas, Dieu merci. Le renard m'a encore échappé cette nuit, mais, sachez-le, j'ai quitté le poulailler à l'aube, et je me suis mis en route pour gagner la forêt. Je saurai bien découvrir le renard où il se cache, et je vous le corrigerai d'importance!»

Il s'était mis à marcher en rond, d'un pas fier qui lui jetait la tête en arrière, et comme il avait une assez belle voix, son éloquence fit grande impression sur les petites. Marinette n'avait plus envie de rire, et il se radoucit.

«Si vous voulez, reprit-il, vous pouvez me rendre un service. Je ne suis plus très sûr de mon chemin, et l'herbe est si haute par ici que je n'arrive pas à voir par-dessus.»

Delphine le prit dans ses mains et le percha sur son épaule pour qu'il découvrît toute la plaine. Marinette, qui avait encore un peu de rancune, ne put se tenir de lui faire observer:

«Tu diras ce que tu voudras, coq, mais c'est tout de même bien commode, d'être grand.

– Cela peut servir quelquefois, dit le coq, mais il faut convenir que ce n'est pas beau.»

Les petites firent l'école buissonnière sans y penser. Elles ne l'auraient sûrement pas faite si elles avaient réfléchi aux suites de leur escapade, mais le coq marchait en avant, et il leur disait:

«Vous allez voir la tête du renard quand il me verra arriver, vous allez voir… Je m'en vais vous l'arranger d'une manière qui le rendra prudent pour longtemps. Tenez, regardez un peu comment je m'y prendrai...»

Alors, il tombait en arrêt devant un bouton d'or, le plus gros qu'il pût trouver. Battant l'air de ses courtes ailes, toutes les plumes dressées et l'œil en feu, il sautait sur la fleur, la déchirait à coups de bec, et en piétinait les débris.

«Tout de même, murmurait Delphine à sa sœur, je ne voudrais pas être à la place du renard...

– C'est-à-dire que je ne voudrais pas être à la place du bouton d'or», répondait Marinette.

Cependant, à mesure que l'on approchait du bois, le coq se montrait moins pressé d'arriver. Il s'arrêtait presque à chaque pas pour faire admirer sa vigueur et sa bravoure.

«Tenez, les marguerites, eh bien, c'est pareil que les boutons d'or... et pareil aussi, les bleuets...

– Oui, disait Marinette, mais les renards?»

Enfin, comme les petites le pressaient de poursuivre son chemin, il essaya de se dérober.

«Il faut que je vous le dise, mais j'ai un grand remords de vous avoir fait manquer l'école. L'instruction est une chose si précieuse qu'on n'a vraiment pas le droit d'en rien perdre. C'est à moi d'être le plus raisonnable, et ma foi, tant pis pour le renard, je le corrigerai un autre jour, mais je veux d'abord vous conduire à l'école.

– Ah! non, protesta Marinette, à présent il est trop tard pour aller en classe. Il fallait t'en aviser plus tôt. Et puis, tu sais, on n'a pas besoin de toi pour trouver le chemin de l'école. Allons, au bois tout de suite, ou je croirai que tu as peur.»

Le coq était bien ennuyé, mais il s'était trop engagé pour reculer, et il avait beau chercher un prétexte dans sa tête d'épingle, il n'en trouvait point d'honnête pour justifier une retraite soudaine.

«Bon, bon, n'en parlons plus. Moi, je vous donne de bons conseils, vous en faites ce qu'il vous plaît.»

Mais en arrivant à la lisière du bois, il s'arrêta, bien décidé à n'aller pas plus avant.

«Vous comprenez, dit-il, pour peu que le renard soit averti de mon arrivée, il m'aura tendu un piège de sa façon. Je ne suis pas si bête d'aller me fourrer dans ses pattes sans avoir pris toutes mes dispositions de combat. Voilà un acacia qui fera un excellent observatoire. Pendant que je surveillerai la lisière du bois pour m'assurer que le renard ne cherche pas à m'échapper, vous partirez aux renseignements dans les fourrés ; et si, par malchance, l'occasion nous échappe ce matin, ce sera pour une autre fois…»

Avec l'aide de Delphine, il grimpa sur son arbre, et les petites entrèrent dans la forêt. Elles n'avaient pas marché cinq minutes qu'elles furent arrêtées par de beaux fraisiers qui portaient de petites fraises rouges et fondantes. Les deux sœurs étaient si occupées de leur cueillette que le renard s'approcha sans être entendu.

«Ah! Ah! dit-il après les avoir saluées, je vois que nous avons fait l'école buissonnière?»

Delphine rougit, mais il ajouta aussitôt avec un bon sourire d'amitié: «Surtout, prenez bien garde de ne pas tacher vos tabliers. Les parents sont curieux, et ils ne croient pas toujours leurs filles quand elles disent qu'il pousse des fraises sur le chemin de l'école.»

Les petites se mirent à rire. Avec lui, on se sentait tout de suite à son aise.

«Et comment vous appelez-vous, mignonnes?

– Je m'appelle Delphine, et ma sœur Marinette. Elle n'est pas aussi grande que moi.

– Marinette est la plus blonde, je crois, mais Delphine a les plus grands yeux. Les jolies petites que voilà, je les aime déjà toutes les deux.

– Vous êtes bien honnête, monsieur le renard.»

Cependant, il tournait la tête vers l'entrée du bois et reniflait en plissant ses yeux rieurs.

«Hum! ça sent bon par ici… je ne sais pas, mais il me semble…

– Ce sont les fraises, dit Marinette, voulez-vous en goûter quelques-unes? J'en ai là de bien mûres, vous savez…»

Le renard remercia, et avec tant de bonne grâce, qu'en le voyant s'éloigner vers la lisière du bois, Delphine s'écria:

«Surtout, n'allez pas de ce côté-là! Le coq surveille l'entrée du bois et il a dit qu'il voulait vous corriger.

– Oh! Oh! me corriger? dit le renard. Il faut qu'il y ait un malentendu, car le coq m'a toujours compté parmi ses meilleurs amis. Mais je vais arranger cela, n'en ayez pas d'inquiétude. Quelques minutes d'entretien confidentiel auront déjà calmé sa colère. Je vous appellerai tout à l'heure pour assister à notre réconciliation. En attendant, ne vous privez pas de cueillir des fraises. Il en restera toujours assez pour les oiseaux.»

Il disparut au galop vers la sortie du bois. Les petites, admirant son panache et sa belle fourrure, lui firent un signe d'amitié, puis se remirent à la cueillette, car elles n'étaient pas moins gourmandes de fraises que n'était le renard de poulets, de gelines et de coqs.

Le renard était assis au pied de l'acacia. Il regardait le coq perché sur une haute branche, et il voulait le manger. Le plus fort, c'est qu'il ne s'en cachait pas du tout, au contraire.

« Tu ne sais pas, dit-il au coq, ce que j'ai appris hier soir en passant sous les fenêtres de la ferme ? J'ai appris que les maîtres allaient te faire cuire dans une sauce au vin pour te servir dimanche prochain au repas de midi. Tu n'imagines pas combien l'annonce de cette nouvelle a pu me peiner...

– Mon Dieu, dans une sauce au vin ! Ils veulent me faire cuire dans une sauce au vin !...

– Ne m'en parle pas, j'en ai la chair de poule... Mais, sais-tu ce que tu feras, si tu veux leur jouer un bon tour ? Tu descendras de ton arbre, et moi je te mangerai. Alors eux, ils seront bien attrapés ! »

Et il riait de toutes ses dents qu'il avait longues et pointues, et il passait sa langue sur son museau avec un air friand.

Mais le coq ne voulait pas descendre. Il disait qu'il aimait mieux être mangé par ses maîtres que par le renard.

«Tu en penseras ce que tu voudras, mais je préfère mourir de ma mort naturelle.

– Ta mort naturelle?

– Oui. Je veux dire : être mangé par mes maîtres.

– Qu'il est bête! Mais la mort naturelle, ce n'est pas ça du tout!

– Tu ne sais pas ce que tu dis, renard. Il faut bien que les maîtres nous tuent un jour ou l'autre. C'est la loi commune, il n'y a personne qui puisse y échapper. Le dindon lui-même, qui fait tant son rengorgé, y passe comme les autres. On le mange aux marrons.

– Mais, coq, suppose que les maîtres ne vous mangent pas?

– Il n'y a pas à supposer, puisque c'est impossible. C'est une règle sans exception. Il faut toujours en arriver à la casserole.

– Oui, mais enfin, suppose... essaie de supposer une minute...»

Le coq fit un effort d'imagination considérable, et ce qu'il imagina le fit vaciller sur sa branche.

«Alors, murmura-t-il, on ne mourrait plus jamais... On n'aurait qu'à faire attention aux automobiles, et l'on vivrait toujours, sans inquiétude.

– Eh! oui, coq, tu vivrais toujours, c'est justement ce que je voulais te faire comprendre. Et dis-moi, qui t'empêche de vivre toujours, sans avoir le souci, au réveil, de te demander si tu ne seras pas saigné dans le courant de la journée?

– Voyons, mais puisque je te dis...»

Le renard l'interrompit et s'écria d'une voix impatiente :

«Oui, oui, tu vas encore me parler des maîtres, c'est entendu... et si tu n'avais pas de maîtres?

– Pas de maîtres? dit le coq. Et, d'étonnement, il resta bec ouvert.

– On peut très bien vivre sans maîtres, et le mieux du monde, je t'assure. Moi qui vis depuis bientôt trois siècles» (il disait trois siècles, mais ce n'était pas vrai : il était né en 1922), «moi qui vis depuis trois siècles, je n'ai jamais regretté une seule fois d'être libre. Et comment le regretterais-je? Si j'avais accepté comme toi d'avoir des maîtres, il y a beau temps que je serais mangé. On m'aurait saigné dans ma plus tendre enfance, et je n'aurais pas à présent l'avantage de compter trois cents ans d'âge, ce qui est bien agréable, soit dit en passant : on a tant de souvenirs! Ainsi, moi qui te parle, je n'ai l'air de rien, mais je pourrais te raconter des histoires à n'en plus finir...»

Le coq l'écoutait en frottant sa tête contre le tronc de l'acacia, et il était perplexe. Dans toute sa vie, il n'avait jamais réfléchi avec autant d'application.

«Il est certain que ce doit être agréable, dit-il, mais je me demande si vraiment je suis fait pour mener cette vie-là. Les maîtres ont bien des défauts et maintenant que j'y réfléchis, je leur en veux de faire cuire les coqs. Oh! oui, je leur en veux. Mais enfin, durant le peu de vie qu'ils nous accordent, je dois reconnaître qu'ils ne nous laissent manquer de rien : bonne pâtée, bon grain, et le gîte. Me vois-tu errant par les bois à la recherche de ma nourriture? Je n'aurais pas ce beau jabot plein que tu me vois aujourd'hui... sans compter que je m'ennuierais, dans cette grande forêt, tout seul de mon espèce...

– Mon Dieu, que le souci de la nourriture ne t'occupe pas. Il suffit de se baisser pour gober les plus délicieux vers de terre, et sans parler des fruits qui sont en abondance par les bois, je connais des coins d'avoines folles où tu seras à ton affaire. Non, la nourriture n'est rien, et je craindrais plutôt pour toi le désagrément de la solitude. Mais je vois à cela un remède bien simple : décider tous les coqs, toutes les poules du village à suivre ton exemple. Tu y réussiras facilement. La cause est si belle qu'elle intéressera d'abord, et ton éloquence fera le reste. Une fois le résultat acquis, quelle satisfaction pour toi d'avoir guidé ta race vers une existence meilleure! Quelle gloire tu en auras! Et quelle délivrance aussi pour vous tous de mener une vie sans fin, exempte de soucis, dans la verdure et le soleil!»

Le renard se mit à vanter les plaisirs de la liberté et le charme des grands bois. Il raconta aussi quelques-unes de ces bonnes histoires, bien connues de tous les habitants de la forêt, mais qui n'étaient pas encore parvenues jusqu'aux poulaillers de la plaine. Le coq en riait aux éclats, et d'un mouvement qu'il fit pour contenir son jabot avec l'une de ses pattes, il perdit l'équilibre et tomba au pied de l'acacia. Le renard avait bien envie de le manger, sa langue en était toute baignée de salive, mais il préféra rester sur son appétit et aida le coq à se relever sans lui faire autre mal.

«Tu ne me manges donc pas? demanda le coq d'une voix tremblante.

– Te manger? mais tu n'y penses pas! Je n'en ai pas la moindre envie.

– Pourtant...

– Certes, il m'est arrivé trop souvent de croquer quelqu'un d'entre vous, mais c'était par amitié, pour le préserver d'une mort indigne dans la casserole, et je t'assure que ce n'était jamais de bon cœur.

– Comme on peut se tromper, tout de même, c'est incroyable!

– Même si tu m'en priais, je ne pourrais pas te manger, tu me resterais sur l'estomac. C'est que, plus j'y songe, plus je me persuade que tu es désigné pour accomplir une grande mission auprès des tiens. Toutes les qualités qu'il y faut, je les vois paraître dans le regard de tes beaux yeux d'or : la noblesse du cœur, la volonté ferme, réfléchie, et cette finesse de jugement qui charme déjà dans tes moindres propos...

– Hai, hai, fit le coq en dodelinant de la tête.

– Naturellement, tu ne me dis pas tout ce que tu penses, mais je serais bien étonné si tu n'avais pas déjà fait ton plan...

– Bien sûr que j'ai un plan, bien sûr !... Pourtant, il me reste une inquiétude : la vie des bois comporte bien des périls, car je n'ose pas penser que la fouine et la belette soient dans les mêmes sentiments d'amitié que tu montres à notre égard. Oh ! je suis courageux, et il y a de mes frères qui sont tout près de me valoir, mais enfin, nous n'avons pas de dents pour nous défendre, ni d'ailes pour nous sauver. »

Alors, le renard hocha la tête et poussa un grand soupir, comme s'il eût été attristé de voir son meilleur ami dans une si profonde ignorance.

« C'est incroyable ce que la vie domestique peut faire d'un coq intelligent... Vos maîtres sont encore plus coupables qu'on ne pense.

Mon pauvre ami, tu te plains de n'avoir ni dents, ni ailes, mais comment veux-tu qu'il en soit autrement? Les maîtres vous tuent avant qu'elles aient poussé! Ah! ils savent bien ce qu'ils font, les gredins... mais sois tranquille, les dents vous viendront bientôt, et si drues que vous n'aurez à craindre, ni de la belette, ni de la fouine. En attendant, je vous prendrai sous ma protection. Il y aura quelques précautions à observer dans les premiers temps, mais vous n'aurez plus rien à craindre quand les poules auront des dents.»

Après avoir attendu longtemps l'appel du renard, et trouvant les confidences bien longues, Delphine et Marinette se décidèrent à sortir du bois. Elles étaient assez inquiètes de la tournure qu'avait pu prendre la conversation, et Delphine, craignant pour le coq, regrettait d'avoir signalé sa présence au renard. En arrivant auprès de l'acacia, elles furent aussitôt rassurées, car les deux compagnons devisaient avec amitié.

«Petites, leur dit le coq, nous sommes occupés, renard et moi, d'une affaire importante qui ne souffre point de retard. Retournez donc à vos jeux, et l'heure venue, je vous ramènerai chez vos parents.»

Marinette n'aimait pas beaucoup qu'un petit coq de rien du tout lui parlât sur ce ton-là, et Delphine elle-même parut mécontente. Le renard, qui avait de bonnes raisons de se ménager leur amitié, voulut effacer cette mauvaise impression.

«Je crois, au contraire, coq, que leur présence ne sera pas de trop. Il est vrai que l'affaire est d'importance, mais vous pouvez nous donner un avis utile. Notre ami me faisait part d'un projet magnifique qu'il achève de mûrir, et que vous l'aiderez à réaliser, j'en suis sûr...»

Il les mit au fait, avec une éloquence émue qui exaltait encore l'enthousiasme du coq. Delphine, des larmes plein les yeux, s'apitoyait sur la cruelle destinée des poules asservies aux caprices de maîtres sanguinaires. Elle accueillit bien le projet de retraite au fond des bois. Marinette, quoiqu'elle approuvât dans le fond de son cœur, tenait rigueur au coq d'avoir voulu les écarter du débat, et fit observer:

«C'est très joli, mais moi, j'aime bien le poulet. Si vous quittez tous le poulailler, nous n'en aurons plus à manger.»

À ces mots, le coq se sentit dans une grande indignation. Il marcha contre Marinette et lui dit avec colère:

«Bien sûr que vous ne mangerez plus de poulets! Croyez-vous qu'ils viennent au monde pour être accommodés par des maîtres sans conscience? Il faudra les supprimer de votre menu! Et ne croyez pas non plus que nous oublierons jamais le mal que vous nous avez fait.

Quand les poules auront des dents, vous regretterez peut-être de les avoir maltraitées autrefois...»

Il avait un air menaçant, et Marinette avait un peu peur, mais elle n'en laissa rien voir, et répondit sans trembler :

«Je ne sais pas si un jour tu auras des dents, c'est possible. En tout cas, je dis qu'un bon poulet rôti et doré au four, c'est bien bon, et même, je me rappelle avoir goûté d'un coq au vin qui n'était pas mauvais non plus.»

Delphine donnait du coude à sa sœur pour l'inviter à la prudence, car elle voyait le coq tout secoué de fureur. Le renard dut retenir son ami pour l'empêcher de se jeter sur Marinette.

«Calmons-nous, mon cher coq, calmons-nous. Je suis sûr que ces enfants-là ne nous feront pas regretter de leur avoir accordé notre confiance et qu'elles n'iront pas nous trahir auprès de leurs parents...

– Nous trahir ? s'écria le coq. Il ne manquerait plus que ça ! Si je le savais, je les mangerais toutes les deux !»

Alors, les petites haussèrent les épaules. Le coq pouvait leur faire mal aux jambes avec son bec, mais pour les manger, il était trop petit, elles le savaient bien.

« Tu n'as pas besoin de nous parler comme ça, coq, on n'a pas peur.

– Laisse-le donc, dit Marinette, je t'ai déjà dit qu'il n'avait pas de bonnes manières... »

Le renard vit le moment venu de faire un grand discours, et il commença de cet air bon enfant qui lui gagnait tout de suite la confiance de ses dupes :

« Mon Dieu, il n'y en a pas un d'entre nous qui soit plus raisonnable que les autres. Pourtant, nous sommes tous bien d'accord, au fond. Notre bon ami le coq se révolte contre la cruauté des maîtres, mais je suis sûr que Marinette elle-même est la première à l'approuver. Ceux qu'il appelle les maîtres ne sont-ils pas, en effet, les parents ? Et ne savons-nous pas que les parents sont ennuyeux, sévères, et trop souvent cruels avec leurs enfants ? »

Les petites voulurent protester qu'elles aimaient bien leurs parents, mais il ne leur en laissa pas le temps. Il savait bien ce qu'il faisait. Il savait bien que les enfants n'aiment pas être grondés, même quand ils ont tiré la queue du chat ou qu'ils ont sali leurs habits. C'est pourquoi il faisait semblant de croire que les parents sont méchants alors que c'est tout le contraire.

« Mais oui ! cruels et injustes, ce n'est pas trop dire. Tenez, l'autre jour, ils vous ont fouettées toutes les deux » (il parlait ainsi au hasard), « et vous ne le méritiez pas du tout...

– Pour ça, dit Marinette, on ne le méritait pas, c'est bien vrai.

– Vous voyez ! je vous dis qu'ils s'amusent à être injustes et à ennuyer les enfants. Ils savent aussi qu'il y a des fraises dans les bois, et pourtant ils vous envoient à l'école.

– C'est bien vrai aussi... » (et Marinette fronçait les sourcils, comme si, vraiment, c'était une raison, parce que les fraises sont mûres, de ne pas aller à l'école).

« Et tout à l'heure, s'ils apprennent que vous avez fait l'école buissonnière, ils vous fouetteront encore, et ils vous mettront au pain sec... »

Les petites reniflèrent en songeant au châtiment qui les attendait peut-être.

« Et ils l'apprendront certainement, poursuivit le renard. D'autres parents les auront déjà avertis, car ils se soutiennent tous, voyez-vous, ils s'entendent contre leurs enfants et contre leurs poulets. C'est pourquoi ils ont besoin d'une bonne leçon. Quand ils n'auront plus ni coq, ni poule dans la basse-cour, ils commenceront à réfléchir, et ils traiteront leurs enfants avec un peu plus de justice, de peur qu'eux aussi ne finissent par se lasser... »

Les petites étaient très émues, mais elles hésitaient à prendre l'engagement de servir l'entreprise du coq. Le renard ne les pressa point d'une réponse. Ayant pris congé, et tandis qu'elles s'éloignaient vers le village, en compagnie du coq, il alla trouver une vieille pie qui n'avait rien à lui refuser.

«Prends ton vol, et va-t'en sur la plaine, jusqu'à la maison des noyers. Là, tu informeras les parents que Delphine et Marinette ont fait l'école buissonnière pour cueillir des fraises au bois. Ne te trompe pas : c'est Delphine et Marinette.»

Il arriva tout ce que le renard avait prévu : en rentrant chez elles, les petites furent grondées par leurs parents, fouettées, et puis mises au pain sec.

«Ce n'est pas en manquant l'école, disaient-ils, que vous apprendrez à faire une belle lettre à votre oncle Alfred!»

Au fond, ils avaient raison, et dans un autre moment, les petites en auraient convenu les premières. Mais tandis qu'elles déjeunaient d'un morceau de pain et d'un verre d'eau, les parents mangeaient justement un poulet qu'une automobile avait écrasé dans la matinée. C'était une malchance. Delphine et Marinette, regardant et humant le rôti, songeaient au discours du renard, et le dépit les empêchait d'avoir les remords qu'il aurait fallu.

«Moi, déclara Marinette avec effronterie, je n'aime pas le poulet. Alors, je ne suis pas fâchée d'être au pain sec.

– Moi, dit Delphine, je ne comprends même pas qu'on puisse manger des poulets. Ils sont si gentils...»

D'abord, les parents se contentèrent de sourire, disant qu'il valait mieux pour elles, en effet, de ne pas aimer le poulet (puisqu'elles en étaient privées). Mais comme elles parlaient d'injustice, ils se fâchèrent tout de bon.

«J'avais mis de côté pour vous une aile et une cuisse, que vous auriez mangées ce soir, dit leur maman. Mais puisque vous répondez à vos parents, vous serez encore au pain sec. Voilà qui vous apprendra.»

Delphine et Marinette avaient envie de pleurer; on ne leur vit point de larmes, pourtant. Mais après le repas, quand elles furent seules dans la cour, elles parlèrent très mal de leurs parents.

«Tout de même, disait Marinette, le renard avait raison, tout à l'heure. Il nous avait bien prévenues...

– On peut dire qu'il connaît les parents, lui.

– Tu te rappelles ce qu'il disait? Les parents s'amusent à être injustes...

– Et c'est bien vrai qu'ils sont méchants. Je suis sûre que s'ils pouvaient nous faire cuire...»

Elles se montaient la tête et il ne pouvait rien en résulter de bon. Ensemble, elles allèrent trouver le coq de la maison, qui était à plumes bleu et or, et lui dirent un grave mensonge qu'elles avaient concerté:

«Coq, nous venons d'apprendre une triste nouvelle: il y aura, dimanche, grande fête au village et les maîtres ont décidé d'accommoder toutes les poules, tous les poulets et tous les coqs, parce qu'ils veulent en donner aux pauvres. Ils disent que la fête sera très belle, mais nous avons bien du chagrin pour vous...»

Et sur le chemin de l'école, elles s'arrêtaient auprès de tous les coqs de rencontre pour leur dire la même chose. Le bruit d'un grand péril se répandit dans toutes les basses-cours et dans l'après-midi, quand le coq noir fit le tour du village pour proclamer la liberté, il prêcha des frères plus qu'à moitié convaincus.

Le lendemain matin, à l'heure où les fermes s'éveillent, tous les coqs du village, après un chant d'adieu et d'espérance, menèrent leurs familles au lieu du rendez-vous, qui était un champ d'orge haute, et de là partirent pour la grande aventure. Cela faisait un immense troupeau de six cent cinquante têtes, sans compter les poussins et quelques douzaines de canetons qui avaient entendu parler des étangs de la forêt. Le petit coq noir allait en avant, le jabot plus bombé encore qu'au jour d'avant, et la tête verdoyante d'une couronne de laurier-sauce que son peuple lui avait tressée. Mais c'était un bien funeste présage que ce laurier-sauce.

Au fond des bois, la volaille ne tarda pas à murmurer que la liberté lui coûtait cher. Le renard avait fait à ses hôtes le plus tendre accueil et avait échangé des serments fraternels avec tous les chefs de famille. Il s'ingéniait à leur rendre agréable et facile le séjour de la forêt, et dépensait toutes les ressources de son éloquence à les persuader qu'ils étaient au paradis de la volaille. Cependant, il ne se passait pas un jour qu'il ne disparût à la fois, un poulet, un coq, une geline et parfois même davantage. Et il n'était pas difficile d'observer que le renard avait une mine superbe, les joues pleines, le poil luisant et le ventre rebondi.

Le coq noir, qui gardait néanmoins sa couronne de laurier, devenait chaque jour plus soucieux et ne dissimulait pas son mécontentement au renard. Celui-ci se défendit d'abord d'être pour rien dans la disparition des volailles.

«La fouine et la belette auront déjà trahi les promesses qu'elles m'ont faites, mais j'y mettrai bon ordre.»

Mais, un jour, il lui fallut bien avouer son forfait, car des plumes de poule étaient restées collées à son museau sanglant.

«Pour une fois, dit-il au coq, j'ai dû montrer quelque sévérité. Cette poule que j'ai mangée avait très mauvais esprit, elle aurait fini par nous causer des ennuis. Il est bon que je fasse un exemple de temps en temps.»

Une autre fois, le coq tenait la preuve qu'il venait de faire trois victimes dans la journée. Aux reproches qu'il s'entendit faire, le renard répondit avec impudence :

«C'est vrai et tu m'en vois bien fâché. Mais j'ai décidé que, jusqu'à nouvel ordre, je mangerais chaque jour deux ou trois poules choisies parmi les plus sottes et les plus laides, qui déparent le reste du troupeau.»

Le coq n'était pas dupe, mais il s'était trop compromis par son zèle des premiers jours pour oser, devant ses frères, convenir qu'il les avait mis dans un mauvais pas. Il s'efforçait, au contraire, de les apaiser, attribuant à la fouine et à la belette les crimes abominables du renard.

«Ayez patience, disait-il, c'est un mauvais moment à passer, mais nous ne tarderons plus guère à avoir des dents et nous serons les véritables maîtres de la forêt.»

Delphine et Marinette venaient au bois le plus souvent qu'elles pouvaient, mais le coq, parce qu'il redoutait les représailles du renard, ne leur parlait pas de ses inquiétudes. Les petites voyaient bien qu'il était triste, mais la mélancolie est un des effets si ordinaires de la gloire, qu'elles ne soupçonnaient rien de la vérité. Elles se réjouissaient d'avoir joué un bon tour à leurs parents en les privant, à leur tour, de manger du poulet.

Mais un jour, le renard, pour un festin dont il régalait deux de ses parents, ayant sacrifié douze victimes (sans compter les poussins et les canetons), les petites trouvèrent le coq en larmes, qui les mit au courant. Elles connurent enfin la honte et le remords de leur mauvaise action.

«Coq, dit Marinette en pleurant, il faut rentrer aujourd'hui même dans les poulaillers.

– Vous allez tous venir avec nous, ajouta Delphine, je vais informer les poules de ce qui s'est passé.»

Le renard qui avait écouté toute la conversation, surgit d'entre les branches d'un fourré en compagnie de deux de ses parents. Il n'avait plus la physionomie agréable des autres jours. Ses oreilles bougeaient sur sa tête et il grinçait des dents avec un air méchant.

«Par exemple! cria-t-il, ne voyez-vous pas ces deux gamines qui prétendent me retirer le pain de la bouche? Vous êtes trop curieuses, petites, et vous en savez trop long! Mais ne vous flattez pas que vous avertirez vos parents, car mes deux cousins et moi, nous allons vous manger!»

Les petites se mirent à crier et à courir de toutes leurs forces vers la lisière du bois. Heureusement, le renard et ses deux cousins étaient lourds du grand festin qu'ils venaient de faire, elles purent prendre un peu d'avance, et, essoufflées, grimper dans un acacia au bord de la plaine. Leurs grands cris alertèrent les parents qui vinrent les délivrer. On les ramena au village avec le restant des volailles qui étaient encore quatre cent soixante-dix.

Delphine et Marinette furent sévèrement punies, elles comprirent que le mensonge et la désobéissance sont d'affreux péchés. Quant aux volailles, leur châtiment avait été assez cruel. Devenues raisonnables pour longtemps, elles se persuadèrent qu'il n'y a pas de bonheur plus sûr que celui d'être mangé par ses maîtres.

Le petit coq noir, lui, ne devait jamais revoir son poulailler, car le renard l'avait saigné d'un coup de dent pour le punir de son indiscrétion. Il était encore tout chaud quand on le ramassa. Il fut mangé à la sauce au vin, relevée du laurier qui avait orné son triomphe.

LE CHIEN

*D*elphine et Marinette revenaient de faire des commissions pour leurs parents, et il leur restait un kilomètre de chemin. Il y avait dans leur cabas trois morceaux de savon, un pain de sucre, une fraise de veau, et pour quinze sous de clous de girofle. Elles le portaient chacune par une oreille et le balançaient en chantant une jolie chanson. À un tournant de la route, et comme elles en étaient à «Mironton, mironton, mirontaine», elles virent un gros chien ébouriffé, et qui marchait la tête basse. Il paraissait de mauvaise humeur; sous ses babines retroussées luisaient des crocs pointus, et il avait une grande langue qui pendait par terre. Soudain, sa queue se balança d'un mouvement vif et il se mit à courir au bord de la route, mais si maladroitement qu'il alla donner de la tête contre un arbre. La surprise le fit reculer, et il eut un grondement de colère. Les deux petites filles s'étaient arrêtées au milieu du chemin et se serraient l'une contre l'autre, au risque d'écraser la fraise de veau. Pourtant, Marinette chantait encore: «Mironton, mironton, mirontaine», mais d'une toute petite voix qui tremblait un peu.

«N'ayez pas peur, dit le chien, je ne suis pas méchant. Au contraire. Mais je suis bien ennuyé, parce que je suis aveugle.

– Oh! pauvre chien! dirent les petites, on ne savait pas!»

Le chien vint à elles en remuant la queue encore plus fort, puis leur lécha les jambes et renifla le panier d'un air amical.

«Voilà ce qui m'est arrivé, reprit-il, mais laissez-moi d'abord m'asseoir un moment, je suis fourbu, voyez-vous.»

Les petites s'assirent en face de lui sur l'herbe du talus, et Delphine prit la précaution de placer le panier entre ses jambes.

Première publication dans Candide, *14 juin 1934. Repris une première fois dans l'album de quatre contes illustré par Nathan Altman en 1934, ce conte figure dans les éditions successives de la collection «Blanche» à partir de 1939.*

«Ah! qu'il fait bon se reposer, soupira le chien. Donc, pour en revenir à mon affaire, je vous dirai qu'avant d'être aveugle moi-même, j'étais déjà au service d'un homme aveugle. Hier encore, cette ficelle que vous voyez pendre à mon cou me servait à guider mon maître sur les routes, et je comprends mieux, à présent, combien j'ai pu lui être utile. Je le conduisais partout où les chemins sont les meilleurs et les mieux fleuris d'aubépine. Quand nous passions auprès d'une ferme, je lui disais : "Voilà une ferme." Les fermiers lui donnaient un morceau de pain, me jetaient un os, et, à l'occasion, nous couchaient tous les deux dans un coin de leur grange. Souvent aussi, nous faisions de mauvaises rencontres, et je le défendais. Vous savez ce que c'est, les chiens bien nourris, et même les gens, n'aiment pas beaucoup ceux qui ont l'air pauvre. Mais moi, je prenais mon air méchant, et ils nous laissaient aller. C'est que je n'ai pas l'air commode quand je veux, tenez, regardez-moi un peu...»

Il se mit à grogner en montrant les dents et en roulant de gros yeux. Les petites en étaient effrayées.

«Ne le faites plus, dit Marinette.

– C'était pour vous montrer, dit le chien. En somme, vous voyez que je rendais à mon maître bien des petits services, et je ne parle pas du plaisir qu'il prenait à m'écouter ; je ne suis qu'un chien, c'est entendu, mais parler fait toujours passer le temps...

– Vous parlez aussi bien qu'une personne, chien.

– Vous êtes bien aimable, dit le chien. Mon Dieu que votre panier sent bon !... Voyons, qu'est-ce que je vous disais ?... Ah oui ! mon maître ! Je m'ingéniais à lui rendre la vie facile, et pourtant, il n'était jamais content. Pour un oui ou pour un non, il me donnait des coups de pied. Aussi, vous pouvez croire qu'avant-hier j'ai été bien surpris quand il s'est mis à me caresser et à me parler avec amitié. J'en étais bouleversé, vous savez. Il n'y a rien qui me fasse autant de plaisir que des caresses, je me sens tout heureux. Caressez-moi, pour voir...»

Le chien allongea le cou, offrant sa grosse tête aux deux petites qui lui caressèrent son poil ébouriffé. Et, en effet, sa queue se mit à frétiller, tandis qu'il faisait avec une petite voix : «Oua, oua, oua !»

«Vous êtes bien bonnes de m'écouter, reprit-il, mais il faut que j'en finisse avec mon histoire. Après m'avoir fait mille caresses, mon maître me dit tout d'un coup : "Chien, veux-tu prendre mon mal et devenir aveugle à ma place ?" Je ne m'attendais pas à celle-là ! lui prendre son mal, il y avait de quoi faire hésiter le meilleur des amis. Vous penserez de moi ce que vous voudrez, mais je lui ai dit non.

– Tiens! s'écrièrent les petites, mais bien sûr! c'est ce qu'il fallait répondre.

– N'est-ce pas? Ah! je suis bien content que vous pensiez comme moi. J'avais tout de même un peu de remords de n'avoir pas accepté du premier coup.

– Du premier coup? Est-ce que par hasard, chien…

– Attendez! Hier, il s'est montré plus gentil encore que la veille. Il me caressait avec tant d'amitié que j'avais honte de mon refus. Enfin, quoi, autant vous le dire tout de suite, j'ai fini par accepter. Ah! Il m'avait bien juré que je serais un chien heureux, qu'il me guiderait sur les chemins comme j'avais fait pour lui, et qu'il saurait me défendre comme je l'avais défendu… Mais je ne lui avais pas plus tôt pris son mal qu'il m'abandonnait sans un mot d'adieu. Et, depuis hier soir, je suis tout seul dans la campagne, me cognant aux arbres, butant aux pierres de la route. Tout à l'heure, j'ai reniflé comme une odeur de veau, puis j'ai entendu deux petites filles qui chantaient, et j'ai pensé que peut-être, vous ne voudriez pas me chasser…

– Oh! non, dirent les petites, vous avez bien fait de venir. »

Le chien soupira et dit en humant le panier :

« J'ai bien faim aussi… N'est-ce pas un morceau de veau que vous portez là ?

– Oui, c'est une fraise de veau, dit Delphine. Mais vous comprenez, chien, c'est une commission que nous rapportons pour nos parents... Elle ne nous appartient pas...

– Alors, j'aime mieux n'y plus penser. C'est égal, elle doit être bien bonne. Mais dites-moi, petites, ne voulez-vous pas me conduire auprès de vos parents? S'ils ne peuvent me garder auprès d'eux, du moins ne refuseront-ils pas de me donner un os ou même une assiettée de soupe, et de me coucher cette nuit.»

Les petites ne demandaient pas mieux que de l'emmener avec elles; même, elles souhaitaient de le garder toujours à la maison. Elles étaient seulement un peu inquiètes de l'accueil que lui feraient leurs parents. Il fallait aussi compter avec le chat qui avait beaucoup d'autorité dans la maison et qui verrait peut-être d'assez mauvais œil l'arrivée d'un chien.

«Venez, dit Delphine, nous ferons notre possible pour vous garder.»

Comme ils se levaient tous les trois, les petites virent, sur la route, un brigand des environs, qui faisait son métier de guetter les enfants en commission pour leur prendre leurs paniers.

«C'est lui, dit Marinette, c'est l'homme qui prend les commissions.

– N'ayez pas peur, dit le chien, je m'en vais lui faire une tête qui lui ôtera l'envie de venir regarder dans votre panier.»

L'homme avançait à grands pas et se frottait déjà les mains en songeant aux provisions qui gonflaient le panier des petites, mais quand il vit la tête du chien, et qu'il l'entendit gronder, il cessa de se frotter les mains. Il passa de l'autre côté du chemin et salua en soulevant son chapeau. Les petites avaient bien du mal à ne pas lui rire au nez. «Vous voyez, dit le chien lorsque l'homme eut disparu, j'ai beau être aveugle, je sais encore me rendre utile.»

Le chien était bien content. Il marchait auprès des deux petites qui le tenaient chacune à leur tour par sa ficelle.
«Comme je m'entendrais bien avec vous! disait-il. Mais comment vous appelez-vous, petites?
– Ma sœur, qui vous tient par la ficelle, s'appelle Marinette et c'est elle la plus blonde.»
Le chien s'arrêta pour flairer Marinette.
«Bon, dit-il, Marinette. Oh! je saurai la reconnaître, allez.
– Et ma sœur s'appelle Delphine, dit à son tour la plus blonde.
– Bon, Delphine, je ne l'oublierai pas non plus. À force de voyager avec mon ancien maître, j'ai connu bien des petites filles, mais je dois dire sincèrement qu'aucune d'elles ne portait d'aussi jolis noms que Delphine et Marinette.»
Les petites ne purent pas s'empêcher de rougir, mais le chien ne pouvait pas le voir, et il leur faisait encore des compliments. Il disait qu'elles avaient aussi de très jolies voix et qu'elles devaient être bien raisonnables, pour que des parents leur aient confié une commission aussi importante que l'achat d'une fraise de veau.
«Je ne sais pas si c'est vous qui l'avez choisie, mais je vous assure qu'elle embaume...»
Tout lui était prétexte à revenir à la fraise de veau, et il ne se lassait pas d'en parler. À chaque instant, il venait appuyer son nez contre le panier, et comme il était aveugle, il lui arriva plusieurs fois de se jeter dans les jambes de Marinette, au risque de la faire tomber.
«Écoutez, chien, lui dit Delphine, il vaut mieux pour vous de ne plus penser à cette fraise de veau. Je vous assure que si elle m'appartenait, je vous la donnerais de bon cœur, mais vous voyez que je ne peux pas. Que diraient nos parents si nous ne rapportions pas la fraise de veau?
– Bien sûr, ils vous gronderaient...
– Il nous faudrait dire aussi que vous l'avez mangée, et au lieu de vous donner à coucher, ils vous chasseraient.
– Et peut-être qu'ils vous battraient, ajouta Marinette.

– Vous avez raison, approuva le chien, mais ne croyez pas que ce soit la gourmandise qui me fasse parler de cette fraise de veau. Ce que j'en dis n'est pas du tout pour que vous me la donniez. D'ailleurs, la fraise de veau ne m'intéresse pas. Certes, c'est une excellente chose, mais je lui fais le reproche de n'avoir pas d'os. Quand on sert une fraise de veau sur la table, les maîtres mangent tout et il ne reste rien pour le chien.»

Tout en parlant, les petites et le chien aveugle arrivaient à la maison des parents. Le premier qui les vit fut le chat. Il fit le gros dos,

comme quand il était en colère; son poil se hérissa et sa queue balaya la poussière. Puis il courut à la cuisine et dit aux parents:

«Voilà les petites qui rentrent en tirant un chien au bout d'une ficelle. Je n'aime pas beaucoup ça, moi.

– Un chien? dirent les parents. Par exemple!»

Ils sortirent dans la cour et ils virent que le chat n'avait pas menti.

«Comment avez-vous trouvé ce chien, demanda le père d'une voix irritée, et pourquoi l'avez-vous amené ici?

– C'est un pauvre chien aveugle, dirent les petites. Il butait de la tête contre tous les arbres du chemin, et il paraissait malheureux…

– N'importe, je vous ai défendu d'adresser la parole à des étrangers. »

Alors, le chien fit un pas en avant, salua d'un coup de tête et dit aux parents :

« Je vois bien qu'il n'y a pas de place dans votre maison pour un chien aveugle et, sans m'attarder davantage, je vais reprendre mon chemin. Mais avant de partir, laissez-moi vous complimenter d'avoir des enfants si sages et si obéissantes. Tout à l'heure, j'errais sur la route sans voir les petites, et j'ai reniflé une bonne odeur de fraise de veau. Comme j'étais à jeun depuis la veille, j'avais bien envie de la manger, mais elles m'ont défendu de toucher à leur panier. Pourtant, je devais avoir l'air méchant. Et savez-vous ce qu'elles m'ont dit ? "La fraise de veau est pour nos parents, et ce qui appartient à nos parents n'est pas pour les chiens." Voilà ce qu'elles m'ont dit. Je ne sais pas si vous êtes comme moi, mais quand je rencontre deux fillettes aussi raisonnables, aussi obéissantes que les vôtres, je ne pense plus à ma faim et je me dis que leurs parents ont bien de la chance… »

La mère souriait déjà aux deux petites et le père était tout fier des compliments du chien.

« Je n'ai pas à m'en plaindre, dit-il, ce sont de bonnes petites filles. Je ne les grondais tout à l'heure que pour les mettre en garde contre les mauvaises rencontres, et je suis même assez content qu'elles vous aient conduit jusqu'à la maison. Vous allez avoir une bonne soupe et vous pourrez vous reposer cette nuit. Mais comment se fait-il que vous soyez aveugle et que vous alliez ainsi seul par les chemins ? »

Alors le chien conta encore une fois son aventure et comment, après avoir pris le mal de son maître, il avait été abandonné. Les parents l'écoutaient avec intérêt, et ne dissimulaient pas leur émotion.

« Vous êtes le meilleur des chiens, dit le père, et je ne puis que vous reprocher d'avoir été trop bon. Vous vous êtes montré si charitable que je veux faire quelque chose pour vous. Demeurez donc à la maison aussi longtemps qu'il vous plaira. Je vous construirai une belle niche et vous aurez chaque jour votre soupe, sans compter les os. Comme vous avez beaucoup voyagé, vous nous parlerez des pays que vous avez traversés et ce sera pour nous l'occasion de nous instruire un peu. »

Les petites étaient rouges de plaisir, et chacun se félicitait de la décision du père. Le chat lui-même était tout attendri, et au lieu d'ébouriffer son poil et de grincer dans sa moustache, il regardait le chien avec amitié.

«Je suis bien heureux, soupira le chien. Je ne m'attendais pas à trouver une maison de si bon accueil, après avoir été abandonné...
– Vous avez eu un mauvais maître, dit le père. Un méchant homme, un égoïste et un ingrat. Mais qu'il ne s'avise pas de passer jamais par ici, car je saurais lui faire honte de sa conduite et je le punirais comme il le mérite.»

Le chien secoua la tête et dit en soupirant:

«Mon maître doit se trouver déjà bien puni à l'heure qu'il est. Je ne dis pas qu'il ait des remords de m'avoir abandonné, mais je connais son goût pour la paresse. Maintenant qu'il n'est plus aveugle et qu'il lui faut travailler pour gagner sa vie, je suis sûr qu'il regrette les beaux jours où il n'avait rien à faire que de se laisser guider par les chemins et d'attendre son pain de la charité des passants. Je vous avouerai même que je suis bien inquiet sur son sort, car je ne crois pas qu'il y ait au monde un homme plus paresseux.»

Alors, le chat se mit à rire dans sa moustache. Il trouvait que le chien était bien bête de se faire tant de souci pour un maître qui l'avait abandonné. Les parents pensaient comme le chat et ne se gênaient pas pour le dire.

«Vraiment, son malheur ne l'aura pas instruit et il sera toujours le même!»

Le chien était honteux et les écoutait en baissant l'oreille. Mais les petites le prirent par le cou et Marinette dit au chat en le regardant bien dans les yeux :

« C'est parce qu'il est bon ! Et toi, chat, au lieu de rire dans ta moustache, tu ferais mieux d'être bon aussi...

– Et quand on joue avec toi, ajouta Delphine, de ne plus nous griffer pour nous faire mettre au coin par nos parents !

– Comme tu as fait encore hier soir ! »

Le chat était bien ennuyé, et maintenant, c'était lui qui avait honte. Il tourna le dos aux petites et s'en alla vers la maison en se dandinant d'un air maussade. Il grommelait qu'on n'était pas juste avec lui, qu'il griffait pour s'amuser ou encore sans le faire exprès, mais qu'en réalité, il était aussi bon que le chien et peut-être meilleur encore.

Les petites trouvaient que la compagnie d'un chien est une chose bien agréable. Quand elles allaient en commission, elles lui disaient :

« Tu viens avec nous en commission, chien ?

– Oh oui ! répondait le chien, mettez-moi vite mon collier. »

Delphine lui mettait son collier. Marinette le prenait par la ficelle (ou bien le contraire) et ils s'en allaient tous les trois en commission. Sur la route, les petites lui disaient qu'il passait un troupeau de vaches dans la prairie, ou un nuage au ciel, et lui qui ne pouvait pas voir, il était content de savoir qu'il passait un troupeau ou un nuage. Mais elles ne savaient pas toujours lui dire ce qu'elles voyaient, et il leur posait des questions.

« Voyons, dites-moi de quelle couleur sont ces oiseaux et la forme de leur bec, au moins.

– Eh bien, voilà : le plus gros a des plumes jaunes sur le dos, et ses ailes sont noires, et sa queue est noire et jaune...

– Alors, c'est un loriot. Vous allez l'entendre chanter... »

Le loriot n'était pas toujours prêt à chanter et le chien, pour instruire les petites, essayait d'imiter sa chanson, mais il ne faisait rien qu'aboyer, et il était si drôle qu'on était obligé de s'arrêter pour en rire à son aise. D'autres fois, c'était un lièvre ou un renard qui passait à la lisière du bois ; alors, c'était le chien qui avertissait les petites. Il posait son nez par terre et disait en reniflant :

« Je sens un lièvre... Regardez par là-bas... »

Ils riaient presque tout le long du chemin. Ils jouaient à qui des trois irait le plus vite en marchant à cloche-pied, et c'était toujours le chien qui gagnait, parce qu'il lui restait tout de même trois pattes.

«Ce n'est pas juste, disaient les petites, nous, on va sur une patte.

– Pardi! répondait le chien, avec des grands pieds comme les vôtres, ce n'est pas difficile!»

Le chat était toujours un peu peiné de voir le chien s'en aller en commission avec les petites. Il avait tant d'amitié pour lui qu'il aurait voulu pouvoir ronronner entre ses pattes du matin au soir. Pendant que Delphine et Marinette étaient à l'école, ils ne se quittaient presque pas. Les jours de pluie, ils passaient leur temps dans la niche du chien, à bavarder ou à dormir l'un contre l'autre. Mais quand il faisait beau, le chien était toujours prêt à courir par les champs, et il disait à son ami:

«Gros paresseux de chat, lève-toi et viens te promener.

– Ronron, ronron, faisait le chat.

– Allons, viens. Tu me montreras le chemin.

– Ronron, ronron», faisait le chat (et c'était pour jouer).

«Tu voudrais me faire croire que tu dors, mais moi, je sais bien que tu ne dors pas. Oh! je vois ce que tu veux... tiens!»

Le chien se baissait, le chat s'asseyait sur son dos où il tenait à l'aise, puis ils partaient en promenade.

«Marche tout droit, disait le chat... Tourne à gauche... mais si tu es fatigué, tu sais, je peux descendre.»

Mais le chien n'était presque jamais fatigué. Il disait que le chat ne pesait pas plus qu'un duvet de pigeon. Tout en se promenant par les champs et par les prés, ils parlaient de la vie à la ferme, des petites et des parents. Bien qu'il lui arrivât encore de griffer Delphine ou Marinette, le chat était vraiment devenu bon. Il était toujours inquiet de savoir si son ami était content de son sort, s'il avait assez mangé ou assez dormi.

«Est-ce que tu es heureux à la ferme, chien, lui demandait-il.

— Oh oui! soupirait le chien. Je n'ai pas à me plaindre, tout le monde est gentil...

— Tu dis oui, mais je vois bien qu'il y a quelque chose.

— Mais non, je t'assure, protestait le chien.

— Est-ce que tu regrettes ton maître?

— Non, chat, bien franchement... et même, je dois dire que je lui en veux un peu... On a beau être heureux et avoir de bons amis, on ne peut pas s'empêcher de regretter ses yeux...

— Bien sûr, soupirait le chat, bien sûr...»

Un jour que les petites demandaient au chien s'il voulait aller en commission avec elles, le chat montra sa mauvaise humeur et leur dit qu'elles iraient bien seules et que la place d'un chien aveugle n'était pas sur les routes dans la compagnie de deux têtes folles. D'abord, les petites ne firent qu'en rire, et Marinette offrit au chat de les accompagner. Il répondit d'un air pincé, en la regardant du haut en bas:

«Comme si moi, le chat, je pouvais aller en commission!

— Je croyais te faire plaisir, dit Marinette, mais puisque tu aimes mieux rester, à ton aise!»

Voyant qu'il paraissait fâché, Delphine se baissa pour le caresser, mais il lui griffa la main jusqu'au sang. Marinette était en colère qu'il eût griffé sa sœur, et, se baissant à son tour, elle dit en lui tirant les moustaches:

«Je n'ai jamais vu d'aussi mauvaise bête que ce vieux chat!

— Tiens! riposta le chat en lui donnant un coup de griffe, tu l'as bien mérité!

— Oh! il m'a griffée aussi!

— Oui, je t'ai griffée, et je vais aller dire aux parents que tu m'as tiré les moustaches, pour qu'ils te mettent au coin.»

Déjà il courait vers la maison, mais le chien, qui n'avait rien vu et qui en croyait à peine ses oreilles, lui parla sévèrement.

« Vraiment, chat, je ne te savais pas aussi méchant. Je suis obligé de reconnaître que les petites avaient raison et que tu es un mauvais chat. Ah ! je t'assure que je ne suis pas content… Laissons-le, petites et partons en commission. »

Le chat était si confus qu'il ne trouva rien à répondre et qu'il les laissa partir sans un mot de regret. Déjà sur la route, le chien tourna la tête et lui dit encore :

« Je ne suis pas content du tout. »

Le chat restait planté sur ses quatre pattes au milieu de la cour, et il avait beaucoup de chagrin. Il voyait bien, maintenant, qu'il n'aurait pas dû griffer et qu'il s'était mal conduit. Mais ce qui le peinait surtout, c'était de penser que le chien ne l'aimait plus et qu'il le tenait pour un mauvais chat. Il en avait tant de peine qu'il alla au grenier passer le reste de la journée. « Je suis pourtant bon, se disait-il, et si j'ai griffé, c'est sans réfléchir. Je me repens de l'avoir fait, preuve que je suis bon. Mais comment lui faire comprendre que je suis bon ? »

Le soir, quand il entendit rentrer les petites de commission, il n'osa pas descendre et resta dans son grenier. En mettant le nez à la

lucarne, il vit le chien qui tournait en rond dans la cour et qui disait en reniflant :

« Je n'entends pas le chat, et je ne le sens pas non plus. Est-ce que vous le voyez, petites ?

— Oh ! non, répondit Marinette, et j'aime autant ne pas le voir. Il est trop méchant.

— C'est vrai, soupira le chien, on ne peut pas dire le contraire, après ce qu'il vous a fait tout à l'heure... »

Le chat était très malheureux. Il eut envie de passer sa tête par la lucarne et de crier : « Ce n'est pas vrai ! je suis bon ! » mais il n'osait rien dire, parce qu'il pensait qu'après tout le chien n'était pas obligé de le croire. Il passa une très mauvaise nuit et ne put fermer l'œil.

Le lendemain matin de bonne heure, il descendit du grenier, les yeux rouges et la moustache tombante, et s'en alla trouver le chien dans sa niche. Il s'assit en face de lui et dit d'une voix timide :

« Bonjour chien... c'est moi, le chat...

— Bonjour, bonjour, grommela le chien avec un air un peu bourru.

— Est-ce que tu as passé une mauvaise nuit, chien ? Tu parais triste...

— Non, j'ai bien dormi... mais quand je m'éveille c'est toujours une mauvaise surprise pour moi de ne pas voir clair.

— Justement, dit le chat, je suis ennuyé que tu ne voies pas clair ; j'ai pensé que si tu voulais bien me donner ton mal, je pourrais devenir aveugle à ta place et faire pour toi ce que tu as fait pour ton maître. »

D'abord le chien ne put rien dire tant il était ému, et il avait envie de pleurer.

« Chat, comme tu es bon, balbutia-t-il, je ne veux pas... tu es trop bon... »

Le chat était tout tremblant dans son poil de l'entendre parler ainsi. Il n'aurait jamais pensé qu'on pût avoir tant de plaisir à être bon.

« Allons, dit-il, je te prends ton mal.

— Non, non, protestait le chien, je ne veux pas... »

Il se défendait, disant qu'il était presque habitué à ne plus voir clair et qu'il avait assez de ses amis pour le rendre heureux. Mais le chat ne voulait pas céder et lui répondait :

« Toi, chien, tu as besoin de tes yeux pour te rendre utile dans la maison. Mais à quoi me sert de voir clair ? Je te le demande. Je suis un paresseux qui ne me plais qu'à dormir au soleil ou au coin du feu. Ma parole, j'ai presque toujours les yeux fermés. Autant vaudrait pour moi être aveugle, je ne m'en apercevrais même pas. »

Il parla si bien et montra tant de fermeté que le chien finit par se rendre à sa prière. L'échange se fit sans plus tarder, dans la niche

même où ils se trouvaient. La première chose que fit le chien en revoyant la lumière du jour fut de crier à tue-tête :
« Le chat est bon ! Le chat est bon ! »
Les petites sortirent dans la cour, et, en apprenant ce qui s'était passé, elles embrassèrent le chat en pleurant.
« Ah ! qu'il est bon ! disaient-elles. Qu'il est bon ! »
Et lui, le chat, il penchait la tête, heureux d'être bon, et il ne voyait même pas qu'il ne voyait plus.

Depuis qu'il avait recouvré la vue, le chien était très occupé et ne trouvait jamais un moment pour se reposer dans sa niche, sinon à l'heure de midi et pendant la nuit. Le reste du temps, on l'envoyait garder le troupeau, ou bien il lui fallait accompagner ses maîtres par les chemins et par les bois, car il y avait toujours quelqu'un d'entre eux pour l'emmener en promenade. Il ne s'en plaignait pas, au contraire. Jamais il n'avait été aussi heureux, et quand il se rappelait le temps où il guidait son premier maître de village en village, il se félicitait de l'aventure qui l'avait amené à la ferme. Il regrettait seulement de n'avoir pas plus de temps à donner au chat qui s'était montré si bon. Le matin, il se levait de bonne heure et l'emmenait sur son dos faire un tour de campagne. Pour le chat, c'était le meilleur moment de la journée. Son ami lui parlait de ses occupations et ne manquait jamais de le remercier et aussi de le plaindre un peu. Le chat disait que ce n'était rien, que ça ne valait même pas la peine d'en parler, mais il songeait avec mélancolie qu'il était bien agréable de voir clair. Maintenant qu'il était aveugle, on ne s'occupait plus guère de lui. Les petites le prenaient bien encore sur leurs genoux pour le caresser, mais elles trouvaient plus amusant de courir et de gambader avec le chien, et il n'y avait point de jeu auquel on pût faire jouer un pauvre chat aveugle.
Pourtant, le chat ne regrettait rien. Il se disait que son ami le chien était heureux, et qu'il n'y avait rien de plus important. C'était un très bon chat. Dans la journée, quand il n'y avait personne pour lui parler, il dormait autant qu'il pouvait, au soleil ou au coin du feu, et il faisait :
« Ronron… je suis bon… ronron… je suis bon. »

Un matin d'été qu'il faisait très chaud, il s'était mis au frais sur la dernière marche de l'escalier qui descendait à la cave, et il ronronnait comme à l'habitude, lorsqu'il sentit quelque chose remuer contre son poil. Il n'avait pas besoin d'y voir pour se rendre compte

qu'il s'agissait d'une souris et pour la saisir d'un coup de patte. Elle
était si effrayée qu'elle ne chercha même pas à s'enfuir.

«Monsieur le chat, dit-elle, laissez-moi m'en aller. Je suis une toute
petite souris, et je me suis égarée...

– Une petite souris? dit le chat. Eh bien! moi, je vais te manger.

– Monsieur le chat, si vous ne me mangez pas, je vous promets de
vous obéir toujours.

– Non, j'aime mieux te manger... À moins...

– À moins, monsieur le chat?

– Eh bien! voilà: je suis aveugle. Si tu veux prendre mon mal et
devenir aveugle à ma place, je te laisserai la vie sauve. Tu pourras
te promener librement dans la cour, je te donnerai moi-même à
manger. En somme, tu as tout avantage à être aveugle dans ces
conditions-là. Pour toi qui trembles toujours de tomber entre mes
griffes, ce sera la tranquillité.»

La souris hésitait encore et comme elle s'en excusait auprès du chat,
il répondit avec bonté:

«Réfléchis bien, petite souris, et ne te décide pas à la légère. Je ne suis pas si pressé que je ne puisse attendre quelques minutes, et ce que je veux d'abord, c'est que tu te prononces en toute liberté.

– Oui, dit la souris, mais si je dis non, vous me mangerez?

– Bien entendu, petite souris, bien entendu.

– Alors, j'aime encore mieux devenir aveugle que d'être mangée.»

En rentrant de l'école, à midi, Delphine et Marinette furent très étonnées de voir une petite souris qui se promenait dans la cour entre les pattes du chat. Elles le furent bien davantage en apprenant que la souris était aveugle et que le chat ne l'était plus.

«C'est une bonne petite bête, dit le chat, elle a un cœur excellent, et je vous recommande d'en avoir bien soin.

– Sois tranquille, dirent les petites, elle ne manquera de rien. Nous lui donnerons à manger et nous lui ferons un lit pour la nuit.»

Quand le chien arriva à son tour, il fut si heureux de la guérison de son ami, qu'il ne put cacher sa joie devant la souris.

«Le chat a été très bon, dit-il, et voyez ce qui arrive : il en est récompensé aujourd'hui!

– C'est vrai, disaient les petites, il a été bon...

– C'est vrai, murmurait le chat, j'ai été bon...

– Hum! faisait la souris, hum! hum!»

Un dimanche qu'il somnolait dans sa niche à côté du chat, pendant que les petites promenaient la souris dans la cour, le chien se mit à renifler d'un air inquiet, puis il se leva en grondant et se dirigea vers le chemin où l'on entendait déjà le pas d'un homme. C'était un vagabond au visage maigre et aux vêtements déchirés qui se traînait avec fatigue. En passant près de la maison, il jeta un coup d'œil dans la cour et eut un mouvement de surprise en voyant le chien. Il s'approcha d'un air décidé et murmura :

«Chien, renifle-moi un peu... ne me reconnais-tu pas?

– Si, dit le chien en baissant la tête. Vous êtes mon ancien maître.

– Je me suis mal conduit envers toi, chien... mais si tu savais quel remords j'ai eu, tu me pardonnerais sûrement...

– Je vous pardonne, mais allez-vous-en.

– Depuis que je vois clair, je suis un homme bien malheureux. Je suis si paresseux que je ne peux pas me décider à travailler, et c'est à peine si je mange une fois par semaine. Autrefois, quand j'étais aveugle, je n'avais pas besoin de travailler. Les gens me donnaient à manger et à coucher, et ils me plaignaient... Te rappelles-tu? Nous étions heureux... Si tu voulais, chien, je te reprendrais mon mal, je

redeviendrais aveugle, et tu me conduirais encore sur les routes…
– Vous étiez peut-être heureux, répondit le chien, mais moi, je ne
l'étais guère. Avez-vous oublié les coups dont vous récompensiez
mon zèle et mon amitié? Vous étiez un mauvais maître et je le comprends mieux depuis que j'en ai trouvé de meilleurs. Je ne vous
garde pas rancune, mais n'attendez pas que je vous accompagne
jamais sur les routes. D'ailleurs, vous ne pouvez pas reprendre mon
mal, car je ne suis plus aveugle. Le chat, qui a été très bon, a voulu
le devenir à ma place, et ensuite…»
Mais déjà l'homme ne l'écoutait plus et s'éloignait en le traitant de
mauvaise bête; il s'en alla trouver le chat qui ronronnait à l'entrée
de la niche et lui dit en passant la main sur son poil :
«Pauvre vieux chat, tu es bien malheureux…
– Ronron, fit le chat.
– Je suis sûr que tu donnerais beaucoup pour voir clair. Mais si tu
veux, je serai aveugle à ta place et, en échange, tu me conduiras sur
les routes comme le chien faisait autrefois.»

Le chat ouvrit ses yeux tout grands et répondit sans se déranger :
« Si j'étais encore aveugle, j'accepterais peut-être, mais je ne le suis
plus depuis que la souris a bien voulu me prendre mon mal. C'est
une bête qui est très bonne, et si vous voulez lui dire votre affaire,
elle ne refusera pas de vous rendre un service. Tenez, la voilà qui
dort sur une pierre où les petites viennent de la coucher après la
promenade.» L'homme hésita un moment avant d'aller trouver la
souris, mais il se sentait si paresseux, et la pensée qu'il lui fallait travailler pour gagner son pain lui fut si insupportable, qu'il finit par se
décider. Il se pencha sur elle et lui dit doucement :
« Pauvre souris, tu es bien à plaindre...
– Oh! oui, monsieur, dit la souris. Les petites sont gentilles, le chien
aussi, mais je voudrais bien voir clair.
– Veux-tu que je devienne aveugle à ta place ?
– Oui, monsieur.
– En retour, tu me serviras de guide. Je te passerai une ficelle au cou
et tu me conduiras sur les chemins.
– Ce n'est pas difficile, dit la souris, je vous conduirai où vous voudrez.»
Les petites, rangées à l'entrée de la cour, à côté du chien et du chat,
regardaient l'homme faire ses premiers pas d'aveugle sur la route,
derrière la souris qu'il tenait attachée au bout d'une ficelle. Il allait
lentement et avec beaucoup d'hésitation, car la souris était si petite
que tout son effort tendait à peine la ficelle, et que le moindre mouvement de l'aveugle faisait tourner la pauvre bête sur elle-même,
sans qu'il s'en aperçût. Delphine, Marinette et le chat poussaient de
grands soupirs d'inquiétude et de pitié. Le chien, lui, tremblait des
quatre pattes en voyant l'homme buter aux pierres de la route et
hésiter à chaque pas. Les petites le tenaient par le collier et lui caressaient la tête, mais il leur échappa brusquement et courut tout droit
à l'aveugle.
« Chien! crièrent les petites.
– Chien!» cria le chat.
Il courait comme s'il n'eût rien entendu, et quand l'aveugle eut attaché la ficelle à son collier, il s'éloigna sans tourner la tête, pour ne
pas voir les petites qui pleuraient avec son ami le chat.

1 9 3 5 - 1 9 3 8

LE MAUVAIS JARS

*D*elphine et Marinette jouaient à la paume dans un pré fauché, et il arriva un grand jars aux plumes blanches, qui se mit à souffler dans son grand bec. Il avait l'air en colère, mais les petites n'y firent pas attention. Elles s'envoyaient la balle et avaient assez à faire de la suivre des yeux pour ne pas la manquer. « Tch... tch... », faisait le jars dans son bec, et il soufflait de plus en plus fort, vexé qu'on ne prît même pas garde qu'il était là. Et les petites criaient avant de faire les gestes : « la tape devant », ou bien : « génuflexion », ou encore « double virette ». C'est en faisant double virette que Delphine reçut la balle sur le nez. Elle resta d'abord interdite, frottant son nez pour s'assurer que la balle n'en avait rien ôté, puis elle se mit à rire, et Marinette partit à son tour d'un si grand éclat de rire que ses cheveux blonds étaient tout ébouriffés. Alors, le jars crut qu'elles se moquaient de lui. Son grand cou tendu en avant, l'aile battante et les plumes dressées, il vint à elles d'un air furieux.

« Je vous défends de rester dans mon pré », dit-il.

Il s'était arrêté entre les deux petites et les regardait l'une après l'autre de son petit œil méfiant et coléreux. Delphine devint sérieuse, mais Marinette, à voir ce gros lourdaud se dandiner sur ses pieds palmés, rit encore plus haut.

« C'est trop fort ! s'écria le jars, je vous répète...

– Tu nous ennuies, coupa Marinette. Va-t'en retrouver tes oisons, et laisse-nous jouer tranquilles.

– Mes oisons, je les attends justement, et je ne veux pas qu'ils se trouvent en compagnie de deux gamines mal élevées. Allons, décampez.

– Ce n'est pas vrai, protesta Delphine. On n'est pas mal élevées.

– Laisse-le donc grogner, dit Marinette. C'est un gros plumeau qui dit des bêtises. D'abord, pourquoi parle-t-il de son pré ? Comme si

Première publication dans Candide, *1ᵉʳ novembre 1934. Repris une première fois en album au format cahier d'écolier illustré par Nathan Altman, Gallimard, 1935. Ce conte figure dans les éditions successives de la collection «Blanche» à partir de 1939.*

lui, le jars, il pouvait avoir un pré! Tiens, lance-moi la balle...
double virette...»

Elle se mit à tourner, et son tablier à carreaux bleus fit un joli rond
sur ses genoux. Delphine fit un geste pour lancer la balle.

«Ah! c'est comme ça!» dit le jars.

Il prit son élan, courut droit à Marinette et, ouvrant son grand bec,
lui saisit un mollet qu'il serra de toutes ses forces. Marinette avait
très mal, et très peur aussi, parce qu'elle croyait qu'il allait la manger. Mais elle avait beau crier et se débattre, il ne la pinçait que plus
fort. Delphine arriva en courant et essaya de le faire lâcher prise.

Elle lui donnait des claques sur la tête, le tirait par les ailes et par les
pattes, ce qui le rendait plus furieux encore. Enfin, il abandonna le
mollet de Marinette, mais ce fut pour saisir celui de Delphine, si
bien que les petites pleuraient toutes les deux. Dans un pré voisin, il

y avait un âne gris qui tendait le cou par-dessus la clôture et faisait bouger ses oreilles. C'était un très bon âne, doux et patient, comme ils sont presque tous. Il aimait bien les enfants, surtout les petites filles, et quand elles riaient de ses oreilles, il ne se fâchait jamais, quoiqu'il eût un peu de peine ; au contraire, il les regardait avec de bons yeux et faisait semblant de sourire, comme si, lui aussi, il se fût amusé d'avoir des oreilles aussi longues et aussi pointues. Par-dessus la clôture, il avait tout vu, tout entendu, et il était indigné de l'arrogance et de la méchanceté du jars. Tandis que les petites se débattaient, il leur cria de loin :

«Prenez-le par la tête, à deux mains, et faites-lui faire un tourniquet !... Ah ! là là, s'il n'y avait pas cette clôture... Par la tête, je vous dis !»
Mais les petites avaient perdu tout sang-froid et ne comprenaient rien aux conseils qu'il leur donnait. Pourtant, elles sentaient au son

de sa voix, que l'âne était un ami, et aussitôt qu'elles purent s'échapper, ce fut auprès de lui qu'elles coururent se réfugier. Le jars ne les poursuivit pas, il se contenta de leur crier :

« Et je confisque la balle, pour vous apprendre à me respecter ! »

En effet, il prit la balle dans son bec et se mit à tourner en rond au milieu du pré, en se rengorgeant tellement qu'il était tout en jabot et que sa tête se trouvait renversée entre ses deux ailes. À la fin, c'était agaçant. L'âne, qui était pourtant patient, ne put se tenir de lui crier :

« Voyez donc ce gros niais qui se pavane avec une balle au bec ! Il a bon air, ma foi... Ah ! tu n'étais pas si fier, il y a un mois, quand la maîtresse t'arrachait ton duvet pour faire un oreiller ! »

De colère et d'humiliation, le jars manqua s'étrangler avec la balle. Les paroles de l'âne lui gâtaient la joie du triomphe, car elles lui rappelaient que son supplice n'allait pas tarder à recommencer : deux fois l'an, la fermière lui arrachait son plus fin duvet, et il avait alors le cou si dénudé que les poulets feignaient de le prendre pour le dindon.

Cependant, il cessait de tourner en rond pour aller à la rencontre de sa famille qui entrait dans le pré. Il y avait une demi-douzaine d'oisons sous la conduite de leur mère l'oie. Ces oisons n'étaient pas de mauvaises bêtes, il n'y avait rien à leur reprocher. Un peu sérieux pour leur âge, mais ce n'est pas un défaut, et ils avaient des plumes jaunes et grises, légères comme une mousse. Pour la mère l'oie, c'était une assez bonne personne. Même, elle paraissait gênée des grands airs que prenait le jars et, à tout instant, le poussait de l'aile en disant :

« Voyons, mon ami, voyons... voyons... »

Mais le jars faisait semblant de ne pas entendre ses remontrances. Il tenait toujours la balle dans son bec et menait le troupeau vers le milieu du pré.

Enfin, il s'arrêta, et, posant la balle, dit à ses oisons :

« Voilà un jouet que j'ai confisqué à deux méchantes gamines qui venaient me manquer de respect dans mon pré. Je vous le donne. Amusez-vous gentiment en attendant l'heure d'aller à l'étang. »

Les oisons s'approchèrent de la balle, mais sans entrain, ne comprenant pas comment ils pouvaient s'en amuser. Croyant que c'était un œuf, ils s'en écartèrent presque aussitôt d'un air ennuyé. Le jars se montra très mécontent.

« Je n'ai jamais vu d'oisons aussi sots, gronda-t-il. C'est tout de même malheureux, on s'ingénie à leur trouver des distractions, et voilà comment on en est récompensé. Mais je vais vous apprendre à jouer à la balle, moi, et il faudra bien que vous vous amusiez !

– Voyons, mon ami, voyons... protesta la mère l'oie.

– Ah! tu les soutiens? eh bien, tu joueras à la balle aussi!»
Comme on voit, le jars n'était guère plus aimable avec les personnes
de sa famille qu'avec les étrangers. Pendant qu'il enseignait le jeu de
balle à l'oie et à ses oisons, les petites arrivaient auprès de l'âne et
se glissaient sous la clôture. Le jars les avait mordues si fort qu'elles
marchaient en tirant la jambe, mais elles ne pleuraient plus, sauf
que Marinette reniflait encore un peu.

«Croyez-vous, dit l'âne, quelle sale bête! J'en suis encore dans tous
mes états... Moi qui serais si content de voir des petites filles jouer
autour de moi... Ah! le grossier personnage!... Mais, dites-moi, est-
ce qu'il vous a fait bien mal?»

Marinette lui montra une marque rouge qu'elle avait sur la jambe
gauche. Delphine avait la même sur la jambe droite.

«Ah! oui, il nous a fait mal. C'est comme une brûlure.»

Alors, l'âne baissa la tête, souffla sur les jambes, et les petites n'eurent presque plus mal. C'est parce qu'il était bon. En le remerciant,
elles lui caressèrent l'encolure avec amitié. L'âne était content.

«Vous pouvez toucher mes oreilles aussi, leur dit-il. Je vois bien que
vous en avez envie.»

Elles lui caressèrent aussi les oreilles, un peu étonnées que le poil y fût aussi doux.

«Elles sont longues, n'est-ce pas? dit-il en baissant la voix.

– Oh! un peu, répondit Marinette, mais pas tellement, tu sais... en tout cas, elles te vont très bien.

– Si elles n'étaient pas aussi longues, ajouta Delphine, il me semble que je t'aimerais moins...

– Vous croyez? Allons, tant mieux. Pourtant...»

L'âne hésita, puis, craignant d'importuner les petites avec ses oreilles, il se décida à parler d'autre chose.

«Tout à l'heure, quand le jars vous mordait, vous ne m'avez pas compris. Je vous criais de le prendre par la tête et de lui faire faire un bon tourniquet. Oui, il fallait le saisir à deux mains et faire deux ou trois tours sur vous-même en le tenant à bout de bras. C'est le meilleur moyen de le mettre à la raison. Quand il se retrouve sur ses

pieds, il ne sait plus où il en est, il a le vertige, et c'est à peine s'il tient debout. Il en garde un si mauvais souvenir qu'il ne mord plus jamais la personne qui lui a donné une pareille leçon.

– C'est bien joli, dit Marinette, mais il faut d'abord lui attraper la tête et risquer de se faire mordre la main...

– C'est vrai que vous êtes des petites filles. Quand même, à votre place, j'essaierais.»

Mais les petites secouaient la tête, elles disaient que le jars leur faisait trop peur. Tout à coup, l'âne se mit à rire et s'en excusa en leur montrant le jars, dans son pré, qui jouait à la balle avec sa famille. Il faisait son important, bousculait l'oie, grondait les oisons de leur maladresse et, bien qu'il fût le plus maladroit de la bande, disait à chaque instant : «Regardez comme je fais... prenez modèle sur moi.» Bien entendu, il n'était pas question de lancer la balle, il fallait se contenter de la pousser du pied. Delphine, Marinette et l'âne riaient très fort, et ne laissaient pas passer une occasion de crier : «Il l'a manquée !...» Le jars ne voulait pas convenir de sa maladresse et faisait semblant de n'entendre ni les rires, ni les moqueries. Comme il venait de rattraper la balle après l'avoir manquée dix fois, il crut tout oser, et dit à ses oisons :

«Maintenant, je vais vous montrer à faire double virette... Toi, la mère l'oie, tu vas me jeter la balle... Regardez-moi bien.»

Il recula de quelques pas en face de la mère l'oie déjà prête à pousser la balle d'un coup de patte. Il s'assura que tous les regards étaient fixés sur lui, renfla un peu son jabot, et cria :

«Nous y sommes ?... double virette !»

Tandis que la mère l'oie poussait la balle, il se mit à tourner sur place comme il avait vu faire aux deux petites. D'abord, il tourna lentement, mais comme l'âne lui criait d'aller plus vite, il se lança si bien qu'il fit trois tours sans pouvoir s'arrêter. Le pauvre jars, à moitié étourdi, se mit à dodeliner de la tête, fit quelques pas en titubant, tomba sur le côté droit, tomba sur le côté gauche, et resta un moment allongé par terre, le col affaissé et l'œil à l'envers. L'âne riait si fort qu'il se roulait dans l'herbe, les quatre fers en l'air. Les petites n'étaient pas moins gaies, et les oisons eux-mêmes, malgré tout le respect qu'ils devaient à leur père, ne pouvaient pas s'empêcher de pouffer dans leur jabot. Il n'y avait guère que la mère l'oie qui n'eût pas envie de rire. Elle se penchait sur le jars et, à mi-voix, le pressait de se relever.

«Voyons, mon ami, disait-elle, voyons... ce n'est pas convenable... on nous regarde.»

Il réussit à se remettre d'aplomb, mais il avait encore mal à la tête et resta une minute sans voix. Aussitôt qu'il put ouvrir le bec, ce fut pour se défendre d'avoir été maladroit.

Cependant, Marinette lui réclamait sa balle.

« Tu vois bien que ce n'est pas un jeu pour les oies, lui dit-elle.

– Et encore moins pour les jars, dit l'âne, on l'a bien vu tout à l'heure, et tu t'es rendu assez ridicule. Allons, rends la balle.

– J'ai dit que je la confisquais, riposta le jars. Il n'y a pas à y revenir.

– Je savais déjà que tu étais un brutal et un menteur. Vraiment, il ne te manquait plus que d'être un voleur.

– Je n'ai rien volé, tout ce qui est dans mon pré m'appartient. Et puis, laisse-moi tranquille. Je n'ai pas de leçon à recevoir d'une bourrique. »

À ce dernier mot, l'âne baissa la tête et n'osa plus rien dire. Il avait autant de honte que de chagrin et, regardant les petites à la dérobée, ne savait pas quelle contenance prendre. Mais Delphine et Marinette n'y prenaient pas garde, très ennuyées elles-mêmes d'avoir perdu leur balle.

Elles prièrent encore une fois le jars de la leur rendre, mais il n'écouta même pas. Il se préparait à partir pour l'étang avec sa famille, et il donnait l'ordre à la mère l'oie de prendre la balle dans son bec. Comme l'étang se trouvait derrière les prés, à la lisière du bois, il défila avec les oisons devant la clôture où se tenaient les petites et leur ami l'âne. À ce moment-là, un oison qui aimait s'instruire montra la balle que portait sa mère, et demanda quelle espèce d'oiseau l'avait pondue. Ses frères se mirent à rire et le jars lui dit sévèrement :

« Allons, taisez-vous. Vous êtes un âne. »

Il avait fait exprès de parler très haut en jetant un regard de côté. L'âne en reçut un coup au cœur. Il ne voulait pas laisser voir combien il était malheureux, mais ses oreilles se couchaient de chaque côté de sa tête, ses yeux étaient brillants de larmes et ses genoux tout tremblants.

Voyant les petites sur le point de pleurer et entendant Marinette qui reniflait déjà, l'âne essaya d'oublier son chagrin pour les consoler.

« Votre balle n'est pas perdue. Savez-vous ce que vous allez faire ? Tout à l'heure, quand le jars sera dans l'eau, vous irez à l'étang. Il aura sûrement laissé la balle sur le bord et vous n'aurez qu'à la reprendre. Je vous dirai quand ce sera le moment de partir. En attendant, nous allons causer un peu. Justement, je voudrais vous dire… »

L'âne poussa un soupir et toussa pour s'éclaircir la voix. Il paraissait embarrassé.

«Eh bien! voilà, dit-il. Tout à l'heure, le jars m'a traité de bour-rique... Oh! je sais bien que c'est un de mes noms, mais il l'a dit d'une certaine façon... hum... et après, quand il est passé devant nous et qu'il a dit à l'un des oisons: "Vous êtes un âne" comme pour le traiter d'imbécile, vous vous rappelez? Je voudrais savoir pour-quoi, en parlant d'un idiot, l'on dit toujours: "C'est un âne".»

Les petites ne purent s'empêcher de rougir, car c'était là une injure qu'elles employaient assez souvent.

«Tenez, reprit l'âne, je me suis laissé dire qu'à l'école, quand un enfant ne comprend rien aux leçons, le maître l'envoie au coin avec un bonnet d'âne sur la tête! Comme s'il n'y avait rien au monde qui soit plus stupide qu'un âne! Vous conviendrez que c'est ennuyeux pour moi.

– Je crois qu'en effet on n'est pas très juste, répondit Delphine.

– Vous ne pensez pas que je sois plus bête que le jars? demanda-t-il.

– Mais non... mais non...»

Elles protestaient sans conviction, trop habituées à entendre parler de sa bêtise pour en douter sérieusement. Il comprit qu'il ne réussi-rait pas à les convaincre de l'injustice dont il était victime. Elles ne le croiraient jamais sans preuves.

«Allons, tant pis, soupira-t-il, tant pis... mes petites, je crois que le moment est venu pour vous d'aller à l'étang. Bonne chance! Et si vous n'avez pas réussi, faites-le-moi savoir.»

En arrivant à l'étang, les petites renoncèrent à l'espoir de reprendre leur balle. Le jars n'était décidément pas aussi sot que l'âne le don-nait à entendre, car il avait eu la précaution de la prendre avec lui au milieu de l'étang. Elle flottait à côté des oisons qui s'en amusaient beaucoup mieux qu'ils ne l'avaient fait tout à l'heure dans l'herbe. Ils jouaient à qui l'attraperait le premier, la cachaient sous leurs ailes et, dans un autre moment, les petites eussent pris plaisir à regarder leurs ébats. Le jars n'était plus ce lourdaud qui s'était rendu ridicule dans le pré. Il nageait avec aisance et ne manquait ni de grâce ni de fierté. Il paraissait transformé, et les petites, malgré toute leur ran-cune, ne pouvaient se défendre de l'admirer. Par contre, il n'avait rien perdu de sa méchanceté, et il leur cria en montrant la balle:

«Ah! ah! Vous aviez cru que je l'aurais laissée sur la rive, n'est-ce pas? Je ne suis pas si bête! Je l'ai mise à l'abri et vous ne la tenez pas encore!»

Ce qu'il ne disait pas, c'est qu'en arrivant à l'étang, il était si dégoûté de la balle qu'il l'avait jetée à l'eau, pensant qu'elle dût aller au fond comme un simple caillou. Il avait été le premier surpris de la voir flotter, mais, devant les petites, il était trop orgueilleux pour convenir de son étonnement. Delphine essaya encore une fois de le fléchir, et lui parla poliment.

« Allons, jars, sois raisonnable, rends-nous la balle... nos parents vont nous gronder.

– S'ils vous grondent, ce sera bien fait. Vous apprendrez ce qu'il en coûte de venir faire les têtes folles dans mon pré. Si je les rencontrais, vos parents, je leur dirais qu'ils élèvent bien mal leurs filles. Je voudrais voir quel accueil ils feraient à mes oisons, s'ils s'avisaient d'aller jouer chez eux sans leur permission. Heureusement, les chers petits savent se conduire, et c'est à moi qu'ils le doivent.

– Tais-toi donc, tu ne sais dire que des âneries », lui jeta Marinette en haussant les épaules.

Aussitôt, elle se mordit les lèvres et regretta cette parole désobligeante pour l'âne.

« Des âneries ? s'écria le jars. Insolentes ! Je vais vous arranger les mollets, moi ! Laissez-moi seulement sortir de l'eau. »

Il nageait déjà vers la rive, et les petites, qui portaient encore sur les jambes la trace de son bec, se sauvèrent en courant.

« Ah ! vous faites bien de vous sauver, dit le jars, j'allais vous mordre jusqu'au sang ! Et quant à la balle, n'espérez pas la revoir jamais. J'ai pensé pour elle à une fameuse cachette ! Bien fin qui saura la trouver... »

Les petites rentrèrent chez elles sans oser passer auprès de l'âne, car Marinette songeait avec remords au mot malheureux qui venait de lui échapper. D'ailleurs, le temps avait brusquement changé et il faisait très froid. Le ciel était sans nuages, il soufflait du nord un vent glacial qui pinçait les jambes. Delphine et Marinette s'attendaient à être grondées, mais les parents ne prirent pas garde qu'elles rentraient sans leur balle.

« On n'a jamais vu un froid pareil à cette saison, disait le père. Je suis sûr que cette nuit, il va geler à pierre fendre.

– Heureusement, disait la mère, ces froids-là ne dureront pas. Il est trop tôt... »

En quittant l'étang, le jars et sa famille repassèrent devant la clôture de l'âne. La mère l'oie portait dans son bec la balle des petites, et les oisons se plaignaient à leur père qu'il fît un peu frais.

« Ah ! ah ! je vois qu'on n'a pas voulu rendre la balle ! dit l'âne. Mais j'espère que ce sera pour demain.

– Ni pour demain, ni pour après-demain, riposta le jars. Je la garde et je vais, de ce pas, la mettre en lieu sûr, dans une cachette de ma façon.

– Les cachettes d'un jars, ça ne doit pas valoir grand-chose.

– En tout cas, ce n'est pas un bourricot de ton espèce qui saura trouver la mienne!

– Peuh! répondit l'âne, je ne prendrai même pas la peine de chercher... je saurai bien te faire rendre la balle sans me déranger!

– Je serais curieux de voir ça», ricana le jars.

Il s'éloigna pour rejoindre sa famille, mais après quelques pas il se ravisa et dit méchamment:

«Ces deux gamines sont décidément bien insupportables. Tout à l'heure, je les ai entendues répondre à une personne qui parlait à tort et à travers: "Tais-toi donc, tu dis des âneries." Oui, voilà ce qu'elles ont répondu.

– Et la personne qui parlait à tort et à travers, c'était sûrement toi...»

Le jars partit sans répondre, mais on voyait bien qu'il était dépité.

L'âne, demeuré seul, pensa longtemps à la réponse des petites. Il en avait une grande peine, mais, comme il était très bon, il ne leur en voulait pas du tout.

Tout à coup, l'âne se mit à rire tout seul à cause d'une idée qui lui venait du bout de ses oreilles mordues par le froid.

Le lendemain matin, il gagna son pré de bonne heure. Il faisait un très grand froid, comme on n'en avait pas vu depuis longtemps. L'âne se posta au bord de la clôture, en dansant sur ses quatre pattes pour se réchauffer. Il aperçut les petites qui allaient à l'école et les appela. S'étant assurées que le jars n'était pas dans son pré, elles vinrent lui dire bonjour.

«Est-ce que vos parents vous ont grondées, petites? leur demanda-t-il.

– Non, dit Marinette, ils ne se sont pas encore aperçus que la balle était perdue.

– Eh bien, soyez tranquilles, petites. Je puis vous assurer que, demain soir, elle vous sera rendue.»

Il n'y avait pas cinq minutes que les petites étaient parties quand il vit arriver le jars marchant en tête de sa tribu. L'âne salua toute la famille et demanda à la mère l'oie où ils allaient de si bonne heure.

«Nous allons à l'étang pour la baignade du matin, répondit-elle.

– Ma chère bonne oie, dit l'âne, j'en suis bien fâché, mais j'ai décidé que vous ne prendriez pas de bain ce matin.»

Le jars se mit à rire et dit avec un air de pitié:

«Et tu as cru qu'il te suffisait de décider pour que je t'obéisse?

– Je ne sais pas quelles sont tes dispositions, mais il faudra bien m'obéir, car j'ai fait boucher l'étang pendant la nuit, et je ne le déboucherai pas avant que tu aies rendu la balle des petites.»

Le jars pensa que l'âne avait perdu la tête, et dit à ses oisons :
«Allons, en route pour le bain. Je ne vois pas pourquoi je consens à écouter les discours de cette bourrique.»

Lorsqu'ils furent en vue de l'étang, les oisons poussèrent des cris de joie en disant que la surface de l'eau n'avait jamais été aussi polie et aussi brillante. Le jars n'avait jamais vu de glace et n'en avait même pas entendu parler, car l'hiver précédent avait été si tiède qu'il n'avait gelé nulle part. Il lui sembla aussi que l'eau était plus belle qu'à l'ordinaire, et cela le mit de bonne humeur.

«Voilà qui nous promet un bain agréable», dit-il.

Comme toujours, il descendit le premier dans l'étang et poussa un cri d'étonnement. Au lieu de s'enfoncer dans l'eau, il continuait à marcher sur une surface dure comme de la pierre. Derrière lui, la mère et les oisons étaient muets de stupéfaction.

«Est-ce qu'il aurait vraiment bouché l'étang? grommelait le jars. Mais non, ce n'est pas possible... nous allons trouver l'eau un peu plus loin.»

Ils traversèrent l'étang plusieurs fois, et partout ils trouvèrent sous leurs pieds cette même surface de métal froid.

«C'est pourtant vrai qu'il a bouché notre étang, convint le jars.
– Quel ennui! dit la mère l'oie. Une journée sans bain est une triste journée, surtout pour les enfants. Tu devrais bien rendre la balle...
– Laisse-moi tranquille, je sais ce que j'ai à faire. Et surtout, silence sur cette aventure... qu'on n'aille pas apprendre que je suis tombé sous la coupe d'une bourrique.»

La tribu rentra à la basse-cour pour se cacher dans un coin. Pour passer devant la clôture, elle fit un large détour, mais l'âne cria :
«Est-ce que tu rends la balle? Est-ce que je dois déboucher l'étang?»

Le jars ne répondit pas, trop orgueilleux pour céder du premier coup. Toute la matinée, il fut d'une humeur massacrante et ne toucha pas à sa pâtée. Vers le commencement de l'après-midi, il se demanda s'il était possible que l'âne eût bouché l'étang et s'il n'avait pas rêvé. Après bien des hésitations, il se décida à y aller voir. Il lui fallut constater qu'il n'avait pas rêvé. L'étang était solidement bouché. À l'aller et au retour, l'âne lui demanda encore s'il était prêt à rendre la balle.

«Prends garde qu'il ne soit trop tard quand tu t'y décideras!»

Mais le jars passa la tête haute. Enfin, le lendemain matin, ne voulant pas engager lui-même les pourparlers, il envoya la mère l'oie auprès de l'âne. Delphine et Marinette se trouvaient justement là. Il faisait moins froid que la veille et la glace fondait déjà sur l'étang.

«Ma chère bonne oie», déclara l'âne (et il faisait semblant d'être en colère), «je ne veux rien entendre avant d'avoir la balle. Vous pouvez aller le dire à votre époux. J'en suis ennuyé pour vous qui êtes bonne personne, mais ce jars est un entêté qui fait le malheur de sa famille.»

La mère l'oie repartit à grands pas, et les petites, qui avaient eu de la peine à cacher leur envie de rire, purent s'amuser à leur aise.

«Pourvu que le jars n'aille pas faire un tour à l'étang avant de se décider, dit Delphine. Il verrait bien que le couvercle est en train de fondre.

– Ne craignez rien, dit l'âne, vous allez le voir arriver avec la balle.»

En effet, le jars ne tarda pas à arriver à la tête de son troupeau. Il tenait la balle dans son bec et la jeta d'un geste rageur de l'autre côté de la clôture. Marinette la ramassa, et le jars se disposait à gagner l'étang, mais l'âne le rappela d'un ton sec.

« Ce n'est pas tout, lui dit-il. Maintenant, il s'agit de faire des excuses à ces deux petites que tu as mordues l'autre jour.

– Oh ! mais non, ce n'est pas la peine, protestèrent les petites.

– Si, j'exige des excuses. Je ne déboucherai pas avant qu'il ne vous ait demandé pardon.

– Moi, faire des excuses ? s'écria le jars. Ah ! jamais ! j'aimerais mieux me passer de bains toute ma vie ! »

Il rebroussa chemin aussitôt avec toute sa famille et regagna la cour de la ferme où il essaya d'oublier l'étang en pataugeant dans une flaque d'eau boueuse. Il tint bon pendant toute une semaine, et lorsqu'il se résigna aux excuses, il y avait six jours que la glace était fondue sur l'étang ; il faisait si chaud qu'on se serait cru au printemps.

« Je vous demande pardon de vous avoir mordu les jambes, prononça le jars que la colère faisait bégayer. Je fais le serment de ne pas recommencer.

– Voilà qui est bien, dit l'âne, je débouche l'étang. Allez vous baigner. »

Ce jour-là, le jars fit durer la baignade longtemps. Lorsqu'il fut de retour à la ferme, le bruit de sa mésaventure commençait à se répandre et il lui fallut subir les railleries de toutes les bêtes. Chacun s'émerveillait que le jars pût être aussi sot et l'âne aussi malin. Aussi n'est-il plus question, depuis ce jour-là, de la bêtise de l'âne ; et l'on dit, au contraire, d'un homme à qui l'on veut faire compliment de son intelligence qu'il est fin comme un âne.

L'ÉLÉPHANT

*L*es parents mirent leurs habits du dimanche et, avant de quitter la maison, dirent aux deux petites :

« On ne vous emmène pas voir votre oncle Alfred, parce qu'il pleut trop fort. Profitez-en pour bien apprendre vos leçons.

– Je les sais déjà, dit Marinette, je les ai apprises hier soir.

– Moi aussi, dit Delphine.

– Alors, amusez-vous gentiment, et, surtout ne laissez entrer personne chez nous. »

Les parents s'éloignèrent, et les petites, le nez au carreau de la fenêtre, les suivirent longtemps du regard. La pluie tombait si serrée qu'elles ne regrettaient presque pas de ne pas aller voir leur oncle Alfred. Elles parlaient de jouer au loto, lorsqu'elles virent le dindon traverser la cour en courant. Il se mit à l'abri sous le hangar, secoua ses plumes mouillées et essuya son grand cou dans le duvet de son jabot.

« C'est un mauvais temps pour les dindons, fit observer Delphine, et pour les autres bêtes aussi. Heureusement, ça ne dure jamais longtemps. Mais s'il pleuvait pendant quarante jours et quarante nuits ?

– Il n'y a pas de raison, dit Marinette. Pourquoi veux-tu qu'il pleuve pendant quarante jours et quarante nuits ?

– Bien sûr. Mais je pensais qu'au lieu de jouer au loto, on pourrait peut-être jouer à l'Arche de Noé. »

Marinette trouva l'idée très bonne et pensa que la cuisine ferait un excellent bateau. Quant aux bêtes, les petites ne furent pas embarrassées pour les trouver. Elles allèrent à l'écurie et à la basse-cour et décidèrent facilement le bœuf, la vache, le cheval, le mouton, le coq, la poule, à les suivre dans la cuisine. La plupart étaient très contents de jouer à l'Arche de Noé. Il y eut bien quelques grincheux, comme

Première publication dans Candide, *janvier 1935. Repris une première fois en album au format cahier d'écolier illustré par Nathan Altman, Gallimard, 1935. Ce conte figure dans les éditions successives de la collection «Blanche» à partir de 1939.*

le dindon et le cochon, pour protester qu'ils ne voulaient pas être dérangés, mais Marinette leur déclara sans rire:

«C'est le déluge. Il va pleuvoir pendant quarante jours et quarante nuits. Si vous ne voulez pas venir dans l'Arche, tant pis pour vous. La terre sera couverte par les eaux, et vous serez noyés.»

Les grincheux ne se le firent pas dire deux fois et se bousculèrent pour entrer à la cuisine. Pour les poules, il n'y eut pas besoin de leur faire peur. Elles voulaient toutes venir jouer, et Delphine, après en avoir choisi une, fut obligée d'écarter les autres.

«Vous comprenez, je ne peux prendre qu'une poule. Autrement, ce ne serait pas le jeu.»

En moins d'un quart d'heure, toutes les bêtes de la ferme furent représentées à la cuisine. On craignait que le bœuf ne pût passer par la porte, à cause de ses grandes cornes, mais en penchant la tête de côté, il entra très bien, et la vache aussi. L'Arche se trouva si pleine qu'il fallut loger sur la table la poule, le coq, la dinde, le dindon et le chat. Il n'y eut pourtant aucun désordre et les bêtes se montrèrent tout à fait raisonnables. D'ailleurs, elles étaient un peu intimidées d'être dans la cuisine, où, sauf le chat, et peut-être la poule, elles n'avaient jamais pénétré. Le cheval, qui se trouvait auprès de l'horloge, regardait tantôt le cadran, tantôt le balancier, et l'inquiétude faisait bouger ses oreilles pointues. La vache n'était pas moins curieuse de tout ce qu'elle apercevait derrière les vitres du buffet. Surtout, elle ne pouvait détacher son regard d'un fromage et d'un pot de lait, qui lui firent murmurer à plusieurs reprises: «Je comprends, maintenant, je comprends...»

Au bout d'un moment, les bêtes commencèrent à prendre peur. Même celles qui savaient que c'était pour jouer en venaient à se demander s'il s'agissait vraiment d'un jeu. En effet, Delphine, assise sur la fenêtre de la cuisine, au poste de commandement, regardait au-dehors et annonçait d'une voix anxieuse:

«Il pleut toujours... les eaux montent... on ne voit déjà plus le jardin... Le vent est toujours violent... barre à droite!»

Marinette, qui était le pilote, tournait la clé de la cuisinière à droite, ce qui faisait fumer un peu.

«Il pleut encore... l'eau vient d'atteindre les premières branches du pommier... Attention aux rochers! Barre à gauche!»

Marinette donna un coup de clé à gauche, et la cuisinière fuma moins.

«Il pleut toujours..., on aperçoit encore la cime des plus hauts arbres, mais les eaux montent... C'est fini, on ne voit plus rien...»

Alors, on entendit un grand sanglot. C'était le cochon qui ne pouvait plus contenir son chagrin de quitter la ferme.

«Silence à bord! cria Delphine, je ne veux pas de panique. Prenez modèle sur le chat. Voyez comme il ronronne, lui.»

En effet, le chat ronronnait comme si de rien n'était, sachant très bien que le déluge n'était pas sérieux.

«Si encore tout ça devait bientôt finir, geignit le cochon.

– Il faut compter un peu plus d'un an, déclara Marinette, mais nos provisions sont faites, personne n'aura faim, soyez tranquilles.»

Le pauvre cochon s'effondra en pleurant tout bas. Il pensait que le voyage serait peut-être beaucoup plus long que les petites ne l'avaient prévu et que les vivres manqueraient un jour. Comme il était gros, il avait une grande peur d'être mangé. Pendant qu'il se morfondait, une petite poule blanche, toute recroquevillée sous la pluie, était grimpée sur le rebord extérieur de la fenêtre. Elle frappa du bec au carreau et dit à Delphine:

«Je voudrais bien jouer aussi, moi.

– Mais, pauvre poule blanche, tu vois bien que ce n'est pas possible. Il y a déjà une poule.

– Surtout que l'Arche est pleine», fit observer Marinette, qui s'était approchée.

La poule blanche parut si contrariée que les deux petites en furent peinées. Marinette dit à Delphine:

«Tout de même, il nous manque un éléphant. La poule blanche pourrait faire l'éléphant...

– C'est vrai, l'Arche aurait besoin d'un éléphant...»

Delphine ouvrit la fenêtre, prit la petite poule dans ses mains et lui annonça qu'elle serait l'éléphant.

«Ah! je suis bien contente, dit la poule blanche. Mais comment est-ce fait un éléphant? Je n'en ai jamais vu.»

Les petites essayèrent de lui expliquer ce qu'est un éléphant, mais sans y parvenir. Delphine se souvint alors d'un livre d'images en couleur, que son oncle Alfred lui avait donné. Il se trouvait dans la pièce voisine qui était la chambre des parents. Laissant à Marinette la surveillance de l'Arche, Delphine emporta la poule blanche dans la chambre, ouvrit le livre devant elle, à la page où était représenté l'éléphant, et donna encore quelques explications. La poule blanche regarda l'image avec beaucoup d'attention et de bonne volonté, car elle avait très envie de faire l'éléphant.

«Je te laisse un moment dans la chambre, lui dit Delphine. Il faut que je retourne dans l'Arche. Mais en attendant que je revienne te chercher, regarde bien ton modèle.»

La petite poule blanche prit son rôle si à cœur qu'elle devint un véritable éléphant, ce qu'elle n'avait pas osé espérer. La chose arriva si vite qu'elle ne comprit pas tout de suite le changement qui venait de s'opérer. Elle croyait qu'elle était encore une petite poule, perchée très haut, tout près du plafond. Enfin, elle prit connaissance de sa trompe, de ses défenses en ivoire, de ses quatre pieds massifs, de sa peau épaisse et rugueuse qui portait encore quelques plumes blanches. Elle était un peu étonnée, mais très satisfaite. Ce qui lui fit le plus de plaisir, ce fut de posséder d'immenses oreilles, elle qui n'en avait, auparavant, pour ainsi dire point. «Le cochon, qui était si fier des siennes, le sera peut-être un peu moins en voyant celles-ci», pensa-t-elle.

Dans la cuisine, les petites avaient complètement oublié la poule blanche qui préparait si bien son rôle de l'autre côté de la porte. Après avoir annoncé que le vent était tombé et que l'Arche voguait en eau calme, elles se préparaient à passer la revue des animaux pris en charge. Marinette se munit d'un carnet pour inscrire les réclamations des passagers, et Delphine déclara:

«Mes chers amis, nous sommes aujourd'hui à notre quarante-cinquième jour de mer...

– Heureusement, soupira le cochon, le temps passe plus vite que je n'aurais cru!

– Silence! cochon… Mes chers amis, comme vous le voyez, vous n'avez pas à regretter d'être venus dans l'Arche. Maintenant que le plus dur est fait, nous avons la certitude de retrouver la terre dans une dizaine de mois. Je peux bien vous le dire à présent, mais jusqu'à ces derniers jours, nous avons été souvent en danger de mort, et c'est grâce au pilote que nous avons pu nous en tirer.»

Les bêtes remercièrent le pilote avec amitié. Marinette devint toute rouge de plaisir et dit en montrant sa sœur :

«C'est grâce au capitaine aussi… il ne faudrait pas oublier le capitaine…

– Bien sûr, approuvèrent les bêtes, bien sûr! sans le capitaine…

– Vous êtes bien gentils, leur dit Delphine. Vous n'imaginez pas combien votre confiance nous donne de courage… C'est qu'il nous en faut encore. La traversée est loin d'être finie, quoique nos plus gros ennuis soient passés… Mais j'ai voulu vous parler et savoir si vous n'aviez pas de réclamations à faire. Commençons par le chat. N'as-tu rien à demander, chat?

– Justement, répondit le chat. J'aimerais bien avoir un bol de lait.

– Inscrivez : "Un bol de lait pour le chat."»

Tandis que Marinette notait sur son carnet la réclamation du chat, l'éléphant entrouvrit tout doucement la porte avec sa trompe et jeta un coup d'œil dans l'Arche. Ce qu'il aperçut le réjouit et il eut hâte de se mêler à ces jeux. Delphine et Marinette lui tournaient le dos, et, pour l'instant, nul ne regardait de son côté. Il pensa avec plaisir à l'étonnement des petites quand elles le découvriraient. Bientôt, la revue des passagers fut presque terminée, et, comme elles arrivaient auprès de la vache qui ne cessait pas d'examiner le contenu du buffet, il ouvrit largement la porte et dit, avec une grande voix qu'il ne connaissait pas :

«Me voilà…»

Les petites n'en croyaient pas leurs yeux. De stupéfaction, Delphine demeura muette un moment, et Marinette laissa échapper son carnet. Elles doutaient maintenant que l'Arche fût un jeu et étaient bien près de croire au déluge.

«Eh! oui, dit l'éléphant, c'est moi… Est-ce que je ne suis pas un bel éléphant?»

Delphine se retint de courir à la fenêtre, parce qu'elle était tout de même le capitaine et qu'il ne lui convenait pas de laisser paraître son affolement. Elle se pencha sur Marinette et la pria tout bas d'aller voir si le jardin n'avait pas disparu sous les eaux. Marinette s'éloigna vers la fenêtre et murmura au retour :

«Non, tout est bien en place. C'est à peine s'il y a quelques flaques d'eau dans la cour.»

Cependant, les bêtes s'inquiétaient un peu à la vue de l'éléphant qui leur était inconnu. Le cochon se mit à pousser des hurlements qui menaçaient de semer la panique parmi ses compagnons. Delphine prononça sévèrement :
«Si le cochon ne se tait pas immédiatement, je le fais jeter à la mer... Bon. Et maintenant, je dois dire que j'ai oublié de vous parler de l'éléphant qui voyage avec nous. Veuillez bien vous serrer encore un peu et lui faire une place dans l'Arche.»
Intimidé par la fermeté du capitaine, le cochon avait aussitôt cessé ses cris. Toutes les bêtes se tassèrent les unes sur les autres, afin de laisser le plus de place possible à leur nouveau compagnon de

voyage. Mais quand l'éléphant voulut entrer dans la cuisine, il s'aperçut que la porte n'était ni assez haute ni assez large pour lui permettre le passage, il s'en fallait d'au moins une fois et demie.

«Je n'ose pas forcer, dit-il, j'aurais peur d'emporter le mur avec moi. C'est que je suis fort… je suis même très fort…

— Non, non, s'écrièrent les petites, ne forcez pas! vous jouerez depuis la chambre.»

Elles n'avaient pas encore pensé que la porte était trop petite et c'était une nouvelle complication qui avait de quoi les effrayer. Si l'éléphant avait pu sortir, les parents auraient été assez surpris de le voir rôder autour de la maison, car cette espèce d'animal n'existait pas au village. Mais enfin, ils n'auraient eu aucune raison de soup-çonner les petites. Le lendemain, la mère aurait peut-être découvert qu'il lui manquait une petite poule blanche et l'affaire en restait là. Au contraire, quand ils trouveraient un éléphant dans leur chambre, ils n'allaient pas manquer de poser des questions et il faudrait bien avouer que l'on avait réuni toutes les bêtes dans la cuisine pour jouer à l'Arche de Noé.

«Eux qui nous avaient si bien recommandé de ne laisser entrer per-sonne à la cuisine! soupira Marinette.

— Peut-être que l'éléphant redeviendra une petite poule blanche, murmura Delphine. Après tout, c'est pour jouer qu'il est éléphant. Quand le jeu de l'Arche sera fini, il n'aura plus de raison de rester éléphant.

— Peut-être bien. Alors, dépêchons-nous de jouer.»

Marinette reprit le gouvernail du bateau et Delphine son poste de commandement.

«La traversée continue!

— Allons, tant mieux, dit l'éléphant, on va pouvoir jouer.

— Nous sommes en mer depuis quatre-vingt-dix jours, reprit Delphine, il n'y a rien à signaler.

— On dirait pourtant que ça fume», fit observer le cochon.

En effet, Marinette était si émue par la présence de l'éléphant qu'elle tournait la clé de la cuisinière sans y penser.

«Cent soixante-douzième jour de mer! annonça le capitaine. Il n'y a rien à signaler.»

En général, les bêtes paraissaient assez satisfaites que le temps s'écoulât aussi vite, mais l'éléphant ne pouvait pas s'empêcher de trouver la traversée un peu monotone et il en fit la réflexion, ajou-tant d'un air boudeur:

«C'est bien joli, mais moi, qu'est-ce que je fais là-dedans?

– Vous faites l'éléphant, répondit Marinette, et vous attendez que les eaux se retirent. Je crois que vous n'avez pas à vous plaindre...

– Ah! bon, puisqu'il s'agit d'attendre...

– Deux cent trente-septième jour de mer! Le vent souffle, on dirait que le niveau de l'eau commence à baisser... il baisse!»

À cette nouvelle, le cochon fut si content qu'il se roula par terre en poussant des cris de joie.

«Silence donc, cochon! ou je vous fais manger par l'éléphant, déclara Delphine.

– Ah! oui, dit l'éléphant, j'ai bien envie de le manger!»

Et il ajouta en clignant un œil vers Marinette:

«C'est tout de même amusant...

– Trois cent soixante-cinquième jour de mer! On aperçoit le jardin, préparons-nous à sortir, et en ordre! Le déluge est fini.»

Marinette alla ouvrir la porte qui donnait sur la cour. Le cochon, dans sa frayeur d'être mangé par l'éléphant, faillit la renverser, tant il mit de hâte à sortir. Il trouva que le sol n'était pas trop détrempé et fila sous la pluie, jusque dans sa soue. Les autres bêtes quittèrent la cuisine sans bousculade et regagnèrent leurs places à l'étable ou à la basse-cour. Seul, l'éléphant demeura auprès des deux petites, il ne paraissait pas pressé de s'en aller. Delphine s'avança vers lui et dit en tapant dans ses mains :
« Allons, petite poule blanche, allons... le jeu est fini... il faut retourner au poulailler...
– Petite poule blanche... petite poule blanche...», appelait Marinette en offrant une poignée de graines.
Mais elles eurent beau le prier, l'éléphant ne voulut jamais redevenir une petite poule blanche.
« Ce n'est pas pour vous contrarier, disait-il, mais je trouve bien plus drôle d'être un éléphant.»
Les parents furent de retour vers la fin de l'après-midi, très contents d'avoir vu l'oncle Alfred. Leurs pèlerines étaient trempées et la pluie avait pénétré jusque dans leurs sabots.
« Ah ! quel mauvais temps, dirent-ils en ouvrant la porte, nous avons bien fait de ne pas vous emmener.
– Et comment va notre oncle Alfred? demandèrent les petites qui étaient un peu rouges.
– On vous le dira tout à l'heure. Mais laissez-nous d'abord aller nous déshabiller dans la chambre.»
Les parents se dirigeaient déjà vers la porte de la chambre. Ils avaient traversé la moitié de la cuisine et les petites étaient toutes tremblantes de peur. Le cœur leur battait si fort qu'il leur fallait appuyer dessus avec les deux mains.
« Vos pèlerines sont bien mouillées, dit Delphine d'une petite voix étranglée. Il vaudrait peut-être mieux les ôter ici. Je les mettrai à sécher devant la cuisinière.
– Tiens, dirent les parents, c'est une bonne idée. Nous n'y avions pas pensé.»
Les parents ôtèrent leurs pèlerines d'où l'eau dégouttait encore et les étendirent auprès du fourneau.
« Je voudrais bien savoir comment va l'oncle Alfred, soupira Marinette. Est-ce qu'il a encore son rhumatisme à la jambe?
– Son rhumatisme ne va pas mal... Mais patientez un moment, le temps de changer nos habits du dimanche contre nos habits des jours, et vous saurez tout.»

Les parents marchèrent vers la porte de la chambre. Ils n'en étaient plus qu'à deux pas, mais Delphine se mit devant eux et murmura : « Avant de changer d'habits, vous feriez peut-être bien d'ôter vos sabots. Vous allez porter de la boue partout et salir le plancher de la chambre.

– En effet, oui, c'est une bonne idée. Nous n'y avions pas pensé », dirent les parents.

Ils revinrent auprès du fourneau et ôtèrent leurs sabots, mais cela ne demanda pas plus d'une minute, Marinette prononça encore le nom de l'oncle Alfred, mais si bas qu'ils ne l'entendirent même pas.

Les petites virent leurs parents se diriger vers la chambre, et la peur leur glaça les joues, le nez, et jusqu'aux oreilles. Déjà, ils touchaient le bouton de la porte, lorsqu'ils entendirent un sanglot derrière eux. C'était Marinette qui ne pouvait plus retenir ses larmes, tant elle avait de frayeur et de remords aussi.

«Mais pourquoi pleures-tu ? demandèrent les parents. Est-ce que tu as mal ? Est-ce que le chat t'a griffée ? Voyons, dis-nous pourquoi tu pleures.

– C'est à cause de l'élé… À cause de l'élé…», bégaya Marinette, mais les sanglots l'empêchaient d'aller plus loin.

«C'est parce qu'elle voit que vous avez les pieds mouillés, se hâta de dire Delphine. Elle a sûrement peur que vous n'attrapiez un rhume. Elle pensait que vous alliez vous asseoir devant le fourneau pour sécher vos chaussons. Justement, elle avait préparé les chaises.»

Les parents caressèrent les cheveux blonds de Marinette et lui dirent qu'ils étaient très contents d'avoir une si bonne petite fille, mais qu'elle n'avait pas à craindre de les voir s'enrhumer. Et ils promirent de venir se chauffer les pieds aussitôt qu'ils auraient changé d'habits.

«Il vaudrait peut-être mieux vous chauffer d'abord, insista Delphine. Un mauvais rhume est si vite attrapé…

– Peuh ! nous en avons vu bien d'autres… Ce n'est pas la première fois que l'eau entre dans nos sabots et nous n'avons jamais eu un rhume.

– Ce que j'en dis est pour tranquilliser Marinette. Surtout qu'elle est un peu inquiète de la santé de l'oncle Alfred…

– Mais l'oncle Alfred va très bien !… Il ne s'est jamais aussi bien porté, rassurez-vous. Dans cinq minutes, vous aurez des détails… On vous racontera…»

Delphine ne trouva plus rien à dire. En souriant à Marinette, les parents firent un pas vers la chambre, mais le chat, qui se trouvait caché sous le fourneau, mit sa queue dans le cendrier et l'agita si furieusement qu'en passant auprès de lui, un nuage de fine cendre leur monta au nez et les fit éternuer à plusieurs reprises.

«Vous voyez bien, s'écrièrent les petites. Il n'y a pas une minute à perdre, il faut vous chauffer les pieds. Venez vite vous asseoir.»

Un peu confus, ils durent avouer que Marinette avait eu raison et allèrent s'asseoir sur les chaises. Les pieds sur la plaque du fourneau, ils regardaient fumer leurs chaussons et bâillaient presque sans arrêt. Fatigués par la longue marche qu'ils venaient de faire sous la pluie dans les chemins défoncés, ils semblaient prêts à s'endormir, et les petites n'osaient plus respirer. Tout à coup, ils sursautèrent. On entendait comme le bruit d'un pas lourd ; la vaisselle en tremblait dans le buffet.

«Ah ! ça… mais on marche dans la maison… On dirait même…

– Ce n'est rien, dit Delphine. C'est le chat qui court après les souris au grenier. Déjà, cet après-midi, il a fait le même bruit.

– Ce n'est pas possible ! Tu t'es sûrement trompée... Comment veux-tu que le chat fasse trembler le buffet ? Tu t'es sûrement trompée...

– Mais non, c'est lui-même qui me l'a dit tout à l'heure.

– Ah ?... Eh bien ! je n'aurais jamais cru qu'un chat pouvait faire autant de bruit. Mais puisqu'il te l'a dit, c'est bon... »

Sous le fourneau, le chat se faisait tout petit. Le bruit avait cessé presque aussitôt, mais les parents n'avaient plus envie de dormir et, en attendant que leurs chaussons fussent tout à fait secs, ils commencèrent à raconter leur visite à l'oncle Alfred.

« L'oncle nous attendait sur le pas de la porte. En voyant le mauvais temps, il avait bien pensé que vous ne viendriez pas. Ah ! il a regretté de ne pas vous avoir, et il nous a chargés... Allons, bon, voilà que ça recommence ! Ma parole, les murs en sont ébranlés !

– Alors, l'oncle Alfred vous a dit quelque chose pour nous ?

– Oui, il nous a dit... Ah ! cette fois, vous ne me direz pas que c'est le chat ! On croirait que la maison va s'écrouler ! »

Le chat se faisait de plus en plus petit sous le fourneau, mais il n'avait pas pensé que le bout de sa queue dépassait, il s'en avisa trop tard. Les parents l'aperçurent au moment précis où il cherchait à la ramener entre ses pattes.

« Maintenant, dirent-ils, vous ne pouvez plus accuser le chat, puisque le voilà sous le fourneau ! »

Ils se disposaient à quitter leurs chaises pour aller voir d'où provenait le bruit de ces pas énormes qui faisaient danser le fourneau. Alors, le chat sortit de sa cachette, s'étira des quatre pattes, comme s'il venait de s'éveiller, et déclara d'une voix furieuse :

« C'est tout de même malheureux qu'on ne puisse même plus dormir tranquillement ! Je ne sais pas ce qu'a le cheval depuis ce matin, mais à chaque instant, il donne des coups de pied dans le mur et dans les bat-flanc. J'avais cru qu'à la cuisine je n'entendrais plus tout ce vacarme, mais c'est encore pire qu'au grenier. Je me demande ce que peut bien avoir le cheval à s'agiter si fort.

– En effet, dirent les parents, il faut que cette bête soit malade ou qu'elle ait une contrariété. Nous irons voir tout à l'heure... »

Pendant qu'ils parlaient du cheval, le chat regardait les petites en hochant la tête, comme pour leur dire que toutes ses paroles ne servaient à rien et qu'il valait mieux ne pas s'entêter. À quoi bon, en effet ? Elles n'empêcheraient pas les parents d'entrer dans la chambre. Cinq minutes plus tôt ou plus tard, cela ne faisait rien à l'affaire. Les petites étaient à peu près de l'avis du chat, mais elles pensaient que cinq minutes plus tard valaient mieux que cinq minutes plus tôt. Delphine toussa pour affermir sa voix et demanda encore :

« Vous étiez en train de nous dire que l'oncle Alfred vous avait chargés pour nous...

– Ah ! oui, l'oncle Alfred... Il a très bien compris qu'il ne faisait pas un temps à sortir des enfants. C'est qu'il pleuvait fort, vous savez, surtout quand nous sommes arrivés. C'était un vrai déluge... Heureusement, ça ne durera pas, on dirait déjà qu'il pleut moins, n'est-ce pas ? »

Les parents jetèrent un coup d'œil par la fenêtre et poussèrent un cri d'étonnement à la vue du cheval qui se promenait dans la cour.

« Par exemple ! Voilà le cheval qui se promène ! Il a si bien fait qu'il a réussi à se détacher et qu'il est venu prendre l'air dans la cour. Ma foi, c'est tant mieux pour lui. Il sera plus calme tout à l'heure, et au moins nous ne l'entendrons plus ruer dans l'écurie. »

Au même instant, les pas se firent entendre de nouveau, mais encore plus lourds que les précédents. Les planchers craquaient, la maison gémissait du haut en bas. La table se dressa sur deux pieds et les parents se sentirent vaciller sur leurs chaises.

« Pour le coup, s'écrièrent-ils, ce ne peut être le cheval, puisqu'il est encore dans la cour ! N'est-ce pas, chat, ce ne peut être le cheval ?

– Bien sûr, répondit le chat, bien sûr... Il faut que ce soient les bœufs qui s'impatientent dans l'étable...

– Qu'est-ce que tu racontes, chat ? On n'a jamais vu des bœufs s'impatienter d'être au repos.

– Alors, c'est le mouton qui aura cherché querelle à la vache...

– Le mouton chercher une querelle ? Hum !... Nous sentons là-dessous... Hum !... Quelque chose qui n'est pas clair... »

Les petites se mirent à trembler si fort que les deux têtes blondes en étaient toutes secouées, ce qui fit croire aux parents qu'elles se défendaient de leur avoir désobéi. Ils se mirent à grommeler avec, peut-être, un reste de soupçon :

« Ah ! bon... Parce que si vous aviez laissé entrer quelqu'un dans la maison... Ah ! si vous aviez laissé entrer quelqu'un... Petites malheureuses ! Il vaudrait mieux pour vous... Il vaudrait mieux je ne sais pas quoi... »

Delphine et Marinette n'osaient même pas regarder les parents qui fronçaient les sourcils avec un air terrible. Le chat lui-même était effrayé et ne savait plus quelle contenance prendre.

« Ce qui est certain, murmuraient les parents, c'est que ce bruit de pas semblait tout proche. Il ne venait sûrement pas de l'écurie... On aurait plutôt dit qu'on marchait dans la chambre à côté... oui, dans la chambre... D'ailleurs, nous allons bien voir.»

Leurs chaussons étaient tout à fait secs. Sans quitter du regard la porte de la chambre, ils se levèrent de leurs chaises. Derrière eux, Delphine et Marinette s'étaient donné la main, et à mesure qu'ils avançaient, elles se serraient l'une contre l'autre. Le chat frottait son poil sur leurs mollets pour montrer qu'il restait un ami et les encourager un peu, mais c'était affreux quand même. Elles croyaient que leur cœur allait éclater. Les parents, l'oreille collée contre la porte, écoutaient d'un air méfiant. Enfin, la poignée tourna, la porte s'ouvrit en grinçant, et il y eut un instant de silence. Delphine et Marinette, qui tremblaient de tous leurs membres, jetèrent un coup d'œil vers la chambre. Alors, elles virent une petite poule blanche se glisser furtivement entre les jambes des parents et traverser sans bruit la cuisine pour aller se blottir sous l'horloge.

LA BUSE ET LE COCHON

*D'*une longue planche posée sur le tronc d'un chêne, Delphine et Marinette avaient fait une balançoire. Quand l'une touchait terre, l'autre se trouvait si haut perchée que le monde lui paraissait bien plus grand. Marinette ne pouvait pas s'empêcher d'avoir peur un peu. Elle riait quand même, et avec la main, elle faisait des signes à une petite poule blanche qui la regardait depuis le seuil du poulailler. La petite poule blanche était une très bonne poule qui aimait beaucoup les deux petites. C'était par amitié et pour le plaisir de les voir jouer qu'elle restait sur le seuil du poulailler. Toutes les autres poules étaient rentrées, à cause d'une grande buse qui survolait la cour de la ferme, très haut dans le ciel, prête à fondre sur une volaille imprudente pour l'emporter entre ses serres et aller la manger dans la forêt voisine. À chaque instant la poule blanche levait la tête d'un air inquiet. La buse, ses grandes ailes déployées et immobiles, décrivait des cercles au-dessus de la cour et se rapprochait constamment. Elle avait remarqué la petite poule blanche et la trouvait appétissante.

Qui regardaient aussi se balancer les deux petites, il y avait un âne, un chat et un gros cochon de cent cinquante livres.

L'âne se dandinait, sans y penser, et faisait aller sa tête de côté et d'autre, comme pour suivre le mouvement de la balançoire. Il riait en montrant toutes ses dents, parce qu'il était content de voir s'amuser ses amies Delphine et Marinette.

Le chat dormait sur la margelle du puits. Parfois, il ouvrait un œil, regardait les petites, et se rendormait en faisant : « Ronron, ronron. »

Le cochon, lui, se tenait dans un coin de la cour, contre la haie du jardin, et il jetait sur la balançoire des regards irrités, en secouant ses grandes oreilles pendantes. Ce cochon-là avait toujours eu des manières un peu rudes, mais c'était, au fond, une excellente nature.

Première publication dans Candide, *30 mai 1935. Repris une première fois en album au format cahier d'écolier illustré par Madeleine Parry, Gallimard, 1936. Ce conte figure dans les éditions successives de la collection «Blanche» à partir de 1939.*

On ne pouvait lui reprocher que sa mauvaise humeur, car il trouvait à redire à tout ce qu'il voyait et entendait. Son meilleur plaisir était de ronchonner du matin au soir, et il n'y avait personne à la ferme qui n'eût à en souffrir. Peut-être aussi soupçonnait-il combien il est dangereux pour ses pareils d'être gras et frais, mais c'est peu probable et tout porte à croire qu'il se laissait simplement aller à son caractère de cochon.

La balançoire le contrariait, il n'en finissait pas de grommeler dans la haie : « Ma parole, elles ne savent plus qu'inventer... et puis, qu'est-ce que c'est que ces façons de rire et de crier, à quoi cela ressemble-t-il ? D'abord, cette planche m'appartient aussi bien qu'à elles, et si quelqu'un doit se balancer, il me semble que c'est bien moi... »

« Dites donc ! cria-t-il, est-ce que vous en avez encore pour longtemps ? Je voudrais pourtant bien me balancer aussi ! »

Delphine vit bien que le cochon leur adressait la parole, mais Marinette riait si fort qu'elle ne put entendre ce qu'il disait.

Il faisait un joli soleil de midi. L'âne en avait chaud dans son poil et il se mit à l'ombre contre le mur de la maison. À cause de ses longues oreilles, il entendit très bien la conversation des parents qui se tenaient dans la cuisine. Voilà ce qu'ils disaient :

« Je crois qu'il est bon à tuer. Il fait déjà cent cinquante livres et je ne vois pas pourquoi on le garderait plus longtemps.

– On pourrait attendre encore un peu... D'un autre côté, je sais bien qu'il ne reste plus beaucoup de lard au saloir...

– Il en reste pour une semaine, tout au plus. Moi, je serais d'avis qu'on le saigne demain matin, sans attendre davantage. »

L'âne hésitait à comprendre, mais les parents parlèrent encore de boudins et d'andouilles, avec des clappements de gourmandise, et l'on ne pouvait plus douter qu'il s'agît du cochon. L'âne se mit à pleurer et à renifler si fort qu'on l'entendit dans toute la cour. En voyant ses larmes, les petites arrêtèrent la balançoire pour lui demander ce qui le chagrinait.

« Rien, répondit l'âne. J'aurai attrapé le rhume des foins, et les yeux me piquent un peu, voilà tout. »

Dans son coin, le cochon hochait la tête et disait entre ses dents : « Voilà bien du bruit pour une bourrique enrhumée ! C'est comme ces deux gamines, elles n'en finissent pas de se balancer... »

Cependant, la buse volait de plus en plus bas, et plusieurs fois son ombre passa entre la balançoire et la petite poule blanche.

L'âne alla réveiller le chat qui continuait à dormir sur la margelle du puits. Il lui dit à l'oreille :

«Tu ne sais pas ce que je viens d'apprendre ? On va tuer le cochon demain matin pour en faire du lard et du boudin.»

Mais le chat ne parut ni surpris, ni ému par la nouvelle. C'était à croire qu'il n'avait pas entendu.

«Voyons, réveille-toi, dit l'âne. Je viens d'apprendre...

– Eh bien ! oui. Tu viens d'apprendre qu'on tue le cochon demain matin. J'en suis fâché pour lui, mais que veux-tu que j'y fasse ? c'est le sort de tous les cochons. Il n'y a rien à faire.

– Sait-on jamais ? dit l'âne. J'ai envie de prévenir les deux petites.

– Si quelqu'un doit être averti, fit observer le chat, il me semble que c'est le cochon. Va donc lui porter la nouvelle. Pendant ce temps-là, je préviendrai Delphine et Marinette. J'ai même envie d'en parler à la petite poule blanche. Elle aura peut-être une idée.»

Tandis que le chat quittait sa margelle et se dirigeait vers la balançoire, l'âne s'en alla auprès du cochon. Il ne savait comment s'y prendre pour lui annoncer la nouvelle et dit avec un sourire gêné :

«Je crois qu'on tient le beau temps.»

Au lieu de répondre, le cochon ne fit que tourner le dos. L'âne en fut décontenancé et resta un moment silencieux.

«Écoute, reprit-il, je voudrais te dire quelque chose, mais c'est si difficile...

– Alors laisse-moi tranquille et tais-toi. Je me passerai bien de tes bavardages !

– Mon pauvre cochon, soupira l'âne, si tu pouvais savoir... Allons, il faut pourtant que je me décide à t'avertir...»

Comme il disait ces mots, les parents se mirent à la fenêtre et appelèrent à déjeuner les deux petites qui étaient en conversation avec le chat et la poule blanche. Voyant qu'elles tardaient à venir, ils crièrent :

«Allons ! vite ! le lard va être froid !»

L'âne baissa la tête, honteux pour les petites du repas qui les attendait, et murmura à l'oreille du cochon :

«Il faut leur pardonner. Elles sont bien obligées de manger ce que les parents leur donnent, n'est-ce pas ? Et puis, elles n'y font pas attention...

– Mais qu'est-ce que tu racontes entre tes dents ? À la fin, tu m'ennuies avec tes histoires !

– C'est pour le lard !

– Le lard ? mais quel lard ? Ma parole, il a perdu la tête ! Mais ma balançoire est enfin libre, je vais pouvoir m'amuser à mon tour...

– Une minute ! je voulais te dire...»

Mais déjà le cochon courait sur ses courtes pattes vers la balançoire. L'âne le suivit au galop et en arrivant auprès du chat et de la petite poule blanche, il leur souffla :

« Le pauvre ne sait rien encore. »

Le cochon s'était assis sur un bout de la planche, mais il avait beau grogner et s'agiter en tous sens, la balançoire ne bougeait pas. Ses trois amis, qui faisaient cercle autour de lui, le regardaient avec compassion. La petite poule blanche en oubliait la buse qui volait maintenant en rasant le toit de la maison.

« Suis-je bête ! s'écria tout à coup le cochon. Je n'y avais pas pensé, mais pour se balancer, il faut être deux ! »

Au même instant, on entendit des éclats de voix qui venaient de la cuisine. Les parents grondaient les deux petites :

«Vous mangerez du lard, disaient-ils, ou vous irez vous coucher! A-t-on jamais vu pareil caprice? Qu'est-ce que ça veut dire?»
On n'entendit pas la réponse de Delphine et Marinette, parce qu'elles avaient des voix de petites filles, mais les parents reprirent: «Pensez-vous qu'on l'engraisse pour qu'il joue avec deux gamines? Non, non. Demain matin, le cochon sera...»
Alors, auprès du cochon, pour qu'il n'entendît pas la suite, l'âne se mit à braire, la petite poule blanche à chanter et le chat à miauler. La buse, qui volait très bas et passait déjà sa langue sur son bec, fut si effrayée par le bruit qu'elle s'éleva d'un coup d'aile plus haut que le toit de la ferme. Pourtant, elle ne perdit pas l'espoir de saisir sa proie et continua à tourner en rond au-dessus de la cour.
«Êtes-vous sots de faire un pareil vacarme, dit le cochon. Vous vous êtes mis à crier au moment où il était question de moi dans la cuisine, et la suite m'a échappé par votre faute.»
L'âne poussa un grand soupir qui fit comme un courant d'air dans la moustache du chat, et la petite poule blanche rentra la tête dans son jabot pour cacher ses larmes. Alors, le chat secoua ses poils, fit un pas en avant, et répéta toute la conversation que l'âne avait surprise à la fenêtre de la cuisine. Il affirmait, par charité, que rien n'était perdu encore, mais ses paroles d'espoir ne trompaient personne.
Le cochon fut vraiment très bien. Il y a des bêtes qui auraient poussé de grands hurlements ou qui auraient eu des paroles de colère. Assis sur le bout de la planche, le cochon écouta tranquillement le discours du chat. Ses premiers mots furent pour remercier ses amis de l'aide qu'ils lui apportaient. Après quoi, il demanda à chacun de lui donner un avis. L'âne conseillait de tenter une démarche auprès des parents pour obtenir un délai, mais le cochon lui-même jugea qu'elle n'aurait pas d'autre effet que d'éveiller leur méfiance. Pour lui, il pensait que le plus sage était d'attendre la tombée de la nuit et de s'enfuir dans la forêt voisine. Le chat lui fit observer qu'il irait ainsi à sa perte plus sûrement qu'en demeurant à la ferme, car à peine aurait-il fait cent pas dans les bois que le loup le mettrait en pièces et le mangerait.
«Allons, soupira le cochon, je vois bien qu'il n'y a pas moyen d'échapper au saloir. Vous direz ce que vous voudrez, c'est tout de même ennuyeux. Mais ce qui me fait peut-être le plus de peine, c'est de penser que Delphine et Marinette seront obligées de me manger...»
L'âne, la petite poule blanche, et même le chat qui n'avait jamais été très familier avec lui, ne pouvaient pas s'empêcher de renifler en l'entendant parler ainsi. Le cochon s'aperçut combien ils étaient émus, et, pour ne pas les attrister davantage, il dit en riant:

«Au fond, je suis sûr que les choses vont s'arranger, vous verrez. En attendant, je voudrais bien me balancer. Y a-t-il quelqu'un d'entre vous qui veuille s'asseoir sur l'autre bout de la planche?

– Moi, dit l'âne, je ne demanderais pas mieux, mais je suis trop grand pour trouver place sur la balançoire.

– Moi, dit le chat, je ne suis pas assez lourd. Pense que tu pèses cent cinquante livres!

– Hélas! soupira le cochon. Si j'étais moins gras, j'en serais bien plus à l'aise. Je le vois bien à présent.»

Sans rien dire, la petite poule blanche monta sur la balançoire.

«À quoi bon? dit le chat, tu es encore plus légère que moi.

– Nous verrons bien.»

Alors, la petite poule blanche se fit aussi lourde qu'elle put. Et comme le cochon était une très bonne bête, elle réussit à le soulever de terre assez facilement. La planche se redressa et ils se trouvèrent tous les deux à la même hauteur. L'âne se mordait les oreilles pour s'assurer qu'il ne rêvait pas, et le chat n'était pas moins étonné. La chose était si surprenante que personne ne prit garde à la buse qui faisait une ombre sur la balançoire. La petite poule blanche se fit encore un peu plus lourde, et le cochon se mit à monter. Après quoi, il descendit lentement, remonta, redescendit, et ainsi pendant plus de cinq minutes. Jamais il ne s'était autant amusé, et il riait aux éclats. C'était très fatigant pour la petite poule blanche. Comme le cochon se trouvait très haut perché et qu'elle était en bas, elle sentit les forces lui manquer et ne pesa presque plus rien. Justement, la buse plongeait sur la balançoire pour saisir sa proie, et il lui arriva une aventure qui devait lui faire regretter sa gourmandise. Le poids du cochon, que rien n'équilibrait plus, fit basculer tout d'un coup la balançoire de son côté, et l'autre bout de la planche, en remontant, porta sur la tête de la buse avec tant de force qu'elle tomba tout étourdie sur le sol. Alors, la petite poule blanche se rendit compte du danger qu'elle avait couru et se prit à crier :

« Au secours ! il y a une buse qui veut me manger ! La voilà par terre qui bat de l'aile ! Ne la laissez pas reprendre son vol ! »

En effet, la buse semblait se remettre déjà du coup qui l'avait étourdie et regardait la petite poule blanche d'un air irrité qui ne disait rien de bon. Heureusement, l'âne et le cochon accouraient. Ils prirent l'oiseau par les plumes et tirèrent si bien qu'il leur resta chacun une aile dans la gueule. La buse faisait triste figure et n'était plus, à vrai dire, qu'une moitié de buse.

« Rendez-moi mes ailes ! disait-elle d'une voix furieuse. Vous n'avez pas le droit de me prendre mes ailes. »

Tout en criant, elle menaçait l'âne et le cochon de son grand bec crochu. Agacé par ce tapage, le chat l'eut bientôt fait taire.

« Si tu étais une buse un peu raisonnable, lui dit-il, tu ne mènerais pas si grand bruit. Les maîtres de la ferme achèvent leur repas et je suis étonné qu'ils ne t'aient pas déjà entendue. S'ils te surprennent dans la cour, ils ne manqueront pas de t'assommer à coups de bâton. C'est pourquoi, pendant qu'il te reste encore deux pattes, tu feras bien de te couler derrière la haie et de gagner aussitôt la forêt où tu attendras que tes ailes repoussent. Si tu tardes seulement une minute, je te vois en mauvaise posture. »

La buse ne se fit pas répéter l'avertissement, et, ravalant ses paroles de colère, elle se hâta vers le coin de la haie. Elle n'avait guère l'habitude de courir, et c'était un spectacle pitoyable de voir ce grand oiseau efflanqué, à moitié plumé, qui s'en allait en clopinant. L'âne en était si ému qu'il proposa au cochon :

« On pourrait peut-être lui rendre ses ailes tout de même. Après une pareille aventure, elle aura perdu toute envie de rôder encore près de la ferme.

– Moi, je veux bien, acquiesça le cochon. Tout à l'heure, nous lui avons fait très mal et il me semble qu'elle est assez punie. Qu'en pense le chat ?

– Oh ! moi, je n'y vois pas d'inconvénient, dit le chat. C'est à la petite poule blanche d'en décider… »

La buse, qui avait entendu le conciliabule, s'était arrêtée à mi-chemin de la haie, attendant qu'on lui rendît ses deux ailes. Il lui semblait que ce fût maintenant une chose décidée, mais elle eut une grande désillusion, car la petite poule blanche lui cria :

« Tu n'as rien à attendre de nous ! Presse-toi de gagner la forêt ou j'appelle les maîtres ! »

La buse reprit sa course en grommelant et disparut au coin de la haie. L'âne et le cochon en voulaient à la petite poule blanche d'une aussi grande sévérité, mais elle leur dit en clignant un œil :

« Je garde ses ailes parce que j'ai une idée… je suis sûre que le chat m'a déjà comprise… Mais voilà les deux petites, nous allons en parler avec elles. »

Delphine et Marinette sortaient de la maison avec leurs cartables sous le bras pour s'en aller à l'école. Pendant qu'elles s'arrêtaient à caresser le cochon, la petite poule leur fit part de son projet.

« C'est une bonne idée, dirent-elles, mais ce doit être bien difficile. Nous en parlerons au bœuf blanc en rentrant de l'école. »

Ce bœuf blanc était un bœuf très savant, qui savait lire dans les livres les plus difficiles. Pourvu qu'il fût de bonne humeur, il conseillait volontiers les bêtes dans l'embarras, mais, depuis deux jours, il était justement très mal disposé parce qu'il n'arrivait pas à trouver la solution d'un problème d'arithmétique. Seules, Delphine et Marinette pouvaient lui adresser la parole sans se faire rabrouer.

Les deux petites filles prirent le chemin de l'école, après avoir promis au cochon de presser leur retour, afin de parler au bœuf blanc. Elles ne pensaient guère à leurs leçons, et Delphine paraissait soucieuse.

« Est-ce que tu as peur que le projet ne réussisse pas ? demanda Marinette.

– Oh ! non, dit Delphine, au contraire ! J'ai presque peur qu'il réussisse trop bien. Vois-tu, je me demande si nous sommes bien raisonnables de vouloir sauver le cochon… »

– Tu ne peux tout de même pas souhaiter qu'il soit coupé en morceaux et mis au saloir !

– Oui, je sais bien, c'est ennuyeux pour lui et pour nous, mais, après tout, les cochons sont faits pour être mangés. Suppose que le nôtre échappe à son sort. Ce sera un gros ennui pour nos parents. Où prendront-ils le lard dont nous faisons presque tous nos repas ? C'est bien joli d'être bon pour les bêtes, mais il ne faut pas exagérer. »

Marinette était presque fâchée d'entendre sa sœur parler ainsi, mais elle ne trouva rien à répondre d'abord. Comme elles craignaient d'être en retard, elles prirent un petit chemin de traverse où elles s'aventuraient rarement et passèrent devant une jolie maison peinte en vert. Sur le seuil était assis un gros cochon rose tacheté de noir, qui leur dit aimablement :

« Bonjour, petites… Vous allez à l'école ?

– Oui, répondit Marinette, et je crois que nous ne sommes pas en avance… Dites-moi, cochon, vous devez être très lourd ?

– Ma foi, dit le cochon en riant, voilà bien longtemps que je ne me suis pas pesé. La dernière fois, si j'ai bonne mémoire, je faisais trois cents livres.

– Trois cents livres ! Vos maîtres doivent être bien bons, ou ils ne sont pas pressés.

– Mes maîtres ? mais je n'en ai pas, et je vous dirai même que je m'en trouve assez bien… Oh ! je ne suis pas riche, mais à quoi bon ? Il me suffit de posséder cette petite maison, un bout de champ et un bon garçon obéissant. C'est assez pour ma tranquillité. »

Au même instant, un gros garçon aux joues pleines sortit de la maison avec une pioche sur l'épaule, et salua les deux petites.

« Baptiste, lui dit le cochon, as-tu regardé s'il me reste encore beaucoup de glands ?

– Oui, mon maître, je viens de regarder. Il n'en reste plus que pour trois ou quatre jours… peut-être une semaine, si vous voulez bien vous rationner.

– Me rationner ? grogna le cochon. Comme c'est agréable ! Et alors, dans une semaine, je n'aurai plus un gland à me mettre sous la dent ? Mais tu sais ce que je t'ai promis ? C'est toi qui l'auras voulu, puisque tu as eu la paresse de ne pas t'approvisionner en temps utile… »

Baptiste baissa la tête et partit en s'essuyant les yeux. Les petites étaient si étonnées de ce qu'elles avaient vu et entendu, qu'elles en oubliaient l'école.

« Vous comprenez, leur dit le gros cochon, tous les ans il me joue le même tour. À la fin, moi, j'en ai assez.

———

483

– Pauvre homme! plaida Delphine. Il ne l'a sûrement pas fait exprès... ce n'est qu'une étourderie... Prenez patience...
– Oh! oui, prenez patience, supplia Marinette. Ne le mangez pas encore cette année...
– Le manger?» s'écria le gros cochon et, à son tour, il ouvrit de grands yeux étonnés. «Le manger? Mais je n'y ai jamais pensé! Je lui ai simplement promis que si les glands venaient à manquer, je le priverais de dessert pendant quinze jours... Mais je suis si bête que je n'aurai même pas le courage de le punir... Et pourtant, vous conviendrez qu'il le mérite bien!»
Les petites en convinrent volontiers. En repensant aux paroles de Marinette, le gros cochon se mit à rire et dit encore:
«Le manger... comme vous y allez, vous! Pauvre Baptiste!... Oh! ce n'est pas qu'il ne soit pas appétissant, au contraire, et je pense à certaine manière de l'accommoder qui me plairait assez... sans compter qu'il me ferait pas mal de profit! Mais s'il ne fallait écouter que son appétit, on aurait bientôt dévoré ses meilleurs amis. Pour moi, j'aimerais mieux mourir de faim que de m'y décider!»
Delphine, toute rougissante à la pensée de certains propos qu'elle avait tenus à sa sœur, fit observer qu'il était grand temps de rentrer en classe.
«Il me tarde d'être rentrée pour pouvoir aller parler au bœuf blanc», dit-elle.
D'abord, les petites entrèrent seules dans l'étable. Le cochon, l'âne, le chat et la petite poule blanche les attendaient dans la cour.
«Bœuf blanc, dit Delphine, nous avons quelque chose à te demander.
– Vous avez de la chance, dit le bœuf blanc. Je viens justement de trouver la solution de mon problème.»
Delphine lui exposa ce qui les amenait auprès de lui, et quand il eut tout entendu:
«Mais rien n'est plus facile! leur dit-il. Vous n'avez rien à craindre, j'en fais mon affaire. Je vais y réfléchir un peu pour plus de sûreté, mais venez ce soir à 7 heures avec votre ami, et la chose sera faite en moins d'une minute.»
Les petites remercièrent longuement le bœuf blanc, et, quittant l'étable, retrouvèrent leurs amis qui les attendaient avec impatience.
«C'est entendu, dit Delphine au cochon. Nous t'emmènerons auprès du bœuf blanc ce soir à 7 heures et il arrangera tout.
– Ah! je suis bien content, déclara le cochon. Je peux bien vous le dire maintenant, mais je n'osais pas espérer que la chose était possible»

En rentrant des champs, vers 6 heures, les parents s'arrêtèrent auprès du cochon et le palpèrent longuement pour s'assurer de son embonpoint. Ils semblèrent fort satisfaits de leur examen et lui dirent d'un ton amical :

« Allons, tu n'as pas perdu ton temps, tu es un brave cochon.

– Vos compliments me rendent bien heureux. Je sais que ma santé vous tient à cœur et que vous n'avez pas fini de m'en donner des preuves. »

À 7 heures, comme il avait été convenu, les petites vinrent chercher le cochon pour le conduire auprès du bœuf blanc. Delphine portait une aile de la buse, et Marinette portait l'autre. Les choses se passèrent bien simplement. Pendant que les petites appliquaient sur le dos du cochon les dépouilles de la buse, le bœuf blanc dit trois mots en latin, en même temps qu'il faisait tourner sa queue de gauche à droite. Aussitôt, le cochon se trouva pourvu d'une paire d'ailes solidement fixées, et c'était comme s'il les eût apportées en naissant. À vrai dire, tout n'alla pas du premier coup. Delphine et Marinette étaient si émues que l'une des ailes fut plantée sur l'échine et l'autre sur le ventre.

« Ça ne fait rien », dit le bœuf blanc, qui était décidément de bonne humeur, « nous allons réparer l'erreur. »

Il récita son latin à l'envers, fit tourner sa queue de droite à gauche, et les ailes tombèrent. Il n'eut qu'à recommencer la première opération, en veillant cette fois à la symétrie. Le cochon était si heureux qu'il ne savait comment le remercier.

« Tu es le meilleur des bœufs. Toute ma vie, je te serai reconnaissant de ce que tu viens de faire pour moi.

– Mais non, dit le bœuf. Il y a bien de quoi ! c'est tout naturel. Si même un jour, tu avais besoin d'une paire de nageoires, ne te gêne pas. C'est à ton service. »

C'était tout de même gentil de sa part. Pour le récompenser, Delphine lui donna un petit livre qu'elle avait trouvé dans la maison, et auquel personne ne comprenait rien. Le bœuf se mit aussitôt à le dévorer et n'entendit même pas qu'on lui disait au revoir.

Le lendemain matin, il faisait un beau soleil qui mit sur pied bêtes et gens de bonne heure. Les parents aiguisèrent un grand couteau et préparèrent d'autres instruments presque aussi affreux. La petite poule blanche picorait dans la cour, le chat était couché sur la margelle du puits, et l'âne broutait une herbe de printemps à côté de la maison. Et quand ils eurent tout préparé, les parents dirent aux deux petites :

« Allez donc lâcher ce pauvre cochon et qu'on en finisse rapidement. »

_____

Quand on lui eut ouvert sa porte, le cochon fit un signe d'amitié aux petites et fila jusqu'à la haie du jardin, comme il faisait d'habitude. Il sembla aux parents qu'il avait quelque chose de changé, mais ils n'y firent pas attention autrement. Cachant leur grand coutelas derrière le dos, ils l'appelèrent d'une voix engageante:
«Viens, mon beau cochon, disaient-ils. Viens dire bonjour à tes maîtres, et tu auras une belle récompense...»
Mais le cochon ne bougeait pas et tous les appels, toutes les promesses, ne lui faisaient même pas lever la tête.
«Viendras-tu, à la fin! crièrent les parents d'une voix furieuse, ou nous faudra-t-il aller te chercher par l'oreille?»

Il ne parut pas entendre, et ils durent se décider à l'aller chercher comme ils l'avaient dit. Alors, le cochon fit trois pas à leur rencontre et, déployant ses belles ailes neuves, s'éleva gracieusement dans les airs. On ne peut pas dire combien les parents étaient étonnés. Les yeux ronds et la bouche ouverte, ils regardaient leur cochon qui volait en rond au-dessus de la cour, tantôt les ailes battantes, s'élevant plus haut que les cheminées de la maison, tantôt planant et descendant jusqu'à effleurer les cheveux blonds des deux petites. Un moment, il se percha sur le toit, et les parents eurent encore l'espoir qu'il leur reviendrait.

«Voyons, ce n'est pas sérieux, il s'agit d'une plaisanterie et nous sommes tout prêts à pardonner. Tu sais combien nous tenons à toi.

– Serviteur, dit le cochon. Est-ce que vous croyez qu'en volant au-dessus de la cour, je n'ai pas vu le grand coutelas que vous cachez derrière votre dos? J'aime mieux quitter la maison que d'y finir au saloir. Adieu, et apprenez à être moins cruels.»

Après un sourire à ses amis, le cochon s'enfuit à tire-d'aile jusqu'au plus profond de la forêt. Il y vécut très heureux et ne regretta jamais le saloir. Pourtant, il n'oubliait pas ses anciens compagnons et profitait de l'absence des parents pour venir à la ferme. Il contait ses aventures de la forêt aux deux petites, à l'âne, au chat, à la petite poule blanche, et ne manquait jamais de les remercier, disant qu'il leur devait la vie. Plusieurs fois, il prit Delphine et Marinette sur son dos et leur fit faire de belles promenades dans les nuages.

KNATE

*L*e veston aussi. Ne prenez pas la peine. S'il vous plaît. Merci. Oh!
vous verrez, vous aurez toute satisfaction. Et comme tissu, vous ne
pouviez pas mieux choisir. Léger, moelleux, et pour le dessin,
croyez-moi, ce chevron-là fait distingué. Il y a des tailleurs qui se
croiraient des margoulins s'ils n'avaient pas des tissus plein leur
magasin. Moi, c'est le contraire. Peu de tissus. Mais du beau. Un
choix. Le client ne part pas sans avoir commandé et plutôt deux fois
qu'une. Au fond, chez moi... ne bougez pas, laissez-vous aller, soyez
naturel... Oui, chez moi, c'est un peu comme chez Knate, vous comprenez? Knate, c'est le plus grand chapelier de Paris et peut-être du
monde. Entresol rue de la Paix et un personnel stylé, gants blancs et
culottes courtes. Maintenant, supposition. Vous avez envie d'un chapeau qui vous permette de traverser la vie avec assurance. Vous vous
en allez trouver Knate. C'est la première fois. En entrant, vous dites :
«Je voudrais un chapeau.» Et vous voyez arriver un homme avec un
monocle. C'est Knate. Il vous regarde. Pas une réflexion. Pas un mot.
Il vous regarde. Il a vu ce qu'il vous faut. Demain, pour la première
fois de votre existence, vous aurez le chapeau qui vous va. Voilà ce
que c'est, Knate. Et remarquez bien qu'il n'a pas un chapeau chez
lui, pas un. Et allez lui dire, justement, que vous aimeriez voir des
modèles ou seulement une gravure. Allez-y, pour voir. Moi je l'entends d'ici vous répondre : «Monsieur, il y a erreur à la base.» Parce
que Knate, c'est le chapelier qui vous coiffera comme personne ne
saura jamais, je suis d'accord. Mais il est cassant. Vous aimez bien
avoir le ventre un peu soutenu, n'est-ce pas... soyez tranquille...
Mais j'allais oublier le plus beau : Knate n'a jamais porté un chapeau
de sa vie! par tous les temps, vous le verrez s'en aller tête nue. Ah!
il y a tout de même encore des originaux!... S'il vous plaît. Veuillez

Première publication dans le recueil collectif Neuf et une, *Gallimard, novembre 1936,*
pour célébrer le dixième anniversaire du prix Renaudot ; reprise dans le recueil posthume
La Fille du shérif, *Gallimard, 1987.*

écarter la jambe. Je vous demande pardon. Vous portez à gauche ? Oui, je vois que vous portez à gauche. On dit qu'il n'y a que les Juifs qui portent à droite. Ce sont des on-dit. Et qu'est-ce que vous en pensez, des Juifs ? vous êtes comme moi, vous n'en pensez rien. Moi, voilà mon opinion : le Juif est toujours le Juif. Pas plus mauvais qu'un autre, ni meilleur, ni pire, il est ce qu'il est, voilà tout, et personne ne pourra le changer. Il y a des gens qui viennent vous dire : « Le Juif a le nez comme ceci, le Juif est près de ses sous, et il n'est pas soigné des pieds.» Et moi je leur réponds : « Et après ? » Boum. Voilà mon interlocuteur qui se trouve pris. « Et après ? » je lui ai répondu. Pas plus. Quand vous discutez avec un individu, ne lui laissez jamais prendre l'avantage, sans quoi, il en abusera. Il rogne ? il s'emporte ? il en dévide ? Mais vous lui répondez : « Et après ? » tout simplement. Et vous le regardez. Knate, je vous dis. Non, voyez-vous, les Juifs, il n'y a personne qui les connaisse autant que moi, personne. Seulement quand on a un peu vécu, on devient facilement tolérant. Ainsi, tenez, moi, pour vous extérioriser mon opinion : voilà bientôt huit ans que je me fournis de boutons chez un Juif du Sentier, un nommé Haïm. Vous connaissez Haïm, des boutons. C'est la grosse affaire et un sou c'est un sou. Avec lui, jamais une pique, je peux m'en vanter, et ce n'est pourtant pas l'envie de lui botter le derrière qui m'a manqué, je vous assure. Mais du moment que j'ai ma marchandise, je le règle et tout est dit. Bonjour, bonsoir, une poignée de main, à la prochaine. Les affaires sont les affaires. Ça ne veut pas dire que je n'aie pas mes opinions à moi. Dans notre métier de tailleur, on voit beaucoup, on réfléchit sur le sens de la vie. Il nous passe entre les mains du monde de toute sorte. Regardez donc, la semaine dernière, j'ai habillé le fils d'un sénateur. Je ne peux pas vous dire son nom, mais c'est une personne politique en vue, qui a hôtel particulier, voitures, et domestiques. À voir le fils, on ne croirait jamais qu'ils sont tellement dans le tralala. Très simple, il est, le fils. Il entre, il serre la main, et il dit : « Et alors ? » ah ! oui, c'est bien ça, c'est son mot : « Et alors ? » La dernière fois qu'il est venu, en restant là tous les deux à causer de choses et d'autres, il avait oublié l'heure et avant de se sauver, il m'a dit : « On ne s'embête pas, dites donc, avec vous.» Textuel. Et avec ça, grand seigneur quand même, faut pas se tromper. Je suis pourtant fier de nature et de caractère, je vous jure. Quand j'étais enfant, ma mère n'a jamais pu me faire essuyer les pieds sur un paillasson avant d'entrer chez nous. C'est vous dire. Eh bien, je suis obligé d'avouer et de reconnaître que si ce garçon-là me commandait de courir au galop lui acheter un paquet de cigarettes, je n'oserais pas dire non. Et n'importe qui d'autre me le demanderait, je refuserais. Explique qui pourra, moi je constate un fait indubitable. Je me borne à constater. Pourquoi oui à l'un, pourquoi non à l'autre, n'est-ce pas ? c'est la question. Ce n'est ni sa fortune, ni la chose qu'il soit le fils d'un sénateur en vue, vous pensez bien. S'il y a encore du monde que ces machines-là impressionnent, moi j'en suis revenu, et pas d'hier matin. Alors ? il faut pourtant bien que tout s'explique. Moi, je me borne à constater. Et ma conclusion, la voilà : c'est qu'il existe des natures pas ordinaires, des natures impérialistes dans le sang. Knate. Pas un chapeau chez moi, pas une casquette, mais je suis Knate et vous venez vous faire coiffer chez moi. C'est formidable. Moi, pendant la guerre, au 156, j'avais un capitaine, un nommé Bonbillet, qui n'était pas capable de se faire obéir. Trois galons dorés sur les manches, mais vous lui bouffiez son foie gras et vous lui fumiez ses cigarettes à son nez sans qu'il ose seulement dire ouf. À côté de ça, je me souviens d'un caporal, mal habillé, mal solide sur ses molletières, Hartinguet c'était son nom, et cet animal-là, vous n'auriez pas soulevé le petit doigt de la couture sans lui en demander permission. On n'imagine pas, mais la guerre a révélé des caractères. Moi j'ai connu un garçon qui n'avait l'air de rien, mais qui est devenu lieutenant. Et voyez ce que c'est : quand il est monté en renfort, je lui avais vendu une paire de ciseaux. Non, la guerre, ne me parlez pas de la guerre. Celui qui ne l'a pas faite ne peut pas savoir ce que c'est. Pour vouloir le retour d'une pareille abomination, il faut être un fou et un misérable. Moi, mon raisonnement, c'est qu'un homme en vaut un autre, qu'il s'appelle Dupont ou qu'il s'appelle Bismarck. Pourquoi est-ce que je m'en irais tirer sur un homme que je ne connais ni d'Ève ni d'Adam, sous prétexte qu'il est né de l'autre côté de la frontière ? tout ça est de l'enfantillage. Il ne m'a jamais rien fait, je ne lui ai jamais rien fait. Alors ? Maintenant, vous me direz, c'est un fait que l'Allemand est arrogant. Je vous l'accorde et je dirai mieux : l'Allemand est arrogant et il est plat. Voyez donc cette manière qu'ils ont de se laisser calotter par leurs supérieurs. Un Français ne tolérerait jamais qu'on lui fasse une chose pareille. Pourquoi ? parce que le Français est fier de sa nature. Et frondeur aussi, il ne faudrait pas oublier. Notez bien que ce n'est pas ce qui l'empêche d'obéir. Il rouspète, c'est entendu, mais il marche quand même. Rouspéter, c'est le vrai fond de son caractère. Qu'il y ait un coup de torchon demain matin, vous verrez le Français voler aux frontières. Et pas plus tôt qu'il sera parti, vous l'entendrez déjà commencer à rouspéter. Et des fois pour rien.

Frondeur, je vous dis. Allez, je suis tranquille. L'Allemagne peut nous faire la guerre quand elle voudra, j'ai confiance. Elle arrivera peut-être jusqu'en banlieue, mais nos troupes lui feront la reconduite encore un coup. Vous verrez ce que je vous dis. C'est pourquoi j'ai toujours pensé que les deux pays ne devraient jamais se faire la guerre. Vous ne trouverez nulle part d'aussi bons soldats que l'Allemand et le Français. Si la France et l'Allemagne voulaient s'entendre, rien ne pourrait leur résister, ils seraient les maîtres du monde. Seulement voilà, il y a un mais, c'est qu'une fois vainqueurs, ils se battraient encore pour savoir lequel des deux resterait le seul maître. La raison ? c'est qu'il y aura toujours des guerres. Vous allez peut-être penser que je n'ai guère d'illusions sur la nature humaine. Et moi je vous répondrai que je n'en ai même plus du tout. Nécessairement, j'ai vécu. J'ai réfléchi. Et qu'est-ce que j'ai vu dans toutes les couches sociales et à tous les étages de la société ? J'ai vu et observé la chose suivante : c'est que l'homme est toujours le même et que le fond de sa nature ne change pas, qu'il soit le cordonnier du coin ou qu'il soit duc de Montbazon. Aujourd'hui, ce n'est plus l'époque à se laisser prendre aux apparences, surtout quand on est un peu observateur. Et c'est bien pourquoi la noblesse ne signifie plus rien. C'était bon du temps de l'histoire, mais à présent le progrès s'oriente de plus en plus vers la mécanique appliquée. Noble, pas noble, qui est-ce qui regarde ? Vous rencontrez une jolie femme dans la rue ou dans le métro, vous lui faites de l'œil et vous lui pincez le gras du bras, pour supposer. Si vous avez eu la manière et si elle se sent des vouloirs, elle ne viendra pas vous demander votre état civil, n'est-ce pas ? C'est bien la meilleure preuve. Beauté passe noblesse, comme on dit. Moi qui suis tailleur, j'ai le droit d'en causer savamment. Prenez-moi un clochard avec trois jours de barbe et la chemise qui passe par tous les trous du pantalon. Vous me l'amenez ici, dans mon magasin. Qu'est-ce que j'en vais faire ? d'abord, je reste calme. Pas un pli qui bouge sur ma face. Vous entendez voler une mouche. Et je commence par le décrasser. Je lui tords ses poux dans un bon bain d'eau bouillante. Pédicure, coiffeur, manucure, autant qu'il faudra. Et après ça, je vous l'habille. Je connais mon homme. Je connais sa personnalité jusque dans les orteils, parce que je l'ai étudiée, vous comprenez ? Je lui fais un complet qui l'habille, ce que moi j'appelle un complet, ou si vous préférez, je l'habille. Et pendant seulement une semaine, je l'emmène avec moi deux fois par jour prendre l'apéritif pour le remettre dans les manières et pour lui donner du ton. Voilà maintenant un individu que vous pourrez emmener n'importe où, au Claridge, à Deauville, et même dans un salon, il saura se tenir à sa place. Il est certain qu'il me doit beaucoup. Je ne conteste pas. Mais enfin, le fait est là quand même. Un pouilladin de l'avant-veille se fait passer aujourd'hui pour un banquier, pour un avocat ou pour un professeur. Si on voulait se donner la peine de réfléchir, ce que je vous dis là va loin en profondeur, et plus loin que ça ne paraît. L'escroc international que vous voyez dans les journaux qu'il s'est fait passer pour un financier à millions ou pour un duc américain, il se dit qu'il aurait bien tort de se gêner et qu'il a une tête à être riche aussi bien qu'un autre. Et après tout, c'est peut-être lui qui a raison. Un aristocrate est fait comme vous et moi. Il n'a pas le nombril entre les deux épaules. Alors ? pourquoi voulez-vous que ce soient toujours les mêmes ? Ne croyez pas pour ça que je suis communiste, non. D'abord, j'estime qu'on n'a pas le droit de parler d'une chose sans savoir ce qu'il en est. On en a tellement dit sur le communisme, le partage des biens et la carte de sucre, et il n'y avait pas un mot de vrai ! Oh ! j'ai erroné là-dessus comme tout le monde, et je ne m'en cache pas. Nécessairement. Le public est mal informé et surtout, il ne sait pas distinguer. Chacun veut expliquer les choses à sa manière alors que le communisme, c'est bien souvent le contraire de ce qu'on croit. Voyez en U.R.S.S. C'est toujours ce que je réponds aux personnes qui veulent discuter : regardez en U.R.S.S. Mais les gens ne savent pas. L'U.R.S.S. est un pays immense et il tiendrait vingt pays comme la France dans l'U. R. S. S. En U.R.S.S., vous marchez pendant mille kilomètres sans rencontrer un être vivant. Voilà ce qu'il faut bien se dire. Je voudrais que vous entendiez mon neveu Léonard, le fils donc de ma plus jeune sœur, je voudrais que vous l'entendiez sur le communisme. Vingt-cinq ans, il a. Et c'est un garçon qui a passé sa thèse de bachot et tous ses examens. Il est ingénieur, c'est vous dire. Et communiste. Vous vous rendez compte ? ingénieur communiste. On aura tout vu. Ah ! mon neveu, il n'est pas bavard ! Il vous écoute. Sans rien dire, il vous écoute. Et tout d'un coup, pan. Un mot. Un seul. Et vous voilà par terre. Knate en somme. Pas un chapeau chez moi, pas une casquette, mais je m'appelle Knate et Knate je suis et vous y passez. L'autre jour, pour vous donner un exemple, je me trouvais justement dans un bal de société avec mon neveu Léonard. Moi, je m'en vais m'asseoir et je le laisse aller comme bien entendu. Il en danse une, il en danse deux, et après, il s'en vient vers moi, côté buvette. Parce que lui, quand il a une fois décidé qu'il danse, il danse. Et s'il vous dit qu'il ne danse plus, il ne danse plus. Un homme. Un caractère. Il y avait à côté de nous deux vieux qui causaient communisme. Je dis deux vieux et ils ne l'étaient peut-être pas plus que moi. C'étaient même des gens bien vêtus, qui avaient des manières et de la distinction. Moi, j'ai bientôt fait de juger un homme, je vous assure. Il y a une façon de tenir son verre qui ne trompe pas sur l'éducation. C'est comme de mettre ses coudes sur la table, on croit souvent que c'est mal poli et on commet une grave erreur. Dans mon journal, hier soir encore, j'ai vu la photographie d'un banquet d'industriels et ils ne se gênaient pas de mettre les coudes sur la table. Très racés, d'ailleurs. Tous très racés. C'est fantastique. Quand on pense. Bref, pour vous résumer, ils parlaient de communisme et ce qu'ils pouvaient dire de bêtises, on n'imagine pas. Nécessairement. Il faut se représenter ce qu'est l'U.R.S.S. L'U.R.S.S., c'est un pays immense. L'U.R.S.S. Vous pensez si mon neveu Léonard pouvait bouillir en écoutant toutes leurs bêtises. Ingénieur diplômé, il est. Ça l'agaçait. Pourtant, il ne bougeait pas. Impassible, il restait. Vous auriez dit qu'il n'entendait pas. Mais moi, j'attendais le moment. Et tout d'un coup, il se déclenche. Très calme. Très sobre. «Permettez», il leur dit. Vous auriez entendu voler une mouche. «Permettez!» et en trois minutes d'horloge, mon Léonard vous les mets les quatre fers en l'air. Vous répéter ce qu'il leur a dit, je ne m'en charge pas. Avec lui, n'est-ce pas, c'est tout de suite les mots techniques, des mots qu'on n'a pas le temps de saisir ni de comprendre et qui vous ont des vraies gueules de mille pattes. Ah! je vous garantis que ça fait réfléchir. On aura beau faire, il y aura toujours du pour et du contre, allez. Moi, je me borne à constater. Communiste, je ne peux pas dire que je le sois seulement pour un sou. Vous ne me ferez jamais admettre que ce qui est à moi n'est pas à moi et qu'on va m'obliger à travailler pour tous les fainéants de Paris et des départements. Mais non, mais non. Je suis pour la défense des libertés jusqu'au bout, mais j'estime néanmoins qu'il y a tout de même des limites. Après ça, vous viendrez me dire que la société est mal faite. C'est d'accord et je suis le premier à le proclamer, mais enfin, on vit tout de même. Et au fond, pas si malheureux. Il paraît qu'en Russie, ce serait le paradis des rêves, mais vous n'êtes pas allé y voir, ni moi non plus. Soi-disant que le travail y est devenu un plaisir et qu'on y fait davantage l'amour que chez nous. Je demande à voir, je vous dis. On se fait facilement des idées. La France n'a jamais manqué de beaux parleurs. Remarquez bien, je suis d'avis que l'homme travaille trop. Exemple moi. Je travaille dix heures par jour et des fois douze et je ne connais pas la semaine anglaise. Et après ? est-ce que je me plains ? ceux qui se plaignent, on les connaît. Ce n'est pas la crème. Vous trouvez que je travaille trop. Vous me donnez la semaine anglaise. Bon. Mais c'est toujours la même chose. Si je fais l'amour le samedi, qu'est-ce que je ferai le dimanche après-midi ? j'irai dépenser mon argent au café ou au cinéma. Bénéfice, néant. C'est même le contraire qui se produit. Conclusion, vous croyez des fois avoir inventé une découverte et en définitive, vous n'avez rien inventé. C'est pourquoi, bien souvent, j'en arrive à me demander s'il n'y aurait pas du vrai dans la religion. Vous allez me répondre que le Bon Dieu, personne ne l'a jamais vu et d'un sens, vous aurez raison. Mais moi qui vois les choses impartial, je vous invite à discuter librement. Vous, vous avez vos opinions et moi j'ai les miennes. Toutes les croyances sont respectables et vous n'avez pas le droit de salir la religion. D'un autre côté, si on savait tout ce qui se passe à l'intérieur des couvents et chez les curés, hein ? ce n'est pas pour rien qu'ils se cachent. Oh ! soyez tranquille, je ne vais pas leur jeter la pierre. Quand il ne vous manque rien, il y a des choses qui sont dures, et moi, j'aime autant vous dire tout de suite que je ne pourrais pas. Pour celui qui se pose la question intelligemment, les curés sont des gens comme vous et moi. L'habit ne fait pas le moine. C'est le cas de le dire. D'ailleurs, il y a une chose que bien du monde ignore. C'est que les curés ont souvent les idées très larges. Moi qui vous parle, je connais un curé, n'est-ce pas. Un homme tout ce qu'il y a de capable. Il connaît mes idées sur la religion, moi je connais les siennes. Ce n'est pas ce qui empêche qu'on s'estime. Quand la petite a fait sa première communion, je ne sais plus si c'était la veille ou l'avant-veille, il est passé me voir ici et je l'ai fait entrer dans le fond pour lui faire boire une fine. Voilà mon abbé Lamblin qui renifle son verre et qui me dit en clignant un œil : « Merde alors, c'est du fameux. » Textuel. Ah ! si tous les curés étaient comme celui-là ! Malheureusement, il y en a des uns et des autres. Vous ne pouvez pas empêcher. Dans une société, il faut de tout. Moi, si j'étais quelque chose, j'obligerais les curés à se marier. C'est quand même plus propre. Mon neveu Léonard, il n'est pas pour la religion non plus. Je vous dirai que je n'ose pas lui en parler comme je voudrais. L'autre jour, je lui faisais remarquer qu'il y a encore bien des choses que la science n'explique pas et il m'a regardé sans répondre avec son air de rigoler en dedans. Moi, quand il prend ses airs méprisants, j'ai des fois de la peine, parce que c'est le fils de ma plus jeune sœur. Et puis, je me dis qu'il est ingénieur diplômé. À côté de lui qui a passé sa thèse de bachot et qui a lu tant de livres sur toutes choses, qu'est-ce que je suis, moi? Et nous tous, qu'est-ce que nous sommes? Voyez moi. Je suis là qui cause, qui cause, mais c'est pour causer, parce qu'on ne peut pas toujours se regarder faire son métier. Je sais bien que je dis des bêtises. Il y a même des jours où je suis décidé à me faire mon instruction. Tenez, hier encore, la petite était occupée à ses devoirs. J'ai empoigné son arithmétique, bien décidé à me la faire entrer dans la tête. Pensez-vous! À la deuxième page, je me suis mis à bâiller et j'ai attrapé mon journal. Pourtant ce serait si agréable d'être comme mon neveu Léonard, de ne jamais se tromper, et d'avoir réponse à tout. Quand je l'écoute causer, j'essaie bien comme ça de retenir des mots, mais c'est difficile, surtout qu'il est intimidant. Figurez-vous que la semaine dernière, un soir qu'il était venu avec sa mère, il m'a dit que j'étais responsable de l'inquiétude de la jeunesse. Vous pensez si j'étais ennuyé. Qu'est-ce que vous auriez répondu, vous? puisqu'il le dit, ça doit être vrai. C'est dans des moments comme celui-là qu'on voudrait être Knate. Parce que Knate, au fond, il n'est peut-être pas plus instruit que vous et moi. Seulement, il est Knate, et c'est suffisant. «Monsieur, il y a erreur à la base.» Et je te rengaine le monocle en virant sur mes talons. Et voilà. Nous autres les moins que rien, on va dans la vie à tâtons, sur les genoux, et le nez par terre à la reniflette. Et qui c'est qui nous regarde passer? c'est Knate. À cheval sur son culot et le monocle dans l'œil. Et qui d'autre encore? mon neveu Léonard, l'air de rien, lui, mais qui en a dans la tête. Parce que lui, comme il dit, il a fait un gros effort culturel. Vous comprenez? et pour le premier essayage, vous pourriez peut-être venir mercredi.

BERGÈRE

*L*e fils du roi vint à passer.

«Bonjour, bergère, vous êtes bien belle, dit-il. Comment vous appelle-t-on?

– Mariette, monsieur. Je garde les bêtes de mon père. Il a seize vaches, une paire de bœufs et une jument noire avec une petite tache blanche sur le front. On n'est pas à plaindre. Et vous?

– Je suis le prince Adrien. C'est moi qui régnerai à la mort de papa.»

La bergère rougit et devint encore plus belle. Adrien rougit aussi et ajouta en montrant l'automobile de luxe arrêtée cent mètres plus loin: «J'ai laissé le roi dans la voiture et je suis descendu dans la prairie pour me dégourdir les jambes. Je ne m'attendais guère à y rencontrer une bergère aussi jolie et avec des yeux bleus de paradis.»

Il lui dit encore d'autres choses qui lui venaient au cœur. Mariette l'écoutait toute ravie et trouvait qu'il était bien gracieux, dans son petit costume de sport. Cependant le roi s'impatientait. Il passa la tête par la portière et cria à son fils:

«Adrien! il est tard! on s'en va!»

Mais Adrien ne l'entendait pas. Il regardait la bergère et penchait la tête sur l'épaule, tantôt d'un côté, tantôt de l'autre. Et Mariette soupirait de toute sa poitrine à la fois, si bien qu'il finit par lui jurer un amour éternel. Dans cet instant-là survint le père de la belle. Il avait observé le manège d'une fenêtre de la ferme et il était accouru dans ses gros sabots.

«Qu'est-ce que c'est?» dit-il d'une voix rogue.

Adrien comprit aussitôt à qui il avait affaire, un peu étonné tout de même à l'idée que ce paysan tanné, à la lèvre dure et à l'œil méfiant, avait pu engendrer la jolie bergère.

«Je suis le prince héritier et j'allais justement vous demander la main de votre fille.»

Première publication dans L'Intransigeant, *16 décembre 1936; reprise dans le recueil posthume* La Fille du shérif, *Gallimard, 1987.*

Le père se radoucit aussitôt.

«Vous ne pouviez guère mieux choisir. Ce n'est pas pour me vanter, mais Mariette est un joli brin. Et encore, vous la voyez là en tous les jours, mais il faut voir comme elle porte la toilette. Et c'est la créature sérieuse, et aimante aussi, moi je vous le dis...

– Je l'avais bien vu, murmura le prince avec ivresse.

– Vous ferez un ménage heureux», affirma le père et il renifla d'une douce émotion.

Adrien prit entre les siennes les mains de la bergère et les pressa tendrement. Ce fut alors qu'arriva le roi, lassé d'attendre son fils et inquiet d'une absence aussi prolongée. L'attitude du prince lui donna déjà à penser.

«Eh bien?» demanda-t-il.

Mariette fit une révérence et son père expliqua en ôtant sa casquette : «Sire, c'est votre jeune homme qui a envie d'épouser la petite, et moi qui la connais, je vois bien qu'elle a un sentiment pour lui. Dans ces conditions, n'est-ce pas...»

Le roi fut très mécontent, mais il était trop bien élevé pour en laisser rien voir. Il fit compliment au fermier sur la grâce et la modestie de la jeune fille, puis il lui remontra que le métier de reine ne s'apprend pas et qu'il faut être enfant de la balle, ajoutant que le bonheur se trouve plus sûrement au fond des chaumières que dans les palais des rois. C'était très bien tourné et d'une façon à n'offenser personne. Le paysan n'y trouva rien à redire. La pauvre bergère se mit à pleurer et le roi, saisissant Adrien par le bras, l'entraîna d'un bon pas vers l'automobile. Le prince, élevé dans le respect et l'obéissance des volontés paternelles, ne songea pas à résister, mais il était très malheureux.

«Je te demande un peu à quoi ça ressemble, dit le roi lorsque la voiture eut démarré. Sauter au cou de la première venue et lui promettre le mariage! Si tu n'étais pas majeur depuis l'année passée, je te garantis que je t'aurais tiré les oreilles d'importance...

– Je sens bien que je ne pourrai plus vivre sans elle, gémit le prince.

– Ne dis donc pas de bêtises, Adrien. As-tu seulement songé une minute au scandale d'une fille d'étable montant sur le trône de tes aïeux?

– Pardonnez-moi, mais elle y ferait meilleure figure que cette princesse borgne à laquelle vous avez pensé pour en faire ma femme.

– Petit malheureux! la fille de mon cousin le roi Olivier! la plus riche héritière...

– Ah! toutes ses richesses ne valent pas, pour moi, les yeux bleus de ma bergère...»

À ces mots, le roi se fâcha et jura que s'il lui reparlait jamais de cette fille, il le chasserait de la cour et le renierait.

«C'est bon, soupira le prince, n'en parlons plus.»

De retour au palais royal, il entra en mal de langueur. Les grands médecins du royaume furent d'avis qu'il fallait le marier au plus tôt, disant que si ce n'est pas là le moyen d'être sûrement heureux, c'est toujours une distraction. Le prince, il fallait s'y attendre, ne voulut pas de la princesse borgne. On lui en présenta d'autres, et des duchesses, des marquises, des comtesses, des baronnes, et des simplement de quelque chose, sans couronne ni tortil. Mais aucune n'était à son goût. Alors, on descendit à la noblesse du pape, puis à la roture de l'industrie lourde, et le prince n'en fut pas plus ému. Jugeant qu'il était allé à la limite des concessions, le roi lui dit avec mauvaise humeur :

«Vraiment, je me demande ce qu'il te faut!

– Celle que j'aime, tout simplement... ma bergère aux yeux bleus.»

Le roi entra dans une colère terrible. Il dit à son fils qu'il le chassait de la cour et le reniait à jamais. Il lui dit aussi : «Anathème sur toi!» comme cela se fait encore dans quelques grandes familles. Même, il lui reprit la montre en or qu'il lui avait donnée pour sa première communion, en sorte qu'Adrien se trouva à la rue sans ressources.

Le malheureux prince n'hésita pas un moment. Il quitta la capitale et, cheminant à longueur de journée, mendiant son pain et son logis dans les villages, il arriva un soir à la maison de sa bergère et heurta à la porte.

Mariette, son père et plusieurs personnes qui dînaient à leur table se bousculèrent pour lui ouvrir. Le voyant poussiéreux et les vêtements en loques, ils furent saisis d'étonnement.

«Je vais vous expliquer, dit Adrien, mais je suis bien fatigué.»

On le fit asseoir à table et il se mit à raconter ses malheurs, comment, après avoir été renié par son père, il se trouvait n'être plus qu'un pauvre homme, sans autre richesse que son amour.

«Enfin, toutes ces misères ne sont rien, puisque je retrouve Mariette, conclut-il en regardant tendrement sa bergère.

– C'est bien joli, dit le père, mais qu'est-ce que vous comptez faire?

– Eh bien, mais je compte épouser votre fille.

– Et comment la nourrirez-vous? Nous ne sommes pas riches et vous voilà sans un sou.

– Je ne sais pas... Je vous aiderai, je travaillerai aux champs avec vous.

– Vous ne connaissez rien à la besogne, fit observer le paysan.

– J'apprendrai...

– C'est vous qui le dites, mais pour travailler la terre, il faut être né paysan. Et puis, sans vous offenser, jeune homme, vous me paraissez bien mince.»

Le bonhomme montra un garçon râblé assis à la table à côté de Mariette. C'était un voisin qui courtisait la jeune fille. Il avait l'âge du prince, mais un torse de lutteur.

«Regardez ce que c'est qu'un paysan et dites-moi si vous en avez l'étoffe.»

Cependant, Mariette regardait Adrien avec plus de liberté qu'elle n'avait osé le faire lors de leur première rencontre. De le voir ainsi mal vêtu la mettait à l'aise. Elle trouva qu'il avait le nez un peu long et le menton en galoche. Avec ça, des épaules de rien du tout et un petit air grelotteux qui n'invitait guère à l'amour. De temps à autre, elle jetait un coup d'œil sur le costaud qui se trouvait à son côté et la comparaison n'était pas à l'avantage du prince.

«Alors, jeune homme, qu'en pensez-vous? demanda le vieux.

– Je ne sais plus, balbutia Adrien. Je voudrais savoir ce qu'en pense Mariette.»

Mariette baissa la tête sans répondre et, au bout d'un moment, se serra contre le jeune fermier qui lui faisait du pied sous la table. Le prince quitta aussitôt la maison, en songeant que le monde ne gagne rien à être renversé et que, à le prendre par n'importe quel bout, c'est une triste chose. Les uns disent qu'il alla se jeter à l'eau, les autres qu'il obtint le pardon du roi son père et qu'il vécut très heureux avec la princesse borgne.

MANQUER LE TRAIN

M. Garneret traversa le jardin du casino et s'assit à l'ombre d'un marronnier à côté d'une vieille dame qui tricotait un boléro. Au sourire qu'elle lui adressa, il souleva son chapeau, puis, s'abritant derrière son journal, il se prit à songer à son rhumatisme, à sa cure, à sa femme qui prenait le thé à l'intérieur du casino, aux mines du Congo qui avaient baissé de trois points dans la journée d'hier. Son journal tomba sur ses genoux et il sentit ses paupières s'alourdir. La vieille dame lui sourit avec insistance et, approchant sa chaise de la sienne, demanda :

« Naturellement, mon visage ne vous dit rien ?

– Pardonnez-moi, fit M. Garneret avec une franchise un peu agressive, mais vraiment...

– Et mon nom ne vous dit rien non plus ? Mlle Jurieu-Rabutot... Sophie Jurieu-Rabutot... »

M. Garneret confessa qu'il n'y était pas du tout. Mlle Sophie posa son tricot et dit avec un soupir :

« Ne cherchez pas, vous ne m'avez jamais vue. Je suis celle que vous auriez aimée il y a quarante-cinq ans si vous n'aviez pas manqué l'express à Dijon dans la nuit du 17 au 18 avril. Mais vous avez bien sûr oublié cette mésaventure...

– Je ne l'ai pas oubliée ! s'écria M. Garneret. Vous pensez ! c'est dans le train suivant que j'ai fait la connaissance de celle qui allait devenir ma femme !

– Ah ! Ah ! Eh bien, si vous aviez attrapé le premier train, c'était moi qui devenais votre femme. »

M. Garneret hocha la tête, accordant que tout était possible.

« Voulez-vous savoir comment les choses se seraient passées ? dit Mlle Sophie. J'étais seule avec maman dans un compartiment de seconde. Vous montez avec vos deux valises, vous vous installez dans

Première publication dans Le Figaro, *30 janvier 1937 ; reprise dans le recueil posthume* La Fille du shérif, *Gallimard, 1987.*

un coin. De temps à autre, vous jetez un coup d'œil vers moi. Il faut dire que j'étais bien jolie et la taille si fine avec cette tournure qui m'avantageait encore... Au bout d'une heure, maman se lève pour prendre une grosse valise dans le filet. Vous vous précipitez, et la conversation s'engage...

– C'est comme pour ma femme, remarqua M. Garneret.

– Vous parlez avec maman de toutes sortes de choses et gentiment vous me mêlez à la conversation. De temps à autre, nos genoux se frôlent. Mon Dieu, ces premiers frissons... Vous portez la raie bien droite au milieu et une moustache déjà grande pour vos vingt-trois ans, et qui frise si gracieuse sur le milieu de la joue. Ah! Cette moustache! Je la dévore des yeux...

– C'est ce que ma femme me disait aussi une fois mariés, murmura M. Garneret en passant la main sur son poil blanc.

– Maman comprend que vous êtes d'une bonne famille. Elle s'intéresse beaucoup à vous, et moi, est-il besoin de le dire? je ne rêve déjà plus qu'à d'autres rencontres. Maman vous fait promettre de venir à son prochain vendredi et vous venez, Victor! Vous venez!

– Oui, oui, je me rappelle...

– Pendant dix minutes, nous sommes ensemble dans un coin du salon. Vous me parlez d'un livre de Paul Bourget...

– En effet, je me souviens parfaitement...

– La maison vous a produit une impression plutôt favorable. Deux bonnes, et maman a pris un maître d'hôtel en extra. Vous faites prendre des renseignements sur la situation de papa...

– Et je dois dire que je reçois toutes les assurances désirables. Mon beau-père n'était pas un aigle, il s'en fallait bien, mais il savait au moins écouter les conseils de son cousin le directeur. Il a toujours acheté des valeurs de premier ordre, c'est une justice à lui rendre.

– De son côté, papa se renseigne aussi. Tout est pour le mieux. Nos deux familles se rencontrent et se voient régulièrement. Je suis dans la fièvre... l'amour, le trousseau, les deux douzaines de tout... Et pourtant, quelles alarmes! Le mariage manque de craquer à cause de la dot...

– Le beau-père était coriace et, chez moi, on ne badinait pas sur ces choses-là...

– Enfin, tout est arrangé. Cent mille et les espérances. Fiançailles. Mariage. Les cadeaux. La cérémonie. Votre père s'est assuré un général et maman apporte un chef de cabinet. Le repas, les toasts. Et puis, c'est Venise...

– Venise, soupira M. Garneret. Venise, les canaux...»

Il regarda Mlle Sophie et eut un serrement de cœur. Ce n'était pas la nostalgie de Venise ni de sa jeunesse, mais cette idée que son destin manqué ressemblait de si près au destin accompli. À vingt ans, il s'était cru capable de toutes les aventures et, à soixante-huit, il commençait à soupçonner que son répertoire avait été bien court. Peut-être même n'était-il né que pour cette unique pièce où n'importe quelle Sophie lui eût donné la réplique… M. Garneret, qui s'était parfois laissé aller à regretter le départ de son existence, se sentait maintenant appauvri. Voulant espérer encore, il demanda d'une voix impatiente :

« Et après ?

– Après, c'est le retour à Paris. La vie conjugale s'organise. Vous aviez gardé une liaison…

– Ah ! oui, Lucienne. Je l'ai liquidée six mois après notre mariage…

– Parce que je l'ai exigé. Mais quel coup, quelle désillusion pour moi… Je vous aimais si tendrement, si jalousement…

– Oui, bien sûr… mais enfin, ce n'était pas extraordinaire…

– Ingrat, soupira Mlle Sophie en lui donnant sur les doigts un coup de son aiguille à tricoter. Hélas ! d'autres tourments m'étaient réservés. Il y a eu la jeune femme de votre secrétaire, il y a eu la fille du vieil employé, une petite brune que vous installez dans un appartement de la rue Saint-Lazare, à côté de votre bureau…

– Que voulez-vous, les hommes sont ainsi. Ils aiment bien faire plaisir à tout le monde.

– Taisez-vous, c'est affreux. Toutes ces maîtresses, et moi qui souffre en silence. Le miracle est que je puisse tenir ainsi pendant dix ans. Enfin, je me révolte…

– Tiens, tiens, fit M. Garneret, mais c'est intéressant…

– Oh ! je me révolte sans bruit. Vous ne saurez jamais rien du changement qui s'est opéré en moi. Un soir, vous êtes en Belgique, et votre cousin Ernest, le capitaine aux gardes républicains, vient à la maison. Il me voit toute mélancolique, nerveuse, oppressée. Il me prend la main, je pleure contre son épaule, il me serre sur sa tunique, je sens sa moustache sur ma joue, j'ai la tête en feu, je lui dis… ah ! je lui dis… "Ernest"… il m'emporte… »

La vieille demoiselle avait repris son ouvrage et tricotait avec des gestes saccadés en s'agitant sur sa chaise. M. Garneret sentait lui monter au visage le sang de la congestion. Il aurait voulu parler, se débattre, sa gorge était nouée. Mlle Sophie s'exaltait :

« Je vais chez lui presque tous les jours. Comme je suis heureuse et qu'il est beau, mon capitaine ! ces épaules, ce regard, et ces façons militaires... J'en suis folle. Dans ses bras, je deviens un démon. Je ne me reconnais plus. Un vrai démon, je vous dis... Et jamais je n'ai été aussi belle. Vous-même me le faites remarquer. Quel plaisir de se venger ainsi, à votre insu, de toutes vos trahisons... Mais tout a une fin. Le capitaine s'en va à d'autres amours. De mon côté, je connais Lucien, ce petit employé que vous avez pris en affection. Mon Dieu, quelle charmante jeunesse... Et puis, c'est un cornet à piston des concerts Colonne, un être velouté qui se plaît à me torturer... Deux autres aventures de moins d'importance me conduisent à la quarantaine. Mais je n'ai plus autant d'ardeur à me venger. Le mensonge et ses complications commencent à me peser. J'apprécie de plus en plus l'existence commode. Je m'occupe de bonnes œuvres et j'ai besoin de toute ma dignité. Au fond, je vous ai gardé malgré tout une solide affection...»

Les coudes sur les genoux et le visage dans ses deux mains, M. Garneret entendait confusément Mlle Sophie qui poursuivait d'une voix apaisée :

«J'ai oublié vos petites trahisons comme j'ai oublié les miennes. Est-ce que je vous ai dit que nous avons une fille? Elle s'est mariée avec un jeune homme de bonne famille, qui a fait son chemin. Ils ont deux enfants. L'aîné vient d'être reçu brillamment à Polytechnique. Et nous, nous vieillissons heureux et unis en évoquant les étapes de notre bonheur. Vous surveillez les cours de la Bourse pendant que je tricote pour mes pauvres... Et voilà la vie...

– Voilà la vie», répéta M. Garneret après un très long silence.

Avec fatigue, il releva la tête. Du tricot aux aiguilles agiles, son regard monta au long d'un corsage de soie noire et il eut la surprise de découvrir le visage de sa femme sous un large chapeau de saison. Il jeta un coup d'œil inquiet du côté du jardin : qui s'éloignait tricotant, vers le jet d'eau du rond-point, c'était sans doute la silhouette de Mlle Sophie.

«J'arrive du casino en nage, dit Mme Garneret. Il fait là-dedans une chaleur... Mais sais-tu que j'ai des renseignements sur les pauvres que j'ai vus hier? Ils ne paraissent pas très bien. Je crois que je garderai mon chandail pour notre œuvre de la Petite Médaille. Je sais bien que, d'un autre côté, l'article chandail est toujours d'un meilleur rendement en province qu'à Paris. C'est effrayant ce que les Uniprix peuvent nous faire de tort. Il faudra que j'avise avant la campagne d'hiver. Tu as fini ton journal?

– Oui... les mines du Congo ont perdu trois points...

– À propos, j'ai des éclaircissements sur les gens de la chambre 15...

J'avais deviné juste : un faux couple !... Mais qu'est-ce que tu as ? Tu me regardes drôlement...

– Non, rien.

– Est-ce que ce ne serait pas ce bœuf en sauce qu'on nous a servi à midi ?

– Oui, c'est sûrement le bœuf», dit M. Garneret.

Il s'éventa avec son chapeau et ajouta :

«En tout cas, pour les mines du Congo, il me reste une assez belle marge. J'ai acheté à 272.»

L'ÂNE ET LE CHEVAL

*D*elphine et Marinette se couchèrent chacune dans son lit, mais, comme il faisait un grand clair de lune qui entrait jusque dans leur chambre, elles ne s'endormirent pas tout de suite.

« Tu ne sais pas ce que je voudrais être ? dit Marinette qui était un peu plus blonde que sa sœur. Un cheval. Oui, j'aimerais bien être un cheval. J'aurais quatre bons sabots, une crinière, une queue en crins, et je courrais plus fort que personne. Naturellement, je serais un cheval blanc.

– Moi, dit Delphine, je n'en demande pas tant. Je me contenterais d'être un âne gris avec une tâche blanche sur la tête. J'aurais quatre sabots aussi, j'aurais deux grandes oreilles que je ferais bouger pour m'amuser et, surtout, j'aurais des yeux doux. »

Elles causèrent encore un moment et le sommeil les surprit comme elles exprimaient une dernière fois le désir, Marinette d'être un cheval, Delphine un âne gris avec une tâche blanche sur la tête. La lune se coucha environ une heure plus tard. Suivit une nuit noire et épaisse comme jamais pareille. Plusieurs personnes du village dirent le lendemain qu'elles avaient entendu dans ces ténèbres un bruit de chaînes, en même temps qu'une petite musique de poche et aussi le sifflement de la tempête, quoique le vent ne se fût levé à aucun moment. Le chat de la maison, qui était sans doute averti de bien des choses, passa plusieurs fois sous les fenêtres des petites et les appela du plus fort qu'il put, mais leur sommeil était si profond qu'elles ne l'entendirent pas. Il envoya le chien qui ne réussit pas mieux.

De grand matin, Marinette entrouvrit les yeux et il lui sembla qu'entre ses cils elle apercevait dans le lit de sa sœur deux grandes oreilles poilues qui bougeaient sur l'oreiller. Elle-même se sentait assez mal couchée, comme embarrassée de sa personne, empêtrée

Première publication dans Candide, *19 mars 1936. Repris une première fois en album au format cahier d'écolier illustré par Madeleine Parry, Gallimard, 1937. Ce conte figure dans les éditions successives de la collection « Blanche » à partir de 1939.*

dans les draps et les couvertures. Néanmoins, le sommeil l'emporta sur la curiosité, et ses paupières se refermèrent. Delphine, tout ensommeillée elle aussi, jeta sur le lit de sa sœur un coup d'œil rapide. Elle le trouva bien volumineux, étrangement ballonné, et se rendormit néanmoins. Un instant plus tard, elles s'éveillaient pour de bon et louchaient sur le bas de leurs figures qui leur paraissaient s'être allongées et avoir changé d'aspect. En tournant la tête vers le lit de Marinette, Delphine poussa un cri. Au lieu de la tête blonde qu'elle croyait voir sur l'oreiller, il y avait une tête de cheval. De son côté, Marinette ne fut pas moins surprise d'avoir une face d'âne en vis-à-vis et poussa également un cri. Les deux pauvres sœurs, roulant de gros yeux, tendaient le cou hors de leurs lits pour se regarder de plus près et avaient peine à comprendre ce qui leur était arrivé.

Chacune se demandait où avait bien pu passer sa sœur, et pourquoi une bête avait pris place dans son lit. Marinette avait presque envie d'en rire, mais, s'étant elle-même examinée, elle vit son poitrail, ses membres poilus munis de sabots et comprit que les vœux de la veille s'étaient réalisés. Delphine regardait aussi son poil gris, ses sabots, l'ombre de ses longues oreilles sur le drap blanc, et la vérité lui apparut. Elle poussa un soupir qui fit un grand bruit en passant sur ses lèvres molles.

« C'est toi Marinette ? » demanda-t-elle à sa sœur avec une voix tremblante qu'elle ne reconnaissait plus.

« Oui, répondit Marinette. C'est toi, Delphine ? »

Non sans peine, elles descendirent de leurs lits et se mirent sur leurs quatre pattes. Delphine, devenue un bel ânon, était beaucoup plus petite que sa sœur, un solide percheron qui la dépassait d'une bonne encolure.

« Tu as un beau poil, dit-elle à sa sœur, et si tu voyais ta crinière, je crois que tu serais contente... »

Mais le pauvre grand cheval ne pensait pas à courir. Il regardait sa robe de petite fille, posée la veille sur une chaise au chevet du lit, et à l'idée qu'il n'entrerait peut-être plus jamais dedans, il était malheureux et il tremblait des quatre membres. L'âne gris faisait de son mieux pour le rassurer et, voyant que toutes ses paroles ne pouvaient rien, il lui caressait l'encolure avec son museau ou encore avec ses grandes oreilles douces.

Quand la mère entra dans la chambre, ils étaient serrés l'un contre l'autre, le cheval baissant la tête sur celle de l'ânon et ni l'un ni l'autre n'osèrent lever les yeux. Elle trouva singulière l'idée de ses filles d'avoir introduit dans leur chambre ces deux animaux qui n'appartenaient même pas à leurs parents et se déclara très mécontente.

« Au fait, où sont donc mes deux têtes folles ? Il faut qu'elles se soient cachées dans la chambre, puisque leurs habits sont restés sur les chaises. Allons, sortez de vos cachettes ! Je ne suis pas d'humeur à jouer... »

Ne voyant rien venir, la mère alla tâter les deux lits et, comme elle se penchait pour regarder dessous, elle entendit murmurer :

« Maman... maman...

– Oui, oui, je vous entends... Allons, montrez-vous. J'ai à vous dire que je ne suis pas contente du tout...

– Maman... maman... », entendit-elle de nouveau.

Et c'étaient de pauvres voix rauques qu'elle avait peine à reconnaître. Ne trouvant pas ses filles dans la chambre, elle se retourna pour les interroger, mais le triste regard que l'âne et le cheval fixaient sur elle la laissa d'abord interdite. Ce fut l'âne qui parla le premier.

« Maman, dit-il, ne cherche ni Marinette ni Delphine... Vois-tu ce grand cheval ? C'est lui qui est Marinette et c'est moi qui suis Delphine.

– Qu'est-ce que vous me chantez ? Je vois bien que vous n'êtes pas mes filles !

– Si, maman, dit Marinette, nous sommes tes deux filles...»

La pauvre mère finit par reconnaître les voix de Marinette et Delphine. Appuyant leurs deux têtes sur ses épaules, elles pleurèrent longtemps avec elle.

« Restez là un moment, leur dit-elle, je vais chercher votre père.»

Le père vint à son tour et, quand il eut bien pleuré, il réfléchit à la nouvelle vie qu'imposait à ses filles leur changement d'état. D'abord, il ne pouvait plus être question pour elles de loger dans leur chambre, qui se trouvait trop étroite pour ces grandes bêtes. Le mieux qu'on eût à faire était de les installer à l'écurie avec une litière fraîche et un râtelier bien garni de foin. Le père, marchant derrière elles, les suivit dans la cour, et, regardant le cheval, murmura distraitement :

« C'est tout de même une belle bête.»

Quand il faisait beau, l'âne et le cheval ne restaient guère à l'écurie et s'en allaient par les prés où ils passaient le temps à brouter et à parler des deux petites filles qu'ils étaient autrefois.

« Tu te rappelles, disait le cheval, un jour qu'on était dans ce pré-là, il est venu un jars qui nous a pris notre balle...

– Et il nous a mordu les mollets...»

Et les deux animaux finissaient par fondre en larmes. Aux heures des repas, quand les parents mangeaient, ils venaient s'asseoir dans la cuisine, à côté du chien, et suivaient tous leurs gestes d'un tendre regard. Mais, après quelques jours, on leur fit entendre qu'ils étaient trop gros, trop encombrants et que leur place n'était plus à la cuisine. Il leur fallut se contenter de passer leurs têtes par la fenêtre en restant dans la cour. Les parents avaient toujours un grand chagrin de l'aventure survenue à Delphine et Marinette, mais au bout d'un mois ils n'y pensaient plus autant et s'habituaient très bien à la vue de l'âne et du cheval. Pour tout dire, ils les traitaient avec moins d'attention. Par exemple, la mère ne prenait plus le soin, comme aux premiers jours, de nouer la crinière du cheval avec le ruban qui servait à Marinette, ni d'attacher un bracelet-montre à la jambe de l'âne. Et, un jour qu'il déjeunait de mauvaise humeur, le père, avisant les deux animaux qui passaient leurs têtes par l'entrebâillement de la fenêtre, leur cria :

«Allons, ôtez-vous de là, tous les deux! Ce n'est pas l'affaire des bêtes d'avoir toujours un œil dans la cuisine... Aussi bien, qu'est-ce que vous faites de traîner dans la cour à n'importe quel moment de la journée, et de quoi la maison a-t-elle l'air? Hier, je vous ai vus dans le jardin, c'est encore bien plus fort! Mais j'entends qu'à partir de maintenant vous vous teniez dans le pré ou à l'écurie.»

Ils s'éloignèrent la tête basse, plus malheureux qu'ils n'avaient jamais été. De ce jour, ils prirent bien garde à ne pas se trouver sur le chemin du père et ne le virent plus guère qu'à l'écurie, où il venait faire la litière. Les parents leur paraissaient plus redoutables qu'autrefois, et ils se sentaient toujours coupables d'ils ne savaient quelle faute.

Un dimanche après-midi qu'ils broutaient dans le pré, ils virent arriver leur oncle Alfred. Du plus loin, il cria aux parents :

«Bonjour! C'est moi, l'oncle Alfred! Je suis venu vous dire bonjour et embrasser les deux petites... Mais je ne les vois pas!

– Vous n'avez pas de chance, répondirent les parents. Elles sont justement chez leur tante Jeanne!»

L'âne et le cheval avaient bien envie de dire à l'oncle Alfred que les petites n'avaient pas quitté la maison et qu'elles étaient devenues les deux malheureuses bêtes qu'il avait sous les yeux. Il n'aurait su rien changer à leur état, mais il pouvait encore pleurer avec elles, et c'était quelque chose. Ils n'osèrent parler, craignant d'irriter les parents.

«Ma foi, dit l'oncle Alfred, j'aurai regret de n'avoir pas vu mes deux blondes... Mais dites-moi, vous avez un beau cheval et un bel âne. Je ne les avais jamais vus et vous ne m'en avez pas parlé dans votre dernière lettre.

– Il n'y a pas un mois qu'ils sont à l'écurie.»

L'oncle Alfred, caressant les deux bêtes, fut tout surpris de la douceur de leurs regards et de l'empressement qu'elles mettaient à tendre le col aux caresses. Il le fut bien davantage quand le cheval ploya les genoux devant lui et dit :

«Vous devez être bien fatigué, oncle Alfred. Montez donc sur mon dos et je vous conduirai jusqu'à la cuisine.

– Donnez-moi votre parapluie, dit l'âne, ce n'est pas la peine de vous en embarrasser. Accrochez-le plutôt à l'une de mes oreilles.

– Vous êtes bien aimables, répondit l'oncle, mais il y a si peu de chemin que ça ne vaut pas de vous déranger.

– Vous nous auriez fait plaisir, soupira l'ânon.

– Voyons, coupèrent les parents, laissez votre oncle tranquille et allez-vous-en au fond du pré. Votre oncle vous a assez vus.»

Cette façon de dire «votre oncle» en parlant de lui à un âne et à un cheval étonna un peu le visiteur. Mais comme il se sentait de l'amitié pour les deux bêtes, il n'en fut pas du tout choqué. En s'éloignant vers la maison, il se retourna plusieurs fois pour leur faire signe avec son parapluie.

Bientôt, la nourriture devint moins abondante. La provision de foin avait beaucoup diminué et on la ménageait pour les bœufs et les vaches qui méritaient, soit par leur travail, soit par la qualité de leur lait, des soins particuliers. Pour l'avoine, il y avait beau temps que l'âne et le cheval n'en voyaient plus. On ne les laissait même plus aller dans les prés, car il fallait laisser pousser l'herbe en prévision de la récolte de foin. Ils ne trouvaient plus à brouter qu'aux fossés et aux talus des chemins.

Les parents, n'étant pas assez riches pour nourrir tous ces animaux, prirent le parti de vendre les bœufs et de faire travailler l'âne et le cheval. Un matin, donc, le cheval fut attelé à la voiture par le père, tandis que la mère emmenait au marché de la ville l'âne chargé de deux sacs de légumes. Le premier jour, les parents montrèrent beaucoup de patience. Le lendemain, ils se bornèrent à leur adresser des observations. Puis ils leur firent de violents reproches, s'emportant jusqu'aux injures. Le cheval en était si effrayé qu'il perdait la direction, ne sachant plus ni hue ni dia. Alors le père tirait si rudement sur les guides qu'il lui échappait un hennissement de douleur, à cause du mors qui lui blessait cruellement les lèvres.

Un jour que l'attelage était dans une montée très rude, le cheval, essoufflé, allait avec peine et s'arrêtait à chaque instant. Il avait un lourd fardeau à tirer et n'était pas encore entraîné à fournir un pareil effort. Assis sur la voiture et les rênes en mains, le père s'impatientait de sa lenteur et des arrêts trop fréquents qui rendaient les reprises laborieuses. D'abord, il s'était contenté de l'encourager par des claquements de langue. N'ayant pas satisfaction, il se prit à jurer et il lui échappa de dire qu'il n'avait jamais vu d'aussi méchante carne. De saisissement, le cheval s'arrêta court et les jambes lui mollirent. «Allons, hue! cria le père. Hue donc! sale bête! Attends voir, je vais te faire avancer!»

Furieux, il le menaça de son fouet à plusieurs reprises et lui en cingla les flancs. Le cheval ne se plaignit pas, mais il tourna la tête vers son père et le regarda d'un air si triste que le fouet lui échappa des mains et qu'il rougit jusqu'aux oreilles. Sautant à bas de la voiture, il alla se jeter au cou de son cheval et lui demanda pardon de s'être laissé aller à une si grande dureté.

«J'oubliais ce que tu es encore pour moi. Vois-tu, il me semblait n'avoir plus affaire qu'à un simple cheval.

– Quand même, dit l'animal. Oui, quand même c'eût été un simple cheval, il ne fallait pas lui donner du fouet aussi fort.»

Le père promit qu'à l'avenir il saurait se garder d'être aussi emporté, et il est vrai qu'il resta longtemps sans plus se servir de son fouet. Mais un jour que l'heure le pressait il n'y tint plus et lui en donna un coup sur les jambes. L'habitude fut bientôt prise et il se mit à cingler sa bête presque sans y penser. Quand il lui venait l'ombre d'un remords, il disait en haussant les épaules:

«On a un cheval ou on n'en a pas. Il faut pourtant bien arriver à se faire obéir.»

La situation de l'âne n'était guère plus enviable. Chaque matin, portant une lourde charge sur son dos, il s'en allait au marché de la ville, et par tous les temps. Quand il pleuvait, sa mère ouvrait son parapluie, mais ne se souciait pas s'il avait le poil mouillé.

«Autrefois, disait-il, du temps où j'étais une petite fille, tu ne m'aurais pas laissé mouiller ainsi.

– S'il fallait prendre avec les ânes toutes les précautions qu'on prend avec des enfants, répondait la mère, tu ne servirais pas à grand-chose, et je ne sais pas trop ce que nous ferions de toi.»

Pas plus que le cheval, il n'échappait à être battu. Comme il arrive aux ânes, il était parfois très entêté. À certains carrefours, il s'arrêtait brusquement sans qu'on sût pourquoi et refusait d'avancer. La mère essayait d'en venir à bout par la douceur.

«Voyons, disait-elle en le caressant, sois raisonnable, ma petite Delphine. Tu as toujours été une bonne fille, une enfant obéissante…

– Il n'y a plus de petite Delphine, répliquait-il sans se fâcher. Il n'y a rien qu'un âne qui ne veut pas bouger de place.

– Allons, ne fais pas ta mauvaise tête, tu sais bien que ce n'est pas ton intérêt. Je vais compter jusqu'à dix. Réfléchis.

– C'est tout réfléchi!

– Un, deux, trois, quatre…

– Je ne bougerai pas d'un pas.

– … Cinq, six, sept…

– On me couperait plutôt les oreilles.

– … Huit, neuf, dix! Tu l'auras voulu, sale bête!»

Et il recevait sur l'échine une volée de coups de bâton qui finissait toujours par le décider. Mais le plus pénible, dans la nouvelle vie de l'âne et du cheval, c'était la séparation. À l'école ou à la maison, Delphine et Marinette ne s'étaient jamais quittées d'une heure. Âne et cheval, ils travaillaient chacun de son côté et, le soir, à l'écurie, se retrouvaient si harassés qu'à peine, avant de s'endormir, avaient-ils le temps d'échanger quelques plaintes sur la dureté de leurs maîtres. Aussi attendaient-ils avec impatience le repos du dimanche. Ce jour-là, ils n'avaient rien à faire et passaient le temps ensemble au-dehors ou à l'écurie. Ils avaient obtenu des parents de pouvoir jouer avec leur poupée qu'ils tenaient couchée dans la mangeoire sur un lit de paille. N'ayant pas de mains pour la saisir, ils ne pouvaient ni la bercer, ni l'habiller, ni la peigner, ni rien lui donner des soins qu'exige d'habitude une poupée. Le jeu consistait surtout à la regarder et à lui parler.

«C'est moi ta maman Marinette, disait le grand cheval. Ah! je vois bien que tu me trouves un peu changée.

– C'est moi ta maman Delphine, disait l'ânon. Il ne faut pas trop faire attention à mes oreilles.»

L'après-midi, ils allaient brouter au long des chemins et parlaient longuement de leurs misères. Le cheval, qui était d'humeur plus vive que son compagnon, prononçait contre les maîtres des paroles de colère.

«Ce qui m'étonne, disait-il, c'est que les autres bêtes acceptent d'être menées aussi durement. C'est bon pour nous qui sommes de la maison! Je sais bien que s'ils n'étaient pas mes parents, je me serais déjà sauvé depuis longtemps.»

En disant cela, le grand cheval ne pouvait pas s'empêcher de sangloter et l'ânon reniflait de toutes ses forces.

Un dimanche matin, les parents firent entrer dans l'écurie un homme qui avait une grosse voix et qui portait une blouse bleue. Il s'arrêta derrière le cheval et dit aux parents qui le suivaient:

«Voilà ma bête. C'est bien elle que j'ai vu trotter l'autre jour sur la route. Oh! j'ai bonne mémoire et, quand une fois j'ai aperçu un cheval, je le reconnaîtrais entre mille. Il faut dire aussi que c'est mon métier.»

Il se mit à rire et ajouta en donnant au cheval une claque d'amitié:

«Il n'est pas plus vilain qu'un autre. Je dirai même qu'il est assez à mon goût.

– On vous l'a montré pour vous faire plaisir, dirent les parents. Pour le reste, n'y comptez pas.

– On dit toujours ça, fit l'homme, et après on change d'avis.»

Cependant, il tournait autour du cheval, l'examinait de tout près, lui palpait le ventre et les membres.

«Vous n'avez pas bientôt fini? lui dit le cheval. Je n'aime pas beaucoup ces façons-là, moi!»

L'homme ne fit qu'en rire et, lui retroussant les lèvres, se mit à examiner ses dents. Après quoi, il se tourna vers les parents:

«Et si je mettais deux cents avec? leur dit-il.

– Non, non, firent les parents en secouant la tête; ni deux cents, ni trois cents... Ce n'est pas la peine!

– Et si j'en mettais cinq?»

Les parents tardèrent un peu à répondre. Ils étaient devenus tout rouges et n'osaient pas le regarder.

«Non», murmura enfin la mère et si bas qu'on l'entendit à peine. «Oh! non.

– Et si j'en mettais mille?» s'écria l'homme à la blouse, et il avait
une grosse voix d'ogre qui commençait à effrayer le cheval et aussi
l'ânon. «Hein? si j'en mettais mille de plus?»

Le père voulut répondre quelque chose, mais sa voix s'embarrassa, il
se mit à tousser et fit signe à l'homme qu'ils seraient plus à l'aise de
causer dehors. Ils sortirent dans la cour et furent bientôt d'accord.
«Entendu pour le prix, dit l'homme. Mais, avant d'acheter, je veux le
voir marcher et courir devant moi.»

Le chat qui sommeillait sur la margelle du puits n'eut pas plutôt
entendu ces paroles qu'il courut à l'écurie et dit à l'oreille du cheval :
«Quand les maîtres te feront sortir dans la cour, tu feras bien de boiter d'une patte aussi longtemps que l'homme te regardera.»

Le cheval entendit l'avis et, en passant le seuil de l'écurie, il fit semblant d'avoir très mal à la jambe et se mit à boiter.

«Tiens, tiens, tiens! dit l'homme aux parents. Vous ne m'aviez pas
dit qu'il avait mal à la jambe. Voilà qui change bien les choses.

– Ce ne peut être qu'un caprice, affirmèrent les parents. Ce matin
encore, il était sain des quatre pattes.»

Mais l'homme ne voulut rien entendre et partit sans plus regarder le
cheval. Les parents remirent la bête à l'écurie, non sans mauvaise
humeur.

«Tu l'as fait exprès! gronda le père. Ah! la maudite carne, je suis sûr
qu'il l'a fait exprès!

– Maudite carne? fit l'ânon. Je pense que voilà une façon agréable
d'appeler la plus jeune de ses filles, et qui fait honneur à des parents!

– Je n'ai pas à prendre l'avis d'une bourrique, répliqua le père. Mais,
pour une fois et parce que c'est dimanche, je veux bien me donner
la peine de répondre à tes insolences. À t'entendre, on dirait vraiment que nous sommes les parents d'un cheval et d'un âne. Si vous
avez pu croire que nous acceptions un mensonge aussi sot, détrompez-vous. Je vous demande un peu quelle personne raisonnable
entendrait raconter sans hausser les épaules, que deux petites filles
se sont changées, l'une en cheval et l'autre en ânon? La vérité, c'est
que vous êtes deux animaux, et rien de plus. Je ne peux même pas
dire que vous soyez des animaux modèles, il s'en faut bien!»

D'abord, l'ânon ne trouva rien à répliquer, tant il avait de chagrin de
se voir ainsi renié par ses parents. Il alla frotter sa tête contre celle
du cheval pour lui dire que si leurs parents l'oubliaient, il pouvait
toujours compter sur son compagnon d'écurie.

«Avec mes quatre pattes et mes grandes oreilles, je reste ta sœur
Delphine, ils auront beau dire!

– Maman, demanda le cheval, est-ce que, toi aussi, tu crois que nous ne sommes pas tes filles ?

– Vous êtes deux bonnes bêtes, répondit la mère avec un peu d'embarras, mais je sais bien que vous ne pouvez être mes filles.

– Vous ne leur ressemblez en rien, affirma le père. Et puis, en voilà assez là-dessus ! Allons-nous-en, femme. »

Les parents quittèrent l'écurie, mais pas si vite que l'ânon n'eût encore le temps de leur dire :

« Puisque vous êtes si sûrs que nous ne sommes pas vos filles, je vous trouve bien légers de n'être pas plus inquiets. Voilà de drôles de parents qui voient disparaître un matin leurs deux filles et qui ne s'en soucient pas davantage ! Les avez-vous seulement cherchées dans le puits, dans la mare, dans les bois ? Les avez-vous réclamées aux camps volants ? »

Les parents ne répondirent pas, mais lorsqu'ils furent dans la cour, la mère dit en soupirant :

«Quand même... si c'étaient les deux petites!

– Mais non! gronda le père. Qu'est-ce que tu racontes! Il faut pourtant qu'on en finisse avec ces bêtises. On n'a jamais vu une enfant, ni même une grande personne, se changer en bourrique ou en n'importe quel animal. Dans les premiers temps, nous avons été assez simples pour croire tout ce que ces bêtes nous racontaient, mais nous serions ridicules de les croire encore!»

Les parents feignirent de n'avoir plus le moindre doute sur toute cette affaire, et peut-être étaient-ils sincères. En tout cas, ils ne s'informèrent nulle part si l'on avait vu Delphine et Marinette et ne parlèrent à personne de leur disparition. Quand on demandait des nouvelles des petites, ils répondaient qu'elles étaient chez leur tante Jeanne. Parfois, quand les parents se trouvaient dans l'écurie, l'âne et le cheval leur chantaient une petite chanson que le père avait apprise autrefois à ses deux enfants.

«Est-ce que tu ne reconnais pas la chanson que tu nous as apprise? disaient-ils.

– Oui, répondait le père, je la reconnais, mais c'est une chanson qu'on peut apprendre partout.»

Après plusieurs mois d'un dur travail, l'âne et le cheval avaient fini par oublier ce qu'ils avaient été autrefois. S'ils s'en souvenaient, par aventure, c'était comme d'un conte auquel ils ne croyaient plus qu'à demi. D'ailleurs, leurs souvenirs ne concordaient pas. Ils prétendaient tous les deux avoir été Marinette, et un jour qu'ils s'étaient querellés à ce propos, ils décidèrent de n'en parler jamais plus. Ils s'intéressaient chaque jour davantage à leur métier, à leur condition d'animaux domestiques et ils trouvaient naturel d'être roués de coups par les maîtres.

«Ce matin, disait le cheval, je me suis fait cingler les jambes, et je ne l'avais pas volé. Jamais je n'avais été aussi étourdi.

– Moi, disait l'ânon, c'est toujours la même chose. Je me suis fait rosser pour avoir été trop têtu. Il faudra pourtant que je me corrige.»

Ils ne jouaient plus à la poupée et n'auraient pas compris qu'on pût en faire un jeu. Maintenant, ils voyaient venir le dimanche presque sans plaisir. Les jours de repos leur paraissaient d'autant plus longs qu'ils n'avaient pas grand-chose à se dire. Leur meilleure distraction était de disputer s'il était plus harmonieux de braire ou de hennir. À la fin, ils en venaient aux injures et se traitaient de bourrique et de canasson.

Les parents étaient contents de leur cheval et de leur ânon. Ils disaient n'avoir jamais vu des bêtes aussi dociles et se félicitaient de leurs services. De fait, le travail de ces animaux les avait enrichis et ils s'étaient acheté chacun une paire de souliers.

Un matin de très bonne heure, le père entra dans l'écurie pour donner l'avoine à son cheval, et il fut bien étonné. Couchées sur la paille, à la place des deux animaux, il y avait deux petites filles, Delphine et Marinette. Le pauvre homme n'en pouvait croire ses yeux et pensait à son bon cheval qu'il ne verrait plus. Il alla informer la mère et revint avec elle à l'écurie pour prendre les deux petites et, tout endormies, les porter dans leurs lits.

Quand Delphine et Marinette s'éveillèrent, il était grand temps de partir pour l'école. Elles semblaient ahuries et ne savaient presque plus se servir de leurs mains. En classe, elles ne firent que des bêtises et répondirent de travers. La maîtresse déclara n'avoir jamais vu d'enfants aussi bêtes et leur mit à chacune dix mauvais points. Ce fut une triste journée pour elles. En voyant ces mauvaises notes, les parents, qui étaient d'une humeur de dogue, les mirent au pain sec et à l'eau.

Heureusement, les petites ne furent pas longues à reprendre leurs habitudes. Elles travaillèrent très bien en classe et ne rapportèrent que des bons points. À la maison, leur conduite n'était pas moins exemplaire et, à moins d'être injuste, il n'y avait pas moyen de leur faire un reproche. Les parents étaient maintenant bien heureux d'avoir retrouvé les deux petites filles qu'ils aimaient si tendrement, car c'étaient, au fond, d'excellents parents.

LE CANARD ET LA PANTHÈRE

À plat ventre dans le pré, Delphine et Marinette étudiaient leur géographie dans le même livre, et il y avait un canard qui allongeait le cou entre leurs deux têtes pour regarder les cartes et les images. C'était un très joli canard. Il avait la tête et le col bleus, le jabot couleur de rouille et les ailes rayées bleu et blanc. Comme il ne savait pas lire, les petites lui expliquaient les images et lui parlaient des pays dont le nom était marqué sur les cartes.

«Voilà la Chine, dit Marinette. C'est un pays où tout le monde a la tête jaune et les yeux bridés.

– Les canards aussi? demanda le canard.

– Bien sûr. Le livre n'en parle pas, mais ça va de soi...

– Ah! la géographie est quand même une belle chose... mais ce qui doit être plus beau encore, c'est de voyager. Moi, je me sens une envie de voyager, si vous saviez...»

Marinette se mit à rire et Delphine dit:

«Mais, canard, tu es trop petit pour voyager.

– Je suis petit, c'est entendu, mais je suis malin.

– Et puis, si tu voyageais, tu serais obligé de nous quitter. Est-ce que tu n'es pas heureux avec nous?

– Oh! si, répondit le canard. Il n'y a personne que j'aime autant que vous.»

Il frotta sa tête contre celle des deux petites et reprit en baissant la voix: «Par exemple, je n'en dirai pas autant de vos parents. Oh! ne croyez pas que je veuille en dire du mal. Je ne suis pas si mal élevé. Mais ce qui me fait peur, voyez-vous, ce sont leurs caprices. Tenez, je pense à ce pauvre vieux cheval...»

Les petites levèrent la tête et, en soupirant, regardèrent le vieux cheval qui broutait au milieu du pré. La pauvre bête était vraiment bien

---

Première publication dans Candide, *25 février 1937. Repris une première fois en album au format cahier d'écolier illustré par Nathalie Parain, Gallimard, 1937. Ce conte figure dans les éditions successives de la collection «Blanche» à partir de 1939.*

vieille. Même de loin, on pouvait lui compter les côtes, et ses jambes étaient si faibles qu'elles le portaient à peine. En outre, comme il était borgne, il trébuchait souvent dans les mauvais chemins et ses deux genoux étaient largement couronnés. De son œil resté sain, il vit qu'on s'intéressait à lui et vint vers ses amis.

«Vous étiez en train de parler de moi?

– Oui, justement, répondit Delphine. On disait que depuis quelque temps tu avais bonne mine.

– Vous êtes bien gentils, tous les trois, dit le vieux cheval, et je voudrais vous croire. Malheureusement, les maîtres ne sont pas de votre avis. Ils disent que je suis trop vieux et que je ne gagne même plus ma nourriture. Et c'est vrai que je suis vieux et fatigué. Il y a si longtemps que je sers... Pensez que je vous ai vues venir au monde, vous, les petites. Vous n'étiez pas plus grandes que vos poupées, je me rappelle. Dans ce temps-là, je vous montais les côtes sans seulement y faire attention, et à la charrue, je tirais comme une paire de bœufs, et toujours content... Maintenant, c'est le souffle qui manque, c'est les jambes qui se dérobent, et tout. Un vieux canasson, quoi, voilà ce que je suis.

– Mais non, protesta le canard. Tu te fais des idées, je t'assure...

– La preuve en est que ce matin, les maîtres voulaient me vendre à la boucherie. Si les petites ne m'avaient pas défendu en faisant le compte de tous les services que je peux rendre encore pendant la belle saison, mon affaire était claire. Du reste, ce n'est que partie remise. Ils ont décidé de me vendre au plus tard à la foire de septembre...

– Je voudrais bien faire quelque chose pour toi», soupira le canard.

Dans ce moment-là, les parents arrivèrent sur le pré, et, surprenant le cheval en conversation, ils se mirent à crier:

«Voyez-moi cette vieille rosse qui fait son intéressant! Ce n'est cependant pas pour bavarder qu'on t'a lâché dans le pré!

– Il n'est là que depuis cinq minutes, fit observer Delphine.

– Cinq minutes de trop, répliquèrent les parents. Il les aurait mieux employées à brouter une herbe qui ne coûte rien. Ce qu'il mange là est toujours autant qu'on ne prend pas au grenier. Mais cette sale bête n'en fait qu'à sa tête. Ah! pourquoi ne pas l'avoir vendu ce matin? Si c'était à refaire...»

Le vieux cheval s'éloigna du plus vite qu'il put, en essayant de lever haut ses sabots, pour faire croire qu'il était encore plein de vigueur, mais ses jambes s'accordaient mal et il buta plusieurs fois. Heureusement, les parents ne faisaient plus attention à lui. Ils venaient de s'aviser de la présence du canard, qui suffit à les mettre de bonne humeur.

«Voilà un canard qui se porte joliment bien, dirent-ils. On voit qu'il n'a pas jeûné. Vraiment, il fait plaisir à regarder. Ça fait penser que l'oncle Alfred vient déjeuner dimanche...»

Là-dessus, les parents quittèrent le pré en se parlant à l'oreille. Le canard ne comprenait pas bien le sens des paroles qu'il venait d'entendre, mais il se sentait mal à l'aise. Marinette le prit sur ses genoux et lui dit :

«Canard, tu parlais tout à l'heure d'aller en voyage...

– Oui, mais mon idée n'avait pas l'air de vous plaire, à Delphine et à toi.

– Mais si, au contraire ! s'écria Delphine. Et même, à ta place, je partirais dès demain matin.

– Demain matin ! mais voyons... voyons...»

Le canard était tout agité à l'idée d'un départ aussi prompt. Il soulevait ses ailes, sautait sur le tablier de Marinette et ne savait plus où donner de la tête.

«Mais oui, dit encore Delphine, pourquoi tarder à partir ? Quand on fait des projets, il faut les réaliser sans attendre. Autrement, tu sais ce que c'est, on en parle, les choses traînent pendant des mois, et, un beau jour, on n'en parle plus.

– Ça, c'est bien vrai», dit le canard.

Décidé au voyage, il passa le reste de la journée en compagnie des deux petites à apprendre la géographie à fond. Les fleuves, les rivières, les villes, les océans, les montagnes, les routes, les chemins de fer, il sut tout par cœur. En allant se coucher, il avait très mal à la tête et n'arrivait pas à trouver le sommeil. Au moment de s'endormir, il songeait : «L'Uruguay, capitale ?... Mon Dieu, j'ai oublié la capitale de l'Uruguay...» Heureusement à partir de minuit, il eut un bon sommeil tranquille et la première heure du jour le trouva dispos.

Toutes les bêtes de la ferme étaient réunies dans la cour pour assister à son départ.

«Adieu, canard, et ne sois pas trop longtemps», disaient la poule, le cochon, le cheval, la vache, le mouton.

«Adieu, et ne nous oublie pas», disaient le bœuf, le chat, le veau, le dindon.

«Bon voyage», disaient toutes les bêtes.

Et il y en avait plus d'une qui pleurait, par exemple le vieux cheval, en pensant qu'il ne reverrait plus son ami.

Le canard partit d'un bon pas sans se retourner et, comme la terre est ronde, il se retrouva au bout de trois mois à son point de départ.

Mais il n'était pas seul. Qui l'accompagnait, il y avait une belle panthère à la robe jaune tachetée de noir et aux yeux dorés. Justement, Delphine et Marinette passaient dans la cour. À la vue du fauve, elles furent d'abord très effrayées, mais la présence du canard les rassura aussitôt.

«Bonjour, les petites! cria le canard. J'ai fait un bien beau voyage, vous savez. Mais je vous raconterai plus tard. Vous voyez, je ne suis pas seul. Je rentre avec mon amie la panthère.»
La panthère salua les deux petites et dit d'une voix aimable:
«Le canard m'a bien souvent parlé de vous. C'est comme si je vous connaissais déjà.

– Voilà ce qui s'est passé, expliqua le canard. En traversant les Indes, je me suis trouvé un soir en face de la panthère. Et figurez-vous qu'elle voulait me manger...

– C'est pourtant vrai, soupira la panthère en baissant la tête.

– Mais moi, je n'ai pas perdu mon sang-froid comme bien des canards auraient fait à ma place. Je lui ai dit : "Toi qui veux me manger, sais-tu seulement comment s'appelle ton pays !" Naturellement, elle n'en savait rien. Alors, je lui ai appris qu'elle vivait aux Indes, dans la province du Bengale. Je lui ai dit les fleuves, les villes, les montagnes, je lui ai parlé d'autres pays... Elle voulait tout savoir, si bien que la nuit entière, je l'ai passée à répondre à ses questions. Au matin, nous étions déjà deux amis et depuis, nous ne nous sommes plus quittés d'un pas. Mais, par exemple, vous pouvez compter que je lui ai fait la morale sérieusement !

– J'en avais besoin, reconnut la panthère. Que voulez-vous, quand on ne sait pas la géographie...

– Et notre pays, comment le trouvez-vous ? demanda Marinette.

– Il est bien agréable, dit la panthère, je suis sûre que je m'y plairai. Ah ! j'étais pressée d'arriver, après tout ce que m'avait dit le canard des deux petites et de toutes les bêtes de la ferme... Et à propos, comment se porte notre bon vieux cheval ? »

À cette question, les deux petites se mirent à renifler et Delphine raconta en pleurant :

« Nos parents n'ont même pas attendu la foire de septembre. À midi, ils ont décidé de le vendre, et demain matin, on vient le chercher pour la boucherie...

– Par exemple ! gronda la panthère.

– Marinette a pris la défense du cheval, moi aussi, mais rien n'y a fait. Ils nous ont grondées et privées de dessert pour une semaine...

– C'est trop fort ! Et où sont-ils, vos parents ?

– Dans la cuisine.

– Eh bien ! ils vont voir... mais surtout, n'ayez pas peur, petites. »

La panthère allongea le cou et, la tête haute, la gueule grande ouverte, fit entendre un terrible miaulement. Le canard en était tout fier et, en regardant les petites, il ne pouvait pas s'empêcher de se rengorger. Cependant, les parents étaient sortis de la cuisine en toute hâte, mais ils n'eurent pas le temps de s'enquérir d'où venait le bruit. D'un seul bond, la panthère avait traversé la cour et retombait devant eux sur ses quatre pattes.

« Si vous bougez, dit-elle, je vous mets en pièces. »

On peut croire que les parents n'en menaient pas large. Ils trem-blaient de tous leurs membres et n'osaient pas seulement tourner la tête. Les yeux d'or de la panthère avaient un éclat féroce, ses babines retroussées laissaient voir de grands crocs pointus.

«Qu'est-ce qu'on vient de me dire? gronda-t-elle. Que vous allez vendre votre vieux cheval à la boucherie? Vous n'avez pas honte? Une pauvre bête qui a passé toute sa vie à travailler pour vous! Le voilà bien récompensé de ses peines! Vraiment, je ne sais pas ce qui me retient de vous manger... au moins, on ne pourrait pas dire que vous avez travaillé pour moi...»

Les parents claquaient des dents et commençaient à se demander si cette idée de sacrifier le vieux cheval n'était pas bien cruelle.

«C'est comme les deux petites, reprit la panthère. On m'apprend que vous les avez privées de dessert pour huit jours parce qu'elles ont pris la défense du cheval. Vous êtes donc des monstres? Mais je vous préviens qu'avec moi, les choses vont changer et qu'il va falloir mener la maison d'un autre train. Pour commencer, je lève la puni-tion des petites. Ma parole, il me semble que vous ronchonnez? Vous n'êtes pas contents, peut-être?

– Oh! si... au contraire...

– Allons, tant mieux. Pour le vieux cheval, il n'est naturellement plus question de la boucherie. J'entends qu'on soit avec lui aux petits soins et qu'il finisse ses jours en paix.»

La panthère parla encore des autres bêtes de la ferme et des moyens de leur rendre la vie plus douce. Le ton de ses paroles devenait moins sévère, comme si elle voulait faire oublier la mauvaise impression qu'avait pu laisser sa vivacité du premier moment. Les parents commençaient à reprendre un peu d'assurance, si bien qu'ils en vinrent à lui dire:

«En somme, vous vous installez à la maison. C'est très bien, mais avez-vous pensé à ce que sera notre existence s'il nous faut craindre à chaque instant d'être mangés? Sans compter que nos bêtes seront bien exposées aussi. Vous comprenez, c'est bien joli d'empêcher les maîtres de tuer le cochon ou de saigner les volailles, mais on n'a jamais entendu dire que les panthères se nourrissaient de légumes...

– Je comprends que vous soyez inquiets, dit la panthère. Il est cer-tain qu'au temps où je ne savais pas la géographie, tout ce qui tom-bait sous ma patte, homme ou bête, m'était bon à manger. Mais depuis ma rencontre avec le canard, il est là pour le dire, mon régime est celui des chats. Je ne mange plus que des souris, des rats, des mulots, et autres mauvaises espèces. Oh! je ne dis pas que de temps en temps, je n'irai pas faire un tour dans la forêt, bien sûr. En tout cas, les bêtes de la ferme n'ont rien à redouter de moi.»

Les parents s'habituèrent très vite à la présence de la panthère. Pourvu qu'ils ne punissent pas les petites trop fort et qu'ils ne fissent point de mal aux bêtes, elle se montrait toujours aimable avec eux. Même, certain dimanche où l'oncle Alfred vint à la maison, elle ferma les yeux sur la cuisson d'un poulet qu'on accommoda en sauce blanche. Il faut dire que ce poulet était une nature ingrate, n'ayant point d'autre souci que de tourmenter ses compagnons et de leur jouer quelque mauvais tour. Il ne fut regretté de personne.

D'autre part, la panthère rendait des services. Par exemple, on pouvait dormir sur ses deux oreilles, la maison était bien gardée. On en eut bientôt la preuve une nuit que le loup s'avisa de venir rôder autour de l'écurie. Le malheureux loup avait déjà réussi à entrebâiller la porte et se pourléchait à l'idée du bon repas qu'il allait faire, lorsqu'il se trouva lui-même mangé sans avoir eu le temps d'y rien comprendre, et il n'en resta que les pattes de devant, une touffe de poils et la pointe d'une oreille.

Elle était bien utile aussi pour les commissions. Avait-on besoin de sucre, de poivre, de clous de girofle, l'une des petites sautait sur le dos de la panthère qui l'emmenait à l'épicerie d'un galop rapide. Parfois même, on l'envoyait seule et il n'aurait pas fait bon pour l'épicier de se tromper à son avantage en rendant la monnaie.

Depuis qu'elle s'était installée au foyer, la vie avait changé et personne ne s'en plaignait. Sans parler du vieux cheval qui ne s'était jamais vu à pareille fête, chacun se sentait plus heureux. Les bêtes vivaient en sécurité et les gens ne traînaient plus comme autrefois le remords de les manger. Les parents avaient perdu l'habitude de crier et de menacer, et le travail était devenu pour tout le monde un plaisir. Et puis, la panthère aimait beaucoup jouer, toujours prête à une partie de saute-mouton ou de chat perché. Les partenaires ne lui manquaient pas, car elle obligeait à jouer non seulement les animaux, mais aussi bien les parents. Les premières fois, ceux-ci s'exécutaient en ronchonnant.

«A-t-on idée, disaient-ils, à nos âges! Qu'est-ce que penserait l'oncle Alfred, s'il nous voyait?…»

Mais leur mauvaise humeur ne dura pas plus de trois jours et ils prirent tant de plaisir à jouer qu'ils en vinrent à ne plus pouvoir s'en passer. Dès qu'ils avaient un moment de loisir, ils criaient dans la cour: «Qui est-ce qui veut jouer à la courotte malade?» Ôtant leurs sabots pour être plus vifs, ils se mettaient à poursuivre la vache ou le cochon, ou la panthère, et on les entendait rire depuis les premières maisons du village. C'est à peine si Delphine et Marinette trouvaient le temps d'apprendre leurs leçons et de faire leurs devoirs.

«Venez jouer, disaient les parents. Vous ferez vos devoirs une autre fois!»

Tous les soirs, après dîner, il y avait dans la cour de grandes parties de barres. Les parents, les petites, la panthère, le canard, et toutes les bêtes de la basse-cour et de l'écurie, étaient divisés en deux camps. Jamais on n'avait tant ri à la ferme. Le cheval, trop vieux pour prendre part au jeu, se contentait d'y assister et ce n'était pas lui qui s'amusait le moins. En cas de dispute, il avait la charge de mettre d'accord les adversaires. Une fois, entre autres, le cochon accusa l'un des parents d'avoir triché et le cheval dut lui donner tort. Ce cochon n'était pas une mauvaise bête, au contraire, mais susceptible, et, quand il avait perdu, facilement rageur. Il y eut à cause de lui plusieurs disputes très vives qui mirent la panthère de mauvaise humeur. Mais ces mauvais moments étaient en somme assez rares et vite oubliés. Pour peu qu'il y eût clair de lune, les parties de barres se prolongeaient tard dans la nuit, personne n'étant pressé d'en finir.

«Voyons, voyons», disait le canard qui avait un peu plus de raison que les autres, «il faudrait tout de même penser à dormir...

– Encore un quart d'heure, suppliaient les parents. Canard, un quart d'heure...»

D'autres fois, on jouait à la main chaude, au voleur, aux quatre coins, à la semelle. Les parents étaient toujours les plus enragés.

Pendant les repas, on ne s'ennuyait pas non plus. Le canard et la panthère parlaient de leur voyage, et ils avaient traversé des pays si curieux qu'on ne se fatiguait jamais de les écouter.

«Moi qui ai visité la Russie en détail, commençait le canard, je peux vous dire la vérité sur le communisme. Il y a des gens qui racontent des choses sans y être jamais allés, mais moi, j'ai vu, vous comprenez. Eh bien, la vérité, c'est que là-bas, les canards ne sont pas mieux traités qu'ailleurs...»

Un matin de bonne heure, le cochon sortit faire une promenade. Il salua d'un ton aimable le vieux cheval qui était dans la cour, sourit à un poulet, mais passa devant la panthère sans lui adresser la parole. De son côté, elle le regarda s'en aller sans mot dire. La veille, ils avaient eu une dispute pendant la partie de barres. Le cochon s'était montré si insupportable qu'il avait indisposé tout le monde. Vexé, il était rentré chez lui en déclarant qu'il ne voulait plus jouer avec la panthère. Et il avait ajouté: «J'aime bien jouer aux barres, mais s'il faut en passer par tous les caprices d'une étrangère, alors j'aime autant me coucher.»

La panthère quitta la ferme vers 8 heures pour aller faire un tour en forêt, comme elle faisait presque chaque matin, et rentra vers 11 heures. Elle semblait un peu lasse, la démarche alourdie, les paupières clignotantes. À une petite poule blanche qui lui en faisait la remarque, elle répondit qu'elle avait fourni une très longue course dans les bois. Sur cette parole, elle alla s'étendre dans la cuisine et s'endormit d'un sommeil pesant. De temps à autre, sans s'éveiller, elle poussait un soupir et passait sa langue sur ses babines.

À midi, au retour des champs, les parents se plaignirent de ce que le cochon ne fût pas encore rentré.

«C'est bien la première fois que pareille chose lui arrive. Il aura sans doute oublié l'heure.»

Comme on lui demandait si elle ne l'avait pas rencontré dans la matinée, la panthère fit signe que non et détourna la tête. Pendant le repas, elle ne se mêla guère à la conversation.

L'après-midi se passa sans qu'on vît revenir le cochon. Les parents étaient très inquiets.

Le soir encore, point de cochon. Tout le monde était réuni dans la cour, mais il ne pouvait plus être question de jouer aux barres. Les parents commençaient à regarder la panthère d'un air soupçonneux. Couchée sur le ventre, la tête entre ses pattes, elle semblait indifférente à l'inquiétude de ses amis. Les petites et même le canard et le vieux cheval en étaient fâcheusement impressionnés. Après l'avoir examinée longtemps, les parents firent observer :

« Tu es plus grosse que d'habitude et ton ventre est lourd comme si tu avais trop mangé.

– C'est vrai, répondit la panthère. Ce sont ces deux marcassins dont j'ai déjeuné ce matin.

– Hum ! le gibier était bien abondant, aujourd'hui. Sans compter que les sangliers n'ont pas l'habitude de rôder à la lisière des bois quand il fait jour. Il faut aller les chercher au fond de la forêt...

– Justement, dit la petite poule blanche qui avait assisté au retour de la panthère, c'est qu'elle est allée très loin dans les bois. Elle me l'a dit ce matin quand elle est rentrée.

– Impossible ! » s'écria un jeune veau qui suivait la discussion sans, d'ailleurs, en bien saisir la portée. « Impossible, parce que moi, j'étais aux prés, et, dans le milieu de la matinée, je l'ai vue passer près de la rivière.

– Tiens, tiens... » firent les parents.

Tout le monde regardait la panthère et attendait sa réponse avec anxiété. D'abord, elle resta interdite et finit par déclarer :

« Le veau s'est trompé, voilà tout. Je n'en suis du reste pas surprise. Il y a tout juste trois semaines qu'il est né. À cet âge-là, les veaux ont encore l'œil trouble. Mais, au fait, où voulez-vous en venir avec toutes vos questions ?

– Tu t'es querellée, hier soir, avec le cochon, et, pour te venger, tu l'auras dévoré dans un coin !

– Mais je ne suis pas seule à m'être querellée avec lui, riposta la panthère. Et s'il faut qu'il ait été mangé, pourquoi ne l'aurait-il pas été par vous, les parents ? À vous entendre, on croirait que vous n'avez jamais mangé de cochon ! Depuis que je suis ici, m'a-t-on déjà vue malmener une bête de la ferme ou la menacer ? Sans moi, combien de volailles seraient passées par la casserole, combien d'animaux vendus au boucher ? Et je ne parle ni du loup ni des deux renards que j'ai empêchés de saigner l'écurie et le poulailler... »

Les bêtes firent entendre un murmure de confiance et de gratitude.

«Toujours est-il que le cochon est perdu, grommelèrent les parents. Souhaitons que la même chose n'arrive pas à d'autres...

– Écoutez, dit le canard, il n'y a aucune raison de croire qu'il a été mangé. Il est peut-être simplement parti en voyage. Pourquoi pas? Moi aussi, j'ai quitté la ferme, un matin, sans vous avertir, et vous voyez, je suis là. Attendons. Je suis sûr qu'il nous reviendra...»

Mais le cochon ne devait jamais revenir. Et nul non plus ne devait jamais savoir ce qui lui était arrivé. Qu'il fût parti en voyage, la chose paraît bien improbable. Il avait peu d'imagination et préférait à l'aventure une vie de repas bien réglés. Enfin, il ne savait pas un mot de géographie et ne s'en était même jamais soucié. Quant à croire que la panthère l'avait mangé, c'est une autre affaire. Le témoignage d'un veau de trois semaines est tout de même une chose bien fragile. D'autre part, il est permis de penser que des camps-volants avaient emporté le cochon pour le faire cuire. Cela s'est vu.

En tout cas, le souvenir de cette malheureuse aventure n'empêcha pas la vie de reprendre à la ferme comme auparavant. Les parents eux-mêmes l'eurent bientôt oubliée. On se remit à jouer aux barres, et, il faut bien le dire, on jouait beaucoup mieux depuis que le cochon n'était plus là.

Delphine et Marinette ne passèrent jamais d'aussi belles vacances que cette année-là. Montées sur le dos de la panthère, elles faisaient de longues promenades à travers les bois et la plaine. On emmenait presque toujours le canard qui se mettait à cheval sur le cou de la monture. En deux mois, les petites connurent tout le pays à fond, à trente kilomètres à la ronde. La panthère allait comme le vent et les mauvais chemins ne l'arrêtaient pas.

Passé le temps des vacances, il y eut encore quelques beaux jours, mais il ne tarda pas à pleuvoir, et, en novembre, la pluie devint froide. Des rafales de vent faisaient tomber les dernières feuilles mortes. La panthère avait moins d'entrain et se sentait tout engourdie. Elle ne sortait pas volontiers et il fallait la prier pour qu'elle vînt jouer dans la cour. Le matin, elle allait encore chasser dans la forêt, mais sans y prendre grand plaisir. Le reste du temps, elle ne quittait guère la cuisine et se tenait auprès du fourneau. Le canard ne manquait jamais de venir passer quelques heures avec elle. La panthère se plaignait de la saison.

«Comme la plaine est triste, et les bois, et tout! Dans mon pays, quand il pleut, on voit pousser les arbres, les feuilles, tout devient plus vert. Ici, la pluie est froide, tout est triste, tout est sale.

– Tu t'y habitueras, disait le canard. Et la pluie ne durera pas toujours. Bientôt, il y aura de la neige... tu ne diras plus que la plaine est sale... La neige, c'est un duvet blanc, fin comme un duvet de canard et qui recouvre tout.

– Je voudrais bien voir ça», soupirait la panthère.

Chaque matin, elle allait à la fenêtre jeter un coup d'œil sur la campagne. Mais l'hiver semblait décidément à la pluie, tout demeurait sombre.

«La neige ne viendra donc jamais? demandait-elle aux petites.

– Elle ne tardera plus beaucoup. Le temps peut changer d'un jour à l'autre...»

Delphine et Marinette surveillaient le ciel avec anxiété. Depuis que la panthère languissait au coin du feu, la maison était devenue triste.

On ne pensait plus aux jeux. Les parents recommençaient à gronder et se parlaient à l'oreille, en regardant les bêtes avec un mauvais regard.

Un matin, la panthère s'éveilla plus frileuse qu'à l'ordinaire et alla à la fenêtre, comme elle faisait maintenant chaque jour. Dehors, tout était blanc, la cour, le jardin, la plaine jusqu'au loin et il tombait de gros flocons de neige. De joie, la panthère se mit à miauler et sortit dans la cour. Ses pattes enfonçaient sans bruit dans la couche moelleuse, et le duvet qui neigeait sur sa robe était si fin qu'elle en sentait à peine la caresse. Il lui semblait retrouver la grande lumière des matins d'été, et, en même temps, sa vigueur d'autrefois. Elle se mit à courir sur les prés, à danser et à sauter, jouant des deux pattes avec les flocons blancs. Parfois, elle s'arrêtait, se roulait dans la neige et repartait de toute sa vitesse. Après deux heures de course et de jeux, elle s'arrêta pour reprendre haleine et se mit à frissonner. Inquiète, elle chercha des yeux la maison et s'aperçut qu'elle en était très loin. Il ne neigeait plus, mais un vent âpre commençait à souffler. Avant de rentrer, la panthère s'accorda un moment de repos et s'allongea dans la neige. Jamais elle n'avait connu de lit aussi doux, mais quand elle voulut se relever, ses pattes étaient engourdies et un tremblement agitait son corps. La maison lui parut si loin, le vent qui courait sur la plaine était si pénétrant, que le courage lui manqua pour reprendre sa course.

À midi, ne la voyant pas rentrer, les petites partirent à sa recherche avec le canard et le vieux cheval. Par endroits, les traces de pattes sur la neige étaient déjà effacées, et ils ne furent auprès d'elle que vers le milieu de l'après-midi. La panthère grelottait, ses membres étaient déjà raides.

«J'ai bien froid dans mon poil», souffla-t-elle en voyant arriver ses amis.

Le vieux cheval essaya de la réchauffer avec son haleine, mais il était trop tard pour qu'on pût rien faire d'utile. Elle lécha les mains des petites et fit entendre un miaulement plus doux que le miaulement d'un chat. Le canard l'entendit murmurer :

«Le cochon... le cochon...»

Et la panthère ferma ses yeux d'or.

LE PAON

Un jour, Delphine et Marinette dirent à leurs parents qu'elles ne voulaient plus mettre de sabots. Voilà ce qui s'était passé. Leur grande cousine Flora, qui avait presque quatorze ans et qui habitait le chef-lieu, venait de faire un séjour d'une semaine à la ferme. Comme elle avait été reçue un mois plus tôt à son certificat d'études, son père et sa mère lui avaient acheté un bracelet-montre, une bague en argent et une paire de souliers à talons hauts. Enfin, elle n'avait pas moins de trois robes rien que pour le dimanche. La première était rose avec ceinture dorée, la deuxième verte avec un bouillon de crêpe sur l'épaule, et la troisième en organdi. Flora ne sortait jamais sans mettre de gants. Elle regardait l'heure avec des ronds de bras et parlait beaucoup de toilettes, de chapeaux, de fers à friser.

Un jour donc, après le départ de Flora, les petites se poussèrent du coude pour s'encourager et Delphine dit aux parents :

« Les sabots, ce n'est pas si commode qu'on croit. On se fait surtout mal aux pieds et, ce qui arrive aussi, c'est que l'eau entre par-dessus, tandis qu'avec des souliers, il y a moins de risque, surtout si le talon est un peu haut. Et les souliers, c'est tout de même plus joli.

– C'est comme les robes, dit Marinette. Au lieu de rester toute la semaine en tablier avec une robe de rien en dessous, il vaudrait mieux sortir de l'armoire un peu plus souvent nos robes du dimanche.

– C'est comme les cheveux, dit Delphine. Au lieu d'avoir les cheveux sur les épaules, ce serait bien plus commode de les relever. Et plus joli aussi. »

Les parents respirèrent un grand coup et, après avoir un moment regardé leurs filles en fronçant les sourcils, répondirent avec une voix terrible :

Première publication dans Candide, *30 décembre 1937. Repris une première fois en album au format cahier d'écolier illustré par Nathalie Parain, Gallimard, 1938 ; puis dans l'édition de la collection « Blanche » de 1964.*

«Voilà des façons de parler qui ne nous plaisent pas. Ne plus mettre vos sabots! sortir de l'armoire vos robes du dimanche! Est-ce que vous avez perdu la tête? Vous pensez, oui, vous pensez comme on va vous donner vos souliers et vos bonnes robes pour tous les jours. Ce serait bientôt dévoré et il ne vous resterait plus rien de propre pour quand vous iriez voir l'oncle Alfred. Mais le plus fort, c'est les cheveux relevés. Des gamines de votre âge! Ah! si jamais vous parlez encore de cheveux relevés...»

Les petites n'osèrent plus parler aux parents de cheveux, de robes, ni de souliers. Mais quand elles étaient seules, en allant à l'école ou au retour, ou sur les prés à garder les vaches, ou au bois à cueillir les fraises, elles mettaient des pierres dans leurs sabots pour avoir le talon plus haut, elles mettaient leur robe à l'envers pour se donner ainsi l'illusion d'en changer, elles nouaient leurs cheveux sur la tête avec une ficelle. Et à chaque instant, elles se demandaient:

«Est-ce que j'ai la taille assez mince? Est-ce que je fais d'assez petits pas? Et mon nez, tu ne trouves pas que ces jours-ci il est un peu long? Et ma bouche? Et mes dents? Est-ce que tu crois que le rose m'irait mieux que le bleu?»

Et dans leur chambre, elles n'avaient jamais fini de se regarder dans la glace, ne rêvant plus que d'être belles et d'avoir de beaux habits. Même, il y avait à la ferme un lapin blanc qu'elles aimaient beaucoup et il leur arrivait de rougir en pensant que le jour où on le mangerait, sa peau ferait une bien jolie fourrure.

Un après-midi, devant la ferme, assises à l'ombre d'une haie, Delphine et Marinette ourlaient des torchons. À côté d'elles et les regardant travailler, il y avait une grosse oie blanche. C'était une bête tranquille, qui aimait la conversation et les plaisirs raisonnables. Elle se faisait expliquer à quoi sert d'ourler les torchons et comment s'y prendre.

«Il me semble que j'aimerais bien coudre, disait-elle aux petites. Ourler des torchons surtout.

– Merci, répondait Marinette, moi j'aimerais mieux coudre dans des robes. Ah! si j'avais du tissu... par exemple, trois mètres de soie lilas... je me ferais une robe décolletée en rond avec un froncé de chaque côté...

– Moi, disait Delphine, je vois une robe rouge décolletée en pointe, avec trois rangs de boutons blancs jusqu'à la ceinture.»

Tandis qu'elles parlaient ainsi, l'oie secouait la tête en murmurant: «Tout ce que vous voudrez, mais moi j'aimerais mieux ourler des torchons.»

Dans la cour, il y avait un cochon bien gras qui se promenait à petits pas. En sortant de la maison pour aller aux champs, les parents s'arrêtèrent devant lui et dirent:

«Il devient gras. Il est de plus en plus beau, ma foi.

– Vous trouvez? dit le cochon. Je suis bien content de vous entendre dire que je suis beau. C'est ce que je pensais aussi.»

Un peu gênés, les parents s'éloignèrent. En passant auprès des petites, ils leur firent compliment de leur application. Penchées sur leurs torchons, Delphine et Marinette tiraient l'aiguille sans échanger une parole, comme si rien n'eût compté pour elles que de faire des ourlets. Mais à peine les parents eurent-ils tourné le dos qu'elles se remirent à parler robes, chapeaux, souliers vernis, ondulations, montres en or, et l'aiguille courait moins vite dans la toile. Elles jouaient aux dames en visite, et Marinette en pinçant la bouche, demandait à Delphine:

«Chère madame, où donc avez-vous fait faire ce joli tailleur?»
L'oie ne comprenait pas bien. Un peu étourdie par ces bavardages,
elle commençait à sommeiller quand arriva du fond de la cour un
coq désœuvré qui se planta devant elle et dit en la regardant d'un air
apitoyé:
«Je ne voudrais pas te faire de peine, mais tu as quand même un
drôle de cou.
– Un drôle de cou? fit l'oie. Pourquoi, un drôle de cou!
– Cette question! mais parce qu'il est trop long! Regarde le mien...»
L'oie considéra un moment le coq et répondit en hochant la tête:
«Eh bien! oui, je vois que tu as le cou beaucoup trop court. Je dirai
même que c'est loin d'être joli.
– Trop court! s'écria le coq. Voilà que maintenant c'est moi qui ai le
cou trop court! En tout cas, il est plus beau que le tien.
– Je ne trouve pas, fit l'oie. Du reste, ce n'est pas la peine de discuter. Tu as le cou trop court et un point c'est tout.»
Si les petites n'avaient pas été aussi occupées de robes et de coiffure,
elles se seraient avisées que le coq était très vexé et auraient essayé
d'arranger les choses. Il se mit à ricaner et dit avec un air insolent:
«Tu as raison. Ce n'est pas la peine de discuter. Mais sans parler du
cou, je suis mieux que toi. J'ai des plumes bleues, des plumes noires
et même des jaunes. Surtout j'ai un très beau panache, tandis que
toi, je trouve que tu finis drôlement...
– J'ai beau te regarder, riposta l'oie, je vois un petit tas de plumes
ébouriffées qui ne sont guère plaisantes. C'est comme cette crête
rouge que tu as sur la tête, tu n'imagines pas, pour quelqu'un d'un
peu délicat, combien c'est écœurant.»
Alors, le coq devint furieux. Il fit un saut qui le porta tout contre l'oie
et cria de toute sa voix:
«Vieille imbécile! je suis plus beau que toi! tu entends! plus beau
que toi!
– Ce n'est pas vrai! espèce de brimborion! C'est moi la plus belle!»
Au tapage, les petites avaient laissé leur conversation sur les robes
et se préparaient à intervenir, mais le cochon, qui avait entendu les
cris, traversa la cour au galop et, s'arrêtant auprès du coq et de l'oie,
leur dit tout essoufflé:
«Qu'est-ce qui vous prend? Est-ce que vous avez perdu la tête, tous
les deux? Voyons, mais le plus beau, c'est moi!»
Les petites et même le coq et l'oie éclatèrent de rire.
«Je ne vois pas ce qui vous fait rire, dit le cochon. En tout cas, pour
ce qui est de savoir lequel est le plus beau, vous voilà d'accord.

– C'est une plaisanterie, dit l'oie.

– Mon pauvre cochon, fit le coq, si tu pouvais voir combien tu es laid !...»

Le cochon regarda le coq et l'oie avec un air peiné et soupira :

«Je comprends... oui, je comprends. Vous êtes jaloux, tous les deux. Et pourtant, est-ce qu'on a jamais rien vu de plus beau que moi ? Tenez, les parents me le disaient encore tout à l'heure. Allons, soyez sincères. Dites-le, que je suis le plus beau...»

Pendant la dispute, un paon apparut au coin de la haie et chacun fit silence. Son corps était bleu, son aile mordorée, et sa longue traîne verte était parsemée de taches bleues cernées par un anneau couleur de rouille. Il portait une huppe sur la tête et marchait d'un pas fier. Il eut un rire élégant et, se tournant de côté pour se faire admirer, dit en s'adressant aux deux petites :

«Depuis le coin de la haie, j'ai assisté à leur querelle et je ne vous cacherai pas que je me suis follement amusé. Ah ! oui, follement...»

Ici, le paon s'interrompit pour rire discrètement et reprit :

«Grave question de savoir quel est le plus beau de ces trois personnages. Voilà un cochon qui n'est pas mal avec sa peau rose et tendue. J'aime bien le coq aussi avec cette espèce de moignon qu'il a sur la tête et ces plumes qui l'habillent comme un hérisson. Et quelle grâce aisée dans le maintien de notre bonne oie, et quelle dignité dans le port de la tête... Ah ! laissez-moi rire encore... Mais soyons sérieux. Dites-moi, jeunes filles, ne pensez-vous pas qu'il vaudrait mieux, quand on est si loin de la perfection, ne pas trop parler de sa beauté ?»

Les petites rougirent pour le cochon, pour le coq et pour l'oie, et un peu pour elles aussi. Mais, flattées de ce qu'il les eût appelées «jeunes filles», elles n'osèrent pas reprocher au paon son impolitesse.

«D'un autre côté, poursuivit le visiteur, je sais bien qu'on est un peu excusable quand on ne sait pas ce qu'est la vraie beauté...»

Le paon tourna lentement sur lui-même en prenant des poses, pour que chacun pût le voir tout à son aise. Le cochon et le coq, muets d'admiration, le regardaient avec des yeux ronds. Mais l'oie ne paraissait pas trop surprise. Elle fit observer tranquillement :

«C'est entendu, vous n'êtes pas mal, mais on en a déjà bien vu autant. Moi qui vous parle, j'ai connu un canard qui avait un plumage aussi beau que le vôtre. Et il ne faisait pas ses embarras. Vous me direz qu'il n'avait pas comme vous une longue traîne à balayer la poussière ni cette huppe sur la tête. Si vous voulez. Mais je peux vous assurer qu'elles ne lui manquaient pas non plus. Il vivait très bien sans ça. Du reste, vous ne me ferez pas croire que tous ces ornements sont bien convenables. Me voyez-vous, moi, avec un pinceau sur la tête et un mètre de plumes par-derrière ? Mais non, mais non. Ce n'est pas sérieux.»

Pendant qu'elle parlait ainsi, le paon étouffait à peine un bâillement d'ennui et quand elle eut fini, il ne prit pas la peine de répondre. Déjà le coq reprenait de l'aplomb et ne craignait pas de comparer son plumage au sien. Il se tut tout d'un coup et le souffle même lui manqua une minute. Le paon venait de déployer les longues plumes de sa traîne qui s'arrondissait autour de lui comme un large éventail. L'oie elle-même en fut éblouie et ne put retenir un cri d'admiration. Émerveillé, le cochon fit un pas en avant pour voir les plumes de plus près, mais le paon fit un saut en arrière.

«S'il vous plaît, dit-il, ne m'approchez pas. Je suis une bête de luxe. Je n'ai pas l'habitude de me frotter à n'importe qui...
– Je vous demande pardon, balbutia le cochon.

– Mais non, c'est moi qui m'excuse de vous dire les choses aussi simplement. Voyez-vous, quand on veut être beau comme je suis, il faut en prendre la peine. C'est presque aussi difficile de le rester que de le devenir.

– Comment? s'étonna le cochon. Est-ce que vous n'avez pas toujours été beau?

– Oh! non. Quand je suis venu au monde, je n'avais qu'un maigre duvet sur la peau et rien ne permettait d'espérer qu'il en serait un jour autrement. Ce n'est que peu à peu que je me suis transformé jusqu'au point d'être où vous me voyez à présent, et il m'a fallu des soins. Je ne pouvais rien faire sans que ma mère me reprenne aussitôt: "Ne mange pas de vers de terre, ça empêche la huppe de pousser. Ne saute pas à cloche-pied, tu auras la traîne de travers. Ne mange pas trop. Ne bois pas pendant les repas. Ne marche pas dans les flaques..." C'était sans fin. Et je n'avais pas le droit de fréquenter les poulets ni les autres espèces du château. Car vous savez que j'habite ce château qu'on aperçoit là-bas. Oh! ce n'était pas souvent bien gai. En dehors des promenades que je faisais en compagnie de la châtelaine pour faire pendant à son lévrier, j'étais toujours seul. Et encore, si j'avais l'air de m'amuser ou de penser à quelque chose de drôle, ma mère me criait avec désespoir: "Petit malheureux, ne vois-tu pas qu'à rire ainsi et à t'amuser, tu as déjà dans la démarche et dans la huppe et dans la traîne un air de vulgarité?" Oui, voilà ce qu'elle me disait. Oh! la vie n'était pas drôle. Et même maintenant, vous ne me croirez peut-être pas, mais je suis encore un régime. Pour ne pas m'alourdir ni perdre l'éclat de mes couleurs, je suis obligé de me rationner au plus juste et de faire de la gymnastique, du sport... Et je ne parle pas des longues heures que je passe à ma toilette.»

Sur la prière du cochon, le paon se mit à énumérer par le détail tout ce qu'il faut faire pour être beau et quand il eut parlé une demi-heure, il n'en avait pas seulement dit la moitié. Cependant, d'autres bêtes arrivaient à chaque instant et faisaient le cercle autour de lui. Vinrent d'abord les bœufs, puis les moutons, ensuite les vaches, le chat, les poulets, l'âne, le cheval, le canard, un jeune veau, et jusqu'à une petite souris qui se glissa entre les sabots du cheval. Tout ce monde se bousculait pour mieux voir et mieux entendre.

«Ne poussez pas! criait le veau ou l'âne ou le mouton ou n'importe qui. Ne poussez pas. Silence. Ne me marchez donc pas sur les pieds... Les plus grands derrière... Allons, desserrez-vous... Silence, on vous dit... Et si je vous flanquais une correction...

– Chut! faisait le paon, calmons-nous un peu... Je reprends: le matin au réveil, manger un pépin de pomme reinette et boire une gorgée d'eau claire... Vous m'avez bien compris, n'est-ce pas? Allons, répétez.

– Manger un pépin de pomme reinette et boire une gorgée d'eau claire», disaient en chœur toutes les bêtes de la ferme.

Delphine et Marinette n'osaient pas répéter avec elles, mais jamais à l'école elles n'avaient été aussi attentives qu'elles le furent aux leçons du paon.

Le lendemain matin, les parents furent bien étonnés. Leur surprise commença à l'écurie, tandis qu'ils se préparaient à garnir les mangeoires et les râteliers, comme ils faisaient tous les jours. Le cheval et les bœufs leur dirent avec un peu d'impatience:

«Laissez, laissez, ce n'est pas la peine. Si vous voulez vous rendre utiles, donnez-nous plutôt un pépin de pomme reinette et une gorgée d'eau claire.

– Qu'est-ce que vous dites ? Un pépin de... de...

– De pomme reinette, oui. Nous ne prendrons rien d'autre jusqu'à l'heure de midi, et ce sera ainsi tous les jours.

– Vous pouvez compter, dirent les parents. Ma foi, oui, vous pouvez compter qu'on va vous donner un pépin de pomme reinette. C'est une nourriture qui doit tenir au ventre ! Une nourriture faite pour des bêtes de somme ! Mais assez causé. Voilà le foin, voilà l'avoine et les betteraves. Vous allez nous faire le plaisir de manger. Et point de simagrées. »

Quittant l'écurie, les parents s'en allèrent dans la cour donner la pâtée aux poules et à toute la volaille. C'était une excellente pâtée, mais nul ne voulut seulement y goûter.

« Ce qu'il nous faut, dit le coq aux parents, c'est un pépin de pomme reinette et une gorgée d'eau claire. Nous ne voulons rien de plus.

– Encore ce pépin ! Mais qu'est-ce qu'ils ont donc tous à vouloir se nourrir de pépins ? Allons, coq, explique.

– Dites-moi, les parents, demanda le coq, est-ce que vous n'aimeriez pas me voir me pavaner dans la cour avec une huppe sur la tête et, dressé tout autour de moi, un grand éventail de longues plumes de toutes les couleurs ?

– Non, dirent les parents de mauvaise humeur. Parle-nous d'un bon coq au vin. Voilà ce que nous aimons et le plumage n'y ajoute rien. »

Le coq tourna le dos et dit tout haut en s'adressant aux autres volailles : « Vous voyez comme ils nous répondent quand on leur parle gentiment. »

Les parents s'éloignèrent et tout du même pas s'en furent auprès du cochon lui porter sa nourriture. Mais sitôt qu'il eut senti l'odeur des pommes de terre écrasées, il cria depuis la soue :

« Remportez-moi vite cette pâtée ! Ce qu'il me faut, c'est un pépin de pomme reinette avec une gorgée d'eau claire !

– Toi aussi ? dirent les parents. Mais pourquoi ?

– Mais parce que je veux être beau et si fin, si brillant, que sur mon passage les gens s'arrêtent et se retournent en s'écriant : "Ah ! qu'il est joli et qu'on aimerait être ce merveilleux cochon qui passe."

– Mon Dieu, cochon, dirent les parents, il est naturel que tu penses à être beau. Mais pourquoi, justement, ne pas faire ce qu'il faut pour le rester ? Est-ce que tu ne comprends pas qu'être beau, c'est d'abord être gras ?

– À d'autres, fit le cochon. Mais répondez-moi. Oui ou non, voulez-vous me donner un pépin de pomme reinette et une gorgée d'eau claire ?

– Pourquoi pas ? Nous allons y réfléchir et dans quelque temps...
– Ce n'est pas dans quelque temps, c'est tout de suite. Et ce n'est pas tout. Il faudra aussi m'emmener promener tous les matins. Et il faudra me faire faire du sport et surveiller ma nourriture, mon sommeil, mes fréquentations, ma façon de marcher... enfin, tout...
– Entendu. Quand tu auras pris encore une dizaine de kilos, nous commencerons. En attendant, mange ta pâtée.»
Après avoir empli l'auge du cochon, les parents gagnèrent la cuisine et là trouvèrent Delphine et Marinette prêtes à partir pour l'école. «Vous partez déjà ? Tiens, mais... mais vous n'avez pas déjeuné?»
Les petites devinrent toutes rouges et Delphine répondit avec embarras :
«Non, pas faim... trop mangé peut-être hier soir...
– L'air nous fera du bien, ajouta Marinette.
– Hum! firent les parents. Voilà qui est singulier. Enfin, c'est bon...»
Et quand les petites furent déjà très loin sur le chemin de l'école, ils avisèrent sur la table de la cuisine deux moitiés d'une pomme reinette à laquelle on avait ôté deux pépins.
Les bêtes de l'écurie ne purent s'accommoder bien longtemps du régime recommandé par le paon. Un pépin de pomme dans l'estomac d'un bœuf ou d'un cheval est à peu près comme rien. Renonçant à être beau, chacun revint à sa nourriture habituelle et dès le matin du deuxième jour. Il y eut plus de constance chez les bêtes de la basse-cour et quelque temps on put croire qu'elles étaient faites à ce nouveau genre de vie. Toute cette volaille était si coquette qu'elle oublia ses crampes d'estomac pendant plusieurs jours. Les poules, les poulets, le coq, le canard, l'oie elle-même, ne parlaient plus que de leur port de tête, de leur démarche et de la couleur de leurs plumes, au point que plusieurs d'entre les plus jeunes devinrent toutes rêveuses, se plaignant de n'avoir pas la vie convenable à des personnes d'une aussi grande beauté. À les entendre ainsi divaguer, l'oie se reprit tout d'un coup et déclara que ces repas de carême auxquels on s'astreignait n'avaient pas de résultat plus clair que de brouiller la cervelle à quelques pécores en attendant que la basse-cour tout entière en perdît la tête. Quant à la beauté qu'on y avait gagnée, elle voyait surtout des yeux battus, des plumes fatiguées, des cous décharnés, des jabots raplatis. Il y eut plusieurs volailles raisonnables qui l'entendirent tout de suite. D'autres mirent un peu plus longtemps. Le coq demeura ferme partisan du régime pépin et avec lui un groupe de poulets qui admiraient beaucoup ses manières. Ils le demeurèrent ensemble jusqu'au jour où,

s'étant évanoui dans la cour tant il avait faim, le coq entendit la voix des parents qui parlaient ainsi : « Dépêchons-nous de le saigner pour qu'il soit encore bon à manger », dont il eut si grande peur qu'il se leva tout d'un bond et partit du même pour aller manger grains et pâtée, et en mangea tant, pauvre coq, ce jour-là et les suivants, qu'il eut plusieurs fois des indigestions et les poulets aussi.

Passé quinze jours, le cochon resta seul de tous les animaux à suivre le régime. Dans toute une journée, il mangeait à peine de quoi nourrir un poulet en bas âge, ce qui ne l'empêchait pas de faire de longues promenades à pied, de la gymnastique et du sport en toutes manières. En une semaine, il avait perdu trente livres. Les autres bêtes le pressaient de se remettre à une nourriture plus abondante, mais c'était comme s'il n'entendait pas, ne faisant que leur demander : « Comment me trouvez-vous ? » À quoi répondaient les bêtes toutes navrées :

« Bien maigre, mon pauvre cochon. Ta peau fait des plis, des rides et des poches, que c'est une pitié.

– Allons, tant mieux, disait le cochon. Mais je n'ai pas fini de vous étonner. »

Il clignait de l'œil et demandait en baissant la voix :

« À propos ! faites-moi donc le plaisir de regarder sur le dessus de ma tête... Vous avez vu ?

– Quoi donc ?

– Quelque chose qui pousse... comme une huppe.

– Mais non, il n'y a rien du tout...

– Tiens, c'est drôle, faisait le cochon. Et ma traîne ? La voyez-vous ?

– Sans doute veux-tu parler de ta queue ? Alors, il s'agit bien de traîne ! Plus que jamais elle est en forme de tire-bouchon.

– Tiens, c'est drôle. Peut-être que je ne fais pas assez de sport... ou bien, que je mange encore trop... je vais me surveiller, soyez tranquilles. »

Le voyant encore plus maigre de jour en jour, Delphine et Marinette n'avaient presque plus envie d'être belles. Du moins entendaient-elles ne pas trop jeûner. Le régime du paon, qu'elles avaient d'abord voulu suivre en cachette des parents, ne les tentait plus guère. Enfin, les conseils de l'oie firent beaucoup pour les en détourner. Lorsqu'elle entendait les petites parler de leur taille et des grammes qu'elles espéraient perdre, elle leur répétait :

« Voyez dans quel état s'est mis notre malheureux cochon pour n'avoir pas mangé à son appétit. Voulez-vous comme lui avoir de la peau qui pende et de pauvres crayons flageolants en place de vos bonnes jambes ? Non, croyez-moi, tout ça n'est pas raisonnable. Et tenez, moi qui suis assez bien faite de ma personne et très joliment emplumée, je peux bien vous le dire : la beauté ne remplit pas la vie et il vaut mieux pour vous de savoir ourler les torchons que d'avoir sur le dos des grandes plumes de toutes les couleurs.

– Bien sûr, répondaient les petites, c'est vous qui avez raison.»

Un jour, le cochon, après un exercice de gymnastique, se reposait auprès du puits et comme il demandait au chat qui ronronnait sur la margelle s'il voyait pousser sa huppe, celui-ci eut pitié et feignant d'y regarder de tout près, répondit :

«En effet, il me semble apercevoir quelque chose. Ce n'est bien sûr qu'un début, mais on dirait une promesse de huppe.

– Enfin ! cria le cochon. La voilà qui pousse ! On l'aperçoit déjà ! Je suis bien heureux... Et ma traîne, chat, la vois-tu aussi ?

– Ta traîne ! Mon Dieu... je dois dire...

– Comment ! Comment !»

Et le cochon parut si bouleversé que le chat se reprit aussitôt :

«À la vérité, ce n'est pas encore une traîne, mais c'est déjà un très joli balai qui n'a pas fini de pousser...

– Bien sûr, il faut qu'elle grandisse encore, convint le cochon.

– Oui, oui, approuva le chat. Mais elle ne grandira que si tu manges beaucoup. Et pour la huppe, c'est la même chose. Le régime du paon, c'était excellent pour tout mettre en train, mais maintenant que la huppe et la traîne sont sorties, il s'agit de les alimenter.

– C'est pourtant vrai, fit le cochon. Je n'y avais pas pensé.»

Et aussitôt, il courut à son auge où il mangea tant qu'il y eut et après s'en alla auprès des parents pour avoir encore.

Quand il fut enfin rassasié, il se mit à gambader par la cour en criant à tue-tête :

«J'ai une huppe ! J'ai une traîne ! J'ai une huppe ! J'ai une traîne !»

Les bêtes de la ferme essayaient de le détromper, mais il les accusait d'être jalouses ou d'avoir les yeux dans leurs poches. Le lendemain, il eut une longue discussion avec le coq et celui-ci, lassé par son entêtement, abandonna la partie en soupirant :

«Il est fou... il est complètement fou...»

Les témoins, qui étaient nombreux, éclatèrent d'un grand rire dont le cochon se trouva tout décontenancé. Durant plus d'une heure, une couvée de poussins s'attacha à ses pas en piaillant :

«Il est fou !... Au fou !... Il est fou !...»

Et les autres volailles ne se tenaient pas de ricaner et d'avoir des mots désobligeants quand il passait devant elles. Dès lors, le cochon s'abstint de parler à personne de sa huppe ou de sa traîne. Quand il traversait la cour, il allait toujours la tête en arrière, tellement rengorgé qu'on se demandait s'il n'avait pas avalé un os qui lui fût resté en travers du gosier, et si quelqu'un venait à passer derrière lui, même à bonne distance, il faisait vivement un saut en avant, comme s'il eût craint qu'on lui marchât sur la queue. L'oie le montrait alors aux deux petites, leur disant :

« Vous voyez ce qui arrive quand on est trop occupé de sa beauté. On devient fou comme le cochon. »

Les petites, en l'entendant parler ainsi, plaignaient leur pauvre cousine Flora qui devait avoir perdu la tête depuis longtemps. Pourtant, Marinette, qui était un peu plus blonde que sa sœur, ne pouvait pas s'empêcher d'admirer le cochon.

Un matin de soleil, le cochon partit pour une longue promenade dans la campagne. Au retour, le temps se couvrit et il y eut de grands éclairs au-dessus de lui, de quoi il ne fut pas surpris, pensant apercevoir sa huppe balancée sur sa tête par le vent. Il trouva toutefois qu'elle avait beaucoup grandi et qu'elle était maintenant aussi importante qu'on pouvait souhaiter. Cependant, la pluie se mit à tomber très serrée et il se réfugia un moment sous un arbre en prenant garde à baisser la tête pour ne pas abîmer sa huppe.

Le vent s'étant apaisé et la pluie tombant moins serrée, le cochon se remit en marche. Lorsque la ferme fut en vue, à peine tombait-il encore quelques gouttes et le soleil passait déjà entre les nuages. Delphine et Marinette sortaient de la cuisine en même temps que leurs parents, et la volaille quittait la remise où elle avait trouvé abri. Au moment où le cochon allait entrer dans la cour, les petites pointèrent le doigt dans sa direction en criant :

« Un arc-en-ciel ! Ah ! qu'il est beau ! »

Le cochon tourna la tête et à son tour poussa un cri. Derrière lui, il apercevait sa traîne déployée en un immense éventail.

« Regardez ! dit-il. Je fais la roue ! »

Delphine et Marinette échangèrent un regard attristé, tandis que les bêtes de la basse-cour parlaient entre elles à voix basse en hochant la tête.

« Allons, assez de comédie, firent les parents. Rentre dans ta soue. Il est l'heure.

– Rentrer, dit le cochon. Vous voyez bien que je ne peux pas. Ma roue est trop large pour que je puisse pénétrer seulement dans la cour. Elle ne passera jamais entre ces deux arbres. »

Les parents eurent un mouvement d'impatience. Ils parlaient déjà de prendre une trique, mais les petites s'approchèrent du cochon et lui dirent avec amitié :

« Tu n'as qu'à refermer tes plumes. Ta traîne passera facilement.

— Tiens, c'est vrai, fit le cochon, je n'y aurais pas pensé. Vous comprenez, le manque d'habitude… »

Il fit un grand effort qui lui creusa l'échine. Derrière lui, l'arc-en-ciel fondit tout d'un coup et se déposa sur sa peau en couleurs si tendres, et si vives aussi, que les plumes du paon, à côté, eussent été comme une grisaille.

DERRIÈRE
CHEZ MARTIN

—————

1938

LE ROMANCIER MARTIN

Il y avait un romancier, son nom était Martin, qui ne pouvait pas s'empêcher de faire mourir les principaux personnages de ses livres, et même les personnages de moindre importance. Tous ces pauvres gens, pleins de vigueur et d'espoir au premier chapitre, mouraient comme d'épidémie dans les vingt ou trente dernières pages, et bien souvent dans la force de l'âge. Ces hécatombes avaient fini par faire du tort à l'auteur. On disait ordinairement qu'il avait un génie magnifique, mais que tant de morts prématurées rendaient par trop déprimante la lecture de ses romans les plus beaux. Et on le lisait de moins en moins. La critique elle-même, qui avait encouragé ses débuts, commençait à se lasser d'une aussi sombre disposition, insinuant que cet auteur était «à côté de la vie» et l'écrivant même.

Martin, pourtant, était un homme très bon. Il aimait bien ses personnages et n'aurait pas demandé mieux que de leur assurer une longue existence, mais c'était plus fort que lui. Dès qu'il arrivait vers les derniers chapitres, les héros de ses romans lui claquaient dans la main. Il avait beau s'ingénier à les garder saufs, toujours survenait-il quelque fatalité qui les lui ravissait. Une fois, il avait réussi, en sacrifiant d'ailleurs tous les autres personnages, à faire vivre une héroïne jusqu'à la dernière page, et déjà il se félicitait lorsqu'une embolie emporta la pauvre fille à quinze lignes de la fin. Une autre fois, il avait entrepris d'écrire un roman dont l'action se passait dans une école maternelle, afin que les plus âgés de ses personnages n'eussent pas plus de cinq ans. Il pensait avec raison que l'innocence de cet âge, comme aussi bien la vraisemblance, désarmeraient l'implacable destin. Par malheur, il s'était laissé aller à écrire un roman-fleuve, si bien qu'au bout de quinze cents pages, les bambins étant devenus vieillards branlants, il n'avait pu résister à recueillir leur dernier soupir.

Première publication dans Candide, *15 octobre 1936.*

Un jour, Martin se trouvait dans le bureau de son éditeur auquel il demandait une avance d'argent avec un sourire modeste. L'éditeur souriait aussi, mais d'un air qui ne disait rien de bon, et en effet, détournant la conversation, il demanda :

« À propos, est-ce que vous nous préparez un roman ?

– Oui, justement, répondit Martin. J'en ai déjà écrit plus du tiers.

– Et vous êtes content ?

– Oh ! oui, fit Martin avec chaleur, je suis vraiment content. Je ne voudrais pas me flatter, mais je crois n'avoir jamais été aussi heureux dans le choix des personnages et des situations. Tenez, je vais vous dire en deux mots de quoi il s'agit. »

Et Martin exposa le sujet de son roman. C'était l'histoire d'un chef de bureau, nommé Alfred Soubiron, âgé de quarante-cinq ans, qui avait des yeux bleus et une petite moustache noire. Cet excellent homme vivait heureux avec son épouse et son jeune fils, lorsque sa belle-mère, soudain rajeunie par une opération de chirurgie esthétique, lui inspirait une passion incestueuse qui ne le laissait plus en repos.

« Ah ! ah ! très bien, murmura l'éditeur, très bien... mais dites-moi : sous les apparences de la jeunesse, la belle-mère de ce M. Soubiron n'en a pas moins soixante et onze ans...

– Justement ! s'écria Martin. C'est là un des aspects les plus dramatiques de la situation !

– J'entends bien, mais à soixante et onze ans, pour peu que la Providence ne soit pas très bienveillante, la vie ne tient souvent qu'à un fil...

– Cette femme-là est d'une constitution exceptionnellement robuste, assura Martin. Quand je pense avec quelle vaillance elle a supporté... »

Il s'interrompit, demeura un moment rêveur, et reprit d'un air tourmenté :

« Évidemment, une personne aussi âgée est toujours à la merci d'un accident, sans compter que le choc des passions peut hâter l'usure d'un organisme malgré tout fatigué. Au fond, c'est vous qui êtes dans le vrai...

– Mais non ! protesta l'éditeur, mille fois non ! ce que j'en disais là, au contraire, était pour vous mettre en garde contre la tentation. Vous n'allez tout de même pas vous priver d'une femme indispensable au développement de l'action ! ce serait une folie !

– Vous avez raison, accorda Martin, j'ai besoin de cette femme... Mais je pourrais la faire mourir à la fin, par exemple au moment d'une entreprise décisive de son gendre... L'émotion, la gratitude, le remords, lui feraient rendre l'âme dans une étreinte délirante… On voit très bien une rupture d'anévrisme ou un transport au cerveau…» L'éditeur objecta qu'un pareil dénouement était d'une banalité redoutable, d'autant plus attendu que la tendance de Martin était trop connue. Après avoir longtemps disputé, il obtint que la belle-mère tomberait simplement dans un état comateux laissant au lecteur une lueur d'espoir. La résistance de l'auteur l'avait irrité et il s'enquit sévèrement :

«Et comment se portent les autres personnages ? Pouvez-vous m'affirmer qu'ils sont tous en bonne santé ?… Parlons d'abord d'Alfred Soubiron…»

Sous le regard de son éditeur, Martin devint tout rouge et baissa la tête.

«Je vais vous expliquer, dit-il. Alfred Soubiron est très solide. Il n'avait jamais été malade de sa vie et l'autre jour, bêtement, il a fallu qu'il attrape une congestion pulmonaire en attendant l'autobus. Il faut dire aussi que cette maladie-là était nécessaire. En l'absence de sa femme, Soubiron, en effet, doit être soigné par sa belle-mère, et c'est précisément cette intimité de chaque instant qui va lui faire découvrir sa passion, et peut-être même le décider aux aveux.

– Puisque le développement de l'action l'exige, c'est bon… L'essentiel est qu'il se rétablisse rapidement. Où en est-il ?»

Martin rougit encore une fois et murmura :

«Il ne va pas fort. Ce matin, j'ai encore travaillé à mon roman et la température est montée à quarante et un deux dixièmes. Je suis inquiet…

– Bon Dieu ! s'écria l'éditeur, il ne va tout de même pas mourir ?

– On ne sait jamais, fit Martin. Il faut compter avec les complications… L'autre poumon peut se prendre à son tour… C'est justement ce que je redoute pour Soubiron.»

L'éditeur réussit à contenir son indignation et fit observer sur le ton encore amical :

«Voyons, ce n'est pas sérieux. Si votre Soubiron vient à mourir, il flanque tout le roman par terre. Réfléchissez…

– J'ai déjà envisagé les conséquences de sa mort, repartit Martin, et à vrai dire elle ne me gêne en rien, au contraire… Lui mort, la belle-mère est libre de s'abandonner à ce qu'elle croit être son destin de jolie femme. C'est alors une bien curieuse situation que celle de cette adorable créature que les hommes désirent passionnément et qui écoute leurs aveux brûlants avec la sérénité de ses soixante et onze ans. Vous rendez-vous compte que cette attitude de superbe et pitoyable indifférence était impossible avec un homme auquel l'unissait un lien de parenté ? Grâce à la mort de Soubiron, je rejoins le thème éternel de l'impassible beauté, mais rajeuni, transformé, en un mot, actuel ! J'aperçois déjà, dans cette monstrueuse dualité de la nature et de l'apparence, je ne sais quelle menace sournoise, encore imprécise, qui est comme un germe de mort...»

Ramassé dans son fauteuil et le visage congestionné, l'éditeur fixait sur le romancier un regard sanglant. Voyant son trouble, Martin pensa qu'il était pris aux entrailles par la beauté du sujet ; il poursuivit avec exaltation :

«Je vois ses soupirants, et vous les voyez comme moi, chercher en vain l'accès d'un cœur insensible et mourir de consomption et de désespoir. Elle-même, lasse d'une aventure aussi inhumaine, finit par prendre en haine la beauté fallacieuse de son corps et de son visage. Un soir, au retour d'une fête où un académicien et un jeune attaché d'ambassade se sont suicidés à ses genoux, elle répand sur elle un flacon de vitriol et meurt dans d'épouvantables souffrances. Ah! on peut le dire, c'est bien là le dénouement commandé par la vérité intérieure...»

Martin n'alla pas plus loin dans sa conclusion. Penché sur la table qui les séparait, son éditeur cognait des deux poings sur le bois, avec une violence qui faisait sauter pêle-mêle les porte-plume, les projets de contrat et les justificatifs. Et il rugissait qu'il ne voulait plus entendre parler d'un pareil roman.

«Pas un sou! vous m'entendez bien ? Je ne risquerai pas un sou sur cette hécatombe dégoûtante ! Et ne comptez pas non plus sur une avance, ça va sans dire ! Je ne ferai pas la sottise d'encourager vos macabres entreprises ! Si vous voulez de l'argent, apportez-moi un manuscrit où les personnages aient l'œil clair et le teint frais jusqu'à la fin... Et qu'il n'y ait pas un mort, pas une agonie, pas même une velléité de suicide. En attendant, la caisse est fermée.»

Martin, justement révolté par la tyrannie de son éditeur, délaissa son roman pendant plus d'une semaine. Il pensa même à abandonner la littérature et à devenir garçon de café ou crieur de journaux, pour dénoncer ainsi avec éclat l'oppression où les exploiteurs de l'art et de la pensée tenaient les écrivains. Sa colère finit par s'apaiser, et le besoin d'argent lui fit découvrir des raisons honnêtes et glorieuses à la guérison du chef de bureau. La congestion du deuxième poumon fut donc heureusement évitée, et la fièvre se mit à baisser régulièrement. La convalescence traîna un peu, mais dans une atmosphère de passions troubles, qui fournit trois chapitres excellents. L'auteur, néanmoins, regrettait confusément l'abandon de son idée première et, pour tout dire, se sentait une mauvaise conscience, comme s'il eût trahi une nécessité du drame qu'il conduisait. Le rétablissement d'Alfred Soubiron le choquait, de même que l'éclatante jeunesse de la belle-mère, à présent qu'elle n'était plus menacée de mort, lui paraissait une indécence. À chaque instant, il lui fallait résister à l'envie sournoise de les affliger l'un et l'autre de quelque rhumatisme, même bénin, qui les eût avertis, dans leur santé insolente, de la fragilité de l'existence humaine. Mais sachant trop sur quelle pente périlleuse l'eût engagé cette modeste revanche, il se représentait vivement le carnet de chèques fleurissant dans la main de son éditeur et trouvait dans cette image, la force de se dérober à la tentation. En tout cas, son remords de conscience eut un effet bienfaisant, celui de l'incliner à une extrême sévérité dans le développement de l'action. Puisque l'éditeur lui disputait l'accidentel, il voulait du moins ne rien céder sur la vérité psychologique.

Sur la fin d'un après-midi qu'assis à sa table de travail il attaquait un chapitre tumultueux, Martin entendit sonner à sa porte et cria d'entrer. Une femme d'un tour de taille important pénétra dans la pièce. Vêtue sans élégance, mais d'étoffes cossues, elle tenait un parapluie d'un format sérieux. Les traits du visage étaient empâtés. Entre les mentons et la pointe du décolleté, la peau avait cet aspect grumeleux et violacé qu'on voit aux femmes sanguines tourmentées par le retour d'âge.

Martin, pris dans le remous d'une longue phrase, fit avec sa main gauche un geste d'excuse sans lever les yeux ni la plume de son papier. La visiteuse s'assit à quelques pas et demeura silencieuse à regarder le profil de Martin dans la lumière de la lampe posée sur la table. Et tandis qu'elle se livrait à cet examen, son visage placide de bonne femme ordonnée s'altérait, hésitant, semblait-il, entre la colère et l'effroi. Son regard s'attachait parfois à la plume de l'écrivain, qui courait sur le papier et, dans la pénombre, ses yeux luisaient d'une curiosité ardente.

«Je vous demande pardon, dit Martin en se levant, j'ai pris la liberté de finir une phrase qui voulait être menée tout d'un souffle. C'est un des ridicules de notre métier de nous croire toujours pressés par l'inspiration…»

Il attendit qu'elle protestât poliment, et, en effet, il la vit remuer les lèvres, mais sans qu'il en sortît autre chose qu'un murmure incompréhensible. Elle paraissait très émue. Il s'excusa de la laisser dans une demi-obscurité et alla donner la lumière du plafond. Dans le plein éclairage, il lui sembla d'abord reconnaître une figure familière. Après examen, il se fut bientôt convaincu qu'il ne l'avait jamais vue. Pourtant, cette maturité abondante, et le parapluie qu'elle avait en main éveillaient presque un écho dans sa mémoire. Comme leurs regards se rencontraient, elle lui dit avec une ironie mélancolique : « Bien entendu, vous ne me reconnaissez pas ? »

Martin s'en défendit, mais avec une hésitation dans la voix, comme pour demander qu'on voulût bien l'aider à compléter ses souvenirs. La visiteuse se pencha sur son parapluie où elle venait d'apercevoir une trace de poussière et, après l'avoir effacée du bout de sa main gantée, elle dit en relevant les yeux :

« Je suis Mme Alfred Soubiron. »

Martin ne fut nullement surpris d'avoir en face de lui l'épouse du chef de bureau. Il n'est pas bien rare qu'un romancier soit visité de ses personnages, quoiqu'ils ne se manifestent pas couramment avec une présence aussi certaine. En tout cas, cette apparition lui était une assurance qu'il avait su animer les héros de son roman avec une maîtrise incomparable et il se laissa aller à songer : « Ah ! si la critique pouvait voir ça, elle qui me reproche d'être à côté de la vie, quel remords elle aurait… » Cependant, Mme Soubiron poursuivait avec un soupir de tout son corsage :

« Oh ! j'étais bien sûre que vous ne sauriez pas me reconnaître ! Une épouse de quarante-sept ans, fidèle, bonne ménagère, qui n'a jamais causé de scandale, qui n'a jamais failli à son devoir, ce n'est qu'un personnage de troisième plan, qui n'intéresse guère les romanciers. Ils sont plus à leur aise avec les créatures… »

Martin, ému par l'amertume de cette dernière parole, eut un mouvement de protestation. Elle eut peur de l'avoir indisposé et se hâta d'ajouter :

« Je ne vous fais point de reproche. Je sais bien ce que c'est que les artistes… Monsieur Martin, vous devinez probablement l'objet de ma visite. Quand je suis partie pour le Midi avec mon jeune fils, il y a deux mois, ma mère était déjà opérée, mais les pansements qui l'enveloppaient encore ne permettaient pas d'imaginer un pareil résultat. Quand je suis rentrée, avant-hier, que j'ai vu cette jeune femme… mon Dieu ! quel changement… »

– Il est certain qu'elle est délicieuse, laissa échapper Martin.

– Délicieuse… délicieuse ! Est-ce qu'une femme de soixante et onze ans peut être délicieuse ? Maman est tout simplement ridicule. Et de quoi ai-je l'air, moi qui parais vingt ans de plus qu'elle ? Mais vous n'avez guère pensé à tout ça... Au moins, le scandale d'une passion aussi honteuse aurait dû vous révolter ! Mon Dieu ! pauvre M. Soubiron, lui toujours si tranquille, si correct, si affectueux aussi... comment peut-il penser à des choses... Mais qu'est-ce qui s'est donc passé pendant mon absence ? vous qui êtes si bien au courant...

– Hélas ! soupira Martin, c'est comme une fatalité. On ne vous l'avait pas écrit pour ne pas vous inquiéter, mais vous savez que M. Soubiron est tombé malade, et très gravement, puisqu'on a pu craindre pour sa vie. Madame votre mère l'a soigné avec un grand dévouement et sa présence presque constante au chevet du malade devait nécessairement favoriser une intimité dangereuse. À quarante-cinq ans, un homme ne reste pas insensible à tant de jeunesse et de beauté qui semblent ne rayonner que pour lui. Il faut essayer de comprendre les choses... Rendons d'ailleurs à M. Soubiron cette justice qu'il a lutté de toutes ses forces. C'est lundi dernier seulement qu'il a laissé voir son amour pour la première fois. Après le repas du soir, ils faisaient une partie de dominos comme ils avaient l'habitude depuis quinze ans, et M. Soubiron a fait exprès de perdre, quoique l'enjeu fût de vingt-cinq sous. »

Les yeux de Mme Soubiron s'agrandirent, ses mains tremblèrent. Elle murmura d'une voix brisée :

« Lui, Alfred... il a perdu exprès... ah ! tout est fini...

– Mais non, rassurez-vous, dit Martin. Rien n'est consommé encore. D'ailleurs, l'état d'âme de madame votre mère reste très incertain. Elle est encore à s'interroger. Est-elle même capable d'un amour qui réponde, sur un certain plan, à celui de votre mari ? Je n'oserais pas encore l'affirmer...

– En tout cas, une chose est sûre, gémit Mme Soubiron, c'est qu'Alfred l'aime, lui... Quand je suis rentrée, j'ai bien vu de quel œil il regardait maman. Vous pensez, il y a des signes qui ne trompent pas une épouse...

– On ne peut pas se dissimuler qu'il est très amoureux, reconnut Martin. C'est même une chose émouvante et vraiment belle que cette violence dans le désir, cette puissance d'amour qui n'avait pas jusqu'alors trouvé sa pente efficace... »

Mme Soubiron devint écarlate, sa peau fuma jusque dans son modeste décolleté, et l'indignation qui la faisait suffoquer l'empêcha seule de protester. Martin, emporté par son sujet, oubliant qui était son hôtesse, parlait comme il l'eût fait en présence d'un confrère.

« L'avouerai-je ? dit-il avec un sourire un peu ému. Malgré ma volonté de rester sévèrement objectif, la montée d'un désir aussi brûlant et qui menace d'emporter toutes les barrières, toutes les digues, n'est pas sans éveiller en moi certaines correspondances un peu troubles, certaines velléités complices. Il m'arrive parfois d'être grisé par cette lourde ambiance et c'est au point que je résiste avec beaucoup de peine à l'envie de précipiter le moment de la conjonction. Voilà bien le danger pour l'artiste, direz-vous. Sans doute, mais c'est aussi la condition de l'artiste qu'il ne soit pas en bois... »

Mme Soubiron s'était levée et marchait sur lui en étreignant son parapluie. Son visage était si menaçant qu'il recula jusqu'à la table.

« Pas en bois, criait l'épouse. À votre aise, monsieur, à votre aise, de n'être pas en bois ! mais je vous défends d'entraîner M. Soubiron dans la débauche ! je vous le défends ! Si vous voulez précipiter, comme vous dites, le moment de la conjonction, que ce soit la conjonction légitime de deux époux qui ont toujours vécu en bonne harmonie ! Il y aura de quoi écrire un roman honnête qui vaudra mieux que des saletés ! Moi aussi, monsieur, j'ai des états d'âme et tout ce qui s'en suit... M. Soubiron n'a jamais eu à s'en plaindre. Alors ? à quoi riment toutes vos histoires ? »

Ce disant, elle avança la main vers les feuillets du manuscrit épars sur la table et comme l'auteur en défendait l'accès, elle tenta de les froisser et disperser à la pointe de son parapluie qu'elle lui poussait aux flancs à la façon d'une épée. Enfin, épuisée par cette grande colère, redoutant aussi la rancune de Martin, elle se laissa retomber dans son fauteuil et éclata en sanglots.

Ému par cette douleur, Martin se défendait mal d'un remords. Il avait beau se dire qu'après tout, cette dure épreuve n'était pas pour Mme Soubiron une catastrophe, puisque, chose essentielle, l'homme ne sortait pas de la famille, il était loin d'avoir la conscience tranquille et ne pouvait s'empêcher de réfléchir que si le chef de bureau avait été emporté en temps utile par des complications pulmonaires, sa veuve, pensionnée par l'État, eût coulé des jours paisibles en caressant le souvenir d'un époux exemplaire. À présent, il était déjà trop tard pour le faire mourir.

Mme Soubiron avait séché ses larmes et levait sur lui un regard de supplication.

« Maître » (elle l'appelait maître pour le flatter), « vous voyez notre malheur... soyez bon, laissez-vous toucher... songez dans quel abîme de honte une pareille passion jetterait une famille honorable... Mon mari est décoré, il a toujours eu l'estime de ses chefs...

songez aussi à ma pauvre maman qui a toujours vécu sans reproche... Maître, je sais que vous êtes anticlérical comme tous les écrivains, mais puisque vous êtes au courant mieux que personne, je peux bien vous parler des sentiments de religion qui ont toujours été en honneur chez nous...»

Martin écoutait en baissant la tête et était visiblement mal à l'aise.

«Maître, vous qui avez un si grand talent, vous n'avez pas besoin de ces horreurs-là pour écrire un beau livre...

– Bien sûr, dit Martin, mais je n'ai pas en toute cette affaire autant de responsabilité qu'il peut vous sembler. Un romancier honnête est comme le Bon Dieu, il n'a pas grand pouvoir. Ses personnages sont libres, il ne peut que souffrir de leurs misères et regretter que leurs prières soient inutiles. Simplement, il a sur eux droit de vie et de mort et, dans le domaine de l'accidentel, où le destin lui laisse parfois une petite marge, il peut aussi leur accorder de modestes consolations. Pas plus qu'à Dieu, il ne nous est permis de nous raviser. Le départ commande tout, et la flèche une fois lancée, il ne faut plus penser à la rattraper...

– Vous ne me ferez pourtant pas croire que votre plume marche toute seule?

– Non, mais je ne peux pas en faire ce que je veux... Votre mari, lui non plus, dans un rapport qu'il destine au ministre, ne peut pas écrire tout ce qui lui passe par la tête... J'obéis à une nécessité à peine moins étroite, je vous assure...»

Mme Soubiron ne voulait pas croire qu'il fût ainsi limité dans sa toute-puissance. Il n'avait, disait-elle, qu'à prendre sa plume et à écrire sous sa dictée. Et comme le romancier haussait les épaules avec découragement:

«Ainsi, ajouta-t-elle, vous ne voulez rien faire pour moi?

– Mais si, répondit Martin, j'ai le plus grand désir de faire pour vous tout ce qui est possible.

– Alors?

– Alors... que voulez-vous que je puisse vous accorder? Un voyage à l'étranger en compagnie de votre fils? L'éloignement vous rendrait moins sensible la trahison de votre époux, au cas où...

– Partir pour lui laisser toute sa liberté, n'est-ce pas? Autant dire que je serais complice!»

Martin considéra un moment Mme Soubiron, comme évaluant les possibilités dont le destin le laissait disposer en faveur de cette épouse.

«Un amant? proposa-t-il sans beaucoup de conviction. Voulez-vous un amant?»

Mme Soubiron se leva de son fauteuil et, toisant Martin, le salua d'un coup de menton.

«Pauvre femme, songea-t-il lorsqu'elle fut sortie, je n'ai qu'un moyen de lui épargner tous ces tourments, c'est de la faire mourir. Tant pis pour l'éditeur... il faut d'abord se montrer humain. Je vais la laisser vivre encore trois semaines, juste assez pour la voir assister à la consommation de l'adultère. Je crois qu'elle me fournira des réactions curieuses...»

La famille Soubiron prenait le repas du soir et le chef de bureau, penché sur sa belle-mère, lui disait d'une voix oppressée :

«Prenez donc encore une tranche de veau, ça vous fera du bien...»

Elle refusa d'un sourire gêné, et une rougeur délicate envahit son front. Et c'était une chose affreuse et tout de même émouvante que le regard concupiscent dont il enveloppait ce pur visage de femme, ces bras nus d'un admirable modelé, et ce ferme corsage tout battant d'émoi.

«Alfred, dit aigrement Mme Soubiron, ne pousse donc pas maman sur la nourriture. À son âge, il vaut mieux manger légèrement, surtout le soir.»

Le fils des époux Soubiron, un garçon de neuf ans, s'informa de l'âge de sa grand-mère avec trop d'insistance, et son père gronda en haussant les épaules :

«On t'a déjà défendu de parler sans qu'on t'interroge... Je n'ai jamais vu un gamin aussi idiot...»

Il se fit un grand silence dans la salle à manger d'acajou. Sous la table, Soubiron cherchait la jambe de sa belle-mère qui n'osait pas se dérober. Il avait le regard vacillant et son cou se gonflait dans son col. Enfin, perdant la tête, il murmura :

«Armandine... Armandine...»

C'était la première fois qu'il l'appelait par son prénom, au moins en présence des siens. À ce coup, Mme Soubiron eut un élan de révolte, non pas tant contre son mari et sa mère, mais contre la fatalité qui pesait sur la famille, contre l'abominable pouvoir de Martin. L'idée lui vint de résister à cette fatalité, de s'en prendre une bonne fois, au vrai responsable. Qu'était-ce, après tout, que cet homme qui les menait au caprice de sa plume? Un gribouilleur, un foutriquet, ne devant sa toute-puissance qu'au consentement de ses personnages, à leur veulerie. Mme Soubiron sentait qu'il devait exister un moyen d'échapper à cette funeste providence. Sans doute ne servait-il à rien de renier son créateur et de le maudire, mais peut-être était-il possible de se dérober à son contrôle et à son activité : par exemple en se plaçant dans telle situation où la plume du romancier se refusât à suivre sa créature, en se réfugiant hors de toute réalité, hors de la trajectoire assignée au départ par le créateur, c'est-à-dire dans l'absurde, dans l'invraisemblable.

Mme Soubiron fit un grand effort d'imagination. À la surprise générale, elle partit d'un éclat de rire et, ôtant son soulier, le posa dans son assiette. Après quoi, elle prit sur la table une tranche de veau qu'elle glissa dans son corsage.

« Ah ! j'avais faim », dit-elle, en caressant son estomac d'un geste voluptueux.

Sa mère et son mari se regardaient avec une vive inquiétude. Elle prit encore une tranche de veau, puis se mit à chanter le refrain de *La Carmagnole*. Soudain, elle s'interrompit, saisie par l'idée que toute cette comédie ne sortait pas de la vraisemblance et que Martin l'avait probablement voulue. Ainsi, au lieu de le gêner, fournissait-elle une page à son roman. Comme on s'empressait autour d'elle et qu'on lui posait des questions, elle répondit avec lassitude :

« Ce n'est rien, ne vous inquiétez pas... J'essayais quelque chose, mais ce n'est pas encore ça. Je n'ai pas réussi... »

Le chef de bureau, impressionné néanmoins par cette singulière sortie, se montra plus discret dans ses coupables entreprises et fit l'effort d'adresser la parole à sa femme. La conversation fut presque animée et jusqu'à la fin du dîner, on parla d'une cousine de Clermont-Ferrand, de l'augmentation des impôts, et d'une certaine façon d'accommoder la langue de mouton avec du lard et des champignons. Mme Soubiron parut s'intéresser assez vivement à toutes ces questions, exprimant ces bonnes vérités d'expérience et ces opinions si parfaitement raisonnables qu'elle avait apportées dans le ménage avec sa dot. Simplement, elle montrait par instants, quelque nervosité et semblait un peu distraite, en général après avoir parlé. Elle avait alors le sentiment de n'avoir rien dit que Martin n'eût contrôlé et approuvé. Plus elle y pensait, plus cette dépendance lui devenait insupportable.

Toute la nuit, elle demeura éveillée à chercher la clef du problème qu'elle s'était proposé pendant le repas. L'impatience de la servitude où Martin la tenait enchaînée lui faisait presque oublier le drame qui était en train de bouleverser la famille. Le ronflement bien rythmé de Soubiron qui reposait auprès d'elle finit par l'exaspérer. Elle lui en voulut d'abandonner ainsi sa liberté à l'écrivain sans la moindre velléité de révolte.

Elle alluma la lampe pour le regarder dormir, et l'idée lui vint, comme un bon tour à jouer à Martin, de l'assassiner pendant son sommeil. C'était peut-être démolir le roman, bouleverser toute une création. Elle alla prendre dans un tiroir le revolver de Soubiron, mais le cœur lui manqua pour accomplir son dessein. La pensée même que Martin refusait son consentement ne put la décider ; elle remit l'arme en place. D'ailleurs, un instant de réflexion lui donna la certitude que le meurtre de Soubiron, s'il avait été consommé, eût été, lui aussi, dans l'ordre. La solution n'était pas là.

Jusqu'au jour, elle exerça toutes les forces de son attention à reconnaître les limites de sa prison, à découvrir le fil qui la conduirait à une issue ; mais, de tous les côtés, elle butait contre un mur. Elle finit par observer que l'effort de sa réflexion, au lieu de servir ses recherches, ne faisait que l'enfermer dans des limites plus étroites. Par contre, dans les moments d'extrême fatigue où son attention devenait défaillante, il lui semblait être parfois sur le chemin de l'évasion. Lorsque, la tête vide, elle était incapable de fixer sa pensée, elle se trouvait tout à coup aux frontières où Martin perdait presque tout contrôle, toute autorité. Elle touchait au refuge, se sentait délivrée. Aussitôt, une pensée à peine formulée rétablissait comme un contact avec la réalité, l'écrivain la ressaisissait tout entière et verrouillait les portes de la prison.

Désormais, Mme Soubiron allait s'appliquer à vouloir la liberté en évitant d'y réfléchir. Au lieu de s'impatienter et d'invoquer des raisons contre la tyrannie de Martin, elle se bornait à répéter mentalement et parfois en remuant les lèvres : «Je veux en sortir... en sortir...»

Dans la semaine qui suivit, la passion du chef de bureau s'aggrava. Tous les soirs, il revenait de son travail avec une gerbe de roses qui lui coûtait les yeux de la tête.

«Je t'apporte des fleurs», disait-il à sa femme.

Et il ajoutait pour sa belle-mère, d'une voix à peine plus discrète :

«Pour toi, Armandine... C'est pour toi...»

Mme Soubiron supportait ces outrages avec une patience surprenante et maigrissait à peine. De temps à autre, il lui arrivait encore de faire un éclat, mais de plus en plus rarement. Soubiron mettait à profit cette indifférence et devenait plus pressant avec sa belle-mère. Un soir qu'entre deux portes, il l'embrassait dans la nuque et lui pétrissait le buste, Mme Soubiron les surprit. Elle leur sourit avec bonté et murmura :

«Les orphelines vont à pied de biche... La géographie est bien mûre... Il faut profiter d'une épingle à cheveu.»

Martin, qui était au travail, reçut la visite de son meilleur ami, Mathieu Mathieu, le grand critique de cinéma. Mathieu Mathieu avait amené la petite Jiji qu'il venait de prendre en passant au bar de l'Édredon. Les deux hommes parlèrent un bon moment de l'avenir des chemins de fer. Mathieu les voyait disparaître à brève échéance, remplacés par les transports automobiles, d'un rendement incomparable. Martin ne le croyait pas. Pour lui, les chemins de fer étaient encore dans l'enfance. L'électrification des trains réservait d'énormes possibilités, on ne se le disait pas assez. Jiji s'était assise dans le fauteuil, sans se mêler à la conversation. Elle finit par déclarer, en s'adressant plus particulièrement à Mathieu Mathieu :

« Je vous trouve culs, avec vos chemins de fer !

– Tu ne peux pas te tenir un peu ? dit Mathieu avec colère. Tu te crois chez toi, ici ? Saleté !... Dire que depuis un an, je traîne ce veau-là avec moi ! Et tout ça pour une jambe bien moulée, qui m'a tapé dans l'œil un soir que j'étais soûl !

– Moi je te dis de te taire, riposta Jiji. J'ai quand même pas besoin que tu dévoiles notre intimité devant des étrangers... pour qu'après, il aille me coller dans un de ses romans.

– Si on prenait une fine ? proposa Martin d'un air conciliant. J'ai justement...

– Pour une jambe ! beugla Mathieu sans l'entendre. Je me suis perdu pour une jambe, et mon talent, et tout ! L'existence me dégoûte ! Je voudrais que la guerre éclate ! Et une bonne peste en même temps !... Bon Dieu ! ce que ça pue, la vie, quand on est dedans !... »

Comme pour tourner le dos à l'existence, il s'en alla à la fenêtre qui donnait sur une cour obscure. Passé son accès de mélancolie, il revint au milieu de la pièce et demanda, en montrant les feuillets qui encombraient la table de son meilleur ami :

« Ça avance, ton machin ?

– Peuh !... Oui, bien sûr, ça avance... »

Et Martin jeta un regard un peu triste sur les pages couvertes de son écriture serrée.

« Tu n'as pas l'air content, fit observer Mathieu Mathieu.

– Je ne dis pas que je suis mécontent. Mon roman est ce qu'il doit être, je n'ai pas à me plaindre... Je t'ai raconté le sujet ?... Ne crache donc pas sur le plancher, je t'ai déjà dit, ça me fait des ennuis... Tu te rappelles le sujet ?

– C'est vrai, dit Jiji, c'est dégoûtant de cracher sur le plancher. Quand on se dit bien élevé...

– Vous savez, c'est sans importance, protesta Martin. Quand on a besoin de cracher, on ne pense pas toujours... Dernièrement, on me parlait d'une amirale, comtesse je ne sais plus comment, qui crachait par terre même pendant les repas...

– N'empêche que c'est dégoûtant.

– Tu la fermes ? cria Mathieu Mathieu.

– Allons, allons ! fit Martin. Calme-toi... Et mon sujet, tu te le rappelles, mon sujet ?

– Oui, oui... un chef de bureau... la belle-mère en réparation... oui, je me rappelle... Pas très cinéma, ton truc. Je vois pas ça à l'écran... Enfin... Et alors, qu'est-ce qui accroche ?

– Rien du tout, rassure-toi... Mais je viens d'avoir une surprise assez désagréable... Je t'avais parlé de la femme de Soubiron, mais sans insister beaucoup. C'était une figure plutôt classique : quarante-sept ans, forte de partout, fidèle, économe, ordonnée, confitures, *Écho de Paris*, un jour de réception par mois pour les épouses des collègues...

– Tais-toi, murmura Mathieu Mathieu, tu me mets l'eau à la bouche. Quand je pense que j'aurais pu avoir la chance de tomber sur une femme comme celle-là !...

– Le personnage était d'une telle banalité, j'en attendais si peu, que j'avais décidé de le laisser le plus possible dans l'ombre. J'en étais même arrivé à regretter ma création. Mon premier étonnement a été de la voir souffrir. On n'imagine pas les ressources qu'il peut y avoir dans ces tempéraments bovins... une espèce de virginité de la douleur... Mais tu verras les pages que j'ai écrites là-dessus. Inoubliables, elles sont. Pour ne pas qu'elle envahisse le bouquin, et un peu aussi par pitié, j'avais résolu de la faire mourir au moment où elle apprendrait la trahison de Soubiron. C'était l'affaire de quinze jours, trois semaines au plus...

– Toujours ta manie de faire claquer les gens... De quel droit ?

– De quel droit ? Mais du droit du romancier ! Je ne peux pas faire rire mes personnages quand ils ont envie de pleurer, je ne peux pas les obliger à agir en vertu de sentiments qu'ils n'ont pas, mais je suis toujours libre de les supprimer. La mort est une possibilité que chacun porte en soi à chaque instant. Là, je suis sûr de tomber juste à n'importe quel moment.

– Je te dis pas... Une fois de temps en temps, pour donner à réfléchir, ça va bien... Mais faut pas abuser non plus...

– Pour en revenir à la femme de Soubiron, son cas est vraiment curieux. Chez elle, la douleur a tout de suite tourné à l'angoisse, à l'obsession de la fatalité... On n'aurait pas dit, hein? C'est pourtant comme ça... Et, un soir, elle s'est révoltée...

– Révoltée contre quoi? Contre le destin?

– Contre le destin? penses-tu! Pas si bête, la dame Soubiron! Elle sait bien que le destin, ça n'existe pas, que c'est seulement une façon de parler... Non, c'est contre Dieu qu'elle s'est révoltée. Dieu, ça existe! Dieu, c'est moi, oui, moi Martin! Et voilà ce qu'elle s'est dit: "Dieu m'a créée de toutes pièces et je n'ai aucun moyen de le fléchir. En effet, il se refuse à intervenir dans mon existence. Il prétend seulement m'obliger en toutes choses à me comporter selon les exigences d'une certaine mécanique qu'il appelle ma vérité intérieure. Je vais donc me détraquer..." Et, hier soir, Mme Soubiron a réussi à se détraquer. Elle est devenue folle... Je pense que son mari va la faire enfermer dans quelques jours. De toute façon, elle m'échappe complètement...

– Tu as toujours la ressource de la faire claquer... C'était d'ailleurs ton intention...

– Justement non, je ne peux plus! C'est bien ce qui me fait enrager... En toute honnêteté, je ne le peux plus. Est-ce que je sais, moi, si les fous sont mortels à toute heure du jour et de la nuit? Qui me le dira jamais? Ils ont peut-être des moments pendant lesquels ils sont invulnérables. Peut-être même le sont-ils toujours et ne meurent-ils que dans un éclair de lucidité? J'ai entendu dire par un médecin que la folie rendait la santé à certains malades et donnait à d'autres sujets une vitalité qu'ils n'avaient jamais connue. En tout cas, je ne vais pas courir le risque de faire mourir quelqu'un contre la vraisemblance. Tant pis, il faut s'y résigner: Mme Soubiron est sortie de mon roman, ou, si tu préfères, elle n'y figure plus que pour mémoire. Quel ennui!... Tu penses, je n'ai plus personne à faire mourir! Mon éditeur m'aurait sans doute pardonné la mort d'un personnage de troisième plan, mais il n'admettra jamais celle de Soubiron ou de sa belle-mère, et comme j'ai besoin d'argent... Hier encore, je lui ai demandé l'autorisation de disposer du chef de bureau. Il a été intraitable.»

Mathieu Mathieu, pensif, regardait Jiji qui s'était endormie dans le fauteuil en lisant un journal du soir. Son regard descendit jusqu'à l'une des jambes de soie beige, découverte jusqu'au genou. C'était une très belle jambe, il ne pouvait plus la quitter des yeux. Enfin, il eut un mouvement rageur, comme pour se libérer d'une servitude, et, penché sur Martin, il lui dit à mi-voix:

«Dis donc, vieux... la petite Jiji, tu ne pourrais pas la faire entrer dans ton roman? Elle ferait bien un personnage de troisième plan... et même moins... Avec elle, tu serais libre de... rien ne t'empêcherait...

– On n'entre pas dans mon roman comme dans un moulin, objecta Martin.

– Je sais bien... mais pour un ami... pour moi...

– C'est grave, ce que tu me demandes là... Je ne sais pas si tu t'en rends bien compte. D'abord, c'est une opération extrêmement délicate. On ne peut pas la faire entrer de force. Il faudrait la persuader, ruser. Ce n'est pas simple. Et puis, non, tout de même, hein ? pauvre Jiji... je ne veux pas qu'il lui arrive un malheur.

– Martin, ne me refuse pas un service... ne me refuse pas le salut... Pense à ma saleté d'existence...

– Mais, mon pauvre vieux, ça ne te servirait à rien... je te connais... cette jambe-là, tu l'as dans l'œil, tu l'as dans la peau, en pleine chair... Je sais trop ce qui arriverait. Jiji ne serait pas plus tôt dans mon roman que tu entrerais derrière elle... Qu'est-ce que je ferais de toi ? Un personnage de quatrième... cinquième plan... Et alors ?...

– Tu ne me ferais pas mourir ? demanda Mathieu Mathieu.

– Peux pas dire, fit Martin en levant une épaule. Question d'opportunité...»

Mathieu Mathieu quitta sa chaise, regarda son meilleur ami avec horreur et s'en alla secouer Jiji.

«Réveille-toi, Jiji ! Debout, sale grue ! Allons-nous-en ! Je suis maudit, je suis vomi ! Plus de copains, plus qu'une jambe de torture au ciel de mon abcès ! Je suis l'orphelin, le giaour, la perle d'Amara montée sur du fer-blanc !... Les écrivains sont des tripiers !... Viens, ma chérie, passe devant... Il a voulu m'assassiner !... Jiji, j'ai peur... Qu'est-ce qu'il rutile, dans ses hautes œuvres ?... Rends-lui son œil, rends-lui tout... J'ai peur, Jiji. Prends-moi sur ta croupe...»

Mme Soubiron était dans un asile d'aliénés et l'enfant était pensionnaire dans un collège de jésuites. Le chef de bureau, pendant les premiers jours de l'internement de sa femme, s'était demandé s'il oserait bien profiter de ce douloureux accident pour venir à bout de la résistance de sa belle-mère. Il s'était répondu très hypocritement que jamais il n'eût infligé à son épouse le spectacle de ses débordements si elle avait gardé sa raison, mais qu'étant donné l'état où elle se trouvait maintenant, la crainte de l'offenser n'était plus une considération qui dût l'arrêter. Bien entendu, il ne se fit pas faute de faire valoir cet argument auprès de sa belle-mère.

«Non, non, c'est impossible ! protestait Armandine. Vous oubliez que je suis sa mère !

– Justement, ripostait Soubiron. N'est-ce pas votre rôle de la remplacer au foyer ?

– Non, je n'ai pas le droit. Ne me tourmentez plus, Alfred. Ce serait une chose affreuse, une chose...

– Je sais bien, disait-il toujours aussi hypocritement. C'est une rude épreuve, mais Dieu nous aidera.»

À ces mots, Armandine soupirait, se demandant si vraiment Martin était résolu à les pousser dans cette voie. Elle ne voulait pas le croire. Née en 1865, elle avait nécessairement sur les écrivains des idées d'un autre âge, bien loin de soupçonner, la pauvrette, l'inexorable rigueur des méthodes scientifiques auxquelles ils soumettent à présent leur génie. Elle pensait naïvement qu'un romancier, après avoir mené des intrigues parfois périlleuses, dût tout arranger à la fin, pour un dénouement exemplaire. Cette confiance l'encourageait à persévérer dans sa résistance, et Soubiron ne tarda pas à comprendre qu'il n'arriverait à rien par la persuasion. Alors, il changea d'attitude. Au retour de son bureau, il se ruait sur elle d'un élan sauvage, escomptant l'avantage de la surprise, mais elle, mince et vive, réussissait toujours à lui échapper et fuyait à travers l'appartement. Il faut lire dans le roman de Martin le récit de ces poursuites haletantes, les cris, les meubles renversés, le plat du chat écrasé, les potiches éclatant sur leurs talons.

«Armandine, je te veux! beuglait le mâle avec d'abominables jurements.

– Alfred, mon ami, vous me crucifiez!» gémissait-elle en escaladant un obstacle.

Heureusement, Armandine pouvait respirer pendant les heures qu'il passait au bureau; mais, livrée à ses tristes réflexions, la solitude lui pesait. Un jour, elle reçut une invitation au gala de la Plume au Vent, présidé par un illustre écrivain et vice-présidé par un grand éditeur. Elle fut reconnaissante à Martin qui la lui avait envoyée et courut chez sa couturière.

Ce gala de la Plume au Vent était une très grande manifestation littéraire, d'un retentissement considérable. On y exprimait des vœux pour l'avenir de la pensée, et des personnes d'esprit, en buvant du champagne, disaient des choses élevées. À l'entrée d'Armandine, il y eut une rumeur d'admiration. Les hommes disaient n'avoir jamais vu de femme qui eût autant de sex-appeal. Le vice-président, qui n'était autre que l'éditeur de Martin, ne se lassait pas de la regarder. Il y avait dans la salle plusieurs héroïnes de romans, que leurs auteurs présentaient avec orgueil, mais aucune ne pouvait songer à rivaliser, même de loin, avec Armandine.

L'éditeur vint la saluer et fit à Martin des compliments qui n'avaient jamais été aussi sincères. Après un moment de conversation, le romancier s'excusa d'être pressé par un rendez-vous et les laissa ensemble. L'éditeur conduisit Armandine au buffet où ils burent plusieurs coupes de champagne. Il oubliait pour elle toutes ses obligations de vice-président et, vers la fin de l'après-midi, il était déjà très amoureux.

Le soir même, Martin recevait un coup de téléphone.

«Allô! C'est vous, mon cher Martin? Ici, votre éditeur... Il faut que je vous complimente encore. Vous avez réussi une création admirable! sublime! et si vraie, si attachante, à la fois si près de la réalité et si... ah! vraiment, c'est une figure qui restera...

– Vous croyez? Allons, tant mieux. Je suis bien content.

– Dites-moi, je pense au lancement du livre... J'aurais besoin... pour la publicité, vous comprenez... j'aurais besoin d'étudier cette femme... est-ce qu'il n'y aurait pas moyen de la voir?

– Mon Dieu! je pense que c'est possible. Je lui laisse tous ses après-midi libres... Elle ne refusera certainement pas de vous voir...

– Ah! vous êtes gentil... Allô! Je dis, vous êtes gentil...

– Vous n'avez rien d'autre à me demander?» dit Martin d'une voix étranglée.

Il y eut un temps de silence et la voix de l'éditeur, hésitante, répondit: «Non, merci, rien d'autre... Cher ami, au revoir!»

Martin raccrocha d'un air déçu, puis il s'habilla et descendit au bar de l'Édredon. Mathieu Mathieu disputait ses derniers cinq cents francs à Jiji qui voulait s'acheter un petit deux-pièces façon sport. Il objectait que la civilisation était en péril et condamnée à disparaître dans un avenir très proche, si les élites ne donnaient pas l'exemple du retour à une grande simplicité de mœurs, voire à l'austérité.

«Moi qui suis le plus grand critique de cinéma de Paris, et peut-être d'Europe, regarde ma cravate et dis-moi si tu en as jamais vu d'aussi élimée, d'aussi crasseuse. Je la porte depuis deux ans et pourtant, ce n'est pas l'argent qui m'a manqué. Il y a trois semaines encore, quand les Films Associés m'ont filé trois mille francs pour faire l'éloge de leur navet, j'aurais pu m'acheter tout un jeu de cravates. Mais j'ai compris qu'être simple, c'est être pur et c'est être fort pour que vive l'esprit...

– C'est des histoires, s'impatienta Jiji. D'abord, je vois pas ce qu'il y a de plus simple qu'un deux-pièces...»

Pour la dixième fois, elle allait décrire l'ensemble façon sport en pure laine, lorsque Martin arriva. Elle resta sous pression pendant le temps des poignées de main, mais comme elle se préparait à revenir à la charge, Mathieu Mathieu dit à Martin en lui écrasant le pied sous la table :

« À propos, et ton loyer ? Comment t'en es-tu tiré ?

– Mon loyer !... Ah ! mon loyer... ne m'en parle pas, je suis dans un pétrin... je ne sais pas où donner de la tête... C'est bien simple, si je n'ai pas trouvé la somme avant demain matin, c'est la saisie. Tu ne pourrais pas, des fois...

– Impossible. D'ailleurs, mes cinq cents francs ne suffiraient pas.

– Mais si ! pour les deux cents autres, je m'arrangerai... Prête-les-moi. Je te les rendrai... Je te le promets... Pense à mes meubles, à la saisie... »

Jiji, le visage enflammé, regardait Mathieu Mathieu qui hésitait encore. Enfin, il tira de sa poche le billet de cinq cents francs et le tendit à Martin en soupirant :

« Je peux pas voir un ami dans l'embarras. C'est plus fort que moi... »

Jiji, les larmes aux yeux, quitta la table sans dire au revoir ni même se poudrer. Quand elle fut sortie du bar, Martin rendit les cinq cents francs à son meilleur ami. Ils parlèrent de leurs occupations. Mathieu Mathieu confia qu'il venait d'entrer dans la première phase d'une période d'évolution qui serait probablement très longue.

« Mon vieux, on n'imagine pas tout ce que le talent doit aux accessoires, aux petites nécessités. Moi, jusqu'à la semaine dernière, j'avais toujours écrit mes articles avec un stylo. Une habitude... un peu de superstition aussi... La semaine dernière, Jiji me le fracasse au moment où j'allais me mettre à mon article. 11 heures du soir, la copie pressait, pas question d'en acheter un autre. Tant pis, je demande un porte-plume au bureau de l'hôtel. Une plume Gauloise, c'était. Je sais pas si tu vois comme c'est fait, les plumes Gauloises...

– Oh ! si, je vois bien...

– Je fais mon papier comme d'habitude et, regarde comme c'est curieux, sans m'apercevoir de rien. C'est seulement en le revoyant imprimé que j'ai eu un choc. C'est toute ma manière d'écrire qui était changée. Un style perforant qui entre au cœur de l'obstacle et qui le fait éclater... On ne se doute de rien et puis, clac, un coup sec... ça y est. Voilà où j'en suis maintenant. Oh ! j'avais toujours eu le pressentiment que les plumes de stylo n'avaient pas assez de pointe... du moins pour la critique. Parce que, entendons-nous bien,

pour la poésie, je ne verrai jamais qu'une plume, c'est celle de stylo!
Si jamais j'écris le poème auquel je pense...
– Tu vas écrire un poème? Tu ne m'en as jamais parlé! reprocha
Martin.
– Oh! j'y pense comme ça... Je vois la poésie tellement malade de sa
grosse tête, avec son pauvre petit œil fouinard de Méphisto pasteurisé,
que j'en pleure des fois la nuit dans mon lit. Je rêve d'écrire une épopée qui lui rende du poitrail et des fesses. Moi, mon poème part de la
conscience obscure des végétaux ou, si tu préfères, de l'intelligence
organique. À force d'être abattus pour être transformés en armoires et
meubles de toute espèce, les arbres des forêts finissent par prendre
conscience de leur destination. Ils s'adaptent, c'est-à-dire qu'au lieu de
pousser tout droit, ils prennent sur pied la forme d'un buffet Henri II,
d'une commode Louis XVI, ou d'une table Directoire. Les hommes
n'ont même pas besoin de les couper, ils trouvent plus simple de vivre
dans les forêts... C'est la réconciliation avec la nature...»
Martin, pliant sous l'admiration, balançait la tête avec gravité.
Mathieu Mathieu ajouta:
«Et encore, un exposé aussi sec, ça ne dit pas grand-chose. Tiens,
pour te mettre dans le bain, je vais détacher deux ou trois vers:

> *Brisant des nombres d'or le cercle maléfique,*
> *La fille des magnats rêve à un malabar*
> *Et regarde écumer la sève du Tropique*
> *Sur la chambre à coucher en bois de Macassar.*

– C'est beau, dit Martin. C'est même rudement beau.»
Mathieu Mathieu, tout rose d'émotion, regardait son ami avec grati-
tude. Il lui prit la main et interrogea:
«Et toi, ton roman? Est-ce que tu as trouvé quelqu'un à faire mourir?»
Martin secoua la tête. Non, il n'avait trouvé personne. Mathieu
Mathieu se sentit plein de compassion. La poésie le rendait très bon
et il aurait bien voulu aider son meilleur ami. Une idée lui vint et il
proposa d'une voix qui tremblait un peu de la fièvre du sacrifice:
«Si tu veux, moi je peux entrer dans ton roman?
– Oh! non, protesta Martin. Penses-tu! D'abord, tu as un poème à
écrire... Et puis, non et non! Jamais je ne consentirai! Quel
remords!...»
Il y eut un moment de silence. Mathieu Mathieu était très ému de sa
propre générosité. Cependant Martin réfléchissait.
«Évidemment, reprit-il, je ne serais pas embarrassé pour te caser.
Dans le chapitre en cours, par exemple, je te vois très bien...

– Puisque tu ne veux pas, coupa Mathieu Mathieu, n'en parlons plus. Tu en as encore pour longtemps, de ton travail ?
– Une semaine, dix jours au plus... D'ici là, j'espère qu'il se produira quelque chose. J'attends une visite... »

La visite attendue par Martin semblait tarder, et il devenait chaque jour plus nerveux. Son roman était très avancé et il n'y avait plus moyen de tenir le chef de bureau, sauf pendant ses accès de désespoir. Il était alors comme un enfant et se traînait en sanglotant aux pieds d'Armandine. La malheureuse était à bout de résistance.

Enfin, après avoir annoncé sa visite par un coup de téléphone, l'éditeur arriva chez Martin un soir après dîner. Le romancier observa qu'il avait mauvaise mine et qu'il flottait un peu dans ses vêtements.

« Asseyez-vous... J'étais loin de m'attendre à votre visite... Figurez-vous que j'avais l'intention d'aller vous voir demain matin pour parler affaires... Oui, j'aurais besoin d'une avance...

– Quand vous viendrez, nous en parlerons... je ne sais pas où en est votre compte, mais je crois que je pourrai faire quelque chose.

– Et moi, j'en suis sûr. Hier soir, je me trouvais avec un éditeur que j'aime mieux ne pas nommer, et il me parlait d'Armandine qu'il avait vue au gala de la Plume au Vent. Il disait qu'après une réussite pareille vous aviez dû m'allonger une jolie somme... Je n'ai pas voulu le détromper, mais j'étais tout de même un peu gêné d'avoir un complet pas frais...

– Je n'ai pas besoin que vous me disiez son nom... Cet éditeur-là, je le connais... Il vous a fait des propositions ?

– Oui... Oh ! vous savez, rien de ferme...

– Eh bien ! méfiez-vous de lui... sa maison est au bord de la faillite... et il est comme tant d'autres éditeurs qui voudraient profiter des sacrifices que je fais pour lancer des auteurs... Il fait beaucoup de promesses, mais il n'en reste pas grand-chose... Notez bien que si vous avez besoin d'argent tout de suite, je suis tout prêt... »

L'éditeur sortit son carnet de chèques et comme Martin parlait d'une avance de trente mille francs, il eut un rugissement de protestation. Néanmoins, au cours de la discussion qui suivit, il se défendit sans trop de vigueur. Visiblement, il voulait être agréable à Martin. Celui-ci empocha un chèque de quinze mille francs, cinq de plus qu'il n'avait espéré.

« J'étais venu vous parler de votre roman, dit l'éditeur après qu'ils eurent réglé l'affaire. Je m'intéresse beaucoup à vos personnages et en particulier à Armandine... C'est une femme charmante pour laquelle j'éprouve une très vive sympathie. Vous avez eu la gentillesse de lui accorder tous ses après-midi pour me permettre de l'étudier, et je vous en remercie. Malheureusement, Armandine ne se prête pas à cette étude comme je l'avais espéré... Comprenez-vous? elle reste distante... je n'arrive pas à la pénétrer...

– Il ne faut pas lui en vouloir, fit Martin. Elle a tant de préoccupations...

– Justement, c'est à ces préoccupations-là que je voulais en venir. Si j'ai bien compris les demi-confidences d'Armandine, elle se sent liée par une passion qu'elle ne partage pas. Elle ne veut pas céder à son gendre, mais elle croirait le trahir en cherchant ailleurs...

– C'est un scrupule qui l'honore, fit observer Martin.

– Sans doute... quoique l'insistance de ce Soubiron soit une chose odieuse, à y réfléchir... et qui mériterait une sanction...»

L'éditeur se tut et parut attendre de Martin qu'il le précédât dans une voie encore incertaine. Martin ne le comprit pas et son hôte reprit sur le ton enjoué:

«Cher ami, vous rappelez-vous ce jour où vous m'avez parlé de votre roman pour la première fois? Nous avions échangé, à propos du dénouement, des paroles assez vives... J'avais montré une certaine intransigeance, si j'ai bonne mémoire...»

L'éditeur donna à Martin, sur l'épaule, une tape affectueuse et poursuivit en riant:

«Oh! je sais bien que vous ne m'en avez pas voulu... D'ailleurs, ces interdictions-là n'étaient pas sérieuses... Il va sans dire que vous êtes absolument libre; et si vous avez envie de faire mourir quelqu'un... Moi, j'avais pensé à Alfred Soubiron. Au fond, c'est un personnage bien encombrant. Et puis, pourquoi vous le cacher, sa disparition me ferait autant de plaisir qu'à vous-même.»

Martin hochait la tête d'un air approbateur, et comme l'éditeur le pressait, il répondit d'une voix mélancolique:

«Quel dommage que vous soyez venu si tard... J'ai fini le roman hier soir. Il ne m'était plus possible de prolonger la résistance d'Armandine. L'exaltation du chef de bureau a fini par la gagner. Elle a cédé... C'est d'ailleurs une chose très belle, très émouvante... Elle se déshabille avec simplicité, et lui... mais vous lirez... je ne veux pas vous gâter la surprise.»

L'éditeur, atterré, montrait un visage pâle et défait. Il demanda en bégayant:

«Vous pourriez peut-être ajouter un chapitre?

– Impossible», répondit Martin.

Il alla prendre son manuscrit dans un tiroir et le lui mit sous les yeux.

«Tenez, voilà le dernier chapitre. Regardez, là, sous le mot volupté, j'ai écrit : fin.»

Il fallut bien se rendre à l'évidence. Un long moment, l'éditeur resta silencieux à remâcher sa déception. Comme Martin replaçait le manuscrit dans son tiroir, il lui dit d'une voix sèche, mais sans grand espoir et plutôt par acquit de conscience :

«Rendez le chèque !

– Demandez-moi quelque chose qui me soit possible. J'aimerais tant vous faire plaisir, dit Martin. Et puis, ne vous découragez pas, que diable ! Vous avez l'avenir devant vous... J'abandonne mes personnages, mais leur vie continue. Le chef de bureau a déjà eu une congestion pulmonaire, il peut avoir une rechute... Armandine peut se lasser... C'est à vous d'être persévérant...

– Non, non, je sens bien que l'aventure est finie pour moi, soupira l'éditeur. Est-ce que vous avez déjà choisi un titre pour votre roman ?

– Non, pas encore.

– Si vous voulez me faire plaisir, appelez-le Armandine.

– Je vous le promets.»

Sous le titre d'Armandine, le roman connut un immense succès. Le fait qu'il n'y eût pas un seul mort dans le livre de Martin bouleversa la critique et les personnes de l'élite. En moins de six mois, il se vendit, rien qu'en France, sept cent cinquante mille exemplaires en chiffre rond. Martin eut plusieurs complets neufs et une paire de souliers en peau de phoque. À Mathieu Mathieu, le meilleur ami, il fit cadeau d'un très beau stylo qui lui permit d'entreprendre son grand poème épique et de sauver la poésie.

JE SUIS RENVOYÉ

*L*e directeur du personnel de la Banque expliquait, avec l'aisance que donne l'habitude, la nécessité où se trouvait l'établissement de réduire ses frais généraux. Il semblait, à l'entendre, que la crise économique fût un jeu alerte et courtois entre gens de bonne société, qui savaient accuser les coups avec sérénité. Aberdame en était un peu ébloui. Assis devant la table directoriale, il suivait difficilement ces précautions oratoires qui préparaient une conclusion trop certaine, et n'en saisissait le sens que par intermittence. Par paresse et débilité de caractère, et bien qu'il fût déjà fixé sur son sort, il se rassurait un peu à entendre le son de cette voix ferme et polie, comme s'il s'agissait de débattre son affaire, et que le verdict ne fût pas contenu dans ce prélude d'une bienveillance purement formelle. De temps à autre, il approuvait avec un sourire peureux et, en assurant son binocle, signifiait d'un coup de menton qu'il entrait dans toutes les raisons du directeur. Même, il aurait souhaité lui fournir des arguments pour nourrir l'entretien et reculer jusqu'à mort ou à miracle le tournant de sa destinée. Profitant d'un silence dont le directeur aérait son exposé, il se poussa au bord de sa chaise et, d'un tour de tête, dégageant sa pomme d'Adam de son haut col dur, il prononça d'une voix empressée :
« Bien sûr, la crise est la crise, on n'y peut rien. Espérons qu'elle aura une fin.
– Espérons-le, accorda le directeur avec bonhomie. En attendant, chacun doit prendre ses dispositions.
– C'est certain, dit Aberdame, c'est certain. »
Le directeur saisit la transition et ouvrit le dossier de l'employé Aberdame, qui était posé sur sa table. Dans une chemise de carton vert, il y avait une dizaine de feuillets qu'il consulta d'un regard attentif en amenant sa conclusion : un acte de naissance, un extrait de casier judiciaire, un état de situation de famille, un certificat de

---

Première publication dans Marianne, *30 octobre 1935.*

domicile, la demande d'emploi du postulant, une dictée et un problème d'escompte, des renseignements de moralité, et des appréciations périodiques sur l'exactitude et le travail de l'employé. L'œil vague et la bouche angélique, Aberdame respirait une atmosphère de faiblesse cordiale. Avec des subtilités d'inflexion qui suffisaient à charmer son inquiétude, il se répétait mentalement les paroles qu'il venait de prononcer. Comme si cet échange fugitif eût été le sommet de l'entretien, il y découvrait un asile. Les choses allaient sûrement s'arranger. Transi de complaisance, le cœur tendre et la lèvre molle, il se sentait prêt à baver de fraternité. Cependant, le directeur en était déjà très loin, et après avoir parlé de réduction de personnel, commentait les notes d'Aberdame. Elles étaient médiocres, et il fit entendre qu'elles justifiaient, à elles seules, une mesure que la crise économique avait simplement hâtée.

«Je vous ai d'ailleurs averti à plusieurs reprises, et il faut bien constater que vous n'en avez tenu aucun compte. À chaque instant, on me signale qu'il a fallu donner la chasse à une erreur qui s'est glissée dans vos bordereaux. Tenez, hier encore...»

Sans qu'il y songeât, sa voix retrouvait un accent de sévérité qui fit tressaillir le patient et le tira de son absence. Aberdame ajusta son regard à celui du directeur et eut une sueur d'angoisse. Des lambeaux de phrases, significatifs, qui venaient de retentir à ses oreilles sans éveiller son attention, lui rendirent brusquement leur sens exact. Le sang se retira de son maigre visage, ses lèvres remuèrent sans pouvoir articuler un son, et il finit par bégayer :

«Je suis renvoyé.»

Le directeur joignit les mains sur le nœud de sa cravate et ferma les yeux une seconde avec une expression de tristesse et de compassion impuissante. Il semblait dire que Dieu lui-même ne peut rien pour celles de ses créatures qui souffrent par leur faute.

«Je suis renvoyé», répéta Aberdame d'une voix blanche.

L'une de ses mains tremblait sur son genou, et l'autre, tâtonnant sur sa poitrine étroite, montait vers son faux col pour en desserrer l'étreinte. Il éprouvait une affreuse sensation, de solitude et de mortelle nudité, comparable à celle que lui donnaient certains cauchemars, quand il rêvait qu'il échouait à son certificat d'études ou qu'il circulait en chemise dans la rue. Pourtant, il ne se représentait pas encore les torturantes incertitudes de l'avenir, il ne songeait ni à sa femme, ni à ses trois enfants. Il se disait seulement qu'il était renvoyé. Le mot, sans qu'il fût besoin d'en exprimer la réalité, tintait comme un glas dans sa cervelle. Il le répéta plusieurs fois encore pour essayer de l'user un peu. Son regard se fixa sur l'une des pièces du dossier, qu'il reconnut pour un certificat de domicile. Il en eut aux joues une chaleur de honte et de mélancolie. Il se rappela le jour où il était allé chercher son certificat au bureau de police, il y avait presque trois ans, et son orgueil puéril de quitter un emploi d'aide magasinier pour entrer à la Banque. Une fois, dans les premiers temps, il avait dit à la concierge en tirant sa montre : « Bigre ! je vais arriver en retard à mon bureau. » Et la concierge avait eu un sourire de considération, dont il s'était senti grandi. Il imagina de quel sourire elle allait accueillir la nouvelle de son renvoi, et il vit fondre tout d'un coup son trésor de fierté. Il se trouvait plus démuni qu'aux pires époques de sa vie de pauvre homme timide et sans appétits. Déjà s'insinuait en lui la peur sournoise de cette vocation de clochard qui l'avait sollicité autrefois, aux mauvais jours, quand ses habitudes sociales ne l'obligeaient plus, et qu'il était tenté par le repos d'une condition animale, au ras de la mort et au bas de l'échelle, là où il n'y a plus à descendre. Pour s'en défendre, il épela tout bas : « Certificat de domicile. »

Le directeur du personnel considérait avec autant de gêne que de pitié ce visage résigné, doux comme un reproche de bête. D'habitude, ses arrêts étaient accueillis avec une certaine fierté. Jamais, dans l'exercice de sa profession, il n'avait eu affaire à un homme aussi pénétré de sa faiblesse. À la dérobée, il jeta encore un coup d'œil au dossier, et s'étant convaincu que sa justice n'était pas en défaut, il pensa ne pouvoir mieux faire que d'offrir à Aberdame des paroles de sympathie et d'encouragement :

« Croyez bien, monsieur Aberdame, que nous nous privons avec beaucoup de regrets de votre concours. C'est une mesure à laquelle nous ont obligés les circonstances que je vous exposais tout à l'heure. Elle ne diminue en rien l'estime et la confiance que vous nous avez toujours inspirées. C'est ce qui me fait croire que vous trouverez à vous employer ailleurs. Et pendant les dernières semaines que vous avez à passer chez nous, je vous accorderai toute la liberté possible pour faciliter vos recherches... Vous avez trente-six ans ? À cet âge-là, rien n'est compromis... »

– C'est certain », approuva Aberdame d'une voix fatiguée.

Il se lisait sur son visage tant de résignation que le directeur en fut découragé et referma le dossier d'un geste sec, signifiant que l'entretien était terminé. Aberdame quitta son siège et salua d'un murmure. Quand il eut franchi la porte du cabinet, il se demanda avec un peu d'anxiété s'il s'était convenablement acquitté envers le directeur. Il lui semblait que son salut avait été bref, et il regretta de n'avoir pas préparé une formule de civilité. Dans le couloir ciré qui conduisait à l'escalier, il marchait sur la pointe des pieds, par une sorte de respect involontaire pour les puissances de la Banque, groupées dans cette aile de l'étage. L'idée qu'il avait pu paraître impoli au directeur ne le lâchait pas. Elle le poursuivait encore lorsque, après avoir monté l'escalier, il se trouva devant la porte de son bureau. Brusquement, il fut assailli par la pensée qu'il lui faudrait, dans quelques heures, apprendre la nouvelle à sa femme. Il s'arrêta court, écrasé par la perspective de son retour au domicile. Il ne lui parut pas possible de gagner son bureau et d'affronter la curiosité de ses collègues dans un tel désarroi intérieur. Il alla chercher un refuge dans les vespasiennes. Deux employés y devisaient côte à côte. Aberdame s'enferma dans le compartiment des cabinets, s'assit sur le siège et s'abreuva de la tristesse du retour. Son logement lui apparaissait dans une pénombre amère où la vie devenait peureuse. L'idée ne lui vint pas de dissimuler la mauvaise nouvelle jusqu'au jour où il quitterait la Banque, et d'ailleurs, il ne l'aurait pas pu. Il savait comment les choses se passeraient tout à l'heure, il évoquait la scène avec minutie. Le couvert était mis, les enfants riaient autour de la table. Au bruit de la porte d'entrée, sa femme quittait la cuisine pour l'accueillir. Elle n'observait rien d'anormal dans sa personne, car sa physionomie et ses gestes ne s'associaient jamais à sa détresse ; il était incapable de cette comédie élémentaire qui rend le malheur plus décent. Il embrassait sa femme et disait simplement, sans élever la voix, comme une chose qui va de soi : « Je suis renvoyé de la Banque. » Aussitôt, il redevenait l'homme des anciens jours ; sa femme et ses enfants reconnaissaient l'homme effacé, sans ardeur à vivre, et toujours résigné au pire. Ils fuyaient ce regard de tranquille impuissance, qui décourageait autrefois tout effort à lutter. Il embrassait sa femme et disait paisiblement : « Je suis renvoyé. » Ces simples mots suffisaient à faire renaître le drame de la nourriture. La mère reprenait ce visage terrible qui semblait toujours, dans l'incertitude des jours à venir, épier une menace sournoise. Les enfants apprenaient à parler tout bas, et à être honteux d'un éclat de rire. Affaissé sur sa rondelle de bois, Aberdame, le regard fixe, sentait les larmes lui monter aux yeux. D'autres pensées, qui lui étaient jadis familières, se pressaient maintenant dans sa tête. Tandis qu'il essuyait les verres de son lorgnon, il rêva d'une infirmité qui l'eût allégé du fardeau de ses responsabilités et du remords de son impuissance. Il était aveugle, on le plaignait d'être pauvre et infirme (et si courageux aussi). Puis il rêva qu'il voyait mourir sa femme et ses trois enfants; on le plaignait encore, il avait un chagrin cruel, il était inconsolable; mais son renvoi n'avait plus d'importance, il devenait libre de s'abandonner. Tout un bagage de misère, qu'il s'étonnait d'avoir pu tenir à l'écart aussi longtemps, lui revenait à l'esprit. Dans les circonstances difficiles, son imagination ne lui proposait jamais une revanche ou quelque fortune bâtie sur un coup de dés, mais toujours la chute qui le dispensait de lutter.

Aberdame était assis depuis près de dix minutes, et ses rêveries l'avaient amené insensiblement à la vision d'une solitude sordide, dont il se sentait comblé. Engourdi sur le siège, il lui semblait être très loin du monde, et abrité de la société pour toujours. Son rêve de solitude se confondait avec la réalité présente, et il lui plaisait de croire qu'il était dégagé, vis-à-vis d'autrui, de toute espèce d'obligation. L'idée qu'il était renvoyé ne l'atteignait même plus. Il se sentait si bien oublié qu'il jouissait de sa lassitude et de sa faiblesse. Sa rêverie s'appauvrissait, jouait sur des thèmes de plus en plus ténus, et il appelait l'instant où, le cerveau vide de toute préoccupation, il serait délivré de l'habitude de penser et deviendrait un être libre. Il en fut empêché par le bruit d'un pas, qui approchait rapidement. Quelqu'un hocha le ticlet de la porte, et fit entendre un grognement d'impatience. Aberdame s'accorda encore quelques minutes de répit, mais ses derniers instants furent troublés par la présence de l'intrus qui faisait sonner ses talons derrière la porte.
«Alors, quoi, là-dedans?» dit une voix furieuse.
Aberdame eut un sursaut et se leva, l'estomac étreint par une angoisse qui lui remit dans le nez l'odeur nauséeuse des plus tristes heures de son enfance, aux petits matins de rentrées des classes. Par respect humain, il fit fonctionner la chasse d'eau et quitta sa retraite. Lorsqu'il pénétra dans son bureau, le chef s'entretenait avec le chef d'un autre service, et il put regagner sa place sans être interrogé. Ses trois collègues, qui travaillaient avec lui à la même table, lui jetèrent des regards furtifs sans lever la tête. Sans doute étaient-ils avertis, car ils paraissaient gênés, comme honteux d'avoir été épargnés par la direction. En reprenant son travail, Aberdame s'aperçut que pendant son absence une partie de sa besogne avait été mise à jour. Il reconnut l'écriture de Moinier et de Ruffin, ses deux voisins immédiats. C'était un témoignage d'amitié, et sa peine en fut un peu adoucie. Le geste l'étonnait de la part de Moinier, qui l'avait toujours rudoyé, et qui ne lui dissimulait pas son mépris pour son indiffé-

rence complète aux questions sociales. Moinier le traitait d'esclave, de cocu, et lui promettait un emploi humiliant dans la société communiste. Pour Aberdame, ce genre de discussion était indigne d'un employé de la Banque ; et, personnellement, le communisme ne lui proposait aucune chance nouvelle. Cette perfection de la justice lui inspirait un éloignement voisin du dégoût. Sans avoir besoin d'en raisonner, il sentait que sa position, dans un monde absolument équitable où les déchéances n'avaient plus d'excuse, s'aggravait encore en perdant une sorte de vraisemblance.

À 6 heures, Aberdame rangea lentement ses papiers, s'attardant à vérifier de menus détails pour laisser à ses compagnons le temps de partir avant lui. Mais Moinier et Ruffin, moins pressés qu'à l'ordinaire, réglaient leur allure sur la sienne et semblaient attendre que le chef du service fût sorti. Il n'y avait, dans leur conduite, rien de concerté, et sans savoir au juste ce qu'ils feraient, ils sentaient qu'ils devaient quelque chose à leur camarade malheureux. Lorsqu'ils furent seuls tous les trois, Moinier lui mit la main sur l'épaule et le regarda en face, avec émotion. Ruffin se pencha sur la table, et lui rangea son porte-plume qui n'était pas à l'alignement de la règle. Il y eut un instant de silence cordial. Aberdame n'avait pas l'habitude de l'amitié, il se sentait à la fois attendri et confus. Les bras ballants, il considérait ses deux camarades avec gratitude, un peu gêné d'être l'objet de tant d'attentions. Par contenance, il retira son lorgnon pour en essuyer les verres au coin de son mouchoir, et murmura en hochant la tête :
« Je suis renvoyé.

– C'est malheureux, soupira Ruffin.

– C'est dégoûtant ! déclara Moinier d'une voix rageuse. Je dis que c'est dégoûtant qu'on ait le droit de renvoyer un homme. On n'oserait pas foutre un chien à la rue sans savoir comment il va manger. Mais pour eux, un homme qui a une femme et des gosses, c'est moins qu'un chien. »

On entendit un pas dans le couloir, et Ruffin fit un signe d'avertissement. Moinier poursuivit en baissant la voix :
« Combien de fois est-ce que je te l'ai dit, hein ? tu ne voulais rien entendre. Tu trouvais tout naturel qu'on s'esquinte à trimer pour que des vieux jetons entretiennent des danseuses. Et quand je disais qu'on n'était même pas sûr de garder sa place, qu'il fallait mendier le droit de travailler, c'était moi qui déraillais ? Pendant ce temps-là, ils décidaient de te balancer… »

Il fit une pause pour mesurer l'effet de ses paroles. Dans son esprit, ce discours d'une violence sommaire n'était qu'un prélude destiné à

éveiller la colère d'Aberdame. Il se réservait, ce premier résultat obtenu, de le convertir par une argumentation plus subtile. Aberdame paraissait pensif. Il jeta un coup d'œil du côté de Ruffin, ôta encore une fois son lorgnon, et déclara d'un ton conciliant:
«Eux de la Banque, ils ont bien leurs ennuis aussi... il faut se mettre à leur place.»
Écœuré, Moinier hésita s'il reprendrait le fil de la discussion ou s'il abandonnerait la partie. Comprenant qu'il ne fallait rien espérer, il eut un rire de colère, et dit en tournant les talons:
«C'est pourtant des chiens couchés comme celui-là qui gâchent tout!»
L'indignation lui secouait les épaules. En s'éloignant, pour apaiser ses nerfs, il fit voler d'une chiquenaude le chapeau melon d'Aberdame, posé sur une pile de dossiers. Aberdame eut un murmure d'effroi et rajusta précipitamment son lorgnon. Ruffin lui ramassa son couvre-chef et, lui serrant la main pour aller rejoindre Moinier, dit d'une voix compatissante:
«Tout ça ne change pas les choses, hein?»
Demeuré seul, Aberdame examina son chapeau et l'épousseta soigneusement. Il était ennuyé d'avoir indisposé un collègue. Les propos de Moinier, qu'il considérait à la lumière de son aventure, lui paraissaient presque raisonnables. Il ne jugeait pas impossible qu'un traitement arbitraire lui eût été infligé, mais il était incapable d'en éprouver la moindre colère. D'ailleurs, le départ de l'injustice semblait si lointain, si incertain, qu'il trouvait plus commode d'en refuser l'hypothèse.
Sur le boulevard, il fut saisi par la fraîcheur de la température et marcha d'un pas allongé. Le spectacle de la rue, auquel il était toujours sensible, le distrayait un peu de sa peine. À cette heure d'avant-dîner, la foule était dense sur les trottoirs. Aberdame aimait ce mouvement lourd et pressé qui l'absorbait, cette ample rumeur qui tassait le souvenir de sa disgrâce dans une région lointaine de sa conscience. La menace dont il portait le poids ne le gênait pas trop; c'était, à l'endroit du cœur, une talure discrète, dont les environs étaient à peine endoloris. Mais, de temps à autre, l'idée de son retour au logis l'envahissait brusquement, lui donnait une commotion brutale, le serrait à la gorge. Alors, il marchait plus vite, cherchait sur le visage d'un passant ou dans une réclame lumineuse un sujet de distraction. Peu à peu, la menace devenait moins pressante, et il ne restait que la talure sous le gilet.
Aberdame dépassa la station où il prenait le métro d'habitude, non tout à fait sans y penser, mais avec la conscience imprécise qu'il laissait du

jeu à quelque hasard. Il feignit de s'en apercevoir vingt mètres plus loin, et décida qu'il irait jusqu'à la station suivante. Il ralentit alors son allure, il lui semblait à chaque pas qu'il se rapprochait de son logement de Belleville. Il se mit à flâner aux devantures, s'attardant à considérer des objets qui n'avaient pour lui aucun intérêt. Une minute, il fut en arrêt devant un soulier de femme, en satin bleu, étincelant de fioritures de strass. Il le quitta et en emporta une vision précise.

La station du métro était déjà dans son rayon visuel, et malgré ses efforts et ses ruses, Aberdame ne pouvait pas ne pas apercevoir la plaque d'émail et le lampadaire, non plus que le mouvement de la foule à l'entrée de l'escalier. À mesure qu'il en approchait, il cherchait désespérément un prétexte honnête à passer outre. Les tempes battantes, et la fièvre aux yeux, il s'efforçait de toute sa volonté à la poursuite d'une idée féconde, mais son cerveau rebelle lui imposait inlassablement la vision de son retour. Il montait l'escalier de son logement, entrait dans le vestibule, accrochait son chapeau melon, et les rires des enfants résonnaient à ses oreilles.

Il était à quelques mètres de la station, il entendit sur sa gauche un camelot crier «Une paire de bretelles». Il saisit le cri au vol, s'empara de l'idée de bretelles avec la volonté forcenée d'en faire jaillir un prétexte. Le front bandé par l'effort, et la peau moite, il crut être sur le point de le saisir, mais, pendant une seconde, le vide se fit dans sa cervelle, et il se retrouva chez lui; tandis qu'il frôlait la balustrade du métro, il voyait les enfants se lever de leurs chaises; un torchon à la main, sa femme venait à sa rencontre; il l'embrassait sans se hâter et, le regard vague, disait d'une petite voix unie: «Je suis renvoyé de la Banque.»

Un homme pressé le bouscula en le traitant d'ahuri. Aberdame murmura: «Une paire de bretelles», puis il allongea la main en tâtonnant, comme pour saisir la balustrade du métro. Mais la station était déjà derrière lui, et il en fut soulagé tout d'un coup. Il pouvait, raisonnablement, aller à pied jusqu'au métro République, ce qui lui éviterait de changer de direction. Il avait encore un long ruban de boulevards à parcourir, et l'instant douloureux reculait brusquement très loin.

Aberdame allait d'un bon pas tranquille, l'esprit presque libre et d'une curiosité plus attentive qu'à l'ordinaire. Passé la porte Saint-Martin, le boulevard devint plus sombre, le flot des passants moins pressé. Dans l'ombre d'un porche, Aberdame remarqua un être avachi, pelotonné en un tas noir; l'homme avait les yeux ouverts et son regard et son visage paraissaient absents; il était si enfoncé dans la misère, il s'appartenait si complètement que l'idée de mendier, même une parole, ne pouvait lui venir. Aberdame sentit une petite peur voluptueuse lui courir sur la peau, et il poursuivit son chemin, en songeant à cet étrange regard qui ne redoutait plus de surprises.

Sur le boulevard Saint-Martin, des boutiques commençaient à fermer, mais malgré l'heure tardive, Aberdame se sentait rassuré. Il savait qu'il ne prendrait pas le métro et qu'en arrivant à la République il déciderait de rentrer chez lui par le Faubourg du Temple et la grimpée de Belleville. Le répit qu'il s'accordait lui donna une confiance nouvelle; l'heure de l'échéance reculait comme par miracle et il en venait à concevoir l'espoir absurde d'une poursuite sans fin. Pourtant, lorsqu'il fut au milieu de la place de la République et qu'il aperçut l'entrée du Faubourg du Temple et ses lointains de pénombre, il lui sembla que le terme s'était brusquement rapproché. Il entrait dans une autre zone, il était déjà dans son quartier, autant dire chez lui. Il ne disposait plus du temps, ni de l'aventure. Planté sur le bord d'un refuge, Aberdame hésitait à s'engager. Il fit un pas sur la chaussée, une auto le fit reculer. De nouveau, il crut entendre le son de sa voix dans le logement de la rue des Envierges. Excédé, il tourna la tête, découvrit sur sa droite une longue échappée entre deux rangées d'arbres, et s'y dirigea d'un pas mou, prenant la chaussée en diagonale, sans souci des injures que lui adressaient les chauffeurs. Il marcha pendant cinq minutes, mal à l'aise et les jambes inquiètes, comme un cheval fourbu chassé de l'écurie. Un remords lui serrait la poitrine. Les lumières de l'avenue le gênaient, et il tourna dans une petite rue à hôtels, où les filles attendaient les passants. Son chapeau melon, son lorgnon et son visage harassé lui épargnèrent d'abord des invites trop pressantes. Plus hardie, une garce corpulente le saisit par le bras. Elle était chaussée de cuir bleu aux larges boucles de strass et Aberdame crut reconnaître la chaussure étincelante aperçue dans une vitrine des boulevards. Elle vit la direction de son regard et dit:

« Tu les aimes, mes souliers, chéri ?

– Oui, murmura Aberdame.

– Tu as bon goût, c'est ce qu'on fait de plus cher. Alors, tu veux bien être heureux ? moi, tu ne peux pas savoir comme j'ai envie... »

Aberdame était sans concupiscence. Il ne trompait jamais sa femme et il avait l'habitude de parler des filles avec dégoût. Son mépris était d'ailleurs purement verbal, et à vrai dire, il n'avait pas d'opinion. La garce essayait de l'attirer à elle, avec quelque précaution, pour ne pas l'effaroucher. Tête baissée, il regardait les souliers bleus, emmanchés de lourdes chevilles, et se débattait contre une idée jaillie de sa détresse et de son incertitude. Enfin, il se décida, si pressé, qu'il fut le premier à la porte de l'hôtel.

Aberdame posa son chapeau melon sur une chaise et, les bras ballants, resta planté au milieu de la chambre. À côté du lit, la fille se déshabillait en bavardant, et il répondait par monosyllabes, l'air préoccupé. Ayant dépouillé sa robe, elle se pressa contre lui et attira son attention sur l'importance de ses seins. Aberdame y toucha, avec un petit rire de politesse, mais son indifférence était visible, et il en fut gêné lui-même. Elle voulut le presser plus fort, l'échauffer par des jeux de main. Il se dérobait à petits pas, avec des gestes courts et des sourires de protestation. Comme elle lui jetait, d'un élan robuste, ses bras autour du cou, il se laissa tomber sur la chaise qui se trouvait derrière lui. Il y eut un bruit de carton froissé, et la chaise faillit culbuter.

«Je me suis assis sur mon chapeau», dit Aberdame en se levant.

En effet, le melon était écrasé, craquelé, une aile tordue, et la coiffe passant par une fente. Côte à côte, ils considéraient le malheureux débris. La fille menait un grand deuil, et se défendait d'être responsable de l'accident. Aberdame n'accusait personne. Il ne paraissait ni ennuyé, ni surpris, simplement un peu ému.

«Ça ne fait rien, murmura-t-il, c'était mon chapeau des jours.

– Tu diras à ta femme qu'il a roulé sous un taxi. Elle ne peut rien trouver à redire.»

Il commença de se dévêtir, et la garce reprit de l'aplomb. Après en avoir extrait son portefeuille, il posa sa veste sur le chapeau. Le marchandage prit encore quelques minutes. Aberdame avait dans son portefeuille une somme de six cents francs, à peu près la moitié des économies du ménage, et qu'il portait toujours sur lui, sans envisager la possibilité de s'en servir, mais pour se sentir un peu important. Dans le portefeuille, les coupures de cent et de cinquante francs faisaient du volume. La fille les lorgnait avec des regards impatients. Aberdame, après s'être fait prier, lui donna cent francs. Tandis qu'elle les glissait dans son soulier bleu, il rassembla ses billets de banque et ses papiers d'identité dans un même compartiment, et posa le portefeuille en évidence sur son veston.

Entre les cuisses ouvertes au bord du lit, Aberdame distinguait, en virgule sur le départ de la raie fessière, une longue touffe noire, collée comme du poil de chèvre, et où perlait encore la rosée des ablutions. Il baissa les yeux, ennuyé, n'osant pas reculer et n'ayant point d'entrain à avancer. Il se dandinait tristement, tirait sur sa chemise pour se couvrir les cuisses, et grattait la descente de lit du bout de son soulier. La tête renversée sur le traversin, la femme l'invitait

avec des mots pressants. Alors, il toussa pour s'éclaircir la voix, et dit en la regardant de côté :
« Ce soir, je ne me sens pas en train... Non, vraiment... »
Elle se leva, humiliée, méfiante aussi, craignant qu'il ne réclamât son argent, et prête à lui tenir tête.
« En tout cas, ce n'est pas de ma faute... il fallait réfléchir plus tôt ! »
Il eut un signe d'assentiment, et aussitôt rassurée, elle se radoucit.
« Voyons, qu'est-ce que tu as ? »
Lâchant le pan de sa chemise, il haussa les épaules, comme pour éluder la question.
« Tu as des ennuis ?
– Ah oui, soupira-t-il, des ennuis... »
Curieuse, elle fit un pas en avant, lui mit les mains aux épaules, et eut un regard d'amicale insistance. Aberdame se pencha sur elle, l'embrassa sur les deux joues, et dit d'une petite voix indifférente :
« Je suis renvoyé de la Banque. »
Aussitôt, il se sentit délivré d'un grand poids, comme s'il venait de libérer sa conscience. La fille le considérait d'un air un peu hostile, se demandant s'il s'était moqué d'elle, et s'il convenait de se fâcher. Il se dégagea doucement et, traversant la chambre, gagna le lavabo de céramique, où il se lava le visage et les mains. Derrière lui, il entendit le pas des souliers bleus sur la descente de lit, puis, à peine moins discret, sur le parquet ciré. Il y eut un silence et, après un froissement léger, un autre silence. Aberdame tourna la tête avec précaution et entrevit une silhouette penchée qui fourrait dans son bas la liasse de billets de banque avec les papiers d'état civil qu'il y avait glissés tout à l'heure. En s'essuyant les mains, il songea à l'angoisse de sa femme et de ses enfants ; il en avait encore pitié, mais le drame lui était déjà étranger. Il y avait là un fait divers pénible, mais lointain, qu'il était en train d'oublier. Entre sa famille et lui, l'aventure du melon écrasé et des économies évanouies venait de mettre une distance inappréciable.
Dans la rue, après un quart d'heure de marche, Aberdame se sentit déjà fatigué, délicieusement fatigué. Son chapeau ruiné inquiétait les passants, il allait contre le vent, une épaule devant l'autre, et la tête baissée. Il avait changé de mémoire, et ne savait plus rien, sinon qu'il errait dans la ville depuis toujours, cherchant la vie au ras du sol, sans peur et sans espoir. Dans la nuit de ses souvenirs, le vent n'avait pas encore effacé tout à fait le coin de vitrine où flambaient les boucles en strass d'un soulier bleu.

L'ÉLÈVE MARTIN

*L*e surveillant général Escuelle préparait dans son bureau les bulletins des élèves inscrits au tableau d'honneur lorsqu'il entendit un bruit de portes claquées et, à peine perceptible, celui d'un pas nombreux sur le gravier de la cour du collège. Pour la dixième fois depuis le début de la matinée, il se leva de dessus sa chaise, l'œil bilieux et la fièvre au front, afin de courir à la fenêtre. Malheureusement, la clef du tiroir de sa table se trouva engagée entre deux boutons de son gilet, ce qui lui fit perdre tout près d'une minute. Lorsqu'il put soulever un coin du rideau de la fenêtre, les élèves qui avaient obtenu de leurs professeurs respectifs la permission de s'absenter étaient déjà alignés contre la vespasienne, à l'autre bout de la longue cour. Escuelle les apercevait de dos sans pouvoir les reconnaître; ils étaient éloignés d'une centaine de mètres, et le petit toit qui faisait saillie au-dessus de leurs têtes reculait leurs silhouettes dans une zone de pénombre. Il les distinguait néanmoins suffisamment pour observer leurs gestes. Rangés d'une manière décente, ils étaient quatre, à peu près de la même taille, chacun dans son compartiment d'ardoise. Au premier coup d'œil, cette rencontre de quatre élèves appartenant nécessairement à des classes différentes avait paru suspecte à Escuelle. Ses fonctions de surveillant général, son caractère inquiet, certains événements récents ne l'inclinaient guère à croire aux hasards innocents. D'ailleurs, le calcul des probabilités, d'accord avec son expérience, écartait l'idée d'une simple coïncidence. Ce lui fut une raison supplémentaire d'être vigilant, et il observa que l'un des élèves urinait en s'aidant de la main gauche, à la différence de ses compagnons qui menaient leur affaire avec la main droite, la gauche pendant sur la couture du pantalon. D'un coup de main, Escuelle essuya la buée qu'il venait de souffler sur la vitre, et regarda avec plus d'attention encore. Il s'aperçut alors que la main droite de cet original était elle-

Première publication dans Candide, *9 août 1934.*

même occupée; il la vit bouger à hauteur d'épaule, et à vrai dire la devina plutôt qu'il ne la vit, les mouvements du coude l'aidant à la situer sur le fond d'ardoise brillante. Un flot de sang empourpra son visage, son cou se gonfla dans son faux col dur, et il eut une avalée de salive qui fit un borborygme. Il tenait enfin le coupable qui, depuis près d'une semaine, couvrait les murs et les portes des graffiti infâmes dirigés contre sa personne et contre l'honneur de son épouse. Son corps mou et adipeux frissonna d'une joie cruelle de grand fauve. Encore quelques secondes d'affût, et l'ignoble gribouilleur, en se retournant face à la fenêtre, livrerait son identité. Dans son impatience, il semblait à Escuelle que les quatre élèves n'en finissaient pas d'uriner. Il eut envie d'ouvrir la fenêtre et de les interrompre par un impératif bruyant. Derrière lui, il entendit un coup frappé à sa porte et un pas retentit sur le parquet de son bureau. Avec ses deux mains, il fit un geste ridicule qui voulait commander le silence. Au fond de la cour, l'un des quatre élèves fléchissait légèrement les jambes et reculait d'un pas pour se dégager de son compartiment.

«Escuelle! appela le principal qui venait d'entrer, je suis pressé...»

Escuelle n'eut pas la force de caractère qu'il fallait pour résister à cette injonction venue d'en haut, et se retourna sans toutefois lâcher le rideau. M. Prieur, le principal du collège, toisa son subalterne avec un peu de mépris. Il admettait que ce rôle d'espion fût une nécessité de la discipline, mais le témoignage lui en était pénible. Le surveillant général, qui n'avait jamais pu se résigner à l'injustice de ce mépris, crut tenir l'occasion éclatante de relever son prestige.

«Monsieur le principal, mon attention a été attirée tout à l'heure... c'est-à-dire qu'en travaillant, j'ai eu l'inspiration...»

Il ne trouvait pas ses mots, l'ivresse du succès le faisait bafouiller. M. Prieur lui dit avec une bonté condescendante:

«Reprenez vos esprits, Escuelle.

– J'ai découvert l'auteur des inscriptions! lâcha le surveillant général avec une grimace voluptueuse qui plissa son visage bouffi. Il est là! Regardez!»

Volte-face, il pointa l'index vers le fond de la cour, et le principal, fort satisfait de pouvoir mettre un terme au scandale de ces graffiti dans lesquels il était, lui aussi, nommément mis en cause, se pressa de gagner l'embrasure de la fenêtre. À côté de lui, le surveillant général semblait mal à l'aise et gémissait sourdement:

«Une minute... une minute perdue...»

Au fond de la cour, les quatre élèves avaient déjà quitté la vespasienne et, avant de regagner leurs classes, échangeaient quelques mots. L'un d'eux, pour se détendre, ramassait un caillou qu'il projetait d'un coup de pied vers le milieu de la cour, comme un ballon. Les deux hommes, derrière leur fenêtre, reconnurent facilement les quatre gamins. Il y avait Michelet, élève de troisième A ; Filleul, de troisième B ; Trubère, de quatrième B ; et Martin, le cancre de cinquième B.

« Lequel est-ce ? demanda le principal.

– Je ne sais plus, murmura Escuelle. Tout à l'heure, je le voyais de dos, j'attendais pour le reconnaître qu'il eût fait son besoin et qu'il se retournât. Mais vous êtes entré... »

M. Prieur perçut un reproche dans les dernières paroles d'Escuelle. Il riposta en haussant les épaules :

« Il fallait rester à votre poste et m'informer sans tourner la tête. Le collège n'est pas la caserne... Je n'exige pas le garde-à-vous. Au moins, avez-vous noté quelque particularité vestimentaire qui puisse faire reconnaître le coupable ? »

Le surveillant général eut un geste de détresse. Il n'y avait pas songé.

« J'étais si sûr de découvrir son visage que je ne voyais pas l'utilité...

– C'est pourtant l'*abc* de ce genre de besogne, fit observer M. Prieur. Ainsi, vous n'avez aucun indice ? »

Escuelle considéra le groupe des élèves avec un air pensif et prononça comme en *a parte* :

« Je ne serais pas surpris si j'apprenais que Martin... c'est un si mauvais élève... Oui, peut-être Martin...

– En effet, approuva M. Prieur, ce Martin a déjà fait beaucoup parler de lui cette année. En tout cas, il faut que cette affaire soit tirée au clair. Courez vite jusque-là et faites attendre les élèves. J'arrive derrière vous. »

Escuelle se jeta sur la porte avec impétuosité. Pour gagner la cour en contrebas, il lui fallait suivre un long couloir et descendre deux rampes d'escalier. Il partit au galop et dut s'arrêter après une course de vingt mètres, pris par un point de côté. En arrivant à l'escalier, il croisa Lebièvre, un jeune maître d'internat avec lequel il était en froid, et lui donna l'ordre de courir à la vespasienne. Soucieux de ne pas compromettre sa dignité d'homme, Lebièvre réclama des explications et se contenta d'accompagner Escuelle. Lorsqu'ils arrivèrent dans la cour, les élèves n'y étaient plus. On entendait un bruit de portes qui se refermaient. À son tour, le principal arriva et, ensemble, ils se rendirent au lieu du délit.

Depuis le milieu de la cour, ils aperçurent, tracée à la craie sur l'ardoise d'un compartiment, l'inscription qui leur était déjà familière. Elle se composait d'un cryptogramme en lettres capitales : L N S Q L, qui se lisait : « Hélène Escuelle ». Un dessin obscène, dans lequel était inscrit le nom de M. Prieur, était suspendu comme une épée de Damoclès au-dessus de la quatrième lettre. Quoiqu'il eût déjà vu un certain nombre d'inscriptions pareilles à celles-ci, le surveillant général devint livide et serra les poings. Il voulut exprimer son indignation, mais la rage l'empêcha d'articuler un mot. M. Prieur était rouge de colère et de confusion. Dans son désarroi, il se tourna vers Lebièvre et murmura :

« C'est infâme... Comment peut-on concevoir que j'aille... »

Lebièvre hocha légèrement la tête, comme s'il réservait son jugement. L'air pensif, il regardait l'ignoble inscription en clignant les yeux et semblait mettre en balance la laideur proverbiale de Mme Hélène Escuelle et le fait que M. Prieur fût célibataire. Cette hésitation appliquée parut injurieuse au principal et lui rendit son sang-froid.

« Lebièvre, dit-il, effacez mon nom qui n'a rien à faire dans cette pornographie. »

Le maître d'internat se déroba, d'un air offensé. M. Prieur se tourna vers le surveillant général :

« Effacez mon nom, Escuelle. »

Un reste de fierté fit hésiter Escuelle. Aussi bien, qu'avait à faire dans cette saleté le nom de son épouse... Néanmoins, sous le regard irrité de son chef, il tira son mouchoir de sa poche presque sans y penser et, d'un peu de salive, en mouilla l'un des coins. Avec précaution, pour ne pas toucher aux contours du dessin, il entreprit d'effacer le nom de M. Prieur. Le principal, engagé dans le compartiment voisin, surveillait l'opération.

« Frottez encore avec un coin sec ! Bon. Et maintenant, faites venir les quatre élèves qui étaient là tout à l'heure. »

Escuelle eut à peine besoin de réfléchir. Il savait sur le bout du doigt l'emploi du temps de toutes les classes du collège. Il donna mission au maître d'internat d'aller chercher les élèves Michelet, Filleul et Trubère. Lui-même s'éloigna d'un pas pressé et jeta par-dessus son épaule :

« Je me charge de Martin ! »

Toute la classe de cinquième était penchée sur ses cahiers de texte et notait le sujet d'une composition française. M. Lamble, le professeur de français, dictait d'une voix lente : « Expliquez le proverbe : *Pierre qui roule n'amasse pas mousse.* Justifiez par des exemples... »

Au fond de la classe, Martin levait la tête de temps à autre et jetait vers la fenêtre un coup d'œil furtif. C'était un enfant de douze ans qui en paraissait quatorze, au visage blême et osseux ; une peau boutonneuse, des paupières gonflées et des lèvres épaisses, crevassées, lui donnaient un aspect malsain. Le surveillant général ouvrit la porte avec fracas et, l'œil féroce, se dirigea vers le fond de la classe. Tous les élèves, d'un seul élan, avaient levé la tête. Seul, Martin restait penché sur son cahier et ne semblait rien voir. M. Lamble, choqué par le sans-gêne du surveillant général, esquissait un geste de protestation qui passa inaperçu.

«Martin, levez-vous ! rugit Escuelle. On vous a surpris écrivant des saletés sur l'ardoise de la vespasienne. Avouez !»

Martin se dressa à son banc, plus pâle qu'à l'ordinaire. Un tremblement agita ses deux mains, on le vit vaciller et l'on put croire qu'il allait s'évanouir. Puis une expression de résignation apaisa son visage bouleversé par la peur. Il baissa la tête et balbutia, en se dandinant, des paroles incompréhensibles. Escuelle eut un rire d'exultation et dit en se tournant vers les élèves :

«J'ai réussi à le faire avouer !»

Un murmure courut parmi les élèves, qui appréciaient diversement l'attitude de Martin, mais la voix de M. Lamble réclama le silence. Penché sur sa chaire, le professeur interpella Escuelle avec une violence contenue, pleine de dignité.

«Monsieur le surveillant général, vous êtes ici chez moi et non pas au café. Je vous ordonne de sortir.»

Émerveillés qu'on pût ainsi parler au surveillant général, les élèves considéraient leur professeur avec une tendre ferveur. Martin avait relevé la tête, et une lueur d'espoir brillait dans son regard.

«Je suis envoyé par le principal, riposta Escuelle. Si vous êtes mécontent, allez lui faire des reproches.

– Certes ! Je lui reprocherai d'abord de nous infliger le commerce d'un butor...

– Permettez ! Ce que vous venez de dire est trop grave...

– Et je lui signalerai les ignobles procédés d'intimidation dont vous venez d'user à l'égard d'un enfant qui m'a été confié. Vos brutalités policières ne sont pas de mise chez moi, et je vous réitère de sortir.»

Escuelle n'insista pas. Une fois déjà, il avait eu maille à partir avec M. Lamble, et il lui en avait coûté une semonce du principal. Avant de sortir, il saisit l'élève Martin par le bras et le fit sortir à force de son banc. Comme il l'entraînait vers la porte, le professeur lui enjoignit d'une voix furieuse qu'il eût à lâcher son élève. Le surveillant général passa outre en haussant les épaules et claqua la porte derrière lui. Quand ils furent dehors, il dit à Martin :

«Votre affaire est claire, mon garçon. L'établissement va être débarrassé du triste individu que vous êtes.

– Je n'ai rien fait, répondit Martin avec fermeté. Je le jure.

– Trop tard! Vous avez avoué!

– Je jure que je n'ai rien fait.» Les élèves Michelet, Filleul et Trubère étaient déjà sur les lieux et répondaient aux questions de M. Prieur. C'étaient des enfants à la mine éveillée, fort sympathique, et le principal, qui voulait être sévère, ne se défendait pas de leur parler avec bienveillance. Leurs souvenirs manquaient de précision et ils avaient oublié les places qu'ils avaient respectivement occupées un instant plus tôt. Leurs témoignages étaient contradictoires, et l'on ne pouvait espérer que la vérité en sortît. En tout cas, ils semblaient être de bonne foi.

Michelet, considérant le compartiment du crime, déclara avec la tranquillité d'un garçon qui a sa conscience pour soi:

«Il me semble que c'est moi qui étais là... cette place-là ou celle de gauche, mais c'est sûrement une des deux.

– Moi, dit Filleul, je ne me rappelle pas qui j'avais à côté de moi, mais je croirais bien que j'étais à cette place-là... et pourtant, je n'ai rien écrit.»

Il semblait aussi à Trubère qu'il eût occupé le dangereux compartiment, quoi qu'il ne pût rien affirmer. Ainsi, les trois élèves, au lieu de se dérober formellement, comme l'eût fait le coupable, collaboraient en toute loyauté à la recherche de la vérité. Leur innocence parut éclatante aux yeux de M. Prieur. Aucun d'eux n'avait observé que l'un de ses voisins écrivît sur l'ardoise, et le fait n'était pas surprenant, car les cloisons qui compartimentaient la vespasienne avaient assez de hauteur et de largeur pour les dissimuler les uns aux autres. Le principal posa encore quelques questions pour la forme, mais son siège était déjà fait. En arrivant avec Martin, qu'il tenait toujours par le bras, Escuelle ne dit rien d'abord, réservant son effet. Martin se rangea auprès des trois autres élèves et attendit qu'on l'interrogeât. Son air à la fois abruti et sournois, les bouffissures malsaines de son visage blême, son regard fuyant, ne parlaient pas en sa faveur et, par contraste avec les physionomies des autres enfants, le désignaient à tous les soupçons. Le maître d'internat lui-même, qui eût souhaité tenir un argument solide de nature à contrarier la vengeance d'Escuelle, fut impressionné fâcheusement par la mauvaise mine du nouveau venu. Le principal prononça sévèrement:

«Martin, vous êtes soupçonné d'être l'auteur de ce répugnant gribouillage. Vous étiez là tout à l'heure...

– Ce n'est pas moi, monsieur le principal. Je le jure.»
À l'appui de son serment, il étendit le bras, mais sa voix sonnait faux
et il ne put soutenir le regard du principal. Les trois autres élèves en
paraissaient gênés et baissaient la tête. Escuelle fit entendre un rica-
nement cruel, et M. Prieur poursuivit:
«Montrez-moi la place où vous étiez tout à l'heure.»
Martin n'eut pas une seconde d'hésitation et désigna un compartiment.
«J'étais là. Je le reconnais.
– L'affirmation est plaisante, ironisa M. Prieur. Je voudrais bien
savoir à quoi vous le reconnaissez. Tous les compartiments sont
pareils...
– J'étais là, répéta Martin avec un air buté.
– Vous avez plus de mémoire que vos camarades. Ils ne se rappel-
lent plus l'endroit qu'ils occupaient. Vous seul, Martin, êtes catégorique, et c'est précisément ce qui rend votre témoignage suspect. Je
dirai même que votre système de défense vous accable.»
Martin voulut nier encore une fois, mais le surveillant général lui
imposa silence et déclara avec un large sourire:
«Sa culpabilité est d'autant moins douteuse que tout à l'heure, sous
le coup de la surprise, j'ai réussi à lui en arracher l'aveu en présence
de ses camarades de cinquième.»
Martin parut découragé et n'éleva aucune protestation. Simplement,
il jeta un regard de détresse vers les fenêtres de la classe de cinquième. Les trois autres élèves, mal à l'aise, courbaient les épaules
en grattant la poussière de la cour avec la pointe de leurs souliers.
Le maître d'internat Lebièvre considérait le coupable et se sentait
pris de pitié pour ce gamin maladif et vicieux. M. Prieur se recueillit
quelques secondes et tourna le dos à la vespasienne pour ne pas
commettre sa justice avec l'image de ces lieux sans majesté. Tout le
monde l'imita sans bien comprendre la noblesse de son intention.
«Vous êtes découvert, Martin, et il ne pouvait en être autrement dans
un établissement d'une discipline aussi vigilante. Je m'abstiendrai
de qualifier comme il convient les basses pensées qui vous ont
conduit à accomplir une pareille vilenie. Vos parents, dûment avertis, sauront en juger. Malheureux enfant! Comment votre main ne
tremblait-elle pas à l'instant de tracer d'aussi révoltantes inscriptions qui lèvent le cœur et confondent la raison de tout homme bien
né? Et de quoi vous ont servi les bons enseignements des maîtres les
plus savants et les plus dévoués? Mais le laboureur peine sans profit à vouloir ensemencer une terre ingrate. Puissiez-vous ne pas
regretter un jour, Martin, l'infamie de votre conduite! Pour moi,

mon devoir est trop clair, et la seule sanction qui s'impose est le renvoi immédiat. Allez prendre vos livres et vos cahiers chez M. Lamble et rejoignez-moi dans mon bureau. Quant à vous, dit-il aux trois autres élèves, rien ne vous retient plus et vous pouvez rentrer.»

Martin étouffa un sanglot et partit la tête basse, en balbutiant avec une grimace de désespoir:

«J'ai rien fait! Je le jure!»

Le maître d'internat Lebièvre en eut le cœur serré, et quoiqu'il demeurât convaincu de la culpabilité de Martin, il fit observer à Escuelle:

«Je trouve bien étrange qu'après avoir fait des aveux il affirme néanmoins son innocence...

– On voit bien que vous n'avez pas l'habitude de manier des élèves, riposta le surveillant général avec dédain. Ils ne s'embarrassent pas de logique, allez!»

Le principal eut un geste de mécontentement. Une généralisation aussi malveillante lui paraissait digne d'un garde-chiourme et non point d'un éducateur.

«Escuelle, allez donc effacer l'inscription. Il est inutile que vous soyez une fois encore la risée des élèves et des professeurs pendant la récréation.»

Le surveillant tira son mouchoir et, en se retournant, eut un geste de contrariété. La vespasienne, en son milieu, était occupée par un grand élève de première ou de philosophie, qui semblait vivement intéressé par l'inscription qu'il avait sous les yeux. On n'apercevait pas son visage, mais l'on devinait au léger tremblement de ses épaules, qu'il riait à plaisir.

«Dites donc, là-bas!» s'écria Escuelle.

L'élève, autant que la décence le lui permettait, jeta un coup d'œil derrière lui, montrant un visage hilare et contraint.

«Voyons, laissez-le tranquille! intervint M. Prieur à mi-voix. Après tout, ce n'est pas lui qui a inspiré cette obscénité.»

Escuelle rongea son frein et, le mouchoir prêt, attendit l'instant de bondir dans le compartiment d'infamie.

L'élève de philosophie urinait la tête haute et les yeux au ciel, pour ne pas mériter le reproche d'une pensée complaisante au vice. Tout à coup, il eut un tressaillement violent, et l'émotion le coupa. Une grande voix de colère emplissait la cour, faisant accourir aux fenêtres tous les professeurs du collège.

«Mensonge!» criait M. Lamble, debout sur le seuil de la cinquième.

«C'est une lâcheté et c'est une odieuse subversion!»

Le principal regardait la haute silhouette de M. Lamble avec effarement, doutant s'il était bien éveillé. Escuelle empochait son mouchoir et commençait à craindre, cependant que l'élève de philosophie évacuait le compartiment à la hâte. Le professeur de cinquième traversa la cour à grands pas, accompagné de l'élève Martin qu'il enveloppait d'un bras paternel. En arrivant à quelques pas de la vespasienne, il désigna Escuelle d'un index menaçant et cria encore à pleins poumons :

«J'accuse le surveillant général d'avoir menti ! Je l'accuse d'avoir obtenu par un faux témoignage et pour des mobiles de basse vengeance le renvoi d'un élève innocent du crime dont il veut le salir ! Il n'est pas vrai que Martin ait fait des aveux dans ma classe, Monsieur ! Vous en avez menti !»

Martin, dont les yeux étaient encore rouges et gonflés des pleurs qu'il avait versés, tenait la tête baissée et promenait autour de lui un regard sournois. À mesure que son professeur accusait, sa physionomie craintive prenait une expression de contentement perfide. Mais personne ne prenait garde à son attitude. Escuelle avait fait un pas de retraite et instinctivement dissimulait l'inscription aux regards de M. Lamble. Il affirma d'une voix rageuse avoir entendu la confession de Martin, mais le professeur renouvela son accusation, offrant de faire témoigner les élèves de cinquième et faisant à Escuelle le grief supplémentaire d'avoir terrifié le malheureux enfant. Le principal, voyant l'ampleur que prenait le débat, chercha un terrain de conciliation où l'amour-propre des deux adversaires trouvât son compte. «Le surveillant général a pu se tromper de bonne foi», suggéra-t-il. Escuelle hocha la tête, comme s'il apercevait soudain une raison de douter de ses oreilles.

«En tout cas, se hâta d'ajouter le principal, cette question des aveux n'a aucune importance et ne peut rien changer à notre conviction.»

À ces mots, le maître d'internat haussa les sourcils et pinça les lèvres, en signe de surprise et de désaccord. M. Lamble devint sarcastique :

«Permettez-moi, monsieur le principal, de vous demander sur quoi se fonde votre conviction. L'élève Martin a été brutalisé dans ma classe, je suis donc immédiatement responsable des sévices exercés sur sa personne à l'occasion d'une faute que son tortionnaire lui a gratuitement imputée. Je suis aussi intéressé que l'élève Martin à connaître les raisons qui ont dicté votre décision. Vous me l'accordez ?

– Non pas, répondit M. Prieur que la colère commençait à gagner. Vous prétendez vous immiscer dans des questions administratives qui sont de mon ressort. Je ne puis l'admettre sous aucun prétexte.»

M. Lamble se mit à rugir encore une fois. Il ne laisserait pas se commettre une injustice et donnerait sa démission plutôt que d'observer un silence complice. Il était prêt à appuyer la plainte que la famille Martin ne manquerait pas d'introduire à son instigation. Le principal eut la vision d'un scandale sans précédent et d'une fiche dangereuse épinglée pour l'éternité à son dossier de fonctionnaire.

«Soit, dit-il à contrecœur, je vous accorde ce droit de contrôle sur ma conduite. Vous voilà le principal.»

M. Lamble ne releva pas l'ironie amère de son propos et se détendit aussitôt.

«Parfait, dit-il, et maintenant examinons les charges qui pèsent sur l'élève Martin. Voyons premièrement le corps du délit.»

Escuelle s'effaça, le mufle mauvais, et découvrit le corps du délit. M. Lamble se pencha sur l'inscription avec curiosité, la déchiffra à haute voix et attira vivement l'attention des témoins sur le dessin obscène.

«En somme, la vertu de Mme Escuelle aurait inspiré des doutes à l'auteur de cette dédicace?»

Il sourit dans le nez du surveillant général qui se retint à grand-peine de le gifler, et il se tourna vers le principal:

«Ne trouvez-vous pas, monsieur le principal, que cette formule est bien ingénieuse? Pour moi qui connais l'élève Martin depuis près de deux ans, car vous savez qu'il redouble sa cinquième, je ne le crois pas capable d'exprimer avec autant de subtilité son opinion sur la vertu de Mme Escuelle...

– Vous appelez subtilité ce que j'appelle une cochonnerie, grogna M. Prieur.

– D'ailleurs, reprit M. Lamble, n'exagérons rien. Ce que je dis là n'apporte aucune preuve en faveur de Martin. Simple présomption, rien de plus. Mais a-t-on songé à comparer l'écriture des quatre élèves suspects avec cette inscription? C'est indispensable.»

Avec un zèle dont M. Prieur s'irrita secrètement, le maître d'internat courut chercher un morceau de craie dans la classe de cinquième. Martin, à l'invitation de son professeur, s'approcha et commença de reproduire sur le compartiment voisin les lettres capitales de l'inscription. La frayeur, l'émotion, faisaient trembler sa main, et l'on ne pouvait même pas l'accuser de déformer volontairement son écriture. Comme il en était au troisième caractère, la cloche sonna pour une courte récréation. Tous les professeurs de l'établissement, déjà intrigués par l'éclat de la dispute, se pressèrent autour de la vespasienne. Derrière eux, les élèves se bousculaient avec un murmure avide, et le principal dut donner l'ordre à Escuelle de les refouler. Cependant, Martin traçait le quatrième caractère, qui était le plus délictueux, et derrière lui, les professeurs du collège formulaient déjà des appréciations, les uns tenant pour la ressemblance, les autres contre. M. Lamble, malgré le mécontentement du principal, crut devoir les mettre au courant de la forfaiture d'Escuelle. Il y eut des exclamations indignées. Un certain nombre de professeurs se solidarisèrent avec leur collègue et défendirent la cause de Martin. D'autres, soucieux de faire leur cour au principal, affirmèrent tumultueusement la ressemblance entre les deux écritures. Le ton de la dispute se haussa. Des jalousies latentes et d'anciennes rancunes explosèrent à grand fracas à propos de la lettre L ou de la lettre S. Penchés sur la vespasienne, le nez contre l'ardoise, ces hommes habituellement graves argumentaient avec des cris de rage et de victoire. À quelque distance de là, le surveillant général, cerné par un groupe d'élèves menaçants, était conspué à cinquante voix. Le collège semblait proclamer la révolution. Quand la cloche sonna la fin de la récréation, les professeurs ne levèrent même pas la tête. M. Prieur, coincé dans un compartiment de la vespasienne par le ventre énorme du professeur de physique, voulut faire entendre la voix de la raison et n'y parvint pas. Cependant Martin s'était faufilé derrière le jury, et tout à coup une clameur immense monta vers le ciel : «Vive Martin !» Les élèves de cinquième portaient leur camarade en triomphe. Électrisé, le professeur d'anglais reprit le cri de : «Vive Martin !», et dix de ses collègues après lui. On ne discutait plus, on braillait sa haine et son amour. Le maître d'internat Lebièvre était parmi les plus enragés martinistes. Un peu essoufflé par l'effort qu'il avait fourni, il parla à l'oreille de M. Lamble. Alors on vit le professeur de cinquième lever les mains pour réclamer une minute d'attention.

«L'épreuve que vient de subir Martin était inutile, car en caractères romains rien ne ressemble à une lettre capitale comme une autre capitale. Il aurait fallu pouvoir faire la comparaison entre deux mots en écriture anglaise. Ce n'est plus possible ! À l'intérieur de ce dessin obscène, il y avait primitivement un mot tracé en écriture anglaise. Or, il a été effacé ! Je demande à M. le principal par qui et pour quoi ?»

D'un coup d'œil, M. Prieur s'assura que le surveillant général était toujours au milieu des élèves, et répondit distraitement :

«En effet, M. Escuelle a cru devoir effacer le mot. Il l'a fait d'ailleurs sans aucune arrière-pensée, je m'en porte garant.»

Cette révélation mit le comble à la fureur des martinistes. Le professeur d'anglais cria qu'on avait falsifié le document. M. Lamble, se haussant sur la pointe des pieds, invita messieurs les élèves à rendre la liberté à Escuelle afin qu'il comparût devant le tribunal des professeurs.

On s'attendait à voir paraître un Escuelle doucereux et repentant, mais le surveillant général, que les brimades des élèves avaient rendu enragé, se présenta en accusateur. Il déclara d'une voix ferme, avec une hauteur qui fit rougir le principal :

« Parfaitement, j'ai effacé le mot. Je prends tout sur moi. À quoi riment ce tapage et ce semblant de colère ? Hypocrisie... Vous savez tous que c'est Martin qui a fait le coup. Il n'y a personne qui en ait douté seulement une minute ! Non, pas même M. Lamble !

– Vous vous égarez, riposta doucement le professeur de cinquième. Il ne s'agit pas de probabilités, il s'agit de fournir des preuves. Or, je suis obligé de constater que non seulement vous n'en avez aucune, mais encore que vous vous êtes rendu coupable d'un faux témoignage et, ainsi que le disait tout à l'heure mon collègue d'anglais, d'une falsification de document. Dans ces conditions, j'estime que l'accusation est sans fondement et que la décision de M. le principal doit être rapportée. »

M. Prieur eut un haut-le-corps, mais ne fit entendre aucune protestation. Sentant lui échapper sa vengeance qui se confondait à ses yeux avec la cause de la justice, le surveillant général perdit la tête. Il lui sembla voir se multiplier l'inscription infâme qui déshonorait son épouse à la face du collège assemblé. Il prit son mouchoir et, d'un geste prompt, effaça les lettres et le dessin.

« Je n'ai pas de preuves à fournir, mais j'ai vu, depuis mon bureau, l'élève Martin écrire sur la vespasienne.

– Vous l'avez reconnu de dos ? demanda M. Lamble.

– Parfaitement. Je l'ai reconnu de dos. »

Un revirement sembla s'opérer parmi les professeurs impressionnés par le geste d'Escuelle. Mais le professeur de cinquième ne démordait pas. Il proposa d'une voix insidieuse :

« Sans doute M. le surveillant général serait-il capable de reconnaître à la même distance quatre élèves choisis au hasard et alignés contre la vespasienne ? »

Il y eut un murmure de protestation. L'épreuve paraissait maintenant humiliante et déplacée.

« Je vous demande pardon, insista M. Lamble. Il s'agit de l'avenir d'un enfant de douze ans. »

Le murmure se tut, mais les visages restaient réprobateurs. Le principal était affaissé et comme étranger au débat. D'un regard, Escuelle chercha le secours de son autorité et, n'obtenant rien, eut un sourire de mépris. La joie de pouvoir mépriser l'homme en face duquel il avait l'habitude de trembler illumina son cœur.

« Allons, dit-il à M. Lamble. Je suis prêt. »

Il ne se méprenait pas sur les difficultés que présentait l'épreuve. Il l'avait bien vu tout à l'heure. Mais dans cette minute où il se sentait plus honnête et plus fier que ses collègues, il crut en la justice et, contre toute raison, mit son espoir dans un hasard équitable qui lui soufflerait les quatre noms à l'instant de parler. Accompagné de M. Lamble et du professeur d'anglais, il gagna son bureau et marcha vers la fenêtre. Dans la cour, les élèves étaient déjà massés sur les côtés en deux longues files parallèles pour laisser le champ libre. Au fond, quatre gamins en culottes courtes occupaient quatre compartiments de la vespasienne. Escuelle ne chercha même pas à les reconnaître. Les yeux fermés, il prononça d'une voix vibrante de certitude : « De gauche à droite, je vois Lasparre, Mouget, Ravier et Lérillon. »

M. Lamble déplia la petite liste pliée en quatre que le maître d'internat venait d'apporter, et déclara :

« Vous vous êtes trompé sur les quatre. La cause est entendue. »

Laissant Escuelle rêver à la fenêtre, il quitta le bureau sans autre commentaire. Dans sa classe de cinquième, quelques minutes plus tard, il promenait sur les derniers bancs un regard mélancolique.

« Martin, récitez-moi "La Mort et le Bûcheron" ! » dit-il.

Debout à son banc, Martin ânonna quelques mots des deux premiers vers et s'arrêta presque aussitôt.

« Vous ne savez pas votre leçon », fit observer M. Lamble.

Le cancre regarda son maître avec des yeux stupides et éclata d'un rire doux, à la fois complice et affectueux.

« Vous me ferez deux heures de retenue pour n'avoir pas appris votre leçon, prononça M. Lamble, et deux heures pour éclater d'un rire que rien ne justifie. »

L'élève Martin, avant de se rasseoir, se dandina d'un air désemparé, et un immense étonnement parut dans le regard de ses yeux troubles.

LE TEMPS MORT

*I*l y avait à Montmartre un pauvre homme appelé Martin qui n'existait qu'un jour sur deux. Pendant vingt-quatre heures, de minuit à minuit, il vivait comme nous le faisons tous et pendant les vingt-quatre suivantes, son corps et son âme retournaient au néant. Il en était bien ennuyé et pour plusieurs raisons. Comme il ne gardait aucun souvenir des temps morts et que les jours pleins se soudaient dans sa mémoire aux jours pleins, la vie lui paraissait courte à ce point qu'il s'ingéniait à la rendre morne. Surtout, il avait honte d'une anomalie qui l'eût fait regarder de travers si elle était venue à la connaissance des voisins. N'exister qu'un jour sur deux est une chose qui révolte le bon sens. Martin lui-même en était choqué et croyait dangereux de mettre le monde en demeure d'accepter une réalité aussi absurde. C'est pourquoi il faisait de son mieux pour que le secret de sa vie intermittente ne transpirât pas et, pendant dix années qui lui parurent comme cinq, il y réussit parfaitement.

Martin n'était pas obligé de gagner sa vie, son oncle Alfred lui ayant laissé un héritage qui lui permettait de subvenir aux besoins de sa demi-existence. Dans sa situation, c'était une chance singulière, car il y a bien peu d'emplois qui laissent la faculté de ne travailler qu'un jour sur deux, et peut-être même qu'il n'y en a pas. Il demeurait dans une vieille maison de la rue Tholozé qui monte tout droit d'un point à un autre de la courbe décrite en son milieu par la rue Lepic. Il avait là, au quatrième étage, une chambre indépendante qu'il avait meublée lui-même à peu de frais et dont le loyer annuel était de six cent soixante-quinze francs. C'était un locataire silencieux qui ne recevait jamais personne et évitait les conversations dans l'escalier. Les voisins n'eurent jamais à se plaindre de lui et sa concierge l'estimait parce qu'il était assez bien fait de sa personne et qu'il avait une jolie moustache noire.

Première publication dans Candide, *9 janvier 1936.*

Les jours où il existait, Martin se levait à l'aube pour n'en rien perdre, s'habillait rapidement, et gagnait la rue. Il lui semblait qu'il se fût endormi non pas l'avant-veille, mais la veille, et son cœur se serrait à la pensée de cette journée pendant laquelle il n'avait pas vécu. Sur son chemin, les boutiques étaient encore fermées, et il lui fallait aller jusqu'à une gare de métro pour acheter un journal qui lui laissât quelque image de ces vingt-quatre heures impossibles à situer. En prêtant l'oreille aux propos des passants, il se demandait ce que le monde avait bien pu faire sans lui. Le mot *hier*, qu'à chaque instant il surprenait au vol, l'enfiévrait de curiosité, d'envie et de regret. C'était pour lui le moment le plus pénible de la journée. Il lui arrivait de se sentir accablé. Ne connaître jamais que le jour pendant lequel il vivait, sans hier et sans lendemain, lui paraissait le plus abominable des supplices. Ayant acheté son journal, il s'en allait le lire au fond d'un café, où il prenait son petit déjeuner. D'abord, il dévorait les titres, et puis reprenait chaque page par le menu. Au zinc, les hommes du matin avalaient leur café avant de se rendre au travail, échangeaient des réflexions à haute voix sur le temps qu'il avait fait dans la matinée d'hier ou dans la soirée. Tout en demeurant attentif à leurs propos, Martin essayait d'écarteler ses derniers souvenirs de l'avant-veille pour faire une place aux événements que rapportait son journal.

Enfin, consultant sa montre, il était pris d'une autre angoisse, celle de l'heure qui s'écoulait. À lire les nouvelles d'hier, le temps passait avec une rapidité effrayante. Martin se hâtait de payer son café et s'en allait sur des chemins qu'il avait choisis. Il évitait le centre de Paris où la variété du spectacle ne lui permettait même pas d'épier la fuite des minutes. L'une de ses promenades favorites était le nord du quartier de la Chapelle. En suivant la rue Riquet, il débouchait sur des paysages de gazomètres, de voies ferrées et de gares de marchandises, qui avaient, dans leur désolation, un déroulement d'infini. Dans ses meilleurs jours, il lui semblait que le temps se consommât plus lentement sur ces plaines de fer que partout ailleurs. Mais d'autres fois, il s'amusait sans y songer d'une locomotive haut-le-pied, d'un flocon de fumée ou de la courbe d'un rail. Tout à coup, il s'apercevait qu'une heure s'était ainsi écoulée sans qu'il y eût pris garde. Alors, il perdait la tête, reprenait sa promenade, voyait danser les aiguilles de sa montre, et finissait par recourir à des ruses de son invention. Feignant par exemple qu'il eût à prendre le train, il arrivait sur le quai de la gare avec une heure d'avance, dans l'espoir que le temps lui paraîtrait démesurément long. Mais la vertu de son stratagème s'était usée. Et les courses dans les tramways de banlieue, aux heures de moindre trafic, fût-ce par un jour de pluie fine, ne le trompaient pas davantage. Les aiguilles tournaient sur le cadran d'un mouvement accéléré, et tous ses efforts à retenir le temps ne faisaient qu'en hâter la fuite. Il avait essayé de garder la chambre une partie de la journée et, en fixant un motif du papier de tenture, de tenir son esprit immobile. Mais sa pensée vagabondait malgré lui, et les murs s'animaient de telle sorte qu'il croyait être au cinéma.

Les seuls moments d'optimisme que connût Martin étaient à l'heure de midi. Après avoir acheté quelques provisions sur le marché de la rue Lepic, il montait dans sa chambre préparer son repas sur une lampe à alcool. Sa promenade du matin le mettait en appétit, et c'est en mangeant un bifteck ou une portion d'endives qu'il trouvait quelque consolation à sa mélancolie. «Un jour sur deux, pensait-il, ce n'est peut-être pas grand-chose, mais c'est quand même mieux que de ne pas exister du tout. C'est mieux que d'être mort ou de n'être pas né. Quand on pense à tous ceux qui auraient pu naître et que l'occasion n'a pas favorisés, à tous ceux qui n'ont même pas eu un jour pour goûter à la vie, ni la moitié d'un, ni le quart, on ne peut pas se plaindre.»
Mais la sagesse et les bonnes raisons ne le consolaient pas long-temps. Quand le contentement de son estomac ne les soutenait plus, elles devenaient à peu près comme rien, et les après-midi n'étaient pas moins cruelles que les matinées.
Le soir, après une longue promenade dans les rues solitaires, il ren-trait chez lui à 11 heures, se couchait, et s'endormait presque aussi-tôt. À minuit, il disparaissait d'une manière soudaine pour réapparaître vingt-quatre heures plus tard à la même place et reprendre le fil de son rêve. Bien souvent, Martin avait eu la curiosité d'attendre tout éveillé l'instant inimaginable où il ne serait plus. Il n'avait jamais rien observé ou perçu, pas même un passage. Si, dans la seconde d'avant minuit, il était en train de déboutonner son gilet, il se retrouvait, dans la seconde d'après, occupé à la même besogne. Mais il venait de s'écouler une journée pleine, et il n'avait qu'à des-cendre dans la ville pour en avoir les preuves. Comme la sensation de ce temps mort lui était refusée, il avait pris le parti de s'endormir avant minuit pour s'éviter l'angoisse d'une attente inutile.
Il y avait, en somme, fort peu de chances que le mystère fût jamais connu de personne. Il aurait fallu que Martin commît l'imprudence

de se trouver à minuit dans un endroit fréquenté et il s'en gardait avec beaucoup de soin. Il eut pourtant une alerte assez chaude. Un jour qu'il n'existait pas, une fuite d'eau se produisit dans sa chambre et inonda l'étage inférieur. Avertie, la concierge vint frapper à sa porte et, constatant qu'elle était fermée à clef de l'intérieur, pensa qu'il était mort. Elle fit appel à un serrurier et fut très étonnée de ne trouver dans sa chambre ni mort ni vivant. Le chapeau du locataire était accroché au mur, ses vêtements étaient pliés sur une chaise, son linge, qui paraissait encore frais, pendait à l'espagnolette de la fenêtre, mais Martin n'était pas là. On n'alla pas jusqu'à soupçonner la vérité, mais l'affaire fit du bruit dans la maison. Le lendemain, comme il descendait de bonne heure à son habitude, la concierge arrêta Martin et lui demanda d'un air menaçant la raison de ce mystère. Il eut assez de sang-froid pour ne pas s'embrouiller dans une explication impossible et répondit avec un air d'insouciance :
« Ma foi, je n'y comprends rien, mais vous avez un peignoir de pilou qui vous va joliment bien... ah! oui, joliment bien...
– Vous trouvez ? » dit la concierge.
Elle eut un sourire de bonté et Martin ne fut pas inquiété autrement. Depuis cette aventure, il prit garde, lorsqu'il fermait sa porte avant de se coucher, à ne jamais laisser la clef sur la serrure.

Un jour de septembre, Martin devint amoureux et c'était justement l'une des choses qu'il redoutait le plus. D'habitude, quand il apercevait une jolie femme, il prenait la précaution de baisser les yeux. Mais ce matin-là, comme il se trouvait dans une boucherie de la rue Lepic, il entendit une voix d'or prononcer derrière lui : « Une petite tranche entre vingt et vingt-cinq sous », et déjà il était amoureux. En tournant la tête, il vit une jeune femme aux yeux tendres, qui avait tout ce qu'il faut pour occuper la pensée d'un pauvre homme qui n'existe qu'un jour sur deux. Elle fut émue de son regard fervent, de l'entrecôte de célibataire qu'il tenait à la main, et voulut bien lui laisser voir qu'elle rougissait.
Tous les deux jours, il la rencontrait sur le marché de la rue Lepic et ils échangeaient de tendres regards. Martin n'avait jamais autant regretté de ne pas vivre comme tout le monde. Il n'osait adresser la parole à la jeune femme, dans la crainte qu'une aventure n'eût des suites fâcheuses. « Comment s'accommoderait-elle d'un homme tel que moi? pensait-il, ce n'est sûrement pas agréable pour une femme d'être veuve un jour sur deux. Et puis, de quoi aurais-je l'air, les jours où je n'existerais pas ? »

Pourtant, un matin qu'il pleuvait, il lui offrit de l'abriter sous son parapluie et elle accepta d'un si doux sourire qu'il ne put résister à lui avouer son amour. Aussitôt, il se mordit les lèvres, mais trop tard. Déjà, elle lui pressait la main sous son parapluie.

«Moi aussi, dit-elle, je vous aime depuis le jour de l'entrecôte. Je m'appelle Henriette. J'habite rue Durantin.

– Moi, dit Martin, je m'appelle Martin et j'habite rue Tholozé. Je suis bien content.»

Sur le point de la quitter, dans la rue Durantin, il pensa ne pouvoir moins faire que de lui demander un rendez-vous.

«Si vous voulez, dit Henriette, je suis libre demain, toute la journée.

– Impossible, répondit Martin en rougissant. Demain, je ne suis pas là. Mais après-demain?»

Tous deux furent exacts au rendez-vous qui avait été fixé dans un café du boulevard de Clichy. Quand ils eurent échangé tout l'ineffable, Martin, qui avait beaucoup réfléchi à la situation, poussa un grand soupir et déclara:

«Henriette, j'ai encore un aveu à vous faire. Je n'existe qu'un jour sur deux.»

Il vit au regard d'Henriette qu'elle ne comprenait pas bien et lui expliqua toute l'affaire.

«Voilà, conclut-il d'une voix anxieuse. J'ai préféré vous mettre au courant. Évidemment, un jour sur deux, ce n'est pas beaucoup...

– Mais si, protesta Henriette, ce n'est déjà pas mal. Bien sûr, il vaudrait mieux être ensemble tout le temps, surtout les premiers jours, mais la vie est comme ça. On ne fait pas ce qu'on veut.»

Martin lui mit une main sur l'omoplate, une autre sous le sein gauche, et ils restèrent embrassés jusqu'aux lumières de l'apéritif. Une heure plus tard, Henriette quittait sa chambre de la rue Durantin pour s'installer rue Tholozé. Ce soir-là, ils prirent à peine le temps de dîner. Leurs regards ne pouvaient plus se déprendre et ils découvraient à chaque instant plus sûrement qu'ils étaient faits l'un pour l'autre. L'heure passait sans qu'aucun d'eux y songeât et sur le coup de minuit, Henriette poussa un cri de surprise. Martin, qui la tenait enlacée, lui fondit brusquement entre les bras. Dans le premier moment de déception, elle faillit lui en vouloir de disparaître ainsi sans même faire un peu de fumée, mais son amour lui inspira presque aussitôt l'inquiétude qu'il ne revînt pas. Elle avait beaucoup de mal à imaginer qu'il eût cessé d'exister, même provisoirement. Et en vérité, c'était une chose inimaginable. Henriette ne put se défendre de penser qu'il était au ciel et un peu aussi dans la chambre, à la manière des morts qui rôdent partout pour surprendre les pensées des vivants. Avant de s'endormir, elle récita une petite prière dans le but de l'apaiser, de se le concilier et de le recommander à Dieu.

Le lendemain matin, en s'éveillant dans cette nouvelle chambre, elle eut un serrement de cœur en pensant à Martin. Elle le plaignait avec amour, jusqu'aux larmes, et le redoutait en même temps, comme une présence subtile et attentive. En faisant sa toilette, elle prit garde à ne se mettre jamais en situation de blesser la pudeur d'un témoin, car les morts et tout ce qui prend pied au ciel sont facilement malveillants. Ils aiment bien à chercher la petite bête et à avoir une occasion de ricaner, sans cœur qu'ils sont. Vers 9 heures, la concierge glissa sous la porte un prospectus. Cela fit un léger bruissement qui vint aux oreilles d'Henriette occupée à enfiler ses bas. Elle tourna la tête avec un sourire amical mais non sans un peu d'effroi, et dissimula ses genoux nus. Sa première pensée avait été que Martin manifestait sa mauvaise humeur avec cette manière discrète des absents. Elle se rassura en apercevant le prospectus et fut en même temps déçue. «J'aimerais mieux être sûre qu'il est ici, pensa-t-elle, comment croire qu'il reviendra, si vraiment il n'est plus rien?» Elle eut plusieurs crises de larmes dans la matinée. L'après-midi alla bien mieux. Martin n'avait plus que quelques heures à s'absenter dans cet inconcevable néant, et peu à peu la promesse de son retour délivrait Henriette de toute ses inquiétudes. Elle l'attendait, avec une tendre impatience, comme un voyageur qui s'engage enfin dans le chemin familier de la maison après un long séjour dans les pays lointains où la pensée ne le rejoignait plus. Vers 4 heures après-midi, il devait être à Dijon et mangeait un sandwich au buffet de la gare. Comme son train ne repartait pas tout de suite, il prenait le temps d'aller faire un tour en ville. Henriette le suivait dans les rues principales, le remettait dans son train et lui choisissait une bonne place de coin en prenant la précaution de fermer les portières pour qu'il n'eût pas de courant d'air. Le train omnibus s'arrêtait dans toutes les gares. C'était ennuyeux, mais puisqu'il était en route, il n'y avait qu'à patienter.

À minuit, Martin reprenait corps dans le lit qu'il avait quitté la veille. Rien ne l'avertit d'abord que vingt-quatre heures s'étaient écoulées pendant lesquelles Henriette était restée seule. Il la serra dans ses bras en croyant poursuivre les jeux de leur première nuit. Ce ne fut qu'un instant plus tard, en voyant l'heure au réveille-matin qu'il s'avisa de sa disparition. Tandis qu'Henriette lui caressait la main comme pour le consoler, il eut un regard anxieux et la même question leur vint aux lèvres : «Alors ?» Ce fut Martin qui répondit le premier, en haussant les épaules.

«Alors ? eh bien! rien... Comprends-tu ? rien. Je n'existais pas plus que tu n'existais il y a cent ans. Pour moi, toute cette journée d'hier est du temps mort... Mais pour toi, Henriette, ce n'est que du temps passé et tu t'en souviens. Raconte-moi hier, raconte la journée. Comment vont les heures quand je n'existe pas ? Comment les jours s'ajustent-ils aux jours. Rends-moi ce qui m'échappe, ce qui n'a pas de place dans ma demi-existence. Les journaux n'en disent presque rien. Ils ne savent pas... ils parlent d'hier pour des gens qui l'ont déjà vécu. Raconte...

– Ce matin, dit Henriette, je me suis levée à 8 heures...

– Oui, mais avant... depuis le moment où j'ai cessé d'exister...

– Je ne peux pas dire comment tu as disparu... Tout à coup, je n'ai plus rien vu. Je sentais encore ta chaleur, la pression de tes mains, et déjà tu étais parti. Je n'ai pas eu peur, puisque j'étais prévenue, seulement une minute de surprise. Malgré moi, bêtement, j'ai levé la tête pour te chercher dans la chambre. Il y avait une mouche bleue qui volait autour de la lampe. Ne me gronde pas, mais j'ai failli me demander si ce n'était pas toi...

– Oh! non, sûrement pas, dit Martin. Cette mouche bleue, je me rappelle l'avoir vue, moi aussi, quelques minutes avant minuit. Ah! si j'étais mouche bleue, les jours où je disparais, je m'estimerais heureux.»

Henriette se fut très vite habituée aux absences de Martin. Elle se voyait dans la situation d'une femme dont le mari est occupé audehors un jour sur deux. Au fond, Martin n'était pas trop à plaindre. Quand il n'existait pas, elle pouvait être sûre qu'il ne souffrait de rien. Tout compte fait, cela valait peut-être mieux que s'il avait été réellement occupé à des besognes fastidieuses ou éreintantes. D'ailleurs, Martin se sentait plus heureux depuis qu'il était en ménage. Il était moins obsédé par le désir de ressaisir le temps mort. À force d'entendre Henriette lui donner par le menu l'emploi de ses journées de veuvage, il finissait par se convaincre que tous les jours de la vie sont à peu près pareils et ne se différencient guère que par ce que chacun y apporte. Même, il se demandait parfois si le fait d'exister seulement un jour sur deux n'était pas un luxe, et il avait un peu l'illusion de choisir le meilleur temps de vivre.

Le temps lui paraissait couler plus rapidement que jamais et il ne songeait pas à s'en effrayer. L'amour et la présence d'Henriette avaient transformé sa vie. Il l'aimait tendrement et ne voulait pas que leur joie fût troublée par des regrets et des calculs inutiles. «En un mois, disait-il, tu as trente jours de bonheur et moi, j'en ai quinze. Mais nous arrivons au bout du mois ensemble, c'est l'essentiel.

– Mais non, protestait Henriette, je n'ai pas trente jours de bonheur. Quand tu n'es pas là, je m'ennuie, j'ai même du chagrin.»

Ce qu'elle en disait était un peu pour lui faire plaisir. La vérité est qu'elle supportait facilement les jours de solitude. Elle reprenait haleine, goûtait les plaisirs du recueillement et de la fidélité. Son amour avait un parfum de sagesse et d'amitié qui tendait à modérer la ferveur de Martin. Après deux ans d'union, il en résulta un désaccord qui resta longtemps secret, au moins pour lui, car Henriette avait assez de loisirs pour méditer sur l'étrangeté de leur situation. Elle n'éprouvait aucun remords et s'efforçait simplement à sauver les apparences. Ce n'était pas sa faute si le temps n'avait pas marché pour lui et pour elle à la même cadence. Son amour, qui durait depuis deux années pleines, n'avait ni la fraîcheur, ni l'élan que gardait celui de Martin, âgé d'une année seulement. Par ailleurs, les jours de veuvage favorisaient des réflexions, des jugements, des examens de conscience, bien faits pour tempérer une passion. Martin avait parfois le sentiment fugitif de ce décalage, mais le temps lui manquait pour l'approfondir.

Une nuit qu'il revenait à l'existence, il se trouva couché dans l'obscurité et acheva une phrase qu'il avait commencé la veille, à l'instant de disparaître. Comme Henriette semblait tarder à répondre, il avança la main à tâtons et découvrit qu'il était seul au lit. Il fit la lumière d'une main tremblante. Le réveille-matin marquait minuit et Henriette n'était pas dans la chambre. Il sentit tout à coup la profondeur de ce temps mort qu'il ne contrôlait pas et tout ce qu'il pouvait contenir d'événements. Un au-delà, proche et inaccessible, sur lequel il n'avait eu jusqu'alors que des renseignements, devenait une réalité presque sensible. L'absence d'Henriette qui lui semblait durer depuis deux minutes, plongeait dans cet autre monde, durait depuis des heures. Martin fut pris d'un vertige et faillit appeler à l'aide. Il se leva, fit le tour de la chambre, et s'étant assuré qu'elle n'avait pas emporté son bagage, vint se recoucher. Henriette rentra vers minuit un quart et dit avec un sourire tranquille:

«Mon chéri, je te demande pardon, mais je suis allée au cinéma et la séance a fini plus tard que je n'aurais pensé.»

Martin n'osa répondre autrement que par un signe d'approbation, car il avait peur de se laisser emporter par la colère. Faire grief à Henriette d'être allée au cinéma l'eût amené à lui reprocher son existence normale. Elle devina qu'il était peiné, irrité, et lui prit la main entre les siennes. Martin fut agacé par ce geste affectueux, presque maternel, Il pensa qu'elle était honteuse, comme peuvent l'être les personnes bien portantes auprès des malades condamnés à l'immobilité. Henriette appuya son visage contre le sien. Sa joue et ses lèvres étaient fraîches de la course qu'elle venait de fournir dans la ville d'avant minuit.

«Tu m'en veux d'être allée au cinéma? dit-elle doucement. Je t'assure que si j'avais su rentrer aussi tard...

– Mais non, protesta Martin. Pourquoi t'en voudrais-je? tu as bien le droit d'aller au cinéma, j'imagine, et même partout où il te plaît. Ce que tu fais pendant que je n'existe pas ne regarde que toi. Je n'ai rien à y voir. En admettant que je sois au courant de tous tes faits et gestes, est-ce que je peux me permettre d'en juger sans avoir vécu moi-même ces journées-là? Tu es libre d'agir à ta guise. Ta vie t'appartient, et ce n'est pas parce qu'elle se trouve de temps en temps coïncider avec la mienne...

– Pourquoi dis-tu de temps en temps? interrompit Henriette. Nos vies coïncident un jour sur deux.

– Oh! je sais bien, ce n'est pas de ta faute, conclut Martin en ricanant. Tu fais ce que tu peux.»

Henriette lui lâcha la main et quitta le lit en hochant la tête avec une moue ennuyée. Tandis qu'elle ôtait ses vêtements, Martin feignait de s'endormir et l'examinait à la dérobée. Elle se déshabillait en silence, sans prendre garde qu'il pouvait l'observer ni même y songer. Il y avait dans ses attitudes, dans sa physionomie, quelque chose d'inhabituel et de lointain; une langueur, une façon distraite et peut-être un regret, songeait Martin, comme si elle s'attardait au souvenir de cet autre monde qu'elle venait de quitter. C'est ainsi qu'elle devait se déshabiller les jours où il n'existait pas. Ses vêtements tombés, elle apparut dans une irritante nudité qui ne manquait certes pas de présence, mais qui semblait se mouvoir encore dans une clarté étrangère. Il était trop facile de lui imaginer un cortège. Martin n'y manqua pas et ne dormit guère cette nuit-là. Il écoutait la respiration paisible d'Henriette en songeant aux fantômes de la journée qui hantaient le sommeil de sa compagne.

Ce qui avait été accidentel devint une habitude et il arriva au moins une fois par semaine à Henriette de rentrer après minuit. Ces retards exaspéraient Martin, mais ne lui fournissaient que de maigres prétextes à se mettre en colère. Il faut bien qu'une femme aille un peu au cinéma, disait Henriette. Il rongeait son frein sans même avoir la consolation de rêver à des vengeances. Chaque minute de retard lui semblait une intrusion des heures mortes dans son existence déjà réduite. Il devint taciturne et le demeura jusqu'au jour où il s'avisa d'être jaloux. Les soupçons qu'il s'efforçait de repousser finirent par lui paraître raisonnables. Un homme qui n'existe qu'un jour sur deux, disait-il, est un cocu prédestiné et il faudrait à sa femme, pour lui rester fidèle, une vertu si sombre qu'on oserait à peine s'en féliciter. Cela n'empêchait pas Martin d'accabler la sienne de questions qui étaient autant de reproches.

«Allons, allons, protestait Henriette, voilà que tu te fais des idées.»

Sa sérénité mettait Martin hors de lui. Il grinçait des dents, ricanait, sanglotait, l'étreignait passionnément et recommençait à lui poser les mêmes questions. Henriette trouvait qu'il était devenu bien insupportable, mais elle patientait en se disant qu'elle avait la paix au moins un jour sur deux et que son sort était encore enviable. Sa résolution de rester fidèle fut un peu ébranlée quand Martin lui démontra, qu'à moins d'être stupide, il était impossible qu'elle n'eût pas d'amant. Un jour qu'il n'existait pas, elle fit la rencontre d'un accordéoniste blond et sensible qui s'appelait Dédé. Avant même qu'il eût parlé, elle était décidée à faire preuve d'esprit.

«Tel que vous me voyez, lui dit Dédé, je cherche une affection. Pour celui qui n'a pas la chose de se faire des réflexions intimes, c'est bien simple, n'est-ce pas. Il n'a qu'à se contenter d'assouvir son idéal esthétique. Mais l'artiste ne peut pas. En amour, l'artiste voit plus loin que l'acte, et si vous me demandez pourquoi, je vous répondrai que c'est parce qu'il a besoin d'être compris et d'être estimé dans son art. Naturellement que toutes les femmes ne peuvent pas prétendre. C'est à nous de savoir distinguer. Mais pour vous, j'ai le droit et le devoir de vous le dire : vous rentrez dans ma conception de la femme.»

Dédé avait une façon ravageuse de mettre son regard dans celui d'Henriette, qui emporta ses quelques hésitations. Martin n'en fut ni plus ni moins jaloux, et tous les jours qu'il existait, la même scène se reproduisait trois et quatre fois.

«Je sais que tu as un amant, disait-il. Jure-moi que tu n'as pas d'amant.

– Bien sûr, mon chéri, répondait Henriette. Je te le jure.»

Un jour sur deux, Henriette retrouvait l'accordéoniste dans la chambre qu'il occupait rue Gabrielle. Elle l'aimait éperdument sans pourtant renoncer à l'amour de Martin. Dédé, qui avait l'orgueil légitime de sa qualité d'artiste, prétendait se soustraire au devoir de fidélité. Il disait qu'il était une abeille qui s'en allait butinant pour enrichir sa sensibilité d'accordéoniste. Henriette ne tarda pas à connaître les affres de la jalousie. Elle comprit mieux les souffrances de Martin et lui témoigna plus de compassion. Quand elle lui jurait un amour éternel, il y avait maintenant dans sa voix une chaleur émouvante.

Mais les femmes qui ont deux amours en tête ne sont presque jamais raisonnables. Sous le prétexte mensonger qu'il venait de recueillir sa vieille mère, en réalité pour défendre son droit de butiner librement, l'accordéoniste déclara un jour à Henriette qu'il ne pouvait plus la recevoir chez lui.

«Alors, c'est toi qui viendras chez moi», lui dit-elle.

Dédé se fit longtemps tirer l'oreille et finit par accepter. Un jour que Martin n'existait pas, il arriva rue Tholozé vers la fin de l'après-midi et dîna dans la chambre avec Henriette. Il était préoccupé par les paroles de rupture qu'il voulait prononcer à l'instant de son départ et son hôtesse ne l'était pas moins par ce qu'elle redoutait d'entendre, si bien que le réveille-matin s'arrêta sur 10 heures un quart sans qu'aucun d'eux y fît attention. À minuit, lorsqu'il revint à l'existence dans son lit, Martin pensa rester muet de stupeur. Lui tournant le dos, il y avait au milieu de la chambre un homme en caleçon, qui parlait d'une voix grave, tandis qu'Henriette, la tête dans ses mains, écoutait en pleurant. Voilà ce que disait l'homme en caleçon :

«On n'échappe pas à la loi du destin, Henriette. Toi, tu n'étais pas faite pour me comprendre!»

Martin n'en put entendre davantage et mit les deux amants à la porte. L'accordéoniste était si étonné par cette apparition que l'idée ne lui vint pas de réclamer ses vêtements. Martin les lui jeta par la fenêtre avec ceux d'Henriette et regagna son lit où il ne dormit guère.

Le lendemain, il essaya de reprendre les plis de sa vie de célibataire et, gagnant la rue Riquet, alla regarder le brouillard du matin s'étirer sur les plaines brunes du quartier de la Chapelle. Mais le temps lui parut long, et il crut n'arriver jamais à midi. Sa montre tournait lentement et rien de ce qu'il voyait ne l'intéressait. L'idée de déjeuner seul dans sa chambre lui fut insupportable et il entra dans un restaurant. Le repas, qui dura moins d'une demi-heure, lui semblait ne devoir jamais finir, au point qu'il fut pris de peur en pensant que le temps était en train de se ralentir.

Instruit par son expérience du matin, il passa l'après-midi au cinéma et acheta en sortant un roman policier, mais rien ne faisait contre l'ennui. Tous les jours de son existence se traînaient avec la même lenteur et il en vint à souhaiter de ne plus vivre qu'un jour par semaine et même un jour par mois.

Un soir qu'il cédait à la nostalgie du temps mort et rêvait de s'y réfugier à jamais, Martin essaya de réagir et décida de mener une vie aventureuse. En sortant de chez lui après l'heure du dîner, il donna un coup de poing dans la figure du premier venu.

L'homme s'éloigna vivement en se tamponnant le nez, et, du haut des marches de la rue Tholozé, l'injuria avec violence. Martin l'écouta un moment et, s'étant rendu compte que le temps ne passait pas plus vite, abandonna la partie. Il espéra trouver l'aventure au cinéma. Le hasard le plaça auprès d'une jeune femme dont il se mit à palper les genoux sans beaucoup d'entrain. Elle quitta du reste la salle en compagnie de son voisin de droite qui l'avait palpée le premier.

En sortant, Martin se promena sur le boulevard. Il était décidé à affronter aux regards de tous l'instant de sa disparition. Soudain, il aperçut Henriette de l'autre côté de la chaussée. Elle était assise à la terrasse d'un café en compagnie d'un homme âgé. Martin, sans prendre garde aux voitures, traversa d'un mouvement irréfléchi. Un taxi, lancé à toute vitesse, n'eut pas le temps de freiner. Il n'y eut pas à proprement parler d'accident, Martin s'étant volatilisé à l'instant même où le capot de la voiture était sur lui, mais comme il ne devait jamais reparaître à Montmartre, il y a lieu de croire qu'il avait eu le temps de recevoir un choc mortel.

Henriette, qui avait reconnu le pauvre Martin, dit à son nouvel amant :

«Tiens, il est déjà minuit.»

LE COCU NOMBREUX

*L*e vagabond arriva au village un après-midi qu'il faisait grand vent. Les femmes avaient profité d'une semaine de beau temps pour faire leurs lessives, et les haies des jardins étaient toutes blanches des draps qui séchaient au soleil. Sur des cordes tendues entre les arbres fruitiers étaient épinglés des torchons, des chemises, des culottes, des caleçons, des paires de bas, qui claquaient ou se gonflaient au vent de la plaine. Le vagabond était las du long chemin qu'il avait parcouru, mais pas si pressé de trouver un gîte qu'il ne prit le temps d'examiner les maisons. Il avait envie d'un sourire de femme et d'une voix douce qui lui donnât le pain et la paille avec amitié. À la première maison du village, il distingua au premier coup d'œil, parmi le linge étendu, trois pantalons de femme, gonflés par le vent, et dont toute l'ampleur convenait à peine aux fesses d'un enfant malingre ; et à côté, deux chemises d'homme, fort courtes, aux bras démesurément longs, qui pendaient très bas. Il imagina un couple de paysans besogneux et prudents, orgueilleux de leur dur labeur, l'homme trapu, au visage sombre et fermé, l'épouse, maigre, craintive et hargneuse. À vrai dire, il ne les imaginait pas, il les voyait. Son expérience de vagabond les faisait surgir à ses yeux, l'un dans sa chemise, l'autre dans sa culotte, méfiants et ricaneurs. À la maison suivante, il vit tant de chemises d'homme qu'il pressa le pas, lui semblant qu'il vît autant d'hommes, alignés sur deux rangs de profondeur, monter la garde devant les moissons qu'ils avaient engrangées de leurs bras vigoureux. À la troisième, il s'arrêta devant trois pantalons de matrone et s'éloigna presque aussitôt, intimidé par des rondeurs dont un coup de vent révélait la superbe. Il marcha longtemps dans le village, il vit beaucoup de maisons, mais il n'y en avait pas une qui lui parût de bon accueil. Tantôt les pantalons étaient trop importants, tantôt trop avares, ou bien c'étaient les chemises des hommes qui le décourageaient d'entrer. Enfin, il vit

Première publication dans La Revue des vivants, *août 1934.*

une maison où l'on n'avait pas fait la lessive ; les haies ne portaient pas de toiles à blanchir ; nulle chemise, nul pantalon, ne flottait au vent. Il s'en alla heurter à la porte, hocha le ticlet et, ne recevant point de réponse, se décida à entrer, non sans hésitation. Aussitôt qu'il fut dans la cuisine, il se sentit rassuré. Un cocu était assis devant le foyer éteint, et tenait sa tête entre ses mains.

« Bonjour, cocu, dit le vagabond. Tu parais en bien grande peine.

– C'est vrai, dit le cocu, je suis un homme très malheureux. Ma femme est partie avec un amant, et j'ai perdu pour toujours le sommeil de mes nuits.

– Et comment la chose est-elle arrivée ?

– Eh bien ! voilà : je ne me doutais de rien quand, hier matin, ma femme est allée rincer son linge à la rivière. En rentrant à midi, j'ai même trouvé la table mise, mais il y avait un billet dans mon assiette : "Je pars pour toujours avec celui que j'adore. Léontine."

– Est-ce que ta femme était belle ?

– Si elle était belle ? Ah ! je crois bien ! c'est la femme la plus belle du pays. Si tu la voyais une fois, tu ne l'oublierais plus. »

Au souvenir de l'infidèle, le cocu poussa un rugissement de douleur et se reprit la tête entre les mains. Cependant, le vagabond allait au placard et se taillait une tranche de pain dans toute la largeur de la miche. Il découvrit un morceau de lard froid, un pot de confitures de groseille, et une bouteille de vin à peine entamée. Ayant ainsi déjeuné, il se sentit bien mieux. Dans la poche d'un veston qui pendait à un clou, il prit la pipe du cocu, et s'asseyant en face du foyer, il se mit à fumer avec un air pensif. Il regrettait l'absence de la maîtresse de maison qui le privait d'un sourire et de la pleine satisfaction d'être accueilli en ami. C'est pourquoi il avait grande envie d'aider le cocu à retrouver Léontine. Comme il se préparait à poser quelques questions, un homme entra dans la cuisine ; il avait l'air accablé et ses paupières étaient gonflées et rougies par les larmes. Le cocu, sans même le regarder, céda son siège au nouveau venu qui se prit la tête entre les mains et soupira d'une voix déchirante :

« Dire que Léontine m'a trompé... qu'elle est partie avec un autre... je ne m'en remettrai pas, ma vie est brisée maintenant. »

Cependant, le cocu avait meilleure mine. Il fit quelques pas dans la cuisine, comme pour se détendre, cueillit sa pipe entre les dents du vagabond, et après avoir tiré quelques bouffées, murmura à son tour :

« C'est pourtant vrai que ma vie est brisée... Quand je pense qu'avant-hier soir, pas plus tard, elle m'appelait encore son chéri...

– Oui, dit l'homme qui venait de s'asseoir, elle m'appelait son chéri... elle me disait qu'elle m'aimait comme au premier jour...
– Comment est-ce que j'aurais pu soupçonner que le lendemain elle partirait avec un autre !
– Elle était si caressante...
– Si douce...
– Si chaude...
– Si belle aussi...»

Le vagabond était bien étonné d'avoir deux cocus au lieu d'un. Quoi qu'il eût beaucoup voyagé, et toujours à pied, il n'avait jamais vu deux hommes se partager de si bon accord les caresses d'une femme, et en parler ensemble avec tant de liberté. Choqué par ce sans-gêne, il les interrompit avec impatience, et demanda à celui qui fumait la pipe :

«Tu me disais tout à l'heure que Léontine était ta femme ?
– Oui, soupira le cocu à la pipe, c'est ma femme.
– Il y aura bientôt six ans que je l'ai épousée», ajouta le cocu qui venait de s'asseoir.

Le vagabond n'était pas loin de croire qu'on se moquait de lui.

«Est-ce que, par hasard, dit-il, ce serait l'habitude ici qu'une femme épouse deux hommes à la fois ?»

Le cocu qui était assis à côté de lui le considéra d'un air surpris, presque scandalisé, et répondit sur un ton de reproche :

«Quelle drôle de question ! Ma foi non, je n'ai jamais entendu dire qu'une femme ait épousé deux hommes à la fois !
– C'est même une supposition assez dégoûtante», déclara l'autre cocu.

Ayant ainsi manifesté sa réprobation, il s'en alla à l'autre bout de la cuisine et entreprit de remonter l'horloge qui était arrêtée. Le vagabond était dans une grande perplexité, à se demander s'il perdait la raison ou s'il était victime d'une plaisanterie, mais la douleur des cocus paraissait sincère et ni l'un ni l'autre n'étaient d'humeur à faire une farce. Celui qui était resté assis regardait fixement le nez de son sabot, et une grosse larme roulait sur sa joue. Son attitude était si douloureuse que le vagabond n'osa pas l'interroger. Il se leva discrètement et s'en alla auprès de l'autre cocu qui, la pipe aux dents, et dressé sur la pointe des pieds, remontait son horloge. Le vagabond, pressé de savoir le fin mot de l'affaire, lui dit à l'oreille, dans un chuchotement à peine perceptible :

«Je te le demande, réponds-moi franchement : c'est bien toi qui es l'époux de Léontine ?»

L'homme avait les deux mains occupées, et sa pipe le gênait pour parler. Il se contenta de froncer les sourcils, mais de l'autre bout de la cuisine, une voix irritée répondit : « Mais naturellement que c'est moi ! Je te l'ai déjà dit plusieurs fois, je ne comprends pas pourquoi tu en doutes encore. Quel entêtement ! » Effaré, le vagabond regagna sa place auprès de l'homme qui venait de lui répondre et, dans le désarroi où l'avait jeté l'incident, ne trouva plus de questions à poser. Son voisin s'était replongé dans sa sombre méditation, et il n'en sortit que pour lui demander, d'une voix distraite, s'il savait quelle heure il était. Le vagabond était encore si ému qu'il se sentait presque incapable d'articuler une parole. Il tira sa montre qui marquait 4 heures moins 10 et la lui mit sous les yeux. Il put douter de s'être fait comprendre par son voisin, mais en tournant la tête, il vit l'autre cocu manœuvrer les aiguilles de l'horloge et les arrêter à 4 heures moins 10. Alors il commença de soupçonner la vérité et, après avoir échangé quelques propos avec ses hôtes, il finit par comprendre qu'il avait affaire à une même personne en deux corps. Le phénomène était singulier, mais n'avait rien d'effrayant. Même, il se sentait plein de pitié pour cet être lourd de tant de chair, et qui lui semblait si aisément vulnérable. Il lui parlait avec sollicitude, et sans perdre une occasion de contenter sa curiosité, il s'efforçait de le consoler par des paroles d'amitié.

« Léontine reviendra, disait-il. Les femmes se lassent plus vite d'un amant que d'un mari. As-tu déjà été cocu, auparavant ?

– Non, c'est la première fois. D'ailleurs, la chose n'était jamais arrivée au village non plus. C'est pourquoi je suis si désemparé.

– Et n'as-tu aucun soupçon sur la retraite où Léontine peut se cacher ? »

Le cocu n'en avait pas le moindre soupçon et il n'y avait même pas songé sérieusement. À la façon de ses réponses, on le sentait si empêché par ses deux corps, qu'il était aussi incapable d'imaginer une aventure que de la vivre en réalité. Peut-être même se désespérait-il bien moins de la fugue de Léontine que d'une rupture d'habitudes dont la règle lui était indispensable. Tout en parlant, le vagabond essayait de saisir sur ces deux visages des différences d'expressions qui eussent révélé deux efforts distincts. Mais en dépit de leurs dissemblances absolues, c'était bien les mêmes pensées, les mêmes préoccupations, qu'ils exprimaient par des moyens différents. Au cours de la conversation, le vagabond avait à chaque instant conscience de sa supériorité sur ses deux interlocuteurs qui, de leur côté, lui répondaient avec difficulté. Comme s'il avait assez à faire à s'occuper de ses deux corps, le cocu ne manifestait aucune espèce de curiosité, ne prononçait jamais une parole qui trahît une préoccupation étrangère à ses habitudes. Il paraissait réduit à des limites étroites, formelles, quoique sa double apparence donnât à l'abord une impression plutôt contraire. Le vagabond était très curieux de faire la connaissance de Léontine, de savoir comment elle se comportait avec son époux, et si elle voyait en lui une ou deux personnes. Il lui sembla que la disparition de l'infidèle n'était pas un mystère insoluble et qu'avec un peu de réflexion il était possible de découvrir sa retraite.

« Voyons, tu me dis qu'hier matin, elle est partie rincer le linge à la rivière. La lessive devait être importante, et avec un pareil fardeau, elle n'a pu s'enfuir très loin d'ici. »

Le cocu parut très frappé de cette observation. Ses deux visages reflétèrent une grande tension d'esprit.

« Dans quoi a-t-elle emporté le linge ? demanda le vagabond.

– Elle l'avait mis dans deux paniers, répondit le cocu. La chose est même assez surprenante, maintenant que j'y réfléchis. D'habitude, quand elle rince la lessive, elle s'en va toujours à la rivière avec ses deux brouettes.

– Ah ! alors, elle fait deux voyages ?

– Non, elle ne fait qu'un voyage.

– Mais tu me dis qu'elle charge son linge sur deux brouettes. Elle ne les pousse pas les deux à la fois ? »

Le vagabond sentit que le cocu le considérait, de ses deux paires d'yeux, avec stupéfaction. Il comprit que quelque chose lui échappait encore, et sans insister sur ce point, il reprit le fil de ses recherches.

« En somme, il est probable que dans ces paniers, Léontine n'emportait rien d'autre que son linge personnel, de sorte que si elle n'a pas quitté le village, ses chemises et ses pantalons doivent finir de sécher devant la maison où elle se cache.

– C'est possible », murmura l'époux, et ses visages devinrent rêveurs. Il essayait d'imaginer Léontine dans une maison du voisinage, et son linge séchant sur un fil. Il parut y renoncer et ajouta d'une voix découragée : « Il y a tant de maisons...

– Sans doute, reprit le vagabond, mais peut-être saurais-tu reconnaître son linge si tu le voyais étendu dans la cour d'un voisin ? »

L'homme n'en était pas très sûr, et le vagabond lui suggéra qu'il restait peut-être dans une armoire quelques chemises et pantalons oubliés par Léontine. L'un des cocus associés s'en alla faire des recherches dans la chambre à coucher, et celui qui était resté dans la cuisine dit avec satisfaction :

«Justement, elle a laissé son pantalon au pied du lit, là où elle l'avait retiré la veille. Je n'y avais pas pris garde.»

Presque aussitôt, l'autre revint dans la cuisine. Il tenait deux pantalons qu'il déploya sur la table, et le vagabond vit tout de suite qu'ils étaient de tailles différentes. Pour l'ampleur et pour la longueur, l'un faisait au moins le double de l'autre.

«Mais les deux pièces n'appartiennent pas à Léontine, fit-il observer.

– Si», affirma l'époux, que la vue de ces objets intimes bouleversait visiblement. «Oh! si! c'est bien à elle!

– Tu ne me feras pas croire qu'elle peut mettre ces deux pantalons-là. L'un est trop petit, ou bien l'autre est beaucoup trop grand.

– Elle est comme ça, dit le cocu, et il se moucha des quatre narines à la fois. Quand je l'ai épousée, elle n'avait que de petits pantalons comme celui-ci, et maintenant il lui en faut aussi des grands.

– Alors, elle ne peut plus entrer dans les petits?

– Mais bien sûr que si, puisqu'elle s'en sert encore!»

Le vagabond considérait les deux pantalons avec de grands yeux, et il lui semblait bien que sa tête fût tout près d'éclater. Enfin, la vérité se fit jour dans son esprit, d'une manière soudaine. De même que son époux, Léontine était une seule personne en deux corps. L'explication était simple, et il s'étonnait qu'elle ne lui fût pas venue plus tôt. Il demeura un moment silencieux, essayant d'évaluer les conséquences de sa découverte, car il lui restait encore beaucoup à apprendre. Par exemple, fallait-il admettre que Léontine ne fît aucune différence entre les deux incarnations de son époux, et réciproquement, ou au contraire que l'ordre de leurs relations fût déterminé par un choix ou une habitude? Et d'autres problèmes se posaient, plus subtils, comme de savoir si un sentiment de jalousie était possible à l'intérieur même du ménage. Il essaya de questionner l'époux, mais en vain, et il finit par se rendre compte qu'ils ne parlaient pas le même langage aussitôt que la notion de personne était introduite dans la conversation. D'ailleurs, il croyait prudent de ne rien dire qui pût attirer l'attention sur la nature de son être. Après avoir noté soigneusement dans sa mémoire les particularités des deux pantalons, il décida l'époux à le suivre dans le village. Le cocu jugea bon de laisser l'un de ses deux corps à la cuisine, tandis que l'autre s'en irait à la recherche de Léontine. Mais, comme ils étaient déjà au milieu de la cour, le vagabond lui fit observer qu'ils n'auraient pas trop de trois bonnes paires d'yeux pour découvrir le linge de l'épouse. La réflexion lui parut judicieuse et il approuva d'un signe de tête; aussitôt le corps qui était resté dans la cuisine ouvrit la porte et vint les rejoindre.

Avant de s'éloigner, le vagabond examina plus attentivement qu'à son arrivée la demeure de son hôte. Il fut surpris de la propreté et de l'ordre qui y régnaient. Tout y apparaissait rangé au mieux des besoins des maîtres. Le jardin, à lui seul, témoignait sinon d'un souci de perfection, au moins d'une très grande habileté dans l'accomplissement du travail.

«Ne regarde pas de trop près, dit l'hôte. Depuis le départ de ma femme, j'ai tout laissé aller un peu en désordre. C'est compréhensible.»

Le vagabond protesta que le jardin était très beau, et ils s'engagèrent dans le village. Après avoir marché quelques minutes, ils firent la rencontre de deux cantonniers qui travaillaient au bord du chemin, à quinze ou vingt mètres d'intervalle. Le premier était occupé à manger un casse-croûte de pain et de fromage. En passant devant lui, le cocu l'interpella amicalement :

«Bon appétit, Léonard! Et à propos, comment va ta fille?»

L'homme avait la bouche pleine, il ne répondit que par un signe d'amitié. Lorsque les promeneurs passèrent devant le second cantonnier, celui-ci prononça en hochant la tête :

«Ma fille, elle ne va pas fort, vois-tu. Le médecin est venu hier soir et il dit que le troisième poumon est pris aussi. Ma femme se fait du souci.»

Le vagabond, qui écoutait de toutes ses oreilles, allait de surprise en surprise. Il ne doutait plus qu'en cette étrange bourgade, chaque personne fût logée en deux corps, à l'exemple de Léontine et de son époux. Il éprouvait un peu d'angoisse à la pensée qu'il représentait une anomalie aux regards de la population. Heureusement, l'on pouvait supposer qu'il avait, lui aussi, un second corps dans quelque autre coin du village.

Cependant, il ne laissait pas de poursuivre son enquête en compagnie du cocu. Ils avaient déjà vu beaucoup de linge, mais rien encore n'était venu éveiller leurs soupçons. Pourtant, les recherches n'étaient pas aussi difficiles qu'il leur avait semblé tout d'abord. Nombre de maisons étaient à écarter sans examen, habitées par d'honnêtes ménages, ou par des veuves, ou par des vieillards très affaissés. Il n'y avait guère que les maisons des célibataires qui fussent vraiment suspectes. Au bout d'une heure de marche, il n'en resta plus qu'une demi-douzaine à examiner, à l'extrémité du village. Comme ils prenaient le chemin de s'y rendre, ils se rangèrent au bord du fossé pour laisser passer quatre personnes qui, bras dessus bras dessous, tenaient toute la largeur de la chaussée; il y avait deux dames d'une cinquantaine d'années, encadrées par deux messieurs en jaquette et en chapeau melon. Le cocu salua en ôtant ses deux casquettes, d'un double geste, empressé et respectueux. L'un des messieurs toucha de la main son chapeau melon, tandis que l'une des dames inclinait légèrement la tête.

« C'est le notaire qui s'en va en promenade avec sa femme, murmura le cocu lorsqu'ils furent passés.

– Il ne doit pas avoir besoin de clerc, fit observer le vagabond.

– Il faut croire que si, puisqu'il en a quatre. »

La réponse étonna le vagabond, car dans ce petit village, qui paraissait fort isolé, une étude de notaire devait être d'une importance assez médiocre. Il réfléchit que cette distribution d'une personne en deux corps, si elle facilitait l'exécution des besognes manuelles, ne devait pas être favorable aux travaux de l'esprit, exigeant un effort de discernement. En effet, le cocu était un homme de peu d'entendement.

Tandis qu'ils poursuivaient leur chemin, le vagabond reconnaissait au passage les dernières maisons du pays, dont il gardait un souvenir plus précis, parce qu'elles étaient les premières qu'il eût vues en arrivant. Il revit, séchant sur un fil, les trois pantalons à l'ampleur généreuse qui avaient attiré son attention quelques heures plus tôt, mais il ne s'y arrêta pas ; tout ce qui n'allait pas par deux lui paraissait maintenant négligeable. Il ne restait plus que deux maisons, et le cocu examina longuement celle où le vagabond avait vu claquer au vent tant de chemises d'hommes ; quoi qu'il n'y eût point de linge de femme à sécher, elle lui paraissait inquiétante. Il envoya l'un de ses corps frapper à la porte sous un prétexte assez maladroit, tandis que l'autre corps s'en allait jeter un coup d'œil par les fenêtres opposées à la façade. Mais les deux corps revinrent sans avoir rien découvert de suspect.

« À en juger par toutes les chemises qui sèchent, dit le vagabond, cela fait bien des hommes dans une seule maison...

– Non, pas tellement : ils sont trois. D'ailleurs, il n'y a pas plus d'une quarantaine de chemises étendues. »

Ils se rendirent à la dernière maison par acquit de conscience, car le célibataire qui l'occupait était âgé de quatre-vingts ans. Les trois pantalons de femme, étriqués, et les deux courtes chemises d'homme, qui avaient rebuté le vagabond à son arrivée, flottaient toujours sur le même fil, et il s'étonna de ce linge de femme chez un célibataire. En y réfléchissant, il s'étonna davantage de ce que les pantalons fussent en nombre impair. Il eut l'idée de faire un rapprochement entre ces pantalons-là, et les trois autres, aux volumes si importants, qui séchaient devant la maison toute proche.

«Dis-moi, cocu, est-ce que le propriétaire de cette maison-là n'est pas un parent de celui qui occupe la troisième maison là-bas?
– C'est son grand-oncle, dit le cocu.
– Ah! ah! tout s'explique... Considère d'une part ces trois pantalons sans ampleur, et considère d'autre part ces trois culottes gonflées par le vent, qui semblent telles que trois tonneaux de santé... Ah! ah! tu as compris?»
Mais le cocu ne comprenait rien du tout. La rencontre des nombres impairs lui échappait, et lui eût-elle sauté aux yeux, il était parfaitement incapable d'en tirer la moindre conclusion. Il y avait là une opération de disjonction et de transfert qui le dépassait.
«Il faut croire que ta femme est plus avisée que toi», dit le vagabond. Il prit alors l'un des pantalons étriqués, et, suivi du cocu dont la curiosité s'éveillait, s'en alla détacher l'un des trois tonneaux de santé. Alors, comme il disposait sur la haie le petit pantalon à côté du grand, le cocu rugit avec ses deux voix:
«C'est le pantalon de Léontine!»
Au vacarme, l'amant de Léontine sortit de la maison, et, serrant ses deux corps coude à coude, parut disposé à défendre son seuil. Le cocu se rua des quatre pieds, il y eut une bataille, et quatre corps roulèrent dans la poussière. À son tour, l'épouse infidèle sortit de sa retraite. C'était pour un quart, une petite femme sèche, à la voix pointue, et pour les trois autres quarts, une gaillarde ventrue et fessue, aux bras énormes, à la voix de tonnerre. En moins d'une minute, elle eut séparé les combattants, et des pourparlers furent aussitôt engagés. La pécheresse ne fit aucune difficulté à réintégrer le domicile conjugal. De même que son époux et que son amant, elle était déjà déprimée par un changement d'habitudes, qui leur était également funeste à tous trois.
Sur le chemin du retour, Léontine donna quelques détails sur son aventure et le vagabond eut une déception. Ce n'était pas par un secret calcul qu'elle avait séparé les pantalons pour les faire sécher. Simplement, les plus grands ayant pris toute la place sur le fil, elle avait trouvé commode de mettre les autres à sécher dans la cour du grand-oncle. Le vagabond essaya de lui expliquer comment cette circonstance avait failli faire échouer les recherches, et comment il avait deviné le piège, mais elle n'y vit pas grand-chose.
«Je n'y comprends rien, dit-elle par sa voix de maigriotte.
– Tout ça, c'est des histoires!» déclara-t-elle encore par sa voix d'ogresse.
Ce fut à cet instant-là qu'ils passèrent devant une petite maison basse, marquée d'une croix noire. Un homme qui, apparemment, ne

disposait que d'un corps, était assis sur le seuil. Il dévisagea le vagabond avec une curiosité aiguë, mais plutôt bienveillante. Lorsqu'ils
furent un peu plus loin, Léontine et son époux murmurèrent avec
des rires de mépris :
« C'est le fou... c'est le fou...
– Un fou ? demanda le vagabond. Et comment est-il devenu fou ? »
Les époux le regardèrent d'un air soupçonneux, dont il se sentit mal
à l'aise. Il les vit se pousser du coude, tandis que l'une des bouches
du cocu chuchotait à l'oreille de Léontine. Le couple marchait en se
donnant le bras, dans l'ordre où marchaient tout à l'heure le notaire
et sa femme. Ils barraient la route de leurs quatre corps, et le vagabond ne savait où trouver place. Il lui semblait que sa solitude, à côté
de ce ménage, trahît son anomalie, et il en avait le cœur angoissé.
En arrivant sur une petite place, il vit un rassemblement d'une vingtaine de personnes et songea : « Sont-ils vingt, ou sont-ils dix ou
quinze ? » Sur son passage, il entendit un murmure qui lui parut hostile. Alors, il fit volte-face, et, par-dessus son épaule, dit au cocu et à
Léontine :
« J'ai perdu mon mouchoir, je vais tâcher de le retrouver... »
Il fila sans attendre la réponse et traversa le village en toute hâte.
Comme il arrivait auprès de la maison basse, marquée d'une croix
noire, le fou l'invita à entrer chez lui. Il hésita, s'assura que personne
ne pouvait le voir, et se faufila dans la maison. Le fou ferma la porte
derrière eux, et lui dit d'une voix mélancolique :
« Alors, vous aussi vous êtes un fou... Oh ! je l'ai bien vu, allez, et du
premier coup... Vous, du moins, vous l'êtes de naissance...
– Je ne comprends pas, dit le vagabond. Pourquoi dites-vous que je
suis fou ?
– C'est ainsi que les gens de ce village désignent un homme qui vit
dans un seul corps.
– Vous-même n'avez donc qu'un seul corps ? soupira le vagabond
avec soulagement.
– Oui, mais j'en ai eu deux... autrefois... Il faut vous dire que mon
cas est exceptionnel. D'habitude, quand une personne meurt, ses
deux corps meurent en même temps. Il arrive aussi, très rarement,
que l'un des deux corps survive à l'autre, parce qu'il a toujours été
l'objet d'une préférence, et qu'il a joui d'un traitement de faveur.
Ainsi, moi, je n'ai jamais consenti à mes deux corps. Je n'habitais
pour ainsi dire que celui-ci, et l'autre s'en est trouvé si mal, le
pauvre idiot, qu'il a fini par mourir il y aura tantôt vingt ans. J'étais
alors assez détaché de lui pour qu'il ne m'entraînât pas dans la

tombe. Mais tout cela n'a guère d'intérêt. Parlez-moi des vrais hommes, des hommes intelligents, comme vous et moi...»
Mais le vagabond avait encore beaucoup de questions à poser. Le fou les écoutait avec impatience et semblait peu empressé d'y répondre.

«Oubliez ces mauvais souvenirs, dit-il. Vous dormirez cette nuit dans ma maison et vous partirez avant l'aube, car les créatures à un seul corps sont assez mal vues par ici... Surtout, ne manquez pas de reprendre le chemin par lequel vous êtes venu. La route opposée vous mènerait à d'autres villages pareils à celui-ci, et pires encore. Il en est où une même personne habite quatre, dix, vingt corps et davantage...»

L'ÂME DE MARTIN

*M*artin abattit sa femme et ses beaux-parents à coups de revolver et poussa un soupir. Tout s'était passé normalement, mieux même qu'il n'avait osé l'espérer. Les femmes, à raison d'une balle par tête, étaient tombées sans un cri, et n'avaient pas eu le temps de s'étonner. Seul, le vieux avait eu un geste de protestation, assez vif, puis s'était écroulé après quelques soubresauts sans conséquence, l'œil en sang et la boîte éclatée. Martin, avant de se faire justice d'une quatrième balle, s'accorda un moment de réflexion et considéra les trois corps affalés, mais malgré ses efforts, il ne put s'intéresser à ce spectacle de mort, ni à la valeur de son acte. Il n'éprouvait pas plus de remords que de satisfaction, et les raisons de son crime lui semblaient avoir perdu toute importance. Dans cette salle à manger aux meubles de chêne clair, il y avait trois personnes à l'uniforme de la mort, et lui-même qui était déjà très engagé. L'événement reculait dans un inaccessible lointain et, privé du relief et des ombres qu'il avait empruntés un moment aux habitudes de la vie, n'avait plus figure d'aventure. Sans doute, les gens du voisinage qui viendraient tout à l'heure l'apprécieraient-ils d'autre façon, mais pour Martin, qui participait déjà de l'éternité, il n'était plus qu'un point à peine remarquable de la trajectoire immense sur laquelle il se sentait glisser. C'était une petite affaire qui ne le concernait plus et ses compagnons de mort étaient presque anonymes.

Martin sentait son esprit devenir immobile, et un ennui parfait l'isolait dans une région froide et tranquille. Restait son corps, souple et chaud, où les organes continuaient de faire la chaîne avec leur régularité habituelle; mais les ordres étaient donnés depuis quelques minutes et le corps, automatiquement, préparait le geste qui allait sanctionner le fait pour ainsi dire accompli. Martin s'assit sur une chaise, les deux fesses d'aplomb, le dos bien appuyé, sans hésitation,

Première publication dans Candide, *26 septembre 1935.*

ni maladresse, puis, levant son bras pendant, arrondit le poignet à hauteur de sa tête. Le canon de l'arme souleva une mèche de cheveux qui barrait un côté du front et se fixa sur la tempe avec une inclinaison efficace. L'index appuya sur la détente qui fléchit après une résistance légère et tout à fait satisfaisante. Néanmoins, le coup ne partit pas, soit que l'arme fût enrayée, soit qu'il y eût dans la cartouche un défaut de fabrication. Le doigt n'y était pour rien et demeura étranger à l'accident, comme aussi bien le poignet, le bras, l'épaule et toutes les articulations qui avaient joué. Ayant fait leur office, ils se mirent au repos et l'arme tomba par terre. Martin se rendit compte que le coup n'était pas parti, mais le fait lui parut négligeable. Constatant qu'il était trop loin pour revenir en arrière, il acceptait, sans inquiétude, de n'avoir pas satisfait à toutes les formalités et jugeait qu'il était parfaitement mort.

En effet, il sentit son âme le quitter et l'arrachement lui causa une douleur assez vive, d'ailleurs impossible à situer précisément. Comme il était chrétien, il pensa que son âme allait en enfer. Tout d'abord il n'en ressentit aucune contrariété et, à vrai dire, il était devenu incapable d'un sentiment de pitié ou d'inquiétude. Mais en considérant les trois cadavres étendus à ses pieds, l'idée lui vint qu'il ne pouvait raisonnablement se désintéresser de son âme qui précédait en enfer le corps dont il conservait l'usage à titre provisoire. Au souvenir des souffrances qu'il avait endurées chez le dentiste la semaine précédente, il se mit à trembler pour sa guenille.

Un bruit de pas, de portes claquées et de voix inquiètes emplissait l'escalier de la maison et arriva jusqu'à la salle à manger. Martin songea aux juges, au supplice, à l'enfer et poussa une plainte animale. La peur le tira de son engourdissement, il ramassa son revolver, le rechargea et murmura en enjambant ses victimes : « Sales crapules. » C'était une façon de parler tout habituelle qui n'avait plus rien d'injurieux. Il traversa le vestibule et ouvrit la porte en serrant dans sa poche la crosse du revolver. Les voisins, qui s'étaient massés sur le palier, ne doutèrent pas d'être en présence du meurtrier, mais l'homme, attentif et muet, leur parut si menaçant qu'ils hésitèrent devant l'évidence. L'un d'eux demanda respectueusement à Martin s'il avait entendu des coups de feu et ce qu'il fallait en penser.

« Ne vous inquiétez pas, dit Martin, tout est en règle. »

Il crut pouvoir profiter de l'étonnement silencieux des voisins pour s'échapper, mais comme il tournait le dos, l'autre prit de l'assurance et fit un pas derrière lui.

« Hé là ! pas si vite ! vous êtes bien pressé... »

Martin se retourna, retira la main de sa poche et fit feu à bout portant. L'homme porta la main à son ventre et s'écroula en geignant. Les autres voisins s'effacèrent contre la muraille, le regard modeste et la gorge sèche. Ayant calculé qu'il ne lui restait plus assez de balles pour s'assurer de leur discrétion, Martin les fit entrer dans son appartement avec le moribond et les enferma à clef, après avoir soulevé son chapeau sans la moindre ironie.

Martin changea deux fois de métro et déjeuna dans un restaurant à prix fixe très fréquenté où il était assuré de passer inaperçu. D'ailleurs sa mise était correcte et sa physionomie ne trahissait aucun trouble. Tout en mangeant de bon appétit, il réfléchit aux moyens de sauver sa peau. Il eut bientôt arrêté un plan de fuite fort satisfaisant. Tout lui était facile et il comprenait combien son âme l'avait gêné dans ses entreprises passées. Maintenant qu'il en était séparé, le monde où il se mouvait par la pensée se simplifiait à l'extrême et il n'imaginait même plus la nature des obstacles qu'il y rencontrait naguère. Toutefois, il n'oubliait pas que son corps était promis aux tourments de l'enfer où son âme se trouvait déjà consignée. Une peur animale qui lui gâtait un peu le plaisir de bâfrer, lui tenaillait la chair. Il essayait de se défendre contre ces coups d'angoisse en s'assurant de l'ingéniosité de ses dispositions, mais il en venait toujours à conclure que dans vingt ou trente ans, en mettant les choses au mieux, il lui faudrait souffrir le supplice infernal. En mangeant une portion de camembert, il tenta de se représenter son âme dans la situation où il était appelé à la rejoindre, mais tous ses efforts ne parvenaient qu'à la lui offrir sous les traits d'une personne un peu frêle ayant quelque ressemblance avec sa femme. Pour la commodité de réfléchir, il se contenta de cette représentation imparfaite et finit par songer :
« Peut-être, tout de même, qu'elle sera restée en purgatoire… Ce serait déjà ça… »
Martin n'avait plus la faculté d'espérer, il envisagea cette idée sans exaltation. Mentalement, il s'efforça de dresser un état des responsabilités de son âme et d'établir une équation entre la faute et le châtiment. Mais la notion de responsabilité lui échappait à peu près complètement et il s'épuisait à recommencer ses calculs :
« Voyons, c'est pourtant bien simple. Elle a à répondre du meurtre de trois personnes, l'épouse et les beaux-parents… L'épouse trompait son mari avec la complicité des vieux… trompait son mari avec la complicité… trompait son mari… »

Martin mastiquait avec lenteur pour mieux concentrer sa pensée sur ce cas d'adultère, mais rien ne l'avertissait qu'il justifiât ou non la colère vengeresse du mari berné. Lassé de retourner le problème sans même obtenir un semblant de solution, il eut une seconde de faiblesse et, se tournant vers son voisin de table, ouvrit la bouche pour lui demander une appréciation. Il se retint à temps et eut une sueur froide à la pensée du péril où il s'engageait. Par prudence, il abrégea son repas et s'en alla à pied au musée du Louvre où il avait décidé de passer l'après-midi.

Martin passa au Louvre trois longues heures pendant lesquelles il ne cessa d'évaluer les chances de son âme. La peinture n'éveillait en lui aucun sentiment et sa seule satisfaction était de se dire qu'il était en ces lieux à l'abri des regards de la police. Il allait lentement dans les salles, accordant à chaque tableau un instant d'attention, sans se départir d'une parfaite indifférence. Pourtant, il s'arrêta plus longue-ment devant quelques sujets religieux pour se faire une opinion de l'indulgence du Christ ou de la Vierge, mais les visages les plus doux, les plus tendres, demeuraient pour lui aussi hermétiques que ceux des gardiens du musée. En passant devant une mise en croix, comme il épiait la physionomie d'un visiteur extasié sans pouvoir en traduire l'expression, il se hasarda à le pousser du coude et murmura :
«Alors, qu'est-ce que vous en dites ?»
Le visiteur, bien qu'il fût un peu choqué, répondit avec conviction :
«Admirable... un chef-d'œuvre !
– Bien sûr, approuva Martin, un chef-d'œuvre...»
La réponse le déconcertait, il s'éloigna en lui cherchant vainement une signification.
Lorsqu'il sortit du Louvre, le soir tombait, les rues commençaient à s'éclairer et il pleuvait à verse. Insensible à la mélancolie de l'heure, Martin chemina sous les arcades de la rue de Rivoli et finit par se réfugier dans un café de la place du Palais-Royal. À la table voisine de la sienne, il entendit deux hommes parler du crime sensationnel de la journée.
«Je reconnais qu'il est allé un peu fort, disait l'un, mais réfléchissez que ce Martin était la risée de tout le quartier. Sa femme le trompait au vu, au su et avec l'agrément des deux vieux. Imaginez un peu l'existence de ce pauvre type au milieu de cette perpétuelle conspi-ration contre lui. À la fin, ça vous ulcère un homme !
– Si vous voulez, mais il avait la ressource d'aller vivre ailleurs. Et puis, attendez... vous vous pressez de charger sa femme de tous les

torts, mais qui sait si elle n'avait pas des excuses ? C'était peut-être lui qui avait commencé...

– Alors, là, mon vieux, non ! je vous arrête... Vous avez lu les témoignages des voisins... un bonhomme tranquille, rangé des voitures, timide devant sa concierge... Et puis, il n'y a qu'à voir la gueule du type... Il y a tout de même des physionomies qui ne trompent pas. Je mettrais ma main au feu qu'il était d'une conduite exemplaire ! »

À ces mots, Martin approuva d'un mouvement de tête énergique, mais qui passa inaperçu. Son défenseur poursuivit :

« Si cet idiot-là s'était contenté de massacrer sa femme, n'importe quel jury l'acquittait, vous m'entendez bien ! Et après tout, si l'on admet un premier mouvement de colère...

– Je vous vois venir... vous allez l'acquitter aussi pour le meurtre des deux vieux...

– Pourquoi pas ? Il faut être logique...

– Heureusement pour la justice, il a tué une quatrième personne qui n'avait rien à voir dans l'affaire... »

Ce fut alors que Martin crut devoir intervenir dans le débat. Il le fit sans passion, simplement dominé par le souci de peser les responsabilités de son âme défunte. Écartant sa soucoupe, il se pencha et prononça d'une voix poussée :

« Je vous demande pardon, mais la quatrième personne ne compte pas. »

D'un même mouvement, les deux buveurs tournèrent la tête de son côté et l'affaire les intéressait si vivement qu'ils furent à peine surpris de l'intrusion de cet inconnu.

« Non, la quatrième ne compte pas, reprit Martin, puisque le meurtrier n'avait plus... »

Il s'interrompit et les deux hommes se poussèrent du coude tandis que leurs regards se nuançaient d'une ironie bienveillante.

« Voulez-vous dire, demanda l'un d'eux, que le meurtrier n'avait plus sa tête à lui ? »

Martin parut hésiter, ses lèvres remuèrent sans proférer un son, et ses mains se crispèrent sur la table. Il comprenait tout à coup quelle imprudence il venait de commettre en s'adressant à des gens dont il ne parlait plus le langage. La peur lui courait sur la peau et l'étreignait comme un point de congestion. Il cherchait vainement un appui pour résister à cette vague de panique, et il faillit laisser passer la même plainte qui lui avait échappé le matin dans la chambre du crime. Surpris par son attitude et son mutisme soudain, ses interlocuteurs l'examinaient avec plus d'attention, cherchant son regard sous l'ombre du chapeau. Saisis par la même pensée, ils échangèrent un coup d'œil, et l'émotion les fit pâlir. Sans interrompre leur examen, ils cherchèrent à tâtons le journal du soir, plié entre leurs deux soucoupes et le déployèrent sur la table. Sous un titre en lourdes capitales, Martin aperçut son portrait. Il fit un bond hors de son siège, fracassa une carafe, renversa deux chaises, et bousculant un garçon, courut droit à la porte. Traversant à grands pas la place du Palais-Royal, il disparut aux regards des consommateurs derrière une file de voitures et après avoir longtemps cheminé dans des rues mal éclairées, déboucha rue de Rivoli à la hauteur de la Samaritaine. Il était fatigué et d'autre part, il avait besoin d'un instant de calme et de repos pour réfléchir à sa situation. La reproduction de son portrait dans les journaux, qu'il n'avait pas prévue, l'obligeait à envisager une nouvelle ligne de conduite. Il décida de chercher un asile provisoire dans une église de quartier. Ayant enfoncé son chapeau jusqu'aux oreilles pour dissimuler aux passants le haut de son visage, il se remémorait le plaidoyer qu'il venait d'entendre en sa faveur.

«En somme, concluait-il, mon âme n'est pas en si mauvaise posture. C'est bien le moins que le Ciel lui soit aussi indulgent qu'un jury de cour d'assises. Si on lui inflige, pour l'exemple, cinquante ans de purgatoire, c'est tout le bout du monde!»

Martin s'assit au pied d'un pilier, dans la nef déserte et faiblement éclairée. La majesté des lieux, l'opulente solitude de la pénombre, le laissaient fort tranquille. Il ne ressentait aucun trouble et put ruminer son affaire tout à loisir. Ayant mis sur pied un nouveau projet de fuite, il tira sa montre et s'accorda encore trois quarts d'heure de repos. Ses regards furent attirés par un éventail de cierges qui éclairaient d'une lumière vive, dans l'un des bas-côtés, une chapelle dédiée à la Vierge. Trois vieilles femmes, vêtues de noir, les mains jointes et le col plongeant, étaient agenouillées devant l'autel. Les voyant prier, Martin alla s'agenouiller derrière elles. Sa mémoire fonctionnait parfaitement et il se rappelait sans effort les oraisons apprises autrefois. Mais il eut bientôt interrompu sa prière dont il reconnaissait la vanité. L'invocation retombait dans son gilet et il comprit qu'aussi bien, il pourrait brailler à la voûte n'importe quel refrain des rues sans profaner le sanctuaire. Avec curiosité, il considéra les trois vieilles qui avaient l'âme à la bouche et dont le moindre murmure devait être efficace.

«Moi aussi, j'ai été comme elles, pensa-t-il, et maintenant que me voilà sans âme, je ne suis même pas un pécheur, je ne compte pas, il n'y a personne pour m'entendre... Ah! si seulement j'étais un pauvre pêcheur, je n'aurais pas à me faire de souci...»

Quittant la chapelle de la Vierge, il entreprit de faire le tour de l'église et s'enfonça dans une région d'ombre au fond de laquelle brillait une petite lumière. À la hauteur du maître-autel, il atteignit le cierge solitaire qui éclairait un tronc en bois, fermé au cadenas, et portant l'inscription : «Pour les âmes du purgatoire». Martin sortit son portefeuille et glissa un billet de cent francs dans la fente. Sur le point de s'éloigner, il se ravisa et songea :

«À quoi me servira d'avoir mis cent francs dans ce tronc? Cent francs ne sont rien quand il faut les partager entre des millions et des millions d'âmes. Pour la mienne, son châtiment n'en sera pas abrégé d'un dixième de seconde. Cet argent-là me serait sûrement plus profitable sur la terre.»

S'étant assuré que nul ne pouvait apercevoir son manège, il étudia rapidement la fermeture du tronc. Les deux pitons dans lesquels était engagé l'anneau du cadenas ne semblaient pas vissés profondément. En effet, Martin put en dévisser un sans difficulté. Après avoir raflé son billet de cent francs, le seul qui se trouvât au fond du tronc, il remit la fermeture en place et poursuivit sa promenade. Il songeait que pour tous les êtres ayant une âme, l'acte qu'il venait de commettre était un vol et une profanation :

«D'un côté, c'est quand même bien commode de n'avoir pas d'âme, et s'il n'y avait pas l'ennui de se demander comment ça finira...»

Il se promenait dans l'église comme au musée, le cœur pareillement vacant, l'esprit lucide et borné. Il s'attarda longtemps dans l'abside, immobile sur une chaise et fixant au fond de l'obscurité un vitrail dont la partie inférieure, en simple verre dépoli, se colorait de la clarté rougeâtre du dehors. Son corps se détendait, oubliant les terreurs de l'enfer et le problème de la nourriture. Dans cet état de béatitude bovine, Martin commençait à somnoler. L'univers se réduisait peu à peu au carré de vitrail qu'il apercevait entre ses paupières lourdes. Il songeait encore au danger de s'endormir dans cette église, sans pouvoir secouer sa torpeur, lorsqu'un bruit de porte fermée résonna longuement sous les voûtes et le remit sur pied. D'un coup, il revint à ses préoccupations, calculant ses chances sur la terre et dans le ciel. Au fond de l'abside, sous le vitrail, le pas d'un homme sonnait sur les dalles et Martin, s'étant approché, reconnut un prêtre qui sortait de la sacristie et se dirigeait rapidement vers l'une des nefs latérales. La rencontre lui parut venir à propos.

«Monsieur le curé, j'ai un renseignement à vous demander.»
Surpris par cette apparition, le prêtre eut un mouvement de recul,
puis fit signe qu'il était attentif.
«Monsieur le curé, pensez-vous qu'un meurtrier puisse compter sur
la miséricorde divine?»
Le prêtre, dissimulant son saisissement, répondit dans un murmure
qui semblait inviter Martin à la prudence:
«N'en doutez pas. La miséricorde de Dieu est infinie.
– C'est bien ce que je pensais...»
Martin demeura un moment silencieux, hésitant à poser une ques-
tion plus précise. À la réflexion, il crut sage de s'abstenir.
Le prêtre pensa qu'il attendait peut-être un encouragement et, lui
touchant la main, lui dit d'une voix amicale:
«Vous étiez venu, sans doute, avec l'intention de vous confesser...
– Ma foi non, répondit Martin. Je n'ai rien à confesser.»
Le prêtre, rassuré, eut un hochement de tête à peine désapproba-
teur. Il voyait dans cette réponse moins d'orgueil que de naïveté.
«Monsieur le curé, encore une question: est-ce que je peux vous
charger de dire une messe pour une âme en purgatoire? celle d'un
nommé Martin...»
Ce disant il tendait le billet de cent francs qu'il avait repris dans le
tronc. Le marché conclu, il demanda encore:
«Votre messe lui vaudra une remise de combien sur son temps de
purgatoire?
– Nous n'avons pas le moyen de vous répondre, répondit le prêtre
agacé par la tournure que prenait l'entretien. Nous nous contentons
d'offrir une chance de salut. Le résultat est à la grâce de Dieu et
selon les cas.
– J'entends bien, mais il doit y avoir un minimum de prévu, sans
quoi les risques seraient trop grands...»
Martin parlait tout haut, sans nul souci d'accorder sa voix au mystère de la pénombre, et le seul bruit de ses paroles, éclatant dans le
silence de l'église, semblait une profanation. Songeant à ses ouailles
qui attendaient l'heure de se confesser et ne pouvaient manquer
d'entendre, le curé eut un mouvement d'impatience et interrompit
sèchement:
«Eh bien, mettez six mois.
– Six mois pour une messe? dites donc, mais alors, c'est intéressant...»
Il s'absorba dans un calcul silencieux, et le prêtre, après un salut
distant, crut pouvoir s'éloigner. Martin lui emboîta le pas et le saisit
par une manche de sa soutane.

«Un moment, monsieur le curé... Voilà qui change toute la situation.
– Je suis pressé, les fidèles m'attendent à confesse...
– Une minute, le temps de vous commander d'autres messes.»
Le prêtre ne pouvait plus se dérober et fit l'effort de paraître aimable. Martin sortit son portefeuille, le vida d'une liasse importante de billets de mille qui représentaient toutes ses économies.
«Tenez, dit-il, en voilà au moins pour cent ans. C'est largement.»
Et sans entendre les protestations du curé, il gagna la rue par une porte latérale. Sa montre marquait 6 heures moins 20, et, comme il avait marché beaucoup plus qu'à son habitude, il commençait d'avoir faim. «J'ai tout donné pour mon âme, il n'est pas question d'aller dîner», songea-t-il.

Au commissariat de police, un public nombreux se pressait devant la table des employés qui surveillaient l'heure à une pendule murale. Au hasard, Martin prit l'une des trois files et attendit son tour. Après une station de dix minutes, l'homme qui le précédait arriva devant l'employé de service et s'entendit répondre qu'il était trop tard. Il partit en s'excusant avec un sourire craintif. Martin prit sa place et tendit une pièce d'identité sans même obtenir un regard de l'employé. Un brigadier qui roulait une cigarette à quelques pas de là lui jeta d'une voix hargneuse :
«On vous dit que l'heure est passée, vous ne comprenez pas ?
– Comme vous voudrez, dit Martin. Je repasserai demain.»
L'autre fut impressionné par cet homme à la mise correcte, qui répondait sans timidité à un brigadier.
«Vous veniez pour quoi ?
– Je m'appelle Martin.
– Ça court les rues... Et alors ?»
Martin pointa l'index vers son portrait qui figurait en première page du journal ouvert sur la table de l'employé.
«C'est moi», dit-il sans orgueil.

Le procès de Martin fut une déception pour le public. La cause était mauvaise et l'accusé ne fit rien pour faciliter la tâche de la défense. L'avocat n'eut même pas la ressource d'exploiter à fond l'infidélité de l'épouse, Martin ayant déclaré à l'instruction qu'il ne se souvenait pas d'avoir éprouvé un sentiment de jalousie ou de colère. L'accusation avait beau jeu et n'eut même pas besoin d'en abuser. L'indifférence parfaite avec laquelle Martin parlait de ses crimes édifia le jury dès l'ouverture des débats. Le seul mystère, et il ne fut pas éclairci, résidait dans les paroles que Martin avait prononcées au café dans l'après-midi du crime.

«Vous avez dit à vos deux voisins de table que la quatrième victime ne comptait pas. Qu'entendiez-vous par là?

– Elle compte sans compter... Enfin, elle compte si vous voulez.»
Ici, l'accusation plaça un morceau d'éloquence vengeresse pour la veuve de la quatrième victime. Le président poursuivit:
«Votre réponse paraît restrictive. Faut-il comprendre que vous vous défendez d'être entièrement responsable de ce meurtre?

– C'est sans importance, déclara Martin, je ne vais pas chicaner là-dessus. Dieu reconnaîtra les vraies victimes.»
Ces dernières paroles déclenchèrent une algarade entre la défense et l'accusation qui dénonçait «l'habileté d'une manœuvre sournoise destinée à faire planer un doute sur le point le moins contestable de l'affaire». Ce maigre incident fut le seul du procès et les journalistes, faute de mieux, furent obligés d'en tirer une colonne. Martin fut condamné à mort à l'unanimité moins une voix, celle d'un juré qui se trouvait être un ami d'enfance de l'avocat.

L'aumônier qui visitait Martin dans sa cellule fut toujours bien accueilli, mais lorsqu'il offrait au condamné les secours de la religion, il se heurtait à un refus tranquille.
«Ne vous dérangez pas, disait Martin, mon affaire est réglée sur la terre comme au ciel.»
L'aumônier ne désespérait pas de l'amener à la pénitence, car le criminel opposait à ses objurgations des paroles d'une humilité vraiment édifiante, affirmant qu'il n'était plus rien qu'une bête et qu'à lui offrir les sacrements, on risquait sans profit d'en compromettre la sainte majesté. Le prêtre ne pouvait se résigner à laisser passer la saison de semer en si bonne terre, mais l'extrême humilité de Martin se soutint jusqu'au bout. Le matin de l'exécution, comme l'aumônier le pressait encore et l'invitait à la communion, il lui répondit:
«Ce serait galvauder le Bon Dieu. Montrez-vous un peu plus raisonnable.»
Sur le lieu du supplice, alors que les valets de guillotine se saisissaient de sa personne, Martin, sentant l'étreindre le remords de son crime, comprit que son âme ne l'avait jamais quitté et qu'il s'était forgé un conte. Il poussa un cri affreux en reconnaissant une malice du Diable toujours attentif à perdre un pauvre homme qui a tué sa famille.

RUE DE L'ÉVANGILE

*I*l y avait à Paris, dans le quartier de la Chapelle, un pauvre Arabe du nom d'Abd el Martin et on l'appelait Abdel tout court, ou le Crouïa, ou l'Arbi, ou le Biquemuche, ou encore Bique à poux, parce qu'il avait, en effet, des poux.

Le quartier de la Chapelle, en sa partie nord, est resserré entre des murs nus dissimulant des usines, des gares de marchandises, des voies de chemins de fer, des gazomètres, des trains sales et des locomotives haut-le-pied. Les fumées des réseaux de l'Est et du Nord, se mêlant aux fumées d'usines, noircissent des immeubles conçus avec économie et les rues, peu passantes, ont un aspect de province flétrie, cernée par un désert de rouille et de charbon. C'est un paysage littéraire où les promeneurs d'une âme sensible, en écoutant les trains siffler dans une brume souillée, se surprennent à prier Dieu pour que la vie ne soit pas démesurément longue.

Rue des Roses, au fond d'un cul-de-sac séparant deux immeubles noirs et chassieux, Abdel habitait sur trois marches de pierre humide, qui descendaient à une porte murée et qu'abritait un auvent de bois pourri. Ceux des voisins qui rentraient tard dans la nuit poussaient parfois jusqu'au bout de la venelle et, à la lueur d'un briquet, le regardaient dormir sous la vieille capote militaire qui était son vêtement de jour et de nuit. Les plus inspirés le poussaient du pied en disant : *Arrouah arrouah, chouïa chouïa*, avec, peut-être le sentiment fraternel de se mettre ainsi à sa portée. Il leur répondait par le petit cri rauque et aigu qui paraît être le fond de la langue arabe et ils partaient contents.

Le matin, au bruit des premières eaux sales giclant sur le pavé de l'impasse, il se levait, ôtait sa capote et la remettait. Sa toilette ainsi achevée, il s'en allait traîner la savate dans la rue des Roses. Les ménagères les plus matinales, qui couraient faire leur marché avant de partir pour l'usine, le regardaient avec dégoût et ne se gênaient

Première publication dans Candide, *2 décembre 1937.*

guère de faire des réflexions cruelles. Ayant glané quelques déchets alimentaires à la surface des poubelles, il s'arrêtait longuement devant le café du Destin et se distrayait à regarder les hommes déjeuner sur le zinc d'un café ou d'un bordeaux blanc. Les clients le montraient du menton et disaient entre eux: «Tiens, voilà le Crouïa», s'étonnant avec un peu d'humeur de ce qu'il fût encore en vie, alors que tant d'honnêtes gens, utiles à leur famille et à la République, rendaient journellement le dernier soupir. Parfois, M. Alceste, le patron du Destin, cognait à la vitre avec une pièce de monnaie, lui signifiant d'avoir à franchir le seuil. «Je vais vous faire marrer», annonçait-il aux consommateurs. Après avoir empli un bol de vinaigre, il montrait à Abdel une pièce de vingt sous et lui proposait le marché d'un clin d'œil. Abdel n'hésitait jamais et lampait le vinaigre d'un trait. «Un honnête homme en crèverait», faisait observer le patron quand chacun s'était exclamé, et il ajoutait presque toujours: «Pour la science, c'est curieux quand même.» Mme Alceste, la patronne, qui n'avait point de goût pour les curiosités scientifiques, ne voulait voir là qu'un gaspillage d'argent et de marchandise et se renfrognait derrière le zinc en haussant les épaules. C'était une personne jeune encore, courte et grasse, à la forte poitrine pointant très bas sous un corsage de soie vive. Une ombre de moustache noire donnait à sa figure bouffie un attrait de mystère ardent.

Quand il n'était pas invité à boire le vinaigre, Abdel avait encore une chance d'être admis au Destin. À l'heure creuse où les ouvriers venaient de quitter son zinc, le patron, qui balayait le plancher de l'établissement, avait parfois le sentiment oppressant de la vanité des choses humaines et, regardant au-dehors, voyait le monde comme un trottoir aride sur lequel Abdel faisait une tache intéressante. Il ouvrait la porte et disait: «L'Arbi, amène tes poux.» Mme Alceste, assise au fond de la salle, haussait une fois de plus les épaules, sans pourtant lever le nez de sur son magazine de cinéma et rêvant qu'elle était Maë West ou, certains jours d'optimisme, Greta Garbo. Appuyé sur le manche de son balai, le patron regardait l'Arabe avaler un café tiède et se laissait aller à méditer tout haut: «Pour celui qui veut bien réfléchir, disait-il, on est peu de chose. Je vois par exemple toi. Qu'est-ce que tu es? de la pourriture. D'où tu deviens? on n'en sait rien. À quoi tu sers? J'en causais une fois au coiffeur et c'est bien ce qu'on disait ensemble, que jamais le gouvernement ne devrait tolérer une pareille vermine sur le territoire, à plus forte raison dans une ville comme Paris qui est le cœur de la

France. Je ne suis pas contre l'étranger, au contraire, mais j'estime néanmoins qu'il y a des limites. Et d'abord, tu viendrais à disparaître, fusillé ou n'importe quoi, qui est-ce qui le saurait? personne. Je dirais peut-être à Mme Alceste : "Tiens, on ne voit plus le Crouïa qui buvait du vinaigre." Et puis c'est tout. Et dans quinze jours, je t'aurais sûrement oublié. C'est bien la preuve que tu es moins que rien.»

Pendant qu'on lui tenait ces propos, Abdel regardait la patronne avec des yeux tout brillants de passion et regrettait de ne pas pouvoir la violer, car étant doux et modeste, l'idée ne lui venait pas qu'il pût gagner rien par des mines et des boniments. La nuit, sur ses trois marches humides, il rêvait d'elle assez souvent, comme d'un oreiller voluptueux qui animait et attendrissait sa dure couche de pierre et il arrivait aux voisins les plus proches d'être surpris par la douceur d'une plainte. Mais ses rêves les plus heureux ne l'inclinaient pas à exiger davantage de la vie, et, dans l'instant même où il dévorait des yeux Mme Alceste, il n'attendait jamais qu'elle levât sur lui un regard brûlant. Simplement, il ressentait quelque jalousie des figures prestigieuses qu'il apercevait sur les pages des magazines de cinéma et qui lui semblaient isoler la patronne dans un monde encore plus distant que celui du Destin.

En quittant le café, Abdel gagnait la petite place Hébert où il faisait encore une halte importante. Fiché sur le trottoir, à la pointe de la rue des Roses, il regardait, par-delà le carrefour, un endroit souvent désert, la rue de l'Évangile qui fuyait entre deux hauts murs aveugles bordant, à droite, la tranchée des chemins de fer de l'Est et, à gauche, le vaste quartier des gazomètres dont les hauts et monstrueux caissons semblaient surplomber et écraser la chaussée. Cette longue voie encaissée, sans maisons, sans passants, Abdel la considérait avec appréhension et curiosité. Plusieurs fois déjà, il s'y était engagé, mais pris de panique et sentant le monde se retirer de lui, il avait dû tourner bride. À quelque cent mètres de la place Hébert, elle s'infléchissait un peu sur la droite et semblait se poursuivre sans fin entre ses deux murs unis et se perdre en elle-même. Dans la lumière grise et fumeuse du matin, elle apparaissait comme un chemin abstrait, comme le départ d'un infini maussade ou d'un couloir désolé menant à d'inaccessibles paradis. Pratiquement, il admettait qu'elle ne conduisait nulle part, mais lorsqu'il la contemplait depuis la place et qu'il en voyait déboucher un camion, il aurait voulu savoir parler pour arrêter le conducteur et lui demander : «D'où viens-tu?»

Tout le jour, qu'il passait à errer dans le quartier, Abdel rêvait à la patronne du Destin et au désert de la rue de l'Évangile. Dans la matinée, au marché de la rue de la Guadeloupe, où il se tenait à l'affût des comestibles et des porte-monnaie, l'après-midi, sur les bancs du boulevard de la Chapelle et dans la lumière des vitrines où il frôlait les filles à deux thunes avec la sensation fatigante d'avoir pénétré dans un jardin défendu, les mêmes images revenaient le hanter, et le soir, à l'heure de s'endormir, il croyait voir encore la silhouette ramassée de Mme Alceste fondre dans les lointains d'une rue vide et dangereuse.

Un dimanche matin, tandis que son époux balayait le plancher du Destin, Mme Alceste lisait dans *Votre cinéma* le scénario d'un film poignant. Le héros en était un beau garçon engagé dans la Légion étrangère et qui portait sur sa poitrine un tatouage romantique. Mal noté par son adjudant, il était au combat comme un lion et pour l'ordinaire, il avait dans les yeux une flamme nostalgique qui faisait rêver les personnes du sexe. L'épouse d'un grand savant, venu en Afrique étudier les mœurs des sauterelles, s'éprenait du simple soldat et ils s'aimaient dans les soirs parfumés. Pour finir, l'amant trouvait dans le bled une mort héroïque en sauvant la vie au grand savant et l'épouse montait sur la terrasse d'une maison mauresque pour chanter dans la nuit une romance déchirante. Le film avait pour titre *Mon légionnaire*. Mme Alceste, les yeux humides, la poitrine brassée par l'amour et par l'héroïsme, n'entendit même pas son mari héler Abdel le Crouïa par l'entrebâillement de la porte. Elle mangeait des yeux la photographie du héros qui, hâve et loqueteux, mais nimbé de passion, se ruait au danger après une journée de marche et de soif dans le désert. En même temps, son cœur se serrait d'un peu de colère et de regret en pensant que le cafetier n'irait jamais en Afrique étudier les mœurs des sauterelles. Jeune encore et l'âme inassouvie, elle devait renoncer aux sables brûlants, aux amours débridées, aux remords cossus. Pourtant, elle sentait qu'aussi bien qu'une autre elle aurait pu embraser la chair d'un soldat du mystère et chanter sa mort en couplets émus.

Abdel buvait une tasse de café et le patron l'entretenait des différentes catégories qu'il eût imposées à l'espèce humaine si, au lieu d'être cafetier, il avait été Dieu. Son infinité ne le rendait du reste pas plus indulgent pour l'Arabe auquel il assignait sans discussion une place dans la dernière catégorie.

«Moi, Dieu, j'ai beau te connaître personnellement. Je sais trop ce que tu es pour hésiter seulement une minute...»

Soudain, le patron s'interrompit et, le cou tendu, examina le misérable humain avec une attention nouvelle. De surprise indignée, il eut un haut le corps et puis s'écria :

«Dis donc, madame Alceste, tu as vu comment ce cochon-là te regarde? Tu as vu les yeux qu'il se permet?» Ces paroles, qui n'avaient pour lui pas plus de sens que les précédentes, ne réussirent pas à distraire Abdel de sa contemplation. Levant les yeux, Mme Alceste rencontra le regard fauve de l'Arabe et son cœur se mit à battre plus vite. Accoudé au zinc, dans sa vieille capote militaire, avec son visage brun et malpropre, il lui apparut comme un soldat brûlé par le soleil d'Afrique et portant aux plis de son uniforme souillé la misère glorieuse des combats. Elle retrouvait, surgie en réalité, la figure héroïque de *Votre cinéma*, elle reconnaissait, au fond des yeux chauds, le désir mâle et sauvage qu'elle venait d'appeler tout bas.

«Vermine! criait le patron. Voilà comment il reconnaît les lois de l'hospitalité, lui! Et d'abord, lâche-moi cette tasse de café!»

Au visage menaçant du cafetier et à l'accent de la voix, Abdel se sentit coupable et, posant la tasse, eut un regard vers la porte. Mme Alceste s'était dressée, toute pâle et comprimant sa poitrine à deux mains. Un sentiment persistant des réalités domestiques l'empêchait d'intervenir et de se rendre au mouvement de la passion. Son époux menaçait l'Arabe de son balai et l'aiguillait rudement vers la sortie.

«Je vais t'apprendre, moi; je vais te montrer le respect. Hors d'ici, dégoûtant! Que je ne te revoie plus au Destin!»

Mme Alceste, oppressée, meurtrie, ne put se résoudre à faire un geste. Lorsqu'elle vit, derrière la vitre du Destin, s'éloigner l'Arabe sur le trottoir de la rue des Roses, elle murmura enfin d'une voix blanche: «Mon légionnaire...»

Abdel, en cheminant vers la place Hébert, songeait au revirement du patron et comprenait mal ce qui lui était arrivé. Il avait la certitude de s'être comporté à l'égard des hôtes du Destin comme il faisait d'ordinaire. Le soupçon ne lui vint même pas que son insistance à regarder Mme Alceste eût pu rendre le cafetier ombrageux. Son désir d'une femme aussi lointaine lui semblait trop parfaitement vain pour émerger de sa bassesse et attirer l'attention des puissances du Destin. Et le trouble de Mme Alceste, même plus éloquent, lui eût échappé aussi bien. Du reste, il y avait à sa disgrâce une explication très simple, c'est qu'il avait cessé de plaire, et les raisons avaient moins d'importance que les conséquences. L'interdiction qui venait de lui être signifiée entraînait un bouleversement d'habitudes qu'Abdel entrevoyait avec un serrement de cœur. C'était la fin des longues stations devant l'établissement de M. Alceste et des cafés bus sur le zinc en regardant par-dessus sa tasse la silhouette moelleuse de la patronne. Durant les longues journées qu'il passait à tromper le temps, ses visites au Destin lui fournissaient la plupart de ses rêveries et, les rares fois où il se risquait à sonder l'avenir, c'était toujours en fonction des époux Alceste et de leur établissement qu'il se situait dans les lendemains.

En arrivant sur la place, il s'arrêta comme à l'ordinaire et se recueillit un moment. Il lui sembla que son existence venait de se vider tout d'un coup. Il ne se sentait aucun goût à flâner comme il faisait les autres jours.

Le quartier l'ennuyait. D'habitude, il s'y promenait un peu comme si tout y eût été dépendance du Destin. Quand il volait un fruit ou une boîte de conserve à un étalage, il se sentait encore protégé par la présence lointaine de M. Alceste.

Levant les yeux, il découvrit la perspective de la rue de l'Évangile, dont la nudité se perdait dans une brume salie par la fumée. Elle s'ouvrait comme un chemin de l'oubli. Il eut envie de s'y enfoncer et, tournant le dos pour toujours au quartier de la Chapelle, de partir à la découverte d'un monde nouveau. Il fit le tour de la place et s'arrêta à l'embouchure de la rue. Devant lui s'étendait un désert uni et silencieux, discipliné entre ses grands murs gris, et secret dans ses profondeurs. Derrière, il entendait un tendre bruit de vie, la rumeur d'un carrefour tranquille. Des hommes entraient en riant dans un café de la petite place et il crut sentir flotter une odeur de sciure et de vermouth. La douceur d'un regret le tenait immobile entre les deux trottoirs. Il se sentit trop lourd pour tenter l'inconnu. Un moment, il regarda la plaque bleue qui portait le nom de la rue, hésita encore et, rebroussant chemin, se dirigea vers le marché.

Il marchait vite, comme s'il eût été poursuivi par une tentation dangereuse, mais peu à peu, le retour aux préoccupations quotidiennes l'apaisa. En pénétrant sous la halle au marché, la chance le favorisa. Au premier coup d'œil, il aperçut une femme misérablement vêtue, portant un nouveau-né sur le bras. Pour la commodité de gifler un deuxième enfant qui marchait dans ses jupes en piaillant, elle posa son porte-monnaie et son filet à côté d'elle, sur une pile de caisses vides. Abdel était inaccessible au remords et s'en prenait de préférence aux miséreux, sachant d'expérience que les gens bien nourris ont des réactions dangereuses. Il mit la main sur le porte-monnaie, le glissa tranquillement dans une poche de sa capote et put gagner la sortie sans être inquiété. Au pas de promeneur, il descendit par la rue Pajol vers le boulevard de la Chapelle et chemin faisant, compta l'argent du porte-monnaie, qui faisait une dizaine de francs. Il n'avait ni faim ni soif, rien que l'envie de se reposer, d'échapper à son ennui. Après avoir erré un instant sur le boulevard, il entra dans un café de pauvre apparence. Une demi-douzaine de jeunes gens, habitués du dimanche, étaient assis autour d'une table et buvaient en parlant bicyclette. Embusquée derrière la vitre, une fille déjà d'âge, aux cheveux platinés, souriait aux passants. Elle souriait aussi aux jeunes gens du café, mais sans arrière-pensée de lucre, plutôt par une sorte d'empressement mondain et servile.

Le patron accueillit l'Arabe d'un dur regard. Un dimanche matin, l'entrée d'un individu aussi sordide faisait mauvais effet. Abdel n'osa pas s'asseoir et alla se planter devant le comptoir. Une servante lui demanda, d'une voix méfiante, ce qu'il voulait. Il montra son argent au creux de sa main et, aux questions qui lui étaient posées, ne sut répondre que par de courts éclats de voix, rauques et pointus. Le patron suivait le manège avec hostilité.

«C'est bon, sers-lui un café et qu'il débarrasse le plancher», dit-il à très haute voix pour bien faire entendre aux clients ce qu'une telle intrusion avait d'accidentel.

Et il ajouta :

«Vous parlez d'un merle!»

La fille platinée se mit à rire en regardant les jeunes gens. Ils suspendirent leur conversation pour toiser l'Arabe. Leur curiosité n'était pas malveillante, mais la capote militaire les amusait. Abdel, inquiet des rires qu'il sentait prêts à fuser, songeait déjà au départ avant d'avoir bu son café. L'un des jeunes gens se leva, tourna autour de lui d'un air admiratif et dit en montrant la capote crasseuse et trouée :

«Quand ton petit complet sera un peu usé, tu seras gentil de me le refiler, hein?»

Ce fut un grand éclat de rire. La fille platinée quitta son poste d'observation et vint au comptoir avec l'intention de demander à Abdel l'adresse de son tailleur. Dans le bruit des rires et des réflexions, elle ne put placer sa question utilement et en fut déjà mortifiée. Comme il se dirigeait vers la porte, elle tenta de lui couper la retraite dans l'espoir de rattraper son effet. Il essaya de l'éviter et, sans l'avoir voulu, la bouscula et lui marcha sur les pieds. Furieuse, elle se prit à l'injurier, l'appelant fumier, voleur, sans un et charogne malade. Elle sortit même derrière lui pour mieux l'accabler et, plantée sur le milieu du trottoir, cria entre autres choses qu'il était pouilleux et vénérien. Les passants s'arrêtaient pour mieux voir l'homme qui avait mérité d'aussi cruelles vérités. Ce qui toucha Abdel beaucoup plus que les injures dont il ne percevait que l'intention, ce fut de découvrir deux Arabes parmi les gens ainsi arrêtés. Ces Arabes, décemment vêtus, presque élégants, accompagnaient deux femmes du quartier, qui étaient sans doute leurs épouses, car l'une d'elles tenait par la main une petite fille au teint bistre, aux cheveux crépus. Ils le regardaient avec une réprobation muette et digne et il y avait dans leurs yeux moins d'ironie que de dureté. Abdel sentit un regret cuisant d'avoir hésité au seuil de la rue de l'Évangile et ne pensa plus qu'à sortir d'un monde décidément ennemi.

Il avait déjà marché deux cents mètres dans la rue de l'Évangile et passé le tournant, de sorte qu'il ne voyait plus les hauts gazomètres qui, de loin, semblaient dominer la perspective. La rue était stricte-ment réduite à ses deux murs et se perdait dans la brume. Jamais, au cours de ses précédentes tentatives, il n'avait été aussi avant. Encore, lorsqu'il s'aventurait ainsi les jours de semaine, rencontrait-il des camions et avait-il le réconfort d'une présence, pour aussi fur-tive qu'elle fût. Le dimanche, la rue était morte, sans une âme. Elle n'empruntait rien de la vie des hommes et ce qu'elle avait de solide, de construit, les murs et la chaussée, était si purement géométrique que toute référence humaine en était absente. Abdel entendait par-fois le sifflet d'une locomotive, triste comme un cri d'oiseau dans les champs d'automne. À chaque pas, il sentait la ville et le monde entier se retirer de lui. Le quartier de la Chapelle n'était plus dans sa conscience qu'un point vacillant. Ses souvenirs s'effritaient, s'ef-façaient, des pans d'ombre recouvraient déjà des parties de son plus proche passé. Il voulut penser au but vers lequel il s'avançait, mais il manquait de moyens pour l'imaginer, même confusément. Ses points d'appui devenaient de plus en plus rares. Le nom même de la rue, qu'il n'avait jamais pu déchiffrer sur la plaque bleue, lui était inconnu. Il lui semblait n'être nulle part et flotter sur le vide. Un ver-tige le gagna. Il leva les yeux vers le ciel pour échapper à l'étreinte des murs, mais le ciel était bas et pesait comme un couvercle.

Abdel s'arrêta au milieu de la chaussée et regarda un moment ses pieds et sa capote pour reprendre conscience de lui-même. La vue de ses pieds lui fit du bien. L'un de ses orteils passait par une déchi-rure du soulier et il s'amusa à le faire remuer. Ce fut comme une tendre rencontre. Il reconnaissait la douceur de la vie dans le libre mouvement de cet orteil noirci par la boue. Une minute, sa mémoire s'entrouvrit. Le jeu lui rappelait certains cauchemars de ses nuits, assez semblables à celui qu'il vivait maintenant : son rêve l'emportait dans la solitude d'un chaos inhumain, des montagnes informes le pressaient de toutes parts et, s'éveillant alors brusquement, le contact dur et poisseux de ses trois marches de pierre lui était une joie ineffable, comme si le bonheur eût commencé dès les premières frontières de la vie et que tous les hasards du monde ne dussent y ajouter ou en retrancher que des valeurs de détail.

Abdel se lassa enfin de ses doigts de pied et revint à son inquiétude. Il était sans courage, la tête engourdie, les jambes molles. Avant de se remettre en marche, il jeta un coup d'œil par-dessus son épaule et s'aperçut que le brouillard avait fermé la rue derrière lui. Hésitant s'il reviendrait sur ses pas ou s'il poursuivrait, il fit demi-tour plusieurs fois et finit par perdre la direction. Dans l'un ou l'autre sens, la rue pareillement encaissée entre ses deux hauts murs, donnait sur un fond de brouillard. Angoissé et maintenant décidé au retour, il regardait à droite et à gauche sans oser parier pour une direction. Enfin, affectant de s'être fait une certitude, il prit par la droite et se hâta. Bientôt, il douta d'avoir bien choisi et revint sur ses pas en courant. Pendant plusieurs minutes, il fit ainsi le va-et-vient, toujours courant, toujours tremblant de s'enfoncer dans l'inconnu. La fatigue et la crainte de s'égarer davantage l'arrêtèrent. Il s'inquiéta de savoir depuis combien de temps il errait ainsi dans la rue de l'Évangile et ne put s'en faire une idée. La notion du temps lui échappait aussi et il eut peur d'être oublié là par la vie. La mort lui apparut à l'image d'une hésitation éternelle et aveugle entre deux directions. Il se mit à examiner les murs, cherchant un signe humain où fixer son esprit. Soucieux de ne pas trop s'éloigner, il allait lentement, tel un prisonnier explorant sa prison. Comme il traversait la rue pour étudier l'autre mur, il eut une émotion violente. Devant lui, tracée d'une main soignée, sur le crépi, en larges capitales, s'étalait une inscription au charbon : «Casimir au poteau !» Abdel ne savait pas lire, mais le sens des mots n'eût rien ajouté à son bonheur. Le message, indéchiffrable, n'en était pas moins un message du monde vivant. Il n'en pouvait détacher son regard. L'univers se reformait derrière les hautes lettres noires. À travers Casimir, il apercevait le quartier de la Chapelle, ses rues grises et fanées, son marché provincial, ses boutiques maussades, ses cafés humides. Le Destin prenait un relief singulier et la mystérieuse figure de Mme Alceste venait rêver dans l'encadrement d'une majuscule. Des souvenirs plus anciens renaissaient peu à peu, des pays de soleil, des parents, des troupeaux, des labours, des villes colorées, des villes noires, une prison, des amis oubliés.

Un moment rassuré par ces évocations, il espéra découvrir d'autres inscriptions d'une éloquence plus précise et qui lui permît de s'orienter, mais il effectua ses recherches sans méthode, en sorte qu'il eut bientôt perdu de vue les trois mots tracés au charbon. Effrayé de ne plus les retrouver, il se mit à tourner en rond, puis à courir de côté et d'autre. Enfin, le hasard le remit en face des grandes lettres noires et il ne les quitta plus. Accroupi au pied du mur, il interrogeait la formule. À force de les contempler, chaque groupe de lettres prenait pour lui une physionomie. Mais le mot Casimir lui plaisait plus que les autres ; un charme léger naissait de l'association de ses caractères hermétiques et engourdissait son inquiétude.

Un bruit de moteur encore lointain le fit sursauter. Comme il se levait, une auto déboucha du brouillard sur sa droite. Elle roulait à une allure rapide. Abdel descendit du trottoir et se mit à crier et à gesticuler. Craignant d'écraser un dément ou pensant qu'on voulait l'avertir de quelque danger, le conducteur ralentit, s'arrêta à quelques mètres et interrogea d'un signe de tête. Le mouvement d'Abdel avait été tout spontané. Il n'avait eu le temps de rien prévoir et, de toute façon, la conversation eût été difficile. Dans son désarroi, il montra l'inscription. Apparemment blasé sur ce genre de message, le chauffeur haussa les épaules et se remit en marche. Une seconde, Abdel en resta saisi, puis se mit à courir en criant derrière la voiture, avec le sentiment confus qu'il trouverait le salut en se maintenant dans son sillage.

Sur une vingtaine de mètres, il réussit presque à garder le contact. L'auto prenant de la vitesse, il força l'allure. La distance qui les séparait augmentait rapidement. Bientôt, la voiture eut disparu dans la brume, mais Abdel ne ralentit pas son effort. Il entendait encore le ronflement du moteur, presque aussi rassurant qu'une présence visible. Tête basse, les dents serrées, il courait sans rien voir, tendu vers un but qu'il n'imaginait même pas. À bout de souffle, il finit par s'arrêter. Une rumeur nombreuse emplissait ses oreilles. Il crut découvrir devant lui une grande ville inconnue et se retrouva sur la petite place Hébert. Deux femmes, qu'il avait remarquées déjà en passant, bavardaient encore à la porte d'un hôtel meublé. Son voyage dans la rue de l'Évangile avait duré un peu moins d'un quart d'heure.

Le soir, rue des Roses, au fond de l'impasse, Abdel retrouva ses trois marches de pierre avec un sentiment de tendresse et de gratitude. À faire l'inventaire de son bonheur, il tarda même à s'endormir. Dans les premiers instants du sommeil, il lui sembla percevoir un bruit de pas léger, qui se rapprocha. Quelqu'un descendit une marche et buta du pied contre son genou. Il se dressa sur un coude. Dans l'impasse, la nuit était épaisse et plus noire encore au creux de son logis. Une forme féminine, souple et pleine, se pencha sur lui. Des mains fiévreuses, que l'impatience rendait maladroites, déboutonnèrent sa capote. Il n'osait bouger. La femme se colla contre son corps, coula une main dans sa chemise et, appuyant sa bouche à son oreille, lui dit à voix basse : « Mon légionnaire. Mon légionnaire. » Plusieurs fois, elle répéta ainsi avec une sorte d'élan têtu, comme on plante un clou : « Mon légionnaire. » Abdel retenait son souffle pour accueillir ce murmure ardent. Toute la douceur de sa ville retrouvée descendait ce soir sur sa couche de pierre.

Une demi-heure plus tard, la femme se levait, soupirant d'une voix plus alanguie les mêmes paroles mystérieuses. L'Arabe essaya de distinguer la silhouette qui s'éloignait d'un pas vif sur le pavé de l'impasse, mais la nuit était obscure. Il se recoucha et s'endormit aussitôt d'un sommeil profond.

Le lendemain matin, au réveil, recroquevillé dans sa capote, il songea longtemps à la visiteuse. Ne connaissant point d'autre femme que Mme Alceste, ce fut à elle qu'il pensa d'abord. Il jugeait absurde l'idée qu'elle fût venue jusqu'à lui, mais il trouvait à la fois agréable et commode de prêter à son inconnue l'apparence d'une femme qu'il avait désirée. En quittant l'impasse, il évita de passer devant le Destin, un peu à cause de sa brouille avec M. Alceste et surtout dans la crainte d'effaroucher un hasard. Le souvenir de la nuit suffit à ses rêveries de la journée. À travers les rues du quartier de la Chapelle, il poursuivait avec une inquiétude heureuse le visage de l'amour et le retrouvait sans peine sous les traits de Mme Alceste. À la tombée du soir, il ressentit plus vivement la crainte que l'amoureuse ne revînt pas.

Il gagna sa retraite vers 9 heures comme à l'ordinaire. L'idée lui vint d'aller guetter au bout de l'impasse, mais un sentiment obscur des égards qu'on doit aux apparitions l'empêcha d'en rien faire. Ponctuelle, l'inconnue arriva vers 10 heures moins le quart. Elle apportait une couverture qu'elle étendit sur la pierre et qu'elle remporta du reste en s'en allant. Leur étreinte fut ce qu'elle avait été la veille et Abdel s'endormit encore ce soir-là sans avoir vu le visage de celle qui l'aimait. D'ailleurs, il ne cherchait plus à le surprendre, préférant décidément l'imaginer sous les traits de Mme Alceste.

Le troisième soir, l'inconnue fut exacte, mais elle eut des façons plus brèves et montra de la nervosité. Elle ne collait plus ses lèvres à l'oreille de l'Arabe pour l'appeler «Mon légionnaire», et s'en tenait à des paroles impératives, des injonctions sèches. Il en eut de l'inquiétude et craignit pour l'avenir. Le lendemain, il s'éveilla un peu plus tard qu'à l'ordinaire. En sortant de l'impasse, il aperçut M. Alceste qui rêvait, le balai à la main, sur le seuil du Destin, et il s'éloigna dans la direction opposée.

Le patron avait reconnu l'Arabe. Il le suivit des yeux un instant, cracha vers le milieu de la rue et rentra dans son café. Mme Alceste lisait le dernier numéro de *Votre cinéma* et des ondes de sang lui venaient aux joues à mesure qu'elle avançait dans sa lecture. Le scénario du film qui l'occupait maintenant se déroulait dans le meilleur monde. Le fils d'un grand industriel jouait au tennis avec une orpheline d'excellente famille. Ils se mariaient à Saint-Philippe-du-Roule après des péripéties honnêtes qui mettaient en valeur la délicatesse de leurs cœurs et l'élégance de leurs vêtements.

Derrière son zinc, M. Alceste déplaçait des bouteilles pour essuyer un rayon. Il interrompit sa besogne, posa son torchon et se gratta la tête à deux mains. Jetant alors un coup d'œil vers sa femme, il fit observer:

«Tiens, tu te grattes aussi?»

Mme Alceste, la main suspendue à hauteur du chef, leva le nez de son journal, rougit violemment et répondit:

«Mais oui, je me gratte. Je n'y comprends rien…

– Moi, dit le cafetier, voilà deux jours que la tête me pique et, ce matin, je suis comme dévoré. Tout à l'heure je n'ai pas pu t'en parler, mais pendant que je servais les clients, j'ai vu un pou sur le zinc. Heureusement, personne que moi n'a pu voir, mais quand j'y pense…»

Une minute, les époux se grattèrent librement, toute gêne abolie.

«Tout de suite, reprit le patron, je regardais l'Arabe déambuler dans sa capote. Je me demande si ce n'est pas lui qui nous aurait amené…

– J'allais te le dire, fit Mme Alceste.

– Dimanche matin, il est venu au café, tu te rappelles! J'avais eu la bêtise de l'appeler.

– Ah! j'avais bien raison de ne pas vouloir qu'il entre ici. Tu vois, maintenant.

– Bien sûr, convint le patron, mais je croyais toujours avoir pris assez de précautions. La vérité, aussi, c'est que jamais le gouvernement ne devrait tolérer des individus pareils dans le quartier. Je l'ai dit souvent et je le répète.

– C'est vrai, fit Mme Alceste, on n'est pas protégé.»

Ils recommencèrent à se gratter. Sur la page de *Votre cinéma*, le regard de la patronne caressa la svelte silhouette d'un jeune homme en habit. Relevant la tête, elle dit à son époux :

«Et pourquoi est-ce que tu n'en parlerais pas à M. Ernest ?

– Tiens, au fait… je vais tâcher de le voir cette après-midi.»

Les deux inspecteurs entrèrent dans l'impasse à la première heure du matin. L'un était un jeune homme portant le chapeau mou sur l'oreille et un imperméable dont il nouait la ceinture avec une coquette négligence. L'autre, M. Ernest, était d'une tournure plus classique. Trapu, moustachu, avec des épaules de tueur et d'énormes mollets qui imprimaient aux jambes du pantalon une forte courbure, il portait le chapeau melon et le pardessus noir d'une coupe ministérielle.

Abdel, qui avait passé une mauvaise nuit à attendre vainement son inconnue, sommeillait encore sur ses trois marches de pierre. M. Ernest projeta sur lui la lumière d'une lampe de poche et, en connaisseur, contempla un moment ce tas de loques.

«Incroyable, dit-il à son compagnon. Quand je raconterai ça à Pondeur, il ne voudra pas croire.»

Il toucha du pied l'épaule du dormeur et lui cria de se lever. Abdel prit à peine le temps de s'étirer et sortit de son trou. Malgré la pénombre qui ne permettait guère de distinguer les visages, il comprit tout de suite à qui il avait affaire. M. Ernest l'examina soigneusement à la lampe et conclut avec dédain :

«Du déchet… de la raclure de biquemuche… ce serait plutôt du travail pour la fourrière que pour nous.»

Comme Abdel, en manière de protestation, faisait entendre des sons aigus, il dit en le poussant d'un doigt dégoûté :

«Ta bouche, mignon. Tu t'expliqueras tout à l'heure au quart.»

Déjà résigné, Abdel emboîta le pas au plus jeune des deux inspecteurs. En sortant de l'impasse, il jeta un coup d'œil dans la direction du Destin. Les patrons du café étaient sur le seuil de la porte. Le cafetier le regardait avec un air de sympathie à peine ironique. Mme Alceste avait un visage dur et austère.

La tête basse, les paupières encore lourdes, l'Arabe cheminait entre ses deux gardiens sans prêter attention au paysage familier de la rue des Roses. Il ne ressentait qu'une vague anxiété de ses ennuis du moment et qui se confondait avec sa peine de la nuit et la fatigue de l'insomnie. Les policiers s'entretenaient tranquillement de leur métier et de leurs collègues et l'oubliaient un peu. Embarquer un vagabond était une petite besogne du courant, qui n'offrait pour eux aucun intérêt.

À cette heure matinale, la rue de l'Évangile était encore déserte et silencieuse. Les camions n'y passaient pas. En arrivant sur la place Hébert, Abdel regarda de ce côté-là, d'un mouvement machinal. Une traînée de brume collait au pavé et traçait un chemin moelleux entre les deux murs gris et nets. Au tournant, les hauts gazomètres, pareils à des forteresses géantes et cuirassées, semblaient veiller sur le silence. Abdel fit un pas en arrière et prit sa course à travers la place. Il avait la certitude qu'une fois engagé dans la rue de l'Évangile, abrité de la ville et du monde, nul ne pourrait le rejoindre jamais. À quelques mètres du but, les policiers le ressaisirent. Il n'y eut pas de lutte. Abdel s'abandonnait sans résistance. M. Ernest grogna en le menaçant du revers de sa grosse main poilue :

«Ça va une fois, hein?»

Deux employés de la voie, qui se dirigeaient vers la rue des Roses, passèrent devant le groupe et l'un d'eux, riant, dit à l'autre :

«Tiens, voilà le Crouïa qui part en vacances.»

À l'entrée de la rue Pajol, Abdel, jetant un dernier regard en arrière, eut un mouvement des épaules et parut avoir encore une velléité de fuite. Avec une agilité qu'on n'eût pas attendue de son âge et de sa corpulence, M. Ernest le botta au revers de la capote, d'une double détente, sûre et puissante, qui lui tira un gémissement. Sur le trottoir, une vieille femme qui promenait son chien, eut un geste de pitié et de protestation.

«Avec ces animaux-là, lui dit l'inspecteur, il faut ça. Ils ne comprennent rien d'autre.»

CONTE DE NOËL

Il y avait au 2-7-6 d'infanterie un adjudant très bon et très doux qui s'appelait l'adjudant Constantin. Il aurait aimé que chaque fantassin eût un cheval pour le porter et prît son petit déjeuner au lit, mais il comprenait bien que c'était impossible. Le militaire n'est pas fait pour s'énerver dans une existence de plaisir, au contraire. Et c'est justement le devoir de l'adjudant de veiller à ce qu'il ne s'endorme pas, comme de faire respecter la discipline sans laquelle il n'y a autant dire point d'armée. D'ailleurs, si le fantassin avait un cheval, il ne serait pas un fantassin, mais un cavalier, et la chose n'irait pas sans conséquences. C'est une question de principe. Il faut que chacun soit à sa place. C'est pourquoi l'adjudant Constantin punissait beaucoup. À toute heure du jour, on pouvait l'entendre crier dans la cour : «Vous coucherez à la boîte ce soir!» ou bien : «Vous serez de corvée où vous savez!» ou encore : «Je veux que ça fasse quinze au colonel!» Mais, tandis qu'il faisait pleuvoir les punitions, son cœur saignait de pitié, et il lui arrivait de soupirer tout bas : «Si seulement je pouvais coucher en prison à leur place!» Et quand il ne le soupirait pas, il le pensait. C'était un adjudant vraiment très bon. Il punissait parce qu'il ne pouvait pas faire autrement. Mais les hommes du 2-7-6 ne comprenaient pas que c'était pour leur bien. Ils disaient n'avoir jamais vu aussi sale vache que l'adjudant Constantin, et lui, qui entendait parfois leurs propos, il en avait une si grande peine que le soir venu, dans son lit, il ne pouvait pas s'empêcher de pleurer. Il pensait que les galons d'adjudant sont difficiles à porter, bien plus que ceux de capitaine ou de commandant.

La plus mauvaise tête du 2-7-6 était sûrement Morillard. Il répondait à ses supérieurs, laissait la rouille se mettre dans son fusil, lisait les journaux subversifs, écrivait «À bas l'armée» sur les murs de la caserne, sortait sans permission, rentrait soûl perdu et quelquefois,

Première publication dans Marianne, *19 décembre 1934, où la nouvelle avait pour titre «Le Noël de l'adjudant».*

ne rentrait pas de la nuit. Enfin, il faut bien le dire, il allait plus que personne au Grand Huit de la rue du Vert-Vert, et de ce qu'il faisait là-bas, on aime autant se taire. Le caporal Meunier qui l'y avait accompagné une fois, disait que c'était impossible à se figurer quand on n'avait pas déjà un peu vécu.

Parfois, en rugissant un blasphème de principe, l'adjudant Constantin menaçait Morillard de lui faire pisser le sang, mais c'était une façon de parler tout habituelle, et aussi pour lui faire peur un peu. En réalité, il souhaitait que la libération de la classe arrivât bien vite, avant qu'une imprudence ne précipitât cette mauvaise tête dans une dangereuse aventure. Et Morillard n'avait pas moins de hâte que son adjudant, car il n'était jamais bien sûr de lui, ni des surprises du lendemain.

«Vivement la classe, disait-il. Je veux qu'un cochon soit mon oncle si jamais je rengage!»

Pourtant Morillard rengagea un mois avant la libération de la classe. Voilà ce qui s'était passé: Au numéro 8 de la rue du Vert-Vert, il était arrivé une grande fille plus blonde qu'on ne peut dire. Rien que son nom était José. Elle avait les yeux blonds aussi, et si doux et si chauds qu'il leur suffisait d'un regard pour dévorer le cœur d'un homme. Son arrivée avait fait grand bruit dans la garnison. Même les officiers, qui avaient pourtant de la distraction avec les femmes sérieuses, venaient la voir au Grand Huit. Elle faisait pour eux ce qu'il fallait, mais sans plus, et avec un air distant. Il y a des natures de femmes que le galon n'étonne presque pas. Dès la première semaine, José avait distingué Morillard, et c'est pourquoi il avait rengagé. L'adjudant Constantin avait vainement essayé de l'en dissuader, lui représentant qu'il n'arriverait jamais à un grade, et qu'il ferait mieux de se chercher une position dans le civil, non pas que de se gâcher l'avenir pour une peau de garnison. Tous ses sous, il allait les manger au Grand Huit. Et quand sa garce quitterait la ville, alors quoi, il déserterait? Valait autant le dire. Et comme le fantassin ne répondait pas, il avait ajouté:

«D'abord, si vous rengagez, moi je vous ferai pisser le sang.»

Mais il l'avait dit si doucement que Morillard en avait oublié de prendre ses grands airs arrogants, et qu'il s'était senti troublé. Au fond, il savait bien que l'adjudant avait raison, et qu'il n'y a point de sagesse à rengager pour des fantaisies de traversin. Mais sa décision était prise et il avait déjà commandé sa tenue de fantaisie. Sa classe libérée, il resta au 2-7-6, et tous les jours qu'il ne passait pas en prison, il s'en allait au Grand Huit retrouver la garce. Le pire était que

José n'eût pour lui aucune ambition. Elle ne songeait pas à s'étonner qu'il demeurât fantassin de deuxième classe, et le jour où elle apprit qu'il était un mauvais soldat, elle n'en fut même pas choquée. Les filles de mauvaise maison ne savent pas qu'il ne peut y avoir de meilleur plaisir pour le militaire que celui d'accomplir son devoir.

Le matin de la veille de Noël, l'adjudant Constantin découvrit Morillard au magasin d'habillement où il devisait avec le garde-magasin en se chauffant les pieds, au lieu de faire l'exercice dans la cour. Il voulut prendre la chose avec bonhomie et se borna tout d'abord à lui prédire le conseil de guerre. Morillard chercha mollement ses galoches du bout de son chausson fumant, en grommelant qu'il y avait toujours des faces de cocus pour se mêler de ce qui ne les regardait pas. En considération des fêtes de Noël, l'adjudant voulut bien ne pas entendre. D'ailleurs, il ne croyait pas que l'expression «face de cocu», appliquée à un célibataire, fût une injure grave. Il prononça simplement d'une voix ferme :
«Morillard, allez mettre vos souliers et descendez dans la cour.»
Morillard quitta le magasin, et l'adjudant le suivit du regard jusqu'à ce qu'il fût dans l'escalier. Un quart d'heure plus tard, passant par les cuisines, il trouva son homme, en galoches, qui faisait une partie de dames avec l'un des cuisiniers. Il ne crut pas pouvoir se dérober à l'obligation de lui infliger quatre jours de prison, et Morillard ricana :
«Me voilà en tenue. J'ai bien fait de garder mes galoches.»
L'adjudant Constantin fut non seulement attristé par l'incident, mais bourrelé de remords. Depuis trois jours, il évitait Morillard pour n'avoir pas l'occasion de le punir. Il avait même, à mots couverts, donné aux sergents la consigne de se montrer plus indulgents qu'à l'ordinaire :
«Puisqu'il a rengagé pour les beaux yeux de cette fille-là, qu'il puisse au moins aller la voir pour Noël.»
Lui-même avait fait preuve de toute l'indulgence possible. Au magasin d'habillement, où il n'était entré que par hasard, il avait eu au moins deux motifs de punir. Quel sergent, quel caporal même eût laissé passer l'appellation de face de cocu ? Morillard ne manquerait pas, un jour ou l'autre, de se vanter d'avoir pris cette liberté avec Constantin. D'ailleurs, l'affaire avait eu un témoin en la personne du garde-magasin. L'adjudant ne pouvait pas non plus se reprocher une excessive sévérité. Quatre jours de prison pour un refus d'obéissance étaient une sanction bénigne. Encore ne porterait-il pas le véritable motif, mais, simplement : «A été surpris à jouer aux dames

pendant l'exercice», ce qui ferait dire encore au capitaine : «Vous êtes bien sévère, Constantin, pour un rengagé.» Car c'était son lot d'être détesté des hommes et rabroué par les officiers qui le regardaient un peu comme un policier hargneux. Peut-être qu'ils avaient raison, pensait l'adjudant : quel besoin avait-il eu de passer au magasin d'habillement et aux cuisines ? Quel flair de chien policier l'avait conduit à Morillard ?

Un peu avant l'heure de la soupe, il fit une inspection rapide et distraite des chambrées. Pourtant, il remarqua dans l'une d'elles deux paquetages mal bâtis qui lui semblaient un défi à la bonne ordonnance. Posés de guingois sur la planche de bois blanc, ils déparaient l'alignement et ressemblaient à des tas de linge sale. Les effets étaient aussi mal pliés que les chemises et les caleçons. Choqué, l'adjudant Constantin fit basculer sur le lit le paquetage qui se trouvait à portée de sa main. Alors, parmi les effets épars, il reconnut la vareuse fantaisie à poches rapportées, qui appartenait à Morillard. Il eut un geste de regret, puis, songeant que Morillard était en prison, réfléchit qu'il n'aurait pas la peine de refaire son paquetage. Craignant que la vareuse ne prît un faux pli dans la position où il l'avait mise, il la souleva d'un mouvement attentif et entendit un bruit de papier froissé. En même temps, un paquet plat enrubanné coula doucement d'entre les pans de la veste. Sous un transparent glacé, il vit une chemise de femme, bleu ciel, brodée de guirlandes de marguerites. L'adjudant Constantin fut bouleversé. Il tenait le cadeau de Noël que Morillard avait préparé à l'intention de la grande blonde et qu'il devait lui offrir le soir même. Son remords en fut avivé. Il se reprocha furieusement sa maladresse. «J'ai bouclé un amoureux, et voilà une fille qui n'aura pas son Noël, par ma faute.» Il regarda tendrement la chemise bleue et murmura, en hochant la tête : «C'est quand même un garçon délicat. Moi, je n'aurais jamais pensé à ça.» Il réfléchit aux moyens de rendre sa liberté à Morillard, mais c'était impossible maintenant, le capitaine était déjà informé. Il eut un geste de détresse et s'accusa à haute voix :

«Chien de quartier, quoi... voilà ce que je suis... un chien de quartier...»

Une sonnerie de clairon l'interrompit, et il s'avisa que le secret de Morillard était étalé sur le lit. D'une main preste, il saisit le léger paquet qu'il mit en place avec de longues précautions. Puis il refit lui-même le paquetage, pour que nul n'y portât la main, pliant pièce par pièce le linge et les vêtements. Quand il eut achevé, il recula de quelques pas pour mieux apprécier son travail et fut mécontent. Son

paquetage était le plus mal fait entre tous les autres, et il songea en quittant la chambrée : « Ce n'est pas si facile qu'on croit, il faut du temps... et puis, à quoi ça sert de faire un beau paquetage ? »
Toute la journée, il fut tourmenté par le souvenir de la chemise bleue aux guirlandes brodées. Sans espoir, il tenta une démarche auprès du capitaine pour que Morillard obtînt, sinon la permission de minuit, celle de sortir une heure après la soupe du soir. Le capitaine haussa les épaules :
« Mais, Constantin, vous perdez la tête ! Un puni de prison aller se promener en ville ? On n'aurait jamais vu ça !
– Je sais bien, mon capitaine, mais c'est parce qu'il a une petite... une grande blonde qui attend son cadeau de Noël...
– Oui, oui, j'en ai entendu parler... Et c'est vous, Constantin, qui voulez faire le jeu de ce petit maquereau, et contre le règlement, encore ? Je ne vous reconnais plus, ma parole, on vous a changé dans la nuit.
– Mais non, pas tellement... Je suis comme d'habitude... »
L'adjudant n'osa pas parler de la chemise bleue. Le soir, à l'heure de la soupe, il alla au poste de garde et demanda à voir la prison, sous prétexte de s'assurer qu'on n'y fumait pas. Morillard, seul prisonnier, était déjà roulé dans sa couverture. En entrant, l'adjudant Constantin fut pris à la gorge par une forte odeur de tabac et dut se retenir de tousser. Il s'informa auprès de Morillard s'il avait assez de couvertures. Le prisonnier lui jeta un regard furieux et se retourna face au mur, sans répondre.
« C'est Noël, dit encore l'adjudant, exceptionnellement on pourrait peut-être, si vous aviez envie de quelque chose, ou une course à faire en ville... pour une connaissance... »
Morillard ne répondit pas, mais l'adjudant Constantin, après avoir refermé la porte, l'entendit longuement soupirer.

De 11 heures à minuit, l'adjudant Constantin entendit rentrer tous les hommes qui étaient sortis en ville. De sa chambre, qui donnait sur la cour, il les voyait d'abord défiler sous la lumière du poste et pouvait mettre un nom sur chaque visage. Il les regarda soigneusement, dans l'espoir insensé que le prisonnier avait pu s'entendre avec le sergent du poste pour s'échapper une heure ou deux. Mais le dernier homme rentra sans qu'il eût reconnu Morillard. Il se mit au lit en grommelant contre le sergent qu'il jugea manquer d'initiative. Il ne put trouver le sommeil et pensa presque sans cesse au prisonnier, à la chemise bleue, et à la grande blonde qui attendait encore. Vers 1 heure du matin, il se leva, et pour tromper son insomnie, décida de faire une ronde dans les étages. Il y avait peu de chances qu'il surprît un homme à sortir, et il n'en avait aucune envie. Son seul but était d'apaiser ses nerfs. Il s'habilla sommairement, coiffa son képi, et prit une lampe de poche. En arrivant au premier étage, il entendit le bruit d'un pas léger dans le grand couloir et braqua sa lanterne. Un enfant tout nu, chargé d'une hotte, s'arrêta dans le faisceau de lumière, en protégeant ses yeux éblouis avec ses deux mains. L'adjudant Constantin sourit, car il venait de reconnaître l'enfant Noël qu'il avait déjà rencontré une année. Il s'approcha et demanda cordialement :

« Qu'est-ce que vous leur apportez de beau, à mes gaillards ?

– Pas grand-chose, répondit l'enfant Noël. C'est qu'ils sont déjà un peu grands, savez-vous bien...

– Quand même, protesta l'adjudant, ils sont encore à l'âge où l'on grandit.

– En tout cas, ils n'ont pas l'air malheureux. J'ai vu qu'ils avaient tous de jolis fusils.

– C'est du jouet un peu sérieux.

– Et puis, je ne suis pas très riche non plus, dit l'enfant Noël, surtout cette année. Alors, je leur apporte de bonnes pensées. On en a toujours besoin. C'est utile et agréable en même temps. »

L'adjudant hocha la tête.

« Bien sûr, dit-il, les bonnes pensées, c'est toujours autant. Mais ça ne brille pas beaucoup. Moi qui vous parle, je suis chargé de les faire entrer dans la tête du fantassin ; je ne sais pas si c'est utile, mais ce n'est sûrement agréable pour personne. Il faut dire que je n'ai pas les moyens non plus...

– Et comment vous y prenez-vous ? »

Constantin montra sur la manche de sa capote son galon d'adjudant et dit à l'enfant Noël :

« Voilà mes moyens... oui, ça paraît drôle au premier abord...

– Et vous travaillez la nuit aussi, à ce que je vois ?

– Oh! non, plutôt la journée. La nuit, je fais simplement des rondes. Vous comprenez, si je n'avais pas l'œil, mes gaillards se mettraient à faire le mur, et qu'est-ce qui se passerait ? c'est qu'ils s'en iraient vers les femmes attraper les maladies.

– Les maladies ? »

L'adjudant Constantin s'empressa de changer de conversation et demanda à l'enfant Noël où il en était de sa distribution.

« J'ai encore un paquet de bonnes pensées à répartir dans la dernière chambrée.

– Si vous voulez, proposa l'adjudant, je vais vous éclairer avec ma lanterne. Ce sera plus commode
– Volontiers. De votre côté, vous verrez comment je m'y prends.»
L'enfant Noël précéda l'adjudant Constantin dans la chambrée. La lampe électrique éclaira tout d'abord le râtelier d'armes, puis un premier lit où dormait un soldat. L'adjudant sourit et murmura : «C'est Turier, du deuxième contingent... Un bon garçon, vous savez... Oui, Turier Robert, il s'appelle...»
L'enfant Noël prit une bonne pensée dans sa hotte, la glissa sous le traversin de Turier, et borda le soldat dans son lit, d'un geste vif.
«C'est bien commode, dit l'adjudant. Et vous êtes sûr du résultat ?
– Vous pensez ! depuis le temps que je fais mes tournées, j'ai pu apprécier les bons effets de ma méthode. Si vous voulez l'essayer, je tiendrai la lampe électrique.
– Oh ! Vous croyez que moi aussi, je pourrais...
– Bien sûr ! Vous m'avez vu faire, ce n'est pas difficile.»
L'enfant Noël s'empara de la lanterne et éclaira le second lit. L'adjudant prit une bonne pensée dans la hotte et la fit passer sous le traversin de Bérignon Joseph, puis il borda Bérignon des deux côtés.
«Ce n'est pas plus malin que ça, dit l'enfant Noël. Et rien ne vous empêche d'ajouter une bonne pensée qui vienne de vous. Mais, bien entendu, il faut qu'elle soit bonne.
– Pour ce soir, j'aime mieux user les vôtres, je suis plus tranquille. Demain, j'en préparerai d'autres. C'est qu'il ne s'agit pas de se tromper.»
L'adjudant voulut distribuer toutes les bonnes pensées, et, chaque fois qu'il bordait un homme dans son lit, il lui murmurait à l'oreille des paroles d'amitié.
L'enfant Noël trouvait qu'il s'attardait un peu trop et le pressait avec impatience.
«Dépêchons-nous. J'ai encore du travail, vous finirez par me mettre en retard. Allons, à l'autre lit, maintenant.»
Dans la deuxième rangée, le faisceau de lumière tomba sur un lit vide, dépouillé de ses couvertures.
«Tiens, fit observer l'enfant Noël, il manque un soldat.»
Le visage heureux de l'adjudant se rembrunit.
«C'est le lit de Morillard. Un bon garçon aussi, qui n'a pas eu de chance. Si je vous avais rencontré seulement un jour plus tôt, il ne passerait pas la nuit de Noël en prison. Et encore, s'il n'y avait que lui dans l'affaire, mais c'est toute une histoire...
– Prenez toujours une bonne pensée, vous la lui donnerez quand il reviendra...

– Oui, je vais toujours lui en prendre une. Mais ça n'arrange pas tout…»
Il restait encore une demi-douzaine de lits à visiter et ce fut l'enfant
Noël qui s'en chargea. L'adjudant Constantin n'avait plus le cœur à
la joie et il était si gravement préoccupé qu'il craignait de se trom-
per. La besogne accomplie, ils se séparèrent sur le pas de la porte.
Déjà, l'enfant Noël s'éloignait en courant sur ses pieds nus, lorsque
l'adjudant le rappela :
«Noël! Noël! Est-ce que vous vous chargeriez d'une commission?
– Mais oui, si ce n'est pas trop long.
– Attendez-moi, je reviens tout de suite.»
L'adjudant s'engouffra dans la chambrée et en ressortit presque aus-
sitôt. Dans les mains de l'enfant Noël, il déposa le paquet bleu enru-
banné et dit en rougissant :
«C'est du linge fin, vous ferez attention…
– Quelle adresse?»
L'adjudant Constantin parut embarrassé et lui parla tout bas à
l'oreille.
«Au Grand Huit? dit l'enfant Noël, mais j'y vais, justement! Tous les
ans, je leur apporte un paquet de bonnes pensées. Ce sont des amies
qui m'aiment bien. L'an passé, il y avait Carmen, Ginette, Christiane,
Lili, la grande Marcelle, Nana, Léo, Rirette. J'ai appris que Lili était
partie pour Épinal. C'est sûrement José qui l'a remplacée. Soyez
tranquille, la commission sera faite.»
L'adjudant Constantin joignit les mains avec adoration. L'enfant Noël
mit la chemise bleu ciel dans sa hotte et ouvrit la fenêtre pour
prendre sa course. Comme il s'élevait dans les airs, Constantin se
pencha dans la nuit et cria encore :
«Surtout, dites-lui que c'est de la part de Morillard!
– Oui, oui, Morillard!»
L'enfant Noël prit de la hauteur, mais avant de filer sur le Grand
Huit, il plongea la main dans sa hotte et fit neiger des fleurs du paradis sur le képi de l'adjudant Constantin qui se mit à rire dans le mois
de décembre.

LA STATUE

Il y avait un inventeur nommé Martin, que tout le monde croyait mort depuis longtemps et à qui l'on avait élevé une statue sur une petite place de Paris. Cette effigie le représentait en pied, avec un pardessus de bronze, si bien imité que les coins semblaient frissonner à un courant d'air, comme il arrive assez souvent dans la vie. Le socle portait une inscription gravée sur quatre lignes : « Martin, 1877-1924. Inventeur du *pandemonium mirabile* ».

À vrai dire, nul ne savait plus en quoi consistait cette invention du *pandemonium mirabile* et Martin lui-même l'avait oublié. Peut-être était-ce une bouillotte électrique transformable à volonté en fer à repasser et en moule à gaufre, ou bien ce dé à coudre qui permettait de se polir les ongles tout en tirant l'aiguille, ou encore l'une de ces mécaniques dont l'apparition avait bouleversé l'industrie du rasoir et celle du briquet à essence. Au cours de sa longue carrière, il avait inventé tant de choses, et les moteurs, les piles, les bobines, les ressorts, les bielles et les rouages de toutes sortes se brouillaient si bien dans sa mémoire qu'il ne s'y reconnaissait pas. Il lui arrivait même de réinventer, sans le savoir, une mécanique qu'il avait livrée à l'industrie quinze ou vingt ans plus tôt.

Quelques années après l'époque qu'on présumait être celle de sa mort, Martin avait élu domicile dans les environs de sa statue. Il habitait une sorte de grenier aménagé en atelier où il vivait tout à fait seul au milieu de ses outils et d'une ferraille délicate qui encombrait jusqu'à son lit. Des jouets d'enfant, trains, autos, poupées valseuses, bêtes capricantes, voisinaient avec des balais mécaniques, des machines à extraire les racines carrées, des bascules automatiques, des extincteurs, des briquets, des appareils à onduler et mille autres inventions dont le plus grand nombre dormait déjà sous un manteau de poussière. Les murs eux-mêmes étaient envahis par des objets curieux, entre lesquels une pendule à vapeur qui avait mérité

Première publication dans Candide, *17 mars 1938.*

un diplôme d'honneur à l'Exposition de 1900. Nulle visite ne venait jamais troubler sa retraite et la concierge s'était interdit de monter chez lui depuis qu'une chauve-souris mécanique l'avait accueillie à l'entrée et frôlée de son aile immonde. Sans crainte d'être dérangé, il travaillait tout le jour, ne cessant pas d'inventer, de crayonner, de limer, de fraiser, d'ajuster. Son sommeil même était lourd d'inventions dont certaines s'imposaient à lui avec tant d'autorité qu'elles l'obligeaient parfois à quitter son lit et à travailler sous la lampe.

Le soir venu, il descendait prendre le seul repas un peu substantiel qu'il s'accordait de toute la journée, et avant de gagner quelque restaurant du quartier, il allait faire le tour de sa statue. C'était sa récréation quotidienne et lorsque le temps et la saison le permettaient, il s'y attardait volontiers. Son meilleur plaisir était de s'asseoir sur un banc de la petite place et de contempler son image qui dominait les passants et les voitures de toute la hauteur du socle. À côté de lui venaient s'asseoir des amants, une mère qui se reposait du fardeau d'un enfant ou un clochard rêvant de havre et de mangeaille, mais nul ne prenait garde à la direction de son regard. L'homme de bronze, soutenant sa tête inventive avec deux doigts de sa main gauche, faisait avec l'autre main le geste d'épousseter son pardessus et surveillait l'opération avec le regard profond des statues.

Sans être orgueilleux de sa gloire, Martin éprouvait un vif contentement de ce témoignage solide rendu à son génie et sa promenade du soir sur la petite place était pour lui une occasion de procéder à un examen de sa propre personne, que ses préoccupations ordinaires lui offraient rarement. Mais tandis qu'il se cherchait ainsi sur ce reflet de bronze, il s'effrayait un peu de l'importance qu'il prenait à ses yeux. L'attitude de penseur dans laquelle était fixée son image lui inspirait de la gêne dès qu'il la prenait à son compte. Du reste, en face d'elle il avait toujours le sentiment, presque le remords, de faire double emploi, et il s'excusait tout bas d'avoir ainsi triché avec la mort. En réalité, il était fier de sa statue sans l'être de sa personne.

Avec les années, cette fierté devenait exigeante. Martin s'affligeait de l'indifférence des passants à l'égard de la statue. Les gens qui traversaient la place n'avaient jamais un regard pour elle. Nul ne s'arrêtait pour déchiffrer sur la pierre le nom glorieux de l'inventeur. On n'en parlait pas non plus dans les groupes qui bavardaient sur les trottoirs avant l'heure du dîner. Il n'en ressentait ni amertume ni dépit, mais une sourde anxiété qui pesait sur sa joie. Vers 6 heures, il y avait un moment de vive animation sur la petite place et c'est alors que la statue lui paraissait le plus isolée. La foule passait, brutale, égoïste, sans un mouvement d'humanité vers la haute silhouette de bronze, qu'elle eût presque bousculée dans sa hâte. Le cœur serré, Martin cherchait sur les visages une marque de sympathie ou simplement d'attention, mais toujours en vain et quand, par distraction, un regard se levait vers la tête pensive, on y lisait une ignorance injurieuse.

Parfois, aux heures de moindre affluence, il essayait d'entreprendre quelque voisin de hasard, assis à côté de lui sur le banc. Il se penchait avec un sourire timide et, montrant du doigt la statue, disait à mi-voix : « C'est Martin. » Le voisin répondait par un sourire d'indifférence, à moins qu'il ne haussât les épaules en grommelant « Qu'est-ce que vous voulez que ça me fasse ? »

Souvent aussi, il se mêlait aux passants et s'adressait à l'un d'eux, en étranger avide de s'instruire : « Je vous demande pardon, mais pourriez-vous me dire quelle est cette statue ? » Mais jamais il ne rencontra personne qui fût en mesure de le renseigner. Bien mieux, les commerçants de la place, auxquels il posait la même question, étaient tout aussi incapables d'y répondre.

Meurtri par tant d'ignorance et d'ingratitude, Martin travaillait avec moins d'entrain qu'autrefois. Il était souvent distrait.

En songeant à la solitude de sa statue, les outils lui tombaient des mains et il restait engourdi dans son grenier à remâcher sa tristesse. D'autres fois, saisi d'une pitié impatiente, il laissait la besogne et courait sur la place faire à son image l'aumône d'une présence amie.

Peu à peu, sa vie perdait l'ordonnance que lui avait imposée l'effort d'inventer. Il sortait maintenant à toute heure du jour sans même se donner le semblant d'un prétexte. Il prenait de mauvaises habitudes, comme de fumer et de lire le journal. Les inventions paressaient dans sa tête et entre ses doigts moins agiles. Il inventait presque sans joie, pour gagner sa vie. Autrefois, le souci de subsister ne le gênait pas et, une fois pour toutes, ayant fait la part des nécessités matérielles, il pouvait travailler librement à des inventions sans utilité véritable, tel ce taille-crayon fonctionnant au gaz d'éclairage, qui était de l'art pur. Maintenant et de plus en plus, il s'attachait aux réalisations monnayables, mais sans grand succès. L'étincelle jaillissait plus rarement et il y était moins attentif.

À la belle saison, il passait le plus clair de son temps sur la place, dans une contemplation mélancolique tournant à l'amertume. Il n'interrogeait plus les passants. Son opinion était faite sur l'ignorance et la sottise du monde. Assis sur son banc, il lui arrivait de monologuer comme s'il eût été l'homme de bronze parlant du haut de son socle. «Passez, murmurait-il en laissant tomber sur les passants un regard hargneux, passez donc, tas d'andouilles. Je vous méprise. Je crache sur votre bassesse. Je vide sur vos têtes ma vessie d'airain. Un jour, pauvres essoufflés, vous périrez tous et le poids de votre imbécillité vous enfoncera dans la terre. Mais moi, je serai debout sur ma pierre, je verrai passer vos dépouilles et j'aurai devant moi la perspective d'une vie sans fin. Par mon travail, mon intelligence, mon génie, je me suis élevé sur un socle. Je suis devenu un rocher du monde. Je n'ai pas besoin de votre admiration. Elle n'ajouterait rien à mon éternité. Elle ne m'empêcherait pas de rire de vos misérables faces de chair...»

De tels discours n'étaient pas faits pour lui rendre la paix du cœur. En invectivant ainsi contre les passants, il ne prenait pas toujours la peine d'imaginer qu'il était la statue. Son mépris avait alors une expression plus personnelle, plus directe aussi. Par exemple, il lui arrivait de dire à haute voix : «Je vous emmerde», et il y avait des personnes qui en montraient de la surprise. Un jour, il eut lieu de se repentir, au moins quelques instants, d'avoir donné ce tour oratoire à son amertume. Sur le banc où il était assis avait pris place une femme d'une cinquantaine d'années, vêtue sans élégance, et tenant à la main un bouquet de violettes. Sans prendre garde à sa présence, il exhalait ainsi son humeur agressive à l'intention des rares personnes qui passaient sur la place. S'étant assurée qu'elle était seule à pouvoir l'entendre, la dame le prit de haut. Elle se leva, toisa le mal embouché et lui dit : «Monsieur, vous êtes un goujat.» Martin se trouva confus. Les paroles de violence auxquelles il s'était laissé aller avaient une portée générale, presque philosophique, et en aucun cas ne visaient l'individu, mais il était difficile de faire entendre qu'une telle exclamation traduisait une vue de l'esprit. Du reste, la dame ne lui laissa pas le temps d'une explication et, après l'avoir retoisé, s'avança sur la place. La confusion de Martin tourna au remords et à la stupeur lorsqu'il la vit piquer droit sur la statue et s'arrêter au pied dans une attitude de recueillement. L'émotion le clouait sur son banc, il pensa défaillir. Enfin, retrouvant l'usage des jambes, il traversa la place au galop. Dressée sur la pointe des pieds, la dame éparpillait ses violettes sur le socle autour des souliers de bronze. Martin bredouilla derrière elle des paroles timides et essoufflées. Elle se retourna brusquement et, poussant un cri de frayeur à la vue du goujat, étreignit le manche de son parapluie. Il s'excusa humblement, expliqua qu'il était un vieil ami de Martin et que les paroles de colère qu'elle avait surprises tout à l'heure allaient justement aux ingrats et aux ignorants. Elle changea de visage aussitôt et des larmes lui vinrent aux yeux.

«Parlez-moi de lui, pria-t-elle. J'ai tant besoin qu'on me parle de lui...

– C'était un grand homme, dit Martin.

– N'est-ce pas? un grand homme? et un grand cœur aussi, je peux le dire mieux que personne. Si vous saviez, monsieur... si vous saviez...»

Elle lui saisit le bras d'un geste nerveux et le regarda jusqu'au fond des yeux. De son côté, il la considérait avec sympathie, en faisant l'effort de la trouver avenante, mais il ne pouvait se défendre de la voir laide, pointue, rêche sur toutes les coutures.

«Vous qui étiez son ami, reprit-elle, il a dû vous parler de moi bien souvent?»

Il eut un geste vague. Elle le lâcha et, toute redressée, informa:

«Je suis Mlle Pinton. Julie Pinton.»

Puis, détendue, elle eut un sourire d'attente confiante.

«En effet, murmura Martin qui cherchait dans sa mémoire. Il me semble bien...

– N'est-ce pas, il vous parlait de moi? Oui, bien sûr. Mlle Pinton. Quand je pense... C'était avant la guerre. Nous étions deux enfants. Il avait trente-quatre ans, moi, j'en avais trente-deux. J'avais refusé les plus beaux partis de la ville, même le fils Moudru. Et il est venu, lui.»

Mlle Pinton ferma les yeux comme en extase. Martin commençait à être déçu. Il eût aimé une admiration plus gratuite, inspirée par des raisons moins suspectes.

«Deux années de suite, il est venu passer les vacances de Pâques dans la maison qui faisait face à la nôtre. Nous nous sommes rencontrés chez des amis. Il est venu chez nous. Quand j'étais au piano, il tournait les pages de ma partition, et il me disait à l'oreille: "Comme vous êtes musicienne"... et je sentais sur ma nuque son souffle brûlant... Si vous saviez, quand je suis seule, quand je me souviens, il me brûle encore... il me brûle. Et un jour... c'était en descendant les marches du perron, j'ai fait un faux pas et je me suis accrochée à lui. Je l'ai serré. Ah! comme je l'ai serré!»

Au souvenir, elle eut un frisson, ses narines se pincèrent. Soudain, elle se rua vers le socle et, de tout son corps, collée à la pierre, leva les mains pour étreindre une jambe de la statue.

«Allons, finissez! cria Martin avec colère. C'est stupide. Vous allez vous casser les ongles.»

Il réussit à lui faire lâcher prise et la conduisit jusqu'au banc où elle eut une crise de larmes. Irrité, il la laissait pleurer sans intervenir, regardant avec malveillance la maigre face grenue et le long nez rougeoyant sous le mouchoir. Sans parler de sa déception, il lui déplaisait de voir resurgir le temps des amours sous les traits ingrats d'une vieille fille. Seul, un reste de curiosité le retenait de s'enfuir. Dans sa mémoire commençait à flotter une image confuse qui offrait avec la silhouette de Mlle Pinton une ressemblance encore incertaine. Les larmes taries, il interrogea:

«Alors? comment ça a-t-il fini?

– Il m'a aimée, et pourtant, il s'est marié avec une autre. À son retour à Paris, il a épousé une veuve très riche, une femme...»

Martin voulut l'interrompre, mais elle allait d'un ton excité, le nez et les mains fébriles.

«Une femme millionnaire. Il l'a épousée pour sa fortune. Il avait un hôtel particulier, quinze domestiques, des voitures, un château en Touraine, des villas au bord de la mer. Il s'était acheté un monocle. Il semait l'or à pleines mains.»

Martin coupa en haussant les épaules:

«Vous avez sûrement rêvé. Il ne s'est jamais marié et il a toujours vécu presque pauvre. Je l'ai approché d'assez près pour en avoir la certitude.

– En tout cas, riposta Mlle Pinton, j'ai été renseignée par des personnes dignes de foi, que je connaissais depuis très longtemps...»

Martin n'insista pas. Ses souvenirs ne se précisaient pas. Il revoyait très bien la petite ville où il avait passé des vacances de Pâques, la maison et la chambre même qu'il avait habitées, mais point de Julie Pinton. Sans doute était-elle si insignifiante qu'il ne lui avait guère prêté d'attention. Agacé par le jeu, il demanda d'une voix impatiente:

«Vous me dites que Martin vous a aimée?

– Parfaitement.

– C'est possible. Mais vous ne m'avez pas dit... Moi-même, je ne me rappelle pas. Enfin, quoi, avez-vous couché avec lui?»

Mlle Pinton se leva d'un saut et, le visage empourpré, lui cria:

«Cochon! Je m'en doutais. Vous n'étiez qu'un ignoble satyre! Oh! cochon!»

Assurant son parapluie sous son bras, elle s'élança sur la place et Martin regarda s'éloigner la triste silhouette avec une pointe de regret.

Une semaine après cet incident, Martin abandonnait définitivement ses recherches sur un bouton-pression à éclipse, auquel il travaillait depuis plusieurs mois. Il avait compté sur le succès de cette invention pour rétablir ses affaires qui prenaient une mauvaise tournure, mais le souvenir de Mlle Pinton le laissait tout alangui et incapable d'un effort sérieux. Il oubliait peu à peu sa laideur et lui substituait sans le vouloir l'image d'une créature jeune, gracieuse, qu'il croyait retrouver au fond de sa mémoire et qui n'était en réalité que la dernière et la plus belle de ses inventions. Il passait des heures à mettre au point la forme de son nez, la couleur de ses yeux, le volume de son corsage, et quand il en eut fait une forme familière, il entreprit d'écrire des vers à son intention, comme cela se faisait avant la guerre. C'était un vaste poème dont il n'écrivit que les quatre derniers vers :

> J'inventerai pour toi de belles mécaniques
> Aux ressorts trempés par les clairs de lune,
> Moteurs à rosée, pendules magiques
> Tintant si bémol au cœur de ma brune.

Ce quatrain lui coûta plus de huit jours d'efforts, mais il en fut vraiment content. Sur son banc, face à la statue, il le murmurait à Julie. C'était dans le cadre de la petite place qu'il situait le plus naturellement Mlle Pinton. Il la faisait asseoir près de lui, respirait le parfum de ses violettes, se penchait sur son oreille, sur sa nuque. Ensemble, ils allaient faire un tour de statue, s'arrêtaient au pied du socle pour bavarder. Elle avait une jeunesse charmante, un sourire d'enfant, col Claudine et regard mutin.

Mais parfois un souvenir plus précis venait traverser toutes ces imaginations. Il revoyait avec douleur le corps gracieux de Mlle Pinton épouser le socle de pierre tandis qu'elle étreignait le pantalon de bronze et que le sang de la passion montait à son pur visage de jeune fille. Il en rougissait lui-même de honte et de colère et le poison de la jalousie s'insinuait en lui. En arrivant sur la place, il regardait toujours avec appréhension du côté de la statue, comme s'il eût craint d'y voir rôder Julie, les joues animées d'un sang lourd. En face de l'homme de bronze, il lui arrivait de dire avec un mauvais sourire : « Ce ne sont pas les inventions qui charment Julie. Les inventions, elle ne s'en soucie guère ! Ce qu'elle aime, c'est mon souffle brûlant... elle l'a dit... mon souffle brûlant... C'est moi ! C'est moi ! »

En prononçant ces paroles, Martin prenait plus d'une revanche. Il secouait du même coup les reproches que lui adressait sa conscience d'inventeur paresseux, car il travaillait de moins en moins et avec un dégoût qu'il ne se dissimulait pas. Peut-être même le fantôme de Mlle Pinton n'était-il qu'une ruse de sa part, afin d'oublier la misère qui le menaçait. Il était en retard d'un terme pour payer son loyer et ne voyait pas comment il pourrait s'acquitter du terme à venir. La concierge, pleine de ricanements, triomphait déjà. Il se sentait las d'inventer, las d'une lassitude définitive, et à bout de rouleau. La machine, usée, encrassée, ne fonctionnait plus. Devant sa déchéance, la statue devenait un témoin pesant.

Lorsque le problème de manger se posa de façon pressante, le fantôme de Mlle Pinton perdit beaucoup de son charme et de son importance. Martin se trouva bientôt réduit à bazarder ses vieilles inventions chez un marchand de bric-à-brac. Chaque matin, il descendait de son grenier un paquet de ferraille dont il arrivait à tirer une dizaine de francs. Le jour où on lui offrit quarante sous de sa pendule à vapeur, son amertume lui fit voir Julie Pinton sous son aspect sévère de vieille fille. Il retrouva sa silhouette anguleuse, son maigre visage au nez rouge et sa voix criarde.

«Je te la laisse», ricana-t-il à l'intention de sa statue.

En effet, il ne pensa plus à lui disputer les bonnes grâces de Julie. Elle rejoignit dans sa mémoire les pantins poussiéreux qu'il avait inventés et qu'il essayait maintenant de fourguer au bric-à-brac. Les ressorts trempés par les clairs de lune n'étaient pas à toute épreuve. Jeune ou vieille, l'amoureuse cessa pour toujours de hanter la petite place et le cœur de Martin. Pourtant, il resta jaloux de la statue. C'était une jalousie d'autre sorte et qui le tenait plus profondément. Humilié par sa misère, il enviait l'homme de bronze d'avoir su arrêter le temps et de s'être figé dans un moment glorieux, tandis que lui-même s'était laissé prendre à l'habitude de vivre. Il l'accusait de lui avoir dérobé sa chance et ses forces les plus précieuses. Un matin, assis sur son banc, il vit des touristes s'approcher de la statue, se pencher pour lire l'inscription sur le socle et reculer de quelques pas pour avoir une vue d'ensemble. La jalousie et le sentiment d'être victime d'une injustice lui firent serrer les poings. Il eut envie de courir à ces gens, de leur crier qu'ils se trompaient, qu'il était le véritable inventeur Martin. Mais la statue le dominait de si haut, il se sentait si infime devant elle, que le courage lui manqua. Les touristes partis, il la fixa longuement d'un regard chargé de haine. L'après-midi du même jour, un journaliste occupé d'une enquête sur les statues de Paris, s'arrêta devant celle de l'inventeur et prit quelques notes. Martin pensa en crever de rage. Le soir, entre 6 et 7 heures, il lui sembla que tous les regards des passants se levaient vers la tête pensive de l'homme de bronze et il crut entendre monter de la foule un murmure fervent.

De jour en jour, le murmure devenait plus distinct. Bientôt, ce fut une haute rumeur de dévotion, venue de toutes les rues et de toutes les places de Paris. À chaque instant, les cloches se mettaient à sonner, sous prétexte d'un angélus ou d'un enterrement. Au centre de ces rafales d'admiration, Martin se recroquevillait dans sa bassesse et considérait sa statue avec moins de haine que de crainte. Il lui arrivait souvent de s'asseoir sur le banc avec la faim au ventre. Son visage et ses vêtements étaient mal soignés, ses chaussures commençaient à bâiller. Il avait presque l'aspect d'un pauvre professionnel. Un jour qu'il avait posé son chapeau à côté de lui, une femme y laissa tomber une pièce de monnaie. Entre sa statue et lui, il y avait maintenant tant de distance qu'il n'osait plus penser au lien qui les unissait. Peu à peu, il s'habituait à cet écrasement, finissait par l'accepter.

Une seule fois, Martin tenta de se révolter. Au milieu de la nuit qui précédait le jour du terme, il se retournait dans son lit en songeant à la menace d'expulsion que lui avait signifiée son propriétaire. Dans la rue, un groupe d'hommes avinés passa en beuglant une chanson. Il ne distinguait pas les paroles, mais ce ne pouvait être qu'un hymne à la louange de la statue. Cette ferveur bruyante lui parut insulter à son désespoir. Il s'habilla et, tremblant de colère, se rendit sur la place. Tout était désert, silencieux. L'homme de bronze, à la pointe de son crâne génial, accrochait un rayon de lune. De lourds pans d'ombre étoffaient son pardessus et son geste de penseur. Martin l'injuria à haute voix, le traita de canaille, de voleur, de traître, d'orgueilleux, de poseur.

« C'est moi qui t'ai mis là ! criait-il. Sans moi, tu ne serais rien… »

Mais tout en disant, il reprenait conscience de sa petitesse et, à mesure, sa voix perdait de l'assurance. Dans le silence de la nuit, la statue paraissait plus grande. Un nuage épongeant la lune, elle grandit encore de plusieurs coudées et allongea vers lui une ombre mortelle. Il recula vivement jusqu'au trottoir et se réfugia dans la lumière municipale. Son cœur battait d'émotion et, les dents serrées, il regardait en haletant la haute silhouette noire se mêler à la nuit. Malgré sa frayeur, il voulut résister encore et, pour essayer de rétablir l'équilibre, il monta debout sur le banc où il s'asseyait d'habitude.

Son piédestal lui rendit quelque confiance en lui. Il s'étonna de n'avoir pas songé plus tôt à l'utiliser. Ce qui faisait la force et l'autorité de l'homme de bronze, c'était le socle de pierre qui le dressait dans le ciel. S'il avait posé par terre, il eût été moins redoutable. Martin regrettait maintenant de s'être laissé aller aux injures. La violence et les criailleries ne pouvaient que le diminuer en face de son ennemi. C'était pour beaucoup une question de niveau et depuis qu'il était juché sur son banc, la situation n'était déjà plus la même. Il fallait encore atteindre à la ferme et sereine dignité des statues. Martin s'appliquait à demeurer immobile et pour mettre toutes les chances de son côté, il prit une attitude de penseur, la joue reposant sur deux doigts de la main. La pose était très fatigante, presque douloureuse et il soufflait un vent froid, pénétrant. Mais le premier quart d'heure passé, un grand espoir vint soutenir son courage. Il sentait ses jambes et ses cuisses se durcir. Ses pieds engourdis devenaient pesants et adhéraient solidement au piédestal, sa joue et les deux doigts qui la soutenaient, cinglés par la bise, étaient presque privés de sensibilité. Enfin, à plusieurs reprises, il lui sembla que les coins de son pardessus, soulevés par les courants d'air, rendaient un son métallique. Une joie immense lui dilatait la poitrine, tandis qu'il surveillait les progrès de sa métamorphose. Dans un transport d'orgueil, il faillit interpeller la statue et se mordit la langue en songeant qu'il allait tout compromettre. Il se sentait lourd et magnifique. Une seule chose le contrariait : il était descendu en pantoufles et se demandait si le bronze parviendrait à rehausser la bonhomie un peu trop familière de ce genre de chaussure.

Au bout d'une heure d'immobilité scrupuleuse, il fut pris d'une soudaine inquiétude. Un rhumatisme venait de lui traverser la cuisse et il avait à peine réprimé un cri. Le doute l'effleura. Les statues, en effet, ne sauraient être sujettes au rhumatisme. La douleur reprit, plus aiguë, et devint si insupportable qu'il dut se résigner à déplacer sa jambe. Contrairement à ce qu'il espérait, ce mouvement n'exigea de lui nul effort. Les muscles jouaient de façon normale, compte tenu d'une certaine raideur qu'il eût été difficile de ne pas imputer à la fatigue. Martin essaya de reprendre la pose, mais il avait perdu la foi. Le vent glacial, soufflant avec plus de violence, le faisait vaciller et le pénétrait jusqu'aux os. Il grelottait de froid autant que de fatigue. Mettant pied à terre, il s'assit sur son banc et, vaincu, se mit à pleurer.

En quelques mois, Martin eut vendu sa ferraille, ses outils et son maigre mobilier. Sans ressources et sans domicile, on le vit mendier par les rues. Le plus souvent, il venait tendre la main sur la petite place, non pas pour y retrouver des souvenirs, mais plutôt par l'effet d'une vieille habitude qu'il adaptait sans effort à son nouveau genre de vie. Aux heures d'affluence, il se tenait au pied de sa statue en bredouillant un appel à la pitié des passants. Les premiers temps, il lui arrivait de mesurer l'ironie de la situation. À la longue, il avait fini par n'y plus penser. Du reste, sa mémoire s'embrumait, son esprit devenait de plus en plus lent. Il avait appris l'art de ne presque pas penser, de s'intéresser à des choses sans importance, de méditer pendant des heures sur un bouton de culotte qui commençait à se découdre. Aux heures creuses, il allait s'asseoir sur son banc et ne quittait guère la place de toute la journée. Sa présence indisposait certains commerçants et il y eut des plaintes au commissariat. Martin reçut plusieurs avertissements qu'il eut la paresse d'oublier. Un jour, un peu avant l'heure de midi, il était en station, le dos appuyé au socle de pierre, la main tendue dans l'attente d'une aumône. Un agent traversa la place et vint droit sur lui. Martin ne comprit pas tout de suite qu'il était menacé.

«Tant pis pour toi, gronda l'agent. On t'aura assez averti. Allons, viens avec moi au commissariat.»

Le mot de commissariat fit peur à Martin. Un reste de conscience bourgeoise lui fit entrevoir toute une imagerie infamante. Tourné à demi et levant la tête, ses mains jaillirent vers la statue dans un geste d'imploration. L'agent haussa les épaules et dit avec impatience :

«Assez de comédie, je suis pressé. Amène-toi.

– Laissez-moi! Je suis l'inventeur Martin! Je suis l'homme de la statue! Je suis la statue! Regardez... lisez...»

Penché sur l'inscription, il montrait les lettres du doigt, épelant le nom de Martin. L'agent le prit par le bras et, comme il se cramponnait à une moulure du socle, l'arracha d'une secousse. Au commissariat, un brigadier lui fit subir, pour la forme, une sorte d'interrogatoire. L'agent qui l'avait amené rapporta :

«Il ne voulait pas venir. Figurez-vous qu'il se croyait l'inventeur Martin... vous savez, l'homme de la statue...

– Mince de prétention, grogna le brigadier en toisant le misérable avec dégoût.

– Je n'ai jamais dit une chose pareille, protesta Martin. Monsieur l'agent a mal compris. J'ai dit simplement que je m'appelais Martin, comme la statue.

– C'est bon, dit le brigadier à son subordonné. Boucle-le au numéro 3. Et qu'il se tienne bien! ou je lui fais couper la tête.»

Martin fut relâché vers la fin de l'après-midi et défense lui fut signifiée de rôder à longueur de journée sur la petite place, à peine de se faire défoncer la gueule à coups de talon. La menace était superflue. Il quitta le quartier d'un pas léger. La tentation de regarder en arrière, fût-ce par la pensée, ne l'effleurait même pas. Il se sentait délivré, pour toujours, d'un ignoble fardeau et il lui semblait entrer en possession d'une jeunesse nouvelle qui le faisait sourire dans sa barbe de vieux. Après une demi-heure de marche, il s'arrêta dans une rue passante et, la main tendue, se mit à bredouiller : « Ayez pitié d'un pauvre vieillard. J'ai une fille infirme à ma charge et trois petits-enfants. »

Clochant au hasard des jours, Martin se trouvait à peu près heureux. La vie n'était plus cet équilibre difficile dont le souvenir, de plus en plus vague, lui donnait la nausée. À ramper ainsi dans une solitude animale, il éprouvait un sentiment de sécurité parfaite. Le pire qui pût arriver n'était que de crever et il n'y faudrait pas grand effort. Du reste, Martin n'y pensait pas. Il n'avait plus du tout la tête à inventer et disposait du présent aussi bien qu'un chien. Il avait des compagnons d'une heure qu'il oubliait aussitôt quittés. Un soir, ils étaient trois, assis dans un café assez misérable pour que leur présence ne gênât pas le patron. Le verre d'eau-de-vie coûtait quinze sous et ils en avaient bu chacun deux. Leurs faibles têtes s'échauffant, ils s'entretinrent de leur passé. La règle du jeu semblait être d'accepter les mensonges les plus énormes. Parlant à son tour, Martin, avec un effort de sincérité qui intimida ses deux compagnons, commença ainsi :

« Je ne sais plus si j'ai été heureux. À l'âge de trente-quatre ans j'ai épousé une veuve très riche. Une femme millionnaire. J'avais hôtel particulier, domestiques, voitures, un château en Touraine, des villas au bord de la mer. Je portais un monocle. Je semais l'or à pleines mains... »

Quelques jours plus tard, le hasard conduisait Martin sur la petite place où il s'était assis si souvent. Il la traversa sans la reconnaître ni prendre garde à la statue et ce fut à peine si une obscure inquiétude lui fit presser le pas.

1 9 3 8 - 1 9 4 2

LE CERF ET LE CHIEN

*D*elphine caressait le chat de la maison et Marinette chantait une petite chanson à un poussin jaune qu'elle tenait sur les genoux. «Tiens, dit le poussin en regardant du côté de la route, voilà un bœuf.» Levant la tête, Marinette vit un cerf qui galopait à travers prés en direction de la ferme. C'était une bête de grande taille, portant une ramure compliquée. Il fit un bond par-dessus le fossé qui bordait la route et, débouchant dans la cour, s'arrêta devant les deux petites. Ses flancs haletaient, ses pattes frêles tremblaient et il était si essoufflé qu'il ne put parler d'abord. Il regardait Delphine et Marinette avec des yeux doux et humides. Enfin, il fléchit les genoux et leur demanda d'une voix suppliante :

«Cachez-moi. Les chiens sont sur ma trace. Ils veulent me manger. Défendez-moi.»

Les petites le prirent par le cou, appuyant leurs têtes contre la sienne, mais le chat se mit à leur fouetter les jambes avec sa queue et à gronder :

«C'est bien le moment de s'embrasser! Quand les chiens seront sur lui, il en sera bien plus gras! J'entends déjà aboyer à la lisière du bois. Allons, ouvrez-lui plutôt la porte de la maison et conduisez-le dans votre chambre.»

Tout en parlant, il n'arrêtait pas de faire marcher sa queue et de leur en donner par les jambes aussi fort qu'il pouvait. Les petites comprirent qu'elles n'avaient que trop perdu de temps. Delphine courut ouvrir la porte de la maison et Marinette, précédant le cerf, galopa jusqu'à la chambre qu'elle partageait avec sa sœur.

«Tenez, dit-elle, reposez-vous et ne craignez rien. Voulez-vous que j'étende une couverture par terre?

– Oh! non, dit le cerf, ce n'est pas la peine. Vous êtes trop bonne.

Première publication dans Candide, *2 juin 1938. Repris une première fois en album au format cahier d'écolier illustré par Nathalie Parain, Gallimard, 1938 ; puis dans l'édition de la collection «Blanche» de 1964.*

– Comme vous devez avoir soif! Je vous mets de l'eau dans la cuvette. Elle est très fraîche. On l'a tirée au puits tout à l'heure. Mais j'entends le chat qui m'appelle. Je vous laisse. À bientôt.

– Merci, dit le cerf. Je n'oublierai jamais.»

Lorsque Marinette fut dans la cour et la porte de la maison bien fermée, le chat dit aux deux petites :

«Surtout n'ayons l'air de rien. Asseyez-vous comme vous étiez tout à l'heure et occupez-vous du poussin et caressez-moi.»

Marinette reprit le poussin sur ses genoux, mais il ne tenait pas en place et sautillait en piaillant :

«Qu'est-ce que ça veut dire? Moi, je n'y comprends rien. Je voudrais bien savoir pourquoi on fait entrer un bœuf dans la maison?

– Ce n'est pas un bœuf, c'est un cerf.

– Un cerf? Ah! c'est un cerf?... tiens, tiens, un cerf...»

Marinette lui chanta *Su l'pont de Nantes* et, comme elle le berçait, il s'endormit tout d'un coup dans son tablier. Le chat lui-même ronronnait sous les caresses de Delphine et faisait le gros dos. Par le même chemin qu'avait pris le cerf, les petites virent accourir un chien de chasse, aux longues oreilles pendantes. Toujours courant, il traversa la route et ne ralentit son allure qu'au milieu de la cour afin de flairer le sol. Il arriva ainsi devant les deux petites et leur demanda brusquement :

« Le cerf est passé par ici. Où est-il allé ?

– Le cerf ? firent les petites. Quel cerf ? »

Le chien les regarda l'une après l'autre et, les voyant rougir, se remit à flairer le sol. Il n'hésita presque pas et s'en fut tout droit à la porte. En passant, il bouscula Marinette sans même y prendre garde. Le poussin, qui continuait à dormir, en vacilla dans son tablier. Il ouvrit un œil, battit des ailerons et, sans avoir compris ce qui venait de se passer, se rendormit dans son duvet. Cependant, le chien promenait son nez sur le seuil de la porte.

« Je sens ici une odeur de cerf », dit-il en se tournant vers les petites. Elles firent semblant de ne pas entendre. Alors, il se mit à crier :

« Je dis que je sens ici une odeur de cerf ! »

Feignant d'être réveillé en sursaut, le chat se dressa sur ses pattes, regarda le chien d'un air étonné et lui dit :

« Qu'est-ce que vous faites ici ? En voilà des façons de venir renifler à la porte des gens ! Faites-moi donc le plaisir de décamper. »

Les petites s'étaient levées et s'approchaient du chien en baissant la tête. Marinette avait pris le poussin dans ses deux mains et lui, d'être ainsi ballotté, finit par se réveiller pour de bon. Il tendait le cou de côté et d'autre, essayant de voir par-dessus les deux mains, et ne comprenait pas bien où il était. Le chien regarda sévèrement les petites et leur dit en montrant le chat :

« Vous avez entendu de quel ton il me parle ? Je devrais lui casser les reins, mais à cause de vous, je veux bien n'en rien faire. En retour, vous allez me dire toute la vérité. Allons, avouez-le. Tout à l'heure, vous avez vu arriver un cerf dans la cour. Vous en avez eu pitié et vous l'avez fait entrer dans la maison.

– Je vous assure, dit Marinette d'une voix un peu hésitante, il n'y a pas de cerf dans la maison. »

Elle avait à peine fini de parler que le poussin, se haussant sur ses pattes et penché par-dessus sa main comme à un balcon, s'égosillait à crier :

« Mais si ! voyons ! mais si ! La petite ne se rappelle pas, mais moi je me rappelle très bien ! Elle a fait entrer un cerf dans la maison, oui, oui, un cerf ! une grande bête avec plusieurs cornes. Ah ! ah ! heureusement que j'ai de la mémoire, moi ! »

Et il se rengorgeait en faisant mousser son duvet. Le chat aurait voulu pouvoir le manger.

«J'en étais sûr, dit le chien aux deux petites. Mon flair ne me trompe jamais. Quand je disais que le cerf se trouvait dans la maison, c'était pour moi comme si je le voyais. Allons, soyez raisonnables et faites-le sortir. Songez que cette bête ne vous appartient pas. Si mon maître apprenait ce qui s'est passé, il viendrait sûrement trouver vos parents. Ne vous entêtez pas.»

Les petites ne bougeaient pas. Elles commencèrent par renifler, puis, les larmes venant dans les yeux, elles se mirent à sangloter. Alors, le chien parut tout ennuyé. Il les regardait pleurer et, baissant la tête, fixait ses pattes d'un air pensif. À la fin, il toucha le mollet de Delphine avec son nez et dit en soupirant:

«C'est drôle, je ne peux pas voir pleurer des petites. Écoutez, je ne veux pas être méchant. Après tout, le cerf ne m'a rien fait. D'un autre côté, bien sûr, le gibier est le gibier et je devrais faire mon métier. Mais, pour une fois... Tenez, je veux bien ne m'être aperçu de rien.»

Delphine et Marinette, toutes souriantes déjà, s'apprêtaient à le remercier, mais il se déroba et, l'oreille tendue à des aboiements qui semblaient venir de la lisière du bois, dit en hochant la tête:

«Ne vous réjouissez pas. J'ai bien peur que vos larmes aient été inutiles et qu'il vous faille en verser d'autres tout à l'heure. J'entends aboyer mes compagnons de meute. Ils auront bien sûr retrouvé la trace du cerf et vous n'allez pas tarder à les voir apparaître. Que leur direz-vous? Il ne faut pas compter les attendrir. J'aime autant vous prévenir, ils ne connaissent que le service. Tant que vous n'aurez pas lâché le cerf, ils ne quitteront pas la maison.

– Naturellement qu'il faut lâcher le cerf! s'écria le poussin en se penchant à son balcon.

– Tais-toi», lui dit Marinette, dont les larmes recommençaient à couler.

Tandis que les petites pleuraient, le chat remuait sa queue pour mieux réfléchir. On le regardait avec anxiété.

«Allons, ne pleurez plus, ordonna-t-il, nous allons recevoir la meute. Delphine, va au puits tirer un seau d'eau fraîche que tu poseras à l'entrée de la cour. Toi, Marinette, va-t'en au jardin avec le chien. Je vous rejoins. Mais d'abord, débarrasse-toi du poussin. Mets-le sous cette corbeille, tiens.»

Marinette posa le poussin par terre et renversa sur lui la corbeille, en sorte qu'il se trouva prisonnier sans avoir eu le temps de protester. Delphine tira un seau d'eau et le porta jusqu'à l'entrée de la cour.

Tandis que ses compagnons étaient au jardin, elle vit poindre la meute annoncée par ses aboiements. Bientôt elle put compter les chiens qui la composaient. Ils étaient huit d'une même taille et d'une même couleur avec de grandes oreilles pendantes. Delphine s'inquiétait d'être seule pour les accueillir. Enfin, le chat sortit du jardin, précédant Marinette qui portait un énorme bouquet de roses, de jasmin, de lilas, d'œillets. Il était temps. Les chiens arrivaient sur la route. Le chat s'avança à leur rencontre et leur dit aimablement :

« Vous venez pour le cerf ? Il est passé par ici il y a un quart d'heure.

– Veux-tu dire qu'il est reparti ? demanda un chien d'un air méfiant.

– Oui, il est entré dans la cour et il en est ressorti aussitôt. Il y avait déjà un chien sur sa trace, un chien pareil à vous et qui s'appelle Pataud.

– Ah ! oui... Pataud... en effet.

– Je vais vous dire exactement la direction qu'a prise le cerf.

– Inutile, grogna un chien, nous saurons bien retrouver sa trace. »

Marinette s'avança tout contre la meute et interrogea :

« Lequel d'entre vous s'appelle Ravageur ? Pataud m'a donné une commission pour lui. Il m'avait bien dit : "Vous le reconnaîtrez facilement, c'est le plus beau de tous..." »

Ravageur fit une courbette et sa queue frétilla.

« Ma foi, poursuivit Marinette, j'hésitais à vous reconnaître. Vos compagnons sont si beaux ! Vraiment, on n'a jamais vu d'aussi beaux chiens...

– Ils sont bien beaux, appuya Delphine. On ne se lasserait pas de les admirer. »

La meute fit entendre un murmure de satisfaction et toutes les queues se mirent à frétiller.

« Pataud m'a donc chargé de vous offrir à boire. Il paraît que ce matin, vous étiez un peu fiévreux et il a pensé qu'après une si longue course vous aviez besoin de vous rafraîchir. Tenez, voilà un seau d'eau qui sort du puits... Si vos compagnons veulent en profiter aussi...

– Ce n'est pas de refus », firent les chiens.

La meute se pressa autour du seau et il y eut même un peu de désordre. Cependant, les petites leur faisaient compliment de leur beauté et de leur élégance.

« Vous êtes si beaux, dit Marinette, que je veux vous faire cadeau de mes fleurs. Jamais chiens ne les auront mieux méritées. »

Pendant qu'ils buvaient, les petites qui s'étaient partagé le bouquet, se hâtaient de passer des fleurs dans leurs colliers. En un moment, chacun d'eux fut pourvu d'une collerette bien fournie, la rose alternant avec l'œillet, le lilas avec le jasmin. Ils prenaient plaisir à s'admirer les uns les autres.

«Ravageur, encore un jasmin... le jasmin vous va si bien! mais dites-moi, peut-être avez-vous encore soif?

– Non merci, vous êtes trop aimable. Il nous faut rattraper notre cerf...»

Pourtant, les chiens ne se pressaient pas de partir. Ils tournaient en rond d'un air inquiet, sans pouvoir se décider à prendre une direction. Ravageur avait beau promener son museau sur le sol, il ne retrouvait pas la trace du cerf. Le parfum de l'œillet, du jasmin, de la rose et du lilas, qui lui venait à pleines narines, lui masquait en même temps l'odeur de la bête. Et ses compagnons, pareillement engoncés dans leurs collerettes de fleurs et de parfums, reniflaient en vain. Ravageur finit par s'adresser au chat:

«Voudrais-tu nous indiquer la direction qu'a prise le cerf?

– Volontiers, répondit le chat. Il est parti de ce côté-là et il est entré dans la forêt à l'endroit où elle fait une pointe sur la campagne.»

Ravageur dit adieu aux petites et la meute fleurie s'éloigna au galop. Quand elle eut disparu dans les bois, le chien Pataud sortit du jardin où il était resté caché et demanda qu'on fît venir le cerf.

«Puisque j'ai tant fait que de me joindre au complot, dit-il, je veux encore lui donner un avis.»

Marinette fit sortir le cerf de la maison. Il apprit en tremblant à quels dangers il venait d'échapper.

«Vous voilà sauvé pour aujourd'hui, lui dit le chien après qu'il eut remercié son monde, mais demain? Je ne veux pas vous effrayer, mais pensez aux chiens, aux chasseurs, aux fusils. Croyez-vous que mon maître vous pardonnera de lui avoir échappé? Un jour ou l'autre, il lancera la meute à votre poursuite. Moi-même, il me faudra vous traquer et j'en serai bien malheureux. Si vous étiez sage, vous renonceriez à courir par les bois.

– Quitter les bois! s'écria le cerf. Je m'ennuierais trop. Et puis, où aller? Je ne peux pas rester dans la plaine à la vue des passants.

– Pourquoi pas! C'est à vous d'y réfléchir. En tout cas, pour l'instant, vous y êtes plus en sûreté que dans la forêt. Si vous m'en croyez, vous resterez par ici jusqu'à la nuit tombée. J'aperçois là-bas, en bordure de la rivière, des buissons qui vous feraient une bonne cachette. Et maintenant, adieu, et puissé-je ne jamais vous rencontrer dans nos bois. Adieu les petites, adieu le chat, et veillez bien sur notre ami.»

Peu après le départ du chien, le cerf à son tour faisait ses adieux et gagnait les buissons de la rivière. Plusieurs fois, il se retourna pour faire signe aux petites qui agitaient leurs mouchoirs. Lorsqu'il fut à l'abri, Marinette songea enfin au poussin qu'elle avait oublié sous la corbeille. Croyant la nuit tombée, il s'était endormi.

En rentrant de la foire où ils s'étaient rendus depuis le matin dans l'intention d'acheter un bœuf, les parents se montrèrent de mauvaise humeur. Ils n'avaient pas pu acheter de bœuf, tout étant hors de prix.

«C'est malheureux, rageaient-ils, avoir perdu toute une journée pour ne rien trouver. Et avec quoi allons-nous travailler?

– Il y a tout de même un bœuf à l'écurie, firent observer les petites.

– Bel attelage! Comme si un bœuf pouvait suffire! Vous feriez mieux de vous taire. Et puis, on dirait qu'il s'est passé ici de bien drôles de choses en notre absence. Pourquoi ce seau est-il à l'entrée de la cour?

– C'est moi qui ai fait boire le veau tout à l'heure, dit Delphine, et j'aurai oublié de remettre le seau en place.

– Hum! Et cette fleur de jasmin et cet œillet qui traînent là par terre?
– Un œillet? firent les petites. Tiens, c'est vrai…»
Mais sous le regard des parents, elles ne purent pas s'empêcher de
rougir. Alors, saisis d'un terrible soupçon, ils coururent au jardin.
«Toutes les fleurs coupées! Le jardin dévalisé! Les roses! Les jasmins, les œillets, les lilas! Petites malheureuses, pourquoi avez-vous
cueilli nos fleurs?
– Je ne sais pas, balbutia Delphine, nous n'avons rien vu.
– Ah! vous n'avez rien vu? Ah! vraiment?»
Voyant les parents qui se préparaient à tirer les oreilles de leurs
filles, le chat sauta sur la plus basse branche d'un pommier et leur
dit sous le nez:
«Ne vous emportez pas si vite. Je ne suis pas bien surpris que les
petites n'aient rien vu. À midi, pendant qu'elles déjeunaient, je me
chauffais au soleil sur le rebord de la fenêtre et j'ai aperçu un vagabond qui lorgnait le jardin depuis la route. Je me suis endormi sans
y prendre garde autrement. Et un moment plus tard, comme j'ou-
vrais un œil, j'ai vu mon homme s'éloigner sur la route en tenant
quelque chose à pleins bras.
– Fainéant, ne devais-tu pas courir après lui?
– Et qu'aurais-je fait, moi, pauvre chat? Les vagabonds ne sont pas
mon affaire. Je suis trop petit. Ce qu'il faudrait ici, c'est un chien. Ah!
s'il y avait eu un chien!
– Encore plutôt, grommelèrent les parents. Nourrir une bête à ne
rien faire? C'est déjà bien assez de toi.
– À votre aise, dit le chat. Aujourd'hui, on a pris les fleurs du jardin.
Demain, on volera les poulets, et un autre jour, ce sera le veau.»
Les parents ne répondirent pas, mais les dernières paroles du chat
leur donnèrent à réfléchir. L'idée d'avoir un chien leur paraissait
assez raisonnable et ils l'envisagèrent à plusieurs reprises au cours
de la soirée.
À l'heure du dîner, tandis que les parents passaient à table avec les
petites et qu'ils se plaignaient encore de n'avoir pu trouver de bœuf
à un prix honnête, le chat s'en fut à travers prés jusqu'à la rivière. Le
jour commençait à baisser et les grillons chantaient déjà. Il trouva
le cerf couché entre deux buissons et broutant des feuilles et des
herbes. Ils eurent une longue conversation et le cerf, après avoir
résisté longtemps aux avis que lui donnait le chat, finit par se laisser convaincre.
Le lendemain matin, de bonne heure, le cerf entra dans la cour de
la ferme et dit aux parents:

«Bonjour, je suis un cerf. Je cherche du travail. N'avez-vous pas quelque chose pour moi?

– Il faudrait d'abord savoir ce que tu sais faire, répondirent les parents.

– Je sais courir, trotter et aller au pas. Malgré mes jambes grêles, je suis fort. Je peux porter de lourds fardeaux. Je peux tirer une voiture, seul ou attelé en compagnie. Si vous êtes pressé d'aller quelque part, vous sautez sur mon dos et je vous conduis plus vite que ne saurait faire un cheval.

– Tout ceci n'est pas mal, convinrent les parents. mais quelles sont tes prétentions?

– Le logement, la nourriture et, bien entendu, le repos du dimanche.»

Les parents levèrent les bras au ciel. Ils ne voulaient pas entendre parler de cette journée de repos.

«C'est à prendre ou à laisser, dit le cerf. Notez que je suis très sobre et que ma nourriture ne vous coûtera pas cher.»

Ces dernières paroles décidèrent les parents et il fut convenu qu'on le prenait à l'essai pour un mois. Cependant, Delphine et Marinette sortaient de la maison et feignaient l'étonnement à la vue de leur ami.

«Nous avons trouvé un compagnon pour le bœuf, dirent les parents. Tâchez d'être convenables avec lui.

– Vous avez là deux petites filles qui sont bien jolies, dit le cerf. Je suis sûr que je m'entendrai avec elles.»

Sans perdre de temps, les parents, qui projetaient d'aller à la charrue, firent sortir le bœuf de l'écurie. En apercevant le cerf dont la ramure avait de quoi le surprendre, il se mit à rire, d'abord discrètement, puis à pleine gorge et, tant il riait, qu'il lui fallut s'asseoir par terre. C'était un bœuf d'humeur joyeuse.

«Ah! qu'il est drôle avec son petit arbre sur la tête! Non, laissez-moi rire! Et ces pattes et cette queue de rien du tout! Non, laissez-moi rire tout mon soûl.

– Allons, en voilà assez, firent les parents. Lève-toi. Il est temps de penser au travail.»

Le bœuf se leva, mais quand il sut qu'on devait l'atteler avec le cerf, il se mit à rire de plus belle. Il s'en excusa auprès de son nouveau compagnon.

«Vous devez me trouver bien stupide, mais vraiment, vos cornes sont si amusantes que j'aurai de la peine à m'y habituer. En tout cas, je vous trouve l'air gentil.

– Riez votre content, je ne m'en fâche pas. Si je vous disais que vos cornes m'amusent aussi ? Mais je compte y être habitué bientôt.»

En effet, après qu'ils eurent labouré ensemble une demi-journée, ils ne pensaient plus à s'étonner de la forme de leurs cornes. Les premières heures de travail furent assez pénibles pour le cerf, bien que le bœuf lui économisât autant qu'il pouvait l'effort de tirer. Le plus difficile était pour lui de régler son allure à celle de son compagnon. Il se pressait trop, donnait l'effort par à-coups et, l'instant d'après, essoufflé, trébuchant sur les mottes de terre, ralentissait le train de l'attelage. Aussi la charrue allait-elle assez souvent de travers. Le premier sillon était si tortueux que les parents faillirent renoncer à poursuivre la tâche. Par la suite, grâce aux bons avis et à la complaisance du bœuf, tout alla bien mieux et le cerf ne tarda pas à devenir une excellente bête de labour.

Néanmoins, il ne devait jamais s'intéresser à son travail au point d'y prendre plaisir. N'eût été la compagnie du bœuf pour lequel il avait une vive amitié, il n'aurait probablement pas pu s'y résigner. Il avait hâte de voir arriver la fin de la journée, qui le délivrait de la discipline des parents. En rentrant à la ferme, il se délassait en galopant dans la cour et dans les prés. Il jouait volontiers avec les petites et lorsqu'elles couraient après lui, il faisait exprès de se laisser attraper. Les parents regardaient leurs ébats sans bienveillance.

«À quoi ça ressemble, disaient-ils. Après une journée de travail, aller se fatiguer à courir au lieu de bien se reposer pour être frais et dispos le lendemain. C'est comme les gamines, elles s'en donnent déjà bien assez toute la journée sans avoir besoin de s'essouffler derrière toi.

– De quoi vous plaignez-vous ? répliquait le cerf. Il doit vous suffire que je fasse mon travail convenablement. Pour les petites, je leur apprends à courir et à sauter. Depuis que je suis ici, elles courent déjà bien plus vite. N'est-ce rien ? et y a-t-il dans la vie quelque chose qui soit plus utile que de bien courir ?»

Mais toutes ces bonnes raisons ne contentaient pas les parents qui continuaient à grommeler en haussant les épaules. Le cerf ne les aimait guère et, sans la crainte de peiner les deux petites, il se fût laissé aller plus d'une fois à montrer ses vrais sentiments. Les amis qu'il s'était faits parmi les bêtes de la ferme l'aidaient aussi à prendre patience. Il y avait un canard bleu et vert avec lequel il s'entendait très bien et qu'il installait parfois entre ses cornes pour lui faire voir le monde d'un peu haut. Il aimait également beaucoup le cochon qui lui rappelait un sanglier de ses amis.

Le soir, à l'écurie, il avait de longues conversations avec le bœuf. Ils se racontaient leurs vies. Celle du bœuf était bien monotone et l'arrivée du cerf à la ferme en avait été le plus grand événement. Il en convenait lui-même et, au lieu de raconter, préférait écouter son ami. Celui-ci parlait des bois, des clairières, des étangs, des nuits passées à poursuivre la lune, des bains de rosée et des habitants de la forêt.

«N'avoir pas de maître, pas d'obligations, pas d'heure, mais courir à sa fantaisie, jouer avec les lapins, parler au coucou et au sanglier qui passe...

– Je ne dis pas, répondait le bœuf, mais l'écurie n'est pas méprisable non plus. La forêt, je verrais ça plutôt pour des vacances, à la belle saison. Tu diras ce que tu voudras, mais en hiver ou par les grandes pluies, les bois ne sont guère agréables, au lieu qu'ici, je suis à l'abri, les sabots au sec, une botte de paille fraîche pour me coucher et du foin dans mon râtelier. Ce n'est quand même pas rien.»

Mais tandis qu'il parlait ainsi, le bœuf songeait avec envie à cette vie de sous-bois qu'il ne connaîtrait jamais. Dans la journée, en labourant sur le milieu de la plaine, il lui arrivait de regarder la forêt en poussant, comme le cerf, un soupir de regret. La nuit même, il rêvait parfois qu'il jouait avec des lapins au milieu d'une clairière ou qu'il grimpait à un arbre derrière un écureuil.

Le dimanche, le cerf quittait l'écurie dès le matin et s'en allait passer la journée en forêt. Le soir, il rentrait avec des yeux brillants et parlait longuement des rencontres qu'il avait faites, des amis retrouvés, des courses et des jeux, mais le lendemain il était triste et ne desserrait pas les dents, sauf pour se plaindre de la vie ennuyeuse qu'il menait à la ferme. Plusieurs fois, il avait demandé la permission d'emmener le bœuf, mais les parents s'étaient presque fâchés.

«Emmener le bœuf! pour aller traîner par les bois! Laisse le bœuf en paix.»

Le pauvre bœuf voyait partir son compagnon avec envie et passait un triste dimanche à rêver des bois et des étangs. Il en voulait aux parents de le tenir serré comme un jeune veau, lui qui avait cinq ans déjà. Delphine et Marinette n'eurent jamais non plus la permission d'accompagner le cerf, mais un dimanche après-midi, sous prétexte d'aller cueillir le muguet, elles le rejoignirent dans un endroit de la forêt où ils s'étaient donné rendez-vous. Il les fit monter sur son dos et les promena au travers des bois. Delphine était solidement accrochée à ses cornes et Marinette tenait sa sœur par la ceinture. Il disait les noms des arbres, montrait des nids, des terriers de lapins ou de renards. Parfois, une pie ou un coucou venait se poser sur ses cornes et lui racontait les nouvelles de la semaine. Au bord d'un étang, il s'arrêta un moment pour causer avec une vieille carpe âgée de plus de cinquante ans, qui bâillait le nez hors de l'eau. Comme il lui présentait les petites, elle répondit aimablement:

«Oh! tu n'as pas besoin de me dire qui elles sont. J'ai connu leur mère quand elle était une petite fille, je parle d'il y a vingt-cinq ou trente ans, et en les voyant, je crois la retrouver telle qu'elle était. C'est égal, je suis bien contente d'apprendre qu'elles s'appellent Delphine et Marinette. Elles paraissent bien polies, bien convenables. Il faudra revenir me voir, petites.

– Oh! oui, madame», promirent les petites.

En quittant l'étang, le cerf emmena Delphine et Marinette dans une clairière et leur demanda de mettre pied à terre. Puis, avisant un trou à peine plus gros que le poing au pied d'un talus couvert de mousse, il en approcha son museau et par trois fois, fit entendre un léger cri. Comme il se reculait de quelques pas, les petites virent la tête d'un lapin s'avancer au bord du trou:

«Ne crains rien, dit le cerf. Les petites que tu vois là sont mes amies.»

Rassuré, le lapin sortit de son terrier et deux autres lapins sortirent derrière lui. Delphine et Marinette les intimidaient encore un peu et ils furent un moment avant de se laisser caresser. Enfin, ils se mirent à jouer avec elles et à poser des questions. Ils voulaient savoir où était le terrier des petites, quelles sortes d'herbes elles préféraient, si elles étaient nées avec leurs habits ou s'ils leur étaient poussés plus tard. Elles étaient souvent embarrassées de répondre. Delphine ôta son tablier pour montrer qu'il ne tenait pas à sa peau et Marinette se déchaussa d'un pied. Pensant qu'elles devaient se faire très mal, ils fermaient les yeux pour ne pas voir. Lorsqu'ils eurent enfin compris ce qu'étaient des habits, l'un d'eux fit observer : « C'est amusant, bien sûr, mais je ne vois pas l'avantage. Vos habits, vous devez les perdre ou oublier de les mettre. Pourquoi ne pas avoir du poil comme tout le monde ? C'est tellement plus commode. »

Les petites étaient en train de leur apprendre un jeu, lorsque les trois lapins, d'un même mouvement, coururent jusqu'à l'entrée de leur terrier en criant :

« Un chien ! sauvez-vous ! voilà un chien ! »

En effet, à l'entrée de la clairière, un chien sortait d'un taillis.

« N'ayez pas peur, dit-il, je suis Pataud. En passant près d'ici, j'ai reconnu le rire des petites et je suis venu vous dire bonjour. »

Le cerf et les petites s'avancèrent à sa rencontre, mais rien ne put décider les lapins à quitter l'entrée du terrier. Le chien demanda au cerf à quoi il avait occupé son temps depuis le jour de la poursuite et il fut très content d'apprendre qu'il travaillait à la ferme.

« Tu ne pouvais pas agir plus sagement et je voudrais être sûr que tu auras assez de raison pour y rester toujours.

– Toujours ? protesta le cerf. Non, ce n'est pas possible. Si tu savais comme le travail est ennuyeux et comme la plaine est triste par ces grands soleils, alors qu'il fait si frais et si doux dans nos bois.

– Les bois n'ont jamais été moins sûrs, repartit le chien. On chasse presque tous les jours.

– Tu veux me faire peur, mais je sais bien qu'il n'y a presque rien à craindre.

– Je veux te faire peur, oui, pauvre cerf. Hier encore, nous avons tué un sanglier. Mais tu le connais probablement. C'était ce vieux sanglier qui avait une défense cassée.

– C'était mon meilleur ami ! » gémit le cerf qui se mit à verser des larmes.

Les petites regardaient le chien avec un air de reproche et Marinette demanda :

« Ce n'est pas vous qui l'avez tué, dites ?

– Non, mais j'étais avec les chiens qui l'ont forcé. Il fallait bien. Ah ! quel métier ! depuis que je vous connais, je ne peux pas dire combien il m'est pénible. Si je pouvais, moi aussi, quitter la forêt pour aller travailler dans une ferme...

– Justement, nos parents ont besoin d'un chien, dit Delphine. Venez à la maison.

– Je ne peux pas, soupira Pataud. Quand on a un métier, il faut bien qu'on le fasse. C'est ce qui compte d'abord. D'un autre côté, je ne voudrais pas non plus abandonner des compagnons de meute avec lesquels j'ai toujours vécu. Tant pis pour moi. Mais j'aurais moins de peine à vous quitter si notre ami voulait me promettre de rester à la ferme. »

Avec l'aide des petites, il pressa le cerf de renoncer pour toujours à la vie des bois. Le cerf hésitait à répondre et regardait les trois lapins cabrioler autour de leur terrier. L'un d'eux s'était arrêté et l'appelait dans leur jeu. Alors, il fit signe aux petites qu'il ne pouvait rien promettre.

Le lendemain, le cerf était attelé avec le bœuf dans la cour de la ferme et rêvait aux arbres et aux bêtes de la forêt. Distrait, il n'entendit pas l'ordre de se mettre en route et resta sur place. Le bœuf avait eu un mouvement en avant, mais sentant résister son compagnon, il attendit sans bouger.

« Allons, hue ! dirent les parents. C'est encore cette sale bête ! »

Et comme le cerf, toujours distrait, demeurait immobile, ils lui donnèrent un coup de bâton. Il eut alors un sursaut de colère et s'écria :

« Dételez-moi tout de suite ! Je ne suis plus à votre service.

– Marche ! tu bavarderas une autre fois. »

Comme il refusait de tirer la voiture, les parents lui donnèrent encore deux coups de bâton, et, sur nouveau refus, trois coups. Enfin, il se décida et les parents triomphèrent. En arrivant au champ où ils devaient planter des pommes de terre, ils déchargèrent le sac de semences et, dételant les bêtes, les mirent à paître sur le bord du chemin. La leçon des coups de bâton semblait avoir été profitable, car le cerf se montrait docile. Mais les parents avaient à peine commencé de planter qu'il disait au bœuf :

« Cette fois, je pars et pour toujours. N'essaie pas de me retenir, tu perdrais ton temps.

– Bon, fit le bœuf. Alors, je pars aussi. Tu m'as tant parlé de la vie des bois que j'ai hâte de la connaître. Décampons. »

Pendant que les parents tournaient le dos, ils gagnèrent un rideau de pommiers en fleur et de là, un chemin creux qui les conduisit droit aux bois. Tout heureux, le bœuf trottait en dansant et en chantonnant une chanson que lui avaient apprise les petites. Sa nouvelle vie lui semblait aussi belle qu'il avait pu l'imaginer depuis l'écurie. À peine entré dans la forêt, il commençait à déchanter. Il avait du mal à suivre le cerf à travers les taillis. Sa carrure le gênait beaucoup et ses longues cornes, plantées horizontalement, l'arrêtaient à chaque instant. Il songeait avec inquiétude qu'il ne pourrait jamais, en cas de danger, prendre sa course à travers les bois. Cependant, le cerf s'engageait sur un terrain marécageux où il marchait si légèrement qu'on y voyait à peine la trace de ses pieds. Le bœuf n'y avait pas fait trois pas qu'il enfonçait jusqu'aux genoux. Lorsque après bien des efforts, il se fut tiré de là, il dit à son compagnon :

«Décidément, la forêt ne me convient pas. Il vaut mieux pour moi ne pas m'entêter et pour toi aussi. Je retourne sur la plaine.»

Le cerf n'essaya pas de le retenir et l'accompagna jusqu'au bord de la forêt. Très loin, il aperçut les petites qui faisaient deux tâches blondes dans la cour de la ferme et dit en les montrant au bœuf :

«Je n'aurais peut-être jamais eu le courage de les quitter si leurs parents ne m'avaient pas frappé. Elles et toi et toutes les bêtes de là-bas, vous allez bien me manquer...»

Après de longs adieux, ils se séparèrent et le bœuf regagna son champ de pommes de terre.

En apprenant la fuite du cerf, les parents regrettèrent les coups de bâton. Il leur fallut acheter un autre bœuf qui leur coûta les yeux de la tête, mais c'était bien fait.

Les petites ne voulaient pas croire que leur ami le cerf fût parti pour toujours.

«Il reviendra, disaient-elles, il ne pourra pas toujours se passer de nous.»

Mais les semaines passèrent et le cerf ne revenait pas. Elles soupiraient en regardant du côté des bois :

«Il nous a oubliées. Il joue avec les lapins et les écureuils et il nous a oubliées.»

Un matin qu'elles écossaient des petits pois sur le seuil de la maison, le chien Pataud entra dans la cour. Il portait la tête basse et dit en arrivant auprès d'elles :

«J'ai une mauvaise nouvelle à vous apprendre.

– Le cerf! crièrent les petites.

– Oui, le cerf. Mon maître l'a tué hier après-midi. Pourtant, j'ai fait tout ce que j'ai pu pour entraîner la meute sur une fausse piste. Mais Ravageur se méfiait de moi. Quand je suis arrivé près du cerf, il respirait encore et il m'a reconnu. Avec ses dents, il a cueilli une petite marguerite et il me l'a donnée pour vous. « Pour les petites », il m'a dit. Tenez, la voilà, passée dans mon collier. Prenez-la. »

Les petites pleuraient dans leurs tabliers et le canard bleu et vert pleurait aussi. Au bout d'un moment, le chien reprit :

« Et maintenant, je ne veux plus entendre parler de la chasse. C'est fini. Je voulais vous demander si vos parents avaient toujours envie d'un chien.

– Oui, répondit Marinette. Ils en parlaient encore tout à l'heure. Ah ! je suis bien contente ! Tu vas rester avec nous ! »

Et les petites et le canard souriaient au chien qui balançait sa queue avec amitié.

LES CYGNES

*L*es parents partirent pour la ville de très bon matin et dirent aux
deux petites en quittant la ferme :
« Nous ne rentrerons qu'à la nuit. Soyez sages et, surtout, ne vous
éloignez pas de la maison. Jouez dans la cour, jouez dans le pré,
dans le jardin, mais ne traversez pas la route. Ah ! si jamais vous traversez la route, gare à vous quand nous rentrerons ! »
En disant ces derniers mots, les parents regardèrent les petites avec
des yeux terribles.
« Soyez tranquilles, répondirent Delphine et Marinette, on ne traver-
sera pas la route.
– Nous verrons, grommelèrent les parents, nous verrons. »
Là-dessus, ils s'éloignèrent à grands pas, non sans avoir lancé à
leurs filles un regard sévère et soupçonneux. Les petites en avaient
le cœur serré, mais, après avoir joué un moment dans la cour, elles
n'y pensaient presque plus. Vers 9 heures du matin, elles se trouvaient par hasard au bord de la route et ni l'une ni l'autre n'avaient
envie de traverser, lorsque Marinette aperçut de l'autre côté une
petite chevrette blanche qui marchait dans les champs. Delphine
n'eut pas le temps de retenir sa sœur qui avait franchi la route en
trois enjambées et courait déjà vers la chevrette.
« Bonjour, dit Marinette.
– Bonjour, bonjour, fit la chevrette sans s'arrêter.
– Comme tu marches vite ! Où vas-tu ?
– Je vais au rendez-vous des enfants perdus. Je n'ai pas le temps de
m'amuser. »
La chevrette blanche entra dans un champ de grand blé qui se
referma sur elle. Marinette et sa sœur, qui venait de la rejoindre, en
restèrent tout interdites. Elles se préparaient à regagner la route,

---

Première publication dans Candide, *4 janvier 1939. Repris une première fois en album
au format cahier d'écolier illustré par Nathalie Parain, Gallimard, 1939 ; puis dans
l'édition de la collection « Blanche » de 1964.*

mais elles virent apparaître à cinquante mètres de là deux canetons portant encore leur duvet jaune et qui semblaient très pressés. «Bonjour, canetons», dirent les petites en arrivant auprès d'eux. Les deux canetons s'arrêtèrent et posèrent le ventre par terre. Ils n'étaient pas fâchés de se reposer. «Bonjour, petites, dit l'un d'eux. Belle journée, n'est-ce pas? mais quelle chaleur! Mon frère est déjà bien fatigué.

– En effet. Vous venez donc de très loin?

– Je crois bien! Et nous allons plus loin encore.

– Mais où allez-vous?

– Nous allons au rendez-vous des enfants perdus. Et maintenant que nous voilà reposés, en route! Il ne s'agit pas d'arriver en retard.»

Delphine et Marinette voulaient des explications, mais les deux canetons filaient sans entendre et entraient dans le champ de blé. Elles avaient grande envie de les suivre et furent un moment hésitantes, mais elles songèrent aux parents et à l'interdiction de traverser la route. À vrai dire, il était bien tard pour s'en souvenir, car la route était déjà loin. Comme elles se décidaient à rentrer, Delphine montra à sa sœur une tache blanche qui bougeait sur le pré en bordure de la forêt. Il fallait bien aller voir de près. Elles se trouvèrent en face d'un petit chien blanc, très jeune, gros comme la moitié d'un chat et qui marchait dans l'herbe aussi vite qu'il pouvait. Mais ses pattes n'étaient pas encore bien fermes et il trébuchait presque à chaque pas. Il s'arrêta et répondit aux petites qui l'interrogeaient: «Je vais au rendez-vous des enfants perdus, mais j'ai bien peur de ne pas être à l'heure. Vous pensez! Il faut arriver avant midi, et moi, sur mes petites pattes, je ne fais pas beaucoup de chemin et je suis vite fatigué.

– Et qu'est-ce que tu vas faire à ce rendez-vous des enfants perdus?

– Je vais vous expliquer. Quand on n'a plus de parents, comme moi, on va au rendez-vous des enfants perdus pour essayer de trouver une famille. Tenez, on me parlait hier d'un jeune chien qui a été adopté par un renard au rendez-vous de l'année dernière. Mais comme je vous le disais, j'ai bien peur d'être en retard.»

Apercevant une libellule, le petit chien blanc se dressa brusquement sur ses pattes, se mit à sauter et à aboyer, fit trois tours sur lui-même, se roula dans l'herbe et finit par se coucher, essoufflé et la langue pendante.

«Vous voyez, dit-il après avoir repris son souffle, je viens encore de m'amuser. C'est plus fort que moi, je ne peux pas m'en empêcher. Vous comprenez, je suis petit. Alors, je m'amuse presque à chaque

pas, sans même le faire exprès. Ce n'est pas pour m'avancer. Ah!
vraiment, je n'ai pas beaucoup d'espoir d'arriver. Autant dire que je
n'y compte pas. Si j'avais de grandes jambes comme les vôtres, bien
sûr…»

Le petit chien blanc paraissait tout triste. Delphine et Marinette se
regardaient et regardaient aussi la route qui était maintenant très
loin derrière elles.

«Petit chien, dit enfin Delphine, si je te portais jusqu'au rendez-vous
des enfants perdus, crois-tu que tu arriverais assez tôt?

– Oh! oui, dit le petit chien blanc, vous pensez, avec vos grandes
jambes!

– Alors, partons tout de suite. En marchant bien, nous serons vite
revenues. Et où est-il, ton rendez-vous?

– Je ne sais pas, je n'y suis jamais allé. Mais vous voyez cette pie qui
vole devant nous, là-bas? c'est elle qui me montre le chemin. Vous
pouvez la suivre sans crainte. Elle nous conduira juste à l'endroit.»

Delphine et Marinette se mirent en route, chacune à son tour portant le petit chien blanc. La pie volait devant elles, se posant parfois
bien en vue au milieu d'un pré ou d'un sentier, et reprenant son vol
pour se poser plus loin. Le petit chien blanc s'était endormi dès le
départ dans les bras de Delphine. Il ne s'éveilla que deux heures
plus tard, comme on arrivait au bord d'un grand étang. La pie vint
se poser sur l'épaule de Marinette et dit aux deux petites:

«Mettez-vous là, près des roseaux, et attendez qu'on vienne vous
chercher. Allons, bonne chance et adieu.»

La pie envolée, les petites regardèrent autour d'elles et virent
qu'elles n'étaient pas seules. Sur la rive, des groupes de jeunes animaux étaient assis dans l'herbe et il en arrivait à chaque instant. Il
y avait des agneaux, des chevreaux, des marcassins, des chatons,
des poussins, des canetons, des roquetons, des lapins et bien
d'autres espèces. Fatiguées par leur longue marche, les petites
s'étaient assises à leur tour et Delphine commençait à somnoler,
lorsque Marinette s'écria:

«Regarde là-bas, les cygnes!»

Delphine ouvrit les yeux et vit, à travers les roseaux, deux grands
cygnes nager sur l'étang vers une île où abordaient d'autres cygnes
et chacun portait sur son dos un lapin. Plus loin, deux autres cygnes
tiraient un radeau fait de branches et de roseaux, sur lequel était
assis un jeune veau qui poussait des cris de frayeur. Et sur toute la
surface de l'étang, c'était un continuel va-et-vient des grands
oiseaux blancs. Les petites ne se lassaient pas d'admirer. Tout à

coup, auprès du buisson où elles étaient assises, un cygne sortit des roseaux et vint droit sur elles. Il eut un regard sévère et demanda d'une voix sèche :

«Enfants perdus?

– Oui», répondit Marinette en montrant le petit chien blanc couché sur ses genoux.

Tournant la tête, le cygne fit entendre un long sifflement et presque aussitôt s'avancèrent deux autres cygnes qui tiraient un radeau.

«Montez, commanda celui qui semblait avoir pour mission de surveiller les embarquements.

– Attendez, protesta Delphine, il faut que je vous explique...

– Je n'ai pas d'explications à entendre, coupa le cygne. Vous vous expliquerez dans l'île, si vous voulez. Allons, vite.

– Laissez-moi vous dire...

– Silence!»

Le cygne, l'œil méchant, allongeait déjà son grand cou, et son bec menaçait les mollets des petites.

«Allons, dit l'un des cygnes attelés au radeau, soyez raisonnables. Nous n'avons plus de temps à perdre ici.»

Effrayées, les petites n'osèrent pas résister davantage et montèrent sur le radeau. Les deux cygnes partirent aussitôt et, gagnant le milieu de l'étang, nagèrent en direction de l'île. La promenade était agréable et les deux enfants ne regrettaient guère le rivage. On rencontra des cygnes qui revenaient de l'île où ils avaient sans doute déposé des passagers. D'autres, légèrement chargés d'un chaton ou d'un marcassin en bas âge, dépassèrent l'attelage et eurent bientôt abordé. Le petit chien blanc était si content de naviguer qu'il faillit plusieurs fois sauter hors des bras de Marinette pour aller jouer avec l'eau.

La traversée dura un peu plus d'un quart d'heure. Au débarqué, un cygne vint prendre livraison des deux sœurs et du petit chien et les conduisit à l'ombre d'un bouleau d'où il leur défendit de s'éloigner sans sa permission. Delphine et Marinette reconnurent, dans le troupeau des jeunes bêtes qui les entouraient, la chevrette et les deux canetons, sans compter quelques autres aperçues tout à l'heure sur le rivage de l'étang. Marinette compta une quarantaine d'orphelins, de tout poil et de toute plume, et, à chaque instant, le cygne en amenait de nouveaux. Ils songeaient à la famille qu'ils allaient trouver bientôt et l'émotion les rendait silencieux.

À l'autre bout de l'île était massé un autre troupeau. Une ligne de buissons empêchait de les bien voir, mais l'on pouvait distinguer qu'il n'y avait là que des animaux d'un âge mûr. Ils semblaient assez bavards et le bruit de leurs voix parvenait aux petites.

Au bout d'un quart d'heure d'attente, Delphine avisa un vieux cygne occupé à faire les cent pas devant les orphelins qu'il était sans doute chargé de surveiller. Il marchait en dodelinant de la tête avec un air de bonté. Voyant Delphine faire un geste d'appel, il s'avança et dit aimablement :

«Bonjour, mes enfants. Il fait une jolie journée de printemps, n'est-ce pas ?... Plaît-il ? Je suis un peu dur d'oreille, vous savez.

– Je voulais vous dire que, ma sœur et moi, nous voulons rentrer chez nous.

– Oui, merci, je me porte assez bien pour mon âge, répondit le vieux cygne qui entendait vraiment mal.

– Nous avons besoin de rentrer chez nous, fit Delphine en haussant la voix.

– En effet, il commence à faire bien chaud. »

Alors, Delphine se porta tout contre l'oreille du vieux cygne et cria de tous ses poumons:
«Nous n'avons pas le temps d'attendre! Il nous faut rentrer à la maison.»
Elle n'avait pas fini de crier qu'un cygne, celui-là même qui les avait embarquées sur le radeau, surgissait d'un buisson en vociférant:
«Encore ces gamines! On n'entend plus qu'elles, ma parole! Je commence à en avoir assez!
– Ma sœur était en train d'expliquer... commença Marinette.
– Silence! mal élevée, ou je vous donne à manger aux poissons de l'étang! À vos places, toutes les deux!»
Sur ces mots, le cygne s'éloigna, se retournant de temps à autre pour leur jeter un regard furieux. Les petites renoncèrent à se faire écouter et, fatiguées par la chaleur, s'endormirent au pied du bouleau.
En s'éveillant, elles furent bien étonnées. À quelques pas et tournant le dos au troupeau des orphelins, une demi-douzaine de cygnes, trois du côté droit, trois du côté gauche, étaient assis sur un monticule qui formait une sorte d'estrade. Devant eux, se trouvaient rangés en bon ordre tous les animaux qui bavardaient tout à l'heure à l'autre bout de l'île: des cochons, des lapins, des canards, des sangliers, des cerfs, des moutons, des chèvres, des renards, une cigogne et même une tortue. Tout ce monde regardait vers l'estrade et semblait attendre quelqu'un. Bientôt, un septième cygne vint prendre place au milieu de ses frères et dit, après avoir salué d'une révérence l'assemblée des bêtes:
«Mes chers amis, voici revenu notre rendez-vous des enfants perdus. Je vous remercie de ne pas l'avoir oublié et je vous demande de choisir selon votre cœur, mais aussi selon vos moyens. La séance est ouverte.»
Le premier orphelin qui monta sur l'estrade était un agneau qui fut aussitôt adopté par un gros mouton de l'assemblée. Suivit un marcassin qu'une famille de sangliers réclama, et le défilé des orphelins continua ainsi sans incident jusqu'au moment où un vieux renard prétendit adopter les deux canetons que les petites avaient rencontrés dans la matinée.
«Ils ne pourraient trouver meilleur père que moi, affirma-t-il, et vous pouvez compter que j'en aurai le plus grand soin.»
Le cygne qui avait ouvert la séance consulta ses frères à voix basse et lui répondit:
«Renard, je ne veux pas douter de tes intentions à l'égard de ces orphelins. Je suis même persuadé que tu en auras le plus grand

soin, mais je crains que leur bonheur soit de courte durée. Deux canetons seraient pour un renard une bien grande tentation.

– Dites tout de suite que je veux les manger ! s'écria le renard. C'est tout de même malheureux.

– Voyons, il faut être un peu raisonnable.

– Non, je suis indigné ! Honnêtement, gentiment, je propose d'adopter deux pauvres orphelins et on en profite aussitôt pour me prêter les pires intentions ! Je dis que c'est une injustice, une insulte ! J'en appelle à toutes les bêtes ici présentes !

– En voilà assez, fit le cygne. Quand les deux canetons sont montés ici, nous avons fort bien vu de quel œil tu les as regardés et de quel air tu t'es passé la langue sur les babines. Réserve ta tendresse et ton dévouement pour des renardeaux orphelins. Nous en avons encore trois. En tout cas, tu n'auras pas les canetons. »

Il y eut dans l'assemblée un murmure de satisfaction et le renard n'osa plus rien dire. Les canetons furent confiés à une excellente cane qui en avait déjà recueilli quatre. D'autres orphelins furent présentés et le tour du petit chien blanc arriva. Un ménage de bouledogues l'adopta sans hésiter. Avant d'aller rejoindre sa nouvelle famille, il se retourna et fit un geste d'adieu aux deux petites qui restèrent seules au pied du bouleau.

«Et maintenant, dit le cygne, il ne reste plus que deux enfants perdus. Ce sont deux fillettes.»

Tandis qu'un mouvement de curiosité se produisait parmi les bêtes, on entendit des éclats de voix d'un autre côté. Delphine et Marinette, poussées vers l'estrade par deux cygnes, se débattaient en protestant de toutes leurs forces. Les deux gardes criaient plus fort qu'elles en les menaçant de les mordre aux mollets si elles n'étaient pas plus dociles.

«Voilà bien du tapage! s'écria le cygne de l'estrade en tournant la tête. Comment! Ce sont ces deux gamines! On m'avait bien dit qu'elles étaient insupportables, mais j'étais loin d'imaginer une pareille conduite. Allons, avancez ici, mauvaises têtes!»

Les petites durent monter sur l'estrade où on les fit asseoir l'une à la droite, l'autre à la gauche du cygne.

«Vous voilà pourtant un peu plus sages, leur dit-il. Je vous assure qu'il était grand temps!

– Écoutez, dit Delphine, vous vous êtes trompés. Il faut pourtant que je vous dise...

– Silence! N'avez-vous pas honte, insolente que vous êtes?

– Mais enfin, s'écria Marinette, laissez-nous parler! Vous êtes embêtant avec votre "silence"! J'en ai assez, moi!»

À ces mots, tous les cygnes de l'estrade, scandalisés, se levèrent d'un seul mouvement et leur attitude était si menaçante que les petites, effrayées, se cachèrent la tête dans leur tablier. Il y eut un moment de silence, et le cygne dit, en s'adressant à l'assemblée:

«C'est bien la première fois qu'un pareil scandale se produit au rendez-vous des enfants perdus, et j'ose à peine en croire mes oreilles. Vous avez pu vous rendre compte que ces deux fillettes sont très mal élevées. Puissiez-vous l'oublier un instant et n'écouter que votre bon cœur. Après tout, ce sont des enfants et l'émotion est peut-être pour quelque chose dans leur mauvaise conduite. Je veux croire qu'il suffira, pour les remettre dans le bon chemin de la fermeté de parents attentifs et affectueux. Voyons, qui d'entre vous s'en chargera?»

Les petites avaient relevé la tête et regardaient l'assemblée, mais les bêtes n'étaient guère empressées à répondre. Elles se consultaient à voix basse en hochant la tête et il était à prévoir que nul ne répondrait à l'appel du cygne.

Delphine et Marinette en étaient bien aises, car, si personne ne se décidait à les adopter, il faudrait bien leur rendre la liberté. Au dernier rang, elles aperçurent le petit chien blanc endormi au milieu de sa nouvelle famille, et c'était une chance, pensaient-elles, qu'il se fût endormi, sans quoi il n'aurait pas manqué de prier ses parents bouledogues d'adopter ses amies.

«Personne ne se décidera-t-il à les prendre? demanda le cygne. On ne peut pourtant pas laisser deux fillettes sans famille. Renard, toi qui étais si empressé à prendre les deux canetons, ne feras-tu rien pour ces enfants-là?

– Je ne demanderais pas mieux, dit le renard, mais, voyez-vous, je suis trop bon, beaucoup trop bon. Je n'aurais jamais assez de fermeté pour élever comme il faut deux fillettes aussi turbulentes. Non, vraiment, je ne peux pas les prendre. J'en suis fâché, mais c'est pour leur bien.»

Le cygne s'adressa ensuite à un cerf qui venait d'adopter un faon.

«J'ai bien pensé à les prendre, répondit le cerf, mais ce serait une folie. Réfléchissez que je vis toujours courant sous la menace des hommes, des chiens, des fusils. Non, non, ce ne serait pas sage. Je le regrette. Elles sont bien jolies.»

Le cygne sollicita d'autres bêtes, mais aucune ne voulait se charger des petites. Comme un sanglier venait à son tour de s'excuser, une tortue qui se trouvait au premier rang de l'assemblée, allongea le cou hors de sa carapace et dit posément:

«Puisque personne n'en veut, moi je les prends.»

Cette offre surprenante provoqua de grands éclats de rire parmi les bêtes. Les petites elles-mêmes ne purent s'empêcher de sourire à l'idée qu'elles pourraient devenir les filles d'une tortue. Après avoir fait taire les rieurs, le cygne remercia aimablement la tortue, la complimenta sur sa générosité, et, avec toutes les précautions qu'il fallait pour ne pas la froisser, lui fit entendre qu'elle était trop petite pour gouverner d'aussi grandes filles et qu'elle marchait trop lentement. La tortue n'objecta rien, mais rentra la tête sous sa carapace d'une manière qui fit bien voir qu'elle était vexée. Nulle voix ne s'élevant dans l'assemblée pour réclamer les petites, le cygne prit le parti d'aller consulter ses frères à voix basse. Delphine et Marinette, qui se voyaient déjà libres, s'amusaient de son embarras. Il revint prendre sa place et déclara à haute voix:

«Mes frères et moi avons décidé d'adopter les deux fillettes. Ce ne sera pas trop de tous nos efforts et de toute notre sévérité pour discipliner ces enfants mal élevées et insupportables. L'an prochain, quand vous reviendrez au rendez-vous des enfants perdus, je crois que vous serez surpris des progrès qu'elles auront faits.»

Les petites s'étaient levées pour tenter encore une fois d'expliquer leur aventure, mais sans leur en laisser le temps on les fit descendre de l'estrade et on les conduisit dans un coin de l'île, où elles furent laissées à la garde du vieux cygne sourd. De loin, elles purent assister au départ des bêtes et à leur traversée de l'étang.

«Quand la traversée sera finie, disait Delphine à sa sœur pour la rassurer, les cygnes reviendront dans l'île et il faudra bien qu'ils nous écoutent. Ils ne pourront pas toujours nous empêcher de parler.

– En attendant, répondait Marinette, l'heure passe. Nos parents vont bientôt se mettre en route et s'ils arrivent à la maison avant nous... Eux qui nous avaient défendu de traverser la route! Ah! j'aime mieux ne pas y penser!»

Vers 4 heures, toutes les bêtes avaient regagné les bords de l'étang, mais les cygnes ne semblaient pas décidés au retour. Ils restaient occupés au loin à pêcher des poissons et l'île était déserte. Delphine et Marinette étaient de plus en plus inquiètes et leur mine s'allongeait. Les voyant tristes, le vieux cygne essayait de les réconforter.

«Vous n'imaginez pas combien je suis heureux de vous avoir là, disait-il. Je sens déjà que je ne pourrais plus me passer de vous. Aujourd'hui, ce n'est pas très gai. On vous a laissées dans l'île pour vous reposer, mais demain vous apprendrez à nager, à prendre des poissons. Vous verrez comme la vie est agréable ici. Mais, j'y pense, vous avez peut-être faim?»

En effet, les petites avaient très faim. Il les pria de patienter et, s'étant absenté quelques instants, revint avec un poisson dans son bec.

«Tenez, dit-il en le posant devant elles, mangez-le vite pendant qu'il est bien vif et bien frétillant. Je vais vous en chercher d'autres.»

Les petites reculèrent en secouant la tête et Marinette, prenant le poisson, alla le remettre dans l'étang. Le vieux cygne en était ébahi.

«Comment peut-on ne pas aimer le poisson? dit-il. C'est si bon de sentir un poisson qui vous frétille dans le gosier. En tout cas, il va falloir aviser à vous donner une autre nourriture. Je me demande…»

Mais les petites étaient si inquiètes qu'elles ne pensaient plus à leur faim. Bientôt elles virent, à l'autre bout de l'étang, le soleil descendre au ras de la forêt. Il devait être au moins 6 heures du soir et les parents étaient peut-être en route. Effrayées, Delphine et Marinette se mirent à pleurer. En voyant les larmes, le vieux cygne, perdant la tête, se mit à tourner en rond devant elles.

«Qu'avez-vous? mais qu'est-ce qui se passe? Ah! quel malheur d'être vieux et de ne plus entendre! Deux enfants si jolies! Mais j'ai une idée. Suivez-moi. Quand je suis sur l'eau, j'entends tout ce qu'on me dit.»

Le vieux cygne se posa sur l'étang et, tandis qu'il tenait son bec enfoncé dans l'eau, Delphine lui conta comment, avec Marinette, elle avait traversé la route malgré la défense des parents, et ce qui en était advenu. Quand elle eut tout dit, il se mit à nager vers le milieu de l'étang en sifflant du plus fort qu'il pouvait. Aussitôt, les cygnes qui pêchaient alentour vinrent se ranger en demi-cercle devant lui.

«Misérables garnements! leur cria le vieux cygne tout tremblant de colère. Je ne sais pas ce qui me retient de vous chasser tous de cet étang! Vous êtes la honte de la tribu! Voilà deux fillettes qui ont eu la bonté d'apporter jusqu'ici un petit chien blanc orphelin et vous les récompensez en les retenant prisonnières! Et vous leur défendez d'ouvrir la bouche pour vous faire comprendre votre sottise!»

Les cygnes n'en menaient pas large et baissaient la tête.

«Si jamais les petites sont grondées par leurs parents, prononça le vieux cygne en les entraînant vers l'île, malheur à vous!»

En arrivant auprès des petites, il commanda :

«Demandez pardon à plein cou!»

Montant sur le rivage, les cygnes se couchèrent devant les petites et, d'un même mouvement, posèrent leurs longs cous à plat sur le sol. Delphine et Marinette en étaient confuses.

«Et maintenant, préparez-moi l'attelage à cinq et que pas une minute ne soit perdue! Nous conduirons les deux enfants par le bief jusqu'à la rivière et nous remonterons la rivière jusqu'au point le plus proche de la route. Bien entendu, nous les accompagnerons jusque chez elles. Allons, pressez-vous, fainéants!»

Les cygnes se mirent à courir et eurent bientôt préparé l'attelage. Delphine et Marinette montèrent sur un radeau tiré par cinq cygnes attelés en file et précédés de six autres, chargés de faire le passage et de détourner les branches qui auraient pu retarder l'embarcation. Le vieux cygne nageait auprès du radeau et avait l'œil à tout. Au moment de passer dans le bief, ses compagnons, inquiets des fatigues qu'il aurait à supporter, voulurent l'empêcher de s'y engager avec eux. À son âge, disaient-ils, un voyage aussi long était trop dangereux. Delphine et Marinette le priaient aussi de regagner l'île.

«Ne soyez pas en peine, répondait-il. La vie d'un vieux cygne ne compte pas, quand il faut empêcher que deux petites soient grondées. Allons, vite, pressons-nous! La nuit sera bientôt là.»

En effet, le soleil avait disparu et le soir descendait déjà sur l'étang. Porté par le courant, l'attelage fila rapidement sur le bief. Les cinq cygnes ne ménageaient pas leur peine. Le vieux cygne s'essoufflait à les suivre, mais s'ils faisaient mine de ralentir, il leur criait aussitôt:

«Plus vite! tas de lambins, ou nos petites vont être grondées!»

La nuit était déjà faite lorsque l'attelage arriva à la rivière. Il fallait lutter contre un fort courant et l'obscurité gênait les voyageurs. Heureusement, la lune se leva bientôt et permit de se diriger plus facilement. Enfin, le vieux cygne donna l'ordre de débarquer. Voyant qu'il était très fatigué, Delphine et Marinette le pressèrent de se reposer, mais il ne voulut rien entendre et les conduisit d'abord à la route.

«Ne perdons pas de temps, j'ai peur que nous ne soyons en retard, dit-il. Ah! oui, bien peur.»

En arrivant sur la route avec le blanc troupeau qui leur faisait escorte, les petites faillirent pousser un cri. À cent mètres devant elles et leur tournant le dos, les parents marchaient vers la maison. Ils portaient chacun un panier.

Le vieux cygne avait compris. Il fit aussitôt passer les deux petites de l'autre côté de la route que bordait une haie et leur dit tout bas:

«En courant à l'abri de cette haie, vous aurez bientôt dépassé les parents. Quand vous serez à la hauteur de la maison et qu'il vous faudra retraverser la route, nous ferons en sorte d'attirer l'attention des parents ailleurs. L'important est d'arriver là-bas avec une bonne avance.»

Les petites voulurent suivre ses conseils, mais, fatiguées et n'ayant pas mangé depuis le matin, leurs jambes les portaient à peine. Il leur fallut se contenter d'aller au pas et, comme elles marchaient moins vite que les parents, la distance qui les séparait ne fit qu'augmenter.

«Voilà qui complique bien les choses, murmura le vieux cygne. Il va falloir gagner du temps. Laissez-moi faire.»

Passant sur la route, il se mit à courir derrière les parents en criant : «Bonnes gens! n'avez-vous rien perdu en chemin?»

Les parents s'étaient arrêtés et, au clair de lune, regardaient s'il manquait quelque chose dans leurs paniers. Le vieux cygne ne courait plus et marchait au contraire du plus lentement qu'il pouvait afin de laisser prendre de l'avance aux petites. Les parents s'impatientaient.

«N'avez-vous rien perdu? dit-il en arrivant auprès d'eux. J'ai trouvé sur la route une jolie plume blanche et, comme elle ne m'appartient pas, j'ai pensé qu'elle était à vous.

– Nous prends-tu pour des sots de ton espèce, de vouloir que nous portions des plumes?» grondèrent les parents furieux en s'éloignant.

Le vieux cygne repassa de l'autre côté de la haie. Les petites avaient réussi à prendre un peu d'avance, mais les parents, qui marchaient d'un bon pas, n'allaient pas tarder à les rattraper et à les dépasser. Le vieux cygne paraissait fourbu. Pourtant, après avoir encouragé Delphine et Marinette par de bonnes paroles, il trouva la force de prendre sa course à la tête de ses compagnons. Les petites virent le troupeau silencieux des grands oiseaux blancs courir devant elles et disparaître dans une échancrure de la haie. Cependant, les parents poursuivaient leur chemin et parlaient des petites qu'ils allaient trouver à la maison.

«Il faut espérer qu'elles auront été sages et qu'elles n'auront pas traversé la route, disaient-ils. Ah! si jamais elles avaient traversé la route!»

Delphine et Marinette, qui entendaient tout, en avaient les jambes coupées. Soudain, les parents s'arrêtèrent et ouvrirent des yeux ronds. Devant eux, au milieu de la route, étaient rangés douze grands cygnes qui se mirent à danser sous la lune. Ils tournaient deux à deux, dansaient sur une patte, sur l'autre, se saluaient, formaient une ronde, puis, leurs longs cous dressés et leurs douze têtes se touchant à la pointe du bec, tournoyaient d'une telle vitesse qu'à peine les pouvait-on distinguer les uns des autres. Ce n'était plus qu'un tourbillon de neige.

«C'est bien joli, dirent les parents au bout d'un moment, mais ce n'est pas l'heure de regarder danser. Nous n'avons que trop perdu de temps.»

Passant au milieu des danseurs, ils les laissèrent derrière eux et poursuivirent leur chemin sans se retourner. De l'autre côté de la haie, les petites avaient repris leur avance, mais de nouveau elles entendaient le pas des parents sonner sur la route et perdaient tout espoir d'arriver à la maison avant eux. Le vieux cygne avait quitté la route avec ses compagnons et s'efforçait de trotter derrière elles, mais il était si fatigué qu'il butait à chaque instant et manquait tomber. Venant après la longue course qu'il avait déjà fournie, la danse le laissait exténué. Lorsque enfin, à bout de forces, il rejoignit les deux petites, les parents n'étaient plus qu'à cent mètres de la maison.

«Ne craignez rien, dit-il, vous ne serez pas grondées. Mais je vais vous quitter et vous laisser à la garde de mes amis. Promettez-moi de leur obéir. Ils vous feront traverser la route quand le moment sera venu.»

Le vieux cygne s'écarta de la haie, puis, rassemblant ses dernières forces, s'élança en courant vers le milieu des champs. Peu à peu sa course devint plus lente, il sentit ses pattes se raidir et, en arrivant dans un pré, il tomba sur le flanc pour ne plus se relever. Alors, il se mit à chanter, comme font les cygnes quand ils vont mourir. Et son chant était si beau qu'à l'entendre les larmes venaient dans les yeux. Sur la route, les parents s'étaient donné la main et, sans prendre garde qu'ils tournaient le dos à la maison, s'en allaient à travers les champs à la rencontre de la voix. Longtemps après que le cygne eut cessé de chanter, ils marchaient encore dans la rosée et ne pensaient pas à rentrer.

Dans la cuisine, Delphine et Marinette cousaient sous la lampe. Le couvert était mis et le feu allumé. En entrant, les parents dirent bonjour d'une petite voix qu'elles ne reconnaissaient pas. Ils avaient les yeux humides et, ce qui ne leur était jamais arrivé, n'en finissaient pas de regarder au plafond.

«Quel dommage, dirent-ils aux petites. Quel dommage que vous n'ayez pas traversé la route tout à l'heure. Un cygne a chanté sur les prés.»

LE MOUTON

*A*ssises au bord de la route, les pieds pendants au revers du fossé, Delphine et Marinette caressaient un gros mouton blanc que leur oncle Alfred, un jour qu'il était venu à la ferme, leur avait donné. Il posait sa tête tantôt sur les genoux de l'une, tantôt sur les genoux de l'autre et ils chantaient tous les trois une petite chanson qui commençait ainsi : « Y a un rosier dans mon jardin ». Cependant, les parents vaquaient dans la cour au milieu des bêtes de la ferme et paraissaient fort mal disposés à l'égard du mouton. Ils le regardaient de travers et disaient entre leurs dents qu'il faisait perdre leur temps aux petites et qu'elles eussent été mieux à faire du ménage et à ourler des torchons qu'à jouer sans cesse avec cette sale bête.

« Si jamais quelqu'un nous débarrasse de ce gros frisé, il sera le bienvenu. »

Il était midi moins 20 et la cheminée de la ferme fumait. Tandis que les parents marmonnaient ainsi, apparut au détour de la route un soldat qui s'en allait à la guerre, monté sur un fier cheval noir. Voyant qu'il y avait du monde pour le regarder passer, il voulut faire caracoler sa monture afin de paraître à son avantage, mais au lieu de lui obéir le cheval noir s'arrêta pile et lui dit en tournant la tête :

« Qu'est-ce qui vous prend, vous, là-haut ? Vous trouvez sans doute que ce n'est pas assez d'aller par les chemins sous un soleil de plomb avec, sur mon dos, un ivrogne mal affermi ? Il vous faut encore des gambades ? Eh bien, moi, je vous avertis…

– Attends un peu, maudite carne ! coupa le soldat. Je m'en vais t'arranger d'une façon à te remettre dans l'obéissance. »

Aussitôt, il enfonça ses éperons dans les flancs de l'animal et tira brutalement sur la bride. Le cheval se cabra, puis se mit à ruer si haut et si fort que le cavalier, passant par-dessus l'encolure, tomba

Première publication dans Candide, *18 août 1939. Repris une première fois en album au format cahier d'écolier illustré par Nathalie Parain, Gallimard, 1940 ; puis dans l'édition de la collection «Blanche» de 1964.*

à plat ventre au milieu de la route, dont il eut le menton et les mains écorchés et son bel uniforme tout souillé de poussière.

«Je vous avais prévenu, dit le cheval. Vous avez voulu que je caracole. Eh bien, j'ai caracolé. Vous voilà content.»

Le soldat, qui se dressait sur ses genoux, n'était pas d'humeur à entendre de tels propos. Mais lorsqu'il vit s'approcher et faire le cercle autour de lui les parents, Delphine, Marinette, le mouton et toutes les bêtes de la ferme, l'humiliation le rendit furieux et, tirant alors son grand sabre, il voulut se jeter sur son cheval pour lui plonger la lame dans le poitrail. Par bonheur, les parents purent s'interposer à temps et le persuadèrent de renoncer à sa vengeance.

«Quand vous l'aurez tué, vous en serez bien avancé, dirent-ils. Au lieu de vous en aller tranquillement à la guerre au pas de votre monture, il vous faudra partir à pied et vous arriverez peut-être après la bataille. D'un autre côté, il est certain que cette bête-là vous a fort maltraité et qu'il vous sera désormais difficile de lui accorder votre confiance. Aussi bien, puisque vous voilà prêt à vous en séparer, pourquoi ne pas essayer d'en tirer parti. Tenez, nous avons là un mulet qui ferait bien votre affaire. Pour vous rendre service, nous vous le céderons en échange de votre cheval.

– C'est une bonne idée», dit le soldat, et il rengaina son sabre.

Les parents poussèrent le cheval dans la cour et firent avancer leur mulet, ce que voyant, les petites protestèrent. Pour faire plaisir à un passant brutal, fallait-il qu'un vieil ami comme le mulet fût obligé de quitter la ferme? Le mouton en avait des larmes dans les yeux et se lamentait sur le sort de ce malheureux compagnon.

«Silence donc!» commandèrent les parents avec des voix d'ogres et, comme le soldat tournait le dos, ils ajoutèrent à voix basse : «Voulez-vous, par vos bavardages, nous faire manquer un marché aussi avantageux? Si vous ne faites taire votre mouton sur-le-champ, il sera tondu à ras avant qu'il soit midi.»

Le mulet, lui, ne protestait pas et tandis qu'on lui passait la bride, il se contentait de cligner de l'œil à l'intention des petites. Lorsqu'il eut enfourché sa nouvelle monture, le soldat retroussa sa moustache et s'écria : «En route!» Mais le mulet n'en bougea pas plus et ni les éperons, ni le mors, que son maître lui fit sentir cruellement, ne purent le faire avancer d'un pas. Les injures, les menaces, les coups, rien ne le décida.

«C'est bon, dit le cavalier, je vois ce qu'il me reste à faire.»

Mettant pied à terre, il tira encore un coup son grand sabre qu'il se disposait à plonger dans le poitrail du mulet.

«Arrêtez, lui dirent les parents, et écoutez-nous plutôt. Certes, voilà une sotte bête de ne pas vouloir avancer, mais vous savez combien les mulets sont têtus. Un coup de sabre n'y changera rien. Tenez, nous avons là un âne qui ne craint pas la fatigue et qui ne coûte presque rien à nourrir. Prenez-le et rendez-nous notre mulet.

– C'est une bonne idée», dit le soldat, et il rengaina son sabre.

Le malheureux âne qu'on dévouait ainsi à la place du mulet n'avait à coup sûr aucune envie de quitter la ferme où il laissait nombre d'amis entre lesquels Delphine, Marinette et leur mouton étaient justement les plus chers. Pourtant, il ne laissa rien voir de son émotion et s'avança vers son nouveau maître de l'air modeste et résigné

qu'on lui avait toujours connu. Les petites en avaient le cœur serré et pour le mouton, il était secoué de gros sanglots. « Monsieur le soldat, suppliait-il, soyez bon pour l'âne. Il est notre ami. » Tant qu'à la fin, les parents vinrent lui mettre le poing sous le nez en grondant :
« Sale bête de mouton, tu cherches à nous faire manquer une bonne affaire, mais va, tu te repentiras d'avoir été trop bavard. »
Sans prendre garde à la prière du mouton, le soldat enfourchait déjà sa monture. Il n'eut d'ailleurs pas sitôt retroussé sa moustache et commandé « en route » que l'âne se mit à marcher à reculons et en zigzaguant de telle sorte qu'il menaçait à chaque pas de mettre son cavalier au fossé. Aussi le soldat ne fut-il pas long à descendre et, comprenant que l'animal se dérobait de mauvaise volonté :
« C'est bon, dit-il en grinçant des dents. Je vois ce qu'il me reste à faire. »
Pour la troisième fois, il tira son grand sabre et assurément qu'il aurait percé l'âne d'outre en outre si les parents ne s'étaient suspendus l'un à son bras et l'autre à son habit.
« Il faut convenir que vous n'avez pas de chance avec vos montures, lui dirent-ils. À bien réfléchir, ce n'est du reste pas surprenant. Âne, mulet, cheval, c'est tout une même famille ou à peu près et nous aurions dû y songer. Mais pourquoi n'essaieriez-vous pas d'un mouton ? C'est un animal obéissant et qui offre plus d'un avantage. Si, en cours de route, vous avez besoin d'argent, rien n'est plus facile que de le faire tondre. Après avoir vendu sa laine un bon prix, il vous restera une bonne monture pour continuer votre voyage. Nous possédons justement un mouton pourvu d'une très belle toison. Voyez-le plutôt entre les deux petites. S'il vous plaît de le prendre en échange de votre âne, nous ne demandons qu'à vous être utiles.
– C'est une bonne idée », dit le soldat, et il rengaina son sabre.
Serrant le mouton dans leurs bras, Delphine et Marinette jetaient les hauts cris, mais les parents les eurent bientôt séparées de leur meilleur ami et réduites au silence. Le mouton regarda ses anciens maîtres avec un air de grande tristesse, mais ne fit point de reproche et s'avança vers le soldat. Celui-ci, montrant son grand sabre qu'il venait de remettre au fourreau, lui dit d'un ton menaçant :
« Avant tout, j'entends être obéi et respecté comme je le mérite. Sois sûr que si j'ai à me plaindre de toi, je te couperai d'abord la tête. Et point de rémission. Car si je me laissais aller à faire encore des échanges, je finirais par chevaucher quelque canard ou autre engeance de basse-cour.

– Ne craignez rien, répondit le mouton. Je suis d'un naturel très doux. C'est sans doute que j'ai été élevé par deux petites filles. Je vous obéirai donc de mon mieux. Mais j'ai un bien grand chagrin de quitter mes deux amies. Monsieur, quand l'oncle Alfred m'a mis entre leurs mains, j'étais si petit qu'elles ont dû me donner le biberon pendant près d'un mois encore. Depuis, je n'ai jamais été séparé d'elles. Aussi, vous pouvez croire que je suis bien affligé et de leur côté, les petites ne le sont guère moins. C'est pourquoi, si vous avez pitié de notre peine, vous m'accorderez un moment pour aller leur dire adieu et pleurer avec elles.

– Point de pitié pour les moutons! cria le soldat. Comment! voilà une bête qui ne fait que d'entrer à mon service et qui voudrait déjà s'échapper? Je ne sais pas ce qui me retient de lui ôter la tête d'un revers de sabre. On n'a jamais vu tant d'audace.

– N'en parlons plus, soupira le mouton. Je ne voulais pas vous fâcher.»

Enfourchant sa nouvelle monture, ce qui ne lui donna pas grand mal, le soldat s'aperçut que ses pieds traînaient par terre et eut alors l'idée de ficeler son grand sabre en travers des épaules du mouton pour servir de support à ses longues jambes et les faire pendre à bonne hauteur, de quoi il fut si content qu'il se mit à rire tout seul et si fort qu'il manqua plusieurs fois perdre l'équilibre. Pourtant, rien n'était plus triste que le spectacle de ce pauvre animal fléchissant sous le poids d'un lourd cavalier. Les petites en avaient autant d'indignation que de chagrin et il est sûr que si les parents ne les avaient pas retenues, elles s'opposaient au départ du mouton de toutes leurs forces et par tous les moyens, comme de jeter le soldat en bas de sa monture. Les bêtes de la ferme n'étaient pas moins indignées, mais les parents avaient une façon de les regarder ou de les interpeller qui leur ôtait l'envie d'intervenir. À un canard qui commençait à élever la voix, ils firent observer en fixant sur lui un regard cruel:

«Il y a en ce moment au jardin des navets superbes. De quoi faire une bien belle garniture. Oui, bien belle.»

Le pauvre canard en fut si gêné tout d'un coup qu'il baissa la tête et s'alla cacher derrière le puits. Seul de tous les animaux, le cheval noir ne se laissa pas intimider et, marchant à son ancien maître, lui dit tranquillement:

«Vous ne prétendez tout de même pas courir les chemins en pareil équipage. Je vous avertis que vous feriez rire de vous, sans compter qu'une monture aussi frêle ne vous mènera pas bien loin. Allons, si vous êtes raisonnable, vous rendrez ce mouton aux deux petites qui

1940

pleurent de le voir partir et vous remonterez sur mon dos. Croyez-moi, vous y serez plus à l'aise et vous y aurez meilleure mine aussi.» Tenté, le soldat donna un coup d'œil aux larges flancs du cheval et parut se convaincre qu'on y était, en effet, plus à l'aise que sur le dos d'un mouton. Le voyant sur le point d'accepter, les parents ne craignirent pas de lui faire observer que le cheval noir leur appartenait. «Nous n'avons pas du tout l'intention de nous en défaire. Vous comprenez, s'il fallait recommencer la série des échanges, nous n'en finirions pas.

– Vous avez raison, convint le soldat. Le temps passe et la guerre se fait sans moi. Ce n'est pas ainsi qu'on devient général.»

Après avoir retroussé sa moustache, il mit son mouton au trot et, les jambes pendantes par-dessus son grand sabre, s'éloigna sans tourner la tête. Quand il eut disparu au tournant du chemin, toutes les bêtes de la ferme se mirent à soupirer de chagrin. Les parents en étaient gênés et leur gêne se changea en inquiétude lorsque Marinette dit à Delphine :

«Il me tarde que l'oncle Alfred vienne nous voir.

– Moi aussi, fit Delphine. Il faudra qu'il sache tout ce qui s'est passé.»

Les parents regardaient leurs filles d'un air presque craintif. Un moment, ils se parlèrent à l'oreille et puis dirent tout haut :

«Nous n'avons rien à cacher à l'oncle Alfred. Du reste, quand il apprendra que nous avons été assez habiles pour échanger un simple mouton contre un beau cheval noir, il sera le premier à nous complimenter.»

Dans la cour de la ferme s'éleva, tant des bêtes que des petites, comme un murmure de reproche auquel, avisant l'âne, le mulet, le cochon, les poules, les canards, le chat, les bœufs, les vaches, les veaux, les dindons, les oies et tous autres qui les regardaient, ils répondirent sévèrement :

«Allez-vous rester là jusqu'au soir à bayer et à écarquiller les yeux, vous autres ? À vous voir ainsi, on se croirait plutôt sur un champ de foire que dans la cour d'une maison laborieuse. Allons, dispersez-vous et que chacun soit où il doit être. Toi, cheval noir, tu as désormais ta place à l'écurie. Sans plus tarder, nous allons t'y conduire.

– Je vous suis bien obligé, riposta le cheval noir, mais je n'ai nulle envie d'entrer dans votre écurie. Si vous avez pu vous flatter de faire un marché avantageux, il est temps de revenir de votre erreur. Sachez-le, je suis bien résolu à ne vous appartenir jamais et, pour votre malheureux mouton, c'est comme si vous l'aviez échangé contre du vent. Il ne vous reste à sa place que le remords d'avoir été injustes et cruels.

702

– Cheval noir, dirent les parents, tu nous fais beaucoup de peine. À la vérité, nous ne sommes pas aussi méchants qu'il peut sembler. Ce qui est sûr, c'est qu'en t'offrant une place dans notre écurie, nous n'avons en tête que le souci de rendre service à un cheval qu'une course déjà longue a sans doute fatigué. Tu as bien mérité de te reposer...»

Tout en lui tenant ce discours, ils manœuvraient sournoisement à s'approcher de l'animal afin de lui passer la bride. Le cheval noir ne voyait pas le manège et peu s'en fallut qu'il s'y laissât prendre. Déjà les petites s'étaient éloignées pour aller dresser la table de midi et les bêtes de la ferme se dispersaient ainsi qu'elles en avaient reçu l'ordre. Heureusement, le canard, qui s'était réfugié derrière le puits, avait passé sa tête au coin de la margelle. Il comprit clairement le danger. Oubliant toute prudence pour son compte, il se dressa sur ses pattes et cria en battant des ailes :

«Attention, cheval noir! attention aux parents! ils cachent une bride et un mors derrière leur dos!»

Le cheval n'eut pas plutôt entendu l'avertissement qu'il bondit des quatre fers et courut se réfugier à l'autre bout de la cour.

«Canard, je n'oublierai pas le grand service que tu viens de me rendre, dit-il. Sans toi, c'était fait de ma liberté. Mais dis-moi, n'y a-t-il pas quelque chose que je puisse faire pour toi?

– Bien aimable, répondit le canard, mais je ne vois pas trop. J'aurais besoin d'y réfléchir.

– Prends ton temps, canard, prends ton temps. Je repasserai un jour ou l'autre.»

Sur ces mots, le cheval gagna la route et partit d'un trot léger que les parents ne regardèrent pas sans mélancolie. Au repas de midi, ils n'échangèrent pas trois paroles et montrèrent un visage sombre. Ils songeaient avec une anxiété bien compréhensible à la colère que ferait l'oncle Alfred en apprenant qu'ils avaient échangé contre du vent le mouton de leurs petites filles. Delphine et Marinette n'étaient pas fâchées de leur voir ce front tourmenté, mais rien ne pouvait les consoler d'avoir perdu leur meilleur ami et au sortir de table, elles passèrent dans le pré pour y pleurer à leur aise. Le canard passa par là et, après les avoir interrogées, ne put que pleurer avec elles.

«Qu'avez-vous à pleurer, tous les trois?» demanda une voix derrière eux.

C'était le cheval noir qui venait aux nouvelles. Il s'informa auprès du canard s'il y avait quelque chose qu'il pût faire pour soulager son chagrin.

«Ah! s'écria le canard. Si vous rameniez leur mouton aux deux petites que voilà, je serais le plus heureux des canards.

– Je ne demande pas mieux, répondit le cheval noir, mais je ne vois pas comment m'y prendre. S'il ne s'agissait que de les rattraper, lui et son cavalier, je ne serais pas en peine. Si mal accordés, ils n'auront pu faire grand chemin. Non, le difficile serait plutôt de persuader à mon ancien maître d'abandonner son mouton.

– Il sera temps d'aviser quand nous les aurons rejoints, dit le canard. Conduisez-nous d'abord auprès d'eux.

– C'est très joli, mais en admettant que ces deux petites filles rentrent en possession de leur mouton, réussiront-elles à l'imposer ici? À ce qu'il m'a semblé ce matin, les parents n'ont pas été fâchés de se débarrasser de cette pauvre bête.

– C'est vrai, dit Marinette, et pourtant, je ne serais pas surprise qu'ils commencent à regretter ce qu'ils ont fait.

– En tout cas, dit Delphine, je me sentirais plus tranquille si l'oncle Alfred était prévenu et qu'il se trouve là à notre retour.»

Le cheval noir s'informa si l'oncle Alfred demeurait bien loin et sur ce qu'on lui répondit qu'il fallait compter deux heures de marche au bon pas, il promit de galoper jusque chez lui lorsque le mouton serait retrouvé.

«Mais pour l'instant, il s'agit de rattraper notre cavalier. Ne perdons pas une minute.»

Les petites et le canard sautèrent sur le dos du cheval et, passant à bride abattue sous le nez des parents stupéfaits, disparurent dans un nuage de poussière. Au bout d'une demi-heure de course, ils arrivaient à l'entrée d'un village.

«Ne nous pressons pas, dit le cheval en prenant le pas, et puisque nous traversons le village, profitons-en pour interroger les habitants.»

Comme ils étaient aux premières maisons, Delphine avisa une jeune fille qui cousait à sa fenêtre derrière un pot de géranium et lui demanda poliment:

«Mademoiselle, je cherche un mouton. N'auriez-vous pas vu un cavalier...

– Un cavalier? s'écria la jeune fille sans lui laisser le temps d'achever. Je crois bien! Je l'ai vu tout rutilant d'or traverser la place au galop d'enfer, dans un affreux et superbe cliquetis d'armes. Il montait un immense cheval à la robe frisée et comme bouclée, et les naseaux soufflant feu et fumée, tellement que mon pauvre géranium en a perdu un moment sa fraîcheur.»

Delphine remercia et fit ensuite observer à ses compagnons qu'il ne pouvait s'agir de ceux qu'ils cherchaient.

«Détrompez-vous, lui dit le cheval. Il s'agit bien d'eux. Sans doute le portrait est-il un peu flatté, mais c'est ainsi que les jeunes filles voient les militaires. Pour ma part, je reconnais sans peine la toison de votre mouton dans la robe bouclée de l'immense cheval.

– Et le feu et la fumée qu'il soufflait par les naseaux? objecta Marinette.

– Croyez-moi, c'était tout bonnement le soldat qui fumait sa pipe.»

On ne tarda guère à s'apercevoir que le cheval avait raison. Un peu plus loin, une fermière qui étendait du linge sur la haie de son jardin leur dit qu'elle avait vu passer un soldat monté sur un malheureux mouton qui paraissait exténué.

«J'étais à la fontaine à rincer mes couleurs quand je les ai vus tourner dans le chemin Bleu. Vous auriez eu pitié de cette pauvre bête si vous l'aviez vue peiner dans la montée avec ce gros benêt assis sur son dos et qui lui donnait des coups de poing sur la tête pour la presser d'avancer.»

En écoutant ces tristes nouvelles du mouton, les petites avaient du mal à ne pas pleurer et le canard lui-même était très ému. Le cheval noir, qui en avait vu bien d'autres à la guerre, ne perdit pas la tête et dit à la fermière :

«Ce chemin Bleu dans lequel s'est engagé le cavalier, est-il encore bien loin?

– À l'autre bout du pays et vous ne le trouverez pas sans peine. Il vous faudrait quelqu'un pour vous conduire jusque-là.»

Débouchant au coin de la maison, le fils de la fermière, un garçon de cinq ans, s'avançait vers les voyageurs en tirant au bout d'une ficelle un joli cheval de bois monté sur des roulettes. Il regardait avec envie les deux petites qui avaient la chance d'être montées sur un cheval beaucoup plus haut que le sien.

«Jules, lui dit sa mère, conduis donc ces personnes jusqu'au chemin Bleu.

– Oui, maman», répondit Jules et, sans lâcher son cheval de bois, il vint jusqu'à la route.

«Je parie, lui dit le cheval noir, que tu voudrais bien monter sur mon dos?»

Jules rougit, car c'était justement ce qu'il souhaitait. Marinette lui céda sa place et s'offrit à tirer le cheval de bois par la ficelle pour qu'il fût aussi de la promenade. Delphine installa le guide devant elle et le tint fermement à bras le corps tout en lui parlant des malheurs du mouton, tandis que le cheval noir allait de son pas le plus doux. Plein de compassion, Jules faisait des vœux pour la réussite de l'entreprise, offrant même ses services et déclarant qu'on pouvait disposer de lui comme de son cheval de bois. Ils étaient prêts tous les deux à courir les aventures les plus dangereuses du moment qu'il s'agissait de porter secours à un affligé.

Cependant, Marinette allait quelques pas en avant, tirant toujours le cheval de bois sur lequel le canard s'était installé à califourchon. En arrivant au chemin Bleu, elle aperçut, du haut d'une montée, une auberge devant laquelle était attaché un mouton. D'abord, elle en eut une vive émotion et le canard lui-même en fut tout remué, mais à mieux regarder, ils se persuadèrent bientôt qu'il ne s'agissait nullement de leur ami. Le mouton qu'ils apercevaient au bas de la descente était si petit qu'on ne pouvait s'y tromper longtemps.

«Non, soupira Marinette, ce n'est pas le nôtre.»

Elle s'était arrêtée pour attendre ses compagnons. Le canard en profita pour monter sur la tête du cheval de bois, car il voulait voir de plus haut l'auberge et ses abords. Il lui semblait distinguer sur le cou du mouton quelque chose de brillant qui ressemblait à un sabre. Tout à coup, il s'agita sur la tête de bois et cria d'une telle force qu'il manqua tomber par terre :

«C'est lui! c'est notre mouton! Je vous dis que c'est notre mouton à nous!»

Derrière lui, on s'étonna. Assurément, il se trompait. Ce mouton de petite taille ne pouvait être qu'un étranger. Alors, le canard se mit en colère.

«Mais vous n'avez donc pas compris que son nouveau maître l'a fait tondre et que s'il ne vous paraît pas plus gros en tout qu'un agneau, c'est qu'il a perdu sa toison bouclée? Le soldat aura sans doute vendu la laine pour se désaltérer à l'auberge.

– Ma foi, dit le cheval noir, ce doit être vrai. Ce matin, il n'avait plus un sou en poche et je ne pense pas qu'on lui donne à boire à crédit. Connaissant l'ivrogne, j'aurais dû penser que nous avions des chances de le retrouver dans la première auberge de rencontre. En tout cas, il faut s'assurer que c'est bien là notre mouton.»

L'assurance qu'il demandait lui fut donnée par le mouton lui-même qui venait d'apercevoir le groupe au sommet de la montée et qui sut très bien faire entendre aux petites qu'il les avait reconnues. À plusieurs reprises, il cria : «Je suis votre mouton», tout en faisant des gestes pour les inviter à la prudence. Après qu'il eut crié pour la troisième fois, on vit apparaître le soldat sur le seuil de l'auberge. Sans doute venait-il s'informer de la raison de ces cris. Avant de rentrer, il eut un geste de menace à l'adresse du mouton. Par bonheur, l'idée ne lui était pas venue de regarder vers le haut de la montée, car le cheval noir n'était pas si loin qu'il n'eût pu le reconnaître, ce qui n'aurait pas manqué d'éveiller sa méfiance. Il est vrai qu'il avait déjà bu beaucoup et qu'il commençait à voir trouble.

«À ce que je vois, dit le canard à ses amis, notre mouton est surveillé de bien près. Ce n'est pas pour faciliter les choses.

– Que comptais-tu donc faire? demanda le cheval noir.

– Ce que je comptais faire? mais détacher le mouton sans être vu et le ramener à la ferme. Et j'y compte encore.

– J'ai peur que l'entreprise n'aille pas toute seule. Et quand tu réussirais, crois-tu donc que le mouton serait sauvé? En sortant de l'auberge, le soldat, ne voyant plus sa monture, pensera qu'elle s'est échappée pour retourner auprès de ses anciens maîtres et il ira aussitôt réclamer à la ferme où l'on ne pourra moins faire que de la lui rendre. Il y a même à parier que le mouton se verra administrer une volée de coups de bâton, trop heureux si l'autre ne lui fait pas tomber la tête au fil de son sabre. Non, canard, crois-moi, il faut trouver autre chose.

– Trouver autre chose, c'est bientôt dit, mais quoi?

– C'est à toi d'y réfléchir. Pour moi, je ne peux vous aider en rien et ma présence risque plutôt de vous être une gêne. Je cours donc de ce pas prévenir l'oncle Alfred comme il a été convenu et je reviendrai de ce côté à votre rencontre. Puisse le mouton être parmi vous!»

Delphine et Jules ayant mis pied à terre, le cheval s'éloigna au galop et ceux qui restaient tinrent conseil. Les petites n'avaient pas perdu tout espoir d'apitoyer le soldat, mais Jules croyait plus sûr de l'intimider.

«Dommage que je n'aie pas ma trompette, disait-il. Je lui aurais fait "tût" sous le nez et je lui aurais dit : "Rendez le mouton."»

Le canard, lui, contre l'avis du cheval noir, ne renonçait pas à son projet de détacher le mouton et il était en train de convaincre ses amis lorsque le soldat sortit de l'auberge en titubant. Il parut d'abord hésiter, mais après avoir assuré son casque sur sa tête, il se dirigea vers le mouton avec l'intention évidente de se remettre en route. Du coup, le canard dut abandonner son projet. En ce pressant péril, une idée lui vint à propos. Il se cala sur le cheval de bois et dit à ses compagnons :

«Nous avons la chance qu'il nous tourne le dos. Profitez-en et poussez-moi à fond de train dans la descente. Il faut qu'en arrivant au bas de la côte, il me reste assez d'élan pour monter les quelques mètres de pente qui mènent à l'auberge.»

Marinette, tirant le cheval par la ficelle, partit à fond de train, tandis que Delphine et Jules poussaient par-derrière. Ils le lâchèrent un peu avant d'arriver au milieu de la descente et le suivirent de loin en se cachant derrière les haies.

Sur son cheval de bois, le canard dévalait la côte en criant à tue-tête : «Coin! coin!» Au bruit, le soldat s'était retourné et, arrêté au milieu de la cour de l'auberge, il regardait s'approcher le fougueux équipage. En arrivant au bas de la descente, le canard sembla faire effort pour retenir sa monture.

«Holà! criait-il. Maudit animal, t'arrêteras-tu? Holà, enragé!»

Le cheval de bois, comme s'il se rendait à ces ordres, monta d'une allure plus tranquille le morceau de route qui conduisait à l'auberge et finit par s'arrêter au bord du fossé. Par chance, les roulettes se trouvèrent calées dans l'herbe, ce qui lui évita de descendre la pente à reculons. Sans perdre de temps, le canard sauta à bas et s'adressa au soldat qui le considérait bouche bée.

«Militaire, dit-il, je vous donne le bonjour. L'auberge est-elle bonne?

– Je ne peux pas vous dire. En tout cas, on y boit bien», répondit le soldat qui avait peine à tenir debout tant il avait bu, en effet.

«C'est que j'arrive de loin, reprit le canard, et que j'ai besoin de repos. Je ne suis pas comme cette bête-là qui est vraiment infatigable. À croire qu'elle n'a pas sa pareille au monde. Elle va comme le vent et ne consent à s'arrêter qu'après s'être fait prier. Pour elle, cent kilomètres sont presque comme rien et il ne lui faut pas deux heures pour en venir à bout.»

Le soldat en croyait à peine ses oreilles et regardait avec envie ce coursier impétueux qui, à vrai dire, lui paraissait assez placide. Comme la boisson lui donnait un peu dans la vue, il n'osait pas trop s'en rapporter au témoignage de ses yeux et préférait se reposer sur le canard.

«Vous avez de la chance, soupira-t-il. Ah! oui, pour de la chance, c'est de la chance.

– Vous trouvez? dit le canard. Eh bien, voyez ce que c'est, je ne suis pourtant pas content de mon cheval. Je vous étonne, n'est-ce pas? Mais pour moi qui suis en voyage d'agrément, il est beaucoup trop rapide. Il ne me laisse pas le temps de rien voir à loisir. Ce qu'il me faudrait, c'est une monture qui me fasse voyager au pas.»

Le soldat sentait de plus en plus lui monter à la tête le vin qu'il avait bu et croyait voir le cheval de bois frémir d'impatience.

«Si j'osais, dit-il avec un air rusé, je vous proposerais bien un échange. Moi qui suis pressé, j'ai là un mouton justement, dont la lenteur me rend enragé.»

Le canard s'approcha du mouton, l'examina d'un œil méfiant et lui palpa les pattes avec son bec.

«Il est bien petit, fit-il observer.

– C'est que je viens de le faire tondre. En réalité, c'est déjà un mouton d'une belle taille. Il est assez gros pour vous porter. Quant à ça, ne soyez pas en peine. Il me porte bien, moi, et il faut le voir galoper!

– Galoper, dit le canard. Galoper! Ah ça, militaire, votre mouton m'a tout l'air d'un dévorant qui court sur les routes à un train d'enfer. S'il en est ainsi, je me demande ce que j'aurais à gagner à un échange.

– Je me suis mal expliqué, fit le soldat tout penaud. La vérité, je m'en vais vous la dire: Y a pas plus doux que mon mouton, ni plus fainéant, ni plus poussif. Il est même plus lent qu'une tortue, ou qu'un escargot.

– C'est trop beau, dit le canard, je ne peux pas y croire. Pourtant, militaire, vous avez dans les yeux comme un air de franchise qui m'inspire confiance et qui me décide. Donc, j'accepte l'échange.» Craignant qu'il ne se ravisât, le soldat courut détacher le mouton sur le dos duquel il installa le canard. Celui-ci ne parlait plus de se reposer à l'auberge et pressait déjà sa nouvelle monture de partir. «Hé là! fit l'autre, pas si vite! Voyez-vous pas que vous partez avec mon sabre?»

Le soldat débarrassa le mouton du grand sabre qu'il portait en travers des épaules et se l'accrocha au côté.

«Et maintenant, dit-il en se tournant vers le cheval de bois, préparons-nous.

– Avant tout, conseilla le canard, je crois que vous feriez bien de lui donner à boire. Voyez comme il tire la langue.

– C'est vrai, je n'y prenais pas garde.»

Tandis que le soldat s'en allait tirer de l'eau au puits, le canard et le mouton, traversant la route, couraient rejoindre les petites et leur ami Jules qui se cachaient dans un champ de seigle haut d'où ils pouvaient voir la cour de l'auberge. Delphine et Marinette faillirent étouffer le mouton dans leurs embrassades et tout le monde versa des larmes d'attendrissement. Les effusions auraient duré plus longtemps si l'on n'avait été distrait par le spectacle qui se donnait dans la cour de l'auberge.

Le soldat venait d'apporter un seau d'eau au cheval de bois, et, voyant qu'il ne se décidait pas à boire, criait d'une voix déjà irritée: «Boiras-tu, maudite carne? Je compte jusqu'à trois. Un. Deux. Trois. Suffit, tu boiras un autre jour.»

Renversant le seau d'un coup de pied, il enfourcha son cheval de bois et ne tarda pas à s'impatienter de voir qu'il restait sur place. D'abord, il se mit à l'injurier, puis, constatant que l'animal n'en remuait pas plus, il prit le parti de descendre en grommelant: «C'est bon. Je vois ce qu'il me reste à faire.»

Tirant alors son grand sabre, il trancha d'un seul coup la tête du pauvre cheval de bois, qui tomba dans la poussière. Après quoi, il remit sa lame au fourreau et partit à pied pour la guerre. Peut-être qu'à l'heure qu'il est, il est général, mais on n'en sait rien.

Sur le chemin du retour, Delphine portait sous son bras la tête du cheval de bois, tandis que Marinette tirait par la ficelle le corps du décapité. En assistant au supplice de son bon cheval, Jules avait eu d'abord une grande peine. Il se consolait en voyant la joie des petites et celle du mouton. Du reste, son plus grand chagrin fut de se séparer de ses nouveaux amis qui regagnaient leur maison. Sa mère eut beau lui promettre de recoller la tête de son cheval, il ne put s'empêcher de renifler en les voyant disparaître au bout du village.

Delphine et Marinette n'étaient guère rassurées en songeant à l'accueil que leur réservaient les parents. Ceux-ci, justement, parlaient à chaque instant de leurs filles et voilà ce qu'ils disaient :
« Privées de dessert. Pain sec. Tirer les oreilles. Pour leur apprendre à se sauver, à notre nez, sur le dos d'un cheval qu'elles ne connaissent pas. »
Et ils sortaient à chaque instant sur le pas de la porte, regardant du côté où ils les avaient vues partir. Tout à coup, ils entendirent le bruit du pas d'un cheval, venant de la direction opposée et ils s'écrièrent en tremblant :

«L'oncle Alfred!»

C'était en effet l'oncle Alfred qui arrivait à la ferme, monté sur le cheval noir et, autant qu'on en pouvait juger de loin, il avait un visage terrible. Les pauvres parents étaient devenus tout pâles et murmuraient en joignant les mains : «Nous sommes perdus. Il va tout apprendre. Il va tout savoir. Quel malheur d'avoir abandonné un si bon mouton et quel regret! Ah! cher mouton!

– Me voilà!» dit alors une voix de mouton, et le mouton apparut au coin de la maison, suivi du canard et des petites.

Les parents étaient si joyeux qu'ils se mirent aussitôt à rire et à danser. Au lieu de gronder les petites, ils leur promirent spontanément une paire de jolies pantoufles et un tablier neuf. Puis, en présence de l'oncle Alfred qui les regardait du haut de son cheval avec un reste de méfiance, ils attachèrent eux-mêmes un ruban rose à chacune des cornes du mouton. Enfin, au repas du soir, le canard fut admis à manger à table entre les deux petites et il s'y comporta aussi bien qu'une personne.

LES BOÎTES DE PEINTURE

Un matin de vacances, Delphine et Marinette s'installèrent dans le pré, derrière la ferme, avec leurs boîtes de peinture. Les boîtes étaient toutes neuves. C'était leur oncle Alfred qui les leur avait apportées la veille pour récompenser Marinette d'avoir sept ans, et les petites l'avaient remercié en lui chantant une chanson sur le printemps. L'oncle Alfred était reparti tout heureux et tout chantonnant, mais il s'en fallait que les parents eussent été aussi satisfaits. Ils n'avaient pas cessé de ronchonner pendant le reste de la soirée : « Je vous demande un peu. Des boîtes de peinture. À nos deux têtes folles. Pour faire du gâchis plein la cuisine et pour tacher tous leurs habits. Des boîtes de peinture. Est-ce qu'on fait de la peinture, nous ? En tout cas, pour demain matin, il n'est pas question de peinturlurer. Pendant que nous serons aux champs, vous cueillerez des haricots dans le jardin et vous irez couper du trèfle pour les lapins. » Le cœur serré, les petites avaient dû promettre de travailler sans même toucher à leurs boîtes de peinture. Le lendemain matin donc, après le départ des parents, elles allaient au jardin cueillir des haricots lorsqu'elles firent la rencontre du canard qui ne manqua pas de remarquer leurs mines consternées. C'était un canard qui avait beaucoup de cœur.

« Qu'est-ce que vous avez, petites ? demanda-t-il.

– Rien », répondirent les petites, mais Marinette renifla et Delphine renifla aussi. Et comme le canard les pressait amicalement, elles parlèrent des boîtes de peinture, des haricots à cueillir et du trèfle à couper. Cependant, le chien et le cochon, qui rôdaient alentour, s'étaient approchés pour les écouter et leur indignation ne fut pas moins vive que celle du canard.

Première publication dans la Nouvelle Revue française, *1ᵉʳ décembre 1940. Repris une première fois en album au format cahier d'écolier illustré par Nathalie Parain, Gallimard, 1941 ; puis dans l'édition de la collection «Blanche» de 1964.*

« C'est révoltant, déclara celui-ci. Voilà des parents qui sont bien coupables. Mais ne craignez rien, petites, et allez peindre tranquillement. Je me charge, avec l'aide du chien, de cueillir vos haricots. N'est-ce pas, chien ?

– Bien sûr, fit le chien.

– Et pour le trèfle, dit le cochon, vous pouvez compter sur moi. Je vais vous en couper une belle provision. »

Les petites étaient bien contentes. Sûres que les parents n'en sauraient rien et après avoir embrassé leurs trois amis, elles s'en allèrent sur le pré avec leurs boîtes de peinture. Comme elles emplissaient les godets d'eau claire, l'âne vint à elles du fond du pré.

« Bonjour, les petites. Qu'est-ce que vous faites avec ces boîtes ? »

Marinette lui répondit qu'elles se préparaient à peindre et lui donna toutes les explications qu'il souhaita.

« Si tu veux, ajouta-t-elle, je vais faire ton portrait.

– Oh ! oui, je veux bien, dit l'âne. Nous, les bêtes, on n'a guère l'occasion de se voir tel qu'on est. »

Marinette fit poser l'âne de profil et se mit à peindre. De son côté, Delphine entreprit le portrait d'une sauterelle qui se reposait sur un brin d'herbe. Appliquées, les petites travaillaient en silence, tirant la langue du côté où penchaient leurs têtes.

Au bout d'un moment, l'âne qui n'avait pas encore bougé, demanda : « Je peux aller voir ?

– Attends, répondit Marinette, je suis en train de faire les oreilles.

– Ah ! bon. Ne te presse pas. À propos des oreilles, je voudrais te dire. Elles sont longues, c'est entendu, mais tu sais, pas tellement.

– Oui, oui, sois tranquille, je fais juste ce qu'il faut. »

Cependant, Delphine venait d'avoir une déception. Ayant peint la sauterelle et le brin d'herbe, elle s'était avisée que l'ensemble, au milieu de la grande feuille de papier blanc, manquait d'importance et elle avait entrepris de l'étoffer avec un fond de prairie. Par malheur, le pré et la sauterelle étaient d'une même couleur verte, en sorte que l'image de l'insecte se perdit dans la verdure et qu'il n'en resta plus rien. C'était ennuyeux.

Marinette ayant achevé son portrait, l'âne fut convié à le venir voir et s'empressa. Ce qu'il vit ne manqua pas de le surprendre.

« Comme on se connaît mal, dit-il avec un peu de mélancolie. Je n'aurais jamais cru que j'avais une tête de bouledogue. »

Marinette rougit et l'âne poursuivit :

« C'est comme les oreilles, on m'a souvent répété que je les avais longues, mais au point où les voilà, je ne l'aurais pas pensé non plus. »

Marinette, gênée, rougit encore plus fort. Il est vrai qu'à elles seules, les oreilles du portrait avaient presque autant d'importance que le corps. L'âne continuait à examiner la peinture d'un regard plutôt attristé. Tout à coup, il eut comme un sursaut et s'écria :
«Qu'est-ce que ça veut dire? mais on ne m'a fait que deux pattes!»
Cette fois, Marinette se sentit plus à l'aise et répondit :
«Bien sûr, je ne te voyais que deux pattes. Je ne pouvais pas en faire plus.
– C'est très joli, mais enfin, j'ai quatre pattes, moi.
– Non, intervint Delphine. De profil, tu n'as que deux pattes.»
L'âne ne protesta plus. Il était froissé.
«C'est bon, dit-il en s'éloignant, je n'ai que deux pattes.
– Voyons, réfléchis un peu...
– Non, non, j'ai deux pattes et n'en parlons plus.»
Delphine se mit à rire et Marinette rit aussi, quoiqu'elle eût un peu de remords. Puis, oubliant l'âne, elles songèrent à trouver d'autres modèles. Vinrent à passer les deux bœufs de la maison, qui traversaient le pré pour aller boire à la rivière. C'étaient deux grands bœufs tout blancs, sans une tache.
«Bonjour, les petites. Qu'est-ce que vous faites avec ces boîtes?»
On leur expliqua ce qu'était de peindre et ils demandèrent qu'on voulût bien faire leurs portraits ; mais instruite par l'aventure de la sauterelle, Delphine secoua la tête.
«Ce n'est pas possible. Vous êtes blancs, donc de la même couleur que le papier. On ne vous verrait pas. Blanc sur blanc, c'est comme si vous n'existiez pas.»
Les bœufs se regardèrent et l'un d'eux prononça d'une voix pincée :
«Puisque nous n'existons pas, au revoir.»
Les petites en restèrent tout interloquées. C'est alors qu'entendant derrière elles des éclats de voix, elles virent arriver le cheval et le coq qui étaient à se chamailler.
«Oui, monsieur, disait le coq d'une voix furieuse, plus utile que vous et plus intelligent aussi. Et n'ayez pas l'air de ricaner, s'il vous plaît, parce que moi, je pourrais bien vous flanquer une correction.
– Petit brimborion! laissa tomber le cheval.
– Brimborion! Mais vous n'êtes pas si grand que ça! Je me charge de vous le faire voir un jour, moi.»
Les petites voulurent s'interposer, mais elles eurent beaucoup de mal à faire taire le coq. Ce fut Delphine qui arrangea les choses en offrant aux deux adversaires de faire leurs portraits. Tandis que sa sœur faisait celui du coq, elle entreprit celui du cheval. Un instant,

on put croire que la querelle était finie. Tout au plaisir de poser, la tête levée haut et la crête en arrière, le coq renflait son jabot et faisait bouffer ses plus belles plumes. Mais il ne put se tenir longtemps de pérorer.

«Ce doit être bien agréable de faire mon portrait, dit-il à Marinette. Tu as bien choisi ton modèle, toi. Ce n'est pas que je veuille me flatter, mais mes plumes ont vraiment des couleurs adorables.»

Longuement, il vanta son plumage, sa crête, son panache, et ajouta en jetant un coup d'œil au cheval:

«Évidemment, je suis mieux fait pour être peint que certaines pauvres bêtes d'un poil triste et uni.

– Il convient aux bestioles d'être ainsi bariolées, dit le cheval. Cela leur permet de ne pas passer tout à fait inaperçues.

– Bestiole vous-même!» s'écria le coq en s'ébouriffant et il se répandit en injures et en menaces, de quoi le cheval ne fit que sourire.

Cependant, les petites peignaient avec ardeur. Bientôt les deux modèles purent venir admirer leurs portraits. Le cheval parut assez

satisfait du sien. Delphine lui avait fait une très belle crinière, hérissée et longue à merveille et qui semblait la dépouille d'un porc-épic, et aussi une queue bien fournie en gros crins dont plusieurs avaient la grosseur et la belle tenue d'un manche de pioche. Enfin, ayant posé de trois quarts, il avait la chance d'avoir ses quatre membres. Le coq n'était pas à plaindre non plus. Pourtant, il eut la mauvaise grâce de prétendre que son panache avait l'air d'un balai usagé. Le cheval, qui était alors occupé de son portrait, jeta un coup d'œil sur celui du coq et fit une découverte qui l'emplit aussitôt d'amertume. « À ce que je vois, dit-il, le coq serait plus gros que moi ? »

En effet, Delphine, peut-être déroutée par son essai avec la sauterelle, avait fait du cheval un portrait qui tenait à peine la moitié de la feuille de papier, tandis que l'image du coq, largement traitée par Marinette, emplissait toute la page.

« Le coq plus gros que moi, voilà qui est fort.

– Mais oui, plus gros que vous, mon cher, exulta le coq. Mais naturellement. D'où tombez-vous ? Moi, je n'ai pas attendu de voir nos deux portraits l'un à côté de l'autre pour m'en rendre compte.

– C'est pourtant vrai, dit Delphine en comparant les deux portraits, tu es plus petit que le coq. Je ne l'avais pas remarqué, mais c'est sans importance. »

Elle comprit, mais trop tard, que le cheval était froissé. Il tourna le dos et comme elle le rappelait, il répliqua sèchement et sans même un regard en arrière :

« Mais oui. Entendu. Je suis plus petit que le coq et c'est sans importance. »

Sourd aux explications des petites, il s'éloigna, suivi à distance par le coq qui ne se lassait pas de répéter : « Plus gros que vous ! Plus gros que vous ! »

Au retour des champs, à midi, les parents trouvèrent leurs filles à la cuisine et tout de suite leurs regards se portèrent sur les tabliers. Heureusement, les petites avaient pris garde à ne pas faire de taches de peinture à leurs vêtements. Interrogées sur l'emploi de leur temps, elles répondirent qu'elles avaient coupé un gros tas de trèfle pour les lapins et cueilli deux pleins paniers de haricots. Les parents purent se rendre compte qu'elles disaient vrai et marquèrent, par de larges sourires, qu'ils étaient des plus satisfaits. S'ils s'étaient avisés de regarder les haricots d'un peu près, sans doute auraient-ils été surpris d'y trouver mêlés des poils de chien et des plumes de canard mais l'idée ne leur en vint pas. On ne les vit jamais de si belle humeur que ce jour-là au repas de midi.

«Ah! nous sommes bien contents, dirent-ils aux petites. Voilà une belle cueillette de haricots et nos lapins ont du trèfle à manger pour au moins trois jours : puisque vous avez si bien travaillé...»

Un gargouillement qui venait de dessous la table leur coupa la parole et en se penchant, ils découvrirent le chien qui avait l'air de s'étrangler.

«Qu'est-ce que tu as?

– Ce n'est rien, dit le chien (la vérité est qu'il n'avait pu se tenir de rire et les petites en étaient tout effrayées), ce n'est rien du tout. J'aurai sûrement avalé de travers. Vous savez comment les choses arrivent. Bien souvent, on croit avaler droit...

– C'est bon, dirent les parents, pas tant de discours. Où en étions-nous? Ah! oui. Vous avez fait du bon travail.»

Pour la deuxième fois, ils furent interrompus par un autre gargouillement, mais plus discret, qui semblait venir de l'entrée à laquelle ils tournaient le dos. C'était le canard qui avait passé la tête dans l'entrebâillement de la porte et qui, lui non plus, ne pouvait retenir son envie de rire. Si vite que les parents eussent tourné la tête, le canard avait disparu, mais les petites avaient eu chaud.

«Ce doit être un courant d'air qui aura fait grincer la porte, dit Delphine.

– C'est bien possible, firent les parents. Où en étions-nous? Oui, le trèfle et les haricots. Nous sommes vraiment fiers de vous. C'est un plaisir d'avoir des petites si obéissantes et si travailleuses. Mais vous allez être récompensées. Vous pensez bien que notre intention n'a jamais été de vous priver de vos boîtes de peinture. Ce matin, nous avons voulu savoir si vous étiez des enfants assez sages pour ne penser qu'à vous rendre utiles. Nous voilà satisfaits. Donc, permission de peindre tout l'après-midi.»

Les petites remercièrent avec de petites voix qui n'allaient pas seulement jusqu'au bout de la table. Les parents étaient si joyeux qu'ils n'y prirent pas garde et jusqu'à la fin du repas, ils ne firent que rire, chanter et jouer aux devinettes.

«Deux demoiselles qui courent après deux demoiselles sans jamais les rattraper. Qu'est-ce que c'est?»

Les petites faisaient semblant de chercher, car les souvenirs de la matinée et le remords qu'elles en avaient les empêchaient de s'y appliquer.

«Vous ne devinez pas? C'est pourtant facile. Votre langue au chat? Eh bien, voilà : ce sont les deux roues d'arrière d'une voiture qui courent après les deux roues de devant. Ha! ha!»

Et les parents riaient si fort qu'ils en étaient pliés en deux. Au sortir de table, pendant que les petites étaient à desservir, ils s'en allèrent à l'écurie pour détacher l'âne qui devait les accompagner aux champs avec une charge de semences de pommes de terre.

«Allons, l'âne, il est l'heure du départ.

– Je regrette beaucoup, dit l'âne, mais je n'ai que deux pattes pour vous servir.

– Deux pattes! Qu'est-ce que tu nous chantes?

– Hé! oui. Deux pattes. Même que j'ai bien du mal à me tenir debout. Je ne sais pas comment vous faites, vous, les gens.»

Les parents s'approchèrent et, regardant l'âne de plus près, virent qu'il n'avait plus, en effet, que deux pattes, une devant et une derrière.

«Par exemple, voilà qui est curieux. Une bête qui avait pourtant ses quatre pattes ce matin encore. Hum! Allons voir les bœufs.»

L'écurie était sombre et, au premier coup, on y voyait assez mal.

«Eh bien, les bœufs? firent les parents de loin. C'est donc vous qui viendrez aux champs avec nous?

– Sûrement pas, répondirent deux voix de la pénombre. Nous en sommes bien fâchés pour vous, mais nous n'existons pas.

– Vous n'existez pas!

– Voyez plutôt.»

En effet, s'étant approchés, les parents virent que le compartiment des bœufs était vide. À l'œil comme au toucher, on ne distinguait rien d'autre que deux paires de cornes qui flottaient dans les airs à la hauteur du râtelier.

«Mais qu'est-ce qui se passe donc, dans cette écurie? C'est à devenir fou. Allons voir le cheval.»

Celui-ci logeait tout au fond de l'écurie, là où il faisait le plus sombre.

«Eh bien, bon cheval, es-tu prêt à nous suivre aux champs?

– À votre service, répondit le cheval, mais s'il s'agit de m'atteler à la voiture, j'aime autant vous avertir que je suis tout petit.

– Allons bon. En voilà d'une autre. Tout petit!»

En arrivant au fond de l'écurie, les parents eurent un cri de surprise. Dans la pénombre, sur la litière de paille claire, ils venaient d'apercevoir un minuscule cheval qui n'était guère plus gros, en tout, que la moitié d'un coq.

«Je suis mignon, n'est-ce pas?» leur dit-il, et c'était bien un peu pour les narguer.

«Quel malheur! gémirent les parents. Une si belle bête et qui travaillait si bien. Mais comment la chose est-elle arrivée?

– Je ne sais pas, répondit le cheval d'un air évasif qui donnait à penser. Je ne vois pas du tout.»
Interrogés à leur tour, l'âne et les bœufs firent la même réponse. Les parents sentaient bien qu'on leur cachait quelque chose. Ils s'en furent à la cuisine et regardèrent un moment les petites avec un air soupçonneux. Quand il se passait à la ferme des choses qui sortaient un peu de l'ordinaire, leur premier mouvement était toujours de s'en prendre à elles.

«Allons, répondez, dirent-ils avec des voix qui étaient comme des rugissements d'ogres. Qu'est-ce qui s'est passé ce matin en notre absence?»
N'ayant pas la force de parler tant elles avaient peur, les petites firent signe qu'elles ne savaient pas. Cognant alors de leurs quatre poings sur la table, les parents hurlèrent:
«Répondrez-vous, à la fin, petites malheureuses?
– Haricots, cueilli des haricots, réussit à murmurer Delphine.
– Coupé du trèfle, souffla Marinette.
– Et comment se fait-il que l'âne n'ait plus que deux pattes, que les bœufs n'existent pas, et que notre bon grand cheval ait à présent la taille d'un lapin de trois semaines?
– Oui, comment se fait-il? Allons, la vérité tout de suite.»
Les petites, qui ne connaissaient pas encore la terrible nouvelle, en furent atterrées, mais elles comprenaient trop bien ce qui s'était passé: ce matin, elles avaient peint d'une si grande ardeur que leur façon de voir s'était très vivement imposée à leurs modèles; c'est ce qui arrive assez souvent quand on peint pour la première fois; de leur côté, les bêtes avaient pris les choses trop à cœur et, en rentrant à l'écurie, blessées dans leur amour-propre, elles avaient si bien ruminé les incidents du pré, que ceux-ci devaient rapidement imprimer à la réalité une figure nouvelle. Enfin, et les petites ne s'y trompaient pas, le fait d'avoir désobéi à leurs parents était pour beaucoup dans cette redoutable aventure. Elles étaient sur le point de se jeter à genoux et de faire des aveux lorsqu'elles aperçurent le canard qui secouait la tête dans l'entrebâillement de la porte en clignant de l'œil à leur intention. Retrouvant un peu d'aplomb, elles balbutièrent qu'elles ne comprenaient rien à ce qui s'était passé.
«Vous faites vos têtes de bois, dirent les parents. C'est bon, faites vos têtes de bois. Nous allons chercher le vétérinaire.»
Alors les petites se mirent à trembler. Ce vétérinaire était un homme extraordinairement habile. On pouvait être sûr qu'après avoir regardé les bêtes dans le blanc des yeux et palpé leurs membres et

leurs panses, il n'allait pas manquer de découvrir la vérité. Il semblait aux petites l'entendre déjà : « Tiens, tiens, dirait-il, j'aperçois en tout ceci comme une maladie de peinture ; quelqu'un aurait-il, par hasard, fait de la peinture ce matin ? » Il n'en faudrait pas davantage. Les parents s'étant mis en route, Delphine expliqua au canard ce qui venait d'arriver et ce qu'il fallait craindre de la science du vétérinaire. Le canard fut vraiment très bien.

« Ne perdons pas de temps, dit-il. Prenez vos boîtes de peinture et allons lâcher les bêtes dans le pré. Ce que la peinture a fait, la peinture doit le défaire. »

Les petites firent d'abord sortir l'âne et la chose n'alla pas toute seule, car il avait beaucoup de mal à marcher sur ses deux pattes sans perdre l'équilibre et il fallut, en arrivant, lui glisser un tabouret sous le ventre, faute de quoi il fût probablement tombé. Pour les bœufs, tout se fit plus simplement et il fut à peine besoin de les accompagner. Un homme qui passait à ce moment-là sur la route éprouva bien quelque surprise de voir, suspendues dans les airs, deux paires de cornes traverser la cour, mais il eut la sagesse de penser que sa vue baissait. En sortant de l'écurie, le cheval eut d'abord quelque frayeur de se trouver nez à nez avec le chien qui lui parut un animal d'une grandeur monstrueuse, mais tout aussitôt il en rit.

«Comme tout est grand autour de moi, dit-il, et que c'est amusant d'être si petit!»

Mais il n'allait pas tarder à changer de sentiment, car le coq l'ayant aperçu, pauvre petit cheval, se porta sur lui d'un élan furieux et lui dit dans les oreilles:

«Ah! ah! monsieur, nous nous retrouvons. Vous n'avez pas oublié, j'espère, que je vous ai promis une correction.»

Le petit cheval tremblait de tous ses membres. Le canard voulut s'interposer, mais en vain, et les petites ne furent pas plus heureuses.

«Laissez donc, dit le chien, je vais le manger.»

Montrant les dents, il fonça sur le coq qui partit sans demander son reste et si loin s'encourut, malheureux coq, qu'on ne devait pas le revoir avant trois jours et la tête bien basse.

Lorsqu'il eut tout son monde sur le pré, le canard toussa pour s'éclaircir la voix et dit s'adressant au cheval, à l'âne et aux bœufs:

«Mes chers vieux amis, vous n'imaginez pas combien je suis peiné de vous voir dans cette situation. Quelle tristesse de penser que ces magnifiques bœufs blancs, qui étaient tout le plaisir des yeux, ne sont plus rien maintenant; que cet âne si gracieux dans ses évolutions se traîne misérablement sur deux pattes et que notre beau grand cheval n'est plus qu'une pauvre petite chose ratatinée. On en a le cœur serré, je vous assure, et d'autant plus que cette ridicule aventure est le résultat d'un simple malentendu. Mais oui, un malentendu. Les petites n'ont jamais eu l'intention de froisser personne, au contraire. Ce qui vous arrive leur cause autant de chagrin qu'à moi et je suis sûr que, de votre côté, vous êtes très ennuyés. Ne vous entêtez donc pas. Laissez-vous revenir gentiment à votre aspect habituel.»

Mais les bêtes gardaient un silence hostile. Les yeux baissés, l'âne fixait son unique sabot de devant avec un air de rancune. Le cheval, bien que le cœur lui battît encore de frayeur, ne paraissait nullement disposé à entendre raison. Comme ils n'existaient pas, les bœufs n'avaient l'air de rien, mais leurs cornes, seules visibles et quoique

dénuées de toute expression, gardaient une immobilité significative.
L'âne parla le premier.

«J'ai deux pattes, dit-il d'une voix sèche. Eh bien, j'ai deux pattes. Il n'y a pas à y revenir.

– Nous n'existons pas, dirent les bœufs, nous n'y pouvons rien.

– Je suis tout petit, dit le cheval. C'est tant pis pour moi.»

Les choses ne s'arrangeaient pas et il y eut d'abord un silence consterné. Mais le chien, fâché par ce mauvais vouloir, se tourna vers les petites en grondant :

«Vous êtes trop bonnes avec ces sales bêtes. Laissez-moi faire. Je m'en vais vous leur mordre un peu les jarrets.

– Nous mordre? dit l'âne. Oh! très bien. Si on le prend comme ça!»

Sur quoi il se mit à ricaner et les bœufs et le cheval aussi.

«Voyons, c'était pour rire, se hâta d'affirmer le canard. Le chien a simplement voulu plaisanter. Mais vous ne savez pas tout. Écoutez. Les parents viennent d'aller chercher le vétérinaire. Dans moins d'une heure, il sera ici pour vous examiner et il n'aura pas de mal à comprendre ce qui s'est passé. Les parents avaient défendu aux petites de peindre ce matin. Tant pis pour elles. Puisque vous y tenez, elles seront grondées et punies, peut-être battues.»

L'âne regarda Marinette, le cheval Delphine, et les cornes bougèrent dans l'espace, comme se tournant vers les petites.

«Bien sûr, murmura l'âne, qu'il fait meilleur aller sur quatre pattes que sur deux. C'est autrement confortable.

– N'être plus aux yeux du monde qu'une simple paire de cornes, c'est évidemment bien peu, convinrent les bœufs.

– Regarder le monde d'un peu haut, c'était tout de même bien agréable», soupira le cheval.

Profitant de cette détente, les petites ouvrirent leurs boîtes de peinture et se mirent au travail. Marinette peignit l'âne en prenant bien garde, cette fois, à lui faire quatre pattes. Delphine peignit le cheval, avec, à ses pieds, un coq réduit à de justes proportions. La besogne avançait rapidement. Le canard en était tout réjoui. Leurs portraits finis, les deux animaux affirmèrent qu'ils en étaient pleinement satisfaits. Toutefois, l'âne ne retrouva pas les deux pattes qui lui manquaient, pas plus que le cheval n'augmenta de volume. Ce fut pour tout le monde une vive déception et le canard eut un commencement d'inquiétude. Il demanda à l'âne s'il n'éprouvait pas au moins une démangeaison à l'endroit où manquaient les deux membres, et au cheval s'il ne se sentait pas un peu à l'étroit dans sa peau. Mais non, ils ne sentaient rien.

«Il faut le temps, dit le canard aux petites. Pendant que vous peindrez les bœufs, tout va s'arranger, j'en suis sûr.»

Delphine et Marinette entreprirent chacune le portrait d'un bœuf en partant des cornes et, pour le reste, s'en remettant à leur mémoire qui les servit assez fidèlement. Elles avaient choisi un papier gris sur lequel le blanc, qui était la couleur des bœufs, ressortait parfaitement. Les bœufs furent également très satisfaits de leurs portraits qu'ils trouvaient des plus ressemblants. Mais leur existence n'en resta pas moins réduite à leurs cornes. Et le cheval et l'âne ne sentaient toujours rien qui annonçât un retour à l'ordre normal. Le canard avait du mal à cacher son anxiété et plusieurs de ses belles plumes perdirent leur éclat.

«Attendons, dit-il, attendons.»

Un quart d'heure passa et rien n'arriva. Avisant un pigeon qui picorait dans le pré, le canard alla lui parler. Pigeon s'envola et revint peu après se poser sur la corne d'un bœuf. «J'ai vu une voiture au tournant du haut peuplier, dit-il. Dedans, il y avait les parents avec un homme.

– Le vétérinaire!» s'écrièrent les petites.

En effet, ce ne pouvait être que lui, et sa voiture ne tarderait guère. C'était l'affaire de quelques minutes. Voyant la frayeur des petites et songeant à la colère des parents, les bêtes étaient très malheureuses. «Allons, dit le canard, faites encore un effort. Pensez que tout arrive par votre faute, parce que vous avez fait vos mauvaises têtes.»

L'âne se secoua de son mieux pour faire revenir ses deux pattes, les bœufs se raidirent pour exister et le cheval avala un grand coup d'air pour se regonfler, mais rien n'y fit. Les pauvres bêtes en étaient toutes confuses. Bientôt, l'on entendit le bruit de la voiture roulant sur la route et l'on n'espéra plus rien. Les petites étaient devenues très pâles et tremblaient de peur dans l'attente du savant vétérinaire. L'âne en eut une si grande peine qu'il s'approcha de Marinette en boitillant de ses deux pattes et se mit à lui lécher les mains. Il voulut lui demander pardon et lui dire quelque chose de doux, mais trop ému, la voix lui manqua et ses yeux s'emplirent de larmes qui tombèrent sur le portrait. C'étaient les larmes de l'amitié. À peine furent-elles tombées sur le papier que l'âne sentit une assez vive douleur dans tout le côté droit et qu'il se retrouva d'aplomb sur ses quatre membres. Ce fut pour tout le monde un grand réconfort et les petites se reprirent à espérer. À vrai dire, il était bien tard, la voiture ne se trouvant plus maintenant qu'à cent mètres de la ferme. Mais le canard avait compris. Saisissant dans son bec le portrait du cheval, il le lui mit promptement sous le nez et fut assez heureux pour y recevoir une larme. Le résultat ne se fit pas attendre. On vit grossir le cheval à vue d'œil et, le temps de compter jusqu'à dix, il revenait à ses dimensions habituelles. La voiture n'était plus alors qu'à trente mètres de la ferme.

Toujours un peu lents à s'émouvoir, les bœufs commençaient à se recueillir sur leurs portraits. L'un d'eux, ayant réussi à se tirer une larme, reprit corps au moment précis où la voiture entrait dans la cour de la ferme. Les petites faillirent battre des mains, mais le canard restait soucieux. C'est qu'il y avait encore un bœuf qui n'existait pas. Ce bœuf-là était plein de bonne volonté, mais les larmes n'étaient pas son fort et on ne l'avait jamais vu pleurer. Toute son émotion et son désir de bien faire ne lui humectaient pas seulement le coin des paupières.

Le temps pressait, car les voyageurs descendaient de voiture. Sur l'ordre du canard, le chien courut à leur rencontre afin de retarder leur arrivée et, faisant fête au vétérinaire, il se mit si bien dans ses jambes qu'il eut la chance de le faire tomber à plat ventre dans la poussière. Les parents couraient aux quatre coins de la cour à la recherche d'une trique qu'ils avaient juré de casser sur le dos du chien. Puis ils songèrent à relever le vétérinaire, et, quand ce fut fait, lui brossèrent ses vêtements. Le tout dura entre quatre et cinq minutes. Pendant ce temps-là, sur le pré, tout le monde regardait avec angoisse vers les cornes du bœuf qui n'existait pas. Bien qu'il s'y appliquât de tout son cœur, le pauvre bœuf n'arrivait pas à pleurer. «Je vous demande pardon, mais je sens bien que je ne pourrai pas», dit-il aux petites.

Il y eut un instant de découragement presque général. Le canard lui-même en perdait la tête. Seul, l'autre bœuf, celui qui venait de reprendre corps, gardait encore à peu près son sang-froid. L'idée lui vint de chanter à son compagnon une chanson qu'ils avaient chantée ensemble jadis, au temps où ils n'étaient encore que de jeunes veaux. Sa chanson commençait ainsi :

> *Un veau seulet*
> *Buvant son lait,*
> *Meuh, meuh, meuh,*
> *Vint une vachette*
> *Qui broutait l'herbette,*
> *Meuh, meuh, meuh.*

C'était un air un peu languissant qui semblait devoir incliner à la mélancolie. En effet, dès le premier couplet, le résultat espéré commença de se faire sentir. Les cornes du bœuf qui n'existait pas eurent comme un frémissement. Ayant soupiré à plusieurs reprises, le pauvre animal finit par avoir une larme au coin de l'œil, mais si petite qu'elle ne put couler. Heureusement, Delphine la vit briller, et, la cueillant à la pointe de son pinceau, la déposa sur le portrait. Tout aussitôt, le bœuf se reprit à exister, devint visible et palpable. Il était grand temps. Encadrant le vétérinaire, les parents venaient d'apparaître au bout du pré. À la vue des bœufs, de l'âne bien planté sur quatre pattes et du cheval qui se redressait de toute sa haute taille, ils restèrent muets d'étonnement. Le vétérinaire, que sa chute à plat ventre avait mis de mauvaise humeur, demanda en ricanant :

«Eh bien, ce sont là les bœufs qui n'existent pas, l'âne qui a perdu deux pattes et le cheval devenu plus petit qu'un lapin? Ils n'ont pas l'air de souffrir beaucoup de leurs petites misères, à ce que je vois.

– C'est à n'y rien comprendre, balbutièrent les parents. Tout à l'heure, dans l'écurie...

– Vous avez rêvé ou bien vous veniez de faire un trop bon repas qui vous avait troublé la vue. Vous auriez mieux fait d'appeler le médecin, il me semble. En tout cas, je n'admets pas qu'on me dérange pour rien. Ah! non, je ne l'admets pas.»

Comme les pauvres parents baissaient la tête et s'excusaient de leur mieux, le vétérinaire se radoucit et ajouta en montrant Delphine et Marinette :

«Enfin, on vous pardonne pour cette fois, parce que vous avez deux jolies petites filles. Pas besoin de les regarder longtemps. On voit tout de suite qu'elles sont sages et obéissantes. N'est-ce pas, petites?»

Les petites étaient toutes rouges et restaient bouche bée, sans oser souffler mot, mais le canard répondit effrontément :

«Oh! oui, monsieur. Il n'y a pas plus obéissantes.»

LES VACHES

*D*elphine et Marinette firent sortir les vaches de l'étable pour les mener paître aux grands prés du bord de la rivière, de l'autre côté du village. Comme elles ne devaient rentrer que le soir, elles emportaient dans un panier leur déjeuner de midi, celui du chien et deux tartines de confiture de groseille pour leur quatre-heures.

« Allez, dirent les parents, et surtout, veillez bien à ce que les bêtes n'aillent pas se gonfler dans les trèfles ou croquer des pommes aux arbres des chemins. Pensez tout de même que vous n'êtes plus des enfants. À vous deux, vous avez presque vingt ans. »

Les parents s'adressèrent ensuite au chien qui flairait avec amitié le panier du déjeuner.

« Et toi, feignant, tâche de faire attention aussi.

– Toujours des compliments, murmura le chien. Ça ne change pas.

– Vous, les vaches, pensez qu'on vous emmène brouter une herbe qui ne coûte rien. N'en perdez pas une bouchée.

– Soyez tranquilles, parents, dirent les vaches. Pour manger, on mangera. »

L'une d'elles ajouta d'une voix aigre :

« On mangerait mieux si on n'était pas toujours dérangées. »

Celle qui venait de parler ainsi était une petite vache grise qu'on appelait la Cornette. Elle avait réussi à gagner la confiance des parents, ne manquant jamais de leur rapporter ce que faisaient les petites et même ce qu'elles ne faisaient pas, car elle prenait un méchant plaisir à les faire gronder et mettre au pain sec.

« Dérangées ? demanda Delphine. Et qui donc te dérange ?

– Je dis ce que je dis », fit la Cornette en s'éloignant.

Derrière elle, le troupeau gagna la route, et les parents restèrent seuls, plantés au milieu de la cour de la ferme et grondant entre les dents :

Première publication, sous le titre « La Cornette et ses amis », dans Comœdia, *7 février 1942, avec deux illustrations d'André Hofer. Repris une première fois en album au format cahier d'écolier illustré par Nathalie Parain, Gallimard, 1942 ; puis dans l'édition de la collection « Blanche » de 1964.*

«Hum! voilà encore une chose qu'il faudra tirer au clair. C'est toujours pareil, quoi. Ces gamines sont deux vraies têtes folles. Ah! heureusement! heureusement qu'il y a la Cornette, si raisonnable et si dévouée, surtout.»

Ils se regardèrent, la tête penchée du côté droit, et ajoutèrent en essuyant une larme d'attendrissement:

«Bonne petite Cornette, va.»

Là-dessus, ils rentrèrent chez eux en grommelant contre l'insouciance de leurs filles.

Le troupeau n'était pas à deux cents mètres de la ferme lorsqu'il rencontra sur le bord du chemin une branche de pommier, que l'orage de la nuit avait sans doute arrachée à l'arbre. Au risque de s'étrangler, les vaches se mirent à croquer des pommes. La Cornette, qui allait en avant, était passée à côté de l'aubaine sans y prendre garde. Lorsqu'elle s'en avisa, elle revint sur ses pas, mais trop tard. Il ne restait plus une pomme.

«C'est ça, dit-elle en ricanant. On vous laisse encore manger des pommes. Tant pis si vous en crevez, hein?

– Oui, dit Marinette, tu rages parce que tu n'en as pas eu.»

Les petites se mirent à rire et les vaches et le chien aussi. La Cornette était si en colère qu'elle tremblait des quatre pattes. Elle déclara d'une voix rageuse:

«Je vais le dire.»

Déjà elle se dirigeait vers la ferme, mais le chien se mit devant elle et l'avertit:

«Si tu fais encore un pas, je te mange le mufle.»

Il montrait les dents, et son poil se hérissait sur son dos. On voyait bien qu'il était prêt à faire comme il disait et la Cornette en jugea ainsi, car elle rebroussa chemin aussitôt.

«C'est bon, dit-elle, tout ça se retrouvera. Mon tour de rire ne tardera pas longtemps.»

Le troupeau se remit en marche et la Cornette, sans s'arrêter à brouter au long des chemins comme faisaient les autres vaches, prit une bonne avance. En arrivant en vue des grands prés, elle fit une halte assez longue devant une ferme isolée et tint conversation avec la fermière qui étendait du linge sur la haie de son jardin. De l'autre côté de la route, à cent mètres de la ferme, des romanichels avaient dételé le cheval de leur roulotte et, assis au bord du fossé, travaillaient à tresser des paniers. Lorsque le reste du troupeau eut rejoint la Cornette, la fermière arrêta les deux petites et leur dit en montrant la roulotte:

«Faites attention à ces gens-là. C'est du monde qui ne vaut pas cher et qui est capable de tout. Si quelqu'un d'entre eux vient à vous parler, passez votre chemin et ne répondez pas.»

Delphine et Marinette remercièrent poliment, mais sans beaucoup de chaleur. La fermière ne leur plaisait pas. Elles lui trouvaient un air rusé et sournois qui la faisait ressembler à la Cornette, et la seule dent, longue et jaune, qu'elle eût au milieu de la bouche, leur faisait un peu peur. Et le fermier qui, sur le pas de sa porte, les regardait du coin de l'œil, ne leur plaisait pas non plus. Jusqu'alors, l'un et l'autre ne leur avaient jamais adressé la parole que pour leur reprocher de ne pas surveiller leurs vaches et pour les menacer d'aller se plaindre aux parents. Toutefois, en passant devant la roulotte, elles pressèrent le pas, osant à peine jeter un regard de côté. Les romanichels, qui travaillaient en riant et en chantant, n'eurent pas l'air de faire attention à elles.

Aux grands prés, la journée se passa bien, sauf qu'à plusieurs reprises, la Cornette s'en fut marauder dans un champ de luzerne en

bordure de la prairie. Elle y mit tant d'arrogance et d'entêtement qu'à la troisième fois, il fallut une volée de coups de bâton pour la déloger. Comme elle détalait de toute sa vitesse, le chien se suspendit à sa queue et fit ainsi plus de vingt mètres sans toucher terre. « Ça leur coûtera cher », dit-elle en rejoignant le troupeau.

Vers la fin de l'après-midi, les petites allèrent jusqu'à la rivière pour causer avec les poissons, et le chien, qui eût mieux fait de garder le troupeau, tint à les accompagner. Du reste, la conversation manqua d'intérêt. Elles ne virent d'autre poisson qu'un gros brochet presque idiot qui, à tout ce qu'on lui disait, se contentait de répondre : « Comme je dis souvent, un bon repas et un bon somme par-dessus, il n'y a encore que ça qui compte. » Renonçant à en tirer autre chose, les bergères et leur chien regagnèrent le milieu de la prairie. Le troupeau paissait tranquillement, mais la Cornette avait disparu. Les autres vaches, trop occupées à bien brouter, ne l'avaient pas vue s'éloigner.

Delphine et Marinette ne doutaient pas que la Cornette fût rentrée tout droit à la maison afin d'y être la première et de monter la tête aux parents avec une histoire de sa façon. Dans l'espoir de la rejoindre avant qu'elle eût atteint la ferme, elles quittèrent aussitôt les grands prés et ramenèrent les vaches au pas gymnastique.

Les parents n'étaient pas encore rentrés des champs, mais nulle part il n'y avait trace de la Cornette et personne ne l'avait vue. Les petites perdaient la tête, et le chien, songeant à ce qui l'attendait, n'en menait pas large. Dans la cour, il y avait un canard d'un très beau plumage et qui avait beaucoup de sang-froid.

« Ne nous affolons pas, dit-il. Vous allez d'abord traire les vaches et porter le lait à la laiterie. Après, nous aviserons. »

Les petites suivirent le conseil du canard. Elles étaient déjà revenues de la laiterie lorsque les parents arrivèrent à la ferme. Il faisait nuit noire et dans la cuisine, la lampe était allumée.

« Bonjour, dirent les parents. Tout s'est bien passé ? Rien de nouveau ?

– Ma foi non, répondit le chien. Rien de nouveau.

– Toi, tu parleras quand on t'interrogera. En voilà un animal ! Alors, petites, rien de nouveau ?

– Non, rien, dirent les petites en rougissant et avec des voix toutes chevrotantes. Tout a été à peu près…

– À peu près ? Hum ! Allons voir un peu ce qu'en pensent les bêtes. »

Les parents quittèrent la cuisine, mais le chien les avait déjà précédés et rejoignait le canard qui l'attendait à la place de la Cornette, tout au fond de l'étable.

«Bonsoir, les vaches, dirent les parents. La journée a été belle?
– Une journée superbe, parents. Jamais encore on n'avait mangé d'une aussi bonne herbe.
– Allons, tant mieux. Et autrement, pas d'ennuis?
– Non, pas d'ennuis.»
Dans l'obscurité, à tâtons, les parents s'avancèrent d'un pas vers le fond de l'étable.
«Et toi, brave petite Cornette, tu ne dis rien?»
Le chien, auquel le canard soufflait tous les mots, répondit d'une voix dolente:
«J'ai si bien mangé, voyez-vous, que je tombe de sommeil.
– Ah! la bonne vache! Voilà qui fait plaisir à entendre. Aujourd'hui, en somme, tu n'as pas été trop dérangée?
– Je n'ai pas à me plaindre de personne...»
Le chien marqua un temps d'hésitation, mais pressé par le canard, il ajouta sans beaucoup d'empressement:
«Non, je n'ai pas à me plaindre, sauf que cette sale bête de chien s'est encore pendu à ma queue. Vous direz ce que vous voudrez, parents, mais la queue d'une vache n'est pas faite pour servir de balançoire à un chien.
– Bien sûr que non. Ah! la vilaine bête! Mais, sois tranquille, tout à l'heure, il aura son compte de coups de sabot dans les côtes. En ce moment, il ne se doute pas de ce qui l'attend.
– Ne le frappez pas trop fort tout de même. Au fond, vous savez, ce qu'il m'a fait là, c'était bien un peu pour rire.
– Non, non, pas de pitié pour les mauvais bergers, il sera roué de coups comme il le mérite.»
Là-dessus, les parents regagnèrent la cuisine. Le chien s'y trouvait déjà, couché sous le fourneau.
«Arrive ici, toi! lui crièrent ses maîtres.
– Tout de suite, dit le chien. Mais on dirait que vous n'avez pas l'air d'être contents de moi. Vous savez, bien souvent, on se fait des idées...
– Viendras-tu?
– Je viens, je viens. En tout cas, je fais mon possible. Il faut vous dire que je souffre d'un rhumatisme dans le côté droit...
– Justement, il y a un bon médicament qui t'attend.»
Et en disant cela, les parents regardaient le nez de leurs sabots avec un air cruel. Les petites plaidèrent pour le chien et, comme ils croyaient n'avoir rien à leur reprocher, ils voulurent bien se contenter de lui administrer un seul coup de sabot chacun.

Le lendemain matin, en venant traire les vaches, les parents virent que la Cornette n'était pas dans l'étable. À sa place, il y avait un seau plein de lait encore tiède fourni par les autres vaches.

« Tout à l'heure, pendant que vous étiez au grenier, expliqua le canard, la Cornette se plaignait d'avoir mal à la tête. Elle a demandé aux petites de la traire tout de suite et Marinette vient de l'emmener aux grands prés.

– Puisque la Cornette le demandait, les petites ont bien fait », dirent les parents.

Cependant, Marinette s'en allait seule vers les grands prés. La fermière qui n'avait qu'une dent était dans la cour de sa ferme. Elle s'étonna de voir la bergère sans son chien et sans son troupeau.

« Ah ! si vous saviez ce qui nous est arrivé, dit Marinette. Hier après-midi, on a perdu une vache. »

La fermière déclara n'avoir pas vu la Cornette. Elle ajouta en montrant, de l'autre côté de la route, les romanichels qui prenaient leur petit déjeuner du matin devant la roulotte :

« En ce moment, il ne fait pas bon laisser traîner des bêtes ou quoi que ce soit. Ce n'est pas perdu pour tout le monde. »

En s'éloignant, Marinette risqua un coup d'œil vers la roulotte, mais n'osa pas interroger les bohémiens. Du reste, elle ne croyait pas qu'ils eussent volé la Cornette. Où l'auraient-ils mise ? La porte de la roulotte était trop étroite pour qu'une vache y pût passer. Pendant qu'elle était seule aux grands prés, elle alla jusqu'à la rivière s'informer auprès des poissons si une vache n'avait pas péri la veille en s'aventurant dans quelque trou d'eau. Mais aucun des poissons qu'elle interrogea n'avait rien appris de pareil.

« On le saurait déjà, fit observer une carpe. Dans la rivière, les nouvelles vont vite. D'ailleurs, mon fils en aurait été averti dès hier soir. Vous pensez, il est toujours par creux et par gués. »

Rassurée, Marinette rejoignit le troupeau qui arrivait sur les grands prés. Delphine s'inquiéta de la conversation qu'avait eue sa sœur avec la fermière. Celle-ci n'allait pas manquer, si elle rencontrait les parents, de leur parler de la Cornette.

« C'est vrai, convint Marinette. Je n'y ai pas pensé. »

Jusqu'à la fin de la matinée, les petites voulurent espérer qu'après une nuit passée à la belle étoile, et sa rancune apaisée, la Cornette leur reviendrait. Mais le temps passait sans qu'on vît rien venir. Les vaches prenaient part à l'anxiété des deux bergères et, très peinées, ne pensaient plus guère à brouter. À midi, tout espoir de retour était perdu. Ayant déjeuné rapidement, les petites décidaient d'aller explorer la forêt voisine. Elles voulaient croire que la Cornette n'avait pas été volée, mais qu'ayant cherché une cachette dans les bois, elle s'y était égarée.

« Vous allez rester seules sur les prés, dit Delphine aux vaches. On aurait pu vous laisser le chien, mais il rendra plus de services en nous accompagnant dans les bois. Promettez-nous d'être raisonnables. N'allez pas dans les trèfles et attendez notre retour pour aller boire à la rivière.

– Soyez tranquilles, promirent les vaches. Vous pouvez compter sur nous. On ne nous verra ni dans les trèfles, ni à la rivière. Vous avez bien assez de soucis comme ça sans qu'on aille vous en causer d'autres. »

Ayant passé la rivière, les petites s'engagèrent dans la forêt où elles firent un long chemin. Le chien courait par les sentiers en tous sens, battant les buissons et les taillis. Mais on eut beau chercher et appeler la Cornette à tous les échos, ce fut peine perdue. On interrogea les habitants de la forêt, lapins, écureuils, chevreuils, geais, corbeaux, pies, et nul d'entre eux n'avait connaissance qu'une vache se fût égarée dans les bois. Un corbeau eut même l'obligeance d'aller prendre des renseignements jusqu'à l'autre bout de la forêt et là non plus, personne n'avait entendu parler d'une vache égarée. On ne pouvait que perdre son temps à poursuivre les recherches. La Cornette était ailleurs.

Un peu découragées, Delphine et Marinette revinrent sur leurs pas. Il n'était pas loin de 4 heures après midi et il y avait bien peu de chances que la Cornette se retrouvât avant la fin de la journée.

« Il va falloir recommencer ce soir, soupirait le chien. C'est bien rare si je m'en tire sans recevoir encore deux ou trois coups de sabots. »

Aux grands prés, une mauvaise surprise attendait les voyageurs. Les vaches n'étaient plus là. Le troupeau tout entier avait disparu et rien n'indiquait ou ne laissait soupçonner la direction qu'il avait prise. À ce nouveau coup, les petites se mirent à pleurer, et le chien, à qui l'avenir apparaissait sous la forme d'une interminable file de paires de sabots, ne put retenir ses larmes. Comme il n'y avait rien d'utile à faire sur le pré, on décida de regagner la maison.

Les bohémiens n'étaient plus auprès de la roulotte et la chose parut un peu suspecte. Interrogée, la fermière ne put fournir aucun renseignement sur la direction qu'avaient prise les vaches, mais elle laissa entendre que les bohémiens ne l'ignoraient pas. Elle se plaignit d'avoir perdu un poulet qui n'était pas rentré la veille et ajouta qu'il n'était peut-être pas bien loin, à moins qu'il ne fût déjà mangé.

Les parents n'étaient pas encore rentrés à la maison. À l'entrée de la cour, le canard, le chat, le coq, les poules, les oies et le cochon guettaient l'arrivée des petites pour avoir des nouvelles de la Cornette et furent bien étonnés de les voir apparaître seules avec le chien. La nouvelle de la disparition des vaches les mit en effervescence. Les oies se lamentaient, les poules couraient en tous sens, le cochon criait comme si on l'eût écorché et, par sympathie pour le chien dont le découragement faisait pitié, le coq s'était mis à aboyer. Le chat, qui se mordait les lèvres pour dissimuler son émotion, avala sa moustache et manqua s'étrangler. Les petites, au milieu de cette compassion bruyante, s'étaient remises à pleurer et leurs sanglots ajoutaient au tumulte. Le canard, seul, était resté calme. Il en avait vu bien d'autres.

« Rien ne sert de gémir, dit-il après avoir réclamé le silence. Si, comme hier soir, il fait nuit quand les parents rentreront, tout peut encore s'arranger, mais il nous faut, sans perdre de temps, nous préparer à les accueillir. »

Il donna à chacun des instructions précises et s'assura ensuite qu'il avait été compris. Le cochon l'écoutait avec impatience et à chaque instant essayait de l'interrompre.

«Tout ça est très joli, dit-il enfin, mais il y a autre chose de plus important.

– Et quoi donc, s'il te plaît?

– C'est de retrouver les vaches.

– Bien sûr, soupirèrent Delphine et Marinette, mais comment faire?

– Je m'en charge, déclara le cochon. Vous pouvez avoir confiance en moi. Demain avant midi, j'aurai retrouvé les vaches.»

Quelques semaines auparavant, le cochon avait fréquenté un chien policier dont les maîtres étaient en vacances dans le village. Depuis qu'il avait entendu le récit des aventures du policier, il ne rêvait plus qu'à réaliser de semblables exploits.

«Demain à l'aube, je me mets en campagne. Je crois que je tiens une bonne piste. Tout ce que je vous demanderai, vous, les petites, c'est de me procurer une fausse barbe.

– Une fausse barbe?

– Pour ne pas qu'on me reconnaisse. Avec une fausse barbe, je passe inaperçu n'importe où.»

Les espoirs du canard ne furent pas déçus. En effet, il faisait nuit lorsque les parents arrivèrent. Après quelques minutes de conversation avec les petites, ils passèrent dans l'étable où l'obscurité était complète.

«Bonsoir, les vaches. La journée s'est bien passée?»

Et le coq, les oies, le chat et le cochon, qui occupaient chacun la place d'une vache, répondirent en enflant la voix:

«On ne peut mieux, parents. Un temps clair, une herbe tendre, une compagnie agréable, que peut-on demander de mieux?

– En effet. Voilà une belle journée.»

Les parents s'adressèrent ensuite à une vache dont la place était tenue par le chat.

«Et toi, la Rouge? Ce matin, tu avais moins belle mine que d'habitude. As-tu bien mangé aujourd'hui?

– Miaou», répondit le chat qui était sans doute un peu distrait ou ému.

Delphine et Marinette, qui se tenaient sur le seuil de la porte, se mirent à trembler, mais le chat reprit aussitôt:

«Encore cet imbécile de chat qui vient rôder sous mes pieds, mais si je lui ai marché sur la queue, c'est bien fait pour lui. Vous me demandez si j'ai bien mangé? Ah! parents! J'ai mangé comme jamais de ma vie, si bien que ce soir mon ventre traîne presque par terre.»

Les parents étaient tout réjouis de cette réponse et ils eurent envie de palper une panse aussi bien nourrie. Un peu plus, tout était perdu. Heureusement, le chien les appela du fond de l'étable et ils se dirigèrent aussitôt de son côté.

«Brave petite Cornette. Mais comment va ton mal de tête de ce matin?

– Je vous remercie, parents, je me sens vraiment mieux. Mais vous pouvez croire que, ce matin, j'ai été bien peinée de partir sans vous avoir dit au revoir. J'en suis restée triste toute la journée.

– Ah! la bonne petite bête que nous avons là, dirent les parents. Ça vous réchauffe le cœur.»

Et en effet, leur cœur était si débordant de tendresse qu'ils voulurent embrasser la Cornette ou au moins lui appliquer sur les flancs quelques claques d'amitié. Mais avant qu'ils eussent seulement posé le pied sur la litière de paille, le bruit d'une querelle les attira à l'autre bout de l'étable.

«Je lui casserai les reins, criait le chat avec sa voix de vache. Je lui arracherai poils et moustache, à ce gringalet!

– Prends garde, poursuivait-il avec sa voix de chat. Tout gringalet que je suis, je me charge de t'apprendre les belles manières.»

Comme les parents demandaient ce qui se passait, le cochon expliqua: «C'est le chat qui vient encore se fourrer dans les pattes du chat. Je veux dire, c'est la vache... non, le chat...

– C'est bon! firent les parents. On a compris. Le chat n'a rien à faire ici. Va-t'en, chat.»

En quittant l'étable, ils se ravisèrent et, tournant la tête, demandèrent: «À propos, Cornette, il n'y a pas eu aujourd'hui de nouveau scandale aux grands prés? Ne nous cache rien.

– Ma foi, non, parents, je ne vois rien à vous signaler. Je tiens même à vous dire que le chien s'est très bien conduit.

– Ah! ah! c'est bien surprenant.

– Jamais je ne l'avais vu aussi sage, aussi tranquille. À croire qu'il a dormi du matin au soir.

– Dormi? En voilà d'une autre! Est-ce qu'il se figure, ce fainéant, qu'on le nourrit à dormir et à ne rien faire? Il va avoir de nos nouvelles.

– Écoutez, parents, il faut être juste...

– C'est bien pourquoi il va recevoir la correction qu'il mérite.»

Quand les parents arrivèrent dans la cuisine, le chien était couché sous le fourneau. Ils lui dirent: «Arrive ici, toi, fainéant.» Comme la veille, les petites s'entremirent et comme la veille, le chien s'en tira avec un double coup de sabot dans l'arrière-train.

Le lendemain matin, les choses se passèrent très bien et très simplement. Les parents, pour se lever, avaient l'habitude de se régler avec le chant du coq. Ce matin-là, par ordre du canard, le coq ne chanta pas et les parents, derrière leurs persiennes closes, restèrent endormis. S'étant habillées en silence, les petites vinrent à la cuisine prendre leur panier à provisions et s'éloignèrent comme elles étaient venues, sur la pointe des pieds. Le cochon, qui ne tenait pas en place, les attendait dans la cour.

«Est-ce que vous avez pensé à ma fausse barbe?» leur demanda-t-il à voix basse.

Elles lui ajustèrent une barbe de maïs, très bien fournie, blonde avec des reflets roux, et qui lui montait jusqu'aux yeux. Il exultait:

«Vous m'attendrez aux grands prés, dit-il, et avant midi, je vous ramènerai le troupeau mort ou vif.

– Il vaudrait mieux vif, fit observer une oie.

– Naturellement, mais les faits sont les faits et je n'y peux rien. Du reste, si mes déductions sont exactes, nos vaches doivent être encore en vie.»

Le cochon laissa partir les petites et le chien. Cinq minutes plus tard, il se mettait lui-même en route. Il allait lentement, en se donnant des airs de flâner pour ne pas attirer l'attention.

Il était 8 heures du matin lorsque les parents s'éveillèrent. Ils n'en croyaient pas leurs yeux.

«J'ai eu beau m'égosiller pendant trois quarts d'heure, dit le coq, je n'ai pas réussi à vous tirer du lit. À la fin, j'y ai renoncé.

– Les petites n'ont pas osé vous réveiller, dit le canard. Elles ont emmené les vaches comme d'habitude et tout s'est bien passé. Pendant que j'y pense, la Cornette m'a chargé de vous dire qu'elle n'a plus mal à la tête.»

Les parents qui, de leur vie, ne s'étaient levés aussi tard, furent si troublés qu'ils se crurent malades et n'allèrent pas aux champs ce jour-là.

Vers 10 heures du matin, après avoir rôdé dans le village, le cochon, par des chemins détournés, rejoignit les petites aux grands prés. En le voyant arriver, la tête haute et la barbe en éventail, le cœur leur battit.

«Tu les as retrouvées?

– Naturellement. C'est-à-dire que je sais où elles sont.

– Où sont-elles?

– Minute, fit le cochon. Vous êtes bien pressées. Laissez-moi au moins m'asseoir. Je n'en peux plus.»

Il s'assit sur l'herbe en face des petites et du chien et dit en se passant la patte dans la barbe:

«Au premier abord, l'affaire paraît compliquée et quand on veut bien réfléchir un peu, elle est extrêmement simple. Suivez bien mon raisonnement. Puisque les vaches ont été volées, elles n'ont pu l'être que par des voleurs.

– En effet, accordèrent les petites.

– D'autre part, c'est une chose bien connue que des voleurs sont des gens mal habillés.

– C'est la pure vérité, dit le chien.

– Cela nous amène à poser la question suivante: quels sont les gens les plus mal habillés du village? Essayez de trouver.»

Les petites citèrent plusieurs noms, mais le cochon secouait la tête avec un sourire malin.

«Vous n'y êtes pas, dit-il enfin. Les gens les plus mal habillés du pays, ce sont ces bohémiens qui campent depuis deux jours sur le bord de la route. Donc, ce sont eux qui ont volé nos vaches.

– Je l'avais toujours pensé! s'écrièrent en même temps les deux bergères et le chien.

– Oui, bien sûr, fit le cochon. Maintenant, il vous semble avoir découvert vous-mêmes la vérité. Bientôt, vous aurez oublié qu'elle vous a été imposée par la clarté de mon raisonnement. Le monde est ingrat. Il faut bien s'y résigner.»

Il eut un accès de mélancolie, mais on lui fit tant de compliments qu'il retrouva bientôt sa belle humeur.

«À présent, il me reste à aller trouver les voleurs et à en tirer des aveux complets. Pour moi, ce n'est plus qu'un jeu.

– Je peux t'accompagner, offrit le chien.

– Non, c'est une affaire trop délicate. Ta présence risquerait de tout gâter. Du reste, j'opère seul.»

Il renouvela sa promesse de ramener le troupeau avant midi et, quittant les grands prés, disparut aux regards des petites. Lorsqu'il arriva auprès des bohémiens, ceux-ci étaient assis en rond et tressaient des paniers. En vérité, ils étaient très mal habillés et leurs guenilles les couvraient à peine. À quelques pas de la roulotte broutait un vieux cheval tout aussi misérable que ses maîtres si l'on considérait sa maigreur. Le cochon s'avança sans hésiter et dit d'une voix joviale :

«Bonjour la compagnie!»

Les bohémiens toisèrent le nouveau venu et l'un d'eux, avec un air distant, répondit seul à son salut.

«Tout le monde va bien chez vous? demanda le cochon.

– Ça va, répondit l'homme.

– Les enfants vont bien?

– Ça va.

– La grand-mère aussi?

– Ça va.

– Le cheval aussi?

– Ça va.

– Les vaches aussi?

– Ça va.»

L'homme, qui avait répondu sans y penser, se reprit aussitôt.

«Pour ce qui est des vaches, dit-il, elles ne risquent pas de tomber malades. Nous n'en avons point.

– Trop tard! triompha le cochon. Vous avez avoué. C'est vous qui avez pris les vaches.

– Qu'est-ce que c'est que cette histoire-là?» fit l'homme en fronçant le sourcil.

«Suffit, répliqua le cochon. Rendez-moi les vaches que vous avez volées, sinon...»

Il n'eut pas le temps d'en dire plus long. Les bohémiens s'étaient levés et lui administraient une correction qui mit sa barbe fort mal en point. Ses menaces et son indignation ne faisaient qu'accroître leur ardeur. Il réussit enfin à leur échapper et, tout endolori, semant sur son chemin les poils de sa barbe, alla se réfugier dans la cour de la ferme voisine où les fermiers lui firent bon accueil.

Il était 2 heures de l'après-midi et, aux grands prés, les petites se morfondaient à attendre le cochon lorsqu'elles virent arriver le canard qui venait aux nouvelles. Il goûta beaucoup les raisons qui avaient conduit le cochon à soupçonner les romanichels.

«Il faut toujours juger les gens sur la mine, dit-il. Le tout est de ne pas se tromper. Pour notre ami, je suppose qu'il n'est pas bien loin. À l'heure qu'il est, il doit se trouver en compagnie de la Cornette et des autres vaches. Allons les chercher.»

Les petites, accompagnées du canard et du chien, se rendirent à la roulotte où elles ne virent personne, car les bohémiens étaient allés dans le village vendre les paniers fabriqués le matin. Le canard ne s'inquiéta même pas de cette absence. La tête baissée, il semblait examiner les cailloux du chemin.

«Voyez donc, dit-il, ces grands poils jaunes semés de distance en distance. Le cochon n'aurait pas mieux fait s'il avait voulu jouer au petit Poucet avec sa barbe. Tous ces poils nous conduiront bien quelque part.»

En suivant le chemin jalonné par les poils de la barbe, les quatre compagnons arrivèrent bientôt dans la cour de la ferme voisine. Les fermiers s'y trouvaient justement.

«Bonjour, dit le canard. À ce que je vois, vous êtes toujours aussi laids. Comment se fait-il qu'avec d'aussi vilaines bobines, vous ne soyez pas encore en prison?»

Tandis que les fermiers se regardaient avec ébahissement, le canard se tourna vers Delphine et Marinette:

«Petites, leur dit-il, allez ouvrir la porte de l'étable et entrez tranquillement. Vous trouverez là des personnes de connaissance qui ne seront pas fâchées de prendre un peu l'air.»

Déjà les fermiers se précipitaient pour défendre la porte de l'étable, mais le canard les avertit:

«Si vous bougez seulement le petit doigt, je vous fais dévorer par mon vieil ami.»

Pendant que le chien tenait les fermiers en respect, les petites entraient dans l'étable d'où elles ressortaient bientôt en poussant devant elles le cochon et le troupeau de vaches. La Cornette, qui cherchait à se dissimuler parmi ses compagnes, ne paraissait pas fière. Les fermiers baissaient piteusement la tête.

«Vous avez l'air d'aimer beaucoup les bêtes, dit le canard.

– C'était pour rire, assura la fermière. Avant-hier, la Cornette est venue me demander de l'héberger pendant deux ou trois jours. C'était pour faire une farce aux petites.

– C'est faux, rectifia la Cornette. Je vous ai demandé de m'héberger pour une nuit seulement et le lendemain, vous m'avez retenue de force.

– Et les autres vaches ? demanda Delphine.

– J'avais peur que la Cornette s'ennuie. Alors, j'ai pensé à aller lui chercher de la compagnie.

– Elle est venue nous trouver aux grands prés, expliqua une vache. Elle nous a dit que la Cornette était malade et qu'elle nous réclamait. On l'a suivie sans méfiance.

– C'est comme moi, grommela le cochon. Tout à l'heure, quand elle m'a fait entrer dans l'étable, je ne me méfiais pas du tout.»

Après avoir vertement admonesté les fermiers et prédit qu'ils finiraient leur vie en prison, le canard emmena tout son monde. Sur la route, il se sépara des petites qui conduisaient les vaches aux grands prés, et rentra à la maison en compagnie du cochon. Celui-ci songeait avec amertume à sa mésaventure et à la vanité des plus beaux raisonnements.

«Dis-moi, canard, demanda-t-il, comment as-tu deviné que les fermiers étaient les voleurs ?

– Ce matin, le fermier est passé sur la route, devant la maison. Comme les parents étaient dans la cour, il s'est arrêté un instant à parler avec eux et j'ai remarqué qu'il ne soufflait pas un mot de la disparition des vaches, quoiqu'il en ait été informé la veille par les petites.

– Comme il savait qu'elles n'avaient rien dit aux parents, il aurait pu se taire simplement pour ne pas les faire gronder.

– D'habitude, sa femme et lui, justement, ne manquent jamais une occasion de les faire gronder. Du reste, ils ont des têtes de voleurs.

– Ce n'était pas une preuve.

– C'en était une pour moi. À elle seule, elle m'aurait suffi. Mais tout à l'heure, quand les poils de la barbe m'ont eu conduit jusqu'au seuil de leur étable, je n'ai plus eu le moindre doute.

– Et pourtant, soupira le cochon, ils étaient mieux vêtus que les bohémiens.»

Le soir, quand les petites ramenèrent les vaches à la maison, les parents se trouvaient dans la cour. La Cornette les aperçut de loin et, se détachant du troupeau, elle courut jusqu'à eux.

«Je vais vous expliquer comment l'affaire s'est passée, dit-elle. Tout est de la faute des petites.»

Elle entreprit un récit où il était question de son absence et de celle des autres vaches. Pour les parents qui croyaient se souvenir d'avoir

parlé à leurs bêtes la veille au soir, ses paroles étaient incompréhensibles. Désavouée par les autres vaches et par le cochon, elle
faillit s'étrangler de fureur.

«Depuis quelques semaines, fit observer le canard, cette pauvre
Cornette perd complètement la tête. Son idée fixe est de faire punir
les petites et le chien en racontant n'importe quoi.

– En effet, approuvèrent les parents, c'est ce qu'il nous avait semblé
aussi.»

Depuis ce jour-là, les parents n'accordent plus aucun crédit aux rapports de la Cornette. Elle en est si contrariée qu'elle a perdu l'appétit et n'a presque plus de lait. À l'heure qu'il est, il est question de la
manger.

CONFIDENCES

*L*e nouveau ne retint pas longtemps l'attention. Mince, une figure de fille et rougissant facilement, il répondait au nom de Gustave Laduret, né en 1932 dans le quatorzième arrondissement. Le maître le fit asseoir au bout d'une rangée à côté d'un nommé Majorel et personne ne pensa plus à lui. Gustave, les bras croisés sur la table, attentif à la leçon, osait à peine jeter un regard de côté, quelque démangeaison qu'il en eût. Son voisin Majorel lui parut être un garçon remarquable. C'était un costaud, d'une figure rieuse et colorée et qui employait joyeusement son temps. En moins d'une heure, il se fut attiré trois réprimandes et fait flanquer cinquante lignes par le maître. Il avait laissé échapper d'une boîte en carton un hanneton et deux araignées, collé une chique de papier mâché sur la nuque d'un camarade, soufflé une bourde à un voisin qui récitait sa leçon et fait cent choses pareilles, toutes aussi heureusement inspirées. En outre, il portait des culottes de golf et savait faire bouger ses oreilles. Un type formidable. Gustave était dans l'admiration et souhaitait ardemment mériter la sympathie d'un garçon aussi bien doué, mais ni le matin, ni l'après-midi, Majorel ne parut s'apercevoir de la présence de son nouveau voisin.

Le soir, à 4 heures, à la sortie de l'école, il se joignit timidement à un groupe composé de Majorel et de deux écoliers et descendit avec eux la rue du Mont-Cenis. Pour la première fois, Majorel prit garde à lui. «Tiens, dit-il, voilà Toto. Bonjour, Toto. Comment ça va, mon vieux Toto?»

Aux premiers mots, les deux autres s'étaient mis à rire et Majorel, sans attendre la réponse, changea aussitôt de conversation. Ravi par l'apostrophe, mais intimidé, Gustave resta d'abord interdit et finit par murmurer:

«Ça va, je te remercie.»

Première publication dans le volume Paris 1943-Arts et lettres, *PUF, décembre 1942; reprise dans le recueil posthume* La Fille du shérif, *Gallimard, 1987.*

Sa réponse ne fut entendue de personne ou bien ne parut pas mériter l'attention. Lui-même la jugea insuffisante, déplorablement banale et, un moment, il eut l'esprit occupé de toutes les reparties qu'il aurait pu faire.

Cependant, l'un des écoliers, nommé Carton, s'était mis à imiter le bruit d'une sirène donnant l'alerte. Sans attendre qu'il eût fini, Majorel fit entendre un ronflement d'avion et les bras en croix, se mit à tourner en rond. Enfin, il lâcha sa torpille, fit «boum» et annonça : «Ça y est, les mecs. En plein sur l'école. Trois mois de vacances.»

Carton, jaloux de sa réussite, contesta qu'elle eût été aussi complète. «Minute, dit-il, ce serait trop facile. Moi, j'étais là. Je t'attendais avec ma D.C.A.

– La D.C.A.? dit Majorel. Je crache dessus en piqué.»

Carton se trouva froissé par ce mépris de la D.C.A. Il expliqua que son père était artilleur dans la D.C.A. et ajouta avec orgueil :

«Il est prisonnier.

– Le mien aussi, dit Majorel en se redressant de toute sa taille. Il est prisonnier en Autriche.

– Le mien, il est en Silésie.»

Les deux écoliers échangèrent un regard d'estime. Spontanément, Majorel concéda que la D.C.A. pouvait avoir son utilité et, revenant aux pères prisonniers, fit entendre avec emphase que leur commune adversité rapprochait singulièrement les fils. C'était entre eux à la vie, à la mort, précisa-t-il. La grandeur des situations et tant de pathétique éloquence firent passer un frisson au cœur de Gustave.

Le groupe s'était engagé dans l'escalier de la rue du Mont-Cenis. Majorel allait en avant avec Carton qu'il prenait par l'épaule d'un geste fraternel. Après le temps de recueillement qui convenait à la solennité de leur engagement, il se tourna vers celui des écoliers qui s'appelait Ferjeux et, avec une bienveillance un peu hautaine, lui demanda :

«Alors, collègue, qu'est-ce qu'il est devenu, ton père à toi ?

– Il a été démobilisé, répondit Ferjeux. Mais il a été bombardé souvent. Il nous racontait...

– Enfin, quoi, il n'est pas prisonnier», coupa Majorel.

Cette constatation tomba comme une sentence. Ferjeux en fut gêné et crut devoir excuser son père.

«Ça ne s'est pas trouvé», dit-il avec humilité.

Les deux fils de prisonniers s'abstinrent de commentaires désobligeants, mais échangèrent un regard exprimant à la fois une relative indulgence et le sentiment qu'ils avaient de leur supériorité. Majorel se mit à chantonner comme pour faire oublier une révélation d'un caractère regrettable et Ferjeux fut plus sensible à l'injure de cette attitude qu'il ne l'eût été à un reproche dûment formulé.

En arrivant au carrefour, le groupe s'arrêta avant de se disperser. « Je m'en vais par là, dit Gustave. J'habite rue Nicolet.

– Le bonjour à ton canari, lui dit Majorel. Et si jamais il y a le feu chez toi, n'oublie pas d'appeler la sage-femme. »

Chacun s'esclaffa, même Ferjeux qui y mit peut-être un peu trop d'empressement. Majorel, flatté, retint dans la sienne la petite main de Gustave et lui demanda d'un ton affable, un peu pour plaisanter, comme s'il était trop chétif et trop insignifiant pour que la réponse pût faire aucun doute :

« Dis donc, Toto, tu ne nous as pas dit où est ton père ? »

Gustave rougit et répondit avec un accent de fierté discrète :

« Mon père, il est prisonnier aussi. »

Il avait parlé en baissant la tête. Il osa la relever et vit que ses compagnons le regardaient avec d'autres yeux. Majorel prononça encore de fortes paroles qui scellaient une nouvelle alliance. Ils étaient maintenant trois fils de prisonniers et entre eux aussi, c'était à la vie, à la mort. Gustave, enivré par les promesses d'une amitié si belle, prit à peine garde à la solitude mélancolique de Ferjeux.

Sur le chemin de la rue Nicolet, tandis qu'il s'enchantait au souvenir de l'aventure qui le liait à Majorel, l'écolier éprouvait une inquiétude encore vague qui se précisa au moment où il franchissait le seuil de la maison. Il lui semblait sentir soudain le poids d'un fardeau gênant. Il gravit lentement les étages, surtout les derniers, et il aurait presque souhaité que l'escalier fût sans fin. Entre le quatrième et le cinquième, il rencontra une locataire qu'il ne connaissait pas encore, une grande femme maigre à cheveux blancs, et il eut l'impression pénible qu'elle le regardait d'étrange façon, l'air méfiant et réprobateur. Gustave la salua en ôtant sa casquette et, en vérité, elle répondit fort distinctement à son salut en articulant : « Bonjour, mon garçon », mais le ton était dur et plein de reproches. Enfin, comme il arrivait au sixième, une porte s'entrouvrit au fond du palier, celle des voisins Hurtel, les seuls qu'il connût, et une voix de fille ricana : « C'est Gustave. » Avant que la porte se fût refermée, il entendit la même voix répéter son nom, puis d'autres voix, lointaines, s'en emparer à leur tour et bientôt ce fut une rumeur qui semblait suinter de tous les murs de l'étage : « C'est Gustave, disaient les voix. C'est Gustave. »

En poussant la porte de la cuisine, il faillit laisser échapper un cri. Son père était assis à côté du berceau de sa sœur et réparait la poignée de la cafetière avec un morceau de fil de fer. Sa présence n'avait du reste rien de surprenant. Depuis qu'il était en chômage partiel, il passait souvent l'après-midi à la maison pour permettre à la mère d'aller faire la queue à l'épicerie.

«Qu'est-ce que tu as à me regarder avec ces yeux-là? On dirait que tu ne me reconnais pas. Tu n'es pas malade?»

Gustave vint l'embrasser avec une espèce d'empressement craintif. Le père l'examina d'un air soucieux, lui palpa l'épaule de sa grosse main et l'éloigna doucement avec un soupir bref, contenu. Gustave savait ce que signifiaient ce regard et ce soupir. Ils évoquaient la misère des temps et particulièrement la leur, les denrées rares, la vie chère et le demi-salaire, tellement insuffisant qu'il fallait vendre les tickets de viande afin de pouvoir acheter les choses les plus indispensables. À neuf ans, Gustave connaissait les limites étroites et précaires de la pauvreté et savait quelle volonté et quelle vigilance sont nécessaires pour se cramponner à un palier de misère et ne pas descendre plus bas. À la maison, il pouvait voir ses parents absorbés dans cette lutte de chaque instant où il fallait compter, rogner sans cesse, économiser la nourriture, la lumière, la chaleur, les habits, et surtout la colère contre la mauvaise chance. Lui-même avait appris à supporter, sans se plaindre, de rester sur son appétit et à feindre de n'y pas penser. Dans l'effort commun de cette résistance à la misère, la solidarité était si étroite que les cris de la fillette au berceau paraissaient inconvenants, bien qu'elle eût trop souvent l'excuse de n'avoir pas mangé à sa suffisance.

Gustave prit sur la table une tranche de pain sec que sa mère avait préparée pour son goûter. Elle était si mince qu'il eût été facile de la plier en quatre et d'en faire une bouchée. Il y plantait ses dents comme dans une vraie tartine et la mangeait avec lenteur, non pas seulement pour tromper sa faim, mais aussi par discipline, afin de conserver toute sa valeur à une habitude. Pendant qu'il mangeait en levant sur le père des regards furtifs, les paroles qu'il avait prononcées à l'instant de quitter Majorel résonnaient à ses oreilles. Jamais il ne s'était senti coupable d'une aussi noire trahison, non, pas même certain après-midi de jeudi qu'étant préposé à la garde de sa sœur, il avait prélevé sur le biberon un doigt de lait pour y tremper son pain. Ce larcin, auquel il pensait encore avec regret, lui semblait maintenant de peu d'importance. Il n'avait été qu'une faiblesse, une défaillance passagère, presque physique, n'entamant pas sa fidélité à l'effort commun. Le mensonge qu'il avait proféré tout à l'heure, bien qu'il n'entraînât aucune conséquence d'ordre matériel, sa conscience le lui reprochait comme un reniement, un attentat dont la réalité d'abord incertaine avait commencé à se préciser au moment où il franchissait le seuil de la maison et qui prenait toute sa signification en présence du père. Plusieurs fois, Gustave fut pris d'un effroi superstitieux au souvenir de ses propres paroles qui lui semblaient recéler la menace d'une incantation maléfique. Un aveu, seul, aurait pu conjurer le péril et du même coup le délivrer de son remords, mais l'idée d'un effort aussi inhumain le paralysait.

« J'ai à sortir, dit le père tout à coup. Dans une heure, si ta mère n'est pas rentrée, tu penseras à donner le biberon à ta sœur. Prends garde qu'il ne soit pas trop chaud. »

Lorsqu'il eut quitté la cuisine, Gustave éprouva un grand soulagement qui témoignait bien de la gravité de sa faute. Il ne se sentait pas moins coupable, mais sa conscience lui laissait d'agréables répits. Il se souvint avec plaisir des liens d'amitié qui l'unissaient à Majorel pour la vie comme pour la mort et il regretta que le lendemain fût un jeudi, jour sans école pendant lequel il serait privé de son nouvel ami. L'arrivée même de sa mère, tout en ravivant un peu son remords, ne le troubla pas autant qu'il l'avait craint et, jusqu'au dîner, la soirée s'écoula pour lui assez paisiblement.

Ses angoisses recommencèrent au retour de son père qui rapportait de mauvaises nouvelles. Le couvert était mis dans la cuisine. Le père s'assit avec un air de lassitude et informa brièvement :

« Je viens de voir Bruchard. C'est craqué. »

Il avait parlé d'une voix unie, sur le ton de l'indifférence à peine ironique, comme si tous ses efforts pour trouver du travail n'eussent été que de vaines politesses rendues à une fatalité inexorablement contraire. La mère se tenait immobile et, le front plissé, fixait en silence le couvercle de la soupière qu'elle venait de poser sur la table. C'était un drame que Gustave connaissait bien et qui ne l'avait jamais laissé indifférent. Cette fois, il se sentit responsable de l'échec et laissa échapper en pleurant l'aveu qu'il avait cru impossible.

« J'ai dit à Majorel que papa était prisonnier. »

Entrecoupées par les sanglots, les paroles se brouillaient sur ses lèvres grimaçantes. Il réussit à articuler plus clairement :

« Tout à l'heure, en sortant de classe, j'ai dit aux autres que tu étais prisonnier.

– Quelle drôle d'idée, fit le père. Pourquoi as-tu dit ça ? »

À travers ses larmes, Gustave regarda ses parents et constata, non sans étonnement, que leurs visages n'exprimaient ni l'horreur, ni le désespoir, mais seulement la curiosité. Apaisé par cette attitude, il put répondre à la question de son père et raconter de façon intelligible comment il avait été entraîné à faire un mensonge à Majorel. À mesure qu'il poussait son récit, il voyait les visages se détendre dans une expression amusée et il en éprouvait une grande gêne. À la raconter, l'affaire perdait son véritable sens et, il le sentait lui-même, n'avait plus rien de dramatique.

«C'est tout?» demanda le père lorsqu'il eut fini.

Gustave ne trouva rien à répondre. Il se sentait repris d'une envie de pleurer. Ses parents le regardaient en riant d'un petit rire affable qui lui paraissait stupide et il en était humilié pour eux.

«Bien sûr, dit sa mère, tu n'aurais pas dû raconter un mensonge à tes amis. Ce n'est jamais bien de mentir. Mais enfin, il n'y a pas de quoi te mettre non plus dans des états pareils. Ce n'est qu'un petit mensonge qui n'aura fait de tort à personne. Allons, n'y pense plus et mange ton potage. Il va être froid.»

Pendant le temps du repas, Gustave eut l'air absent et resta étranger à la conversation. Le récit qu'entreprit sa mère de ses tribulations chez l'épicier et chez le tripier le laissa visiblement indifférent. Elle remarqua qu'il ne se comportait pas comme à l'ordinaire et l'envoya au lit dès qu'il eut avalé la dernière bouchée.

«Va te coucher, va. Ce soir, tu as l'air abruti, mon pauvre garçon.»

Le lendemain jeudi, Gustave s'éveilla avec une conscience paisible qu'il garda toute la journée. Il joua dans la rue Nicolet avec des enfants de la maison et fit preuve de beaucoup d'entrain. À la maison, ses parents observèrent qu'il n'avait jamais été aussi gai, aussi insouciant. Au déjeuner comme au dîner, il se plaignit d'avoir encore faim et, à plusieurs reprises, réclama du pain. La première fois, il rougit de cette étourderie indiscrète, mais il prit très vite l'habitude de réclamer sans la moindre honte et n'eut même pas le sentiment qu'il était en train de rompre avec une discipline.

Majorel n'avait pas fait sa rédaction et en donna au maître une excuse improbable et futile. Invité à réciter sa leçon d'histoire, ses propos déchaînèrent l'hilarité de ses condisciples. Il croyait ou feignait de croire qu'Étienne Marcel ne fût rien d'autre qu'une station de métro. La coupe déborda lorsqu'en fin de matinée il planta son porte-plume dans la fesse de son voisin de droite. La victime poussa un hurlement et, dressée à son banc, se plaignit que Majorel, outre le dommage à la fesse, lui eût fait une tache d'encre à sa culotte. Vu la gravité de l'affaire et les suites possibles, le maître jugea prudent de se couvrir et décida de traduire le délinquant devant la justice du directeur.

À midi, Gustave laissa s'écouler le flot bavard des écoliers et resta seul devant l'école à attendre la sortie de Majorel que le directeur était en train de confronter avec le plaignant. Il pouvait craindre d'arriver chez lui avec un retard sensible et de s'attirer des reproches, mais il en prenait le risque avec plaisir. Entre Majorel et lui, il ne l'oubliait pas, c'était à la vie, à la mort.

Le plaignant sortit le premier et se trouva en face de Gustave. Lorsqu'il sortit à son tour, Majorel les surprit en train de s'injurier et sur le point d'en venir aux mains. Gustave avait bien fait les choses. À brûle-pourpoint et sans la moindre provocation, il avait traité l'autre de cafard et de dégoûtant. L'arrivée de Majorel rompant l'équilibre des forces, le plaignant s'éloigna sans avoir décoché le coup de pied auquel il pensait.

«Alors ? demanda Gustave.

– La vache, dit Majorel en parlant du directeur, qu'est-ce qu'il m'a passé ! Il va prévenir mes parents.»

Majorel considéra l'avenir d'un air soucieux et ajouta :

«Mon père va drôlement m'agonir.

– Ton père ? Mais je croyais qu'il était prisonnier.

– Prisonnier ! Penses-tu. Y a pas de danger», répondit cyniquement Majorel.

Gustave en eut d'abord le souffle coupé. Il fit observer d'une voix qui venait mal :

«Mais avant-hier, tu disais qu'il était prisonnier.

– Moi, j'ai dit ça ?» s'étonna Majorel.

Il ne s'en souvenait même pas. Le cœur de Gustave se serra. Il sourit amèrement en pensant à leur pacte d'amitié «à la vie, à la mort».

«Prisonnier ! rêvait Majorel à haute voix. Ah ! oui, prisonnier ! Qu'est-ce qui va me tomber sur les os comme tartes et comme coups de pied dans le train. Ils m'arriveront pas d'Allemagne dans une lettre, je te jure.»

Ils descendirent la rue du Mont-Cenis sans échanger d'autres paroles et, au carrefour, se séparèrent sur un salut distrait. Il n'y avait plus d'amitié. À vrai dire, il n'y en avait jamais eu. Gustave pensait à ses parents, à Majorel, et se jugeait bien bête.

LE PASSE-MURAILLE

───────

1943

LE PASSE-MURAILLE

*I*l y avait à Montmartre, au troisième étage du 75 bis de la rue d'Orchampt, un excellent homme nommé Dutilleul qui possédait le don singulier de passer à travers les murs sans en être incommodé. Il portait un binocle, une petite barbiche noire et il était employé de troisième classe au ministère de l'Enregistrement. En hiver, il se rendait à son bureau par l'autobus et à la belle saison, il faisait le trajet à pied, sous son chapeau melon.

Dutilleul venait d'entrer dans sa quarante-troisième année lorsqu'il eut la révélation de son pouvoir. Un soir, une courte panne d'électricité l'ayant surpris dans le vestibule de son petit appartement de célibataire, il tâtonna un moment dans les ténèbres et, le courant revenu, se trouva sur le palier du troisième étage. Comme sa porte d'entrée était fermée à clé de l'intérieur, l'incident lui donna à réfléchir et, malgré les remontrances de sa raison, il se décida à rentrer chez lui comme il en était sorti, en passant à travers la muraille. Cette étrange faculté qui semblait ne répondre à aucune de ses aspirations, ne laissa pas de le contrarier un peu et, le lendemain samedi, profitant de la semaine anglaise, il alla trouver un médecin du quartier pour lui exposer son cas. Le docteur put se convaincre qu'il disait vrai et, après examen, découvrit la cause du mal dans un durcissement hélicoïdal de la paroi strangulaire du corps thyroïde. Il prescrivit le surmenage intensif et, à raison de deux cachets par an, l'absorption de poudre de pirette tétravalente, mélange de farine de riz et d'hormone de centaure.

Ayant absorbé un premier cachet, Dutilleul rangea le médicament dans un tiroir et n'y pensa plus. Quant au surmenage intensif, son activité de fonctionnaire était réglée par des usages ne s'accommodant d'aucun excès, et ses heures de loisir, consacrées à la lecture du journal et à sa collection de timbres, ne l'obligeaient pas non plus

---

Première publication dans Lectures 40, *15 août 1941 ; adaptée au cinéma par Jean Boyer en 1951, avec Bourvil et Gérard Oury sous le titre* Garou-Garou, le Passe-Muraille.

à une dépense déraisonnable d'énergie. Au bout d'un an, il avait donc gardé intacte la faculté de passer à travers les murs, mais il ne l'utilisait jamais, sinon par inadvertance, étant peu curieux d'aventures et rétif aux entraînements de l'imagination. L'idée ne lui venait même pas de rentrer chez lui autrement que par la porte et après l'avoir dûment ouverte en faisant jouer la serrure. Peut-être eût-il vieilli dans la paix de ses habitudes sans avoir la tentation de mettre ses dons à l'épreuve, si un événement extraordinaire n'était venu soudain bouleverser son existence. M. Mouron, son sous-chef de bureau, appelé à d'autres fonctions, fut remplacé par un certain M. Lécuyer, qui avait la parole brève et la moustache en brosse. Dès le premier jour, le nouveau sous-chef vit de très mauvais œil que Dutilleul portât un lorgnon à chaînette et une barbiche noire, et il affecta de le traiter comme une vieille chose gênante et un peu malpropre. Mais le plus grave était qu'il prétendît introduire dans son service des réformes d'une portée considérable et bien faites pour troubler la quiétude de son subordonné. Depuis vingt ans, Dutilleul commençait ses lettres par la formule suivante : «Me reportant à votre honorée du tantième courant et, pour mémoire, à notre échange de lettres antérieur, j'ai l'honneur de vous informer...» Formule à laquelle M. Lécuyer entendit substituer une autre d'un tour plus américain : «En réponse à votre lettre du tant, je vous informe...» Dutilleul ne put s'accoutumer à ces façons épistolaires. Il revenait malgré lui à la manière traditionnelle, avec une obstination machinale qui lui valut l'inimitié grandissante du sous-chef. L'atmosphère du ministère de l'Enregistrement lui devenait presque pesante. Le matin, il se rendait à son travail avec appréhension, et le soir, dans son lit, il lui arrivait bien souvent de méditer un quart d'heure entier avant de trouver le sommeil.

Écœuré par cette volonté rétrograde qui compromettait le succès de ses réformes, M. Lécuyer avait relégué Dutilleul dans un réduit à demi obscur, attenant à son bureau. On y accédait par une porte basse et étroite donnant sur le couloir et portant encore en lettres capitales l'inscription : Débarras. Dutilleul avait accepté d'un cœur résigné cette humiliation sans précédent, mais chez lui, en lisant dans son journal le récit de quelque sanglant fait divers, il se surprenait à rêver que M. Lécuyer était la victime.

Un jour, le sous-chef fit irruption dans le réduit en brandissant une lettre et il se mit à beugler :

«Recommencez-moi ce torchon! Recommencez-moi cet innommable torchon qui déshonore mon service!»

Dutilleul voulut protester, mais M. Lécuyer, la voix tonnante, le traita de cancrelat routinier, et, avant de partir, froissant la lettre qu'il avait en main, la lui jeta au visage. Dutilleul était modeste, mais fier. Demeuré seul dans son réduit, il fit un peu de température et, soudain, se sentit en proie à l'inspiration. Quittant son siège, il entra dans le mur qui séparait son bureau de celui du sous-chef, mais il y entra avec prudence, de telle sorte que sa tête seule émergeât de l'autre côté. M. Lécuyer, assis à sa table de travail, d'une plume encore nerveuse déplaçait une virgule dans le texte d'un employé, soumis à son approbation, lorsqu'il entendit tousser dans son bureau. Levant les yeux, il découvrit avec un effarement indicible la tête de Dutilleul, collée au mur à la façon d'un trophée de chasse. Et cette tête était vivante. À travers le lorgnon à chaînette, elle dardait sur lui un regard de haine. Bien mieux, la tête se mit à parler.

«Monsieur, dit-elle, vous êtes un voyou, un butor et un galopin.»

Béant d'horreur, M. Lécuyer ne pouvait détacher les yeux de cette apparition. Enfin, s'arrachant à son fauteuil, il bondit dans le couloir et courut jusqu'au réduit. Dutilleul, le porte-plume à la main, était installé à sa place habituelle, dans une attitude paisible et laborieuse. Le sous-chef le regarda longuement et, après avoir balbutié quelques paroles, regagna son bureau. À peine venait-il de s'asseoir que la tête réapparaissait sur la muraille.

«Monsieur, vous êtes un voyou, un butor et un galopin.»

Au cours de cette seule journée, la tête redoutée apparut vingt-trois fois sur le mur et, les jours suivants, à la même cadence. Dutilleul, qui avait acquis une certaine aisance à ce jeu, ne se contentait plus d'invectiver contre le sous-chef. Il proférait des menaces obscures, s'écriant par exemple d'une voix sépulcrale, ponctuée de rires vraiment démoniaques:

«Garou! garou! Un poil de loup!» (rire). «Il rôde un frisson à décorner tous les hiboux» (rire).

Ce qu'entendant, le pauvre sous-chef devenait un peu plus pâle, un peu plus suffocant, et ses cheveux se dressaient bien droits sur sa tête et il lui coulait dans le dos d'horribles sueurs d'agonie. Le premier jour, il maigrit d'une livre. Dans la semaine qui suivit, outre qu'il se mit à fondre presque à vue d'œil, il prit l'habitude de manger le potage avec sa fourchette et de saluer militairement les gardiens de la paix. Au début de la deuxième semaine, une ambulance vint le prendre à son domicile et l'emmena dans une maison de santé.

Dutilleul, délivré de la tyrannie de M. Lécuyer, put revenir à ses chères formules: «Me reportant à votre honorée du tantième courant...» Pourtant, il était insatisfait. Quelque chose en lui réclamait, un besoin nouveau, impérieux, qui n'était rien de moins que le besoin de passer à travers les murs. Sans doute le pouvait-il faire aisément, par exemple chez lui, et du reste, il n'y manqua pas. Mais l'homme qui possède des dons brillants ne peut se satisfaire longtemps de les exercer sur un objet médiocre. Passer à travers les murs ne saurait d'ailleurs constituer une fin en soi. C'est le départ d'une aventure, qui appelle une suite, un développement et, en somme, une rétribution. Dutilleul le comprit très bien. Il sentait en lui un besoin d'expansion, un désir croissant de s'accomplir et de se surpasser, et une certaine nostalgie qui était quelque chose comme l'appel de derrière le mur. Malheureusement, il lui manquait un but. Il chercha son inspiration dans la lecture du journal, particulièrement aux chapitres de la politique et du sport, qui lui semblaient être des activités honorables, mais s'étant finalement rendu compte qu'elles n'offraient aucun débouché aux personnes qui passent à travers les murs, il se rabattit sur le fait divers qui se révéla des plus suggestifs.

Le premier cambriolage auquel se livra Dutilleul eut lieu dans un grand établissement de crédit de la rive droite. Ayant traversé une douzaine de murs et de cloisons, il pénétra dans divers coffres-forts, emplit ses poches de billets de banque et, avant de se retirer, signa son larcin à la craie rouge, du pseudonyme de Garou-Garou, avec un fort joli paraphe qui fut reproduit le lendemain par tous les journaux. Au bout d'une semaine, ce nom de Garou-Garou connut une extraordinaire célébrité. La sympathie du public allait sans réserve à ce prestigieux cambrioleur qui narguait si joliment la police. Il se signalait chaque nuit par un nouvel exploit accompli soit au détriment d'une banque, soit à celui d'une bijouterie ou d'un riche particulier. À Paris comme en province, il n'y avait point de femme un peu rêveuse qui n'eût le fervent désir d'appartenir corps et âme au terrible Garou-Garou. Après le vol du fameux diamant de Burdigala et le cambriolage du Crédit municipal, qui eurent lieu la même semaine, l'enthousiasme de la foule atteignit au délire. Le ministre de l'Intérieur dut démissionner, entraînant dans sa chute le ministre de l'Enregistrement. Cependant, Dutilleul, devenu l'un des hommes les plus riches de Paris, était toujours ponctuel à son bureau et on parlait de lui pour les palmes académiques. Le matin, au ministère de l'Enregistrement, son plaisir était d'écouter les commentaires que faisaient les collègues sur ses exploits de la veille. «Ce Garou-Garou, disaient-ils, est un homme formidable, un surhomme, un génie.» En entendant de tels éloges, Dutilleul devenait rouge de confusion et, derrière le lorgnon à chaînette, son regard brillait d'amitié et de gratitude. Un jour, cette atmosphère de sympathie le mit tellement en confiance qu'il ne crut pas pouvoir garder le secret plus longtemps. Avec un reste de timidité, il considéra ses collègues groupés autour d'un journal relatant le cambriolage de la Banque de France, et déclara d'une voix modeste : « Vous savez, Garou-Garou, c'est moi. » Un rire énorme et interminable accueillit la confidence de Dutilleul qui reçut, par dérision, le surnom de Garou-Garou. Le soir, à l'heure de quitter le ministère, il était l'objet de plaisanteries sans fin de la part de ses camarades et la vie lui semblait moins belle.

Quelques jours plus tard, Garou-Garou se faisait pincer par une ronde de nuit dans une bijouterie de la rue de la Paix. Il avait apposé sa signature sur le comptoir-caisse et s'était mis à chanter une chanson à boire en fracassant différentes vitrines à l'aide d'un hanap en or massif. Il lui eût été facile de s'enfoncer dans un mur et d'échapper ainsi à la ronde de nuit, mais tout porte à croire qu'il voulait être arrêté et, probablement à seule fin de confondre ses collègues dont l'incrédulité l'avait mortifié. Ceux-ci, en effet, furent bien surpris, lorsque les journaux du lendemain publièrent en première page la photographie de Dutilleul. Ils regrettèrent amèrement d'avoir méconnu leur génial camarade et lui rendirent hommage en se laissant pousser une petite barbiche. Certains même, entraînés par le remords et l'admiration, tentèrent de se faire la main sur le portefeuille ou la montre de famille de leurs amis et connaissances.

On jugera sans doute que le fait de se laisser prendre par la police pour étonner quelques collègues témoigne d'une grande légèreté, indigne d'un homme exceptionnel, mais le ressort apparent de la volonté est fort peu de chose dans une telle détermination. En renonçant à la liberté, Dutilleul croyait céder à un orgueilleux désir de revanche, alors qu'en réalité il glissait simplement sur la pente de sa destinée. Pour un homme qui passe à travers les murs, il n'y a point de carrière un peu poussée s'il n'a tâté au moins une fois de la prison. Lorsque Dutilleul pénétra dans les locaux de la Santé, il eut l'impression d'être gâté par le sort. L'épaisseur des murs était pour lui un véritable régal. Le lendemain même de son incarcération, les gardiens découvrirent avec stupeur que le prisonnier avait planté un clou dans le mur de sa cellule et qu'il y avait accroché une montre en or appartenant au directeur de la prison. Il ne put ou ne voulut révéler comment cet objet était entré en sa possession. La montre fut rendue à son propriétaire et, le lendemain, retrouvée au chevet de Garou-Garou avec le tome premier des Trois Mousquetaires emprunté à la bibliothèque du directeur. Le personnel de la Santé était sur les dents. Les gardiens se plaignaient en outre de recevoir des coups de pied dans le derrière, dont la provenance était inexplicable. Il semblait que les murs eussent, non plus des oreilles, mais des pieds. La détention de Garou-Garou durait depuis une semaine, lorsque le directeur de la Santé, en pénétrant un matin dans son bureau, trouva sur sa table la lettre suivante :

> *Monsieur le directeur,*
> *Me reportant à notre entretien du 17 courant et, pour mémoire, à vos instructions générales du 15 mai de l'année dernière, j'ai l'honneur de vous informer que je viens d'achever la lecture du second tome des Trois Mousquetaires et que je compte m'évader cette nuit entre 11 h 25 et 11 h 35. Je vous prie, monsieur le directeur, d'agréer l'expression de mon profond respect.*
>
> GAROU-GAROU.

Malgré l'étroite surveillance dont il fut l'objet cette nuit-là, Dutilleul s'évada à 11 h 30. Connue du public le lendemain matin, la nouvelle souleva partout un enthousiasme magnifique. Cependant, ayant effectué un nouveau cambriolage qui mit le comble à sa popularité, Dutilleul semblait peu soucieux de se cacher et circulait à travers Montmartre sans aucune précaution. Trois jours après son évasion, il fut arrêté rue Caulaincourt au café du Rêve, un peu avant midi, alors qu'il buvait un vin blanc citron avec des amis.

Reconduit à la Santé et enfermé au triple verrou dans un cachot ombreux, Garou-Garou s'en échappa le soir même et alla coucher à l'appartement du directeur, dans la chambre d'ami. Le lendemain matin, vers 9 heures, il sonnait la bonne pour avoir son petit déjeuner et se laissait cueillir au lit, sans résistance, par les gardiens alertés. Outré, le directeur établit un poste de garde à la porte de son cachot et le mit au pain sec. Vers midi, le prisonnier s'en fut déjeuner dans un restaurant voisin de la prison et, après avoir bu son café, téléphona au directeur.

« Allô ! Monsieur le directeur, je suis confus, mais tout à l'heure, au moment de sortir, j'ai oublié de prendre votre portefeuille, de sorte que je me trouve en panne au restaurant. Voulez-vous avoir la bonté d'envoyer quelqu'un pour régler l'addition ? »

Le directeur accourut en personne et s'emporta jusqu'à proférer des menaces et des injures. Atteint dans sa fierté, Dutilleul s'évada la nuit suivante et pour ne plus revenir. Cette fois, il prit la précaution de raser sa barbiche noire et remplaça son lorgnon à chaînette par des lunettes en écaille. Une casquette de sport et un costume à larges carreaux avec culottes de golf achevèrent de le transformer. Il s'installa dans un petit appartement de l'avenue Junot où, dès avant sa première arrestation, il avait fait transporter une partie de son mobilier et les objets auxquels il tenait le plus. Le bruit de sa renommée commençait à le lasser et, depuis son séjour à la Santé, il était un peu blasé sur le plaisir de passer à travers les murs. Les plus épais, les plus orgueilleux, lui semblaient maintenant de simples paravents, et il rêvait de s'enfoncer au cœur de quelque massive pyramide. Tout en mûrissant le projet d'un voyage en Égypte, il menait une vie des plus paisibles, partagée entre sa collection de timbres, le cinéma et de longues flâneries à travers Montmartre. Sa métamorphose était si complète qu'il passait, glabre et lunetté d'écaille, à côté de ses meilleurs amis sans être reconnu. Seul le peintre Gen Paul, à qui rien ne saurait échapper d'un changement survenu dans la physionomie d'un vieil habitant du quartier, avait fini par pénétrer sa véritable identité. Un matin qu'il se trouva nez à nez avec Dutilleul au coin de la rue de l'Abreuvoir, il ne put s'empêcher de lui dire dans son rude argot :

« Dis donc, je vois que tu t'es miché en gigolpince pour tétarer ceux de la sûrepige » – ce qui signifie à peu près en langage vulgaire : « Je vois que tu t'es déguisé en élégant pour confondre les inspecteurs de la Sûreté.

– Ah ! murmura Dutilleul, tu m'as reconnu ! »

Il en fut troublé et décida de hâter son départ pour l'Égypte. Ce fut l'après-midi de ce même jour qu'il devint amoureux d'une beauté blonde rencontrée deux fois rue Lepic à un quart d'heure d'intervalle. Il en oublia aussitôt sa collection de timbres et l'Égypte et les Pyramides. De son côté, la blonde l'avait regardé avec beaucoup d'intérêt. Il n'y a rien qui parle à l'imagination des jeunes femmes d'aujourd'hui comme des culottes de golf et une paire de lunettes en écaille. Cela sent son cinéaste et fait rêver cocktails et nuits de Californie. Malheureusement, la belle, Dutilleul en fut informé par Gen Paul, était mariée à un homme brutal et jaloux. Ce mari soupçonneux, qui menait d'ailleurs une vie de bâton de chaise, délaissait régulièrement sa femme entre 10 heures du soir et 4 heures du matin, mais avant de sortir, prenait la précaution de la boucler dans sa chambre, à deux tours de clé, toutes persiennes fermées au cadenas. Dans la journée, il la surveillait étroitement, lui arrivant même de la suivre dans les rues de Montmartre.

«Toujours à la biglouse, quoi. C'est de la grosse nature de truand qu'admet pas qu'on ait des vouloirs de piquer dans son réséda.» Mais cet avertissement de Gen Paul ne réussit qu'à enflammer Dutilleul. Le lendemain, croisant la jeune femme rue Tholozé, il osa la suivre dans une crémerie et, tandis qu'elle attendait son tour d'être servie, il lui dit qu'il l'aimait respectueusement, qu'il savait tout: le mari méchant, la porte à clé et les persiennes, mais qu'il serait le soir même dans sa chambre. La blonde rougit, son pot à lait trembla dans sa main et, les yeux mouillés de tendresse, elle soupira faiblement: «Hélas! Monsieur, c'est impossible.»

Le soir de ce jour radieux, vers 10 heures, Dutilleul était en faction dans la rue Norvins et surveillait un robuste mur de clôture, derrière lequel se trouvait une petite maison dont il n'apercevait que la girouette et la cheminée. Une porte s'ouvrit dans ce mur et un homme, après l'avoir soigneusement refermée à clé derrière lui, descendit vers l'avenue Junot. Dutilleul attendit de l'avoir vu disparaître, très loin, au tournant de la descente, et compta encore jusqu'à dix. Alors, il s'élança, entra dans le mur au pas de gymnastique et, toujours courant à travers les obstacles, pénétra dans la chambre de la belle recluse. Elle l'accueillit avec ivresse et ils s'aimèrent jusqu'à une heure avancée.

Le lendemain, Dutilleul eut la contrariété de souffrir de violents maux de tête. La chose était sans importance et il n'allait pas, pour si peu, manquer à son rendez-vous. Néanmoins, ayant par hasard découvert des cachets épars au fond d'un tiroir, il en avala un le matin et un l'après-midi. Le soir, ses douleurs de tête étaient supportables et l'exaltation les lui fit oublier. La jeune femme l'attendait avec toute l'impatience qu'avaient fait naître en elle les souvenirs de la veille et ils s'aimèrent, cette nuit-là, jusqu'à 3 heures du matin. Lorsqu'il s'en alla, Dutilleul, en traversant les cloisons et les murs de la maison, eut l'impression d'un frottement inaccoutumé aux hanches et aux épaules. Toutefois, il ne crut pas devoir y prêter attention. Ce ne fut d'ailleurs qu'en pénétrant dans le mur de clôture qu'il éprouva nettement la sensation d'une résistance. Il lui semblait se mouvoir dans une matière encore fluide, mais qui devenait pâteuse et prenait, à chacun de ses efforts, plus de consistance. Ayant réussi à se loger tout entier dans l'épaisseur du mur, il s'aperçut qu'il n'avançait plus et se souvint avec terreur des deux cachets qu'il avait pris dans la journée. Ces cachets, qu'il avait crus d'aspirine, contenaient en réalité de la poudre de pirette tétravalente prescrite par le docteur l'année précédente. L'effet de cette médication s'ajoutant à celui d'un surmenage intensif se manifestait d'une façon soudaine.

Dutilleul était comme figé à l'intérieur de la muraille. Il y est encore à présent, incorporé à la pierre. Les noctambules qui descendent la rue Norvins à l'heure où la rumeur de Paris s'est apaisée, entendent une voix assourdie qui semble venir d'outre-tombe et qu'ils prennent pour la plainte du vent sifflant aux carrefours de la Butte. C'est Garou-Garou Dutilleul qui lamente la fin de sa glorieuse carrière et le regret des amours trop brèves. Certaines nuits d'hiver, il arrive que le peintre Gen Paul, décrochant sa guitare, s'aventure dans la solitude sonore de la rue Norvins pour consoler d'une chanson le pauvre prisonnier, et les notes, envolées de ses doigts engourdis, pénètrent au cœur de la pierre comme des gouttes de clair de lune.

LES SABINES

*I*l y avait à Montmartre, dans la rue de l'Abreuvoir, une jeune femme prénommée Sabine, qui possédait le don d'ubiquité. Elle pouvait à son gré se multiplier et se trouver en même temps, de corps et d'esprit, en autant de lieux qu'il lui plaisait souhaiter. Comme elle était mariée et qu'un don si rare n'eût pas manqué d'inquiéter son mari, elle s'était gardée de lui en faire la révélation et ne l'utilisait guère que dans son appartement, aux heures où elle y était seule. Le matin, par exemple, en procédant à sa toilette, elle se dédoublait ou se détriplait pour la commodité d'examiner son visage, son corps et ses attitudes. L'examen terminé, elle se hâtait de se rassembler, c'est-à-dire de se fondre en une seule et même personne. Certains après-midi d'hiver ou de grande pluie qu'elle avait peu d'entrain à sortir, il arrivait aussi à Sabine de se multiplier par dix ou par vingt, ce qui lui permettait de tenir une conversation animée et bruyante qui n'était du reste rien de plus qu'une conversation avec elle-même. Antoine Lemurier, son mari, sous-chef du contentieux à la S.B.N.C.A., était loin de soupçonner la vérité et croyait fermement qu'il possédait, comme tout le monde, une femme indivisible. Une seule fois, rentrant chez lui à l'improviste, il s'était trouvé en présence de trois épouses rigoureusement identiques, aux attitudes près, et qui le regardaient de leurs six yeux pareillement bleus et limpides, de quoi il était resté coi et la bouche un peu bée. Sabine s'étant aussitôt rassemblée, il avait cru être victime d'un malaise, opinion dans laquelle il s'était entendu confirmer par le médecin de la famille, qui diagnostiqua une insuffisance hypophysaire et prescrivit quelques remèdes chers.

Un soir d'avril, après dîner, Antoine Lemurier vérifiait des bordereaux sur la table de la salle à manger et Sabine, assise dans un fauteuil, lisait une revue de cinéma. Levant les yeux sur sa femme, il fut surpris de son attitude et de l'expression de sa physionomie. La tête

---

Première publication dans Je suis partout, *du 8 au 22 janvier 1943.*

inclinée sur l'épaule, elle avait laissé tomber son journal. Ses yeux agrandis brillaient d'un éclat doux, ses lèvres souriaient, son visage resplendissait d'une joie ineffable. Ému et émerveillé, il s'approcha sur la pointe des pieds, se pencha sur elle avec dévotion et ne comprit pas pourquoi elle l'écartait d'un mouvement impatient. Voilà ce qui s'était passé.

Huit jours auparavant, dans le tournant de l'avenue Junot, Sabine rencontrait un garçon de vingt-cinq ans qui avait les yeux noirs. Lui barrant délibérément le passage, il avait dit : « Madame. » Et Sabine, le menton haut et l'œil terrible : « Mais, monsieur. » Si bien qu'une semaine plus tard, en cette fin de soirée d'avril, elle se trouvait à la fois chez elle et chez ce garçon aux yeux noirs, qui s'appelait authentiquement Théorème et se prétendait artiste peintre. Dans le même instant où elle rabrouait son mari et le renvoyait à ses bordereaux, Théorème, en son atelier de la rue du Chevalier-de-La-Barre, prenait les mains de la jeune femme et lui disait : « Mon cœur, mes ailes, mon âme ! » et d'autres choses jolies qui viennent facilement aux lèvres d'un amant dans les premiers temps de la tendresse. Sabine s'était promis de se rassembler à 10 heures du soir au plus tard, sans avoir consenti aucun sacrifice important, mais à minuit, elle était encore chez Théorème et ses scrupules ne pouvaient plus être que des remords. Le lendemain, elle ne se rassembla qu'à 2 heures du matin, et les jours suivants, plus tard encore.

Chaque soir, Antoine Lemurier pouvait admirer sur le visage de sa femme le même reflet d'une joie si belle qu'elle semblait n'être plus de la terre. Un jour qu'il échangeait des confidences avec un collègue de son bureau, il se laissa aller à lui dire dans une minute d'émotion : « Si vous pouviez la voir quand nous veillons, le soir, dans la salle à manger : on croirait qu'elle parle avec les anges. »

Durant quatre mois, Sabine continua à parler avec les anges. Les vacances qu'elle passa cette année-là devaient être les plus belles de sa vie. Elle fut en même temps sur un lac d'Auvergne avec Lemurier et sur une petite plage bretonne avec Théorème. « Je ne t'ai jamais vue aussi belle, lui disait son mari. Tes yeux sont émouvants comme le lac à 7 heures 30 du matin. » À quoi répondait Sabine par un sourire adorable qui semblait dédié au génie invisible de la montagne. Cependant, sur le sable de la petite plage bretonne, elle se bronzait au soleil en compagnie de Théorème et ils étaient presque nus. Le garçon aux yeux noirs ne disait rien, comme abîmé dans un sentiment profond que de simples paroles n'auraient su exprimer, en réalité parce qu'il se lassait déjà de redire toujours les mêmes choses. Tandis que la jeune femme s'émerveillait de ce silence et de tout ce qu'il paraissait recéler d'indicible passion, Théorème, engourdi dans un bonheur animal, attendait tranquillement les heures de repas en songeant avec satisfaction que ses vacances ne lui coûtaient pas un sou. Sabine avait en effet vendu quelques bijoux de jeune fille et supplié son compagnon de vouloir bien accepter qu'elle fît les frais de leur séjour en Bretagne. Un peu étonné qu'elle prît tant de précautions pour lui faire admettre une chose qui semblait aller de soi, Théorème avait accepté de la meilleure grâce du monde. Il ne pensait pas qu'un artiste dût en aucun cas sacrifier à de sots préjugés, et lui moins que les autres. «Je ne me reconnais pas le droit, disait-il, de laisser parler mes scrupules s'ils doivent m'empêcher de réaliser l'œuvre d'un Greco ou d'un Velazquez.» Vivant d'une maigre pension que lui faisait un oncle de Limoges, Théorème ne comptait pas sur la peinture pour se tirer d'affaire. Une conception de l'art, hautaine et intransigeante, lui interdisait de peindre sans y être poussé par l'inspiration. «Quand je devrais l'attendre dix ans, disait-il, je l'attendrais.» C'était à peu près ce qu'il faisait. Le plus ordinairement, il travaillait à enrichir sa sensibilité dans les cafés de Montmartre ou bien affinait son sens critique en regardant peindre ses amis, et quand ceux-ci l'interrogeaient sur sa propre peinture, il avait une façon soucieuse de répondre: «Je me cherche», qui commandait le respect. En outre, les gros sabots et le vaste pantalon de velours, qui faisaient partie de sa tenue d'hiver, lui avaient acquis, entre la rue Caulaincourt, la place du Tertre et la rue des Abbesses, une réputation de très bel artiste. Les plus malveillants convenaient encore qu'il avait un potentiel formidable.

Un matin des derniers jours de vacances, les deux amants achevaient de s'habiller dans leur chambre d'auberge aux meubles bretons. À cinq ou six cents kilomètres de là, en Auvergne, les époux Lemurier étaient déjà levés depuis trois heures et, à son mari qui ramait sur le lac en lui vantant les beautés du site, Sabine répondait de loin en loin par monosyllabes. Mais dans la chambre bretonne, elle chantait en face de la mer. Elle chantait «Mes amours ont de fins doigts blancs. Le corps et l'âme à l'advenant». Théorème prenait son portefeuille sur la cheminée et, avant de le glisser dans la poche fessière de son chorte, en extrayait une photo.

«Tiens, regarde, j'ai retrouvé une photo. C'est moi, cet hiver, près du moulin de la Galette.

– Oh! mon amour», dit Sabine, et il lui vint aux yeux une rosée de ferveur et de fierté.

Sur la photo. Théorème était en tenue d'hiver et, en considérant ses sabots et son vaste pantalon de velours si joliment pincé aux chevilles, Sabine vit bien qu'il avait un grand génie. Elle sentit un remords la pincer au cœur et se reprocha d'avoir injurieusement caché un secret à ce cher garçon qui était à la fois un amant si tendre et une si belle nature d'artiste.

«Tu es beau, lui dit-elle, tu es grand. Ces sabots! Ce pantalon de velours! Cette casquette en peau de lapin! Oh! mon chéri, tu es un artiste si pur, si compréhensif, et moi, qui ai eu la chance de te rencontrer, mon cœur, mon bien-aimé, mon doux trésor, je t'ai caché mon secret.

– Qu'est-ce que tu racontes?

– Chéri, je vais te dire une chose que je m'étais juré de ne confier à personne: j'ai le don d'ubiquité.»

Théorème se mit à rire, mais Sabine lui dit:

«Regarde.»

En même temps, elle se multipliait par neuf et Théorème sentit un moment sa raison vaciller en voyant évoluer autour de lui neuf Sabines toutes pareilles.

«Tu n'es pas fâché? demanda l'une d'elles avec une anxieuse timidité.

– Mais non, répondit Théorème. Au contraire.»

Il eut un sourire heureux, comme de gratitude, et Sabine, rassurée, le baisa de ses neuf bouches avec emportement.

Au début d'octobre, environ un mois après leur retour de vacances, Lemurier observa que sa femme ne parlait presque plus avec les anges. Il la voyait soucieuse, mélancolique.

«Je te trouve moins gaie, lui dit-il un soir. Tu ne sors peut-être pas assez. Demain, si tu veux, nous irons au cinéma.»

Dans le même instant, Théorème arpentait son atelier en clamant: «Est-ce que je sais, moi, où tu peux être en ce moment? Est-ce que je sais si tu n'es pas à Javel ou à Montparnasse, dans les bras d'un truand? ou à Lyon dans les bras d'un soyeux? ou à Narbonne dans la couche d'un vinassier? ou en Perse dans celle du schah?

– Je te jure, mon chéri.

– Tu me jures, tu me jures!... Et si tu étais dans les bras de vingt autres hommes, tu jurerais aussi, hein? C'est à devenir fou! Ma tête s'en va. Je suis prêt à faire n'importe quoi: un malheur!»

En parlant de malheur, il levait les yeux sur un yatagan qu'il avait acheté l'année précédente à la foire aux puces. Pour lui éviter de commettre un crime, Sabine, s'étant multipliée par douze, se tint prête à lui interdire l'accès au yatagan. Théorème s'apaisa. Sabine se rassembla.

«Je suis si malheureux, geignait le peintre. Ces souffrances qui viennent s'ajouter à des soucis déjà si lourds!»

Il faisait allusion à des soucis d'ordre matériel et spirituel. À l'en croire, il se trouvait dans une situation difficile. Son propriétaire, auquel il devait trois termes, le menaçait d'une saisie. Son oncle de Limoges venait de suspendre brutalement ses mensualités. Pour le spirituel, il passait par une crise douloureuse, quoique féconde en promesses. Il sentait bouillonner et s'ordonner en lui les puissances créatrices de son génie et le défaut d'argent l'empêchait justement de se réaliser. Allez donc peindre un chef-d'œuvre quand l'huissier et la famine sont déjà dans l'escalier. Sabine, frémissante d'une affreuse angoisse, en avait le cœur à la gorge. La semaine précédente, elle avait vendu ses derniers bijoux pour régler une dette d'honneur contractée par Théorème envers un bougniat de la rue Norvins et se désespérait aujourd'hui de n'avoir plus rien à sacrifier à l'essor de son talent. En réalité, la situation de Théorème n'était ni pire, ni meilleure qu'à l'ordinaire. L'oncle de Limoges, comme par le passé, se saignait affectueusement aux quatre veines pour que son neveu devînt un grand peintre et le propriétaire, pensant naïvement spéculer sur la pauvreté d'un artiste d'avenir, acceptait toujours aussi volontiers que son locataire le payât d'un navet hâtivement bâclé. Mais Théorème, outre le plaisir de jouer au poète maudit et au héros de la bohème, espérait confusément que le sombre tableau de sa détresse inspirerait à la jeune femme les résolutions les plus audacieuses.

Cette nuit-là, craignant de le laisser seul avec ses soucis, Sabine resta chez son amant et ne se rassembla pas au domicile de la rue de l'Abreuvoir. Le lendemain, elle s'éveilla auprès de lui avec un sourire frais et heureux.

«Je viens de rêver, dit-elle. Nous tenions une petite épicerie rue Sainte-Rustique, avec à peine deux mètres de façade. Nous n'avions qu'un client, un écolier qui venait nous acheter du sucre d'orge et du roudoudou. Moi, j'avais un tablier bleu avec de grandes poches. Toi, tu avais une blouse d'épicier. Le soir, dans l'arrière-boutique, tu écrivais sur un grand livre: «Recettes de la journée: six sous de roudoudou.» Quand je me suis éveillée, tu étais en train de me dire: «Pour que nos affaires marchent parfaitement, il nous faudrait un autre client. Je le vois avec une petite barbe blanche...» J'allais t'objecter qu'avec un autre client, on ne saurait plus où donner de la tête, mais je n'ai pas eu le temps. Je m'éveillais.

– En somme», dit Théorème (et il eut un ricanement nasal, très amer, et amer aussi le rictus). «En somme», dit-il (et, mortifié, vexé jusqu'à l'ulcère, le sang de la colère lui montait aux oreilles, et déjà dardaient ses yeux noirs). «En somme (dit Théorème), en somme, ton ambition serait de faire de moi un épicier?

– Mais non. C'est un rêve que je te raconte.

– C'est bien ce que je disais. Tu rêves de me voir épicier. Avec une blouse.

– Oh! chéri, protesta tendrement Sabine. Si tu t'étais vu! Elle t'allait si bien, ta blouse d'épicier!»

L'indignation fit jaillir Théorème hors du lit et crier qu'il était trahi. Ce n'était pas assez que le propriétaire le mìt à la rue, que l'oncle de Limoges lui refusât le droit de manger, au moment même où il avait quelque chose là, qui allait éclore. Cette œuvre grandiose, mais fragile, qu'il portait en lui, il fallait aussi que la femme qu'il avait le plus aimée la tournât en dérision et rêvât de la faire avorter. Lui-même, elle le vouait à l'épicerie. Pourquoi pas à l'Académie? Théorème, déambulant en pyjama dans son atelier, s'écriait d'une voix rauque, qui est celle de la douleur, et plusieurs fois, il fit le geste de s'arracher le cœur pour le distribuer à son propriétaire, à son oncle de Limoges et à celle qu'il aimait. Sabine, déchirée, découvrait en tremblant à quelles profondeurs peuvent atteindre les souffrances d'un artiste et prenait conscience de sa propre indignité.

En rentrant chez lui, à midi, Lemurier trouva sa femme dans un grand désarroi. Elle avait même oublié de se rassembler et lorsqu'il pénétra dans la cuisine, elle s'offrit à sa vue en quatre personnes distinctes, occupées à des besognes diverses, mais les yeux pareillement embués de mélancolie. Il en fut extrêmement contrarié.

«Allons bon! dit-il. Voilà que mon insuffisance hypophysaire fait encore des siennes. Il va falloir que je reprenne mon traitement.»

Le malaise s'étant dissipé, il s'inquiéta de cette pernicieuse tristesse où il voyait Sabine se perdre chaque jour plus profondément.

«Binette» (tel était le diminutif que d'excellents sentiments avaient poussé cet homme bon et tendre à choisir pour une jeune et adorée femme), dit-il, «je ne peux plus supporter de te voir ainsi déprimée. Je finirai par en être malade moi-même. Dans la rue ou à mon bureau, en pensant à tes yeux tristes, le cœur me fond à l'improviste, et il m'arrive de pleurer sur mon buvard. Il se forme alors sur les verres de mes lunettes une buée que je suis obligé d'essuyer et l'opération représente une perte de temps très appréciable, sans compter le mauvais effet que peut produire la vue de ces larmes, tant sur mes supérieurs que sur mes inférieurs. Enfin, je dirai même et surtout, cette tristesse qui emplit tes yeux clairs d'un charme, certes, indéfinissable, je n'en disconviens pas, mais douloureux, cette tristesse, j'en déplore l'inévitable retentissement sur ta santé et j'entends te voir réagir avec vigueur et célérité contre un état d'esprit que j'estime dangereux. Ce matin, M. Porteur, notre fondé de pouvoir, un homme charmant d'ailleurs, d'une éducation parfaite et d'une compétence dont la louange n'est plus à faire, M. Porteur a eu la délicate attention de me donner une carte de pesage pour Longchamp, car son beau-frère, qui est, paraît-il, une personnalité très parisienne, a une grosse situation dans les courses. Comme tu as justement besoin de distractions...»

Cet après-midi là, pour la première fois de sa vie, Sabine s'en fut aux courses de Longchamp. Ayant acheté un journal en route, elle avait rêvé sur le nom d'un cheval qui s'appelait Théocrate VI et présentait avec son cher Théorème une parenté onomastique imposant l'idée d'un présage favorable. Vêtue d'un manteau bleu en pataraz garni de chasoub, Sabine portait un chapeau tonkinois avec demi-voilette en abat-jour et il y avait bien des hommes qui la regardaient. Les premières courses la laissèrent à peu près indifférente. Elle songeait à son peintre bien-aimé en proie aux tourments de l'inspiration contrariée et se représentait vivement la fulgurance de ses yeux noirs tandis qu'il œuvrait dans son atelier en s'épuisant à lutter contre les assauts d'une réalité sordide. Le désir lui vint de se dédoubler et de se transporter instantanément rue du Chevalier-de-La-Barre pour imposer ses mains fraîches sur le front brûlant de l'artiste, comme il est d'usage entre amants dans les situations angoisseuses. La crainte de le troubler dans l'effort de sa recherche l'empêcha d'y donner suite et bien mieux valut, car Théorème, au lieu d'être à son atelier, buvait un verre d'aramon sur un zinc de la rue Caulaincourt et se demandait s'il n'était pas un peu tard pour aller au cinéma.

Enfin, les chevaux s'alignèrent pour le départ du Grand Prix du ministre de l'Enregistrement, et Sabine se mit à couver du regard le cheval Théocrate VI. Elle avait misé sur lui environ cent cinquante francs qui étaient toutes ses économies du moment, et comptait réaliser des gains suffisants pour apaiser le propriétaire de Théorème. Le jockey qui montait Théocrate VI portait une émouvante casaque partie de blanc et de vert, un vert tendre, délicat, léger, frêle et frais, comme pourrait l'être celui d'une laitue s'il en poussait au paradis. Le cheval lui-même était d'un noir d'ébène. Dès le départ, il prit la tête du peloton et s'en détacha de trois longueurs. Un pareil départ, de l'avis des turfistes, ne saurait faire présumer du résultat de la course, mais Sabine, déjà certaine du triomphe et soulevée par l'enthousiasme, se dressa en pied et cria : «Théocrate ! Théocrate !» Autour d'elle, il y eut des sourires et des ricanements. Assis à sa droite, un vieillard ganté, distingué, monoclé, la regardait du coin de l'œil avec sympathie, ému par son ingénuité. Dans l'ivresse de la victoire, Sabine en vint à crier : «Théorème ! Théorème !» Les voisins s'amusaient bruyamment de ces démonstrations et en oubliaient presque la course. Elle finit par s'en aviser et, prenant conscience de l'étrangeté de son attitude, devint rouge de confusion. Ce que voyant, le vieux monsieur ganté, distingué et monoclé, se leva en criant du plus fort qu'il put : «Théocrate ! Théocrate !» Les rires se turent aussitôt et, par les chuchotements des voisins, Sabine apprit que ce galant homme n'était autre que lord Burbury.

Cependant, Théocrate VI avait perdu son avance et finissait dans les choux. Voyant ses espoirs s'effondrer, Théorème condamné à la misère et, en tant qu'artiste, à l'impuissance, Sabine poussa d'abord un soupir et eut ensuite un sanglot sec. Enfin, ses narines ayant frémi et soubresauté, il lui vint aux yeux une humidité. Lord Burbury eut grande compassion. Après échange de quelques propos, il lui demanda si elle ne voudrait pas devenir sa femme, car il avait un revenu annuel de deux cent mille livres sterling. Au même instant, Sabine eut une vision, celle de Théorème expirant sur un grabat d'hôpital et maudissant le nom du Seigneur et celui de son propriétaire. Pour l'amour de son amant et peut-être de la peinture, elle répondit au vieil homme qu'elle acceptait de devenir sa femme, l'informant toutefois qu'elle ne possédait rien, pas même un nom, mais seulement un prénom et encore des plus ordinaires : Marie. Lord Burbury trouva cette singularité des plus piquantes et se réjouit de l'effet qu'elle produirait sur sa sœur Emily, vierge d'un certain âge, qui avait voué son existence au maintien des traditions honorables dans les familles historiques du royaume. Sans attendre la fin de la dernière course, il partit en voiture avec sa fiancée pour l'aérodrome du Bourget. À 6 heures, ils arrivaient à Londres, et à 7 heures, ils étaient mariés.

Pendant qu'elle se mariait à Londres, Sabine dînait rue de l'Abreuvoir en face de son mari, Antoine Lemurier. Il trouvait qu'elle avait déjà meilleure mine et lui parlait avec bonté. Touchée de cette sollicitude, elle fut prise de scrupules, se demandant si elle pouvait épouser lord Burbury sans contrevenir aux lois humaines et divines. Question épineuse qui en impliquait une autre, celle de la consubstantialité de l'épouse d'Antoine et de celle du lord. En admettant même que chacune d'elles fût une personne physique autonome, il restait que le mariage, s'il se consomme sous des espèces charnelles, est d'abord une union des âmes. En fait, ces scrupules étaient excessifs. La législation du mariage ayant omis de considérer le cas d'ubiquité, Sabine était libre d'agir à sa volonté et pouvait même, de bonne foi, se croire en règle avec Dieu, puisqu'il n'est bulle, bref, rescrit ou décrétale, qui ait seulement effleuré le problème. Mais elle avait la conscience trop haute pour prendre avantage de ces raisons d'avocat. Aussi crut-elle devoir considérer son mariage avec lord Burbury comme une conséquence et un prolongement de l'adultère, lequel ne se justifiait en rien et restait parfaitement damnable. En réparation à Dieu, à la société et à son époux qu'elle offensait ainsi tous les trois, elle s'interdit de revoir jamais Théorème. Du reste, elle aurait eu honte de reparaître devant lui après consommation d'un mariage alimentaire consenti, certes, pour sa gloire et pour son repos, mais qu'elle regardait, avec une candeur honorable, comme une flétrissure à leur amour.

Il faut le dire, les débuts de son existence en Angleterre rendirent supportables les remords de Sabine et même la douleur de l'absence. Lord Burbury était vraiment un personnage considérable. Outre qu'il était très riche, il descendait en ligne directe de Jean sans Terre, lequel, circonstance peu connue des historiens, avait contracté un mariage morganatique avec Ermessinde de Trencavel et en avait eu dix-sept enfants, tous morts en bas âge, à l'exception du quatorzième, Richard-Hugues, fondateur de la maison de Burbury. Entre autres privilèges enviés par toute la noblesse anglaise, lord Burbury avait celui, exclusif, d'ouvrir son parapluie dans les appartements du roi et sa femme une ombrelle. Aussi son mariage avec Sabine fut-il un événement considérable. La nouvelle lady fut l'objet d'une curiosité généralement bienveillante, quoique sa belle-sœur essayât de faire courir le bruit qu'elle était naguère danseuse à Tabarin. Sabine qui, en Angleterre, s'appelait Marie, était très prise par ses obligations de grande dame. Réceptions, thés, tricots de charité, golf, essayages, ne lui laissaient pas un moment pour bâiller. Toutefois, ces occupations variées ne lui faisaient pas oublier Théorème.

Le peintre n'eut aucun doute sur la provenance des chèques qu'il recevait régulièrement d'Angleterre et s'accommoda parfaitement de ne plus voir Sabine dans son atelier. Délivré de ses préoccupations matérielles par des mensualités qui s'élevaient à une vingtaine de mille francs, il s'aperçut qu'il traversait une période d'hypersensibilité peu favorable à l'accomplissement de son œuvre et qu'il avait besoin de se décanter. En conséquence, il s'accorda une année de repos, quitte à la prolonger si le besoin lui en apparaissait. On le vit de plus en plus rarement à Montmartre. Il se décantait dans les bars de Montparnasse et les boîtes des Champs-Élysées où il vivait de caviar et de champagne avec des filles coûteuses. Ayant appris qu'il menait une vie plutôt désordonnée, Sabine, avec une ferveur intacte, songea qu'il poursuivait quelque formule d'art goyesque mariant les jeux de la lumière et les impures sous-jacences du masque féminin.

Un après-midi qu'elle rentrait de son château de Burbury où elle avait passé trois semaines, lady Burbury, en pénétrant dans sa somptueuse demeure de Malison Square, trouva quatre cartons contenant respectivement : une robe du soir en éléas, une robe d'après-midi en crêpe romain, une robe de sport en lainage et un tailleur classique en sparadrap. Ayant éloigné sa femme de chambre, elle se multiplia par cinq pour essayer robes et tailleur. Lord Burbury entra par mégarde.

« Chère ! s'écria-t-il, mais vous avez quatre sœurs ravissantes. Et vous ne le disiez pas ! »

Au lieu de se rassembler, lady Burbury se troubla et crut devoir répondre :

« Elles viennent d'arriver. Alphonsine est mon aînée d'un an. Brigitte est ma sœur jumelle. Barbe et Rosalie sont mes deux cadettes, également jumelles. On dit qu'elles me ressemblent beaucoup. »

Les quatre sœurs furent bien accueillies dans la haute société et partout fêtées. Alphonsine épousa un milliardaire américain, roi du cuir embouti, et traversa l'Atlantique avec lui ; Brigitte, le maharadjah de Gorisapour qui l'emmena dans sa résidence princière ; Barbe, un illustre ténor napolitain qu'elle accompagna dans ses tournées à travers le monde ; Rosalie, un explorateur espagnol qui s'en fut avec elle en Nouvelle-Guinée observer les mœurs curieuses des Papous. Ces quatre mariages, célébrés presque simultanément, firent beaucoup de bruit en Angleterre et même sur le continent. À Paris, les journaux en parlèrent avec intérêt et donnèrent des photos. Un soir, dans la salle à manger de la rue de l'Abreuvoir, Antoine Lemurier dit à Sabine :

« Tu as vu les photos de lady Burbury et de ses quatre sœurs ? C'est étonnant ce qu'elles peuvent te ressembler, sauf que toi, tu as les yeux plus clairs, le visage plus allongé, la bouche moins grande, le nez plus court, le menton moins fort. Demain, j'emporterai le journal avec ta vraie photo pour les montrer à M. Porteur. Il ne va pas en revenir. »

Antoine se mit à rire, parce qu'il était content d'étonner M. Porteur, le fondé de pouvoir de la S.B.N.C.A.

«Je ris en pensant à la tête de M. Porteur, expliqua-t-il. Pauvre M. Porteur! À propos, il m'a encore donné une carte de pesage mercredi. Qu'est-ce qu'il faut faire, à ton avis?

– Je ne sais pas, répondit Sabine. C'est très délicat.»

La mine soucieuse, elle se demandait s'il convenait à Lemurier d'envoyer ou non des fleurs à Mme Porteur, la femme de son supérieur hiérarchique. Et dans le même instant, lady Burbury, assise à une table de bridge en face du comte de Leicester; la bégum de Gorisapour, étendue dans son palanquin porté à dos d'éléphant; Mrs. Smithson, occupée dans l'État de Pennsylvanie à faire les honneurs de son château Renaissance synthétique; Barbe Cazzarini dans une loge de l'Opéra de Vienne où ténorisait son illustrissime; Rosalie Valdez y Samaniego, couchée sous la moustiquaire, dans une hutte d'un village de Papouasie, toutes étaient pareillement absorbées et s'interrogeaient sur l'opportunité d'offrir des fleurs à Mme Porteur.

Théorème, informé par les journaux de ces festivités nuptiales, n'avait eu aucune hésitation en voyant les photos qui en illustraient les reportages et ne doutait pas que toutes ces mariées fussent de nouvelles incarnations de Sabine. Sauf celui de l'explorateur, qui lui paraissait exercer un métier peu lucratif, il trouvait le choix des époux tout à fait judicieux. Ce fut vers cette époque qu'il sentit le besoin de revenir à Montmartre. Le climat pluvieux de Montparnasse et l'aridité bruyante des Champs-Élysées le lassaient. En outre, les mensualités de lady Burbury lui donnaient plus de relief dans les cafés de la Butte que dans des établissements étrangers. Du reste, il ne changea rien à son genre de vie et ne tarda pas à se faire à Montmartre une réputation de noctambule tapageur, buveur et partousier. Ses amis s'amusaient au récit de ses frasques et, un peu envieux de sa nouvelle opulence dont ils profitaient pourtant, répétaient avec satisfaction qu'il était perdu pour la peinture. Ils prenaient la peine d'ajouter que c'était dommage, vu qu'il avait un authentique tempérament d'artiste. Sabine eut connaissance de la mauvaise conduite de Théorème et comprit qu'il était engagé sur une pente fatale. Sa foi en lui et en ses destins s'en trouva ébranlée, mais elle ne l'en aima que plus tendrement et s'accusa d'être à l'origine de sa déchéance. Pendant près d'une semaine elle se tordit les mains aux quatre coins du monde. Un soir, à minuit, qu'elle revenait du cinéma en compagnie de son mari, elle vit, au carrefour Junot-Girardon, Théorème accroché aux bras de deux filles éméchées et hilares. Lui-même, saoul perdu, vomissait un vin noir et éructait d'ignobles injures à l'adresse des deux créatures dont l'une lui tenait la tête en l'appelant familièrement mon cochon, tandis que l'autre, en termes de corps de garde, évaluait badinement ses moyens d'amoureux. Ayant reconnu Sabine, il tourna vers elle son visage souillé, hoqueta le nom de Burbury qu'il fit suivre d'un bref, mais révoltant commentaire, et s'effondra au pied d'un bec électrique. À dater de cette rencontre, il ne fut plus pour elle qu'un objet de haine et de dégoût, qu'elle se promit d'oublier.

Quinze jours plus tard, lady Burbury, qui résidait en compagnie de son époux dans leur domaine de Burbury, s'éprenait d'un jeune pasteur des environs, venu déjeuner au château. Il n'avait pas les yeux noirs, mais bleu pâle, non plus la bouche voluptueuse, mais pincée, avalée, et l'air propre, rincé, la conscience froide et récurée des gens résolus à mépriser ce qu'ils ignorent. Dès le premier déjeuner, lady Burbury fut éperdument amoureuse. Le soir, elle dit à son mari : «Je ne vous l'avais pas dit, mais j'ai encore une sœur. Elle s'appelle Judith.»

La semaine suivante, Judith vint au château où elle déjeuna en compagnie du pasteur qui se montra poli, mais distant, comme il convenait à l'égard d'une catholique, réceptacle et véhicule de mauvaises pensées. Après déjeuner, ils firent ensemble un tour de parc et Judith, avec à-propos et comme par hasard, cita le Livre de Job, les Nombres et le Deutéronome. Le révérend comprit que le terrain était bon. Huit jours plus tard, il eut converti Judith, quinze autres plus tard, épousée. Leur bonheur fut bref. Le pasteur n'avait que des conversations édifiantes, et jusque sur l'oreiller, il prononçait des paroles révélant une grande élévation de pensée. Judith s'ennuyait si fort en sa compagnie qu'elle profita d'une promenade qu'ils faisaient ensemble sur un lac d'Écosse pour se noyer accidentellement. En réalité, elle se laissa couler en retenant sa respiration et, dès qu'elle eut disparu au regard de son époux, opéra un rassemblement partiel dans le sein de lady Burbury. Le révérend eut un chagrin affreux, remercia néanmoins le Seigneur de lui avoir envoyé cette épreuve et fit élever dans son jardin une petite stèle in memoriam.

Cependant, Théorème s'inquiétait de ne pas recevoir l'argent de sa dernière mensualité. Croyant d'abord à un simple retard, il s'efforça de prendre patience, mais après avoir vécu sur son crédit pendant plus d'un mois, il se résolut à entretenir Sabine de ses ennuis. Trois matins de suite, il se posta vainement rue de l'Abreuvoir pour la surprendre et la rencontra par hasard un soir à 6 heures.

«Sabine, lui dit-il, je te cherchais depuis trois jours.

– Mais, monsieur, je ne vous connais pas», répondit Sabine.

Elle voulut passer son chemin. Théorème lui mit la main à l'épaule.

«Voyons, Sabine, quelle raison as-tu d'être fâchée contre moi? J'ai fait ce que tu as voulu. Un beau jour, tu as décidé de ne plus venir chez moi et j'ai souffert en silence, sans même te demander pourquoi tu renonçais à nos rencontres.

– Monsieur, je ne comprends rien à ce que vous dites, mais votre tutoiement et vos allusions incompréhensibles sont injurieux pour moi. Laissez-moi passer.

– Sabine, tu ne peux pas avoir tout oublié. Souviens-toi.»

N'osant encore aborder la question des subsides, Théorème s'efforçait de recréer une apparence d'intimité. Pathétique, il évoquait des souvenirs émouvants et retraçait l'histoire de leurs amours. Mais Sabine le regardait avec des yeux étonnés, un peu effrayés et protestait avec moins d'indignation que de stupeur. Le garçon s'entêtait.

«Enfin, rappelle-toi cet été, ces vacances que nous avons passées ensemble en Bretagne, notre chambre sur la mer.

– Cet été? Mais j'ai passé mes vacances avec mon mari en Auvergne!

– Naturellement! si tu te retranches derrière des faits!

– Comment! si je me retranche derrière des faits! Vous vous moquez de moi ou bien vous perdez la raison. Laissez-moi passer ou j'appelle!»

Théorème, irrité par une mauvaise foi aussi patente, la saisit par les bras et se mit à la secouer en jurant nom de Dieu. Sabine aperçut alors son mari qui passait de l'autre côté de la rue sans les voir et l'appela par son prénom. Il vint à elle et, sans comprendre la situation, salua Théorème.

«Ce monsieur que je vois pour la première fois de ma vie, expliqua Sabine, m'a arrêtée dans la rue. Et, non content de me tutoyer, il me traite comme si j'avais été sa maîtresse, en m'appelant chérie et en évoquant de prétendus souvenirs de ce qu'auraient été nos amours passées.

– Qu'est-ce à dire, monsieur? interrogea, hautain, Antoine Lemurier. Dois-je conclure que vous avez voulu vous livrer à de tortueuses et inqualifiables manœuvres? Quoi qu'il en soit, vous ne me persuaderez pas qu'elles sont d'un galant homme, je vous avertis.

– C'est bon, grommela Théorème, je ne veux pas abuser de la situation.

– Abusez, monsieur, ne vous gênez pas», lui dit Sabine en riant. Et se tournant vers Antoine: «Entre autres souvenirs de nos amours supposées, monsieur évoquait tout à l'heure celui d'un séjour de trois semaines qu'il aurait fait avec moi l'été dernier sur une plage bretonne. Qu'en dis-tu ?

– Mettons que je n'aie rien dit, ragea Théorème.

– Vous n'avez certainement rien de mieux à faire, approuva l'époux. Sachez, monsieur, que ma femme et moi nous ne nous sommes pas quittés de tout l'été et que nous avons passé nos vacances...

– Sur un lac d'Auvergne, coupa Théorème. C'est entendu.

– Comment le savez-vous ? demanda ingénument Sabine.

– Mon petit doigt, un jour qu'il était en caleçon de bain sur une plage bretonne.»

Cette réponse parut laisser la jeune femme pensive. Le peintre la regardait avec des yeux très noirs. Elle sourit et interrogea :

«En somme, si j'ai bien compris, vous prétendez que je me trouvais en même temps sur un lac d'Auvergne avec mon mari et sur une plage bretonne avec vous ?»

Théorème cligna un œil et fit signe que oui. Son cas devint clair pour Antoine Lemurier qui se tint prêt à lui décocher un coup de pied dans le ventre.

«Monsieur, dit néanmoins cet homme bon, je suppose que vous n'êtes pas seul dans la vie. Sans doute avez-vous quelqu'un qui s'occupe de vous : un ami, une femme, des parents. Si vous habitez le quartier, je peux vous reconduire chez vous.

– Vous ne savez donc pas qui je suis ? s'étonna le peintre.

– Excusez-moi.

– Je suis Vercingétorix. Pour mon retour, ne vous inquiétez pas. Je vais prendre le métro à Lamarck et j'arriverai à Alésia pour dîner. Allons, bonsoir, et rentrez vite caresser votre bourgeoise.»

Théorème, en prononçant ces derniers mots, toisa Sabine avec toute l'insolence possible et s'éloigna en faisant entendre plusieurs ricanements atroces. Le pauvre garçon ne se dissimulait pas qu'il était fou et s'étonnait de n'en avoir pas eu la révélation plus tôt. La preuve de sa folie était facile à faire. Si les vacances bretonnes et l'ubiquité de Sabine n'avaient jamais eu de réalité que dans son esprit, c'était bien là l'illusion d'un fou. Supposé au contraire que tout fût vrai, Théorème se trouvait dans la situation d'un homme qui peut témoigner d'une vérité absurde, ce qui est le propre des aliénés mentaux. La certitude de sa démence affecta le peintre très profondément. Il devint sombre, renfermé, soupçonneux, évitant ses amis et décourageant leurs avances. Il fuyait pareillement la société des filles, ne fréquentait plus les cafés de la Butte et restait confiné dans son atelier à méditer sur sa folie. À moins de perdre la mémoire, il ne voyait pas qu'il pût guérir un jour. La solitude eut ce résultat heureux de le ramener à la peinture. Il se mit à peindre avec un acharnement farouche, une violence souvent démentielle. Son très beau génie, qu'il éparpillait autrefois dans les cafés, dans les bars et dans les alcôves, se mit à briller, puis à resplendir, puis à fulgurer. Après six mois d'efforts, de recherches passionnées, il se fut pleinement réalisé et ne peignit plus que des chefs-d'œuvre, presque tous immortels. Citons entre autres sa fameuse *Femme à neuf têtes* qui a déjà fait tant de bruit, et son si pur et pourtant si troublant *Fauteuil Voltaire*. Son oncle de Limoges était bien content.

Cependant, lady Burbury grossissait des œuvres du pasteur. Hâtons-nous de le dire, il n'y avait rien dans la conduite de l'un ni de l'autre qui eût été contraire à l'honneur, mais Judith, en se repliant dans le sein de sa sœur, y avait porté le fruit, encore à l'état de promesse, de son union avec le révérend. Lady Burbury accoucha, non sans une petite gêne morale, d'un garçon bien constitué que le pasteur baptisa avec indifférence. L'enfant fut prénommé Antony et il n'y a rien d'autre à en dire. Vers le même temps, la begum de Gorisapour mit au monde deux jumeaux ne devant rien qu'au maharadjah lui-même. Il y eut de grandes réjouissances et le peuple, comme c'est l'usage là-bas, offrit aux nouveau-nés leur pesant d'or fin. De leur côté, Barbe Cazzarini et Rosalie Valdez y Samaniego devinrent mères, l'une d'un garçon, l'autre d'une fille. Il y eut des réjouissances aussi.

Mrs. Smithson, l'épouse du milliardaire, ne suivit pas l'exemple de ses sœurs et tomba malade assez gravement. Pendant sa convalescence, qu'elle passa en Californie, elle se mit à lire de ces dangereux romans qui vous montrent sous un jour trop charmant les couples infâmes abîmés dans le péché, et où les auteurs ne craignent même pas de nous décrire – avec une damnable complaisance, mais aussi, hélas, avec quelles paroles flatteuses, quel art de colorer l'horrible vérité, de rendre aimables les plus révoltantes situations, d'en nimber et transfigurer les acteurs, tout en nous amenant démoniaquement à nous faire oublier, sinon approuver (cela s'est vu) le caractère véritable de ces odieuses pratiques –, ne craignent donc même pas de nous décrire les plaisirs de l'amour et les recherches de la volupté. Il n'y a rien de plus mauvais que ces livres-là. Mrs. Smithson eut la faiblesse de s'y laisser prendre. Elle commença par soupirer et en vint à raisonner. J'ai, se dit-elle, cinq maris, et j'en ai eu jusqu'à six à la fois. Je n'ai eu qu'un amant et il m'a donné plus de joies en six mois qu'en un an tous mes époux ensemble. Encore était-il indigne de mon amour. Je l'ai abandonné par un scrupule de conscience. (Ici soupirait Mrs. Smithson et laissait courir sous le pouce les pages de son roman.) Les amants de *L'amour m'éveille* ne savent pas ce que c'est que d'avoir des scrupules. Et ils sont heureux comme des bœufs (elle voulait dire comme des dieux). Mes scrupules à moi sont injustifiables, car en quoi consiste le péché d'adultère ? À faire hommage à autrui de ce qui n'est dû qu'à un seul. Mais moi, rien ne m'empêche d'avoir un amant et de me garder intacte à Smithson.

Ces réflexions ne devaient pas tarder à porter des fruits. Le pire était qu'elle ne fût pas seule à les faire et que le poison s'insinuât en même temps, selon les lois de l'ubiquité, dans l'esprit de ses sœurs. Aux derniers jours de sa convalescence sur la plage californienne de Dorado, Mrs. Smithson alla un soir au concert. On jouait la *Sonate au clair de lune* en jazz-hot. Le charme de Beethoven et de sa musique endiablée agit sur son imagination de telle sorte qu'elle devint amoureuse du joueur de batterie, lequel embarquait le surlendemain pour les Philippines. Quinze jours plus tard, elle dépêchait un double à Manille, cueillait le musicien à son arrivée et s'en faisait aimer. Dans le même temps, lady Burbury s'éprenait d'un chasseur de panthères au seul vu de sa photo dans un magazine et lui déléguait un double à Java. La femme du ténor, en quittant Stockholm, y laissa un double pour faire la connaissance d'un jeune choriste qu'elle avait remarqué à l'Opéra, tandis que Rosalie Valdez y Samaniego, dont le mari venait d'être mangé par une tribu papoue à l'occasion d'une fête religieuse, se multipliait par quatre pour l'amour d'autant de beaux garçons rencontrés dans différents ports océaniens.

Bientôt, la malheureuse ubiquiste fut saisie d'une frénésie de luxure et eut des amants sur tous les points du globe. Le nombre en augmentait au rythme d'une progression géométrique dont la raison était 2,7. Cette phalange dispersée comprenait des hommes de toutes sortes, des marins, des planteurs, des pirates chinois, des officiers, des cow-boys, un champion d'échecs, des athlètes scandinaves, des pêcheurs de perles, un commissaire du peuple, des lycéens, des toucheurs de bœufs, un matador, un garçon boucher, quatorze cinéastes, un raccommodeur de porcelaine, soixante-sept médecins, des marquis, quatre princes russes, deux employés de chemins de fer, un professeur de géométrie, un bourrelier, onze avocats, et il faut bien en passer. Signalons pourtant un membre de l'Académie française en tournée de conférences dans les Balkans, avec toute sa barbe. Dans une seule des îles Marquises, la race lui ayant paru belle, l'insatiable amoureuse s'y multiplia par trente-neuf. En l'espace de trois mois, elle se fut répandue sur le globe en neuf cent cinquante exemplaires. Six autres mois plus tard, ce nombre atteignait aux environs de dix-huit mille, ce qui est considérable. La face du monde en était presque changée. Dix-huit mille amants subissaient l'influence de la même femme, et à leur insu s'établissait entre eux une sorte de parenté dans leur manière de vouloir, de sentir, d'apprécier. En outre, façonnés par ses conseils et par le même désir de lui plaire, ils en venaient à se ressembler par le maintien, la démarche, le port du veston et la couleur de la cravate, et même par des expressions de physionomie. C'est ainsi que le professeur de géométrie ressemblait à un pirate chinois et l'académicien, en dépit de sa barbe, au matador. Il se créait un type d'homme dont les caractères somatiques échappaient d'ailleurs à tout examen. Sabine avait pris l'habitude de fredonner une chanson qui commençait ainsi : « Dans les gardes françaises, j'avais un amoureux. » Elle courut sur les lèvres de ses innombrables amants, de leurs amis et connaissances, et devint une rengaine internationale. Les gangsters de Al Pacone la chantaient en dévalisant la banque principale de Chicago, comme aussi les pirates de Wou-Naï-Na, en pillant les jonques du fleuve Bleu, et les immortels en rédigeant le dictionnaire de l'Académie. Enfin, la silhouette de Sabine, son profil, la forme de ses yeux, l'expression de ses jambes, semblaient devoir imposer bientôt de nouveaux canons de la beauté féminine. Les grands voyageurs, en particulier les reporters, s'étonnaient de retrouver en tous lieux la même femme, si parfaitement semblable à elle-même. Les journaux s'en émurent, le monde scientifique proposa plusieurs explications du phénomène, ce qui donna lieu à de grandes querelles qui ne sont pas près de finir. La théorie semi-finaliste du nivellement des races par mutation de gènes et option infraconsciente de l'espèce prévalut généralement dans le public. Lord Burbury, qui suivait ces débats d'assez près, commençait à regarder sa femme d'un drôle d'air.

Rue de l'Abreuvoir, Sabine Lemurier, dans un calme apparent, continuait à mener une existence d'épouse attentive et de bonne ménagère, allait au marché, cuisait les biftèques, recousait les boutons, faisait durer le linge de son mari, échangeait des visites avec les femmes de ses collègues et écrivait ponctuellement au vieil oncle de Clermont-Ferrand. Au contraire de ses quatre sœurs, elle semblait n'avoir pas voulu suivre les suggestions perfides des romans de Mrs. Smithson et s'était interdit de se multiplier pour suivre des amants.

On jugera cette précaution spécieuse, artificieuse et hypocrite, puisque Sabine et ses innombrables sœurs pécheresses n'étaient qu'une seule et même personne. Mais les plus grands pécheurs ne sont jamais entièrement abandonnés de Dieu, qui entretient une lueur dans les ténèbres de ces pauvres âmes. C'était sans nul doute cette lueur-là qui se trouvait ainsi matérialisée dans un dix-huit millième de notre amoureuse innombrable. À la vérité, elle entendait d'abord rendre hommage à la primauté d'Antoine Lemurier en tant qu'époux légal. Sa conduite à son égard témoigna constamment de cet honorable souci. Lemurier étant tombé malade au moment où il venait de faire de mauvaises spéculations et de s'endetter lourdement, il arriva que le ménage se trouva dans une gêne extrême, voisine de la misère. Bien souvent, l'argent manquait à la fois pour la pharmacie, le pain et le proprio. Sabine vécut là des jours angoissés, mais sut résister, lors même que l'huissier cognait à la porte et qu'Antoine réclamait le curé, à la tentation de recourir aux millions de lady Burbury ou de Mrs. Smithson. Pourtant, assise au chevet du malade et épiant son souffle difficile, elle restait attentive aux ébats de ses sœurs (elles étaient alors quarante-sept mille), présente à tous leurs gestes et écoutant cette immense rumeur lascive qui lui arrachait parfois un soupir. Les dents serrées, le teint animé et la pupille légèrement dilatée, elle ressemblait parfois à une téléphoniste surveillant un vaste standard avec une application passionnée.

Quoique participant à (et participant de) cette mêlée voluptueuse, multiplicité impudique, fornicante, transpirante, gémissante, et y prenant plaisir (nécessairement, par nécessité et nécessaire et absolue conformité de conformation), quoique donc, Sabine restait inapaisée et l'âme appétente. C'est qu'elle s'était reprise à aimer Théorème avec le ferme propos de le lui laisser ignorer. Peut-être ses quarante-sept mille amants n'étaient-ils qu'un dérivatif à cette passion sans espoir. Il est permis de le penser. D'autre part, on peut supposer qu'elle était simplement et irrésistiblement aspirée par un destin en forme d'entonnoir (cf. cette pensée de Charles Fourier que chacun peut lire sur le socle de sa statue, au confluent du boulevard de Clichy et de la place Clichy : *Les attractions sont proportionnelles aux destinées*). Sabine avait été informée d'abord par sa crémière, ensuite par les journaux, des succès de Théorème. Dans une exposition, elle avait, le cœur ébloui et la buée à l'œil, admiré sa *Femme à neuf têtes*, si tendre et si tragiquement irréelle et pour elle allusive. Son ancien amant lui apparaissait purifié, racheté, rédimé, rétamé, battant neuf et lumière. Pour lui seul elle osait prier, priait pour qu'il eût bon lit, bonne table, fraîcheur d'âme en toute saison, aussi pour que sa peinture devînt de plus en plus belle.

Théorème avait toujours les yeux noirs, mais sa folie l'avait quitté, bien qu'il disposât des mêmes arguments pour en faire la preuve. Sagement, il s'était dit qu'il existe d'excellentes raisons pour n'importe quoi, qu'il en existait sûrement pour infirmer la preuve de sa folie, et il n'avait pas pris la peine de les chercher. Toutefois, sa vie demeurait à peu près la même, laborieuse et le plus souvent solitaire. Selon le souhait de Sabine, sa peinture devenait de plus en plus belle et les critiques d'art disaient des choses très fines sur la spiritualité de ses toiles. On ne le rencontrait guère dans les cafés et, en présence de ses amis mêmes, il avait la parole rare, le visage et le maintien tristes des hommes qui ont épousé une grande douleur. C'est qu'il avait opéré un sérieux retour sur lui-même et jugé sa conduite passée à l'égard de Sabine. Conscient de sa bassesse, il en rougissait vingt fois par jour, se traitant à haute voix de butor, de mufle, de crapaud panard et venimeux, de cochon rengorgé. Il aurait voulu s'accuser devant Sabine, implorer son pardon, mais il se jugeait trop indigne. Ayant fait un pèlerinage à la plage bretonne, il en rapporta deux toiles admirables, à faire sangloter un épicier, et aussi un souvenir aiguisé de sa muflerie. Il entrait tant d'humilité dans sa passion pour Sabine qu'il regrettait maintenant d'avoir été aimé.

Antoine Lemurier, qui avait manqué mourir, sortit heureusement de maladie, reprit son service au bureau et, tant bien que mal, pansa ses plaies d'argent. Durant cette épreuve, les voisins s'étaient réjouis en pensant que le mari allait crever, le mobilier être vendu, la femme à la rue. Tous étaient d'ailleurs d'excellentes gens, des cœurs d'or, comme tout le monde, et n'en voulaient nullement au ménage Lemurier, mais voyant se jouer auprès d'eux une sombre tragédie avec rebonds, péripéties, beuglements de proprio, huissier et fièvre montante, ils vivaient anxieusement dans l'attente d'un dénouement qui fût digne de la pièce. On en voulut à Lemurier de n'être pas mort. C'est lui qui avait tout foutu par terre. En représailles, on se mit à plaindre sa femme et à l'admirer. On lui disait: «Madame Lemurier, quel courage vous avez eu, on a bien pensé à vous, je voulais monter vous voir, Frédéric me disait non, tu vas déranger, mais je me tenais au courant et je l'ai dit souvent et encore hier à M. Brevet, Mme Lemurier a été extraordinaire, admirable, elle a été.» Ces choses-là étaient dites autant que possible devant Lemurier, ou bien elles lui étaient répétées par la concierge ou par le trois pièces du cinquième ou par le porte-de-face du troisième, si bien que le pauvre homme en vint à juger insuffisante l'expression de sa propre reconnaissance. Un soir, sous la lampe, Sabine lui parut lasse. Elle en était à son cinquante-six millième amant, un capitaine de gendarmerie, bel homme, qui débouclait son ceinturon dans un hôtel de Casablanca en lui disant qu'après bien bouffer et un bon cigare, l'amour est chose divine. Antoine Lemurier, qui regardait sa femme avec vénération, lui prit la main et y appuya les lèvres.

«Chérie, lui dit-il, tu es une sainte. Tu es la plus douce des saintes, la plus belle. Une sainte, une vraie sainte.»

La dérision involontaire de cet hommage et de ce regard adorant accabla Sabine. Elle retira sa main, fondit en larmes et, s'excusant sur ses nerfs, passa dans sa chambre. Comme elle mettait ses bigoudis, l'académicien à la barbe fleurie mourut d'une rupture d'anévrisme dans un restaurant d'Athènes où il était attablé avec Sabine qui s'appelait là-bas Cunégonde et passait pour sa nièce. Cunégonde peut paraître un prénom recherché, voire littéraire, mais qu'on veuille bien y songer, il n'y a pas cinquante-six mille saintes au calendrier et il fallait bien les honorer toutes. Assurée que la dépouille du grand homme serait bien traitée, Cunégonde se replia dans le sein de Sabine qui l'expédia le lendemain matin dans une baraque de la zone en expiation de l'injure nombreuse faite à Antoine Lemurier.

Cunégonde, sous le nom de Louise Mégnin, élut domicile dans l'une des plus pauvres cabanes de la zone Saint-Ouen, celles qui s'élèvent au fond de l'ignoble cité, devant les grandes meules de détritus tassés en un terreau friable aux noires senteurs de cendre et d'humanité. Sa baraque, faite de vieux bois de démolition et de papier toile goudronné, comprenait deux chambres séparées par une cloison en planches et dont l'une abritait un vieillard catarrheux et asthénique, soigné par un gamin idiot qu'il injuriait jour et nuit d'une voix d'agonisant. Louise Mégnin devait mettre longtemps à s'habituer à ce voisinage, de même qu'à la vermine, aux rats, aux odeurs, à la rumeur des bagarres, à la grossièreté des zoniers et à tous les inconvénients sordides qu'imposait l'existence dans ce dernier cercle de l'enfer terrestre. Lady Burbury et ses sœurs mariées, comme aussi les cinquante-six mille amoureuses (dont le nombre ne cessait de croître), en perdirent pendant plusieurs jours le goût de la nourriture. Lord Burbury s'étonnait parfois de voir sa femme pâlir, trembler du chef et des mains et ses yeux se révulser. On me cache quelque chose, pensait-il. C'est tout simplement que dans sa bicoque, Louise Mégnin faisait tête à un rat ventru ou disputait son grabat aux punaises, mais il ne pouvait pas le savoir. On supposera peut-être que cette descente expiatoire au séjour des damnés et des chiffonniers, dans la puanteur, la vermine, les plaies, les pustules, la faim, les couteaux, les loques, le vin dur et les gueulements d'abrutis, avait fait faire à la pécheresse multicorps un grand pas sur le chemin de la vertu. Mais non, au contraire. Louise Mégnin, ses cinquante-six mille sœurs (devenues soixante mille) et l'épouse tétracarne cherchaient à s'étourdir afin d'oublier la zone de Saint-Ouen. Au lieu de se délecter à ses souffrances comme il eût été juste et avantageux, Louise s'efforçait de ne rien voir, de ne rien entendre et se dispersait sur les cinq continents au spectacle de jeux impurs. C'était facile. Quand on a soixante mille paires d'yeux, on peut sans trop de peine se distraire du spectacle que nous offre l'une d'elles. Autant pour les oreilles.

Heureusement, la Providence veillait. Un soir, à la brune, l'air était très doux ; les exhalaisons des baraques, des roulottes et des tas d'immondices se fondaient en odeurs profondes tirant sur la charogne ; sur la zone flottait un brouillard léger estompant le décor bancal et les allées de mâchefer ; des ménagères se traitaient de putains, d'ordures, de voleuses, et dans un café en planches, la radio donnait une interview du grand coureur cycliste Idée. Louise Mégnin emplissait un arrosoir à la borne-fontaine lorsqu'elle vit sortir d'une roulotte un homme monstrueux qui se dirigea vers la fontaine. Fait comme un gorille dont il avait la carrure, le faciès et les longs bras pendants à hauteur des genoux, il était chaussé de pantoufles et portait des leggins dépareillées. Il s'avança en roulant les épaules et s'arrêta auprès de Louise sans rien dire, ses petits yeux brillant dans sa face poilue. D'autres hommes l'avaient déjà abordée à la fontaine, certains mêmes étaient venus rôder autour de sa bicoque, mais les plus frustes restaient soucieux d'observer quelques transitions rituelles. Celui-ci n'y pensait sûrement pas et sa résolution semblait aussi tranquille que s'il se fût agi de prendre l'autobus. Louise n'osait pas lever les yeux et regardait avec effroi les énormes mains pendantes, couvertes d'un poil noir et dru que la crasse collait par endroits en mèches rebelles. L'arrosoir plein, elle prit le chemin du retour et le gorille l'accompagna, toujours silencieux. Il marchait à côté d'elle à petits pas, à cause de ses jambes courtes et cagneuses disproportionnées au buste, et crachait parfois un jus de chique. « Enfin, pourquoi me suivez-vous ? demanda Louise. – Ma plaie recommence à couler », dit le gorille, et tout en marchant, il pinça l'étoffe de sa culotte qui collait à sa cuisse. Ils arrivaient à la bicoque. Transie de peur, Louise prit un pas d'avance, entra vivement et lui claqua la porte au nez. Mais avant qu'elle l'eût fermée à clé, il la repoussait d'une seule main et venait s'encadrer dans le chambranle. Sans prendre garde à sa présence, il promena sur sa cuisse des doigts précautionneux pour reconnaître à travers l'étoffe les contours de la plaie suppurante. Le manège dura longtemps. Dans la chambre voisine, le vieux égrenait des blasphèmes et, d'une voix de moribond, se plaignait que le gamin voulût l'assassiner. Louise, épouvantée, se tenait au milieu de la chambre, les yeux fixés sur le gorille. En se relevant, il vit son regard, lui fit signe de la main comme pour la faire patienter et, après avoir fermé la porte, posa sa chique sur une chaise.

À Paris, à Londres, à Shanghai, à Bamako, à Baton Rouge, à Vancouver, à New York, à Breslau, à Varsovie, à Rome, à Pondichéry, à Sydney, à Barcelone et sur tous les points du globe, Sabine, le souffle coupé, suivait les mouvements du gorille. Lady Burbury venait de faire son entrée dans un salon ami et la maîtresse de maison qui s'avançait à sa rencontre la vit reculer devant elle, le nez pincé, les yeux pleins d'horreur, jusqu'à ce qu'elle tombât assise sur les genoux d'un vieux colonel. À Napier (Nouvelle-Zélande), Ernestine, la dernière-née des soixante-cinq mille, planta ses ongles très profondément dans les mains d'un jeune employé de banque, qui se demanda ce qu'il fallait en penser. Sabine aurait pu résorber Louise Mégnin dans l'un de ses nombreux corps, elle ne fut pas sans y songer, mais il lui sembla qu'elle n'avait pas le droit de refuser cette épreuve.

Le gorille viola Louise Mégnin plusieurs fois. Dans les intervalles, il reprenait sa chique, puis la reposait sur la chaise. De l'autre côté de la cloison, le vieillard poursuivait ses litanies et, d'une main débile, lançant ses sabots par la chambre, essayait d'assommer son jeune compagnon qui éclatait à chaque fois d'un rire imbécile. La nuit était presque tombée. Dans la pénombre, les mouvements du gorille brassaient de lourdes odeurs, de crasse, de nourriture gâtée, de bouc et de sanie, concentrées dans son poil de bête et dans ses vêtements. Enfin, ayant repris sa chique pour de bon, il posa une pièce de vingt sous sur la table, en homme qui sait vivre, et jeta en sortant : « Je reviendrai ».

Cette nuit-là, aucune des soixante-cinq mille sœurs ne put trouver le sommeil et leurs larmes semblaient devoir ne jamais tarir. Elles voyaient bien, maintenant, que les plaisirs de l'amour décrits par les romans de Mrs. Smithson étaient de flatteuses illusions et que le plus bel homme du monde, hors des liens sacrés du mariage, ne peut donner que ce qu'il a – au fond (pensaient-elles), à peu de choses près ce qu'avait donné le gorille. Plusieurs milliers d'entre elles, s'étant querellées avec leurs amants qu'exaspéraient ces pleurs et ces mines dégoûtées, rompirent aussitôt leurs liaisons et cherchèrent un gagne-pain honorable. Les unes s'engagèrent dans des fabriques ou comme bonnes à tout faire, d'autres trouvèrent à s'employer dans des hôpitaux ou des asiles. Aux Marquises, il y en eut douze qui se casèrent dans des léproseries pour soigner les malades. Hélas ! il ne faudrait pas croire que ce mouvement fût aussitôt général. Au contraire, de nouvelles multiplications de pécheresses vinrent compenser, et au-delà, ces glorieuses défections. Dans la promotion des repenties, certaines se laissèrent tenter et revinrent aux mauvais plaisirs.

Heureusement, le gorille faisait à Louise Mégnin de fréquentes visites. Comme il était toujours aussi laid, aussi brutal, et qu'il puait toujours très fort, sa lubricité était merveilleusement édifiante. À chaque fois qu'il venait dans la bicoque, un grand frisson de dégoût passait parmi les amoureuses et il y en avait un millier ou deux qui se réfugiaient dans la dignité du travail et dans les bonnes œuvres, quitte à se raviser et à retomber dans l'ornière. En définitive, à ne considérer que les chiffres, Sabine ne progressait pas sensiblement dans la voie du bien, mais le nombre de ses amants se stabilisait aux environs de soixante-sept mille, et cela seul était un progrès.

Un matin, le gorille arriva chez Louise Mégnin avec un grand sac de toile contenant huit boîtes de pâté de foie, six de saumon, trois fromages de chèvre, trois camemberts, six œufs durs, quinze sous de cornichons, un pot de rillettes, un saucisson, quatre kilos de pain frais, douze bouteilles de vin rouge, une de rhum, et aussi un phonographe datant de 1912, avec enregistrement sur cylindres, lesquels étaient au nombre de trois, et c'est à savoir, dans l'ordre des préférences du gorille : la *Chanson des blés d'or*, un monologue égrillard, et le duo de *Charlotte et de Werther*. Arriva donc le gorille avec son sac sur l'épaule, s'enferma dans la bicoque avec Louise Mégnin et n'en ressortit que le surlendemain à 5 heures après midi. Des horreurs qui se perpétrèrent pendant ces deux jours de tête-à-tête, il est convenable de ne rien dire. Ce qu'il faut savoir, c'est que, dans le même temps, vingt mille amoureuses, désabusées, abandonnèrent leurs amants pour se consacrer à des tâches ingrates et secourir les affligés. Il est vrai aussi que neuf mille d'entre elles (presque la moitié) retombèrent dans le péché. Mais le bénéfice était bon. Dès lors, les gains furent à peu près constants, malgré les retours et les rechutes. Ces corps innombrables n'étant mus que par une seule âme, on s'étonnera peut-être que le résultat n'ait pas été plus prompt. Mais les habitudes de l'existence, voire et surtout les plus quotidiennes, les plus anodines, les plus apparemment insignifiantes, sont comme des adhérences de l'âme à la chair. On le vit bien pour Sabine. Celles de ses sœurs qui menaient une vie de patachon, un amant aujourd'hui, un autre demain et tous les jours faire la valise, vinrent les premières à résipiscence. La plupart des autres tenaient au vice par un apéritif à heure fixe, un appartement commode, un rond de serviette au restaurant, un sourire de la concierge, un chat siamois, un lévrier, une mise en plis hebdomadaire, un poste de radio, une couturière, un fauteuil profond, des partenaires de bridge, et enfin par la présence régulière de l'homme, par des opinions échangées avec lui sur le temps, les cravates, le cinéma, la mort, l'amour, le tabac ou le torticolis. Néanmoins, ces retranchements semblaient devoir tomber les uns après les autres. Chaque semaine, le gorille passait chez Louise des deux et trois jours d'affilée et il se saoulait dégoûtamment et il était monstrueux d'entrain, de puanteur et de purulences. Des milliers et des milliers d'amoureuses battaient leur coulpe, se ruaient à la pureté et aux bonnes œuvres, revenaient à la fange, en ressortaient, hésitaient, délibéraient, choisissaient, tâtonnant, butant, se déprenant et se reprenant et, pour le plus grand nombre, se mettant finalement à carreau et à coi dans une vie de chasteté, de travail, d'abnégation. Émerveillés et haletants, les anges se penchaient aux barrières du ciel pour suivre ce combat glorieux, et lorsqu'ils voyaient le gorille entrer chez Louise Mégnin, ils ne pouvaient pas s'empêcher d'entonner un joyeux cantique. Dieu lui-même venait jeter un coup d'œil de temps en temps. Mais il était loin de partager l'enthousiasme des anges, qui le faisaient sourire, et il lui arrivait de les tancer (mais paternellement): «Allons, allons (disait Dieu). Eh bien quoi. Dirait-on pas. C'est une âme comme une autre. Ce que vous voyez là, c'est ce qui se passe dans toutes les pauvres âmes auxquelles je n'ai pas pris la peine de donner soixante-sept mille corps. Je reconnais que le débat de celle-ci est assez spectaculaire, mais c'est parce que je l'ai bien voulu.»

Rue de l'Abreuvoir, Sabine menait une existence soucieuse et recueillie, épiant les mouvements de son âme et les inscrivant en chiffres sur son agenda de ménagère. Lorsque ses sœurs repenties furent au nombre de quarante mille, son visage prit une expression plus sereine, bien qu'elle restât sur le qui-vive. Souvent, le soir, dans la salle à manger, un sourire la parait de lumière et de transparence et, plus que jamais, il semblait à Antoine Lemurier qu'elle parlât avec les anges. Un dimanche matin, elle secouait une descente de lit à la fenêtre et auprès d'elle, Lemurier rêvait à un mot croisé difficile lorsque Théorème passa dans la rue de l'Abreuvoir.

«Tiens, dit Lemurier, voilà le fou. Il y a longtemps qu'on ne l'avait pas vu.

– Il ne faut pas dire qu'il est fou, protesta doucement Sabine. M. Théorème est un si grand peintre!»

D'un pas de flâneur, Théorème allait à son destin qui lui fit d'abord descendre la rue des Saules et le conduisit jusqu'à la foire aux puces, derrière la porte de Clignancourt. Inattentif aux occasions, il s'y promena au hasard et finit par s'engager dans le village des zoniers qui le regardaient passer avec l'hostilité discrète des parias pour l'étranger bien vêtu dans lequel ils flairent le promeneur curieux de misère pittoresque. Théorème pressa le pas et, en arrivant aux dernières bicoques, se trouva presque face à face avec Louise Mégnin qui portait un arrosoir d'eau. Elle était pieds nus dans des sabots et vêtue d'une mince robe noire, rapiécée et reprisée. Sans rien dire, il prit son arrosoir et entra derrière elle dans sa pauvre chambre. Le vieux d'à côté s'étant traîné jusqu'au marché aux puces pour y acheter une assiette d'occasion, la bicoque était silencieuse. Théorème avait pris les mains de Sabine et aucun d'eux ne trouvait de voix pour demander pardon à l'autre du mal qu'il croyait lui avoir fait. Comme il s'agenouillait à ses pieds, elle voulut le relever, mais tomba elle-même à genoux, et il leur vint des larmes plein les yeux. C'est alors que le gorille fit son entrée. Il portait sur l'épaule un grand sac de victuailles, car il venait s'installer pour huit jours dans la bicoque de Louise. Sans rien dire, il posa son sac, sans rien dire prit les amants à la gorge – un cou dans chaque main – les souleva, les agita comme des flacons, puis les étrangla. Ils moururent en même temps, visage sur visage et les yeux dans les yeux. Les ayant calés chacun sur une chaise, le gorille se mit à table avec eux, éventra une boîte de pâté de foie et but une bouteille de rouge. Il passa ainsi la journée à manger et à boire et à remonter le phono pour écouter la *Chanson des blés d'or*. Le soir venu, il ficela les deux corps l'un contre l'autre et les fourra dans son grand sac. En quittant la bicoque avec son fardeau sur l'épaule, il éprouva dans la région supérieure du poitrail une espèce de frisson qui ressemblait à un attendrissement et il prit la peine de rouvrir le sac pour y enfermer une fleur de géranium, cueillie à la fenêtre d'une roulotte de la zone.

Par les grandes avenues, il descendit à la Seine où il arriva vers 11 heures du soir. Toute cette aventure avait fini par lui donner un peu d'imagination. Quai de la Mégisserie, lorsqu'il eut balancé les deux cadavres dans le fleuve, le gorille crut découvrir que la vie était ennuyeuse et fatigante comme un livre. L'idée lui vint aussitôt d'en finir avec elle, mais au lieu de se jeter à l'eau, il eut la délicatesse d'aller se couper la gorge sous un porche de la rue des Lavandières-Sainte-Opportune.

Dans la seconde même où Louise Mégnin mourait étranglée, ses soixante-sept mille et quelques sœurs rendaient également le dernier soupir avec un sourire heureux en portant la main à leur cou. Les unes, telles lady Burbury et Mrs. Smithson, reposent dans des tombeaux cossus, les autres sous de simples bourrelets de terre que le temps aura vite effacés. Sabine est enterrée à Montmartre dans le petit cimetière Saint-Vincent et ses amis vont la voir de temps en temps. On pense qu'elle est en paradis et qu'au jour du jugement dernier, il y aura plaisir pour elle à ressusciter de ses soixante-sept mille corps.

LA CARTE

Extraits du journal de Jules Flegmon

10 février. – Un bruit absurde court dans le quartier à propos de nouvelles restrictions. Afin de parer à la disette et d'assurer un meilleur rendement de l'élément laborieux de la population, il serait procédé à la mise à mort des consommateurs improductifs : vieillards, retraités, rentiers, chômeurs, et autres bouches inutiles. Au fond, je trouve que cette mesure serait assez juste. Rencontré tout à l'heure, devant chez moi, mon voisin Roquenton, ce fougueux septuagénaire qui épousa, l'an passé, une jeune femme de vingt-quatre ans. L'indignation l'étouffait : «Qu'importe l'âge, s'écriait-il, puisque je fais le bonheur de ma poupée jolie!» En des termes élevés, je lui ai conseillé d'accepter avec une joie orgueilleuse le sacrifice de sa personne au bien de la communauté.

12 février. – Il n'y a pas de fumée sans feu. Déjeuné aujourd'hui avec mon vieil ami Maleffroi, conseiller à la préfecture de la Seine. Je l'ai cuisiné adroitement, après lui avoir délié la langue avec une bouteille d'arbois. Naturellement, il n'est pas question de mettre à mort les inutiles. On rognera simplement sur leur temps de vie. Maleffroi m'a expliqué qu'ils auraient droit à tant de jours d'existence par mois, selon leur degré d'inutilité. Il paraît que les cartes de temps sont déjà imprimées. J'ai trouvé cette idée aussi heureuse que poétique. Je crois me souvenir d'avoir dit là-dessus des choses vraiment charmantes. Sans doute un peu ému par le vin, Maleffroi me regardait avec de bons yeux, tout embués par l'amitié.

13 février. – C'est une infamie! un déni de justice! un monstrueux assassinat! Le décret vient de paraître dans les journaux et voilà-t-il pas que parmi «les consommateurs dont l'entretien n'est compensé par aucune contrepartie réelle», figurent les artistes et les écrivains! À la rigueur, j'aurais compris que la mesure s'appliquât

Première publication dans La Gerbe, *2 avril 1942.*

aux peintres, aux sculpteurs, aux musiciens. Mais aux écrivains! Il y a là une inconséquence, une aberration, qui resteront la honte suprême de notre époque. Car, enfin, l'utilité des écrivains n'est pas à démontrer, surtout la mienne, je peux le dire en toute modestie. Or, je n'aurai droit qu'à quinze jours d'existence par mois.

16 février. – Le décret entrant en vigueur le 1ᵉʳ mars et les inscriptions devant être prises dès le 18, les gens voués par leur situation sociale à une existence partielle s'affairent à la recherche d'un emploi qui leur permette d'être classés dans la catégorie des vivants à part entière. Mais l'administration, avec une prévoyance diabolique, a interdit tout mouvement de personnel avant le 25 février.

L'idée m'est venue de téléphoner à mon ami Maleffroi pour qu'il m'obtienne un emploi de portier ou de gardien de musée dans les quarante-huit heures. J'arrive trop tard. Il vient d'accorder la dernière place de garçon de bureau dont il disposait.

«Mais aussi, pourquoi diable avoir attendu jusqu'à aujourd'hui pour me demander une place?

– Mais comment pouvais-je supposer que la mesure m'atteindrait? Quand nous avons déjeuné ensemble, vous ne m'avez pas dit...

– Permettez. J'ai spécifié, on ne peut plus clairement, que la mesure concernait tous les inutiles.»

17 février. – Sans doute ma concierge me considère-t-elle déjà comme un demi-vivant, un fantôme, une ombre émergeant à peine des enfers, car ce matin, elle a négligé de m'apporter mon courrier. En descendant, je l'ai secouée d'importance. «C'est, lui ai-je dit, pour mieux gaver les paresseux de votre espèce qu'une élite fait le sacrifice de sa vie.» Et, au fond, c'est très vrai. Plus j'y pense, plus ce décret me paraît injuste et inique.

Rencontré tout à l'heure Roquenton et sa jeune femme. Le pauvre vieux m'a fait pitié. En tout et pour tout, il aura droit à six jours de vie par mois, mais le pis est que Mme Roquenton, en raison de sa jeunesse, ait droit à quinze jours. Ce décalage jette le vieil époux dans une anxiété folle. La petite paraît accepter son sort avec plus de philosophie.

Au cours de cette journée, j'ai rencontré plusieurs personnes que le décret n'atteint pas. Leur incompréhension et leur ingratitude à l'égard des sacrifiés me dégoûtent profondément. Non seulement cette mesure inique leur apparaît comme la chose la plus naturelle du monde, mais il semble bien qu'ils s'en réjouissent. On ne flétrira jamais assez cruellement l'égoïsme des humains.

18 février. – Fait trois heures de queue à la mairie du dix-huitième arrondissement pour retirer ma carte de temps. Nous étions là, distribués en une double file, environ deux milliers de malheureux dévoués à l'appétit des masses laborieuses. Et ce n'était qu'une première fournée. La proportion des vieillards m'a paru être de la moitié. Il y avait de jolies jeunes femmes aux visages tout alanguis de tristesse et qui semblaient soupirer : « Je ne veux pas mourir encore. » Les professionnelles de l'amour étaient nombreuses. Le décret les a durement touchées en réduisant leur temps de vie à sept jours par mois. Devant moi, l'une d'elles se plaignait d'être condamnée pour toujours à sa condition de fille publique. En sept jours, affirmait-elle, les hommes n'ont pas le temps de s'attacher. Cela ne me paraît pas si sûr. Dans les files d'attente, j'ai reconnu, non sans émotion, et, je dois l'avouer, avec un secret contentement, des camarades de Montmartre, écrivains et artistes : Céline, Gen Paul, Daragnès, Fauchois, Soupault, Tintin, d'Esparbès et d'autres. Céline était dans un jour sombre. Il disait que c'était encore une manœuvre des Juifs, mais je crois que sur ce point précis, sa mauvaise humeur l'égarait. En effet, aux termes du décret, il est alloué aux Juifs, sans distinction d'âge, de sexe, ni d'activité, une demi-journée d'existence par mois. Dans l'ensemble, la foule était irritée et houleuse. Les nombreux agents commis au service d'ordre nous traitaient avec beaucoup de mépris, nous considérant évidemment comme un rebut d'humanité. À plusieurs reprises, comme nous nous lassions de cette longue attente, ils ont apaisé notre impatience à coups de pied au cul. J'ai dévoré l'humiliation avec une muette dignité, mais j'ai regardé fixement un brigadier de police en rugissant mentalement un cri de révolte. Maintenant, c'est nous qui sommes les damnés de la terre. J'ai pu enfin retirer ma carte de temps. Les tickets attenants, dont chacun vaut vingt-quatre heures d'existence, sont d'un bleu très tendre, couleur de pervenche, et si doux que les larmes m'en sont venues aux yeux.

24 février. – Il y a une huitaine de jours, j'avais écrit à l'administration compétente pour que mon cas personnel fût pris en considération. J'ai obtenu un supplément de vingt-quatre heures d'existence par mois. C'est toujours ça.

5 mars. – Depuis une dizaine de jours, je mène une existence fiévreuse qui m'a fait délaisser mon *Journal*. Pour ne rien laisser perdre d'une vie aussi brève, j'ai quasiment perdu le sommeil de mes nuits. En ces quatre derniers jours, j'aurai noirci plus de papier qu'en trois semaines de vie normale et, toutefois, mon style garde le même éclat, ma pensée la même profondeur. Je me dépense au plaisir avec la même frénésie. Je voudrais que toutes les jolies femmes fussent à moi, mais c'est impossible. Toujours avec le désir de profiter de l'heure qui passe, et peut-être aussi dans un esprit de vengeance, je fais chaque jour deux très copieux repas au marché noir. Mangé à midi trois douzaines d'huîtres, deux œufs pochés, un quartier d'oie, une tranche de filet de bœuf, légume, salade, fromages divers, un entremets au chocolat, un pamplemousse et trois mandarines. En buvant mon café, et quoique l'idée de mon triste sort ne m'eût point abandonné, j'éprouvais un certain sentiment de bonheur. Deviendrais-je un parfait stoïcien ? En sortant du restaurant, je suis tombé sur le couple Roquenton. Le bonhomme vivait aujourd'hui sa dernière journée du mois de mars. Ce soir, à minuit, son sixième ticket usé, il sombrera dans le non-être et y demeurera vingt-cinq jours.

7 mars. – Rendu visite à la jeune Mme Roquenton, provisoirement veuve depuis la minuit. Elle m'a accueilli avec une grâce que la mélancolie rendait plus charmante. Nous avons parlé de choses et d'autres, et aussi de son mari. Elle m'a conté comment il s'était évanoui dans le néant. Ils étaient tous les deux couchés. À minuit moins une, Roquenton tenait la main de sa femme et lui adressait ses dernières recommandations. À minuit sonnant, elle a senti tout d'un coup la main de son compagnon fondre dans la sienne. Il ne restait plus à côté d'elle qu'un pyjama vide et un râtelier sur le traversin. Cette évocation nous a bien vivement émus. Comme Lucette Roquenton versait quelques larmes, je lui ai ouvert mes bras.

12 mars. – Hier soir, à 6 heures, suis allé prendre un verre de sirop chez Perruque, l'académicien. Comme on sait, l'administration, pour ne pas faire mentir leur réputation d'immortalité, accorde à ces débris le privilège de figurer parmi les vivants à part entière. Perruque a été ignoble de suffisance, d'hypocrisie et de méchanceté. Nous étions chez lui une quinzaine, tous des sacrifiés, qui vivions nos derniers tickets du mois. Perruque seul était à part entière. Il nous traitait avec bonté, comme des êtres diminués, impuissants. Il nous plaignait avec une mauvaise flamme dans l'œil, nous promettant de défendre nos intérêts en notre absence. Il jouissait d'être, sur un certain plan, quelque chose de plus que nous. Me suis retenu à quatre pour ne pas le traiter de vieux melon et de canasson refroidi. Ah! si je n'avais pas l'espoir de lui succéder un jour!

13 mars. – Déjeuné à midi chez les Dumont. Comme toujours, ils se sont querellés et même injuriés. Avec un accent de sincérité qui ne trompe pas, Dumont s'est écrié : «Si au moins je pouvais utiliser mes tickets de vie dans la deuxième quinzaine du mois, de façon à ne jamais vivre en même temps que toi!» Mme Dumont a pleuré.

16 mars. – Lucette Roquenton est entrée cette nuit dans le néant. Comme elle avait une grande peur, je l'ai assistée dans ses derniers moments. Elle était déjà couchée lorsque, à 9 heures et demie, je suis monté chez elle. Pour lui éviter les affres de la dernière minute, je me suis arrangé pour retarder d'un quart d'heure la pendulette qui se trouvait sur la table de chevet. Cinq minutes avant le plongeon, elle a eu un accès de larmes. Puis, croyant avoir encore vingt minutes de marge, elle a pris le temps de se remettre à son avantage dans un souci de coquetterie qui m'a paru assez touchant. Au moment du passage, j'ai pris garde à ne pas la quitter des yeux. Elle était en train de rire à une réflexion que je venais de faire, et, soudain, son rire a été interrompu, en même temps qu'elle s'évanouissait à mon regard, comme si un illusionniste l'eût escamotée. J'ai tâté la place encore chaude où reposait son corps, et j'ai senti descendre en moi ce silence qu'impose la présence de la mort. J'étais assez péniblement impressionné. Ce matin même, à l'instant où j'écris ces lignes, je suis angoissé. Depuis mon réveil je compte les heures qui me restent à vivre. Ce soir, à minuit, ce sera mon tour.

Ce même jour, à minuit moins le quart, je reprends mon journal. Je viens de me coucher et je veux que cette mort provisoire me prenne la plume à la main, dans l'exercice de ma profession. Je trouve cette attitude assez crâne. J'aime cette forme de courage, élégante et discrète. Au fait, la mort qui m'attend est-elle bien réellement provisoire, et ne s'agit-il pas d'une mort pure et simple? Cette promesse de résurrection ne me dit rien qui vaille. Je suis maintenant tenté d'y voir une façon habile de nous colorer la sinistre vérité. Si, dans quinze jours, aucun des sacrifiés ne ressuscite, qui donc réclamera pour eux? Pas leurs héritiers, bien sûr! et, quand ils réclameraient, la belle consolation! Je pense tout à coup que les sacrifiés doivent ressusciter en bloc, le premier jour du mois prochain, c'est-à-dire le 1ᵉʳ avril. Ce pourrait être l'occasion d'un joli poisson. Je me sens pris d'une horrible panique et je...

1ᵉʳ avril. – Me voilà bien vivant. Ce n'était pas un poisson d'avril. Je n'ai d'ailleurs pas eu la sensation du temps écoulé. En me retrouvant dans mon lit, j'étais encore sous le coup de cette panique qui précéda ma mort. Mon journal était resté sur le lit, et j'ai voulu achever la phrase où ma pensée restait accrochée, mais il n'y avait plus d'encre dans mon stylo. En découvrant que ma pendule était arrêtée à 4 h 10, j'ai commencé à soupçonner la vérité. Ma montre était également arrêtée. J'ai eu l'idée de téléphoner à Maleffroi pour lui demander la date. Il ne dissimula pas sa mauvaise humeur d'être ainsi tiré du lit au milieu de la nuit et ma joie d'être ressuscité le toucha médiocrement. Mais j'avais besoin de m'épancher.

«Vous voyez, dis-je, la distinction entre temps spatial et temps vécu n'est pas une fantaisie de philosophe. J'en suis la preuve. En réalité, le temps absolu n'existe pas...

– C'est bien possible, mais il est tout de même minuit et demi, et je crois...

– Remarquez que c'est très consolant. Ces quinze jours pendant lesquels je n'ai pas vécu, ce n'est pas du temps perdu pour moi. Je compte bien les récupérer plus tard.

– Bonne chance et bonne nuit», a coupé Maleffroi.

Ce matin, vers 9 heures, je suis sorti et j'ai éprouvé la sensation d'un brusque changement. La saison me semblait avoir fait un bond appréciable. En vérité, les arbres s'étaient déjà transformés, l'air était plus léger, les rues avaient un autre aspect. Les femmes étaient aussi plus printanières. L'idée que le monde a pu vivre sans moi m'a causé et me cause encore quelque dépit. Vu plusieurs personnes ressuscitées cette nuit. Échange d'impressions. La mère Bordier m'a tenu la jambe pendant vingt minutes à me raconter qu'elle avait vécu, détachée de son corps, quinze jours de joies sublimes et paradisiaques. La rencontre la plus drôle que j'aie faite est assurément celle de Bouchardon, qui sortait de chez lui. La mort provisoire l'avait saisi pendant son sommeil, dans la nuit du 15 mars. Ce matin, il s'est réveillé bien persuadé qu'il avait échappé à son destin. Il en profitait pour se rendre à un mariage qu'il croyait être pour aujourd'hui et qui, en réalité, a dû être célébré il y a quinze jours. Je ne l'ai pas détrompé.

2 avril. – Je suis allé prendre le thé chez les Roquenton. Le bonhomme est pleinement heureux. N'ayant pas eu la sensation du temps de son absence, les événements qui l'ont rempli n'ont aucune réalité dans son esprit. L'idée que, pendant les neuf jours où elle a vécu sans lui, sa femme aurait pu le tromper, lui paraît évidemment de la métaphysique. Je suis bien content pour lui. Lucette n'a pas cessé de me regarder avec des yeux noyés et languides. J'ai horreur de ces messages passionnés émis à l'insu d'un tiers.

3 avril. – Je ne décolère pas depuis ce matin. Perruque, pendant que j'étais mort, a manœuvré pour que l'inauguration du musée Mérimée ait lieu le 18 avril. À l'occasion de cette fête, et le vieux fourbe ne l'ignore pas, je devais prononcer un discours très important qui m'eût entrouvert les portes de l'Académie. Mais le 18 avril, je serai dans les limbes.

7 avril. – Roquenton est mort encore un coup. Cette fois, il a accepté son sort avec bonne humeur. Il m'avait prié à dîner chez lui et, à minuit, nous étions au salon, en train de boire le champagne. Au moment où il a fait le plongeon, Roquenton était debout, et nous avons vu soudain ses vêtements tomber en tas sur le tapis. En vérité c'était assez comique. Néanmoins, l'accès de gaîté auquel s'est laissée aller Lucette m'a paru inopportun.

12 avril. – Reçu ce matin une visite bouleversante, celle d'un homme d'une quarantaine d'années, pauvre, timide, et en assez mauvaise condition physique. C'était un ouvrier malade, marié et père de trois enfants, qui voulait me vendre une partie de ses tickets de vie afin de pouvoir nourrir sa famille. Sa femme malade, lui-même trop affaibli par les privations pour assurer un travail de force, son allocation lui permettait tout juste d'entretenir les siens dans un état plus proche de la mort que de la vie. La proposition qu'il me fit de me vendre ses tickets de vie m'emplit de confusion. Je me faisais l'effet d'un ogre de légende, un de ces monstres de la fable antique, qui percevaient un tribut de chair humaine. Je bafouillai une protestation et, refusant les tickets du visiteur, lui offris une certaine somme d'argent sans contrepartie. Conscient de la grandeur de son sacrifice, il en tirait un légitime orgueil et ne voulait rien accepter qu'il n'eût payé d'un ou plusieurs jours de son existence. N'ayant pu réussir à le convaincre, j'ai fini par lui prendre un ticket. Après son départ, je l'ai fourré dans mon tiroir, bien décidé à ne pas l'utiliser. Ainsi prélevée sur l'existence d'un semblable, cette journée supplémentaire me serait odieuse.

14 avril. – Rencontré Maleffroi dans le métro. Il m'a expliqué que le décret de réduction commençait à porter ses fruits. Les gens riches se trouvant très atteints, le marché noir a perdu d'importants débouchés et ses prix ont déjà baissé très sensiblement. En haut lieu, on espère en avoir bientôt fini avec cette plaie. En général, paraît-il, les gens sont mieux ravitaillés, et Maleffroi m'a fait observer que les Parisiens avaient meilleure mine. Cette constatation m'a procuré une joie mélangée.

«Ce qui n'est pas moins appréciable, poursuivit Maleffroi, c'est l'atmosphère de quiétude et d'allégement dans laquelle nous vivons en l'absence de ces nouveaux rationnés. On se rend compte alors à quel point les riches, les chômeurs, les intellectuels et les catins peuvent être dangereux dans une société où ils n'introduisent que le trouble, l'agitation vaine, le dérèglement et la nostalgie de l'impossible.»

15 avril. – Refusé une invitation pour ce soir chez les Carteret qui me priaient de vouloir bien assister à leur «agonie». C'est une mode qu'ont adoptée les gens swing de réunir des amis à l'occasion de leur mort provisoire. Parfois, m'a-t-on dit, ces réunions donnent lieu à des mêlées orgiaques. C'est dégoûtant.

16 avril. – Je meurs ce soir. Aucune appréhension.

1er mai. – Cette nuit, en revenant à la vie, j'ai eu une surprise. La mort relative (c'est l'expression à la mode) m'avait saisi debout et mes vêtements s'étant affaissés sur le tapis, je me suis retrouvé tout nu. Même aventure est arrivée chez le peintre Rondot qui avait réuni une dizaine d'invités des deux sexes, tous candidats à la mort relative. Ça a dû être assez drôle. Le mois de mai s'annonce si beau qu'il m'en coûte de renoncer aux quinze derniers jours.

5 mai. – Au cours de ma dernière tranche d'existence, j'avais eu le sentiment d'une opposition naissante entre les vivants à part entière et les autres. Il semble qu'elle s'accuse de plus en plus et on ne saurait, en tout cas, douter qu'elle existe. C'est d'abord une jalousie réciproque. Cette jalousie s'explique aisément chez les gens pourvus d'une carte de temps. On ne s'étonnera même pas qu'elle se double d'une solide rancune à l'égard des privilégiés. Pour ceux-ci, j'ai à chaque instant l'occasion de m'en rendre compte, ils nous envient secrètement d'être les héros du mystère et de l'inconnu, d'autant que cette barrière du néant qui nous sépare leur est plus sensible qu'à nous-mêmes qui n'en avons pas la perception. La mort relative leur apparaît comme des vacances et ils ont l'impression d'être rivés à leur chaîne. D'une façon générale, ils ont tendance à se laisser aller à une sorte de pessimisme et de hargne désagréable. Au contraire, le sentiment toujours présent de la fuite du temps, la nécessité d'adopter un rythme de vie plus rapide inclinent les gens de ma catégorie à la bonne humeur. Je pensais à tout cela à midi en déjeunant avec Maleffroi. Tantôt désabusé et ironique, tantôt agressif, il semblait prendre à cœur de me décourager de mon sort et faisait valoir sa chance avec le désir évident de se convaincre lui-même. Il me parlait comme on pourrait le faire à un ami appartenant à une nation ennemie.

8 mai. – Ce matin, un individu est venu me proposer des tickets de vie à deux cents francs pièce. Il en avait une cinquantaine à placer. Je l'ai vidé sans y mettre de formes et il ne doit qu'à sa forte carrure de n'avoir pas eu mon pied dans les fesses.

10 mai. – Il y aura quatre jours ce soir que Roquenton, pour la troisième fois, est entré dans la mort relative. Pas revu Lucette depuis, mais je viens d'apprendre qu'elle est entichée d'un vague petit jeune homme blond. Je vois d'ici l'animal, un jeune veau appartenant à l'espèce *swing*. Au demeurant, je m'en bats l'œil. Cette petite bonne femme n'a aucun goût, je n'ai pas attendu aujourd'hui pour m'en apercevoir.

12 mai. – Le marché noir des tickets de vie est en train de s'organiser sur une vaste échelle. Des démarcheurs visitent les pauvres et les persuadent de vendre quelques jours de vie afin d'assurer à leurs familles des moyens de subsistance complémentaires. Les vieillards réduits à la retraite du travailleur, les femmes de prisonniers sans emploi sont également des proies faciles. Le cours du ticket s'établit actuellement entre deux cents et deux cent cinquante francs. Je ne pense pas qu'il monte beaucoup plus haut, car la clientèle des gens riches ou simplement aisés est malgré tout assez restreinte, si l'on a égard au nombre des pauvres. En outre, beaucoup de gens se refusent à admettre que la vie humaine soit ainsi traitée comme vile marchandise. Pour ma part, je ne transigerai pas avec ma conscience.

14 mai. – Mme Dumont a égaré sa carte de temps. C'est fort gênant, car pour en obtenir une autre, il faut compter un délai d'au moins deux mois. Elle accuse son mari de la lui avoir cachée pour se débarrasser d'elle. Je ne crois pas qu'il ait l'âme aussi noire. Le printemps n'a jamais été aussi beau que cette année. J'ai regret de mourir après-demain.

16 mai. – Dîné hier chez la baronne Klim. Parmi les invités, Mgr Delabonne était le seul vivant à part entière. Quelqu'un ayant parlé du marché noir des tickets de vie, je me suis élevé contre une pratique que je jugeais honteuse. J'étais on ne peut plus sincère. Peut-être aussi souhaitais-je faire une bonne impression sur l'évêque qui dispose de plusieurs voix à l'Académie. J'ai senti tout de suite un froid dans l'assistance. Monseigneur m'a souri avec bonté comme il eût fait aux confidences d'un jeune prêtre consumé d'ardeurs apostoliques. On parla d'autre chose. Après le dîner, au salon, la baronne m'entreprit, d'abord à mi-voix, sur le marché noir des tickets de vie. Elle me remontra que mon immense et incontesté talent d'écrivain, la profondeur de mes vues, le grand rôle que j'étais appelé à jouer me faisaient un devoir, une obligation morale de mettre des rallonges à une existence consacrée à l'enrichissement de la pensée et à la grandeur du pays. Me voyant ébranlé, elle porta le débat devant les invités. Ceux-ci furent à peu près unanimes à blâmer mes scrupules qui me dérobaient, sous une brume de fausse sentimentalité, les vrais chemins de la justice. Monseigneur, sollicité de donner un avis, refusa de trancher le cas, mais s'exprima en une parabole pleine de sens : un cultivateur laborieux manque de terre alors que ses voisins laissent les leurs en friche. À ces voisins négligents, il achète une partie de leurs champs, les laboure, les ensemence et récolte de grasses moissons qui profitent à tout le monde.
Je me suis laissé persuader par cette brillante assemblée et ce matin il me restait assez de conviction pour faire l'achat de cinq tickets de vie. Pour mériter ce supplément d'existence, je me retirerai à la campagne où je travaillerai d'arrache-pied à mon livre.

20 mai. – Suis en Normandie depuis quatre jours. Sauf quelques promenades à pied, mon temps est entièrement consacré au travail. Les cultivateurs ne connaissent guère la carte de temps. Les vieillards eux-mêmes ont droit à vingt-cinq jours par mois. Comme il me faudrait un jour supplémentaire pour terminer un chapitre, j'ai demandé à un vieux paysan de me céder un ticket. Sur question, je lui ai répondu qu'à Paris le ticket s'achète deux cents francs. «Vous voulez rire! s'est-il écrié. Au prix où on nous achète le cochon sur pied, venir me proposer deux cents francs!» Je n'ai donc pas fait affaire. Je prends le train demain après-midi pour être à Paris dans la soirée et mourir chez moi.

3 juin. – Quelle aventure! Le train ayant eu un retard considérable, la mort provisoire m'a surpris quelques minutes avant d'arriver à Paris. Je suis revenu à la vie dans le même compartiment, mais le wagon se trouvait à Nantes, sur une voie de garage. Et, naturellement, j'étais tout nu. Que d'ennuis et de vexations il m'a fallu subir : j'en suis encore malade. Par bonheur, je voyageais avec une personne de connaissance qui avait fait parvenir mes effets à domicile.

4 juin. – Rencontré Mélina Badin, l'actrice de l'Argos, qui m'a raconté une histoire absurde. Certains de ses admirateurs ayant tenu à lui céder une parcelle d'existence, elle s'est trouvée, le 15 mai dernier, à la tête de vingt et un tickets. Or, elle prétend les avoir tous utilisés, si bien qu'elle aurait vécu trente-six jours dans le mois. J'ai cru devoir plaisanter :
«Ce mois de mai qui consent à s'allonger de cinq jours à votre seul usage est vraiment un mois galant», lui ai-je dit.
Mélina paraissait sincèrement navrée de mon scepticisme. J'incline à croire qu'elle a l'esprit dérangé.

11 juin. – Drame chez les Roquenton. Je n'ai appris la chose que cet après-midi. Le 15 mai dernier, Lucette accueillait chez elle son jeune pommadin à poil blond et, à minuit, ils sombraient dans le néant. À leur retour à la vie, ils ont repris corps dans le lit où ils s'étaient endormis, mais ils ne s'y trouvaient plus seuls, car Roquenton ressuscitait entre eux deux. Lucette et le blondin ont feint de ne pas se connaître, mais Roquenton trouve que c'est bien invraisemblable.

12 juin. – Les tickets de vie s'achètent à des prix astronomiques et l'on n'en trouve plus à moins de cinq cents francs. Il faut croire que les pauvres gens sont devenus plus avares de leur existence et les riches plus avides. J'en ai acheté dix au début du mois, à deux cents francs pièce et le lendemain de cet achat, je recevais d'Orléans une lettre de mon oncle Antoine qui m'en envoyait neuf. Le pauvre homme souffre si fort de ses rhumatismes qu'il a résolu d'attendre dans le néant une amélioration de son état. Me voici donc à la tête de dix-neuf tickets. Le mois ayant trente jours, j'en ai cinq de trop. Je trouverai sans peine à les vendre.

15 juin. – Hier soir, Maleffroi est monté chez moi. Il était d'excellente humeur. Le fait que certaines personnes déboursent de grosses sommes pour vivre, comme lui, un mois plein, lui a rendu l'optimisme. Il ne fallait rien de moins pour le convaincre que le sort des vivants à part entière est enviable.

20 juin. – Je travaille avec acharnement. S'il fallait en croire certaines rumeurs, Mélina Badin ne serait pas si folle qu'il semble. En effet, nombre de personnes se flattent d'avoir vécu plus de trente et un jours pendant le dernier mois de mai. Pour ma part, j'en ai entendu plusieurs. Il ne manque naturellement pas de gens assez simples pour croire à ces fables.

22 juin. – Usant de représailles à l'égard de Lucette, Roquenton a acheté au marché noir pour une dizaine de mille francs de tickets qu'il réserve à son usage exclusif. Sa femme est dans le néant depuis dix jours déjà. Je crois qu'il regrette d'avoir été aussi sévère. La solitude paraît lui peser cruellement. Je le trouve changé, presque méconnaissable.

27 juin. – La fable selon laquelle le mois de mai aurait eu des rallonges pour quelques privilégiés s'accrédite solidement. Laverdon, qui est pourtant un homme digne de foi, m'a affirmé qu'il avait vécu trente-cinq jours en ce seul mois de mai. Je crains que tous ces rationnements de temps n'aient dérangé beaucoup de cervelles.

28 juin. – Roquenton est mort hier matin, vraisemblablement de chagrin. Il ne s'agit pas de mort relative, mais de mort tout court. On l'enterre demain. Le 1er juillet, en revenant à la vie, Lucette va se trouver veuve.

32 juin. – Il faut bien convenir que le temps a des perspectives encore inconnues. Quel casse-tête! Hier matin, j'entre dans une boutique acheter un journal. Il portait la date du 31 juin.
«Tiens, dis-je, le mois a trente et un jours?»
La marchande, que je connais depuis des années, me regarde d'un air incompréhensif. Je jette un coup d'œil sur les titres du journal et je lis :

«M. Churchill se rendrait à New York entre le 39 et le 45 juin.»
Dans la rue, j'attrape un bout de conversation entre deux hommes:
«Il faut que je sois à Orléans le 37», dit l'un d'eux.
Un peu plus loin, je tombe sur Bonrivage qui se promène, l'air
hagard. Il me fait part de sa stupéfaction. J'essaie de le réconforter.
Il n'y a qu'à prendre les choses comme elles viennent. Vers le milieu
de l'après-midi, j'avais fait la remarque suivante: les vivants à part
entière n'ont pas la moindre conscience d'une anomalie dans le
déroulement du temps. Les gens de ma catégorie, qui se sont intro-
duits en fraude dans ce prolongement du mois de juin, sont seuls à
être déroutés. Maleffroi, à qui j'ai fait part de mes étonnements, n'y
a rien compris et m'a cru maboule. Mais que m'importe ce bour-
geonnement de la durée! Depuis hier soir, je suis amoureux fou. Je
l'ai rencontrée justement chez Maleffroi. Nous nous sommes vus, et
au premier regard, nous nous sommes aimés. Adorable Élisa.

34 juin. – Revu Élisa hier et aujourd'hui. J'ai enfin rencontré la
femme de ma vie. Nous sommes fiancés. Elle part demain pour un
voyage de trois semaines en zone non occupée. Nous avons décidé
de nous marier à son retour. Je suis trop heureux pour parler de
mon bonheur, même dans ce *Journal.*

35 juin. – Conduit Élisa à la gare. Avant de monter dans son compartiment, elle m'a dit:
«Je ferai l'impossible pour être rentrée avant le 60 juin.»
À la réflexion, cette promesse m'inquiète. Car enfin, j'use aujourd'hui
mon dernier ticket de vie. Demain, à quelle date serai-je?

1ᵉʳ juillet. – Les gens auxquels je parle du 35 juin ne comprennent
rien à mes paroles. Nulle trace de ces cinq jours dans leur
mémoire. Heureusement, j'ai rencontré quelques personnes qui les
ont vécus en fraude et j'ai pu en parler avec elles. Conversation
d'ailleurs curieuse. Pour moi, nous étions hier le 35 juin. Pour
d'autres, c'était hier le 32 ou le 43. Au restaurant, j'ai vu un homme
qui a vécu jusqu'au 66 juin, ce qui représente une bonne provision
de tickets.

2 juillet. – Croyant Élisa en voyage, je ne voyais aucune raison de me
manifester. Un doute m'est venu et j'ai téléphoné chez elle. Élisa
déclare ne pas me connaître, ne m'avoir jamais vu. De mon mieux,
je lui explique qu'elle a vécu, sans s'en douter, des jours enivrants.

Amusée, mais nullement convaincue, elle consent à me voir jeudi. Je suis mortellement inquiet.

4 juillet. – Les journaux sont pleins de «l'Affaire des tickets». Le trafic des cartes de temps sera le gros scandale de la saison. En raison de l'accaparement des tickets de vie par les riches, l'économie réalisée sur les denrées alimentaires est à peu près nulle. En outre, certains cas particuliers soulèvent une grosse émotion. On cite, entre autres, celui du richissime M. Wadé, qui aurait vécu entre le 30 juin et le 1ᵉʳ juillet, mille neuf cent soixante-sept jours, soit la bagatelle de cinq ans et quatre mois. Rencontré tantôt Yves Mironneau, le célèbre philosophe. Il m'a expliqué que chaque individu vit des milliards d'années, mais que notre conscience n'a sur cet infini que des vues brèves et intermittentes, dont la juxtaposition constitue notre courte existence. Il a dit des choses beaucoup plus subtiles, mais je n'y ai pas compris grand-chose. Il est vrai que j'avais l'esprit ailleurs. Je dois voir Élisa demain.

5 juillet. – Vu Élisa. Hélas! Tout est perdu et je n'ai rien à espérer. Elle n'a d'ailleurs pas douté de la sincérité de mon récit. Peut-être même cette évocation l'a-t-elle touchée, mais sans réveiller en elle aucun sentiment de tendresse ou de sympathie. J'ai cru comprendre qu'elle avait de l'inclination pour Maleffroi. En tout cas, mon éloquence a été inutile. L'étincelle qui a jailli entre nous, le soir du 31 juin, n'était qu'un hasard, celui d'une disposition du moment. Après ça, qu'on vienne me parler d'une affinité des âmes! Je souffre comme un damné. J'espère tirer de ma souffrance un livre qui se vendra bien.

6 juillet. – Un décret supprime la carte de temps. Ça m'est indifférent.

LE DÉCRET

*A*u plus fort de la guerre, l'attention des puissances belligérantes fut attirée par le problème de l'heure d'été, lequel, semblait-il, n'avait pas été envisagé dans toute son ampleur. On pressentait déjà que rien de sérieux n'avait été entrepris dans cette voie-là et que le génie humain, ainsi qu'il arrive si souvent, s'était laissé imposer par des habitudes. Ce qui, au premier examen, parut le plus remarquable, ce fut l'extraordinaire facilité avec laquelle on avançait l'heure d'été d'une ou deux unités. À la réflexion, rien n'empêchait de l'avancer de douze unités ou de vingt-quatre, voire d'un multiple de vingt-quatre. Peu à peu, l'idée se fit jour que les hommes pouvaient disposer du temps. Sur tous les continents et dans tous les pays, les chefs d'États et les ministres se mirent à consulter des traités de philosophie. Dans les conseils de gouvernements, on parlait beaucoup de temps relatif, de temps physiologique, de temps subjectif et même de temps compressible. Il devint évident que la notion de temps, telle que nos ancêtres se l'étaient transmise de millénaire en millénaire, était une assez risible balançoire. Le vieux et inexorable dieu Chronos, qui avait jusqu'alors imposé la cadence de sa faux, perdit beaucoup de son crédit. Non seulement il devenait exorable au genre humain, mais encore il était tenu de lui obéir, de se mouvoir au rythme qui lui était imposé, de marcher au ralenti ou de prendre le pas gymnastique, pour ne rien dire des vitesses vertigineuses à lui rabattre sa pauvre vieille barbe derrière la nuque. Fini le train de sénateur. En vérité, Chronos était bon à empailler. Les hommes étaient maîtres du temps et ils allaient le distribuer avec beaucoup plus de fantaisie que n'en avait mis, dans sa trop paisible carrière, le dieu découronné.

Il semble qu'au début, les gouvernements n'aient tiré qu'un médiocre parti de leur nouvelle conquête. Les essais auxquels il fut secrètement procédé n'aboutirent à rien d'utile (voir la Carte de

---

Première publication dans Candide, *29 octobre 1941.*

temps). Cependant les peuples s'ennuyaient. Quelle que fût leur patrie, les civils devenaient moroses et de mauvais poil. En mordant à leur pain noir ou en buvant les ersatz à la saccharine, ils faisaient des rêves de festins et de tabac. La guerre était longue. On ne savait pas quand elle finirait. Mais finirait-elle un jour ? Dans tous les camps on avait foi en la victoire, mais on craignait qu'elle ne se fît attendre. Les dirigeants nourrissaient les mêmes craintes et commençaient à se ronger les poings. Le poids de leurs responsabilités les faisait blanchir. Bien entendu, il ne pouvait être question de faire la paix. L'honneur s'y opposait et d'autres considérations aussi. Ce qui était enrageant, c'était de savoir qu'on disposait du temps et de ne pas trouver le moyen de le faire travailler pour soi.

Enfin, par l'entremise du Vatican, un accord international fut conclu qui délivrait les peuples du cauchemar de la guerre, sans rien changer à l'issue normale des hostilités. Ce fut très simple. On décida que dans le monde entier, le temps serait avancé de dix-sept ans. Ce chiffre tenait compte des possibilités extrêmes de la durée du conflit. Néanmoins, les milieux officiels n'étaient pas tranquilles et craignaient que l'avance ne fût insuffisante. Grâce à Dieu, lorsque, par la vertu d'un décret, le monde eut vieilli tout à coup de dix-sept années, il se trouva que la guerre était finie. Il se trouva aussi qu'on n'en avait pas encore déchaîné une autre. Il en était simplement question.

On pourrait croire que les peuples poussèrent un long cri de joie et de délivrance. Il n'en fut rien. Car personne n'éprouva la sensation d'avoir fait un saut dans le temps. Les événements qui auraient dû se dérouler durant cette longue période si soudainement escamotée, étaient inscrits dans toutes les mémoires. Chacun se souvenait ou plutôt croyait se souvenir de la vie qu'il lui semblait avoir menée pendant ces dix-sept années-là. Les arbres avaient poussé, des enfants étaient venus au monde, des gens étaient morts, d'autres avaient fait fortune ou s'étaient ruinés, les vins avaient pris de la bouteille, des États s'étaient écroulés, tout comme si la vie du monde avait pris son temps pour s'accomplir. L'illusion était parfaite.

Pour ma part, je me souviens qu'à l'instant où le décret entra en vigueur, j'étais à Paris, chez moi, assis à ma table et travaillant à un livre dont j'avais écrit les cinquante premières pages. J'entendais ma femme, dans une pièce voisine, parler avec mes deux enfants, Marie-Thérèse et Clovis, âgés de cinq et deux ans. La seconde d'après, je me trouvais au Havre, à la gare maritime, retour d'un voyage au Mexique, qui avait duré trois mois. Quoique assez bien conservé, je commençais à grisonner. Mon livre était achevé depuis bien longtemps et la suite n'était pas moins géniale que le début, à croire que c'était vraiment moi qui l'avais écrite. Et j'avais écrit (il me semblait) douze autres livres qui, je dois le dire, étaient également tombés dans l'oubli (le public est ingrat). Durant mon voyage au Mexique, j'avais reçu régulièrement des nouvelles de ma femme et de mes quatre enfants, dont les deux derniers, Louis et Juliette, étaient venus au monde depuis le décret. Les souvenirs que je gardais de cette existence illusoire n'étaient ni moins sûrs, ni moins attachants que ceux se rapportant à la période antérieure. Je n'avais nullement l'impression d'avoir été frustré de quoi que ce fût, et si je n'avais eu connaissance du décret, je n'aurais certes pas eu le moindre soupçon de mon aventure. En somme, tout se passait pour le genre humain comme s'il eût réellement vécu ces dix-sept années qui avaient pourtant tenu dans une fraction de seconde. Et peut-être les avait-il réellement vécues. On a beaucoup disputé sur ce point. Philosophes, mathématiciens, médecins, théologiens, physiciens, métaphysiciens, théosophes, académiciens, mécaniciens, ont écrit à ce propos un grand nombre de thèses, de parathèses, d'antithèses et de synthèses. Dans le train qui me conduisait du Havre à Paris, je fis connaissance de trois brochures qui étudiaient la question. Le grand physicien Philibert Costume, dans un condensé de sa *Théorie des affleurements du temps*, démontrait que les dix-sept années avaient été vécues. Le R. P. Bichon, dans son *Traité de submétrique*, démontrait qu'elles n'avaient pas été vécues. Enfin, M. Bonomet, professeur d'humour à la Sorbonne, dans ses *Considérations sur le rire dans l'État*, soutenait que le temps n'avait pas été avancé et que le fameux décret était une farce homérique, imaginée à l'époque par les gouvernements. Pour ma part, cette dernière explication me parut d'un humour un peu forcé et même déplacé sous la plume d'un professeur de la Sorbonne. M. Bonomet, j'en suis persuadé, n'entrera jamais à l'Académie, et ce sera bien fait. Quant à savoir si les dix-sept années avaient été vécues ou non, je ne pus me faire une opinion.

À Paris, je me retrouvai dans un appartement qui m'était familier, mais où je mettais peut-être les pieds pour la première fois. Pendant les fameux dix-sept ans, j'avais en effet déménagé et quitté Montmartre pour venir habiter Auteuil. Ma famille m'attendait chez moi et je la revis avec joie, mais sans surprise. Réelles ou virtuelles, les années de notre existence comprises dans les parenthèses du temps se liaient aux autres sans nul défaut de continuité, sans même une soudure apparente. Tout était d'un seul tenant. Le spectacle des rues de Paris, encombrées par la circulation automobile, n'avait donc rien qui pût m'étonner. L'éclairage nocturne, les taxis, l'appartement chauffé, la vente libre des marchandises étaient redevenus de vieilles habitudes. Au moment des effusions, ma femme me dit en riant : «Enfin ! depuis plus de dix-sept ans que nous nous sommes vus !» Et poussant devant elle Louis et Juliette, respectivement âgés de huit et six ans, elle ajouta :

«Je te présente tes deux derniers que tu n'as pas encore le plaisir de connaître.»

Mes deux derniers me reconnaissaient du reste parfaitement, et tandis qu'ils se pendaient à mon cou, j'inclinais à croire que le professeur Bonomet n'était pas loin d'avoir raison en affirmant que l'avance du temps n'avait été qu'une galéjade.

Au début de l'été, nous prîmes la résolution d'aller passer nos vacances sur une plage bretonne. Notre voyage était fixé au 15 juillet. Auparavant, je devais effectuer un court voyage dans le Jura pour me rendre à l'invitation d'un vieil ami, compositeur de musique, qui s'était retiré dans son village natal où il traînait depuis cinq ou six ans une existence de grand malade. Je me souviens qu'au matin du 2 juillet, veille de mon départ, ayant à faire quelques courses dans le centre de Paris, j'avais emmené Juliette, ma petite fille de six ans. Place de la Concorde, comme nous attendions sur un refuge que s'écoulât le flot des voitures, Juliette me montra du doigt l'hôtel Crillon et l'hôtel de la Marine. Après lui avoir donné les explications qu'elle demandait, je me remémorai avec quelque mélancolie le temps de l'occupation allemande et j'ajoutai, plutôt pour moi-même que pour l'enfant :

«Tu n'étais pas encore née, toi. C'était la guerre. La France était vaincue. Les Allemands occupaient Paris. Leur drapeau flottait sur le ministère de la Marine. Des marins allemands montaient la garde sur le trottoir, là, devant l'entrée. Et sur la place et aux Champs-Élysées, partout, il y avait des uniformes verts. Et les Français qui étaient déjà vieux pensaient qu'ils ne les verraient jamais partir.»

Dans la matinée du 3 juillet 1959, je pris le train à la gare de Lyon et j'arrivai à Dôle vers midi. Mon hôte habitait à dix-huit kilomètres de la ville, un village au milieu de la forêt de Chaux. L'autobus qui assurait régulièrement le service partait à midi et demi, mais mal renseigné, je le manquai de quelques minutes. Pour ne pas inquiéter l'ami qui m'attendait, je louai une bicyclette, mais la chaleur était si accablante que je remis mon départ après midi, ce qui me laissa le temps de déjeuner sans me presser. La cuisine était bonne et il y avait un bon vin d'arbois. Je me flattais de couvrir la distance en une heure.

Lorsque je me mis en route, le temps était à l'orage, le ciel se couvrait de gros nuages bas et la chaleur étouffante était à peine plus supportable qu'au début de l'après-midi. En outre, j'étais handicapé par un violent mal de tête que j'attribuai à mon trop copieux repas et à l'excellence de l'arbois. Pressé par la menace de l'orage, je pris un chemin de traverse, en sorte que je me perdis dans la forêt. Après des retours et des détours, je me trouvais, lorsque éclata l'orage, dans un mauvais chemin forestier, où les charrois avaient creusé des ornières profondes durcies par l'été. Je me réfugiai dans le sous-bois, mais la pluie tombait d'une telle violence qu'elle ne tarda pas à traverser le feuillage. J'aperçus alors, au bord d'un sentier, un abri constitué par un toit de fascines posant sur quatre piquets. J'y trouvai un billot en chêne sur lequel je pus m'asseoir assez commodément en attendant la fin de l'orage. Le ciel bas et la pluie serrée hâtaient la tombée du jour, et le couvert de la forêt épaississait l'ombre du crépuscule, illuminée par la clarté bleuâtre des grands éclairs qui faisaient surgir des plans profonds peuplés par les fûts des hauts chênes. Entre les grondements du tonnerre que répercutait longtemps la forêt, j'entendais ce bruissement nombreux et d'abord monotone, mais dont l'oreille apprend à percevoir les multiples variations, de la pluie s'égouttant de feuille en feuille dans les branchages. Harassé, la tête pesante, je luttai un instant contre le sommeil et finis par m'endormir, le front sur mes genoux.

Je fus réveillé par la sensation d'une chute qui, à travers mon sommeil, me parut interminable comme si j'étais tombé du haut d'un gratte-ciel. L'orage avait cessé et le jour s'était ranimé. À vrai dire, il ne semblait pas qu'il y eût jamais eu d'orage. Le sol était sec, altéré, et pas plus aux arbres qu'aux buissons ou à la pointe des herbes folles ne brillait la moindre goutte d'eau. La forêt, autour de moi, semblait telle qu'après plusieurs jours de sécheresse. Le ciel qui paraissait au travers des frondaisons était d'un bleu léger, subtil, et non point de ce bleu laiteux qu'on peut voir après une averse. Tout à coup, je m'avisai qu'autour de moi, la forêt avait changé. Ce n'était plus la haute futaie que j'avais trouvée en arrivant, mais un bois planté de jeunes arbres d'une vingtaine d'années. Mon abri de fascines avait disparu ainsi que le gros hêtre auquel il était adossé. Également disparu le billot qui m'avait servi de siège tout à l'heure. J'étais assis à même le sol. Plus de sentier non plus. Le seul objet reconnaissable était une haute double borne qui marquait sans doute la limite de quelque partage communal. Je fus presque contrarié de la reconnaître, car la présence de ce témoin ne simplifiait pas le problème. J'essayai de me persuader que ma première vision de ce paysage forestier avait été faussée par la mauvaise lumière. Du reste, je ne m'inquiétai pas autrement de cette singulière transformation. Mon mal de tête s'était dissipé et je sentais dans mes membres et dans tout le corps une aisance inhabituelle, une allégresse physique. Par jeu, j'imaginai que je m'étais égaré dans une forêt de Brocéliande où quelque fée Morgane m'avait enchanté. Prenant ma bicyclette, je regagnai le chemin que j'avais quitté pour me mettre à l'abri. Je m'attendais à le trouver boueux, avec des flaques d'eau et des ornières gluantes. Je dus constater qu'il était sec et rugueux, sans la moindre trace d'humidité. L'enchantement continue, pensai-je avec bonne humeur. Ayant roulé un quart d'heure, je débouchai sur une petite plaine à la forme d'un rectangle allongé, enclos dans la forêt. Vivement éclairés par le soleil couchant, les toits et le clocher d'un village émergeaient des blés et des prairies. Je quittai mon mauvais chemin pour une route étroite, mais macadamisée, et je pus lire sur une borne kilométrique le nom du village. Ce n'était pas celui que je cherchais.

Un accident survenu à ma roue avant, à deux ou trois cents mètres du village, m'obligea à poursuivre la route à pied. Chemin faisant, j'aperçus à quelques pas d'un bouquet de noisetiers, au bord du fossé, un vieux paysan en contemplation devant un champ de blé. Presque à côté de lui, contre le bouquet de noisetiers qui les avait dissimulés à ma vue, je découvris ensuite deux hommes qui, eux aussi, regardaient le haut blé. Et ces deux hommes portaient les bottes et l'uniforme vert qui était celui des armées allemandes au temps de l'Occupation. Je n'en fus pas trop étonné. Ma première pensée fut que ces uniformes oubliés par les Allemands au moment de l'évacuation du territoire, avaient été trouvés par des cultivateurs de l'endroit qui achevaient de les user. Leurs propriétaires actuels, deux gaillards de quarante-cinq ans, à la peau cuite, semblaient bien être des paysans. Pourtant, ils gardaient une allure militaire, et les ceinturons, les calots, les nuques rasées de très près, donnaient à penser. Le vieux semblait ignorer leur voisinage. Grand et sec, il se tenait immobile et très droit, avec cet air de dignité hautaine qu'ont souvent les vieux paysans du Jura. Comme je m'approchais, l'un des hommes en uniforme se tourna vers lui et prononça, sur le ton d'un connaisseur, quelques paroles en langue allemande, louant la belle tenue des épis. Le vieux tourna la tête lentement et fit observer d'une voix unie et paisible :

« Vous êtes foutus. Y a les Américains qui vont arriver. Feriez mieux de rentrer chez vous tout de suite. »

L'autre ne comprenait visiblement pas le sens de ces paroles et souriait de confiance. Comme j'arrivais auprès de lui, le vieux me prit à témoin de sa simplicité.

«Ça ne comprend rien de rien, dit-il. Sortis de leur baragouin, ils n'ont pas plus de conversation que mes sabots. Ce n'est quand même pas du monde civilisé.»

Ahuri, je le regardais sans trouver une parole. Je finis par lui demander:

«Voyons, je ne me trompe pas? Ce sont bien des soldats allemands?

– Ça m'en a tout l'air, dit le vieux non sans une certaine ironie.

– Mais comment ça se fait? Qu'est-ce qu'ils font là?»

Il me toisa sans bienveillance et faillit laisser ma question sans réponse. Il se ravisa et à son tour m'interrogea:

«Vous arrivez peut-être de zone libre?»

Je balbutiai quelques mots sans suite dans lesquels il voulut reconnaître une réponse affirmative, car il entreprit de m'instruire des conditions de la vie en «zone occupée». L'esprit en déroute, j'étais incapable de suivre l'enchaînement de ses propos où revenaient à chaque instant ces mots absurdes: zone libre, zone occupée, autorités allemandes, réquisitions, prisonniers, et d'autres non moins ahurissants. Les deux Allemands s'étaient éloignés et cheminaient vers le village, la démarche lourde et balancée des soldats en proie à l'ennui des flâneries sans but. J'interrompis le vieux avec une rageuse brusquerie.

«Mais enfin, m'écriai-je, qu'est-ce que vous me chantez là? Tout ça ne tient pas debout! la guerre est finie depuis des années!

– Depuis des années, ça serait difficile, fit-il observer posément. Il n'y a pas deux ans qu'elle a commencé.»

Au village, dans une boutique où un sous-officier allemand choisissait des cartes postales, j'achetai le journal du jour. J'avais posé une pièce sur le comptoir et je ramassai la monnaie machinalement sans la regarder. Le journal était à la date du 3 juillet 1942. Les gros titres: La Guerre en Russie, La Guerre en Afrique, évoquaient des événements dont j'avais été, une fois déjà, contemporain, dont je connaissais le déroulement futur et l'issue finale. Oubliant le lieu, je restais planté devant le comptoir, absorbé dans ma lecture. Une paysanne, venue faire des achats, parlait de son fils prisonnier et d'un colis qu'elle préparait pour lui. Le matin même, elle avait reçu une lettre de Prusse-Orientale où il travaillait dans une ferme. Ce que j'entendais n'était pas moins significatif que la date du journal, et pourtant je me refusais encore à en croire mes yeux et mes oreilles.

Un homme d'une cinquantaine d'années, portant culottes et leggins, le cheveu soigné, le teint frais, façon gentilhomme campagnard, entra dans la boutique. Aux propos qu'il échangea avec le marchand, je compris qu'il était maire de la commune. J'engageai la conversation avec lui et nous sortîmes ensemble. Prudemment, avec le souci instinctif de ne pas trahir l'irrégularité de ma situation, je lui parlai de l'heure d'été, puis de l'avance du temps. Il me dit avec un gros rire :
«Ah! oui, l'avance du temps. À mon dernier voyage à Dôle, il y a deux mois, le sous-préfet m'en a parlé. Je crois me rappeler aussi que les journaux en ont touché un mot. Une bonne blague pour amuser les gens. Avancer le temps, vous pensez!»
Après lui avoir posé quelques questions plus précises, je crus comprendre, à mon grand soulagement, ce qui s'était passé au village. Par suite d'un oubli de l'administration ou d'une erreur de transmission, le décret de l'avance du temps n'avait pas été notifié à la petite commune qui, perdue au milieu des bois, en était restée à l'ancien régime. J'eus la bouche ouverte pour expliquer au maire ce qu'il y avait de proprement anachronique dans la situation de son village, mais à la dernière seconde, je jugeai plus sage de m'abstenir. Il ne m'aurait pas cru et je risquais de passer pour fou. La conversation se poursuivit amicalement et comme elle venait à la guerre, j'eus la curiosité de formuler quelques pronostics, lesquels laissèrent mon interlocuteur parfaitement incrédule, l'avenir étant, il est vrai, peu conforme aux probabilités logiques. Avant de nous séparer, il me renseigna sur le chemin à suivre pour gagner la Vieille-Loie, but de mon voyage. Je m'en étais très sensiblement écarté, car il me restait encore treize kilomètres à faire.
«À bicyclette, c'est l'affaire de trois quarts d'heure. Vous pouvez encore arriver avant la nuit», me dit-il.
Comme j'hésitais à prendre la route le soir même, il me représenta que pour un jeune homme tel que moi, une course de treize kilomètres était fort peu de chose, sur quoi je lui fis observer qu'à cinquante-six ans passés, l'on n'est plus un jeune homme. Il manifesta un vif étonnement et m'affirma que je ne portais pas mon âge, à beaucoup près. Je passai la nuit dans l'unique auberge de l'endroit. Avant de m'endormir, je méditai un moment mon aventure. Le premier étonnement passé, je n'en éprouvai nulle contrariété. Si mon voyage m'avait laissé plus de loisirs, j'aurais aimé passer quelques jours dans ce temps retrouvé et, en compagnie de ces pauvres gens attardés dans la première moitié du siècle, revivre pieusement les

malheurs de mon pays. Je me pris ensuite à examiner quelques énigmes proposées par cet exil dans le temps et où mon attention ne s'était pas arrêtée d'abord. Par exemple, il était curieux que le village pût encore recevoir des journaux de Paris et des lettres de soldats prisonniers en Prusse-Orientale. Entre ce village de 1942 et le reste de l'univers qui avait vieilli de dix-sept ans, il existait donc des échanges ou des apparences d'échanges. Les journaux partis de Paris dix-sept ans plus tôt, dans quelle resserre, dans quel placard du temps étaient-ils restés consignés avant d'arriver à destination? Et ces prisonniers qui n'étaient pas rentrés et qui ne pouvaient plus se trouver en Prusse-Orientale, où étaient-ils? Je m'endormis en songeant à ces mystérieux raccords entre deux époques.

Le lendemain, je m'éveillai de très bonne heure et fis quelques découvertes singulières. Dans ma chambre très sommairement meublée, il n'y avait point de miroir et je dus pour me raser, prendre celui de mon nécessaire de voyage. En me regardant dans la glace, je m'aperçus que je n'avais plus cinquante-six ans, mais trente-neuf. Du reste, je me sentais plus d'aisance et de vivacité dans les mouvements. La surprise n'était pas désagréable, mais j'étais troublé. Quelques minutes plus tard, je fis d'autres découvertes. Mes vêtements avaient également rajeuni. Le complet gris que je portais la veille était devenu un autre complet, d'une mode un peu surannée, et que je me rappelais vaguement avoir porté autrefois. Dans mon portefeuille, les billets de banque n'étaient plus ceux qui avaient cours en 1959. Ils avaient été émis en 1941 ou antérieurement à cette date. L'aventure se corsait. Au lieu de traverser en voyageur le temps d'autrefois et d'y être comme un spectateur désintéressé, je m'y intégrais. Rien ne me permettait de croire avec certitude que je réussirais à échapper à cette emprise. Je me rassurai avec des raisons assez fragiles. Être d'une époque, pensais-je, c'est sentir l'univers et soi-même d'une certaine manière qui appartient à cette époque. Je voulais croire qu'après avoir franchi les limites de la commune, je retrouverais mes yeux et mes sens de l'avant-veille et que le monde, sans même qu'il eût besoin de changer, m'apparaîtrait sous un autre aspect.

J'arrivai à la Vieille-Loie à 7 heures du matin. J'avais hâte de voir mon ami Bornier pour l'entretenir de mes tribulations et d'abord le rassurer, car il avait dû m'attendre. Sur la route, j'avais croisé deux motocyclistes allemands coiffés du casque de campagne et je m'étais demandé avec un retour d'inquiétude si je n'allais pas bientôt réintégrer l'année 1959. Je traversai la moitié du village sans voir d'Allemands et je reconnus la maison où j'avais rendu visite à mon ami Bornier deux ans plus tôt. Les persiennes étaient closes, la porte du jardin fermée à clef. Je savais qu'il se levait tard et j'hésitai à l'éveiller, mais j'avais besoin de le voir et de l'entendre. À plusieurs reprises, je l'appelai par son nom. La maison resta silencieuse. Trois jeunes gens qui passaient, la fourche sur l'épaule, entendirent mon appel et s'arrêtèrent au bord de la route. Ils m'informèrent que mon ami était prisonnier en Silésie et qu'on avait eu dernièrement de ses nouvelles par sa femme restée à Paris.

«Il travaille dans une ferme, dit l'un. Ce n'était guère un métier pour lui.»

Il y eut un temps de silence. Nous pensions à la mince et frileuse silhouette du compositeur, courbée sur la pioche.

«Mon pauvre Bornier, soupirai-je. Il a déjà passé un hiver bien dur, mais quand je pense à cette congestion pulmonaire qu'il va attraper dans six mois. Misère!»

Les trois jeunes gens se regardèrent avec étonnement et s'éloignèrent en silence. Je restai un instant à contempler la maison aux volets fermés. Je me rappelais ma dernière visite à Bornier. Je le revoyais assis à son piano, jouant pour moi sa *Forêt d'angoisse* qu'il venait de composer. Depuis, ma fille l'avait souvent jouée et j'en avais retenu quelques phrases. Je voulus en fredonner une, en hommage à l'ami qui peinait sur la terre allemande et qui, malade, reviendrait ici pour y composer plus tard l'œuvre à laquelle il ne pensait peut-être pas encore. Mais la voix me manqua. Pris d'un désir panique d'échapper à ce retour du temps, je sautai sur ma bicyclette et m'éloignai en direction de Dôle. Sur mon chemin, j'aperçus encore de nombreux témoignages de l'occupation étrangère. Je pédalais de toute ma vitesse, pressé de quitter cette forêt dont les limites me semblaient être celles du temps retrouvé, comme si l'ombre du sous-bois eût favorisé le réveil sournois des années révolues.

En arrivant à la lisière de la forêt de Chaux, j'éprouvai un immense soulagement, convaincu d'être enfin sorti du cercle enchanté. Aussi ma déception fut-elle cruelle lorsqu'à l'entrée de la ville, sur le pont du Doubs, je dépassai une section de fantassins allemands qui rentraient de l'exercice en chantant. Que les villages de la forêt se fussent attardés dans le temps, il y avait là matière à surprise, mais il s'agissait, à mon sentiment, d'une région qui s'était soustraite à l'autorité d'un décret. La raison y trouvait presque son compte. Soudain, le problème changeait non seulement de dimensions, mais d'aspect. Toutes les données en étaient bouleversées. J'avais quitté, hier,

3 juillet 1959, la ville de Dôle, et j'y revenais le lendemain 4 juillet 1942. Je fus tenté de croire qu'un nouveau décret, au mépris du dogme de l'irréversibilité du temps, avait annulé le premier. Mais dans ce cas, les habitants de la ville auraient dû, comme moi, se souvenir de leur vie future et je pus me convaincre qu'il n'en était rien. J'arrivais à cette conclusion baroque qu'il existait simultanément deux villes de Dôle, l'une vivant en 1942, l'autre en 1959. Et sans doute en allait-il ainsi pour le reste du monde. Je n'osais guère espérer que Paris, le Paris où le train m'emmènerait tout à l'heure, appartînt à une autre époque.

Désemparé, je descendis de bécane à l'entrée de la ville et m'assis sur le petit pont du canal des Tanneurs. Je me sentais sans courage pour recommencer une existence déjà vécue. La jeunesse relative que je venais de retrouver ne me tentait pas du tout.

Illusion, pensais-je. La jeunesse qui n'a rien à découvrir n'est pas la jeunesse. Avec ce champ de dix-sept années qui s'ouvre devant moi, mais dix-sept années déjà explorées, connues, j'ai plus d'expérience que tous les vieillards de France et de Navarre. Je suis un pauvre vieil homme. Il n'est pour moi lendemains ni hasards. Mon cœur ne battra plus de l'attente des jours à venir. Je suis un vieux. Me voilà réduit à la triste condition d'un dieu. Pendant dix-sept ans, il n'y aura pour moi que des certitudes. Je ne connaîtrai plus l'espoir. Avant de prendre le train, je voulus rendre ma bicyclette, mais le magasin de cycles qui me l'avait donnée en location n'existait pas encore. L'emplacement était occupé par un magasin de parapluies. Le marchand, un jeune homme d'entre vingt-cinq et trente ans, se tenait sur le pas de sa porte. Par acquit de conscience, je lui demandai s'il ne connaissait pas dans la ville un marchand de cycles nommé Jean Druet.

«Ça n'existe pas ici, me dit-il. Je le saurais. Mais ce qui est drôle, c'est que moi aussi, je m'appelle Jean Druet.

– En effet, le hasard est curieux, dis-je. Et vous n'avez pas l'intention ou le désir de vendre un jour des bicyclettes?»

Il se mit à rire de bon cœur. Visiblement, l'idée qu'il pût vendre un jour des bécanes lui paraissait des plus cocasses.

«Non, merci, ce n'est pas un métier qui me tenterait. Remarquez, je n'en dis pas de mal, mais les bicyclettes, ça ne ressemble guère à des parapluies.»

Tandis qu'il parlait ainsi, je comparais à ce jeune visage, frais et rieur, un autre visage de dix-sept ans plus âgé, dont un lupus déformait tout un côté.

Au départ du train, j'avais encore quelque espoir de retrouver Paris à l'époque où je l'avais laissé. Mon aventure était si étrange que je me sentais en droit de compter un peu sur l'absurde, mais le train avançait dans un univers rigoureux et fidèle à lui-même. Dans la campagne et dans toutes les gares où nous nous arrêtions, j'apercevais des militaires allemands qui n'avaient pas l'air d'hésiter entre deux époques. Aux propos de mes compagnons de voyage, dont certains avaient quitté Paris depuis moins d'une semaine, il était clair que la capitale en était encore à l'an 1942. Je me résignais, mais douloureusement. Dans ce compartiment de chemin de fer, je retrouvais vraiment l'atmosphère pesante des années de guerre et d'occupation. Ni à Dôle où je ne m'étais arrêté qu'un instant, ni dans les villages de la forêt de Chaux l'actualité n'avait cette présence oppressante. Ici, les conversations étaient toutes aux soucis de l'heure ou y venaient par quelque détour. On parlait des chances de la guerre, des prisonniers, des difficultés de la vie, du marché noir, de la zone libre, de Vichy, de la misère. Le cœur serré, j'entendais des voyageurs s'entretenir de l'évolution des événements mondiaux et ajuster leur propre destin à des probabilités qu'ils tenaient pour des certitudes. Moi qui savais, j'aurais voulu les détromper, mais la vérité, trop fantaisiste, ne m'offrait pas la ressource de ces arguments rigoureux, impeccables, sur lesquels se fondait la conviction de mes voisins. Une vieille dame assise à côté de moi me confia qu'elle venait à Paris chercher son petit-fils, un enfant de neuf ans, demeurant à Auteuil, dont les privations avaient fait un prétuberculeux. Les parents le lui confiaient pour les vacances, mais exigeaient qu'il rentrât en octobre, à cause de ses études. Elle comptait plaider encore la cause des poumons malades.

À la gare de Lyon, avant même que le train ne fût arrêté, mon regard accrocha la silhouette d'un gendarme allemand qui se promenait sur le quai. Paris était occupé. À vrai dire, je n'avais pas eu besoin de ce témoignage de mes yeux pour en être certain. J'avais quitté le wagon et je me dirigeais vers la sortie, lorsque je m'aperçus que j'avais oublié mon chapeau. Rebroussant chemin, je le retrouvai dans le compartiment abandonné et découvris en même temps que la vieille dame, ma voisine de banquette, avait oublié un colis assez volumineux. Je le pris avec l'espoir de rejoindre sa propriétaire, mais elle n'était pas à la sortie et je ne la trouvai pas non plus au métro où je pensais qu'elle m'avait devancé, puisqu'elle se rendait comme moi, à Auteuil. Je laissai passer deux rames pour lui laisser le temps d'arriver et, montant dans la troisième, je m'assis en face d'un officier allemand.

Chargé du colis de la vieille dame, j'arrive à Auteuil à 8 heures du soir. Il fait encore grand jour, mais c'est en vain que je cherche ma maison. Au lieu de l'immeuble neuf où j'ai élu domicile en 1950, il n'y a qu'un mur de clôture laissant apercevoir des arbres. Je me souviens alors que mon appartement est encore à Montmartre, rue Lamarck, où il me reste huit ans à passer. Je reprends le métro. Rue Lamarck, une bonne dont le nom oublié me revient soudain, m'ouvre la porte. Elle me demande si j'ai fait bon voyage. Je lui réponds avec une sympathie apitoyée en songeant que l'année prochaine, un nègre de la place Pigalle l'enlèvera à sa cuisine pour la jeter au trottoir. Il est 9 heures du soir. Ma femme, qui ne m'attend pas, achève de dîner. Elle a reconnu ma voix, elle accourt dans le vestibule. De la revoir tout à coup si jeune, à peine vingt-huit ans, je suis attendri et en la pressant contre moi, les larmes me montent aux yeux.

Mais pour elle qui ne se souvient pas de m'avoir vu l'avant-veille avec dix-sept années de plus, je n'ai pas changé et je sens bien que mon émotion la surprend un peu. Dans la salle de bains où je procède à une toilette rapide, elle m'interroge sur mon voyage dans la Gironde et, à l'instant de lui répondre, la mémoire me revient de ce voyage que je fis autrefois à la même date. Je lui rapporte les menus incidents survenus en cours de route et, il me semble, dans les termes mêmes dont je me suis servi jadis. J'ai du reste l'impression de n'être pas absolument maître de mes paroles, mais d'en subir la nécessité en m'y prêtant un peu, comme si je jouais un rôle. Ma femme me parle de Clovis qui dort dans la chambre voisine, et de la difficulté de trouver pour lui des farines lactées.

Il se porte bien, mais pour un enfant de quatorze mois, il n'a pas tout à fait le poids normal. Avant-hier, quand j'ai quitté Paris, Clovis était en train de passer les épreuves écrites de son baccalauréat. Je ne demande pas de nouvelles de Louis et de Juliette, les deux derniers. Je sais qu'ils n'existent pas. Il me faut attendre neuf ans la naissance de Louis et onze ans la naissance de Juliette. Dans le train, j'ai beaucoup pensé à cette absence, je m'y suis préparé et maintenant je m'y résigne mal. Je finis par interroger en usant d'une formule prudente : « Et les autres enfants ? » Ma femme hausse les sourcils d'un air significatif et je m'empresse d'ajouter : « Oui, les enfants de Lucien. » Mais je suis mal tombé, car mon frère Lucien ne doit prendre femme que dans deux ans et n'a pas encore d'enfants. Je rectifie aussitôt en déclarant que la langue m'a fourché et qu'il faut entendre Victor au lieu de Lucien. Ce lapsus m'inquiète un peu. Je crains qu'à propos de choses plus importantes, il m'arrive de mêler ainsi deux époques.

Dans le couloir, nous nous arrêtons auprès de Marie-Thérèse, que la bonne emporte dans ses bras pour la mettre au lit. L'aînée de mes enfants, qui était hier fiancée, est aujourd'hui une petite fille de trois ans. J'avais beau m'attendre à ce changement, j'éprouve une vive déception, et ma tendresse paternelle hésite un peu. Entre elle et moi, alors qu'elle était une grande jeune fille, il existait des correspondances, des moyens de compréhension, qui ne sont plus possibles avec une enfant si jeune. J'aurai, il est vrai, d'autres joies. Je me console aussi en pensant que Marie-Thérèse a encore devant elle de longues années d'enfance, réputées les plus belles.

Nous passons à la salle à manger et ma femme s'excuse de la frugalité du repas.

«Tu ne vas pas faire un très bon dîner. Ces jours-ci on ne trouve rien. Heureusement, j'ai eu tout à l'heure, chez Brunet, deux œufs et un demi-saucisson.»

Je m'entends lui dire :

«À propos, j'ai réussi à trouver là-bas quelques provisions. Pas autant que j'aurais voulu, mais c'est toujours ça.»

J'annonce une douzaine d'œufs, une livre de beurre, cent grammes de vrai café, un confit d'oie et une petite bouteille d'huile. Dans le vestibule où je l'ai posé en entrant, je vais chercher le colis oublié dans le train par la vieille dame et je l'ouvre sans aucune appréhension. Il contient exactement ce que je viens d'annoncer. Je n'éprouve pas non plus le moindre remords. Il fallait que ce colis vînt entre mes mains et fût ouvert ici, à cette heure, en présence de ma femme. C'était dans l'ordre, et je ne fais qu'obéir à la nécessité. Je doute même que le colis ait appartenu à la vieille dame. Le chapeau oublié dans le compartiment m'apparaît maintenant comme l'une des mille ruses du destin pour me ressaisir et me remettre dans les moindres plis d'une existence déjà vécue.

Je suis au dessert lorsque la porte d'entrée s'ouvre et se ferme avec fracas. Une voix jure dans le vestibule.

«C'est l'oncle Tom qui est encore ivre», dit ma femme.

C'est vrai, j'avais oublié l'oncle Tom. L'an dernier, la maison qu'il habitait en Normandie a été détruite par un bombardement, sa femme a été tuée en fuyant l'invasion, ses deux fils sont prisonniers. Il s'est réfugié chez nous et, pour oublier son malheur, il passe au café le plus clair de son temps. L'alcool, qu'il supporte mal, le rend hargneux et bruyant. Aussi, sa présence nous est-elle de plus en plus pesante. Mais ce soir, bien qu'il exhale une mauvaise humeur agressive, je l'accueille avec beaucoup de patience et d'indulgence. L'oncle Tom doit mourir dans trois mois et je me souviens de son agonie. Il réclamait ses fils prisonniers et répétait à chaque instant : «Je veux retourner en France.»

J'ai passé la nuit tout d'un somme et sans rêves. En m'éveillant, je n'ai pas éprouvé cette sensation de dépaysement que je redoutais la veille. L'appartement m'est redevenu tout à fait familier. J'ai joué avec les enfants sans trop d'arrière-pensées. La présence de Juliette et de son frère Louis m'a manqué, mais moins cruellement qu'hier au soir, et le souvenir de leurs visages d'enfants est en moi comme un espoir. Il me semble, et c'est peut-être une illusion, que ma mémoire de l'avenir est déjà moins sûre. Ce matin, j'ai lu les journaux avec intérêt. Bien que l'issue des événements en cours me soit déjà connue, je me souviens confusément des étapes et des tournants du conflit.

J'ai pris le métro jusqu'à la Madeleine et je me suis promené dans la ville, mais le spectacle de la rue ne m'a pas étonné. Par-delà les dix-sept ans écoulés, le présent se soude au passé. Place de la Concorde, j'ai revu les marins allemands montant la garde à l'hôtel de la Marine et je n'ai pas regretté l'absence de ma fille Juliette.

Au cours de cette matinée, j'ai fait plusieurs rencontres assez surprenantes. Celle qui m'a le plus impressionné fut celle de mon grand ami, le peintre D... Nous nous sommes trouvés nez à nez au coin de la rue de l'Arcade et de la rue des Mathurins. J'ai eu un sourire de contentement et j'ai failli lui tendre la main, mais il m'a regardé sans prêter attention à mon sourire d'ami et a passé son chemin. Je me suis souvenu à temps qu'il devait s'écouler dix ans avant que nous ne fassions connaissance. J'aurais pu courir après lui et trouver un prétexte pour me présenter, mais je ne sais quel respect humain ou quelle soumission à la fatalité m'en a empêché et c'est sans conviction que je me suis promis d'avancer le temps de notre amitié sans égard à l'ordre fixé par le destin. Pourtant, je peux mesurer ma déception et mon impatience à la tristesse où m'a jeté cet incident.

Un instant plus tôt, j'avais rencontré Jacques Sariette, le fiancé de ma fille Marie-Thérèse. Il tenait un cerceau et donnait la main à sa mère. Je m'arrêtai auprès de Mme Sariette qui m'entretint de ses enfants et de Jacques en particulier. L'excellente femme, non moins soucieuse que son mari de travailler au relèvement moral de la France, me confia qu'ils avaient voué le petit garçon à l'état ecclésiastique. Je lui dis qu'ils avaient bien raison. Dans le métro qui me ramenait à Montmartre, je me suis trouvé en compagnie de Roger L..., un garçon d'une trentaine d'années pour lequel je n'ai jamais eu grande sympathie. Il est très déprimé et me confie qu'il est dans une situation extrêmement difficile. Je regarde avec curiosité cet être minable qui, dans une dizaine d'années, se trouvera à la tête d'une fortune colossale, malhonnêtement gagnée à de scandaleux trafics. Tandis qu'il me parle de sa misère présente, je le revois dans sa future opulence, triomphant avec la légendaire muflerie dont il se fera gloire. Pour l'instant, c'est un pauvre homme à la mine souffreteuse, aux yeux tristes, à la voix humble et peureuse. Je suis partagé entre la compassion et le dégoût que m'inspire sa brillante carrière.

L'après-midi de ce même jour, je restai chez moi et pris dans un tiroir mon ouvrage en train dont j'avais déjà écrit la valeur d'une cinquantaine de pages. Connaissant trop bien les pages qui devaient venir à la suite de celles-ci, je n'avais aucun goût à y travailler et je pensais avec découragement que pendant dix-sept années, ma vie allait être un rabâchage insipide, un pensum fastidieux. Je ne me sentais plus de curiosité que pour le mystère de ces bonds et de ces retours à travers le temps. Encore les conclusions auxquelles j'arrivais étaient-elles singulièrement déprimantes. La veille, j'avais déjà envisagé l'existence simultanée de deux univers décalés l'un sur l'autre de dix-sept ans. J'acceptais maintenant le cauchemar d'une infinité d'univers où le temps représentait le déplacement de ma conscience d'un univers à l'autre, puis à un autre. 3 heures : je prends connaissance de l'univers où je figure tenant un porte-plume. 3 heures et une seconde, je prends connaissance de cet autre univers où je figure posant mon porte-plume, etc. Un jour, le genre humain, en une seule étape, franchit ce qu'on est convenu d'appeler une période de dix-sept années. Moi seul, après ce bond collectif, par je ne sais quelle inspiration, je refais l'étape en sens inverse. Tous ces mondes qui multipliaient ma personne à l'infini, s'étendaient à mes yeux dans une écœurante perspective. La tête lourde, je finis par m'endormir sur ma table.

Il y aura bientôt un mois que je n'ai noté le récit de mon aventure et à le relire aujourd'hui, j'éprouve le regret très vif de n'avoir pas été plus précis. Je me reproche de n'avoir pas su prévoir ce qui m'est arrivé depuis. Durant ces quelques semaines, je me suis si bien remboîté dans notre triste époque, que j'ai perdu la mémoire de l'avenir. J'ai oublié, heur ou malheur, tout ce qui doit être ma vie au cours des dix-sept années qui vont suivre. J'ai oublié les visages de mes enfants qui sont encore à naître. Je ne sais plus rien du sort de la guerre. Je ne sais plus quand ni comment elle finira. J'ai tout oublié et un jour viendra peut-être où je douterai d'avoir vécu ces tribulations. Les souvenirs de mon existence future, consignés dans ces feuillets, sont si peu de chose que s'il m'est donné plus tard d'en vérifier l'exactitude, je pourrai croire à de simples pressentiments. En ouvrant les journaux, en songeant aux événements politiques, j'essaie de réveiller ma mémoire, avec la volonté de sortir d'angoisse, mais toujours en vain. C'est à peine si de temps à autre et de plus en plus rarement j'éprouve la très banale sensation du déjà vu.

LE PROVERBE

*D*ans la lumière de la suspension qui éclairait la cuisine, M. Jacotin voyait d'ensemble la famille courbée sur la pâture et témoignant, par des regards obliques, qu'elle redoutait l'humeur du maître. La conscience profonde qu'il avait de son dévouement et de son abnégation, un souci étroit de justice domestique, le rendaient en effet injuste et tyrannique, et ses explosions d'homme sanguin, toujours imprévisibles, entretenaient à son foyer une atmosphère de contrainte qui n'était du reste pas sans l'irriter.

Ayant appris dans l'après-midi qu'il était proposé pour les palmes académiques, il se réservait d'en informer les siens à la fin du dîner. Après avoir bu un verre de vin sur sa dernière bouchée de fromage, il se disposait à prendre la parole, mais il lui sembla que l'ambiance n'était pas telle qu'il l'avait souhaitée pour accueillir l'heureuse nouvelle. Son regard fit lentement le tour de la table, s'arrêtant d'abord à l'épouse dont l'aspect chétif, le visage triste et peureux lui faisaient si peu honneur auprès de ses collègues. Il passa ensuite à la tante Julie qui s'était installée au foyer en faisant valoir son grand âge et plusieurs maladies mortelles et qui, en sept ans, avait coûté sûrement plus d'argent qu'on n'en pouvait attendre de sa succession. Puis vint le tour de ses deux filles, dix-sept et seize ans, employées de magasin à cinq cents francs par mois, pourtant vêtues comme des princesses, montres-bracelets, épingles d'or à l'échancrure, des airs au-dessus de leur condition, et on se demandait où passait l'argent, et on s'étonnait. M. Jacotin eut soudain la sensation atroce qu'on lui dérobait son bien, qu'on buvait la sueur de ses peines et qu'il était ridiculement bon. Le vin lui monta un grand coup à la tête et fit flamber sa large face déjà remarquable au repos par sa rougeur naturelle.

Il était dans cette disposition d'esprit lorsque son regard s'abaissa sur son fils Lucien, un garçon de treize ans qui, depuis le début du

Première publication dans Candide, *15 novembre 1939 ; également reprise dans le recueil* Enjambées, *Gallimard, 1967.*

repas, s'efforçait de passer inaperçu. Le père entrevit quelque chose de louche dans la pâleur du petit visage. L'enfant n'avait pas levé les yeux, mais se sentant observé, il tortillait avec ses deux mains un pli de son tablier noir d'écolier.

«Tu voudrais bien le déchirer? jeta le père d'une voix qui s'en promettait. Tu fais tout ce que tu peux pour le déchirer?»

Lâchant son tablier, Lucien posa les mains sur la table. Il penchait la tête sur son assiette sans oser chercher le réconfort d'un regard de ses sœurs et tout abandonné au malheur menaçant.

«Je te parle, dis donc. Il me semble que tu pourrais me répondre. Mais je te soupçonne de n'avoir pas la conscience bien tranquille.»

Lucien protesta d'un regard effrayé. Il n'espérait nullement détourner les soupçons, mais il savait que le père eût été déçu de ne pas trouver l'effroi dans les yeux de son fils.

«Non, tu n'as sûrement pas la conscience tranquille. Veux-tu me dire ce que tu as fait cet après-midi?

– Cet après-midi, j'étais avec Pichon. Il m'avait dit qu'il passerait me prendre à 2 heures. En sortant d'ici, on a rencontré Chapusot qui allait faire des commissions. D'abord, on a été chez le médecin pour son oncle qui est malade. Depuis avant-hier, il se sentait des douleurs du côté du foie...»

Mais le père comprit qu'on voulait l'égarer sur de l'anecdote et coupa: «Ne te mêle donc pas du foie des autres. On n'en fait pas tant quand c'est moi qui souffre. Dis-moi plutôt où tu étais ce matin.

– J'ai été voir avec Fourmont la maison qui a brûlé l'autre nuit dans l'avenue Poincaré.

– Comme ça, tu as été dehors toute la journée? Du matin jusqu'au soir? Bien entendu, puisque tu as passé ton jeudi à t'amuser, j'imagine que tu as fait tes devoirs?»

Le père avait prononcé ces dernières paroles sur un ton doucereux qui suspendait tous les souffles.

«Mes devoirs? murmura Lucien.

– Oui, tes devoirs.

– J'ai travaillé hier soir en rentrant de classe.

– Je ne te demande pas si tu as travaillé hier soir. Je te demande si tu as fait tes devoirs pour demain.»

Chacun sentait mûrir le drame et aurait voulu l'écarter, mais l'expérience avait appris que toute intervention en pareille circonstance ne pouvait que gâter les choses et changer en fureur la hargne de cet homme violent. Par politique, les deux sœurs de Lucien feignaient de suivre l'affaire distraitement, tandis que la mère, préférant ne pas assister de trop près à une scène pénible, fuyait vers un placard. M. Jacotin lui-même, au bord de la colère, hésitait encore à enterrer la nouvelle des palmes académiques. Mais la tante Julie, mue par de généreux sentiments, ne put tenir sa langue. «Pauvre petit, vous êtes toujours après lui. Puisqu'il vous dit qu'il a travaillé hier soir. Il faut bien qu'il s'amuse aussi.» Offensé, M. Jacotin répliqua avec hauteur: «Je vous prierai de ne pas entraver mes efforts dans l'éducation de mon fils. Étant son père, j'agis comme tel et j'entends le diriger selon mes conceptions. Libre à vous, quand vous aurez des enfants, de faire leurs cent mille caprices.» La tante Julie, qui avait soixante-treize ans, jugea qu'il y avait peut-être de l'ironie à parler de ses enfants à venir. Froissée à son tour, elle quitta la cuisine. Lucien la suivit d'un regard ému et la vit un moment, dans la pénombre de la salle à manger luisante de propreté, chercher à tâtons le commutateur. Lorsqu'elle eut refermé la porte, M. Jacotin prit toute la famille à témoin qu'il n'avait rien dit qui justifiât un tel départ et il se plaignit de la perfidie qu'il y avait à le mettre en situation de passer pour un malotru. Ni ses filles, qui s'étaient mises à desservir la table, ni sa femme, ne purent se résoudre à l'approuver, ce qui eût peut-être amené une détente. Leur silence lui fut un nouvel outrage. Rageur, il revint à Lucien: «J'attends encore ta réponse, toi. Oui ou non, as-tu fais tes devoirs?» Lucien comprit qu'il ne gagnerait rien à faire traîner les choses et se jeta à l'eau. «Je n'ai pas fait mon devoir de français.» Une lueur de gratitude passa dans les yeux du père. Il y avait plaisir à entreprendre ce gamin-là. «Pourquoi, s'il te plaît?» Lucien leva les épaules en signe d'ignorance et même d'étonnement, comme si la question était saugrenue. «Je le moudrais», murmura le père en le dévorant du regard. Un moment, il resta silencieux, considérant le degré d'abjection auquel était descendu ce fils ingrat qui, sans aucune raison avouable et apparemment sans remords, négligeait de faire son devoir de français. «C'est donc bien ce que je pensais», dit-il, et sa voix se mit à monter avec le ton du discours. «Non seulement tu continues, mais tu persévères. Voilà un devoir de français que le professeur t'a donné vendredi dernier pour demain. Tu avais donc huit jours pour le faire et tu n'en as pas trouvé le moyen. Et si je n'en avais pas parlé, tu allais en classe sans l'avoir fait. Mais le plus fort, c'est que tu auras passé tout ton jeudi à flâner et à paresser. Et avec qui ? avec un Pichon, un Fourmont, un Chapusot, tous les derniers, tous les cancres de la classe. Les cancres dans ton genre. Qui se ressemble s'assemble. Bien sûr que l'idée ne te viendrait pas de t'amuser avec Béruchard. Tu te croirais déshonoré d'aller jouer avec un bon élève. Et d'abord, Béruchard n'accepterait pas, lui. Béruchard, je suis sûr qu'il ne s'amuse pas. Et qu'il ne s'amuse jamais. C'est bon pour toi. Il travaille, Béruchard. La conséquence, c'est qu'il est toujours dans les premiers. Pas plus tard que la semaine dernière, il était trois places devant toi. Tu peux compter que c'est une chose agréable pour moi qui suis toute la journée au bureau avec son père. Un homme pourtant moins bien noté que moi. Qu'est-ce que c'est que Béruchard ? je parle du père. C'est l'homme travailleur, si on veut, mais qui manque de capacités. Et sur les idées politiques, c'est bien pareil que sur la besogne. Il n'a jamais eu de conceptions. Et Béruchard, il le sait bien. Quand on discute de choses et d'autres, devant moi, il n'en mène pas large. N'empêche, s'il vient à me parler de son gamin qui est toujours premier en classe, c'est lui qui prend le dessus quand même. Je me trouve par le fait dans une position vicieuse. Je n'ai pas la chance, moi, d'avoir un fils comme Béruchard. Un fils premier en français, premier en calcul. Un fils qui rafle tous les prix. Lucien, laisse-moi ce rond de serviette tranquille. Je ne tolérerai pas que tu m'écoutes avec des airs qui n'en sont pas. Oui ou non, m'as-tu entendu ? ou si tu veux une paire de claques pour t'apprendre que je suis ton père ? Paresseux, voyou, incapable ! Un devoir de français donné depuis huit jours ! Tu ne me diras pas que si tu avais pour deux sous de cœur ou que si tu pensais au mal que je me donne, une pareille chose se produirait. Non, Lucien, tu ne sais pas reconnaître. Autrement que ça, ton devoir de français, tu l'aurais fait. Le mal que je me donne, moi, dans mon travail. Et les soucis et l'inquiétude. Pour le présent et pour l'avenir. Quand j'aurai l'âge de m'arrêter, personne pour me donner de quoi vivre. Il vaut mieux compter sur soi que sur les autres. Un sou, je ne l'ai jamais demandé. Moi, pour m'en tirer, je n'ai jamais été chercher le voisin. Et je n'ai jamais été aidé par les miens. Mon père ne m'a pas laissé étudier. Quand j'ai eu douze ans, en apprentissage. Tirer la charrette et par tous les temps. L'hiver, les engelures, et l'été, la chemise qui collait sur le dos. Mais toi, tu te prélasses. Tu as la chance d'avoir un père qui soit trop bon. Mais ça ne durera pas. Quand je pense. Un devoir de français. Fainéant, sagouin ! Soyez bon, vous serez toujours faible. Et moi tout à l'heure qui pensais vous mener tous, mercredi prochain, voir jouer *Les Burgraves*. Je ne me doutais pas de ce qui m'attendait en rentrant chez moi. Quand je ne suis pas là, on peut être sûr que c'est l'anarchie. C'est les devoirs pas faits et tout ce qui s'ensuit dans toute la maison. Et, bien entendu, on a choisi le jour...»

Le père marqua un temps d'arrêt. Un sentiment délicat, de pudeur et de modestie, lui fit baisser les paupières.

«Le jour où j'apprends que je suis proposé pour les palmes académiques. Oui, voilà le jour qu'on a choisi.»

Il attendit quelques secondes l'effet de ses dernières paroles. Mais, à peine détachées de la longue apostrophe, elles semblaient n'avoir pas été comprises. Chacun les avait entendues, comme le reste du discours, sans en pénétrer le sens. Seule, Mme Jacotin, sachant qu'il attendait depuis deux ans la récompense de services rendus, en sa qualité de trésorier bénévole, à la société locale de solfège et de philharmonie (l'U.N.S.P.), eut l'impression que quelque chose d'important venait de lui échapper. Le mot de palmes académiques rendit à ses oreilles un son étrange mais familier, et fit surgir pour elle la vision de son époux coiffé de sa casquette de musicien honoraire et à califourchon sur la plus haute branche d'un cocotier. La crainte d'avoir été inattentive lui fit enfin apercevoir le sens de cette fiction poétique et déjà elle ouvrait la bouche et se préparait à manifester une joie déférente. Il était trop tard. M. Jacotin, qui se délectait amèrement de l'indifférence des siens, craignit qu'une parole de sa femme ne vînt adoucir l'injure de ce lourd silence et se hâta de la prévenir.

«Poursuivons, dit-il avec un ricanement douloureux. Je disais donc que tu as eu huit jours pour faire ce devoir de français. Oui, huit jours. Tiens, j'aimerais savoir depuis quand Béruchard l'a fait. Je suis sûr qu'il n'a pas attendu huit jours, ni six, ni cinq. Ni trois, ni deux. Béruchard, il l'a fait le lendemain. Et veux-tu me dire ce que c'est que ce devoir?»

Lucien, qui n'écoutait pas, laissa passer le temps de répondre. Son père le somma d'une voix qui passa trois portes et alla toucher la tante Julie dans sa chambre. En chemise de nuit et la mine défaite, elle vint s'informer.

«Qu'est-ce qu'il y a? Voyons, qu'est-ce que vous lui faites, à cet enfant? Je veux savoir, moi.»

Le malheur voulut qu'en cet instant M. Jacotin se laissât dominer par la pensée de ses palmes académiques. C'est pourquoi la patience lui manqua. Au plus fort de ses colères, il s'exprimait habituellement dans un langage décent. Mais le ton de cette vieille femme recueillie chez lui par un calcul charitable et parlant avec ce sans-gêne à un homme en passe d'être décoré, lui parut une provocation appelant l'insolence.

«Vous, répondit-il, je vous dis cinq lettres.»

La tante Julie béa, les yeux ronds, encore incrédules, et comme il précisait ce qu'il fallait entendre par cinq lettres, elle tomba évanouie. Il y eut des cris de frayeur dans la cuisine, une longue rumeur de drame avec remuement de bouillottes, de soucoupes et de flacons. Les sœurs de Lucien et leur mère s'affairaient auprès de la malade avec des paroles de compassion et de réconfort, dont chacune atteignait cruellement M. Jacotin. Elles évitaient de le regarder, mais quand par hasard leurs visages se tournaient vers lui, leurs yeux étaient durs. Il se sentait coupable et, plaignant la vieille fille, regrettait sincèrement l'excès de langage auquel il s'était laissé aller. Il aurait souhaité s'excuser, mais la réprobation qui l'entourait si visiblement durcissait son orgueil. Tandis qu'on emportait la tante Julie dans sa chambre, il prononça d'une voix haute et claire:

«Pour la troisième fois, je te demande en quoi consiste ton devoir de français.

– C'est une explication, dit Lucien. Il faut expliquer le proverbe: "Rien ne sert de courir, il faut partir à point."

– Et alors? Je ne vois pas ce qui t'arrête là-dedans.»

Lucien opina d'un hochement de tête, mais son visage était réticent.

«En tout cas, file me chercher tes cahiers, et au travail. Je veux voir ton devoir fini.»

Lucien alla prendre sa serviette de classe qui gisait dans un coin de la cuisine, en sortit un cahier de brouillon et écrivit au haut d'une page blanche: «Rien ne sert de courir, il faut partir à point.» Si lentement qu'il eût écrit, cela ne demanda pas cinq minutes. Il se mit alors à sucer son porte-plume et considéra le proverbe d'un air hostile et buté.

«Je vois que tu y mets de la mauvaise volonté, dit le père. À ton aise. Moi, je ne suis pas pressé. J'attendrai toute la nuit s'il le faut.»

En effet, il s'était mis en position d'attendre commodément. Lucien, en levant les yeux, lui vit un air de quiétude qui le désespéra. Il essaya de méditer sur son proverbe: «Rien ne sert de courir, il faut partir à point.» Pour lui, il y avait là une évidence ne requérant aucune démonstration, et il songeait avec dégoût à la fable de La Fontaine: «Le Lièvre et la Tortue». Cependant, ses sœurs, après avoir couché la tante Julie, commençaient à ranger la vaisselle dans le placard et, si attentives fussent-elles à ne pas faire de bruit, il se produisait des heurts qui irritaient M. Jacotin, lui semblant qu'on voulût offrir à l'écolier une bonne excuse pour ne rien faire. Soudain, il y eut un affreux vacarme. La mère venait de laisser tomber sur l'évier une casserole de fer qui rebondit sur le carrelage. «Attention, gronda le père. C'est quand même agaçant. Comment voulez-vous qu'il travaille, aussi, dans une foire pareille? Laissez-le tranquille et allez-vous-en ailleurs. La vaisselle est finie. Allez vous coucher.»

Aussitôt, les femmes quittèrent la cuisine. Lucien se sentit livré à son père, à la nuit, et songeant à la mort à l'aube sur un proverbe, il se mit à pleurer.

«Ça t'avance bien, lui dit son père. Gros bête, va!»

La voix restait bourrue, mais avec un accent de compassion, car M. Jacotin, encore honteux du drame qu'il avait provoqué tout à l'heure, souhaitait racheter sa conduite par une certaine mansuétude à l'égard de son fils. Lucien perçut la nuance, il s'attendrit et pleura plus fort. Une larme tomba sur le cahier de brouillon, auprès du proverbe. Ému, le père fit le tour de la table en traînant une chaise et vint s'asseoir à côté de l'enfant.

«Allons, prends-moi ton mouchoir et que ce soit fini. À ton âge, tu devrais penser que si je te secoue, c'est pour ton bien. Plus tard, tu diras: "Il avait raison." Un père qui sait être sévère, il n'y a rien de meilleur pour l'enfant. Béruchard, justement, me le disait hier. C'est une habitude, à lui, de battre le sien. Tantôt c'est les claques ou son pied où je pense, tantôt le martinet ou bien le nerf de bœuf. Il obtient de bons résultats. Sûr que son gamin marche droit et qu'il ira loin. Mais battre un enfant, moi, je ne pourrais pas, sauf bien sûr comme ça une fois de temps en temps. Chacun ses conceptions. C'est ce que je disais à Béruchard. J'estime qu'il vaut mieux faire appel à la raison de l'enfant.»

Apaisé par ces bonnes paroles, Lucien avait cessé de pleurer et son père en conçut de l'inquiétude.

«Parce que je te parle comme à un homme, tu ne vas pas au moins te figurer que ce serait de la faiblesse?

– Oh! non», répondit Lucien avec l'accent d'une conviction profonde. Rassuré, M. Jacotin eut un regard de bonté. Puis, considérant d'une part le proverbe, d'autre part l'embarras de son fils, il crut pouvoir se montrer généreux à peu de frais et dit avec bonhomie:

«Je vois bien que si je ne mets pas la main à la pâte, on sera encore là à 4 heures du matin. Allons, au travail. Nous disons donc: "Rien ne sert de courir, il faut partir à point." Voyons. Rien ne sert de courir…»

Tout à l'heure, le sujet de ce devoir de français lui avait paru presque ridicule à force d'être facile. Maintenant qu'il en avait assumé la responsabilité, il le voyait d'un autre œil. La mine soucieuse, il relut plusieurs fois le proverbe et murmura :

«C'est un proverbe.

– Oui», approuva Lucien qui attendait la suite avec une assurance nouvelle.

Tant de paisible confiance troubla le cœur de M. Jacotin. L'idée que son prestige de père était en jeu le rendit nerveux.

«En vous donnant ce devoir-là, demanda-t-il, le maître ne vous a rien dit ?

– Il nous a dit : surtout, évitez de résumer "Le Lièvre et la Tortue". C'est à vous de trouver un exemple. Voilà ce qu'il a dit.

– Tiens, c'est vrai, fit le père. "Le Lièvre et la Tortue", c'est un bon exemple. Je n'y avais pas pensé.

– Oui, mais c'est défendu.

– Défendu, bien sûr, défendu. Mais alors, si tout est défendu...»

Le visage un peu congestionné, M. Jacotin chercha une idée ou au moins une phrase qui fût un départ. Son imagination était rétive. Il se mit à considérer le proverbe avec un sentiment de crainte et de rancune. Peu à peu, son regard prenait la même expression d'ennui qu'avait eue tout à l'heure celui de Lucien.

Enfin, il eut une idée qui était de développer un sous-titre de journal, «La Course aux armements», qu'il avait lu le matin même. Le développement venait bien : une nation se prépare à la guerre depuis longtemps, fabriquant canons, tanks, mitrailleuses et avions. La nation voisine se prépare mollement, de sorte qu'elle n'est pas prête du tout quand survient la guerre et qu'elle s'efforce vainement de rattraper son retard. Il y avait là toute la matière d'un excellent devoir.

Le visage de M. Jacotin, qui s'était éclairé un moment, se rembrunit tout d'un coup. Il venait de songer que sa religion politique ne lui permettait pas de choisir un exemple aussi tendancieux. Il avait trop d'honnêteté pour humilier ses convictions, mais c'était tout de même dommage. Malgré la fermeté de ses opinions, il se laissa effleurer par le regret de n'être pas inféodé à un parti réactionnaire, ce qui lui eût permis d'exploiter son idée avec l'approbation de sa conscience. Il se ressaisit en pensant à ses palmes académiques, mais avec beaucoup de mélancolie.

Lucien attendait sans inquiétude le résultat de cette méditation. Il se jugeait déchargé du soin d'expliquer le proverbe et n'y pensait même plus. Mais le silence qui s'éternisait lui faisait paraître le temps long. Les paupières lourdes, il fit entendre plusieurs bâillements prolongés. Son père, le visage crispé par l'effort de la recherche, les perçut comme autant de reproches et sa nervosité s'en accrut. Il avait beau se mettre l'esprit à la torture, il ne trouvait rien. La course aux armements le gênait. Il semblait qu'elle se fût soudée au proverbe et les efforts qu'il faisait pour l'oublier lui en imposaient justement la pensée. De temps en temps, il levait sur son fils un regard furtif et anxieux.

Alors qu'il n'espérait plus et se préparait à confesser son impuissance, il lui vint une autre idée. Elle se présentait comme une transposition de la course aux armements dont elle réussit à écarter l'obsession. Il s'agissait encore d'une compétition, mais sportive, à laquelle se préparaient deux équipes de rameurs, l'une méthodiquement, l'autre avec une affectation de négligence.

« Allons, commanda M. Jacotin, écris. »

À moitié endormi, Lucien sursauta et prit son porte-plume.

« Ma parole, tu dormais ?

– Oh ! non. Je réfléchissais. Je réfléchissais au proverbe. Mais je n'ai rien trouvé. »

Le père eut un petit rire indulgent, puis son regard devint fixe et, lentement, il se mit à dicter :

« Par ce splendide après-midi d'un dimanche d'été, virgule, quels sont donc ces jolis objets verts à la forme allongée, virgule, qui frappent nos regards ? On dirait de loin qu'ils sont munis de longs bras, mais ces bras ne sont autre chose que des rames et les objets verts sont en réalité deux canots de course qui se balancent mollement au gré des flots de la Marne. »

Lucien, pris d'une vague anxiété, osa lever la tête et eut un regard un peu effaré. Mais son père ne le voyait pas, trop occupé à polir une phrase de transition qui allait lui permettre de présenter les équipes rivales. La bouche entrouverte, les yeux mi-clos, il surveillait ses rameurs et les rassemblait dans le champ de sa pensée. À tâtons, il avança la main vers le porte-plume de son fils.

« Donne. Je vais écrire moi-même. C'est plus commode que de dicter. »

Fiévreux, il se mit à écrire d'une plume abondante. Les idées et les mots lui venaient facilement, dans un ordre commode et pourtant exaltant, qui l'inclinait au lyrisme. Il se sentait riche, maître d'un domaine magnifique et fleuri. Lucien regarda un moment, non sans un reste d'appréhension, courir sur son cahier de brouillon la plume inspirée et finit par s'endormir sur la table. À 11 heures, son père le réveilla et lui tendit le cahier.

«Et maintenant, tu vas me recopier ça posément. J'attends que tu aies fini pour relire. Tâche de mettre la ponctuation, surtout.

– Il est tard, fit observer Lucien. Je ferais peut-être mieux de me lever demain matin de bonne heure?

– Non, non. Il faut battre le fer pendant qu'il est chaud. Encore un proverbe, tiens.»

M. Jacotin eut un sourire gourmand et ajouta:

«Ce proverbe-là, je ne serais pas en peine de l'expliquer non plus. Si j'avais le temps, il ne faudrait pas me pousser beaucoup. C'est un sujet de toute beauté. Un sujet sur lequel je me fais fort d'écrire mes douze pages. Au moins, est-ce que tu le comprends bien?

– Quoi donc?

– Je te demande si tu comprends le proverbe: "Il faut battre le fer pendant qu'il est chaud."»

Lucien, accablé, faillit céder au découragement. Il se ressaisit et répondit avec une grande douceur:

«Oui, papa. Je comprends bien. Mais il faut que je recopie mon devoir.

– C'est ça, recopie», dit M. Jacotin d'un ton qui trahissait son mépris pour certaines activités d'un ordre subalterne.

Une semaine plus tard, le professeur rendait la copie corrigée.

«Dans l'ensemble, dit-il, je suis loin d'être satisfait. Si j'excepte Béruchard à qui j'ai donné treize, et cinq ou six autres tout juste passables, vous n'avez pas compris le devoir.»

Il expliqua ce qu'il aurait fallu faire, puis, dans le tas des copies annotées à l'encre rouge, il en choisit trois qu'il se mit à commenter. La première était celle de Béruchard, dont il parla en termes élogieux. La troisième était celle de Lucien.

«En vous lisant, Jacotin, j'ai été surpris par une façon d'écrire à laquelle vous ne m'avez pas habitué et qui m'a paru si déplaisante que je n'ai pas hésité à vous coller un trois. S'il m'est arrivé souvent de blâmer la sécheresse de vos développements, je dois dire que vous êtes tombé cette fois dans le défaut contraire. Vous avez trouvé le moyen de remplir six pages en restant constamment en dehors du sujet. Mais le plus insupportable est ce ton endimanché que vous avez cru devoir adopter.»

Le professeur parla encore longuement du devoir de Lucien, qu'il proposa aux autres élèves comme le modèle de ce qu'il ne fallait pas faire. Il en lut à haute voix quelques passages qui lui semblaient particulièrement édifiants. Dans la classe, il y eut des sourires, des gloussements et même quelques rires soutenus. Lucien était très pâle. Blessé dans son amour-propre, il l'était aussi dans ses sentiments de piété filiale.

Pourtant, il en voulait à son père de l'avoir mis en situation de se faire moquer par ses camarades. Élève médiocre, jamais sa négligence ni son ignorance ne l'avaient ainsi exposé au ridicule. Qu'il s'agît d'un devoir de français, de latin ou d'algèbre, il gardait jusque dans ses insuffisances un juste sentiment des convenances et même des élégances écolières. Le soir où, les yeux rouges de sommeil, il avait recopié le brouillon de M. Jacotin, il ne s'était guère trompé sur l'accueil qui serait fait à son devoir. Le lendemain, mieux éveillé, il avait même hésité à le remettre au professeur, ressentant alors plus vivement ce qu'il contenait de faux et de discordant, eu égard aux habitudes de la classe. Et au dernier moment, une confiance instinctive dans l'infaillibilité de son père l'avait décidé.

Au retour de l'école, à midi, Lucien songeait avec rancune à ce mouvement de confiance pour ainsi dire religieuse qui avait parlé plus haut que l'évidence. De quoi s'était mêlé le père en expliquant ce proverbe ? À coup sûr, il n'avait pas volé l'humiliation de se voir flanquer trois sur vingt à son devoir de français. Il y avait là de quoi lui faire passer l'envie d'expliquer les proverbes. Et Béruchard qui avait eu treize. Le père aurait du mal à s'en remettre. Ça lui apprendrait.

À table, M. Jacotin se montra enjoué et presque gracieux. Une allégresse un peu fiévreuse animait son regard et ses propos. Il eut la coquetterie de ne pas poser dès l'abord la question qui lui brûlait les lèvres et que son fils attendait. L'atmosphère du déjeuner n'était pas très différente de ce qu'elle était d'habitude. La gaîté du père, au lieu de mettre à l'aise les convives, était plutôt une gêne supplémentaire. Mme Jacotin et ses filles essayaient en vain d'adopter un ton accordé à la bonne humeur du maître. Pour la tante Julie, elle se fit un devoir de souligner par une attitude maussade et un air de surprise offensée tout ce que cette bonne humeur offrait d'insolite aux regards de la famille. M. Jacotin le sentit lui-même, car il ne tarda pas à s'assombrir.

« Au fait, dit-il avec brusquerie. Et le proverbe ? »

Sa voix trahissait une émotion qui ressemblait plus à de l'inquiétude qu'à de l'impatience. Lucien sentit qu'en cet instant il pouvait faire le malheur de son père. Il le regardait maintenant avec une liberté qui lui livrait le personnage. Il comprenait que, depuis de longues années, le pauvre homme vivait sur le sentiment de son infaillibilité de chef de famille et qu'en expliquant le proverbe, il avait engagé le principe de son infaillibilité dans une aventure dangereuse. Non seulement le tyran domestique allait perdre la face devant les siens, mais il perdrait du même coup la considération qu'il avait pour sa propre personne. Ce serait un effondrement. Et dans la cuisine, à table, face à la tante Julie qui épiait toujours une revanche, ce drame qu'une simple parole pouvait déchaîner avait déjà une réalité bouleversante. Lucien fut effrayé par la faiblesse du père et son cœur s'attendrit d'un sentiment de pitié généreuse.

«Tu es dans la lune? Je te demande si le professeur a rendu mon devoir? dit M. Jacotin.

– Ton devoir? Oui, on l'a rendu.

– Et quelle note avons-nous eue?

– Treize.

– Pas mal. Et Béruchard?

– Treize.

– Et la meilleure note était?

– Treize.»

Le visage du père s'était illuminé. Il se tourna vers la tante Julie avec un regard insistant, comme si la note treize eût été donnée malgré elle. Lucien avait baissé les yeux et regardait en lui-même avec un plaisir ému. M. Jacotin lui toucha l'épaule et dit avec bonté:

«Vois-tu, mon cher enfant, quand on entreprend un travail, le tout est d'abord d'y bien réfléchir. Comprendre un travail, c'est l'avoir fait plus qu'aux trois quarts. Voilà justement ce que je voudrais te faire entrer dans la tête une bonne fois. Et j'y arriverai. J'y mettrai tout le temps nécessaire. Du reste, à partir de maintenant, et désormais, tous tes devoirs de français, nous les ferons ensemble.»

LÉGENDE ·POLDÈVE

*I*l y avait dans la ville de Cstwertskst, une vieille demoiselle nommée Marichella Borboïé, qui s'était acquis justement une grande réputation de piété et de virginité. Elle entendait au moins une messe par jour, communiait deux fois par semaine, donnait largement pour le denier du culte, brodait des nappes d'autel et distribuait des aumônes aux pauvres les plus recommandables. Portant le noir en toutes saisons, ne parlant aux hommes que dans le cas d'extrême nécessité, et toujours les yeux baissés, elle n'inspirait aucune de ces mauvaises pensées qui induisent au péché de luxure et les ignorait pour son compte. Enfin, comme pour lui permettre de s'accomplir en perfection, Dieu lui avait envoyé une grande et douloureuse épreuve où elle semblait justement, miracle d'un cœur fervent, nourrir sa piété.

Mlle Borboïé avait élevé avec les soins les plus tendres et les plus vigilants un neveu orphelin, prénommé Bobislas. Cet aimable enfant, qui promettait beaucoup et qu'elle destinait au notariat, la vieille fille, dans sa simplicité et sur la réputation des maîtres de cet établissement, l'avait confié au lycée de l'État où il n'avait pas tardé à se pervertir. Son année de philosophie, comme il arrive trop souvent sous la direction de maîtres athées, lui fut particulièrement funeste. Il n'y apprit le mécanisme des passions humaines que pour mieux s'asservir aux siennes et utiliser celles d'autrui. Il se mit à fumer, à boire et à regarder les femmes avec des yeux tout brillants d'une vilaine concupiscence. Comme il n'avait jamais ces yeux-là en regardant la vieille demoiselle, et qu'il avait le vin assez gai pour le faire passer au compte de la bonne humeur, elle ne vit même pas que son neveu fût en train de se dévoyer. Au sortir du lycée, Bobislas entra chez un notaire de Cstwertskst pour s'y former à la pratique du métier, et ce fut au cours de son stage que sa noirceur se dévoila. Un après-midi que le notaire s'était absenté, Bobislas déroba de l'ar-

Première publication dans Je suis partout, *2 octobre 1942.*

gent dans la caisse et viola la notairesse et ses deux servantes, les obligeant ensuite à l'accompagner à la cave pour s'y saouler avec lui à la vodka et à plusieurs vins. Par bonheur, les sept filles du notaire ne se trouvaient pas à la maison ce jour-là, mais le dommage n'en était pas moins appréciable. Le mari outragé et volé chassa le stagiaire et se plaignit à Mlle Borboïé.

La vieille demoiselle, le cœur broyé par la révélation d'une perversité aussi précoce, offrit sa douleur à Dieu et entreprit courageusement de remettre son neveu dans le bon chemin. Ce fut peine perdue. Ayant essayé dix métiers, et ne s'étant tenu à aucun, le misérable roula de déchéance en déchéance. Dans la ville de Cstwertskst, il n'était bruit que de sa mauvaise conduite, de ses orgies, de ses querelles, des jeunes filles et des épouses qu'il condamnait à la honte et au déshonneur, et des filles de rien avec lesquelles il s'acoquinait. Pendant cinq ans, Mlle Borboïé voulut croire qu'il s'amenderait un jour et lui prodigua inlassablement les bons conseils et les pieuses exhortations avec tout l'argent qu'il fallait pour les faire fructifier. À la fin, elle comprit que ses libéralités ne servaient qu'à entretenir son neveu dans le péché et compta sur les leçons de la nécessité pour le faire rentrer dans le devoir. Un soir qu'il venait lui demander de l'argent, elle eut le courage de dire non.

Les choses en étaient là lorsque la guerre éclata. Depuis longtemps, le peuple poldève vivait en mauvaise intelligence avec son voisin le peuple molleton. À chaque instant, de nouvelles contestations s'élevaient entre les deux grands États qui avaient d'autant moins de chances de s'entendre qu'ils avaient raison tous les deux. La situation était déjà très tendue, lorsqu'un grave incident mit le feu aux poudres. Un petit garçon de Molletonie pissa délibérément par-dessus la frontière et arrosa le territoire poldève avec un sourire sardonique. C'en était trop pour l'honneur du peuple poldève dont la conscience se révolta, et la mobilisation fut aussitôt décrétée.

Il se fit un grand remuement dans la ville de Cstwertskst. Les hommes furent appelés pour défendre la patrie en danger et les dames se mirent à tricoter des chandails. Mlle Borboïé se distingua par un tricot aussi serré qu'abondant et ce fut elle qui fit brûler à l'église les plus gros cierges pour la victoire des armes poldèves. Bobislas, qui atteignait sa vingt-huitième année, fut mobilisé sur place au régiment de hussards qui tenait garnison dans la ville. Tout flambant sous son uniforme et ses buffleteries, le bonnet à poil sur la tête et quatre pieds de sabre battant au jarret, il prit aussitôt une conscience exagérée de son importance et de ses prérogatives de

glorieux défenseur du territoire poldève. Son audace et son insolence ne connurent presque plus de bornes. En attendant de marcher au combat, la guerre n'était pour lui que ripailles, ribotes et
parties de plaisir et, sous prétexte qu'il allait se faire casser la figure
pour les civils, ses exigences à leur égard devenaient chaque jour
plus exorbitantes. Il n'y avait en la ville femme ou fille sur laquelle
il n'osât porter le regard et la main, les poursuivant et les pressant
jusqu'à l'église et dans leurs maisons mêmes, puisant sans vergogne
dans la bourse d'un père ou d'un époux terrifié, détroussant au
besoin les passants sous couleur de les faire contribuer à la défense
du pays. Mlle Borboïé, qui avait jusqu'alors gardé un reste de tendresse à ce neveu dévoyé, se prit à le haïr avec toute l'ardeur et
toutes les forces dont la vertu peut seule se montrer capable en face
d'une créature incarnant les vices les plus bas. Cette haine, qu'elle
considérait comme l'un de ses devoirs les plus saints, n'empêchait
pas le soudard de lui rendre visite. Un chapelet d'abominables jurements l'annonçait du bout de la rue où demeurait la vieille demoiselle. Titubant, son grand sabre cognant et s'embarrassant à tous les
meubles, sans autre bonjour qu'un blasphème, il lui signifiait, éruc-
tant et braillant, qu'elle eût à sortir son argent et à se hâter. Plusieurs
fois même, comme elle tardait à s'exécuter, il avait à moitié dégainé
son bancal et menacé la sainte fille de la partager en deux dans le
sens de la longueur.

Enfin, après six mois de cette vie de voyou et de coupe-jarret, le hussard Bobislas fut embarqué dans un wagon avec son cheval et expédié tout droit au front. Ce fut dans la ville de Cstwertskst un
immense soupir de soulagement et si grande était la joie des bonnes
gens que le jour de son départ, il y eut un très beau communiqué qui
passa inaperçu. Pour Mlle Borboïé, il lui sembla naître à une vie
nouvelle, de douceur et de lumière. Elle retrouvait en récitant ses
prières des accents d'une suavité enfantine, et les ailes des séraphins
bruissaient dans les rêves de ses nuits.

Six mois s'étaient écoulés depuis le départ de Bobislas et les armes
poldèves avaient connu des fortunes diverses, lorsqu'une épidémie
de grippe infectieuse exerça ses ravages dans la ville de Cstwertskst.
Mlle Borboïé fut des premières atteintes et vit venir la mort avec sérénité. Ayant fait son testament en faveur des plus saintes œuvres de la
contrée et reçu les derniers sacrements avec une dévotion lucide, elle
mourut à 5 heures du matin en prononçant le nom de Dieu et, le
bruit s'en étant répandu en ville, on tomba généralement d'accord
que la vieille demoiselle souperait le soir avec les anges du Paradis.

En arrivant en vue des Portes du Ciel, Mlle Borboïë eut un étrange spectacle dont le sens lui échappa d'abord. Les chemins d'accès étaient encombrés par des colonnes de militaires défilant bruyamment entre deux rangées de civils couchés ou assis sur les talus et qui contemplaient les soldats d'un regard sombre et désabusé. Mlle Borboïë trottinait sans inquiétude au flanc de la colonne montante lorsqu'elle s'entendit appeler par son nom. Tournant la tête, elle reconnut, parmi les civils assis au bord de la route, le notaire dont Bobislas avait déshonoré l'épouse. Le bonhomme, qui l'avait précédée dans la tombe d'une quinzaine de jours, vint lui présenter ses compliments et, avec un sourire de bienveillante ironie, s'informa où elle allait de ce pas pressé.

«Je vais, dit-elle, rendre mes comptes.

– Hélas! soupira le notaire, le temps de rendre nos comptes n'est pas près d'arriver.

– C'est vous qui le dites. Je voudrais bien savoir pourquoi on me refuserait...

– La chose est simple et vous n'avez qu'à ouvrir les yeux pour être renseignée. Depuis que la guerre fait rage sur les frontières poldèves, il n'y en a ici que pour les militaires. Ils entrent au Ciel en colonnes par quatre et sans le moindre examen, sans aucune considération des péchés qu'ils ont pu commettre.

– Est-ce possible? murmura la vieille fille. Mais ce serait affreux...

– Rien n'est plus juste, au contraire. Ceux qui meurent pour une cause sacrée ont bien mérité d'entrer au Ciel. C'est justement le cas des soldats poldèves qui, luttant pour le bon droit, ont mis Dieu de leur côté. Et c'est aussi le cas des combattants de Molletonie. On ne nous le disait pas, mais Dieu est avec eux aussi. Tout ça fait beaucoup de monde, et j'ai peur que la guerre dure encore longtemps. Des deux côtés, le moral des troupes est élevé et les généraux n'ont jamais eu autant de génie. Il ne faut pas compter qu'on s'occupe de nous avant la fin de la guerre. Trop heureux encore si nos dossiers n'ont pas été égarés dans la pagaïe.»

Mlle Borboïë fut d'abord très déprimée par les révélations du notaire. Après réflexion, elle douta qu'il eût dit vrai. De son vivant assez honnête homme, il n'avait jamais fait preuve d'un grand zèle pour les choses de la religion et s'était acquis en outre la réputation d'être aussi avare que gourmand. Il n'en faut pas tant pour damner son âme.

Les soldats, à pied ou à cheval, s'engouffraient en chantant sous les resplendissantes Portes du Ciel, dont les abords, largement dégagés, formaient une grande esplanade. Près des Portes et les dominant, saint Pierre, assis sur un nuage, surveillait l'entrée des troupes et en faisait le décompte. Mlle Borboïé, avec l'inconscience de la bonne conscience, gagna hardiment le milieu de l'esplanade. Un archange vint à sa rencontre et lui dit d'une voix infiniment suave qui était déjà comme une musique du Paradis :

« Vieille, retournez-vous-en. Vous savez bien que l'esplanade est interdite aux civils.

– Bel ange, vous ne savez pas qui je suis, sans doute. Je suis Mlle Borboïé, de Cstwertskst. J'ai soixante-huit ans, je suis vierge encore et je crois avoir vécu toujours dans l'amour et dans la crainte du saint nom de Dieu. Le curé de ma paroisse, qui était mon directeur de conscience... »

En étalant innocemment ses titres à l'indulgence du tribunal, elle continuait d'avancer et malgré les protestations de l'archange qui tentait vainement de l'interrompre.

« Mais puisque je vous dis que l'esplanade...

– ... Prière du matin, action de grâces, puis messe de 6 heures par tous les temps. Après la messe, invocation spéciale à saint Joseph et remerciement à la Vierge. Chapelet à 10 heures, suivi de la lecture d'un chapitre des Évangiles. *Benedicite* à midi... »

En dépit des consignes, l'archange ne se défendait plus de lui prêter une oreille attentive. Pour ces créatures célestes, rien n'est plus attachant ni plus passionnant que l'énumération des mérites et des œuvres d'une vieille fille dévote. L'intérêt que nous prenons ici-bas à la lecture d'un roman d'Alexandre Dumas ne nous donne même pas la plus faible idée du frisson d'angoisse délicieuse qui les saisit à l'énoncé de ces mille petits efforts quotidiens vers le bien.

« Écoutez, dit ce bon archange, votre cas me paraît intéressant. Je veux tenter quelque chose pour vous. »

Il conduisit Mlle Borboïé au pied du nuage où trônait saint Pierre et, s'enlevant d'un coup d'aile, alla parler à l'oreille droite du glorieux Porte-Clés qui l'écouta attentivement, sans toutefois quitter du regard le défilé des soldats.

C'était presque chose faite, il allait lever la consigne en faveur de Mlle Borboïé, lorsqu'un autre archange vint lui prendre l'oreille gauche et l'informer que la grande offensive de printemps était commencée sur la frontière poldève. Saint Pierre fit un grand geste qui semblait balayer tous les civils de la création et se mit à rugir des commandements.

Refoulée parmi les civils dans le chemin par où elle était venue, Mlle Borboïé, le cœur plein d'une affreuse angoisse, remontait maintenant le défilé des troupes qui se pressaient déjà plus nombreuses. Fantassins, pionniers, chasseurs, dragons, canonniers, cheminaient dans un ordre approximatif, les armes parfois mêlées, et une haute rumeur montait de cette grande armée en marche. Les gradés criaient des ordres, les soldats chantaient, s'injuriaient d'homme à homme et entre formations, interpellaient les civils, plaisantaient les femmes, et beuglaient en chœur de ces chansons obscènes qui appartiennent aux traditions héroïques. Parfois, un embouteillage bloquait l'interminable file. Les rangs butaient les uns sur les autres et le désordre et l'attente soulevaient des orages d'imprécations sans fin, les artilleurs insultant les fantassins qui s'en prenaient aux dragons ou aux grenadiers. Assourdie par le tintamarre, Mlle Borboïé n'était pas loin de penser qu'elle fût déjà en enfer. Hébétée, elle marchait le long de la route et plus souvent dans le fossé, cherchant parmi la foule des civils apathiques, le notaire de Cstwertskst ou quelque autre personne de connaissance dont la compagnie pût lui être un réconfort dans cette épreuve. Plusieurs fois, il lui arriva de recevoir en pleine face un refrain ignoble, corné à cent voix. Enfin, lasse et désespérée, elle s'assit au revers du fossé, le visage inondé de larmes.

Un engorgement, qui s'était produit à quelque distance dans le défilé des troupes, bloqua un peloton de hussards en face de Mlle Borboïé. Précédant sa troupe, un vieux capitaine à moustache blanche portait fièrement sous son bras sa tête coiffée du colback des hussards et calmait l'impatience de sa monture. Agacé lui-même par l'attente qui se prolongeait, il piqua sa tête au bout de son sabre et l'éleva ainsi à bras tendu pour voir ce qui se passait en avant. Et soudain, une exclamation indignée et retentissante attira l'attention de Mlle Borboïé.

«Tonnerre de Cstwertskst! criait le vieux capitaine. C'est encore ces cochons de tringlots qui ont fait le coup! M'en doutais! Salopards! feignants! Ça monte à cheval comme des gendarmes à pied! M'a foutu des tringlots en Paradis! Pourquoi pas des employés du gaz? Mille tonnerres de Cstwertskst!»

Et tous les hussards de sa suite, dressés sur leurs étriers, se prirent à hurler:

«À bas les tringlots! Tous les tringlots, c'est des salauds! En enfer, les tringlots!»

Quand les voix se furent ainsi accordées, ils entonnèrent un hymne à leur propre gloire et qui commençait ainsi:

Quand le hussard de Cstwertskst
Arrive en garnison
Toutes les filles de Cstwertskst
Se mettent à leurs balcons...

Mlle Borboïé ne pouvait plus douter qu'elle eût devant elle des hussards de la garnison de Cstwertskst. Elle reconnut en effet le vieux capitaine à moustache blanche pour l'avoir vu bien souvent traîner son sabre sur les pavés de la ville. Il avait même une maîtresse, une fille sans mœurs, à laquelle il achetait des fourrures et des robes de soie. La vieille demoiselle frémit en songeant que les Portes du Ciel étaient ouvertes à un homme coupable d'avoir eu une maîtresse. Parcourant les rangs du regard, elle y découvrit encore plusieurs figures de connaissance, celle entre autres, d'un jeune sous-lieutenant, joli comme une fille. Il se plaisait dans la compagnie de beaux garçons comme lui, et l'on rapportait sur son compte des choses qu'elle ne comprenait pas bien, mais qu'elle jugeait suspectes, car les dames en parlaient en baissant la voix. Cela n'empêchait pas qu'il allât droit en Paradis, lui aussi.

Mlle Borboïé en était à examiner les derniers rangs et un grand cri lui échappa, un cri de stupeur indignée. Dans le cavalier qui se tenait en serre-file à la queue du peloton, elle venait de reconnaître son vaurien de neveu Bobislas. Alors, un mouvement de révolte la dressa au bord du fossé. Ce voyou sans cœur et sans honneur, ce bandit, ce débauché cynique adonné aux vices les plus honteux, la gloire du Paradis lui était offerte sans discussion, alors qu'elle-même attendrait des années à la porte pour s'en voir refuser peut-être l'accès. En songeant à sa petite existence de vieille fille, à ses prières et à ses bonnes œuvres, le sentiment de révolte qui emplissait son cœur céda à un découragement profond qui semblait définitif. Cependant, Bobislas l'avait reconnue et poussait son cheval au bord de la route.

«Tiens, dit-il, voilà la vioque! Comme on se retrouve...»

La vioque, expression poldève qui signifie littéralement la vieille, comporte une intention péjorative des plus irrespectueuses. Sur les lèvres de Bobislas, elle n'allait pas sans quelque rancune.

«C'est drôle qu'on soit crevé tous les deux en même temps, poursuivit-il. Comme vous voyez, je n'ai pas si mal tourné que vous vouliez bien le dire. Cette fois, mon avenir est assuré. À ce que je crois comprendre, vous ne pouvez pas en dire autant, hein?»

Mlle Borboïé ne put supporter la cruauté de cette ironie et cacha son visage dans ses mains pour pleurer. Alors, Bobislas s'attendrit et lui dit avec un accent de bonté :

« Allons, ne pleurez pas. Au fond, je ne suis pas si mauvais cheval que j'en ai l'air. Tenez, je m'en vais vous tirer d'ennui. Montez derrière moi. »

Mlle Borboïé hésitait à comprendre, mais comme la colonne était sur le point de s'ébranler, Bobislas se pencha et, la prenant dans ses bras, l'installa à califourchon derrière lui.

« Prenez-moi par la taille et serrez-moi bien, et n'ayez pas peur de montrer vos cuisses. On n'en perdra pas la vue, allez. À part ça, qu'est-ce qu'il y a de nouveau à Cstwertskst ?

– Le notaire est mort. Je l'ai aperçu tout à l'heure au bord de la route.

– Pauvre type. Je lui avais pourtant violé sa femme, vous vous rappelez ? »

Mlle Borboïé était loin d'être à l'aise et se demandait si elle n'allait pas prier Bobislas de la laisser descendre. Pour une vieille demoiselle munie des sacrements de l'Église, c'était une étrange situation que de se trouver chevauchant en croupe d'un hussard, au milieu d'une troupe de soudards qui riaient de la voir en cet appareil. Mais ce n'était pas le pire, il s'en fallait de loin. Quand on a derrière soi toute une vie consommée dans la recherche des perfections chrétiennes, c'est une honte bien cuisante de devoir son salut à un sacripant souillé des péchés les plus noirs. Et c'en est une autre non moins cuisante de se dire qu'on entre au Ciel par ruse et par artifice. « Pas vu, pas pris, disait Bobislas. Serrez-moi bien. »

« Les desseins de la Providence sont impénétrables », songeait Mlle Borboïé avec un soupçon d'hypocrisie. Les chevaux allaient au petit pas et des haltes fréquentes prolongeaient encore son supplice. Enfin, la troupe des cavaliers déboucha sur l'esplanade, face aux Portes du Ciel. Les trompettes célestes attaquèrent la marche des hussards de Cstwertskst, et la tête du peloton s'engagea sous la voûte. Trônant sur son nuage, saint Pierre surveillait l'entrée d'un œil vigilant.

« Faites-vous toute petite », souffla Bobislas.

La recommandation était superflue. Ratatinée par la honte et par la frayeur, Mlle Borboïé, dans ses vêtements noirs, ressemblait à un paquet de hardes oublié sur la croupe du cheval. Déjà la bête atteignait à la porte et y engageait l'encolure, mais, venant du nuage, une grande voix l'empêcha d'aller plus avant :

«Hé là, militaire, arrêtez! s'écriait saint Pierre. Qu'est-ce que c'est que cette femme que vous avez prise en croupe?»

De terreur, la vieille fille, qui ne se soutenait plus, faillit choir à bas de la monture. Le cavalier Bobislas se souleva légèrement sur ses étriers et, d'un mouvement aisé, se tournant à saint Pierre avec une inclination du colback, répondit d'une voix mâle et pleine d'assurance:

«C'est la catin du régiment!

– Ah! bon... Passez...»

Mlle Borboïé dévora dans un sanglot cette humiliation suprême, mais, la seconde d'après, elle n'y pensa plus, car elle était déjà entrée au Royaume de Dieu, où les pourquoi et les comment ne signifient plus rien du tout.

LE PERCEPTEUR D'ÉPOUSES

*I*l y avait dans la petite ville de Nangicourt, un percepteur nommé Gauthier-Lenoir, qui avait du mal à payer ses impôts. Sa femme dépensait beaucoup d'argent chez le coiffeur et la couturière, à cause d'un joli lieutenant du train des équipages qui passait tous les matins à cheval devant sa maison et qu'elle croisait plusieurs fois dans l'après-midi sur les trottoirs de la Grand-rue. Mme Gauthier-Lenoir était du reste une épouse fidèle qui n'avait presque pas de mauvaises pensées. Simplement, il lui plaisait d'imaginer l'adultère avec un jeune homme bien fait, bien vêtu et de savoir que de telles imaginations n'avaient rien de chimérique, mais au contraire. Le plus grand coiffeur de Nangicourt lui faisait chaque semaine un shampoing et une mise en plis qui revenaient ensemble à dix-sept francs, sans compter la friction ni la coupe, ni l'indéfrisable quand échéait. Mais les dépenses les plus lourdes allaient au chapitre des robes, tailleurs et manteaux, car ils sortaient tous de chez Mme Legris de la rue Ragondin (Léonard Ragondin, né à Nangicourt en 1807, poète délicat, auteur de *Feuillages enamourés* et de *Odes à cousine Lucie*, maire de la ville pendant la guerre de 1870-1871. On lui doit la création du musée de peinture. Archéologue distingué, la fin de sa vie fut attristée par la fameuse querelle que lui fit le professeur J. Pontet, à propos des ruines de la tour Alibienne. Mort en 1886, son buste en pierre, dû au ciseau du sculpteur nangicourtin Jalibier, se remarque sur la place de la Défense où débouche la rue qui porte aujourd'hui son nom), de chez Mme Legris qui habillait les dames de l'aristocratie de Nangicourt. N'étant point aristocrate, le percepteur réglait les factures de la couturière dans la semaine même qu'il les recevait, en sorte qu'il se trouvait toujours démuni quand arrivait la saison des impôts.

Pourtant, il ne se plaignait jamais à sa femme qu'elle lui fît trop de dépense. Il avait même une façon aimable de regarder ses toilettes,

Première publication dans Candide, *9 novembre 1938.*

qui pouvait s'interpréter comme un encouragement. C'était un homme de trente-sept ans qui mesurait 1 m 71 de haut et 0 m 85 pour le tour de poitrine, avait des cheveux noirs, un visage ovale, des yeux marron, un nez moyen, une moustache noire, et un grain de beauté sur la joue, planté de poils durs, trop haut pour qu'il eût intérêt à porter la barbe. Sa profession l'occupait beaucoup, en dehors même des heures de travail, et les difficultés qu'il avait ordinairement à payer ses propres impôts lui donnaient de la compassion pour le commun des contribuables. Il les accueillait avec bonté dans les bureaux de la perception, leur accordant volontiers des délais pour acquitter leurs redevances. «Je ne vous mets pas le couteau sur la gorge, disait-il, faites ce que vous pourrez. Après tout, personne n'est tenu à l'impossible», parfois même se laissant aller à soupirer : «Ah! s'il ne tenait qu'à moi…» Les contribuables entendaient à merveille ce langage affable et ne se pressaient pas de payer. Certains d'entre eux, qui vivaient fort tranquillement, étaient en retard de plusieurs années avec le fisc. Ceux-là, le percepteur les aimait plus que les autres. Il les admirait secrètement et en parlait avec tendresse. N'étant toutefois qu'un rouage de la machine administrative, il était bien obligé d'envoyer des sommations et d'avoir recours à l'huissier. Il en avait le cœur déchiré. Lorsqu'il se décidait à expédier un avertissement avec frais, il y joignait presque toujours une petite lettre aimable pour atténuer, dans la mesure du possible, la rigueur des formules administratives. Même, il lui arrivait d'être pris d'un remords et, au sortir de son bureau, de se rendre chez quelque contribuable pour lui dire avec un bon sourire : «Demain, vous allez recevoir un avertissement, mais vous savez, n'y faites pas trop attention. Je peux très bien attendre encore un peu.»

Dans toute la ville de Nangicourt, un seul homme s'était attiré, au titre de contribuable, l'hostilité du percepteur. C'était M. Rebuffaud, le riche propriétaire qui habitait la belle maison de la rue Moinet (Melchior Moinet, né à Nangicourt en 1852. Il fit ses études d'architecte à Paris et revint s'établir dans sa ville natale. On lui doit, entre autres monuments, la caisse d'épargne et la halle aux grains. Mort en 1911, d'un accident de chasse). Ce M. Rebuffaud était toujours le premier à payer ses impôts. Le matin même où il recevait sa feuille de contributions, il était à la perception et lançait d'une voix enjouée : «Monsieur Gauthier-Lenoir, je viens régler ma petite affaire. Chacun son dû, n'est-ce pas? Moi, je n'aime pas les choses qui traînent.» Tirant d'un portefeuille une soixantaine de billets de mille, il comptait à haute voix, un, deux, trois, quatre, jusqu'à soixante et quelques, passait aux billets de cent, faisait l'appoint en monnaie, empochait son reçu et, quêtant un mot d'approbation, disait avec le sourire content d'un homme en règle avec sa conscience : « Me voilà débarrassé jusqu'à l'année prochaine. » Mais le percepteur ne sut jamais se contraindre à une parole aimable. Il saluait froidement, se remettait à ses paperasses et, quand l'autre tournait les talons, le regardait d'un air hargneux s'éloigner vers la porte.

Une année, c'était en 1938, le percepteur eut de graves soucis d'argent. Il s'était passé telle chose : un jour qu'elle allait par la Grandrue, qu'on appelle aussi rue Grande, Mme Gauthier-Lenoir avait vu le lieutenant du train des équipages marchant sur les talons d'une jeune veuve qu'il déshabillait (il n'y a pas d'autre mot) du regard. Le lendemain, ayant fait savoir au lieutenant, par une lettre anonyme, que la jeune veuve était atteinte d'une maladie vénérienne, elle se rendait chez Mme Legris pour lui commander une robe couleur du temps, une robe en lainage façon sport, un tailleur de tweed, un tailleur en crêpe de Chine avec un assortiment de blouses et un paletot de couleur réséda à poches rapportées. Pour faire face à ces dépenses, le percepteur dut engager une certaine somme qu'il avait économisée en prévision des impôts. Il n'en fut pas trop alarmé. Tous les ans, il se constituait ainsi une réserve qui se trouvait dissipée avant l'août. Il observa simplement que les choses avaient marché plus vite qu'à l'ordinaire et voulut espérer que sa femme avait fait provision de robes pour une année au moins. Un mois plus tard, elle achetait six combinaisons de soie, quatre pyjamas de soie, six culottes de soie, six soutien-gorge de soie, deux ceintures d'un tissu soyeux et caoutchouté, douze paires de bas de soie et deux paires de mules, l'une rose et l'autre blanche.

Un soir d'octobre, le percepteur quitta son bureau avec un visage douloureux. La pluie commençait à tomber lorsqu'il déboucha sur la place de la Bornebelle (Étienne de la Bornebelle, né au château de la Bornebelle en 1377. Il défendit, en 1413, la ville de Nangicourt assiégée par les Bourguignons et jura de mourir plutôt que de se rendre. En effet, il ne capitula que le dix-huitième jour du siège, les vivres étant épuisés. Mourut à Paris en 1462). La place était vivement éclairée par la lumière des boutiques. Le percepteur se dirigea vers les bâtiments de la poste, à l'angle de la Grand-rue et s'arrêtant devant la boîte aux lettres, il prit dans sa poche un rectangle de papier vert dont il relut plusieurs fois la suscription. C'était une sommation sans frais qu'il s'envoyait à lui-même. Après un temps d'hésitation, il la mit à la boîte et, prenant dans une autre poche un paquet de sommations destinées à d'autres contribuables, il les envoya rejoindre la sienne.

La pluie tombait plus serrée. La fièvre au front, le percepteur regardait le mouvement de la place, les parapluies dansant sur les trottoirs, les autos ralenties sur le pavé luisant. De la ville mouillée montait dans le soir une rumeur enveloppée qu'il entendait comme la plainte des contribuables sommés. Parmi les passants qui se hâtaient, il aperçut un homme en train de courir, le col du veston relevé, et reconnut le pâtissier Planchon auquel il venait d'envoyer une sommation. Dans un élan de solidarité, il se mit à courir lui-même et, à la suite de Planchon, entra au café du Centre. Une vingtaine de consommateurs bavardaient ou jouaient aux cartes dans la grande salle. Il s'assit à côté du pâtissier et lui serra la main avec une intention chaleureuse que l'autre ne parut pas bien comprendre, car il répondit par un bonjour distrait, fort indifférent, et se mit à regarder les hommes de la table voisine qui jouaient au piquet. À côté de la table des joueurs et assis sur une chaise, M. Rebuffaud, le contribuable empressé, suivait également la partie en tirant des bouffées de sa pipe. La présence de cet homme irréprochable rendit plus sensible au percepteur le mauvais sort des citoyens harcelés par le fisc. Il se pencha sur Planchon et lui dit à mi-voix :

«Je vous ai vu entrer au Centre. J'ai couru derrière vous. Je voulais vous prévenir que je vous ai envoyé un avertissement sans frais. Comprenez bien que si je vous l'ai envoyé, c'est que j'y étais obligé. Mais surtout, ne vous tourmentez pas trop...»

Planchon fut visiblement contrarié. Il médita la chose un moment et dit à haute voix :

«Alors, comme ça, vous m'envoyez un avertissement ?

– Que voulez-vous ! Il y a un règlement auquel je suis bien obligé de me soumettre. Ce n'est pas de gaieté de cœur.»

Et le percepteur ajouta avec modestie :

«Je suis même tenu doublement de m'y soumettre, car moi aussi, je suis contribuable.»

Planchon ne saisit pas l'occasion fraternelle qui naissait de ce rapprochement. Du reste, s'il ne doutait pas absolument que le percepteur payât des impôts, au moins soupçonnait-il que sa situation lui offrait des facilités suspectes. Se tournant à la table des joueurs, il dit avec amertume :

«Bonne nouvelle ! Je reçois un avertissement du percepteur !»

Du coup, la partie de piquet se mit à mollir. Les joueurs regardaient le percepteur avec méfiance et l'un d'eux lui demanda :

«Probablement que je ne vais pas tarder à en recevoir un aussi?»
Le silence discret de l'interpellé équivalait à un aveu. Le joueur eut
une grimace ennuyée.
«Rien à faire. Il va falloir y passer.»
Il semblait d'ailleurs se résigner facilement à l'idée de cette
échéance. Planchon lui-même n'était pas homme à se ronger les
sangs à propos d'un avertissement, mais tous deux avaient senti passer le vent de la contrainte et, sans y penser, se tenaient sur la défensive. Aux tables d'alentour, les consommateurs faisaient écho à
leurs propos et parlaient avec une certaine acrimonie des exigences
du fisc, sans toutefois s'en prendre directement au percepteur. Rien,
dans les répliques qu'ils échangeaient, ne lui permettait de placer un
mot qui pût le disculper. La réprobation était sous-entendue ou plutôt, elle allait de soi. Fonctionnaire de l'impôt, on le tenait évidemment pour complice des rigueurs du fisc et la prudence seule
empêchait peut-être qu'on lui en fît le reproche précis.
Le percepteur souffrait en silence l'outrage de cette confusion. Il
aurait voulu faire état de ses propres angoisses de contribuable,
communier avec ces gens hostiles dans un sentiment de révolte, tout
au moins d'inquiétude, à l'égard de la machine fiscale, et le poids de
sa fonction l'étouffait. M. Rebuffaud la tête rejetée en arrière, tétait
le tuyau de sa pipe qu'il tenait à deux mains et écoutait en silence
les récriminations des voisins. Ses yeux brillaient d'une flamme
d'ironie et à chaque instant cherchaient le regard du percepteur
pour y surprendre le reflet de ses propres pensées et le signal d'une
action concertée. Mais le percepteur ne le voyait même pas et restait
ignorant de la sympathie muette que lui offrait M. Rebuffaud.
Celui-ci ne put le supporter. Une réflexion de Planchon touchant la
gabegie dans l'État et qui lui parut plus subversive que les autres, lui
fournit l'occasion d'intervenir. Il le fit posément, avec un sourire cordial à l'adresse du percepteur. Il représenta très bien que l'impôt
était pour la nation une nécessité vitale et que les citoyens ne sauraient s'y soustraire sans porter atteinte à leurs intérêts. Il établit
clairement, à l'intention de Planchon, que le commerce de la pâtisserie, pour ne prendre qu'un exemple, devait sa prospérité à une fiscalité vigilante, car, dit-il, si l'État ne disposait pas des fonds
nécessaires à l'entretien des églises, celles-ci tomberaient en ruines,
et si les fidèles ne pouvaient plus aller à l'église le dimanche, comment pourraient-ils acheter une tarte ou un saint-honoré en sortant
de la messe? Et M. Rebuffaud conclut en louant le zèle de ces
modestes collecteurs de l'impôt, qui assuraient le bon fonctionne-

ment du corps social. Avant de reprendre la pipe aux dents, il regarda le percepteur avec un sourire attendri et complice. Gauthier-Lenoir en eut une sueur de honte et devint très rouge. La sympathie et l'appui de M. Rebuffaud emplissaient son cœur d'amertume. Une protestation véhémente gonflait sa poitrine et s'arrêtait à son gosier, sa conscience professionnelle lui interdisant de s'élever contre les paroles si pleines de raison que venait de prononcer le modèle des contribuables.

Les voisins avaient écouté M. Rebuffaud avec une attention déférente. L'importance de l'homme, la considération qui lui était due, donnaient du poids à ses discours et, s'ils ne convainquaient personne, leur épargnaient la contradiction. Il se fit un silence conciliateur et Planchon, pour témoigner que l'intervention de M. Rebuffaud n'avait pas été vaine, demanda aimablement au percepteur ce qu'il voulait boire. Le percepteur se déroba assez maladroitement, salua à la ronde d'un bredouillement timide et s'éloigna avec la gêne de sentir peser sur ses épaules des regards étonnés et ironiquement bienveillants.

Quittant la place de la Bornebelle où passaient encore des parapluies, le percepteur s'engagea dans une rue déserte. Insoucieux de la pluie, il revivait les menus épisodes de sa halte au café du Centre. Les sentiments de violence qui avaient failli l'animer contre M. Rebuffaud lui paraissaient difficilement explicables par l'antipathie que lui inspirait cet homme. Il y devinait des raisons d'un autre ordre, mais le respect de sa fonction l'empêchait encore de se livrer à un examen plus approfondi. Ces raisons lui semblaient devoir être si redoutables pour sa tranquillité qu'il s'efforça de n'y plus songer. Il crut trouver une diversion dans les soucis de sa vie domestique et n'aboutit qu'à poser la question par un autre bout. Ses embarras d'argent lui remirent en mémoire l'avertissement qu'il venait de jeter à la poste et qui le toucherait au lendemain matin. Cette menace cheminant lentement dans la nuit était une chose étrange qui n'allait pas sans ironie. C'était un peu comme une surprise que le percepteur se ménageait à lui-même. Au lieu de mettre l'avertissement à la poste, il aurait pu tout aussi bien le glisser dans sa poche en se tenant pour averti, mais il avait voulu s'accorder ce répit illusoire d'une nuit. Et, tandis qu'il allait par les ruelles obscures, il se surprenait à espérer un retard de la poste comme si un tel retard, à supposer même qu'il se produisît, dût changer rien à sa situation.

En y réfléchissant, il découvrit justement le sens de la protestation véhémente et muette qui s'était élevée dans son cœur contre l'attitude de M. Rebuffaud. Cet homme heureux et ponctuel, qui payait ses contributions sans attendre un jour ni une heure, ne se ménageait jamais de fausse surprise. En réglant son dû séance tenante ou presque, il ne s'exposait pas, comme le commun des contribuables, à oublier volontairement la menace de l'impôt et n'encourait aucun des risques que pouvait comporter pareil oubli. La notion de devoir, s'agît-il de devoir fiscal, était inséparable, dans l'esprit du percepteur, de l'idée de tentation, d'hésitation, de retour, de péril. En n'exigeant pas immédiatement le paiement de l'impôt, le fisc accordait au contribuable une sorte de libre arbitre du porte-monnaie, un temps d'épreuve pendant lequel il pouvait commettre des imprudences, consacrer l'argent des contributions à des œuvres mauvaises, mais aussi triompher de toutes les tentations et accomplir pleinement son devoir fiscal. Par le fait même qu'il payait comptant, M. Rebuffaud se dérobait à ces triomphes austères et n'accomplissait qu'une partie de son devoir, la plus infime, la plus négligeable. «Le cochon, murmura Gauthier-Lenoir, je m'en doutais. J'avais toujours pensé que cet homme-là ne faisait pas son devoir de contribuable.» Cependant, il avait quitté les ruelles et apercevait le bec électrique du boulevard Wilson (Woodrow Wilson, né à Stanton, Virginie, en 1856. Candidat démocrate à la présidence des États-Unis, il fut élu en 1912 et réélu en 1916. Auteur des quatorze points, il mourut à Washington en 1924), qui éclairait la petite maison aux frêles murailles d'aggloméré où il demeurait.

Le lendemain matin, le percepteur prenait son petit déjeuner en compagnie de sa femme, lorsque le facteur apporta l'avertissement. Il le déplia et dit d'une voix blanche:

«Je reçois un avertissement d'avoir à payer mes impôts avant le 1er novembre.

– Un avertissement? s'étonna l'épouse. Mais qui l'a envoyé?

– Le percepteur... Cette année, je suis en retard...

– Comment? tu t'envoies un avertissement? C'est stupide.

– Je ne vois pas pourquoi je ne m'enverrais pas d'avertissement. Tu ne penses pas que je vais profiter de ma situation pour m'accorder un traitement de faveur? Je suis contribuable comme les autres.»

Gauthier-Lenoir eut une flamme d'orgueil dans les yeux et répéta: «Comme les autres.»

L'épouse ne fit que hausser les épaules. Elle croyait deviner que cet avertissement n'avait été mis à la poste que pour servir de prétexte à une exhortation de Gauthier-Lenoir à l'économie et aux restrictions. Elle se mit en position d'écouter le sermon, mais ne voyant rien venir, elle eut un mouvement de pitié et rompit le silence.

«J'ai beaucoup dépensé pour mes robes, beaucoup trop. Je t'en demande pardon.

– Mais non, protesta le percepteur. Il faut bien s'habiller. Tu n'as fait aucune dépense inutile.»

Mme Gauthier-Lenoir soupira et, touché par ses regrets, il l'embrassa tendrement avant de partir pour son bureau. Restée seule, elle poussa fiévreusement des préparatifs commencés la veille, puis, vers 10 heures du matin, elle monta sur le rebord de la fenêtre donnant boulevard Wilson. Comme le lieutenant du train des équipages passait à cheval, elle sauta en croupe derrière lui, une valise à la main, un carton à chapeau dans l'autre, et, donnant de ses quatre talons dans les flancs de la bête, le couple partit au galop pour une garnison profonde d'un département de l'Est, et jamais plus à Nangicourt on n'entendit parler de Mme Gauthier-Lenoir. En rentrant à midi, le percepteur fut informé de l'événement par un billet ainsi conçu : «Je pars pour toujours avec celui que mon cœur aime.» Il pleura beaucoup ce jour-là et aussi les suivants et perdit le sommeil avec l'appétit, de telle sorte qu'il se mit à dépérir et qu'il lui vint dans la tête une grande fatigue et toutes sortes d'idées étranges. Il croyait que sa femme lui avait été prise par le fisc et il accusait celui-ci d'avoir fait une saisie-arrêt sur son épouse sans aucune sommation préalable. À plusieurs reprises, il s'adressa à lui-même, en tant que représentant du fisc, des réclamations à ce sujet, auxquelles il fut répondu, de sa propre plume, que l'affaire serait examinée par qui de droit. Mal satisfait par ces réponses qui lui paraissaient évasives, il décida de se faire une visite à la perception. Un matin donc, il arriva au bureau un peu avant 9 heures et se rendit directement dans une petite pièce où il accueillait d'ordinaire les contribuables qui avaient quelque sursis à solliciter. Le chapeau à la main, il s'assit sur la chaise réservée aux visiteurs, face au fauteuil de bois verni clair, dont il était séparé par une table, et parla ainsi :

«Monsieur le percepteur, je vous ai adressé trois réclamations à propos de la saisie dont ma femme a été l'objet en octobre dernier. Après avoir étudié vos réponses, j'ai pensé qu'un entretien avec vous était nécessaire à l'éclaircissement de mon affaire. Notez que, sur le fond, je ne conteste rien. Je ne fais naturellement aucune difficulté à reconnaître que le fisc est en droit de me prendre ma femme. J'insiste sur ce point, monsieur le percepteur. Je ne voudrais pas qu'on pût me soupçonner de m'ériger en juge ou en critique. Certes, j'ai aimé. J'aime encore passionnément ma femme, mais enfin, l'idée ne me serait jamais venue de me soustraire à cette nouvelle exigence du fisc. Il suffit qu'il ait décidé. Je n'ai pas à entrer dans ses raisons. Si les contribuables lui disputaient la disposition de leurs épouses, ils pourraient aussi bien lui refuser l'impôt en espèces et alors, où irions-nous? Non, ce qui me heurte en cette affaire, je le répète, ce n'est pas la nature un peu exceptionnelle de la contribution, mais que les formes légales n'aient pas été respectées. En effet, monsieur le percepteur, et ceci est de votre ressort, je n'ai reçu aucun avertissement avec ou sans frais, d'avoir à verser ma femme aux guichets de la perception, et nul commandement d'huissier n'est venu précéder la saisie-arrêt. Sans parler de l'atteinte ainsi portée à mon honorabilité de contribuable, j'ai été gravement lésé dans mon affection. J'eusse pu jouir de ma femme quelques semaines encore si les délais normaux consentis par l'avertissement avaient joué comme il devait. Mais encore une fois, cet avertissement, je ne l'ai pas eu. L'irrégularité est flagrante. En conséquence, monsieur le percepteur, j'ose espérer que vous ne trouverez pas mauvais que je demande réparation à l'administration responsable.»

Là-dessus, Gauthier-Lenoir se leva, posa son chapeau sur la chaise et, passant de l'autre côté de la table, prit place dans le fauteuil perceptorial. Après une courte méditation, il répondit d'un ton conciliant:
«Mon cher monsieur Gauthier-Lenoir, je ne nierai pas qu'en tout ceci, des irrégularités aient été commises. S'agit-il d'un oubli, d'une erreur volontaire? L'enquête seule pourrait l'établir. Mais cette enquête à laquelle vous avez droit, je vous demande instamment de ne pas l'exiger. Les ennuis qui en résulteraient pour notre administration seraient d'une complication infinie et tels qu'ils pourraient compromettre son autorité. Les journaux de l'opposition, toujours prêts à crier au scandale, ne manqueraient pas de s'emparer de l'affaire, et cela, monsieur Gauthier-Lenoir, vous ne le voudrez pas, votre patriotisme fiscal ne s'y résoudra pas. Et, d'ailleurs, quel bénéfice en auriez-vous? Je sais, vous êtes en droit d'espérer qu'on vous rende votre femme pour cinq ou six semaines. Mais vous connaissez la lenteur de ces sortes d'instances. Avant d'aboutir, des années, des dizaines d'années auront passé. Quand l'épouse vous reviendra, pour quelques semaines seulement, ne l'oublions pas, elle sera ridée, toute vieille, édentée, la peau grise et le cheveu rare. Vaut-il pas mieux rester sur le souvenir d'une femme jeune et jolie? Allons, vous voyez bien. Et puis, vous êtes fonctionnaire, que diable, vous devez montrer l'exemple du courage fiscal. À ce propos, je veux vous dire que les observations de votre dernière lettre, touchant l'inégalité de traitement, tolérée par le fisc, entre M. Rebuffaud et vous-

même, m'ont paru fort raisonnables. Il est bien vrai que ce M. Rebuffaud s'acquitte fort mal de ses obligations de contribuable, et je vous remercie d'avoir attiré mon attention sur ce point, car je me propose d'y mettre bon ordre.»

Quittant son fauteuil, le percepteur prit le chapeau sur la chaise où il l'avait posé et alla le suspendre au portemanteau. L'entretien était terminé.

Le lendemain matin, M. Rebuffaud se présentait à la perception. Il tenait un papier à la main et semblait assez ému. Le percepteur l'accueillit plus courtoisement qu'à l'ordinaire et lui demanda, avec bonté, l'objet de sa visite.

«C'est incroyable, répondit le visiteur en lui tendant son papier. Je reçois un avertissement d'avoir à verser ma femme à vos guichets avant le 15 novembre de cette année 1938. Ce ne peut être qu'une erreur.

– Voyons. Ce premier avertissement serait-il avec frais?

– Non, il est sans frais.

– Tout est donc parfaitement régulier», dit le percepteur avec un paisible sourire.

M. Rebuffaud en fut d'abord interloqué et ouvrit de grands yeux. Enfin, il réussit à bégayer:

«C'est inouï! me prendre ma femme! On n'a pas le droit.

– Que voulez-vous, ce sont les nouvelles dispositions fiscales. Oh! je sais. C'est dur. C'est très dur.

– Je n'en reviens pas, dit M. Rebuffaud. Me prendre ma femme! Et pourquoi à moi?

– Hélas! vous n'êtes pas le seul à qui l'on ait demandé pareil sacrifice. D'autres que vous ont reçu ce matin leur avertissement. Moi-même, j'ai déjà versé mon épouse. C'est extrêmement pénible. Mais quoi, il faut bien se résigner. Nous vivons dans une époque cruelle.

– Tout de même, fit M. Rebuffaud. Oui, tout de même! Moi qui ai toujours été si exact à payer mes impôts...

– Précisément, monsieur Rebuffaud. Connaissant votre exactitude, le fisc n'a pas hésité à vous inscrire des premiers. Mais, pour cette fois, si je puis vous donner un avis, ne vous pressez pas trop de payer. Profitez du délai qui vous est imparti.»

M. Rebuffaud hocha la tête et resta songeur. L'affaire lui paraissait déjà moins extravagante. L'exemple du percepteur, l'assurance donnée que d'autres contribuables connaissaient la même épreuve, lui rendaient presque acceptable l'idée d'abandonner sa femme au fisc. Il en vint à s'attendrir sur lui-même en songeant à la grandeur de son sacrifice, tant qu'à s'admirer, une chaleur d'héroïsme lui monta aux joues. Enfin, pour tout dire, sa femme était d'un caractère maussade et n'avait jamais été jolie. Au fond de lui-même et sans se l'avouer, il y renonçait assez facilement. En serrant la main du percepteur, il poussa un soupir qu'il força un peu.

«Il faut avoir du courage, dit le percepteur.

– Je ferai de mon mieux», répondit M. Rebuffaud en s'éloignant.

Tandis qu'il descendait la rue Lefinat (Hubert Lefinat, né en 1860 à Nangicourt. Bienfaiteur de la ville. Dota l'hôpital de trois lits et légua à la ville par testament une partie de sa propriété devenue l'actuelle promenade du Bord-de-l'Eau, où lui a été érigée une statue en bronze. Mort à Nangicourt en 1923), M. Rebuffaud songeait avec curiosité à ce que devaient être les réactions des contribuables frappés par cette nouvelle mesure. Il se promena dans la ville sans rien observer d'anormal. Le soir, au café du Centre, il se trouva parmi les buveurs une demi-douzaine d'hommes qui avaient reçu un avertissement et M. Rebuffaud entendit, certes, d'amères récriminations contre la férocité du fisc, mais le ton de cette réprobation restait morne. L'atmosphère était aux jérémiades plutôt qu'à la révolte. Les hommes buvaient plus qu'à l'ordinaire et à l'heure du dîner, plusieurs étaient saouls. Le pâtissier Planchon, veuf de l'année précédente, tentait sans succès d'exciter les contribuables à se rebeller. «Vous n'allez tout de même pas donner votre femme? dit-il au quincaillier Petit. – Puisqu'il faut», répondit Petit, et d'autres répétèrent après lui: «Puisqu'il faut.» Le matin du 15 novembre, une trentaine de couples faisaient la queue à la porte de la perception, chaque contribuable donnant le bras à l'épouse qu'il allait verser au guichet. Les visages étaient empreints d'une résignation douloureuse. On ne parlait guère et seulement à voix basse, pour échanger une dernière promesse. À l'intérieur, le percepteur, assisté d'un commis, procédait à l'encaissement des épouses. La salle était séparée en deux compartiments par une cloison basse. Penché sur un grand livre, le commis inscrivait les renseignements utiles sur le couple qui se présentait au guichet, et il préparait un reçu. Le percepteur faisait passer l'épouse de l'autre côté de la cloison, délivrait un reçu à l'époux et le congédiait avec une parole de compassion. Les femmes, devenues la propriété du fisc, formaient un groupe silencieux dans le compartiment interdit au public et regardaient entrer les contribuables dont les épouses allaient grossir leur morose troupeau.

Vers 11 heures, une automobile se trouva arrêtée devant la perception par un attroupement. Le hasard avait voulu que ce jour-là, le ministre des Contributions, accompagné de son chef de cabinet, passât par la ville de Nangicourt pour se rendre dans la circonscription dont il était député. Regardant par la portière, il fut surpris d'une telle affluence à la porte d'une perception et eut la curiosité d'aller s'informer.

Le percepteur accueillit sans embarras le ministre et son chef de cabinet. Il s'excusa de les recevoir au milieu d'une si grande foule de contribuables et ajouta en souriant :

« Mais je n'ose pas le regretter. C'est le signe que l'impôt rentre bien. Voyez, monsieur le ministre, j'ai déjà perçu vingt-cinq épouses. »

Le ministre et le chef de cabinet se regardèrent avec ébahissement. Questionné, le percepteur fournit toutes les explications désirables. Quand il eut fini, le chef de cabinet se pencha vers le ministre et dit à voix basse : « Il est complètement fou.

– Hé, hé ! fit le ministre des Contributions. Hé, hé ! »

L'air vivement intéressé, il examinait le troupeau de femmes perçues et, considérant les plus jolies, songeait qu'il y avait là pour l'État une source de revenus peut-être importants. Il ne lui échappait pas non plus que beaucoup d'entre elles, par une inconséquence bien féminine, s'étaient rendues à l'appel du percepteur avec leurs plus beaux bijoux. Un long moment, il resta tout pensif. Respectueux de sa méditation et comprenant déjà les pensées qui l'agitaient, le chef de cabinet regardait les couples qui attendaient patiemment la fin de la diversion ministérielle pour aborder au guichet.

« Quelle admirable discipline chez tous ces braves gens, fit-il observer.

– En effet, murmura le ministre. J'en suis même très frappé. »

Les deux hommes échangèrent un regard chargé de sens. Après quoi, le ministre serra chaleureusement la main du percepteur et, jetant un dernier coup d'œil aux épouses du fisc, regagna son automobile.

Le surlendemain de ce jour mémorable, on apprenait que Gauthier-Lenoir était promu percepteur de première classe. À mots couverts, le ministre des Contributions parlait d'un vaste projet qui eût été une innovation complète en matière de fiscalité. Mais la guerre est arrivée.

LES BOTTES DE SEPT LIEUES

*G*ermaine Buge quitta l'appartement de Mlle Larrisson, où elle venait de faire deux heures de «ménage à fond», sous le regard critique de la vieille fille. Il était 4 heures de décembre et depuis deux jours, il gelait. Son manteau la protégeait mal. Il était d'une étoffe mince, laine et coton, mais l'usure l'avait réduit à n'être plus guère qu'une apparence. La bise d'hiver le traversait comme un grillage en fil de fer. Peut-être même traversait-il Germaine qui semblait n'avoir pas beaucoup plus d'épaisseur ni de réalité que son manteau. C'était une ombre frêle, au petit visage étroit tout en soucis, un de ces êtres dont la misère et l'effacement ressemblent à une charité du destin, comme s'ils ne pouvaient subsister qu'en raison du peu de prise qu'ils donnent à la vie. Dans la rue, les hommes ne la voyaient pas, et rarement les femmes. Les commerçants ne retenaient pas son nom et les gens qui l'employaient étaient à peu près seuls à la connaître.

Germaine se hâta dans la montée de la rue Lamarck. En arrivant au coin de la rue du Mont-Cenis, elle rencontra quelques écoliers qui dévalaient la pente en courant. Mais la sortie ne faisait que commencer. Devant l'école, au pied du grand escalier de pierre qui escalade la colline Montmartre, les enfants délivrés formaient une troupe bruyante et encore compacte. Germaine se posta au coin de la rue Paul-Féval et chercha Antoine du regard. En quelques minutes, les écoliers se furent éparpillés et répandus dans les rues et elle s'inquiéta de ne pas voir son fils. Bientôt, il ne resta plus devant l'école qu'un groupe d'une demi-douzaine d'enfants qui parlaient sport. Ayant à se rendre dans des directions différentes, ils retardaient le moment de se séparer. Germaine s'approcha et leur demanda s'ils connaissaient Antoine Buge et s'ils l'avaient vu. Le plus petit, qui devait être de son âge, dit en ôtant sa casquette :

Première publication dans Candide, *29 mai 1940; également reprise dans le recueil* Enjambées, *Gallimard, 1967.*

«Buge? Oui, moi je le connais. Je ne l'ai pas vu partir, mais je sais qu'il est sorti avec Frioulat dans les premiers.»

Germaine demeura encore une minute et, déçue, revint sur ses pas. Cependant, de l'autre bout de la rue Paul-Féval, Antoine avait assisté à l'attente de sa mère. Il en avait eu un serrement de cœur et s'était senti coupable. Mieux, au milieu du groupe où il se dissimulait, il s'était demandé à haute voix s'il ne devait pas la rejoindre.

«Fais comme tu veux, avait répondu sèchement Frioulat. On est toujours libre de se dégonfler. Tu ne feras plus partie de la bande, voilà tout.»

Vaincu, Antoine était resté. Il n'avait pas envie de passer pour un dégonflé. D'autre part, il tenait beaucoup à faire partie de la bande, bien que l'autorité du chef se fît parfois sentir lourdement. Frioulat, c'était un type formidable. Pas plus grand qu'Antoine, mais râblé, vif, et peur de rien. Une fois, il avait engueulé un homme. Naudin et Rogier l'avaient vu, ce n'était pas une histoire.

La bande, qui se composait pour l'instant de cinq écoliers, attendait un sixième conjuré, Huchemin, qui habitait une maison de la rue et était allé déposer chez lui sa serviette de classe et celles de ses camarades.

Huchemin rejoignit la bande qui se trouva au complet. Antoine, encore triste, s'attardait à regarder l'école et songeait au retour de sa mère dans le logement de la rue Bachelet.

Frioulat, devinant ses hésitations, eut l'habileté de le charger d'une mission délicate.

«Toi, tu vas aller en reconnaissance. On verra ce que tu sais faire. Mais attention, c'est dangereux.»

Rose d'orgueil, Antoine monta la rue des Saules au galop et s'arrêta au premier carrefour. Le jour commençait à baisser, les passants étaient rares, en tout et pour tout deux vieilles femmes et un chien errant. Au retour, Antoine rendit compte de sa mission, d'une voix sobre.

«Je n'ai pas été attaqué, mais rue Saint-Vincent, il y a du louche.

– Je vois ce que c'est, dit Frioulat, mais j'ai pris mes précautions. Et maintenant, on part. Tous à la file indienne derrière moi en rasant les murs. Et que personne ne sorte du rang sans mon commandement, même si on m'attaque.»

Baranquin, un petit blond très jeune qui en était à sa première expédition, paraissait très ému et voulut s'informer auprès d'Antoine du péril auquel ils allaient s'exposer. Il fut vertement rappelé à l'ordre par Frioulat et prit place dans la file sans ajouter mot. La montée de la rue des Saules s'effectua sans incident. À plusieurs reprises, Frioulat donna l'ordre à ses hommes de se coucher à plat ventre sur le pavé glacé, sans préciser la nature du péril qui les guettait. Lui-même, impavide, tel un capitaine de légende, restait debout et surveillait les alentours, les mains en jumelles sur ses yeux. On n'osait rien dire, mais on trouvait qu'il donnait un peu trop à la vraisemblance. En passant, il déchargea deux fois son lance-pierres dans la rue Cortot, mais ne jugea pas utile de s'en expliquer à ses compagnons. La bande fit halte au carrefour Norvins et Antoine crut pouvoir en profiter pour demander ce qui s'était passé rue Cortot. « J'ai autre chose à faire qu'à bavarder répondit sèchement Frioulat. Je suis responsable de l'expédition, moi.» Et il ajouta : «Baranquin, pousse-moi une reconnaissance jusqu'à la rue Gabrielle. Et au trot.» La nuit était presque tombée. Peu rassuré, le petit Baranquin partit en courant. En l'attendant, le chef sortit un papier de sa poche et l'examina en fronçant le sourcil.

« Fermez ça, bon Dieu, dit-il à Huchemin et à Rogier qui parlaient haut. Vous voyez pas que je médite, non ?»

Bientôt, on entendit claquer les galoches de Baranquin qui rejoignait au pas gymnastique. Au cours de sa reconnaissance, il n'avait rien vu de suspect et le déclara tout innocemment. Choqué par ce manquement aux règles du jeu, qui révélait une absence du sentiment épique, Frioulat prit ses compagnons à témoin.

« J'ai pourtant l'habitude de commander, dit-il, mais des cons comme celui-là, j'en ai encore jamais vus.»

Les compagnons comprenaient parfaitement le reproche et le trouvaient justifié, mais ayant tous quelques raisons d'en vouloir à Frioulat, ils restèrent sans réaction. Après un silence, Antoine fit observer :

« Du moment qu'il n'a rien vu, il le dit. Je vois pas pourquoi on lui en voudrait.»

Huchemin, Rogier et Naudin approuvèrent à haute voix et le chef en fut un peu troublé.

« Alors, quoi, si on s'occupe de ce qui est vrai, y a plus moyen de rien faire», dit-il.

Antoine convint en lui-même qu'il avait raison et se reprocha d'avoir compromis l'autorité du chef. Surtout, il avait honte de s'être érigé en défenseur du sens commun contre de nobles imaginations, qui semblaient constituer les fondements mêmes de l'héroïsme. Il voulut faire amende honorable, mais aux premiers mots qu'il dit, Frioulat le prit à partie.

«Ta gueule, toi. Au lieu de venir flanquer l'indiscipline dans la bande, t'aurais mieux fait de rentrer chez ta mère. À cause de toi, on a déjà un quart d'heure de retard.

– C'est bon, riposta Antoine, je ne veux pas vous retarder. Je ne fais plus partie de la bande.»

Il s'éloigna en direction de la rue Gabrielle, accompagné de Baranquin. Les autres hésitèrent. Naudin et Huchemin se décidèrent à suivre les dissidents, mais à distance. Rogier eut envie de se joindre à eux, mais n'osa pas rompre ouvertement avec le chef et s'éloigna d'un pas mou en ayant l'air de l'attendre. Frioulat s'ébranla le dernier en criant:

«Tas de cocus, débrouillez-vous tout seuls! Moi, je vous fous ma démission! Mais vous me regretterez!»

La bande, en quatre fractions échelonnées sur une centaine de mètres, s'acheminait vers le but de l'expédition qui se trouvait dans le segment de la rue Élysée-des-Beaux-Arts compris entre deux coudes. La ruelle était sombre, encaissée, aussi déserte que le haut de Montmartre.

Près d'arriver, Antoine et Baranquin marchaient plus lentement et la bande se resserra comme un accordéon. À l'endroit où elle formait un premier coude, la rue était coupée par une tranchée profonde, signalée par un feu rouge. Les travaux avaient été effectués dans les deux derniers jours, car il n'y en avait pas encore de traces l'avant-veille, lors de la première expédition. C'était un élément d'horreur dont la bande aurait pu tirer parti et qui fit regretter sa dislocation. Il fallut traverser sur une planche étroite, entre deux cordes, qui faisaient office de garde-fous. Malgré son envie de se pencher sur le trou, Antoine ne s'arrêta pas, craignant qu'on ne le soupçonnât de vouloir attendre les autres.

Les six écoliers se retrouvèrent quelques pas plus loin, devant le bric-à-brac. C'était une boutique étroite, dont la peinture semblait avoir été grattée et qui ne portait aucune inscription. En revanche, il y avait dans l'étalage de nombreuses pancartes. La plus importante était ainsi rédigée: «Occasions pour connaisseurs.» Une autre: «La maison ne fait crédit qu'aux gens riches.» Chacun des objets en montre était accompagné d'une référence historique des plus suspectes, tracée sur un rectangle de carton. «Bureau champêtre de la reine Hortense» désignait une petite table de cuisine en bois blanc, rongée par l'eau de Javel. Il y avait le moulin à café de la Du Barry, le porte-savon de Marat, les charentaises de Berthe au grand pied, le chapeau melon de Félix Faure, le tuyau de pipe de la reine Pomaré,

le stylographe du traité de Campoformio, et cent autres choses illus-
trées dans le même esprit – jusqu'à l'enveloppe de cuir d'un ballon
de football qui était donnée comme un «faux semblant ayant appartenu à la papesse Jeanne». Les écoliers n'y entendaient pas malice et
ne doutaient nullement que le marchand eût réuni dans son bric-à-
brac les modestes dépouilles de l'histoire. Le stylographe de
Campoformio les étonnait vaguement, mais les lueurs qu'ils possédaient sur ce fameux traité étaient incertaines. Surtout l'idée ne leur
fût pas venue qu'un commerçant pouvait se livrer à des facéties dans
l'exercice de son négoce. Toutes ces références écrites de sa main
étaient nécessairement vraies, aussi vraies qu'une chose imprimée,
et constituaient une garantie d'authenticité. Mais ce n'était pas pour
admirer des souvenirs historiques que la bande organisait ses lointaines expéditions. Un seul objet au milieu de la vitrine retenait l'attention passionnée des six écoliers. C'était une paire de bottes
qu'accompagnait également une petite pancarte sur laquelle on lisait
ces simples mots : «Bottes de sept lieues» et auxquelles le traité de
Campoformio, les Marat, Félix Faure, Napoléon, Louis-Philippe et
autres grandes figures de l'histoire conféraient une autorité presque
incontestable. Peut-être les six enfants ne croyaient-ils pas positivement qu'il eût suffi à l'un d'eux de chausser ces bottes pour franchir
sept lieues d'une seule enjambée. Ils soupçonnaient même que
l'aventure du Petit Poucet n'était qu'un conte, mais n'en ayant pas la
certitude, ils composaient facilement avec leurs soupçons. Pour être
en règle avec la vraisemblance, peut-être aussi pour ne pas s'exposer
à voir la réalité leur infliger un démenti, ils admettaient que la vertu
de ces bottes de sept lieues s'était affaiblie ou perdue avec le temps.
En tout cas, leur authenticité ne faisait aucun doute. C'était de l'histoire, et toute la boutique était là pour l'attester. De plus, elles étaient
étrangement belles, d'une somptuosité qui étonnait, au milieu des
autres objets de la vitrine, presque tous misérables et laids. En cuir
verni noir, souple et fin, faites à la mesure d'un enfant de leur âge,
elles étaient garnies intérieurement d'une fourrure blanche débordant sur le cuir où elle formait un revers neigeux. Les bottes avaient
une élégance fière et cambrée qui intimidait un peu, mais cette fourrure blanche leur donnait la grâce d'un tendre caprice.
Buge et Baranquin, arrivés les premiers, s'étaient placés en face des
bottes, le nez sur la vitre, et n'échangeant que de rares paroles. Leur
ravissement était à peu près inexprimable et ressemblait à un rêve
heureux dans lequel on reprend, de temps à autre, une conscience
un peu douloureuse de la vie qui attend. Chaussant les bottes de sept

lieues, Antoine vivait une aventure confuse et ardente et, songeant à sa mère, à leur mansarde où elle venait de rentrer seule, il reprenait haleine le temps d'un remords, d'un regard sur la vie qui attendait, de ce côté de la vitrine où il se trouvait lui-même, si près d'elle dans la nuit et dans l'hiver, qu'elle soufflait par sa bouche une petite buée sur le carreau.

Par instants, derrière les bottes, les deux enfants apercevaient la silhouette du marchand, détenteur de ces merveilles. L'intérieur de la boutique, de même que l'étalage, était éclairé par une ampoule suspendue au bout d'un fil sans abat-jour, et dont la lumière jaune ne permettait pas de distinguer bien sûrement les objets.

Autant qu'on en pouvait juger de l'extérieur, le marchand était un très petit vieillard, au visage rond et lisse, sans rides ni relief. Il portait un haut col dur, un veston étroitement boutonné, des culottes courtes et des bas de cycliste bien tirés sur ses jambes sèches. Quoi qu'il fût seul dans sa boutique, on entendait parfois le son de sa voix aiguë, toujours irritée. Il lui arrivait d'arpenter le plancher dans un état d'extrême agitation qui l'amenait à faire de véritables bonds, mais le plus souvent il était assis sous l'ampoule électrique en face d'un grand oiseau empaillé, sans doute un héron, avec lequel il semblait avoir des conversations très animées. Baranquin affirmait même qu'il avait vu l'oiseau bouger et se porter contre le vieillard dans une attitude menaçante. Tout était possible dans cette retraite des bottes de sept lieues.

La bande se trouva de nouveau réunie, alignée contre la glace de la vitrine et tous les regards fixés sur les bottes. Frioulat se tenait à trois pas en arrière de la rangée qu'il considérait avec beaucoup d'ironie tout en ricanant et monologuant.

«Ils peuvent les regarder, les bottes, jusqu'à demain matin s'ils veulent. Qui c'est qui se marre, c'est moi. Parce que moi, j'avais un plan. Mais plus de chef, plus de plan, plus rien.»

Antoine, dont la révolte avait entraîné toutes les désertions, ne pouvait douter qu'il fût particulièrement visé par ces propos. L'ignorance et le silence lui semblaient sages, mais insuffisants. Il aurait voulu faire quelque chose de grand et d'héroïque qui l'eût rendu digne, entre tous, de chausser les bottes de sept lieues. Dans la rangée, on semblait d'ailleurs attendre cette riposte à laquelle il songeait. Rogier et Baranquin le regardaient avec espoir. Son cœur battait à grands coups, mais peu à peu, il affermissait sa résolution. Enfin, il sortit de la rangée, passa devant Frioulat sans le regarder et se dirigea vers la porte de la boutique. On le suivait des yeux avec admiration. Brisée en deux endroits, la glace de la porte était aveuglée par une descente de lit accrochée à l'intérieur et étiquetée : «Tapis du voleur de Bagdad.» Antoine, très ému, appuya sur le bec-de-cane et poussa timidement la porte. Ce qu'il aperçut et entendit par l'entrebâillement le retint au seuil. Au milieu de la boutique, les poings sur les hanches, l'œil étincelant, le marchand se tenait debout, face à l'oiseau empaillé et lui parlait d'une voix de fillette en colère. Antoine l'entendait glapir :

«Mais ayez donc au moins la franchise de vos opinions ! À la fin, je suis ulcéré par votre façon de toujours insinuer ! Du reste, je n'admets pas les raisons que vous venez d'invoquer. Montrez-moi vos documents, montrez-moi vos preuves. Ah ! Monsieur, vous voilà bien pris ? Pardon ?»

Le vieillard se mit en posture d'écouter dans un silence arrogant. Il enfonçait, entre ses épaules, sa petite tête ronde et lisse comme une pomme, et semblait se recroqueviller dans son haut col dur qui l'engonçait presque jusqu'aux oreilles, de temps à autre jetant un coup d'œil vers l'oiseau et pinçant la bouche avec un air d'ironie insultante. Tout à coup, il fit un saut qui le porta tout contre la bête et lui mettant son poing sur le bec, se mit à crier :

«Je vous défends ! C'est une infamie ! Vous calomniez la reine. Je n'ai rien à apprendre sur Isabeau de Bavière, vous m'entendez, rien !»

Là-dessus, il se mit à tourner autour de l'oiseau empaillé avec des gestes rageurs et en parlant à mi-voix. Ce fut pendant cette promenade que, levant les yeux, il aperçut la silhouette d'Antoine dans l'entrebâillement de la porte. Après l'avoir examiné avec méfiance, il marcha sur lui à grands pas, la tête en avant et les épaules effacées, comme s'il espérait le surprendre. Mais Antoine, refermant la porte, faisait signe à ses camarades et donnait l'alarme d'une voix angoissée qui fit impression.

La bande, qui semblait se reconstituer sous son autorité, le suivit et, avide de l'interroger, s'arrêta à dix ou quinze pas de la boutique. Frioulat ayant d'abord esquissé un mouvement de retraite, s'était ressaisi et restait seul en face des bottes de sept lieues.

Le marchand avait écarté un coin de la descente de lit et, le nez au carreau, épiait la rue, particulièrement attentif au groupe d'Antoine. Les écoliers le regardaient à la dérobée et parlaient à voix basse. Enfin, il laissa retomber la descente de lit et disparut. Frioulat, qui avait eu l'audace de rester dans la lumière de la vitrine pendant cet examen, se tourna vers le groupe qui prétendait peut-être faire figure de bande et dit avec mépris :

«Pas besoin de vous sauver, il n'allait pas vous bouffer. Mais quand il n'y a pas de chef, c'est toujours comme ça. Il y en a qui font les malins, qui se donnent des airs de vouloir entrer, mais au dernier moment, c'est le dégonflage. En attendant, moi, je me marre.

– Personne ne t'empêche d'entrer, fit observer Huchemin. Si tu es plus malin que les autres, vas-y.

– Parfaitement», dit Frioulat.

Il se dirigea vers la porte et, sans hésiter, d'une brusque poussée, il l'ouvrit presque grande. Mais comme il franchissait le seuil, il recula en poussant un hurlement de frayeur. Un oiseau plus grand que lui, caché derrière la porte, venait de bondir à sa rencontre en faisant entendre un glapissement étrange qui avait quelque chose d'humain.

La bande détalait déjà et Frioulat se mit à courir de toute sa vitesse sans prendre le temps d'un regard en arrière. Tenant l'oiseau dans ses bras, le vieillard s'avança sur le pas de la porte et, après avoir émis un autre glapissement qui précipita la fuite des écoliers, il rentra dans la boutique.

Frioulat, lancé comme un projectile, rejoignit la bande au tournant de la rue. Personne ne songea à la tranchée qu'il avait fallu franchir sur une planche un quart d'heure auparavant. Elle n'était qu'à trois mètres après le tournant. Rogier la vit lorsqu'il fut au bord et voulut s'arrêter, mais il ne put résister à la poussée du suivant et Frioulat arrivait d'un tel élan qu'il précipita dans le trou ceux qui essayaient encore de retrouver un équilibre et qu'il tomba lui-même avec eux. La tranchée avait presque deux mètres de profondeur et la terre gelée était dure comme de la pierre.

Germaine avait allumé le poêle et, par économie, entretenait un petit feu en attendant le retour d'Antoine. La pièce était minuscule, mais difficile à chauffer à cause de son exposition. La fenêtre mansardée joignait mal et laissait passer des coulis d'air froid. Quand le vent soufflait du nord, on l'entendait ronfler entre la toiture et la cloison inclinée, faite d'un lattis enrobé dans une mince couche de plâtre. Assise sur l'un des deux petits lits de fer qui, avec une table de jardin, une chaise de bois, le poêle en fonte et quelques caisses à savon, constituaient tout son mobilier, Germaine Buge, le corps et l'esprit immobiles, fixait la flamme de la lampe à pétrole qu'elle avait mise en veilleuse.

Voyant qu'il était 6 heures et demie, elle eut peur. Antoine ne s'attardait jamais lorsqu'il se savait attendu et à midi, elle l'avait prévenu qu'elle ne rentrerait pas après 5 heures. Plusieurs fois elle sortit sur le palier, dans l'espoir qu'un bruit de pas écourterait d'une minute son attente anxieuse. Elle finit par laisser la porte entrebâillée. Ce fut par la fenêtre qu'elle entendit appeler son nom. Du fond de la cour étroite, sa voix montant comme dans une cheminée, la concierge criait : « Eh ! Buge... » Il lui arrivait de l'appeler ainsi, lorsqu'une dame, venant demander à Germaine de lui faire son ménage, hésitait à gravir sept étages pour se fourrer dans quelque taudis. Dans la loge l'attendait un agent de police qui devisait avec le concierge. En le voyant, elle comprit qu'il s'agissait d'Antoine et toute sa chair se tordit de peur. Son entrée fut accueillie par un silence compatissant.

« Vous êtes la mère d'Antoine Buge ? dit l'agent. Il vient d'arriver un accident à votre fils. Je crois que ce n'est pas bien grave. Il est tombé avec d'autres enfants dans une tranchée de canalisation. Je ne sais pas si c'était profond, mais par ces froids, la terre est dure. Ils se sont blessés. On a emmené le vôtre à l'hôpital Bretonneau. Vous pouvez peut-être essayer de le voir ce soir. »

Dans la rue, après avoir retiré le porte-monnaie et le mouchoir qui gonflaient l'une des poches, Germaine ôta son tablier et le mit en rouleau sous son bras. Son premier mouvement avait été de prendre un taxi, mais elle réfléchit que l'argent de la course serait employé plus utilement pour Antoine. Elle fit le trajet à pied, ne sentant ni le froid ni la fatigue. Sa douleur ne s'accompagnait d'aucune révolte et, songeant à Antoine, à leur vie dans la mansarde, il lui semblait, à faire le compte de ces années de bonheur, qu'elle se fût rendue coupable de se soustraire à son véritable destin. Le moment était venu de rendre des comptes et la catastrophe faisait tout rentrer dans l'ordre.

« Ça devait arriver, pensait-elle, j'étais si heureuse. »

À l'hôpital on la fit entrer dans une salle d'attente où étaient assis quatre femmes et trois hommes qui tenaient une conversation animée.

Aux premiers mots qu'elle entendit, Germaine comprit qu'elle se trouvait avec les parents des autres enfants. Du reste, elle reconnaissait Mme Frioulat, une petite femme noiraude, au visage dur, qui tenait rue Ramey une boutique de comestibles où il lui était arrivé de faire des achats. Elle eut le désir fugitif de se mêler au groupe et de s'informer des circonstances de l'accident, mais personne n'avait pris garde à son arrivée, sauf Mme Frioulat qui avait toisé d'un regard peu engageant cette femme sans manteau et sans homme, puisque sans alliance.

Germaine s'assit à l'écart et écouta la conversation qui ne lui apprit rien. Tous ces gens ne paraissaient pas mieux renseignés qu'elle. «Comment que ça a pu arriver, je me demande bien, demandait le père de Naudin, un homme jeune qui portait l'uniforme bleu des receveurs du métro.

– C'est mon époux qui a appris la nouvelle le premier», dit Mme Frioulat en haussant la voix pour faire entendre à Germaine qu'elle n'était pas seule dans la vie. «Il voulait aller chercher la voiture au garage, mais je lui ai dit: "Laisse, j'y vais en taxi." Il fallait bien qu'il reste au magasin.»

Chacun racontait à son tour comment il avait été informé de l'accident. Quelques minutes d'attention suffirent à Germaine pour connaître par leurs noms les parents qui attendaient là. Tous ces noms, qu'elle avait si souvent entendus prononcer par Antoine, lui étaient familiers. Elle considérait avec admiration et déférence, ces Naudin, ces Huchemin, ces Rogier qui portaient des noms d'écoliers. Il lui semblait cousiner avec eux, bien qu'elle restât consciente d'une distance entre elle et ces gens qui allaient par couples, avaient un métier, des parents, un appartement. Ils continuaient du reste à l'ignorer, mais loin de leur en vouloir, elle leur était reconnaissante de cette discrétion. Seule l'effrayait un peu Mme Frioulat, dont elle sentait parfois se poser sur sa chétive personne le regard hostile. Elle saisissait obscurément les raisons de cette hostilité, et si l'anxiété lui avait laissé l'esprit plus libre, elle n'aurait pas eu de peine à les comprendre. Une longue expérience lui avait appris que certaines dames d'une condition supérieure, comme l'était Mme Frioulat, n'aiment pas beaucoup se trouver dans une situation qui les mette sur un pied d'égalité avec des pauvresses. L'épicière de la rue Ramey souffrait dans un sentiment esthétique de l'édifice social. Cette solidarité avec une créature trop évidemment fille mère faisait naître en son cœur un doute vénéneux. Bien que commerçante et ayant une auto, pouvait-elle croire encore à la vertu des catégories? Elle engagea pourtant la conversation.

«Et vous, madame, vous êtes venue sans doute pour ce triste accident?

– Oui, madame. Je suis la maman du petit Buge. Antoine Buge.

– Ah! ah! Antoine Buge, parfaitement. J'en ai entendu parler. Il paraît qu'il a le diable au corps, ce petit. Vous avez dû en entendre parler aussi, vous, madame Naudin?

– Oui, Robert m'en a parlé.

– Ah! je vous le disais, vous voyez, on vous en a parlé aussi. C'est un gamin endiablé.

– Mais non, mais non, je vous assure. Antoine est bien sage, protestait Germaine, mais Mme Frioulat ne la laissait pas parler.

– Le fond n'est peut-être pas mauvais, mais comme à tant d'autres, il lui aura manqué une discipline.

– Les enfants, il faut que ça soit tenu», dit l'employé du métro.

Soulagés de pouvoir s'en prendre à quelqu'un et de tenir une explication de l'accident, les parents échangeaient à haute voix des réflexions sur l'éducation des enfants et, tout en restant dans les généralités, visaient assez clairement le cas de Germaine Buge. Chacun des couples, en raison de son angoisse, se sentait des trésors d'indulgence pour un fils auquel le malheur faisait une parure d'innocence et nul ne doutait qu'Antoine eût entraîné ses camarades.

«Je ne vous reproche rien, dit Mme Frioulat en s'adressant à Germaine, je n'ai pas le cœur à faire des reproches dans un moment pareil, mais enfin, la vérité est la vérité. Il faut reconnaître que si vous aviez mieux surveillé cet enfant, nous n'en serions pas là aujourd'hui. Maintenant que le mal est fait, je n'ai qu'une chose à souhaiter, c'est que l'aventure vous serve de leçon, ma fille.»

Prises à témoin et flattées qu'elle eût ainsi parlé en leur nom, les autres mères accueillirent cette péroraison par un murmure d'estime. Germaine, que son métier avait habituée à ce genre de semonce, accepta celle-ci sans protester et, gênée par tous ces regards fixés sur elle, ne sut que baisser la tête. Une infirmière entra.

«Rassurez-vous, dit-elle, il n'y a rien de grave. Le médecin vient de les voir. Il n'a trouvé que des jambes et des bras cassés et des écorchures sans importance. Dans quelques semaines, tout sera rentré dans l'ordre. Comme le choc a été tout de même rude, ils sont un peu abattus et il vaut mieux que vous ne les voyiez pas ce soir. Mais demain, il n'y aura pas d'inconvénient. Venez à 1 heure.»

Les cinq enfants étaient réunis dans une petite salle carrée, en compagnie de trois autres blessés à peu près de leur âge, qui en étaient à leur troisième semaine d'hôpital.

Antoine était placé entre Frioulat et Huchemin, face à Rogier et à Naudin dont les lits étaient voisins. La première nuit avait été agitée et la première journée fut également pénible. Encore endoloris et fiévreux, ils ne parlaient guère et s'intéressaient médiocrement à ce qui se passait dans la salle. Sauf Antoine, ils reçurent la première visite de leurs parents sans beaucoup de plaisir ni d'émotion. Antoine, lui, y pensait depuis la veille. Il avait eu peur pour sa mère de cette nuit d'angoisse dans la mansarde froide et de toutes les nuits à venir. Lorsqu'elle entra dans la salle, il s'effraya de voir son visage marqué par la fatigue et l'insomnie. Elle comprit son inquiétude et ses premières paroles furent pour le rassurer.

Au lit voisin, à gauche, Huchemin, entre deux geignements, répondait à ses parents d'une voix dolente qui décourageait les questions. À droite, Frioulat se montrait grincheux avec sa mère dont les cajoleries lui semblaient ridicules. Elle l'appelait «Mon petit ange adorable» et «Mon petit bambin à sa maman». Ça faisait bien devant les copains qui entendaient. L'infirmière avait demandé que pour cette première fois, le temps des visites ne fût pas trop long. Les parents ne restèrent pas plus d'un quart d'heure. Dans ce cadre nouveau, leurs enfants, soustraits tout d'un coup à leur gouvernement et, à cause de leur accident faisant figure d'ayants droit, les intimidaient. Les conversations étaient presque difficiles. Germaine Buge, qui n'éprouvait pas ce sentiment de gêne au chevet d'Antoine, n'osa pourtant pas rester et partit avec les autres.

Le petit Baranquin, seul de la bande qui fût sorti indemne de la chute au fond du trou, arriva peu après le départ des parents et sa visite fut plutôt réconfortante. Il regrettait sincèrement que le sort lui eût été clément.

«Vous en avez de la chance, vous, de vous être cassé quelque chose. Hier soir, j'aurais bien voulu être à votre place. Qu'est-ce que j'ai pris en arrivant chez moi. Mon père était déjà rentré. Il a été se rechausser pour me flanquer son pied dans les fesses. Qu'est-ce que j'ai entendu, toute la soirée, et que je finirais au bagne et tout. Et à midi, il a recommencé. Sûrement que ce soir, il va continuer. Avec lui, il y en a toujours pour une semaine.

– C'est comme chez moi, dit Rogier. Si j'avais eu le malheur de rentrer sans rien, qu'est-ce que je dégustais aussi.»

N'eût été la souffrance, chacun se serait félicité d'être à l'hôpital. Antoine, qui n'avait pas le souvenir d'avoir jamais été grondé par sa mère, était le seul qui ne se consolât point à cet aspect du hasard. Frioulat lui-même, qu'on pensait être gâté par ses parents, estimait pourtant qu'il eût risqué gros à rentrer chez lui, comme Baranquin, avec un manteau déchiré du haut en bas et sans une égratignure.

Les jours suivants furent plus animés. Les foulures et les luxations étaient beaucoup moins douloureuses et les membres plâtrés n'étaient même pas un sujet de préoccupation. L'immobilité ne permettait d'autre récréation que de lire et de causer. On parla beaucoup de l'expédition et chacun se passionnait à en revivre les péripéties. Il y eut des disputes véhémentes que la voix des infirmières ne parvenait pas à apaiser.

Tirant la leçon des événements, Frioulat exaltait les principes d'ordre et d'autorité et soutenait que rien ne fût arrivé si la bande avait gardé son chef.

«Ce n'est pas ce qui t'aurait empêché d'avoir peur, objectaient les autres.

– C'est moi qui me suis sauvé le dernier, faisait observer Frioulat. Et bien obligé, vous m'avez laissé tout seul, bande de dégonflés.»

Les discussions étaient d'autant plus violentes qu'on était immobilisé et qu'on ne risquait rien à se menacer d'un coup de poing sur le nez.

On se réconciliait en parlant des bottes de sept lieues. Il était à craindre que le marchand n'eût trouvé acheteur. Aussi les visites de Baranquin étaient-elles attendues impatiemment. On tremblait qu'il n'apportât une mauvaise nouvelle. Il le savait et, dès en entrant, rassurait son monde. Les bottes étaient toujours dans la vitrine et de jour en jour, affirmait-il, plus belles, plus brillantes, et plus soyeux aussi les revers de fourrure blanche. L'après-midi, à la tombée du jour, avant l'heure des lampes, il n'était pas difficile de se persuader que les bottes avaient conservé intacte leur vertu première et l'on avait fini par y croire presque sans arrière-pensée. Rien n'était d'ailleurs plus récréatif, ni plus reposant, que de réfléchir dans son lit à ces prodigieuses enjambées de sept lieues. Chacun rêvait tout haut à l'usage qu'il aimerait faire des bottes. Frioulat se plaisait à l'idée qu'il battrait tous les records du monde de course à pied. Rogier était généralement plus modeste. Quand on l'enverrait chercher un quart de beurre ou un litre de lait, il irait les acheter dans un village de Normandie où il les aurait à meilleur marché, et mettrait la différence dans sa poche. Du reste, tous étaient d'accord pour aller passer leurs jeudis après-midi en Afrique ou dans les Indes, à guerroyer contre les sauvages et à chasser les grands fauves. Antoine n'était pas moins tenté que ses camarades par de telles expéditions. Pourtant, d'autres rêves, qu'il tenait secrets, lui étaient plus doux. Sa mère n'aurait plus jamais d'inquiétude pour la nourriture. Les jours où l'argent manquerait à la maison, il enfilerait ses bottes de sept lieues. En dix minutes, il aurait achevé son tour de France. À Lyon, il prendrait un morceau de viande à un étal; à Marseille, un pain; à Bordeaux, un légume; un litre de lait à Nantes; un quart de café à Cherbourg. Il se laissait aller à penser qu'il pourrait prendre aussi pour sa mère un bon manteau qui lui tiendrait chaud. Et peut-être une paire de souliers, car elle n'en avait plus qu'une, déjà bien usée. Le jour du terme, si les cent soixante francs du loyer venaient à manquer, il faudrait encore y pourvoir. C'est assez facile. On entre dans une boutique à Lille ou à Carcassonne, une boutique cossue où les clients n'entrent pas en tenant serré dans la main l'argent des commissions. Au moment où une dame reçoit sa monnaie au comptoir, on lui prend les billets des mains et, avant qu'elle ait eu le temps de s'indigner on est déjà rentré à Montmartre. S'emparer ainsi du bien d'autrui, c'est très gênant, même à l'imaginer dans son lit. Mais avoir faim, c'est gênant aussi. Et, quand on n'a plus de quoi payer le loyer de sa mansarde et qu'il faut l'avouer à sa concierge et faire des promesses au propriétaire, on se sent tout aussi honteux que si l'on avait dérobé le bien d'autrui.

Germaine Buge n'apportait pas moins d'oranges à son fils, pas moins de bonbons et de journaux illustrés que n'en apportaient aux leurs les autres parents. Pourtant, jamais Antoine n'avait eu comme à l'hôpital le sentiment de sa pauvreté, et c'était à cause des visites. À entendre les parents bavarder au chevet des autres malades, la vie paraissait d'une richesse foisonnante, presque invraisemblable. Leurs propos évoquaient toujours une existence compliquée, grouillante de frères, de sœurs, de chiens, de chats ou de canaris, avec des prolongements chez les voisins de palier et aux quatre coins du quartier, aux quatre coins de Paris, en banlieue, en province et jusqu'à l'étranger. Il était question d'un oncle Émile, d'une tante Valentine, de cousins d'Argenteuil, d'une lettre venue de Clermont-Ferrand ou de Belgique. Huchemin, par exemple, qui à l'école n'avait l'air de rien, était le cousin d'un aviateur et avait un oncle qui travaillait à l'arsenal de Toulon. Parfois, on annonçait la visite d'un parent demeurant à la porte d'Italie ou à Épinal. Un jour, une famille de cinq personnes venue de Clichy se trouva réunie autour du lit de Naudin et il en restait à la maison.

Germaine Buge, elle, était toujours seule au chevet d'Antoine et n'apportait de nouvelles de personne. Il n'y avait dans leur vie ni oncles, ni cousins, ni amis. Intimidés par ce dénuement et par la présence et par la loquacité des voisins, ils ne retrouvaient jamais l'abandon et la liberté du premier jour. Germaine parlait de ses ménages, mais brièvement, avec la crainte que ses paroles ne fussent entendues par Frioulat ou par sa mère, car elle soupçonnait qu'il pouvait être désobligeant pour un fils de commerçants d'être le voisin de lit du fils d'une femme de ménage. Antoine s'inquiétait de ses repas, lui recommandait de ne pas trop dépenser en bonbons et en journaux illustrés et craignait aussi d'être entendu. Ils parlaient presque à voix basse et la plus grande partie du temps restaient silencieux à se regarder ou distraits par les conversations à haute voix.

Un après-midi, après l'heure des visites, Frioulat, ordinairement bavard, demeura longtemps muet, le regard fixe, comme ébloui. À Antoine qui lui demandait ce que signifiait son silence, il se contenta d'abord de répondre :

« Mon vieux, c'est formidable. »

Il exultait visiblement et toutefois son bonheur semblait traversé par un remords qui l'arrêtait au bord des confidences. Enfin il s'y décida :

« J'ai tout raconté à ma mère. Elle va me les acheter. Je les aurai en rentrant chez moi. »

Antoine en eut froid au cœur. Les bottes n'étaient déjà plus ce trésor commun où chacun avait pu puiser sans risque d'appauvrir le voisin.

« Je te les prêterai », dit Frioulat.

Antoine secoua la tête. Il en voulait à Frioulat d'avoir parlé à sa mère de ce qui aurait dû rester un secret d'écoliers.

Au sortir de l'hôpital, Mme Frioulat se fit conduire en taxi rue Élysée-des-Beaux-Arts où elle n'eut pas de mal à reconnaître la vitrine que son fils venait de lui décrire. Les bottes y étaient toujours en bonne place. Elle s'attarda quelques minutes à examiner le bric-à-brac et les références manuscrites. Ses connaissances en histoire étaient fort peu de chose et le stylographe de Campoformio ne l'étonna nullement. Elle ne prisait pas beaucoup ce genre de commerce, mais la vitrine lui fit plutôt bonne impression. Une pancarte surtout lui inspira confiance, celle qui portait l'inscription :

« On ne fait crédit qu'aux riches. »

Elle jugea l'avertissement maladroit, mais le marchand lui parut avoir de bons principes. Elle poussa la porte et vit, sous l'ampoule électrique qui éclairait la boutique, un petit vieillard fluet, assis en face d'un grand oiseau empaillé, avec lequel il semblait jouer aux échecs. Sans se soucier de l'entrée de Mme Frioulat, il poussait les pièces sur l'échiquier, jouant tantôt pour lui, tantôt pour son compagnon. De temps à autre, il faisait entendre un ricanement agressif et satisfait, sans doute lorsqu'il venait de jouer pour son propre compte. D'abord ébahie, Mme Frioulat songeait à manifester sa présence, mais soudain le vieillard, à demi dressé sur son siège, l'œil étincelant et l'index menaçant la tête de l'oiseau, se mit à glapir :

« Vous trichez ! Ne mentez pas ! Vous venez encore de tricher. Vous avez subrepticement déplacé votre cavalier pour couvrir votre reine qui se trouvait doublement menacée et qui allait être prise. Ah, vous en

convenez pourtant. Cher monsieur, j'en suis bien aise, mais vous savez ce qui a été entendu tout à l'heure, je confisque donc votre cavalier.»
Il ôta en effet une pièce de l'échiquier et la mit dans sa poche. Après quoi, regardant l'oiseau, il eut un rire de gaîté qui dégénéra en une crise de fou rire. Il était retombé sur sa chaise et, penché sur le jeu d'échecs, les mains en croix sur la poitrine, les épaules secouées, riait presque sans bruit, ne laissant passer, de loin en loin, qu'un son aigu, comparable au cri d'une souris. Mme Frioulat, un peu effrayée, se demandait si elle ne ferait pas mieux de gagner la porte. Le vieillard finit par reprendre son sérieux et, en s'essuyant les yeux, il dit à son étrange partenaire :
«Excusez-moi, mais vous êtes trop drôle quand vous faites cette tête-là. Je vous en prie, ne me regardez pas, je sens que je partirais à rire encore un coup. Vous ne vous en doutez peut-être pas, mais vraiment, vous êtes impayable. Tenez, je veux bien oublier ce qui s'est passé. Je vous rends votre cavalier.»
Il tira le cavalier de sa poche et l'ayant remis en place, s'absorba dans l'examen de l'échiquier.
Mme Frioulat hésitait encore à prendre un parti. Considérant qu'elle avait fait les frais d'un taxi pour venir à cette boutique, elle se décida à rester et, crescendo, toussa plusieurs fois. À la troisième, le marchand tourna la tête et la regardant avec une curiosité qui n'était pas exempte de reproche, lui demanda :
«Vous jouez sans doute aux échecs ?
– Non, répondit Mme Frioulat que la question troublait. Je ne sais pas. Autrefois, je jouais aux dames. Mon grand-père était très fort.
– Bref, vous ne jouez pas aux échecs.»
Pendant quelques secondes, il l'examina comme une énigme, avec étonnement et perplexité, semblant se demander pourquoi elle était là. Le problème lui parut insoluble et probablement dénué d'intérêt, car il eut un geste d'indifférence et, revenant à ses échecs, dit en s'adressant à l'oiseau :
«À vous de jouer, monsieur.»
Mme Frioulat, décontenancée par l'accueil et par la désinvolture de ce singulier commerçant, resta un moment interdite.
«Ah! ah! dit le vieillard en se frottant les mains. La partie devient intéressante. Je suis curieux de savoir comment vous allez vous tirer de ce mauvais pas.
– Je vous demande pardon, risqua Mme Frioulat, mais je suis une cliente.»
Cette fois le marchand eut un regard de stupéfaction.

«Une cliente!»

Un moment, il resta pensif, puis, se retournant vers l'oiseau, lui dit à mi-voix :

«Une cliente!»

Rêveur, il considérait l'échiquier. Soudain son visage s'éclaira.

«Mais je n'avais pas vu que vous veniez de jouer votre tour. De plus en plus intéressant. Voilà une parade superbe et à laquelle j'étais loin de m'attendre. Mes compliments. La situation est complètement retournée. Cette fois, c'est moi qui suis menacé.»

Le voyant de nouveau absorbé par le jeu, Mme Frioulat se jugea offensée et dit en haussant la voix :

«Je ne vais tout de même pas perdre mon après-midi à attendre votre bon plaisir. J'ai autre chose à faire.

– Mais enfin, madame, que désirez-vous ?

– Je suis venue pour savoir le prix de la paire de bottes qui est en vitrine.

– C'est trois mille francs, déclara le marchand sans lever le nez de l'échiquier.

– Trois mille francs! mais vous êtes fou!

– Oui madame.

– Voyons, trois mille francs pour une paire de bottes, mais c'est impossible! Vous ne parlez pas sérieusement.»

Cette fois, le vieillard se leva, irrité, et se campant devant la cliente :

«Madame, oui ou non, êtes-vous décidée à mettre trois mille francs dans cette paire de bottes?

– Ah! non! s'écria Mme Frioulat avec véhémence, bien sûr que non!

– Alors, n'en parlons plus et laissez-moi jouer aux échecs.»

En apprenant qu'il allait entrer en possession des bottes de sept lieues, les compagnons de Frioulat manifestèrent un mécontentement si vif qu'il éprouva le besoin de les rassurer. S'il en avait parlé à sa mère, disait-il, c'était sans le faire exprès. Du reste, elle n'avait rien promis. Simplement, elle n'avait pas dit non. Mais en se rappelant la joie insolente qu'il avait eu l'imprudence de laisser paraître, on avait du mal à se rassurer. Pendant une journée, il fut presque en quarantaine. On ne lui répondait que du bout des lèvres. Pourtant, le besoin d'espérer finit par être le plus fort. Tout en restant un peu inquiet, on se persuadait que la menace était des plus incertaines. Peu à peu, on parla moins volontiers des bottes et bientôt, il n'en fut plus question, du moins ouvertement.

À force de méditer l'exemple de Frioulat, chacun se mit à espérer pour son propre compte et à tirer des plans. Un après-midi, après le départ

de sa mère, Huchemin montra un visage rayonnant de bonheur et durant toute la soirée se retrancha dans un mutisme émerveillé. Le lendemain, ce fut le tour de Rogier et de Naudin à être heureux. Frioulat fut le premier qui sortit de l'hôpital et comme les autres lui faisaient promettre de venir les voir, il répondit : « Vous pensez, qu'est-ce que ce sera, pour moi, de venir jusqu'ici ! » Durant le trajet de l'hôpital à la maison, qu'il fit avec son père, il ne posa pas de questions, ne voulant point par délicatesse, gâter à ses parents le plaisir de lui faire la surprise. En arrivant chez lui, personne ne lui parla des bottes, mais il n'en eut point d'inquiétude. Le matin, ses parents étaient occupés à l'épicerie. Sans doute, se réservaient-ils de les lui offrir au moment du repas. En attendant, il alla jouer dans une petite cour à laquelle on accédait par l'arrière-boutique et se fabriqua un avion de chasse. Il disposait d'éléments variés, caisses, tonneaux, bouteilles, boîtes de conserve entreposés dans la cour. Dans une caisse vide, il installa les instruments de bord, boîtes de saumon et de petits pois et se fit une mitrailleuse d'une bouteille de cognac. Il naviguait à douze cents mètres et le ciel était pur, lorsqu'il vit poindre un avion ennemi. Sans perdre la tête une seconde, il monta en chandelle jusqu'à deux mille cinq cents mètres. L'ennemi ne se doutait de rien et volait tranquillement, Frioulat fondit sur lui et mit sa mitrailleuse en action, mais comme il se penchait sur le rebord de la caisse, la bouteille de cognac lui échappa des mains et se brisa sur le pavé. Nullement consterné, il murmura en serrant les dents :
« La vache ! il m'a flanqué une balle en plein dans ma mitrailleuse. »
Mme Frioulat, qui se trouvait dans l'arrière-boutique, fut alertée par le bruit et vit les débris de la bouteille au milieu d'une flaque de cognac.
« C'est trop fort, gronda-t-elle. Tu n'es pas sitôt rentré à la maison que tu recommences à être intenable. Si au moins tu avais pu rester où tu étais. Une bouteille de cognac supérieur qui vient encore d'être majorée de dix pour cent. Je me proposais d'aller acheter les bottes cet après-midi, mais tu peux leur dire adieu. Ce n'est plus la peine d'en parler. D'ailleurs, cette idée de vouloir à tout prix me faire acheter des bottes, c'est ridicule. Tu en as déjà une paire en caoutchouc qui est presque toute neuve. »
Rogier quitta l'hôpital deux jours plus tard. Chez lui, lorsqu'il se décida à parler des bottes, toute la famille parut surprise. Sa mère se souvint pourtant de la promesse qu'elle avait faite et murmura : « Des bottes, oui, en effet. » La voyant ennuyée, le père prit la parole :

«Les bottes, dit-il, c'est très joli, mais nous en reparlerons quand tu travailleras un peu mieux en classe. Il ne suffit pas de se casser une jambe pour avoir tous les droits. Quand tu étais au lit, ta mère t'a fait certaines promesses, c'était bien. Mais maintenant, tu es guéri. Te voilà en bonne santé. Il ne s'agit plus à présent que de rattraper le temps perdu. À la fin de l'année, si tu as bien travaillé, tu en seras récompensé par la satisfaction d'avoir bien travaillé et alors, on pourra peut-être voir, envisager, réfléchir. Rien ne presse, n'est-ce pas? Travaille d'abord.»

Naudin, qui rentra chez lui le surlendemain, y trouva la même déception, mais moins enveloppée. Comme il interrogeait ses parents, sa mère qui la veille encore avait renouvelé sa promesse, répondit, l'air distrait: «Demande à ton père.» Et celui-ci murmura: «Oh! les bottes!» sur un ton d'indifférence aussi résolue que si sa femme avait prétendu l'intéresser aux causes de la guerre de Trente Ans.

Antoine et Huchemin, dont les lits étaient voisins, restèrent encore une semaine à l'hôpital après le départ de Naudin. Leur isolement au milieu de nouveaux venus favorisa une intimité qui fut pour Antoine une épreuve souvent très pénible.

Durant cette semaine-là, il eut encore beaucoup à souffrir de sa pauvreté. Ne trouvant pas dans sa propre vie de quoi étoffer des confidences, il lui fallait écouter celles de Huchemin sans pouvoir y répondre autrement que par des commentaires. Rien n'est plus déprimant que le rôle de confident pauvre. Chacun sait, par exemple, que le vrai drame, dans la tragédie classique, est celui des confidents. C'est pitié de voir ces braves gens, à qui il n'arrive jamais rien, écouter avec une résignation courtoise un raseur complaisant à ses propres aventures. Huchemin, qui découvrait la douceur de pouvoir ennuyer un confident, débordait d'amitié et d'anecdotes sur les membres de sa famille. Ce qui l'incitait particulièrement à parler de ses oncles et de ses tantes, c'était l'espoir qu'il mettait en eux. Sachant par les expériences de Frioulat, de Rogier et de Naudin, qu'il ne fallait guère compter sur la promesse des père et mère, il voulait croire qu'il y avait plus de vertu chez les oncles et les tantes. À l'entendre, les siens étaient prêts à se disputer l'honneur de lui acheter les bottes de sept lieues. Antoine avait les oreilles toutes pleines de ces oncles Jules, Marcel, André, Lucien, de ces tantes Anna, Roberte ou Léontine. Le soir, à l'heure où les autres dormaient, il lui arrivait plus souvent et plus longuement qu'à l'ordinaire de réfléchir à l'étrangeté de son destin à lui, qui était de n'avoir oncle, tante, ni cousin au monde. À moins d'être orphelin, ce qui n'est du reste pas

bien rare, il n'aurait pu imaginer famille plus réduite que la sienne. C'était attristant et lassant. Un jour, Antoine eut plein le dos d'être pauvre et confident. Comme Huchemin lui parlait d'une tante Justine, il l'interrompit et lui dit avec désinvolture :
«Ta tante Justine, c'est comme toute ta famille, elle ne m'intéresse pas beaucoup. Tu comprends, j'ai assez à faire à penser à mon oncle qui rentre d'Amérique ces jours-ci.»
Huchemin ouvrit des yeux ronds et s'exclama :
«D'Amérique?
– Eh bien, oui, mon oncle Victor.»
Antoine était un peu rouge. Il n'avait pas l'habitude de mentir. Sa vie était si simple qu'il n'en éprouvait pas le besoin. Pressé de questions, il fut obligé de soutenir et de développer ce premier mensonge et ce fut sans déplaisir qu'il construisit le personnage de l'oncle Victor. Plus qu'un jeu, c'était une revanche sur la vie et c'était la vie même, tout d'un coup abondante et débordante. L'oncle Victor était un être prestigieux, beau, brave, généreux, fort, ayant son certificat d'études, tuant une personne par semaine et jouant délicieusement de l'harmonica. Assurément, il était homme à se couper en quatre et, en cas de besoin, à passer sur le ventre d'une famille innombrable, pour procurer à son neveu les bottes dont il aurait envie. Et ce n'était pas le prix qui l'arrêterait jamais non plus. Antoine, après avoir langui si longtemps dans un rôle de confident, se déchaînait maintenant avec un enthousiasme et une assurance qui ravageaient le cœur de Huchemin. Celui-ci n'entretenait plus qu'un espoir timide.
Le lendemain matin, Antoine avait la conscience endolorie et regrettait d'avoir cédé la veille à son imagination impatiente. L'oncle Victor était gênant, lourd, indiscret, effrayant aussi par l'importance qu'il avait déjà. Antoine essaya de l'oublier et de l'ignorer, mais l'oncle avait une personnalité forte et originale qui s'imposait. Peu à peu, il s'y habitua et, les jours suivants, il s'accommoda si bien de ce compagnon qu'il n'aurait pu se passer d'en parler. Sa conscience ne le talait presque plus, sauf aux heures de visite, lorsque sa mère était là. Il aurait souhaité lui faire connaître l'oncle Victor et l'enrichir, elle aussi, de cette parenté magnifique, mais il ne savait comment s'y prendre. Il ne pouvait lui demander de se faire la complice d'un mensonge. Il avait bien pensé au conditionnel enfantin : «On aurait un oncle, il serait en Amérique, il s'appellerait l'oncle Victor.» Mais sa mère, qui avait eu sans doute une enfance plus dure que la sienne, était fermée à toute notion de jeu. De son côté, Germaine Buge soupçonnait un mystère et ils souffraient tous les deux de ne pouvoir communiquer.

Antoine voyait venir avec une vive appréhension le temps de sortir de l'hôpital. Ses amis lui diraient : « Tiens, ton oncle est rentré d'Amérique, mais les bottes sont toujours dans la vitrine. » Répondre que l'oncle Victor avait retardé son voyage au dernier moment, c'était dangereux. Un héros, s'il n'est pas là où l'on a besoin de sa valeur, n'est qu'un mensonge ou une illusion. Les copains diraient « Mon œil », diraient « Chez qui ? », diraient « Ton oncle, des fois, il ne serait pas dans le cinéma ? »

Antoine et Huchemin quittèrent l'hôpital le même jour, par un matin de pluie glaciale qui faisait regretter la tiédeur des salles. Ils ne partirent pas ensemble. Antoine dut attendre sa mère, retenue par un ménage à la boucherie Lefort. Il en était à souhaiter qu'elle ne vînt pas, tant le personnage de l'oncle Victor lui apparaissait maintenant redoutable. Germaine Buge arriva tard, car, pour ne pas désobliger M. Lefort qui tenait à lui faire faire cinq cents mètres dans sa voiture, elle l'avait attendu près d'une heure à la boucherie.

Antoine, qui faisait ses premiers pas dehors, marchait avec hésitation, les jambes mal habituées. Malgré le vent et la pluie, il ne voulut pas laisser faire à sa mère la dépense d'un taxi et ils entreprirent de rentrer à pied. Ils allaient doucement, mais la montée de Montmartre était rude, le temps couleur d'ardoise, et l'enfant, fatigué, se décourageait. Il n'avait plus la force de répondre aux paroles de sa mère. En pensant aux sept étages qu'il lui faudrait monter, il pleurait sous son capuchon. Mais plus éreintant que l'ascension des étages fut l'arrêt dans la loge de la concierge. Elle le questionnait avec le mépris cordial qu'ont souvent les gens pauvres pour plus pauvres qu'eux et croyait devoir lui parler très fort, comme elle parlait ordinairement aux êtres bornés ou insignifiants. Il dut lui montrer sa jambe, l'endroit où il y avait eu fracture, et fournir des explications. Germaine Buge aurait souhaité abréger la corvée, mais elle craignait de mécontenter un personnage aussi influent. Antoine fut encore obligé de remercier la concierge qui s'offrit le plaisir de lui donner dix sous.

En entrant dans la mansarde, il eut un saisissement, car le papier de tenture avait été changé. Sa mère l'observait, inquiète de l'accueil qu'il ferait à cette surprise. Il sourit avec effort pour dissimuler sa déconvenue. Il s'apercevait, en effet, qu'il avait aimé l'ancien papier, tout écorché qu'il fût et loqueteux et noirci, le motif fondu par l'usure et la crasse. Sur ces murs sombres, ses yeux avaient appris à reconnaître des paysages de sa création et des bêtes et des gens qui bougeaient à la tombée du jour. Le papier neuf, d'un vert pâle, qui semblait déjà passé, était semé de minuscules bourgeons d'un vert plus foncé. Mince et mal collé par un ouvrier de fortune, il paraissait maladif. Germaine Buge avait allumé le feu et, à cause du temps, le poêle fumait, ce qui obligea à ouvrir la fenêtre par où, s'engouffrant le vent et la pluie, il fallut ruser avec les éléments et adopter un compromis. Antoine, assis sur son lit, considérait la vie avec cette lucidité de petit jour que connaissent parfois les enfants au sortir d'une maladie. La table mise, sa mère lui dit, en servant le potage :

« Tu es content ? »

Et souriante, elle regardait les murs maladifs.

« Oui, dit Antoine, je suis content. C'est joli.

– J'ai bien hésité, tu sais. Il y en avait un autre, rose et blanc, mais c'était salissant. J'avais bien envie de te montrer les échantillons pour que tu choisisses, mais j'ai pensé, pour la surprise, ce serait dommage. Alors, c'est vrai, tu es content ?

– Oui, répéta Antoine, je suis content. »

Il se mit à pleurer, sans bruit, des larmes qui ne semblaient pas près de tarir, abondantes et régulières. « Tu as mal ? disait sa mère. Tu t'ennuies ? Tu regrettes tes camarades ? » Il secouait la tête. Se souvenant de l'avoir vu pleurer ainsi sur leur pauvreté, elle lui fit voir que la situation était des plus rassurantes. Elle venait de payer le loyer. De ce côté-là, ils étaient tranquilles pour trois mois. Elle avait trouvé, la semaine précédente, une heure et demie de ménage, le matin très tôt, et l'on était content de son travail.

« Et puis je ne t'ai pas dit, c'est arrivé hier tantôt. Le chien de Mlle Larrisson est crevé. Pauvre Flic, ce n'était pas une mauvaise bête, mais puisqu'il est mort, autant que ce soit nous qui en profitions. À partir de maintenant, je pourrai emporter les restes de Mlle Larrisson. Elle me l'a offert gentiment. »

Antoine aurait voulu répondre à ces sourires de la vie par des paroles de reconnaissance, mais il restait accablé et cette mélancolie donnait tant d'inquiétude à sa mère qu'elle hésitait à le laisser seul une partie de l'après-midi. À 1 heure et demie, le voyant plus apaisé, elle se décida pourtant à aller faire ses deux heures de ménage chez Mlle Larrisson, qui trouva d'ailleurs à redire à la façon dont elle travailla.

Germaine Buge, que tourmentait le secret chagrin d'Antoine, eut l'idée de se rendre à la sortie de l'école et d'interroger quelqu'un de ses camarades. Elle connaissait surtout le petit Baranquin pour s'être trouvée avec lui au chevet d'Antoine ou devant l'hôpital. Le résultat de l'entretien dépassa ses espérances. Baranquin n'hésita pas une seconde quant aux raisons de la mélancolie d'Antoine. D'un seul coup, la mère apprit l'histoire des bottes et celle de l'oncle Victor d'Amérique.

Rue Élysée-des-Beaux-Arts, après s'être perdue dans d'autres rues, Germaine Buge finit par découvrir la boutique de bric-à-brac. L'étalage était éclairé, mais elle ne put ouvrir la porte. Elle essayait encore de tourner le bec-de-cane lorsque le marchand, écartant un coin de la descente de lit qui aveuglait la glace de la porte, lui fit signe de s'éloigner. Germaine ne comprit pas et lui montra les bottes dans la vitrine. Enfin, le vieillard entrebâilla la porte et lui dit :
« Vous ne comprenez pas ? le magasin est fermé.
– Fermé ? s'étonna Germaine. Il n'est pas 6 heures.
– Mais le magasin n'a pas ouvert ce matin. C'est aujourd'hui ma fête. Vous voyez. »

Ce disant, il apparut tout entier dans l'ouverture et Germaine vit qu'il était en habit et de blanc cravaté. Elle lui expliqua l'objet de sa visite, lui parla d'Antoine qui l'attendait chez elle, mais il ne voulut pas l'entendre.

« Madame, je suis au désespoir, mais je vous répète que c'est aujourd'hui ma fête. J'ai justement là un ami qui est venu me voir. »

Il jeta un coup d'œil en arrière et ajouta en baissant la voix :

« Il est inquiet. Il se demande à qui je parle. Entrez, et faites comme si vous étiez venue me souhaiter ma fête. Il va être furieux, parce qu'il est horriblement jaloux et que tout en moi lui porte ombrage, mais je ne serai pas fâché de lui donner encore une leçon. »

Germaine saisit l'occasion et entra derrière le vieillard. Il n'y avait dans la boutique que le grand oiseau dont lui avait parlé Baranquin. L'échassier lui parut d'autant plus remarquable qu'il était affublé d'une cravate blanche nouée au milieu de son long cou et d'un monocle qu'un ruban noir attachait à l'une des ailes.

Le marchand cligna de l'œil vers Germaine et lui dit du plus fort qu'il put :

« Princesse, quelle bonté d'avoir bien voulu vous souvenir de votre vieil ami et quelle jolie surprise pour moi. »

À la dérobée, il regarda l'oiseau pour juger de l'effet produit par ces paroles et eut un sourire méchant. Germaine, éberluée, ne savait quelle contenance prendre, mais le marchand était d'une loquacité telle qu'il faisait à lui seul les frais de l'entretien, ce qui la mit à l'aise.

Au bout d'un moment, il se tourna vers l'oiseau et l'informa d'une voix triomphante :

« La princesse me donne entièrement raison. La maréchale d'Ancre a été la cause de tout. »

Oubliant la princesse et lui tournant le dos, il se jeta dans une discussion historique où il ne parut pas avoir l'avantage, car il finit par rester silencieux en regardant l'oiseau avec un air de rancune. Germaine, qui trouvait le temps long, profita de ce silence pour lui rappeler qu'elle était venue dans sa boutique avec l'intention d'acheter les bottes.

« C'est curieux, fit observer le marchand. Depuis quelque temps, on me les demande beaucoup.

– Combien valent-elles ?

– Trois mille francs. »

Il avait répondu comme distraitement et il ne parut pas prendre garde à l'effarement de la cliente. Tout à coup, il eut un sursaut et s'écria d'une voix indignée en regardant l'oiseau :

« Naturellement, vous n'êtes pas d'accord non plus ! Vous trouvez que les bottes ne valent pas trois mille francs. Allons, dites-le, ne vous gênez pas. Aujourd'hui que vous avez un monocle, tout vous est permis. »

Après un court silence, il se tourna vers Germaine et lui dit avec un sourire amer :

« Vous l'avez entendu. Il paraît que mes bottes valent tout juste vingt-cinq francs. Eh bien ! soit. Emportez-les pour vingt-cinq francs. Il est entendu que je ne suis plus rien ici. Il est entendu que monsieur est le maître. Prenez-les, madame. »

Il alla chercher les bottes dans la vitrine, les enveloppa dans un journal et les tendit à Germaine :

« Misérable, dit-il à l'oiseau, vous me faites perdre deux mille neuf cent soixante-quinze francs. »

Germaine, qui ouvrait son porte-monnaie à ce moment-là, fut gênée par cette réflexion.

« Je ne voudrais pas profiter, dit-elle au vieillard.

– Laissez donc, murmura-t-il, je vais lui faire son affaire. C'est un envieux et un méchant. Je vais le tuer d'un bon coup d'épée. »

Tandis qu'il prenait les vingt-cinq francs, Germaine vit sa main trembler de colère. Quand il eut les pièces, il se retourna et, à toute volée, les jeta à la tête de l'oiseau, brisant le monocle dont un fragment se balança au bout du ruban de moire. Puis, sans reprendre haleine, il s'empara d'un vieux sabre qui se trouvait en vitrine et dégaina. Germaine Buge s'enfuit avec ses bottes sans attendre le dénouement. Dehors, elle eut l'idée de prévenir un agent ou au moins un voisin. Il lui semblait que l'oiseau fût vraiment en danger. À la réflexion, elle se dit qu'une pareille démarche était sans utilité et risquait de lui attirer des ennuis.

En voyant les bottes, Antoine devint rouge et heureux et il lui sembla que le triste papier neuf qui tapissait les murs était d'un joli vert pomme de printemps. Le soir, quand sa mère fut endormie, il se leva sans bruit, s'habilla et enfila les bottes de sept lieues. Nuit noire, il traversa la mansarde à tâtons et après avoir ouvert la fenêtre avec de longues précautions, grimpa sur le bord du chéneau. Un premier bond le porta en banlieue, à Rosny-sous-Bois ; un deuxième dans le département de Seine-et-Marne. En dix minutes, il fut à l'autre bout de la terre et s'arrêta dans un grand pré pour y cueillir une brassée des premiers rayons du soleil qu'il noua d'un fil de la Vierge.

Antoine retrouva facilement la mansarde où il se glissa sans bruit. Sur le petit lit de sa mère, il posa sa brassée brillante dont la lueur éclaira le visage endormi et il trouva qu'elle était moins fatiguée.

L'HUISSIER

*I*l y avait, dans une petite ville de France, un huissier qui s'appelait Malicorne et il était si scrupuleux dans l'accomplissement de son triste ministère qu'il n'eût pas hésité à saisir ses propres meubles, mais l'occasion ne s'en présenta pas et, du reste, il paraît que la loi ne permet pas à un huissier d'instrumenter contre lui-même. Une nuit qu'il reposait auprès de sa femme, Malicorne mourut en dormant et fut aussitôt admis à comparaître devant saint Pierre, qui juge en première instance. Le grand saint Porte-Clés l'accueillit froidement.

«Vous vous appelez Malicorne et vous êtes huissier. Il n'y en a guère au Paradis.

– Ça ne fait rien, répondit Malicorne. Je ne tiens pas autrement à être avec des confrères.»

Tout en surveillant la mise en place d'une immense cuve, apparemment remplie d'eau, qu'une troupe d'anges venait d'apporter, saint Pierre eut un sourire d'ironie.

«Il me semble, mon garçon, que vous avez pas mal d'illusions.

– J'espère, dit Malicorne, voilà tout. D'ailleurs, je me sens la conscience plutôt tranquille. Bien entendu, je suis un abominable pécheur, un vase d'iniquités, une vermine impure. Ceci dit, il reste que je n'ai jamais fait tort d'un sou à personne, que j'allais régulièrement à la messe et que je m'acquittais des devoirs de ma charge d'huissier à la satisfaction générale.

– Vraiment? fit saint Pierre. Regardez donc cette grande cuve qui vient de monter au ciel avec votre dernier soupir. Que croyez-vous qu'elle contienne?

– Je n'en ai pas la moindre idée.

– Eh bien, elle est pleine des larmes de la veuve et de l'orphelin que vous avez réduits au désespoir.»

L'huissier considéra la cuve et son amer contenu et repartit sans se démonter :

Première publication dans Paris-Toujours, *1ᵉʳ janvier 1941.*

«C'est bien possible. Quand la veuve et l'orphelin sont des mauvais payeurs, il faut recourir à la saisie mobilière. Ceci ne va pas sans des pleurs et des grincements de dents, vous pensez bien. Aussi n'est-il pas surprenant que la cuve soit pleine. Dieu merci, mes affaires marchaient bien et je n'ai pas chômé.»

Tant de paisible cynisme indigna saint Pierre qui s'écria en se tournant vers les anges:

«En Enfer! Qu'on me l'accommode d'un bon feu et qu'on m'entretienne ses brûlures pour l'éternité en les arrosant deux fois par jour avec les larmes de la veuve et de l'orphelin!»

Déjà les anges se précipitaient. Malicorne les arrêta d'un geste très ferme.

«Minute, dit-il. J'en appelle à Dieu de ce jugement inique.»

La procédure est la procédure. Saint Pierre, rageur, dut suspendre l'exécution de sa sentence. Dieu ne se fit pas attendre et, précédé d'un roulement de tonnerre, entra sur un nuage. Lui non plus ne paraissait pas avoir les huissiers en grande faveur. On le vit bien à sa façon bourrue d'interroger Malicorne.

«Mon Dieu, répondit celui-ci, voilà ce qui se passe. Saint Pierre m'impute les larmes de la veuve et de l'orphelin que j'ai fait couler dans l'exercice de ma charge d'huissier et il dispose que ces larmes brûlantes seront l'instrument de mon supplice éternel. C'est une injustice.

– Évidemment, dit Dieu en se tournant vers saint Pierre avec un front sévère. L'huissier qui saisit les meubles du pauvre n'est que l'instrument de la loi humaine, dont il n'est pas responsable. Il ne peut que le plaindre dans son cœur.

– Justement! s'écria saint Pierre. Celui-ci, loin d'accorder une pensée pitoyable au souvenir de ses victimes, en parlait tout à l'heure avec une horrible allégresse et s'y complaisait cyniquement.

– Pas du tout, riposta Malicorne. Je me réjouissais d'avoir été toujours exact à remplir mes fonctions et aussi de ce que le travail ne m'ait pas manqué. Est-ce donc un crime d'aimer son métier et de le bien faire?

– En général, ce n'est pas un crime, accorda Dieu, au contraire. Votre cas est assez particulier, mais, enfin, je veux bien reconnaître que le jugement de saint Pierre a été hâtif. Voyons maintenant vos bonnes œuvres. Où sont-elles?

– Mon Dieu, comme je le disais tout à l'heure à saint Pierre, je suis mort sans rien devoir à personne et j'ai toujours été ponctuel aux offices.

– Et encore?

– Et encore ? Voyons, je me souviens qu'en sortant de la messe, il y a une quinzaine d'années, j'ai donné dix sous à un pauvre.

– C'est exact, fit observer saint Pierre. C'était d'ailleurs une pièce fausse.

– Je suis tranquille, dit Malicorne. Il aura bien trouvé le moyen de la faire passer.

– Est-ce là tout votre actif ?

– Mon Dieu, je me souviens mal. On dit que la main gauche doit ignorer ce que donne la main droite.»

Il fut trop facile de vérifier que ces belles paroles ne cachaient aucune bonne action, ni aucune bonne pensée dont une âme se pût prévaloir devant le tribunal suprême. Dieu paraissait très contrarié. Parlant en hébreu, afin de n'être pas entendu de l'huissier, il dit à saint Pierre :

«Votre imprudence nous aura mis dans un mauvais pas. Évidemment, cet huissier est un bonhomme peu intéressant qui avait sa place toute trouvée en Enfer, mais votre accusation portait à faux et, de plus, vous l'avez gravement offensé dans sa fierté professionnelle. Nous lui devons réparation. Et que voulez-vous que je fasse de lui ? Je ne peux pourtant pas lui ouvrir les portes du Paradis. Ce serait un scandale. Alors ?»

Saint Pierre gardait un silence maussade. S'il n'avait tenu qu'à lui, le sort de l'huissier eût été bientôt réglé.

Le laissant à sa mauvaise humeur, Dieu se tourna vers Malicorne et lui dit en bon français :

«Vous êtes un méchant, mais l'erreur de saint Pierre vous sauve. Il ne sera pas dit que vous avez échappé à l'Enfer pour retomber en Enfer. Comme vous êtes indigne d'entrer au Paradis, je vous renvoie sur la terre poursuivre votre carrière d'huissier et essayer de ressaisir votre chance de béatitude. Allez et profitez de ce sursis qui vous est accordé.»

Le lendemain matin, en s'éveillant auprès de son épouse, Malicorne aurait pu croire qu'il avait rêvé, mais il ne s'y trompa point et réfléchit aux moyens de faire son salut. Il y pensait encore lorsqu'il pénétra dans son étude, à 8 heures. Son clerc, le vieux Bourrichon, qui travaillait avec lui depuis trente ans, était déjà assis à sa table.

«Bourrichon, dit l'huissier en entrant, je vous augmente de cinquante francs par mois.

– Vous êtes trop bon, monsieur Malicorne, protesta Bourrichon en joignant les mains. Merci bien, monsieur Malicorne.»

L'expression de cette gratitude n'émut pas le cœur de l'huissier. Dans un placard, il s'en fut prendre un cahier neuf et, d'un trait vertical, partagea la première page en deux colonnes. En tête de la colonne de gauche, il traça ces mots en lettres rondes : « Mauvaises actions » ; et dans l'autre, en regard : « Bonnes actions. » Il se promit d'être sévère à lui-même et de n'oublier rien qui pût témoigner contre lui. Ce fut dans cet esprit d'austère équité qu'il examina son emploi du temps de ce début de matinée. Il ne trouva rien à faire figurer dans la colonne de gauche et il écrivit au chapitre des bonnes actions : « J'ai, spontanément, augmenté de cinquante francs par mois mon clerc Bourrichon qui ne le méritait pourtant pas. »

Vers 9 heures, il eut la visite de M. Gorgerin, son meilleur client. C'était un gros propriétaire possédant quarante-deux immeubles dans la ville et que le défaut d'argent de certains de ses locataires obligeait à recourir très souvent au ministère de Malicorne. Cette fois, il venait l'entretenir d'une famille besogneuse qui était en retard de deux termes.

« Je ne peux plus attendre. Voilà six mois que je me contente de promesses. Qu'on en finisse. »

Malicorne, non sans répugnance, fit l'effort de plaider la cause de ces mauvais locataires.

« Je me demande si votre intérêt ne serait pas de leur accorder encore des délais. Leurs meubles ne valent pas quatre sous. Le produit de la vente ne couvrira pas le dixième de votre créance.

– Je le sais bien, soupira Gorgerin. J'ai été trop bon. On est toujours trop bon. Ces gens-là en abusent. C'est pourquoi je viens vous demander de faire le nécessaire. Songez que j'ai cent cinquante et un locataires. Si le bruit venait à courir que je suis bon, je n'arriverais plus à encaisser seulement la moitié de mes loyers.

– C'est évident, convint Malicorne. En toutes choses il faut considérer la fin. Mais, rassurez-vous, monsieur Gorgerin. Moi qui vois pas mal de monde, je n'ai entendu dire nulle part que vous étiez bon.

– Tant mieux, ma foi.

– D'une certaine façon, peut-être, en effet. »

Malicorne n'osa pas achever sa pensée. Il rêvait à la situation confortable d'un pécheur arrivant devant le tribunal de Dieu, précédé de la rumeur de toute une ville qui témoignait de sa bonté. Après avoir reconduit son client jusqu'à la porte, il s'en fut tout droit à la cuisine et, en présence de sa femme épouvantée, dit à la servante :

« Mélanie, je vous augmente de cinquante francs par mois. »

Sans attendre les remerciements, il revint à l'étude et écrivit sur son cahier, dans la colonne des bonnes actions: «J'ai, spontanément, augmenté de cinquante francs par mois ma servante Mélanie qui est pourtant un souillon.» N'ayant plus personne à augmenter, il s'en alla dans les bas quartiers de la ville, où il visita quelques familles pauvres. Les hôtes ne le voyaient pas entrer sans appréhension et l'accueillaient avec une réserve hostile, mais il se hâtait de les rassurer et laissait en partant un billet de cinquante francs. En général, lorsqu'il était sorti, ses obligés empochaient l'argent en grommelant: «Vieux voleur (ou vieil assassin, ou vieux grippe-sou), il peut bien faire la charité avec tout ce qu'il a gagné sur notre misère.» Mais c'était là plutôt une façon de parler qu'imposait la pudeur d'un revirement d'opinion.

Au soir de sa résurrection, Malicorne avait inscrit dans son cahier douze bonnes actions qui lui revenaient à six cents francs, et pas une mauvaise. Le lendemain et les jours suivants, il continua de distribuer de l'argent aux familles nécessiteuses. Il s'était imposé une moyenne quotidienne de douze bonnes actions, qu'il portait à quinze ou seize quand son foie ou son estomac lui inspirait des inquiétudes. Une digestion un peu laborieuse de l'huissier valut ainsi une nouvelle augmentation de cinquante francs à Bourrichon qui, naguère encore, redoutait ce genre de malaise dont il faisait presque toujours les frais.

Tant de bienfaits ne pouvaient passer inaperçus. Le bruit courut en ville que Malicorne préparait les voies à une candidature électorale, car on le connaissait de trop longue date pour admettre qu'il agissait dans un but désintéressé. Il eut un instant de découragement, mais en songeant à l'importance de l'enjeu, il se ressaisit bien vite et redoubla de charités. Au lieu de borner sa générosité à des aumônes aux particuliers, il eut l'idée de faire des dons à l'œuvre des Dames patronnesses de la ville, au curé de sa paroisse, à des sociétés de secours mutuels, à la Fraternelle des pompiers, à l'Amicale des anciens élèves du collège et à toutes les œuvres, chrétiennes ou laïques, constituées sous la présidence d'un personnage influent. En quatre mois il eut dépensé ainsi près d'un dixième de sa fortune, mais sa réputation était solidement établie. On le donnait dans toute la ville comme un modèle de charité et son exemple fut si entraînant que les dons se mirent à affluer de toutes parts aux entreprises philanthropiques, en sorte que les comités directeurs purent organiser de nombreux banquets où la chère était fine, abondante, et où l'on tenait des propos édifiants. Les pauvres eux-mêmes ne marchan-

daient plus leur gratitude à Malicorne dont la bonté devint proverbiale. On disait couramment : « Bon comme Malicorne », et il arrivait
même assez souvent, et de plus en plus, qu'à cette locution, sans trop
y penser, on en substituât une autre, si étonnante et si insolite
qu'elle sonnait à des oreilles étrangères comme une plaisanterie un
peu agressive. On disait, en effet : « Bon comme un huissier. »
Malicorne n'eut plus qu'à entretenir cette réputation et, tout en persévérant dans ses bonnes œuvres, attendit d'un cœur tranquille que
Dieu voulût bien le rappeler à lui. Lorsqu'il apportait un don à
l'œuvre des Dames patronnesses, la présidente, Mme de Saint-
Onuphre, lui disait avec tendresse : « Monsieur Malicorne, vous êtes
un saint. » Et il protestait avec humilité : « Oh ! Madame, un saint,
c'est trop dire. J'en suis encore loin. »
Sa femme, ménagère pratique et économe, trouvait que toute cette
bonté revenait cher. Elle se montrait d'autant plus irritée que la vraie
raison de ces prodigalités ne lui échappait pas. « Tu achètes ta part de
paradis, disait-elle assez crûment, mais tu ne donnes pas un sou
pour la mienne. Je reconnais bien là ton égoïsme. » Malicorne protestait mollement qu'il donnait pour le plaisir de donner, mais ce
reproche lui était sensible et il n'avait pas la conscience en paix, si
bien qu'il autorisa sa femme à faire toutes dépenses qu'elle jugerait
utiles pour entrer au ciel. Elle déclina cette offre généreuse avec indignation et il ne put se défendre d'en éprouver un vif soulagement.
Au bout d'un an, l'huissier, qui continuait à tenir registre de ses
bonnes actions, en avait rempli six cahiers du format écolier. À
chaque instant, il les sortait de leur tiroir, les soupesait avec bonheur
et parfois s'attardait à les feuilleter. Rien n'était réconfortant comme
la vue de toutes ces pages, où les bonnes œuvres s'inscrivaient en
colonnes serrées, à côté des grandes marges blanches, dont la plupart étaient vierges de mauvaises actions. Malicorne, avec un avant-
goût de béatitude, rêvait à l'heure où il comparaîtrait, chargé de ce
bagage imposant.
Un matin qu'il venait de saisir les meubles d'un chômeur, l'huissier,
tandis qu'il marchait par les ruelles du bas quartier, se sentit troublé
et inquiet. C'était une espèce d'incertitude poignante et mélancolique
ne se rapportant à aucun objet précis et qu'il ne lui souvenait pas
d'avoir jamais éprouvée. Pourtant, il avait accompli son devoir sans
peur et sans vaine pitié et après l'opération, en faisant au chômeur la
charité d'un billet de cinquante francs, il n'avait même pas été ému.
Rue de la Poterne, il franchit le seuil d'une vieille maison de misère,
humide et puante, qui appartenait à son client, M. Gorgerin. Il la

connaissait de longue date pour avoir instrumenté contre plusieurs locataires et il y était venu la veille distribuer quelques aumônes. Il lui restait à visiter le troisième étage. Après avoir suivi un couloir obscur, aux murailles poisseuses et grimpé trois rampes, il déboucha dans une étrange lumière de grenier. Le troisième et dernier étage n'était éclairé que par une lucarne qui s'ouvrait dans un renfoncement du toit mansardé. Malicorne, un peu essoufflé par la montée, s'arrêta un instant à examiner les lieux. Le plâtre des cloisons mansardées, sous l'effet de l'humidité, formait des boursouflures dont plusieurs avaient éclaté, laissant apparaître comme un fond d'abcès, le bois noir et pourri d'un chevron ou du lattis. Sous la lucarne, une cuvette de fer et une serpillière posaient à même le plancher que ces précautions ne protégeaient sans doute pas suffisamment des infiltrations d'eau de pluie, car il était rongé et vermoulu et avait, par endroits, le moelleux d'un tapis. Ni l'aspect de ce palier sombre et étroit, ni le relent fade qu'on y respirait, n'avaient de quoi surprendre l'huissier qui en avait vu bien d'autres au cours de sa carrière. Pourtant, son inquiétude était devenue plus lancinante et il lui semblait qu'elle fût sur le point de prendre un sens. Il entendit pleurer un enfant dans l'un des deux logements qui ouvraient sur le palier, mais ne sut reconnaître avec certitude de quel côté venait la voix et frappa au hasard à l'une des deux portes.

Le logement était de deux pièces en enfilade, étroites comme un couloir, et la première, qui ne recevait de jour que par la porte vitrée de communication, était encore plus sombre que le palier. Une femme mince, au visage très jeune, mais fatigué, accueillit Malicorne. Un enfant de deux ans se tenait dans ses jupes, les yeux humides et regardant le visiteur avec une curiosité qui, déjà, lui faisait oublier son chagrin. La seconde pièce, dans laquelle fut introduit l'huissier, était meublée d'un lit de sangles, d'une petite table en bois blanc, de deux chaises et d'une vieille machine à coudre placée devant la fenêtre mansardée qui donnait sur des toits. La misère de cet intérieur n'offrait rien non plus qu'il n'eût déjà vu ailleurs, mais, pour la première fois de sa vie, Malicorne se sentait intimidé en entrant chez un pauvre.

Habituellement, ses visites de charité étaient des plus brèves. Sans s'asseoir, il posait quelques questions précises, débitait une formule d'encouragement et, lâchant son aumône, prenait aussitôt la porte. Cette fois, il ne savait plus très bien pourquoi il était venu et ne pensait plus à mettre la main à son portefeuille. Les idées tremblaient dans sa tête et les paroles sur ses lèvres. Il osait à peine lever les

yeux sur la petite couturière en songeant à sa profession d'huissier. De son côté, elle n'était pas moins intimidée, quoique sa réputation d'homme charitable lui fût connue depuis longtemps. L'enfant fit presque tous les frais de l'entretien. D'abord craintif, il ne tarda pas à s'apprivoiser et, de lui-même, monta sur les genoux de Malicorne. Celui-ci eut un regret si vif de n'avoir pas de bonbons qu'il sentit une petite envie de pleurer. Soudain, on entendit frapper rudement à la porte, comme à coups de canne. La couturière parut bouleversée et passa dans l'autre pièce, dont elle ferma la porte de communication. « Alors ? » dit une grosse voix rogue, que Malicorne reconnut pour être celle de Gorgerin. « Alors ? J'espère que c'est pour aujourd'hui ? » La réponse parvint à l'huissier comme un murmure indistinct, mais le sens était trop facile à saisir. Gorgerin se mit à rugir d'une voix terrible, qui effraya l'enfant et dut emplir toute la maison :
« Ah ! non ! J'en ai assez, moi ! Vous ne me paierez plus avec des balivernes. Je veux mon argent. Donnez-moi mon argent et tout de suite ! Allons, montrez-moi où vous mettez vos économies. Je veux les voir. »
Dans un autre temps, Malicorne eût admiré en connaisseur l'entrain avec lequel Gorgerin menait la rude besogne qui consiste à encaisser les loyers des pauvres. Mais il éprouvait le même sentiment de crainte qui faisait battre le cœur de l'enfant réfugié dans ses bras.
« Allons, sortez votre argent ! clamait Gorgerin. Donnez-le ou je saurai bien le trouver, moi ! »
L'huissier se leva et, posant l'enfant sur la chaise, passa dans l'autre pièce sans intention précise.
« Tiens ! s'écria Gorgerin. J'allais parler du loup et le voilà qui sort du bois.
– Décampez ! » ordonna l'huissier.
Interloqué, Gorgerin le considérait avec des yeux stupides.
« Décampez ! répéta Malicorne.
– Voyons, vous perdez la tête. Je suis le propriétaire. »
Effectivement, Malicorne perdait la tête, car il se rua sur Gorgerin et le jeta hors du logis en vociférant :
« Un sale cochon de propriétaire, oui. À bas les propriétaires ! À bas les propriétaires ! »
Craignant pour sa vie, Gorgerin tira un revolver et, ajustant l'huissier, l'étendit roide mort sur le petit palier, à côté de la cuvette et de la serpillière.
Dieu se trouvait à passer par la salle d'audience lorsque Malicorne fut admis à comparaître.

«Ah! dit-il, voici revenir notre huissier. Et comment s'est-il comporté?
– Ma foi, répondit saint Pierre, je vois que son compte ne sera pas long à régler.
– Voyons un peu ses bonnes œuvres.
– Oh! ne parlons pas de ses bonnes œuvres. Il n'en a qu'une à son actif.»
Ici, saint Pierre considéra Malicorne avec un sourire attendri. L'huissier voulut protester et faire état de toutes les bonnes actions inscrites dans ses cahiers, mais le saint ne lui laissa pas la parole.
«Oui, une seule bonne œuvre, mais qui est de poids. Il a crié, lui, un huissier: "À bas les propriétaires!"
– Que c'est beau, murmura Dieu. Que c'est beau.
– Il l'a crié par deux fois et il en est mort au moment même où il défendait une pauvresse contre la férocité de son propriétaire.»
Dieu, émerveillé, commanda aux anges de jouer, en l'honneur de Malicorne, du luth, de la viole, du hautbois et du flageolet. Ensuite, il fit ouvrir les portes du ciel à deux battants, comme cela se fait pour les déshérités, les clochards, les claque-dents et les condamnés à mort. Et l'huissier, porté par un air de musique, entra au Paradis avec un rond de lumière sur la tête.

EN ATTENDANT

*P*endant la guerre 1939-1972, il y avait à Montmartre, à la porte d'une épicerie de la rue Caulaincourt, une queue de quatorze personnes, lesquelles s'étant prises d'amitié, décidèrent de ne plus se quitter.

«Moi, dit un vieillard, je n'ai guère envie de rentrer. Ce qui m'attend chez moi, c'est pas de feu et tout seul pour manger mon pain, deux cents grammes par jour et pas grand-chose à mettre avec. Ma femme est morte il y a un mois. Ce n'est pas tant les privations et si je vous le disais, vous ne me croiriez pas, elle est morte à propos d'un renard. Sans la guerre elle serait du monde et comme elle disait, on n'avait pas mérité ça. Ce n'est pas pour me plaindre, allez, mais dans ma vie j'ai travaillé et qu'est-ce qui m'en reste, à présent? Juste la fatigue de mes peines. Pendant quarante ans j'ai été vendeur dans les tissus d'ameublement. C'est des métiers durs, il ne semble pas, mais toute la journée sur ses jambes et l'œil au client, toujours le sourire, toujours la réplique et l'air d'être là. Le chef de rayon sur le dos à vous surveiller et raison ou pas, quand il vous passe un abatage, vous n'avez qu'à vous incliner. C'est ça ou bien prendre la porte. Et on gagnait juste de quoi vivre. Le fixe payait le loyer à peine, et la guelte, ce n'était pas le Pérou non plus. Pour vous représenter, l'un dans l'autre, en 1913, c'était cent quatre-vingts par mois. Mettez aussi trois filles qu'il a fallu élever, ma femme, par le fait, empêchée de gagner. Elle ne l'avait pas rose non plus: deux filles pas bien fortes, toujours une malade, et le souci de faire avec pas grand-chose. Par là-dessus, 1914 et simple soldat, à l'arrière bien sûr, mais cinq ans ou presque à ne rien gagner. Je rentre en 1919, ma place était prise. Enfin, j'arrive à me caser chez Bourakim et Balandra. Dans ces années-là, la vente marchait bien. Je me faisais des bonnes gueltes, les filles commençaient à gagner aussi. Ma femme me disait, cette fois, on va quand même vers le meilleur.

Première publication dans le recueil Le Passe-Muraille, *Gallimard, 1943.*

Mais moi, j'étais sur mes quarante-huit ans, je voyais venir le temps qu'il faudrait remiser. Quand elle poussait à la dépense, moi je lui parlais économies. Ma femme était restée jolie, plus toute jeune bien sûr, mais jolie quand même, et d'être coquette, le temps et l'argent lui avaient manqué. Vous dire qu'elle y pensait maintenant, ce n'était pas tout à fait ça. La vérité, c'est qu'elle avait plutôt des regrets ou si vous voulez, des idées, si bien qu'elle finit par se mettre dans la tête de s'acheter un renard argenté. Elle me le disait sans avoir l'air. Vous savez, comme on dit des fois, si j'étais riche, je m'achèterais... Dans son fond, elle comprenait bien que c'était de la folie. La preuve, c'est qu'un jour je lui dis, ton renard, après tout, on pourrait l'acheter, et que c'est elle qui n'a pas voulu. Mais l'envie lui restait quand même. Huit ou dix ans se passent, des ennuis, ma cadette au sanatorium, un gendre qui s'est mis à boire. Son renard, ma femme en parlait en riant, mais vous savez, un rire tout triste, j'en avais de la peine. Un soir, en sortant de chez Bourakim, je rencontre mon ancien patron qui me demande si je ne voulais pas rentrer chez lui comme chef de rayon. Moi, chef de rayon, vous pensez, je croyais rêver. D'un autre côté, je m'inquiétais. C'était en 1934, j'avais presque soixante-trois ans. À cet âge-là, n'est-ce pas, les idées de revanche sont passées, on n'a déjà plus toute la méchanceté qu'il faut pour bien commander. Mais je n'allais pas laisser passer ça. Pour moi, c'était une belle situation, sans compter la chose de se dire qu'on a réussi à percer quand même. Ma femme était contente aussi. Vous savez comment sont les femmes. On est chez un commerçant, on cause, on dit à une voisine, je vous aurai des prix, mon mari est chef de rayon chez Nadar. Par le fait on s'est trouvé un peu grisé, moi aussi bien qu'elle. Un beau soir, je rentre chez nous avec un paquet à la main et c'était le renard argenté. Une bête de toute beauté, c'était, je n'avais pas acheté dans un sac. Comme vendeur, on se fait des relations. Moi, je connaissais le petit cousin d'un fourreur boulevard de Strasbourg. Le renard m'avait coûté deux mille, mais il les valait. Quand je l'ai déballé, ma femme, elle s'est mise à pleurer. Je n'ai jamais vu quelqu'un de si heureux. Elle n'osait pas le croire. Son renard, elle ne l'aura pourtant pas mis souvent, quatre ou cinq fois, peut-être six, une cérémonie, un baptême, ou dîner en ville chez des gens gênants. Des fois, quand on sortait le dimanche, je lui disais : "Marie, mets-le donc, ce renard." Mais non, elle avait trop peur de l'user. Elle l'avait placé dans un beau carton avec des boules de naphtaline et bien enveloppé dans du papier de soie. Une fois par semaine, le jeudi, elle lui faisait prendre l'air à la fenêtre et c'était bien un peu aussi pour le mettre au nez des voisins, pour leur faire savoir qu'elle avait un renard argenté. Et voyez ce que c'est, elle en avait seulement plus de plaisir que si elle l'avait porté tous les jours. Elle était heureuse, moi aussi. Et puis, en 1937, moi si dur, voilà que je me porte moins bien, la vieillesse m'arrive tout d'un coup. La tête lourde, toujours sommeil, les jambes enflées, j'étais fini pour le travail, il a fallu poser le collier et penser à vivre avec le revenu de nos économies. Soixante-cinq mille francs, on avait, qu'il a fallu mettre en viager. Et même en viager, le revenu n'était pas lourd, vous vous en doutez. Pourtant on arrivait à vivre proprement, on faisait attention, voilà tout. Après ça, c'est la guerre qui vient, les Allemands, l'exode. On a réfléchi. Je voyais cinq ans de guerre sur la Loire, mes filles et mes gendres de l'autre côté, nous, mourir sans les avoir vus. Nous voilà partis, moi un peu de linge dans une valise, ma femme son renard dans un carton et un mois plus tard, on était de retour. Tant qu'il a fait beau, ça allait, mais après. Question de manger et la dépense, l'avenir s'annonçait difficile. Avec ça, deux gendres prisonniers, une des petites qui se trouvait d'attendre un enfant, il a bien fallu les aider. On n'arrivait plus. Les prix montaient, montaient, mais la rente viagère, elle, ne bougeait pas. Et moi, après l'hiver dernier, il a fallu que je tombe malade. Le médecin disait : "Il faut vous alimenter mieux." Bien sûr, mais l'argent. C'est bon, dit ma femme, ne te tourmente pas, on s'en sortira encore pour cette fois. C'est vrai qu'au printemps, je me retrouve à peu près d'aplomb, mais elle, je la vois qui commence à baisser. Des mélancolies, elle avait, les jambes molles, le cœur, l'estomac, enfin quoi, le mauvais déversant de la pente. A fallu qu'elle se mette au lit. Un jeudi matin, avant d'aller aux commissions, c'était la fin de l'été, un joli soleil, je lui dis : "Marie, tu veux que je mette ton renard à la fenêtre ?" Sa pauvre tête sur l'oreiller voilà qu'elle la tourne vers moi, ses yeux brillaient comme jamais vus, son menton s'est mis à trembler. "Mon renard, elle me dit, je l'ai vendu." Elle l'avait vendu huit cents francs. Il y a un mois quand elle est morte, j'ai pensé lui en acheter un pour qu'elle n'en ait pas le regret dans sa tombe. Si ce n'est pas trop cher, je me disais, je trouverai peut-être à emprunter. Je me suis renseigné. Un renard argenté, d'occasion, ça va chercher dans les dix mille.

– Moi, dit un enfant, j'ai faim. J'ai toujours faim.

– Moi, dit une jeune femme, je ferais mieux de ne pas rentrer. Mon mari est en Silésie, dans un kommando. Il a vingt-huit ans, moi, vingt-cinq, la guerre ne finira jamais. Les jours passent, les mois, les années, ma vie se fait sans lui, et même elle se fait solidement. J'ai beau avoir sa photo dans mon sac, dans ma chambre et sur tous les meubles, je suis seule maintenant à penser et à décider. Le dimanche, j'allais avec lui au rugby, au fodeballe ou au vélodrome. J'applaudissais, je criais: "Vas-y, ou bien allez, dégage." Tous les jours, je lisais *L'Auto*, je lui disais: "Dis-donc, Magne a l'air de tenir la grande forme." Le dimanche, maintenant, je vais au cinéma ou je reste chez moi. Quand il reviendra, je n'arriverai plus à me faire croire que le sport m'intéresse. Je sens que je n'essaierai même pas. Les gens qu'il aimait, je ne les vois plus guère. Avant la guerre, nous allions beaucoup chez les Bourillot, ils venaient chez nous. Bourillot était un ancien camarade d'école de mon mari. Il avait couché avec une actrice, connaissait un sénateur, avait passé quinze jours à New York. Il traitait mon mari comme un minus, l'appelait Duchnoc et Lahuri, me pinçait les cuisses devant lui, ça faisait rire sa femme. En rentrant chez nous, mon mari me disait: "Ces Bourillot, quels amis charmants." Je répondais oui, pas seulement pour lui faire plaisir, mais un oui qui sortait du cœur. Maintenant, Bourillot, rien que le son de sa voix m'est insupportable. La même chose pour mes beaux-parents, j'espace les visites. Ils sont en carton. Et les détails de l'existence. Lire au lit, sortir en cheveux, me lever tard, me coiffer dans le dos, aller au théâtre, être en retard aux rendez-vous, et tant d'autres choses défendues qui ne pourront plus l'être. Quel chemin j'aurai parcouru, presque sans sortir de l'appartement. Le plaisir que j'ai, c'est bien le pire, à n'écouter que moi, à disposer de moi. Les premiers temps, je le consultais, je me disais, voyons, s'il était là. Maintenant de moins en moins et c'est pour me dire oui, bien sûr, mais quoi, c'est comme ça. Ce qui est grave aussi, c'est que je ne m'ennuie pas une minute. Je souffre de le sentir là-bas, je donnerais tout au monde pour le voir revenir, mais enfin, je ne m'ennuie jamais. J'ai une vie à moi, une vie façonnée à ma volonté et qui ne pourra plus se confondre avec celle d'un autre. À son retour, bien sûr, je ferai en sorte que rien ne soit changé. Je l'accompagnerai au rugby, je reverrai les Bourillot et les beaux-parents, j'essaierai de ne plus lire au lit. Mais sûrement je lui en voudrai et malgré moi, à tout moment, je penserai à une autre manière de vivre qui me paraîtra plus sincère. Je ne suis plus la femme qu'il a laissée, je me suis comme reprise. Que voulez-vous que j'y fasse? Un couple, ce n'est pas une combinaison chimique. Quand les éléments se trouvent séparés, il ne suffit pas de les remettre en présence pour refaire ce qu'on a défait. Les gens qui déclarent les guerres devraient bien penser à ça. Le plus dangereux, c'est que je suis restée sérieuse, que je le resterai, vite du bois. Je n'aurai rien à me faire pardonner, j'aurai la tête libre pour juger. Je connais une femme de prisonnier, qui a pris tout de suite un amant. Mais quand son mari rentrera elle n'aura pas perdu le goût de se façonner à un homme. Leur vie reprendra facilement. Je sais, il y a des femmes qui se marient tard, à trente ans et plus, leur vie déjà faite. Mais celles-là n'ont qu'à s'adapter, bien ou mal. Elles n'auront pas besoin de cacher que le rugby les assomme. Leur franchise n'aura pas l'air d'une trahison. Personne ne leur demandera de dire ou de faire des choses auxquelles elles ne croient pas. On dit que l'amour fait des miracles. C'est bien ce qui me fait peur aussi. Parce qu'enfin, si je dois recommencer à aimer le vélodrome et les Bourillot, je ne sais plus ce qu'il faut souhaiter. Je suis si contente d'être comme je suis maintenant. Ce que je vous dis là, je devrais peut-être l'écrire à Maurice, il s'appelle Maurice. Je n'ose pas. Je sais qu'il attend le jour où la vie reprendra pareille. Dans sa dernière lettre, il disait : "Tu te souviens notre dernier dimanche au Vél'd'hiv." Vous pensez quel coup ce serait pour lui si j'étais sincère. Dans mon existence de femme seule, j'ai pourtant appris à ne rien me cacher. À la première scène qu'il me fera ou bien moi à lui, j'en aurai à lui dire. J'ai peur d'y penser. J'aurais besoin, pendant qu'il est temps, de me réapprendre à mentir. En somme, j'aurais besoin d'amis.

– Moi, dit une très vieille femme, je ne crois plus en Dieu. Hier soir, j'ai touché deux œufs, des vrais œufs. En rentrant chez moi, mon pied a manqué le trottoir, je les ai cassés tous les deux. Je ne crois plus en Dieu.

– Moi, dit une mère de famille, j'ai toujours un peu peur de rentrer. J'en ai quatre qui m'attendent à la maison. L'aîné a douze ans. Le cinquième est mort en 1941, après l'hiver rutabaga. La tuberculose me l'a ramassé. Il aurait fallu de la viande tous les jours et de la nourriture nourrissante. Où donc je l'aurais prise ? Mon mari chemin de fer, moi faire des ménages quand j'ai le temps, vous pouvez compter qu'avec ça, on n'achète pas au marché noir. Il est mort autant dire de faim. Et les autres, ils sont dans le mauvais tournant, eux aussi. Maigres, des pauvres figures blanches, et toujours un rhume ou la gorge, et fatigués, les yeux battus, guère envie de jouer. Quand je rentre des commissions, ils s'approchent de moi tous les quatre, voir ce que j'apporte dans mon sac. Je les houspille : "Allez, restez pas dans mes jambes." Ils s'en vont, toujours sans rien dire. Des fois, je peux pas, j'ai pas la force. Hier, mon sac, il était vide, mais ce qui s'appelle vide, ravitaillement pas arrivé. De les voir venir tous les quatre, le cœur m'a comme éclaté, j'ai pleuré. Par-dessus tout ça, mettez pas de chauffage, par le froid, et la semaine passée, le gaz coupé huit jours, rien de chaud à leur mettre dans le ventre. De froid, ils en ont la peau grise, les yeux morts et l'air de nous dire, mais qu'est-ce qu'on a fait? Et les engelures et les crevasses, il faut voir leurs pieds. Des galoches, même avec un bon, ce n'est pas facile d'en trouver à des prix pour nous. Tenez, en ce moment, je n'en ai que trois paires pour les quatre. Ce qui arrange les choses, c'est que j'en ai toujours au moins un de malade, qui reste couché. M'arrive d'aller à la mairie réclamer un bon de supplément, un bon de ceci, un bon de cela. Je devrais pas, je sais ce qui m'attend, mais quand je vois mes gosses toussoteux, maigrefoutus et rien au ventre, c'est plus fort que moi, je m'en vais réclamer. Pensez-vous, ils m'envoient baigner, la gueule en travers et des mots pas propres. Je suis pas assez bien habillée. Et où que je me retourne, allez, c'est toujours du pareil au même. Un fonctionnaire à son guichet, c'est le chien des riches et des grossiums. Quand il voit du pauvre, il montre les dents. Qu'est-ce que j'avais besoin, aussi, de mettre des enfants au monde? Ce qui m'arrive, je l'ai bien cherché. S'ils doivent se périr tous les quatre, qui c'est donc que ça dérangera? Pas le gouvernement, bien sûr, ni la mairie. Et les richards encore bien moins. Pendant que mes enfants meurent de faim, pour ces cochons-là, c'est des œufs à vingt francs la pièce, viande à tous les repas, beurre à quatre cents francs, poulets, jambons à s'en faire éclater le gilet. Et les habits et les souliers et les chapeaux, leur manque rien, soyez tranquilles. Les riches, ils mangent plus qu'avant guerre, ils se forcent même à manger, peur d'en laisser aux malheureux. J'invente pas. Hier, j'ai entendu chez l'épicier deux femmes harnachées, pardon, fourrures, bijoux et pékinois, elles disaient que les gens, de peur de manquer, ils mangeaient le double d'autrefois. C'est comme ça chez nous, elles disaient. Parlez-moi des riches. Tous assassins, tueurs d'enfants, voilà ce que c'est. Marchez, la guerre, ça durera pas toujours. Quand les Allemands ils partiront, on aura des comptes à régler. Tous ceux qui auront la gueule fraîche et le ventre sur la ceinture, on aura deux mots à leur dire. Pour chacun de mes gosses qu'ils m'auront assassiné, il m'en faudra dix. À coups de galoche dans la gueule que je les tuerai, et je mettrai du temps, je veux qu'ils souffrent. Les cochons, ils ont le ventre plein quand ils viennent nous causer honneur, loyauté et tout le tremblement. Moi, l'honneur, on en recausera quand mes enfants n'auront plus faim. Des fois, je dis à mon époux: "Victor, je lui dis, débrouille-toi un peu, à ta gare du Nord ; il y a des employés qui prennent des colis de prisonniers, fais-en autant ; quand chacun n'en a que pour son ventre, que les riches, ils se moquent des lois qu'ils ont fabriquées, y a pas tant à tournicoler : c'est chacun pour soi, n'importe comment." Mais lui, pensez-vous, c'est le père de famille honnête homme. L'honneur, il l'a dans les dents comme du caramel. Et tant pis pour nous.

– Moi, dit une fillette de douze ans, si vous saviez ce qui m'est arrivé. Le soir en rentrant chez moi, dans les escaliers de la rue Patureau, il y avait un homme, un grand, pas rasé, l'air sournois, qui me regardait avec des yeux, je peux pas dire comment. Ma mère, elle le dit souvent, que tous les hommes c'est des cochons. Mais celui-là, j'en avais peur. Hier soir, il s'était caché dans une encoignure. Quand je suis passée, il m'a sauté dessus. Il m'a allongée de tout mon long sur la pierre. Et il m'a volé mes lacets de souliers.

– Moi, dit une vieille demoiselle, je suis bien fatiguée. La vie, les choses qui arrivent maintenant, ce n'est plus guère pour moi, et de moins en moins. Je suis couturière dans la rue Hermel, mais pas besoin de vous le dire, je ne couds plus grand-chose. Avant guerre, c'était déjà dur. Je faisais la robe, le manteau, le tailleur, le corsage aussi. J'ai eu jusqu'à cinq ouvrières. J'avais la clientèle bourgeoise, je vous parle d'il y a longtemps. Après, la concurrence est venue. Il y avait les grands magasins, les spécialistes du tailleur, ceux de la robe, ceux de la blouse. Et le tout fait, l'article de série. Sauf que c'était moins solide, ils faisaient presque mieux que moi et moins cher aussi, il faut le dire. À la fin, je faisais surtout des rafistolages, des transformations, je n'avais plus qu'une ouvrière, mal payée, mais faire autrement ? Et maintenant je n'ai plus d'étoffe. Vous me direz, il y a le marché noir, mais moi, je ne suis pas dans le mouvement. Et les capitaux que je n'ai pas. Quand on est vieux, pour engrener au marché noir, il faut être riche ou bien dans le courant des affaires ou encore être fonctionnaire. Avant guerre, on m'apportait encore du travail à façon. C'est fini ou presque. Les femmes qui s'achètent du tissu à quinze cents francs le mètre, elles veulent des façons qui soient chères aussi. À moins de deux ou trois mille francs, elles n'ont pas confiance et moi, si je demande plus de trois cents, on me rira au nez. Maintenant je suis la vieille couturière. C'est ce qu'on dit quand on parle de moi, une vieille couturière, rue Hermel, qui fait des petits travaux pour presque rien. La vieille couturière, oui. Et il y a seulement dix ans, j'habillais les commerçantes bien, et même des femmes de commissaires et d'avocats. Mais si je

vous disais que Mme Bourquenoir, la femme du conseiller municipal, c'est moi qui faisais ses robes. Quand je pense où j'en suis
venue : rétrécir des habits pour les pauvres du coin, tailler des
culottes de garçon dans des vieux manteaux, mettre des pièces, faire
durer. Quand on a été une vraie ouvrière, c'est pénible, allez. Et de
la besogne comme ça, si j'en avais à suffisance, mais non, il s'en faut.
Ma chance, c'est qu'avec les tickets on ne peut pas manger à sa faim,
sans quoi je n'aurais pas du travail pour. J'ai soixante-cinq ans, je
n'ai jamais été jolie, et si je comptais pour quelque chose, c'est parce
que j'avais un métier, un vrai, mademoiselle Duchat, robes, manteaux, tailleurs. Juste avant la guerre, même encore, j'étais connue
des commerçants. Si peu que j'achetais, n'est-ce pas, c'était quand
même des sourires et des mots polis, des : "Bonjour mademoiselle
Duchat." Mais aujourd'hui les commerçants, ils ne savent plus
mettre un nom que sur l'argent. Les pauvres, ils ne les connaissent
plus. La guerre, elle finira peut-être un jour, mais moi, je resterai à
l'écart. Les femmes retrouveront leur mari, les hommes leur métier,
mais personne ne viendra me le dire. Je n'attends plus rien, moi.
– Moi, dit un gamin, je voudrais bien que la fin du monde arrive
avant midi. Je viens de perdre toutes nos cartes de pain. Ma mère le
sait pas encore.
– Moi, dit une fille de mauvaise vie, j'en ai marre. Je suis ce que vous
savez, mais faudrait pas vous figurer. Bien des gens, ils croient que
le métier, c'est le bon moyen pour s'engraisser. Ça, bien sûr, vous
trouverez des femmes qui font leur sac dans la journée, mais ces
tapins-là, c'est pas pour ma poire. Moi, je fais du courant, mon
client, c'est le client moyen qui gratte sur son mois pour la distraction. Autrefois, je me faisais mes cent francs l'un dans l'autre, peut-
être un peu plus, guère avec. En vivant un peu à l'économie, mon
bonhomme et moi, on arrivait à s'en tirer et même à en mettre un
peu à la caisse d'épargne. Fernando, son idée à lui, c'était qu'on
achète un jour une buvette au bord de la Marne. Remarquez bien
qu'avant la guerre c'était pas des choses impossibles. Et encore, la
guerre, ça aurait pu être une bonne chose, si seulement le pays
l'avait été prêt. Mais du haut en bas, il y avait trop de laisser aller, le
Français était trop jouisseur. Il y a eu des fautes de commises. Total,
on est dans le blaquaoute. Pendant la drôlette on n'a pourtant pas
trop souffert, au contraire. Il y avait du monde, l'homme n'était pas
rare, il voulait du linge. Même après aussi, quand les Allemands ils
ont déboulé dans Paris, on a eu une bonne époque. Tous leurs militaires, ils les envoyaient visiter Paris. Maintenant, le militaire, il s'est

éclairci. Bien finie, qu'elle est, l'époque du tourisme. Avec ça, vous avez à peine le temps de travailler. Voyez à la saison qu'on est, à 6 heures, il fait déjà noir. Il faut travailler au café. Les consommations, elles sont chères, on est forcément beaucoup de femmes et pour le client, question atmosphère, c'est pas la même chose que la rue. Et ça ne m'avantage pas non plus. Vous avez des femmes qui ont l'œil vicieux ou des estamboums qui provoquent. Moi, ce que j'aurais de mieux, je sais pas si vous avez remarqué, c'est des pieds jusqu'à la ceinture, mais je peux pas m'asseoir sur la table. Des femmes, il y en a aussi qui parlent l'allemand, ça donne des facilités pour le militaire. Fernando, il a voulu me le faire apprendre, il m'envoyait tous les matins dans une école. Mais je comprenais rien, j'ai laissé tomber. Moi, voyez ce que c'est, même l'argot, j'ai jamais pu me le faire entrer. Question d'éducation aussi. Chez moi, on n'a jamais causé argot. Mes vieusoques, ils auraient pas toléré. Avec eux, c'était labeur, labeur. Et midi pour sortir le soir. Dans un sens ils avaient pas tort. Aujourd'hui, pour ce que ça rapporte, sortir le soir. Les prix ont bien monté un peu, mais au prix que tout coûte à présent, ça ne compte pas. Se loger et nourrir un homme, vous vous rendez compte. Avec ça il me faut du linge, des bas de soie, et lui, Fernando, il s'habille aussi. C'est qu'il est coquet, il faut voir. Au moins s'il voulait s'occuper. Je connais des femmes, leurs hommes, ils s'arrangent, ils font de l'arnaque au marché noir. Mais lui, pensez-vous, il a bien trop peur et d'abord, il est pas capable. Des fois, quand je suis sur les nerfs, je lui en veux, je l'assaisonne à grands coups de bottine, mais après, j'ai regret, je me dis, c'est la nature chétive, qu'est-ce qu'il en peut, pauvre conard. Vous le connaissez peut-être. Mais si. Un petit maigriot en pardessus beige, une épaule plus haute que l'autre, avec une gueule en tranche de lune. La mode avant la guerre, dans le métier, c'était de se maquer avec des tordus, des avortons, moitié idiots. Vous vous rappelez comme on chantait : "C'est un vrai gringalet, pas plus haut qu'un basset." Avec ces mentalités-là, c'était forcé qu'on perde la guerre. Parce que le moral, faut pas se tromper, mais ça y fait. En tout cas, maintenant, mon miteux, je l'ai pour moi. Celui-là, vous pouvez dormir, on l'enverra pas en Allemagne.

– Moi, dit une vieille dame, voilà plus de quinze jours que je n'ai pas eu de mou pour mon chat. Il s'appelle Kiki.

– Moi, dit un homme, cent dieux de nom de Dieu de bon Dieu. Qu'on nous donne du vin, j'en peux plus. J'en peux plus ! J'en peux plus ! Avec leur répartition, ils se foutent de moi. Je buvais mes six litres par jour, mes quatre apéros, et mon verre de fine après le camembert. J'étais solide comme le Pont-Neuf, jamais un jour de maladie et toujours là pour le travail. Maintenant, voyez-moi, j'ai cinquante-quatre ans et plus bon à rien, forcément. J'ai lâché mon métier de plombier, je tremble de partout, regardez mes mains, je sucre les fraises, les jambes qui grelottent, elles pèsent comme du plomb et à chaque instant la tête qui s'en va. Comment expliquez-vous ça ? Je vous dis, solide comme le Pont-Neuf. Comme le Pont-Neuf, oui, je me portais. Le Pont-Neuf, bon Dieu. Mais pas de vin. Qu'est-ce que vous voulez faire sans vin ? En supprimant le vin, vous détruisez l'homme. Je sens que j'ai le feu dans l'intérieur. J'en peux plus, je vous dis. J'en peux plus ! Un litre de vin pour une semaine. Assassins. Ma femme, elle touche son litre aussi, mais vous pensez bien, elle boit tout, elle me laisse rien. Avant-hier matin, on avait touché la répartition. Le soir, ma femme s'en était gardé un verre au fond de sa bouteille. Moi, j'en pouvais plus, j'ai voulu lui prendre. Par le fait, c'était malgré moi. Tous les deux on était comme fous, elle m'a envoyé un plat sur la tête. Le Pont-Neuf. Ah ! s'ils se doutaient, leur répartition, le mal qu'ils peuvent faire. Mon gamin qui va sur treize ans, il ne touche rien, lui. Pourtant, il en a besoin aussi. Un gamin qu'on avait soigné, jamais le vin lui avait manqué. À l'âge de trois ans, il avalait déjà son verre de rouge à tous les repas. On l'habituait petit à petit. S'agissait pas non plus d'aller lui faire mal. Assez, c'est bien, mais trop, c'est trop. Le Pont-Neuf. À neuf ans il buvait son litre par jour et bien souvent son litre et demi. Comment voulez-vous qu'un enfant profite quand il n'a plus de quoi. Surtout que lui, ce n'est pas mon tempérament. Il a toujours été chétif, les nerfs pas d'aplomb, des saloperies qui suppuraient. Seulement, ce qu'il avait qui le soutenait, c'était son petit litre à boire tous les jours. Maintenant, obligé de boire de l'eau. Si c'est pas révoltant. Le Pont-Neuf. Lui, encore, il est jeune, il aura le temps de se rattraper. Mais moi, un homme de cinquante et plus, me foutre un litre par semaine. Un litre. Non, un litre. Et l'attendre pendant des jours. J'en peux plus !

– Moi, dit un Juif, je suis juif.

– Moi, dit une jeune fille, j'ai eu seize ans l'année de la guerre. Je me rappelle Paris quand j'avais seize ans. Que de monde il y avait dans les rues, et du bruit, et des magasins, des voitures sans fin avec des klaxons qui chantaient en jazz et tous les hommes avaient vingt ans. Avec mes amies, en sortant de l'école, il fallait chercher son chemin dans la foule et pour s'entendre, parler haut, rire et crier. Aux carrefours, les agents nous attendaient, tous si jeunes. Ils nous donnaient le bras comme au bal, les voitures faisaient la haie pour nous voir passer et en nous quittant, si je m'en souviens bien, les agents nous offraient des roses, des jasmins et des myosotis. Pour rentrer chez moi, rue Francœur, le joli chemin. Place Clichy, on allait lentement, à cause de la presse et aussi parce qu'il fallait bien répondre à tous les sourires. Les garçons étaient toujours au moins mille et ils avaient tous des souliers de couleur, des pochettes en soie et des figures d'anges. Comme ils nous regardaient, tantôt bleus, leurs yeux, tantôt noirs, et les cils dorés. On n'entendait pas tout ce qu'ils disaient, mais seulement des mots : amour, cœur, demain, ou bien des prénoms et c'étaient toujours les nôtres. Ils passaient pour nous, ils savaient qu'un jour il arriverait des choses à n'en plus finir. Ils se massaient aux terrasses des cafés pour nous suivre des yeux long-temps, nous jeter des fleurs, des oiseaux et des mots qui nous fai-saient bondir le cœur. Sur le pont Caulaincourt j'étais déjà un peu ivre, les garçons chantaient dans ma tête. Je me rappelle un mois de juin, sur le pont, c'était grand soleil, les morts du cimetière sentaient les fleurs des prés comme jamais depuis, les garçons marchaient dans des complets de lumière et la vie était si fraîche que j'ai poussé un cri d'élan et que mes pieds ont quitté la terre. C'est Janette Couturier, une amie, qui m'a retenue par les jambes. Je lui en ai voulu longtemps. Le plus beau moment du retour, c'était la montée de la rue Caulaincourt. Dans ce temps-là, elle tournait en spirale tout autour de la Butte. Les autos, rangées le long des trottoirs, fai-saient un double trait bleu qui se tordait comme une fumée, et le ciel avait des reflets roses. Si je me trompe, dites-le-moi, mais je me rap-pelle que les arbres gardaient leurs feuilles en toutes saisons. La rue Caulaincourt était moins passante que le pont, mais les garçons étaient aux fenêtres, aux portières des voitures et surtout dans les arbres. Ils faisaient pleuvoir sur nous des soupirs, des billets doux et des chansons si tendres que les larmes en venaient aux yeux. En rentrant chez moi, je trouvais toujours cinq ou six cousins, venus soi-disant voir mon frère. On jouait à rire et même à s'embrasser un peu. Maintenant, je peux bien le dire. La nuit, je rêvais que j'avais mon baccalauréat et que pour me récompenser, la directrice me donnait à choisir un amant pour la vie entre les cent plus beaux gar-çons de la Butte. Aujourd'hui, mes seize ans sont loin. Mon frère a été tué à la guerre, mes cousins sont prisonniers, mes amis ont pris le train à la gare du Nord. Les jeunes gens qui restent, on en ren-contre quelquefois, ils ne pensent pas à nous. Ils ne nous voient pas. Les rues sont vides, les agents sont vieux. La rue Caulaincourt ne tourne presque plus. En hiver, les arbres sont nus. Vous croyez que la guerre va durer longtemps?»

La quatorzième personne ne dit rien, car elle venait de mourir tout d'un coup, entre ses nouveaux amis. C'était une jeune femme, mari prisonnier, trois enfants, la misère, l'angoisse, la fatigue. Ses nouveaux amis se rendirent à la mairie pour y accomplir les formalités. L'un d'eux s'entendit répondre par un employé qu'il n'y avait plus de cercueils pour enterrer les gens du dix-huitième arrondissement. Il protesta qu'il s'agissait d'une femme de prisonnier. «Qu'est-ce que vous voulez que j'y fasse? je ne peux pas me changer en cercueil», fit observer le préposé. On chercha dans le quartier. Borniol n'avait plus rien en rayon. Un confiseur offrit de procurer un cercueil en sapin pour une somme de quinze mille francs, mais les orphelins n'avaient pas le sou et les amis n'étaient pas riches. Un menuisier honnête homme proposa de fabriquer une bonne imitation en contre-plaqué. Entre-temps, la mairie avait reçu des cercueils et la jeune femme put être enterrée décemment.

Ses compagnons suivirent son convoi et, en sortant du cimetière, s'attablèrent dans un café où on leur servit à chacun, contre un ticket de cent grammes de pain, un sandwich aux topinambours. Ils n'avaient pas fini de manger que l'un des convives fit observer qu'ils étaient treize à table et qu'il fallait s'attendre encore à des malheurs.

1 9 4 4 - 1 9 4 6

LA PATTE DU CHAT

*L*e soir, comme ils rentraient des champs, les parents trouvent le chat sur la margelle du puits où il était occupé à faire sa toilette. «Allons, dirent-ils, voilà le chat qui passe sa patte par-dessus son oreille. Il va encore pleuvoir demain.»
En effet, le lendemain, la pluie tomba toute la journée. Il ne fallait pas penser à aller aux champs. Fâchés de ne pouvoir mettre le nez dehors, les parents étaient de mauvaise humeur et peu patients avec leurs deux filles. Delphine, l'aînée, et Marinette, la plus blonde, jouaient dans la cuisine à pigeon-vole, aux osselets, au pendu, à la poupée et à loup-y-es-tu.
«Toujours jouer, grommelaient les parents, toujours s'amuser. Des grandes filles comme ça. Vous verrez que quand elles auront dix ans, elles joueront encore. Au lieu de s'occuper à un ouvrage de couture ou d'écrire à leur oncle Alfred. Ce serait pourtant bien plus utile.»
Quand ils en avaient fini avec les petites, les parents s'en prenaient au chat qui, assis sur la fenêtre, regardait pleuvoir.
«C'est comme celui-là. Il n'en fait pas lourd non plus dans une journée. Il ne manque pourtant pas de souris qui trottent de la cave au grenier. Mais monsieur aime mieux se laisser nourrir à ne rien faire. C'est moins fatigant.
– Vous trouvez toujours à redire à tout, répondait le chat. La journée est faite pour dormir et pour se distraire. La nuit, quand je galope à travers le grenier, vous n'êtes pas derrière moi pour me faire des compliments.
– C'est bon. Tu as toujours raison, quoi.»
Vers la fin de l'après-midi, la pluie continuait à tomber et, pendant que les parents étaient occupés à l'écurie, les petites se mirent à jouer autour de la table.

Première publication dans Je suis partout, *28 mai 1943. Repris une première fois en album au format cahier d'écolier illustré par Nathalie Parain, Gallimard, 1944. Ce conte figure dans l'édition de la collection «Blanche» de 1964.*

«Vous ne devriez pas jouer à ça, dit le chat. Ce qui va arriver, c'est que vous allez encore casser quelque chose. Et les parents vont crier.

– Si on t'écoutait, répondit Delphine, on ne jouerait jamais à rien.

– C'est vrai, approuva Marinette. Avec Alphonse (c'était le nom qu'elles avaient donné au chat), il faudrait passer son temps à dormir.»

Alphonse n'insista pas et les petites se remirent à courir. Au milieu de la table, il y avait un plat en faïence qui était dans la maison depuis cent ans et auquel les parents tenaient beaucoup. En courant, Delphine et Marinette empoignèrent un pied de la table, qu'elles soulevèrent sans y penser. Le plat en faïence glissa doucement et tomba sur le carrelage où il fit plusieurs morceaux. Le chat, toujours assis sur la fenêtre, ne tourna même pas la tête. Les petites ne pensaient plus à courir et avaient très chaud aux oreilles.

« Alphonse, il y a le plat en faïence qui vient de se casser. Qu'est-ce qu'on va faire ?

— Ramassez les débris et allez les jeter dans un fossé. Les parents ne s'apercevront peut-être de rien. Mais non, il est trop tard. Les voilà qui rentrent. »

En voyant les morceaux du plat en faïence, les parents furent si en colère qu'ils se mirent à sauter comme des puces au travers de la cuisine.

« Malheureuses ! criaient-ils, un plat qui était dans la famille depuis cent ans ! Et vous l'avez mis en morceaux ! Vous n'en ferez jamais d'autres, deux monstres que vous êtes. Mais vous serez punies. Défense de jouer et au pain sec ! »

Jugeant la punition trop douce, les parents s'accordèrent un temps de réflexion et reprirent, en regardant les petites avec des sourires cruels :

« Non, pas de pain sec. Mais demain, s'il ne pleut pas... demain... ha ! ha ! ha ! demain, vous irez voir la tante Mélina ! »

Delphine et Marinette étaient devenues très pâles et joignaient les mains avec des yeux suppliants.

« Pas de prière qui tienne ! S'il ne pleut pas, vous irez chez la tante Mélina lui porter un pot de confiture. »

La tante Mélina était une très vieille et très méchante femme, qui avait une bouche sans dents et un menton plein de barbe. Quand les petites allaient la voir dans son village, elle ne se lassait pas de les embrasser, ce qui n'était déjà pas très agréable, à cause de la barbe, et elle en profitait pour les pincer et leur tirer les cheveux. Son plaisir était de les obliger à manger d'un pain et d'un fromage qu'elle avait mis à moisir en prévision de leur visite. En outre, la tante Mélina trouvait que ses deux petites nièces lui ressemblaient beaucoup et affirmait qu'avant la fin de l'année elles seraient devenues ses deux fidèles portraits, ce qui était effrayant à penser.

« Pauvres enfants, soupira le chat. Pour un vieux plat déjà ébréché, c'est être bien sévère.

— De quoi te mêles-tu ? Mais, puisque tu les défends, c'est peut-être que tu les as aidées à casser le plat ?

— Oh ! non, dirent les petites. Alphonse n'a pas quitté la fenêtre.

— Silence ! Ah ! vous êtes bien tous les mêmes. Vous vous soutenez tous. Il n'y en a pas un pour racheter l'autre. Un chat qui passe ses journées à dormir...

— Puisque vous le prenez sur ce ton-là, dit le chat, j'aime mieux m'en aller. Marinette, ouvre-moi la fenêtre. »

Marinette ouvrit la fenêtre et le chat sauta dans la cour. La pluie venait juste de cesser et un vent léger balayait les nuages.

«Le ciel est en train de se ressuyer, firent observer les parents avec bonne humeur. Demain, vous aurez un temps superbe pour aller chez la tante Mélina. C'est une chance. Allons, assez pleuré! Ce n'est pas ça qui raccommodera le plat. Tenez, allez plutôt chercher du bois dans la remise.»

Dans la remise, les petites retrouvèrent le chat installé sur la pile de bois. À travers ses larmes, Delphine le regardait faire sa toilette.

«Alphonse», lui dit-elle avec un sourire joyeux qui étonna sa sœur.

«Quoi donc, ma petite fille?

– Je pense à quelque chose. Demain, si tu voulais, on n'irait pas chez la tante Mélina.

– Je ne demande pas mieux, mais tout ce que je peux dire aux parents n'empêchera rien, malheureusement.

– Justement, tu n'aurais pas besoin des parents. Tu sais ce qu'ils ont dit? Qu'on irait chez la tante Mélina s'il ne pleuvait pas.

– Alors?

– Eh bien! tu n'aurais qu'à passer ta patte derrière ton oreille. Il pleuvrait demain et on n'irait pas chez la tante Mélina.

– Tiens, c'est vrai, dit le chat, je n'y aurais pas pensé. Ma foi, c'est une bonne idée.»

Il se mit aussitôt à passer la patte derrière son oreille. Il la passa plus de cinquante fois.

«Cette nuit, vous pourrez dormir tranquillement. Il pleuvra demain à ne pas mettre un chien dehors.»

Pendant le dîner, les parents parlèrent beaucoup de la tante Mélina. Ils avaient déjà préparé le pot de confiture qu'ils lui destinaient. Les petites avaient du mal à garder leur sérieux et, plusieurs fois, en rencontrant le regard de sa sœur, Marinette fit semblant de s'étrangler pour dissimuler qu'elle riait. Quand vint le moment d'aller se coucher, les parents mirent le nez à la fenêtre.

«Pour une belle nuit, dirent-ils, c'est une belle nuit. On n'a peut-être jamais tant vu d'étoiles au ciel. Demain, il fera bon d'aller sur les routes.»

Mais le lendemain, le temps était gris et, de bonne heure, la pluie se mit à tomber. «Ce n'est rien, disaient les parents, ça ne peut pas durer.» Et ils firent mettre aux petites leur robe du dimanche et un ruban rose dans les cheveux. Mais il plut toute la matinée et l'après-midi jusqu'à la tombée du soir. Il avait bien fallu ôter les robes du dimanche et les rubans roses. Pourtant, les parents restaient de bonne humeur.

«Ce n'est que partie remise. La tante Mélina, vous irez la voir demain. Le temps commence à s'éclaircir. En plein mois de mai, ce serait quand même bien étonnant s'il pleuvait trois jours d'affilée.»

Ce soir-là, en faisant sa toilette, le chat passa encore la patte derrière son oreille et le lendemain fut jour de pluie. Pas plus que la veille, il ne pouvait être question d'envoyer les petites chez la tante Mélina. Les parents commençaient à être de mauvaise humeur. À l'ennui de voir la punition retardée par le mauvais temps s'ajoutait celui de ne pas pouvoir travailler aux champs. Pour un rien, ils s'emportaient contre leurs filles et criaient qu'elles n'étaient bonnes qu'à casser des plats. «Une visite à la tante Mélina vous fera du bien, ajoutaient-ils. Au premier jour de beau temps, vous y filerez depuis le grand matin.» Dans un moment où leur colère tournait à l'exaspération, ils tombèrent sur le chat, l'un à coups de balai, l'autre à coups de sabot, en le traitant d'inutile et de fainéant.

«Oh! oh! dit le chat, vous êtes plus méchants que je ne pensais. Vous m'avez battu sans raison, mais, parole de chat, vous vous repentirez.»

Sans cet incident, provoqué par les parents, le chat se fût bientôt lassé de faire pleuvoir, car il aimait à grimper aux arbres, à courir par les champs et par les bois, et il trouvait excessif de se condamner à ne plus sortir pour éviter à ses amies l'ennui d'une visite à la tante Mélina. Mais il gardait des coups de sabot et des coups de balai un souvenir si vif que les petites n'eurent plus besoin de le prier pour qu'il passât sa patte derrière son oreille. Il en faisait désormais une affaire personnelle. Pendant huit jours d'affilée, il plut sans arrêt, du matin au soir. Les parents, obligés de rester à la maison et voyant déjà leurs récoltes pourrir sur pied, ne décoléraient plus. Ils avaient oublié le plat de faïence et la visite à la tante Mélina, mais, peu à peu, ils se mirent à regarder le chat de travers. À chaque instant, ils tenaient à voix basse de longs conciliabules dont personne ne put deviner le secret.

Un matin, de bonne heure, on était au huitième jour de pluie, et les parents se préparaient à aller à la gare, malgré le mauvais temps, expédier des sacs de pommes de terre à la ville. En se levant, Delphine et Marinette les trouvèrent dans la cuisine occupés à coudre un sac. Sur la table, il y avait une grosse pierre qui pesait au moins trois livres. Aux questions que firent les petites, ils répondirent, avec un air un peu embarrassé, qu'il s'agissait d'un envoi à joindre aux sacs de pommes de terre. Là-dessus, le chat fit son entrée dans la cuisine et salua tout le monde poliment.

«Alphonse, lui dirent les parents, tu as un bon bol de lait frais qui t'attend près du fourneau.

– Je vous remercie, parents, vous êtes bien aimables», dit le chat, un peu surpris de ces bons procédés auxquels il n'était plus habitué.

Pendant qu'il buvait son bol de lait frais, les parents le saisirent chacun par deux pattes, le firent entrer dans le sac la tête la première et, après y avoir introduit la grosse pierre de trois livres, fermèrent l'ouverture avec une forte ficelle.

«Qu'est-ce qui vous prend? criait le chat en se débattant à l'intérieur du sac. Vous perdez la tête, parents!

– Il nous prend, dirent les parents, qu'on ne veut plus d'un chat qui passe sa patte derrière son oreille tous les soirs. Assez de pluie comme ça. Puisque tu aimes tant l'eau, mon garçon, tu vas en avoir tout ton saoul. Dans cinq minutes, tu feras ta toilette au fond de la rivière.»

Delphine et Marinette se mirent à crier qu'elles ne laisseraient pas jeter Alphonse à la rivière. Les parents criaient que rien ne saurait les empêcher de noyer une sale bête qui faisait pleuvoir. Alphonse miaulait et se démenait dans sa prison comme un furieux. Marinette l'embrassait à travers la toile du sac et Delphine suppliait à genoux qu'on laissât la vie à leur chat. «Non, non! répondaient les parents avec des voix d'ogres, pas de pitié pour les mauvais chats!» Soudain, ils s'avisèrent qu'il était presque 8 heures et qu'ils allaient arriver en retard à la gare. En hâte, ils agrafèrent leurs pèlerines, relevèrent leurs capuchons et dirent aux petites avant de quitter la cuisine : « On n'a plus le temps d'aller à la rivière maintenant. Ce sera pour midi, à notre retour. D'ici là, ne vous avisez pas d'ouvrir le sac. Si jamais Alphonse n'était pas là à midi, vous partiriez aussitôt chez la tante Mélina pour six mois et peut-être pour la vie.»

Les parents ne furent pas plus tôt sur la route que Delphine et Marinette dénouèrent la ficelle du sac. Le chat passa la tête par l'ouverture et leur dit : « Petites, j'ai toujours pensé que vous aviez des cœurs d'or. Mais je serais un bien triste chat si j'acceptais, pour me sauver, de vous voir passer six mois et peut-être plus chez la tante Mélina. À ce prix-là, j'aime cent fois mieux être jeté à la rivière.

– La tante Mélina n'est pas si méchante qu'on le dit et six mois seront vite passés.»

Mais le chat ne voulut rien entendre et, pour bien marquer que sa résolution était prise, il rentra sa tête dans le sac. Pendant que Delphine essayait encore de le persuader, Marinette sortit dans la cour et alla demander conseil au canard qui barbotait sous la pluie, au milieu d'une flaque d'eau. C'était un canard avisé et qui avait beaucoup de sérieux. Pour mieux réfléchir, il cacha sa tête sous son aile.

« J'ai beau me creuser la cervelle, dit-il enfin, je ne vois pas le moyen de décider Alphonse à sortir de son sac. Je le connais, il est entêté. Si on le fait sortir de force, rien ne pourra l'empêcher de se présenter aux parents à leur retour. Sans compter que je lui donne entièrement raison. Pour ma part, je ne vivrais pas en paix avec ma conscience si vous étiez obligées, par ma faute, d'obéir à la tante Mélina.

– Et nous, alors ? Si Alphonse est noyé, est-ce que notre conscience ne nous fera pas de reproches ?

– Bien sûr, dit le canard, bien sûr. Il faudrait trouver quelque chose qui arrange tout. Mais j'ai beau chercher, je ne vois vraiment rien.»

Marinette eut l'idée de consulter toutes les bêtes de la ferme et, pour ne pas perdre de temps, elle décida de faire entrer tout ce monde dans la cuisine. Le cheval, le chien, les bœufs, les vaches, le cochon, les volailles vinrent s'asseoir chacun à la place que lui désignaient les petites. Le chat, qui se trouvait au milieu du cercle ainsi formé, consentit à sortir la tête du sac, et le canard, qui se tenait auprès de lui, prit la parole pour mettre les bêtes au courant de la situation. Quand il eut fini, chacun se mit à réfléchir en silence.

«Quelqu'un a-t-il une idée? demanda le canard.

– Moi, répondit le cochon. Voilà. À midi, quand les parents rentreront, je leur parlerai. Je leur ferai honte d'avoir eu d'aussi mauvaises pensées. Je leur expliquerai que la vie des bêtes est sacrée et qu'ils commettraient un crime affreux en jetant Alphonse à la rivière. Ils me comprendront sûrement.»

Le canard hocha la tête avec sympathie, mais n'eut pas l'air convaincu. Dans l'esprit des parents, le cochon était promis au saloir et ses raisons ne pouvaient pas être d'un grand poids.

«Quelqu'un d'autre a-t-il une idée?

– Moi, dit le chien. Vous n'aurez qu'à me laisser faire. Quand les parents emporteront le sac, je leur mordrai les mollets jusqu'à ce qu'ils aient délivré le chat.»

L'idée parut bonne, mais Delphine et Marinette, quoique un peu tentées, ne voulaient pas laisser mordre les mollets de leurs parents.

«D'ailleurs, fit observer une vache, le chien est trop obéissant pour oser s'en prendre aux parents.

– C'est vrai, soupira le chien, je suis trop obéissant.

– Il y aurait une chose bien plus simple, dit un bœuf blanc. Alphonse n'a qu'à sortir du sac et on mettra une bûche de bois à sa place.»

Les paroles du bœuf furent accueillies par une rumeur d'admiration, mais le chat secoua la tête.

«Impossible. Les parents s'apercevront que dans le sac rien ne bouge, rien ne parle ni ne respire et ils auront tôt fait de découvrir la vérité.»

Il fallut convenir qu'Alphonse avait raison. Les bêtes en furent un peu découragées. Dans le silence qui suivit, le cheval prit la parole. C'était un vieux cheval pelé, tremblant sur ses jambes, et que les parents n'utilisaient plus. Il était question de le vendre pour la boucherie chevaline.

«Je n'ai plus longtemps à vivre, dit-il. Tant qu'à finir mes jours, il vaut mieux que ce soit pour quelque chose d'utile. Alphonse est jeune. Alphonse a encore un bel avenir de chat. Il est donc bien naturel que je prenne sa place dans le sac.»

Tout le monde se montra très touché de la proposition du cheval. Alphonse était si ému qu'il sortit du sac et alla se frotter à ses jambes en faisant le gros dos.

«Tu es le meilleur des amis et la plus généreuse des bêtes, dit-il au vieux cheval. Si j'ai la chance de n'être pas noyé aujourd'hui, je n'oublierai jamais le sacrifice que tu as voulu faire pour moi et c'est du fond du cœur que je te remercie.»

Delphine et Marinette se mirent à renifler et le cochon, qui, lui aussi, avait une très belle âme, éclata en sanglots. Le chat s'essuya les yeux avec sa patte et poursuivit :

«Malheureusement, ce que tu me proposes là est impossible, et je le regrette, car j'étais prêt à accepter une offre qui m'est faite de si bonne amitié. Mais je tiens juste dans le sac et il ne peut être question pour toi de prendre ma place. Ta tête n'entrerait même pas tout entière.»

Il devint aussitôt évident pour les petites et pour toutes les bêtes que la substitution était impossible. À côté d'Alphonse, le vieux cheval faisait figure de géant. Un coq, qui avait peu de manières, trouva le rapprochement comique et se permit d'en rire bruyamment.

«Silence ! lui dit le canard. Nous n'avons pas le cœur à rire et je croyais que vous l'aviez compris. Mais vous n'êtes qu'un galopin. Faites-nous donc le plaisir de prendre la porte.

– Dites donc, vous, répliqua le coq, mêlez-vous de vos affaires ! Est-ce que je vous demande l'heure qu'il est ?

– Mon Dieu, qu'il est donc vulgaire, murmura le cochon.

– À la porte ! se mirent à crier toutes les bêtes. À la porte, le coq ! À la porte, le vulgaire ! À la porte !»

Le coq, la crête très rouge, traversa la cuisine sous les huées et sortit en jurant qu'il se vengerait. Comme la pluie tombait, il alla se réfugier dans la remise. Au bout de quelques minutes, Marinette y vint à son tour et, avec beaucoup de soin, choisit une bûche dans la pile de bois.

«Je pourrais peut-être t'aider à trouver ce que tu cherches, proposa le coq d'une voix aimable.

– Oh ! non. Je cherche une bûche qui ait une forme... enfin, une forme.

– Une forme de chat, quoi. Mais comme le disait Alphonse, les parents verront bien que la bûche ne bouge pas.

– Justement non, répondit Marinette. Le canard a eu l'idée de...»

Ayant entendu dire à la cuisine qu'il fallait se méfier du coq et craignant d'avoir eu déjà la langue trop longue, Marinette en resta là et quitta la remise avec la bûche qu'elle venait de choisir. Il la vit courir sous la pluie et entrer dans la cuisine. Peu après, Delphine sortit avec le chat et, lui ayant ouvert la porte de la grange, l'attendit sur le seuil. Le coq ouvrait des yeux ronds et essayait en vain de comprendre ce qui se passait. De temps en temps, Delphine s'approchait de la fenêtre de la cuisine et demandait l'heure d'une voix anxieuse.

«Midi moins vingt, répondit Marinette la première fois. Midi moins dix... Midi moins cinq...»

Le chat ne reparaissait pas.

À l'exception du canard, toutes les bêtes avaient évacué la cuisine et gagné un abri.

«Quelle heure?

– Midi. Tout est perdu. On dirait... Tu entends? Le bruit d'une voiture. Voilà les parents qui rentrent.

– Tant pis, dit Delphine. Je vais enfermer Alphonse dans la grange. Après tout, on ne mourra pas d'aller passer six mois chez la tante Mélina.»

Elle allongeait le bras pour fermer la porte, mais Alphonse apparut au seuil, tenant entre ses dents une souris vivante. La voiture des parents, qui conduisaient à toute bride, venait de surgir au bout de la route.

Le chat et Delphine à sa suite se précipitèrent à la cuisine. Marinette ouvrit la gueule du sac où elle avait déjà placé la bûche, enveloppée de chiffons pour lui donner plus de moelleux. Alphonse y laissa tomber la souris qu'il tenait par la peau du dos et le sac fut aussitôt refermé. La voiture des parents arrivait au bout du jardin.

«Souris, dit le canard en se penchant sur le sac, le chat a eu la bonté de te laisser la vie, mais c'est à une condition. M'entends-tu?

– Oui, j'entends, répondit une toute petite voix.

– On ne te demande qu'une chose, c'est de marcher sur la bûche de bois qui est enfermée avec toi, de façon à faire croire qu'elle remue.

– C'est facile. Et après?

– Après, il va venir des gens qui emporteront le sac pour le jeter à l'eau.

– Oui, mais alors...

– Pas de mais. Au fond du sac, il y a un petit trou. Tu pourras l'agrandir si c'est nécessaire et quand tu entendras aboyer un chien près de toi, tu t'échapperas. Mais pas avant qu'il ait aboyé, sans quoi il te tuerait. C'est compris? Surtout, quoi qu'il arrive, ne pousse pas un cri, ne prononce pas une parole.»

La voiture des parents débouchait dans la cour. Marinette cacha Alphonse dans le coffre à bois et posa le sac sur le couvercle. Pendant que les parents dételaient, le canard quitta la cuisine, et les petites se frottèrent les yeux pour les avoir rouges.

«Quel vilain temps il fait, dirent les parents en entrant. La pluie a traversé nos pèlerines. Quand on pense que c'est à cause de cet animal de chat!

– Si je n'étais pas enfermé dans un sac, dit le chat, j'aurais peut-être le cœur à vous plaindre.»

Le chat, blotti dans le coffre à bois, se trouvait juste sous le sac d'où semblait sortir sa voix, à peine assourdie. À l'intérieur de sa prison, la souris allait et venait sur la bûche et faisait bouger la toile du sac. «Nous autres parents, nous ne sommes pas à plaindre. C'est bien plutôt toi qui te trouves en mauvaise posture. Mais tu ne l'as pas volé.

– Allons, parents, allons. Vous n'êtes pas aussi méchants que vous vous en donnez l'air. Laissez-moi sortir du sac et je consens à vous pardonner.

– Nous pardonner! Voilà qui est plus fort que tout. C'est peut-être nous qui faisons pleuvoir tous les jours depuis une semaine?

– Oh! non, dit le chat, vous en êtes bien incapables. Mais l'autre jour, c'est bien vous qui m'avez battu injustement. Monstres! Bourreaux! Sans cœur!

– Ah! la sale bête de chat! s'écrièrent les parents. Le voilà qui nous insulte!»

Ils étaient si en colère qu'ils se mirent à taper sur le sac avec un manche à balai. La bûche emmaillotée recevait de grands coups, et tandis que la souris, effrayée, faisait des bonds à l'intérieur du sac, Alphonse poussait des hurlements de douleur.

«As-tu ton compte, cette fois? Et diras-tu encore que nous n'avons pas de cœur?

– Je ne vous parle plus, répliqua Alphonse. Vous pouvez dire ce qu'il vous plaira. Je n'ouvrirai plus la bouche à de méchantes gens comme vous.

– À ton aise, mon garçon. Du reste, il est temps d'en finir. Allons, en route pour la rivière.»

Les parents se saisirent du sac et, malgré les cris que poussaient les petites, sortirent de la cuisine. Le chien, qui les attendait dans la cour, se mit à les suivre avec un air de consternation qui les gêna un peu. Comme ils passaient devant la remise, le coq les interpella:

«Alors, parents, vous allez noyer ce pauvre Alphonse? Mais dites-moi, il doit être déjà mort. Il ne remue pas plus qu'une bûche de bois.

– C'est bien possible. Il a reçu une telle volée de coups de balai qu'il ne doit plus être bien vif.»

Ce disant, les parents donnèrent un coup d'œil au sac qu'ils tenaient caché sous une pèlerine.

«Pourtant, ce n'est pas ce qui l'empêche de se donner du mouvement.

– C'est vrai, dit le coq, mais on ne l'entend pas plus que si vous aviez dans votre sac une bûche au lieu d'un chat.

– En effet, il vient de nous dire qu'il n'ouvrirait plus la bouche, même pour nous répondre.»

Cette fois, le coq n'osa plus douter de la présence du chat et lui souhaita bon voyage.

Cependant, Alphonse était sorti de son coffre à bois et dansait une ronde avec les petites au milieu de la cuisine. Le canard, qui assistait à leurs ébats, ne voulait pas troubler leur joie, mais il restait soucieux à la pensée que les parents s'étaient peut-être aperçus de la substitution.

«Maintenant, dit-il quand la sarabande se fut arrêtée, il faut songer à être prudent. Il ne s'agit pas qu'à leur retour les parents trouvent le chat dans la cuisine. Alphonse, il est temps d'aller t'installer au grenier, et souviens-toi de n'en jamais descendre dans la journée.

– Tous les soirs, dit Delphine, tu trouveras sous la remise de quoi manger et un bol de lait.

– Et dans la journée, promit Marinette, on montera au grenier pour te dire bonjour.

– Et moi, j'irai vous voir dans votre chambre. Le soir, en vous couchant, vous n'aurez qu'à laisser la fenêtre entrebâillée.»

Les petites et le canard accompagnèrent le chat jusqu'à la porte de la grange. Ils y arrivèrent en même temps que la souris qui regagnait son grenier après s'être échappée du sac.

«Alors? dit le canard.

– Je suis trempée, dit la souris. Ce retour sous la pluie n'en finissait plus. Et figurez-vous que j'ai bien failli être noyée. Le chien n'a aboyé qu'à la dernière seconde, quand les parents étaient déjà au bord de la rivière. Il s'en est fallu de rien qu'ils me jettent dans l'eau avec le sac.

– Enfin, tout s'est bien passé, dit le canard. Mais ne vous attardez pas et filez au grenier.»

À leur retour, les parents trouvèrent les petites qui mettaient la table en chantant, et ils en furent choqués.

«Vraiment, la mort de ce pauvre Alphonse n'a pas l'air de vous chagriner beaucoup. Ce n'était pas la peine de crier si fort quand il est parti. Il méritait pourtant d'avoir des amis plus fidèles. Au fond, c'était une excellente bête et qui va bien nous manquer.

– On a beaucoup de peine, affirma Marinette, mais puisqu'il est mort, ma foi, il est mort. On n'y peut plus rien.

– Après tout, il a bien mérité ce qui lui est arrivé, ajouta Delphine.

– Voilà des façons de parler qui ne nous plaisent pas, grondèrent les parents. Vous êtes des enfants sans cœur. On a bien envie, ah! oui, bien envie de vous envoyer faire un tour chez la tante Mélina.»

Sur ces mots, on se mit à table, mais les parents étaient si tristes qu'ils ne pouvaient presque pas manger, et ils disaient aux petites qui, elles, mangeaient comme quatre :

« Ce n'est pas le chagrin qui vous coupe l'appétit. Si ce pauvre Alphonse pouvait nous voir, il comprendrait où étaient ses vrais amis. »
À la fin du repas, ils ne purent retenir des larmes et se mirent à sangloter dans leurs mouchoirs.
« Voyons, parents, disaient les petites, voyons, un peu de courage. Il ne faut pas se laisser aller. Ce n'est pas de pleurer qui va ressusciter Alphonse. Bien sûr, vous l'avez mis dans un sac, assommé à coups de bâton et jeté à la rivière, mais pensez que c'était pour notre bien à tous, pour rendre le soleil à nos récoltes. Soyez raisonnables. Tout à l'heure, en partant pour la rivière, vous étiez si courageux, si gais ! »
Tout le reste de la journée, les parents furent tristes, mais le lendemain matin, le ciel était clair, la campagne ensoleillée, et ils ne pensaient plus guère à leur chat.
Les jours suivants, ils y pensèrent encore bien moins. Le soleil était de plus en plus chaud et la besogne des champs ne leur laissait pas le temps d'un regret.
Pour les petites, elles n'avaient pas besoin de penser à Alphonse. Il ne les quittait presque pas. Profitant de l'absence des parents, il était dans la cour du matin au soir et ne se cachait qu'aux heures des repas. La nuit, il les rejoignait dans leur chambre.
Un soir qu'ils rentraient à la ferme, le coq vint à la rencontre des parents et leur dit :
« Je ne sais pas si c'est une idée, mais il me semble avoir aperçu Alphonse dans la cour.
– Ce coq est idiot », grommelèrent les parents et ils passèrent leur chemin.
Mais le lendemain, le coq vint encore à leur rencontre :
« Si Alphonse n'était pas au fond de la rivière, dit-il, je jurerais bien l'avoir vu cet après-midi jouer avec les petites.
– Il est de plus en plus idiot, avec ce pauvre Alphonse. »
Ce disant, les parents considéraient le coq avec beaucoup d'attention. Ils se mirent à parler tout bas sans le quitter des yeux.
« Ce coq est une pauvre cervelle, disaient-ils, mais il a joliment bonne mine. On le voyait pourtant tous les jours et on ne s'en apercevait pas. Le fait est qu'il est à point et qu'on ne gagnerait rien à le nourrir plus longtemps. »
Le lendemain, de bon matin, le coq fut saigné au moment où il se préparait à parler d'Alphonse. On le fit cuire à la cocotte et tout le monde fut très content de lui.
Il y avait quinze jours qu'Alphonse passait pour mort et le temps était toujours aussi beau. Pas une goutte de pluie n'était encore tom-

bée. Les parents disaient que c'était une chance et ajoutaient avec un commencement d'inquiétude :

«Il ne faudrait tout de même pas que ça dure trop longtemps. Ce serait la sécheresse. Une bonne pluie arrangerait bien les choses.»

Au bout de vingt-trois jours, il n'avait toujours pas plu. La terre était si sèche que rien ne poussait plus. Les blés, les avoines, les seigles ne grandissaient pas et commençaient à jaunir. «Encore une semaine de ce temps-là, disaient les parents, et tout sera grillé.» Ils se désolaient, regrettant tout haut la mort d'Alphonse et accusant les petites d'en être la cause. «Si vous n'aviez pas cassé le plat en faïence, il n'y aurait jamais eu d'histoire avec le chat et il serait encore là pour nous donner de la pluie.» Le soir, après dîner, ils allaient s'asseoir dans la cour et, regardant le ciel sans nuage, ils se tordaient les mains de désespoir en criant le nom d'Alphonse.

Un matin, les parents vinrent dans la chambre des petites pour les réveiller. Le chat, qui avait passé une partie de la nuit à bavarder avec elles, était resté endormi sur le lit de Marinette. En entendant ouvrir la porte, il n'eut que le temps de se glisser sous la courtepointe.

«Il est l'heure, dirent les parents, réveillez-vous. Le soleil est déjà chaud et ce n'est pas encore aujourd'hui qu'il pleuvra... Ah! çà, mais...»

Ils s'étaient interrompus et, le cou tendu, les yeux ronds, regardaient le lit de Marinette. Alphonse, qui se croyait bien caché, n'avait pas pensé que sa queue passait hors de la courtepointe. Delphine et Marinette, encore ensommeillées, s'enfonçaient jusqu'aux cheveux sous les couvertures. S'avançant à pas de loup, les parents, de leurs quatre mains, empoignèrent la queue du chat qui se trouva soudain suspendu.

«Ah! çà, mais c'est Alphonse!

– Oui, c'est moi, mais lâchez-moi, vous me faites mal. On vous expliquera.»

Les parents posèrent le chat sur le lit. Delphine et Marinette furent bien obligées d'avouer ce qui s'était passé le jour de la noyade.

«C'était pour votre bien, affirma Delphine, pour vous éviter de faire mourir un pauvre chat qui ne le méritait pas.

– Vous nous avez désobéi, grondèrent les parents. Ce qui est promis est promis. Vous allez filer chez la tante Mélina.

– Ah! c'est comme ça? s'écria le chat en sautant sur le rebord de la fenêtre. Eh bien! moi aussi, je vais chez la tante Mélina, et je pars le premier.»

Comprenant qu'ils venaient d'être maladroits, les parents prièrent Alphonse de vouloir bien rester à la ferme, car il y allait de l'avenir des récoltes. Mais le chat ne voulait plus rien entendre. Enfin, après s'être laissé longtemps supplier et avoir reçu la promesse que les petites ne quitteraient pas la ferme, il consentit à rester.

Le soir de ce même jour – le plus chaud qu'on eût jamais vu – Delphine, Marinette, les parents et toutes les bêtes de la ferme formèrent un grand cercle dans la cour. Au milieu du cercle, Alphonse était assis sur un tabouret. Sans se presser, il fit d'abord sa toilette et, le moment venu, passa plus de cinquante fois sa patte derrière l'oreille. Le lendemain matin, après vingt-cinq jours de sécheresse, il tombait une bonne pluie, rafraîchissant bêtes et gens. Dans le jardin, dans les champs et dans les prés, tout se mit à pousser et à reverdir. La semaine suivante, il y eut encore un heureux événement. Ayant eu l'idée de raser sa barbe, la tante Mélina avait trouvé sans peine à se marier et s'en allait habiter avec son nouvel époux à mille kilomètres de chez les petites.

SAMSON

*L*es Philistins se croient très forts de m'avoir envoyé cette petite putain. Ils seraient étonnés s'ils pouvaient se convaincre qu'elle m'est indifférente et que mon regard ne se serait pas même arrêté sur elle si je l'avais crue capable de loyauté. Mais comment soupçonneraient-ils que j'avais compté sur la trahison de Dalila? Voilà des gens qui m'ont tendu un piège et qui sont parvenus à leurs fins. L'idée ne peut les effleurer que ces fins coïncident avec les miennes et qu'en l'aventure j'ai agi non pas en costaud sanguin et frivole, mais en juge et en solitaire. Ils ne savent d'ailleurs pas, et personne ne sait, que je suis désespérément seul. Cette solitude longtemps promenée dans le tintamarre cocardier de mes admirateurs, les Philistins, s'ils en avaient connaissance, ne seraient guère mieux placés que mes compatriotes pour en apprécier le sens. Ils n'y verraient à coup sûr que la rançon d'une destinée surhumaine. Je ne vois que mon oncle Schiméi qui ait jamais mesuré la profondeur de l'abîme que je devais côtoyer toute ma vie. Peut-être même est-ce lui qui déposa dans mon cœur le ferment de l'angoisse. Je pense à une conversation qu'il eut avec mon père à Tsoréa lorsque j'avais huit ans. Ils étaient assis dans le pré derrière la maison. Non loin d'eux, je jouais avec un bœuf que je recevais dans mes bras après l'avoir lancé en l'air à la hauteur d'un arbre, et l'oncle Schiméi me regardait durement, puis, non moins durement, regardait mon père attendri et souriant à mes ébats. Bientôt s'engagea entre eux une conversation animée et, devinant qu'ils disputaient à mon sujet, je laissai mon bœuf pour écouter leurs propos. «Cet enfant sera une calamité publique, disait l'oncle.

– Au contraire, répondait placidement mon père. L'Éternel m'a averti. C'est Samson qui délivrera Israël des Philistins.

– Je sais et je ne mets pas en doute la parole de l'Éternel, mais de quel prix paierons-nous notre délivrance? Cette force monstrueuse

Première publication dans La Table ronde, *4ᵉ cahier, novembre 1945 ; reprise dans le recueil posthume* La Fille du shérif, *Gallimard, 1987.*

que Samson porte en lui, et contre laquelle aucune force humaine ne peut prévaloir, l'exercera-t-il contre les seuls Philistins?

– Le Seigneur la lui a donnée, fit observer mon père.

– Et après? Nous n'avons rien que le Seigneur ne nous ait donné, mais nous faisons trop souvent un mauvais usage de ses dons. Tu admires que cet enfant joue avec un bœuf comme d'autres avec un jeune chat. Si tu faisais le compte de tout ce qu'il a brisé depuis qu'il est au monde, tu serais moins fier de sa force. Songe à toutes les portes arrachées, aux cloisons enfoncées, à la vaisselle fracassée, aux arbres brisés, déracinés, aux bêtes estropiées ou tuées de sa main. Hier encore, n'a-t-il pas, d'une claque amicale, assommé le meilleur de tes ânes? Et il ne fait que jouer et ses intentions sont honnêtes. Qu'en sera-t-il à l'âge où le cœur se soumet aux passions? La haine des Philistins n'est pas toute la vie et Samson aura d'autres haines, pour ne rien dire des épreuves qui l'attendent dans ses amitiés comme dans ses amours, ni des blessures d'orgueil ou des ambitions déçues. Je craindrais déjà une telle force si elle n'obéissait qu'à de simples hasards, mais entre les mains d'un homme, elle m'épouvante. La volonté de l'homme s'emploie tantôt pour le bien, tantôt pour le mal, mais les bonnes œuvres sont fragiles et ce qui est détruit est détruit.»

L'oncle Schiméi conclut à me faire raser les cheveux, ce à quoi mon père se refusa tranquillement. Sa placidité exaspéra l'oncle, et la dispute menaçait de s'envenimer lorsque Joad le maquignon, homme riche et considéré, apparut au coin de la maison. Il avait une grande réputation de sagesse et on venait à lui de très loin pour le consulter. Mis au fait, il donna raison à mon père.

«Tes craintes ne sont pas fondées, dit-il en s'adressant à l'oncle Schiméi. Sache que toute force est bonne. Le bœuf tire la charrue, l'âne porte le grain au moulin, le vent pousse les navires sur la mer et Samson nous délivrera des Philistins. Certes, il y a sur la terre bien des forces qui nous sont encore étrangères et apparemment hostiles. La tempête détruit les vaisseaux, couche les récoltes, arrache les arbres, et la foudre tombe où elle veut. Patience.»

La bouche béatement bée et sa lourde mâchoire pendante, Joad le maquignon eut un sourire confiant.

«Patience. Toutes ces forces qui nous échappent, Dieu les tient en réserve pour nous. Ce sera la récompense de notre piété et de notre amour. Adorons l'Éternel, prions-le, et la foudre et la tempête seront à nous et en nous. Schiméi, n'es-tu pas frappé du fait que le Seigneur ait logé la force de Samson dans ses cheveux? Pour ma part, j'y vois une étape. Un jour viendra où cette force surhumaine siégera, non plus dans nos cheveux, mais dans nos têtes. Le tonnerre et la tempête s'ordonneront sous le crâne de l'homme et ses paroles seront comme des fleurs d'amour et de sagesse, et il aura autant de puissance qu'un orteil du Seigneur.»

Loin de porter le doute dans mon cœur, cette dispute m'affermit d'abord dans l'opinion que j'avais de mon importance et dans ma résolution de combattre les Philistins. J'en conçus, à l'égard de l'oncle Schiméi, un sentiment de méfiance qui devait s'aigrir par la suite. À dater de cette année-là, il prit l'habitude de m'offrir pour mon anniversaire un rasoir que je recevais en remerciant du bout des lèvres et en contenant mon irritation. Ce rasoir allusif, dont le retour périodique n'était pour mes parents qu'une plaisanterie un peu lourde, me gâtait la joie de notre petite fête de famille. Six fois en six ans, je parvins à maîtriser ma colère, mais le jour de mon seizième anniversaire, je lançai le rasoir contre un mur où il se brisa et, saisissant mon oncle par le haut de son vêtement, je le soulevai de terre. Il ne se débattait pas et me considérait d'un regard froid et ironique qui me faisait perdre la tête. Mon père se pendit à mon bras, ma mère se mit à genoux devant moi. Je lâchai l'oncle Schiméi qui commençait à suffoquer et m'enfuis dans la campagne, où je trompai ma violence en arrachant quatre gros arbres et en tuant à coups de poing deux taureaux et bien dix-huit vaches, sans compter les veaux. Ce jour-là naquit en moi l'inquiétude qui devait m'enfermer plus tard dans une anxieuse solitude. Les paroles prononcées jadis par l'oncle Schiméi me revenaient en mémoire et commençaient à prendre pour moi un sens évident. Je me mis à fréquenter Joad le maquignon pour entendre de lui les paroles qui dissipaient mon trouble. L'excellent homme sut au moins me distraire de mes obsessions en échauffant ma bile patriotique.

«Les pourceaux sont lâchés dans le jardin d'Israël, disait-il. Laisse aller ta force, Samson. Débonde le torrent qui balaiera le troupeau impur des ennemis. Tue, éventre, assomme et massacre. Abandonne-toi à la force sublime que Dieu t'a donnée. N'écoute pas ton oncle qui est un faux sage. Il ne comprend pas que la force est le principe de l'honneur. Il ne sait pas que la force est nécessairement fidèle à l'esprit.»

D'autres fois, il disait que l'esprit est fidèle à la force, et c'était du reste sans importance. Ces propos firent monter en lui la fièvre patriotique. Il se mit à prêcher dans la ville et dans la région, annonçant l'avènement de la force, le retour d'Israël à l'honneur et trémolant sur les temps futurs et les tempêtes asservies. Un jour qu'il raillait le dieu débile des Philistins, ceux-ci l'empoignèrent et le pendirent dans la campagne. J'avais pour lui une respectueuse affection. Aussi sa mort fut-elle pour beaucoup dans ma décision de brusquer mon entrée en scène. J'arrêtai aussitôt un plan puérilement compliqué qui devait aboutir, quelques semaines plus tard, à une hécatombe facile. Au lieu de massacrer les Philistins le jour même où j'en avais pris le parti, j'éprouvai le besoin d'épouser une fille de leur sang et de provoquer, à la faveur de ce mariage, des disputes, des incidents, des bagarres et des trahisons, tout cela inutile. Je n'y vois aujourd'hui qu'une précaution de mon inquiète vanité. J'avais peur de n'être qu'une machine à tuer et je voulais me persuader qu'en cette affaire l'intelligence avait autant de part que la force.

En fin de compte et selon mes prévisions, je fus livré pieds et poings liés aux Philistins, lesquels, au nombre de trois mille, me conduisirent dans la campagne au lieu des exécutions, là où le cadavre de Joad le maquignon achevait de se dessécher au bout d'une corde. Lorsque les soldats dépendirent le malheureux pour me faire place, la tête se sépara du tronc et se brisa elle-même en deux morceaux. À la surprise de mes gardiens, je fis sauter mes liens aussi facilement que s'ils eussent été des cheveux. Ivre de sentir bouillonner en moi une force invincible, je voyais rouge, et pourtant l'idée me vint de faire participer Joad à ma fureur vengeresse. C'est alors que, ramassant la mâchoire du maquignon, je me mis à cogner sur les Philistins dont je tuai plus d'un millier, tant civils que militaires. Le carnage avait duré moins d'une demi-heure. Encore convient-il d'observer qu'une mâchoire de maquignon est une arme médiocre. Avec un tronc d'arbre bien en main, je me sentais capable de massacrer cinquante mille hommes par jour sans me fatiguer et comme en jouant. Mes compatriotes ont fait beaucoup de bruit autour de cet exploit, mais ils semblent ne s'être jamais demandés pourquoi, ayant si bien commencé la lutte contre les envahisseurs, je ne l'ai pas poursuivie jusqu'à conclusion. Rien ne m'était plus facile que de les chasser de notre pays. Je n'avais qu'à vouloir, et en moins d'une semaine tout était accompli. Je n'ai pas voulu. Après la tuerie, alors que les Philistins s'enfuyaient épouvantés, je jetai loin de moi la mâchoire de Joad et m'assis parmi les cadavres. Ils étaient tombés dans un étroit périmètre, la tête éclatée sous les coups de mâchoire. Le sang et la cervelle avaient éclaboussé les corps entassés et dégoulinaient sur les chairs encore tièdes. Je regardais avec accablement cette boucherie gluante et grimaçant de toutes ses faces écrabouillées. Les morts ne m'inspiraient d'ailleurs aucune pitié. Je ne voyais là que le témoignage de ma force, mais il m'effrayait en même temps qu'il m'humiliait. J'étais loin d'être le surhomme célébré depuis avec abondance par les bonnes têtes d'Israël. Ma force m'apparaissait comme une personne surajoutée à la mienne, un maître qui se servait de mes membres, de mes mains, de mon corps et disposait sans discussion de ma volonté. Écrasé sous la pression de ce géant et emporté par son élan imbécile, je n'étais qu'une créature dérisoire, reléguée dans un coin de mon être et moins libre que ne peut l'être un paralytique. Je me pris à envier l'existence des gens libres. Saisissant l'un des cadavres amoncelés, je l'assis en face de moi et le regardai comme jamais je n'avais regardé un homme. C'était un soldat déjà vieux auquel j'avais défoncé la nuque. Il était un peu plus grand que moi et plus large d'épaules avec les muscles secs d'un guerrier entraîné, mais la nature l'avait doté d'une force honnête, proportionnée aux nécessités de son existence d'homme. Lorsqu'il entreprenait une besogne, il devait prévoir son effort et vaincre la fatigue. Pour lui, la bataille était toujours un hasard. Il en connaissait les risques et surmontait la peur d'affronter ses semblables. J'admirais cet homme harmonieux dont la force, soumise à la volonté, n'avait été que l'une des mesures de l'être. Je l'avais tué sans crainte et sans risque. Il ne m'avait fallu ni courage ni prudence pour abattre un soldat n'ayant à m'opposer que sa force d'homme et ses vertus d'homme. Je n'avais eu qu'à me laisser aller à ce sentiment de fureur que soulevait en moi une puissance amorphe et aveugle, roulant sur sa pente comme un bloc de pierre détaché de la montagne. Devant le cadavre du Philistin, je me sentais misérable, amoindri par une tare honteuse. Rejetant le mort sur son tas sanglant, je cachai mon visage dans mes mains et restai ainsi un très long moment à remâcher mon dégoût de moi-même. Tout à coup, un fracas de trompettes me fit sursauter. À quelque deux cents pas débouchait un cortège frénétique et beuglant d'allégresse, qui se dirigeait vers moi. Les fuyards ayant répandu la nouvelle de leur défaite, mes compatriotes venaient célébrer l'événement et fêter le vainqueur. La vue des cadavres décupla leur ivresse. Marchant et dansant sur les morts et pataugeant à plaisir dans le sang philistin, hommes et femmes accouraient vers moi les bras tendus aux cris de «Samson! Vengeur d'Israël!» La première minute de surprise passée, je sentis la colère m'étouffer. Arrachant le bois de la potence, je le brandis d'un geste menaçant qui apaisa les transports de mes admirateurs et imposa le silence aux trompettes. Sous peine d'être broyés à coups de potence, je leur intimai l'ordre de tourner bride et de s'enfuir sans regarder derrière eux. Stupéfaits de mon accueil, ils hésitaient à comprendre, mais un paquet de chaudes injures les décida à la retraite. Silencieux, déçus, ils quittaient le charnier et s'éloignaient à la débandade. Parvenus à bonne distance, leur cortège se reforma au bruit des trompettes et des chants de victoire qui ne devaient jamais cesser. J'attendis la tombée de la nuit pour rentrer à Tsoréa. La maison était en fête et toute résonnante de parents et d'amis. J'allai droit à l'oncle Schiméi qui se tenait à l'écart et lui demandai de me faire raser la tête.

Je découvris avec étonnement la sensation d'équilibre que procure une force musculaire à la mesure de l'homme. Il me semblait aussi que mon esprit devînt plus agile. Pourtant, j'étais moins heureux. Je regrettais ma force et ses faciles satisfactions. Sans le secours de l'oncle Schiméi, qui me mettait en garde contre moi-même, j'aurais cédé à la tentation de laisser repousser mes cheveux. Cependant, ma victoire sur les Philistins faisait grand bruit en Israël. J'étais le héros national, l'inspiré, le lieutenant du Seigneur sur la terre.

Abdon, juge en Israël, mourut et on me pressa de le remplacer. J'étais tenté, mais l'oncle Schiméi me conseillait de refuser. Pour diriger un peuple, disait-il, as-tu donné des preuves d'habileté, de sagesse ? Crois-moi, ces imbéciles te désignent parce qu'ils te considèrent comme une brute puissante. S'ils savaient que tu t'es séparé de ta force, ils ne penseraient pas à toi pour succéder à Abdon, mais ils croient encore à ta force et ils attendent ton règne comme un divertissement monstrueux.

Mon règne aura été pacifique. La crainte que j'inspirais aux Philistins les rendait dociles et je me montrais sévère avec ceux de mon peuple qui croyaient pouvoir profiter d'un renversement de situation pour les brimer ou les voler. Des négociations qui traînaient depuis des années aboutirent en quelques jours, des différends qui paraissaient insolubles furent réglés en un moment. Les droits des Philistins se trouvèrent nettement définis et délimités. Habitués à vivre de vols, d'extorsions, ils supportaient mal leur nouvelle situation et, d'eux-mêmes, abandonnaient peu à peu le pays d'Israël où ils ne trouvaient plus les avantages que leur donnait autrefois la force. À la fin de mon règne, qui devait durer vingt ans, ils ne formaient plus chez nous qu'une minorité timide qui allait sans cesse en s'amenuisant.

Autour de moi, on faisait hommage de ces réussites à mes vertus et à mon génie, mais je savais qu'elles étaient presque uniquement dues au crédit dont jouissaient mes biceps et je crois que tous les gens qui prenaient la peine d'y réfléchir pensaient la même chose. Ma vraie personne restait aussi insignifiante qu'elle l'était du temps où je portais les cheveux longs. Cette conviction m'aigrissait le caractère. Je vivais sans cesse avec le sentiment d'avoir manqué ma vie et de m'être assis entre deux sièges. Deux tentations me sollicitaient, l'une de laisser repousser mes cheveux, l'autre de planter là mes fonctions pour aller vivre une existence normale dans un pays étranger. Je devenais irritable, susceptible et j'entrais à chaque instant dans de violentes colères. Lorsqu'il en était témoin, l'oncle Schiméi ne manquait pas de me faire observer combien elles auraient pu être terribles si je n'avais eu le crâne rasé. Il ne manquait pas non plus, à cette occasion, de me répéter que ma calvitie faisait le bonheur de notre peuple, à quoi il m'arriva plusieurs fois de répondre que je haïssais notre peuple. Et c'était vrai. Ma haine, qui datait des premiers temps de mon règne, s'était aggravée d'année en année. Je détestais ces foules qui adoraient en moi une force bestiale. Leurs acclamations me mettaient hors de sang-froid et je finis par interdire les chants patriotiques qui célébraient la vigueur de mes muscles.

L'oncle Schiméi mourut âgé de cent deux ans et deux mois. Après sa mort, je laissai pousser mes cheveux en me promettant de me conduire en toutes circonstances comme si j'étais encore chauve. Effectivement, je vécus pendant trois mois sans qu'aucun changement dans ma façon d'être apparût à mon entourage. Cependant, je sentais la force de mes jeunes années réintégrer progressivement mon corps et reprendre possession de moi-même. Il faut convenir que ce retour me donnait plus de plaisir que de remords ou d'inquiétude. Néanmoins, je me comportai avec prudence. Je ne touchais aux gens, aux bêtes et aux objets qu'avec les plus grandes précautions. Mes cheveux étaient déjà longs comme la main lorsque, dans une minute d'énervement, je tuai l'une de mes femmes en l'écartant d'un coup de coude un peu impatient. C'était le jour de mon anniversaire et on m'attendait pour la cérémonie qui devait avoir lieu à cette occasion. Devant la maison, une foule nombreuse me réclamait bruyamment. Cette rumeur d'admiration, qui déferlait jusque sur le lit où agonisait ma victime, me parut si inconvenante que je me mis à la fenêtre pour tenter de l'apaiser. Mon apparition fut saluée par des hurlements de joie et un redoublement d'acclamations. Furieux, je me laissai aller à injurier la foule avec une grossièreté qui déchaîna l'enthousiasme. Pour m'être agréables, des imbéciles se saisirent d'un Philistin venu là en curieux et s'apprêtèrent à le mettre à mal. Je ne pus le supporter et, sautant sur la place, je me frayai un chemin dans la foule en direction du malheureux. Les gens se pressaient contre moi, baisaient ma robe et me soufflaient dans le nez leur admiration et leur délire patriotique. Dégoûté par ce contact, toute la haine que je vouais à ce peuple depuis vingt ans me monta au cerveau. Je me mis à cogner dans le tas au hasard avec la violence et aussi l'allégresse que suscite la force au moment où elle trouve enfin une issue. Ce matin-là, je laissai sur le terrain une quarantaine de cadavres et j'ose m'avouer qu'en me retirant je restais sur ma fringale. Le soir même, je quittais la ville secrètement et partais pour Gaza où, dès mon arrivée, je me mis en quête d'une jolie fille qui fût prête à me vendre aux Philistins. Je l'ai trouvée sans peine et mon secret s'est échappé au jour que j'ai choisi.

Tu m'as conté ton histoire. Voilà la mienne et peut-être n'est-elle pas finie. Les yeux crevés, les cheveux ras, j'ai trouvé, dans cette prison où nous nous relayons à la meule, ce que j'ai cherché toute ma vie. Privé de ma force et du prestige qui s'y attachait, je me suis vu tel que nous sommes tous lorsque le Seigneur nous retire la grâce particulière qu'il accorde à chaque homme. J'étais vaincu, misérable, mais quand je me parlais à moi-même, je n'avais plus à compter avec une présence étrangère ni avec son ombre. Je me trouvais assez heureux pour souhaiter de finir mes jours enchaîné à ces besognes d'esclave. Mais mes cheveux commencent à repousser. De nouveau, le don du Seigneur est en moi et je songe ardemment à des catastrophes, car j'ai beau être aveugle, la force qui renaît dans mon corps n'en trouvera pas moins une échappée.

LE PROBLÈME

*L*es parents posèrent leurs outils contre le mur et, poussant la porte, s'arrêtèrent au seuil de la cuisine. Assises l'une à côté de l'autre, en face de leurs cahiers de brouillons, Delphine et Marinette leur tournaient le dos. Elles suçaient le bout de leur porte-plume et leurs jambes se balançaient sous la table.

« Alors ? demandèrent les parents. Il est fait, ce problème ? »

Les petites devinrent rouges. Elles ôtèrent les porte-plume de leurs bouches.

« Pas encore, répondit Delphine avec une pauvre voix. Il est difficile. La maîtresse nous avait prévenues.

– Du moment que la maîtresse vous l'a donné, c'est que vous pouvez le faire. Mais avec vous, c'est toujours la même chose. Pour s'amuser, jamais en retard, mais pour travailler, plus personne et pas plus de tête que mes sabots. Il va pourtant falloir que ça change. Regardez-moi ces deux grandes bêtes de dix ans. Ne pas pouvoir faire un problème.

– Il y a déjà deux heures qu'on cherche, dit Marinette.

– Eh bien, vous chercherez encore. Vous y passerez votre jeudi après-midi, mais il faut que le problème soit fait ce soir. Et si jamais il n'est pas fait, ah ! s'il n'est pas fait ! Tenez, j'aime autant ne pas penser à ce qui pourrait vous arriver. »

Les parents étaient si en colère à l'idée que le problème pourrait n'être pas fait le soir qu'ils s'avancèrent de trois pas à l'intérieur de la cuisine. Se trouvant ainsi derrière le dos des petites, ils tendirent le cou par-dessus leurs têtes et, tout d'abord, restèrent muets d'indignation. Delphine et Marinette avaient dessiné, l'une un pantin qui tenait toute une page de son cahier de brouillons, l'autre une maison avec une cheminée qui fumait, une mare où nageait un canard et une très longue route au bout de laquelle le facteur arrivait à

Édition originale en album au format cahier d'écolier illustré par Nathalie Parain, Gallimard, 1946. Ce conte figure dans l'édition de la collection « Blanche » de 1964.

bicyclette. Recroquevillées sur leurs chaises, les petites n'en menaient pas large. Les parents se mirent à crier, disant que c'était incroyable et qu'ils n'avaient pas mérité d'avoir des filles pareilles. Et ils arpentaient la cuisine en levant les bras et s'arrêtaient de temps en temps pour taper du pied sur le carreau. Ils faisaient tant de bruit que le chien, couché sous la table aux pieds des petites, finit par se lever et vint se planter devant eux. C'était un berger briard qui les aimait beaucoup, mais qui aimait encore bien plus Delphine et Marinette.

«Voyons, parents, vous n'êtes pas raisonnables, dit-il. Ce n'est pas de crier ni de taper du pied qui va nous avancer dans le problème. Et d'abord, à quoi bon rester ici à faire des problèmes quand il fait si beau dehors? Les pauvres petites seraient bien mieux à jouer.

– C'est ça. Et plus tard, quand elles auront vingt ans, qu'elles seront mariées, elles seront si bêtes que leurs maris se moqueront d'elles.

– Elles apprendront à leurs maris à jouer à la balle et à saute-mouton. N'est-ce pas, petites?

– Oh! oui, dirent les petites.

– Silence, vous! crièrent les parents. Et au travail. Vous devriez avoir honte. Deux grandes sottes qui ne peuvent même pas faire un problème.

– Vous vous faites trop de souci, dit le chien. Si elles ne peuvent pas faire leur problème, eh bien, que voulez-vous, elles ne peuvent pas. Le mieux est d'en prendre son parti. C'est ce que je fais.

– Au lieu de perdre leur temps à des gribouillages... Mais en voilà assez. On n'a pas de comptes à rendre au chien. Allons-nous-en. Et vous, tâchez de ne pas vous amuser. Si le problème n'est pas fait ce soir, tant pis pour vous.»

Sur ces mots, les parents quittèrent la cuisine, ramassèrent leurs outils et partirent pour les champs sarcler les pommes de terre. Penchées sur leurs cahiers de brouillons, Delphine et Marinette sanglotaient. Le chien vint se placer entre leurs deux chaises et, posant ses deux pattes de devant sur la table, leur passa plusieurs fois sa langue sur les joues.

«Est-ce qu'il est vraiment si difficile, ce problème?

– S'il est difficile! soupira Marinette. C'est bien simple. On n'y comprend rien.

– Si je savais de quoi il s'agit, dit le chien, j'aurais peut-être une idée.

– Je vais te lire l'énoncé, proposa Delphine. "Les bois de la commune ont une étendue de seize hectares. Sachant qu'un are est planté de trois chênes, de deux hêtres et d'un bouleau, combien les bois de la commune contiennent-ils d'arbres de chaque espèce ?"

– Je suis de votre avis, dit le chien, ce n'est pas un problème facile. Et d'abord, qu'est-ce que c'est qu'un hectare ?

– On ne sait pas très bien, dit Delphine qui, étant l'aînée des petites, était aussi la plus savante. Un hectare, c'est à peu près comme un are, mais pour dire lequel est le plus grand, je ne sais pas. Je crois que c'est l'hectare.

– Mais non, protesta Marinette. C'est l'are le plus grand.

– Ne vous disputez pas, dit le chien. Que l'are soit plus grand ou plus petit, c'est sans importance. Occupons-nous plutôt du problème. Voyons : "Les bois de la commune…" »

Ayant appris l'énoncé par cœur, il y réfléchit très longtemps. Parfois, il faisait remuer ses oreilles, et les petites avaient un peu d'espoir, mais il dut convenir que ses efforts n'avaient pas abouti. «Ne vous découragez pas. Le problème a beau être difficile, on en viendra à bout. Je vais réunir toutes les bêtes de la maison. À nous tous, on finira bien par trouver la solution.» Le chien sauta par la fenêtre, alla trouver le cheval qui broutait dans le pré et lui dit:

«Les bois de la commune ont une étendue de seize hectares.

– C'est bien possible, dit le cheval, mais je ne vois pas en quoi la chose m'intéresse.»

Le chien lui ayant expliqué en quel ennui se trouvaient les deux petites, il manifesta aussitôt une grande inquiétude et fut également d'avis de proposer le problème à toutes les bêtes de la ferme. Il se rendit dans la cour et, après avoir poussé trois hennissements, se mit à jouer des claquettes en dansant des quatre sabots sur les planches de voiture, qui résonnaient comme un tambour. À son appel accoururent de toutes parts les poules, les vaches, les bœufs, les oies, le cochon, le canard, les chats, le coq, les veaux, et se rangèrent en demi-cercle sur trois rangs devant la maison. Le chien se mit à la fenêtre entre les deux petites et, leur ayant expliqué ce qu'on attendait d'eux, donna l'énoncé du problème:

«Les bois de la commune ont une étendue de seize hectares.»

Les bêtes réfléchissaient en silence et le chien se tournait vers les petites avec des clins d'yeux pour leur donner à entendre qu'il était plein d'espoir. Mais bientôt s'élevèrent parmi les bêtes des murmures découragés. Le canard lui-même, sur lequel on comptait beaucoup, n'avait rien trouvé et les oies se plaignaient d'avoir mal à la tête.

«C'est trop difficile, disaient les bêtes. Ce n'est pas un problème pour nous. On n'y comprend rien. Moi, j'abandonne.

– Ce n'est pas sérieux, s'écria le chien. Vous n'allez pas laisser les petites dans l'embarras. Réfléchissez encore.

– À quoi bon se casser la tête, grogna le cochon, puisque ça ne sert à rien.

– Naturellement, dit le cheval, tu ne veux rien faire pour les petites. Tu es du côté des parents.

– Pas vrai! je suis pour les petites. Mais j'estime qu'un problème comme celui-là...

– Silence!»

Les bêtes se remirent à chercher la solution du problème des bois, mais sans plus de résultat que la première fois. Les oies avaient de plus en plus mal à la tête. Les vaches commençaient à somnoler. Le cheval, malgré toute sa bonne volonté, avait des distractions et tournait la tête à droite et à gauche. Comme il regardait du côté du pré, il vit arriver dans la cour une petite poule blanche.

«Ne vous pressez pas, lui dit-il. Alors, non? Vous n'avez pas entendu le signal du rassemblement?

– J'avais un œuf à pondre, répondit-elle d'un ton sec. Vous ne prétendez pas m'empêcher de pondre, j'espère.»

Elle entra dans le cercle des bêtes et, après avoir pris place au premier rang, parmi les autres poules, elle s'informa du motif de la réunion. Le chien, que le découragement commençait à gagner, ne jugeait guère utile de la renseigner. Il ne croyait pas du tout qu'elle pût réussir là où avaient échoué tous les autres. Consultées, Delphine et Marinette, par égard pour elle, décidèrent de la mettre au courant. Le chien recommença ses explications et, une fois de plus, récita l'énoncé du problème:

«Les bois de la commune ont une étendue de seize hectares...

– Eh bien, je ne vois pas ce qui vous arrête, dit la petite poule blanche lorsqu'il eut fini. Tout ça me paraît très simple.»

Les petites étaient roses d'émotion et la regardaient avec un grand espoir. Cependant, les bêtes échangeaient des réflexions qui n'étaient pas toutes bienveillantes.

«Elle n'a rien trouvé. Elle veut se rendre intéressante. Elle n'en sait pas plus que nous. Vous pensez, une petite poule de rien du tout.

– Voyons, laissez-la parler, dit le chien. Silence, cochon, et vous, les vaches, silence aussi. Alors, qu'est-ce que tu as trouvé?

– Je vous répète que c'est très simple, répondit la petite poule blanche, et je m'étonne que personne n'y ait pensé. Les bois de la commune sont tout près d'ici. Le seul moyen de savoir combien il y a de chênes, de hêtres et de bouleaux, c'est d'aller les compter. À nous tous, je suis sûre qu'il ne nous faudra pas plus d'une heure pour en venir à bout.

– Ça, par exemple! s'écria le chien.

– Ça, par exemple!» s'écria le cheval.

Delphine et Marinette étaient tellement émerveillées qu'elles ne trouvaient rien à dire. Sautant par la fenêtre, elles s'agenouillèrent auprès de la petite poule blanche et lui caressèrent les plumes, celles du dos et celles du jabot. Elle protestait modestement qu'elle n'avait aucun mérite. Les bêtes se pressaient autour d'elle pour la complimenter. Même le cochon, qui était un peu jaloux, ne pouvait cacher son admiration. «Je n'aurais pas cru que cette bestiole était aussi capable», disait-il.

Le cheval et le chien ayant mis fin aux compliments, Delphine et Marinette, suivies de toutes les bêtes de la ferme, traversèrent la route et gagnèrent la forêt. Là, il fallut d'abord apprendre à chacun à reconnaître un chêne, un hêtre, un bouleau. Les bois de la commune furent ensuite partagés en autant de tranches qu'il y avait de bêtes, c'est-à-dire quarante-deux (sans compter les poussins, les oisons, les chatons et les porcelets, auxquels on confia le soin de compter les fraisiers et les pieds de muguet). Le cochon se plaignit qu'on lui eût donné un mauvais coin où les arbres n'étaient pas aussi importants qu'ailleurs. Il grognait que le morceau de forêt attribué à la petite poule blanche aurait dû lui revenir.

«Mon pauvre ami, lui dit-elle, je ne sais pas ce qui peut vous faire envie dans mon coin, mais ce que je sais, c'est qu'on a bien raison de dire bête comme un cochon.

– Petite imbécile. Vous faites bouffer vos plumes parce que vous avez trouvé la solution du problème, mais c'était à la portée de tout le monde.

– Est-ce que je dis le contraire? Marinette, donnez donc mon secteur à monsieur et choisissez-m'en un autre qui soit aussi loin que possible de ce grossier personnage.»

Marinette leur donna satisfaction et chacun se mit au travail. Tandis que les bêtes comptaient les arbres de la forêt, les petites allaient de secteur en secteur et recueillaient les chiffres qu'elles inscrivaient sur leurs cahiers de brouillons.

«Vingt-deux chênes, trois hêtres, quatorze bouleaux, disait une oie.

– Trente-deux chênes, onze hêtres, quatorze bouleaux», disait le cheval.

Puis ils continuaient à compter en repartant de un. La besogne allait très vite et tout semblait devoir se passer sans incident. Les trois quarts des arbres étaient dénombrés et le canard, le cheval et la petite poule blanche venaient de terminer leur travail lorsqu'un hurlement partit du fond des bois de la commune et l'on entendit la voix du cochon qui appelait:

«Au secours! Delphine! À moi! Marinette! Au secours!»

Guidées par la voix, les petites se mirent à courir et arrivèrent en même temps que le cheval auprès du cochon. Celui-ci, tremblant des quatre pattes, se trouvait en face d'un gros sanglier qui le regardait avec des yeux pleins de colère et l'interpellait d'une voix irritée:

«Espèce d'idiot, vous avez fini de brailler comme ça? Qu'est-ce qui vous prend de réveiller les honnêtes gens en plein jour? Je vais vous apprendre à vivre, moi. Quand on a une tête comme la vôtre, on devrait se cacher et ne pas se produire dans les bois. Vous, les petits, rentrez dans la bauge.»

Ces dernières paroles s'adressaient à une dizaine de marcassins qui se bousculaient autour du cochon et jouaient même entre ses pattes. Le dos rayé de longues bandes claires, ils étaient gros comme des chats et avaient de petits yeux rieurs. Peut-être le cochon ne devait-il son salut qu'à leur présence, car le sanglier n'aurait pu se jeter sur lui sans courir le risque d'en écraser un ou deux.

«Qu'est-ce que c'est encore que ceux-là? gronda le sanglier, en voyant arriver le cheval et les deux petites. Ma parole, on se croirait sur une route nationale. Il ne manque plus que des autos. Je commence à en avoir assez.»

Il avait l'air si méchant qu'il fit une grande peur aux petites. Elles s'étaient arrêtées court en balbutiant une excuse, mais elles n'eurent pas plus tôt aperçu les marcassins qu'elles oublièrent le sanglier et s'écrièrent qu'elles n'avaient jamais rien vu d'aussi charmant. Ce disant, elles jouaient avec eux, les caressaient et les embrassaient. Heureux d'avoir trouvé avec qui jouer, ils poussaient de petits grognements de joie et d'amitié.

«Qu'ils sont jolis, répétaient Delphine et Marinette. Qu'ils sont mignons. Qu'ils sont gentils.»

Le sanglier n'avait plus l'air méchant. Ses yeux devenaient rieurs comme ceux des marcassins et sa hure avait une expression de douceur.

«C'est une assez belle portée, convint-il. Insouciants comme ils sont, ils nous donnent bien du tracas, mais que voulez-vous, c'est de leur âge. Leur mère prétend qu'ils sont jolis et, ma foi, je ne suis pas fâché que vous soyez de son avis. Pour être franc, je n'en dirai pas autant de ce cochon qui me regarde d'un air si stupide. Quel drôle d'animal! Est-il possible d'être aussi laid? Je n'en reviens pas.»

Le cochon, qui tremblait encore de la peur qu'il avait eue, n'osait pas protester, mais il se trouvait plus beau que le sanglier et roulait des yeux furieux.

«Et vous, petites filles, qu'est-ce qui vous amène dans les bois de la commune?

– Nous sommes venues avec nos amis de la ferme pour compter les arbres. Mais le cheval vous expliquera. Il nous faut aller finir le problème.»

Après avoir encore embrassé les marcassins, Delphine et Marinette s'éloignèrent en promettant de revenir dans un moment.

«Figurez-vous, dit le cheval, que la maîtresse d'école a donné aux petites un problème très difficile.

– Je ne comprends pas bien. Il faut m'excuser, mais je vis très retiré. Je ne sors guère que la nuit et la vie du village m'est presque étrangère.»

Le sanglier s'interrompit pour jeter un coup d'œil au cochon et dit à haute voix:

«Que cet animal est donc laid. Je n'arrive pas à m'y habituer. Cette peau rose est d'un effet vraiment écœurant. Mais n'en parlons plus. Je vous disais donc qu'à vivre la nuit je suis resté ignorant de bien des choses. Qu'est-ce qu'une maîtresse d'école par exemple ? Et qu'est-ce qu'un problème ? »

Le cheval lui expliqua ce qu'étaient une maîtresse d'école et un problème. Le sanglier s'intéressa beaucoup à l'école et regretta de ne pouvoir y envoyer ses marcassins. Mais il ne comprenait pas que les parents des petites fussent aussi sévères.

«Voyez-vous que j'empêche mes marcassins de jouer pendant tout un après-midi pour leur faire faire un problème ? Ils ne m'obéiraient pas. Du reste, leur mère les soutiendrait sûrement contre moi. Mais ce fameux problème, en quoi consiste-t-il ?

– Voici l'énoncé : "Les bois de la commune ont une étendue…" »

Lorsque le cheval eut fini de réciter l'énoncé, le sanglier appela un écureuil qui venait de sauter sur la plus basse branche d'un hêtre.

«Occupe-toi tout de suite de savoir combien il y a de chênes, de hêtres et de bouleaux dans les bois de la commune, lui dit-il. Je t'attends ici.»

L'écureuil disparut aussitôt dans les hautes branches. Il allait avertir les autres écureuils et avant un quart d'heure affirmait le sanglier, il rapporterait la réponse. Ainsi pourrait-on contrôler si le compte de Delphine et Marinette était juste. Le cochon, qui était resté planté au milieu des marcassins, s'avisa soudain qu'il n'avait pas terminé sa besogne, mais ne sachant plus où il en était, il lui fallait tout recommencer. Comme il hésitait sur la conduite à tenir, il vit arriver le canard et la petite poule blanche.

«J'espère que vous n'êtes pas trop fatigué, lui dit celle-ci. Ce n'était pas la peine, tout à l'heure, de tant faire le fier et le redressé pour laisser tout en plan. Il a fallu que le canard et moi, nous nous partagions votre travail.»

Le cochon était très gêné et ne savait que dire. La petite poule blanche ajouta d'un ton sec :

«Ne vous excusez pas. Ne nous remerciez pas non plus. Ce n'est pas la peine.

– Décidément, dit le sanglier, il ne lui manque rien. Il est laid, il a la peau rose et il est paresseux.»

Cependant, les marcassins entouraient les nouveaux venus et voulaient jouer avec eux, mais la petite poule blanche, qui n'aimait pas les familiarités, les pria de la laisser en paix. Comme ils insistaient, la poussant à coups de tête ou posant leurs pattes sur son dos, elle se percha sur une branche de noisetier. Suivies des autres bêtes de la ferme, Delphine et Marinette venaient chercher les chiffres que devait fournir le cochon. Ce furent le canard et la petite poule

blanche qui les leur donnèrent. Il ne restait plus à faire que trois additions. Quelques minutes plus tard, Delphine annonçait :
« Dans les bois de la commune, il y a trois mille neuf cent dix-huit chênes, douze cent quatorze hêtres et treize cent deux bouleaux.
– C'est ce que je pensais, dit le cochon. »
Delphine remercia les bêtes d'avoir si bien travaillé et particulièrement la petite poule blanche qui avait compris le problème et trouvé la solution. D'abord intimidés par l'affluence, les marcassins s'étaient approchés des oies et commençaient à s'enhardir. Bonnes personnes, elles se prêtaient volontiers à leurs jeux. Les petites ne tardèrent pas à se joindre à eux et, après elles, toutes les bêtes et le sanglier lui-même qui riait à plein gosier. Jamais les bois de la commune n'avaient été aussi bruyants, ni aussi joyeux.
« Ce n'est pas pour vous contrarier, dit le chien au bout d'un moment, mais le soleil commence à baisser. Les parents vont bientôt rentrer et s'ils ne trouvent personne à la ferme, ils pourraient bien n'être pas de bonne humeur. »
Comme on se disposait à partir, un groupe d'écureuils apparut sur la plus basse branche d'un hêtre et l'un d'eux dit au sanglier :
« Dans les bois de la commune, il y a trois mille neuf cent dix-huit chênes, douze cent quatorze hêtres et treize cent deux bouleaux. »
Les chiffres de l'écureuil étaient les mêmes que ceux des petites et le sanglier s'en réjouit :
« C'est la preuve que vous ne vous êtes pas trompées. Demain, la maîtresse vous donnera une bonne note. Ah ! je voudrais bien être là quand elle vous complimentera. Moi qui aimerais tant voir une école.
– Venez donc demain matin, proposèrent les petites. La maîtresse n'est pas très méchante. Elle vous laissera entrer en classe.
– Vous croyez ? Eh bien, je ne dis pas non. Je vais y réfléchir. »
Lorsque les petites le quittèrent, le sanglier était à peu près décidé à aller à l'école le lendemain. Le cheval et le chien lui avaient promis de s'y rendre également pour qu'il ne fût pas le seul étranger à se présenter devant la maîtresse.
Au retour des champs, les parents virent Delphine et Marinette qui jouaient dans la cour et ils leur crièrent de la route :
« Est-ce que vous avez fait votre problème ?
– Oui, répondirent les petites en s'avançant à leur rencontre, mais il nous a donné du mal.
– Ç'a été un rude travail, affirma le cochon, et ce n'est pas pour me vanter, mais dans les bois... »

Marinette réussit à le faire taire en lui marchant sur le pied. Les parents le regardèrent de travers en grommelant que cet animal était de plus en plus stupide. Puis ils dirent aux petites : « Ce n'est pas tout d'avoir fait le problème. Il faut aussi qu'il soit juste. Mais ça, on le saura demain. On verra la note que la maîtresse vous donnera. Si jamais votre problème n'est pas juste, vous pouvez compter que ça ne se passera pas comme ça. Ce serait trop facile. Il suffirait de bâcler un problème.

– On ne l'a pas bâclé, assura Delphine, et vous pouvez être certains qu'il est juste.

– Du reste, l'écureuil trouve comme nous, déclara le cochon.

– L'écureuil ! Ce cochon devient fou. Il a d'ailleurs un drôle de regard. Allons, plus un mot et rentre dans ta soue. »

Le lendemain matin, lorsque la maîtresse apparut sur le seuil de l'école pour faire rentrer les élèves, elle ne s'étonna pas de voir dans la cour un cheval, un chien, un cochon et une petite poule blanche. Il n'était pas rare qu'une bête de la ferme voisine vînt s'égarer par là.

Ce qui ne manqua pas de la surprendre et de l'effrayer, ce fut l'arrivée d'un sanglier débouchant soudain d'une haie où il se tenait caché. Peut-être eût-elle crié et appelé au secours si Delphine et Marinette ne l'avaient aussitôt rassurée.

« Mademoiselle, n'ayez pas peur. On le connaît. C'est un sanglier très gentil.

– Pardonnez-moi, dit le sanglier en s'approchant. Je ne voudrais pas vous déranger, mais j'ai entendu dire tant de bien de votre école et de votre enseignement que l'envie m'est venue d'entendre une de vos leçons. Je suis sûr que j'aurais beaucoup à y gagner. »

Flattée, la maîtresse hésitait pourtant à le recevoir dans sa classe. Les autres bêtes s'étaient avancées et réclamaient la même faveur.

« Bien entendu, ajouta le sanglier, nous nous engageons, mes compagnons et moi, à être sages et à ne pas troubler la leçon.

– Après tout, dit la maîtresse, je ne vois pas d'inconvénient à ce que vous entriez dans la classe. Mettez-vous en rang. »

Les bêtes se placèrent à la suite des fillettes alignées deux par deux devant la porte de l'école. Le sanglier était à côté du cochon, la petite poule blanche à côté du cheval et le chien au bout de la rangée.

Lorsque la maîtresse eut frappé dans ses mains, les nouveaux écoliers entrèrent en classe sans faire de bruit et sans se bousculer. Tandis que le chien, le sanglier et le cochon s'asseyaient parmi les fillettes, la petite poule blanche se perchait sur le dossier d'un banc, et le cheval, trop grand pour s'attabler, restait debout au fond de la salle.

La classe commença par un exercice d'écriture et se poursuivit par une leçon d'histoire. La maîtresse parla du XVe siècle et particulièrement du roi Louis XI, un roi très cruel qui avait l'habitude d'enfermer ses ennemis dans des cages de fer. «Heureusement, dit-elle, les temps ont changé et à notre époque il ne peut plus être question d'enfermer quelqu'un dans une cage.» À peine la maîtresse venait-elle de prononcer ces mots que la petite poule blanche, se dressant à son perchoir, demandait la parole.

«On voit bien, dit-elle, que vous n'êtes pas au courant de ce qui se passe dans le pays. La vérité c'est que rien n'a changé depuis le XVe siècle. Moi qui vous parle, j'ai vu bien souvent des malheureuses poules enfermées dans des cages et c'est une habitude qui n'est pas près de finir.

– C'est incroyable!» s'écria le sanglier.

La maîtresse était devenue très rouge, car elle pensait aux deux poulets qu'elle tenait prisonniers dans une cage pour les engraisser. Aussi se promit-elle de leur rendre la liberté dès après la classe.

«Quand je serai roi, déclara le cochon, j'enfermerai les parents dans une cage.

– Mais vous ne deviendrez jamais roi, dit le sanglier. Vous êtes trop laid.

– Je connais des gens qui ne sont pas du tout de votre avis, repartit le cochon. Hier au soir encore, les parents disaient en me regardant: "Le cochon est de plus en plus beau, il va falloir s'occuper de lui." Je n'invente rien. Les petites étaient là quand ils l'ont dit. N'est-ce pas, petites?»

Delphine et Marinette, confuses, durent reconnaître que les parents avaient tenu ce propos élogieux. Le cochon triompha.

«Vous n'en êtes pas moins l'animal le plus laid que j'aie jamais vu, dit le sanglier.

– Apparemment que vous ne vous êtes pas regardé. Avec ces deux grandes dents qui vous sortent de la gueule, vous avez une figure affreuse.

– Comment? Vous osez parler de ma figure avec cette insolence? Attendez un peu, gros butor, je vais vous apprendre à respecter les honnêtes gens.»

Voyant le sanglier sauter hors de son banc, le cochon s'enfuit autour de la classe en poussant des cris aigus, et telle était sa frayeur qu'il bouscula la maîtresse et faillit la jeter à terre. «Au secours, criait-il. On veut m'assassiner!» Et il se jetait entre les tables, faisant sauter les livres, les cahiers, les porte-plume et les encriers. Le sanglier, qui le serrait de près, ajoutait encore au désordre et grondait qu'il allait lui découdre la panse. Passant sous la chaise où était assise la maîtresse, il la souleva de terre et l'entraîna un moment dans sa course. Celle-ci s'en trouva d'ailleurs ralentie et Delphine et Marinette en profitèrent pour essayer d'apaiser le sanglier, lui rappelant la promesse qu'il avait faite de ne pas troubler la leçon. Avec l'aide du chien et du cheval, elles finirent par lui faire entendre raison.

«Pardonnez-moi, dit-il à la maîtresse. J'ai été un peu vif, mais cet individu est si laid qu'il est impossible d'avoir pour lui aucune indulgence.
– Je devrais vous mettre à la porte tous les deux, mais pour cette fois, je me contenterai de vous mettre un zéro de conduite.»

Et la maîtresse écrivit au tableau :

> *Sanglier : zéro de conduite.*
> *Cochon : zéro de conduite.*

Le sanglier et le cochon étaient bien ennuyés, mais ce fut en vain qu'ils la supplièrent d'effacer les zéros. Elle ne voulut rien entendre. «À chacun selon son mérite. Petite poule blanche, dix sur dix. Chien, dix sur dix. Cheval, dix sur dix. Et maintenant, passons à la leçon de calcul. Nous allons voir comment vous vous êtes tirées du problème des bois de la commune. Quelles sont celles d'entre vous qui l'ont fait?»

Delphine et Marinette furent seules à lever la main. Ayant jeté un coup d'œil sur leurs cahiers, la maîtresse eut une moue qui les inquiéta un peu. Elle paraissait douter que leur solution fût exacte. «Voyons, dit-elle en passant au tableau, reprenons l'énoncé. Les bois de la commune ont une étendue de seize hectares...»

Ayant expliqué aux élèves comment il fallait raisonner, elle fit les opérations au tableau et déclara: «Les bois de la commune contiennent donc quatre mille huit cents chênes, trois mille deux cents hêtres et seize cents bouleaux. Par conséquent, Delphine et Marinette se sont trompées. Elles auront une mauvaise note.

– Permettez, dit la petite poule blanche. J'en suis fâchée pour vous, mais c'est vous qui vous êtes trompée. Les bois de la commune contiennent trois mille neuf cent dix-huit chênes, douze cent quatorze hêtres et treize cent deux bouleaux. C'est ce que trouvent les petites.

– C'est absurde, protesta la maîtresse. Il ne peut pas y avoir plus de bouleaux que de hêtres. Reprenons le raisonnement...

– Il n'y a pas de raisonnement qui tienne. Les bois de la commune contiennent bien treize cent deux bouleaux. Nous avons passé l'après-midi d'hier à les compter. Est-ce vrai, vous autres?

– C'est vrai, affirmèrent le chien, le cheval et le cochon.

– J'étais là, dit le sanglier. Les arbres ont été comptés deux fois.»

La maîtresse essaya de faire comprendre aux bêtes que les bois de la commune, dont il était question dans l'énoncé, ne correspondaient à rien de réel, mais la petite poule blanche se fâcha et ses compagnons commençaient à être de mauvaise humeur. «Si l'on ne pouvait se fier à l'énoncé, disaient-ils, le problème lui-même n'avait plus aucun sens.» La maîtresse leur déclara qu'ils étaient stupides. Rouge de colère, elle se disposait à mettre une mauvaise note aux deux petites lorsqu'un inspecteur d'académie entra dans la classe. D'abord, il s'étonna d'y voir un cheval, un chien, une poule, un cochon et surtout un sanglier.

«Enfin, dit-il, admettons. De quoi parliez-vous?

– Monsieur l'inspecteur, déclara la petite poule blanche, la maîtresse a donné avant-hier aux élèves un problème dont voici l'énoncé : les bois de la commune ont une étendue de seize hectares... »

Lorsqu'il fut informé, l'inspecteur n'hésita pas à donner entièrement raison à la petite poule blanche. Pour commencer, il obligea la maîtresse à mettre une très bonne note sur les cahiers des deux petites et à effacer les zéros de conduite du cochon et du sanglier. « Les bois de la commune sont les bois de la commune, dit-il, c'est indiscutable. » Il fut si content des bêtes qu'il fit remettre à chacune un bon point et à la petite poule blanche, qui avait si bien raisonné, la croix d'honneur.

Delphine et Marinette rentrèrent à la maison, le cœur léger. En voyant qu'elles avaient de très bonnes notes, les parents furent heureux et fiers (ils crurent aussi que les bons points du chien, du cheval, de la petite poule blanche et du cochon avaient été décernés aux deux petites). Pour les récompenser, ils leur achetèrent des plumiers neufs.

LE VIN DE PARIS

1947

L'INDIFFÉRENT

*L*e lendemain de ma sortie de prison, par un après-midi de juillet, je me présentais au bar de la Boussole, un établissement miteux sur le côté passant du boulevard Rochechouart. Je venais trouver là un certain Médéric, surnommé «Médé Clin d'œil», en me recommandant d'un de ses amis, devenu le mien pendant les derniers mois de ma détention. En entrant à la Boussole, je pus croire que j'étais le seul client, mais le patron, debout derrière son zinc, me découvrit, assis dans l'ombre au fond du bar, un groupe de trois buveurs avec lesquels il était en conversation. L'un de ceux-ci, un grand et gros homme aux cheveux blancs, au petit œil de rat, était justement Médéric. Je parle à dessein de son petit œil parce qu'il était borgne, d'où son surnom de «Clin d'œil». Bien que le cafetier s'exprimât surtout à son intention, il observait un silence bienveillant et laissait aux deux autres le soin de lui répondre. Les comparses paraissaient assez insignifiants. Le plus bavard était un petit homme à épaules avec une grasse figure de faux dur et un chapeau vert bouteille très sur l'œil. L'autre, malingre, vêtu de noir, avait l'air d'un huissier souffreteux.

«Écoute, Médéric, disait le patron, je vais te dire une chose bien réelle. Avant la guerre, je laissais pas passer une semaine sans aller à L'Européen ou à Bobino, ma parole d'honneur. J'ai la prétention que les chanteurs, je m'y reconnais aussi bien que dans la limonade. Quand on vient me dire André Claveau, je réponds d'accord, il est caressant, mais question organe...

– Mille excuses, coupa le faux dur, mais laisse-moi te rétorquer. D'abord, tu n'es pas objectif.

– C'est ça, ricana le patron. Je débute dans la vie. Je m'appelle Durandeau.

– Désiré, veux-tu me permettre?

– Durandeau, je te dis, que je m'appelle.»

Première publication dans la Revue du monde, *juin 1944.*

Tels étaient, à bien peu près, les propos qui se tenaient au bar de la Boussole quand je m'approchai du zinc. Médéric souriait avec bonté. Avant de me présenter à lui, je souhaitais entendre parler cet homme que j'apercevais pour la première fois, mais la conversation devait se poursuivre longtemps avant qu'il s'y décidât. J'avais commandé un jus de fruit. Tout à son propos, le patron me servit machinalement, presque sans quitter des yeux ses interlocuteurs. Entra une fille brune et mince, vêtue d'une robe rouge en artificiel, les yeux noirs aux reflets de cuivre et des boucles noires collées sur le front à la gomina. C'était une jolie figure de peau de vache, aux traits fins, dans les vingt ans d'âge. La taille souple, elle marchait avec un léger déhanchement de pierreuse, et sa croupe paraissait sensible comme un pendule. Elle vint droit au zinc et, avant de rien commander, leva sur le cafetier un regard d'anxieuse interrogation. Il secoua la tête, l'air excédé, comme impatienté de la voir s'entêter dans un refus de l'évidence. Ils échangèrent à voix basse quelques paroles que je n'entendis pas. À plusieurs reprises, la peau de vache risqua un coup d'œil furtif du côté de Médéric et il me sembla qu'une lueur de colère s'allumait dans ses yeux noirs aux reflets de cuivre.

«Moi, dit le faux dur, j'ai la psychologie suivante, c'est que quand et lorsqu'un directeur de salle allonge à un chanteur un cachet de dix sacs par soirée, je dis attention, pas fol il est, monsieur le directeur. Il a compris.

– Pardon, répliqua le cafetier, je me permets de t'observer un léger détail. Moi, je te cause organe et sentiment de la chose et toi tu me réponds argent. J'estime que tu n'as pas le droit...

– Si tu me cherches des poux dans ma psychologie...»

Leur bavardage s'éternisait sur le même propos. Médéric ne disait toujours mot. De temps à autre, le regard de son petit œil de rat se fixait sur moi. Ce ne pouvait être qu'une curiosité vague ou l'habitude de s'informer par soi-même. À trois pas de moi, la fille en artificiel rouge rongeait son frein en buvant un jus de fruit. Il semblait à chaque instant qu'elle fût sur le point de laisser éclater son indignation ou sa rancœur. Enfin, Médé parla.

«Bien sûr, mes enfants, bien sûr», dit-il d'une voix débonnaire.

Ces paroles, qui mirent fin à la dispute, ne m'apprenaient pas grand-chose sur le compte de Médé Clin d'œil. En tout cas, son silence était plus significatif que sa parole. L'homme devait être plutôt réservé. Quittant le comptoir, j'allai au trio.

«Monsieur Médéric? demandai-je. J'ai une commission à vous faire.»

J'avais parlé d'une voix presque confidentielle et je reculai d'un pas pour faire entendre que la commission l'était également. Le faux dur me toisa d'un air soupçonneux en rejetant son chapeau en arrière et le foutriquet en noir affecta d'ignorer ma présence. Avec beaucoup de bonne grâce, Médé se leva et me précéda vers l'entrée du bar. Au passage, la peau de vache essaya de le retenir et lui murmura quelque chose à l'oreille. Il se déroba avec un sourire affable et jeta derrière lui :

«Je ne sais rien de rien et d'abord, je ne le connais pas.»

Elle parut ne pas le croire et, la bouche pincée, le suivit d'un regard chargé de rancune. M'ayant désigné un siège à la première table près de la porte, Médé s'assit lui-même, adossé à la vitre.

«Je vous ai parlé d'une commission, dis-je. Ce n'est pas tout à fait ça. Je viens de la part de Christophe-le-Belge.»

Médé fit signe qu'il connaissait Christophe et me laissa poursuivre. Entre les paupières baissées, son petit œil dur et intelligent m'observait très attentivement, sans une seconde de distraction. Je comprenais qu'il ne m'avait pas placé au hasard, mais dans un éclairage favorable à cet examen. Quand je lui eus expliqué comment j'avais connu le Belge et pourquoi il m'avait adressé à lui, Médéric me répondit qu'il n'était plus dans «les affaires» et ne pouvait m'obliger mieux qu'en me donnant de bons conseils.

«Quand la guerre est venue, j'ai compris ; autrefois, il m'est arrivé de me trouver dans des coups durs, mais pendant l'exode et l'Occupation, j'ai été frappé au cœur, j'ai eu de la peine pour mon pays. "Médé, je me suis dit, tu as fait comme tous les Français, tu as voulu jouir de la vie, et total, ton pays se trouve dans la détresse." Bien sûr qu'à cinquante ans passés, je n'allais pas m'envoyer au labeur, mais je me suis décidé à vivre dans la dignité. Depuis trois ans, je ne m'occupe plus de rien. Les affaires en or, je les regarde passer et je vis sur mon capital. Mes économies, elles ne sont pas lourdes, mais j'y vais modeste.»

Médé se moquait de moi. Je voyais son unique petit œil briller de malice pendant qu'il me racontait ces foutaises. Il en remit :

«Ma récompense, c'est quand le maréchal nous cause à la radio. "Médé, que je me dis dans ma conscience, tu as le droit de répondre présent."

– Je ne regrette pas d'être venu vous voir, dis-je. Si jamais vous entendez parler d'une place de sacristain…»

Médé voulut bien sourire de ma boutade.

«Plaisanterie à part, écoute-moi. Le labeur honnête, celui qui fatigue la bête, ça donne bien des satisfactions aussi.

– Sans compter qu'on ne fera jamais assez pour l'artisanat.»

Je fis mine de me lever. Il posa doucement sa main sur mon épaule et me maintint sur ma chaise.

«Tu es vif, un peu sec, j'aime bien ça. Comme je te l'ai dit, je ne suis plus rien, mais j'ai encore de bons amis, des hommes que j'estime sans les approuver. Des fois, je leur fais un peu de morale, je leur cause honneur et tout le tenant. Ils comprennent, tu sais, ils ne demanderaient qu'à bien faire. Seulement, voilà, ils ont des charges. Une vieille maman à dorloter, ou des enfants à éduquer ou bien le coup de mordu pour des ambitieuses qui ne pensent qu'au vison, au diamant, au tabouret de bar. Et voilà des hommes obligés de rester sur la brèche. J'y pense, qu'est-ce que tu faisais donc à la Centrale?

– Une affaire de tiroir-caisse. Je m'en étais tiré avec huit mois.

– Et avant le coup du tiroir-caisse, qu'est-ce que tu fabriquais?»

Je n'avais pas envie de répondre à la question et ma physionomie dut se durcir. Médé laissa passer un temps et me demanda doucement: «Ton papa est toujours en prison?»

Contrairement à ce qu'il avait pu croire, la question ne me surprit guère. Mon père, avant d'être arrêté pour une grosse affaire de marché noir, tenait un restaurant rue Saint-Georges et le bar du sous-sol était très fréquenté après 6 heures du soir. Je ne me souvenais pas d'y avoir aperçu Médé, mais sauf exception, je n'avais jamais prêté qu'une médiocre attention à la clientèle.

«Il en a encore pour deux ans, répondis-je.

– Tu ne me feras pas croire qu'il te laissait sans un?

– Tout a été saisi, le compte en banque bloqué, le liquide chez la grande Betty. Moi, il me restait de la monnaie.

– Je veux bien. Mais tu avais des relations dans le coin. Tu aurais pu te débrouiller quand même.

– J'aurais pu.»

Je répondais sèchement, et même un peu plus que je n'avais souhaité. Médé devint sérieux. Je devais avoir cet air froid et fermé qui m'a déjà valu presque autant d'ennuis que de satisfactions. Il prit encore le temps de m'examiner longuement. Son petit œil inquisiteur avait perdu toute expression d'ironie. J'y pouvais lire un intérêt nouveau.

«La grande Betty, tu aimerais peut-être lui dire deux mots? demanda-t-il.

– Rien du tout.

– Sans parler du bijou et de la fourrure, ton papa lui a laissé la grosse somme.»

Médé insista en vain, raillant ce qu'il appelait mes scrupules. Je lui expliquai brièvement que les scrupules m'étaient aussi étrangers que les remords, mais j'eus quelque peine à lui faire entendre que je réglais mes actions sur mon bon plaisir plutôt que sur des raisons et jamais sur des principes. Il parut choqué et soupira, de mauvaise humeur : «C'est bien les jeunes gens. Avec des salopes qui vous arrangent le patrimoine, on est pour la délicatesse, mais à côté de ça, on va s'expliquer avec le tiroir-caisse du marchand de crayons. Admettons. Et qu'est-ce que tu voudrais faire, maintenant ?»

J'eus d'autant plus de mal à le lui expliquer que je n'avais formé aucun projet précis. Ce que je souhaitais, c'était de trouver une occupation qui me préservât contre une certaine disposition à l'indifférence – indifférence à l'égard d'autrui et de moi-même, au fond de laquelle je sens clairement une vocation de clochard. Pour ne pas m'y abandonner, j'ai besoin de me maintenir dans un état de tension permanente et je ne crois pas qu'il existe de profession régulière qui puisse m'en fournir le prétexte. Avant de me mettre à voler, quand j'étais sans le sou, j'avais pensé à m'engager dans les rangs des terroristes, mais je suis imperméable à l'idée de patrie comme à celle de justice sociale. Au milieu d'un groupe de fanatiques, quels qu'ils soient, mon attitude ne pouvait être que celle d'un étranger. Injurieusement indifférente, elle me vouerait à leur méfiance et à leur exécration. J'en ai du reste fait l'expérience en maintes occasions, par exemple dans ma famille où le sens de la tribu me manquait scandaleusement. Incapable d'un élan de haine ou d'amour ou d'éprouver seulement la sensation d'un monde cohérent, je suis dépourvu de ventouses sociales et, à coup sûr, voué à un rôle de spectateur incurieux dans une marge sordide, à moins de me tenir en haleine par une existence de péripéties et d'alarmes pressantes.

J'essayai donc d'exprimer à l'usage de Médé, sous un aspect pratique, cette nécessité où je me trouvais de chercher hors de moi-même la pente de l'aventure. Malgré l'économie de mes explications et mon peu d'entrain à convaincre, il m'entendit très bien.

«Je vois. Monsieur veut jouer les durs. J'aime autant te le dire, ce n'est pas mon rayon et je n'ai pas ça non plus dans mes relations. Tout de même, va voir Gustave, je ne le connais pas, mais j'en ai entendu parler. On dit qu'il s'occupe.»

Suivit une description du nommé Gustave que je devais trouver le soir même, vers 8 heures, dans un certain café du boulevard de la

Chapelle. Là-dessus, Médé Clin d'œil me salua d'un petit signe de tête et, sans autre adieu, regagna le fond du bar. J'allai au zinc payer mon jus de fruit. La peau de vache, qui venait de régler le sien, sortit avant moi. Elle m'attendait sur le trottoir du boulevard et me demanda tout à trac, avec un accent marseillais, si je connaissais Médé depuis longtemps et si j'étais en affaires avec lui.

« Méfiance de lui, me dit-elle. Il en a fait tomber plus d'un. »

Après conversation, nous entrâmes dans un cinéma où l'on donnait un vieux film du genre opérette avec déploiement de nus. J'entrepris poliment de lui tripoter les genoux. Elle m'en dispensa et, pendant que les acteurs beuglaient sur l'écran, elle me raconta, sans égard aux protestations des voisins, une histoire assez obscure dans laquelle Médé jouait un rôle qui me parut incertain. Quelques jours après s'être querellé avec lui, un garçon qui tenait de près à la peau de vache avait disparu et, sans pouvoir fonder autrement ses soupçons, elle accusait Médé de l'avoir donné à la police. Elle venait de recommencer son récit lorsqu'une ouvreuse, à la prière d'un spectateur, vint l'inviter au silence. En sortant du cinéma, elle me donna pour le soir même un rendez-vous auquel elle ne devait pas venir. Je ne l'ai jamais revue.

À 8 heures, je pénétrais dans ce café du boulevard de la Chapelle où je devais trouver Gustave. Au portrait que m'en avait fait Médé, je le reconnus facilement. Il avait l'air d'un petit employé de bureau, mal avenant et vétilleux.

« Je viens de la part de Médé.

– Je ne connais pas Médé, dit-il en appuyant sur chaque mot comme pour lui faire rendre tout son sens.

– Comme vous voudrez.

– Il ne s'agit pas de mon bon vouloir. Je ne connais pas le Médé en question. C'est un fait. Passons. Êtes-vous prêt à partir demain matin pour un voyage de huit ou dix jours ?

– Je suis prêt », répondis-je.

Nous restâmes un moment sans parler. Gustave me demanda :

« Vous ne me posez pas de question ?

– Non.

– Rendez-vous demain matin à 9 heures à la gare de l'Est, devant le guichet de distribution des billets pour Troyes. Bagage à main aussi réduit que possible. »

Je me levai. La conversation n'avait pas duré cinq minutes et je partais sans avoir consommé.

À la fin de la soirée, dans le café de la place Pigalle où j'attendais en vain la fille en artificiel, je vis venir à moi un ancien camarade de lycée, accompagné de son père qu'il venait de conduire au théâtre. Avec une cordialité impétueuse, il m'entretint de nos anciens condisciples, de ses occupations. Le père, non moins cordial, soutenait l'évocation du temps de notre adolescence par de tendres bêlements. Je les écoutais sans plaisir, sans ennui non plus, en m'appliquant courtoisement à paraître présent à leur propos. Je n'y réussissais pas toujours et, comme la conversation languissait, je les informai que je venais de purger huit mois de prison pour vol. Je ne tirais aucun orgueil de cette aventure et ne prenais nullement plaisir à les scandaliser. Cette absence de fanfaronnade les épouvanta plus encore que mon aisance. Le vieillard se mit à larmoyer et à baver sur le col de son veston. Partons, papa, dit mon camarade avec un accent de noblesse mélancolique et il l'emmena par le bras, après avoir déposé devant moi deux billets de cent francs que je ne me fis pas faute d'empocher.

L'expédition à laquelle je pris part avec Gustave et deux autres jeunes gens de mon âge dura, comme prévu, un peu plus de huit jours. Elle n'était pas aussi dangereuse que les airs plastronnants de tels de nos compagnons auraient pu le faire croire à notre retour. Il s'agissait de piller des fermes isolées, dans le pays d'Othe, après en avoir massacré les occupants. C'est assez facile. En général, les paysans ne sont pas armés et l'agresseur a presque toujours le bénéfice de la surprise. Gustave, très judicieusement, choisissait d'attaquer les fermes dès les premières heures de l'aube, à l'heure où les aboiements des chiens n'alarment plus guère les fermiers. En outre, la clarté du jour naissant est une commodité pour la surveillance des issues car la grande affaire est de ne laisser échapper personne. Gustave dirigeait les opérations avec méthode. Il aimait la besogne bien faite et avait la minutie hargneuse d'un contremaître du crime. Il tuait soigneusement, sans exaltation ni cruauté, au contraire de Fred et de Pierrot, nos deux complices, qui s'enivraient facilement de massacre et torturaient sans nécessité. Pour moi, je m'acquittais de ma besogne avec sang-froid en surmontant toutefois une assez vive répugnance que le spectacle du sang, de l'agonie et des visages révulsés par la terreur ne cessera jamais, je crois, de m'inspirer. L'idée de la mort, en revanche, ne risquait pas de heurter en moi le sens de l'espèce. Il faut avoir été clochard vers sa vingtième année, comme je l'ai été, avoir promené, pendant des jours, sa faim et son ennui parfait sur les bancs publics ou parmi les foules affairées et s'être senti invisible parmi ses semblables pour saisir, dans son évidence agressive, le mensonge de la solidarité humaine. Il est vrai que de ce côté-là, dès mon enfance, j'éprouvais la sensation d'un aimable néant ou plus exactement, la certitude qu'il s'agissait d'un échange très superficiel. Enfin, l'idée de la mort, que ce soit la mienne ou celle des autres, n'éveille en moi aucune appréhension d'ordre religieux. Le souvenir de mes crimes m'est désagréable en tant qu'il fait surgir à mon esprit des images parfois répugnantes, mais il ne me trouble pas plus que ne saurait le faire l'évocation des crimes de l'un quelconque de mes complices. Gustave ne tarda pas à apprécier mon sang-froid, mon intelligence du crime et plus encore peut-être cette indifférence polie aux hommes et aux événements, qui suffisait à créer dans notre bande, à ce qu'il affirmait lui-même, un climat d'aimable discipline. Il paraît aussi, toujours d'après Gustave, que le style sobre et discret dans lequel je tuais mes victimes était un régal pour les connaisseurs. Il en vint très vite à me témoigner sa confiance, accueillant volontiers mes suggestions et m'abandonnant le soin de certaines missions délicates. Toutefois il ne devait jamais me révéler le nom du patron pour le compte duquel nous opérions. Nos expéditions furent presque toutes des plus fructueuses et à aucun moment notre sécurité ne fut sérieusement menacée. Le troisième jour de notre arrivée, Gustave fit arrêter par la gendarmerie quelques jeunes gens réfugiés dans la forêt, gaullistes ou communistes, dont la présence en ces parages risquait de nous compromettre.

Je rentrai à Paris avec une vingtaine de mille francs en poche et restai sans contact avec Gustave jusqu'au départ de l'expédition suivante qui eut lieu une semaine plus tard. Dans l'intervalle, je rencontrai la maîtresse de mon père, connue de ses amis sous le nom de la grande Betty. Pendant les sept ou huit années de leur liaison, elle s'était efforcée de me témoigner en toute occasion des attentions maternelles qui me laissaient froid sans aller toutefois jusqu'à m'ennuyer. Nous étions en somme en bons termes. Plusieurs fois, même, le hasard avait voulu que nous fissions l'amour ensemble. Betty me demanda aimablement des nouvelles de mon père ; je n'en avais aucune, mais il devait être encore en prison.

« À propos, me dit-elle, je viens d'apprendre que tu as eu des ennuis aussi.

– Comment l'as-tu appris ?

– Par Médé. Tu le connais ? Il est venu prendre le porto chez moi l'autre samedi. Gentil, Médé. L'homme correct, et pas bête.

– Qu'est-ce qu'il t'a dit ?

– On a causé. C'est lui qui m'a dit que tu sortais de prison. Il doit revenir me voir. »

Je doutais que la visite de Médé fût désintéressée et je conseillai à Betty de se tenir sur ses gardes. Elle me parla d'un sentiment grave et profond qu'elle nourrissait depuis plus d'un an pour un garçon de très bonne famille, qui sortait «des grandes écoles» et qui s'était trouvé coincé en Algérie par le débarquement anglo-américain. Je la quittai en lui renouvelant mes avertissements quant à Médé. Il ne m'importait guère qu'elle se fît mettre sur la paille par un coquin, mais j'étais choqué par le procédé qui consistait à s'introduire chez elle en se recommandant de mon nom et malgré mon désir nettement signifié qu'on lui abandonnât, en toute quiétude, la jouissance de ce que Médé appelait mon patrimoine. L'instant d'après, je n'y pensais déjà plus.

Pendant plus d'un mois, en compagnie de Gustave et de deux ou trois autres tueurs qui n'étaient pas toujours les mêmes, j'explorai les fermes de l'Île-de-France. Au cours de ma dernière expédition, des fermiers nous tuèrent un homme tandis que je recevais une balle dans la cuisse. Gustave réussit à me ramener à Paris et à me faire entrer dans une clinique. Pris pour un patriote, j'y fus soigné avec un grand luxe d'attentions et guéris rapidement. J'étais déjà convalescent lorsque Gustave vint me rendre visite.

«Le patron m'a causé de toi. Il t'a à la bonne, tu sais.

– Je ne le connais pas, objectai-je.

– Possible, mais lui, il connaît tout le monde et il sait comment tu travailles. Pour te récompenser, il m'a chargé de t'apporter un cadeau. Regarde. Les œuvres complètes de Victor Hugo. Reliées en cuir de Russie.

– Ce sont des morceaux choisis, fis-je observer.

– Choisis, tu te rends compte! s'exclama Gustave avec un peu de mélancolie. Moi, il ne m'a jamais fait un cadeau comme ça. Je n'ai pas ton instruction non plus. On a beau dire, celui qui est passé par les écoles, il a fait du chemin en peu d'années. Mais je suis content pour toi, tu sais. Le patron m'a dit que quand tu serais sur pied, il ne voulait plus que tu te remettes à courir les fermes. Il a pensé pour toi à du travail plus fin.»

Dès ma sortie de la clinique, Gustave m'initia à ce nouveau travail. Moyennant une certaine somme d'argent, le patron se chargeait de faire prendre l'avion à toute personne désireuse de gagner l'Angleterre. Je conduisais le client hors de Paris, dans un lieu désert où l'avion anglais était censé atterrir et je devais lui loger une balle dans la tête. L'argent et les bijoux ramassés sur la victime, qui ne partait jamais sans vert, constituaient le plus clair du bénéfice.

Ce métier-là ne me plut pas. Je n'avais pas plus de scrupules à tuer que par le passé, mais il m'est pénible d'abuser de la confiance que les gens ont mise en moi. Ma conscience reste toujours muette quand je l'interroge. Ce qui s'y passe est strictement du domaine des sensations, mais elle réagit alors avec plus d'autorité que ne le ferait, après une délibération minutieuse, la conscience d'un honnête homme. Mon premier client était un homme d'une quarantaine d'années qui me traita dès l'abord en ami et en confident. Ayant passé une heure avec lui dans le train de banlieue qui l'emmenait vers la mort, je compris que je ne me résoudrais pas à le supprimer. Je lui avouai la vérité et m'y pris assez habilement pour qu'il me promît le secret. Au cas où l'un de mes complices l'interrogerait, il devait répondre qu'un changement soudain survenu dans ses affaires l'avait obligé à abandonner son projet au dernier moment. Le bonhomme laissait quelques billets de mille dans l'aventure, mais trop heureux d'avoir sauvé sa peau, il m'accablait de ses effusions, sans égard à ma condition d'assassin professionnel. Partis de Paris vers 6 heures du soir, nous étions rentrés à 8 heures.

Ce même soir, je rencontrais la grande Betty dans un couloir de métro.

« Je suis contente de te voir, me dit-elle, je pars demain. »

Des gens passaient à côté de nous. Elle me poussa au mur et ajouta à voix basse :

« Je pars demain soir pour l'Angleterre. Médé a trouvé une occasion pour moi.

– En avion ?

– Oui. »

Je lui souhaitai bon voyage. Elle me chargea de ses amitiés pour mon père. Je n'étais pas surpris d'apprendre que Médé était mon patron. L'excessive discrétion de Gustave à son endroit m'en avait depuis longtemps donné le soupçon. D'autre part, je me souciais peu du sort qu'il réservait à Betty. Ce qui me fâchait, c'était l'indiscrétion du procédé à mon égard, qui frisait l'abus de confiance.

Le lendemain, je recommençai seul le voyage effectué avec le client et j'arrivai vers 6 heures du soir au soi-disant terrain d'atterrissage. Dans le courant de la matinée, Gustave m'avait confirmé que le patron s'occupait lui-même d'une affaire qui devait trouver cette nuit sa conclusion normale. Le terrain d'atterrissage était une grande prairie en bordure de la forêt dont elle était séparée par un terrain vague où se dressaient quelques pans de murs d'une ferme incendiée. C'est dans la cave de cette maison qu'avaient lieu les exécutions. Gustave, au cours du voyage d'études que nous avions fait ensemble, ne m'avait rien laissé ignorer et nous avions même procédé à une répétition. Assis parmi les ruines à l'abri d'une touffe de genêts, je vis venir mes voyageurs de très loin et fus les attendre dans la cave. Médé portait galamment la mallette de Betty. M'étant placé dans le champ de son œil borgne, il entra dans la cave sans me voir et je n'eus aucun mal à le désarmer. Il fit bonne contenance et s'assit sur un billot de chêne que je lui désignai. Ma présence dans cette pénombre inquiétait Betty qui se mit à criailler et à geindre qu'on lui cachait quelque chose. Médé lui commanda le silence et fit signe qu'il se disposait à m'écouter.

« Il me semble, lui dis-je, que tu t'occupes de mon patrimoine ?

– Je voulais te faire la surprise de te rendre ce qui t'appartient, mais je vois que tu as été averti. Une indiscrétion de madame, probablement.

– Je crois que cet argent-là, je n'en aurais pas vu souvent la couleur. En tout cas, cette affaire-là ne te regardait pas. Je croyais te l'avoir fait comprendre quand tu m'en as parlé. »

Médé attira mon attention sur la grande Betty qui manœuvrait sournoisement à gagner la porte. Je la repoussai au fond de la cave en dépit de ses protestations. Médé se recueillit une minute et prit la parole. Son petit œil de rat brillait dans la pénombre.

« La justice est quand même la justice, prononça-t-il. J'estime qu'un père de famille dans le malheur doit être protégé, même si son fils est trop jeune pour avoir conscience de ses droits. Le labeur du père doit profiter d'abord à ses enfants. Aujourd'hui on ne respecte rien. Résultat, l'homme s'indigne et il a raison. Quand ton père est allé en prison, madame devait te remettre l'argent et se mettre au travail en attendant qu'il soit libéré. »

Betty protesta que mon père ne lui avait rien laissé. Médé n'eut pas de mal à l'amener à se contredire et lui reprocha d'avoir eu des amants. La dispute s'envenima et je commençais à m'ennuyer. Betty eut le mauvais goût de me rappeler qu'elle s'était donnée à moi. Ils se reprochèrent mutuellement des propos désobligeants qu'ils avaient tenus sur mon compte. Pour en finir, je pris dans ma poche le revolver de Médé, le jetai au milieu de la cave et sortis en tirant la porte derrière moi. J'entendis des éclats de voix, un bruit de course et de piétinement. Quelques minutes plus tard, j'étais assis dans l'herbe lorsque j'entendis le bruit d'une détonation assourdie. Échevelée, Betty apparut au haut de l'escalier et j'en eus comme une déception. Mais je crois qu'un autre dénouement m'eût également déçu.

TRAVERSÉE DE PARIS

*L*a victime, déjà dépecée, gisait dans un coin de la cave sous des torchons de grosse toile, piqués de taches brunes. Jamblier, un petit homme grisonnant, au profil aigu et aux yeux fiévreux, le ventre ceint d'un tablier de cuisine qui lui descendait aux pieds, traînait ses savates sur le sol bétonné. Parfois, il s'arrêtait court, un peu de sang lui montait aux joues et le regard de ses yeux inquiets se fixait sur le loquet de la porte. Pour apaiser l'impatience de l'attente, il prit une serpillière qui trempait dans une cuvette d'émail et, pour la troisième fois, lava sur le béton une surface encore humide afin d'en effacer les dernières traces de sang qu'avait pu y laisser sa boucherie. Entendant un bruit de pas, il se releva et voulut s'essuyer les mains à son tablier, mais il se mit à trembler si fort que le tissu leur échappait.

La porte s'ouvrit pour laisser passer Martin, l'un des deux hommes attendus par Jamblier. Le nouveau venu, qui portait une valise dans chaque main, était un homme court et râblé, d'environ quarante-cinq ans, sanglé dans un pardessus marron, très usé et si étroitement ajusté qu'il collait à la raie des fesses et faisait saillir ses puissantes omoplates. Cravaté en ficelle, il portait, piqué sur sa cravate, un important fer à cheval en argent et, sur sa grosse tête ronde, un surprenant chapeau noir à bord roulé, luisant d'usure. L'ensemble était propre, soigné, et lui faisait la silhouette d'un inspecteur de police, telle que l'ont stylisée les dessins humoristiques. Il n'y manquait même pas la forte moustache noire, arrêtée au coin des lèvres. Avec un clin d'œil aimable, il salua Jamblier d'un «bonsoir, patron» auquel l'autre ne répondit pas. Derrière Martin s'avançait un inconnu, un grand et solide garçon d'une trentaine d'années, blond et frisé, aux petits yeux de porc, et qui portait également deux

Première publication aux éditions de la Galerie Charpentier, avec des gravures de Jean Oberlé, en 1946; adaptée au cinéma en 1956 par Claude Autant-Lara, avec Jean Gabin et Bourvil, respectivement dans les rôles de Grandgil et de Marcel Martin.

valises. L'homme, dont la tenue paraissait des plus négligées, n'avait pas de pardessus. Il était vêtu d'un complet sport déformé, maculé de taches, et d'un chandail couleur de rouille à col roulé qui l'engonçait jusqu'au menton.

«Ce soir, Létambot n'était pas libre, expliqua Martin pour répondre à un regard du patron. J'ai demandé à mon copain Grandgil de le remplacer. Il est franc. Avec lui, vous pouvez dormir. Et pas fatigué, il est, Grandgil.»

Méfiant, le patron scrutait le visage du frisé, dont le petit œil rusé ne lui disait rien de bon.

«Il a déjà fait le truc, insista Martin. On a même travaillé ensemble.

– Si vous le connaissez, grommela Jamblier, je n'ai rien à dire. Ne perdons pas de temps. Vous êtes en retard.»

Suivi des deux visiteurs, il se dirigea vers le coin de la cave où les torchons blancs recouvraient une forme indécise. Débarrassé de son linceul, un cochon apparut au jour de la lumière électrique. L'animal était découpé en une douzaine de quartiers soigneusement rapprochés de façon à reconstituer le porc qui se présentait le ventre béant, vidé de ses entrailles. Le patron s'effaça et laissa aux deux compagnons le temps de se rendre compte que la bête était entière.

«C'est un monsieur, apprécia Martin. Il fait combien?

– Tel qu'il est, deux cent quinze livres. Un peu plus que celui d'avant-hier, mais à vingt livres près. Une fois réparti dans quatre valises, ça ne se connaît guère.

– À la vôtre. On voit bien que ce n'est pas vous qui avez la peine.

– Allons donc! Des costauds comme vous! Tenez, passez-moi une valise.»

Martin s'avança d'un pas, mais ne se pressa pas d'ouvrir la valise.

«C'est pour aller où, ce soir?

– À Montmartre, rue Caulaincourt. Le boucher vous attendra dans la boutique à partir de minuit. Allons-y.»

Martin n'était toujours pas pressé. Un peu en arrière, immobile, Grandgil considérait les deux hommes d'un air de calme indifférence, mais ses petits yeux de porc continuaient à sourire dans sa face de bélier frisé. Jamblier redevint nerveux.

«Pressons-nous, mes enfants, dit-il d'une voix qu'il voulait cordiale et qui grinçait. Pensez qu'il commence à se faire tard. Pour être là-bas à minuit, il ne s'agit pas de s'amuser.

– Minute, patron. Il faudrait commencer par s'entendre. Vous donnez combien?»

Le patron haussa les sourcils, l'air douloureusement surpris.

«Écoutez, Martin, ce qui est convenu est convenu. Ici, on est entre hommes d'honneur.

– Sur la question de l'honneur, je défie quiconque de m'en remontrer, déclara Martin. D'un autre côté, je n'ai pas le moyen de vous faire un cadeau non plus. Vous comprenez, on a travaillé pour vous avec Létambot. Pour livrer rue du Temple ou bien à Charonne, c'était chacun nos trois cents francs. On les gagnait bien. Cavaler la nuit par les rues avec cinquante kilos au bras, les souliers qu'on use et partout le risque des flics, tout ça pour pas plus de trois cents francs, j'estime que ce n'est pas cher payé.»

Jamblier essayait de faire bonne contenance et de prendre la chose avec bonhomie, mais plus encore que les paroles de Martin, le silence attentif et légèrement ironique de l'homme à la tête de bélier le gênait.

«À voir les choses honnêtement, dit-il, c'est trois cents francs de vite gagnés, vous aurez beau dire.

– Je ne vous discute pas la question du fait. Mettons que le prix soit honnête. Mettons. Encore un coup, je ne discute pas. Ce qui est convenu est convenu. Je n'ai qu'une parole.

– Alors?

– Dites donc, livrer rue du Temple et livrer à Montmartre, ça fait deux. Vous ne trouvez pas?

– C'est bon, consentit le patron, vous aurez cinquante francs de plus, mais dépêchons-nous.»

Il fit encore le geste de s'emparer de la valise. Cette fois, Martin la posa derrière lui, sur le béton, et dit d'un ton sec:

«Je ne vous ai pas demandé de pourboire. Ce que je veux, c'est le juste prix de la peine et du risque. Pour livrer votre cochon rue Caulaincourt, c'est six cents francs par homme ou alors, bonsoir.

– Je vois ce que c'est. Vous voulez profiter de la situation.»

Martin rejeta son chapeau Eden sur sa nuque, découvrant une large et rose calvitie. Sa voix vibrait d'une sincère indignation.

«Bourlinguer un cochon du boulevard de l'Hôpital à la rue Caulaincourt, s'enfoncer au pas de chasseur toute la traversée de Paris en plein noir, huit kilomètres au raccourci avec la montée de Montmartre en finale, et partout les flics, les poulets, les Fritz, pour gagner six cents francs, vous appelez ça profiter?

– Je vous donne quatre cents francs.

– À ce prix-là, cherchez des clochards. Nous, on est des hommes.

– Si j'avais su, prononça le patron d'un ton aigre, j'aurais pris les cyclistes qu'on m'a proposés ce matin. Mais j'ai pensé que vous aviez votre vie à gagner. J'en suis bien récompensé maintenant.

– Il n'y a rien de perdu, répliqua Martin. Si vous voulez deux cyclistes, je vous les trouve tout de suite. Ils seront là dans une demi-heure.» Jamblier ne répondit pas à la proposition. Depuis deux mois, les porteurs cyclistes étaient l'objet d'une surveillance active de la police. L'avantage de la rapidité se trouvait compensé par des inconvénients graves. En fait, ils étaient plus exposés que les porteurs à pied et se faisaient prendre aussi plus souvent. Très renseigné sur les aléas de la profession, Jamblier savait qu'un porteur cycliste n'avait à compter que sur son étoile, tandis qu'un piéton exercé comme Martin, attentif, habile à prévoir le danger et à utiliser les ressources de la nuit, défendait sérieusement sa chance.

«Quatre cent cinquante?» proposa le patron.

Martin secoua la tête, sûr de son droit et décidé à ne pas lâcher d'un centime. L'autre n'avait d'ailleurs plus d'illusions sur l'issue du marchandage et, bien qu'il se défendît encore, son entêtement n'était déjà plus que la pudeur de son avarice. La peur grandissante que son cochon ne lui restât sur les bras vingt-quatre heures de plus se changeait en panique. Alors que la partie semblait gagnée, l'homme à la tête de bélier, qui n'avait pas encore proféré un son, sortit de son mutisme. Son regard, qui luisait d'insolente ironie dans la fente étroite des paupières, se fixa sur celui du patron avec insistance, tandis qu'il demandait avec une sorte de ricanement doucereux :

«Dites, monsieur Jamblier, ici, c'est bien le numéro quarante-cinq?» L'étrange question fit sursauter et pâlir le patron. Au cours des derniers propos échangés avec Martin, il avait un peu perdu de vue cet auxiliaire inattendu. Avec une attention aiguisée par la peur, il l'examina de nouveau, cherchant une intention précise sur les traits de Grandgil dont les petits yeux plissés dardaient un regard hardi et lucide. Les vêtements de l'individu le rassurèrent un peu, au moins quant à son état. Ce complet élimé, taché, le chandail à col roulé n'étaient pas d'un policier.

«Pourquoi est-ce que vous me demandez ça ?

– Pour rien, puisque je le sais. Monsieur Jamblier, quarante-cinq rue Poliveau.»

Le ton sur lequel étaient prononcées ces paroles contenait, à lui seul, une menace délibérée, cynique. Le patron, plein d'angoisse, se tournait vers Martin avec un regard de reproche et d'interrogation, comme pour lui demander compte de l'étrange attitude de son compagnon. Et Martin, mal à l'aise, se sentait pris en faute, car il se jugeait responsable de la conduite d'un homme qu'il avait introduit auprès du propriétaire de la cave. De plus, il venait de mentir en affirmant que Grandgil et lui avaient déjà travaillé ensemble. En réalité, ils s'étaient rencontrés l'après-midi même pour la première fois dans un petit café du boulevard de la Bastille.

Sous un ciel bas, dans le grand vent du nord qui soufflait sur le canal vers la Seine, le jour semblait mourir de froid. Adossé au comptoir, dans la pénombre chaude de l'établissement, Martin regardait à travers la vitre le crépuscule glacé où passaient des silhouettes torturées par la bise. De l'autre côté du canal, les façades du boulevard Morland s'assombrissaient dans le déclin d'une clarté mate. Au lieu de fondre les objets, la lumière du soir durcissait les lignes et les plans. À côté de Martin, Grandgil, également adossé au comptoir, regardait avec une grande attention cette agonie lucide du crépuscule. Peut-être sensibles à la mélancolie de l'heure, les autres clients étaient silencieux, sauf un vieux marinier, tout amenuisé par l'âge, qui était assis dans le coin le plus obscur du café. Immobile, les mains à plat sur la table et le corps très droit, flottant dans sa vareuse de drap bleu, il parlait seul, d'une voix grêle, presque sans portée, dont le chevrotement avait la douceur d'une prière du soir. L'un des poignets blancs et menus conservait les traces d'un tatouage que la vieillesse avait à demi effacé.

«La vie ressemble à ça, dit Martin en désignant le paysage qui sombrait derrière la vitre. Quand on la regarde, la salope, elle vous fait froid jusqu'aux boyaux et encore plus loin.»

Grandgil, à qui le propos n'était pas précisément destiné, acquiesça d'un signe de tête sans détourner son regard. Il semblait chercher dans ce morceau de crépuscule quelque chose de plus précis qu'une image de la vie. Le patron donna la lumière et tira sur la vitre le rideau bleu de la défense passive. Lentement, les deux hommes se retournèrent, face au comptoir, et leurs regards se croisèrent. Inconnus l'un à l'autre, il semblait à Martin que cette longue contemplation eût créé entre eux un lien de sympathie, quoique le voisin n'eût pas l'air de lui marquer autrement d'intérêt. Dans son coin, le vieux marinier, apparemment troublé par la lumière électrique, avait suspendu son monologue et, le front soucieux, regardait ses mains qui s'agitaient fébrilement sur la table. Enfin, il se tourna vers le comptoir et appela d'une voix impatiente: «Fillette!» Au troisième appel, la patronne prit dans le tiroir-caisse un morceau de papier sur lequel étaient tracés trois mots qu'elle épela péniblement: «Formose... Taïwan... Foutchéou... Vous avez compris?... Formose...» Le vieux fit signe qu'il avait entendu et se remit à parler seul.

La patronne expliquait à un client :
« Vous comprenez, il se raconte sa campagne de Chine, comme il dit. Mais ce qui arrive, c'est que les noms lui sortent de l'esprit et le voilà perdu. Aussi, des noms pareils, comment voulez-vous ? On se demande où c'est qu'il a été les chercher. Moi qui les répète dix fois dans une après-midi, j'ai seulement du mal à les lire. Et mon époux, c'est la même chose. »

Grandgil parut s'intéresser au marinier retourné à la poursuite de ses souvenirs.

« Les vieux ne sont pas si à plaindre qu'on croit, fit observer Martin. Ils repensent toujours à dans le temps et les souvenirs, c'est comme le vin, plus ils sont vieux, plus ils sont bons. Et quand ils sont frais, bien souvent, on en a gros cœur. Pas vrai ? »

Le voisin répondit par une espèce de grognement. Martin fut presque froissé de cette indifférence. Il examina le lourd profil de l'individu, le complet usé, malpropre, le chandail à col roulé et jugea qu'il avait affaire à un garçon fruste, sans éducation, probablement un manœuvre et pas la crème. Martin eut pourtant conscience que le dépit risquait de le rendre injuste. Pris d'un vague remords et cédant aussi à une disposition du moment qui l'incitait à s'épancher, il reprit : « Voilà un vieux, tout ce qui lui reste de ses vingt ans, c'est sa guerre de Chine. Moi qui ai fait celle de 14, je n'ai pas encore l'âge de la trouver belle, il faut croire. »

Grandgil n'ayant pas prêté à cette réflexion plus d'attention qu'à la précédente, Martin renonça à l'entretenir et se prit à penser à la guerre de ses vingt ans. Comme à l'ordinaire, une image entre toutes s'imposait à sa mémoire et à sa méditation, celle d'un jeune soldat de l'infanterie coloniale armé d'un grand couteau passé dans son ceinturon, escaladant une haute muraille de rochers à pic sur le détroit des Dardanelles. Pendant que les canons de la flotte balayaient le plateau bordé par une ligne de tirailleurs turcs, le soldat Martin Eugène ne voyait de la bataille que les pieds du sergent qui le précédait dans l'escalade et, tout près de lui, les minuscules geysers de terre sèche et de roche éclatée, soulevés par les balles turques. Soudain, les pieds sur lesquels butait son regard semblèrent s'envoler. Dressé sur le bord de l'escarpement, le sergent esquissait un geste violent et, après une hésitation qui était comme un effort de rétablissement, tombait dans le vide à la renverse. À sa place, surgissait une haute silhouette grise dans laquelle Martin Eugène, né à Paris rue des Envierges en 1894, plantait son couteau jusqu'au manche.

Une ou deux fois par an, il lui arrivait de raconter l'histoire du coup de couteau devant des amis ou des femmes, non sans un calcul de prestige. Avec des airs de mauvais coucheur, démentis par sa ronde figure de brave homme, il prétendait même qu'ayant ainsi éprouvé l'efficacité d'un couteau bien en main, il portait toujours sur lui un solide eustache, évitant de préciser que cette arme n'avait jamais rempli d'autre office que celui d'un canif. En réalité, lorsqu'il pensait à son aventure, seul avec lui-même, c'était toujours avec un peu de mélancolie, parfois même avec le regret que les circonstances ne lui eussent pas épargné telle nécessité. Ce soir, pourtant, il revivait la minute meurtrière avec une certaine précision complaisante. Les images de l'escalade, du sergent et du soldat turc étaient traversées par un visage de femme et par le souvenir d'une querelle encore chaude, encore douloureuse, qui lui inspiraient comme un désir de violence. À son insu, ses yeux cherchaient autour de lui une silhouette d'homme pour mieux assurer sa mémoire.

«Formose... Taïwan... Foutchéou...» épelait la patronne.

Vêtue d'une ample jupe noire et d'un fichu noir, une femme entra dans le café et vint prendre le bras du marinier.

«Venez, papa, c'est l'heure de la soupe. Il est 6 heures et demie. La bouillotte est déjà dans votre lit.»

Après leur départ, des habitués de l'établissement échangèrent quelques réflexions sur la vie du vieux marinier et sur sa campagne de Chine. Deux hommes disputèrent sur le propos de savoir si les Chinois mangeaient coutumièrement les yeux de leurs défunts. D'autres, en partant de l'âge du marinier, essayaient de fixer l'époque de sa campagne de Chine. Le nom de l'amiral Courbet qui revenait souvent dans ses monologues, fut jeté dans la conversation et Martin, jusque-là silencieux, déclara d'une voix agressive, en se prévalant de son expérience de combattant des Dardanelles, que tous les amiraux étaient des cons. La violence du ton surprit et fit réfléchir. Les hommes croyaient voir dans ces paroles une allusion à l'actualité politique où les amiraux avaient encore un rôle.

«Pourquoi dis-tu ça? Tu penses à qui? demanda une voix.

– Je pense aux amiraux, quoi. Y a personne ici qui soit amiral, je suppose.»

«J'ai compris», dit la voix et, de l'autre bout du comptoir, un forcené à l'œil noir se rua vers Martin pour lui parler dans le nez. Martin ne savait pas ce que l'autre avait compris et il ne devait pas le savoir. Un consommateur voulut retenir le forcené. Celui-ci lui échappa et dans sa hâte de se trouver en face du contempteur de l'amirauté, il ne prit

pas le temps de contourner Grandgil. L'ayant bousculé assez rudement, il fut arrêté dans son élan par une poigne solide. Grandgil, en même temps, lui prenait le bas du visage dans sa grande main et le repoussait d'une brusque détente, mais sans brutalité. Le forcené courut ainsi quelques pas en marche arrière et se laissa absorber par un groupe pacifique au milieu duquel il se mit à aboyer :
« J'ai compris ! Les poulets ça va toujours par deux ! J'ai compris ! »
Martin se défendait à grands cris d'être un policier, offrait de montrer ses papiers, les déployait, jurait qu'il avait fait de la prison pour injures à agents. Les clients regardaient ailleurs et restaient silencieux. Seuls répondaient aux adjurations de Martin les gloussements du forcené. Le plus irritant était l'attitude des patrons du café qui s'efforçaient, par des sourires et des mimiques, d'apaiser l'agitation de Martin et lui témoignaient, ainsi qu'à son compagnon, l'empressement aimable et respectueux qui était de règle avec des inspecteurs de police. Cependant, Grandgil ne paraissait nullement contrarié de la suspicion dont il était l'objet, mais plutôt amusé, et promenait sur l'assistance le regard assuré de ses petits yeux de porc, luisants d'ironie. Tant de calme finit par avoir sur Martin une action apaisante.
« Tiens, dit-il, j'aime mieux en rire. Allons-nous en, petit. Et en route pour la préfectance. »
Il paya les deux apéritifs, le sien et celui de l'homme qu'il regardait comme un ami, bien qu'il n'eût pas encore réussi à en tirer une parole. Grandgil le laissa faire et lui emboîta le pas.
La nuit était noire, le vent rapide. Durant le trajet qu'ils firent ensemble jusqu'à la Bastille, Martin fit à lui seul presque tous les frais de la conversation. Drôle de journée et qui avait drôlement commencé pour lui. Déjà le matin, au petit déjeuner, Mariette avait un air pas comme d'habitude. Et à midi...
De loin en loin, Grandgil répondait à ses confidences par un son nasal inarticulé. Martin finit par soupçonner qu'il écoutait distraitement et voulut changer de propos.
« Je ne suis pas le seul à avoir de ces ennuis-là. Probablement que tu as les tiens aussi ?
– Non.
– Tu as de la chance. C'est peut-être que les femmes ne t'intéressent pas beaucoup non plus.
– Ça doit être ça.
– Ce qui compte d'abord, c'est de manger, surtout par les temps qui courent. Quand on se trouve dans une mauvaise passe, qu'on est juste sur le bifteck, on a plus de défense aussi avec les femmes. Pour

celui qui ne mange pas à son appétit, l'amour reste quand même en dessous du ventre. Sur la question de gagner sa vie, moi, je n'ai pas à me plaindre, je m'en suis toujours bien tiré. C'est peut-être pourquoi je suis plus exposé qu'un autre sur le fait de l'amour. Qu'est-ce que tu fais, toi, comme métier?

– Je suis peintre, répondit Grandgil après un temps d'hésitation.

– Je me doute qu'en ce moment le bâtiment ne va pas fort. Tu te défends quand même?

– Un petit peu.

– Écoute, si tu veux, je peux te passer un condé. Je te le dis tout de suite, il y a un risque, mais ça paie bien... Justement, ce soir...»

Grandgil avait posé ses deux valises vides au milieu de la table et, les mains dans les poches, jouissait de l'effarement de Jamblier. Sur sa face de bélier, le sourire de ses petits yeux plissés répandait une insolente gaieté et il semblait que le mouvement même de ses cheveux blonds et frisés fût imprimé par une onde d'ironie. Martin mesurait maintenant sa propre légèreté et la confusion l'empourprait.

«Toi, fais-moi le plaisir de fermer ta gueule, dit-il à Grandgil. Ici, c'est moi qui ai la parole.»

Le bélier ne récrimina pas, mais à son air flegmatique et au sourire de ses yeux porcins, il semblait que l'injonction ne le concernât pas. Martin se retourna vers le patron et, rageur, dit en ouvrant la valise: «Entendu pour quatre cent cinquante.

– Monsieur Jamblier, 45 rue Poliveau, dit tranquillement le bélier, pour moi, c'est mille francs.»

Jamblier en resta bouche bée. Martin lui-même, atterré, perdait un peu la tête. Il y avait, dans la conduite de son auxiliaire, quelque chose qui le dépassait. La première intervention lui était apparue comme un manque de tact, une grossière tentative d'intimidation à laquelle se livrait un lourdaud pour peser sur le débat avec les moyens à sa portée. Il s'agissait maintenant d'un chantage effronté, méprisant la précaution d'un détour et jusqu'à l'apparence d'un prétexte. Martin y voyait même autre chose d'étrange et de presque inhumain. À grand-peine, il rassembla ses esprits et se raidit dans la volonté de faire front à l'assaut de Grandgil.

«Patron, prononça-t-il d'une voix ferme, ne vous occupez pas de ce qu'il bave. Vous me donnez deux fois quatre cent cinquante et je m'arrange avec lui.»

Le patron, hésitant, consulta Martin à voix basse. Tout compte fait, il se demandait s'il ne valait pas mieux indemniser le maître-chanteur et remettre l'expédition au lendemain soir. La perte des mille francs et l'inconvénient de garder le cochon dans sa cave lui paraissaient maintenant peu de chose au regard du péril que présentait le concours du bélier.

«Faites ce que je vous dis, coupa Martin. Je réponds de tout.»

Il avait parlé à haute voix, avec un accent rageur. Le bélier n'eut même pas la curiosité de se tourner vers lui pour s'informer de la tournure que prenaient les choses. Il faisait lentement le tour de la cave, examinant les objets rangés le long des murs comme s'il en faisait l'inventaire et s'attardant à les palper. C'étaient surtout, en assez copieuse quantité, des provisions de bouche, légumes secs, sucre, jambons, saucissons, pâtes, sans compter les vins. Grandgil ouvrit un coffre en bois et en laissa retomber bruyamment le couvercle après y avoir pris une poignée de farine qu'il répandit à la volée sur un casier à bouteilles. Plus loin, avisant un gros sac de papier, il le creva du bout de l'index. Par le trou ainsi pratiqué, un jet de lentilles fusa vers le sol avec un chuintement qui alerta le patron. Celui-ci courut à ses lentilles d'un élan qui tourna court.

«Jamblier, 45 rue Poliveau, articulait Grandgil. Maintenant, c'est deux mille francs.»

Martin n'en croyait pas ses oreilles. Le bélier lui semblait décidément appartenir à une espèce d'homme encore inconnue. Jamblier, les joues en feu, les mâchoires serrées, restait planté au milieu de la cave. Les lentilles continuaient à gicler sur le béton.

«C'est bon, dit-il, finissons-en.»

Résigné à faire la part du feu, il tira de sa poche un portefeuille bourré et tendit deux billets de mille francs au bélier. Celui-ci les empocha et en cueillit au vol un troisième que Jamblier, dans sa nervosité, avait laissé échapper. Il le mit dans sa poche avec les autres et se disposa à poursuivre son inventaire autour de la cave. S'étant aussitôt convaincu de la vanité d'une réclamation, Jamblier ravala sa fureur et se hâta de remettre son portefeuille en lieu sûr. Cependant, Martin joignait Grandgil devant une pile de kilos de sucre et le saisissait par le bras en criant:

«Tu vas rendre cet argent-là! Tu vas le rendre tout de suite!

– Laissez, dit Jamblier, je ne veux pas d'histoires.

– Vous, occupez-vous de la bidoche et foutez-moi la paix. Cette affaire-là, ça me regarde.

– Ici, je suis chez moi, répliqua le patron en haussant la voix. Je ne veux pas de bagarre dans ma cave. Vous m'avez déjà fait trop d'embêtements et j'ai payé assez cher pour au moins avoir la paix.»

Il parlait tout à coup avec une autorité qui lui avait singulièrement fait défaut jusqu'alors. Martin en fit à part soi l'amère réflexion et, lâchant le bras de Grandgil, se tourna vers le petit homme.

«C'est ça, donnez-lui raison contre moi.

– Je ne m'occupe pas de savoir lequel a raison. Je vous dis que je veux avoir la paix.»

Le bélier avait tourné le dos à son inventaire et, les yeux gais, il considérait les deux hommes affrontés. Sous ce regard, Martin ressentait vivement l'humiliation d'être pris à partie par celui qu'il venait défendre et qui n'avait osé ni un geste ni une parole contre le voleur.

«Vos trois mille francs, je m'en fous, ce n'est pas ce qui me tracasse. Mais je n'admets pas qu'il me fasse une chose pareille, à moi.

– Vous m'avez déjà mis dans le pétrin, dit Jamblier, ça doit vous suffire. Je veux avoir la paix. Restez tranquille.

– C'est bien. Vous êtes le patron, n'est-ce pas? Allons faire les valises.»

Les deux hommes retournèrent au cochon. Chemin faisant, Jamblier murmura :

«Je me demande encore si on ne ferait pas mieux de remettre la chose.

– Je vous dis que je réponds de tout.»

Martin avait un visage dur et volontaire. Le patron eut un geste court, comme s'il jetait les dés, et acquiesça d'un soupir. Ils se mirent à distribuer les quartiers de porc dans les valises. Ils les soupesaient avec attention et se les repassaient en hochant la tête, soucieux de répartir équitablement la charge. Après les avoir mis en place, ils les calaient avec des journaux froissés. Le bélier, qui se désintéressait de l'opération, était en arrêt devant un garde-manger au-dessous duquel pendaient un jambon et un saucisson. D'un coup de canif, il coupa la ficelle du saucisson qu'il rangea dans la poche intérieure de sa veste. Après quoi, il tailla au jambon une épaisse et large tranche et alla s'asseoir sur le coffre pour la manger. Tout en expédiant la besogne, Martin ne perdait pas de vue son étrange auxiliaire dont chaque geste lui était une injure et une provocation.

Les valises prêtes, Grandgil vint prendre les siennes sans y être invité. Cette bonne volonté impressionna favorablement le patron et lui fit bien augurer du succès de l'expédition. Au moment de quitter la cave, il mit dans la poche du bélier un paquet de cigarettes et, voyant Martin écarlate et prêt à mordre, se hâta d'ajouter :

«C'est pour vous deux, pendant le trajet.

– Des cigarettes dans la nuit, ricana Martin, c'est le moyen de nous faire repérer.»

Jamblier précéda les deux valisards vers la porte. Il avait la clé de la cave à la main. Grandgil, au lieu de suivre, posa l'une de ses valises et déclara :

«Il me faut encore deux mille francs.»

Cette fois, Jamblier eut le sentiment d'être vilainement trahi. Il avait toujours cru à la vertu, admettant néanmoins qu'elle fût affaire d'opportunité. Comme tout le monde, il savait d'expérience que les hommes sont assez portés sur la vertu pour la transporter à l'intérieur même de leurs mauvaises actions et asseoir leurs turpitudes sur des bases honnêtes. Dans toutes les saletés, surtout dans les siennes, il était capable de discerner une part de bien ou une intention rassurante pour l'avenir de la conscience humaine. Jamblier avait en somme une notion pratique, mais optimiste, du bien et du mal. Aussi, la duplicité monstrueuse de Grandgil, qui fonctionnait comme une vis sans fin, cette déloyauté insondable lui semblaient-elles un phénomène hors nature, un compartiment de la métaphysique. La colère ne lui vint que peu à peu.

«Rien du tout, bégaya-t-il. Rien du tout.»

Martin qui avait, en dépit de sa vie un peu irrégulière, une notion de l'honnêteté beaucoup plus stricte que celle de Jamblier et qui croyait volontiers aux impératifs et aux absolus, ressentait à peu près le même étonnement de la perfidie du bélier. Toutefois, il n'était pas fâché de voir infliger cette leçon au patron et se garda d'intervenir.

«Rien du tout, insista Jamblier. Pas ça.»

Sur quoi le bélier se mit à gueuler à tue-tête, d'une grande voix aux sonorités éclatantes, un peu cuivrées dans les hauts :

«Je veux deux mille francs, nom de Dieu! Jamblier! Jamblier! deux mille francs! Jamblier!

– Je voudrais pas être indiscret, dit Martin au silence qui suivit. Mais si vous avez besoin de quelqu'un pour lui rentrer son compliment dans la gueule…

– Jamblier!» hurla de nouveau Grandgil.

D'une main, Jamblier lui fit signe de se taire et, de l'autre, tira son portefeuille. Grandgil, ayant empoché les deux billets, reprit la valise qu'il avait posée et se dirigea vers la sortie. Sur le pas de la porte, il fit une nouvelle halte et commença :

«Il me faut encore…»

Mais les mots lui restèrent dans la gorge. Un fou rire l'étranglait, lui secouant les épaules et le courbant sur ses valises.

La nuit était noire et bourrue, le ciel bâché par de hauts nuages courant sous la bise. Il faisait un froid à moins quatre, affirmait Martin, et le temps allait sûrement s'éclaircir. L'aigre courant d'air qui sifflait dans la rue Poliveau raidissait déjà les doigts sur les valises. Les deux hommes, le col relevé, marchaient tête baissée pour donner moins de prise à la froidure.

«Descendons sur le pavé, dit Martin. Quand on peut, c'est toujours plus franc. Dans les petites rues, ça évite de buter contre un escalier ou contre un tas de sable et dans les avenues, tu risques bien moins la rencontre. Mais attention, toujours tenir le côté gauche pour voir arriver les voitures et les bécanes. Autrement, sur l'autre côté, elles t'arrivent dans le train et tu fais viandox.»

Il n'oubliait pas sa colère contre le bélier, il la réservait. Avant tout, il fallait livrer le cochon à Montmartre. Deux bonnes heures de marche à fournir, l'oreille attentive, la tête lucide et des yeux de chat. Le compte se réglerait après. En attendant, il se promettait d'être calme, de concentrer toute sa volonté et sa réflexion pour la réussite d'une entreprise que la conduite imprévisible de Grandgil ne faciliterait peut-être pas. «Tout à l'heure, pensait-il, on causera d'homme à homme, mais avant ça, t'auras bouffé du kilomètre. Je m'appelle plus mon nom si je te tiens pas dans les brancards jusqu'à la fin.»

En débouchant boulevard de l'Hôpital, un vent brutal et glacé, qui soufflait du nord à grand découvert, leur coupa la respiration. Martin dut poser l'une de ses valises pour assurer son bord noir qui branlait sur sa tête. Grandgil exhalait sa mauvaise humeur en jurant, mais le vent était si rapide qu'il fallait presque crier pour se faire entendre. Dans la nuit noire, piquée de rares lumières bleues sans portée, les deux hommes sentaient autour d'eux la désolation du grand boulevard nu que la grande plainte du vent élargissait encore. La marche était si pénible qu'il leur semblait n'avancer qu'avec une extrême lenteur.

Martin résista à la tentation de passer la Seine sur le pont d'Austerlitz qui les eût menés très vite à des rues relativement abritées. Le voisinage de la gare de Lyon et de la gare d'Austerlitz rendait la traversée du pont peu sûre. Les policiers y étaient souvent à l'affût et il y passait à chaque instant des agents cyclistes, sans compter les patrouilles et les gendarmes allemands qui, à cette heure tardive, voyaient les valises d'assez mauvais œil. Il fut décidé qu'on suivrait les quais jusqu'à l'île Saint-Louis, soit près d'un kilomètre à transir sous le plein fouet de la bise. Tournant le dos à la gare, ils s'engagèrent sur le quai Saint-Bernard en longeant le Jardin des

Plantes. Le vent mugissait dans les arbres et faisait craquer du bois mort. Toute conversation eût été fatigue. Martin eut loisir de réfléchir posément à l'affaire de la cave. À sa propre surprise, l'attitude du patron lui inspirait plus de rancune que celle du bélier. Sous l'empire de ce sentiment, le cas de Grandgil lui apparaissait dans une lumière nouvelle. En le mettant dans une situation humiliante à plusieurs égards, son associé lui avait fait tort et injure. Mais peut-être s'agissait-il, dans son esprit, de rétablir un juste équilibre entre les gains exagérés d'un profiteur du marché noir et les salaires trop justement comptés des deux auxiliaires qui assumaient les plus gros risques. Voler un voleur peut passer pour un acte de justice et, au regard d'un spectateur désintéressé, l'aventure de la cave n'allait pas sans un certain humour où la morale trouvait une revanche. Tout ceci ne valait d'ailleurs que du point de vue de Grandgil. Martin, lui, ne voyait rien d'immoral ni de scandaleux dans le trafic clandestin et ses bénéfices réputés exorbitants. Le vol et l'illégalité étaient à ses yeux choses distinctes. Le seul point commun qu'il leur reconnût était de tomber tous deux sous le coup de la loi. Mais Grandgil pouvait être d'une autre opinion, croire qu'il avait prélevé un impôt équitable sur un exploiteur de la misère. En réalité, chacun se débrouille selon ses moyens, bien bête s'il ne profitait pas des facilités qui lui sont offertes et de sa propre supériorité sur les autres. Mais les mal lotis n'acceptent qu'à contrecœur de payer à la ruse, à l'audace, un tribut de peine et de pain. Ils n'ont pas la réflexion de se dire que l'injustice est d'abord dans la victime. Et ça, Martin le savait. Lui, un honnête homme, plus honnête on pouvait chercher, il n'aurait pas demandé mieux que de s'enrichir au marché noir. Mais il n'avait su être qu'un petit employé, un modeste débrouillard, livreur clandestin ou placier en quatrième main, montant les étages pour offrir de la marchandise au kilo à des bourgeois aigres et besogneux. En ce qui le concernait, pensait-il, l'injustice était dans sa grosse tête trop sage, dans son cœur trop étroit pour oser et pour désirer avec assez de chaleur. En vérité, il était trop sage. Grandgil, qui n'avait pourtant pas son intelligence – un garçon épais, sans manières et pas plus de conversation qu'un fer à repasser – était d'une autre trempe. La sagesse, il s'en foutait bien. L'injustice, il ne la voyait pas dans la victime, mais dans celui qui l'exploitait. Peut-être même qu'il n'y pensait pas, à l'injustice. Et peut-être aussi qu'il avait raison.

Comme ils longeaient les grilles de la halle aux vins, Martin crut percevoir un changement dans l'atmosphère. Le vent soufflait du fleuve avec un peu moins de violence, semblait-il, mais plus froid, plus dur. Ils en avaient le côté droit du visage mordu et brûlé, et leurs mains se pétrifiaient sur les poignées des valises.

Aussitôt qu'ils eurent mis le pied dans l'île Saint-Louis, les deux valisards, sans se consulter et d'un même mouvement, tournèrent dans une rue latérale pour s'y reposer de l'assaut du vent. Il y circulait un courant d'air glacé qui, après les grandes rafales qu'ils venaient d'essuyer, leur parut comme une brise d'été. Le silence relatif de ce lieu protégé était pour l'oreille une surprise étrange et déconcertante. Après avoir tâtonné pendant quelques pas, ils se réfugièrent dans l'angle d'une porte cochère et déposèrent leur fardeau. Il leur semblait être dans un lieu clos.

« Pourquoi fais-tu ce métier-là ? demanda Grandgil.

– Je me défends comme ça. Chacun son bœuf.

– C'est pas bien marrant, ton petit truc. La bourlingue avec des valises en plomb et la bise qui vous coupe la gueule et tout ça pour le compte d'un petit margoulin qui a la tremblote, tu pourrais quand même trouver mieux. Un malin comme toi... »

L'homme parlait d'une voix calme, avec détachement. Dans ces intonations, il semblait à Martin retrouver le pli et la lueur ironique des petits yeux de porc.

« Tu as autre chose de mieux à me proposer ?

– Tu devrais travailler pour toi. Aujourd'hui, on vend tout ce qu'on veut.

– Et l'argent ? C'est peut-être toi qui m'en donneras ?

– Suppose que tu cravates le cochon de Jamblier et que tu en fasses autant pour les autres clients...

– Insiste pas.

– Si tu avais des scrupules, tu leur rendrais ça plus tard quand tu serais millionnaire.

– Insiste pas, je te dis. »

La conversation prenait un tour dangereux. Martin sentit la nécessité de repartir à l'instant même. Prendre du repos, pensait-il, c'est prendre du recul pour mesurer sa peine et sa fatigue et la tête se met à travailler, mais quand on est dans les brancards, on ne fait plus qu'un avec la besogne. Tout à coup, la question qu'il s'était promis de ne poser qu'au terme de l'expédition lui vint aux lèvres et lui échappa : « Dis donc, entre nous, qu'est-ce qui t'a pris, tout à l'heure, dans la cave ?

– Je me suis pas mal débrouillé, hein ? Je me suis mis cinq billets dans la poche sans me faire de hernie.

– La façon que tu les as pris, ça se discute. Tu aurais été seul avec Jamblier, c'était ton affaire. Mais moi, j'étais là et c'est moi qui t'avais amené.»

Le bélier ne répondit pas. Craignant qu'il ne se méprît sur le sens de ses dernières paroles, Martin précisa : «Ne crois pas, surtout, que je réclame ma part. Au contraire...»

Cette part, il avait espéré que Grandgil la lui offrirait, non qu'il eût été disposé le moins du monde à l'accepter, mais parce qu'un tel geste était inséparable des mobiles presque honorables qu'il prêtait tout à l'heure à son chantage. Grandgil n'eut même pas une parole pour se rattraper et formuler seulement du bout des lèvres une offre qui eût été maintenant de pure forme. Martin en était humilié et éprouvait le sentiment d'avoir été joué une deuxième fois. Il aurait voulu voir, dans l'instant, la tête du bélier et l'imaginait plissée d'un demi-sourire d'ironie dont la pensée l'exaspérait.

«Je dis au contraire, souligna-t-il avec l'accent d'une menace contenue. Moi, dans le travail, je ne connais que l'honnêteté. Allons-y.»

En traversant la Seine sur le pont Marie, Martin eut une inquiétude. Devenue plus piquante, la bise était décidément moins violente. Au-dessus de lui, les nuages, tout à l'heure invisibles, avaient des contours argentés. Vers l'Hôtel de Ville apparaissaient quelques étoiles dans un coin de ciel encore étroit et bordé d'argent. Il était à craindre que dans quelques instants la lune ne se découvrît, ce qui rendrait la tâche plus délicate. Par clair de lune, l'ombre nette, découpée par la clarté d'en haut, paraît plus impénétrable que la nuit noire et offre aussi plus de surprise. La traversée des carrefours est particulièrement dangereuse. Sur ces espaces enlunés, l'observateur le plus distrait accroche malgré lui la silhouette furtive du passant qui s'impose au regard comme une danseuse dans le rond lumineux d'un projecteur.

Ils cheminaient depuis cinq minutes dans les ruelles du quartier Saint-Gervais, lorsque Grandgil dit en déposant ses valises : «Si on causait une minute ?

– Je t'écoute, dit Martin en se déchargeant de son fardeau, mais fais vite. On n'est pas parti pour s'arrêter à tous les coins de rue.

– Je voulais te demander : combien ça peut se vendre, au marcif, le kilo de cochon ?

– T'occupe pas.

– Je ne connais pas le prix», poursuivit Grandgil de cette voix posée dans laquelle Martin croyait parfois sentir percer un accent de blague à froid. «Je ne suis pas au courant, mais je suppose que ça va chercher dans les plus de cent cinquante francs.

– T'occupe pas, je te dis.

– Dans le café où on nous a pris pour des flics, je suis sûr qu'à cent cinquante le kilo, on fourguerait tranquillement le cochon de Jamblier. On aurait au moins quinze sacs à se partager. Quinze sacs facilement gagnés. Le café, on n'en est pas loin. Au lieu de s'enfoncer des kilomètres...»

La tentation effleura Martin, mais déjà comme un regret. Son ressentiment à l'égard du bélier aurait suffi à l'en préserver.

«On a déjà trop perdu de temps, insistait Grandgil. Allons-y.

– Je te trouve jeune, répliqua Martin. Fringué comme tu es, avec ta gueule déjà pas franche, je te trouve jeune d'aller croire que tu pourrais faire le grossium en viande. Des paumés comme toi, des mal habillés, je veux qu'on les voie venir de loin. Ton cochon, ça ferait pas un pli, on dirait tout de suite : c'est de la fauche ou bien de la bidoche avariée.»

Il eut une pensée complaisante pour son bord roulé et son pardessus ajusté :

«Moi, je pourrais prétendre, mais écoute une chose. Si j'avais voulu faire le truc, je n'aurais pas été te chercher, petit. Et si l'envie m'en prenait maintenant, je commencerais par t'écarter.

– Pardon, je suis là, je suis dans le coup.

– Tout ça, ce n'est que des suppositions, fit observer Martin. Mais à supposer que tu voudrais me faire des façons, je me gênerais pas de te corriger.

– Tu t'es peut-être mis dans la tête que je suis manchot ?

– Je commencerais par vous endormir d'une drôle de façon, jeune homme. Que l'envie de le faire au caïd vous passerait pour de bon, jeune homme.»

La conversation en resta là pour l'instant. Le bélier ne s'offrit même pas un ricanement et emboîta le pas à son compagnon. Celui-ci put croire qu'il l'avait maté. Toutefois, il restait sur ses gardes, hésitant à admettre que ce garçon audacieux cédât ainsi à la première menace. La lune restait cachée, mais la nuit s'était éclaircie. Noyées dans les fonds, les perspectives de la rue et des transversales apparaissaient vaguement et les deux hommes distinguaient mutuellement leurs silhouettes. Ils marchaient l'un derrière l'autre du même pas. Soudain, Martin sentit comme une rupture de cadence. Tournant la tête, il vit son associé traverser la rue et se diriger vers le liséré de lumière bleue qui encadrait la porte d'un café.

«Je vais boire un coup», informa la voix tranquille du bélier.

Déjà il ouvrait la porte et s'y engageait avec ses valises. Martin n'eut pas le temps d'une observation et à peine celui de la réflexion. Une seconde, il s'arrêta à écouter le silence de la ville et rejoignit Grandgil à l'entrée. Embarrassés par les valises, ils se mouvaient lourdement et il leur fallut, pendant un temps appréciable, écarter largement le rideau noir de protection qui masquait l'éclairage de l'intérieur. Derrière eux, tandis qu'ils se donnaient passage, des flaques de lumière dansaient jusque sur le milieu de la rue. Inquiet, le patron de l'établissement s'emportait contre cette entrée laborieuse dont la lenteur lui semblait friser la perversité. La vue des valises acheva de l'indisposer.

«C'est l'heure que je ferme, grogna-t-il. Avec un attirail pareil, vous avez bien choisi le moment de vous annoncer.»

D'un regard soupçonneux, il sondait les valises.

«Vous venez pas vous réfugier chez moi avec la police à vos trousses, non? Parce que moi, ces musiques-là...

– Donne-nous du vin chaud, coupa Grandgil.

– J'en ai plus.

– Donne-nous du vin chaud.»

Sans qu'il eût élevé la voix, le ton du bélier s'était fait plus impératif. Impressionné par l'assurance et la mauvaise mine de ce client qui était peut-être armé, le cafetier coula un regard de biais vers sa femme qui tricotait une chaussette entre le tiroir-caisse et un baquet à rincer. Elle lui répondit d'un clin d'œil et il sortit par une porte basse ouvrant sur un réduit. Martin rongeait son frein, réprouvant à part soi les façons comminatoires de Grandgil. Assis à une table de bois, des joueurs de belote, qui venaient de terminer leur partie, examinaient les valisards en chuchotant. Tous les quatre étaient des hommes jeunes, employés de magasins et petits fonctionnaires. Ils s'intéressaient visiblement aux valises elles-mêmes dont ils paraissaient supputer le contenu avec une lueur malveillante dans leurs yeux de demi-affamés. Martin avait hâte de vider les lieux. Avec ses murs aux plâtres boursouflés, son plancher encrassé, son matériel miteux, cette salle étroite et basse de plafond avait un air d'intimité exagérément sordide qui faisait penser à un décor de théâtre d'un réalisme indiscret. Près du petit poêle de fonte, un homme maigre aux yeux jaunes, en veston noir et col dur, griffonnait sur un papier qu'il protégeait de son bras replié et, sans lever la tête, promenait parfois autour de lui des regards méfiants. Il semblait figurer le traître indispensable ou le policier cauteleux et impitoyable qui attend son heure. Des souvenirs du théâtre de Belleville et des mélodrames de son enfance revenaient à la mémoire de Martin. Il se prit à penser que le personnage du bélier n'était pas le moins mystérieux. Cette étrange figure était à la fois hermétique et transparente. Le sourire qui luisait en permanence dans les petits yeux de porc et se répandait sur toute la face semblait sceller un secret. Les morts ont parfois sur le visage cette lumière d'ironie qui paraît émaner des paupières fermées, mais le masque de Grandgil rayonnait en même temps une espèce de franchise sommaire, indécente. Martin, mal à l'aise, cherchait en vain à expliquer ou à concilier ces contrastes. En s'aidant des souvenirs de la cave, il essayait d'imaginer, derrière ce front de bélier, des abîmes anarchiques bouillonnant des rancunes et des fringales du réprouvé, mais l'homme lui échappait. Il sentait en lui autre chose de singulier, hors de son appréciation. De son côté, Grandgil le regardait, sans l'ombre d'hostilité, avec une sorte de curiosité précise qui semblait s'attacher aussi bien à ses vêtements, à son bord roulé, qu'à sa physionomie et ce regard vif, qui ne s'arrêtait nulle part, était très indiscret.

«Buvez vite, dit le patron, en apportant le vin chaud. Cette fois, je ferme. Il est presque 11 heures.»

Les joueurs de belote s'étaient levés. En défilant lentement devant le comptoir, leurs regards allaient des deux buveurs aux quatre valises à propos desquelles ils échangeaient à mi-voix des paroles d'une ironie amère. L'un d'eux s'enhardit, du bout de son soulier tâta l'une des valises et la prit par la poignée pour en éprouver le poids.

«Bas les pattes, dit Grandgil. Ces machins-là, c'est pas pour les pauvres.»

Rouge et humilié, l'homme lâcha la valise. Les autres s'étaient arrêtés sans intention précise.

«Qu'est-ce que vous attendez? dit Grandgil. Vous la sautez. Vous avez mangé du boudin à la sciure, bu au robinet, fumé de la tisane et, là-dedans, il y a de quoi vous régaler pendant trois semaines. Vous êtes quatre, avec des épaules. Qu'est-ce que vous attendez pour filer avec les valises? Vous êtes sûrs qu'on n'ira pas se plaindre.»

Plutôt gênés qu'irrités, les quatre restaient silencieux et coulaient des regards vers la porte.

«Foutez-moi le camp, salauds de pauvres, reprit Grandgil. Allez aboyer contre le marché noir.»

Il se mit à rire d'un grand rire qui lui découvrait largement la denture et Martin eut la surprise d'apercevoir, aux deux coins de la bouche, de fausses prémolaires en or, au nombre de cinq ou six. La chose lui parut d'autant plus remarquable qu'à ses yeux, des dents en or constituaient plutôt une parure qu'une commodité. Depuis longtemps, bien qu'il eût les dents très saines, il rêvait de s'en faire arracher quelques-unes et de se faire aurifier la mâchoire. Il lui plaisait d'imaginer l'ensemble à la fois cossu et gracieux qu'auraient composé sa mâchoire en or et son chapeau noir à bord roulé. Ce sont bien souvent de ces détails qui vous classent un individu, sans compter que les femmes aiment bien trouver au baiser le goût du confort. De voir briller son rêve dans la bouche du bélier, il éprouva un sentiment de mélancolie, la souffrance d'un aristocrate décavé qui verrait ses bijoux de famille s'étaler sur la poitrine et sur les mains d'une épicière indigne.

Les joueurs de belote s'étaient retirés en jetant derrière eux, au moment de franchir la porte, une bordée d'injures. Le paperassier qui écrivait à côté du petit poêle disparut à son tour. Debout derrière son comptoir, le patron lançait aux valisards des coups d'œil impatients, tandis que la tenancière rangeait son tricot dans le tiroir-caisse. Non moins pressé, Martin avait déjà avalé son vin chaud et réglé les consommations. Mais le bélier ne montrait aucune hâte à partir. Après une première gorgée, il tira de sa poche le paquet de cigarettes qu'y avait placé Jamblier et en prit une. Martin surveillait ses gestes, avec une espèce d'anxiété perverse, en souhaitant que son auxiliaire lui offrît une occasion supplémentaire de le haïr. Son attente ne fut pas déçue. Ce paquet de cigarettes qui était leur propriété commune, Grandgil le remit dans sa poche sans la moindre gêne apparente. Ce n'était d'ailleurs pas un oubli de sa part. Entre ses cils baissés, il observait son voisin avec curiosité. Martin pensa qu'il était de sa dignité de ne pas faire de réflexion. Tandis que l'autre allumait sa cigarette, il eut assez de lucidité pour noter un détail qui lui avait échappé jusqu'alors. La manche du veston, sale et usée, laissait passer un poignet de chemise d'une surprenante propreté et d'un tissu fin et soyeux. À ce moment, une fillette d'une dizaine d'années, la tête enveloppée d'un foulard, une pèlerine noire simplement posée sur les épaules, pénétra dans le café et passa derrière le comptoir. Pendant qu'elle s'entretenait à voix basse avec la patronne, sa pèlerine glissa de sur son épaule, découvrant l'étoile jaune des Juifs, cousue sur le côté gauche de son chandail. Martin, à la vue de l'insigne, pensa à une rafle de Juifs dans le quartier, redoutant quelque déploiement de police avec inspecteurs français et allemands. Le cafetier, qui avait suivi la direction de son regard, devina son inquiétude et le rassura. La fillette habitait l'immeuble et venait faire une commission pour ses parents. Ayant ainsi apaisé les craintes du client, il se sentit autorisé à une certaine familiarité et demanda en désignant les valises :

« C'est du tabac ?

– Non, répondit Grandgil, c'est de la viande. Du cochon tout frais et presque pour rien. Je te le vends cent cinquante le kilo.

– Ne l'écoutez pas, dit Martin au patron qui paraissait intéressé. Il débloque. Cette viande-là est déjà vendue.

– N'ayez pas peur. J'ai bien compris que ce n'était pas sérieux. Et d'abord, moi, je n'achète pas comme ça sans savoir. Le prix, ce n'est pas tout. Il faut être sûr que tout est bien clair dans le coup. Si je voulais, j'aurais bien des occasions, mais dans ma partie, on est forcé d'être prudent. Remarquez qu'à vouloir être honnête, j'y perds de l'argent, mais j'aime mieux avoir ma conscience pour moi.

– À part ça, prononça Grandgil d'une voix sévère, tu reçois des Juifs dans ton établissement. Un établissement public. À des 11 heures du soir. Si c'est pas honteux. Tu mériterais d'être dénoncé, pour t'apprendre. J'en ai bien envie, tiens. »

La fillette avait rajusté sa pèlerine et filait vers la sortie. Inquiets, les cafetiers évitaient le regard du bélier et restaient immobiles, muets, l'air absent, pareils à des soldats en butte à la fureur injuste d'un adjudant.

« Faites pas attention, dit Martin. Il travaille de la visière. »

En avalant une dernière gorgée de vin, le bélier, la tête renversée en arrière et l'œil attentif, s'amusait de la mine des cafetiers. La gaieté lui creusait près des tempes deux sillons hilares dans le prolongement de la fente des paupières.

« Des gens qui n'ont pas plus de conscience que ça, moi, ça me révolte, poursuivit-il du même ton. À quoi ça sert qu'on fasse des lois si c'est pour pas les respecter ? Racaille, va, saloperie. Je te foutrais tout ça en prison, moi. Pas de pitié. En prison. Voyous, anarchistes, mauvais Français...

– Ça va, coupa Martin, tu nous en casses deux, avec tes renvois.

– Ta petite sœur. Quel âge que vous avez, vous autres ? »

Les cafetiers, auxquels s'adressait la question, gardaient un mutisme digne, le regard vague, la bouche pincée.

« Vos âges, nom de Dieu ! hurla le bélier. Et situation de famille, tout le totem ! Déballez vibur ! »

Il avait changé de physionomie. Une colère soudaine, incompréhensible pour Martin, étincelait dans ses petits yeux de porc et lui gonflait les narines.

«Cinquante et un ans de novembre dernier, ânonna le cafetier. Lucienne, quarante-neuf en avril. Marié en 1927 à Courbevoie. Sans enfant. Employé à la halle aux vins jusqu'en 1937. Condamnations, néant. Situation militaire...

– Suffit. J'en sais déjà trop. Regardez-moi ces gueules d'abrutis, ces anatomies de catastrophe. Admirez le mignon, sa face d'alcoolique, sa viande grise et du mou partout, les bajoues qui croulent de bêtise. Dis donc, ça va durer longtemps? Tu vas pas changer de gueule, un jour? Et l'autre rombière, la guenon, l'enflure, la dignité en gélatine avec ses trois mentons de renfort et ses gros nichons en saindoux qui lui dévalent sur la brioche. Cinquante ans chacun. Cinquante ans de connerie. Cinquante et cinquante-deux mille cinq. Qu'est-ce que vous foutez sur la terre, tous les deux? Vous avez pas honte d'exister? Mais non, pensez-vous, ils sont là, ils s'installent. Leur gras-double, ils vous le mettent dans l'œil, dans la tête, dans l'air qu'on respire. Ils salissent tout, même les couleurs. Voyez le rouge sur les joues de madame : de l'écrasure de punaises pilées dans un fond d'abcès. Le blanc, le violet, le jaune, le gris, quand je les vois sur sa gueule à lui, je peux plus les pifer, je les vomis. Assassins, rendez les couleurs!

– Où c'est qu'il va chercher tout ça? Il me fait marrer, dit Martin qui riait effectivement.

– J'ai jamais rien pris, protesta le cafetier, pas un sou, jamais, ça, je le jure. Lucienne, elle est pareille que moi.

– Taisez-vous, affreux, intima Grandgil. Toi, Martin, je t'aimerai toute ma vie. Ton bord roulé, j'en suis à fond. Je te bluffe pas, t'es l'homme de ma vie. Crache-leur à la gueule, aux époux. Crache dessus, je te dis, c'est ton droit. Regarde comme ils te provoquent. Vas-y, belote sur le vilain et t'en rejoue sur la tricoteuse.»

Martin riait si fort que, cracher, il n'aurait pas pu. Le bélier saisit sa tasse vide et, à toute volée, la jeta contre une étagère où elle éclata dans le ventre d'une bouteille pleine. Les cafetiers n'osaient même pas tourner la tête pour constater le sinistre. Tout en réprouvant la casse, Martin en riait aux larmes.

«Bonne tête, lui dit Grandgil, mon gros sentiment, mon bon cœur, t'es timide comme pas une rosière, mais je résiste pas à ton charme. Tes valises, je te les porterais jusqu'au Havre, à pied, sur les genoux, n'importe comment, n'importe où. Viens-t'en. Je veux plus les voir jamais.»

Empoignant ses valises, il se dirigea vers la porte et, par-dessus l'épaule, lança aux mastroquets :

«Vilains, je vous ignore pour la toute. Je vous chasse de ma mémoire.»

Des lambeaux de nuages couraient encore sous les étoiles, mais le ciel était débouché. De l'autre côté de la rue, sur les façades blanches de lune se découpait l'ombre portée des toits d'en face. De loin en loin, les rues transversales coupaient la nuit d'un trait de clarté. Martin marchait avec allégresse. Le bélier l'avait conquis. Il lui pardonnait tout, comme à un enfant terrible, et il oubliait la cave, les trahisons, les cigarettes, le mystère de sa personne et les mâchoires en or. Du reste, Grandgil lui paraissait maintenant moins secret, comme s'il eût soudain ouvert toutes ses fenêtres.

«Quand même, ils ne t'avaient rien fait, dit-il après quelques pas dans la rue. Tu me diras, ils ne sont pas beaux, c'est d'accord. Mais qu'est-ce qu'ils y peuvent? Et après tout, quelle importance? La beauté, moi, je peux t'en causer. La beauté, ça ne veut souvent pas dire chouïa. Celui qui voudrait juger sur la mine...

– Ne te fatigue pas la tête», interrompit Grandgil.

Le ton était très sec. Martin hésitait à se froisser. Il pardonna encore à l'enfant terrible, mais sa gaieté était douchée. Du reste, il était repris par le sentiment de ses responsabilités et la clarté de la lune le rendait soucieux. Il n'osait pas demander au bélier d'éteindre sa cigarette qui pouvait les signaler à un agent.

«Dis donc, tes dents en or, il y a longtemps que tu te les es fait poser?

– Deux ans, je crois.

– Depuis l'Occupation, alors? Dis donc, tu dois savoir ce que ça t'a coûté?»

Grandgil ne répondit pas. Il était de mauvaise humeur. Dans cet enchevêtrement de rues du quartier des Archives où l'entraînait son guide, il n'arrivait pas à s'orienter et se sentait perdu. Martin goûtait la satisfaction de l'avoir un peu à sa merci et se croyait assuré de n'avoir rien à redouter de son humeur capricieuse. Pour lui, il se dirigeait dans ce dédale du Marais aussi facilement qu'en plein jour. Ayant, depuis plus de cinq ans, son domicile rue de Saintonge, les moindres rues du quartier lui étaient familières. Il aurait aimé entretenir son compagnon des commodités et des agréments de l'endroit, lui signaler en passant tel café où il avait été longtemps assidu, mais il avait conscience que le décor de son existence quotidienne n'aurait su l'intéresser. Les dents en or de Grandgil, son linge fin entrevu au café et les propos qu'il venait de tenir aux cafetiers, l'isolaient dans un compartiment d'humanité dont Martin pressentait le caractère sans pouvoir le fixer précisément. Son soi-disant métier de peintre en bâtiment n'était tout au plus qu'un alibi. Ce garçon-là n'exerçait sûrement aucune profession régulière et n'était pourtant ni un barbeau ni un professionnel du chantage. Sa réussite de la cave n'était qu'un accident. D'autre part, un homme vivant de hasards, à une échelle vraisemblablement mesquine, n'a pas la bouche pavée en or et ne porte pas de linge fin.

Les deux hommes marchaient sans parler. Martin souffrait de solitude et regrettait un peu sa haine et sa colère. Le souvenir de Mariette, que lui proposait le voisinage de son domicile, finit par l'accaparer. Mentalement, il recommençait pour lui-même le récit qu'il avait fait à Grandgil lorsque celui-ci était venu le chercher rue de Saintonge pour l'accompagner chez Jamblier : « ... J'ai de l'affection, elle me dit, je reconnais ce que tu es, mais ma vie à moi, c'est d'être indépendante, l'heure que je veux, où ça me plaît et pas d'homme qui me demande des comptes.

– Écoute, Mariette, moi je lui réponds, je ne peux pas t'attacher au pied du lit. Remarque, à ma place, bien des hommes, ce serait déjà une paire de claques. Ce n'est pas mon genre. Une femme n'est qu'une femme, mais sa volonté, je la respecte. Seulement, je t'avertis, réfléchis. L'existence que je te fais ici, c'est quand même le bifteck tout cuit, l'apéritif et le cinéma. Pour le sentiment et ce qui va avec, tu peux toujours chercher aussi.

– Qu'est-ce que tu te figures ? elle me dit. De l'homme passionné, ce n'est pas ce qui manque, je n'ai qu'à me baisser... » Elle était assise là, sur le bout de la table, la tête penchée sur son corsage et l'œil en dessous avec un air. Alors, moi, la colère, je lui rabats deux baffes en pleine fraise.

« Sale brute, elle me retourne, je le raconterai à mon amant... » Au bout de son récit, la question se trouvait naturellement amenée et une fois de plus posée de savoir si elle reviendrait.

« Tu crois qu'elle reviendra ? laissa-t-il échapper à haute voix.

– Qui ?

– Mariette, tu sais bien, je t'ai raconté.

– Qu'est-ce que ça peut me foutre.

– Je te parle poliment.

– Quel âge qu'elle a, ta langoustine ?

– Cinquante-cinq ans, répondit Martin avec simplicité.

– Elle reviendra.

– Tu lui en donnerais quarante-cinq aussi bien. Et bâtie, pardon, il faut voir. Des épaules. Des seins tant que tu veux. Et des fesses comme pour trois personnes. Ce que j'appelle une femme, quoi.

– En effet, ce serait dommage qu'elle ne revienne pas. D'un autre côté, elle n'est pas bien jeune. À ta place, j'en profiterais plutôt pour

couper les ponts. Ta grosse Mariette, elle va quand même sur ses rhumatismes. Et pas l'air commode, à ce qu'il semble.
– Je l'aime. Ça se discute pas.
– Alors, sois tranquille, mon gros. Tu la reverras, va, ta poupée. Même les mieux roulées et les plus fondantes, ce n'est pas à chaque tournant de vie qu'elles rencontrent l'homme décidé à les entretenir. Et la tienne a cinquante-cinq ans. Elle reviendra sans que tu l'appelles.
– Remarque bien, dit Martin, que la perspective de ce retour intéressé laissait insatisfait, remarque bien que Marlette n'a pas pensé à la question des sous quand on s'est mis ensemble. Je gagne ma vie, c'est entendu, mais pour une femme qui aurait des idées de luxe, ce n'est pas la vie en carrosse non plus. Je ne voudrais pas me donner des airs, mais cette femme-là, elle m'a aimé au sentiment. Et j'en suis sûr, elle m'aime encore.
– Tant mieux, alors. T'as tout pour toi. De quoi tu te plains?»
Martin sentit Grandgil agacé et remâcha en silence sa peine et son angoisse. Pendant cette rumination, il lui sembla, le temps d'une seconde, distinguer le bruit d'un pas venant à sa rencontre, mais ayant prêté l'oreille, il n'entendit plus rien. Grandgil venait de jeter sa cigarette. Ils arrivaient à un croisement de rues et l'ombre noire où ils marchaient de front se cassait au bord d'une coulée de lune, large de cinq ou six pas. Comme ils abordaient au trottoir opposé, une voix d'homme sortit de l'ombre, à trois pas devant eux, et avec un accent du Midi très prononcé, intima:
«Arrêtez. Qu'est-ce que c'est que ces valises que vous portez?
– Avant de causer sur ce ton-là, fit observer Martin, on doit commencer par s'annoncer.»
Aux premières paroles de l'homme, il avait pu distinguer, sur les volets clairs d'une boutique, la silhouette de l'agent mais, en feignant l'ignorance, il s'autorisait à négliger sa sommation et gagnait ainsi quelques secondes, le temps de sortir de la zone de lumière où les deux compagnons se trouvaient dans une situation désavantageuse à l'égard de l'agent.
«Police, déclara l'agent. Vous l'avez bien vu. Ne faites pas la bête.
– Puisque vous me le dites, je vous crois. En tout cas, je suis bien content de vous rencontrer. Je cherchais justement quelqu'un qui puisse m'indiquer la rue Sévigné.
– Vous lui tournez le dos.
– Pas possible! Dis donc, toi, tu as entendu? La rue Sévigné, on lui tourne le dos. C'est bien toi qui nous as mis dedans.»

Pour entrer dans le jeu, Grandgil aurait dû protester et entamer avec Martin une discussion dans laquelle l'agent se fût trouvé en importante et flatteuse position de médiateur et qui eût créé une atmosphère de familiarité. Grandgil n'y entendit rien et resta muet. «Le chemin, on vous l'expliquera tout à l'heure, dit l'agent. Suivez-moi toujours au poste.»

C'était un Méridional triste et vétilleux qui devait chercher dans l'accomplissement de ses fonctions de petites revanches sur la vie. Martin sentit que la partie serait dure.

«Écoutez, monsieur l'agent. Je ne vais pas vous raconter des boniments. Voilà ce qu'il en est. Ce matin, je me suis décidé à aller faire un tour dans ma propriété de Verrières. À cette saison-ci, pour bien dire, je n'avais pas grand-chose à y faire, mais c'est ma femme qui m'y poussait. Je ne voulais pas la contrarier, surtout qu'elle est pour accoucher vers la fin du mois prochain. Dans cet état-là, les femmes, vous savez ce que c'est. Vous êtes peut-être marié, monsieur l'agent...

– Je suis marié, répondit l'agent de mauvaise grâce, mais je n'ai pas d'enfant.

– Et vous avez bien raison, monsieur l'agent. Les enfants, à l'époque que nous sommes, on en a plus de tracas que de satisfaction. Moi qui en ai cinq, je vous en parle savamment. Enfin, ils sont là, n'est-ce pas? Bref, j'arrive à Verrières sur le coup d'11 heures. Mon domestique m'attendait à la gare comme d'habitude.

– C'est cet homme-là? demanda l'agent.

– Justement. Il n'a peut-être pas inventé la poudre, mais il est dévoué. Pensez qu'il sert dans la famille depuis l'âge de quinze ans.

– Je vois, dit l'agent. Un brave garçon un peu simple, hé?»

Il eut un rire d'indulgente compréhension. Martin posa ses valises sur le trottoir. Le bélier, les jambes légèrement fléchies, déposa aussi les siennes. En se relevant, il porta un coup de poing à la mâchoire de l'agent qui ploya les genoux et tomba à plat ventre sans avoir proféré un son. Grandgil se pencha sur le gisant, promena les mains sur la tunique et, s'emparant ensuite du képi qui emboîtait encore le crâne de l'agent, le jeta à quinze pas de là, au milieu de la chaussée. La visière brillait sous la lune.

«Cavalons», dit Martin qui, dans l'ombre où était plongé le trottoir, avait deviné le geste de son auxiliaire plutôt qu'il ne l'avait vu.

Reprenant leurs valises, ils s'éloignèrent à grands pas, sans échanger une parole, pressés de prendre la première transversale qui s'offrirait à leur gauche. La lune y donnait en plein et ils s'y engagèrent l'un derrière l'autre en rasant les murs pour profiter d'une ligne d'ombre qui bordait les maisons. Ce ne fut qu'après le deuxième tournant que Martin exhala son mécontentement.

«On est frais, tu viens de faire un beau coup, tu peux te redresser. Je veux qu'on soit fait dans pas longtemps et une histoire comme ça, tu te rends compte. Grouillons-nous.

– Je ne vois pas ce qui te tracasse tellement. Le flic a son compte pour un bon moment.

– Je t'écoute, ricana Martin. Pas plus tôt qu'il aura ouvert un œil, il va empoigner son sifflet. Avant cinq minutes, toute la police du troisième arrondissement sera en chasse.

– Ça m'étonnerait. Son sifflet, c'est moi qui l'ai dans ma poche.»

Martin ne put s'empêcher d'admirer la présence d'esprit du bélier, mais se garda de le lui témoigner. Il lui en voulait d'avoir pris, dans une situation délicate, une initiative relevant de sa seule autorité. «Me faire ça à moi et dans mon quartier.» Haletant, il taisait sa rancune afin d'économiser son souffle et de soutenir le train, lui semblant toujours qu'il entendait se lever derrière lui le pas nombreux de la police.

«Pas la peine de se crever, dit Grandgil, on n'entend rien.

– Si leurs cyclistes nous attendent à un carrefour, tu ne te figures pas qu'ils vont nous jouer du cor de chasse!

– Insiste pas. Pour moi, l'affaire est réglée. Elle ne pouvait pas mieux tourner.

– Sauf que, par ta faute, je me trouve peut-être grillé dans mon quartier. Mais ça, tu t'en fous. Le flic, je l'avais au sirop tranquillement et sans me fatiguer. Probablement que ça te contrariait.

– C'est pas ça, mais j'avais envie de m'amuser un peu, figure-toi.

– Qu'est-ce que tu dis? Alors, tu te fous de moi?

– Tu deviens fatigant, je t'assure, soupira Grandgil.

– Dis donc, tes façons de causer, ça commence à faire le bon poids. S'amuser sur le dos des autres, c'est bien beau. Et les dents en or, c'est bien beau. Mais les convenances et les égards, ça existe aussi.

– Écoute, si tu pleures encore, je te plante là avec tes valises.

– Je voudrais voir ça.

– Au clair de la lune, tu me verrais partir, les mains dans les poches. Ça ne m'étonne plus, maintenant, que la petite Mariette t'ait plaqué. En douce, elle te trouvait trop tracassier. Les mignonnes de cinquante-cinq ans, ce qu'elles aiment justement, c'est que l'homme il fasse un peu gamin. T'avais pas le genre qu'il lui fallait.»

Dans l'ombre, l'une des valises de Grandgil donna contre un obstacle. Martin venait de poser les siennes et se plantait devant lui en gueulant:

«Pose-moi ça par terre, qu'on s'explique. Tes boniments, j'en ai soupé. Les flics, ils m'embarqueront si ça se trouve, mais toi, t'auras ta correction.»

Haletant de la course et de la colère qui l'étranglait, il se rua tête baissée, presque à l'aveuglette. Grandgil lui saisit un poignet et réussit à s'emparer de l'autre, après avoir encaissé des coups de poing très durs dans les côtes. Martin se secouait pour se libérer. Ses poignets étaient emprisonnés dans des mains puissantes ne leur laissant pas le moindre jeu et menaçant à chaque secousse de les broyer. Hors de raison, il se mit à pousser son adversaire à coups de tête dans la poitrine. Grandgil recula en riant jusqu'au mur d'une maison et s'y adossa. Stupidement, Martin, arc-bouté et piaffant sur place, continuait à pousser comme s'il eût espéré l'encastrer dans la muraille et s'y donnait d'un tel effort que la couture de son pardessus craqua entre les épaules et qu'il se mit à faire entendre une sorte d'aboiement, scandé à la cadence de son élan.

«Doucement, disait Grandgil. À ce train-là, tu risques de casser une maison. Amuse-toi gentiment, mais ne te fais pas mal.»

Enfin, prenant appui au mur, il rompit d'un seul coup l'effort de Martin et le repoussa jusqu'aux valises.

«Allons-nous-en, lui dit-il doucement après lui avoir lâché les poignets. Il est tard, tu sais. On n'est pas encore arrivé.

– J'ai perdu mon chapeau», murmura Martin.

En s'aidant d'une lampe de poche, Grandgil se mit à la recherche du bord roulé qui était tombé à bas du trottoir. L'ayant épousseté d'un revers de main et remis en forme, il le posa sur le crâne de son compagnon qui restait immobile, la tête basse et les bras tombés.

«En route, dit le bélier. Le plus dur reste à faire. Passé les boulevards, on a une mauvaise diagonale à remonter. Il va falloir que tu aies de la tête pour deux.»

Martin avait repris ses valises. Brillant de lune et d'étoiles, le ciel était d'un bleu glacé. À l'approche de la porte Saint-Martin, quelques silhouettes de passants surgissaient dans les coulées de lune et le pas des femmes chaussées de bois résonnait longtemps dans la nuit. Comme ils se disposaient à franchir la ligne des boulevards, les deux hommes durent s'arrêter pour laisser passer une escouade de soldats allemands à bicyclette. La carabine en bandoulière, les cyclistes casqués roulaient silencieusement en direction de l'Opéra. Les valisards entraient dans une zone dangereuse. Il fallait avant tout éviter le voisinage de certains immeubles réquisitionnés par les services de l'armée allemande et dont la police gardait les abords. Ils suivirent un trajet en ligne brisée qui devait les amener, à travers le quartier de la porte Saint-Denis et le quartier Rochechouart, aux environs du cirque Médrano. À minuit moins vingt, ils arrivaient au square Montholon et commençaient à peiner dans la montée de la colline de Montmartre. Au loin, vers l'ouest, le canon de la D.C.A. se mit à tonner. Depuis qu'ils avaient passé les boulevards, ils avaient dû, à plusieurs reprises, s'effacer dans des recoins d'ombre pour échapper aux agents ou aux rondes de cyclistes. Par deux fois, même, ils s'étaient trouvés en péril pressant. Dans ces instants difficiles, Martin, désemparé, s'était montré inférieur aux circonstances. Grandgil, avec beaucoup de sang-froid et d'autorité, avait paré à cette défaillance. Il paraissait maintenant le vrai responsable de l'entreprise et en assumait, comme sans y penser, la direction. Martin ne contestait du reste aucune de ses décisions, mais apportait parfois à les exécuter une mauvaise volonté sournoise, à croire qu'il souhaitait l'échec de cette expédition, considérant peut-être qu'elle n'était plus la sienne.

La montée était rude après l'effort déjà fourni. Le bélier réglait son pas sur celui de Martin, dont la pesanteur trahissait la grande fatigue. Encore lointain, le canon grondait sur plusieurs points de la ville, par rafales sourdes, espacées, dont la cadence allait en croissant. Dans le cas d'une alerte, il fallait craindre les rondes de police, plus nombreuses et d'autant plus redoutables que les agents, dans le va-et-vient des services de la défense passive, passeraient inaperçus. «Si tu n'étais pas si mal habillé, ronchonnait Martin, on pourrait entrer dans un abri. Descendre à la cave avec des valises, c'est normal. Mais fringué comme tu l'es, tu passerais pour un voleur.

– C'est vrai, j'ai plutôt l'air truand. Mais si les sirènes sonnent quand on arrivera au boulevard, on pourra se planquer chez moi. J'habite à côté.»

Ils abordaient à l'avenue Trudaine lorsque l'alerte fut donnée.

L'atelier était spacieux et confortable. Grandgil tira sur le vitrage un rideau de serge bleue et, après avoir enfilé une robe de chambre, examina l'intérieur du poêle qui était encore tiède. Il n'y restait que des cendres chaudes. Martin avait posé ses valises. Debout près de la porte, il promenait autour de l'atelier un regard curieux et hostile auquel rien n'échappait. Armoire, bahut, chevalets, divan, fauteuils, tables, chacun de ces meubles semblait être pour lui l'objet d'une méditation. Grandgil, d'un ton cordial, l'invita à s'asseoir. Martin ne bougea pas. D'un signe de tête, il désigna, près du vitrage, une table sur laquelle étaient étalés des dessins au pastel portant la signature de Grandgil et représentant des femmes demi-nues, la poitrine dehors ou la combinaison retroussée haut la fesse. L'une d'elles, tout à fait nue, portait des chaussures à hauts talons et, sur ses cheveux roux, un gibus.

«C'est toi qui as fait ça?

— Oui, c'est moi. Je les écoule dans les boutiques de la place du Tertre et d'ailleurs. Il y aura toujours des clients pour ça. Depuis l'Occupation, je fais aussi des échanges dans le quartier. Avant-hier, pour une femme à poil, j'ai eu un jambon. Maintenant, ces dessins-là, j'en fais moins qu'autrefois. Avec un peu de chance, je pourrai peut-être laisser tomber tout à fait.»

Martin contempla les dessins encore un moment et fit ensuite quelques pas vers le milieu de l'atelier.

«Et ça?»

Il montrait, sur un chevalet, un paysage urbain, peint à l'huile, qui pouvait avoir été inspiré par celui qu'ils avaient regardé ensemble à la fin de l'après-midi, derrière la vitre du café du boulevard de la Bastille. Martin n'y voyait qu'un ensemble assez confus. Pourtant, le dessin était net. Un trait noir, lourd comme le plomb d'un vitrail, cernait les masses principales, mais la couleur, débordant largement les contours, formait une harmonie étrangère au dessin avec lequel elle ne coïncidait guère que par accident. La toile était signée Gilouin.

«Ça, répondit Grandgil, c'est mon vrai travail, mon plaisir et mon casse-tête. Mes toiles commencent à se vendre, mais je les fais pour moi et pour moi seul. J'emmerde la critique et les marchands. Que ça leur plaise ou non, c'est mes entrailles que je mets là-dessus, c'est mon cœur et ma vérité.»

Grandgil parlait avec une fougue à laquelle il n'avait guère habitué Martin. Ses petits yeux répandaient maintenant sur sa face de bélier une lumière non plus d'ironie, mais d'exaltation, de joie passionnée, exigeante. Il alla chercher un portrait de femme encadré et le posa sur le chevalet. Les intentions du peintre y apparaissaient avec plus d'évidence que sur le paysage aux tons gris. La femme était assise devant une fenêtre. Cernée d'un trait lourd, la silhouette avait un aplomb solide. Jaillie d'un bouquet de tulipes, une coulée de lumière rouge lui mangeait une moitié de la face, tandis que le bleu du ciel se répandait sur le front en nappe tendre qui semblait prendre sa source dans le bleu de l'œil. Les couleurs qui, pour ainsi dire, appartenaient en propre au visage, débordaient dans les carreaux de la fenêtre où elles formaient des irisations.

«Ça te plaît?

– Je m'en fous», répondit Martin avec un accent de sobre férocité.
Le visage de Grandgil changea d'expression. La flamme de l'enthousiasme s'éteignit dans les petits yeux de porc dont le regard se chargea de mélancolie. Mais presque aussitôt, la tête de bélier s'éclaira du reflet de cette ironie un peu distante où le peintre semblait trouver son équilibre le plus sûr.

«Tu préfères peut-être Grandgil à Gilouin? Je n'insiste pas. Tu finirais par me répondre que tu te fous de Grandgil comme de Gilouin et moi, j'aurais de la peine. Pensons d'abord à nos valises. Entre nous, tant qu'on n'est pas arrivé chez le boucher, c'est à la vie à la mort.»

Grandgil porta la main à sa poche et en retira les cinq mille francs de Jamblier, qu'il tendit à Martin:

«Pendant que j'y pense, tu rendras ça à l'imbécile qui les a lâchés. Tu lui feras plaisir.»

Martin prit les cinq mille francs et les rangea dans son portefeuille.

«Quand on sera chez le boucher, dit-il, je te paierai les quatre cent cinquante francs, comme j'ai convenu avec Jamblier.

– Je te le rappellerai si tu viens à oublier. Maintenant, assieds-toi. Je vais nous faire chauffer du café en attendant la fin de l'alerte.»

Martin s'assit dans un fauteuil. Resté seul, il essaya de faire le bilan de ses impressions et de ses griefs, mais la fatigue et certain dégoût qui était plutôt comme un mauvais goût de la vie, engourdissaient ses facultés et lui dérobaient la conclusion. La restitution des cinq mille francs qui étaient à l'origine de son ressentiment, aurait dû compter à l'actif du bélier. Loin d'en être apaisé, Martin s'irritait de ce geste inattendu comme d'une perfidie. La conduite de son auxiliaire ne lui avait causé aucun dommage sérieux et ses griefs, imprécis, inconsistants, allaient surtout à une attitude, à une manière d'être. Dans sa rancune entrait aussi une part de curiosité irritante à l'égard de cette ironie soutenue où se retranchait Grandgil et de ce mystère de duplicité qui se retrouvait dans la double personnalité du peintre. L'histoire de leur rencontre lui apparaissait maintenant comme une suite d'équivoques et d'incertitudes. Martin finit par s'endormir sur l'impression qu'il avait été trompé.

En rentrant dans l'atelier, Grandgil s'arrêta à considérer son associé endormi. Martin ronflait, la bouche entrouverte, les mains à plat sur les bras du fauteuil, la tête et le corps très droits, son bord noir légèrement rejeté en arrière. Grandgil s'approcha sans bruit, ouvrit un carnet de croquis et se mit à dessiner. D'un trait appuyé, presque continu, il traça d'abord la silhouette du buste et, avec la même lenteur pesante, mais sûre, anima la ronde figure de Martin. Il en parut satisfait. Non seulement le portrait était juste quant à la ressemblance, mais il croyait avoir exprimé dans cette simple esquisse le personnage moral de Martin qu'il avait jusqu'alors pressenti et presque compris sans pouvoir le définir. En regardant son dessin, il lui semblait découvrir ce qu'est l'honnêteté d'un homme : un sentiment de fidélité à soi-même, commandé par l'estime qu'il a de sa propre image, telle que la lui renvoie le miroir de la vie sociale. C'était là, pensait-il, le cas de Martin et celui d'une moyenne honorable. Pour lui, qui se considérait comme un honnête homme, il avait la certitude d'obéir à un impératif plus pur qui n'avait pas besoin de ce miroir et en usait de loin en loin, comme d'un simple contrôle. Par jeu, il compléta son esquisse en dessinant le gros fer à cheval en argent piqué sur la cravate du modèle et, au bas de la page, inscrivit la date et le jour. Comme il refermait le cahier, la sonnerie du téléphone retentit. Martin s'éveilla, promena autour de lui un regard étonné et assura son bord roulé sur sa tête. L'appareil était à trois pas de son fauteuil, sur une petite table.

« Louise ? disait Grandgil. Bonsoir... Je n'étais pas là... une soirée de vacances. Je me suis déguisé en gangster... ma parole, ne ris pas, j'ai même ramené un joli butin... j'ai joué au méchant, à l'anarchiste, au dur intégral... Très amusant, je t'assure... Pas du tout, c'est au contraire très facile, trop facile. Ce sont les mous qui font les durs. Je l'avais toujours pensé... Quoi ?... Non, n'exagérons pas. Un satanisme d'amateur. Je dois te dire que j'ai joué aussi au démon tentateur... justement non... j'ai d'ailleurs fini par sombrer dans l'attendrissement... »

Sans lâcher l'écoute, Grandgil tourna la tête. Martin, debout derrière lui, le regarda fixement et prononça :

« Fumier.

– Je te raconterai tout ça demain, poursuivit Grandgil. J'espère que tu t'amuseras autant que je me suis amusé. Quoique, au fond, ce soit plutôt attristant... Si tu veux... Une minute... »

Martin avait saisi l'appareil et essayait de le lui arracher.

« Je vais lui dire deux mots, à ta garce. »

Grandgil lui abandonna l'objet, se contentant d'appuyer sur le support et de couper ainsi la communication. Martin, avec violence, jeta l'appareil d'ébonite sur le plancher où il se brisa.

« Ordure, je comprends, maintenant. Tu t'es foutu de moi. Je t'ai pris pour un miteux, j'ai voulu t'aider et toi, tu te marrais en douce en pensant à ton compte en banque. Rien que ça, c'était déjà un vol. Tu

devais refuser et laisser le travail à un homme qui en avait besoin.
Mais monsieur voulait se payer un coup de Paris la nuit. Monsieur
cherchait du frisson et de la rigolade. La rue de Lappe fermée, ça te
manquait. Redis-le, ordure, redis-le que tu venais jouer au dur, au
caïd...

– Martin, ne te fâche pas. Je vais t'expliquer...»

Grandgil aurait voulu se laver du crime de dilettantisme, le plus
scandaleux, le moins pardonnable au sentiment d'un homme laborieux, exagérément conscient de l'importance de ses gestes, sinon
de sa fonction. «Non, pensait-il, ce n'est pas par dilettantisme que je
l'ai suivi dans la cave; j'ai obéi à un mouvement de curiosité
sérieuse et humaine; et c'est la même curiosité qui m'a poussé à
cette facétie avec Jamblier, le même désir de me rendre compte et
d'aller plus loin que les apparences en chambardant la mise en
scène.» Toutefois, il hésitait à se justifier par de tels arguments et
convenait en lui-même qu'il y avait eu dans son attitude une part de
jeu ou, au moins, la recherche d'un plaisir d'artiste.

«Je veux pas que tu m'expliques, rageait Martin. Et d'abord, il n'y a
rien à expliquer. Tu t'es amusé comme une gonzesse, sans t'occuper
des conséquences. Je dis bien, comme une gonzesse. Moi, je gagne
mon bifteck, j'ai du mal. Toi, tu t'es roulé dans mon travail, tu as tout
fait pour me griller.

– Ça va, dit Grandgil d'un ton sec. Le travail, j'en aurai fait ma part
et Jamblier n'aura rien perdu.

– Je m'occupe pas de ça. Tu t'es roulé dans mon travail.

– Tu me casses les oreilles, avec ton travail. Le bord roulé, c'est bien,
mais tu tombes dans le chapeau melon.»

Grandgil s'éloigna en haussant les épaules. Martin fit un demi-tour
sur lui-même. Son regard s'arrêta d'abord sur la table où étaient étalés les dessins de nus suggestifs et alla ensuite au portrait de femme
posé sur le chevalet. Il ne s'y trompa d'ailleurs pas et courut au chevalet, son couteau de poche bien en main. Il planta la lame en plein
ciel, fendit le portrait par le travers et d'une autre balafre le recoupa
en croix.

«Moi aussi, je sais m'amuser avec le travail des autres...»

Il s'emparait du paysage posé au pied du chevalet, mais Grandgil
était déjà sur lui. Pendant qu'ils se battaient, la sirène se mit à sonner la fin de l'alerte et Martin n'entendit même pas la plainte que
poussa son auxiliaire quand la lame du couteau lui entra dans le
ventre.

Le boucher lui proposa un repas froid, mais Martin ne voulut accepter qu'un verre de vin. L'ayant avalé d'un trait, il resta immobile sur la chaise où il s'était laissé tomber en entrant dans l'arrière-boutique. La dernière étape l'avait épuisé. Le boucher disait qu'il ne comprenait pas comment un homme avait pu gravir le plus dur de la montée avec une charge de plus de cent kilos. Martin ne répondait pas à ses exclamations. Il regardait ses mains trembler de fatigue et sentait encore, sur sa nuque et sur ses épaules, peser la bretelle de cuir avec laquelle il avait attaché les valises deux par deux. Pendant le trajet de l'atelier à la boucherie, tout à son effort et à sa volonté de bête de somme, il n'avait pensé qu'avec ses muscles. Maintenant, une conscience à moitié lucide, encore obscurcie par l'écœurement de la fatigue, lui revenait peu à peu. Précis, un souvenir remontait à la surface de sa mémoire, s'imposait à son esprit. C'était celui du soldat turc éventré d'un coup de couteau en 1915. Du cadavre frais, allongé sur le côté droit, les jambes recroquevillées et les mains crispées sur son ventre trempé de sang, Martin retrouvait l'image la plus nette, la plus vraie qu'il en eût jamais ressaisie.

Découragé par le mutisme de son hôte, le boucher alla dans la boutique peser les valises et ranger les quartiers de viande dans le frigidaire. Martin ne le vit pas sortir. Il regardait le mort. De temps à autre, le cadavre de Grandgil se déboîtait du cadavre turc et se perdait aussitôt. Martin, vaguement conscient de sa supercherie, profitait de cette superposition pour excuser son crime : « C'était la guerre. Je n'aurais demandé qu'à le laisser vivre. Je ne suis pas méchant. Si ce n'avait pas été lui, c'était moi. On ne fait pas ce qu'on veut. Voilà la vérité. On ne fait pas ce qu'on veut. » Le boucher téléphona.

« Allô ! Jamblier ?... Ici, Marchandot... Le poids est juste... Oui, je vous le passe... Bonsoir. »

Martin se traîna jusqu'au comptoir de la boutique sur lequel était posé l'appareil téléphonique.

« Oui, c'est moi... il est mort... il me les avait rendus... Mêlez-vous de vos affaires. »

Il raccrocha et dit au boucher :

« Je m'en vais ! Avant de partir, je vous demanderai une enveloppe et un timbre. »

Dans son portefeuille, il prit les cinq mille francs que lui avait rendus Grandgil et les mit sous enveloppe à l'adresse de Jamblier.

« Encore un verre de vin ? proposa le boucher. Ou un coup de marc ? j'en ai du bon.

– Merci. Est-ce que je peux laisser mes valises? Je les reprendrai demain soir entre 6 et 7.»

Martin sortit sans répondre aux politesses du boucher. Il était 1 heure et demie du matin. La bise soufflait dans les rues désertes avec de fines modulations. Il marchait en plein clair de lune, sans souci d'être vu par un agent, sans même y penser. Tout à l'heure, quittant l'atelier avec sa charge de quatre valises, il ne s'était pas soucié non plus de se cacher et avait cheminé, sans la moindre conscience du danger, dans le mouvement de la fin d'alerte.

Il continuait à fixer le corps du soldat turc, surgi dans sa mémoire. Le cadavre était seul, couché sur un morceau de rocher isolé comme une espèce de support idéal, et rien autour de lui ne rappelait la bataille où il était tombé. «On ne fait pas ce qu'on veut», se répétait Martin. Mais, peu à peu, le cadavre se dédoublait. Telle une image en surimpression, le corps de Grandgil ne fut d'abord qu'un reflet incertain sur celui du soldat, puis s'en détacha lentement. Parfois, d'un effort d'absence, Martin réussissait à remboîter les deux silhouettes l'une dans l'autre, mais celle de Grandgil reprenait aussitôt sa place. Les deux têtes, puis les deux bustes, devinrent distincts. Enfin, il y eut deux morts couchés l'un à côté de l'autre, le soldat dans son uniforme, le peintre dans sa robe de chambre ouverte sur ses vêtements ensanglantés. Grandgil n'était pas très redoutable. Grâce à la présence du soldat, sa mort semblait participer de la fatalité de la guerre. «On ne fait pas ce qu'on veut», pensait encore Martin. Soudain, le cadavre du Turc recula jusqu'à l'horizon de sa mémoire et se perdit. Le décor de l'atelier surgissait autour du cadavre de Grandgil allongé maintenant dans le désordre des toiles et du chevalet culbuté. Le sang coulait par les deux plaies, l'une au ventre, l'autre au côté, et trempait les vêtements. Sur le paysage gris du boulevard de la Bastille, une flaque rouge s'était répandue comme un coucher de soleil. Pour la première fois, depuis le drame, Martin eut la sensation de se trouver seul avec son crime. Sa première pensée fut pour sa concierge. Il imagina son visage réprobateur et prit conscience qu'il était devenu un objet d'horreur pour la société. Il arrivait au carrefour de la rue des Abbesses et de la rue Ravignan. La solitude glacée de ce carrefour lui donna un vertige de peur. La concierge avait un visage dur. Elle formait le noyau d'un groupe où il reconnaissait des voisins de palier, des commerçants de la rue de Saintonge, des parents, son frère Henri qui tenait une épicerie-buvette dans une petite rue de Chartres, ses cousins de Ménilmontant, et des compagnons de travail, des amis d'enfance. Ils disaient entre eux : « On n'aurait jamais cru ça de Martin. » Sur ces figures d'un univers familier où il cherchait habituellement le reflet de sa propre personne, il découvrait son visage d'assassin et entrevoyait son châtiment. Lui, le plus sociable des hommes, il était déjà condamné à être toujours seul en face de ces fronts sévères. Entre sa concierge et lui surgissaient d'infranchissables distances. Plus jamais il n'oserait écrire à son frère Henri, ni aller voir ses cousins de Ménilmontant. Dans la rue, il passerait sans voir ses anciens compagnons et sans reconnaître personne. Avec les gens qui l'emploieraient, il parlerait sans fierté. Il ne discuterait plus.

Dans les rues désertes de Montmartre, la clarté de la lune durcissait la solitude. Les zones d'ombre ne recélaient que le désespoir. Martin oubliait Grandgil pour ne penser qu'au criminel qu'il était devenu. Il marchait vite. Moins fatigué, il aurait couru pour fuir sa solitude et peut-être se retrouver parmi d'autres hommes, des inconnus pour lesquels il eût été lui-même un inconnu. Il venait de s'engager dans des ruelles noires, effrayantes. Défaillant de peur, il lui sembla qu'il allait trouver sur la place Pigalle ces présences humaines dont il avait besoin. Plusieurs fois, il crut en entendre la rumeur mais, débouchant sur la place, elle lui apparut blanche de lune et vide. Seul, un soldat allemand se hâtait sur le trottoir. Martin courut quelques pas derrière lui. Inquiet, le soldat s'arrêta et interrogea : « Vous voulez me dire une chose ? »

Martin s'arrêta, puis descendit du trottoir et s'éloigna. Un moment, le soldat le suivit des yeux en grommelant :

« *Verrückt, der Mann.* »

Sous la lune, la place était d'une désespérante nudité. La balustrade du métro, les trottoirs, le rond-point, son jet d'eau tari et sa vasque vide prenaient, dans le jeu de la clarté froide et des ombres très noires, un relief dur, blessant. Au centre de toutes les rues sans vie dont elle était le départ, la place semblait distribuer à l'infini le vide et le silence. Martin cheminait sans espoir, mais soudain, en arrivant près du tertre, il eut la certitude d'entendre un bruit de voix qui paraissait provenir de la rue Pigalle. Il pressa le pas. La rue était obscure. Au bord de la coupure d'ombre, il aperçut un homme, vêtu d'un pardessus noir, en conversation avec d'autres personnes demeurées dans la nuit. Comme il arrivait à quelques pas du groupe, les inconnus firent silence et deux agents sortirent de l'ombre.

« Qu'est-ce que vous faites là ? demanda l'un d'eux.

– Je rentre chez moi. Figurez-vous que j'ai été pris par l'alerte. J'étais chez des amis et je me préparais à partir... »

Délivré, Martin parlait d'abondance, avec un entrain où perçait une sorte d'allégresse.

«L'alerte a fini à minuit 20. Et il est 2 heures.

– Je sais bien. Je vais vous expliquer...»

L'homme en civil n'était pas intervenu. Il considérait Martin et s'approchait pour le mieux voir.

«Embarquez-le», dit-il aux agents.

Martin protesta et, son seul désir étant de passer la nuit au poste, eut la présence d'esprit de se montrer insolent. Les agents l'encadrèrent en lui bourrant les côtes de coups de coude qu'ils assénaient d'un mouvement court et sec, le poing collé à la hanche. Le groupe se mit en marche dans le noir et descendit la rue Pigalle. Une boîte de nuit, tous feux éteints, laissait passer un filet de musique à peine perceptible.

«Vous avez pas le droit, disait Martin. Vous aurez de mes nouvelles, tout flics que vous êtes.»

Les agents ne répondaient que par des coups de coude, durs et précis. Martin se voyait assuré d'un havre où, jusqu'au lendemain, il serait abrité du silence, de la solitude, des regards de sa concierge et de ses amis. Déjà, il se sentait plus libre et pensait à celui qui venait de mourir de sa main. Son cœur commençait à se gonfler d'un tendre regret, remords d'amitié d'une pesante douceur.

Le groupe déboucha sur un carrefour où la lune donnait en plein. L'inspecteur, qui marchait à quelques pas en avant, s'arrêta dans la clarté et fit signe aux autres de s'arrêter. Martin eut un coup d'angoisse à la pensée qu'on allait peut-être lui donner la liberté. L'endroit était aussi désert, aussi menaçant que la place Pigalle. L'inspecteur tenait entre ses mains gantées un paquet rectangulaire très plat, emballé dans un journal. Gêné par ses gros gants de laine, il le développa avec une hâte maladroite, brutale, comme s'il eût été pris tout à coup d'une impatience irrésistible.

«Tu as connu un peintre qui s'appelait Gilouin?

– Non», répondit Martin.

L'inspecteur lui mit sous les yeux un album à couverture de toile grise qu'il venait d'extraire de son enveloppe. L'album était ouvert à une page marquée par une langue de papier de journal. Martin vit le portrait, la date.

«Pourquoi est-ce que tu l'as tué?»

Martin ne répondit pas. Son silence se prolongeait terriblement. L'inspecteur et les agents le regardaient avec anxiété, guettant la seconde où le silence équivaudrait à un aveu formel. Martin ne partageait du reste nullement cette angoisse. Il éprouvait l'apaisement de voir son destin accordé à son visage nouveau, reflété par le miroir de son univers quotidien. La solitude et le silence des rues, qu'il avait si souvent affrontés au cours de ses expéditions nocturnes, ne recélaient plus de menace. Il ne craignait plus rien.

«Pourquoi est-ce que tu l'as tué?» répéta l'inspecteur d'une voix plus douce.

Cette fois, Martin chercha honnêtement une réponse valable et prit le temps d'y réfléchir. Il y avait eu le départ de Mariette, l'étrange conduite de Grandgil, ses petits yeux luisants d'ironie, ce mystère de contradictions qui s'était résolu par une surprise irritante, et l'alerte. Un faisceau de petites choses, de contrariétés un peu puériles. Le bouquet d'un mauvais jour. Il y avait eu aussi le soldat turc. À l'âge où les garçons de bonne famille vont encore à l'école, on l'avait envoyé à l'assaut d'une presqu'île avec un couteau à la main. Mais tout ça était l'affaire de l'avocat. Martin répondit simplement, d'un ton posé:

«On ne fait pas ce qu'on veut, allez.»

L'un des agents se mit à rire. Voyant que les deux autres policiers restaient graves, il se tut, gêné. Comme on n'était plus très loin du commissariat, l'inspecteur jugea inutile de passer les menottes au meurtrier. Les deux agents se contentèrent de le prendre chacun par un bras. Le groupe se remit en marche et rentra dans l'ombre. Martin se souvint tout à coup qu'il avait oublié de mettre à la boîte l'enveloppe contenant les cinq mille francs de Jamblier. Elle était encore dans la poche de son pardessus. Il l'en retira et la laissa tomber derrière lui sans avoir éveillé l'attention de ses gardiens. Demain matin, ramassant cette enveloppe, un passant la mettrait à la poste. Ce passant anonyme, Martin ne doutait pas de son honnêteté. Jamais il n'avait eu une foi aussi entière en la vertu de ses semblables.

LA GRÂCE

*L*e meilleur chrétien de la rue Gabrielle comme de tout Montmartre était, en 1939, un certain M. Duperrier, homme si pieux, si juste et si charitable que Dieu, sans attendre qu'il mourût et alors qu'il était dans la force de l'âge, lui ceignit la tête d'une auréole qui ne le quittait ni jour ni nuit. Faite d'une substance immatérielle comme le sont les auréoles en paradis, elle se présentait sous l'aspect d'une rondelle blanchâtre qu'on eût cru découpée dans un carton assez fort, et répandait une tendre lumière. M. Duperrier la portait avec gratitude et ne se lassait pas de remercier le ciel de lui avoir accordé une distinction qu'il n'osait d'ailleurs, dans sa modestie, considérer comme une promesse formelle pour l'au-delà. Il aurait été à coup sûr le plus heureux des hommes si sa femme, au lieu de se réjouir d'une grâce si particulière, n'en avait montré du dépit et de l'irritation.

«À quoi ça ressemble? disait-elle. De quoi va-t-on avoir l'air, je te demande un petit peu, aussi bien pour les voisins et les commerçants du quartier que pour mon cousin Léopold? Vraiment, tu peux être fier. C'est tout simplement ridicule. Tu verras, tu n'as pas fini de faire parler de nous.»

Mme Duperrier était une excellente femme, d'une piété distinguée et qui avait de la décence dans ses mœurs, mais la vanité des choses terrestres ne lui apparaissait pas encore. Comme tant de gens dont l'inconséquence fait dévier la bonne volonté, elle croyait qu'il vaut mieux être bien vu de sa concierge que de son créateur. La crainte d'être interrogée au sujet de l'auréole par quelque voisin de palier ou par la crémière commença, dès la première semaine, à lui aigrir le caractère. À maintes reprises, elle essaya d'arracher le rond de blanche clarté qui brillait au chef de son époux, mais sans plus de résultat que si elle eût tenté de saisir entre ses doigts un rayon de soleil, sans même en déplacer l'assiette d'un pouce ni d'une ligne.

Première publication dans Je suis partout, *2 juin 1944.*

Encerclant le haut du front à la naissance des cheveux, l'auréole descendait assez bas sur la nuque et une légère inclinaison sur l'oreille droite lui imprimait un mouvement coquet. L'avant-goût de la béatitude ne faisait pas oublier à Duperrier les soins qu'il devait au repos de sa femme. Lui-même avait trop le sentiment de la discrétion et de la modestie pour ne pas trouver ces craintes légitimes. Les dons de Dieu, surtout lorsqu'ils ont une apparence un peu gratuite, n'ont pas souvent la considération qu'ils méritent et le monde y voit facilement un objet de scandale. Duperrier s'efforça, autant qu'il était possible, de passer inaperçu en toutes circonstances. Renonçant à regret au port du chapeau melon qui lui semblait l'attribut nécessaire de sa profession de comptable, il se coiffa d'un grand feutre clair dont les larges bords recouvraient exactement l'auréole, ce qui l'obligeait à rejeter son chapeau en arrière avec une apparence de désinvolture. Ainsi coiffé, il n'y avait, dans sa personne, rien de franchement insolite au regard des passants. Les ailes de son couvre-chef avaient une certaine phosphorescence qui pouvait, dans la lumière du plein jour, passer pour l'éclat d'un feutre soyeux. À son travail, Duperrier réussit également à ne pas attirer l'attention du personnel et du directeur. Dans la petite fabrique de chaussures, à Ménilmontant, où il tenait l'emploi de comptable, il occupait, entre deux ateliers, un cagibi vitré, et sa solitude l'y abritait des questions indiscrètes. Ayant pris le parti de rester couvert à toute heure du jour, personne n'eut la curiosité de lui en demander la raison.

Toutes ces précautions n'apaisaient pas les inquiétudes de l'épouse. Il lui semblait que l'auréole de Duperrier fût déjà un sujet de conversation entre les commères du voisinage. Elle ne circulait plus qu'avec prudence dans les environs de la rue Gabrielle, le cœur et les fesses serrés par une douloureuse appréhension. À chaque instant, elle croyait entendre des rires fuser sur son passage. Pour cette honnête femme qui n'avait jamais eu d'autre ambition que celle de s'aligner sur une catégorie sociale où règne le culte du juste milieu, une singularité aussi flagrante que celle qui affligeait Duperrier prenait facilement les proportions d'une catastrophe. Son absurdité achevait de la lui rendre monstrueuse. Rien n'aurait pu la décider à accompagner son mari au-dehors. Les soirées et les dimanches après-midi, consacrés autrefois à la promenade et aux amis, se passèrent en tête à tête, dans une intimité qui devenait chaque jour plus pénible. Dans la salle à manger en chêne clair où s'écoulaient, entre leurs repas, les longues heures de loisir, Mme Duperrier, incapable de faire un point de tricot, se repaissait avec amertume de la vue de cette auréole. Généralement occupé à de pieuses lectures, Duperrier se sentait frôlé par les ailes des anges, et la joie béate qui paraissait à son visage contribuait à irriter sa compagne. Il lui arrivait pourtant de lever sur elle un regard empreint de sollicitude, et la réprobation haineuse qu'il apercevait dans le sien n'était pas sans lui inspirer une sorte de remords, d'ailleurs incompatible avec la gratitude qu'il devait au ciel et qui lui inspirait lui-même un remords au deuxième degré.

Une situation aussi pénible ne pouvait pas s'éterniser sans compromettre l'équilibre de la pauvre femme. Bientôt, elle se plaignit que la nuit, le sommeil lui fût rendu impossible par la clarté de l'auréole, répandue sur les oreillers. Duperrier, qui profitait parfois de cette divine lumière pour lire un chapitre des Évangiles, ne pouvait lui refuser le bien-fondé de ces doléances et commençait à éprouver, assez vif, le sentiment de sa propre culpabilité. Enfin, certains événements, bien regrettables par les suites qu'ils devaient comporter, amenèrent cet état de malaise à celui de crise aiguë.

Un matin qu'il allait à son bureau, Duperrier croisa un enterrement dans la rue Gabrielle, à quelques pas de son domicile. D'ordinaire, faisant violence à son naturel courtois, il se contentait de saluer les gens en touchant du doigt le bord de son chapeau, mais au passage de la mort et réflexion faite, il ne crut pas devoir se soustraire à l'obligation de se découvrir. Plusieurs commerçants de la rue, qui bâillaient sur le seuil de leurs boutiques, se frottèrent les yeux en voyant son auréole et s'assemblèrent pour en discuter la nature. Comme elle descendait faire ses achats, Mme Duperrier fut happée par le groupe et, troublée au dernier point, se jeta dans des dénégations dont la véhémence parut très étrange. À midi, en rentrant chez lui, son mari la trouva dans un état de surexcitation qui lui donna des inquiétudes pour sa raison.

«Enlève-moi cette auréole! criait-elle. Enlève-la tout de suite! Je ne veux plus la voir!»

Duperrier lui remontra qu'il n'était pas en son pouvoir de s'en débarrasser, à quoi répondit l'épouse vociférante:

«Si tu avais la moindre des choses d'égards et de sentiment pour moi, tu trouverais bien le moyen de l'ôter, mais tu n'es qu'un égoïste.»

Ce propos, qu'il eut la prudence de ne pas relever, lui donna beaucoup à penser. Un nouvel incident devait, le lendemain même, en préciser le sens. Duperrier ne manquait jamais la première messe et, depuis qu'il était en odeur de sainteté, il allait l'entendre à la basi-

lique du Sacré-Cœur. Force lui était d'ôter son chapeau, mais l'église
est assez grande et, à cette heure matinale, le troupeau des fidèles
assez clairsemé pour offrir la commodité de se dissimuler derrière
un pilier. Sans doute se montra-t-il moins prudent ce matin-là.
L'office terminé, comme il gagnait la sortie, une vieille fille se jeta à
ses pieds en criant: «Saint Joseph! Saint Joseph!» et en baisant le
bas de son pardessus. Duperrier s'esquiva, flatté, mais contrarié
d'avoir reconnu en cette adoratrice une vieille demoiselle habitant à
deux pas de chez lui. Quelques heures plus tard, la pieuse créature
faisait irruption dans l'appartement de Mme Duperrier aux cris de:
«Saint Joseph! Je veux voir saint Joseph!»
Quoique dépourvu de brillant et de pittoresque, saint Joseph est un
excellent saint, mais ses vertus sans éclat, au parfum d'artisanat et
de passive bonté, semblent lui avoir causé quelque tort. En fait, il y
a bien des personnes, voire des plus pieuses, qui, sans même s'en
rendre compte, attachent une idée de naïve complaisance au rôle
qu'il joua dans la Nativité. Cette impression de débonnaireté un peu
simplette se trouve encore aggravée par l'habitude de superposer à
la personne du saint celle de l'autre Joseph qui se déroba aux
avances de la femme de Putiphar. Mme Duperrier n'avait pas une
grande considération pour la sainteté présumée de son mari, mais
cette ferveur adorante qui l'invoquait à grands cris sous le nom de
saint Joseph lui parut consommer sa honte et son ridicule. Prise
d'un accès de fureur presque démente, elle chassa la vieille demoiselle à coups de parapluie et cassa plusieurs piles d'assiettes. La
première chose qu'elle fit au retour de son mari fut de piquer une
crise de nerfs et quand elle eut repris ses esprits, elle prononça
d'une voix dure:
«Pour la dernière fois, je te demande de te débarrasser de cette
auréole. Tu le peux. Et tu sais que tu le peux.»
Il baissa la tête, n'osant lui demander comment elle pensait qu'il dût
procéder, mais elle ajouta:
«C'est simple. Tu n'as qu'à pécher.»
Duperrier n'éleva pas de protestation et se retira en oraison dans la
chambre à coucher. «Mon Dieu, dit-il en substance, vous m'avez
accordé la plus haute récompense que puisse espérer un homme
sur cette terre, le martyre excepté. Merci, mon Dieu, mais je suis
marié et je partage avec ma femme le pain des épreuves que vous
daignez m'envoyer, comme aussi le miel de vos grâces. C'est à cette
condition qu'un couple béni peut trouver sa chance de marcher
droit dans vos sillons. Ma femme, justement, ne peut pas supporter

la vue ni même la pensée de mon auréole, non pas du tout parce qu'elle est une faveur du Ciel, mais simplement parce qu'elle est une auréole. Vous connaissez les femmes. Quand un événement insolite ne les émeut pas au ventre, il fait boiter de petites harmonies qu'elles ont logées dans leurs petites têtes. Personne n'y peut rien et ma pauvre femme vivrait encore cent ans qu'il n'y aurait jamais, dans son univers, la moindre place pour mon auréole. Mon Dieu qui lisez dans mon cœur, vous savez combien m'est étranger le souci de ma tranquillité et des pantoufles du soir. Pour la joie de porter au front la marque de votre bienveillance, j'endurerais avec sérénité les scènes de ménage les plus violentes. Par malheur, il s'agit d'autre chose que de mon repos. Ma femme est en train de perdre le goût de vivre. Bien pire, je vois venir le jour qu'en haine de mon auréole, elle maudira le nom de Celui qui me l'a donnée. Laisserai-je, sans rien faire pour elle, mourir et se damner la compagne que vous m'avez choisie? Je me trouve aujourd'hui au carrefour de deux voies, et la plus sûre ne me paraît pas la plus miséricordieuse. Que l'esprit de votre justice infinie parle donc par la voix de ma conscience, c'est l'humble prière qu'en cette heure de perplexité, je dépose à vos pieds très radieux, mon Dieu.»

À peine eut-il achevé, que sa conscience se prononça pour la voie du péché dont elle lui fit un devoir de charité chrétienne. Il revint à la salle à manger où l'épouse l'attendait en grinçant des dents.

«Dieu est juste, dit-il en mettant ses pouces dans les entournures de son gilet. Il savait ce qu'il faisait en me donnant cette auréole. En vérité, je la mérite plus qu'homme au monde. Des gens comme moi, on n'en fait plus. Quand je pense à la bassesse du troupeau humain et, d'autre part, à toutes les perfections que je réunis en moi, j'ai envie de cracher à la figure des passants. Dieu m'a récompensé, c'est entendu, mais si l'Église avait, elle aussi, le souci de la justice, est-ce que je ne devrais pas être au moins archevêque?»

Duperrier avait choisi le péché d'orgueil qui lui permettait, tout en exaltant son propre mérite, de louer Dieu qui l'avait distingué. Sa femme ne fut pas longue à comprendre qu'il péchait délibérément et entra dans le jeu aussitôt.

«Mon grand chéri, dit-elle, comme je suis fière de toi. Avec son auto et sa villa du Vésinet, mon cousin Léopold ne t'arrive pas à la cheville.

– C'est bien mon opinion. J'aurais pu faire fortune aussi bien qu'un autre et mieux que Léopold, si je m'en étais donné la peine. Mais j'ai choisi une autre voie et ma réussite est d'une autre qualité que celle de ton cousin. Son argent, je le méprise comme je le méprise lui-même, comme je méprise les innombrables imbéciles à jamais incapables de comprendre la grandeur de ma modeste existence. Car ils ont des yeux et ils ne me voient pas.»

Prononcées du bout des lèvres et le cœur déchiré de regret, ces paroles devinrent en quelques jours un exercice facile, une habitude qui ne coûtait plus d'effort à Duperrier. Et tel est le pouvoir des mots sur l'esprit qu'il en vint à prendre les siens pour argent comptant. Son orgueil, qui n'avait plus rien de feint, en faisait un homme insupportable aux gens qui l'approchaient. Cependant, sa femme surveillait anxieusement l'éclat de l'auréole et, voyant qu'il ne faiblissait pas, il lui sembla que le péché de son mari manquait de poids et de consistance. Duperrier en convint d'ailleurs sans difficulté.

«Rien de plus vrai, dit-il. J'ai cru être orgueilleux et je n'ai fait qu'exprimer la plus simple, la plus évidente réalité. Quand on arrive, comme moi, au plus haut degré de la perfection, le mot orgueil n'a plus aucun sens.»

Il n'en continua pas moins à vanter ses mérites, mais reconnut la nécessité de tâter d'un autre péché. Il lui parut que dans la gamme des péchés capitaux, celui de gourmandise serait le plus propre à servir son dessein qui était de se débarrasser de l'auréole sans trop démériter de la confiance du Ciel. Cette opinion sur la gourmandise se recommandait du souvenir de bénignes réprimandes qui, dans son enfance, avaient sanctionné des excès de confiture ou de chocolat. Pleine d'espoir, l'épouse se mit à lui préparer des mets délicats dont la variété relevait encore la saveur. Sur la table des Duperrier, ce n'étaient que poulardes, pâtés en croûte, truites au bleu, homards, entremets, sucreries et pièces montées, et bons vins aussi. Les repas duraient le double de temps qu'ils prenaient autrefois, quand pas le triple et même davantage. C'était une chose bien horrible à voir et dégoûtante que Duperrier, la serviette nouée sur la nuque, le teint rougeoyant, les yeux lourds de satisfaction, et mastiquant des nourritures, poussant l'aloyau et la mortadelle d'un grand coup de clairet, déglutissant, bavant les sauces, bavant les crèmes et rotant dans son auréole. Bientôt, il eut pris goût à la bonne cuisine et aux repas abondants. Il lui arrivait souvent de réprimander sa femme à propos d'un gigot trop cuit ou d'une mayonnaise mal venue. Un soir, agacée de l'entendre ainsi ronchonner, elle lui fit observer d'un ton très sec :

«Ton auréole se tient bien. À croire qu'elle aussi, ma cuisine la fait engraisser. En somme, si je vois clair, la gourmandise n'est pas un péché. Son seul inconvénient est qu'elle coûte cher, mais je ne vois pas pourquoi je ne te remettrais pas aux bouillons de légumes et aux pâtes.

– Commence par me ficher la paix! rugit Duperrier. Me remettre aux bouillons de légumes et aux pâtes? Je voudrais voir ça! Je sais peut-être ce que j'ai à faire, oui? Me remettre aux pâtes! Non, mais ce toupet! Roulez-vous donc dans le péché pour rendre service à des femmes, voilà tout le gré qu'elles vous en savent. Silence! Je ne sais pas ce qui me retient de t'allonger une paire de claques.»

Un péché pousse l'autre, et la gourmandise contrariée provoque la colère à laquelle dispose également l'orgueil. Duperrier se laissait aller à ce nouveau péché sans trop savoir s'il agissait pour le bien de sa femme ou s'il cédait à son penchant. Cet homme, qui, jusqu'alors, s'était fait connaître par sa douceur et son aménité, éclatait en hauts gueulements, fracassait facilement une porcelaine et, à l'occasion, ne se privait pas de battre sa femme. Il jurait même le nom de Dieu. Ces accès de colère, de plus en plus fréquents, ne l'empêchaient pas d'être aussi orgueilleux et gourmand. Il péchait maintenant sur trois tableaux, et Mme Duperrier faisait d'assez sombres réflexions sur l'indulgence infinie de Dieu.

Les plus belles vertus peuvent continuer à fleurir dans une âme déjà souillée par la pratique du péché. Orgueilleux, gourmand, coléreux, Duperrier restait pétri de charité chrétienne et gardait un sentiment élevé de ses devoirs d'homme et d'époux. Voyant le Ciel sans réaction en face de ses accès de colère, il prit la résolution d'être envieux. À vrai dire, sans qu'il s'en aperçût, l'envie s'était déjà insinuée dans son cœur. La bonne chère qui fatigue le foie, et l'orgueil qui exaspère le sentiment de l'injustice, disposent le meilleur des hommes à envier son prochain. Et la colère prêtait une voix haineuse à l'envie de Duperrier. Il se mit à jalouser ses parents, ses amis, son patron, les commerçants du quartier et même les vedettes du sport et du cinéma dont le portrait paraissait dans les journaux. Tout lui portait ombrage et il lui arrivait de trembler de basse rage en songeant que son voisin de palier possédait un service à découper en argent, alors que le sien n'était qu'en corne. Cependant, son auréole continuait à resplendir. Au lieu de s'en étonner, il en concluait que ses péchés n'avaient pas de réalité, et il ne manquait pas d'arguments pour expliquer que sa prétendue gourmandise ne dépassait pas les saines exigences de son appétit, tandis que sa colère et son envie témoignaient d'un esprit altéré de justice. Mais le plus sûr de ses arguments restait l'auréole. «J'aurais quand même cru que le ciel était un peu plus chatouilleux, disait parfois sa femme. Si ta goinfrerie, tes fanfaronnades, tes brutalités et ta bassesse de cœur ne compromettent pas l'éclat de ton auréole, je n'ai pas à être inquiète pour ma part de paradis.

– Ta gueule! ripostait le colérique. Quand tu auras fini de me cavaler? Moi, j'en ai plein le dos. Qu'un saint homme comme moi soit obligé de chercher sa voie dans le péché, et ça pour le repos de madame, tu trouves ça crevant, hein? Ta gueule, tu m'entends?»

Le ton de ces ripostes manquait évidemment de cette suavité qu'on attendrait à bon droit d'un homme auréolé de la gloire de Dieu. Depuis qu'il péchait, Duperrier inclinait à la vulgarité. Son visage d'ascète commençait à s'empâter sous l'effet d'une riche nourriture. Non seulement son vocabulaire s'alourdissait, mais ses pensées prenaient également de la pesanteur. Sa vision du paradis, par exemple, avait notablement évolué. Au lieu de lui apparaître comme une symphonie d'âmes en robes de cellophane, le séjour des justes se précisait de plus en plus à son imagination sous l'aspect d'une vaste salle à manger. Mme Duperrier n'était pas sans s'apercevoir des changements survenus dans la personne de son mari et en concevait même quelques inquiétudes pour l'avenir. Toutefois, la perspective de le voir descendre aux abîmes ne balançait pas encore, dans son esprit, l'horreur de la singularité. Plutôt que Duperrier auréolé, mieux valait, pensait-elle, un mari athée, jouisseur et mal embouché comme le cousin Léopold. Au moins n'aurait-elle pas à en rougir devant la crémière.

Duperrier n'eut pas besoin d'en prendre le parti pour sombrer dans la paresse. La conviction orgueilleuse qu'il accomplissait à son bureau une besogne très au-dessous de son mérite, comme aussi certaines somnolences d'après bien mangé et bien bu, le disposaient à l'indolence. Comme il avait assez de suffisance pour prétendre toujours exceller en toutes choses, même dans les pires, il devint rapidement un modèle de fainéantise. Le jour où son patron, excédé, le mit à la porte, Duperrier accueillit la sentence chapeau bas.

«Qu'est-ce que vous avez au front? demanda le patron.

– Une auréole, monsieur.

– Ah! oui! Et c'est à ça que vous vous amusiez au lieu de travailler?»

Lorsqu'il apprit à sa femme la nouvelle de son congédiement, elle lui demanda ce qu'il comptait faire désormais.

«Le moment me paraît bien choisi pour tomber dans le péché d'avarice», répondit-il gaîment.

De tous les péchés capitaux, ce fut l'avarice qui devait exiger de lui le plus grand effort de volonté. Pour qui n'est pas né avare, c'est un vice qui offre beaucoup moins de pente que les autres, et quand il résulte d'un parti pris, rien ne le distingue, au moins à ses débuts, de cette vertu par excellence qu'est l'économie. Duperrier s'imposa de dures disciplines, comme de rester sur sa gourmandise, et parvint à se tailler, parmi ses voisins et connaissances, une solide réputation d'avarice. Il aima vraiment l'argent pour l'argent et sut, mieux que personne, jouir de cette angoisse méchante que ressentent les avares à la pensée qu'ils détiennent une force créatrice et l'empêchent de s'exercer. En comptant ses économies, fruit d'une existence jusqu'alors laborieuse, il arriva peu à peu à éprouver l'affreux plaisir de léser autrui en détournant un courant d'échange et de vie. Ce résultat, par là même qu'il était laborieusement acquis, donna un grand espoir à Mme Duperrier. Son mari avait cédé si facilement à l'attrait des autres péchés que Dieu n'aurait su lui tenir grande rigueur, pensait-elle, d'un entraînement animal et candide qui faisait de lui une assez pitoyable victime. Au contraire, les progrès appliqués et patients réalisés dans l'avarice résultaient nécessairement d'une volonté perverse qui semblait être un défi au Ciel. Pourtant, lorsque Duperrier fut devenu avare au point de mettre des boutons de culotte dans le tronc des pauvres de la paroisse, l'éclat de l'auréole, son épaisseur, étaient restés intacts. Durant quelques jours, ce nouvel échec, dûment constaté, laissa les époux désemparés.

Orgueilleux, gourmand, coléreux, envieux, paresseux et avare, Duperrier se sentait une âme encore parfumée d'innocence. Pour être capitaux, les six péchés qu'il avait cultivés n'en étaient pas moins de ceux qu'un premier communiant peut confesser sans désespoir. Capital entre tous, le péché de luxure l'épouvantait. Les autres, lui semblait-il, se consommaient presque à l'abri des regards de Dieu. Selon le cas, péchés ou peccadilles, c'était une affaire de dosage. Mais la luxure, c'était le consentement plénier aux œuvres du démon. Les enchantements nuiteux préfiguraient les brûlantes ténèbres de l'enfer; les langues dardées, celles des flammes éternelles; et les plaintes de la volupté et les corps révulsés, c'étaient déjà les abominables grands hurlements des damnés et les viandes torturées du martyre sans fin. La luxure, Duperrier ne l'avait pas réservée pour la fin. Il s'était simplement refusé à l'envisager. Mme Duperrier elle-même n'y pensait pas sans un malaise. Depuis de longues années, les époux vivaient dans un délicieux état de chasteté et, jusqu'à l'auréole, chacune de leurs nuits était un rêve de mousseline blanche. À la réflexion le souvenir de ces années de continence inspira de la rancune à Mme Duperrier, car elle ne doutait pas que l'auréole en eût été la récompense. La luxure, seule, pouvait défaire le nimbe de clarté liliale.

Duperrier, non sans avoir longtemps résisté aux raisons de sa femme, finit par se laisser convaincre. Une fois de plus, le sentiment du devoir l'emporta chez lui sur la crainte. Sa décision prise, il se trouva embarrassé par son ignorance, mais sa femme, qui pensait à tout, lui avait acheté un livre révoltant où se trouvait exposé, sous forme d'un enseignement clair et direct, l'essentiel de la luxure. Le soir, à la veillée, c'était un spectacle poignant que celui de cet homme chaste, l'auréole au front, et récitant à l'épouse un chapitre de l'exécrable manuel. Souvent, sa voix trébuchait sur un mot infâme ou sur une évocation plus scabreuse que les autres. En possession de ce bagage théorique, il prit encore le temps de délibérer s'il consommerait le péché de luxure au foyer ou au-dehors. Mme Duperrier était d'avis que tout se passât à la maison et alléguait des raisons d'économie qui ne le laissaient pas insensible, mais ayant pesé le pour et le contre, il jugea inutile de le commettre dans de vilaines pratiques préjudiciables à son salut. En loyal époux, il décida courageusement d'assumer à lui seul tous les risques.

Dès lors, Duperrier passa la plupart de ses nuits dans des hôtels borgnes où il poursuivait son initiation avec des professionnelles du quartier. L'auréole, qu'il ne pouvait guère dissimuler au regard de ces tristes compagnes, lui valut de se trouver dans des situations tantôt embarrassées, tantôt avantageuses. Les premiers temps, dans son souci de se conformer aux enseignements du manuel, il se livrait au péché sans beaucoup d'exaltation, mais avec l'application méthodique d'un danseur décomposant un pas ou une figure de danse. Ce souci de perfection que lui dictait son orgueil trouva bientôt sa déplorable récompense dans une certaine notoriété qu'il lui valut auprès des filles. Tout en prenant un goût très vif à ce genre d'ébats, Duperrier les trouvait dispendieux et souffrait cruellement dans son avarice. Un soir, place Pigalle, il connut une créature de vingt ans et déjà perdue, qui s'appelait Marie-Jannick. On croit que c'est pour elle ou à son propos que le poète Maurice Fombeure écrivit ces vers charmants :

C'est Marie-Jannick
De Landivisiau
Qui tue les moustiques
Avec son sabot.

Marie-Jannick était arrivée de sa Bretagne six mois auparavant pour se placer, en qualité de bonne à tout faire, chez un conseiller municipal socialiste et athée. N'ayant pu supporter de servir des gens sans Dieu, elle gagnait courageusement sa vie sur le boulevard de Clichy. Sur cette petite âme religieuse, l'auréole ne pouvait manquer de faire une très forte impression. Duperrier semblait à Marie-Jannick l'égal de saint Yves et de saint Ronan. De son côté, il ne tarda pas à prendre conscience de l'ascendant qu'il exerçait sur elle et ne résista pas à la tentation d'en tirer un parti pratique.

Aujourd'hui, 22 février de l'an 1944, au noir de l'hiver et de la guerre, Marie-Jannick, qui aura bientôt vingt-cinq ans, poursuit ses déambulations sur le boulevard de Clichy. Le soir, à l'heure du blaquaoute, entre la place Pigalle et la rue des Martyrs, les passants s'émeuvent d'apercevoir, flottant et oscillant dans la nuit, un rond de lumière qui se présente sous l'aspect d'une sorte d'anneau de Saturne. C'est Duperrier, le front ceint de la glorieuse auréole qu'il ne se soucie même plus de dissimuler à la curiosité des étrangers ; Duperrier, chargé du poids des sept péchés capitaux, et qui, toute honte bue, surveille le labeur de Marie-Jannick, d'un coup de pied au cul ranimant son ardeur défaillante ou l'attendant à la porte d'un hôtel pour compter le prix d'une étreinte à la clarté de l'auréole. Mais des profondeurs de sa déchéance et de son abjection, à travers la nuit de sa conscience, un murmure monte parfois jusqu'à ses lèvres pour remercier Dieu de l'absolue gratuité de ses dons.

LE VIN DE PARIS

*I*l y avait, dans un village du pays d'Arbois, un vigneron nommé Félicien Guérillot qui n'aimait pas le vin. Il était pourtant d'une bonne famille. Son père et son grand-père, également vignerons, avaient été emportés vers la cinquantaine par une cirrhose du foie et, du côté de sa mère, personne n'avait jamais fait injure à une bouteille. Cette étrange disgrâce pesait lourdement sur la vie de Félicien. Il possédait les meilleures vignes de l'endroit comme aussi la meilleure cave. Léontine Guérillot, sa femme, avait un caractère doux et soumis et n'était ni plus jolie ni mieux tournée qu'il ne faut pour la tranquillité d'un honnête homme. Félicien aurait été le plus heureux des vignerons s'il n'avait eu pour le vin une aversion qui paraissait insurmontable. Vainement s'était-il appliqué de toute sa volonté et de toute sa ferveur à forcer une aussi funeste disposition. Vainement avait-il tâté de tous les crus dans l'espoir d'en découvrir un qui lui eût livré la clé du paradis inconnu. Ayant fait le tour des bourgognes, des bordeaux, des vins de Loire et du Rhône, des champagnes, des vins d'Alsace, des vins de paille, des rouges, des blancs, des rosés, des clairets, des algériens et des piquettes, il n'avait négligé ni les vins du Rhin, ni les tokays, ni les vins d'Espagne, d'Italie, de Chypre et du Portugal. Et chacune de ses tentatives lui avait apporté une nouvelle déception. Il en allait de tous les vins comme de l'Arbois lui-même. Fût-ce à la saison de la plus grande soif, il n'en pouvait avaler seulement une gorgée qu'il ne lui semblât, chose horrible à penser, boire un trait d'huile de foie de morue. Léontine était seule à connaître le terrible secret de son mari et lui aidait à le dissimuler. Félicien, en effet, n'aurait su avouer qu'il n'aimait pas le vin. C'eût été comme de dire qu'il n'aimait pas ses enfants et pire, car il arrive partout qu'un père en vienne à détester son fils, mais on n'a jamais vu au pays d'Arbois quelqu'un ne pas aimer le vin. C'est une malédiction du ciel et pour quels péchés, un

Première publication dans Formes et couleurs, *janvier 1946.*

égarement de la nature, une difformité monstrueuse qu'un homme sensé et bien buvant se refuse à imaginer. On peut ne pas aimer les carottes, les salsifis, le rutabaga, la peau du lait cuit. Mais le vin. Autant vaudrait détester l'air qu'on respire, puisque l'un et l'autre sont également indispensables. Ce n'était donc aucunement par un sot orgueil, mais par respect humain que Félicien Guérillot... Voilà une histoire de vin qui partait, en somme, assez bien. Mais tout d'un coup, elle m'ennuie. Elle n'est pas du temps et je m'y sens comme dépaysé. Vraiment, elle m'ennuie, et une histoire qui m'ennuie me coûte autant à écrire qu'un verre de vin à boire à Félicien Guérillot. Outre quoi, j'ai passé l'âge de l'huile de foie de morue. J'abandonne donc mon histoire. Il aurait pu lui arriver pourtant bien des aventures à ce Félicien, d'amusantes, de cruelles, d'émouvantes, de pathétiques, avec un très joli dénouement où le vin d'Arbois aurait coulé à plein bord. Je vois par exemple Félicien simuler un léger tremblement alcoolique pour donner le change à ses concitoyens, lesquels tous, abusés et étonnés aussi, se seraient récriés d'estime, et l'un ou l'autre, parlant à eux et comme en leur nom, aurait pu dire:
«Regardez ce que c'est. Voilà Félicien qui se met à sucrer les fraises à pas trente ans d'âge, et son père, donc l'Achille Guérillot, un buveur aussi, ah! oui, un buveur. Enfin, quoi, vous l'avez connu. Hein, dites voir, l'Achille Guérillot, il ne suçait pas des pralines, on est plus d'un d'ici à en pouvoir causer. Et jamais saoul, toujours d'aplomb, pour ça vrai vigneron, vrai homme, vrai buveur. Son père donc, l'Achille Guérillot, je vous le répète, un buveur, ce que moi j'appelle un buveur ou si vous voulez, un homme. Eh bien, n'est-ce pas, le père Guérillot, Achille, je parle d'Achille, je ne vais pas bien sûr vous parler du vieux Guérillot, Guérillot Auguste, alors, lui, le grand-père. Bon buveur aussi, tiens. Non, c'est d'Achille que je veux parler, Guérillot Achille, quoi, qui nous est mort voilà quinze ans, pour bien dire, l'année qu'il a fait si chaud, une année à puces qu'elles grouillaient sur les gens comme pareil aussi sur les bêtes, mais si, voyons, mais si, l'année que la Claudette a saoulé les gendarmes qui venaient pour l'affaire de la jument à Panouillot. Hein, dites voir, ce Jules Panouillot, encore un buveur et qui en aurait remontré à bien des de maintenant sur la chose de boire. Mon Achille et lui, justement, ils étaient comme les doigts de la main, et des bons moments, ils s'en sont donné. Est-ce qu'une fois, ils n'avaient pas imaginé de s'habiller en diables pour faire peur à la bonne du curé? Mais je ne veux pas vous le raconter. Je vous tien-

drais à rire jusqu'à court de souffle et vous en seriez d'une bouteille chacun. Pour vous en revenir, le père Guérillot (Achille), quand il a commencé de sucrer les fraises, l'âge qu'il avait, c'est bien facile, puisqu'il était né à pas deux jours de mon papa, que par le fait ils étaient conscrits et qu'il nous disait un jour, mon papa, un jour qu'on était de causer d'une chose et d'une autre, comme vous diriez aujourd'hui, mais je vous parle d'il y a dix ans, oh! oui, bien dix ans. Tenez, mon grand-oncle Glod'Pierre était encore du monde, il nous était venu d'Aiglepierre avec la voiture à Tiantiet-la-jambe, un solide aussi, celui-là, et un rapide sur le jupon, mais je vous dis dix ans, c'est peut-être onze, et dix ou onze, à un an près ; ce qui compte, c'est la chose du fait. On était donc là tous les trois, moi, mon papa et mon grand-oncle, avec une bouteille sur la table, oh! une bouteille sans façons, un petit vin que mon papa, je me rappelle, il avait fait avec un bas de vigne qui donne quand il donne, mais un vin joli, coquet, bien glissant, qui sentait le caillou de la montée Labbé. Enfin, vous voyez. On causait de ceci, on causait de cela, comme ça nous venait, dervint-derva. Et tout par un coup, mon oncle Glod'Pierre, je dis mon oncle, c'est mon grand-oncle. Mon oncle Glod'Pierre, il nous dit : "Et qu'est-ce qu'est devenu ton conscrit? un nommé, il dit (n'est-ce pas, mon oncle n'était pas d'ici. Je dis mon oncle...) un nommé, il dit, un nommé... – L'Antoine Bongalet, lui fait mon papa. – Mais non, mais non. – Le Clovis Rouillot? – Mais non, un nommé... – Adrien Bouchut? – Non, non, non, non, non. Un nommé... Ah! je l'ai là... Achille! Achille! – Ah! vous venez me parler d'Achille Guérillot, mon papa lui fait. Pour vous dire les choses, il ne va pas mal et en tout cas, il ne se plaint pas. Il est qu'il est couché tranquille, à côté de ses vieux, au cimetière. Ce pauvre Achille, il a eu des maux pour mourir. Il s'en a été la veille de ses cinquante-deux ans, par le fait le lendemain du jour que moi je les ai eus, les cinquante-deux ans, puisque moi, je m'étais déventré deux jours devant lui. Pauvre Achille, je me rappelle, il s'était mis à sucrer les fraises par là deux ans avant sa mort. Vous voyez, deux ans, mon papa disait. Deux de cinquante-deux, reste cinquante. L'Achille, donc, il avait cinquante ans quand il a commencé de sucrer, et son garçon, voyez ce que c'est, il s'y met qu'il frise la trentaine bien juste. Mais moi je vais vous dire une chose qui est. Félicien, c'est l'homme qui sait boire." »

Sûr de sa réputation de buveur, Félicien aurait pu avoir des ambitions politiques et, pour les besoins de la campagne électorale, se trouver dans l'obligation de boire ouvertement. Il y a même là le sujet d'un roman vinassier, naturaliste en diable et psychologique aussi, mais je me fatigue d'y penser. Je suis trop enfoncé dans le présent. Il y a de certaines ondes traversières qui me déposent dans l'arrière-tête des scories d'époque. Je n'ai pas le cœur à parler de coteaux jolis, ni de vins gais. Conséquemment de quoi, je vais raconter une histoire de vin triste. Elle se passe à Paris. Le héros s'appelle Duvilé.

Il y avait donc à Paris, en janvier 1945, un certain Étienne Duvilé, trente-sept trente-huit ans, qui aimait énormément le vin. Par malheur, il n'en avait pas. Le vin coûtait deux cents francs la bouteille et Duvilé n'était pas riche. Employé dans une administration de l'État, il n'aurait pas demandé mieux que de se laisser corrompre, mais il occupait un poste ingrat, où il n'y avait rien dont il pût trafiquer. Cependant, il avait une femme, deux enfants et un beau-père de soixante-douze ans, hargneux, capricieux, abandonnant avec arrogance ses quinze cents francs de retraite mensuels à la communauté familiale, et qui aurait mangé comme plusieurs beaux-pères si on ne l'avait pas rationné. Et le cochon coûtait trois cents francs le kilo, les œufs vingt et un francs la pièce et le vin, je le répète, deux cents francs la bouteille. Supplémentairement, il faisait un froid de canard, quatre au-dessous dans l'appartement, et pas de bois, pas de charbon non plus. La seule ressource était de brancher le fer à repasser électrique qui circulait de main en main pendant les heures de repas et de loisir. Lorsqu'il l'avait en sa possession, le beau-père ne voulait plus s'en dessaisir. Il fallait le lui reprendre de force, et il en était du reste de même pour le pain, les nouilles, les légumes et pour la viande quand d'occasion. Entre Duvilé et lui s'élevaient des disputes aigres, violentes, souvent sordides. Le beau-père se plaignait de n'avoir pas la nourriture ni le confort auxquels lui donnaient droit ses quinze cents francs par mois. Le gendre l'invitait à aller vivre ailleurs et sa femme finissait par le traiter de mufle. Autrefois, quand la vie était facile, les deux hommes se supportaient déjà péniblement, mais leur mutuelle antipathie trouvait dans la politique un aliment noble et généreux. L'un était républicain-socialiste, l'autre socialiste-républicain, et l'abîme que creusaient entre eux des opinions aussi opposées était un inépuisable sujet de querelles qui absorbaient toutes les autres. Mais depuis que le vin manquait, il n'y avait plus de dispute possible sur ce terrain-là. C'est qu'avant la guerre, le vin et la politique se commandaient mutuellement, bourgeonnant et fleurissant l'un sur l'autre. Le vin poussait à la politique et la politique au vin, généreusement, symbiosiquement, tonitrueusement. Aujourd'hui, ne se soutenant plus sur les vapeurs du vin, la politique restait enfouie dans les journaux.

Les plaintes, les invocations, les coups de gueule et les anathèmes se tournaient bassement à la nourriture et au combustible. Comme tant d'autres, la famille Duvilé vivait dans une perpétuelle nostalgie de mangeaille. Les songeries des enfants, de leur mère et de leur grand-père étaient lourdes de boudin, de pâté, de volaille, de chocolat, de pâtisserie. Duvilé, lui, pensait au vin. Il y pensait avec une ferveur sensuelle, parfois véhémente, et sentait alors toute son âme se nouer dans sa gorge en feu. D'humeur renfermée, il ne faisait part à personne de cette soif de vin qui le ravageait, mais à ses moments de solitude, il s'abîmait dans des visions de bouteilles, de tonneaux et de litres de rouge et, sans sortir de sa rêverie, prenant tout à coup une sorte de recul et considérant cette rouge abondance, il sentait lui monter aux lèvres la plainte furieuse du moribond qui voudrait retenir la vie.

Un samedi soir que cette envie de vin le tenaillait, il se coucha auprès de sa femme, dormit mal et fit tel rêve : vers 9 heures du matin, dans une lumière de crépuscule, il sortait de chez lui pour prendre le métro. L'entrée de la station était déserte. À la barrière d'admission se tenait une employée dans laquelle il reconnut sa femme. Après lui avoir poinçonné son ticket de métro, elle dit avec indifférence : « Nos enfants sont morts. » Sa douleur fut telle qu'il faillit crier, mais il se ressaisit et pensa : Après tout, j'aurais pu ne l'apprendre que plus tard. Je vais quand même aller à la fête. Il s'engagea dans l'escalier de pierre en colimaçon qui descendait aux entrailles du métro et oublia ses enfants. Comme il arrivait au troisième palier, une tache d'obscurité se forma devant lui et l'égara dans une sorte de tunnel dont les parois étaient hérissées de rochers artificiels. Un garçon de café qu'il connaissait de vue se tenait auprès d'une petite porte et la lui ouvrit. L'ayant franchie, Duvilé se trouva dans une salle inégalement éclairée. Des traînées de pénombre noyaient en partie les murs dont l'un, en voie de démolition, laissait passer une flaque de jour douteux qui lui serra le cœur. Au milieu de la pièce était dressée une table chargée de sandwichs et de gâteaux. Deux fontaines de vin, l'une de blanc, l'autre de rouge, s'écoulaient dans des vasques à étages. Étonné, il ne perdit pourtant pas son sang-froid. Posément, il avala, pour apéritif, une gorgée de vin blanc qui n'avait pas de goût et se mit à manger des sandwichs, dont un au fromage, avec la pensée qu'il ferait valoir le vin rouge. Ni la consistance, ni le goût des sandwichs ne répondaient à leur apparence et, un peu déçu, Duvilé soupçonna qu'il était le jouet d'un rêve. Afin de ne pas s'éveiller, il se jeta sur le vin rouge et, penché sur la vasque, se mit à boire comme une bête. Malgré ses efforts et ses longues aspirations, il n'absorbait que fort peu de liquide, à vrai dire si peu que le goût en restait incertain. Angoissé, il se redressa et jeta un coup d'œil en arrière. De l'autre côté de la table, établis dans d'énormes fauteuils, trois hommes gras et ventrus, à larges faces présidentielles, le contemplaient avec des sourires malveillants. Duvilé aurait voulu fuir, mais il s'aperçut qu'il n'avait pas de souliers. Il se mit à sourire obséquieusement et n'en ressentit aucune honte. L'un des trois hommes se leva et lui parla sans ouvrir la bouche, chacune de ses pensées venant s'inscrire dans l'esprit de Duvilé sans le truchement de la parole. «Nous sommes riches et heureux, dit-il muettement. Nous vivons profondément au-dessous du monde qui souffre et qui risque. Pour être plus heureux encore, nous pensons beaucoup à la souffrance des autres. Nous jouons souvent à être pauvres, à avoir faim, à avoir froid, à avoir peur, et c'est délicieux. Mais rien ne vaut la réalité. C'est pourquoi je vous ai fait venir...» Ici, la parole ou, pour mieux dire, la pensée de l'homme heureux se brouilla et devint incompréhensible. Puis il reprit avec une voix énorme, écrasante, pourtant silencieuse : «Imposteur! Vous avez sur vous une alliance en or et une montre en or de première communion! Rendez-les moi!» S'étant coiffé chacun d'un képi d'officier, les hommes heureux quittèrent précipitamment leurs places et Duvilé, qui avait maintenant des chaussures aux pieds, courut au fond de la salle. Sur le point d'être coincé, il plongea la main dans la poche de son pardessus et en retira sa femme derrière laquelle il essaya de se cacher. Mais déjà il se trouvait séparé des poursuivants par un brouillard quadrillé qu'il se mit à longer jusqu'à ce que le quadrillage se précisât sous la forme d'un guichet grillagé où il vit sa femme occupée à vendre des tickets de métro, des tickets de pain et des tampons de paille de fer. Sans s'arrêter auprès d'elle, il prit un couloir en pente en songeant avec une vive inquiétude que sa femme l'attendait sur le quai. Le couloir était long de plusieurs kilomètres, mais Duvilé arriva au bout sans avoir eu à le parcourir, simplement en arrangeant des nombres dans sa tête. Sur le quai, il soupçonna encore une fois qu'il était en train de rêver, car il y avait sous la voûte plusieurs zones de lumière d'intensités différentes, qui ne se raccordaient pas. Ce fut dans une des solutions de continuité qu'il découvrit sa femme. Décolorée et mal visible, elle portait un extravagant chapeau à plume qui lui causa une grande gêne. Il regarda plusieurs fois autour de lui avec la crainte de découvrir son chef de bureau parmi les voyageurs. «Tu te chargeras de papa, lui dit-elle. Il est dans son panier.» À quelques pas derrière sa femme, Duvilé aperçut alors son beau-père qui se tenait debout, les jambes engagées dans l'un des quatre casiers d'un panier à bouteilles. Très droit, les bras collés au corps, le vieillard était coiffé du bonnet de police rouge des chasseurs d'Afrique. Suivi de sa femme, Duvilé, sans effort appréciable, porta le panier et son chargement au bord du quai où il le déposa. La rame de métro qu'ils attendaient ainsi tous les trois était devenue pour lui une immense espérance qui l'inondait d'une joie anxieuse. Enfin, il entendit le grondement souterrain qui annonçait l'approche du métro, mais ce qui déboucha du tunnel n'était qu'un train minuscule, un de ces jouets d'enfant qui tiennent dans une boîte en carton. Une déception violente, à la mesure de son espérance, lui ravagea le cœur. Sa douleur fut si vive qu'il crut mourir et s'éveilla en gémissant.

Duvilé ne se rendormit pas et, jusqu'au lever, eut l'esprit occupé de son rêve. À mesure qu'il y pensait, des détails, enfouis dans l'ombre de sa conscience, surgissaient et se précisaient. Pour lui, l'épisode culminant était son entrée dans le souterrain de la vie heureuse. Il en fut obsédé durant toute cette matinée de dimanche. À sa femme ou à ses enfants, il répondait distraitement, cherchait la solitude et, au milieu de quelque besogne, s'immobilisait soudain pour écouter un bruit de fontaine et l'égouttement du vin de vasque en vasque. Vers 11 heures, comme chaque dimanche matin, il descendit lui-même faire les provisions du ménage. Depuis trois jours, on annonçait une distribution de vin que l'épicier croyait imminente et Duvilé eut l'intuition qu'elle aurait lieu ce matin. Contre son attente, le vin n'était pas arrivé et sa désillusion fut aussi profonde que celle du quai du métro, à l'arrivée du train d'enfant. Au retour, sa femme lui demanda s'il ne sentait pas venir une mauvaise grippe, car il avait une mine défaite. Pendant le repas, il se montra nerveux et taciturne. Les fontaines de vin chantaient dans sa tête une chanson triste, lancinante. Il mangeait sans appétit et ne buvait pas. Sur la table, il y avait une carafe d'eau d'une limpidité révoltante.

On était au milieu du repas et Duvilé remâchait son rêve de la nuit. Tout à coup, le souvenir du panier à bouteilles lui fit lever les yeux sur son beau-père. Une lueur de curiosité, de surprise, s'éveilla dans son regard éteint. Brusquement, il découvrait que le vieillard avait une forme intéressante. Son torse mince, ses épaules étroites et fuyantes, son cou maigre surmonté d'une petite tête au crâne rubicon lui donnaient à penser. «Je ne rêve plus, se dit-il, on croirait une bouteille de bordeaux.» L'idée lui paraissait saugrenue, il essaya de porter son attention ailleurs, mais malgré lui et à chaque instant, il jetait sur son beau-père un coup d'œil furtif. La ressemblance était de plus en plus saisissante. Avec sa calvitie rougeoyante, on aurait juré une bouteille de vin bouché.

Pour échapper à l'obsession, Duvilé s'absenta tout l'après-midi, mais le soir, au dîner, en voyant son beau-père, la ressemblance lui sauta aux yeux avec une évidence qui lui fit battre le cœur. L'insistance de son regard finit par frapper le vieillard qui s'en montra piqué. «Je dois avoir une drôle de tête que vous ne me quittez pas des yeux. Mais vous trouvez probablement que je mange trop. Vous trouvez que quinze cents francs par mois, ce n'est pas assez payé pour des trognons de choux, des vieilles pommes de terre et des carottes gelées. Ha! ha! ha!»

Le gendre rougit jusqu'aux oreilles et bafouilla humblement une excuse. On était habitué à ce qu'il relevât vertement de pareils propos, et ce changement de ton surprit les convives. Après le repas, comme les enfants jouaient auprès de leur grand-père et le bousculaient un peu, Duvilé intervint avec une sollicitude qui ne manqua pas de surprendre non plus.

«Voyons, leur dit-il avec humeur, ne le secouez pas comme ça. Il faut le laisser reposer.»

Il passa une mauvaise nuit, son sommeil peuplé de cauchemars où il n'y eut toutefois ni vin, ni beau-père. En se levant, il éprouva, pour la première fois de sa vie, un sentiment d'ennui et de contrariété à l'idée de se rendre à son bureau. D'habitude, il y allait volontiers et, comme tant d'autres hommes qui rougiraient de se l'avouer, il préférait l'atmosphère de son travail à celle de son foyer. Ce matin-là, il eût aimé rester à la maison. La vie familiale lui semblait tout à coup parée d'un charme inexplicable. Sur le point de partir et déjà dans le vestibule, il entendit un gémissement. Avant même de s'être rendu compte d'où partait l'appel, il courut à la chambre de son beau-père qu'il trouva à plat ventre sur le plancher. Le bonhomme avait trébuché sur un obstacle et, dans sa chute, sa tête avait porté contre un angle de la commode. Son gendre le ramassa en tremblant et le conduisit au cabinet de toilette. Le sang coulait d'une petite plaie à l'arcade sourcilière. Duvilé resta un moment immobile, les yeux agrandis, à regarder ce beau liquide rouge qui coulait comme une fontaine précieuse. Il fallut l'arrivée de sa femme pour le tirer de sa contemplation et il murmura, tandis qu'elle s'affairait à laver la plaie: «Heureusement que le coup a porté près du bouchon. C'est tout de même moins grave.»

Depuis ce jour, Étienne Duvilé ne se rendait plus à son travail qu'avec une extrême répugnance. Les heures passées au bureau étaient lourdes d'angoisse et lui paraissaient interminables, car il tremblait qu'en son absence le beau-père ne se brisât. L'heure venue, il courait prendre le métro et, rentrant chez lui hors d'haleine, demandait : «Le grand-père va bien?» Rassuré, il se rendait auprès du vieillard qu'il accablait de prévenances, lui proposant un fauteuil, un coussin, surveillant ses moindres pas, l'avertissant qu'il eût à prendre garde à tel battant de porte et s'ingéniant à lui faire une existence douillette. Sensible à ce changement d'humeur, le bonhomme y répondait par de menues attentions, en sorte qu'une atmosphère d'harmonieuse concorde régnait maintenant dans la maison. Toutefois, il lui arrivait d'éprouver un vague sentiment de méfiance lorsqu'il surprenait son gendre rôdant autour de lui avec un tire-bouchon à la main.

«Enfin, Étienne, finit-il par lui demander, pourquoi diable avez-vous toujours ce tire-bouchon à la main? Il ne peut vous servir à rien.

– Vous avez raison, convint Duvilé. Il est bien trop petit.»

Et, le cœur pincé d'un regret, il alla ranger l'ustensile dans un tiroir de la cuisine.

Un jour, à midi, qu'il revenait de son bureau, Duvilé rencontra dans le métro un ancien camarade de régiment avec lequel il avait fait la retraite de 1940. Dans la vie d'un soldat, il y a toujours quelques bouteilles remarquables. Au hasard des souvenirs, le camarade évoqua un séjour qu'ils avaient fait ensemble dans une cave abandonnée : «Tu te rappelles, le sergent Moreau, comment il débouchait les bouteilles? Un coup de tisonnier, toc, il leur cassait le col au ras des épaules.» Tout plein de ces réminiscences, Duvilé rentra parmi les siens. Une joie discrète animait les traits de son visage. Les yeux lui sortaient légèrement de la tête.

«Le grand-père va bien?

– Coucou», répondit l'aïeul lui-même en passant la tête dans l'entrebâillement de la porte.

Chacun se mit à rire de bon cœur et on passa à table. Lorsque son beau-père fut assis, Duvilé vint à lui avec un tisonnier dans la main droite.

«Ne bougez pas», dit-il en lui plaçant un doigt sous le menton.

Le vieillard souriait bonnement. Reculant d'un pas pour prendre le champ convenable, Duvilé leva le bras et lui déchargea sur le col un bon coup de tisonnier. Le choc était rude, non mortel. Le malheureux poussa un hurlement. Mme Duvilé et les deux enfants, avec des cris et des supplications, essayèrent de s'interposer. Mais Duvilé voyait vin rouge. Heureusement, un voisin alerté par le bruit fit irruption dans la salle à manger. Croyant voir entrer une bouteille de bourgogne, le forcené se tourna contre lui, car il avait une estime particulière pour les bourgognes. De ce côté, il se heurta à une très vive résistance qui l'eut bientôt découragé. S'échappant alors de l'appartement, il dévala les étages au galop, ayant toujours son ringard solidement en main. Dans la rue l'attendait un spectacle merveilleux. Des dizaines et des dizaines de bouteilles, des crus les plus divers, déambulaient sur le trottoir, les unes solitaires, les autres par rangées. Un moment, il suivit des yeux avec amitié le couple charmant que formaient un bourgogne râblé et une fine bouteille d'Alsace au col élancé. Puis, avisant un clochard qui se recommandait à lui par son aspect poussiéreux, il s'en approcha et l'étourdit d'un seul coup de ringard. Des soldats américains qui passaient par là réussirent à le maîtriser. Emmené au poste de police, il y manifesta le désir de boire le commissaire.

Aux dernières nouvelles, Duvilé est dans un asile d'aliénés et il semble qu'il ne soit pas près d'en sortir, car les médecins l'ont mis à l'eau de Vittel. Heureusement pour lui, je connais très bien sa femme et son beau-père et j'espère les avoir bientôt persuadés d'expédier le malade au pays d'Arbois, chez un vigneron nommé Félicien Guérillot, lequel, après bien des aventures qui mériteraient d'être contées, a fini par si bien prendre goût au vin qu'il sucre authentiquement les fraises.

DERMUCHE

Il avait assassiné une famille de trois personnes pour s'emparer d'un plat à musique qui lui faisait envie depuis plusieurs années. L'éloquence rageuse de M. Lebœuf, le procureur, était superflue, celle de Mᵉ Bridon, le défenseur, inutile. L'accusé fut condamné à l'unanimité à avoir la tête tranchée. Il n'y eut pas une voix pour le plaindre, ni dans la salle, ni ailleurs. Les épaules massives, une encolure de taureau, il avait une énorme face plate, sans front, toute en mâchoires, et de petits yeux minces au regard terne. S'il avait pu subsister un doute quant à sa culpabilité, un jury sensible l'aurait condamné sur sa tête de brute. Durant tout le temps des débats, il demeura immobile à son banc, l'air indifférent et incompréhensif.

«Dermuche, lui demanda le président, regrettez-vous votre crime?

– Comme ci comme ça, monsieur le président, répondit Dermuche, je regrette sans regretter.

– Expliquez-vous plus éloquemment. Avez-vous un remords?

– Plaît-il, monsieur le président?

– Un remords, vous ne savez pas ce qu'est le remords? Voyons, vous arrive-t-il de souffrir en pensant à vos victimes?

– Je me porte bien, monsieur le président, je vous remercie.»

Le seul instant du procès pendant lequel Dermuche manifesta un intérêt certain fut celui où l'accusation produisit le plat à musique. Penché au bord de son box, il ne le quitta pas du regard, et, lorsque la mécanique, remontée par les soins du greffier, égrena la ritournelle, un sourire d'une très grande douceur passa sur son visage abruti.

En attendant que la sentence fût exécutée, il occupa une cellule du quartier des condamnés et y attendit tranquillement le jour de la fin. L'échéance ne semblait d'ailleurs pas le préoccuper. Il n'en ouvrit

Une première publication se trouve dans les documents de la famille de Marcel Aymé. Elle consiste en trois pages extraites d'une revue dont le nom n'est pas précisé. Cependant, la date du dépôt légal permet de situer sa première publication au 4ᵉ trimestre 1945. La nouvelle s'intitule alors «Dermuche et le petit Jésus».

jamais la bouche aux gardiens qui entraient dans sa cellule. Il n'éprouvait pas non plus le besoin de leur adresser la parole et se contentait de répondre poliment aux questions qui lui étaient faites. Sa seule occupation était de fredonner la ritournelle délictueuse qui l'avait poussé au crime, et il la connaissait mal. Affligé d'une mémoire très lente, c'était peut-être l'agacement de ne pouvoir y retrouver l'air du plat à musique qui l'avait conduit, un soir de septembre, dans la villa des petits rentiers de Nogent-sur-Marne. Ils étaient là deux vieilles filles et un oncle frileux, décoré de la Légion d'honneur. Une fois par semaine, le dimanche, au dessert du repas de midi, l'aînée des deux sœurs remontait le plat à musique. À la belle saison, la fenêtre de leur salle à manger restait ouverte et, pendant trois ans, Dermuche avait connu des étés enchantés. Blotti au pied du mur de la villa, il écoutait la mélodie dominicale qu'il essayait, pendant toute la semaine, de ressaisir dans son intégrité, sans jamais y parvenir complètement. Dès les premières heures de l'automne, l'oncle frileux faisait fermer la fenêtre de la salle à manger, et le plat à musique ne jouait plus que pour les petits rentiers. Trois années de suite, Dermuche avait connu ces longs mois de veuvage sans musique et sans joie. Peu à peu, la ritournelle lui échappait, se dérobait jour après jour et, la fin de l'hiver venue, il ne lui en restait plus que le regret. La quatrième année, il ne put se faire à l'idée d'une nouvelle attente et s'introduisit un soir chez les vieux. Le lendemain matin, la police le trouvait occupé, auprès des trois cadavres, à écouter la chanson du plat à musique.

Pendant un mois, il la sut par cœur, mais à la veille du procès, il l'avait oubliée. Maintenant, dans sa cellule de condamné, il ressassait les bribes que le tribunal venait de lui remettre en mémoire et qui devenaient chaque jour un peu plus incertaines. *Ding, ding, ding*, chantonnait du matin au soir le condamné à mort.

L'aumônier de la prison venait visiter Dermuche et le trouvait plein de bonne volonté. Il aurait pourtant souhaité que le misérable eût l'esprit un peu plus ouvert, que la bonne parole pénétrât jusqu'à son cœur. Dermuche écoutait avec la docilité d'un arbre, mais ses brèves réponses, pas plus que son visage fermé, ne témoignaient qu'il s'intéressât au salut de son âme, ni même qu'il en eût une. Pourtant, un jour de décembre qu'il lui parlait de la Vierge et des anges, le curé crut voir passer une lueur dans ses petits yeux ternes, mais si fugitive qu'il douta d'avoir bien vu. À la fin de l'entretien, Dermuche interrogea brusquement : « Et le petit Jésus, est-ce qu'il existe toujours ? » L'aumônier n'hésita pas une seconde. Certes, il aurait fallu dire que le petit Jésus avait existé, et qu'étant mort sur la croix à l'âge de trente-trois ans, il n'était pas possible de parler de lui au présent. Mais Dermuche avait l'écorce du crâne si dure qu'il était difficile de le lui faire comprendre. La fable du petit Jésus lui était plus accessible et pouvait ouvrir son âme à la lumière des saintes vérités. Le curé conta à Dermuche comment le fils de Dieu avait choisi de naître dans une étable, entre le bœuf et l'âne.

«Vous comprenez, Dermuche, c'était pour montrer qu'il était avec les pauvres, qu'il venait pour eux. Il aurait aussi bien choisi de naître dans une prison, chez le plus malheureux des hommes.

– Je comprends, monsieur le curé. En somme, le petit Jésus aurait pu naître dans ma cellule, mais il n'aurait pas accepté de venir au monde dans une maison de rentiers.»

L'aumônier se contenta de hocher la tête. La logique de Dermuche était inattaquable, mais elle s'ajustait d'un peu trop près à son cas particulier et semblait peu propre à le disposer au repentir. Ayant donc hoché entre oui et non, il enchaîna sur les Rois mages, le massacre des Innocents, la fuite, et conta comment le petit Jésus, quand la barbe lui eut poussé, mourut crucifié entre deux larrons, pour ouvrir aux hommes les portes du ciel.

«Pensez-y, Dermuche, l'âme du bon larron aura sans doute été la première de toutes les âmes du monde à entrer au paradis, et ce n'est pas l'effet d'un hasard, mais parce que Dieu a voulu nous montrer ce que tout pécheur peut attendre de sa miséricorde. Pour lui, les plus grands crimes ne sont que les accidents de la vie…»

Mais, depuis longtemps, Dermuche ne suivait plus l'aumônier, et l'histoire du bon larron lui semblait aussi obscure que celles de la pêche miraculeuse et de la multiplication des pains.

«Alors, comme ça, le petit Jésus était retourné dans son étable?»

Il n'en avait que pour le petit Jésus. En sortant de la cellule, l'aumônier réfléchissait que cet assassin n'avait pas plus de compréhension qu'un enfant. Il en vint même à douter que Dermuche fût responsable de son crime et pria Dieu de le prendre en pitié.

«C'est une âme d'enfant dans un corps de déménageur, il a tué les trois petits vieux sans y mettre de malice, comme un enfant ouvre le ventre de sa poupée ou lui arrache les membres. C'est un enfant qui ne connaît pas sa force, un enfant, un pauvre enfant, et rien qu'un enfant, et la preuve, c'est qu'il croit au petit Jésus.»

Quelques jours plus tard, le prêtre faisait une visite au condamné. Il demanda au gardien qui l'accompagnait pour lui ouvrir la porte:

«C'est lui qui chante?»

On entendait, comme un son de basse cloche, la voix mâle de Dermuche scander sans repos : *Ding, ding, ding.*
« Il n'arrête pas de toute la journée avec son *ding, ding, ding, ding.* Si encore ça ressemblait à quelque chose, mais ce n'est même pas un air.»
Cette insouciance d'un condamné à mort qui n'était pas encore en règle avec le ciel ne manqua pas d'inquiéter l'aumônier. Il trouva Dermuche plus animé qu'à l'ordinaire. Sa face de brute avait une expression d'alerte douceur et, dans la fente de ses paupières, brillait une lueur rieuse. Enfin, il était presque bavard.
« Quel temps qu'il fait dehors, monsieur le curé ?
– Il neige, mon enfant.
– Ça ne fait rien, allez, ce n'est pas la neige qui va l'arrêter. Il s'en fout de la neige.»
Une fois de plus, l'aumônier lui parla de la miséricorde de Dieu et de la lumière du repentir, mais le condamné l'interrompait à chaque phrase pour l'entretenir du petit Jésus, en sorte que les recommandations n'étaient d'aucun effet.
« Est-ce que le petit Jésus connaît tout le monde ? Vous croyez qu'au paradis le petit Jésus a la loi ? À votre idée, monsieur le curé, est-ce que le petit Jésus est pour la musique ?»
À la fin, l'aumônier n'arrivait plus à placer un mot. Comme il se dirigeait vers la porte, le condamné lui glissa dans la main une feuille de papier pliée en quatre.
« C'est ma lettre au petit Jésus », dit-il en souriant.
L'aumônier accepta le message et en prit connaissance quelques instants plus tard.
« Cher petit Jésus, disait la lettre. La présente est pour vous demander un service. Je m'appelle Dermuche. Voilà la Noël qui vient. Je sais que vous ne m'en voudrez pas d'avoir descendu les trois petits vieusoques de Nogent. Ces salauds-là, vous n'auriez pas pu venir au monde chez eux. Je ne vous demande rien pour ici, vu que je ne vais pas tarder à éternuer dans le sac. Ce que je voudrais, c'est qu'une fois en paradis, vous me donniez mon plat à musique. Je vous remercie par avance, et je vous souhaite bonne santé. – Dermuche.»
Le prêtre fut épouvanté par le contenu de ce message qui témoignait trop clairement à quel point le meurtrier était imperméable au repentir :
« Bien sûr, songeait-il, c'est un innocent qui n'a pas plus de discernement qu'un nouveau-né, et cette confiance qu'il a mise dans le petit Jésus prouve assez sa candeur d'enfant, mais quand il se pré-

sentera au tribunal avec trois meurtres sur la conscience et sans l'ombre d'un repentir, Dieu lui-même ne pourra rien pour lui. Et pourtant, il a une petite âme claire comme une eau de source.» Le soir, il se rendit à la chapelle de la prison et, après avoir prié pour Dermuche, déposa sa lettre dans le berceau d'un enfant Jésus en plâtre.

À l'aube du 24 décembre, veille de Noël, un paquet de messieurs bien vêtus pénétrait avec les gardiens dans la cellule du condamné à mort. Les yeux lourds encore de sommeil, l'estomac mal assuré et la bouche bâilleuse, ils s'arrêtèrent à quelques pas du lit. Dans la lumière du jour naissant, ils cherchaient à distinguer la forme d'un corps allongé sous la couverture. Le drap du lit remua faiblement et une plainte légère s'exhala de la couche. Le procureur, M. Lebœuf, sentit un frisson lui passer dans le dos. Le directeur de la prison pinça sa cravate noire et se détacha du groupe. Il tira sur ses manchettes, chercha le port de tête convenable et, le buste en arrière, les mains jointes à hauteur de la braguette, prononça d'une voix de théâtre:
«Dermuche, ayez du courage, votre recours en grâce est rejeté.»
Une plainte lui répondit, plus forte et plus insistante que la première, mais Dermuche ne bougea pas. Il semblait être enfoui jusqu'aux cheveux et rien n'émergeait de la couverture.
«Voyons, Dermuche, ne nous mettons pas en retard, dit le directeur. Pour une fois, montrez un peu de bonne volonté.»
Un gardien s'approcha pour secouer le condamné et se pencha sur le lit. Il se redressa et se tourna vers le directeur avec un air étonné.
«Qu'est-ce qui se passe?
– Mais je ne sais pas, monsieur le directeur, ça bouge, et pourtant...»
Un long vagissement d'une tendresse bouleversante s'échappa des couvertures. Le gardien, d'un mouvement brusque, découvrit largement le lit et poussa un cri. Les assistants, qui s'étaient portés en avant, poussaient à leur tour un cri de stupeur. À la place de Dermuche, sur la couche ainsi découverte, reposait un enfant nouveau-né ou âgé de quelques mois. Il paraissait heureux de se trouver à la lumière et, souriant, promenait sur les visiteurs un regard placide.
«Qu'est-ce que ça veut dire? hurla le directeur de la prison en se tournant vers le gardien-chef. Vous avez laissé évader le prisonnier?
– Impossible, monsieur le directeur, il n'y a pas trois quarts d'heure que j'ai fait ma dernière ronde et je suis sûr d'avoir vu Dermuche dans son lit.»

Cramoisi, le directeur injuriait ses subordonnés et les menaçait des sanctions les plus sévères. Cependant, l'aumônier était tombé à genoux et remerciait Dieu, la Vierge, saint Joseph, la Providence et le petit Jésus. Mais personne ne prenait garde à lui. «Nom de Dieu! s'écria le directeur qui s'était penché sur l'enfant. Regardez donc, là, sur la poitrine, il a les mêmes tatouages que Dermuche.» Les assistants se penchèrent à leur tour. L'enfant portait sur la poitrine deux tatouages symétriques, figurant, l'un, une tête de femme, l'autre, une tête de chien. Aucun doute, Dermuche avait exactement les mêmes, aux dimensions près. Les gardiens s'en portaient garants. Il y eut un silence d'assimilation prolongé. «Je m'abuse peut-être, dit M. Lebœuf, mais je trouve que le nourrisson ressemble à Dermuche autant qu'un enfant de cet âge puisse ressembler à un homme de trente-trois ans. Voyez cette grosse tête, cette face aplatie, ce front bas, ces petits yeux minces et même la forme du nez. Vous ne trouvez pas? demanda-t-il en se tournant vers l'avocat du condamné.

– Évidemment, il y a quelque chose, convint Mᵉ Bridon.

– Dermuche avait une tache de café au lait derrière la cuisse», déclara le gardien-chef.

On examina la cuisse du nourrisson sur laquelle on découvrit le signe.

«Allez me chercher la fiche anthropométrique du condamné, commanda le directeur. Nous allons comparer les empreintes digitales.» Le gardien-chef partit au galop. En attendant son retour, chacun se mit à chercher une explication rationnelle de la métamorphose de Dermuche, qui ne faisait déjà plus de doute pour personne. Le directeur de la prison ne se mêlait pas aux conversations et arpentait nerveusement la cellule. Comme le nourrisson, apeuré par le bruit des voix, se mettait à pleurer, il s'approcha du lit et proféra d'un ton menaçant:

«Attends un peu, mon gaillard, je vais te faire pleurer pour quelque chose.»

Le procureur Lebœuf, qui s'était assis à côté de l'enfant, regarda le directeur d'un air intrigué.

«Croyez-vous vraiment que ce soit votre assassin? demanda-t-il.

– Je l'espère. En tout cas, nous allons bientôt le savoir.»

En présence de ce miracle délicat, l'aumônier ne cessait de rendre grâces à Dieu, et ses yeux se mouillèrent de tendresse tandis qu'il regardait cet enfant quasi divin qui reposait entre Lebœuf et le directeur. Il se demandait avec un peu d'anxiété ce qui allait arriver et concluait avec confiance :

« Il en sera ce que le petit Jésus aura décidé. »

Lorsque l'examen comparé des empreintes digitales eut confirmé l'extraordinaire métamorphose, le directeur de la prison eut un soupir de soulagement et se frotta les mains.

« Et maintenant, pressons-nous, dit-il, nous n'avons déjà que trop perdu de temps. Allons, Dermuche, allons… »

Un murmure de protestation s'éleva dans la cellule, et l'avocat du condamné s'écria avec indignation :

« Vous ne prétendez tout de même pas faire exécuter un nourrisson ! Ce serait une action horrible, monstrueuse. En admettant que Dermuche soit coupable et qu'il ait mérité la mort, l'innocence d'un nouveau-né est-elle à démontrer ?

– Je n'entre pas dans ces détails-là, répliqua le directeur. Oui ou non, cet individu est-il notre Dermuche ? A-t-il assassiné les trois rentiers de Nogent-sur-Marne ? A-t-il été condamné à mort ? La loi est faite pour tout le monde, et moi, je ne veux pas d'histoires. Les bois sont là et il y a plus d'une heure que la guillotine est montée. Vous me la baillez belle avec votre innocence de nouveau-né. Alors il suffirait de se changer en nourrisson pour échapper à la Justice ? Ce serait vraiment trop commode. »

Me Bridon, d'un mouvement maternel, avait rabattu la couverture sur le petit corps potelé de son client. Heureux de sentir la chaleur, l'enfant se mit à rire et à gazouiller. Le directeur le regardait de travers, jugeant cet accès de gaîté tout à fait déplacé.

« Voyez donc, dit-il, ce cynisme, il entend crâner jusqu'au bout.

– Monsieur le directeur, intervint l'aumônier, est-ce que, dans cette aventure, vous n'apercevez pas le doigt de Dieu ?

– Possible, mais ça ne change rien. En tout cas, je n'ai pas à m'en occuper. Ce n'est pas Dieu qui me donne mes consignes, ni qui s'occupe de mon avancement. J'ai reçu des ordres, je les exécute. Voyons, monsieur le procureur, est-ce que je n'ai pas entièrement raison ? »

Le procureur Lebœuf hésitait à se prononcer et ne s'y résolut qu'après réflexion.

« Évidemment, vous avez la logique pour vous. Il serait profondément injuste qu'au lieu de recevoir une mort méritée, l'assassin eût le privilège de recommencer sa vie. Ce serait d'un exemple déplorable. D'autre part, l'exécution d'un enfant est une chose assez délicate, il me semble que vous feriez sagement d'en référer à vos supérieurs.

– Je les connais, ils m'en voudront de les avoir mis dans l'embarras. Enfin, je vais tout de même leur téléphoner.»

Les hauts fonctionnaires n'étaient pas arrivés au ministère. Le directeur dut les appeler à leur domicile particulier. À moitié réveillés, ils étaient de très mauvais poil. La métamorphose de Dermuche leur fit l'effet d'une ruse déloyale qui les visait personnellement, et ils se sentaient très montés contre lui. Restait que le condamné était un nourrisson. Mais l'époque n'étant pas à la tendresse, ils tremblaient pour leur avancement qu'on ne vînt à les suspecter d'être bons. S'étant concertés, ils décidèrent que... «le fait que le meurtrier se fût un peu tassé sous le poids du remords ou pour toute autre cause ne pouvait en rien contrarier les dispositions de la Justice».

On procéda à la toilette du condamné, c'est-à-dire qu'on l'enveloppa dans le drap du lit et qu'on lui coupa un léger duvet blond qui poussait sur la nuque. L'aumônier prit ensuite la précaution de le baptiser. Ce fut lui qui l'emporta dans ses bras jusqu'à la machine dressée dans la cour de la prison.

Au retour de l'exécution, il conta à Mᵉ Bridon la démarche qu'avait faite Dermuche auprès du petit Jésus.

«Dieu ne pouvait pas accueillir au paradis un assassin que le remords n'avait même pas effleuré. Mais Dermuche avait pour lui l'espérance et son amour du petit Jésus. Dieu a effacé sa vie de pécheur et lui a rendu l'âge de l'innocence.

– Mais si sa vie de pécheur a été effacée, Dermuche n'a commis aucun crime et les petits rentiers de Nogent n'ont pas été assassinés.»

L'avocat voulut en avoir le cœur net et se rendit aussitôt à Nogent-sur-Marne. En arrivant, il demanda à une épicière de la rue où se trouvait la maison du crime, mais personne n'avait entendu parler d'un crime. On lui indiqua sans difficulté la demeure des vieilles demoiselles Bridaine et de l'oncle frileux. Les trois rentiers l'accueillirent avec un peu de méfiance et bientôt, rassurés, se plaignirent que, dans la nuit même, on leur eût volé un plat à musique posé sur la table de la salle à manger.

LA FOSSE AUX PÉCHÉS

*N*otre cher professeur de pureté, Ludovic Martin, fut tenté par le diable sur une petite plage bretonne où nous étions une douzaine de disciples à profiter de ses enseignements. Dans son fameux *Traité de prophylaxie de l'âme*, il recommandait trente-deux moyens sûrs de repousser la tentation. Entre 9 heures du soir et minuit, le diable ne lui proposa que du clinquant : visions d'art, pouvoirs ministériels, succès mondains, beautés officielles, croupes princières, voitures américaines, championnat des lettres, de la philosophie, du cornet à pistons, du tour de France cycliste, du calcul intégral, de la pêche à la ligne. Le professeur en triompha sans trop de peine, quoique avec application, mais y eut bientôt épuisé les ressources de sa méthode prophylactique. C'est le danger des manuels, des traités et des guides d'avoir réponse à tout entre des limites données et de ne pas ménager à l'âme ou à l'esprit les tremplins d'échappée, les trous de souris et les pentes inspirées. À partir de minuit, notre cher grand Ludovic commença à faiblir et aux approches de l'aube, il avait le coude sur le bras de son fauteuil, la joue précieusement appuyée sur l'index et le sourire fin et rengorgé d'un homme qui comprend les mystères de la création.

«La vie n'est qu'un test, disait le sulfureux, l'occasion offerte à tout être de donner la mesure de ses aptitudes à l'éternité. Qu'avons-nous à faire, dans l'au-delà, des incapables, des ratés et des impuissants ? Qu'ils retournent au néant.

– C'est évident, approuvait Martin.

– Mais ceux qui sortiront victorieux de l'épreuve de la vie, qui auront su fonder une fortune avec la sueur du troupeau, qui pourront dire le jour de leur mort : "Seigneur, voilà ce que j'ai fait avec les abrutis, les rêveurs et autres matériaux que vous avez mis à ma disposition", ces hommes-là, nous en aurons besoin dans le ciel pour bâtir la cité du bonheur éternel, qui sera la leur pour l'éternité.

Première publication dans le recueil Le Vin de Paris, *Gallimard, 1947.*

– C'est évident.

– Mais attention. Pour les sujets brillants tels que vous, la difficulté du test se trouve corsée par la présence d'un faux-double qui s'interpose constamment entre l'homme et ses œuvres. Ce faux-double, cet ennemi de vous-même, mon cher Ludovic, vous l'avez deviné, c'est l'âme. Le problème est donc de neutraliser le pouvoir de l'âme ou, mieux encore, de s'en débarrasser.»

Le professeur vendit son âme pour un veau d'or, de la grosseur d'un caniche, mais qui pesait deux cents kilos. Comme j'étais son meilleur élève, il prit sur lui de vendre aussi la mienne. Le diable ne lui en donna que dix-huit kilos d'or pour lesquels il allongea la queue du veau et lui planta sur la tête une paire de cornes qui étaient au-dessus de son âge. Lorsque j'en fus informé quelques heures plus tard, j'aurais pu encore résilier le marché, mais déjà j'entrevoyais avec plaisir des abîmes de turpitudes.

«Je suis riche, me dit mon professeur de pureté, et vous l'êtes un peu. Allons en Chine. Il y a là-bas la guerre et la famine. Rien n'est délicieux comme de se sentir riche au milieu du malheur et de la misère des autres.»

Le surlendemain, nous embarquions avec le veau sur un cargo en partance pour la Chine. Voyageaient avec nous un adjudant retraité, un pasteur anglais, sa femme et leurs trois filles, jeunes, belles, modestes. Ce nous fut un jeu d'enfant de convertir au culte du veau d'or l'équipage et les passagers. Par un raffinement d'ignominie, nous fîmes en sorte que le pasteur, seul, échappât à la contagion et nous donnât le spectacle de sa douleur et de sa colère en voyant sa femme et ses filles vautrées dans l'abjection. Pendant quatre jours et quatre nuits, le bateau retentit de beuglements hystériques, de halètements luxurieux, du tumulte des bagarres, des vols, des assassinats, et d'une haute et interminable rumeur blasphématoire. Les scènes d'orgie démentielle se déroulaient à bord presque sans interruption. Les péchés les plus révoltants y furent consommés avec fureur, mais aussi avec une recherche attentive et savante dans la perversité.

À l'aube du cinquième jour, l'équipage et les passagers étaient rassemblés sur le pont, tous entièrement nus, prosternés autour du veau d'or. Assisté des trois filles du pasteur, l'adjudant retraité faisait l'office du prêtre et, avec un accent corse très appuyé, psalmodiait des invocations obscènes à la divinité. Il tenait un crucifix à la main et, de temps à autre, nous le présentait les jambes en l'air en interrogeant : «Reconnaissez-vous le fils de Dieu?» À quoi nous répondions en chœur : «Oui, c'est lui le fils du veau d'or.» Et l'épouse du pasteur, les cheveux et les seins flottant jusque sur les fesses, chevauchait un balai en vociférant : «Fils unique du grand veau, soyez avec nous dans le vol, dans le meurtre et dans la fornication.» Au premier rang des adorateurs, un marin barbu, couronné de fleurs blanches et lié des quatre membres, attendait que le capitaine l'égorgeât au pied du dieu. Soudain, le pasteur surgit d'une écoutille et, brandissant un fouet, se rua sur ses filles. Il les frappait de toutes ses forces et les injuriait, les appelait filles de truie, chair de scandale. Sous les coups de lanière qui leur marquaient la peau, elles se tordaient voluptueusement, se bousculaient pour s'offrir à la colère paternelle et poussaient des gémissements lascifs. «Plus fort, disaient-elles, plus fort, papa.» Comprenant qu'il servait ainsi les puissances des ténèbres, le pasteur poussa un cri d'effroi et, lâchant son fouet, s'enfuit à l'avant du bateau où il tomba à genoux. De grands sanglots secouaient son maigre corps serré dans une redingote noire, tandis qu'il s'écriait, les mains jointes et les yeux au ciel : «Seigneur, confondez l'imposture!» Au même instant, sa femme proposait de le substituer au marin barbu pour le sacrifice et ses filles réclamaient la faveur de lui couper la gorge. L'idée nous parut intéressante. Rien ne s'opposait à sa réalisation, mais le pasteur ayant clamé pour la troisième fois : «Seigneur, confondez l'imposture», sa prière fut exaucée et une énorme vague balaya le pont.

À l'exception du pasteur, nous nous retrouvâmes tous ensemble au fond de la mer et parfaitement morts. Nous avions des têtes de morts, des yeux de poissons morts et un rictus inscrit dans la rigidité des chairs. Quoique capables de mouvement, une énorme pesanteur nous clouait sur place ou peu s'en fallait. Pour ma part, je mis très longtemps à exécuter le tête à droite et le tête à gauche nécessaires à l'examen des lieux. Nous étions enfermés dans une espèce de cirque rocheux dont les murailles n'étaient pas très abruptes, mais ne comportaient aucune issue de plain-pied. Au-dessus de nous, très haut dans le ciel aqueux, passaient des poissons de toutes tailles et de toutes espèces, parfois en bancs serrés. Il arrivait rarement que l'un d'eux descendît jusqu'au fond de notre prison et c'était le plus souvent pour y mourir aussitôt. Le sol était jonché des squelettes de poissons les plus divers qui en étaient les seuls ornements. De loin en loin, les parois de notre enfer étaient percées d'ouvertures sombres pareilles à des cavernes et où le regard ne distinguait rien.

«Je voudrais bien savoir où nous sommes et pour combien de temps, dit l'adjudant retraité avec son accent corse. Je commence à en avoir plein le dos.

– Quand on est en enfer, ce qui paraît être notre cas, répondit la femme du pasteur, c'est généralement pour l'éternité. Le mieux est de s'y résigner.»

Ces propos qui exprimaient apparemment des réactions personnelles en face d'une situation inattendue, n'étaient en réalité qu'une conversation machinale, un retour d'habitude. On se serait même trompé en croyant y reconnaître un mouvement de sociabilité. Indifférents à notre sort et à tout ce qui nous entourait, nous étions incapables de nous intéresser les uns aux autres. Je crois me rappeler aujourd'hui que je n'attendais, ne souhaitais, ne regrettais rien, mais mes souvenirs, quant à cet état de vacuité, contiennent encore plus que de vrai. C'est sans y penser qu'il m'arrive parfois de ressaisir la sensation de ce grand vide, lorsque le goût de nausée qui l'accompagnait me revient tout à coup et fugitivement. Pourtant, nous n'avions jamais été aussi intelligents et en chacun de nous, les pensées s'enchaînaient, se développaient, se multipliaient avec la précision et la rapidité d'une machine à calculer. Cette extraordinaire lucidité nous poussait même à certaines recherches qui auraient pu passer pour un témoignage de curiosité et n'étaient que les exigences d'un mécanisme et d'un résultat. En dehors de ce fonctionnement organique de la pensée, le seul objet d'intérêt réel était pour nous l'écoulement du temps, dont l'incertitude entretenait en nous une trace d'anxiété, fine et vacillante comme la flamme d'une veilleuse sans fin. Chacun avait découvert pour son compte une mesure du temps. La mienne n'était pas moins approximative que les autres. Le veau d'or, qui nous avait suivis au fond de la mer, était tombé les quatre fers en l'air sur le sol où son propre poids l'enfonçait lentement et, en partant de certains postulats, je mesurais le temps écoulé aux progrès de l'enlisement. Lorsque l'idée nous vint de comparer nos évaluations, nous trouvâmes qu'elles s'échelonnaient entre quarante-huit heures et soixante-dix ans, mais chacun conserva le système qu'il avait choisi pour grignoter le calendrier de l'éternité.

Une année veau d'or s'était écoulée et rien ne s'était passé dans notre enfer, sauf que nous nous étions déplacés de quelques pas. Tout à coup, une silhouette se détacha de la muraille de rochers qui nous entourait de toutes parts. C'était un homme de taille moyenne, vêtu d'un pantalon rayé, d'un veston gris foncé, et coiffé d'un chapeau melon. Il avait un visage rasé, assez insignifiant, et l'allure d'un employé de bureau vaquant à ses occupations avec indifférence.

«C'est le diable, dit la plus jeune des filles du pasteur. Je le reconnais. Je l'ai vu à Londres dans un film américain.»

Le diable, car c'était lui, s'arrêta devant nous et considéra un moment nos nudités verdâtres. Il nous regardait avec l'attention machinale, presque distraite, d'un employé qui se livre à un inventaire facile et ne s'intéressait à aucun de nous en particulier. De notre côté, nous n'éprouvions pas la moindre gêne en face de lui et sa présence ne nous était même pas importune. Il se mit à marcher devant nous et ce fut grâce à ses allées et venues qu'il réussit à éveiller notre intérêt, car ses pas égaux et son allure régulière nous proposaient une mesure du temps qui nous rendit tous attentifs. Toujours déambulant, il nous parla d'une voix neutre aussi dépourvue d'hostilité que de sympathie.

«Vous êtes en enfer. Pour l'éternité, ça va de soi. Il est nécessaire que je vous explique en quoi consiste votre supplice, car il ne peut être tel que si vous en avez pleinement conscience. Sachez d'abord que le péché est tout autre chose qu'une infraction à la loi. Le péché est la substance essentielle de la vie. Comme le courant électrique donne la lumière, le péché entretient la vie. Selon son intensité, il s'appelle fierté ou orgueil, appétit ou gourmandise, amour ou luxure, pour ne citer que ceux-là. La vie n'est jamais immobile et répond sans cesse à l'appel de l'instant qui suit. Les péchés sont les courants qui alimentent la vie, et, continuellement, la transportent vers ses renouveaux. Ayant le contrôle de tous ces courants, la liberté de les régler selon vos besoins, vous en avez fait un usage déraisonnable, abusif, et vous avez grillé les lampes. Il n'y a plus de péché en vous...»

Le diable suspendit son propos et son va-et-vient et se planta devant nous, les mains dans les poches. Je sentais se lever en moi une angoisse inconnue, encore vague. Il reprit de sa même voix neutre et indifférente :

«Il n'y a plus de péché en vous. Les courants se sont détournés de vous et la substance qu'ils transportaient a pris forme ailleurs. Chacun d'eux a revêtu l'apparence que vos imaginations déréglées avaient fini par leur prêter. Vous les verrez tout à l'heure, vous les nommerez par leurs noms : l'orgueil, la colère, l'envie, la gourmandise, l'avarice, la paresse, la luxure. Vous connaîtrez la souffrance de l'eunuque hanté par l'image d'un bonheur qu'il comprend et qu'il ne sent plus, celle du vieillard qui pense avec lucidité à l'heureux appétit d'autrefois et ne l'éprouve plus, celle du déchu qui se souvient de sa fierté sans pouvoir en retrouver le chemin perdu, et tant d'autres qui s'ajouteront et se multiplieront. Comprendre et ne plus sentir. Entendre l'appel de soi-même et ne pouvoir y répondre. Courir à sa rencontre pendant l'éternité sans espoir de se joindre...»

La femme du pasteur se mit à gémir et mon professeur de pureté poussa une espèce de beuglement. Le diable eut l'air d'en être touché. «Je ne peux rien pour vous, dit-il. Je suis comme vous. Mais moi, mes péchés sont des mondes et je les comprends et je ne sais plus les aimer. N'en parlons plus et revenons à vos péchés. Ils sont là, près de vous, dans ces cavernes qui ouvrent sur votre prison. Je vais vous les montrer...»

Tout en parlant, le diable avait levé la tête. Soudain, il se tut, attentif à une forme noire qui venait d'apparaître à l'horizon liquide. C'était une espèce de poisson noir nageant dans notre direction. La silhouette se fut bientôt précisée et me parut être celle d'un requin de modestes dimensions.

«On dirait le pasteur, prononça l'un des matelots.

– Oui, c'est mon père», confirmait l'une des jeunes filles.

Le pasteur, qui piquait droit vers le fond de notre cuvette, prit pied en face de ses filles et les regarda tendrement.

«Qu'est-ce que vous venez foutre? lui demanda le diable.

– Je suis envoyé par Dieu.

– Qu'est-ce qui me le prouve?»

Le pasteur ne répondit pas, mais traça dans l'espace marin le signe de la croix. Instantanément déshabillé, le diable se trouva nu comme un ver. Il était très bien fait. J'observai qu'il n'avait pas de sexe, du moins rien qui fût une indication sérieuse. Cette mésaventure ne sembla ni le surprendre ni le contrarier. Lorsqu'il eut fini de se rhabiller, il demanda au pasteur quelles étaient ses intentions.

«Je veux, dit le pasteur, combattre pour le rachat de ces âmes.»

Le diable se tourna vers l'une des sept cavernes creusées dans le roc et frappa dans ses mains.

Un monstre replet, cambré et rutilant, qui n'était autre que l'Orgueil, déboucha dans l'arène. Son corps avait la forme d'une commode Louis XV. Sa tête, qu'il portait très en arrière, se rattachait à son buste par une pompeuse encolure de cheval. C'était une tête boursouflée, apoplectique, au profil busqué, au front court surmonté d'une paire de cornes tortillées comme celles d'un mouflon et pointant vers le ciel. Sa lèvre inférieure, proéminente, précédait l'autre d'un demi-pied, et l'un de ses yeux, gonflé et gélatineux, avait l'apparence d'un énorme monocle. Bipède, le monstre avait des cuisses osseuses, d'une remarquable maigreur, et les jambes, pareillement minces, étaient cachées par des coquillages en forme de leggins, aux mollets avantageux. Mais son anatomie était peut-être moins surprenante que la richesse et la variété des couleurs qui le paraient des pieds à la tête. Il avait le derrière empanaché d'un flot de tentacules multicolores où dominait l'or et la pourpre. Ses jambes de pierre étaient d'un blanc laiteux, ses pieds et ses cuisses couleur merde d'oie. Il portait en sautoir, imprimé sur la peau, un grand cordon violet fileté de blanc et, sur son torse Louis XV, deux rangées de décorations qui étaient des excroissances naturelles aux coloris les plus chatoyants. Ses cornes étaient dorées, ses oreilles de veau d'un rouge éclatant. J'allais oublier de signaler que la nature l'avait doté d'une paire d'éperons à l'espagnole, qui flambaient derrière ses talons. Le poing sur la hanche, l'Orgueil allait d'un pas lourd et important. Il tenait de la main droite une canne de tambour-major, si haute qu'elle l'obligeait à se hausser sur les pointes pour en atteindre la pomme. Nous le regardions avec un sentiment de dégoût et de nostalgie se pavaner devant nous. De son côté, il nous lorgnait à travers son monocle et, de mépris, sa lippe s'allongeait.

«Quel est le fils de croquant qui prétend se battre avec moi? interrogea-t-il d'une voix grasse, enrhumée de suffisance. Où est-il, ce truand, ce morpignolard, que je lui casse les reins, que je lui mélange les boyaux avec la cervelle?

– Je suis l'homme que vous cherchez», déclara le pasteur.

L'Orgueil accorda un regard à la maigre silhouette du pasteur et partit d'un énorme éclat de rire.

«Allons, dit-il après cet accès de gaieté, je veux être bon prince. Baisez seulement mes fesses et je vous fais grâce de la vie.»

Le pasteur ayant décliné la proposition, le diable remit une épée à chacun des adversaires, mais l'Orgueil jeta la sienne et s'écria:

«Foin d'une épée! Pour abattre si pauvre gibier, je n'ai besoin que d'un bâton.»

Brandissant sa canne de tambour-major, il s'avança à la rencontre du pasteur qui prit ses dispositions de combat. On voyait bien que le pauvre saint homme n'avait jamais touché à une épée. L'avant-bras replié et le poing à l'épaule, il tenait son arme comme un poignard, sans souci de se garder à gauche, et il avait si piteuse allure que l'Orgueil eut un sourire de dédain.

«C'est trop d'un bâton, dit le monstre en lâchant sa canne. Il me suffira de souffler sur ce pantin pour l'anéantir.»

Quatre pas le séparaient alors de son adversaire. Il enfla d'abord sa poitrine, puis, la tête renversée en arrière, gonfla ses joues. Le pasteur, avec une candide assurance, porta un coup d'épée. Visant au ventre, il frappa à la gorge et l'Orgueil tomba à la renverse. Le pasteur jugea prudent de lui couper la tête. Par l'ouverture béante, une colonne de sang s'éleva dans la mer et s'épanouit en parasol. À mesure que le sang s'écoulait, l'Orgueil perdait ses brillantes couleurs ; son panache, ses décorations s'effaçaient. Bientôt, il n'y eut plus qu'un tas de chairs grises et flasques. La victoire du pasteur faisait renaître en chacun de nous un sentiment oublié, de fierté et aussi d'humilité, car le souvenir de notre conduite passée n'était plus seulement présent à notre esprit, mais s'inscrivait déjà dans notre chair. Les filles du pasteur tendaient les bras vers lui avec des paroles de gratitude, tandis que l'épouse, dominée par un sentiment de honte, baissait la tête en silence.

« Au suivant ! » s'écria le diable en se tournant vers la deuxième des sept cavernes.

L'Envie sortit lentement de son antre obscur. Tout d'abord, on ne vit d'elle qu'une énorme tête en forme de casque, faite d'une substance dure et cornée. Entre la visière du casque et la mentonnière, béait un trou noir au fond duquel brillaient deux yeux d'or vert. Dardé de ces secrètes profondeurs, le regard de l'Envie semblait adhérer à l'objet auquel il s'arrêtait. Parfois, la visière du casque se rabattait silencieusement et éteignait l'éclat des phosphorescences jumelles. La bête avançait prudemment, la gueule au ras du sol, entre ses grosses mains écailleuses sur lesquelles s'appuyait l'avant-train. Ayant ainsi fait une dizaine de pas, elle se redressa d'un mouvement souple. Son corps était articulé au-dessous des épaules, de sorte que le buste maintenait sans effort apparent la position debout. Ce buste, qui avait forme humaine, était en partie protégé par des plaques de corne et, partout où elle apparaissait, la peau était couverte de pustules qui sécrétaient des humeurs jaunâtres. Le reste du corps, sur lequel la bête prenait son assiette, était d'un gros crocodile noir et ventru se mouvant avec agilité sur six paires de pattes.

Fiers de notre champion, nous faisions des vœux pour sa victoire, mais à voir les proportions de l'animal, la puissance de son poitrail et de ses bras, son aisance à se déplacer, il semblait impossible que le pasteur triomphât. Le début du combat ne fit que vérifier nos craintes. Évoluant autour du pasteur avec une rapidité qui le déconcertait, l'Envie se trouva plusieurs fois en situation de lui porter un coup mortel. Il ne dut son salut qu'à sa maladresse même, si invraisemblable que l'adversaire y flaira un piège et se réserva pour une occasion plus sûre. Cette occasion ne tarda guère à se présenter et l'Envie était en bonne position de frapper par-derrière lorsque la plus jeune des filles du pasteur, qui avait l'esprit aussi bien fait que la poitrine, s'écria :

« C'est moi la plus belle créature du monde ! »

Aussitôt, l'Envie se tourna vers nous, et ses yeux d'or vert flambèrent au fond du casque.

« Il n'y a pas de créature plus belle que moi ! » insista l'orgueilleuse. Dardant sur elle un regard chargé d'anxieuse envie, la bête oublia le combat et laissa le pasteur lui couper le cou tranquillement. Un liquide jaune et visqueux s'échappa de la blessure. Tandis que nous applaudissions à la victoire du pasteur, un sentiment d'émulation se glissait dans nos cœurs. Chacun de nous aurait voulu combattre à la place du ministre de Dieu. Le règlement s'y opposait.

« Au suivant ! »

L'Avarice était une énorme marmite surmontée d'une tête d'oiseau de proie aux yeux vifs et méchants, aux oreilles mobiles, vastes comme des plats à gigot. Ses trois paires de bras se terminaient par des mains longues et fines, aux doigts nerveux, sans cesse en mouvement. Ses courtes pattes, au nombre de quatre, étaient munies de pieds préhensifs. Tout en elle révélait la cruauté, la méfiance qui vont de pair chez les avares. Son regard haineux, implacable, les contractions fébriles de ses mains et de ses doigts de pied griffus trahissaient une impatience méchante. À la vue du monstre, je me rappelai certaines paroles du professeur Ludovic Martin. Selon lui, l'avarice ne procède pas d'un sentiment d'égoïsme, mais du souci pervers de détourner de la vie les objets propres à la consommation. « L'avare est l'ennemi de la vie, disait-il. La haine de la vie le pousse à accaparer et la crainte de voir retourner à la vie ce qu'il thésaurise entretient en lui un perpétuel sentiment de méfiance. » Au premier coup d'œil, il paraissait quelque chose de cette méfiance. Outre les oreilles démesurées dont il a déjà été parlé, l'Avarice en possédait une autre paire d'un format plus réduit, disposées de chaque côté de la marmite à la place des anses. Enfin, elle était dotée d'un œil au bas du ventre et d'un autre dans le dos.

Le combat venait à peine de commencer lorsque l'Avarice tourna bride subitement. Son œil lombaire avait aperçu le veau d'or gisant sur le sol. Elle y courut au galop de ses quatre pieds de marmite et, s'asseyant sur le ventre de l'idole qu'elle étreignait de ses trois paires de bras, se mit à la couver avec des vagissements de bonheur. L'ivresse de l'or la rendait aveugle au danger. Le pasteur la rejoignit sans qu'elle eût seulement conscience de son approche et, d'un coup de pointe, lui creva la marmite. Comme l'Aululaire, elle était pleine de pièces d'or qui s'écoulèrent sur le veau. Ce nouvel exploit du pasteur suscita en chacun de nous ce généreux désir d'entreprendre dont l'appétit de conquête et l'avarice sont, à des degrés différents, des poussées perverses. Le combat nous tentait de plus en plus et le diable dut nous rappeler, pour apaiser notre impatience, que nous appartenions encore au royaume des morts.

« Au suivant. »

L'apparition de la Gourmandise ne manqua pas de nous surprendre beaucoup. Nous attendions un monstre difforme et nous vîmes un bourgeois cossu, très bien mis et presque élégant malgré l'ampleur de son ventre, ses membres un peu courts et son cou d'apoplectique. Vêtu d'un habit bien coupé, la fleur à la boutonnière et le haut-de-forme légèrement rejeté sur la nuque, il avait dans sa démarche pesante, dans les gestes de ses petites mains potelées et jusque dans le port de tête, une certaine préciosité qui restait décente. Quoique noyés dans la graisse qui lui mangeait les yeux et débordait par la cassure du col, les traits de son visage enluminé gardaient une surprenante finesse, particulièrement son nez court, d'un dessin délicat, et sa bouche puérile en forme de cœur. À mesure qu'elle se rapprochait de notre groupe, je saisissais mieux sa véritable physionomie. Sous son apparence de souriante bienveillance et malgré la délicatesse des traits, l'expression du visage était dure et rusée. Les petits yeux bridés par la graisse avaient un regard froid, étrangement lucide. À l'examen, la Gourmandise ne semblait pas moins redoutable que les autres monstres. Lorsque s'engagea le duel, nous étions tous consumés du regret de ne pouvoir combattre et les plus emportés participaient à l'action en encourageant le pasteur de la voix et du geste.

« Vas-y, toto, au buffet ! s'écria un matelot. Au buffet ! »

À ces mots, la Gourmandise parut troublée et jeta un coup d'œil par-dessus l'épaule, tandis que les spectateurs reprenaient en chœur :

« Au buffet, toto ! Au buffet !

– De quel buffet parlez-vous ? demanda la Gourmandise qui se tourna de notre côté en négligeant de se garder. Il y a donc un buffet ? »

La réponse lui fut donnée par l'épée du pasteur, qui lui perça le flanc et sortit par le ventre. Lorsque son corps se fut vidé de sang, il apparut que son habit noir, son haut-de-forme et ses escarpins avaient pris une teinte gris clair et que toute cette garde-robe était façonnée par la nature avec la substance même de la bête. C'est un phénomène curieux qui pourra intéresser les savants et amuser la jeunesse.

«J'ai une faim de tonnerre! s'écria le capitaine du cargo.
– Au suivant!»

La Colère nous surprit d'abord par le calme de son attitude et de sa démarche. Elle offrait à peu près l'aspect d'un homme des cavernes puissant et ramassé, aux bras et aux mollets énormes. Son corps était couvert d'une toison aux poils plus rudes que les crins d'un balai. Pour la tête, d'un volume considérable, elle tenait du bouledogue par le faciès et de l'homme par l'ampleur du front et la carnation. La Colère marchait à pas lents, la tête basse et l'air absent. Je crois qu'elle était toute à la pensée des injustices et des offenses, qui devait bouillonner derrière son grand front méditatif. Son pas devenait de plus en plus lent. Soudain, elle s'immobilisa, comme frappée d'une évidence aveuglante. Ses poils se dressaient sur son corps et sur sa tête comme les piquants d'un hérisson. Son visage devint bleu, ses babines se relevèrent, et ses yeux, exorbités, s'injectèrent de sang. Trépignant et levant les poings vers le ciel, elle explosa d'une voix rauque au débit précipité:
«Nom de Dieu de nom de Dieu de bordel de Dieu! Je veux savoir! je veux savoir! Mais enfin, pourquoi? Je veux savoir pourquoi, nom de Dieu! Je n'admets pas que... j'ai le droit de...»
Sa face bleue virait au noir. La fureur l'étranglait littéralement. Elle porta la main à son cou et resta un moment, haletante, à reprendre vie et conscience. Sa toison de porc-épic s'affaissa peu à peu, sa gueule crispée se détendit. La voyant calmée, le diable lui mit l'épée à la main et lui expliqua qu'elle devait se mesurer avec l'envoyé de Dieu. La Colère regarda vaguement les quatre cadavres gisant au sol et n'objecta rien. Elle engagea le combat distraitement, se contentant de parer les coups peu dangereux que s'efforçait de lui porter le pasteur, mais son front se plissait sous l'effort de la réflexion. Et tout aussi soudainement que la première fois, elle se hérissa, devint bleue, roula des yeux sanglants et se prit à gueuler:
«Nom de Dieu de nom de Dieu! je veux savoir! Pourquoi moi? Pourquoi ma vie devrait-elle racheter ces âmes? Ce n'est pas juste! Je veux savoir, nom de Dieu! Je saurai! je saurai...»
De nouveau, la Colère s'étrangla et porta les mains à son cou. Quoiqu'elle fût hors d'état de se défendre, le pasteur ne se fit pas scrupule de lui pousser son épée dans les tripes, car il combattait pour la bonne cause. On lui fit une très belle ovation. Cependant, je sentais frémir en moi une inquiétude oubliée, inquiétude encore animale, mais déjà nourrie d'incertitudes et de questions inexpri-

mées, forme élémentaire de ce sentiment de la justice dont les exigences, bien ou mal entendues, égarent facilement les hommes et les bêtes.

« Au suivant ! »

Tous les regards étaient braqués sur le repaire de la Paresse, mais ce ne fut qu'après une très longue attente que notre impatience eut satisfaction. Un murmure admiratif accueillit son apparition. Devant nous s'étalait une immense étoile de mer dont les sept branches, d'un rose délicat, ne mesuraient pas moins d'un mètre chacune. L'une d'elles se terminait par une main fine et potelée, à demi ouverte et qui semblait s'abandonner à la caresse de l'eau. Le cœur de l'étoile était une tête de femme jeune et fraîche, qu'encadraient de longs cheveux flottants, d'un blond doré. La bouche à peine entrouverte, les paupières presque closes sur ses longs yeux noirs, elle était renversée en arrière et semblait goûter l'approche du sommeil. Jamais péché ne se présenta sous un jour plus aimable. Après un moment de repos, les branches de l'étoile ondulèrent avec une souplesse languissante et la Paresse s'avança lentement vers le milieu de l'arène. Et notre murmure d'admiration devint un murmure d'horreur. Autour de ce frais visage de femme et dans les remous de sa chevelure blonde, nous pouvions maintenant distinguer un grouillement de bêtes immondes, serpents, araignées, scorpions, asticots, nécrophores et autre vermine. Parfois, une tête de vipère s'échappait d'entre les boucles blondes et coulait sur la joue de la jeune femme. Nous n'avions rien vu jusqu'alors d'aussi repoussant. Le pasteur, que l'apparente séduction de la Paresse avait d'abord alarmé, se tourna vers nous, triomphant.

« Regardez-la ! s'écria-t-il. Ne vous lassez pas de la regarder ! Et n'oubliez jamais que vous avez vu les vices les plus dégoûtants grouiller sur le mol oreiller de la Paresse !

– Que de bruit, soupira la Paresse, que d'agitation ! Finissons-en. »

Dès le départ, le combat s'avéra inégal. Pour atteindre son ennemie, le pasteur était obligé de se tenir constamment plié en deux. Le seul endroit où elle fût vraiment vulnérable était la tête, qui offrait peu de surface aux coups de l'adversaire. La Paresse se couvrait avec une habileté nonchalante et, sans faire l'effort d'attaquer, taquinait l'adversaire de la pointe de son épée, attendant qu'il vînt lui-même s'enferrer, ce qui ne pouvait manquer de se produire. Consciente du danger qui le menaçait, la plus jeune fille du pasteur eut l'idée de chanter une berceuse : « Dodo, l'enfant do, l'enfant dormira tantôt. »

Aux premières mesures, la Paresse se mit à dodeliner du chef, ce qui causa de l'effervescence parmi la vermine ; puis ses paupières s'alourdirent, tandis que les branches de l'étoile se relevaient en forme de corolle et se fermaient sur la belle tête endormie. Le pasteur trancha les branches de l'étoile et, après avoir décapité la dormeuse, extermina la vermine qui grouillait dans le sang. Pour la première fois depuis notre arrivée en enfer, nous nous mîmes à bâiller, à penser au sommeil, au repos et à de fécondes méditations. « Au suivant ! » appela le diable, d'une voix maussade et avec une moue de mépris, car dans cette cascade de victoires, il croyait apercevoir la main de la Providence et c'était pour lui comme si la partie eût été honteusement truquée.

La Luxure nous apparut sous l'aspect d'un vieillard nu, décharné et coiffé d'un melon beige. Les yeux noirs, luisant au fond de leurs orbites, avaient un regard intérieur, et son visage maigre semblait tendu par l'anxiété. Emmanchée dans l'oreille droite, le vieillard portait une espèce de manivelle dont la raison d'être nous sembla d'abord un mystère. La région du bas-ventre était protégée par une cage osseuse faite d'épais barreaux noirs entrecroisés. Des attributs qui s'y trouvaient enfermés, il n'était pas possible de distinguer s'ils étaient mâles ou femelles, ni même s'ils existaient réellement. Le haut de la cage était relié au bord du chapeau melon par des espèces de filins, au nombre de trois, que leur couleur rouge signala à notre attention. Après avoir fait quelques pas hors de son antre, le vieillard s'arrêta et, portant la main à la manivelle plantée dans son oreille, s'employa, non sans effort, à la mettre en mouvement. Elle tournait avec un grincement de mécanique rouillée. Dès le premier tour, de petites figurines vivantes, de la grandeur d'une main, se pressèrent au bord du chapeau melon. Il y en eut d'abord trois, une femme nue, une autre en tenue de ville et la troisième en pyjama. Se laissant glisser le long des filins, elles descendirent jusqu'à la cage aux attributs, où elles disparurent à nos regards. D'autres figurines les suivirent, créatures de tous âges, en toutes tenues et, en pièces détachées, des cuisses, des croupes, des poitrines et des sexes de l'un et l'autre signes. Le défilé dura un très long temps après lequel, abandonnant sa manivelle, la Luxure, épuisée, se recueillit un moment. Enfin, elle releva la tête, parcourut des yeux notre groupe et parut s'intéresser à la nudité des trois filles et de l'épouse du pasteur. Comme elle recommençait à actionner sa manivelle, nous eûmes l'étonnement de voir apparaître au bord du chapeau melon, puis glisser le long des filins, les réductions parfaitement ressemblantes de la mère et de ses trois filles. Le pasteur ne put le supporter. Son indignation se manifesta par des cris et des gestes furieux, qui ne pouvaient manquer d'attirer sur lui l'attention. La Luxure le considéra un instant avec curiosité et, comme elle donnait encore un tour de manivelle, le pauvre pasteur eut la douleur de se voir lui-même descendre la tête en bas le long du filin et, rattrapant sa propre épouse, lui mordre les fesses à l'instant où elle entrait dans la cage à sexe. Aussi fut-ce avec un furieux emportement qu'il entama le combat, sans toutefois y faire preuve de plus d'adresse qu'au cours des précédents. La partialité divine avait beau nous paraître évidente, nous avions des craintes. Toute sénile et maigrelette qu'elle parût, la Luxure menait la danse avec beaucoup d'entrain et de sang-froid. Contraint à faire un saut de côté assez ridicule, le pasteur découvrit le cadavre de la Paresse qui se trouvait derrière lui. En apercevant la tête de jeune femme fraîchement coupée, la Luxure fit entendre une sorte d'aboiement et lâcha l'épée pour la manivelle. Une effigie de la tête coupée, réduite aux proportions d'une orange, glissa le long du filin, mais n'eut pas le temps d'arriver jusqu'à la cage. Le pasteur venait d'exterminer son dernier adversaire. Aussitôt, sa femme et ses trois filles, comme au jour du premier péché, découvraient qu'elles étaient nues et rougissaient jusqu'aux oreilles. L'adjudant, qui les regardait à la dérobée, se trouva si ému que tout le monde s'en aperçut.

L'enfer ayant vomi sa proie, chacun de nous fut rendu à une activité normale. Le professeur Ludovic Martin se retrouva parmi ses élèves sur la plage bretonne que nous avions quittée une semaine plus tôt. Un jour, il leur raconta ce que je viens de raconter.
«Déchirez mon *Traité de prophylaxie de l'âme*, conclut-il. Si vous voulez vous garder des mauvaises tentations, ne haïssez pas le péché, mais familiarisez-vous avec le péril. Ne soyez pas bêtement modestes, ne méprisez pas les bonnes nourritures, ne fuyez pas les femmes, etc.»

LE FAUX POLICIER

Marié, père de trois enfants, Martin gagnait trois mille cinq cents francs par mois à faire des additions dans une maison de commerce de la rue Réaumur et, comme il faut bien vivre, il était également faux policier à ses moments perdus. C'est une profession qui réclame des dons d'observation, un jugement prompt avec du sang-froid et du doigté. Le vrai policier n'a pas besoin de choisir ses clients. Ils lui sont fournis par le commissariat, par la préfecture ou par des indicateurs, et c'est une économie de temps, de risques et de soucis. En outre, il a le droit de se tromper. Il peut prendre une dame patronnesse pour une procureuse de maison close ou, dans une minute d'exaltation, pocher l'œil d'un homme pur sans avoir à redouter les suites de son erreur. Surtout, il n'a pas à se soucier de paraître naturel. L'opinion que peut avoir de lui son patient ne l'intéresse qu'accessoirement, dans la mesure où il est curieux de psychologie.

Le faux policier, lui, doit être un homme de flair. Sous peine de sanctions graves, prévues par la loi, il ne lui est pas possible de prendre un chevalier d'industrie pour un ancien capitaine d'habillement, un pauvre pour un riche, un dur pour un mou. Pour évaluer une situation de fortune, il ne dispose la plupart du temps que de renseignements incertains et lorsqu'il frappe à la porte d'un client, c'est au premier coup d'œil qu'il lui faut jauger un homme, un caractère, et choisir une ligne de conduite. Non seulement il est tenu de posséder toutes les qualités du policier idéal, mais il doit encore en avoir l'apparence, le vêtement, la physionomie, le langage, tels que le public les imagine le plus ordinairement. Martin s'était composé une silhouette qui répondait en tout point à l'image conventionnelle de l'inspecteur de police, ce qui ne le dispensait pas de nuancer son personnage selon le client auquel il avait affaire. Les épaules lourdes, le visage un peu gras, il portait classiquement le chapeau de feutre noir à bord roulé, l'imperméable vert, les chaussures

Première publication dans Pan, *1945.*

noires montantes à forte semelle, la chaîne de montre en argent barrant ostensiblement le gilet noir et, sur la lèvre, un fort trait de moustache noire.

Martin était un peu desservi par un grand fond d'honnêteté qui paraissait à son air sérieux et appliqué. Cette vocation de brave homme, qui transpirait trop évidemment par tous les pores de son visage, intimidait ses victimes et les détournait assez souvent de lui proposer une transaction infâme. Il leur semblait improbable qu'un inspecteur d'une figure aussi loyale pût se laisser corrompre. De son côté, Martin répugnait à faire le premier pas et, la pudeur l'empêchant, il lui arrivait de quitter la place sans avoir prononcé les paroles révoltantes. En ces occasions et pour arranger les choses, il manœuvrait à enfermer son hôte dans un placard et faisait ensuite main basse sur l'argent et sur les bijoux. Une fois même qu'il opérait dans un immeuble du quartier de la Chapelle, il eut un geste si malencontreux que son client lui mourut dans les mains. Sa conscience le tourmenta. Heureusement, quelques jours plus tard, c'était en avril 1944, un bombardement aérien anéantit la maison du crime avec tous ses occupants et il retrouva la paix du cœur en pensant qu'il avait souscrit aux volontés de la Providence. On peut croire qu'avec des sentiments aussi délicats, il ne s'était pas résolu sans de grands débats intérieurs à embrasser la carrière de faux policier. En fait, pendant toute l'année 1941, il avait comparé la course des valeurs morales et celle des valeurs alimentaires. Loyalement, il s'était obstiné à nourrir ses trois enfants des valeurs morales les plus solides, les plus éprouvées, et devant les petits visages blêmes, les pauvres poitrines étroites et toussoteuses, il avait fini par pressentir qu'un régime de viandes rouges les mettrait à même d'assimiler plus complètement ses robustes enseignements. La grande difficulté fut pour lui d'amener sa femme à ses vues. Toutefois, lorsqu'il eut réussi à la convaincre et que l'aisance fut entrée dans la maison, elle ne cessa de lui prodiguer ses exhortations, allant parfois jusqu'à lui reprocher son indolence et sa pusillanimité.

«Au prix où sont les manteaux de vison, ce n'est pas le moment de s'endormir», faisait-elle observer.

Pour les enfants, il va de soi qu'aucun d'eux ne soupçonnait le genre d'activité auquel se livrait leur père. Les chers petits anges mangeaient en toute innocence de la côtelette à trois cents francs le kilo et des tartines de beurre à deux cents francs la livre et, il faut bien le dire, leurs joues devenaient roses et rebondies. Lorsqu'il était assailli par quelque scrupule touchant son second métier, Martin n'avait qu'à considérer leurs bonnes figures réjouies et leurs petits corps vigoureux. Il se disait que la morale ne peut pas vouloir que les enfants souffrent de la faim et de la tuberculose. Mieux que ne savaient le faire les exhortations de sa femme, ces réflexions l'aidaient à surmonter ses doutes et ses défaillances et il se remettait à la besogne avec une ardeur nouvelle. Il choisissait ses victimes parmi les trafiquants du marché noir, les détenteurs de stocks clandestins, les Juifs en difficulté, certaines catégories d'intermédiaires et d'hommes de paille. L'administration de la Ville de Paris et celle de l'État, où les trafics de fonctions et d'influences n'étaient pas très rares, lui offraient aussi d'appréciables débouchés. L'orgueil de sa carrière était d'avoir extorqué cinquante mille francs à une bande de faux policiers. Ses premiers pas dans la profession avaient d'ailleurs été périlleux et son inexpérience avait failli lui coûter cher. L'idée lui était venue tout naturellement de rançonner les commerçants patentés qui écoulaient leurs marchandises à des prix illicites et il s'était trouvé plusieurs fois à deux doigts d'être appréhendé par d'authentiques inspecteurs auxquels les boutiquiers payaient régulièrement tribut. Par la suite, il devait constater fréquemment cette collusion du marché noir, comme de toute espèce de trafic frauduleux, avec les services constitués pour leur répression. Tant d'immoralité l'avait d'abord blessé dans son sentiment de l'honneur et de la probité, lequel demeurait intact en dépit d'une malhonnêteté de circonstance et tout à fait superficielle. À la réflexion, son cœur s'était ouvert à l'indulgence et il avait excusé la vénalité des vrais inspecteurs qui manquaient à leur devoir professionnel. «Eux aussi, pensait-il, ont des enfants à nourrir et ce n'est pas avec les traitements que leur alloue le gouvernement qu'ils peuvent leur assurer des santés convenables. Voilà de braves gens, bons époux, bons pères de famille et bons fonctionnaires qui n'auraient pas demandé mieux que de continuer à faire honnêtement leur métier, mais la guerre est arrivée, la défaite a suivi, l'invasion, l'Occupation. Plus de locomotives, plus de wagons, plus de voitures, partant, moins à manger. Pour faire vivre leurs familles, ils se sont vendus comme ils ont pu. Ils ont voulu gagner un peu plus, mais au fond, ce sont toujours de braves gens. Je ne veux pas croire que la vertu soit à la merci d'une crise des transports, ce serait trop affreux. La vérité, c'est qu'il en va d'elle comme de Dieu lui-même. La guerre peut bien détruire les églises comme elle détruit les conditions de vie nécessaires à l'exercice de la vertu. Dieu n'en est pas moins immortel et toujours présent parmi les ruines du temple. Aussi bien, je n'ai qu'à

regarder en moi-même pour y découvrir aussitôt la présence rafraî-
chissante de la vertu, et, ma foi, c'est bien l'essentiel. Il n'y a pas
besoin d'être grand clerc pour comprendre que le principe importe
beaucoup plus que les œuvres. L'eau du ruisseau n'est jamais troublée que pour un moment si la source est restée pure.»

Il y avait si peu d'hypocrisie dans ces méditations et l'espérance qu'il
nourrissait au fond de son cœur était si généreuse qu'il vit poindre
l'heure de la Libération avec une joie sans mélange. Le jour de la
délivrance de Paris, Martin prit sa femme dans ses bras et s'écria en
versant des larmes de bonheur:

«Délivrés, Justine, délivrés! La fin de nos misères est enfin venue,
la fin de cette fausse existence à laquelle m'avaient plié les nécessités de l'époque. Ce brouillard épais qui masquait l'éclat de la vertu
s'est enfin levé. De toutes parts, des trains de beurre, de cochon, de
vin rouge et de volaille vont se mettre en route pour Paris. Justine,
c'est le recommencement tant attendu de notre petite vie d'autrefois,
si modeste et si digne.»

Justine se laissait embrasser passivement et, le mufle boudeur, baissait la tête en triturant son lourd bracelet d'or.

«Souviens-toi de notre bonheur d'avant-guerre, disait Martin.
Souviens-toi de nos soirées sous la lampe. Tu raccommodais mes
fonds de culotte pendant que je mettais en ordre la comptabilité de
notre voisin l'épicier pour augmenter nos revenus. Nous étions
pauvres et les enfants mangeaient à leur faim, ils avaient des vêtements chauds et des souliers. Tu étais fière de t'en tirer avec si peu
d'argent et moi de n'avoir jamais un moment de repos. Voilà le bonheur que nous allons retrouver, Justine.»

Sans s'arrêter aux récriminations de sa femme, Martin renonça
décidément à la carrière de faux policier. Pendant près de deux
mois, il vécut dans la paix de sa conscience et dans la joie de la fierté
retrouvée. Jamais son métier d'aide-comptable ne lui avait paru
aussi beau. À la fin de septembre, en touchant les trois mille cinq
cents francs de son salaire mensuel et à la pensée que cet argent
représentait son seul gain du mois, une bouffée d'orgueil lui monta
à la tête. Toutefois, il ne laissait pas se rouiller ses dons de policier
et les faisait servir à des fins honorables. À ses heures de loisir et
moins par dilettantisme que par ferveur patriotique, il s'occupait à
enquêter sur la conduite et les propos qu'avaient tenus certains individus douteux pendant l'Occupation et il dénonçait les mauvais
patriotes aux autorités. Il eut ainsi la satisfaction de faire emprison-
ner soixante et onze personnes.

« Comme ça semble bon, disait-il à sa femme, de travailler pour la police. »

Cependant, sa femme était de mauvaise humeur et se plaignait que le prix du beurre augmentât, comme aussi ceux de la viande, du vin et d'autres denrées. Le jour où il lui rapporta les trois mille cinq cents francs de son salaire, elle dit en les empochant :

« Ce sera pour mes cigarettes du mois d'octobre. À propos, il faut que tu me donnes vingt mille francs. Il a fallu acheter... »

Suivit une énumération d'achats indispensables et de sommes déboursées, qu'elle fit suivre d'un commentaire pertinent. À son estimation, il fallait de plus en plus d'argent pour subsister et comme on ne pouvait plus compter sur des rentrées appréciables, on devait prévoir qu'un jour viendrait où la famille se trouverait acculée à la famine et au désespoir. Cette échappée sur d'aussi sinistres perspectives ne manqua pas de troubler Martin pendant un moment, mais ce jour-là, il était sur le point de faire arrêter ses voisins de palier, et sa bonne conscience réchauffa son optimisme.

Trois semaines plus tard, les demandes d'argent s'étant renouvelées plusieurs fois, il devint clair que les économies du ménage allaient s'épuiser. Malgré sa répugnance, Martin dut prendre en considération les doléances de sa femme et ses appels toujours plus pressants. Il faut vivre avec son époque, disait-elle, ou se résigner à disparaître. Enfin, après bien des débats et des déchirements, il se résolut à reprendre son activité de faux policier, réservant toutefois que cette rechute n'engageait pas sa conscience. Le lendemain soir, il rançonnait un trafiquant de pierres à briquets, qui alimentait un secteur important du marché clandestin. L'opération lui rapporta vingt-cinq mille francs, mais il eut beau se répéter que sa conscience n'y était pas engagée, il rentra chez lui le cœur serré d'une angoisse qui ressemblait à un remords. Les jours suivants, il fut triste et taciturne.

Le voyant dans cet état de dépression et craignant qu'il n'abandonnât définitivement la carrière, Justine sentit la nécessité de lui préparer la besogne et lui signala une très bonne affaire. Il s'agissait d'une vieille femme qui avait dénoncé une dizaine de personnes à la Gestapo et fait fusiller un jeune réfractaire de vingt ans. Sous le coup d'un mandat d'arrêt, elle se cachait dans une chambre meublée de la rue Bleue, retraite dont le secret, par une cascade de confidences entre amies sûres, était venu jusqu'aux oreilles de Justine. Surmontant sa répugnance, Martin se rendit chez la vieille à la tombée du soir et la fit chanter à contrecœur. Au moment de se retirer avec son butin, il eut une inspiration et étrangla sa cliente sans lui laisser faire un cri. Ayant ainsi racheté son indélicatesse par un acte de justice et de patriotisme, il en ressentit un si grand bien-être que quatre jours plus tard, il égorgeait un jeune milicien après l'avoir rançonné. Désormais il n'épargna plus aucun de ses clients. Il exécutait aussi bien les trafiquants du marché noir, jugeant qu'ils faisaient beaucoup de mal à l'économie nationale. Ces exécutions lui permettaient en outre de faire un plus ample butin, car à la rançon s'ajoutaient les dépouilles du criminel. La gaîté et la quiétude étaient revenues à la maison. Ayant équilibré au mieux les nécessités du gagne-pain et les exigences d'une conscience sourcilleuse, Martin était d'humeur charmante. Pour Justine, elle regardait maintenant l'avenir avec confiance.

«Je nous vois du pain sur la planche, disait-elle un peu vulgairement. Bien sûr, le marché noir durera ce qu'il durera, rien n'est éternel, mais je crois quand même qu'on en a pour un petit bout de temps.

– En tout cas, faisait observer Martin, ce ne sera pas de ma faute. Hier encore...

– Bien sûr, mon chéri, mais tout le monde ne fait pas comme toi. Le marché noir, on n'est pas près d'en voir le bout. En plus de ça, les Français n'ont pas fini de se détester, ni de se tirer dans les jambes et tant qu'il y en aura qui auront peur...

– C'est vrai, soupirait Martin. Pour purger la nation de ses mauvais éléments, il faudra du temps et de la persévérance.»

Et Martin tuait avec persévérance et, à chaque nouvelle victime, il se sentait grandir dans sa propre estime. Il connut des jours enivrants, tel ce samedi après-midi où il égorgea un trafiquant du noir, un maréchaliste et une mauvaise femme qui s'était donnée à un militaire allemand sous l'Occupation. Il ne se souciait pas toujours si ses clients étaient en difficulté avec la police et les choisissait souvent parmi des criminels que de hautes relations ou une chance imméritée semblaient devoir sauver de l'expiation. De plus en plus, le souci de la justice l'emportait dans son cœur sur tous autres soucis. Parfois en flânant dans la rue, il lui semblait reconnaître un trafiquant du noir à l'insolence de son ventre, ou un collaborationniste à la lueur perverse d'un regard et il sentait à son poing frémir le glaive d'un archange.

Les hommes purs ne sont pas moins exposés que les autres à la tentation. Un jour, son couteau de justicier bien en main dans la poche de son pardessus, il frappa à la porte d'une femme sans aveu, qui avait, la chose était de notoriété publique, livré aux Allemands des secrets artistiques concernant la basilique du Sacré-Cœur de

Montmartre. Elle vint lui ouvrir elle-même. C'était une jeune femme blonde (ou brune) qui avait une bouche moyenne, un nez moyen et des yeux d'une certaine couleur. L'amour s'empara de Martin au premier coup d'œil, l'enveloppa, l'étreignit, le poignit et le pénétra cœur et chair. Il était perdu. Mais n'anticipons pas. Le métier de faux policier lui avait appris bien des choses sur les secrets du cœur humain et l'avait habitué à tirer promptement parti des situations imprévues. Il prit la main de la jeune femme sans aveu et la pressa doucement.

«Je m'appelle, dit-il, Martin, je suis acteur de cinéma. Je vous ai vue passer plusieurs fois dans les rues de Montmartre, je vous aime.»

«Monsieur, s'écria la jeune femme, qui s'appelait Dalila, vous êtes complètement sonné!»

Tout en s'écriant, elle considérait avec méfiance la singulière silhouette de son visiteur.

«Dans mon impatience de vous avouer mon amour, dit Martin, je me présente sous un aspect qui ne m'avantage guère. Acteur de cinéma, je tourne pour l'instant dans un rôle de policier, ce qui vous explique ce déguisement.

– C'est amusant, et comment s'appellera le film?

– Il s'appellera Le... Le Faux Policier. C'est un film qu'on a commencé de tourner sous l'Occupation et qu'on est en train de terminer. C'est d'ailleurs pour quoi je joue, car je dois vous dire que j'ai été épuré et qu'on m'a interdit pour deux ans.»

Il parlait ainsi pour la mettre à l'aise et tels étaient déjà les ravages de la passion qu'il ne rougissait même pas d'emprunter ce nouveau personnage d'épuré.

«Notez que je m'en moque, ajouta-t-il avec désinvolture. J'ai gagné beaucoup d'argent et après la guerre, j'irai tourner en Amérique quand je voudrai.

– Et ce sera bien fait pour eux, dit Dalila. Alors comme ça, ils vous ont ennuyé aussi? Moi, figurez-vous que dans le quartier», etc.

Notre dessein n'est pas de conter ici une histoire d'amour. Ce qu'il importe de savoir, c'est qu'après avoir dîné trois soirs de suite dans des restaurants d'un prix fou, être allé voir jouer au cinéma L'Extravagant M. Deeds, Martin connut l'amour avec Dalila dans les deux pièces-salle de bains qu'elle habitait avenue Junot. Alors commencèrent les nuits râlées, lascives, insomnieuses, trouées horriblement par des abîmes voluptueux. Ils se donnaient l'un à l'autre avec des raffinements inouïs, dans des pyjamas de marché noir, pendant que le pick-up jouait des mélodies de Jean Sablon ou des chansons réalistes chantant les faubourgs, les chambres meublées et les soirs meurtris. À l'aube, Martin rentrait chez lui, la tête vide, l'œil de veau et les paupières pochées de fatigue.

« Je suis sur une affaire formidable, disait-il à sa femme. Ce sera long et difficile et fatigant, mais le résultat en vaudra la peine.

– Laisse tomber, conseillait Justine. À quoi bon s'occuper des gros, mon chéri ? C'est toujours dangereux. Il ne manque pas de petits coupables sans malice et qui te rapportent tout de même tes cinquante mille francs à chaque fois. »

Ce disant, elle n'était pas tout à fait dupe et soupçonnait bien quelque irrégularité dans la conduite de son mari. Ses soupçons se trouvèrent pleinement confirmés le jour où Martin, tirant son portefeuille, fit sauter de sa poche une photo de Dalila, ornée d'une dédicace flatteuse et passionnée qui ne laissait rien à supposer. Justine le traita de sans cœur, de mauvais père, d'imbécile et aussi de grand cochon. Martin dut promettre qu'il ne rentrerait plus jamais après 10 heures du soir et il tint parole afin d'éviter de nouvelles scènes. Mais ces obligations lui étaient d'autant plus cruelles que Dalila, sa maîtresse, lui reprochait d'être avare de son temps et lui faisait presque la tête. Martin était ennuyé. Il commençait à se demander si sa femme n'était pas un peu de la cinquième colonne et si elle ne méritait pas le châtiment des traîtres. En effet, un jour qu'il déjeunait à la table familiale, il lui souvint d'une certaine nuit de 1943 où sa femme, réveillée par les sirènes et la canonnade, avait dit que les Anglais étaient des vaches. Il avait encore la phrase dans l'oreille. Certes, la chose était grave. Mais ayant laissé impuni le crime de Dalila, il se demandait avec angoisse s'il lui convenait bien de châtier celui de l'épouse et il en délibéra en lui-même pendant plusieurs jours. Quand on s'est écarté une fois du droit chemin de la justice, on n'y rentre jamais qu'en titubant sous le poids de ses iniquités. Lorsque son regard rencontrait celui de son mari, Justine y surprenait parfois d'étranges lueurs. Un soir, après dîner, les enfants couchés, il lui demanda brusquement :

« Te rappelles-tu une nuit de décembre 1943 qu'une alerte nous avait réveillés et que tu t'étais levée en disant : "Les Anglais sont des vaches" ?

– C'est possible, convint Justine, je l'ai dit tellement de fois...

– Mes souvenirs ne m'avaient donc pas trompé. Justine, réponds-moi en toute sincérité. Te repens-tu de l'avoir dit ?

– Naturellement, répondit Justine qui ne manquait pas d'un certain tact.

– C'est bon, soupira Martin. Puisque tu te repens, il n'en sera plus question.»

Repentir bien facile, absolution expresse, justice dérisoire, mais Martin pataugeait déjà en plein bourbier. Ayant épargné sa femme, il épargna d'autres coupables, tant par paresse et par manque de temps, car il consacrait à Dalila presque tous ses loisirs, que par l'effet d'une certaine sentimentalité à laquelle l'inclinait l'amour. Il lui arrivait maintenant de rester une semaine sans rien tuer. Parfois, il faisait un retour sur lui-même et prenait conscience de son amoindrissement. «Ah! si j'avais le temps, pensait-il alors, je ferais une boucherie.» Ce fut dans un de ces moments trop courts qu'il prit la résolution de quitter son emploi d'aide-comptable. Ce faisant, il croyait avoir plus de liberté et plus de temps pour se consacrer à sa tâche de justicier. Il arriva tout juste le contraire. Affranchi des servitudes de son métier, il tomba plus complètement sous l'empire de Dalila. Au lieu de donner le temps des loisirs à ses œuvres de justice, il le donna tout entier à l'amour. Il s'engourdit, s'amollit, s'affadit. L'abus des mignardises, des riens aimables susurrés et des regards fripons l'aveulissait. Il devenait mutin, gavroche, flâneur, coquin, capricant, poète. Bientôt, il cessa de tuer. La vue du sang lui faisait mal et il se contentait de rançonner ses clients. Il n'avait du reste rien perdu de son habileté de faux policier et réussissait même dans ses entreprises avec plus d'aisance qu'autrefois. Au premier abord, les clients pâlissaient devant cette silhouette de faux policier qui semblait sortir d'un roman policier, mais dans son regard d'homme perverti brillaient maintenant des luisances canailles qui les mettaient à l'aise pour lui proposer des transactions malhonnêtes.

Un après-midi qu'en pyjama de soie grenat, Martin se chauffait les cuisses chez sa maîtresse auprès d'un bon feu de coke payé vingt mille francs la tonne sans le pourboire, Dalila, qui, assise sur le bord du divan, s'épilait les jambes avec une pince à sucre, redressa son torse nu, posa la pince à sucre sur la table à thé, prit dégoûtamment ses seins nus dans ses mains et, pensive, se mit à les caresser et triturer, comme sollicitant des auxiliaires de sa méditation, cependant que d'un regard tendre, mais critique, elle considérait le visage de l'amant.

«Amour, dit-elle, est-ce que tu vas garder encore longtemps cette tête-là?

– Mais, dit-il, Dalila, mon cœur, mon doux miel, qu'est-ce que tu vas supposer? Je ne pense pas du tout à faire la tête.

– Tu ne me comprends pas. Je te demande si tu vas garder encore longtemps cette tête d'inspecteur de police. Il faut absolument que tu changes de silhouette. Ton film est terminé depuis longtemps. C'est comme tes vêtements. On dirait que tu prends plaisir à te donner des allures de flic.»

Martin essaya de plaider pour ses moustaches, son imperméable vert et ses chaussures à tige, alléguant qu'il restait très attaché à l'apparence sous laquelle il l'avait séduite.

«Tu pourrais être si beau, soupira Dalila. Laisse-moi faire, je suis sûre que tu auras un chic fantastique.»

Martin ne résista pas plus longtemps à Dalila. Il se laissa couper les moustaches et affubler d'un pardessus couleur de banane qui lui descendait à la cheville, d'un chapeau sport du même ton, qu'il portait très en arrière, d'une paire de souliers en daim très clair et d'une cravate rose fesse sur fond de chemise verte. Lorsqu'il regagna le domicile familial, son apparition déchaîna l'enthousiasme de ses trois enfants, mais non pas celui de sa femme qui lui demanda s'il n'avait pas perdu toute raison et toute dignité.

«J'ai tout de même bien le droit de m'habiller comme tout le monde», répondit ingénument Martin.

Non moins ingénument, il se présentait le lendemain chez un nommé Hector Dupont qui trafiquait au marché noir avec des complicités onéreuses et gagnait péniblement ses sept ou huit cent mille francs par mois à acheter et à revendre aussi bien du beurre que des épingles à cheveux ou des confitures de marrons d'Inde, selon le lot et l'occasion, commerce ingrat et sans surprise, lui laissant à peine le bénéfice de six cents pour cent. À la vue de ce visiteur inconnu qui sentait de loin son homme du milieu, Dupont ne fut aucunement surpris et pensa qu'on venait lui proposer une affaire.

«Inspecteur Martin», dit Martin en exhibant sa fausse carte, tandis que Dupont réprimait un joyeux sourire.

Le faux inspecteur exposa qu'il était au courant des coupables activités du trafiquant et se trouvait même suffisamment informé du mécanisme de son organisation pour lui parler avec pertinence d'une certaine tonne de beurre achetée cinquante francs le kilo en Bretagne et revendue quatre cent cinquante à des détaillants parisiens. À l'appui de ses dires, il fournit quelques détails circonstanciés et cita des noms.

«Monsieur l'inspecteur, répondit Dupont, je tombe des nues. Jamais, au grand jamais je ne me suis occupé de marché noir, sinon comme client et dans la mesure où mes moyens me le permettent. Ma conscience ne me reproche rien et ma concierge peut vous le dire. D'un autre côté, j'ai horreur des histoires. On aura surpris votre bonne foi par de faux rapports et je donnerais beaucoup pour connaître le fin mot de cette affaire. Combien pensez-vous…

– Ce n'est pas très régulier, minauda Martin, mais enfin, je pense qu'avec cinquante mille francs, nous pourrions recommencer l'enquête sur de nouvelles bases.»

Dupont cria comme un écorché, jura qu'il n'avait pas un sou et finit par se résigner à donner quarante mille francs qu'il alla chercher dans son coffre-fort. Pendant que Martin, resté seul au salon, mettait quelques ivoires dans sa poche pour en faire la surprise à Dalila, son client téléphonait à la police. Le faux policier fut cueilli au moment où les quarante mille francs lui étaient comptés. Au commissariat, deux vrais inspecteurs, qui ne portaient d'ailleurs pas de moustaches, lui reprochèrent si vivement d'avoir atté à l'honneur de leur profession, qu'il cracha plusieurs de ses dents.

Le procès fut sans histoire. Martin avait confié à son défenseur qu'il s'était dévoué, pendant plusieurs mois, à une saine besogne de justicier. Après avoir mûrement réfléchi au problème, l'avocat crut devoir ne rien dire aux juges des exploits accomplis par son client. On peut disputer s'il eut raison. Quoi qu'il en soit, Martin fut condamné à deux ans de prison et cinq ans d'interdiction de séjour. Tout porte à croire que cette mésaventure lui aura servi de leçon et qu'il saura retrouver plus tard le bon usage de ses dons de faux policier.

LA BONNE PEINTURE

À Montmartre, dans un atelier de la rue Saint-Vincent, demeurait un peintre nommé Lafleur, qui travaillait avec amour, acharnement, probité. Lorsqu'il eut atteint l'âge de trente-cinq ans, sa peinture était devenue si riche, si sensible, si fraîche, si solide, qu'elle constituait une véritable nourriture et non pas seulement pour l'esprit, mais bien aussi pour le corps. Il suffisait de regarder attentivement l'une de ses toiles pendant vingt ou trente minutes et c'était comme si l'on eût fait, par exemple, un repas de pâté en croûte, de poulet rôti, de pommes de terre frites, de camembert, de crème au chocolat et de fruits. Le menu variait selon le sujet du tableau, sa composition et son coloris, mais il était toujours très soigné, très abondant et il n'y manquait même pas la boisson. S'il fut le premier à en profiter, Lafleur méconnut longtemps cette vertu singulière de sa peinture. Ayant presque perdu le boire et le manger et constatant qu'il engraissait néanmoins, il se figura qu'il était malade et vécut un moment confiné dans son atelier. On ne le rencontrait plus guère dans les rues de Montmartre ni dans les cafés où le plaisir de boire ne l'attirait plus. Un jour qu'il était sorti pour se procurer des couleurs, il rencontra Hermèce, son marchand de tableaux de la rue de La Boétie, venu sur la Butte pour affaire.

«Qu'est-ce qui vous arrive? demanda Hermèce avec inquiétude. Ma parole, vous avez une mine superbe.

– Ne m'en parlez pas, je crois que je suis en train de faire de l'anémie graisseuse. C'est incroyable. Je prends du poids, je prends de l'embonpoint et pourtant je ne mange presque plus. J'ai beau essayer de me forcer, rien à faire, la nourriture ne passe pas, vous me croirez si vous voulez, mais mes tickets de viande me suffisent. C'est tout dire.»

Rassuré, Hermèce fit des vœux pour que Lafleur retrouvât l'appétit. Il avait craint d'abord que le peintre n'eût fait un héritage et ne prétendît lui vendre ses toiles plus cher.

Première publication dans Cavalcade, *du 20 juin au 22 août 1946.*

«Dites donc, voilà bien longtemps que vous ne m'avez rien donné. Au moins quatre mois. Voyons, vous avez bien quelque chose pour moi?

– J'ai pas mal travaillé, répondit Lafleur. Je suis même assez content de ce que j'ai fait. Sans vouloir me donner de coups de pied, je crois que j'ai deux ou trois trucs vraiment réussis. Guichard, le critique de *Crépuscule*, qui est venu me voir hier, a été emballé.

– Tant mieux. Guichard se trompe souvent, mais il a quelquefois un coup d'œil assez juste.

– Antrax a été emballé aussi.

– Il est très jeune. Avec les années, il se fera certainement. Mais quelle sale époque pour la peinture. C'est le marasme complet. On ne vend rien de rien, sauf les grands ténors, naturellement. Mais, pour la production moyenne, je ne vends pas ça.

– C'est ce que me disait un marchand du faubourg Saint-Honoré, répliqua Lafleur froissé. Je n'ai pas voulu le croire quand il m'affirmait que votre galerie était en train de tomber, mais puisque vous me le dites vous-même…

– Quel est le dégoûtant qui vous a raconté ça? C'est au moins ce cochon de Werthem. Si, c'est lui, je suis sûr que c'est lui, mais je lui revaudrai ça. Vous pensez comme elle est en train de tomber, ma galerie! Jamais elle n'a été plus solide. Werthem peut toujours s'aligner. Il essaie de vous attirer chez lui, de vous embrigader dans son muséum de fossiles…

– Mais puisque je vous dis que ce n'est pas lui!

– Les affaires, j'en suis très content, justement. Bien sûr, la vente n'est plus ce qu'elle était sous l'Occupation. Mais l'Occupation, c'était une époque en or, qu'on ne reverra peut-être jamais. En tout cas, mon petit, soyez tranquille. Pour vous, je trouverai toujours moyen de me débrouiller. Tenez, allons voir vos toiles.»

Hermèce accompagna Lafleur jusqu'à son atelier de la rue Saint-Vincent. Il s'arrêta d'abord devant une toile à laquelle travaillait le peintre et qui représentait un bouquet d'anémones.

«Il est loin d'être fini, avertit Lafleur. Là, par exemple, j'ai encore des choses qui ne sont pas sorties. Là aussi. Et j'ai décidé de reprendre le haut, je trouve la lumière trop jolie. Mais je crois que la toile ne vient pas mal. Je la sens. Je l'ai dans les doigts.

– Pas mal, murmura Hermèce, pas mal du tout. Vous êtes en progrès.»

Lafleur ôta le bouquet de sur le chevalet, puis le remplaça par un portrait de femme. Le marchand l'examina longuement et ne cacha pas son admiration. À la troisième toile qui représentait une lampe pigeon, il eut un accès d'enthousiasme, s'écriant que Lafleur avait décidément crevé le plafond. Mais tandis que le peintre faisait défiler devant lui sa production des derniers mois, Hermèce sentait lui monter au visage des bouffées de chaleur. Ses joues se congestionnaient, il avait les oreilles très rouges et sa chair s'engourdissait dans un bien-être pesant. Ayant d'abord desserré le nœud de sa cravate, il déboutonna son gilet, puis lâcha la boucle de sa ceinture de pantalon.

«Je suis content d'avoir vu vos machines, dit-il en bâillant. Pas d'erreur, vous êtes en train d'avancer. J'ai vraiment envie de faire quelque chose pour vous. Tenez, je vous prends une demi-douzaine de vos toiles. D'accord?

– Ça dépend. Si vous me les payez honnêtement...

– Je vous les paie huit mille. Je prends un gros risque, mais tant pis. Je suis décidé à faire un effort.

– N'en parlons plus. Mais s'il vous reste une toile de moi, je suis prêt à vous la racheter quinze mille.»

Hermèce sourit avec bonhomie. Il éprouvait une disposition à l'optimisme et à la bonté. S'en étant soudainement avisé, il redevint sérieux.

«Les peintres sont tous les mêmes, soupira-t-il. Le moindre compliment leur monte à la tête. Si par chance ou par persévérance ils introduisent dans leur manière de peindre un petit effet qui soit comme une vague promesse de renouvellement, les voilà dans tous leurs états. Ils se figurent que tout Paris va entrer en effervescence et se disputer leurs toiles à coups de millions. On a beau leur dire que les vrais amateurs n'achètent plus, que les seuls clients d'aujourd'hui sont des épiciers qui n'en ont qu'aux signatures, on perd sa salive. Ils ne croient qu'aux contes de fées. Ah! la guerre vous aura fait bien du mal. Quand je pense qu'autrefois des peintres d'avenir, des maîtres déjà reconnus acceptaient de végéter toute une moitié de leur vie et de vendre leurs tableaux pour une bouchée de pain, quel changement. Enfin, comme vous dites, n'en parlons plus. Du reste, il est tard. Je me demande même si j'ai le temps de passer rue Gabrielle. Je me proposais d'aller dire bonjour à Poirier. On vient de me dire que ces derniers temps, il a fait des choses vraiment étonnantes.»

Au seul nom de Poirier, le regard de Lafleur avait flambé, ses lèvres s'étaient pincées. Les deux peintres, Hermèce ne l'ignorait pas, étaient séparés par une rivalité déjà ancienne que les années avaient exaspérée, tendue jusqu'à la haine. Lafleur appelait Poirier «l'Arbre

sec» et en avait reçu lui-même le surnom de «la Fleur de navet».
Lorsque le hasard les mettait face à face, ils échangeaient toujours
des propos acides, parfois des injures et il leur était même arrivé
d'en venir aux mains.

«Un type curieux, ce Poirier, dit Hermèce. Figurez-vous que l'autre
jour, j'ai fait la connaissance de son amie, Loulette Bambin. Jolie
fille, ma foi.

– Si on veut. Elle a les fesses plates.

– Ah? Je n'ai pas remarqué. C'est elle qui m'a parlé de la peinture de
Poirier, que je connais mal. Qu'est-ce que vous en pensez, de sa
peinture?

– Je la trouve insignifiante. Il profite d'un certain goût de notre
époque pour les impuissants. Poirier est de ces gens dont on répète
volontiers qu'ils sont formidables, qu'ils ont du génie à revendre, et
qui ne font jamais rien parce qu'ils n'ont sans doute pas les moyens
de réaliser leurs idées. Toute sa vie, il restera cantonné dans les
petites élégances plus ou moins piquantes. Notez que mes appréciations n'ont aucune valeur, ajouta honnêtement Lafleur, je déteste
Poirier et j'ai toujours été à couteaux tirés avec lui.»

Le marchand de tableaux parut méditer le jugement de Lafleur qui
le regardait d'un œil inquiet, dans la crainte que Poirier ne vînt à le
supplanter à la galerie Hermèce, ce dont il ne manquerait pas de
tirer vanité.

«Je vous répète que je n'aime pas Poirier et que j'ai pu être injuste
pour sa peinture. Je ne voudrais surtout pas l'empêcher d'aller chez
vous si ça lui chante.

– Écoutez, mon petit, ce qui m'intéresse d'abord, c'est votre peinture
à vous. Si vous étiez un peu plus raisonnable, je vous assure que
vous n'auriez pas à le regretter. J'ai une demande d'un architecte
chargé de la décoration d'un hôtel particulier: un magnat du marché noir qui vient de se faire une virginité dans la politique. Rien
que dans cette affaire-là, je vous place deux ou trois toiles. Mais,
comme de juste, j'aurai dix mille francs à donner à l'architecte, au
bas mot. Ajoutez à ça mes frais généraux, mes frais d'encadrement,
mon bénéfice et calculez. Si je vous achète trop cher, je suis obligé
de faire un prix exorbitant, parfaitement prohibitif.

– Ça va, Hermèce, vous me possédez une fois de plus, vieux renard.
Allons-y pour douze mille.»

Hermèce pensa marchander encore, mais cette sensation de bien-
être qu'il avait commencé d'éprouver tout à l'heure s'était accrue
pendant la discussion et engourdissait maintenant sa volonté. Du

reste, le résultat auquel il était parvenu lui paraissait des plus satis-
faisants. Il fit mettre de côté une demi-douzaine de toiles qu'il devait
envoyer chercher le lendemain et en emporta une sous le bras.
Comme Lafleur lui proposait de l'envelopper, il refusa.
«Pas la peine. Je dois retrouver Bonnier place du Tertre. Il m'emmène dîner chez lui en voiture. Entre parenthèses, je n'ai pas faim
du tout et c'est même assez surprenant : tout à l'heure je me sentais
une faim de loup. À croire que vous m'avez passé votre maladie.
– Oh! moi, c'est bien autre chose. J'ai toujours l'impression de sortir de table. Ce n'est d'ailleurs pas tellement désagréable. On a l'illusion que le monde tourne pour nous et que tout y est pour le mieux.
Dites donc, ne partez pas sans me signer mon chèque.
– Tiens, c'est vrai, je n'y pensais plus à votre chèque.»
Sa toile sous le bras, Hermèce entreprit l'ascension de la rue des
Saules, qui lui sembla rude. Il faisait une fin de journée comme
d'été, pourtant d'avril, et le marchand de tableaux sentait sa chemise
lui coller à la peau. La vue des jardins déjà feuillus dont les grands
murs encaissaient le haut de la montée lui inspira une nostalgie de
vacances, de campagne et de longues siestes. Il se souvint d'avoir
éprouvé le même regret l'avant-veille au sortir d'un banquet où l'on
avait fêté les vingt-cinq ans du chef de l'école de peinture infra-
conceptualiste. Suant et soufflant, il parvint au sommet de la côte et
rencontra Poirier qui venait par la rue Norvins en compagnie de
Loulette Bambin. Après poignées de main et propos aimables,
Hermèce ne cacha pas qu'il sortait de l'atelier de Lafleur. Poirier
ricana et ses yeux jaunes eurent à peu près l'expression qu'avaient
eue tout à l'heure ceux de son ennemi.
«On peut voir?» demanda Loulette en désignant la toile que le marchand portait sous le bras.
Hermèce retourna la toile qui représentait, dans une harmonie de
jaune et de rose, une fillette assise au milieu d'un massif de fleurs.
«Joli, n'est-ce pas? C'est d'une plénitude, d'une densité. Ça vous a
une autorité. Et pourtant, ça reste très libre. Qu'est-ce que vous en
dites?
– Je vous dirai très franchement que je n'aime pas du tout ça,
déclara Poirier. C'est lourd, appuyé, consciencieux. Toutes les intentions sont visibles comme le nez et en fin de compte, c'est très
enfermé dans le métier. La composition est-elle assez banale? À
croire qu'il a travaillé avec un manuel du nombre d'or dans la main
gauche. Voyez la couleur. Les accords sont justes, mais tellement
faciles, attendus. Ce tableau-là ferait peut-être un bon calendrier des

postes et c'est d'ailleurs de ce côté-là que Lafleur aurait dû chercher sa voie.

– Tu exagères, protesta Loulette qui craignait de mécontenter le marchand.

– Pas du tout. C'est exactement ma pensée. Je reconnais du reste qu'il y a dans une toile comme celle-ci un métier très poussé, malheureusement trop apparent, mais je n'y vois rien d'autre. Lafleur ne sortira jamais de son métier. Aucune poésie, aucune fantaisie, pas le moindre sens de la grandeur. C'est un bon ouvrier appliqué qui travaille et qui travaillera toujours à ras de terre. D'ailleurs, quand on connaît l'homme, on sait ce que vaut le peintre.

– Vous êtes injuste, Poirier.

– Injuste? Je vous dis, moi, que Lafleur sera de l'Académie.

– Non, tout de même. Non, Poirier, vous n'avez pas le droit. Il y a dans sa peinture une profondeur, une vibration et je ne sais quelle intimité avec la substance de la vie qui vous prennent positivement aux tripes. Regardez-moi cette main, cette chair, cette lumière. C'est étonnant.

– Vous déraillez, Hermèce.

– Possible. En tout cas, je suis sûr de ce que je sens. Mais si on parlait un peu de votre peinture, à vous?»

Poirier n'avait pas quitté du regard la toile de son rival et ne leva même pas les yeux pour parler de sa propre peinture. Il avait beaucoup travaillé tous ces derniers temps et s'était livré à certaines recherches qu'il croyait des plus fécondes. Il en parlait avec un enthousiasme si chaleureux qu'Hermèce en fut impressionné et manifesta le désir de voir le résultat.

«Venez un jour à mon atelier, proposa Poirier. Je crois vraiment que vous serez surpris. Je ne dis pas que j'aie réussi à aller au bout de mes intentions, ni même que j'y réussirai, mais j'ai ouvert une fenêtre, j'ai dégagé une pente. Vous verrez, mon vieux, vous verrez où va la vraie peinture.»

Ayant pris rendez-vous, Hermèce gagna la place du Tertre. Loulette et Poirier flânèrent un moment par les rues et, vers 8 heures du soir, entrèrent dans un restaurant de la rue Caulaincourt où ils avaient projeté de dîner. Poirier prit le menu et, après y avoir jeté un coup d'œil, déclara:

«Je m'aperçois que je n'ai pas faim, mais vraiment pas faim du tout.

– C'est drôle, dit Loulette, moi non plus. Je sens que je n'avalerai pas seulement une bouchée.»

Le lendemain matin, vers 11 heures, dans la salle des pas-perdus de la gare Saint-Lazare, un homme d'une trentaine d'années, mal vêtu et mal odorant, rôdait autour des guichets dans l'espoir de ramasser un billet de banque échappé au portefeuille d'un voyageur. Son attention allait surtout aux voyageurs encombrés de bagages ou d'enfants, qui extrayaient à grand-peine leur argent d'une poche ou d'un sac. Mais les plus embarrassés, les plus maladroits, les plus pressés, se tiraient d'affaire avec un bonheur désespérant. L'argent ne s'égarait pas et la foule s'écoulait autour de l'homme seul sans offrir aucun point de contact. Il lui paraissait de plus en plus impossible qu'un événement, même minime, pût le concerner personnellement. Ce fut bientôt sans la moindre anxiété qu'il surveilla les gestes des voyageurs, ne s'obstinant à ce jeu que pour tenter d'y oublier les crispations de son estomac, le cercle douloureux qui lui serrait la tête et pesait à ses paupières, et cette troublante sensation de flotter dans une enveloppe de vide à la forme de son corps, vide à travers lequel les bruits de l'extérieur parvenaient comme les sons apaisés d'un au-delà. Enfin, il se désintéressa si complètement de sa surveillance qu'il l'abandonna sans même l'avoir voulu et presque à son insu.

Après avoir traversé la cour de Rome, l'homme vogua sur le carrefour au milieu d'un groupe de passants et s'engagea, sans choisir, dans l'une des rues qui s'ouvraient devant lui. Son échec de la gare Saint-Lazare l'avait déprimé. Un instant, il eut conscience de cette diminution. Il n'éprouvait plus, comme les jours précédents, le sentiment amer d'être poursuivi par une malchance tenace. La veille encore, jour où il avait mangé le dernier morceau de pain, il lui avait semblé à maintes reprises reconnaître les intentions d'un sort ironique, mais par là même attentif. Maintenant, il ne sentait plus autour de lui qu'une providence morte, un océan d'indifférence où il n'y avait plus rien à fléchir. Fatigué, les jambes molles, un peu tremblantes, il s'arrêtait un moment et regardait sans s'y intéresser le mouvement de la rue.

L'homme traversa un autre carrefour où il manqua se faire écraser et regarda l'avenir dans la perspective d'une rue animée. Quand il aurait marché une demi-heure ou une heure, le temps n'importait pas, il arriverait à un carrefour, à une rue, puis à un carrefour. L'avenir ne signifiait plus rien, n'était plus qu'une étendue de douleur dans un présent interminable. L'idée lui vint tout à coup que cette immobilité du temps était le commencement de la mort et il fut pris de panique. Harassé, souffrant, coupé du monde et désespéré, l'homme tenait furieusement à la vie. Il se mit à fuir devant la mort aussi vite que ses jambes pouvaient le porter. L'extrême fatigue l'obligea à ralentir le pas et, comme il jetait un coup d'œil en arrière pour voir où il en était avec la mort, son regard rencontra un bariolage dans la vitrine d'un magasin et s'y arrêta. Cette harmonie de jaunes et de roses, où il n'aperçut tout d'abord qu'une tache confuse, dissipa aussitôt ses obsessions funèbres et l'incita à s'approcher de la vitrine. Ses maux de tête lui brouillaient la vue, les couleurs du tableau dansaient, sautaient, s'éparpillaient. Mais au premier moment, avant même d'avoir rassemblé ses impressions, saisi des formes et des contours, il éprouvait une incroyable sensation de bien-être, de bonheur, de réconfort. La vie renaissait dans son corps exténué, son sang courait plus vite et une légère chaleur se répandait dans sa chair. L'enveloppe de vide où il était isolé commençait à se dissiper. Les bruits de la rue lui parvenaient plus clairs et plus francs, comme si ses oreilles se débouchaient tout à coup. Sa faim, déjà moins aiguë, restait toutefois assez douloureuse pour lui permettre d'apprécier la valeur de ces sensations et d'établir à coup sûr un lien de cause à effet. La vertu nourricière du tableau lui apparut avec évidence. Le regard ardent, la bouche fendue par un rire sauvage et le corps tremblant d'avidité, il ne quittait pas des yeux le massif de fleurs où se blottissait une fillette en robe jaune. Peu à peu, ses jambes s'affermissaient, sa faim devenait moins pressante et lui laissait l'esprit plus libre et plus agile. À la réflexion, sa découverte lui parut étonnante et finit par l'inquiéter. Craignant d'être victime d'une illusion, il s'écarta un moment de la vitrine et l'expérience fut concluante, car il éprouva sans doute possible la sensation d'interrompre un repas. Ce bien-être si vivement ressenti, qui accompagnait la satisfaction d'un besoin, disparut rapidement. Il ne resta plus que le besoin lui-même, un appétit encore exigeant. L'expérience inverse le confirma dans sa certitude. En revenant au tableau, l'affamé sentit se rétablir dans son organisme un courant de chaleur et de béatitude. Dès lors il ne pensa plus qu'à s'alimenter et cessa de se poser des questions. Pendant qu'il réparait ainsi ses forces, un visage contrarié apparut à plusieurs reprises derrière le rideau de velours marron séparant la vitrine du magasin, mais il n'y prit même pas garde. Enfin rassasié et craignant d'autre part qu'après un long jeûne, un excès de nourriture ne lui fût préjudiciable, il alla s'asseoir dans le square le plus proche. La vie lui paraissait maintenant une aventure facile, pleine de certitudes rassurantes. Il se reprochait d'avoir méconnu l'importance des arts, particulièrement de la peinture. «J'étais comme tout le monde, je croyais que ça ne servait à rien. Les gens passent devant les tableaux sans s'arrêter, ils n'ont pas le temps de se rendre compte. Il y en a même qui s'esclaffent ou qui haussent les épaules. Moi-même, qui ne suis pourtant pas un imbécile, je me souviens d'avoir ricané comme tant d'autres. Mais maintenant que je comprends la peinture, c'est une chose qui ne m'arrivera plus.» Songeant à tous les marchands de tableaux qui tenaient boutique à Paris, l'homme s'endormit avec un sourire d'extase.

En s'éveillant, sa première pensée fut qu'il venait de faire un rêve heureux et absurde. De fait, il se sentait un vif appétit. «Hélas, soupira-t-il, ce serait trop commode.» Pourtant, lorsqu'il eut fait quelques pas dans le square, il se rendit compte qu'il était alerte et dispos. Ses mouvements étaient souples, faciles, ses muscles solides et les douleurs de la tête et de l'estomac, endurées depuis la veille, avaient entièrement disparu. D'ailleurs, ses souvenirs étaient trop précis et se liaient avec trop de rigueur pour laisser place au moindre doute. Il était 4 heures de l'après-midi. Ayant dormi si longtemps, rien d'étonnant à ce qu'il eût faim. Il avait jeûné trop longtemps pour qu'un seul repas, même plantureux, pût apaiser durablement sa fringale et il comptait bien en faire encore au moins deux avant la fin de la journée. «Allons nous taper la tête», se dit-il joyeusement.

L'homme sortit du square en chantonnant et s'en alla un peu au hasard. Dans ce quartier cossu, il ne manquait pas de marchands de tableaux. En effet, il n'eut pas longtemps à marcher avant d'en trouver un. Une demi-douzaine de toiles, portraits et paysages, étaient exposées dans une grande vitrine. Il eut un sourire un peu orgueilleux en voyant quelques passants s'y arrêter le temps d'un regard et poursuivre aussitôt leur chemin. Pour lui, il se planta en face d'un paysage signé Bonnard et attendit avec confiance de sentir les effluves nourrissants pénétrer son corps. Comme le résultat escompté ne se produisait pas, il abandonna le paysage en murmurant: «C'est un navet.» Mais un portrait de femme ne lui donna pas plus de satisfaction et après avoir essayé sans succès tous les tableaux de la devanture, il commença d'être inquiet. Il se mit en quête d'un autre marchand qu'il trouva sans peine et où il essuya un nouvel échec. Il était troublé. L'idée lui vint tout à coup que le hasard l'avait placé tout à l'heure en face d'une œuvre prodigieuse dont l'auteur était le seul peintre au monde capable d'infuser à sa production des propriétés nutritives. Malheureusement, il n'avait pas

pris garde à la signature de l'artiste et ne savait ni le nom du marchand ni le nom de la rue où il tenait boutique. Le quartier lui était
mal connu et, dans l'état d'inanition où il se trouvait vers la fin de
cette matinée, la topographie des lieux ne l'avait aucunement soucié. Pendant plus d'une heure, il battit les rues environnantes, transi
d'anxiété. Rue de La Boétie, il lui sembla retrouver certains aspects
déjà vus et, après des alternatives de doute et d'espoir, sur le point
de rebrousser chemin, il eut un éblouissement. De l'autre côté de la
rue, sur un fond de velours marron, apparaissait la fillette en jaune.
Il traversa la chaussée comme un fou, bousculant une femme,
rasant un pare-chocs, courant en aveugle. Et le prodige se renouvela. Comme la première fois, les effluves merveilleux le péné-
traient, l'apaisaient et le vivifiaient. Cependant, il songeait avec
appréhension qu'il faisait peut-être là son dernier repas de peinture,
car un amateur pouvait emporter la toile d'un moment à l'autre.
L'idée lui fut si pénible qu'il prit le parti d'entrer dans le magasin
sans savoir au juste ce qu'il y ferait. La galerie Hermèce était une
longue pièce meublée d'un bureau, d'un canapé et de quatre fauteuils. Le visiteur fut accueilli à la porte par une employée qui lui
demanda poliment ce qu'il désirait.
«Je voudrais voir M. Hermèce.
– De la part de qui, monsieur?
– Moudru. Étienne Moudru. Mais mon nom ne lui dira pas grand-
chose.»
L'employée passa dans une petite pièce attenante à la galerie dont
une tenture la séparait. Moudru jeta un coup d'œil sur les murs et,
avec émotion, y compta six toiles signées Lafleur. Il entendit le murmure indistinct de l'employée parlant à M. Hermèce.
«C'est un M. Étienne Moudru qui veut vous voir. Il est assez mal
habillé. Avant d'entrer, il est resté longtemps sur le trottoir à regarder la toile de Lafleur qui est en vitrine.»
Hermèce écarta un peu la tenture et, sans se faire voir, jeta un coup
d'œil au visiteur.
«Je le reconnais, dit-il. Ce matin déjà il est resté plus d'une demi-
heure en arrêt devant la vitrine. Voyons ce qu'il a dans le ventre.»
Lorsque Hermèce vint à lui, Moudru était en train de se gaver d'une
nature morte. Au regard qui pesait sur lui, il se souvint de l'état de
ses vêtements et sa présence dans un magasin aussi cossu lui parut
d'autant plus difficile à justifier.
«J'ai beaucoup admiré un tableau signé Lafleur qui se trouve dans la
vitrine, dit-il en rougissant. Je suis entré pour vous demander le prix.

– Cinquante mille francs, répondit Hermèce.

– C'est malheureusement trop cher pour moi. Je m'en doutais un peu, mais j'ai autre chose à vous demander. Comme j'admire beaucoup ce M. Lafleur et que je suis trop pauvre pour acheter sa peinture, je voudrais le voir lui-même, ne serait-ce qu'une minute ou deux. Vous comprenez, ce serait pour moi une satisfaction. Si vous vouliez me donner son adresse...

– Impossible, monsieur. L'adresse des artistes ne doit être communiquée à personne. C'est une règle de notre profession. Mais si vous voulez lui écrire, confiez-moi la lettre, je vous promets de la faire parvenir à M. Lafleur.»

Moudru balbutia une réponse embarrassée et, à contrecœur, se dirigea vers la sortie. Mécontent de lui-même, il craignait d'avoir manqué la chance de sa vie et cherchait vainement un biais pour la ressaisir. Il ne trouvait même pas l'alibi qui lui eût permis de s'incruster dans la boutique. En arrivant à la porte, cédant à un sentiment de détresse panique, il fit volte-face et revint à Hermèce avec un étrange regard.

«Est-ce que vous connaissez bien la peinture de Lafleur? demanda-t-il d'un ton agressif. Je veux dire: est-ce que vous la comprenez bien?

– Je n'ai attendu l'avis de personne pour l'accueillir chez moi, fit observer Hermèce avec hauteur.

– Bien sûr, vous avez trouvé que c'était joli, bien torché, mais vous n'êtes pas allé plus loin et l'essentiel vous a passé sous le nez. C'est que pour découvrir le secret de cette peinture-là, il ne faut pas être de ceux qui font leurs trois repas par jour et qui ont toujours le ventre plein. Ce qu'il faut, voyez-vous, c'est être affamé comme j'étais ce matin. Oui, monsieur, affamé.

– Que voulez-vous dire?

– Je veux dire que la peinture de Lafleur, c'est de la nourriture qui nourrit. Comprenez-moi bien. Ce n'est pas une façon de parler. Quand la faim vous tord l'estomac, vous n'avez qu'à regarder un tableau de Lafleur et c'est comme si vous vous mettiez à table. Au bout d'une demi-heure, vous êtes rassasié, vous n'avez plus faim. Ça vous étonne, n'est-ce pas? Mais moi, j'en ai fait l'expérience.»

Hermèce ne douta pas d'avoir affaire à un fou et, un peu effrayé, jugea prudent de ne pas le contrarier.

«En effet, dit-il, je n'avais rien observé de semblable et je vous suis très obligé de me l'avoir signalé. Je vais d'ailleurs m'en rendre compte par moi-même.

– Un conseil, dit Moudru, couchez-vous ce soir sans dîner et ne déjeunez pas demain matin.

– Bonne idée, je ne manquerai pas de suivre votre conseil.

– Vous verrez. C'est formidable. Vous m'en direz des nouvelles. Je passerai vous voir demain.»

Moudru sortit sur cette promesse et, avant de quitter les parages, s'accorda encore un supplément de nourriture sur la fillette en jaune. Cependant, Hermèce réfléchissait aux divagations de ce singulier visiteur et s'avisait que depuis la veille il avait perdu tout appétit. Le matin, en s'éveillant, il avait longuement contemplé la fillette en jaune posée sur la cheminée de sa chambre et était descendu à la boutique sans déjeuner. Dans la matinée, le garçon de courses avait apporté les six autres tableaux achetés à Lafleur. Avec l'aide de sa secrétaire, le marchand les avait répartis sur les murs de la galerie. À midi, comme à l'ordinaire, il était monté déjeuner et, à l'étonnement de sa femme, n'avait même pas touché aux hors-d'œuvre. Et ce soir, il n'avait pas faim non plus. Pourtant, il n'éprouvait pas le moindre malaise et se sentait particulièrement dispos, à croire qu'en vérité, il se nourrissait de peinture ou qu'il avait contracté la maladie de Lafleur. D'ailleurs, ces deux explications pouvaient très bien n'en faire qu'une. Hermèce s'amusait de ces coïncidences, mais sans parvenir à écarter un doute absurde. La secrétaire vint lui demander des instructions pour le courrier.

«Vous n'avez pas très bonne mine, lui dit-il. Ça ne va pas?

– Mais si, très bien, monsieur Hermèce.

– Vous avez bon appétit?

– Oui. J'ai toujours un appétit d'ogre. Sauf aujourd'hui. À midi, par extraordinaire, je n'ai pas pu avaler une bouchée. Et je crois que, ce soir, je ne mangerai pas non plus. C'est presque inquiétant.»

«Encore une coïncidence, songea Hermèce qui devenait nerveux. Est-ce que, par hasard, le type de tout à l'heure aurait dit vrai? Mais non, c'est idiot. Si c'était vrai, on le saurait déjà. Lafleur lui-même s'en serait aperçu et il aurait sûrement un peu plus d'exigences. Au fait, ce serait un événement assez extraordinaire dans le monde de la peinture. Le type qui posséderait une bonne collection de Lafleur ne serait pas à plaindre. Il ferait une fortune formidable. Je ne serais d'ailleurs pas trop mal placé. Si c'était vrai et que Lafleur ne se soit aperçu de rien, il faudrait que je me dépêche de lui acheter toute sa production. Manœuvrer adroitement pour qu'il me la réserve par contrat. Évidemment, ce sera dur. Ah! ça, mais je deviens fou. Ma parole, je suis en train de couper dans toutes ces âneries.»

Tandis qu'il était dans ces réflexions, une voiture s'arrêta devant la porte et Lionel Bourgoin, son beau-frère, entra dans la boutique. «Ah! mon vieux, dit-il, quelle journée! Parti à 11 heures, je croyais être ici à 1 heure et passé Rambouillet, voilà que je tombe en panne. Suis resté plus de trois heures à fourgonner dans le moteur. Et pour comble, je trouve le moyen de crever en sortant de Versailles. J'étais découragé, exténué. Pense que je n'ai rien mangé depuis 7 heures du matin. Jamais je n'ai eu aussi faim. Pour un peu, je m'évanouirais.

– Avant de manger, il faut que tu fasses une expérience, déclara Hermèce.

– Ah! non, mon vieux. Laisse-moi d'abord manger.»

Lionel Bourgoin eut beau protester, son beau-frère l'entraîna dans la pièce du fond où ils restèrent pendant plus de cinq minutes à s'entretenir à voix basse. Enfin, Hermèce en sortit, précédant Lionel qui haussait les épaules. Tous deux s'arrêtèrent en face d'un Lafleur représentant un groupe de femmes devant une fenêtre. Hermèce surveillait avec une certaine anxiété le visage de l'affamé qui fixait son regard sur le centre de la toile, non sans mauvaise humeur. Dès le premier instant, l'expérience s'avéra troublante.

«Inouï, murmurait Lionel. Incroyable. Renversant.»

Hermèce ne le quittait pas des yeux. Au bout d'un quart d'heure, l'essai était parfaitement concluant. Lionel resta encore une dizaine de minutes à se goberger et, tournant le dos à la toile, déclara:

«J'en ai jusque-là.»

Hermèce était très ému. Les deux hommes passèrent le reste de la soirée à s'entretenir de cette surprenante découverte et à évaluer les bénéfices qu'ils pourraient en retirer. En quittant la galerie, la secrétaire remarqua la présence du minable visiteur de l'après-midi, en station devant la vitrine où était exposé le Lafleur. Elle faillit rentrer pour en informer le patron et, à la réflexion, s'abstint d'en rien faire, car elle lui en voulait un peu de cette longue conversation pendant laquelle son beau-frère et lui n'avaient cessé de lui jeter des coups d'œil méfiants, comme s'ils l'eussent soupçonnée de tendre l'oreille à leur murmure.

Étienne Moudru était venu prendre un dernier repas avant la fermeture de la galerie. Lorsque le rideau de fer de la devanture lui eut masqué la fillette en jaune, il quitta la place et gagna les boulevards où les passants étaient nombreux. Ce soir, il avait l'impression de faire partie de la foule et s'y trouvait à l'aise. Ses vêtements miteux ne le gênaient même pas. «C'est bien ce que je pensais ce matin avant d'avoir mangé, se dit-il, c'est par le ventre qu'on commence à se sentir avec les autres.» Cette idée d'une communion du ventre lui remit en mémoire son compagnon de misère, dont il partageait la soupente rue Taillandiers, aux environs de la Bastille. Il n'avait guère songé à lui, durant toute cette journée. Et, de son côté, Balavoine n'avait pas dû penser beaucoup à son camarade. Le matin, chacun partait de son côté brouter une herbe rare et avait assez à faire de penser à son ventre sans se préoccuper des chances de l'autre. Outre le souci de se nourrir, Balavoine avait celui d'échapper aux recherches de la police. Pendant l'Occupation, alors qu'il était sans situation, un ami l'avait casé comme garde du corps auprès d'un personnage politique très compromis et il se trouvait lui-même sous le coup d'un mandat d'arrêt. Porté à s'exagérer l'importance du rôle qu'il avait joué, il croyait, à tort ou à raison, qu'il y allait de sa tête.

En entrant dans la mansarde, vers 9 heures du soir, Moudru trouva son compagnon allongé sur le lit de fer qui constituait, avec la carcasse d'un fauteuil Louis XVI vidé de son rembourrage, tout l'ameublement. La figure cireuse et crispée, Balavoine avait les yeux au plafond et lorsque la porte s'ouvrit, son regard demeura immobile.

«Il y a longtemps que tu es rentré?» demanda Moudru.

Dans le son de sa voix essoufflée, il y avait une plénitude insolite qui surprit Balavoine. Il tourna la tête et considéra son compagnon.

«Tu as mangé, dit-il aigrement. Tu as la gueule d'un homme qui a mangé.

– Ah! oui et d'une drôle de façon. Figure-toi que j'ai mangé sans manger.

– Tu t'es tapé la tête, quoi. Et tu ne m'as pas seulement rapporté un croûton de pain. Tu t'en fous que je crève de faim, moi.

– Je vais t'expliquer. Ce matin...

– Ta gueule! coupa Balavoine en se dressant sur un coude. Ordure, dégueulasse, t'as mangé à te faire éclater, ça se voit sur ta face de faux-jeton. Fumier, tu trouves tout naturel que je te fasse une place chez moi, dans ma chambre, mais tu ne bougerais pas le petit doigt pour me sauver la vie. Tu m'aiderais plutôt à crever pour avoir ma chambre. Tu me vendrais à la Résistance. Si ça se trouve, t'es déjà en cheville avec les journalistes et les poulets.»

Moudru essayait en vain de l'apaiser. Balavoine s'était assis sur son grabat et, tremblant de rage et de fatigue, les yeux injectés de sang, invectivait d'une voix éraillée.

«Putain, tu profites que je me suis mouillé pour l'Europe. Je sais la pourriture que tu es. L'autre jour, quand tu disais que tes derniers sous, tu venais de les dépenser, c'était pas vrai! Tu planquais un billet de vingt francs dans ta doublure. Je l'ai vu.

– Parfaitement. Mais toi aussi, tu me disais que tu étais sans un. Et toi aussi, tu cachais un billet. Peut-être même qu'il t'en reste encore un de planqué par là.»

Avec un accent de sincérité et de désespoir qui ne pouvait tromper, Balavoine protesta qu'il ne lui restait rien depuis deux jours. Il se plaignit encore de la mauvaise chance, de l'ingratitude des Français, maudit les faux amis, les indicateurs, le gouvernement et, après avoir invoqué la mort et le jugement de l'avenir, finit par se taire, épuisé. Moudru en profita pour placer le récit de son aventure. La gare Saint-Lazare. Les carrefours. Le marchand de tableaux. La fillette en jaune. La révélation.

«Tu te fous de moi», dit Balavoine d'une voix morne.

Il mit plus d'une heure à se laisser convaincre. Alors son scepticisme fit place à une espérance frénétique et un enthousiasme fiévreux. Il arpentait la mansarde en gesticulant, proférait des paroles sans suite, pleurait de joie et d'impatience. Il aurait voulu franchir la nuit comme un simple fossé et hâter la marche du temps. Pour mettre un terme à cette agitation qui lui semblait confiner au délire, Moudru l'obligea à se coucher et éteignit la lumière. Balavoine s'endormit très tard et eut un sommeil tourmenté. Toute la nuit, il rêva de la fillette en jaune, laquelle était toujours le départ ou le point d'arrivée d'un cauchemar épuisant. Elle était enfermée dans une chambre à un huitième étage dont l'escalier s'était effondré et toutes les échelles qu'il dressait contre la façade se trouvaient trop courtes de deux ou trois mètres. Ou bien il s'évadait d'une prison, fuyait dans un dédale de rues où il cherchait attentivement il ne savait quoi d'impossible à imaginer et, débouchant dans un grand restaurant souterrain aménagé en musée, comme il y découvrait l'objet de ses recherches sous les traits de la fillette en jaune, trois chefs de la Résistance sortaient d'un placard et la dévoraient sous ses yeux. Il rêva aussi qu'en arrivant devant la boutique du marchand de tableaux, il s'éveillait brusquement et s'apercevait qu'il avait rêvé. Mais le matin, lorsqu'il s'éveilla réellement de son mauvais sommeil, sa foi dans la peinture de Lafleur était restée intacte. Il était dans un état de faiblesse tel que Moudru se demandait s'il aurait la force de marcher jusqu'à la rue de La Boétie. La chance les favorisa. En descendant l'escalier, ils virent une baguette de pain et un bidon de lait déposés sur un paillasson du quatrième. Balavoine but le contenu du bidon et ils mangèrent la baguette dans la rue, Moudru abandonnant la plus grosse part à son compagnon.

Lorsqu'ils arrivèrent à la galerie Hermèce, le Lafleur n'était plus dans la vitrine. Un paysage le remplaçait, portant une autre signature sans intérêt pour les deux amis. À tout hasard, ils essayèrent de se sustenter, mais il n'y avait rien de comestible dans ces champs couverts de neige où quelques pommiers tordaient leurs branches noires sous un ciel brumeux. Balavoine était trop découragé pour récriminer. Il voyait dans sa déception la suite des cauchemars de la nuit et, se tenant pour averti, désespérait de joindre jamais la fillette en jaune.

«C'est bien fait quand même, soupira-t-il devant le tableau. Ça montre bien ce que ça veut montrer.

– C'est zéro, ragea Moudru. Je n'appelle pas ça de la peinture. Viens avec moi.»

Il avait le sentiment qu'Hermèce, en retirant la fillette en jaune de la vitrine, avait voulu l'atteindre personnellement. Furieux, il pénétra dans la boutique avec Balavoine sur ses talons. La secrétaire était seule. En voyant entrer le visiteur de la veille, accompagné d'un homme de mauvaise mine, elle fut saisie de frayeur et se promit bien de ne pas exposer sa vie pour les intérêts du patron.

«Où est le tableau de Lafleur qui se trouvait hier en vitrine? demanda brutalement Moudru.

– M. Hermèce l'a vendu», répondit la secrétaire sans assurance.

Moudru, jetant un coup d'œil sur les murs, constata que les autres Lafleur avaient également disparu.

«Vendus aussi? tous les six?»

La secrétaire affirma d'un signe de tête, trop effrayée pour entreprendre des explications qui eussent donné plus d'autorité au mensonge, et décidée à sortir les toiles de leur cachette au cas où le visiteur semblerait douter de sa parole. Il ne douta pas, mais se rendit compte de l'effroi qu'il inspirait à la jeune femme et dit en portant la main à la poche de son veston:

«Donnez-moi l'adresse de Lafleur.»

Jugeant qu'elle s'en tirait à bon compte, la secrétaire ne se fit aucun scrupule de lui donner l'adresse du peintre et poussa la complaisance jusqu'à la lui inscrire sur une feuille de papier.

«On va pouvoir se régaler à la source, dit Moudru en sortant de la boutique. Est-ce que tu te sens assez fort pour monter à Montmartre?

– À quoi bon? objecta Balavoine. La fillette en jaune, c'est fini. On ne la retrouvera pas.

– Et après? L'important, c'est d'être dans la peinture de Lafleur. Que ce soit une fillette ou un chandelier, pour nous, c'est pareil.»

Mais Balavoine était au plus bas et sombrait dans un découragement total. Il en venait à se complaire dans le sentiment de son malheur.

«Laisse-moi tomber, disait-il, je suis un homme fini. Je porte la déveine à ceux qui m'approchent. Je suis la déveine en personne. Quand je me suis donné à l'Europe, j'avais pas encore d'idée politique. On m'offrait deux places : ou garde du corps ou livreur de produits de beauté. Mon cousin Ernest, il était magasinier chez Fantin, il pouvait m'avoir la place de livreur. Dans le personnel de chez Fantin, on était à la Résistance. Ernest s'est trouvé dans le courant, comme moi j'aurais pu m'y trouver, si j'avais pas fait l'imbécile. Mais j'ai choisi garde du corps, parce que je trouvais que ça sonnait mieux et comme travail, pas fatigant. Aujourd'hui, Ernest, il est sous-préfet en Bretagne et moi dans la panade en plein, pas un rond, rien au ventre, sans carte d'alimentation ni carte de tabac, et les poulets sur les talons. Si j'avais choisi livreur chez Fantin, je ne dis pas que je serais sous-préfet aujourd'hui. Ernest, il avait l'instruction. En tout cas, je serais dans le tricolore avec un condé officiel, bien payé, bien bouffer, les dactylos de la République et fumer des américaines. Mais j'étais né pour le malheur. Et mon cousin il le sait bien. Dans les mois d'après la Libération, il m'a fait dire que si jamais il me rencontrait sur son chemin, il me livrerait lui-même à la Résistance. Remarque, dans sa position, c'est compréhensible. Pourtant, à sa place, il me semble, je n'aurais pas été si dur. Mais si on était sous-préfet, on ne sait pas non plus tout ce qui nous passerait par la tête. Un individu comme moi, un pané, autant dire une cloche, pas sortable, habillé aux puces, qu'est-ce que c'est pour un sous-préfet ? Avec un passé politique comme le mien, on est cuit. Rends-toi compte un peu. Quand j'étais de garde chez le patron, je voyais passer devant moi jusqu'à des ministres.»

Intarissable, il considérait avec une sombre jouissance tous les aspects de son abaissement et Moudru, qui avait les oreilles rebattues de ses sempiternelles lamentations, se gardait bien de l'interrompre, car ils cheminaient cependant. Balavoine, tout à son sujet, oubliait en peinant dans la montée de Montmartre sa décision d'abandonner la partie. Et peut-être avait-il conscience de se tendre un piège.

«Laisse-moi tomber. Un porte-malheur, un débris, une balayure, voilà ce que je suis, Étienne. Mon passé me rejette à l'abîme. Laisse-moi tomber.

– Ça va. On est arrivé. Dans cinq minutes tu te mets à table.

– Tu verras qu'il ne sera pas là. Et s'il est chez lui, il nous flanque sûrement à la porte.»

Lafleur était là, car ils entendirent un bruit de voix derrière la porte de son atelier. Il vint ouvrir lui-même et les accueillit d'un air réservé.

«J'ai quelque chose à vous dire de très important pour vous», déclara Moudru en se poussant dans l'entrebâillement.

Jetant un coup d'œil dans l'atelier, il eut la surprise d'y voir Hermèce, lequel, l'ayant également reconnu, s'empourpra et l'apostropha rageusement.

«Qu'est-ce que vous venez faire ici, vous? Fichez-moi le camp tout de suite et qu'on ne vous revoie pas. C'est compris?»

Lafleur, trouvant mauvais que le marchand prît telle liberté, eut un haut-le-corps et dit aux visiteurs:

«Messieurs, entrez, je vous prie.»

Hermèce en était congestionné. En entrant dans l'atelier, Moudru le toisa sévèrement et, prenant Balavoine par le bras, le plaça en face d'un chevalet sur lequel séchait une toile encore fraîche: «Tiens, dit-il, apprends à reconnaître la bonne peinture.»

«Monsieur, demanda aimablement Lafleur, vous voulez peut-être me parler en particulier?

– Oh! non, ce n'est pas la peine. Voilà pourquoi je suis venu vous voir: j'ai pensé que vous n'étiez peut-être pas au courant de certaines choses qui concernent votre peinture. Savez-vous, monsieur Lafleur, que vos tableaux sont extrêmement nourrissants?

– Nourrissants? Que voulez-vous dire?

– Mon cher ami, intervint Hermèce, n'écoutez pas les divagations de cet homme.

– Voyons, Hermèce, je vous en prie, dit Lafleur d'un ton sec.

– Je vois que vous n'êtes pas au courant, poursuivit Moudru. M. Hermèce s'est bien gardé de vous avertir. Monsieur Lafleur, avez-vous bon appétit?

– Ma foi non. Depuis quelques mois, je ne mange pour ainsi dire plus. Et encore, je me force pour avaler le peu que je prends.

– Le contraire m'aurait surpris. Monsieur Lafleur, vous ne vous êtes aperçu de rien parce que vous vivez dans votre atelier et je suis fier de vous l'apprendre: si vous n'avez plus d'appétit, c'est que votre peinture est nourrissante. Regarder un de vos tableaux pendant vingt minutes, c'est comme de faire un bon repas.»

Malgré les interruptions et les ricanements d'Hermèce, Moudru raconta ce qui lui était arrivé la veille, rue de La Boétie, et comment il avait été amené à confier sa découverte au marchand de tableaux.

«Vous pouvez compter qu'il a su en profiter. Tout à l'heure, quand je suis venu avec mon camarade prendre un repas de peinture devant sa vitrine, la fillette en jaune avait disparu. Elle était vendue. Et vendus aussi les autres Lafleur. Sachant ce qu'ils représentaient, il a dû les vendre un bon prix. Je suis sûr qu'il venait ce matin vous en acheter d'autres ?»

Éberlué et incrédule, Lafleur songeait à l'étrange conduite d'Hermèce qui offrait de lui prendre toute sa production à des conditions singulièrement avantageuses et insistait pour que le contrat fût signé sur-le-champ. Une telle démarche, il s'en avisait maintenant, était aussi anormale qu'inattendue et ne pouvait tenir qu'à des raisons secrètes.

«C'est absurde, protesta le marchand. Je n'ai vendu aucune de vos toiles. Je les ai mises en réserve parce que je ne voudrais pas être obligé de m'en séparer maintenant. C'est tout simplement la preuve que j'ai confiance en votre talent et en votre étoile, comme je vous le disais du reste tout à l'heure. Croyez-moi, mon cher, signons notre contrat et ne nous attardons pas à des contes de bonne femme. Nous avons autre chose à faire.»

Il essaya d'entraîner Lafleur vers la table où était posé le contrat. Quittant le chevalet, Balavoine vint au peintre, le visage mouillé par des larmes de gratitude et, prenant sa main dans les siennes, balbutia des paroles de remerciement coupées de sanglots.

«Vous êtes le plus grand peintre du monde, disait-il. J'allais mourir de faim. Votre peinture m'a sauvé. Je reprends goût à la vie. Je mange.»

Lafleur était ému et souhaitait déjà que le bonheur de Balavoine ne fût pas seulement l'effet d'une illusion.

«Je suis content pour vous, lui dit-il. Ne vous gênez pas. Mangez à votre faim.»

Cependant, Hermèce dévissait le capuchon de son stylo et s'efforçait de lui mettre la plume en main. Le peintre se déroba fermement.

«N'insistez pas. Je veux prendre le temps de réfléchir à votre projet de contrat. Dans deux ou trois jours, nous verrons.

– Vous ne trouverez pas un marchand de tableaux qui vous fasse de meilleures conditions que les miennes.

– Ne vous laissez pas faire, s'écria Moudru. Des tableaux comme les vôtres, il sait qu'il ne les paiera jamais assez cher. Et il le sait, parce qu'il s'en est déjà nourri. Demandez-lui donc ce qu'il a mangé hier. Regardez-le dans les yeux. Vous verrez ce qu'il vous répondra.

– Alors ?» demanda Lafleur en se tournant vers Hermèce avec un regard insistant.

Le marchand songea qu'il était en train de faire fausse route. Puisque le peintre remettait à plus tard de signer le contrat, c'est qu'il voulait prendre le temps de vérifier par lui-même les dires de Moudru. Son opinion faite, il ne pardonnerait pas à Hermèce d'avoir voulu mettre à profit son ignorance. Mieux valait, pendant qu'il en était peut-être temps, essayer de ressaisir l'avantage en partant sur de nouvelles données.

« La chose me paraît tellement absurde que je me défends de toutes mes forces contre l'évidence et c'est d'ailleurs pourquoi je ne vous en ai rien dit. Mais, enfin, le fait est là. On ne gagne rien à vouloir ménager les susceptibilités de la raison et après bien des débats de conscience, j'en arrive à conclure que notre premier devoir est de nous rendre à la vérité. Indéniablement, votre peinture possède ce miraculeux pouvoir de nourrir le corps humain. J'en ai fait moi-même l'expérience. Ma femme et mon beau-frère Lionel l'ont faite chacun de son côté et leurs conclusions rejoignent exactement les miennes. Par sa vigueur, son intensité, sa qualité de pâte, sa puissance de synthèse, votre peinture est devenue un condensé des mystères essentiels de la création. Votre génie est parvenu à faire d'elle le véritable trait d'union entre la matière inerte et la vie. Elle est beauté. Elle est force. Elle est nourriture. »

Lafleur ne pouvait plus douter. Ébloui, bouleversé, il se débattait dans le chaos de ses impressions. La présence d'Hermèce, son sourire affable et trop empressé lui rendirent sa lucidité et ce fut l'aspect médiocre, mais actuel, de cette poignante révélation qui émergea d'abord du tumulte de ses pensées.

« Comment ! s'écria-t-il, vous saviez et vous avez eu l'audace et l'hypocrisie de venir me proposer un contrat comme celui-là en ayant l'air, encore, de me faire une faveur. Et moi, imbécile, qui marchais, trop content de signer. J'abandonnais toute ma production pour cinq ans. Faux-jeton !

– Voyons, Lafleur, soyez juste. Je vous prenais vos toiles à vingt mille. C'est joli. Réfléchissez-y, l'amateur qui achète de la peinture n'est guidé dans son choix que par des considérations artistiques. Pour lui, la nourriture ne sera jamais qu'un supplément.

– Ah ! décidément, vous êtes un maître hypocrite et une rude fripouille, mais vos boniments, vous pouvez les rengainer.

– Écoutez-moi, Lafleur, je veux être chic et faire pour vous le maximum. Traitons à trente mille.

– Rien du tout ! Vous n'êtes qu'un salaud et d'abord, foutez-moi le camp. Je ne veux plus vous voir dans mon atelier.

– Cent mille!

– Dehors!»

Lafleur, trépidant de colère, montrait du doigt la porte au marchand. Moudru, qui était allé se restaurer auprès de Balavoine, s'approcha en faisant le geste de retrousser ses manches et proposa avec bonne humeur :

«Si vous avez besoin d'un coup de main, monsieur Lafleur, ce sera avec plaisir.

– Deux cent mille! jeta Hermèce en se dirigeant vers la porte.

– Ni pour deux cent mille ni pour cent millions. Allez-vous-en.»

Dépité, Hermèce dut repasser le seuil de l'atelier en songeant qu'il venait de manquer la plus belle affaire de sa vie. Lafleur lui claqua la porte dans le dos et dit à Moudru en lui montrant le chevalet devant lequel Balavoine restait en extase :

«Je ne veux surtout pas interrompre votre repas. Et j'ai moi-même tant de plaisir à vous voir manger.

– Monsieur Lafleur, c'est gentil à vous de nous avoir reçus, malgré le M. Hermèce qui voulait nous flanquer dehors.

– Votre visite m'a tiré d'un très mauvais pas et vous êtes tombés au bon moment. Si vous étiez arrivés seulement cinq minutes plus tard, je signais le contrat d'Hermèce et je me trouvais ligoté pour cinq ans. Grâce à vous, j'ai pu éviter de commettre une sottise de première grandeur et de tomber dans le piège que m'avait tendu cette canaille. Je vous en serai toujours reconnaissant.

– Vous plaisantez, monsieur Lafleur, protesta Moudru avec un accent de tendresse où perçait un soupçon d'hypocrisie. Balavoine et moi, on est trop content d'avoir pu vous rendre un service. Hier, en fin d'après-midi, quand je suis entré chez Hermèce pour lui parler de la chose et que j'ai vu qu'il n'était pas averti, j'ai tout de suite pensé à vous. Je me suis dit, certainement que M. Lafleur ne sait rien non plus, et tout de suite j'ai demandé votre adresse au marchand. Mais lui, pas si bête, il s'est gardé de me la donner. Je n'ai pas insisté, mais ce matin, j'ai choisi le moment où il n'était pas là pour entrer dans la boutique et j'ai obligé la secrétaire à me donner l'adresse. Aussitôt que j'ai eu le renseignement, j'ai dit à mon camarade : "Filons vite chez M. Lafleur. Il n'y a pas une minute à perdre. Je sens qu'il y a du danger pour lui." Vous comprenez, j'avais deviné qu'Hermèce était monté chez vous pour essayer de vous arranger. Aussi, vous parlez si on se dépêchait. On avait beau avoir le ventre vide, on marchait comme des dératés. C'est qu'il fallait à tout prix arriver à temps pour vous éviter des ennuis.»

Le peintre n'était pas dupe de ses bavardages captieux, mais les lui pardonnait volontiers. D'ailleurs, Balavoine, encore transi de gratitude, tint honnêtement à rétablir la vérité des intentions.

«Ne raconte donc pas des balivernes à M. Lafleur. Quand on s'est décidé à monter chez vous, il n'était pas question de vous tirer une épine du pied. On avait faim, on avait le moral à zéro, on se disait que chez vous, on trouverait peut-être le moyen de se débrouiller. Voilà toute l'affaire.»

Cet excès de franchise fut du meilleur effet. Toutefois, le discours de Moudru n'avait pas été inutile non plus. Il mettait en circulation des sentiments altruistes, fraternels, généreux. Lafleur alla prendre dans un coin de l'atelier une toile sur laquelle il avait peint récemment un effet de soleil sur la rue des Saules et la remit à Balavoine. Un tel cadeau comblait les vœux des deux compagnons et passait même toutes leurs espérances.

«C'est vous qui avez découvert le pouvoir de ma peinture. Il est bien juste que vous possédiez un témoignage de votre clairvoyance.»

Moudru, qui se considérait comme le porte-parole de l'association, remercia en termes choisis et eut le bon goût de passer sous silence l'intérêt alimentaire qui s'attachait pour eux à ce paysage montmartrois. Il ne parla que de la joie et de l'émotion que leur réservait la contemplation d'une œuvre si belle. Balavoine, lui, se laissa aller à des effusions plus pesantes, mais ne fut qu'un cri de sincérité.

«Quand je pense qu'on a à manger pour toujours, je ne sais positivement plus où j'en suis. Grâce à vous, monsieur Lafleur, la vie me sourit à nouveau. Vous m'avez tiré du gouffre béant de la misère. Je n'ai même plus besoin d'une carte d'alimentation. Tenez, monsieur Lafleur, je m'en voudrais de rien vous cacher. Tel que vous me voyez, je suis un homme traqué, j'ai tout un passé politique derrière moi. Figurez-vous qu'en 43...»

L'élan de la gratitude et l'euphorie de l'après-dîner concouraient à le rendre loquace. Il entreprit le récit de ses tribulations.

«Ne casse pas les pieds à M. Lafleur, coupa Moudru. Il a autre chose à faire qu'à t'écouter.»

En vérité, Lafleur ne fut pas fâché de les voir partir. Il avait besoin de solitude. Lorsque les deux compagnons eurent quitté l'atelier, il prit une toile entre ses mains et l'examina longtemps et minutieusement, cherchant à déceler les voies du prodige. Assis au pied d'un tas d'oranges, un homme vêtu d'un pantalon de velours noir et d'une chemise verte jouait de l'harmonica. Le peintre retrouvait le cheminement de son effort, les raisons qui l'avaient guidé et les mouve-

ments mêmes de son intuition. Il ressaisissait toutes ses démarches, ses hésitations, ses remords, s'expliquait les rapports de tons, les dissonances volontaires, le choix d'un équilibre, analysant, dissociant et recomposant. Mais, semblable à la vie elle-même, qui ne se laisse connaître que par des manifestations et des aspects, la toile au joueur d'harmonica échappait, pour l'essentiel, à toutes ses investigations. Un instant, il considéra sa main droite qui, elle, connaissait ce secret de vie, une main longue, musclée et, à l'intérieur, aux reliefs fortement accusés. Tout était passé par elle. Les intentions du peintre comme aussi ses hésitations et ses retours, elle les avait guidés, rassemblés et transformés pour aboutir à l'insaisissable et miraculeuse synthèse. Mais sa main n'était pas seule à disposer ainsi d'un mystère ignoré de lui-même. Avec elle, toute une partie de son être devait travailler à son insu, enchevêtrant ses intentions dans les siennes et brodant sur la trame de son œuvre de peintre. À moins qu'il n'y eût rien d'autre, dans ce travail secret, qu'une façon de parler ou de penser. À force d'y réfléchir, Lafleur fut saisi d'angoisse. De toute façon, le mystère de cette création résidait en lui et il se demandait quel homme il était devenu. Il se regarda plusieurs fois dans la glace. Mais pas plus que l'homme à l'harmonica, pas plus que la main droite et plutôt moins, ce visage lourd, aux yeux clairs, ne livrait rien d'essentiel. «Ne nous cassons pas la tête, finit par conclure Lafleur. Occupons-nous de ce qui reste à notre portée et récapitulons : ma peinture est une nourriture. À cet égard, quels que soient ses autres mérites, elle est remarquable. Un jour viendra où, en effet, elle sera remarquée et où elle fera du bruit non pas seulement à Paris et en France, mais à l'étranger. Faut-il souhaiter que ce jour vienne bientôt ?»
Depuis qu'il s'était voué à la peinture, Lafleur aspirait à la renommée, mais modérément, et la désirait moins comme une satisfaction d'orgueil que comme un témoignage de sa valeur et une assurance contre le doute. Il eût répugné à voir graviter autour de lui une cour d'admirateurs et à devenir pour les journaux un sujet de reportages périodiques. Et quant à l'argent, il n'avait jamais eu que des ambitions modestes. À coup sûr, la révélation publique d'un génie aussi singulier lui vaudrait une gloire tapageuse et ferait monter en flèche les prix de sa peinture. Il se voyait déjà traqué par les journalistes, les organisateurs de banquets, les femmes fatales et les chasseurs d'autographes, tandis que son compte en banque enflait monstrueusement et que deux ou trois secrétaires travaillaient à dépouiller le courrier qui lui parvenait des cinq continents. Aussi n'avait-il

aucune envie de hâter la venue de ce jour grandiose, inclinant au contraire à en éloigner l'échéance autant qu'il était possible. Soudain, il pensa à Poirier, son rival de toujours, et le tumulte de la gloire et de la fortune lui apparut du même coup dans une tout autre perspective. Avec un plaisir aigu, il imagina la fureur de Poirier, sa suffocation, sa jaunisse, son visage ravagé par la haine et par l'envie. Poirier en tomberait malade. Poirier dépérirait d'amertume. Son propre venin l'étoufferait. Lafleur était si impatient d'assister à l'écrasement de Poirier qu'il prit la décision de tout mettre en œuvre et sur-le-champ pour se mettre en vedette. Presque aussitôt, il eut honte de céder à un sentiment aussi médiocre, indigne de son destin et de sa peinture. Renonçant à humilier Poirier, il s'en tint à sa première résolution.

Il examina ensuite le problème de la nourriture. À travailler du matin au soir les yeux sur sa propre peinture, il risquait d'engraisser exagérément jusqu'à crever d'embonpoint et d'apoplexie. Peut-être l'organisme n'absorbait-il pas plus de peinture qu'il ne lui en fallait, mais rien n'était moins sûr. Il jugea prudent de jeûner au moins deux jours par semaine. Ces jours-là, au lieu de peindre à l'huile, il dessinerait, graverait, ferait des gouaches ou des aquarelles et, dans son atelier, toutes ses toiles seraient tournées face au mur. Mais, avant de se mettre au régime, il voulait d'abord expérimenter par lui-même les propriétés de sa peinture. Première expérience, il passerait toute cette journée sans regarder aucune de ses toiles et irait dîner le soir au restaurant. Seconde expérience, il passerait la journée du lendemain au grand air sans prendre le moindre repas et rentrerait affamé pour dîner de peinture.

Il exécuta point par point la première partie de son programme. Ayant retourné ses tableaux, il s'occupa jusqu'au soir à lire et à dessiner. Vers 8 heures, lorsqu'il se mit à table dans un restaurant du quartier, il constata qu'il avait retrouvé l'appétit perdu depuis plusieurs mois. Des amis vinrent s'asseoir auprès de lui, le peintre Salouin et Pelu, un bougnat des environs. Ils burent ensemble de plusieurs vins et devinrent très gais. À 11 heures du soir, se joignit à eux la Girafe, une grande fille assez jolie, un peu maigre, qui était à la recherche de son grand-père. Déjà ivre, elle dégrafa son corsage et montra sa poitrine qui n'avait pas plus de relief que celle d'un garçon. Elle demanda à Salouin ce qu'il en pensait, oubliant que l'année précédente elle avait vécu un mois chez lui. Pelu voulait montrer son sexe, mais le patron du restaurant insista pour qu'il n'en fît rien et il se soumit à regret. «On a perdu le goût de s'amuser, soupira-t-il. C'est la faute à leur sacrée guerre. Je voudrais sortir une mitraillette que tout le monde trouverait ça très bien. Comprenez si vous pouvez.» Il était d'avis de quitter le restaurant et d'aller ailleurs. Les autres l'approuvèrent, mais on prit encore le temps de vider trois bouteilles avant de régler la dépense.

Bien qu'il eût un peu moins bu que ses compagnons, Lafleur était singulièrement loquace. Dans les rues de la Butte où les quatre amis déambulaient bras dessus bras dessous, il parlait peinture avec Salouin et l'étonnait par l'étrangeté de ses conceptions : «Pour faire un beau portrait de femme, tu prends une tranche de jambon, du gruyère râpé et une demi-douzaine d'œufs en prenant bien soin de battre les blancs à part. Tu ajoutes un bon morceau de beurre dans la casserole, tu fais cuire à feu doux et quand ta pâte est bien étalée, tu assaisonnes le regard d'une pointe d'ail.» Il restait d'ailleurs lucide, l'ivresse lui servant de prétexte à des divagations qu'il s'amusait d'être seul à pouvoir comprendre.

«Il faudra pourtant que je vous montre ça», répétait Pelu d'une voix pâteuse.

Les yeux en pleurs, la Girafe appelait son grand-père qu'elle se désespérait de ne pas trouver.

«Grand-père! c'est ta petite-fille Sylvie qui te cherche. Montre-toi, vieux fourneau. Tu vas encore rentrer rond comme une soucoupe. Tu vas dégueuler dans l'escalier comme avant-hier. Les voisins diront encore que je te donne le mauvais exemple.»

Ils entrèrent dans une boîte de nuit de la rue Norvins en même temps qu'une autre bande dans laquelle se trouvaient Poirier et son amie Loulette. L'établissement était presque plein et comme les gens des deux groupes se tutoyaient tous, on les installa à une même table. Le hasard plaça Lafleur sur la banquette entre la Girafe et Loulette. Assis presque en face de lui, Poirier, irrité de n'avoir qu'une chaise en face de son rival, jugeait être dans une situation humiliée. D'abord il ne laissa rien voir de sa mauvaise humeur, affectant au contraire une gaieté ouverte. Il avait d'ailleurs passablement bu et se sentait bavard. On but encore beaucoup, on dansa. La tablée était bruyante, animée. Pelu, très ivre, articulait avec peine. Il avait toujours quelque chose à montrer et, ne se rappelant plus ce dont il s'agissait, sortait à chaque instant sa montre de son gousset pour la mettre sous le nez des voisins. À un jeune garçon qui lui faisait face, la Girafe s'adressait comme s'il eût été son grand-père et lui disait des choses délicates, empreintes de douceur, de tendresse et de respect. Intimidé, craignant d'être ridicule, le jeune homme répondait par de lourdes galanteries qu'elle préférait ne pas entendre. Dans le brouhaha des conversations, Poirier commençait à lancer des pointes venimeuses à l'adresse de son rival. Lafleur le regardait avec un calme sourire, conscient de son écrasante supériorité. Exaspéré, Poirier se laissa aller à l'inspiration du vin et, se levant à demi, appuyé de ses deux mains sur la table et les yeux dans les yeux de Lafleur, se mit à clamer :

« J'ai passé ma vie à plaindre les abrutis qui font de la peinture comme on fait des haltères, mais c'est bien fini. Les grosses natures, maintenant, je les méprise, je leur crache à la gueule. Que les faiseurs de calendriers se vautrent dans l'émotion et dans la peinture à bras. Moi, je travaille dans l'esprit, dans l'essence et dans la quintessence de l'émanation. Je suis visité, moi. Ce matin, dans mon atelier, j'étais sur une toile et j'entends tout à coup un bruit d'ailes. Je lève la tête et, écoutez bien : il y avait des anges qui volaient en rond au-dessus de mon chevalet. »

Lafleur éclata d'un rire si sonore qu'il éteignit d'un coup toutes les voix de l'établissement et la musique de l'orchestre. Les danseurs de swing s'arrêtèrent et, se tournant à lui, devinrent attentifs. Il vida son verre, se leva et, parlant d'une voix de tonnerre (qui secoua tous les assistants, franchit les murs, franchit les portes, rebondit à la fois dans la rue Norvins et dans la rue Saint-Rustique, s'entendit à l'ouest, jusque passé le jeu de boules, et à l'est, portée par le vent, jusqu'aux approches de la Goutte d'or), parlant donc, il dit :

« Bonne nouvelle. Les anges, porteurs de pilules Pink, chez les coupeurs de poils en quatre, chez les arbres secs, chez les fricasseurs de mille-pattes. Vivent les anges. Moi aussi, je suis visité, mais pas par les anges. Hé ! vous tous, les buveurs de champagne, les buveurs de swing, ouvrez vos oreilles. Plus tard, vous vous rappellerez ce que je vais vous dire. Ce matin, dans mon atelier, deux hommes sont entrés sur leurs pieds, deux tordus, deux paumés, deux clopinards de la mistoufle qui crevaient de faim et des figures de déterrés. En entrant, ils ont dit : j'ai faim. Sans perdre une minute, je les installe en face d'une toile signée Lafleur et presque aussitôt, mes deux cloches se sentent déjà mieux. Au bout de vingt minutes, ils n'avaient plus faim. Ma peinture les avait nourris.

– Ça ne m'épate pas, ricana Poirier. Des clochards, ça se nourrit dans la boîte à ordures.

– À propos, tes anges, c'était pas plutôt des mouches à merde ? »

La question égaya les voisins et souleva un gros rire. Livide, Poirier traita son rival de peintre du dimanche.

Sautant sur la table, les rivaux s'empoignèrent et, tandis que l'orchestre jouait un tango velouté, roulèrent l'un sur l'autre au milieu des verres et des bouteilles. Trempés jusqu'aux os par le contenu du seau à champagne qui s'était renversé, les mains et la figure en sang, ils n'en continuaient pas moins à cogner. Dans un esprit de solidarité, la Girafe se jeta sur Loulette Bambin, la gifla, la griffa et lui fendit sa robe de haut en bas. Pelu ne comprenait rien à cette scène de violence et balançait sa montre au bout de sa chaîne avec des clins d'œil égrillards. Un coup de pied la lui ôta des mains et la projeta sur une bouteille où elle se brisa. Avec beaucoup de peine, les amis parvinrent à séparer d'abord les deux femmes, puis les deux hommes. Lafleur gloussa de plaisir en constatant qu'il avait seulement un œil abîmé alors que Poirier les deux yeux, la lèvre fendue et une importante déchirure à l'oreille. Poirier n'était pas mécontent non plus, se flattant que son adversaire se ressentirait longtemps des coups heureux qu'il venait de lui porter à l'estomac. Chacun des deux ennemis célébra sa victoire en commandant une bouteille.

Vers 8 heures du matin, Lafleur se réveilla chez la Girafe. Il était couché tout habillé en travers d'un lit de milieu entre Pelu et le grand-père. La Girafe dormait dans une autre pièce. Il rentra chez lui, prit une douche et partit pour la forêt de Meudon où il passa la journée à se promener avec un carnet de croquis. Le soir, il rentra chez lui exténué, mais plein d'appétit, et il se mit au lit après avoir fait un délicieux repas de peinture. Avant de s'endormir, il songea encore à sa nuit passée, se reprochant de n'avoir pas su garder son secret. Heureusement, personne n'avait pris ses paroles au pied de la lettre et les peintres présents ne s'en souviendraient que comme d'une apostrophe imagée.

Lafleur aurait été moins rassuré s'il avait eu connaissance de la ligne de conduite arrêtée par Hermèce quant au secret de sa peinture. Ayant sept Lafleur en sa possession, le marchand était impatient de leur faire un sort. Du moment où leur pouvoir nutritif serait connu du public, les prix ne cesseraient de monter avec une vitesse vertigineuse, chaque jour écoulé représenterait une fortune et le temps serait vraiment de l'argent. Hermèce projeta un grand dîner et lança des invitations pour le premier jour de la semaine suivante. Dans l'intervalle, aidé de son beau-frère Lionel, il rafla chez les concurrents, et même chez des particuliers, tous les Lafleur qu'il put trouver. Il se procura ainsi huit autres toiles de «l'époque nourrissante» et une vingtaine de l'époque antérieure qui, pour n'être pas nourrissantes, n'en auraient pas moins une assez grande valeur.

Le lundi soir, à 8 heures et demie, tous les invités d'Hermèce étaient réunis dans le salon. Il y avait là un peintre illustre, un bâtonnier, deux directeurs de journaux, quatre critiques d'art, le directeur de la Radiodiffusion nationale et, côté femmes, une actrice de cinéma, un assortiment de comtesses dans le train et des épouses diverses. À 9 heures et quart, tout ce monde commençait à avoir faim et à 10 heures moins le quart, comme la maîtresse de maison ne semblait pas s'inquiéter du dîner, des murmures discrets s'élevèrent dans les groupes. Hermèce exhorta ses invités à la patience, leur promettant qu'ils allaient faire un dîner comme ils n'en avaient jamais fait. Enfin, à 10 heures et quart, on annonça que madame était servie et les portes de la salle à manger s'ouvrirent. Les convives avaient une faim de loup et les figures s'allongèrent lorsqu'ils découvrirent la table préparée à leur intention. Sur la nappe blanche, il n'y avait pas une assiette, pas un verre, ni rien de ce qui est nécessaire pour manger, mais à la place de chaque couvert, une fleur et un carton portant le nom d'un invité. En revanche, une profusion de tableaux, à raison d'un pour deux personnes, étaient dressés sur la table, face aux sièges. Les invités prirent place dans un silence glacial. Seul un familier de la maison, critique d'art au *Porteplume*, trouva la force de lancer, d'une voix lamentable :
«Voilà des hors-d'œuvre qui vont encore nous ouvrir l'appétit. Pourvu que le rôti ne soit pas de Braque.
– Mes chers amis, je vous sens un peu anxieux, mais rassurez-vous», dit Hermèce, et en quelques phrases, il expliqua aux invités pourquoi il les avait réunis autour de cette table chargée de peintures. Loin de les rassurer, ce discours ne fit qu'augmenter leurs appréhensions et leur mauvaise humeur. Les uns croyaient à une farce, les autres à un accès de démence de leurs hôtes. Comme la maîtresse de maison les priait aimablement de commencer le repas, ils se résignèrent à être courtois et chacun fixa son regard sur la toile qu'il avait devant lui. Cinq minutes ne s'étaient pas écoulées qu'un murmure de stupéfaction s'élevait autour de la table et bientôt ce fut un déchaînement d'enthousiasme. Détendu, épanoui, Hermèce triomphait. Lorsqu'ils furent rassasiés, les convives le pressèrent de questions sur Lafleur. Les deux directeurs de journaux, qui prenaient des notes, étaient les plus avides de renseignements. Il répondait sans se faire prier, traçait un portrait de Lafleur, du reste fort embelli, déballait sa vie privée, lui prêtait une théorie de l'art, inventant, brodant et n'oubliant pas non plus de livrer son adresse. Le directeur de *Jour libre* ne tarda pas à s'esquiver et celui

du *Petit Français* sortit sur ses talons. Les quatre critiques d'art, qui appartenaient à d'autres journaux, hésitaient à suivre leur exemple. «À quoi bon, fit observer l'un d'eux. Nos articles seront flanqués au panier et on nous prendra pour des fous.

– Quand même, dit un autre. Je sais bien que mon papier ne passera pas. Mais si je ne le donne pas ce soir, on me reprochera demain de ne l'avoir pas fait.»

Finalement, ils se décidèrent à partir et le directeur de la Radio s'en fut préparer une émission pour le lendemain. Les autres convives restèrent très tard à parler de Lafleur et des horizons nouveaux qu'il ouvrait à la peinture. Et les comtesses ne rêvaient plus qu'à l'avoir dans leurs salons.

Le lendemain matin, Lafleur se leva à 7 heures et fit sa toilette. Il était à moitié vêtu lorsqu'il entendit frapper à la porte de l'atelier. Le palier était envahi par une vingtaine de journalistes très excités et d'autres arrivaient par l'escalier. Celui qui se trouvait le plus près de la porte ôta son chapeau et demanda aimablement:

«Monsieur Lafleur, sans doute? Je suis l'envoyé de la *France éternelle*...

– Monsieur n'est pas là, répondit Lafleur. Monsieur est parti en voyage.»

Une rumeur de malédiction salua cette réponse décevante. L'envoyé de la *France éternelle* remit son chapeau sur sa tête et s'informa si Lafleur était parti pour longtemps et pour où (– en Amérique pour un mois ou deux), s'il était allé vendre des tableaux (– Monsieur ne m'a pas dit), s'il avait été de la Résistance, s'il était partisan d'une alliance avec le Brésil, s'il fumait du tabac français ou américain, s'il aimait la musique, la danse, le café.

«Vous serez gentil de nous laisser entrer dans l'atelier, moi et mes confrères. Les photographes prendront quelques photos.

– Impossible, Monsieur m'a interdit de laisser entrer personne dans son atelier.»

La France éternelle prit dans son portefeuille un billet de cent francs et le tendit au serviteur fidèle qui le refusa fermement.

«Je ne mange pas de ce pain-là. Monsieur est trop bon pour moi et trop généreux pour que je lui fasse une chose pareille.

– Au moins, montrez-nous une de ses toiles. Votre maître ne vous le reprochera pas, au contraire.»

Lafleur n'eut pas la cruauté de refuser cette satisfaction aux journalistes. La plupart d'entre eux, alertés par leurs journaux dès la parution de *Jour libre* et du *Petit Français*, avaient reçu la consigne de ne rien manger avant de voir les fameux tableaux. Lafleur alla chercher son *Homme à l'harmonica* et leur permit de le contempler assez longtemps pour apaiser leur fringale. Ils étaient fort satisfaits de constater par eux-mêmes un prodige dont la nouvelle les avait laissés à moitié incrédules.

«Est-ce que je peux savoir pourquoi vous veniez voir Monsieur? demanda Lafleur avec innocence. J'espère qu'il n'est rien arrivé de fâcheux pour Monsieur?

– Comment, vous n'êtes pas au courant? Vous n'avez pas lu le *Jour libre* ni le *Petit Français*?»

Un journaliste lui tendit *Jour libre*, un autre le *Petit Français* et lui dit sur un ton d'aimable reproche:

«Merci pour le tableau, mais vous auriez pu être un peu plus bavard, mon petit vieux.

– Monsieur ne me parle jamais de ce qu'il fait. Si vous voulez en savoir davantage, allez donc voir le peintre Poirier. C'est le meilleur ami de Monsieur. Ils se connaissent depuis quinze ans. M. Poirier habite 97, rue Gabrielle. Surtout ne lui dites pas que je vous envoie. Il pourrait m'en vouloir.»

Les journalistes s'éclipsèrent en répétant avec ferveur le nom de Poirier. Lafleur, un peu mélancolique, alla s'asseoir dans son atelier et déploya *Jour libre*. En tête de la première page s'étalait un titre en grosses capitales: «Plus fort que la bombe atomique.» Suivait un article sur trois colonnes avec renvoi à la page deux. «Le nom du peintre Lafleur, hier encore ignoré du grand public, sera demain dans toutes les bouches et non seulement chez nous, mais dans le monde entier où il portera témoignage de la grandeur impérissable de notre France éternellement jeune dont l'intelligence, le génie inventif, la vitalité, la force, le sens de l'humain font l'admiration et l'envie des autres peuples... Hier soir, M. Aristide Hermèce, qui a déjà tant fait pour les arts, recevait chez lui des amis au nombre desquels j'avais le privilège de m'inscrire. La charmante Mme Hermèce... Fallait-il croire que nous étions tous le jouet d'une hallucination? Non. L'incroyable, l'invraisemblable, l'impensable, était une réalité sensible... Méditons un instant sur le sens profond et sur la portée de cette réalisation picturale qui vient d'éclater au zénith de la grandeur française... L'œuvre de Lafleur nous l'affirme, l'art n'est plus seulement cette tangence de l'esprit à la matière, cette expression métaphorique de l'exister auxquelles nous avaient habitués des générations d'artistes. Il est désormais une infusion de la pensée dans la chose inerte, un contact en prise directe et qui se résout en une création vivante... L'art ne se contente plus d'exprimer. Il transmue... Car il fait honneur à l'esprit humain et comptera comme un ouvrier magnifique de la grandeur de la France.» Le *Petit Français* écrivait de son côté : «La Revanche de Prométhée. Nous sommes pauvres, nous sommes endettés, notre monnaie est au bord de la faillite. Une partie de notre pays est en ruine. Nos machines sont usées. Nos rivières sont à sec. Notre administration est croulante. Partout s'étalent la gabegie et la corruption. Le ravitaillement est de plus en plus mauvais. Notre jeunesse est découragée. Nos enfants sont rachitiques. Mais nous n'avons jamais été aussi grands. Le monde entier tourne ses regards vers nous avec envie, car dans le domaine de l'esprit... Le désordre et l'impéritie nous vouaient à une faim perpétuelle? sans doute. Mais un noble génie s'est penché ardemment sur les secrets de l'art et de la nature... Lafleur, vous êtes (pardonnez-moi ce calembour ému) la fleur de notre espérance, vous avez fixé sur la toile le signe frémissant d'une grandiose renaissance... Ô joies! Ô gloires! Ô grandeurs jamais abolies d'une France qui regarde déjà vers les demains prestigieux!»

La lecture de ces articles attrista Lafleur. Constatant qu'il y était fort peu question de sa peinture en tant que telle, il en arrivait à regretter, par exemple, les raisons subtiles et alambiquées qu'avait invoquées Canubis (un cousin de Poirier) pour éreinter son exposition de l'année précédente.

Cependant, les journalistes étaient arrivés chez Poirier. Loulette Bambin les introduisit dans l'atelier et les pria d'attendre une minute la venue du maître. Il y avait là un certain nombre de toiles au sujet desquelles ils échangèrent des réflexions qui n'étaient pas toutes favorables. La plupart de ces compositions consistaient en volutes et en arabesques cheminant à travers des taches de couleur, claires, fluides, aux contours moelleux. L'effet était souvent très heureux. Certains journalistes disaient: une gueule formidable, une frénésie terrible, une puissance de choc, des sous-jacences folles. D'autres parlaient de distinction mièvre, de féminité arachnéenne, de préciosité morbide, de canular, de bidon. L'entrée de Poirier provoqua un mouvement de vive curiosité. Souvenirs de la bagarre nocturne, il lui restait des yeux pochés, largement cernés de mauve et de jaune, un pansement près de l'oreille et un autre à la lèvre inférieure, qui le gênait pour parler et rendait son sourire grimaçant.

«Votre visite me surprend très agréablement et je m'excuse de vous avoir fait attendre.

– Nous en avons profité pour admirer vos œuvres, dit la France éternelle. Vous avez là des toiles d'une beauté et d'une audace incomparables.»

Poirier sourit autant qu'il put et remercia d'une légère inclinaison du buste.

«Vous êtes trop aimable. À vrai dire, ma peinture peut surprendre au premier abord. Il y a dans ma peinture certain parti pris, je dis bien parti pris, assez déroutant. Pourtant ma peinture n'est pas, comme beaucoup le croient, une peinture abstraite. Ma peinture est au contraire ultra-réaliste. Ma peinture ne se contente pas de répudier certaines apparences gratuites pour leur en substituer d'autres non moins gratuites. Ma peinture prétend s'introduire au cœur même de la réalité pour y saisir analytiquement et synthétiquement le mystère intime de la substance et en fixer sur la toile les points d'intersection avec mon moi.

– Très intéressant. Très nouveau. Tout à fait original. L'idée est passionnante.

– Quelle époque! s'écria l'un des visiteurs. Au fait, avez-vous lu le *Jour libre* et le *Petit Français* de ce matin?

– Mais non, pas encore, répondit Poirier qui devint tout rose d'émotion.

– Lisez d'abord cet article, dit le journaliste en lui tendant *Jour libre*. Vous allez avoir une agréable surprise.»

À peine eut-il lu quelques lignes que Poirier changea de visage. Il avait blêmi, la sueur perlait à son front et, à mesure qu'il avançait dans sa lecture, la colère qui s'amassait en lui achevait de le défigurer. Guettant sur ses traits l'apparition d'un joyeux sourire, les journalistes voulaient voir dans cette physionomie grimaçante une expression de stupeur émue. Il avait oublié leur présence.

«C'est impossible! rugit-il en jetant le journal. Qu'est-ce que c'est que cette ânerie, ce bluff imbécile?

– Ce n'est pas un bluff. Nous l'avons constaté nous-mêmes. La peinture de Lafleur est bel et bien une nourriture.

– Je m'en fous! Même si c'est vrai, je considère Lafleur comme un zéro, un peintre sans aucun talent, un barbouilleur prétentieux et borné. Je le connais mieux que personne. Il ne fera jamais que des navets. Tant mieux pour lui s'il trouve des gens assez bêtes pour les manger, mais je ne serai jamais de ceux-là.»

Cette réaction inattendue souleva un murmure réprobateur dans l'assistance. Poirier eut conscience d'être allé trop loin et essaya de se dominer.

«Évidemment, il y a là une découverte qui fait honneur à l'ingénio-sité de Lafleur. Sa recette trouvera d'ailleurs des applications beau-coup plus utiles dans d'autres domaines que dans celui de la peinture où elle ne saurait être qu'une attraction amusante.

– Selon vous, demanda quelqu'un, l'inspiration artistique ne serait pour rien dans l'apparition de ce prodige?

– Comment voulez-vous qu'il existe un lien entre l'inspiration artis-tique et la nourriture? C'est rigoureusement impossible. En revanche, j'ai toujours pensé que Lafleur devait brillamment réussir dans l'alimentation.»

Poirier avait beau se contraindre, il ne parvenait pas à dissimuler sa hargne ni son dépit. Les journalistes n'insistèrent pas. Après lui avoir décoché quelques réflexions acides, ils prirent congé du peintre en l'appelant cher grand maître.

Au début de l'après-midi, Lafleur envoya un gamin lui chercher les journaux du soir. La plus large place y était réservée au grand évé-nement du jour. Il apprit ainsi que dès l'ouverture de la galerie, une foule considérable s'était portée chez Hermèce. Devant la vitrine où la fillette en jaune se trouvait de nouveau exposée, l'affluence était si considérable qu'il fallait un service d'ordre pour la canaliser. La nouvelle s'était répandue très rapidement et de toutes parts affluaient des gens affamés, sans compter les simples curieux. Une information de la dernière minute parlait d'un embouteillage com-plet de la rue de La Boétie et des rues avoisinantes. Les journaux relataient également qu'un inconnu, ayant découvert une petite toile de Lafleur dans une galerie de la rive gauche, l'avait achetée huit cent cinquante mille francs. Un journal d'extrême gauche déplorait du reste qu'une peinture si bien faite pour réconforter l'humanité souffrante devînt la proie des puissances d'argent. Chez le seul Hermèce, faisait observer l'auteur de l'article, il y avait suffisam-ment de toiles pour nourrir chaque jour des milliers de sous-ali-mentés et leur rendre force et santé. L'information selon laquelle Lafleur venait de partir pour l'Amérique était donnée sous toutes réserves. En général, on soupçonnait le valet de chambre d'avoir protégé, par ordre, la tranquillité de son maître, mais l'idée n'était venue à personne qu'il fût le maître lui-même.

Ce qui intéressa le plus vivement Lafleur, ce fut le récit de la visite des journalistes à l'atelier de Poirier. J*our libre* en donnait la version suivante: «On nous avait dit: Allez donc voir le peintre Poirier, il n'a pas de meilleur ami. Nous nous rendîmes à son atelier où le meilleur ami nous fit attendre sa venue une dizaine de minutes, sans doute pour nous laisser le temps d'admirer sa propre peinture. Hélas, nous eûmes vite épuisé le plaisir de la contempler. Enfin, arriva un monsieur au visage tuméfié, boursouflé. C'était le meilleur ami. Sans nous laisser le temps de placer un mot, il se mit à parler complaisamment de sa propre peinture et à expliquer pourquoi il était un grand peintre. Ma peinture. Ma peinture. Toujours ma peinture. Je réussis pourtant à lui faire comprendre l'objet de notre visite. Sans aucun doute, la visite des journalistes à cette heure matinale lui avait fait croire qu'il était devenu l'homme du jour. Sa déception fut telle que, dans un accès de fureur, il nous livra ses vrais sentiments à l'égard du peintre Lafleur. Tout ce que le génie et la grandeur peuvent inspirer d'envie et de basse rancune à un talent médiocre éclata dans une suite de propos injurieux, de dénigrements haineux. Selon lui, Lafleur n'était qu'un zéro, un raté dépourvu du moindre talent. Le meilleur ami n'était qu'un faux ami.»

Lafleur achevait la lecture de cet article non sans éprouver quelques remords lorsqu'il entendit frapper. Avant qu'il eût rien dit, une petite vieille poussa la porte et, en entrant dans l'atelier, demanda sur un ton hargneux:

«C'est bien vous monsieur Lafleur, oui? Alors c'est vrai ce qu'on raconte de vos tableaux? J'ai faim, moi.»

Le peintre la fit asseoir en face de *L'Homme à l'harmonica.*

«Ça ne vous coûte rien, fit observer la vieille. De mon temps, quand on voulait manger, on travaillait. Maintenant, à ce que je vois, on barbouille. Et je suis sûre encore que ça vous rapporte. Vous êtes bien meublé, vous n'avez pas l'air d'être malheureux. Moi, dans ma jeunesse, j'ai travaillé à cinq sous de l'heure et des journées de douze heures et plus. Aujourd'hui, j'ai la retraite des vieux, juste de quoi manger mon pain sec et la boisson au robinet. Les tickets de viande, les tickets de beurre, c'est pour ceux qui ont les moyens. Pour nous, les vieux, tout est trop cher. La vie, elle ne veut plus de nous. Même dans le vestibule, on nous trouve de trop. Quand on a trimé toute une vie, pensez qu'à treize ans j'étais déjà en atelier, toute une vie quand on a trimé, qu'on arrive au bord de ne plus travailler, qu'on est fatigué à n'en plus pouvoir, on voit la vieillesse comme une récompense. On pense aux petits pas dans la chambre chaude, avec un vieux chat qui aura de la peine le jour qu'on passera de l'autre côté. Se faire des douceurs, tricoter un peu dans une chaise commode (ne plus rien faire, on aurait honte), le nez à la fenêtre à regarder la vie qui finit de couler entre les fleurs du géranium. On en est revenu. La chambre sans feu, pas de mou pour le chat, pas seulement pour soi, le géranium à cent francs le pot. Dites donc, mais c'est pourtant vrai que ça nourrit, votre affaire. Je me sens toute drôle, un peu comme saoule. Vous avez de la chance. Être jeune. Avoir à manger pour toujours.

– Tranquillisez-vous. À partir de maintenant, vous n'aurez plus faim. Je vais vous donner ce qu'il vous faut.»

Lafleur alla jusqu'au fond de l'atelier et décrocha une toute petite toile pendue à un clou, sur laquelle il avait peint une pomme et un verre de vin. La vieille le surveillait du coin de l'œil, le regard aigu, les lèvres pincées. Elle lui arracha le tableau des mains.

«Il n'est guère grand, dit-elle d'une voix sèche. Enfin, c'est bon. Merci. Je vais quand même finir de manger sur le vôtre.»

Pendant que la vieille repiquait à *L'Homme à l'harmonica*, on frappa à la porte. Lafleur alla ouvrir et se trouva en présence d'une jeune femme maigre, pauvrement vêtue, tenant par la main un gosse de sept à huit ans, blême, à l'air abruti. Elle avait un regard timide, implorant et ne savait comment s'y prendre pour dire ce qui l'amenait. Lafleur les fit entrer dans l'atelier et les conduisit à l'une de ses toiles. Ahuri, le gosse tournait la tête de tous les côtés, posant ses regards partout, sauf sur la peinture. Enfin, un détail du tableau ayant retenu son attention, il comprit sans avoir besoin d'explications et ne perdit plus une seconde. Rassasiée, la petite vieille considérait les nouveaux venus avec hostilité, l'air pointu et malveillant. N'osant profiter elle-même de l'occasion, la mère regardait manger son enfant et, par discrétion, pour convaincre Lafleur qu'elle n'abusait pas, levait les yeux sur le vitrage de l'atelier.

«C'est pour vous aussi», lui dit-il.

Elle le remercia d'un sourire, eut un mouvement du buste en avant comme pour se jeter sur la toile et se mit à manger avec plus d'avidité encore que le gosse. Longtemps, Lafleur regarda les deux silhouettes grêles, les épaules en goulot de bouteille, les nuques creuses et livides. Il alla chercher une autre toile, une petite étude de fleurs qu'il avait terminée l'avant-veille. L'ayant suivi, la vieille lui dit à mi-voix :

«Ne gaspillez donc pas vos marchandises pour ces gens-là. Ce n'est pas du monde intéressant. Des traîne-savates, des fainéants, voilà ce que c'est. Je leur en foutrais, moi.

– J'ai presque envie de leur donner le vôtre, répliqua Lafleur. À vôtre âge, vous n'avez pas besoin de tant manger.»

Effrayée, la petite vieille serra son tableau contre sa robe, se mit à trotter vers la porte et disparut en grommelant. Lorsque la mère et l'enfant, restaurés et munis pour l'avenir, eurent également quitté l'atelier, Lafleur s'enferma à clé et se promit de n'ouvrir à personne. Je finirais par n'avoir plus une minute pour travailler, se disait-il, et il ne me resterait bientôt plus une toile. À peine venait-il de se remettre à peindre qu'il entendit le bruit d'un pas nombreux sur le palier. Des coups de poing ébranlèrent la porte, cependant que des voix criaient : «Ouvre-nous, grande vache. On le sait que tu n'es pas à New York. Grouille-toi ou on va te corriger.»

Lafleur ouvrit la porte en riant et une cohue fleurie envahit l'atelier. C'étaient les copains de la Butte qui venaient le féliciter. S'étant concertés dans la matinée, ils avaient décidé de ne pas manger à midi et de venir tous ensemble lui demander à déjeuner sur le coup de 4 heures. Ils apportaient des fleurs et des bouteilles de champagne. Presque tous, Lafleur en fut touché et un peu peiné aussi, avaient mis leurs meilleurs vêtements. Dans le premier moment, tout en s'efforçant à la familiarité, ils se trouvaient, devant lui, gênés et contraints, comme si le vieil ami avec lequel ils avaient si souvent échangé des services, des injures et des confidences, était tout à coup devenu lointain. Ils se rassuraient peu à peu en constatant qu'il n'avait changé en rien, et toute distance se fut bientôt effacée. La fête devint si joyeuse et si animée que la Girafe se trouva saoule avant d'avoir bu et mit sa poitrine de garçon à l'air. Lafleur avait pris soin de tourner tous ses tableaux face aux murs.

«Excusez-moi, dit-il. J'ai une course à faire dans le quartier. Je serai rentré dans un quart d'heure et on se mettra à table aussitôt. En attendant, je vous recommande de ne pas regarder ma peinture. Elle vous couperait l'appétit.»

Il monta rapidement la rue des Saules et, dévalant la pente opposée jusqu'à la rue Gabrielle, alla frapper à la porte de l'atelier du numéro 97. Ce fut Poirier lui-même qui vint ouvrir. En voyant son rival, il eut un haut-le-corps. Ses yeux cerclés de jaune et de mauve s'injectèrent.

«Qu'est-ce que tu viens foutre?

– Je viens te faire des excuses, dit Lafleur. Ce matin, c'est moi qui t'ai envoyé les journalistes en leur disant que tu étais mon meilleur ami.

– Va-t'en.

– Allons, je viens chez toi, tu ne vas pas tout de même me mettre à la porte. Je regrette ce que j'ai fait ce matin. Je voudrais envoyer une note aux journaux pour mettre les choses au point. Si tu veux, on la fera ensemble. Tu acceptes?»

Poirier ne répondait pas et regardait le bout de ses souliers.

«En ce moment, il y a tous les copains qui sont chez moi. J'ai senti que tu leur manquais.

– Je ne vous empêche pas de rigoler, dit Poirier. Mais moi, ce n'est pas mon jour.»

Il tenait toujours la tête baissée. Il était très malheureux.

«Tu vas voir la note qu'on va écrire pour les journaux. Ça va tout renverser d'un seul coup. Je le dirai que j'ai été infect avec toi et aussi que j'ai passé mon temps à dire des vacheries sur ton compte. Au fait, je me demande bien pourquoi on s'est brouillé, tous les deux. Ce que je sais, c'est que j'avais encore mon atelier dans le bateau-lavoir. Attends, je crois que c'est venu à cause de Manette. Une petite blonde, elle s'était installée chez moi, elle zézayait un peu, elle avait la folie du quinquina. Enfin, quoi, Manette. J'avais cru m'apercevoir que tu lui faisais du gringue.

– Je ne me rappelle pas bien, dit Poirier en rougissant légèrement.

– Fumier, va, dit affectueusement Lafleur. Je suis tranquille qu'en douce tu te l'es envoyée.»

Poirier releva la tête et eut un petit rire timide. Il s'était effacé pour laisser le passage à Lafleur.

«Manette, aujourd'hui, on s'en fout, dit Lafleur. Manette, je l'ai revue il y a un mois, figure-toi. Elle a épousé un bijoutier du faubourg Saint-Honoré. Elle ne parle plus que de sa voiture, de ses domestiques et de ses réceptions.»

Il était arrivé au milieu de l'atelier. En voyant les toiles de Poirier, il eut une flambée dans le regard et sa bouche se crispa un peu. Il réussit à se dominer et, ravalant sa salive, déclara:

«Je me demande pourquoi j'en disais tant de mal. Au fond, je n'ai rien contre ta peinture.»

Une minute, Poirier regarda dans le vide. Il avait l'air de rassembler sa volonté.

«C'est comme moi, dit-il enfin. Ta peinture, je n'en pensais pas tout le mal que je disais.»

Un silence gêné suivit ces affirmations méritoires. Loulette Bambin entra dans l'atelier et demeura éberluée d'y trouver Lafleur.

«Bonjour, dit-il en l'embrassant. On n'attendait plus que toi pour partir.»

Ils partirent tous les trois pour la rue Saint-Vincent, bras dessus bras dessous, Loulette entre les deux anciens ennemis. Poirier restait triste, se demandant s'il n'était pas en train de hasarder sa dignité, mais les copains saluèrent la réconciliation avec un grand enthousiasme et la fête se prolongea jusqu'au cœur de la nuit.

Les jours suivants, la presse continua à consacrer d'importantes colonnes à la peinture de Lafleur. La curiosité du public était insatiable et la plupart des journaux étaient enlevés jusqu'à épuisement du tirage. L'un d'eux faisait observer à ce sujet qu'aucun événement politique, depuis la Libération, n'avait suscité, à beaucoup près, autant d'intérêt parmi la masse des Français. Lafleur, grâce à des complicités et des subterfuges, réussit à échapper aux journalistes pendant une semaine encore. Traqué, trahi par sa femme de ménage, il finit par se rendre et les accueillit dans son atelier. Photographié et rephotographié, il se montra peu brillant et ne sut que répondre à la plupart des questions qui lui furent posées : « Comment travaillez-vous ? Que pensez-vous de la peinture ? Quelle sera l'influence de votre œuvre sur la peinture ? » et cent autres pareilles. Pendant qu'il se débattait ainsi, une jeune journaliste américaine lui déroba sa brosse à dents et son bouton de col qu'elle emporta dans le nouveau monde à titre de souvenir. La presse étrangère, qui avait d'abord paru sceptique, fit également grand bruit autour de la peinture nourrissante. Le *Chicago Herald*, à grands frais, envoya une équipe de savants à Paris pour étudier la peinture de Lafleur et déterminer la nature du support physico-chimique de ses vertus nutritives. L'équipe examina plusieurs tableaux, fit des prélèvements, des analyses de toutes sortes, et ne découvrit rien qu'elle n'eût découvert dans les œuvres de n'importe quel autre peintre. À vrai dire, les critiques d'art ne firent pas mieux que les savants. Ils étudiaient l'art de Lafleur avec autant de conscience que de science, mais ce qu'ils écrivaient aurait pu s'appliquer aussi bien à nombre de peintres dont les toiles ne nourrissaient pas. L'événement les avait surpris dans des habitudes et des commodités qui ne suffisaient plus à faire la preuve de leur intelligence, ce qui paraît être le but de toute critique. Ils n'étaient du reste pas tous des fervents de Lafleur. Quelques-uns d'entre eux le traitaient même sévèrement, affectant de considérer le pouvoir nutritif de ses tableaux comme un phénomène curieux, voire une attraction de baraque foraine, mais n'ayant rien à voir avec la peinture et ne lui devant rien. Pontus, critique de l'hebdomadaire *Mon bureau*, écrivait par exemple : « Je n'aime et n'admire que la grandeur, en quoi je suis bien de ma génération, de cette génération qui possède à un si haut point le sens de la grandeur et a engagé la France dans la voie, précisément, de la grandeur. Or, je le demande, où est la grandeur dans la peinture de M. Lafleur ? Admettons pour l'instant, nous réservant d'y revenir plus loin, que cette peinture comporte une certaine grandeur, j'entends de cette grandeur qui n'est qu'à nous, Français de France, patrie de, justement, la grandeur. Ceci posé ou, pour mieux dire, supposé, accepterons-nous encore de nommer grandeur la grandeur d'une œuvre qui ne doit sa grandeur qu'à une particularité sans grandeur ? Certes non, car la grandeur d'un Cézanne ou d'un Renoir, si elle était inséparable d'une choucroute garnie (donc sans grandeur) serait elle-même dépourvue de grandeur, en tout cas, de vraie grandeur, si nous appelons grandeur la grandeur qui conditionne la grandeur. Ceci démontre...» Boitelier, le critique du *Fagot*, écrivait de son côté : « On ne peut refuser à la peinture de Lafleur une certaine efficience, et nous ne cacherons pas que l'efficience est pour nous le seul vrai chemin de la grandeur. Malheureusement, il est des chemins qui n'aboutissent pas, soit qu'ils s'arrêtent court, soit qu'ils reviennent après d'inutiles méandres à leur point de départ. Je crains bien que Lafleur, en dépit d'une indéniable efficience, se soit mis dans le cas de n'aboutir jamais. C'est que la peinture de cet artiste n'est pas une peinture engagée. Ne dit-on pas d'ailleurs qu'il aurait eu un cousin germain chef de cabinet d'un ministre vichyssois ? Loin de moi la pensée de rien insinuer, mais enfin, un fait est un fait. Si Lafleur avait souffert de cette parenté, cela se verrait dans sa peinture.» Derecoi, le critique existentialiste de *Moi et le monde*, exhalait sa mauvaise humeur en ces termes : « Nulle manifestation de l'être en tant qu'être ne pose plus simplement, plus schématiquement, plus voyablement, le problème des rapports et des imbrications entre la déréliction et la facticité d'une part, le dépassement et l'alcalinité-angoisse d'autre part, que ne saurait le faire l'œuvre d'art plastique, soit qu'on l'envisage comme un possible non encore thématisé, soit qu'on l'appréhende déjà existant en fait. Étant, n'étant pas, elle est en fait ou en devenir limite sécante de la conscience, conscience de quelque chose et du monde transcendant au moi néantisé (d'où tombement juste du contour sécant – grandeur). J'aperçois bien ce que la peinture de M. Lafleur prétend faire d'un problème aussi simple et quels arguments il propose lui-même aux tenants d'une certaine esthétique. Il donne à entendre que l'art n'est nullement la limite sécante, l'inclusion rétroversée d'un phénomène d'aperception dans un tout contingent, puisque sa peinture à lui s'alimente aux sources d'une transcendance qui n'est pas la nôtre. Mais la ficelle de M. Lafleur est vraiment trop grosse. Je lui répondrai d'abord que pour un esprit objectif, la singularité de sa peinture n'est qu'un phénomène à classer et qu'au demeurant, les propriétés nutritives de ses tableaux ne sont ni plus ni moins mystérieuses que celles d'une pomme de terre ou d'une tranche de gigot...»

Dès les premiers jours, Lafleur avait pris le parti de ne plus lire les articles qui lui étaient consacrés et s'en trouvait bien. Il n'aurait pu le faire qu'au détriment de son travail et jamais il ne s'était senti dans des dispositions aussi laborieuses. Son étourdissante renommée n'avait presque rien changé de sa façon de vivre. Attentif à ne pas étendre le cercle de ses relations, travaillant du matin au soir (sauf les deux jours de jeûne par semaine auxquels il s'astreignait régulièrement), il ne sortait guère de chez lui. Parfois, des amis venaient passer un moment dans son atelier pour le regarder peindre et chercher un enseignement. Ils lui disaient leur étonnement de le trouver aussi calme, aussi équilibré au centre du glorieux tintamarre suscité par sa peinture. «Au fond, répondait Lafleur, il ne m'est rien arrivé.» En prononçant ces paroles, il était sincère et toutefois se trompait lui-même. Il lui arrivait souvent de considérer ses tableaux avec une pesante inquiétude qui tournait presque toujours aux remords. Il songeait à la quantité de force et de vie contenue dans ces toiles et ne profitant à personne. Ce don de créer des œuvres vivifiantes lui paraissait comporter des obligations et de plus en plus, il se sentait responsable du pouvoir qui lui était imparti. Dans la rue, ces mêmes pensées revenaient l'assaillir à la rencontre d'un enfant malingre, sous-alimenté. Un jour, il eut l'idée d'aller trouver le directeur d'une école communale du voisinage et lui remit une toile pour subvenir à la nourriture de ses élèves. Chaque semaine, il en plaça ainsi deux ou trois dans les écoles du quartier. Il ne lui en restait plus que quatre dans son atelier lorsque le besoin d'argent l'obligea d'en vendre une. Un marchand de tableaux la lui acheta six millions et, pour faire les choses régulièrement, proposa un échange de lettres antidatées où l'opération figurait pour quinze mille francs. Cette proposition, bien entendu, Lafleur l'accepta.

Hermèce, lui, était fort satisfait de toute cette publicité tapageuse qui, sans lui coûter un sou, lui valait gloire et profit. Sa boutique ne désemplissait pas. Outre la fillette en jaune qui triomphait dans la vitrine et continuait à attirer sur le trottoir une foule considérable, un Lafleur était exposé à l'intérieur de la galerie, où il était solidement arrimé à la cimaise. Mais les gens chics et le tout-Paris du marché noir avaient accès aux appartements d'Hermèce où il étalait sa collection de Lafleur. Au lieu d'offrir le thé, sa femme proposait une dégustation de portraits ou de paysages. On n'en finissait pas de complimenter le marchand, qui faisait figure de découvreur. Les journaux l'appelaient le Vollard de notre époque, on disait qu'il avait été de la Résistance et, comme il ne démentait pas, on lui décerna une croix de quelque chose. Cependant, il y avait, sur la peinture de Lafleur, un boum comme jamais vu. Les prix montaient à vue d'œil, un million par semaine, et le bruit courait que les meilleures toiles finiraient par valoir cent millions. En Amérique, les milieux boursiers en furent impressionnés et le franc se raffermit sur les marchés étrangers. À la Chambre, le président du Conseil chantait chaque jour deux hymnes à la grandeur de la France. Il fit voter d'enthousiasme l'achat de deux tableaux par l'État. On les plaça au Louvre où la foule afflua aussitôt. Les gardiens n'avaient jamais vu autant de monde ni même la centième partie et perdaient la tête. Pressés les uns contre les autres, les visiteurs emplissaient toutes les salles et piétinaient en attendant leur tour de contempler les Lafleur. Et ces gens n'avaient même pas un regard pour *La Joconde*. Irrités de faire la queue, impatients, ils se marchaient sur les pieds, s'injuriaient, se bousculaient. Des bagarres éclatèrent. Un jour on se battit à coups de Rembrandt, de Raphaël, de Fragonard, de David.

Les toiles nourrissantes, dites de l'époque pleine, n'étaient pas seules à profiter du tapage de la presse. Celles de l'époque antérieure qu'on appela l'époque jockey atteignaient des prix déjà considérables. On n'en trouvait pas à moins de sept cent mille francs. On découvrit d'ailleurs qu'elles n'étaient pas entièrement dépourvues de qualités nutritives et qu'elles rayonnaient en une heure la valeur d'une petite tasse de lait. C'était tout de même intéressant. Peu à peu devait se révéler l'existence d'une époque intermédiaire comprenant des tableaux d'un rayonnement frugal, mais déjà substantiel. De telles découvertes faisaient rebondir à chaque instant le cas Lafleur et la presse ne manquait pas de les monter en épingle. La population parisienne et celle des grandes villes donnaient des signes d'une nervosité à laquelle la peinture nourrissante semblait n'être pas étrangère.

Dans leur mansarde du quartier de la Bastille, Moudru et Balavoine éprouvaient pour leur part une nervosité d'une espèce particulière. Les premières semaines vécues avec le cadeau de Lafleur avaient été un enchantement. Chaque jour, ils prenaient leurs trois repas sur le paysage de la rue des Saules et s'endormaient dans la quiétude du lendemain. Ils reprenaient rapidement des forces, avaient des faces poupines et des joues vermeilles.

«On peut se vanter d'être des heureux, disait Balavoine. Je ne changerais pas ma place contre celle d'un ministre, ni même celle d'un roi. Ils ont voitures et tout le tenant, c'est entendu, mais pour combien de temps, ils n'en savent rien. Tandis que nous, c'est du sûr et c'est du tranquille.»

Sauf en ce qui concernait les repas, leur condition n'avait cependant pas changé. Ils restaient pauvrement logés, pauvrement vêtus, sans amour et sans argent. Bientôt, ils se furent habitués à manger tout leur saoul et cessèrent de s'en émerveiller. Les journées, d'une monotonie accablante, devenaient interminables. Loin d'être un recours, la méditation leur proposait des images de la vie propres à les dégoûter de leur sort.

«L'homme n'est pas fait pour vivre comme un cochon à l'engrais, disait Balavoine. J'aimerais mieux être moins bien nourri et avoir l'existence de tout le monde.

– Bien sûr, soupirait Moudru, mais avoir faim, ce n'est pas drôle non plus. Ce qu'il faudrait, c'est travailler. Nourri, on se servirait de notre argent pour autre chose. On irait au café, au cinéma, on s'achèterait de quoi s'habiller. Sans compter que quand on travaille, le temps passe.

– D'accord, mais moi, je ne peux pas travailler. Avec mon passé politique, rien à faire. Mais toi, travaille.

– Je ne sais rien faire», alléguait Moudru.

Le genre de vie auquel ils semblaient condamnés leur pesait de plus en plus. Le paysage de la rue des Saules accroché de guingois au mur de la mansarde commençait à les écœurer. Pour rompre la monotonie des heures, ils se promenaient dans les rues, mais dépourvus d'argent, n'ayant même pas de quoi acheter un journal, ils passaient à travers la vie de la ville sans avoir de contacts avec elle, et ces sorties ne leur procuraient aucun réconfort. Place de la République, un soir qu'ils regagnaient leur logis, Moudru ramassa un journal qu'un passant venait de laisser tomber sur le trottoir. Ils furent étonnés en constatant l'importance accordée par la presse à la peinture de Lafleur.

«Écoute ça, dit Moudru : "L'État vient d'acquérir deux tableaux de Lafleur, un paysage sous la neige et une scène de musique de chambre, qu'il a payés respectivement, onze et quatorze millions. Ces deux tableaux, d'une facture admirable, seraient destinés, dit-on, au musée du Louvre."»

Les deux compagnons se regardèrent et n'eurent pas besoin de parler pour comprendre qu'ils étaient d'accord. Le lendemain matin, ils quittaient la mansarde de bonne heure, emportant le paysage de la rue des Saules. Sur le point de s'en séparer, ils avaient le cœur un peu serré. Moudru lui-même qui, par nature et par expérience, se méfiait des mouvements du cœur, éprouvait une gêne assez proche du remords. Passant sur les boulevards, ils eurent l'occasion d'assister à une scène courte et violente. Le patron d'un restaurant de moyenne apparence apparut au seuil de son établissement, tenant par le col un de ses employés, qu'il jeta dehors après l'avoir traité de canaille et de voleur. Le garçon de restaurant, sous la poussée, faillit s'étaler sur le trottoir mais, retrouvant l'équilibre, il se retourna et lança : «Va donc, catégorie C, avant deux mois, je verrai ta boîte en faillite.» Le patron ne trouva rien à répondre, mais l'expression de colère qui animait son visage fit place à un air de tristesse soucieuse. L'incident fit rire Balavoine et laissa Moudru tout pensif.

Une foule importante encombrait déjà les abords de la galerie. Des visages aux regards avides se tendaient vers la fillette en jaune que les deux compagnons n'aperçurent même pas. La boutique était également pleine de monde. Hermèce se tenait dans la pièce du fond. Partagé entre la rancune et la curiosité, il hésita d'abord, puis accepta de recevoir les deux visiteurs, avec l'espoir de les humilier.

«C'est un tableau que Lafleur nous avait donné, dit Moudru en montrant le paysage de la rue des Saules.

– Vous voulez le vendre ? J'aime autant vous dire que vous n'en tirerez pas grand-chose. Ce n'est même pas un tableau, c'est une simple étude.

– Tableau ou étude, vous n'en trouverez pas de plus nourrissant. Vous pouvez l'essayer si vous êtes disposé à l'acheter. Vous en donneriez combien ?

– Oh ! moi, déclara Hermèce, je ne suis pas acheteur. En ce moment il y a une baisse terrible sur les Lafleur. Avec un peu de chance, vous arriverez peut-être à en tirer quatre-vingt mille francs. Avant tout, ce qui compte dans un tableau, c'est sa valeur artistique et cette étude-là n'en a aucune.»

Balavoine, atterré, eut un geste de désespoir, mais Moudru ne paraissait nullement démonté.

«Puisque vous n'êtes pas acheteur, n'en parlons plus. Au fond, je ne suis pas inquiet. Une pièce comme celle-là, on trouve toujours à la placer d'une façon ou d'une autre.

– Écoutez, dit Hermèce, puisque vous avez besoin d'argent, je vais quand même vous tirer d'embarras. Je prends votre étude à quatre-vingt mille.

– Et avec ça, vous ne voulez pas que je vous donne aussi mes bretelles ?» demanda Moudru.

Il tourna les talons avec un ricanement de mépris et entraîna Balavoine vers la sortie. Hermèce, anxieux, se leva de son fauteuil et jeta :

« Tenez, j'irai jusqu'à cinq cent mille ! »

Balavoine frémit de la tête aux pieds. Il eut un mouvement pour revenir sur ses pas, mais Moudru le ramena d'une main ferme et le poussa devant lui. Hermèce les poursuivit et, les ayant rattrapés dans la galerie au milieu de l'affluence, murmura : « Un million. » Moudru ne tourna même pas la tête. Lorsqu'ils furent sur le trottoir de la rue de La Boétie, Balavoine considéra son compagnon avec respect. Il l'admirait d'avoir refusé un million et se sentait lui-même grandi.

« J'aurais voulu que mon cousin Ernest soit là pour nous voir discuter le coup. Tout sous-préfet qu'il est, je crois qu'il en aurait bavé un petit peu.

– Un million, pour moi, ça n'existe pas, déclara Moudru. Des millions, je veux qu'avant un an, on en ait au moins chacun dix. Tu verras. »

Ils refirent en sens inverse le chemin des boulevards et entrèrent dans le restaurant catégorie C dont l'employé chassé avait tout à l'heure prédit la faillite. L'air maussade et préoccupé, le patron les accueillit sans empressement, mais s'intéressa tout de suite à la proposition de Moudru. L'accord se fit sur-le-champ. Un tiers des recettes devait revenir au patron du restaurant, tandis que le reste serait partagé entre les deux propriétaires du tableau. Le lendemain, l'établissement fermait ses portes pour cause de transformation. Quelques jours plus tard, devenu le restaurant de la Bonne Peinture, il était prêt à accueillir les clients. À la porte, en énormes caractères, était affiché le menu : « Effet de soleil sur la rue des Saules, par l'illustre peintre Lafleur. » Dans la salle, les tables avaient disparu pour faire place à des chaises qui, au nombre de deux cents, étaient distribuées de chaque côté d'une allée étroite. Les clients étaient assis là comme au cinéma et regardaient le tableau de Lafleur, accroché au mur du fond et éclairé par une rampe, tandis qu'un pick-up, placé dans la cuisine, déversait des airs de swing ou de tango par le guichet des plats. En général, les clients étaient rassasiés au bout de vingt minutes et, n'ayant plus rien à faire dans la salle, abandonnaient leurs chaises. Seuls, quelques gros appétits restaient quarante minutes ou trois quarts d'heure. Le prix de la place était de quarante-cinq francs. Moudru et le patron du restaurant distribuaient les tickets d'entrée. Balavoine, qui tenait à ne pas se faire remarquer, était à la cuisine où il s'occupait du pick-up. Dès le premier jour, les affaires avaient été brillantes. Quelques milliers de prospectus, distribués dans le quartier, avaient attiré l'attention du public sur le restaurant de la Bonne Peinture. De 10 heures du matin à minuit, l'établissement ne désemplissait pas. La moyenne des recettes journalières était aux environs de deux cent mille francs. Moudru et Balavoine avaient de très beaux complets, de grosses bagues en or et une petite moustache Hollywood qui leur allait bien.

La création de ce restaurant de peinture allait contribuer à surexciter les esprits. Les Parisiens, mal nourris, constamment déçus dans leurs espérances de voir le ravitaillement s'améliorer, avaient l'imagination hantée par ces inépuisables réserves de nourriture que constituaient les œuvres de Lafleur. Le nom du peintre revenait à chaque instant dans les conversations. Ayant appris qu'il avait donné des toiles à plusieurs écoles de Montmartre, les journaux envoyèrent sur les lieux pour s'informer des résultats obtenus. Le public sut ainsi que les enfants de ces écoles privilégiées où ils prenaient chaque jour deux repas de peinture avaient des santés éclatantes. «Dans ces écoles communales, écrivait le *Jour libre*, tout respire la force et la bonne humeur. Ces maîtres bien nourris, ces institutrices aux poitrines superbes sont dans la plénitude de leurs moyens. Mais que dire des écoliers et écolières? La joie et le bonheur de vivre brillent sur leurs bonnes joues roses. Solidement musclés, vigoureux, épanouis, ils semblent défier la tristesse et la maladie.» De tels articles avaient un retentissement profond. De tous les points de Paris, des parents d'enfants souffreteux, rachitiques ou tuberculeux, montaient à Montmartre assister à la sortie des écoles «lafleurisées». Le cœur gonflé d'envie et de regret, les larmes aux yeux, ils contemplaient cette enfance en effet joyeuse et bien portante. Un sentiment de malaise et de mauvaise humeur s'affirmait dans la population parisienne. Des cortèges se formèrent spontanément dans plusieurs quartiers aux cris de «Lafleur! Lafleur!». Ces cris n'avaient rien de séditieux et les manifestants eux-mêmes ne leur attribuaient aucune signification précise. Il ne s'agissait pas d'appeler le peintre au pouvoir. On l'invoquait un peu comme une providence, sans se demander de quelle façon il interviendrait. Les milieux gouvernementaux étaient très inquiets. Le Conseil des ministres se réunit quatre jours de suite et décida l'attribution d'un ticket de confitures à tous les consommateurs de Paris et de banlieue.

La *France éternelle* fut le premier journal qui parla de nationaliser Lafleur. L'idée, reprise par d'autres organes, donna lieu à quelques brèves polémiques, mais ne trouva pas d'adversaires très résolus.

Comme elle ne contrariait pas de gros intérêts, les gens de droite se résignaient facilement à cette nationalisation-là. Le Conseil des ministres élabora un projet détaillé qui devait être discuté par la Chambre. Cependant, Lafleur continuait à travailler tranquillement dans son atelier de la rue Saint-Vincent. Informé par ses amis de ce qui se préparait, il ne fit qu'en rire. Huit jours plus tard, le projet de nationalisation était adopté par la Chambre à une très grosse majorité. Une commission comprenant vingt-quatre membres fut nommée pour étudier Lafleur et se rendit rue Saint-Vincent. Le peintre crut à une nouvelle irruption de journalistes et offrit un visage assez maussade. Le président de la Commission d'étude de réalisation exposa clairement le but de sa visite et présenta ses collaborateurs. «Je préfère ne pas me fâcher, dit Lafleur. J'entends qu'on me fiche la paix avec cette plaisanterie et je vous invite courtoisement à vider les lieux sans tarder.

– C'est de l'enfantillage, répliqua le président. Nous sommes ici dans un établissement de l'État et nous y sommes de par la loi.»

Cette fois, Lafleur se fâcha et déclara qu'il allait filer en Belgique.

«Impossible, fit observer le président. Il faut un passeport et vous pensez bien que l'État ne laisse pas ses instruments de production passer la frontière. Du reste, dès maintenant, une section de pompiers et une de gardes mobiles sont commises à votre sécurité. En cas d'incendie ou de tentative de vol, vous n'avez qu'à les appeler. Ils se tiennent en permanence dans la cour et sur le palier.

– En somme, ragea Lafleur, je suis prisonnier.

– Pas du tout. En dehors des heures de travail réglementaires, vous pouvez aller et venir à votre gré. Votre sécurité sera même assurée dans vos déplacements par une escorte de pompiers et de gardes mobiles. Et maintenant, mettons-nous au travail. Voyons d'abord votre comptabilité.

– Ma comptabilité? Vous vous foutez de moi. Il n'y a jamais eu de comptabilité ici.

– Comment! Vous n'avez pas de comptabilité? Voilà qui est étrange. Bien étrange. Enfin, soit, nous aviserons plus tard. Pour l'instant, je vous demanderai de me fournir un minimum de renseignements sur le personnel d'une part, sur l'état de marche et le rendement des machines d'autre part.

– Volontiers, accorda Lafleur. Le personnel, c'est moi. Et en fait de machines, je n'en ai pas d'autres que ce poêle à charbon.

– De mieux en mieux, dit le président en se tournant vers ses collaborateurs. Vraiment il était temps que l'État intervienne.

– En effet, approuva le vice-président de la commission. Je constate que tout est à faire.

– En somme, dit un membre, nous allons partir de zéro.»

Ayant assis son opinion quant au mauvais état de l'entreprise, la commission se retira. Durant quinze jours, elle travailla à consigner ses observations dans un rapport dont les conclusions devaient être approuvées, un mois plus tard, par le ministère du Ravitaillement. Tout d'abord, Lafleur put croire que sa nationalisation n'entraînerait aucun changement dans son existence. Il continuait à travailler en toute quiétude et liberté. Simplement, lorsqu'il allait au café ou chez des amis, une escorte de quatre pompiers et de quatre mobiles lui emboîtait le pas. Il en prit son parti avec bonne humeur et se peignit lui-même montant la rue des Saules à la tête de ses gardes. Mais cette période de tranquillité ne dura pas longtemps. Le ministère du Ravitaillement commença par réquisitionner une dizaine d'immeubles aux alentours de la rue Saint-Vincent, pour y installer les services de la P.D.L. (production et distribution Lafleur). Il y avait entre autres la direction artistique, le service des transports, celui de la comptabilité, celui de la publicité, le service technique, la direction du matériel, la direction du personnel. Cet édifice administratif comprenait un directeur général, un sous-directeur, un secrétaire général, onze directeurs de services et leurs sous-directeurs, des chefs de bureau, des sous-chefs et deux mille sept cent vingt-quatre employés. L'atelier de Lafleur fut relié par téléphone à tous les services de la P.D.L. et une jeune téléphoniste vint s'installer auprès du peintre. Une équipe de dépanneurs, comprenant seize hommes et un contremaître, fut logée dans l'appartement voisin dont les locataires avaient été expulsés. Un jour, une conduite intérieure et deux camions neufs de cinq tonnes s'arrêtèrent rue Saint-Vincent. Quatre hommes décorés sortirent de la conduite intérieure et de chaque camion descendirent deux costauds larges comme des armoires. Ils allaient à l'atelier chercher une toile de Lafleur connue sous la désignation de *L'Homme à l'harmonica.* Lorsque le peintre eut apposé sa signature au bas d'une vingtaine de formules et d'imprimés, les hommes de peine emportèrent le tableau. La toile fut chargée sur l'un des camions, le cadre sur l'autre camion et les deux pièces prirent le chemin de la rue Caulaincourt, service de la direction artistique. De là, *L'Homme à l'harmonica* passa dans d'autres services et fut ensuite rangé au magasin en attendant qu'une décision intervînt à son sujet.

Au bout d'un an, la population parisienne, qui avait beaucoup attendu de la nationalisation de Lafleur, fut déçue dans ses espé-

rances. De nouveau on vit des cortèges parcourir les rues aux cris de
«Lafleur!». Ce n'était plus le ton invocatoire des premières manifestations, mais celui de la colère et de l'indignation. Le gouvernement
décréta que le ticket Y afférent à la carte de pain donnerait droit à un
repas de peinture dans le courant du mois suivant. La P.D.L. déploya
une activité fiévreuse. La salle du cinéma Gaumont fut réquisition-
née et l'on y offrit *L'Homme à l'harmonica* à l'appétit des Parisiens.
Malheureusement, les tickets ne furent pas tous honorés. En un
mois, quatre cent mille consommateurs seulement se trouvèrent
admis à faire un repas de peinture. Encore y avait-il, parmi eux, de
nombreux porteurs de faux tickets. Ce mince résultat ne laissa pas
d'alarmer les puissances du marché noir. De hauts fonctionnaires de
la P.D.L. furent soudoyés, des dizaines de millions distribués à divers
échelons. Un beau jour, on constata que dix-sept tableaux de Lafleur,
représentant toute sa production d'une année, avaient disparu de
l'entrepôt où de grossières copies leur avaient été substituées. Le
scandale ne put être étouffé. De graves émeutes éclatèrent sur divers
points de la capitale. À Montmartre, rue Caulaincourt, l'immeuble de
la direction générale de la P.D.L. fut envahi par les émeutiers qui tuèrent plusieurs employés, d'ailleurs innocents du vol des tableaux.
Sous la pression de l'opinion publique, la Chambre vota la dénatio-
nalisation de Lafleur qui se trouva délivré de son escorte militaire en
même temps que de la tutelle administrative et du téléphone. Dans le
même temps, il eut une autre satisfaction. Soucieux d'apaiser l'opinion et craignant pour sa propre existence, le gouvernement prit une
mesure énergique. Il décida de réquisitionner tous les Lafleur qui,
ayant une valeur comestible, n'étaient pas affectés à la consommation. Hermèce fut le premier touché par cette mesure. Tous ses
Lafleur de l'époque pleine et de l'époque intermédiaire lui furent
enlevés d'un coup et payés à leur prix d'achat, majoré de quarante
pour cent. Il perdit ainsi, en un seul jour, plusieurs centaines de millions et il en eut un si grand déplaisir qu'il tomba sérieusement
malade. D'autres marchands durent également céder leurs Lafleur à
l'État et aux mêmes conditions. En général, les simples amateurs
eurent plus de chance. Le service des réquisitions les ignora pour la
plupart. Moudru et Balavoine n'eurent pas de mal à sauver leur *Effet
de soleil sur la rue des Saules* qui rendait à la population du quartier
des services incontestables. Mais la police ayant enquêté sur l'origine
du tableau découvrit l'identité de Balavoine et l'arrêta. Quelques
mois plus tard, il était condamné à vingt ans de travaux forcés.
Moudru l'assista fidèlement dans cette épreuve, c'est-à-dire que

durant un an, il lui envoya des colis, alla le soir à sa prison. Et la vie le lui fit oublier.

Le gouvernement réquisitionna ainsi une trentaine de tableaux dont la population ne retira pas le profit escompté. Les députés de la province ayant réclamé des attributions de peinture pour leurs circonscriptions, les Lafleur furent répartis entre les grandes villes. Paris n'en conserva qu'une demi-douzaine, de quoi servir un repas mensuel à la moitié de la population. En même temps, la ration de pain était diminuée, la viande devenait plus rare, les stocks de conserves avaient pourri, le vin n'arrivait plus.

Affranchi du carcan administratif, Lafleur travaillait avec une grande ardeur. Il recommençait à faire des dons aux écoles communales de Montmartre et son nom était particulièrement populaire dans le quartier. Ses relations avec Poirier se poursuivaient sur le plan de l'amitié. Ils ne méprisaient presque plus leurs peintures respectives et sortaient volontiers ensemble, tantôt seuls, tantôt avec des amis. Un jour, le grand-père de la Girafe mourut subitement. On l'inhuma au petit cimetière Saint-Vincent et tous les amis de la Butte suivirent le convoi. La Girafe avait une si grande douleur qu'on n'osa pas l'abandonner à sa solitude. Les libations commencèrent à 4 heures de l'après-midi et l'on décida d'entreprendre un pieux pèlerinage dans tous les lieux où avait bu le grand-père. Toute la nuit, passant d'un café à un autre, la bande battit le pavé des rues hautes de la Butte.

«Grand-père, où es-tu? criait la Girafe. Grand-père, réponds-moi!» Et les copains, non moins ivres que la Girafe et irrités de la carence du grand-père, criaient en chœur après elle.

«Tu t'es encore saoulé la gueule! Montre-toi, vieux sac à vin!» On s'arrêtait un moment pour prêter l'oreille, mais le grand-père ne répondait pas. On repartait, on entrait dans un café, dans une boîte de nuit. Entre 6 et 7 heures du matin, la Girafe et ses amis s'endormirent sur les banquettes d'un café de la place du Tertre et s'éveillèrent un peu avant midi. On convint que le grand-père n'était pas mort et on poursuivit les recherches pendant deux jours et deux nuits. Durant tout le temps de cette pieuse saoulerie, Lafleur parla d'abondance et fut souvent très écouté. Rentrés chez eux, les amis en étaient encore troublés. Ils n'avaient retenu aucune de ses paroles, mais se souvenaient qu'il avait été d'une éloquence à la fois subtile, émouvante et magnifique. Ce fut au cours de la semaine suivante que quatre peintres de Montmartre, de ceux qui avaient assisté la Girafe dans son deuil, peignirent leurs premiers tableaux nourrissants. Les historiens disputent si l'éloquence de Lafleur joua un rôle déterminant dans cet événement. Les amis de la Girafe en sont persuadés. D'autre part, le fait que peu de temps après cette éclosion de nouveaux talents nourrissants se soient révélés à Montparnasse et ailleurs, parmi des artistes n'ayant aucune relation avec Lafleur, autorisera toujours certains doutes. La chose était dans l'air, disent les gens prudents qui préfèrent constater plutôt que d'expliquer. En moins d'un an, plus de cinquante peintres, sans même l'avoir ambitionné, allaient entrer, eux aussi, dans leur époque pleine. Il y eut bientôt suffisamment de toiles nourrissantes pour que le marché noir s'effondrât. Les prix redevinrent normaux et, dans toute la France, mangea du poulet qui voulut. Ce grand mouvement d'art efficace, comme on l'a appelé depuis, ne devait pas rester cantonné dans le domaine de la peinture. On vit apparaître des sculpteurs efficaces. Leurs statues donnaient la vigueur, la grâce et faisaient tomber le ventre à qui caressait leurs formes de la main ou du regard. La musique efficace stimulait l'ardeur au travail et faisait tourner de puissantes machines sans qu'il fût besoin de les alimenter autrement. Comme on pouvait s'y attendre, les belles-lettres ne restèrent pas en arrière. Certains poètes publièrent des œuvres si chaleureuses qu'elles chauffaient facilement un appartement de cinq pièces avec la cuisine et le cabinet de toilette. D'autres rendirent aux Français le goût de la liberté et de la vérité. Il y eut même des écrivains, poètes et romanciers, qui procuraient un bon sommeil reposant. La nation tout entière, délivrée de ses plus noirs soucis, renaissait à la vie et à la jeunesse éternelle, travaillant, jouant, chantant.

Les nouveaux venus à l'art efficace ne faisaient pas oublier le nom de Lafleur qui était partout révéré à l'égal des plus grands des siècles passés. Pour les artistes de France comme pour ceux de l'étranger, le peintre de la rue Saint-Vincent faisait figure de patron et de jeune doyen, étant le premier qui eût été touché de la grâce efficace. Il se réjouissait sans arrière-pensée d'avoir des émules et il fut sincèrement heureux lorsque Poirier devint à son tour un peintre nourrissant. À vrai dire, la peinture de Poirier ne constitua jamais des repas bien solides. Ses toiles étaient d'agréables desserts, petits fours, sucreries et crèmes renversées. Les copains ne manquèrent pas de fêter son accession à l'efficacité. Ce fut au cours de ces réjouissances que la Girafe s'éprit d'Éleuthère Louébé, le grand poète efficace de la rue de l'Abreuvoir, qu'elle devait épouser quinze jours plus tard. Éleuthère était un homme de soixante ans, d'une rare élévation de pensée et d'une grande austérité de mœurs. Vouée à une existence de ménagère assidue, la Girafe renonça solennellement aux copains, aux sorties et aux boissons fortes. Plus jamais elle ne montrerait sa poitrine de garçon sous les lumières du soir. Par malheur, Éleuthère écrivait des poèmes d'une efficacité telle qu'il régnait dans son appartement une chaleur étouffante. Même en ouvrant la fenêtre, les deux époux avaient la gorge en feu. Le poète se mit à boire et l'on revit la Girafe errer de café en café, de verre en verre, et arpenter les rues de la Butte aux bras des copains en jetant à la nuit : «Éleuthère! où es-tu, vieux schnock?» La nuit était sourde, les rues menaient au café, le pavé renaissait dans les aubes de zinc, Éleuthère vomissait dans son escalier, Éleuthère écrivait des poèmes brûlants, les copains peignaient des paysages merveilleux et ceux de Lafleur étaient toujours les plus beaux.

Ainsi commença cette existence édénique qui nous paraît à présent si naturelle que nous sommes un peu tentés d'oublier les jours amers du marché noir, de l'anarchie, de la corruption, des tickets de tout, de la fatigue et du découragement, une époque heureusement révolue et qui n'est pourtant pas très loin de nous.

1 9 4 8 - 1 9 5 0

LE MONUMENT

*L*es hommes n'en étaient pas encore aux canotiers ni aux pana-
mas, mais les femmes arboraient déjà des chapeaux de paille, et
Mme Grindor, la femme de l'avocat, dont la peau était d'une blancheur exquise, s'abritait sous une ombrelle des ardeurs du soleil
d'avril. Au Grand Carrefour, des buveurs de bière s'attardaient à la
terrasse du café National, égayée par les culottes rouges et les dol-
mans bleu ciel des officiers de hussards et les toilettes tapageuses
des sœurs Parisot, les deux cocottes les plus en vue de la ville de
Blémont. Ayant réglé son bock et laissé deux sous de pourboire au
garçon qui le remercia longuement, Jules Frévière décida d'attendre
encore quelques minutes avant de partir pour son rendez-vous.
Dans l'état de nervosité où il était depuis la veille, il avait quitté son
domicile un bon quart d'heure trop tôt et dû s'arrêter en route au
National pour laisser couler le temps. Il aimait d'ailleurs le luxe de
cet établissement, ses guéridons de marbre, ses plantes vertes, les
senteurs de sciure, de cigare et d'eau de Cologne qu'on y respirait.
Sauf peut-être les jours de foire, la clientèle était des plus distinguées. Le voisinage des officiers de hussards lui plaisait particulièrement. Il admirait surtout leur façon de regarder les pékins sans
paraître les voir, un peu comme s'ils regardaient à travers.
Enfin, la minute venue, Frévière se leva, passa la main sous ses
basques pour en assurer la retombée et, traversant le Grand
Carrefour, s'engagea dans la rue Principale. Il se raidit contre la tentation de regarder son image dans la vitrine du chapelier, mais n'y
résista pas devant celle du libraire. Feignant de s'intéresser au portrait en couleurs de Poincaré, le nouveau président de la République
française, il examina sa propre silhouette. Dans la glace sans tain,
elle apparaissait incomplète, avec des vides et des transparences, et
terne, grisâtre, comme mangée aux mites. Elle ne lui en procura pas

Première publication dans La Table ronde, *n°5, mai 1948; reprise dans le recueil
posthume* La Fille du shérif, Gallimard, 1987.

moins une vive satisfaction qui lui chauffa les pommettes. Il se trouva d'une correction irréprochable, avec quelque chose de sobre, de distingué, qui rappelait le chic anglais. À cet égard, ses bottines à boutons et ses gants de peau glacée, d'une même couleur jaune clair qui mettait en valeur sa jaquette grise et son pantalon rayé, constituaient une réussite. Et son épingle de cravate en métal argenté figurant un crocodile piquait sur l'ensemble une note alerte, pimpante. Lorsqu'il reprit son chemin, Frévière était sûr de faire une bonne impression et de gagner la partie. Ces gens du monde et ces hautes personnalités de Blémont n'avaient pas le moindre prétexte à invoquer pour évincer un homme honorable, bien vêtu et, malgré la modestie de ses origines, pouvant se prévaloir d'une parenté glorieuse. Il était tout à l'optimisme lorsqu'il aperçut, venant à sa rencontre, M. Bornier, son propriétaire, qui montait la rue Principale dans son cabriolet. Leurs regards s'étaient croisés. Bornier, serrant sur sa droite, arrêta son attelage au bord du trottoir. Frévière vint à lui, l'air empressé, et salua d'un grand coup de chapeau melon.

«J'allais chez vous, dit Bornier d'un ton hargneux en touchant le bord de son chapeau avec le manche de son fouet.

– Justement, monsieur Bornier, je me préparais à vous écrire. J'attends des rentrées d'argent pour le début du mois.

– Bref, vous me remettez encore. Le 15, vous m'avez renvoyé à huit jours et maintenant, c'est au début du mois. Prenez garde, ma patience a des limites et vous n'avez que trop tiré sur la corde.»

Comme Frévière protestait de ses bonnes intentions, l'autre le toisa et dit en ramassant ses guides :

«Mazette, vous êtes vêtu comme un milord.»

Il eut un petit rire maussade et, sans autre adieu, remit son cheval en marche. Frévière salua encore un coup, mais la voiture n'était déjà plus là. Il s'éloigna humilié et soudain mal à l'aise dans son harnais neuf. La réflexion du propriétaire l'avait démonté et le souvenir de sa propre attitude le troublait. Sa jaquette, ses gants de peau, ses bottines, tout ce coûteux ensemble pour lequel il venait de débourser plus de quatre-vingts francs ne l'avait pas soustrait à l'injure de sa condition. Ce Bornier, qu'on disait riche à près de trois cent mille francs et qui vivait sur un pied d'au moins quatre cents louis par an, était justement un homme de l'espèce qu'il allait affronter chez la marquise. Entre eux deux, les distances avaient surgi au premier contact, Bornier rogue, allant droit au fait et lui, Frévière, humble, respectueux, empressé sans même y songer. Une répétition de ce qui allait se passer là-bas, voilà ce qu'avait été leur rencontre. À quoi bon chercher à s'abuser. La marquise, le maire, le curé, le notaire, le colonel et les autres savaient déjà à quoi s'en tenir sur sa profession, ses revenus et ses relations, sans compter le reste. La jaquette ne relèverait pas à leurs yeux ce métier de paria consistant à parcourir à bicyclette la campagne environnante pour y placer des boîtes de biscuits d'une marque encore inconnue. Avec dégoût, il se rappela les routes boueuses ou poussiéreuses, interminables, les trous, les bosses, les flaques d'eau, les crevaisons, les montées, le vent qui coupe la figure, et les épiciers campagnards, soupçonneux, hostiles, entêtés sur une marque ou rognant sur le prix. Il y avait tant de métiers si jolis. Ce capitaine de hussards, traversant la rue Principale, sa cravache sous le bras, on n'avait pas besoin de le connaître par son nom pour lui accorder estime et considération. Sans compter qu'il devait être noble. Dans la cavalerie, les officiers l'étaient tous. À eux les honneurs, le bleu ciel, les réceptions, les monocles, les femmes du monde, l'argent, la vraie vie. Frévière rêva un moment qu'il était capitaine de hussards. Petit, mince et sec, il en avait le format. Du reste, il avait servi dans les chasseurs à cheval en 89 et, en rengageant, aurait pu devenir brigadier, plus tard maréchal des logis – ce qui n'était pas si mal, puisque dans la cavalerie, il y en avait qui s'en contentaient. Au lieu de quoi, il était rentré dans le civil pour être successivement gratte-papier à la sous-préfecture, vendeur aux magasins Triel, commis chez un agent d'assurances, représentant en machines à coudre, employé de banque, caissier à la fabrique, enfin placier en biscuits, sans parler des divers emplois qui l'avaient rebuté après un essai de quelques semaines ou de quelques mois. Partout où il était passé, il avait fini par indisposer les patrons et s'attirer l'hostilité des employés. Les uns et les autres lui reprochaient d'être trop zélé, trop entreprenant et, prétentieux, de ne pas se tenir à sa place. Les imbéciles ne supportent pas la supériorité d'un homme que la chance ne favorise pas. Souvent il avait pensé à quitter cette ville de Blémont où il était trop connu, où le souvenir de sa famille pauvre et de sa jeunesse pénible reléguait dans une obscurité malveillante l'éclat de son mérite. Il aurait voulu aller tenter la fortune à Lyon ou à Paris, mais le manque d'argent et ses charges trop lourdes le tenaient prisonnier. La bêtise qu'il avait faite en épousant une lavandière le suivrait jusqu'au bout de sa vie, car son mariage avec cette fille d'ouvriers n'avait pas manqué de le desservir non plus. Sa femme était, moins que personne, capable de le comprendre. Les ouvriers n'ont pas d'idéal et elle était bien du milieu où elle était née. Fraîche et bien

en chair au temps de ses vingt ans, son embonpoint avait pris une importance roturière et, comble de disgrâce, elle ne pouvait mettre un chapeau sur sa tête sans être grotesque. Un homme comme lui aurait pu prétendre à une femme au moins sortable, ne fût-ce que pour aller s'asseoir à la terrasse du National, les soirs d'été, quand l'orchestre jouait le *Corso blanc* ou *La Veuve joyeuse*, et fredonner en sourdine avec les clients : *Heure exquise... Qui nous grise...*
Il avait quitté la rue Principale et suivait une rue étroite et silencieuse. La vie des maisons semblait s'être retirée dans les jardins qui laissaient entrevoir leurs frondaisons par quelques échappées. À mesure qu'il se rapprochait de la rue Saint-Éloi où demeurait la marquise, Frévière sentait ses chances diminuer. Soudain il devint écarlate, ses yeux s'arrondirent et son cœur se mit à battre à grands coups. Dans la ruelle déserte, à quinze ou vingt pas, sous un porche, une jeune femme élégamment vêtue découvrait sa jambe jusqu'au mollet. La main droite, engagée sous la jupe qu'elle n'osait relever plus haut et la gauche tâtonnant sous l'étoffe, elle s'efforçait vraisemblablement de rattacher sa jarretelle. Une fine dentelle blanche moussait au retroussis de la jambe, moulée dans un bas de fil noir, qui se détachait sur la peinture claire d'une porte cochère. Troublé par cette vision bouleversante, Frévière sentait son regard adhérer au mollet cambré qui bandait la couture du bas et ses yeux mêmes s'échapper de sa tête. La jeune femme, ayant entendu son pas, tourna vers lui un visage traqué et il reconnut alors Mme Courtemain, femme du Dr Courtemain et fille de Triel, le propriétaire des grands magasins où il avait été vendeur autrefois. Elle rabattit sa jupe avec précipitation et s'éloigna moins vite qu'elle n'eût souhaité, d'un pas court, sautillant, bridé par le bas de sa robe fourreau, qui dissimulait maintenant ses bottines. Son sac de perles pendu à son avant-bras, son parapluie accroché à l'autre poignet, elle eut, de ses deux mains gantées de mitaines, un geste gracieux pour assurer son grand chapeau vert sur lequel roulait une grosse plume d'autruche et dont l'un des bords touchait presque la pointe de son épaule. Frévière marchait derrière elle et ne la quittait pas des yeux. Il voyait encore la jambe sous la robe, il voyait les deux jambes, les suivait au-delà du genou, s'égarait sous les festons brodés. Même, il imagina la jeune femme dépouillée de sa jupe et le pantalon ouvert bâillant sur un abîme voluptueux qui, chez cette dame de la haute société blémontoise, se parait d'un mystère de coffre-fort. Mme Courtemain, qui entendait marcher derrière elle un homme au pas saccadé, sembla prendre peur et se jeta dans une rue

latérale. Frévière retrouva son sang-froid. Il se reprocha les imaginations révoltantes auxquelles il venait de se complaire. Ce n'était pas qu'il fût le moins du monde puritain. La semaine passée, par exemple, il s'en était payé avec l'épicière d'un hameau des environs, qu'il avait culbutée dans son arrière-boutique, sans toutefois parvenir à lui placer une boîte de biscuits. C'était là une de ces femmes du commun auxquelles il était permis de penser sans aucune précaution. Même les plus jolies n'avaient pour elles que d'être des femmes, et peut-être un peu, la morale. Il en allait autrement de celles dont la naissance, l'éducation, la fortune, avaient fait des créatures précieuses. Élevées au couvent, sachant jouer du piano et faire de la tapisserie, leurs manières exquises les suivaient au lit comme dans les salons. D'ailleurs, les hommes du monde s'y prenaient avec elles de façon à ne jamais leur faire sentir vraiment qu'elles commettaient l'acte. Chez les Courtemain comme chez les Jeandot ou les Valloton, l'étreinte, consommée avec un tact infini, devait passer presque inaperçue, comme une simple allusion au cours d'une conversation. Frévière avait toujours pensé que les hommes de condition possédaient un sexe de dimensions très réduites, tout en nuances, et pouvaient ainsi honorer les dames sans heurter la délicatesse de leurs sentiments. Il y avait donc de la bassesse et de la déloyauté à imaginer qu'on disposait des dessous de Mme Courtemain et de ses pareilles. C'était presque aussi sale que de penser à des coucheries avec Lakmé ou avec Mignon. Pourtant Frévière n'arrivait pas à chasser de son esprit l'image de la jambe. Avec un peu de tristesse il songea aux privilèges du Dr Courtemain, un homme assez mal bâti, la figure de travers, qui s'efforçait de cacher sa laideur sous une épaisse barbe noire. Il lui semblait qu'auprès de Mme Courtemain, il réussirait aussi bien que le docteur et qu'en dépit de sa verge d'homme du peuple, il saurait se faire agréer à force d'enjouement, de discrétion et de douceur persuasive.

Toutes ces mauvaises pensées l'abandonnèrent lorsqu'il arriva, rue Saint-Éloi, en vue de l'hôtel de la marquise. Il se fit d'ultimes recommandations, comme de ne pas tripoter sa moustache, de surveiller ses liaisons et de donner à entendre qu'il était à fond pour la calotte et le service de trois ans. Brusquement, la calme rue Saint-Éloi s'emplit d'un vacarme de voix aiguës. Il était 4 heures et une partie des classes de l'école communale de la rue voisine s'écoulait par là. De loin il reconnut son fils Gustave, un garçon de onze ans, en casquette et en tablier noir. Lorsque le père fut à la porte de l'hôtel, les gosses n'en étaient plus qu'à quelques pas, mais Gustave, resté un peu en arrière, avait tourné le dos et feignait de s'absorber dans la lecture d'un cahier. À n'en pas douter le gamin l'avait vu, car leurs regards s'étaient rencontrés et il avait rougi. Frévière fut un peu peiné, mais non pas surpris, sachant bien pourquoi Gustave l'évitait. « Il a honte de moi devant les autres, il me trouve trop bien habillé. »

Dans l'ensemble, les invités de la marquise se montraient hostiles à l'idée d'accueillir Jules Frévière au sein du Comité du monument. Le maire fit ressortir, à la satisfaction générale, que l'épouse de ce Frévière, une matrone forte en gueule, n'était pas la distinction même et que sa présence aux premiers rangs de la tribune d'honneur paraîtrait déplacée. Seul, le colonel de Heuzières de Sarlac, commandant le régiment de hussards, semblait vouloir réserver son opinion. Il saisissait à peu près les raisons de principe qui inspiraient l'attitude des invités, mais étant étranger à la ville, ne pouvait les suivre dans les détours de la réalité. Par exemple, il se refusait à comprendre pourquoi le comité d'honneur du monument, ayant accepté de compter parmi ses membres Alfred Gobillot, épicier en gros, répugnait si fort à y voir figurer ce monsieur Jules Frévière qui, après tout, avait des titres plus solides que le négociant. Comme l'affaire ne lui tenait pas très à cœur, il aurait probablement gardé ses objections pour lui si une intervention de l'épicier n'était venue soudain durcir ses scrupules.

« Onze métiers, treize misères, prononça M. Gobillot. À l'heure qu'il est, il est représentant des biscuits Sorlin pour la région. Ça ressemblerait à quelque chose s'il représentait une bonne marque. Mais les biscuits Sorlin, laissez-moi rire. »

Il se mit à rire, en effet. Sur quoi le colonel de Sarlac demanda si, oui ou non, M. Jules Frévière appartenait à la même famille que le général. Le ton de la question, très sec, consterna l'assemblée. Le maire fit les gros yeux à l'épicier qui rougit jusqu'à la cravate. La marquise, les yeux gais, sa vieille face de chèvre plissée par l'ironie, regardait le nez de sa bottine, qui dépassait de sa jupe de satin violet. Jugeant qu'il lui appartenait d'apaiser le colonel, les membres se tournaient à elle avec des visages déférents.

« Colonel, il y a dans cette affaire des finesses qui nous dépassent quelque peu, dit-elle avec un accent de douceur complice. Pour ma part, j'avoue n'y voir pas bien clair et pourtant, j'y sens quelque chose d'infiniment sérieux. Monsieur le curé vous dirait beaucoup mieux que moi à quoi peuvent tenir, dans une petite ville comme la nôtre, le niveau moral et la santé des esprits.

– Rien n'est plus vrai, s'empressa le chanoine Martin. À cet égard, l'exemple des honnêtes gens et, par conséquent, le choix des personnes auxquelles la bonne société accorde sa considération sont d'une importance capitale.

– On ne saurait mieux dire, approuva la marquise. Bien entendu, colonel, votre question n'en appelle pas moins une réponse avertie. Sur ce point, je crois que nul d'entre nous n'est plus qualifié que M. Jeandot pour vous éclairer.»

Le colonel regarda M. Jeandot avec un air de bonté gracieuse. Le notaire devint blanc de haine et de fureur. L'avant-veille il était allé se plaindre à lui de ce qu'un capitaine du régiment de hussards fût l'amant de sa femme. Emporté par la jalousie et l'indignation, il avait très mal parlé des hussards et le colonel avait répondu que, les femmes du monde étant peu nombreuses dans la garnison, ses officiers étaient bien obligés de prendre leurs maîtresses où ils pouvaient.

«Comme tant d'autres officiers, commença M. Jeandot, le général Frévière était de très basse extraction. Né en 1830 dans la rue des Ursulines où son père était établi serrurier, il avait pour cousin germain le grand-père de ce M. Jules Frévière dont nous avons à nous occuper aujourd'hui. Vespasien Frévière, le cousin germain en question, ne devait jamais rien faire de bon dans l'existence. Journalier, il travaillait irrégulièrement et s'adonnait surtout à la boisson. Il avait d'ailleurs servi en Afrique dans la cavalerie légère.»

Cette dernière remarque s'accompagna d'un léger ricanement nasal, à peine perceptible, mais qui soutenait l'intonation acide de la voix.

Le colonel sentit la moutarde lui monter au nez.

«En somme, dit-il en scandant les dernières syllabes, la parenté est incontestable.»

M. Jeandot eut une légère inclinaison du chef et un éclair de gaieté brilla dans son lorgnon. Les membres n'avaient pu comprendre le jeu du notaire, mais s'alarmaient de voir le colonel rester sur ses positions. Sa fermeté parut impressionner la marquise. Sentant le péril, le maire prit la parole.

«Mon colonel, la parenté est en effet incontestable. Mais ce qu'il faut savoir, c'est qu'il y a seulement huit jours, ce M. Jules Frévière ignorait encore qu'il était un arrière-petit-cousin du général et il a fallu qu'un hasard le lui apprenne. Du reste, le général lui-même, ayant quitté la ville à l'âge de trois ans pour n'y plus revenir, ne s'est jamais soucié, au cours de sa longue carrière, de savoir s'il y avait laissé de la famille. Dans ces conditions, notre M. Jules Frévière me paraît mal venu de se réclamer d'une parenté aussi lointaine.

– Pourquoi donc? Le général Frévière, si je comprends bien, s'est comporté avec la même indifférence à l'égard de sa ville natale et celle-ci ne lui en élève pas moins une statue.» Les membres parurent très frappés par la pertinence de cette remarque et la plupart d'entre eux en furent blessés. Au silence qui suivit, le colonel de Sarlac jugea qu'il était allé trop loin. D'ailleurs satisfait de son avantage, il laissa entendre qu'au fond, toute cette affaire lui importait fort peu. Un murmure de détente courut sur les fauteuils. L'accord s'étant ainsi établi, la marquise donna l'ordre à un domestique d'introduire M. Jules Frévière.

On vit apparaître à la porte du salon un petit homme maigre, sanglé dans une jaquette grise, serrant dans sa main gauche une paire de gants neufs. Avec ses cheveux cosmétiqués, sa moustache cirée, sa figure mince et osseuse dont les angles accrochaient la lumière, il brillait comme un scarabée et son aspect ne déplut pas au colonel, ni même à la marquise. Toutefois, elle ne put se résoudre à lui tendre la main et comme il s'inclinait en la priant d'agréer ses hommages, elle salua d'un léger coup de menton, qu'elle appuya d'un mouvement de cils.

«Monsieur Frévière, dit-elle, je vous sais gré d'être venu jusque chez moi. J'ai réuni ces messieurs et je vous ai fait prier, justement, pour que vous puissiez, selon vos vœux, vous entretenir avec le comité de votre démarche.»

En s'asseyant dans le fauteuil qui lui était désigné, le nouveau venu jeta sur le cercle des invités un regard luisant d'appréhension. Au premier coup, il n'aperçut qu'une profusion de barbes, de lorgnons et de chaînes de montre s'offrant dans un ordre confus. Son trouble se dissipa et les lorgnons et les barbes prirent tout leur sens. Les membres avaient des visages froids, inexorables. Il voulut croire que le bon ton imposait ces airs compassés et qu'on l'attendait justement à ses propos et à ses manières pour décider s'il était digne d'entrer au comité.

«Avant tout, dit-il, je tiens à remercier Mme la marquise et le comité tout entier d'avoir bien voulu se réunir pour examiner ma demande et je me déclare prêt à répondre loyalement et sans arrière-pensée aux questions qui pourraient m'être posées.»

La marquise assura qu'elle était touchée de sa bonne volonté, mais d'un ton où perçait une aimable ironie. Les autres membres restèrent muets et immobiles. Frévière commençait à perdre aplomb, se demandant comment il avait pu être si simple de croire qu'il allait siéger au comité parmi les gens les plus haut placés de Blémont, ayant domestiques, téléphone et piano à queue et abonnés à *L'Illustration*, lui qui n'avait ni biens, ni terre, ni place, ni caveau de famille. Il allait être éconduit et au fond, c'était dans l'ordre.

«J'ai pensé qu'en ma qualité de parent du général, je pouvais me rendre utile d'une façon ou de l'autre.

– C'est une pensée qui vous honore, répondit le maire, mais en toute sincérité, je ne vois pas comment vous pourriez vous rendre utile. Le monument est en voie d'exécution, la date de l'inauguration est presque fixée et les invitations sont déjà lancées. Étant donné que le comité est constitué depuis six mois, il n'est pas possible de lui adjoindre, au pied levé, un membre nouveau. Ce serait ouvrir la porte à d'autres réclamations qui ne sont pas plus recevables que la vôtre.»

Il était liquidé. Sur les fauteuils, il y eut un remuement satisfait de barbes, de ventres, de bottines. Gobillot, l'épicier en gros, lui dit d'une voix bonasse:

«Laissez donc tout ça tranquille, monsieur Frévière. Ce n'est pas ce qui peut avancer vos affaires.

– Ce n'est pas non plus pour avancer mes affaires que j'ai demandé à faire partie du comité, répliqua Frévière. Il n'y a pas que les affaires qui comptent.

– Je suis tout à fait de votre avis», déclara le colonel.

Le maire fit encore une fois les gros yeux à l'épicier, mais Frévière, fort de l'appui du colonel, saisissait l'occasion de reprendre pied.

«J'estime qu'à l'heure actuelle où les idées les plus dangereuses sont en train de faire leur chemin, il y a bien des choses à faire passer avant les affaires.»

Le colonel approuva du chef, la marquise aussi, tandis que M. Jeandot faisait la moue. Les autres gardaient un silence prudent, se demandant où voulait en venir ce Jules Frévière.

«Ce n'est pas pour avancer mes affaires ni pour me mettre en avant que j'ai voulu faire partie du comité. Mais je considère le général Frévière comme un de nos plus grands hommes et moi qui élève mes deux fils dans l'amour de la patrie et dans l'espoir de la revanche, j'aurais voulu les faire participer de plus près à l'hommage qui va être rendu à la mémoire d'un héroïque officier et d'un patriote clairvoyant.»

La marquise et le colonel de Sarlac échangeaient des coups d'œil et des coups de menton, mais les membres restaient réservés.

«Je le disais hier soir à mon fils aîné, un grand garçon de dix-sept ans: si le général Frévière était encore du monde, il saurait faire

entendre au pays la voix du bon sens et ne se laisserait pas intimider par des Jaurès et autres politiciens de bas étage qui cherchent à
faire le jeu des Prussiens en combattant le service de trois ans.
– Parbleu!» s'écria le colonel.
Il s'était soulevé, les fesses décollées du fauteuil, le buste jailli en
avant et promenait sur les pékins un regard si impérieux qu'une
demi-douzaine d'entre eux se dégelèrent. Ils parlèrent de la loi de
trois ans et, plus généralement, de l'actualité politique. Frévière, en
flétrissant l'athéisme et l'impôt sur le revenu, trouva des accents si
élevés que certains des membres commencèrent à perdre de vue
qu'il n'avait ni fortune, ni caveau de famille. Sans être absolument
dupes et tout en faisant la part de l'opportunisme dans ses professions de foi, ils l'écoutaient avec plaisir. Bientôt, le notaire Jeandot
fut le seul à laisser percer sa mauvaise volonté à l'égard du candidat. L'amour de Jules Frévière pour les militaires et surtout l'intérêt
visible qu'il inspirait au colonel de Sarlac l'indisposaient au point de
lui inspirer des réflexions presque hostiles au service de trois ans.
Le colonel finit par le remettre vertement à sa place et, s'étant ainsi
échauffé, se pencha vers la marquise pour lui parler à mi-voix de
l'excellente impression que lui faisait le cousin du général. Pourquoi
ne serait-il pas des nôtres? disait-il. Nous avons bien accueilli un
épicier en gros et un notaire antimilitariste. La marquise se laissa
toucher par ces arguments et, à plusieurs reprises, adressa au postulant quelques paroles aimables. Son attitude n'échappa ni au
maire ni au curé qui craignaient de la mécontenter. M. Jeandot, les
traits crispés, épiait les signes d'un revirement du comité. Alors que
le colonel se disposait à intervenir à haute voix en faveur de
Frévière, il le devança en déclarant:
«Il semble que le comité perde de vue le véritable objet de notre
réunion. Certains d'entre nous paraissent impressionnés par le lien
de parenté existant entre M. Jules Frévière et feu le général. Mais j'ai
le devoir de vous faire connaître que le général compte dans la ville
trois autres petits-cousins qui sont: Anselme Frévière, manœuvre à
la fabrique, Léon Frévière, charretier aux grands moulins, et le troisième, Jean Barillet, garçon de café au Commerce.
– Évidemment, fit observer le maire, si nous acceptons parmi nous
M. Jules Frévière, il n'y a aucune raison d'écarter les trois autres.
– Songez, reprit le notaire, qu'entre autres personnalités, nous
aurons le sénateur et l'archevêque. Voyez-vous monseigneur de
Villebouin présentant ses compliments à un charretier ou à un garçon de café?»

L'évocation fit sourire les membres. Jules Frévière sourit à son tour, par lâcheté et pour montrer qu'il n'était pas insensible, lui non plus, à l'humour que pouvait comporter une pareille éventualité. Il eut ensuite un soupir de détresse. Cette fois, la pièce était jouée. La marquise s'était ressaisie, et le colonel lui-même, malgré son désir de contrarier le notaire, jugeait maintenant la cause indéfendable. Profondément soulagés, les membres échangeaient des coups d'œil significatifs.

«Monsieur Frévière, le comité, à son grand regret...»
Frévière entendit à peine les paroles du maire. Il ramassait ce qui lui restait de force et de moyens pour prendre congé et faire une retraite digne qui laisserait peut-être un remords aux membres du comité. Ce souci de dignité le tenait encore cambré lorsqu'il se retrouva dans la rue, mais ne tarda guère à l'abandonner. La fièvre glorieuse qui l'avait secoué pendant toute une semaine était tombée avec ses espérances. Le comité refusait de consacrer sa parenté avec le général. Le jour de l'inauguration du monument, il ne trônerait pas dans la tribune d'honneur à la face de la population blémontoise. Membre, il aurait pu déployer dans la ville une activité brillante, paraître au café National en compagnie du notaire et du colonel, rédiger des invitations, promettre des places, discuter le programme de l'inauguration ou encore, rencontrant quelque connaissance, lui dire d'un ton affairé : «Mon cher, excusez-moi, mais je vais voir où en sont les travaux pour la statue de mon cousin.» En ces huit derniers jours, il avait songé plus d'une fois à des situations de ce genre et au parti avantageux qu'il en pourrait tirer. Tout s'évanouissait. L'échappée entrouverte sur des perspectives flatteuses se refermait aussitôt. Il retombait dans l'ornière d'une vie terne, besogneuse. Il n'était plus rien. La jaquette et les gants de peau glacée devenaient des ornements dérisoires. Frévière eut envie de pleurer et rêva un instant que les membres, témoins de son chagrin, en étaient bouleversés et se hâtaient de revenir sur leur décision en lui prodiguant des attentions affectueuses. L'idée de ce retour et de ces effusions l'émut lui-même si vivement que des larmes roulèrent sur ses joues. En les essuyant, il eut honte de s'être complu à d'aussi humiliantes suppositions et songea qu'en réalité, ses larmes auraient inspiré au maire ou au notaire beaucoup plus d'ironie que de compassion. Ces réflexions éveillèrent en lui un sentiment de rancune contre les membres du comité. Il se souvint avec plaisir des bruits qui circulaient sur la vertu de Mme Jeandot, l'épouse du notaire, et sur l'origine de la fortune de Valloton, le maire de Blémont. L'idée qu'il était

victime d'une injustice l'effleura sans qu'il osât s'y arrêter, mais il écarta le préjugé favorable qu'il avait nourri jusqu'alors, selon lequel les membres du comité et leurs pareils auraient été d'une autre essence que la sienne.

En entrant chez lui, Frévière vit d'abord la croupe de sa femme agenouillée sur le carrelage du couloir qu'elle lavait à grande eau. Elle n'avait pas entendu la porte s'ouvrir et continuait à frotter avec sa brosse de chiendent. Prise dans un jupon rose, sa croupe s'arrondissait sur ses talons en une énorme coupole. Un moment il resta immobile à considérer avec malveillance cet épanouissement dans lequel il voulait voir encore l'une des causes de son échec. Au fond du couloir, une porte s'ouvrit et, dans l'entrebâillement, apparut Eugène, l'aîné des deux fils, un garçon de dix-sept ans, d'une gravité au-dessus de son âge. Élève de première au collège de Blémont où il avait une bourse de demi-pensionnaire, il donnait toute satisfaction à ses maîtres et était l'orgueil de Frévière qui comptait faire de lui un officier. D'un signe de tête, il s'enquit du résultat de l'entretien et un signe de tête lui répondit, négatif. Il en eut une très vive déception qui parut à sa mine consternée. Devinant la présence de son mari, Marthe Frévière avait tourné la tête et compris la réponse. Elle se leva et dit, en essuyant ses grosses mains rouges à son tablier : « Alors, ils t'ont envoyé coucher, hein, tous tes beaux messieurs ? Je te l'avais assez dit ? Ah ! ça t'aurait fait une belle jambe d'être du comité ! C'est ça qui aurait fait rentrer de l'argent à la maison, oui !

– C'est bon, grommela Frévière. Dans la vie il n'y a pas que l'argent qui compte.

– Bien sûr, ricana Marthe, ce qui compte c'est de faire son monsieur en jaquette. Mais moi, quand je vais en commission, l'épicier ne s'occupe pas de savoir comment mon époux porte la toilette, ni le boucher non plus. Ce qui les intéresse, c'est d'être payés. Et ce n'est pas de perdre tes journées à des histoires de comité qui va nous donner à manger. Tu aurais pourtant dû penser... »

Craignant d'être pris à témoin par sa mère, Eugène avait disparu. Frévière, outre qu'il n'était pas d'humeur à disputer, jugeait la partie trop belle pour sa femme. Il cria que sa maison devenait un enfer, qu'il n'en pouvait plus de vivre avec une créature sans idéal et, ouvrant une petite porte qui donnait sur le couloir, descendit par un escalier de quatre marches jusqu'aux cabinets où il s'enferma. Pendant qu'il urinait dans la cuvette, Marthe lui parla à travers la porte.

« Jules, je n'ai pas voulu te vexer, tu sais bien, mais tu sais aussi les ennuis qu'on a à cause de l'argent. Le loyer en retard, les soixante-dix francs qu'on doit à ma sœur qui me les a encore réclamés ce matin. Je sais bien que ça t'aurait fait plaisir qu'ils te prennent dans leur comité. D'un côté, j'aurais été contente aussi mais tu as beau dire, les cérémonies, c'est toujours des occasions de dépenser. Et puis, Jules, écoute, tu ne te rends pas compte. Nous autres, qu'est-ce qu'on a à faire avec ces gens-là?»

Ces paroles étaient justement de celles qu'il avait voulu fuir. Par vengeance, dans l'espoir d'inquiéter sa femme, il décida de rester dans sa retraite sans souffler mot. L'odeur y étant désagréable, il mit le nez à la meurtrière par où le réduit prenait jour. L'étroite ouverture donnait sur une impasse dont il découvrait quelques mètres carrés. Adossé au mur d'en face, dans une encoignure, un gamin en tablier noir et coiffé d'une casquette chiffonnée se tenait immobile, semblant surveiller l'entrée de l'impasse. Ayant reconnu son fils Gustave, Frévière fut intrigué par son attitude. Un grand pas sonnant lourdement sur le pavé annonçait l'approche d'un homme. En effet, il vit déboucher dans le champ de son regard un hussard en petite tenue portant un paquet sous le bras et, immédiatement derrière lui, un enfant de dix à onze ans qui jouait avec une balle. Frévière avait souvent rencontré le jeune garçon en compagnie de ses parents, le colonel et Mme de Sarlac. On avait dû le confier à l'ordonnance qui venait faire une course chez la blanchisseuse de l'impasse ou chez le cordonnier. C'était un enfant mince, élégant, d'un joli visage. Vêtu d'une courte vareuse de drap bleu, il portait un grand col amidonné, une lavallière bleue à pois blancs et la casquette à visière rabattue des élèves du collège des jésuites. Gustave, qui n'avait pas quitté son encoignure, le suivait d'un regard aigu et son visage avait une expression dure et narquoise que son père ne lui connaissait pas. Le jeune de Sarlac ne semblait pas s'être rendu compte qu'il était ainsi observé. Tout en marchant, il jetait sa balle à terre et la rattrapait au rebond. Bientôt, Frévière eut cessé de le voir ainsi que le hussard, mais il entendit sa voix claire dont les accents brefs l'auraient désignée entre toutes celles des gamins de la ville.

«Je vous attends ici, disait-il à l'ordonnance. Dépêchez-vous.»

En même temps que le bruit décroissant des pas du soldat qui s'éloignait vers le fond de l'impasse, parvenait à Frévière le claquement de la balle sur le pavé. Gustave était toujours à son poste d'observation, mais lentement son dos se décollait du mur auquel il était appuyé et ses yeux attentifs brillaient d'un éclat plus dur. Le père n'avait pas besoin de s'interroger sur les sentiments qui agitaient son fils. Lui-même les avait jadis éprouvés pour son compte et, dans l'instant, les retrouvait sans s'y efforcer, si vifs et si frémissants qu'entre Gustave et lui s'établissait une étrange communion. Le claquement de la balle s'était rapproché. Il semblait que l'enfant riche fût maintenant sous la fenêtre du réduit. Soudain, sur le pavé inégal, il vit apparaître la balle qui roulait doucement en direction de Gustave. Celui-ci n'eut qu'un pas à faire pour mettre le pied dessus. Le fils du colonel de Sarlac vint à Gustave :

« C'est ma balle, dit-il sèchement. Je vous prie de me la rendre. »

Gustave se contenta d'abord de ricaner et, comme l'autre se disposait à insister, il jeta d'une voix haineuse :

« Sale con. Jésuite de mes couilles. »

Le petit Sarlac devint rouge et ne trouva rien à répliquer. Gustave fit un pas en avant qui le porta contre lui et ajouta :

« Je te défends de venir dans ces rues-là. »

Dans ses cabinets, Frévière s'empourpra. Il était de cœur avec Gustave dont l'apostrophe le plongeait dans une délectation fiévreuse. Le fils du colonel avait l'air embarrassé. Il jeta un coup d'œil vers le fond de l'impasse, mais l'ordonnance ne reparaissait pas. Il devait avoir compris le sens profond de l'interdiction formulée par Gustave, car il ne fit aucune question. Peut-être même avait-il vaguement conscience que sa présence dans ces rues-là constituait une inconvenance, au moins une indiscrétion, et en était-il gêné. En tout cas, la riposte ne lui venait pas.

« Petit con, tu fermes ta gueule, maintenant », fit observer Gustave.

Cette fois, Sarlac crut devoir sortir de son mutisme et s'efforça, lui aussi, d'être grossier.

« Ta gueule à toi est vilaine comme un derrière », dit-il avec un accent qui gardait une grande distinction.

Frévière, la tête coincée dans l'ouverture pour ne rien perdre du spectacle, vit les deux gosses s'empoigner et fit des vœux ardents pour la victoire de son fils. Un peu plus trapu que l'adversaire, Gustave avait en outre l'habitude de ces sortes de pugilats. Sarlac, lui, se battait comme les filles, frappant à main ouverte et s'agrippant aux cheveux et aux oreilles. Ils avaient roulé sur le pavé et Gustave commençait à prendre un sérieux avantage. Frévière éprouva un furieux dépit en entendant le galop de l'ordonnance qui accourait du fond de l'impasse. Gustave, voyant le danger, réussit à rompre le combat et se jeta dans un couloir obscur. Le petit Sarlac se relevait péniblement, saignant du nez et les genoux écorchés, une jambe de sa culotte à moitié arrachée, son col blanc, sa cravate à pois, pendouillants et ensanglantés.

«Bon Dieu de bon Dieu, gémit l'ordonnance, qu'est-ce que je vais dire à Madame, moi? Vous pouviez donc pas rester tranquille?
– C'est le voyou qui a commencé», expliqua le gosse.
Frévière, à ces mots, ne put contenir son indignation, et se poussant dans l'ouverture dont les arêtes lui meurtrissaient la tête cria rageusement:
«Pas vrai! C'est lui qui a commencé! C'est Sarlac! C'est le colonel.»
Trop occupés du désastre, l'ordonnance et le petit de Sarlac s'éloignèrent vers l'entrée de l'impasse sans même tourner la tête. Abandonnant la meurtrière où il ne voyait plus rien, Frévière, en proie à l'évidence, se mit à tourner comme un fauve dans l'étroit réduit. En vérité, c'était bien Sarlac qui avait commencé avec son grand col amidonné, son ordonnance, sa cravate à pois, sa coquette vareuse de drap bleu et tout un cortège invisible qui l'accompagnait partout dans l'impasse, cortège où figuraient notamment les membres du comité, leurs familles, leurs pianos à queue, leurs domestiques. Gustave ne s'y était du reste pas trompé.
Quittant son réduit, Frévière courut jusqu'à la chambre à coucher d'où il sortit presque aussitôt après avoir échangé son melon et sa jaquette contre un chapeau mou et un veston. Au bruit des portes claquées, Marthe apparut au seuil de la cuisine et le vit passer devant elle à grandes enjambées, le teint coloré et le regard flamboyant.
«Où vas-tu? Jules, tu ne vas pas faire de bêtises? Jules!»
Sans répondre à sa femme, Frévière franchit la porte de l'entrée. Il sentait une juste colère l'animer contre les membres du comité et tous leurs pareils: une clique de réactionnaires et de cléricaux dont il se reprochait d'avoir voulu ignorer la tyrannie. Il le voyait bien maintenant, ces gens-là voulaient dominer partout et toujours sans égard au mérite ni à l'intelligence. Ces hypocrites orgueilleux, avec la complicité des curés, des jésuites et des traîneurs de sabre, condamnaient les naïfs et les ignorants à une existence indigne pour s'acheter des maisons, des forêts, des tilburys et de l'emprunt russe, pour combler leurs femmes de bijoux en or et de chapeaux à plumes. Insolents avec leurs victimes, toutes leurs belles manières n'avaient d'autre raison d'être que de se rendre hommage à eux-mêmes et ne voilaient même pas la réalité brutale. Mais ce n'était pas en vain que l'injustice criait vengeance. Le temps était venu de lever une bonne fois l'étendard de la révolte et de balayer la racaille dorée et bien pensante. Il fallait renverser ce funeste monument d'iniquité, démasquer les égoïsmes pervers, dissoudre les ténèbres de la superstition, en finir avec les mômeries des curés et la morgue

des officiers. Quoi qu'il dût en coûter, l'aube d'un monde nouveau se lèverait sur les débris du vieil édifice condamné.

L'allumeur de réverbères, commençant sa tournée quotidienne, portait la flamme de sa lance dans la cage d'un bec de gaz. La tête haute, la démarche assurée, Frévière s'engagea dans la rue Principale. Un calme souverain s'était répandu dans tout son être, mais une farouche volonté de chambardement durcissait maintenant son regard. Il avait compris la leçon de Gustave. Il allait s'inscrire au parti radical.

UN POÈTE NOMMÉ MARTIN

*I*l y avait un poète nommé Martin qui écrivait des poèmes d'une inspiration si forte et si touchante qu'il suffisait, dans les circonstances difficiles, de se réciter l'un d'entre eux pour être tiré d'affaire. Par exemple, quand des policiers pendaient une personne à un bec de gaz, elle n'avait qu'à réciter deux ou trois vers de Martin et la corde cassait. Ou bien, si on lui flanquait un coup de fusil ou de revolver, la balle rebondissait sur sa peau et s'en allait frapper celui qui l'avait tirée. Ou encore, si quelqu'un avait faim, il arrêtait le premier venu pour lui réciter un poème de Martin, et ce premier venu, avec des larmes plein les yeux, courait lui acheter un jambon et deux livres de pain.

Ainsi, dans tous les moments pénibles de la vie, pouvait-on recourir à la poésie de Martin. On n'avait jamais de déception. Martin, c'est compréhensible, connut un très grand succès. On ne lisait plus que ses œuvres, et personne ne voulait perdre son temps à entendre des discours électoraux ou à lire des éditoriaux. Les partis politiques voyaient fondre leurs effectifs et n'avaient presque plus d'argent dans leurs caisses. Enfin, il n'y eut plus dans le pays qu'un seul parti, celui de la poésie, et les gens furent à peu près heureux.

Première publication dans Le Figaro, *14 janvier 1950 ; reprise dans le recueil posthume* La Fille du shérif, *Gallimard, 1987.*

EN ARRIÈRE

1950

OSCAR ET ERICK

*I*l y a trois cents ans, au pays d'Ooklan, vivait une famille de peintres qui portaient le nom d'Olgerson et ne peignaient que des chefs-d'œuvre. Tous étaient célèbres et vénérés et si leur renommée n'avait pas franchi les frontières, c'est que le royaume d'Ooklan, isolé en plein Nord, ne communiquait avec aucun autre. Ses navires ne prenaient la mer que pour la pêche ou la chasse, et ceux qui avaient cherché un passage vers le Sud s'étaient tous brisés sur des lignes de récifs.

Le vieil Olgerson, premier peintre du nom avait eu onze filles et sept garçons, tous également doués pour la peinture. Ces dix-huit Olgerson firent de très belles carrières, vécurent pensionnés, choyés, décorés, mais aucun n'eut d'enfants. Le vieillard, froissé de voir ainsi s'éteindre une postérité pour laquelle il avait tant fait, épousa la fille d'un chasseur d'ours et, à l'âge de quatre-vingt-cinq ans engendra un fils qu'il prénomma Hans. Après quoi, il mourut tranquille.

Hans, formé à l'école de ses dix-huit frères et sœurs, devint un admirable paysagiste. Il peignait les sapins, les bouleaux, les prés, les neiges, les lacs, les cascades, et avec tant de vérité qu'ils étaient sur la toile comme Dieu les avait faits dans la nature. Devant ses paysages de neige, on ne pouvait pas s'empêcher d'avoir froid aux pieds. Il arriva même qu'un jeune ours, mis en présence d'un de ses tableaux qui représentait un sapin, s'y trompa si bien qu'il essaya de grimper dans les branches.

Hans Olgerson se maria et eut deux fils. Erick, l'aîné, ne manifestait aucun don artistique. Il ne rêvait que chasse à l'ours, au phoque, à la baleine et s'intéressait passionnément à la navigation. Aussi faisait-il le désespoir de la famille et surtout du père qui le traitait de cancrelat et de tête de morse. Au contraire, Oscar, qui avait un an de

Première publication dans le recueil de deux nouvelles déjà intitulé En arrière, *aux Éditions La Parade, avec neuf pointes sèches de Rémy Hétreau, 1949 ; également reprise dans le recueil* Enjambées, *Gallimard, 1967.*

moins que son frère, se révéla dès le jeune âge un extraordinaire artiste, d'une sensibilité et d'une sûreté de main incomparables. À douze ans, il brossait déjà des paysages à rendre jaloux tous les Olgerson. Ses sapins et ses bouleaux étaient encore plus vrais que ceux du père et coûtaient déjà un prix fou.

Ayant des goûts si opposés, les deux frères ne s'en aimaient pas moins tendrement. Lorsqu'il n'était pas à la pêche ou à la chasse, Erick ne quittait pas l'atelier de son frère et Oscar ne se sentait jamais pleinement heureux qu'avec lui. Les deux frères étaient si unis qu'il n'était pour l'un ni joie ni peine que l'autre ne ressentît comme siennes.

À dix-huit ans, Erick était déjà un très bon marin et participait à toutes les grandes expéditions de pêche. Son rêve était de franchir les lignes de récifs qui lui eussent ouvert les mers du Sud. Il en parlait souvent à son frère dont la tendresse s'alarmait à l'idée des périls d'une telle entreprise. Quoiqu'il n'eût encore que dix-sept ans, Oscar était devenu un maître. Son père déclarait avec orgueil n'avoir plus rien à lui apprendre. Or, le jeune maître, tout à coup, parut montrer un zèle moins vif pour la peinture. Au lieu de peindre des paysages sublimes, il se contentait de griffonner des croquis sur des feuilles volantes qu'il déchirait aussitôt. Alertés, les Olgerson, qui étaient encore au nombre de quinze, se réunirent pour le sonder. Parlant au nom de tous, le père demanda :

«Est-ce, mon doux fils, que vous seriez dégoûté de la peinture?

– Oh! non, mon père, je l'aime plus que jamais.

– Allons, voilà qui est bien. J'y pense, ce ne serait pas des fois ce grand dadais d'Erick qui vous détournerait de peindre? Ah! bon Dieu, si je le savais!»

Oscar s'indigna qu'on pût ainsi soupçonner son frère et protesta qu'il ne peignait jamais mieux qu'en sa présence.

«Alors? Vous avez sans doute un amour en tête?

– Pardonnez-moi, mon père, répondit Oscar en baissant les yeux. Et vous, mes tantes, et vous, mes oncles, pardonnez-moi. Mais nous sommes entre artistes. Je vous dirai donc que je vois beaucoup de femmes, mais qu'aucune encore n'a su me retenir.»

Les quinze Olgerson s'esclaffèrent et échangèrent à haute voix de ces plaisanteries grivoises qui étaient de tradition chez les peintres d'Ooklan.

«Revenons à nos moutons, dit le père. Parlez, Oscar, et dites-nous s'il manque quelque chose à votre repos. Et si vous avez un désir, ne nous cachez rien.

– Eh bien, mon père, je vous demanderai de m'abandonner pour un an votre maison des montagnes du R'han. Je voudrais y faire une retraite. Il me semble que j'y travaillerais bien, surtout si vous autorisiez mon frère à m'accompagner dans ces solitudes.»

Le père accepta de bonne grâce et, le lendemain même, Oscar et Erick partaient en traîneau pour les montagnes du R'han. Pendant l'année qui s'écoula, les Olgerson parlèrent beaucoup des absents et principalement d'Oscar. «Vous verrez, disait le père, vous verrez les merveilles qu'il rapportera. Je suis sûr qu'il avait une idée en tête.»

Un an jour pour jour après le départ de ses fils, il prit lui-même la route et après un voyage d'une semaine arriva dans sa maison des montagnes du R'han. Oscar et Erick, qui l'avaient vu venir de loin, l'attendaient sur le seuil, portant traditionnellement, l'un la robe de chambre fourrée en peau de loup, l'autre un plat fumant de mou de veau marin. Mais le père prit à peine le temps de manger son mou, tant il était pressé de se repaître des paysages d'Oscar.

En entrant dans l'atelier, il demeura d'abord muet d'horreur. Sur toutes les toiles s'étalaient des objets d'une forme absurde, monstrueuse, auxquels leur couleur verte semblait vouloir conférer la qualité de végétal. Certains de ces monstres étaient constitués par un assemblage d'énormes oreilles d'ours, vertes, hérissées de piquants. D'autres ressemblaient à des cierges et à des chandeliers à plusieurs branches. Les moins inquiétants, malgré leur absurdité étaient peut-être ces chandelles écailleuses, qui paraissaient démesurément hautes et s'épanouissaient en un bouquet de feuilles dont chacune était longue au moins comme les deux bras.

«Qu'est-ce que c'est que ces saloperies-là? rugit le père.

– Mais, mon père, répondit Oscar, ce sont des arbres.

– Quoi? des arbres, ça?

– À vrai dire, je redoutais l'instant de vous montrer ma peinture et je comprends qu'elle vous surprenne un peu. Mais telle est maintenant ma vision de la nature et ni vous ni moi n'y pouvons rien.

– C'est ce que nous verrons! Ainsi, c'était pour vous livrer à ces dépravations que vous avez voulu vous retirer dans la montagne? Vous allez me faire le plaisir de rentrer à la maison. Quant à vous, Erick, c'est une autre paire de manches!»

Une semaine plus tard, les deux garçons étaient de retour avec leur père. Les quinze Olgerson furent conviés à voir la nouvelle production d'Oscar. Deux d'entre eux moururent de saisissement et les autres tombèrent d'accord qu'il convenait de prendre des mesures énergiques. À l'égard d'Erick, soupçonné de corrompre le goût de son frère, il fut décidé de l'éloigner pendant deux ans. Le jeune homme arma un bâtiment avec lequel il projeta de franchir les récifs pour explorer les mers d'au-delà. Sur le quai d'embarquement, après de tendres adieux où il mêla ses larmes aux larmes de son frère, Erick lui dit:

«Mon absence durera sans doute de longues années, mais ayez confiance et n'oubliez jamais que vous êtes le terme de mon voyage.»

Pour Oscar, les Olgerson avaient décidé de le tenir prisonnier dans son atelier jusqu'à ce qu'il eût retrouvé le goût de peindre honnêtement. Il accueillit ces dispositions sans récriminer, mais le premier paysage qu'il exécuta fut un buisson d'oreilles d'ours, et le deuxième une perspective de chandeliers sur fond de sable. Loin de revenir à une vision plus saine de la nature, il s'enfonçait chaque jour davantage dans l'absurde, et le mal paraissait sans remède.

«Voyons, lui dit un jour son père, comprenez donc une bonne fois que vos tableaux sont un attentat à la peinture. On n'a pas le droit de peindre autre chose que ce qu'on voit.

– Mais, répondit Oscar, si Dieu n'avait créé que ce qu'il voyait, il n'aurait jamais rien créé.

– Ah! il ne vous manquait plus que de philosopher! Petit malheureux, dire que vous n'avez jamais eu que de bons exemples sous les yeux! Enfin, Oscar, quand vous me voyez peindre un bouleau, un sapin... Au fait, qu'est-ce que vous pensez de ma peinture?

– Excusez-moi, mon père.

– Mais non, parlez-moi franchement.

– Eh bien, franchement, je la trouve bonne à flanquer au feu.»

Hans Olgerson fit bonne contenance, mais quelques jours plus tard, sous prétexte que son fils dépensait trop de bois pour se chauffer, il le chassait de sa maison sans lui donner un sou. Avec le peu d'argent qu'il avait sur lui, Oscar loua une bicoque sur le port et s'y installa avec sa boîte de couleurs. Dès lors commença pour lui une existence misérable. Pour subsister, il travaillait à décharger les bateaux et, à ses moments perdus, continuait à peindre des oreilles d'ours, des chandeliers et des plumeaux. Non seulement sa peinture ne se vendait pas, mais elle était un objet de dérision. L'absurdité de ses tableaux était devenue proverbiale. La misère s'aggravait à mesure que s'écoulaient les années. On l'appelait Oscar le fou. Les enfants lui crachaient dans le dos, les vieillards lui jetaient des pierres et les filles du port se signaient sur son passage.

Un jour de 14 juillet, une grande rumeur se propagea dans le port et dans la ville. Un navire de haut bord, à la proue dorée et aux voiles de pourpre, venait d'être signalé par le veilleur de la tour. On n'avait jamais rien vu de pareil en Ooklan. Étant allées à sa rencontre, les autorités de la ville apprirent que le vaisseau était celui d'Erick revenant d'un voyage autour du monde après une absence de dix années. Aussitôt informés, les Olgerson se frayèrent un chemin à travers la foule jusqu'au quai de débarquement. Vêtu d'une culotte de satin bleu, d'un habit brodé d'or et coiffé d'un tricorne, Erick mit pied à terre en face des Olgerson et fronça les sourcils.

«Je ne vois pas mon frère Oscar, dit-il à son père qui s'avançait pour l'embrasser. Où est Oscar?

– Je ne sais pas, répondit le père en rougissant. Nous nous sommes brouillés.»

Cependant, un homme vêtu de loques, au visage décharné, parvenait à sortir de la foule.

«Erick, dit-il, je suis votre frère Oscar.»

Erick l'étreignit en pleurant et, lorsque son émotion fut un peu apaisée, il se retourna aux Olgerson avec un visage dur.

«Vieux birbes, il n'a pas tenu à vous que mon frère ne meure de faim et de misère.

– Que voulez-vous, dirent les Olgerson, c'était à lui à peindre convenablement. Nous lui avions mis un solide métier dans les mains et il s'est obstiné à ne peindre que des paysages absurdes et ridicules.

– Taisez-vous, birbes, et sachez qu'il n'est pas de plus grand peintre qu'Oscar.»

Les birbes se mirent à ricaner méchamment. Erick, s'adressant aux matelots demeurés sur le navire, commanda:

«Amenez ici les cactus, les dattiers, les ravenalas, les alluaudias, les bananiers, les pilocères!»

Et à la stupéfaction de la foule, les matelots déposèrent sur le quai des arbres plantés dans des caisses, qui étaient les modèles très exacts de ceux que peignait Oscar. Les birbes roulaient des yeux ronds et il y en avait plusieurs qui pleuraient de rage et de dépit. La foule était tombée à genoux et demandait pardon à Oscar de l'avoir appelé Oscar le fou. Du jour au lendemain, la peinture des vieux Olgerson fut entièrement déconsidérée. Les gens de goût ne voulaient plus que des cactus et autres arbres exotiques. Les deux frères se firent construire une très belle maison où vivre ensemble. Ils se marièrent et, malgré leurs femmes, continuèrent à s'aimer tendrement. Oscar peignait des arbres de plus en plus étranges, des arbres encore inconnus et qui n'existaient peut-être nulle part.

FIANÇAILLES

*A*près le déjeuner, le marquis de Valoraine proposa une promenade dans le parc. Monseigneur d'Orviel, qui était podagre, ouvrit la marche en s'appuyant au bras de la marquise, une femme de trente ans, mince, l'air fragile et dans l'œil, par intermittences, un éclair funeste. Ils allaient lentement sous de nobles frondaisons où chantaient les oiseaux. Derrière eux, marchant du même pas, suivaient le marquis de Valoraine et son beau-père, le baron de Cappadoce, qui s'entretenaient d'un projet de loi fiscale sur les bénéfices des professions agricoles. Ils étaient tous deux du même âge, le beau-père petit, sec, monoclé, le gendre massif, ventru, rieur, et toutefois déférent. Ernestine Godin, filleule du prélat, marchait le plus souvent entre les deux couples de promeneurs, qui l'ennuyaient également, et parfois pressait le pas pour rattraper l'un ou ralentissait pour attendre l'autre. Elle pensait à un numéro de *Cinérêve* qui circulait clandestinement parmi les pensionnaires de l'école Sainte-Thérèse de l'Enfant-Jésus et, l'ennui aidant, elle s'attristait de ressembler aussi peu que possible à l'image que donnait *Cinérêve* de Michèle Morgan. Ernestine Godin avait en effet une forte poitrine, une croupe forte aussi, des mollets de catcheur et, dans un agréable visage rond, une bouche charnue et des yeux de gros velours noir, chargés de langueur.

Comme elle se trouvait marcher au côté de monseigneur, Ernestine Godin s'arrêta, la poitrine cambrée, la fesse pareillement, et poussa un cri. À ses yeux venait de surgir, entre les branches d'un buisson de noisetiers, le buste d'un homme nu, coiffé d'un canotier. C'était un bel adolescent qui semblait avoir dix-sept ou dix-huit ans, au visage fin et timide. La marquise de Valoraine, elle aussi, s'était arrêtée, et tandis que sa main se crispait sur le bras du prélat, son visage devenait livide et ses narines se pinçaient.

« Mais qu'est-ce qui se passe ? » interrogea le baron de Cappadoce qui venait donner du nez sur la soutane de l'évêque.

Première publication dans le recueil En arrière, *Gallimard, 1950.*

«Rien d'intéressant, répondit celui-ci. Retournons au château.» Monseigneur entreprit en effet de retourner; mais, lent à se mouvoir, il n'eut le temps que d'amorcer un demi-tour. Le jeune homme au canotier, ayant prestement contourné le buisson, apparaissait à tous les regards dans son entière nudité. De stupeur, Ernestine Godin s'écria encore un coup et monseigneur avec elle et le baron aussi. C'est que le torse de l'adolescent, au lieu de reposer sur les assises qu'on aurait pu attendre, s'ajustait au corps d'un cheval gris pommelé, d'aspect robuste et plutôt rustique.

«*Vade retro, Satanas!*» prononça l'évêque en traçant dans l'espace le signe de la croix.

Le jeune centaure, on le vit bien, n'était pas d'essence démoniaque, car au lieu de s'évanouir en fumée, il ôta son canotier qu'il fit tourner entre ses mains, l'air embarrassé, et baissant les yeux. Imberbe, les cheveux blonds et bouclés, il avait une charmante figure qu'Ernestine Godin considérait avec un intérêt déjà vif, tandis qu'une houle de tendresse lui soulevait la poitrine. Ne sachant pas encore certainement sur quel endroit du corps il fallait éviter de porter le regard, elle s'appliquait à ne voir que la figure et oubliait qu'il fût un centaure. Cependant, monseigneur d'Orviel était dépité de ce que l'apparition ne se fût pas dissipée à son injonction. Aussi marqua-t-il un peu d'impatience à l'endroit de la marquise qui pesait à son bras et semblait près de s'évanouir, et il se secouait pour se libérer de son emprise. Le centaure continuait à tourner son chapeau sans oser lever les yeux. Le marquis de Valoraine, dont la face s'était empourprée, l'interpella d'une voix rude:

«Aristide, vous allez me faire le plaisir de regagner vos appartements, et au trot, n'est-ce pas?»

À ces mots, le centaure rougit jusqu'aux oreilles, mais tout en gardant un maintien modeste, il s'avança vers le groupe et, s'arrêtant à trois pas du marquis, répondit:

«Papa, je vous demande pardon de la peine que je vais vous faire, mais vous me demandez là une chose impossible.

– Impossible? Que voulez-vous dire?

– Papa, je serais au désespoir de vous avoir fâché, mais comprenez-moi. Je ne veux plus vivre reclus. Je veux connaître le monde.

– Assez d'enfantillages, Aristide, et obéissez!»

Aristide, l'air buté, regardait ses sabots de devant et ne bougeait pas. Le marquis, en épongeant la sueur qui perlait à son front, se tourna vers ses hôtes avec un sourire gêné. Monseigneur l'observait du coin de l'œil, la bouche légèrement pincée, l'air curieux et pourtant réservé. Le baron de Cappadoce, lui, regardait son gendre avec dureté.

« Alban, dit-il d'un ton froid, j'attends vos explications. »

Ayant prié Aristide de s'éloigner un moment, le marquis sembla quêter du regard auprès de sa femme aide et assistance, mais il n'obtint rien. Exsangue, l'œil terne, elle était incapable d'articuler seulement un son.

« Mon cher beau-père, commença-t-il d'un ton faussement dégagé, j'aurais souhaité vous éviter de partager avec nous un pénible secret. Notre passage sur cette terre est si court ! Tout est vanité. La vie est une farce, une illusion, un passe-boule, un leurre, une lueur, un pleur, une peur, un tablier sans poches, un fablier mangé aux mites, un sablier...

– Au fait ! rugit le baron de Cappadoce.

– Eh bien, voilà ce qui s'est passé, mais n'attendez rien que de très simple. »

Le marquis s'accorda un temps de pause. Il attira sa femme contre lui, prit le visage livide entre ses grosses mains et lui sourit avec tendresse. Aristide s'était retiré auprès du buisson d'où il avait émergé tout à l'heure et regardait Ernestine Godin avec une curiosité ardente.

« En 1941, alors que vous résidiez à Ambert, de l'autre côté de la ligne de démarcation, Estelle a été enceinte. N'était-ce pas là un heureux événement ? Nous nous réjouissions d'une promesse qui venait égayer notre solitude. Vous savez ce qu'était notre existence pendant l'Occupation. Séparés du monde, loin de tout, pas de voiture et, hélas ! pas de distractions, notre grande ressource était la lecture. Estelle, pour sa part, s'intéressa passionnément à l'Antiquité grecque et à la mythologie. Qu'elle fût debout, au lit ou à table, elle n'arrêtait pour ainsi dire pas de lire des ouvrages sur la Grèce. La nuit, je l'entendais rêver des dieux, des Argonautes ou du jardin des Hespérides. Fatale obsession ! »

Le marquis, sur ces mots, hocha tristement le chef. Son beau-père se prit à ricaner et son monocle fulgura.

« Dites-moi, Alban, vous qui avez toujours aimé monter, je pense que la lecture n'était pas exactement votre seule ressource et que le soin de votre écurie vous occupait beaucoup.

– Mon écurie ? Elle avait été dispersée en 40 pendant la débâcle. Cléo, cette jument sans égale qu'à toute autre j'ai préférée, une bombe l'a tuée dans les brancards d'une voiture de réfugiés belges. Quand nous sommes rentrés au château, après l'armistice, je n'ai plus retrouvé que Rossignol, un cheval de trait que je possède d'ailleurs encore. Mais je crois que vous le connaissez ?

– Oui, oui, grogna le baron. Un gros gris pommelé avec une encolure ridicule.»

Sa colère tomba tout d'un coup et il devint pensif. Aristide, qui se tenait à l'écart auprès des noisetiers, continuait à fixer sur Ernestine Godin un regard fiévreux, et le soleil, à travers le feuillage, jouait sur sa robe pommelée.

«Quel joli temps! fit observer monseigneur. Il semble que, cette année, la nature soit en avance sur la saison.

– La nature nous réserve toujours des surprises, dit le baron de Cappadoce. Et pourtant, je ne m'étonne pas autrement de l'effet produit sur ma fille par le commerce des Grecs. Estelle a toujours été une sensitive. Elle se représente si vivement les choses qu'il lui a suffi d'imaginer un mythe prestigieux pour qu'aussitôt il commence à prendre corps dans ses entrailles. Aristide! Venez embrasser votre grand-père!»

Aristide accourut au petit trot et le baron lui donna tendrement l'accolade.

«Ce garçon-là est splendide! un vrai Cappadoce! Mais pourquoi diable m'avoir caché la naissance de cet enfant?»

Tandis que le gendre analysait ses états d'âme et ceux de sa femme à la naissance de leur fils, la promenade reprit à travers le parc. Les grandes personnes allaient en avant, les jeunes gens suivaient, silencieux, à une dizaine de pas. Enveloppée par le regard d'Aristide, la filleule de monseigneur avait les joues chaudes et l'émoi la faisait transpirer si abondamment qu'un lourd remugle d'aisselles montait aux narines du centaure. De temps à autre, elle tournait la tête pour jeter un coup d'œil furtif sur le prolongement équestre de son compagnon. Ce fut lui qui rompit le silence.

«J'aimerais bien vous voir, dit-il, à poil.»

Au sursaut qu'eut Ernestine, il crut comprendre que ses paroles manquaient d'à-propos et il s'en excusa poliment. Le marquis de Valoraine et le concierge du château, qui se partageaient le soin de son éducation, se montraient réservés sur certains chapitres.

«Papa s'est chargé de m'enseigner le latin, les mathématiques et l'histoire de France. Le concierge, lui, m'apprend à jardiner et à jouer de la flûte. Mais ni l'un ni l'autre ne me parlent des femmes. Les seules que je connaisse sont ma mère et l'épouse du concierge. Je trouve maman très jolie et je ne vous cache pas que je l'épouserais volontiers, mais elle m'a dit qu'il n'y fallait plus penser. La croupe de maman est d'ailleurs beaucoup moins belle que la vôtre. Je ne dis pas ça pour vous flatter et, en vérité, je n'imagine pas qu'une femme puisse être plus belle que vous. Quelle croupe! ah! quelle croupe!»

Ernestine respirait avec oppression, elle avait de plus en plus chaud et son corsage collait à la peau de son dos. Tous ces compliments si évidemment sincères lui mettaient la tête à l'envers, lui faisaient passer dans la chair des ondes lourdes. Elle humait maintenant avec plaisir l'odeur de cheval que dégageait Aristide.

«Et moi, demanda-t-il, comment me trouvez-vous?

– Vous êtes formidable! dit-elle avec un accent qui ne pouvait tromper.

– Est-ce que vous êtes prête à m'épouser?» demanda-t-il en ôtant son canotier.

Il lut dans ses yeux qu'elle y était prête et, l'attirant contre lui, la pressa sur son torse nu. Monseigneur d'Orviel, qui tournait la tête à ce moment-là, vit l'étreinte et le canotier du centaure appliqué sur le fondement de sa filleule, de quoi il manifesta un vif mécontentement.

«Monsieur votre fils en prend vraiment trop à son aise, dit-il au marquis.

– Je reconnais mon sang, jubila le baron. Un Cappadoce n'a jamais boudé à l'amour.

– Aristide! s'écria le marquis, lâchez mademoiselle Godin et venez ici.»

Aristide lâcha Ernestine, mais non pas aussitôt. Elle-même n'apporta du reste aucune hâte à se déprendre.

«À votre place, dit l'évêque avec humeur, voilà un centaure que je ferais couper sans plus tarder, car s'il reste entier, il vous attirera des ennuis.

– Monseigneur, répliqua le marquis, songez-vous bien que vous parlez de mon fils comme d'une simple bourrique et croyez-vous vraiment qu'on puisse, sur des apparences purement extérieures, traiter en cheval le fils d'un homme et d'une femme?

– Mais nierez-vous qu'il y ait en lui une nature chevaline?»

Là-dessus, le marquis demanda au prélat s'il pensait comme lui que le siège de l'âme fût dans la tête et, sinon, où il le plaçait. Monseigneur répliqua, comme il fallait, que l'âme étant immatérielle, il était vain de vouloir lui assigner un siège dans le corps et plus généralement dans l'espace.

«Voulez-vous dire que mon âme n'est ni en moi ni ailleurs et qu'elle n'est nulle part?

– La question n'est pas là, répondit l'évêque, qui se tourna à sa filleule. Eh bien, Ernestine, qu'avez-vous à me dire?»

Ernestine Godin et son centaure, la main dans la main et les yeux dans les yeux, arrivaient auprès du groupe d'un pas nonchalant. À la question de son parrain, la jeune fille n'osa répondre, mais, se sentant coupable, retira la main qu'elle avait abandonnée.

«Aristide, dit le père, votre conduite n'est pas celle d'un jeune homme bien élevé. Vous venez de manquer de respect à mademoiselle Godin et vous l'avez gravement offensée, ainsi d'ailleurs que monseigneur son parrain. Vous allez donc leur faire des excuses.

– Voyons, Alban, murmura le baron en donnant du coude à son gendre, fichez-lui la paix, à ce garçon! Que diantre, il faut bien que jeunesse se passe!

– Turlututu! J'entends qu'il présente ses excuses.»

Aristide vint se planter devant son père et répondit avec autant de franchise que de modération:

«Si j'ai offensé quelqu'un, je suis tout prêt à m'en excuser, mais quant à mademoiselle Godin, je ne vois vraiment rien à me reprocher. Au moment où vous m'avez interpellé alors qu'elle était dans mes bras et que je sentais, à travers sa robe, ses beaux gros seins s'écraser doucement sur mon torse, je venais de la complimenter de sa croupe, en quoi je suis sûr de ne l'avoir pas offensée, car il est bien vrai que mademoiselle en a une fort belle. Regardez, papa, quelle admirable paire de fesses! Pleines, rebondies, élastiques! N'est-ce pas un ravissement pour l'œil? Je disais même que les fesses de maman, pour lesquelles je me suis toujours senti du goût, n'ont pas à beaucoup près la splendeur et l'importance de celles d'Ernestine. Pardonnez-moi, maman.»

Aristide sourit gentiment à sa mère et, portant ses regards sur les rondeurs d'Ernestine, s'abîma un moment en contemplation. Monseigneur, qui avait écouté avec impatience les explications d'Aristide, se haussa vers l'oreille du marquis pour lui dire à mi-voix:

«C'est bien ce que je disais tout à l'heure et ses propos me confirment dans mon opinion. Chez lui, la nature chevaline l'emporte infiniment sur l'humaine, si tant est qu'il ait une nature humaine. Vous l'avez entendu, il parle avec la candeur d'une pauvre créature privée de la plus obscure conscience du péché. Voilà bien le signe de l'animalité.

– Est-ce qu'on sait? dit le marquis. N'oubliez pas qu'Aristide est encore un enfant. Il vient d'avoir neuf ans.

– En tout cas, il a la taille et la raison d'un adulte, ce qui s'explique par le fait que chez les chevaux, la croissance est beaucoup plus rapide que chez l'homme. Cela seul suffit à établir que la nature de votre fils...

– Mon fils est bien comme il est! coupa le marquis de Valoraine. Et il semble d'ailleurs que votre filleule soit de mon avis.»

En effet, pendant que ces propos s'échangeaient à mi-voix, Ernestine Godin, les yeux noyés et la bouche en fleur, laissait assez paraître son émoi, et à supposer qu'elle s'interrogeât sur la nature chevaline d'Aristide, elle n'avait pas l'air de s'en effrayer autrement.

«Permettez, dit le centaure en s'adressant à ses parents, que je vous parle à cœur ouvert. J'éprouve un sentiment tendre et loyal pour la croupe de mademoiselle Godin, et comme j'ai été assez heureux pour ne pas lui déplaire, nous avons décidé de nous marier le plus tôt possible. Je pense que ni vous ni monseigneur n'y trouverez à redire. En quoi cette union pourrait-elle vous gêner?»

Passé le premier moment de surprise, ce projet d'union entre Ernestine et le centaure ne parut pas absolument déraisonnable. Monseigneur d'Orviel n'était pas fâché de pouvoir caser une filleule dont l'avenir lui causait d'assez vives inquiétudes. Orpheline sans nom et sans fortune, elle n'avait jamais montré aucun goût pour l'étude et depuis cinq ans traînait en queue de classe à l'école Sainte-Thérèse de l'Enfant-Jésus. Mais le pire était peut-être cette grosse santé qui la disposait à considérer la vie avec un redoutable appétit. Ce jeune centaure, après tout comte de Valoraine, était un parti inespéré. De son côté, le marquis envisageait ce mariage sans aucun déplaisir car il lui tardait de déposer le fardeau des responsabilités qu'il assumait à l'endroit d'un fils un peu singulier. Pour la marquise, heureusement remise de sa frayeur, elle considérait le couple d'un regard attendri.

«Évidemment, le comte est très jeune, fit observer monseigneur.

– S'il n'y avait que ça! gronda le baron. Pendant la guerre des Albigeois, Jean III de Cappadoce avait tout juste l'âge d'Aristide lorsqu'il prit femme dans la maison des comtes de Toulouse.

– J'obtiendrais probablement une dispense de l'Église, mais elle ne servirait à rien si nous devions échouer à marier ces enfants à la mairie.

– De ce côté-là, je pourrai peut-être arranger les choses, dit le marquis. En 40, l'incendie a détruit la mairie et le registre de l'état civil.»

Le marquis laissa entendre que la complicité du maire lui était acquise et qu'il serait aisé de vieillir Aristide de quelques années. Monseigneur ne dit rien qui laissât supposer qu'il désapprouvait ou non ces tripatouillages de dates et enchaîna sur le trousseau d'Ernestine, dont il voulait faire les frais.

On en était presque à arrêter la date du mariage lorsque le baron de Cappadoce, qui ne cessait de hausser les épaules en ronchonnant dans son faux col, dit à Aristide :

«Mon enfant, faites donc faire à mademoiselle Godin une petite chevauchée dans le parc. Vous avez besoin de vous dégourdir les jambes.»

Aristide ne se fit pas prier et fléchit les jambes devant Ernestine pour qu'elle pût monter sans l'aide de personne. Ayant relevé sa jupe au genou, elle crut avoir assez fait, mais une fois à califourchon sur son fiancé, elle se trouva découverte jusqu'au haut des cuisses, ce que voyant, monseigneur, et tandis qu'elle éclatait d'un grand rire déjà échauffé, fut pris d'une inquiétude qu'il n'osa pas dire. Lorsque le couple eut disparu au tournant de l'allée, le baron, frémissant de colère, se tourna contre son gendre :

«Ce mariage est inadmissible. Je reconnais que la filleule de Monseigneur est charmante, mais mon petit-fils ne peut pas épouser une demoiselle Godin et je ne comprends même pas, Alban, comment vous avez pu vous arrêter seulement une minute à l'idée de cette mésalliance. Aristide est bien jeune pour songer à prendre femme, mais si vous tenez absolument à le marier, il ne manque pas de jeunes filles bien nées auxquelles ce garçon puisse prétendre.

– Vous oubliez qu'Aristide est d'une conformation assez particulière.

– Et après ? Ce n'est pas ce qui l'empêche d'être beau. A-t-il déjà rencontré beaucoup de jeunes filles ?

– Non, puisque mademoiselle Godin est la première.

– Vous voyez bien. La première qui l'a vu s'est éprise de lui sur-le-champ et vous en êtes à douter qu'il puisse se faire aimer d'une jeune fille de notre monde.»

La marquise objecta que si les filles s'éprennent facilement d'un centaure, leurs parents ne le voient pas avec les mêmes yeux et qu'ils n'hésiteraient pas, le cas échéant, à l'éconduire, peut-être même à coups d'étrivières. Puisqu'on avait la chance qu'Ernestine Godin fût orpheline, il convenait de ne pas la laisser passer. De son côté, l'évêque fit valoir qu'au siècle du socialisme, le préjugé de la naissance était indéfendable et, au surplus, antichrétien. Le baron, loin de se laisser entamer, déclara que si son petit-fils épousait la Godin, il ne le reverrait de sa vie. Comme le prélat semblait s'inquiéter de cette irréductible opposition, le marquis de Valoraine l'apaisa d'un clin d'œil et, dès qu'il en eut l'occasion, l'assura qu'on saurait se passer du consentement du grand-père.

Pendant cette dispute, Ernestine chevauchait son fiancé sous les grands arbres du parc et ils devisaient tendrement :

«Je trouve, disait Aristide, qu'il est doux d'être fiancés et doux de sentir vos cuisses me serrer les flancs. J'éprouve dans la région du ventre une sensation de chaleur qui se propage dans tout le corps et jusqu'à la tête. Papa me parle souvent de l'âme, mais je n'ai jamais ressenti aussi vivement que j'en avais une. Et vous?

– Ah! il me semble, dit Ernestine, m'envoler vers la voûte étoilée sur les ailes d'azur du bonheur. Et mon âme, je la vois comme une bulle irisée bondissant dans la douceur de l'air printanier.

– Vraiment? C'est curieux. La mienne, je ne la vois pas, mais je la sens dans mon corps et, comme je viens de vous le dire, principalement dans la région du ventre. Serrez-moi très fort avec vos cuisses, Ah! vous me faites du bien. Quelle chaleur dans mon ventre!

– Dans le mien aussi», murmura Ernestine.

En parlant, ils avaient atteint le mur de clôture du parc et, après l'avoir longé un moment, ils arrivèrent à un portail fermé par une grille. C'était une sortie sur les champs, apparemment réservée aux charrois, mais qui n'était plus utilisée. À travers les barreaux de la grille, le centaure, silencieux, découvrait le monde et ce qu'il en pouvait voir lui sembla si beau qu'il en eut les larmes aux yeux. Les champs, les prés, les bois, les vallonnements se déroulaient en étendues profondes, et à l'horizon, la terre se perdait dans le ciel. La grille était fermée à clé, mais Aristide, se servant d'un gros morceau de bois comme d'un bélier, eut bientôt fait sauter la serrure.

«Ernestine, dit-il lorsqu'ils eurent franchi le portail, je suis libre et vous êtes sur mon dos. Je n'avais pas imaginé un bonheur aussi pur, une ivresse aussi chantante. Mon âme est, comme la vôtre, une bulle irisée, je le vois bien à présent. Et je ne sais pas ce qui, tout à l'heure, à propos d'amour, m'a poussé à vous parler de mon ventre. C'est absurde et, il me semble, inconvenant. La vérité est que mon amour est une autre bulle irisée. Et peut-être bien que mon âme et mon amour ne sont qu'une seule bulle irisée qui monte vers le ciel.

– Tant mieux!» dit Ernestine.

Le centaure s'éloigna du portail et marcha par les champs et par les prés en tenant à sa cavalière des propos tendres et délicats. Comme ils se disposaient à traverser une route, arriva un gendarme à bicyclette, qui, à la vue de cet être moitié homme, moitié cheval et coiffé d'un canotier, eut le sentiment qu'on se moquait de l'autorité.

«Où allez-vous? demanda-t-il agressivement, après avoir mis pied à terre.

– Nous allons de par le monde, répondit Aristide, sans but et sans nécessité, pour le plaisir de mesurer, en tournant la tête, le chemin qu'aura parcouru notre amour. Nous suivent ou nous précèdent deux bulles irisées qui sont déjà jumelles.

– Vous avez des papiers?

– Non, dit Aristide, qui entendait mal la question du gendarme. Vous avez besoin de papier?

– Je vous avertis que je ne plaisante pas. Et d'abord, je vous dresse procès-verbal pour attentat à la pudeur publique.

– Vos paroles m'inquiètent, mais je ne suis pas sûr d'en saisir le sens. Qu'est-ce au juste que cette pudeur publique?

– Ne faites pas l'imbécile. Vous savez très bien que la loi interdit à un homme de s'exposer tout nu à la vue des passants. Allez, suivez-moi à la gendarmerie.»

Aristide, sérieusement alarmé, voyait se projeter l'ombre de la loi sur l'existence libre à laquelle il avait longtemps rêvé.

«Mais, dit-il, non sans éprouver un sentiment d'humiliation, je ne suis pas un homme, je suis un cheval.»

Démonté, le gendarme fit un effort de réflexion, mais se sentit dépassé et poursuivit sa route après avoir parcouru le centaure d'un regard soupçonneux et réprobateur. De son côté, Aristide se remit en marche, pensif, la tête basse, et semblant oublier qu'il portait ses amours sur son dos, car il restait silencieux. Son attitude finit par inquiéter Ernestine, qui lui demanda s'il était sûr de l'aimer vraiment.

«Plus que tout au monde, lui répondit-il, et j'en suis si sûr que je ne pense même pas à vous le dire.»

Comme ils débouchaient d'un sentier, au détour d'une haie, ils virent une jument qui paissait dans un pré entouré d'une clôture de bois peint en blanc. Tandis qu'Ernestine se cramponnait à son torse, il fit un temps de galop pour aller voir la bête de plus près. C'était une jolie jument alezane aux formes élégantes. Elle vint à la barrière blanche avec une coquetterie nonchalante, mais en arrivant près du centaure, elle ne put dissimuler une certaine agitation qui se traduisit d'abord par des hennissements, puis par une danse des quatre pieds. Comme elle se cabrait, Aristide, qui semblait avoir perdu tout sang-froid, se cabra aussi et, sans égard à sa fiancée qu'il venait ainsi de jeter à bas, se mit à galoper auprès de la jument, dont il était toutefois séparé par la barrière.

«Aristide! appela Ernestine de toute sa ferveur. Aristide! mon amour! mon âme irisée! ma bulle sœur!»

Mais Aristide ne s'arrêta que pour ouvrir un portillon et donner passage à la jument, avec laquelle il reprit le galop en direction de la forêt. Ernestine Godin rentra au château, où elle conta sa mésaventure en pleurant. Le baron de Cappadoce ne cacha pas sa satisfaction, mais s'inquiéta de savoir si la jument d'Aristide était d'un sang pur. «Ah! j'avais bien raison! soupira monseigneur avec amertume. Ce qui vient de se passer atteste la nature foncièrement chevaline du jeune comte.

– Mais non, protesta la marquise en rougissant, ce n'est pas une preuve.

– Peut-être, en effet, accorda rêveusement le prélat. En tout cas, il vient de se conduire comme un cochon.»

Là-dessus, les sanglots de la malheureuse Ernestine redoublant, le marquis de Valoraine lui tapota la joue et dit pour la consoler: «Calmez-vous, mon enfant. Ce n'est peut-être qu'un caprice, une passade. Je suis sûr qu'il vous reviendra.»

Mais à l'heure qu'il est, voilà plus de sept semaines qu'Aristide a disparu. Ernestine Godin est rentrée à l'école Sainte-Thérèse de l'Enfant-Jésus et nul ne sait ce qu'est devenu le centaure, non plus que la jument alezane dont le propriétaire est furieux.

RECHUTE

*B*ertrand d'Alleaume m'a embrassée derrière la porte du petit bureau. Sa main gauche a glissé sur ma joue en écartant une boucle de mes cheveux et j'ai fermé les yeux. Il m'a semblé quitter la terre. Je me suis sentie aspirée tout entière et délivrée, accomplie, comme si mes émois de jeune fille et de petite fille, les longues années d'implorations secrètes, de rancunes, de tristesses ardentes, de curiosités sournoises, avaient enfin abouti à ce grand bonheur. Il m'a dit : «Josette, je vous aime.» Et il m'a demandé si je l'aimais. J'ai répondu oui.

Maman et Pierre se sont annoncés en claquant une porte et en toussant. Nous nous sommes replongés dans l'album des photos de famille. La conversation s'est fixée un moment sur les attributions d'essence, puis sur le fameux projet de loi. Papa est arrivé du Palais vers 7 heures et demie. Comme toujours, en présence de Bertrand d'Alleaume, il s'est montré très gentil avec moi, affectueux, enjoué.

Mes parents avaient un grand désir de me voir comtesse, ils auraient voulu encourager Bertrand à se déclarer, lui faire entendre qu'il avait la partie belle, et ils trahissaient si visiblement leur impatience que j'en ai été souvent très gênée. Pierre, lui, n'était pas tout à fait dans les mêmes dispositions. Il n'approuvait pas qu'on jetât sa sœur à la tête «d'un grand crétin qui ne serait jamais qu'un avocat sans talent». Toutefois, après avoir donné son opinion en famille, et comme il me savait très éprise, il acceptait de se tenir à une neutralité bienveillante.

On n'attendait plus que grand-mère pour passer à table. Elle est entrée dans le salon sans avoir pris le temps d'ôter son toquet à plume et s'est écriée en brandissant son sac et son parapluie :
«J'ai trente-quatre ans ! J'ai trente-quatre ans !
– Ne vous emballez pas, lui a dit papa. J'ai eu des tuyaux cet après-midi et il est à peu près certain que la loi ne passera pas. Les com-

---

Première publication aux Éditions Gizard, avec des pointes sèches de Jean Edelmann, 1950.

munistes sont naturellement contre, puisqu'il s'agit d'une initiative gouvernementale. Et chez les socialistes et les M.R.P., comme le projet de loi n'engage pas la politique des partis, l'unanimité est loin d'être faite.»

Au cours du dîner, il a été longuement parlé de ce projet de loi visant à instituer l'année de vingt-quatre mois. À plusieurs reprises, grand-mère, qui paraissait surexcitée, s'est attrapée avec papa. Les réflexions de Bertrand d'Alleaume, tant sur le projet de loi que sur la situation économique du pays, ont produit sur mes parents une impression profonde. J'ai cru comprendre qu'il avait des opinions politiques avancées et qu'il s'intéressait au sort des classes laborieuses, de quoi papa avait l'air particulièrement ravi. Au reste, je n'étais guère à la conversation. Les paroles de Bertrand m'étaient surtout une musique. Je m'étonnais qu'il eût gardé la tête aussi sûre et qu'il pût s'exprimer avec cette lucidité et cet à-propos. Pour moi, j'étais toute à notre amour. Je regardais mon Bertrand avec une ferveur qui devait me donner l'air bête, et quand son regard s'arrêtait sur le mien, il me semblait bondir au plus doux du ciel. Il avait le nez grand et osseux, une toute petite bouche en forme d'o, un menton menu et, quoiqu'il eût à peine vingt-sept ans, un front dégarni très haut. Je le trouvais beau. Je pensais à son corps que j'imaginais, je ne sais pourquoi, couvert d'une épaisse toison noire, principalement sur le torse, et l'idée d'un contact avec cette chair velue m'emplissait d'un trouble délicieux où il entrait un peu d'horreur.

Après dîner, il a fait sa demande en mariage. Grand-mère et maman ont versé des larmes d'attendrissement. Pierre, qui faisait l'effort d'être aimable, m'a paru un peu triste. Papa, lui, a prononcé des paroles émues et, m'ayant baisée au front, s'est essuyé les yeux comme à la dérobée, non sans s'assurer qu'il était vu de tout le monde. Je me suis sentie moins heureuse. Maintenant que la famille y était en tiers, notre amour me semblait s'être alourdi. L'impression a d'ailleurs été passagère. Avant le départ de Bertrand, nous nous sommes trouvés encore une fois en tête à tête dans le petit bureau. Fougueusement, il m'a prise aux reins, m'a collée contre lui et a mis sa langue dans ma bouche. Par ma cousine Andrée, qui a mené une vie de jeune fille beaucoup plus libre que la mienne, je savais que cela se faisait, mais j'étais loin d'imaginer une sensation aussi brûlante.

La journée du lendemain a été la plus belle de ma vie. Retrouverai-je jamais cet état de grâce, cet envol de l'âme et de l'être tout entier, cette suave douceur de me sentir portée par la vie? Dans la matinée, j'ai reçu des fleurs que Bertrand m'envoyait. Il m'a téléphoné un peu avant midi. «Josette, m'a-t-il dit, je vous adore.» Il m'a appelée sa chérie, son doux amour, son trésor, sa petite fiancée bien-aimée. Et il m'a dit qu'il croyait vivre un rêve merveilleux. Moi, je tremblais un peu au bout du fil. Je lui disais : «Moi aussi, Bertrand.» J'étais gênée parce que les bonnes pouvaient m'entendre, et sans doute écoutaient-elles. Tout de même, je lui ai dit d'une voix un peu étranglée : «Bertrand, vous êtes mon chéri.» Enfin, il m'a proposé de venir me prendre dans l'après-midi, vers 5 heures, pour faire une promenade au bois, si maman voulait bien l'y autoriser.

Ce jour-là, le déjeuner de midi a connu une animation à laquelle j'étais seule à ne pas participer. Mes parents eux-mêmes étaient dans un état d'exaltation que rien ne paraissait expliquer. Pierre les considérait avec une curiosité un peu soucieuse. Pour grand-mère, elle se dépensait en gesticulations, en glapissements, et sa nervosité confinait au délire. Vers le milieu du repas, elle a téléphoné à une amie dont le gendre était député. On l'entendait crier : «Allô ! Il faut absolument voter la loi des vingt-quatre. C'est une occasion unique de remonter le moral des Français !...» Elle est revenue à la salle à manger avec des yeux de folle. Selon les informations qu'elle venait de recueillir, le vote de la loi des vingt-quatre devenait de moins en moins probable. Cette nouvelle, qui lui semblait désastreuse, m'a laissée tout aussi indifférente que s'il s'était agi d'un changement de ministère. Comment n'ai-je pas senti, même confusément, la menace que recélait cette journée ? Mon amour aurait dû m'avertir. Il est vrai que personne ne comprenait la portée véritable de l'événement qui se préparait. Si ardemment qu'elle souhaitât de voir passer la loi des vingt-quatre, grand-mère n'en escomptait aucun avantage réel.

Bertrand est venu me prendre à 5 heures. J'avais mis mon tailleur citron, bordé de fourrure blanche, sur lequel il s'est extasié. Nous avons suivi l'avenue de Saint-Cloud et dépassé les lacs pour nous enfoncer dans le sous-bois. Le temps était très beau, presque d'été, mais les feuillages avaient encore leurs plus tendres couleurs. Il m'a dit des choses exquises, délicates, en m'appelant des plus doux noms. Sa voix, un peu sourde, qui semblait voilée par l'émotion, avait parfois des inflexions bouleversantes. Les promeneurs devenaient plus rares à mesure que nous nous éloignions des lacs. Confiante, j'ai voulu à mon tour lui représenter le grand bonheur qui était en moi depuis la veille. Quand les mots me manquaient, il se penchait sur mon visage et il m'embrassait. Quittant une allée tranquille, nous avons marché sous les arbres et fini par nous arrêter au plus épais du bois. Là, il m'a embrassée très longuement. Il m'a ensuite expliqué ce que représentait l'amour à ses yeux : avant tout, une union des âmes, mais aussi une union des corps. Il a introduit sa main sous ma blouse, il m'a pris les seins l'un après l'autre et il a voulu les voir. Il m'a embrassée encore. S'il l'avait voulu, je me serais donnée à lui, mais il ne l'a pas demandé.

Le soir, au dîner, contrairement à ce que je redoutais, personne ne m'a parlé de ma promenade avec Bertrand. Papa, retenu au Palais, avait téléphoné de ne pas l'attendre. La conversation a encore roulé sur la loi des vingt-quatre. Les débats avaient commencé à la Chambre dans l'après-midi. Un orateur communiste avait dénoncé ce qu'il considérait relativement à la situation économique, comme une manœuvre de diversion ne pouvant avoir d'autre résultat que celui de consoler quelques vieilles coquettes. Grand-mère fulminait contre les communistes. Vers la fin du dîner ayant passé plusieurs coups de téléphone, sa fébrilité, son exaspération devinrent telles que maman et Pierre en eurent de l'inquiétude.

« Voyons, grand-mère, à quoi bon te faire tant de mauvais sang ? lui a dit Pierre. Si le gouvernement décrète que les années sont de vingt-quatre mois, tu seras en droit de proclamer que tu as trente-quatre ans. Et après ? Au fond, il n'y aura rien de changé.

– On a tout de même l'âge qu'on paraît, appuya maman.

– Non, répliqua grand-mère, on a l'âge qu'on a. »

Le repas terminé, je me suis retirée dans ma chambre. Longtemps, je suis restée assise sur mon lit à lire des vers de Paul Géraldy. Que c'est beau ! En me déshabillant, j'ai regardé mon corps dans la glace et, heureuse d'une certitude, je lui ai souri.

Le lendemain matin, à travers mon sommeil, j'ai perçu comme une rumeur dans la maison. Mes yeux s'entrouvraient à peine lorsque mes parents sont entrés dans la chambre. J'ai tout de suite reconnu papa. En dépit de ses cheveux noirs, de sa moustache noire et bien qu'il flottât dans son complet, il avait en somme peu changé et ne paraissait pas beaucoup plus jeune que la veille. Mais maman était transformée, et j'ai hésité à la retrouver dans cette jeune femme de vingt-deux ans, au visage frais, qui me tendait les bras. Grand-mère est entrée à son tour en dansant, avec un joli rire jeune, et m'a dit : « Vois ta petite grand-mère de trente-quatre ans, ma chérie. » C'est elle qui m'a le plus étonnée. Grande, mince, la démarche souple, elle était très belle et, à première vue, rien, ni dans ses traits ni dans les proportions de son corps, ne rappelait la vieille dame que son accoutrement, son maquillage, son souci de paraître encore rendaient un peu ridicule. Je n'avais pas eu le temps de réfléchir que tous trois se pressaient à mon chevet, m'embrassant et m'ahurissant de leurs bavardages. Maman m'appelait son bébé joli, grand-mère sa toute petite petite-fille. Et moi, de sentir et de voir mes mains si menues dans les leurs, la vérité m'est apparue tout à coup. J'ai poussé un cri d'horreur et j'ai fondu en larmes. De plus belle, ils m'ont embrassée, caressée, en riant et en s'efforçant de me faire partager leur allégresse. «Si mon bébé pleure, j'appelle le grand loup méchant», disait maman. Et papa : «Comme tu dois être contente ! C'est si charmant d'être une vraie petite fille !» Leur enjouement m'était odieux, j'enrageais d'entendre leurs sottises. J'aurais voulu les écarter, les chasser d'auprès de mon lit, mais, en face de ces grandes personnes, je n'étais qu'une fillette de neuf ans que ses larmes ne protégeaient pas. Enfin, Pierre est arrivé, Pierre, un petit garçon de douze ans, que j'ai reconnu sans peine pour l'avoir vu tel autrefois. Son visage était triste et sévère. Il s'est approché, a tiré maman en arrière et s'est adressé aux grandes personnes d'une voix enfantine, mais résolue.

«Laissez Josette tranquille, vous l'embêtez. Elle n'a pas plus envie de rire que moi. Laissez-nous.

– Pierrot, a dit ma mère, mon petit bambin chéri...

– Ah ! non ! surtout pas de bambin chéri. Allez-vous-en.»

Les grandes personnes se sont retirées avec des sourires indulgents. Pierre s'est assis sur mon lit et nous avons pleuré.

«Est-ce que tu crois que Bertrand d'Alleaume va m'aimer encore ? lui ai-je demandé.

– Je ne sais pas. J'espère. Il doit avoir treize ans ?

– C'est vrai, je n'y pensais pas. Treize ans et moi neuf. La différence n'est pas si grande, hein ?»

Pierre m'a regardée avec un air de tendresse inquiète qui m'a fait peur.

«Après tout, pourquoi ne t'aimerait-il pas ? Il y a des situations plus désespérées que la tienne.»

Il m'a confié qu'il était épris d'une femme de trente-quatre ans, qui devait en avoir dix-sept à présent. La veille, ils étaient allés ensemble au cinéma et ils s'étaient embrassés dans le noir.

«Maintenant, c'est fichu. Un gosse de douze ans, ça n'a plus d'intérêt pour elle. Du reste, tout est changé. Elle avait un mari âgé, avec barbe grise et rhumatismes. Maintenant qu'il est jeune et peut-être beau, sûrement qu'elle va s'intéresser à lui.

– Quand même, tu devrais essayer.

– Pour qu'elle me rie au nez ? Non, je ne veux pas la revoir ou, plutôt, je ne veux pas qu'elle me revoie. Je ne dois pas oublier qu'elle est une grande personne et moi un enfant ; une espèce intermédiaire entre l'homme et l'animal domestique, une espèce qu'on est tenu de ne jamais prendre au sérieux, qu'on peut réduire au silence, injurier, gifler et qui n'a même pas le droit d'avoir en tête d'autres pensées que celles qu'on lui prête. Heureux âge ! comme disait papa, ce vieux melon, ce vieux crétin de papa, borné par sa réussite, son honorabilité et sa réputation de grand avocat. Il a beau avoir trente ans de moins, je t'assure qu'il n'a pas changé. Tu crois peut-être que ce qui le réjouit, dans l'aventure, c'est d'avoir retrouvé sa jeunesse ? Il n'y pense même pas. Toute sa joie, c'est de se dire qu'à vingt-neuf ans il est un maître du barreau, un homme arrivé, officier de la Légion d'honneur. Et ce qui finit de le rendre heureux, c'est de me retrouver enfant, de sentir qu'il me tient de nouveau à sa merci. Tout à l'heure, il m'a embrassé et il a dit en me regardant avec l'air attendri d'un ogre qui s'apprête à bien déjeuner : «Cher petit, te voilà revenu à l'âge des jeux innocents et des jolis rêves bleus.» Le salaud ! Oser me dire ça ! Et pendant qu'il me parlait, je voyais briller dans ses yeux une lueur de triomphe et de méchanceté. Lui-même a compris que je le devinais. Il a paru gêné et mécontent. Je suis sûr qu'avant une semaine, il aura trouvé un prétexte pour me flanquer une paire de claques.

– Tu exagères et tu te rends plus malheureux encore. Je suis sûre que papa t'aime bien.

– C'est entendu, nos parents nous adorent. Ce n'est pas ce qui les empêchera d'être des tortionnaires sadiques.

– La colère te rend injuste. Tortionnaires sadiques !

– Tu me trouves injuste, Josette ! Tu as la mémoire courte, mais moi, je n'ai pas oublié les années d'enfance, qui ont été des siècles d'attente, de désespoirs, d'élans toujours condamnés. Et les bons parents, sournois, attentifs, retors, qui entrouvraient devant nous un monde défendu auquel il fallait faire semblant de ne rien entendre, de ne rien voir. Et les lectures. Et les conversations que nous étions censés ne pas comprendre. Et les soirs de réception, bouclés dans nos chambres. Rappelle-toi tout. Rappelle-toi le petit pré fleuri de Vilainville. Même loin des parents, on était muré dans cette misérable enfance.»

Je me suis souvenue de Vilainville, de mes lourds chagrins de petite fille, quand je sanglotais, couchée dans les fleurs du petit pré pour moi si plein d'enchantements et où j'étais pourtant comme une ombre en quête de son corps. J'ai senti mon cœur se serrer, mais un autre souvenir, celui de ma promenade au bois avec Bertrand d'Alleaume, est venu dissiper l'amertume de cette évocation et j'ai souri. Mon frère m'a regardée avec étonnement et peut-être commisération.

«Recommencer les années d'enfance, ai-je dit, c'est dur. Tout de même, ce ne sera pas comme autrefois. Nos parents ne pourront pas oublier que tu as eu, toi, vingt-quatre ans et moi dix-huit. Maman ne pourra pas non plus m'empêcher de sortir avec mon fiancé. Même en admettant qu'elle nous surveille un peu, il faudra bien qu'elle m'accorde un minimum de liberté et, tu sais, je ne serai pas assez bête pour n'en pas profiter. Je ne demanderai à personne la permission de faire l'amour avec Bertrand. Tu m'approuves, Pierre?»

À cet instant, on a frappé à la porte. C'était Marguerite, la vieille bonne qui servait chez nous depuis la naissance de Pierre, après avoir déjà servi chez grand-mère. Rajeunie de trente ans, elle n'avait guère embelli. Malgré son affection pour nous, la perspective d'une nouvelle vie de servitude l'affligeait.

«Quand on a derrière soi une existence de travail, la mort ne fait pas peur, on y pense comme à une chose bien gagnée. Mais refaire ce qui a été fait, est-ce que ça ressemble à quelque chose? Vous ne me direz pas que si on était gouverné, il arriverait des choses pareilles!»

Comme autrefois, elle m'a prise dans ses bras pour me lever et s'est indignée de mon âge et de mon format.

«Toi qui étais si belle, ma pauvre chérie! Grande, des jambes, une poitrine, et jolie, et maintenant... Ah! pauvre poulet, maintenant! Voilà ce que les lois font d'une belle jeune fille et moi qui me suis donné tant de mal! Comme si c'était drôle d'avoir neuf ans, jamais sûre de rien, ni de ce qu'on est, ni de ce qu'on sait et comme à la porte de l'amour! Et ton fiancé, à propos?»

Marguerite m'a emportée dans ses bras. En passant devant le miroir, j'ai eu un saisissement et j'ai encore fondu en larmes. Je ne sais pas pourquoi je m'étais figuré qu'en dépit de ma petite taille, quelque chose en moi devait subsister de la jeune fille que j'étais hier. Il n'en restait rien et j'étais bien vraiment une fillette de neuf ans, plutôt petite pour mon âge et maigrichonne.

Avant de faire ma toilette, j'ai voulu téléphoner à Bertrand, qui n'était pas chez lui. Maman était déjà sortie, sans se soucier de savoir comment je m'habillerais. Heureusement, Marguerite, qui avait déjà trouvé chez les concierges de quoi vêtir mon frère, a découvert dans la naphtaline une de mes robes de petite fille. Dans l'appartement, j'ai eu la surprise de me trouver nez à nez avec une gamine de mon âge, que je n'ai pas reconnue d'abord. C'était Anna, la petite bonne engagée par maman l'année dernière. Nous sommes tombées dans les bras l'une de l'autre, et pleurs encore. Elle était affublée d'une robe retaillée en hâte et cousue à gros points. Elle venait de voir son amoureux, un mécanicien du garage voisin, qui avait trente-six ans la veille et dix-huit du matin. Il avait eu un accès de fou rire en la retrouvant ainsi réduite à son nouveau format. Comme elle se disposait à l'embrasser, il s'était dérobé, alléguant qu'il n'était pas un satyre, et avait voulu lui donner vingt francs pour s'acheter des bonbons. J'ai été d'abord alarmée par la confidence d'Anna. À la réflexion, l'âge de Bertrand m'a un peu rassurée.

À midi, papa a ramené à déjeuner un vieil homme de soixante-dix ans, pour lequel il avait plaidé autrefois. C'était un Belge de passage à Paris et, en sa qualité d'étranger non domicilié en France, il n'était pas touché par la loi des vingt-quatre. En présence de ce pauvre vieillard torturé par le regret, les grandes personnes de la famille ont été d'une gaieté cruelle et indécente, se réjouissant et félicitant bruyamment de leur jeunesse retrouvée. En outre, grand-mère s'est montrée avec lui d'une coquetterie provocante, simplement pour s'amuser. Remarqué, et Pierre aussi, que papa semblait s'intéresser très vivement à grand-mère, qu'il lui arrivait de regarder au décolleté avec des yeux luisants et dardants. Il a été naturellement beaucoup parlé des situations singulières créées par la loi des vingt-quatre et dont les journaux allaient bientôt nous entretenir jusqu'à nous lasser et écœurer : mères de famille de moins de dix ans, garçonnets pourvus de progéniture, soldats et marins devenus par centaines de mille des enfants, officiers de onze et douze ans, octogénaires refleuris, politiciens surgis quasiment de la tombe, prostituées de dix ans, etc.

De tout le repas, Pierre et moi nous n'avons autant dire pas ouvert la bouche. Certes, nous n'étions pas d'humeur loquace, mais là n'était pas la seule cause de notre réserve. Enfants, nous retombions dans les plis de notre enfance. De par notre taille, notre âge, le timbre de nos voix, nous retrouvions en présence des grandes personnes les sentiments d'infériorité et d'incertitude que les parents s'ingénient à entretenir chez leurs enfants. L'habitude était déjà reprise de ne parler, devant un invité, que si quelqu'un nous interrogeait. De leur côté, les parents trouvaient naturel que l'ordre se rétablît ainsi.

Au cours du déjeuner, papa a fait allusion à une conséquence de la loi des vingt-quatre à laquelle ni mon frère ni moi n'avions encore pensé et qui nous a consternés. C'est à savoir que les années comptant désormais vingt-quatre mois, chacune de celles qui nous séparaient de l'âge adulte en vaudrait deux d'autrefois. Au dessert, papa s'est emporté contre grand-mère qui parlait de faire du cinéma. L'après-midi, je suis sortie avec maman. L'esprit occupé de Bertrand, que je n'avais pas pu joindre au téléphone, je n'étais guère curieuse de voir la ville. Pourtant, j'ai été profondément remuée par le spectacle qu'offraient les Champs-Élysées. La foule y était si dense qu'elle débordait largement des deux trottoirs sur la chaussée. Parmi les grandes personnes, de moins de trente ans pour la plupart, qui manifestaient une joie bruyante et grossière, qui s'interpellaient, s'esclaffaient, s'invitaient à l'amour, se pinçaient, se claquaient les fesses, échangeaient des plaisanteries grasses ; parmi ces hommes et ces femmes excités, hilares, tapageurs, circulaient d'innombrables enfants, par petits groupes ou en longues théories, et tous mornes, l'air anxieux, traqué. On ne les entendait pas élever la voix. Concentrés, en proie à une obsession que je reconnaissais bien, ils paraissaient accablés par la joie tumultueuse des adultes et, de temps à autre, levaient sur eux des regards timides, comme s'ils découvraient avec effroi la lourde nature humaine.

Maman ne prêtait aucune attention à tous ces enfants dont la plupart, à cause de leurs accoutrements improvisés, avaient l'air de petits pauvres. Cambrée, le sang aux joues et les yeux chauds, elle riait aux plaisanteries que lui décochaient les mâles au passage et je sentais frémir d'impatience sa main qui tenait la mienne.

Nous avons fait deux visites à des amies de maman et, à chaque fois, ça été un irritant concert d'exclamations, de rires et de compliments. Mme Brunet a montré sa gorge et ses fesses neuves à maman qui lui a montré les siennes. Chez les Lesieur, j'ai parlé avec les filles de la maison, âgées maintenant de huit et dix ans. On aurait pu croire que l'aînée, mariée et un enfant, se trouvait dans une situation privilégiée. Elle habitait dans sa famille avec son mari âgé de quatorze ans. Or les parents prétendaient interdire au gendre de coucher avec sa femme sous prétexte qu'elle avait dix ans. Ils disaient que ce serait révoltant. La cadette, à l'insu de ses père et mère, aimait un lycéen et en était aimée. Ils s'étaient revus dans la matinée et, quoique petits, restaient très épris l'un de l'autre. Après échange de confidences, nous nous sommes montré nos poitrines et nos ventres. Nous avions toutes les trois des torses de garçonnets, mais l'aînée des deux sœurs portait au bas-ventre l'ombre d'un duvet naissant qui m'a donné bien de la mélancolie.

Nous sommes rentrées à la maison vers 7 heures, presque en même temps que papa. Il a informé maman qu'ayant rencontré Bertrand au Palais, il l'avait invité à déjeuner pour le lendemain. Bien qu'il ne se soit pas adressé à moi et ne m'ait pas même regardée, je lui ai demandé comment il avait trouvé Bertrand.

« C'est un gosse, m'a-t-il répondu. Je ne vois pas ce qu'on en pourrait dire de plus. »

Humiliée et peinée, j'ai eu du mal à retenir mes larmes. Papa était d'une humeur de dogue à cause des soucis de carrière que lui créait le nouvel ordre de choses. Au cours de l'après-midi, d'illustres avocats qui, la veille encore, semblaient n'avoir plus à attendre que la mort, avaient réapparu au Palais où leur célébrité, leur verdeur et leur fringale d'éloquence contrariaient pas mal d'ambitions. Pierre est rentré tard et d'assez mauvaise humeur, lui aussi.

« D'où viens-tu ? lui a demandé papa d'un ton blessant.

– Je viens de me promener. C'est défendu ?

– Je te prie de le prendre avec moi sur un autre ton, espèce de sale gamin. Pour la deuxième fois, je te demande où tu es allé traîner.

– Je suis allé me promener. Faut-il que je t'énumère les rues par lesquelles je suis passé et les pissotières où je me suis arrêté ? »

Cette réponse a fait sortir mon père de ses gonds. Il s'est mis à secouer mon frère et ne l'a lâché qu'après l'avoir giflé.

« Si tu as oublié le respect que tu dois à ton père, je t'en ferai souvenir, petit voyou. »

Mon frère a pâli, mais son petit visage était calme, son regard froid. Pour moi, je tremblais si fort que j'ai dû m'asseoir.

« Depuis ce matin, a dit Pierre, je m'attendais à ce que tu me battes. Je sais que tu y as pensé toute la journée et que tu entends bien ne pas t'en tenir là. Mais demain, j'irai voir un avocat.

– Un avocat ! Quel avocat ?

– Naturellement, pas un de tes amis. »

Papa, qui comptait parmi ses confrères plusieurs ennemis mortels, a paru très frappé par les paroles de Pierre et je crois qu'il a eu peur. C'est à ce moment-là que grand-mère a téléphoné et c'est lui qui a répondu.

« J'irai trouver Balbin, m'a soufflé Pierre. Il le traînera dans la boue. »

Dans la pièce voisine, papa se débattait au téléphone. Nous entendions sa voix irritée.

« Bon, vous dînez dehors, mais enfin, vous rentrez ce soir ?... Quoi ? Mais vous êtes folle !... Un homme que vous ne connaissez même pas !... Jeune femme, oui, et après ? Vous n'en êtes pas moins mère

et grand-mère... Enfin, bon Dieu, vous n'êtes pas la veuve de n'importe qui ! Votre mari était conseiller d'État... Ne dites pas que vous vous en fichez. Il vous entend peut-être...»
Accourue de la cuisine au bruit de la sonnerie, maman avait pris un écouteur. En dépit de ses efforts pour paraître choquée, elle ne pouvait se tenir de sourire et il y avait tant de gaîté sur ce visage de vingt-deux ans et tant d'insouciance que la mauvaise humeur de mon père s'est tournée contre elle :
«Tu n'as pas l'air de comprendre la gravité des choses. Ma parole, tu as l'air de trouver tout naturel qu'elle découche. Tu ne te demandes même pas ce que les enfants vont en penser. Le jour où leur grand-mère se fera flanquer un gosse, tu seras contente !»
Nous venions de passer à table lorsque l'oncle très riche est arrivé de Vilainville à l'improviste. C'était un bel homme de trente-neuf ans, qui semblait avoir oublié la paralysie qui l'avait tenu au lit ces trois dernières années. Papa, qui attendait son héritage avec une impatience décente, n'avait pas été sans songer déjà que le vieillard bénéficiait de la loi des vingt-quatre, mais il lui était désagréable de le constater. À l'oncle très riche qui s'informait de grand-mère, sa sœur, il a répondu en ricanant :
«Elle ne perd pas de temps. Elle vient de téléphoner (ici, il baissa la voix en nous regardant, Pierre et moi, comme pour s'assurer que nous ne comprenions pas) de téléphoner qu'elle ne rentrerait pas cette nuit. Bon début, n'est-ce pas ?
– Chère Élisa, je suis bien content pour elle, a dit l'oncle très riche, et comme elle a raison de ne pas perdre un moment. Dieu sait si je suis heureux d'avoir retrouvé jeunesse et vigueur, mais la plus satisfaisante de toutes les conséquences qu'aura eues la loi des vingt-quatre me paraît être l'apaisement apporté aux tourments de tant de vieilles femmes. Pauvres créatures, combien elles étaient à plaindre ! C'est ce que m'expliquait ce matin ma voisine, la baronne de Mœuvres, qui a l'âge de ma sœur. "Quel calvaire ! me disait-elle. Nous autres, vieilles femmes, nous étions censées n'avoir plus aucun désir, alors qu'au contraire..."»
Ici, l'oncle s'est interrompu, parce que mes parents lui décochaient des coups de pied en attirant son attention sur la présence des enfants. Mon frère et moi, nous avons quitté la table aussitôt le repas terminé, sans attendre d'en avoir reçu l'ordre. Lorsque Pierre a été couché, il me l'a raconté le lendemain, maman est venue dans sa chambre lui demander de ne pas voir d'avocat. Il a cédé, non sans résistance.

Le lendemain, Bertrand d'Alleaume est arrivé chez nous une demi-heure avant le déjeuner. J'aurais pu passer vingt fois à côté de lui sans le reconnaître. C'était un gamin chétif, plus petit que mon frère, et à qui on aurait donné plutôt onze ans que treize. Il avait un petit visage mince, blême, avec un nez déjà important et des yeux cernés au regard un peu sournois. Il portait un pantalon long et une perle à la cravate. Ayant baisé la main de maman, il lui a tourné un compliment sur sa grâce et sur sa jeunesse avec une étonnante petite voix de fille, à la fois fluette et criarde. Visiblement, il cherchait à se donner des allures d'homme, de quoi je ne pouvais le blâmer. J'aurais tant voulu, moi, faire un peu femme. Lorsque nous avons été seuls dans le petit bureau, je me suis jetée à son cou, je lui ai baisé la bouche. Il s'est d'abord laissé faire, mais sans prendre aucune initiative, et s'est ensuite dérobé aux effusions, d'un geste très ferme.

« Bertrand, ai-je susurré, tu m'aimes encore ?

– Je n'oublie pas ce que nous avons été l'un pour l'autre. »

Je suis restée interdite, à me demander ce que signifiait cette réponse. Il a poursuivi :

« Hier après-midi, au Palais, j'ai eu une conversation avec ton père qui m'a délié de mes engagements. Il pense que tu es trop jeune pour être ma fiancée et qu'il te convient mieux d'avoir des préoccupations en rapport avec ton âge. J'ai cru d'ailleurs comprendre que son invitation à déjeuner n'avait pas d'autre raison que de consacrer la rupture de nos fiançailles.

– Mais toi, Bertrand, tu n'acceptes pas que nos fiançailles soient rompues ?

– Je ne peux pas aller contre la volonté de ton père.

– Mais ta volonté à toi, Bertrand ? Nous n'avons pas besoin de nos parents pour nous aimer.

– Écoute-moi. Nous n'avons peut-être que quelques minutes à rester seuls. Il est urgent que je te fasse connaître la situation dans laquelle je me trouve. C'est très important pour l'avenir. »

J'ai contenu mon angoisse et mon impatience. Bertrand m'a expliqué à mi-voix ce qu'il attendait de moi. En raison de son jeune âge, il sentait sa carrière menacée et, plus que jamais, avait besoin de l'appui de papa, lequel justement, avait laissé paraître une certaine défiance à son égard, craignant qu'il ne s'autorisât de nos fiançailles pour se maintenir dans mon amitié et, sous prétexte de camaraderie, se livrer avec moi à des jeux défendus. Bertrand comptait sur moi pour rassurer papa quant à nos dispositions réciproques et feindre à l'égard de l'amour l'horreur instinctive qu'il est censé inspirer à une petite fille. Au cours de cet exposé, il n'avait pas eu un mot ému ou simplement affectueux, pas même une intonation qui fût un prétexte à espérer, mais je me débattais contre l'évidence.

«Bertrand, ton cœur n'a pas changé? Tu ne m'embrasses pas. Moi, je t'aime, Bertrand. Hier, j'ai téléphoné trois fois, tu n'étais pas chez toi, j'ai passé une journée affreuse. Tu ne peux pas ne pas m'aimer. Je serais si malheureuse.»

Cependant, il avait l'air de s'ennuyer et son regard s'était détourné de moi. Des larmes me piquaient les yeux, j'avais la gorge serrée.

«Bertrand, pourquoi ne m'aimerais-tu pas? J'ai neuf ans, mais tu n'en as que treize.

– Entre neuf et treize ans, il y a un abîme.

– Pourquoi? Tu es à peine plus grand que moi, et c'est tout juste si tu parais onze ans.»

J'ai compris aussitôt que je venais d'être maladroite. Bertrand a changé de visage. J'ai vu briller dans ses yeux une lueur de colère méchante.

«Il y a une chose que tu ignores et que tu ignorais quand tu avais dix-huit ans, car, entre nous, tu étais restée plutôt godiche. Ce qui fait l'homme, ce n'est pas du tout la taille, comme tu parais le croire, mais certaines réalités physiologiques que tu apprendras à connaître plus tard, du moins je te le souhaite. Mais tu comprends maintenant pourquoi j'ai toujours vingt-sept ans.

– Tu m'étonnes beaucoup. En tout cas, le mari d'Odette Lesieur a quinze ans et il n'a pas l'aspect d'un gamin, lui. Pourtant, il aime sa femme comme avant.

– Possible. Mais moi, ce sont les femmes qui m'intéressent. Les vraies femmes.»

À mon tour, la colère me gagnait. Je me suis mise à rire comme si l'idée qu'il pût courtiser une femme me paraissait comique.

«Je te demande pardon. Je ris à l'idée de te voir donner le bras, ou plutôt la main, à une femme et levant la tête pour lui faire les yeux doux. Une vraie scène de cirque.»

Bertrand n'a rien dit, mais la rage crispait son petit visage et déjà je regrettais mes paroles comme une trahison envers tous ceux de notre âge. Comme je m'approchais de lui dans un esprit de conciliation, il n'a pas pu se contenir et m'a giflée de toutes ses forces. Je lui ai rendu sa gifle. Nous nous sommes battus en silence, aussi soucieux l'un que l'autre de n'être pas entendus de maman. Après la bataille. Il a refait sa raie avec un peigne de poche qu'il a refusé de me prêter.

«Tu as les cheveux trop sales.

– Bertrand, tu essaies de me vexer parce que tu as été vexé tout à l'heure.

– Moi, vexé? Pas du tout. Mais je ne sais rien de plus agaçant que ces précautions qu'on se croit tenu de prendre pour envelopper la vérité. J'ai eu tort. Avec les enfants, on a toujours intérêt à être direct.»

Souriant, Bertrand a pris une cigarette dans un paquet neuf et, après l'avoir allumée, a poursuivi:

«Ma petite Josette, tu as l'air de croire que je trahis notre amour. Eh bien! non. J'ai été épris d'une jolie fille de dix-huit ans, bien faite, avec des hanches et des cuisses et une poitrine comme je les aime. Maintenant que tu as neuf ans, tu ne m'excites plus. C'est un fait indépendant de ma volonté. Il n'y a rien en toi qui m'excite, absolument rien. Pas de seins. Parce qu'enfin, tu n'as pas de seins?»

Je m'étais bien promis de ne pas pleurer, mais quand il a parlé de mes seins, je me suis sentie si démunie que mes larmes ont jailli.

«Donc, pas de seins. Pas de hanches non plus. Des cuisses de poulet et un petit derrière insignifiant. Que veux-tu? On ne peut pas demander à quelqu'un d'être amoureux de ça!»

J'avais abrité mon visage dans mes mains pour cacher la grimace de mon chagrin. Bertrand d'Alleaume s'était tu. Sans doute se repaissait-il du spectacle de mon effondrement. C'est moi qui ai rompu le silence, d'une voix entrecoupée:

«Bertrand, avant-hier soir, au Bois, tu me disais que, pour toi, l'amour était d'abord une union des âmes.

– Ah? Je ne m'en souviens pas. Union des âmes...»

Bertrand s'est interrompu. Il avait pâli tout d'un coup, ses yeux s'étaient cernés plus largement. L'idée ne m'est pas venue d'abord que sa cigarette pouvait l'incommoder. Il s'est roidi contre ce commencement de malaise, a tiré plusieurs bouffées et s'est efforcé à sourire avec désinvolture.

«Union des âmes, oui... Étant donné ton éducation, ta naïveté, il y a des choses que je me devais de te dire. D'ailleurs, je me préparais à t'épouser. Quand on peut le faire, il est toujours habile de convaincre sa femme que l'amour est une union des âmes.»

Sa pâleur s'était encore accentuée et il a dû poser dans un cendrier sa cigarette à moitié consumée.

Pierre est entré dans le petit bureau et n'a eu qu'à me regarder pour apprendre quelle déception m'avait apportée l'entrevue. Il m'a embrassée, puis s'est tourné à Bertrand:

«Alors? Monsieur a opté pour les dames. Monsieur s'est rangé du côté des grandes personnes?»

Bertrand n'était guère en état de l'entendre. Soudain la respiration a paru lui manquer et son regard trouble exprimait une sorte d'affolement. Sa main s'est crispée sur le dossier d'une chaise et il nous a regardés avec hébétude, sans pouvoir prononcer une parole. Enfin, il a vomi sur le tapis, souillé sa veste et sa cravate. Pierre, surpris et un peu inquiet, m'a interrogée du regard. Je lui ai montré la cigarette qui fumait encore dans le cendrier. Il s'est mis à rire, et, prenant Bertrand par l'épaule, l'a poussé hors de la pièce.

«Allons, viens te laver, salaud!»

Devant cette piteuse sortie, je n'avais plus ni colère, ni rancune. Il ne me restait que mon chagrin et l'horreur de me trouver, maintenant sans recours, dans cette prison de l'enfance où m'abandonnait Bertrand d'Alleaume. Durant les huit jours qui ont suivi notre rencontre, j'ai vécu dans un état de torpeur qui m'a peut-être sauvée. Je ne mangeais presque plus, je ne mettais pas le nez dehors et, incapable de m'intéresser à rien, je passais mes journées dans ma chambre, l'esprit vide, à demi consciente de mon malheur et toutefois suffisamment pour redouter le choc qui aurait réveillé mes souffrances assoupies. Mes parents, chacun de son côté, étaient trop occupés pour remarquer le changement survenu en moi. Papa ne pensait qu'à ses ennuis de carrière et à ce qu'il appelait l'inconduite de grand-mère. Maman avait un amant. C'était notre voisin de palier, un colonel de vingt-cinq ans. Je l'ai appris, avec indifférence, par la voix de Marguerite qui, se croyant seule dans un coin de l'appartement, exhalait son indignation.

Un soir, après plusieurs jours d'absence, grand-mère est arrivée en compagnie d'un homme d'une quarantaine d'années qu'elle a présenté comme son fiancé. Ancien journaliste, il avait toute sa vie vécu confortablement de chantages, de subsides de l'étranger, et amassé une fortune assez importante pour assurer le pain de ses vieux jours. C'était donc quelqu'un de bien et il n'y avait aucune raison de le mal recevoir. Papa, qui voyait déjà filer l'héritage de grand-mère et qui était certainement jaloux de la voir tomber dans les bras d'un autre, dut néanmoins se contraindre à faire bonne figure, mais le son de sa voix et l'éclat de son regard trahissaient ses vrais sentiments. Même pour moi, que cet événement familial n'avait pu tirer de ma torpeur, il était visible que la gaîté de grand-mère l'exaspérait, et plus encore les tendres attentions qu'elle témoignait à son fiancé. Par hasard, Pierre dînait à la maison ce soir-là. D'ordinaire, on ne le voyait qu'au repas de midi, car il passait ses après-midi et ses soirées au club de l'Espérance, un des mieux organisés et des plus actifs de ces nombreux rassemblements d'enfants, constitués à Paris pour discuter et établir, sous la direction de leurs comités, des espèces de cahiers de revendications. Papa voyait d'un mauvais œil que Pierre fût membre d'un de ces comités et surtout qu'il rentrât au milieu de la nuit sans même lui en demander l'autorisation. Toutefois, dans la crainte d'un conflit qui lui attirât des désagréments, il s'abstenait de faire à ce sujet aucune observation. Ce soir-là, uniquement occupé de grand-mère et de son fiancé, dont les roucoulades soumettaient sa patience à une pénible épreuve, il ne pensait pas à son fils. Nous n'étions encore qu'au fromage lorsque Pierre s'est levé de table et s'est excusé sur ses obligations qui l'appelaient au-dehors. La hargne du père, qu'il contenait depuis le commencement du dîner, a trouvé tout à coup un prétexte et un dérivatif.

« Toi, fais-moi le plaisir de t'asseoir. Un gamin de douze ans a pour première obligation de se coucher de bonne heure.

– Tu as sûrement raison, puisque tu es mon père, mais je suis attendu et je m'en vais », a répliqué mon frère.

Il y avait, dans l'assurance de cette voix enfantine, quelque chose de plaisant et d'inattendu qui a fait rire grand-mère et égayé le visage de son fiancé. Papa, hors de lui, s'est empourpré, et il a crié :

« Je t'interdis de sortir, galopin, tu m'as compris ? Assieds-toi !

– Bonsoir », a dit Pierre simplement.

Il a repoussé sa chaise contre la table et s'est éloigné sans hâte. Papa s'est levé d'un mouvement violent. Il avait des yeux de fou.

« Petit salopard ! Je te vais flanquer une correction qui t'enlèvera l'envie de jouer au grand garçon ! »

Papa s'est élancé, les mains en avant, et gloussant déjà du plaisir de cogner. Il s'est arrêté net. Pierre avait sorti de sa poche un revolver qu'il tenait contre sa hanche, comme au cinéma, et menaçait calmement le père :

« Si tu fais un geste, je tire. Maintenant va t'asseoir et au trot ! Suffit, pas de couplet, tu t'indigneras plus tard. Et les autres, fermez ça aussi ! Il n'y a plus de petite maman qui tienne, ni de grand-mère pimpante. Je vous mets tous dans le même sac, la mère, la mère-grand et mon cocu de père. Vous êtes des chiens, des sales brutes hypocrites. Vous n'êtes occupés que de vos démangeaisons et vous faites semblant d'ignorer qu'au sein même de la famille, dans ce sanctuaire béni où vous ruminez vos cochonneries, il y a des êtres qui souffrent. Vous savez tous que Josette est malheureuse, qu'elle l'est doublement, qu'elle aurait pu en mourir, mais vous vous êtes gardés d'y réfléchir seulement une minute. Vous ne vous êtes souciés de vos chers enfants que pour mieux leur faire mesurer leur détresse, leur rendre leur misère plus sensible, sales bêtes que vous êtes ! Serpents ! Silence ! ou je tire dans le tas… Josette va prendre un manteau. Je t'emmène au club. Ne t'occupe pas de la gueule des parents. »

À plusieurs reprises, Pierre m'avait déjà exhortée à l'accompagner au club l'après-midi, mais je n'avais pas d'entrain à sortir. Ce soir-là aussi, j'aurais préféré, selon mon habitude, me retirer dans ma chambre dès après le repas, mais je ne pouvais me dérober à son invitation sans avoir l'air de m'associer à la muette réprobation de la famille. Surmontant mon apathie, je suis allée mettre mon manteau et j'ai quitté la salle à manger au bras de mon frère sans qu'un murmure se soit élevé derrière nous.

Nous avons marché par les rues sans rien dire. La soirée était belle, presque tiède, mais je me sentais lasse et d'humeur maussade. Devant et derrière nous, des groupes d'enfants, où l'on discutait avec animation, suivaient la même direction que nous. Au milieu de toutes ces voix jeunes et perçantes, on se serait cru dans une cour de récréation. La plupart des garçons étaient étrangement accoutrés. De leurs pantalons d'hommes, ils avaient fait des chortes dont les jambes trop larges flottaient comme des jupes d'Écossais. Ils avaient eu plus de mal à utiliser leurs vestons. Certains s'étaient contentés d'en couper les manches et les portaient en houppelandes. Les autres avaient taillé au hasard de l'inspiration, très souvent avec une fantaisie carnavalesque, comme pour tourner en dérision leur retour à l'âge de l'enfance. Les filles avaient apporté plus de soins, plus d'habileté aussi, à tirer parti de leurs vêtements, mais dans l'ensemble, les uns et les autres étaient faits comme des mendiants. Ils se pressaient en foule à l'entrée du club qui tenait ses assises sous un marché couvert. Le comité siégeait sur des tréteaux à un bout de la halle. Quand nous sommes entrés, un orateur d'une douzaine d'années, à la voix aiguë parlait à la tribune. Pierre m'a plantée au milieu de la foule pour aller rejoindre ses pairs sur l'estrade. D'abord je me suis sentie dépaysée et plus lasse encore que sur le chemin du club, mais l'anxiété chaleureuse de tous ces enfants qui m'entouraient n'a pas tardé à agir sur moi. Sortant de mon engourdissement, j'ai frémi avec la foule, j'ai mêlé ma voix à la sienne, échangé des réflexions avec mes voisins. Derrière et tout contre moi, il y avait un homme de onze ans et sa femme de neuf, avec une fillette de six mois qu'ils portaient à tour de rôle, car elle était lourde pour leurs petits bras. Le mari, garçon épicier dans le quartier, était sur le point de perdre son emploi parce qu'il ne pouvait plus fournir qu'un travail selon ses forces d'enfant. J'avais offert de porter un instant le nourrisson, et la mère m'avait mise au courant de leur situation. En songeant à l'inquiétude qui les tenaillait, j'étais maintenant honteuse de cet état de torpeur où je m'étais laissée aller pour une déception sentimentale. Je me trouvais presque ridicule, et le souvenir de Bertrand d'Alleaume qui, par vanité, trahissait la cause des gens de son âge, m'était des plus pénibles.

À la tribune, les orateurs examinaient les situations menaçantes qu'entraînait, pour les jeunes, dans les différents corps de métiers, le nouvel état de choses : travailleurs devenus impropres à leurs emplois ou dont le rendement avait baissé ; vieillards maintenant dans la force de l'âge et réclamant le droit au travail qu'on leur accordait au détriment des jeunes ; militaires de dix et onze ans sur le point d'être libérés en masse et, pour beaucoup, voués au chômage. Le comité rédigeait des adresses et des proclamations à la jeunesse, mettait au point des textes de revendications à soumettre au gouvernement. Pierre, qui participait à ces travaux, s'est dressé à l'estrade et a demandé la parole :

« Quelques mots seulement. Nous allons soumettre des revendications au gouvernement. Mais nous ne sommes plus des électeurs et les Chambres ne donneront satisfaction qu'aux électeurs, c'est-à-dire aux grandes personnes, qui sont nos ennemies. Je vous demande d'y penser dès maintenant, d'y penser cette nuit, d'y penser pendant qu'il est temps. C'est tout. »

Pierre s'est rassis dans un grand silence. Recueillie, l'assemblée méditait ses paroles, dont le sens ne lui apparaissait pas encore avec évidence. Au bout d'un instant, des murmures se sont élevés de tous les points de la salle, chacun cherchant à s'informer de l'opinion de ses voisins. Le garçon épicier m'a demandé ce qu'il fallait penser des paroles de Pierre, et j'étais embarrassée, lorsque mon voisin de droite, un agent de police de treize ou quatorze ans qui portait un képi trop grand, lui a répondu :

« Ça veut dire qu'on n'a rien à attendre de la bonne volonté du gouvernement et qu'il ne faut compter que sur nous. »

En prononçant ces derniers mots, il a frappé du plat de la main son étui à revolver. J'ai eu envie de l'embrasser. Cependant, de l'estrade, un membre du comité demandait si quelqu'un, dans la salle, voyait d'autres revendications à formuler. À côté de moi, l'agent a haussé les épaules. Brusquement, je me suis levée sur la pointe des pieds, j'ai crié de toutes mes forces vers l'estrade :

«À quoi bon des revendications ? La seule chose qu'il y ait à revendiquer, c'est l'abolition de la loi des vingt-quatre, le retour à l'âge normal!»

Une haute clameur d'approbation a salué ma sortie. Le président, après avoir informé l'assemblée que ma proposition allait être examinée attentivement, a déclaré la séance levée.

Je suis allée retrouver Pierre qui m'attendait sur ses tréteaux. En remontant le courant de la foule qui s'écoulait vers la sortie, j'ai vu à chaque pas des enfants, filles et garçons, se montrer des photos en soupirant : «Voilà comme j'étais.»

Il était 11 heures et demie lorsque je suis sortie de la halle avec Pierre. La réunion m'avait surexcitée, saoulée, et je n'avais jamais été aussi loquace. Soudain, l'idée m'est venue d'aller jusqu'au quai Voltaire, où demeurait Bertrand d'Alleaume.

«À quoi bon ? dit Pierre. C'est loin, il est tard, on ne trouvera peut-être personne. Du reste, tu n'as plus rien à lui dire.

– Plus rien à lui dire ? Tu vas voir.»

J'ai fait signe à un taxi qui passait. Le chauffeur, un vieux d'une trentaine d'années, nous a regardés d'un œil soupçonneux :

«Vous avez de l'argent ? Montrez-le!»

Durant le trajet, il n'a presque pas cessé de grommeler et de nous témoigner sa mauvaise humeur :

«Des gamins comme ça dans les rues, à une heure pareille! Je vous en foutrais, moi! Un croûton de pain et au lit! Et si ça se trouve, une paire de baffes pour vous former le caractère.

– Faites pas le malin, a fini par répondre Pierre. Avant huit jours, vous serez redevenu la vieille ganache que vous avez été. D'ailleurs, vous n'en serez pas plus moche.»

Depuis deux ou trois jours, au dire de Pierre, les adultes commençaient à nourrir à l'égard des jeunes une haine faite de remords et de la crainte que leur causaient les clubs. Peut-être aussi répondait-elle à la haine que nous inspiraient leur conduite et leurs attitudes. En descendant de taxi. Pierre a payé la course, après avoir vérifié le compteur.

«Pour le pourboire, vous pouvez vous gratter.»

Nous sommes entrés dans l'immeuble de Bertrand, poursuivis par la voix du chauffeur qui invectivait contre «la racaille des moujingues». Je me sentais de belle humeur. Bertrand d'Alleaume n'était pas encore couché. Quand j'ai sonné à sa porte, il a demandé avant d'ouvrir :

«Qui est là?
– C'est moi, Josette, ai-je répondu. C'est ta fiancée.»
Il a ouvert en ronchonnant et la présence de mon frère a paru l'inquiéter. Nous sommes entrés dans un petit salon où le poste de radio débitait les informations. Il nous a laissés debout et, l'air froid et ennuyé, il nous a regardés l'un après l'autre en attendant l'explication d'une visite aussi incongrue. C'est moi qui ai rompu le silence.
«Alors, ça va mieux depuis que tu as dégueulé?»
Le mot l'a démonté. À son air compassé succédait sur sa petite figure maigre une expression d'effarement. Le poste de radio, à mi-voix, annonçait les dernières nouvelles. Heureuse d'avoir ébranlé l'assurance de Bertrand, mais non satisfaite, je me suis mise à l'injurier avec une allègre fureur. Je l'ai traité de mufle, de traître, de prétentieux, de bourrique, et je lui ai jeté à la tête d'autres mots qui n'avaient jamais été de mon vocabulaire, des mots d'une incroyable grossièreté, dont je n'ose même pas me souvenir aujourd'hui et dans lesquels je mordais avec un mauvais plaisir. La radio faisait un bruit de fond sur lequel mes paroles ordurières éclataient comme des fruits pourris. Cependant, je serrais dans la poche de mon manteau la crosse du revolver que j'avais dérobé à Pierre durant le trajet en taxi. Sous l'avalanche de mes injures, Bertrand clignotait des paupières et sa lèvre tremblotait. J'ai sorti mon arme et j'ai dit en la lui braquant sur le ventre:
«Maintenant, montre-nous tes réalités physiologiques, comme tu dis. Monsieur prétend qu'il a gardé ses vingt-sept ans sous la ceinture. C'est ce que nous allons voir. Allons, vite! à poil!»
Il s'est exécuté sans même un mot de protestation. Il a ôté sa veste, sa cravate, son pantalon, enfin sa chemise. Les réalités en question étaient simplement à la mesure de sa taille. Pierre et moi sommes partis d'un grand rire que nous forcions à dessein, pliés en deux et feignant d'en pleurer, comme si ç'eût été la chose au monde la plus drôle. Et j'aime mieux ne rien dire des appréciations que nous avons échangées entre nos accès de gaieté. La vue de ce petit corps maigre, efflanqué, aux os saillants et presque apparents, aurait dû nous inspirer plutôt une pitié fraternelle; mais Bertrand nous avait rejetés, il n'était pas des nôtres. Enragés d'être confinés dans une nouvelle enfance, nous trouvions dans cet accès de cruauté une revanche et une échappée.
«Maintenant, tourne-toi. On veut voir tes fesses.»
Bertrand a obéi, mais quand il a eu tourné le dos, un sanglot a secoué ses épaules pointues, ce qui nous a causé un sensible plaisir.

En rendant le revolver à Pierre, je lui ai fait un signe qu'il a compris aussitôt. Il est allé tourner le bouton du poste de radio pour qu'éventuellement la voix du spiqueur puisse couvrir les cris de la victime. Après quoi, il a pris Bertrand par les chevilles et les a tirées en arrière tandis que je le poussais d'un coup de pied aux fesses. Le malheureux est tombé à plat ventre et nous avons commencé à cogner. Sous les coups, il poussait de petits gémissements qui semblaient d'un jeune chien et auxquels répondaient nos éclats de rire. Soudain, Pierre, cessant de frapper, m'a fait signe d'écouter. La radio nationale annonçait : «En dernière minute, nous apprenons que le préfet de police a interdit, par mesure d'hygiène, les clubs d'enfants et les rassemblements sur la voie publique de plus de sept enfants âgés de moins de quinze ans.»

Profitant du répit, Bertrand venait de passer son pantalon. Lui aussi avait entendu l'information, et les regards sournois qu'il coulait de notre côté disaient assez le réconfort qu'il y trouvait.

Pierre, le front soucieux, semblait nous avoir oubliés et ruminait la nouvelle. Après avoir passé plusieurs coups de téléphone, il m'a dit à haute voix :

«J'ai des amis à voir. Comme je ne peux pas t'emmener, il vaut mieux que tu m'attendes ici. Je rentrerai vers 4 heures du matin. J'emporte les clefs.»

Il s'est fait remettre les clefs par Bertrand et il est parti, fermant derrière lui la porte à double tour. Je me suis mise à la fenêtre pour le voir sortir de la maison. Un moment, j'ai pu le suivre des yeux sur le quai Voltaire, puis sur le pont Royal. J'ai senti tout à coup la fatigue de cette soirée agitée à laquelle les précédentes m'avaient si peu préparée. Bertrand et moi n'avons pas échangé une parole. Sans lui demander avis, je me suis couchée sur le petit divan du salon et il s'est retiré dans sa chambre après avoir éteint la lumière. Malgré la fatigue, je ne trouvais pas le sommeil. Dans ma tête fiévreuse repassaient les événements de la soirée, et les rumeurs du club, les voix des orateurs et mes propres paroles heurtaient dans un désordre douloureux. Une heure après m'être couchée, je cherchais encore le sommeil lorsqu'un léger grincement de porte a éveillé mon attention. Me croyant endormie, Bertrand pénétrait dans ma chambre et, en s'éclairant d'une lampe électrique de poche, se mettait à former un numéro à l'appareil téléphonique. Dans le faisceau lumineux, je voyais sa main droite osciller sur le cadran. J'ai deviné qu'il téléphonait à mes parents, sans doute pour dégager sa responsabilité en ce qui concernait ma présence à son domicile et, plus probablement, dans l'espoir que mon père arriverait assez tôt pour accueillir son fils et lui infliger un juste châtiment. Je me trouvais dans l'obscurité et, servie par mon poids de fillette, j'ai pu me lever sans faire gémir les ressorts du divan. J'ai entendu grésiller dans l'appareil une sonnerie lointaine et Bertrand a demandé: «Allô! C'est bien Jasmin...» Mais le numéro lui est resté dans la gorge, car j'étais arrivée derrière lui et je le serrais au cou. Ensuite, dans l'obscurité, j'ai voulu lui arracher l'appareil, mais dans notre acharnement à nous le disputer, il a heurté un angle de la cheminée où il s'est brisé. Lorsque Bertrand a donné la lumière, les deux morceaux gisaient sur le tapis parmi des fragments d'ébonite. De voir son téléphone éclaté, il était malheureux, cœur gonflé et triste figure, et moi à la fin, de lui en faire, j'avais de la peine aussi et du remords, et jusqu'à de l'amour, c'est bien vrai, qui me serrait la glotte et les environs. Et j'ai pensé à ses pauvres petites réalités physiologiques, pensé que pour lui c'était amer et pour moi pas bien gai non plus. Alors je lui ai sauté tout d'un coup au cou, je lui ai dit: «Bertrand, mon chéri, j'ai été méchante.»

Mais il m'a repoussée, l'air dégoûté, il a ricané, il a dit: «Sale petite guenon!» et il est allé se coucher dans sa chambre, et moi, je me suis recouchée en pleurant d'amour, de fatigue, de racornissement, de nostalgie, sur le divan.

Je m'éveille; il fait plein jour, soleil sur la Seine, soleil sur les ponts et sur les Tuileries. J'ai dormi d'un sommeil lourd, sans un rêve, pas même sollicitée de pipi. La pendule marque 9 heures et demie. Je cherche mon frère, je trouve Bertrand seul dans sa chambre, occupé à écrire des lettres. 9 heures et demie, Pierre pas rentré, et toujours bouclés tous les deux dans l'appartement. J'explore les lieux: deux pièces, vestibule, vécés, cuisine. Je mange un bout de pain rassis, trois ronds de saucisson, je me lave la figure avec un coin de l'essuie-mains, je me peigne avec mes doigts et je reviens au salon. J'entends un bruit de récréation, comme la veille au club, mais plus lointain, plus diffus. Je me mets à la fenêtre, je vois, je comprends et déjà j'espère. De l'autre côté de la Seine une foule d'enfants grouillent sur les quais, le long du Louvre et des Tuileries, et sur la place de la Concorde où ils affluent sans cesse par les Champs-Élysées et la rue Royale. L'entrée des ponts est barrée par des agents de police, des agents adultes, alignés au coude à coude en plusieurs rangs de profondeur. Pierre, j'en ai la certitude, est parmi les manifestants. Je me penche pour prendre vue sur les quais de la rive gauche. En bas de la maison, quai Voltaire, et au plus loin que je peux voir, il n'y a pas d'enfants, mais sur les trottoirs stationnent des formations d'agents et de gardes, l'arme au pied.

Je reste plus d'une heure à la fenêtre sans qu'il se passe rien de vraiment notable. Il semble qu'à l'entrée des ponts, il y ait de temps à autre des remous dans la foule des enfants qui arrive parfois au contact avec les agents, mais il ne s'agit que de courtes bousculades. Je me ronge d'anxiété, d'impatience, d'incertitude. J'espère qu'un mouvement de grande ampleur va se déclencher, et tout à la fois je souhaite qu'il ne se passe rien. Je m'étais promis d'ignorer Bertrand, mais je n'y tiens plus. Il faut que je parle à quelqu'un. Il n'a pas quitté sa chambre, mais il n'écrit plus. Il lit Racine et fait semblant de s'y intéresser.

« Qu'est-ce que tu dis de ça, toi ?

– Ça quoi ? me répond-il sans lever la tête et sans me regarder.

– Dehors.

– Aucun intérêt pour moi. »

Je hausse les épaules et m'en vais à la fenêtre, mais je n'y tiens pas longtemps. Trois fois en une heure, je reviens auprès de Bertrand, j'essaie de le faire parler sans en tirer autre chose que des monosyllabes. À la fin, je suis à bout de patience.

« Alors, non, ça ne te fait rien de penser qu'il va y avoir des bagarres devant chez toi, et peut-être du sang, peut-être des morts ? Ça ne te fait rien que d'autres soient prêts à se dévouer pour une cause qui est tout de même la tienne ?

– Je suis en train de lire Bérénice. J'ai droit à ce qu'on me fiche la paix. »

Je retourne à la fenêtre. Je reviens :

« Dis, Bertrand ?

– Quoi ?

– T'as une tête de veau. »

Là-dessus, je m'en vais à la cuisine, car il est midi et j'ai faim. Ayant déjeuné de sardines et de confitures, je regagne la fenêtre de la chambre à coucher et Bertrand s'esquive pour se restaurer à son tour. Rien à signaler dans le champ de mon regard. Même agitation sur les quais de la rive droite et à la Concorde. Soudain, vers midi et demi, j'entends un bruit de fusillade. Je tends l'oreille, j'écarquille les yeux. Le roulement de la fusillade, qui est de plus en plus nourrie, semble provenir de la Cité ou de plus loin. Bertrand la bouche pleine, est venu me rejoindre à la fenêtre. À l'étage inférieur, des gens s'interpellent d'un appartement à l'autre. Un homme de trente ans ou plus se penche à son balcon et donne des informations qu'il a reçues par téléphone. Je crois comprendre que les manifestants attaquent la préfecture de police. Je me penche à mon tour, j'interroge l'informateur pour obtenir des renseignements plus sûrs. « Qu'est-ce que ça peut te foutre, morveuse, et de quoi te mêles-tu ? » Je lui réponds du plus grossièrement que je peux. Je lui jure que demain il aura soixante-dix ans. Il s'indigne, il trépigne, il beugle. S'il était préfet de police, dit-il, c'est à coups de mitrailleuses qu'il foutrait en l'air cette insolente marmaille. Je le traite de vieux daim, de charogne pustuleuse. Bertrand d'Alleaume, indigné, m'ordonne de me taire. Je le traite, lui, de noble vieillard. Mais sur la place de la Concorde, l'insolente marmaille s'est ébranlée et se porte contre le barrage aux cris de : « À bas les vingt-quatre ! » La police matraque à tour de bras et refoule les assaillants, qui laissent des blessés sur le terrain, peut-être des morts. Dix fois les nôtres viendront en charge. Du côté de la Cité, la fusillade continue. Au pont Royal, au pont du Carrousel, les nôtres essaient aussi de forcer les barrages. Je ne sais plus où donner de la tête. Je crie au voisin du dessous : « Vous êtes foutu ! On vous crèvera la paillasse ! »

Vers 2 heures de l'après-midi, au pont de la Concorde, le barrage est rompu. Pendant plus de cinq minutes, il y a eu une mêlée où je ne distinguais pas grand-chose. J'ai pourtant vu une grappe de gosses balancer deux agents dans la Seine par-dessus le parapet. Une foule compacte s'engouffre sur le pont qui est plein à craquer. Je crie bravo, je crache sur la tête du vieux de trente et quelque. Soudain, les nôtres sont stoppés par les feux de mitrailleuses qui prennent le pont en enfilade. Les gosses commencent à refluer et les mitrailleuses se sont tues. On entend alors un énorme galop de cavalerie. La garde républicaine à cheval charge les manifestants, qui lâchent pied. Tout est fichu. Au sortir du pont, les cavaliers se déploient en éventail et, toujours au galop, déblaient en un clin d'œil un bon tiers de la place. À l'étage au-dessous, le vieux délire d'enthousiasme. Le buste jailli hors de la fenêtre, il crie à tue-tête : « Tuez-les tous ! Massacrez-moi cette sale vermine ! » Je me suis mise à pleurer. Bertrand ricane avec sa sale petite voix grinçante : « C'était couru d'avance. Dieu merci, ces petits voyous n'avaient aucune chance ! »

Je n'ai plus la force de lui dire qu'il me dégoûte. Je suis effondrée. Mais, coup de théâtre, une troupe vêtue de kaki débouche au pas de course de la rue Royale. C'est un régiment de pygmées, d'entre dix et onze ans, mais armés. La foule leur ayant fait place aussitôt, ils se déploient en tirailleurs et à coups de mitraillettes, tirent sur la garde

à cheval qui est très vite enfoncée, dispersée, puis anéantie. Un groupe de cavaliers, isolé dès le début de l'engagement, a voulu se rendre. Les nôtres les ont massacrés. Bien fait. Pas de pitié pour les adultes. Les pygmées se sont engagés sur le pont, mais, accueillis par des rafales de mitrailleuses, ils n'insistent pas et prennent position le long des quais, d'où ils canardent les gouvernementaux, qui ripostent. D'autres régiments de pygmées viennent épauler notre mouvement. La situation s'est stabilisée. On se fusille d'une rive à l'autre sans autre résultat que de tuer quelques adultes de ce côté-ci, quelques enfants de l'autre, mais, vers la fin de l'après-midi, il y a du nouveau. Le canon tonne du côté de la Cité. La même question doit se poser à chacun des adversaires : quel âge ont ces artilleurs ? La canonnade aura été brève : de moins de dix minutes. À peine vient-elle de se taire que des tanks débouchent de la rue de Rivoli sur la place de la Concorde. Cette fois, tout est fini. Le gouvernement capitule. Demain, j'aurai dix-huit ans, les hommes chercheront mon regard vague qui semblera ne s'attacher à rien de réel, et moi, heureuse, aucune de leurs intentions ne m'échappera et leurs regards, je les sentirai peser sur ma poitrine, prendre la mesure de mes hanches, adhérer à ma jambe, à ma jupe, à mon corps. Là-bas, sur les quais, sur les ponts, mes petits compagnons d'angoisse célèbrent par des cris de joie l'heure toute proche de la délivrance. Bertrand est à la fenêtre auprès de moi. Son visage est illuminé par la promesse. Sa joie me paraît inconvenante et je me charge de le doucher.
« Ne te réjouis pas ! Tu as collaboré avec les adultes, c'est notoire, et je peux t'assurer que le comité d'épuration ne sera pas tendre. »
Sa figure s'est embrumée. De frayeur, ses prunelles chavirent.
« Je n'ai pas collaboré ! proteste-t-il. Comme tant d'autres, j'ai eu tout d'un coup treize ans, j'ai dû m'accommoder d'une situation moralement très pénible et, matériellement, des plus menaçantes. Bien sûr, l'idée ne m'est pas venue qu'un coup de force pouvait rétablir l'ordre légitime, mais je ne suis pas le seul à n'y avoir pas pensé.
– N'essaie pas de te blanchir. Tu as collaboré. Tu t'es mis du côté des grandes personnes. Inutile de nier. Tu portais des pantalons longs, tu te flattais d'avoir des réalités physiologiques au-dessus de ton âge, tu pensais à coucher avec des femmes... Si ! tu me l'as dit ! Tu m'as dit que seules, les vraies femmes t'excitaient et tu m'as reproché de n'avoir pas de seins. Autant de crimes dont tu auras à répondre devant les tribunaux de l'épuration. »
Bertrand n'en mène pas large. Il entreprend un plaidoyer en sa faveur, ne craignant même pas d'insinuer que les propos dont je lui

fais grief aujourd'hui n'ont jamais exprimé ses véritables sentiments à mon égard et qu'il a parlé contre son cœur dans ce qu'il croyait être mon intérêt.

Rompant l'entretien, je lui claque la porte au nez pour me retirer dans le salon.

La soirée est déjà très avancée. Le jour décline sur la Seine et l'ombre commence à envahir la pièce. Je m'inquiète de ne pas voir reparaître Pierre. Peut-être est-il mort, peut-être agonise-t-il sur un lit d'hôpital. Je me suis étendue sur le divan et je me reproche de n'avoir pas pensé plus tôt à tous les dangers auxquels mon frère s'était trouvé exposé. Soudain, j'éprouve aux deux pieds une violente douleur qui m'oblige à ôter mes souliers. Ma robe de pensionnaire craque de toutes parts se fend, se déchire. J'ai dix-huit ans.

Dans sa chambre, Bertrand, qui a déjà passé une chemise d'homme et un pantalon d'homme, me regarde entrer avec effroi. De mon manteau de fillette, j'ai fait une espèce de pagne qui me couvre le ventre et le haut des cuisses. Le reste de mon corps est nu.

«Bertrand, je suis une vraie femme comme tu les aimes. Voilà mes seins, voilà mon ventre, voilà mes cuisses. Je t'excite?»

Je m'approche de lui, presque à le toucher. Il a peur de moi, il détourne la tête, il baisse les yeux. À toute volée, je lui envoie une gifle. Il me prend par le bras, puis aux reins et me serre contre lui comme le premier soir dans le petit bureau, mais sans bien savoir ce qu'il va faire de moi. Au lieu de me débattre ou de me raidir, je me laisse aller contre lui et, levant la tête, je le regarde aux yeux. Il commence à être oppressé. Il soupire: «Josette, vous êtes mon seul amour.» Je réponds par le plus tendre des sourires et, doucement, je me dégage de son étreinte. Il me laisse faire, les yeux noyés, le souffle court. Alors, je lui applique une deuxième gifle et je me sauve. Entre lui et moi, j'ai réussi à mettre la table sur laquelle il écrivait des lettres ce matin. Il me poursuit en grondant:

«Vache, tu vas y passer!»

Il a l'œil brillant de colère et, je crois, de désir. Je ne me défends pas de trouver de l'attrait à ses vingt-sept ans. Je lui réponds posément: «Monsieur Bertrand d'Alleaume, n'aggravez pas votre cas. Demain, je vais vous dénoncer comme collaborateur. Faudra-t-il aussi que je porte plainte pour tentative de viol et de détournement de mineure?» Je crois qu'il ne m'entend même pas. Nous avons tourné plusieurs fois autour de la table, renversé des livres et des bibelots. Enfin, il prend le seul parti raisonnable, celui de pousser la table devant lui et de me coincer dans un angle. Il arrivera ce qui doit arriver. Je n'aurai rien à me reprocher. J'ai les joues en feu, non pas de l'ardeur de la fuite. Je recule contre le mur en fixant mon regard sur celui de Bertrand et je suis en train de tout oublier de ce qui nous a séparés. Il m'a saisie par le bras et je ne résiste pas, mais il me lâche brusquement. Il a entendu ouvrir la porte d'entrée de l'appartement. Je cours dans le vestibule et je crie :

«Pierre! Il a essayé de me violer!»

Avec son costume de petit garçon, Pierre s'est confectionné un cache-sexe. Après m'avoir embrassée et tandis que Bertrand proteste de la pureté de ses intentions, il prend son revolver dans un pli de son cache-sexe et me demande d'une voix douce :

«Alors? Je lui fais son affaire?

– Allons-nous-en.»

Nous descendons les étages et prenons la direction du Palais-Bourbon. Sur les quais déambulent des groupes de jeunes hommes et de jeunes femmes, vêtus aussi sommairement que nous, quelques-uns même entièrement nus. Nous croisons aussi des gens habillés des pieds à la tête, qui nous jettent des coups d'œil haineux, et je pense à grand-mère, à son fiancé qui doit avoir quatre-vingts ans. Cependant Pierre retrace pour moi, qui l'écoute assez distraitement, l'emploi du temps de sa journée. Comme il me propose de l'accompagner au Palais-Bourbon où il a affaire, je lui déclare que je suis très fatiguée et que je rentre à la maison.

Nous nous séparons dans la foule, à l'angle du boulevard Saint-Germain. Je regagne le quai Voltaire, je sonne à la porte de Bertrand, j'entends son pas dans le vestibule.

«Qui est là?»

Je m'approche à toucher la porte, je réponds humblement :

«C'est moi, c'est Josette. Je suis seule. Ouvre-moi, Bertrand.»

AVENUE JUNOT

À Montmartre, dans un grand immeuble de l'avenue Junot, il y avait une jolie fille prénommée Adélaïde qui n'aimait que les hommes à barbe et, entre toutes les barbes, elle préférait la grande barbe mosaïque, socratique, neptunienne, radicale, celle que le porteur caresse à deux mains, avec un frisson harmonique des dix doigts. Les têtes philosophiques du quartier se demandaient quel démon la poussait ainsi vers ces barbes fluides qui sont le plus souvent un ornement de l'âge mûr. Les uns voyaient là une inconsciente mais saine réaction contre l'incertitude et l'ambiguïté des sexes. D'autres prétendaient qu'Adélaïde avouait ingénument une préférence qui serait celle du sexe faible tout entier, car pour les femmes, disaient-ils, l'attrait des hommes réside principalement dans une certaine animalité dont il leur semble trouver la promesse dans une barbe plus ou moins hirsute et pelliculeuse, et ils invoquaient le souvenir de Landru et de Barbe-Bleue. D'autres enfin, et c'étaient presque tous des jeunes gens, dénonçaient dans cette inclination une révoltante perversité.

Adélaïde avait pour voisins de palier les époux Letort : l'homme, quarante-neuf ans, calvitie et un poste de sous-directeur ; l'épouse, quarante-cinq ans, sèche, et un jour de réception par semaine. Un matin, entre 8 et 9 heures, Letort était prêt à partir pour son bureau.

« Tiens, lui dit sa femme, mais ce matin, tu n'es pas rasé ? »

Letort eut un regard fuyant et un sourire faux, d'une amabilité contrainte :

« Non, je ne me suis pas rasé. Depuis quelque temps, c'est curieux, j'ai la peau, c'est drôle, la peau extrêmement sensible. Je ne sais pas à quoi ça tient, mais c'est un fait. Et d'ailleurs j'ai envie... »

Letort hésita. La bouche pincée, sa femme l'épiait d'un regard froid.

« Tu as envie de quoi ? demanda-t-elle d'une voix sèche.

Première publication dans Je suis partout, *13 août 1943.*

– Moi ? Rien. Je pensais. Je... Ah ! diable, mais c'est qu'il est l'heure !
Je vais être en retard. »
Sur le palier, Letort se trouva en face d'Adélaïde qui sortait. Il souleva son chapeau et s'effaça pour lui donner le passage. Tandis
qu'elle descendait l'escalier devant lui, il la regardait en passant et
repassant le dos de sa main sur son menton râpeux. Letort alla
prendre son autobus et Adélaïde monta l'avenue Junot. Dans le tournant, elle fit la rencontre du peintre Gen Paul, qui l'arrêta et l'entretint amicalement.
« Bouge pas ! Sur l'oreille, t'as un poil de barbe qu'est resté accro-
chemane. Non, penses-tu, je te dis ça, c'est pour la marance. À part
ça, je te vois presque plus. Faudra venir me voir. Justement, je
cherche du minois, je me sens le chef-d'œuvre dans les pognes.
Passe à l'atelier, on causera, moi je te ferai ta tronche. »
Adélaïde promit de venir le voir et peut-être même à la fin de la
matinée. Elle allait faire des courses sur le versant Lepic. Gen Paul
la regarda s'éloigner et, machinalement, passa sa main sur sa joue
rasée. Un peu plus bas, une jeune femme qui sortait d'un couloir
fonça sur lui en exhalant de furieux reproches. À l'entendre, son ami
avait fait la connaissance d'une danseuse dans l'atelier du peintre, et
la veille ils avaient dîné tous les trois chez Pomme. Il y eut des beuglements dans l'avenue. Paul protestait de son innocence.
« C'est des ragots de la Butte, disait-il.
– Des ragots ? Après ça on vous a vus chez Tonton.
– Moi ? Justement, j'y étais pas chez Tonton.
– Menteur ! Marguerite t'a vu.
– Je te dis que non et, d'abord, c'est pas à moi à surveiller ton polisson. »
Le Vigan, qui passait sur l'autre trottoir, fut appelé en témoignage.
D'une voix douce et tout en promenant une main apaisante sur les
bras et sur les hanches de la plaignante, il essayait d'assainir le
débat. Il y était, lui, chez Pomme. Et justement, il ne s'était rien
passé. Et Gen Paul, les yeux candides, soupirait avec douleur :
« C'est quand même marrant, chaque fois qu'y a du désespoir dans
les alcôves, c'est moi qui me fais incendier ! »
Rue Lepic, Adélaïde achetait un melon, quinze sous de crevettes et
une tranche de pâté. À plusieurs reprises, elle eut l'occasion de
bavarder avec des amies. La nouvelle commençait à circuler :
Riquet, le petit musicandeau de l'avenue Junot, celui qui jouait de la
clarinette au *Miston's*, l'ami de Marinella, quoi, il avait rencontré
une danseuse chez Gen Paul, etc. Adélaïde y pensait encore en rentrant chez elle.

Avant le déjeuner, elle éprouva le besoin d'aller aux informations. À la terrasse du café Junot, elle ne vit personne qui pût la renseigner. Au tournant de l'avenue, Daragnès, en robe de chambre et en pantoufles, passa au demi-trot et fit signe qu'il était pressé. Il était toujours pressé. Adélaïde décida d'aller aux sources. Aussi bien, elle avait presque promis à Gen Paul de passer chez lui.

Chez Paul, il y avait un peu d'animation. L'atelier avait d'ailleurs son aspect ordinaire. Du plancher au plafond, c'était toujours le même entassement de toiles, de cadres, de livres, de cartons bourrés, éventrés, de bidons, de palettes encroûtées, de bouteilles d'huile, de torchons, sous lesquels avaient depuis longtemps disparu le piano et d'autres meubles dont Paul lui-même ne soupçonnait pas l'existence. Dans cet amas écrasant était percé un ravin, boyau profond, escarpé, semé de pièges, hérissé de pinceaux, de brosses, de bâtons de chaises, et que des piles d'objets, toujours vacillantes, menaçaient à chaque instant d'obstruer. Le ravin aboutissait à un espace rectangulaire ménagé au fond de l'atelier, espace disputé par l'encombrement d'autour, qui le rétrécissait d'année en année. Là étaient réunis, empiétant l'un sur l'autre, le boudoir où l'on accueillait les visiteurs et l'atelier proprement dit, avec le chevalet, les palettes, les toiles en train et les torchons maculés de couleur.

Ce matin-là, un peu avant midi, à l'entrée du ravin, Gen Paul jouait du piston, accompagné d'un garçon de vingt-six ans, qui soufflait dans un cor anglais. À l'autre bout de l'atelier, dans le boudoir, René Fauchois et André Villebœuf, tantôt ambulant à petits pas, tantôt s'asseyant sur le divan couleur jus de pipe, causaient à bâtons rompus. Fauchois préparait une pièce en quatre actes sur Couperin, et Villebœuf une exposition de pommiers normands. Dans le fauteuil de cuir – un fauteuil immense, crapaudin, écrasé et écartelé par le poids des ans, et un peu obscène aussi, car il faisait cruellement penser à une virago dans les douleurs de l'enfantement – était assis un garçon d'une trentaine d'années, d'une mise et d'une figure assez suaves. Il portait une très jolie barbe, longue et soyeuse, qui lui faisait une tête de Jésus en pâte de bonbon.

Tout en devisant, Fauchois et Villebœuf, qui ne le connaissaient pas, lui faisaient la politesse d'un regard auquel il répondait par un sourire qui répandait comme un miel sur sa barbe brillante. De temps à autre, Gen Paul s'ôtait le piston de la bouche et gueulait par-dessus le cor anglais :

« Attention à la barbouille ! Allez pas salir vos alpagues ! C'est encore moi qui me ferai incendier par vos ménagaux. »

Fauchois et Villebœuf évoquaient avec des lèvres humides le souvenir d'un déjeuner qu'ils avaient fait l'année passée à Caudebec et le barbiflore, qui n'entendait rien de leurs propos, à cause du cor et du piston, souriait toujours du même sucre. C'est alors qu'habillé d'un imperméable flasque et d'un pantalon effrangé, ruiné, ses gants de motocycliste pendus au cou, un bidon d'essence à la main, ses épaules cuirassières ployant un peu sous le poids de ses ruminations, Ferdinand Céline déboucha dans le boudoir et dit :
« Salut, les hommes ! Vous avez lu ça, les journaux, ils nous balancent un drôle de bignolage, une fanfare au caillé noir qui baratine l'enfer dans les petites têtes du trèpe qu'avant six mois, oui, mes vaches, avant six mois, les tinettes à Lebrun, elles dégorgeront du sang frais et de la fricassée et du mutilô et vas-y Durand, mes tripes d'un côté, mes gambilles de l'autre, Löwenstein à Valparaiso et marrez-vous bien, la merde qui monte, plus d'hommes, plus de Francecaille, un dernier glouglou, un joli glouglou bien merdeux, fini, plus question. En attendant, sus aux barbares, sonnez clairons, emballez mes osses et plantez un saule. »
Céline prit respiration. Cependant le barbiflore se levait, s'inclinait à se casser la barbe et disait d'une voix soyeuse :
« Monsieur Céline. Je suis heureux de. J'aime tant ce que vous faites, j'adore, je raffole. Un dynamisme. Un nuancement. Un farouchisme. Ah ! la gueule de ça. Mais je vous demande pardon. Richard Eutrope. Poète. Je suis Richard Eutrope.
– Je suis heureux, encore que confus, dit Céline avec cérémonie et la voix biseautée. Vous travaillez dans l'anémie ? »
Fauchois et Villebœuf, qui avaient chacun un excellent cœur, se navraient un peu pour le pauvre garçon. Le barbiflore avala un coup de salive, mais il n'eut pas le temps de répondre. Le cor et le piston s'étaient tus. Paul criait de l'autre côté du ravin :
« Attention, les hommes ! Pincez vos cravates. Je vous annonce de la mignonne. »
Fauchois ajusta son monocle dans un sourcil arborescent. Céline et Villebœuf se passèrent un peu de lumière sur la figure. Mais, en voyant apparaître Adélaïde, leurs physionomies devinrent sérieuses. Après les compliments et les amitiés, leurs trois têtes, d'un même mouvement, se tournèrent au barbiflore, et ils le regardaient méchamment à la barbe. Adélaïde prit place dans l'énorme fauteuil. Gen Paul, ayant farfouillé des cartons et remué de la poussière, se mit à aboyer :
« Qui c'est qui m'a caloté mon papelouse ? »

On s'affaira. Villebœuf découvrit une demi-rame de papier au fond d'un arrosoir. Fauchois trouva le stylo dans une blague à tabac. Paul s'installa sur le divan pour dessiner. À sa gauche était assis le cor anglais, un nommé Boquillard, solide garçon, silhouette campagnarde, bonne mâchoire. Clerc de notaire en rupture avec le notariat, il bricolait dans un garage voisin et cherchait sa voie dans les instruments à vent. Pour le moment, Boquillard fixait sur Adélaïde un regard ardent. Elle, l'œil luisant, le teint animé, n'en avait qu'à Richard Eutrope, lequel caressait sa barbe à deux mains avec un mouvement de friselis dans ses doigts, qui fascinait la pauvre fille. Et des regards, il avait, des mélancolies et du rêve dans l'œil, Adélaïde en était déjà au quart consumée.

«Je te connais pourtant pas d'hier, disait Gen Paul, mais je t'avais jamais bien visée. T'as un coup de langueur dans les châsses, je te dirai même un coup de langueur et de vitriol.»

Comme il revenait à cette idée, Boquillard fit entendre un grognement, car il découvrait soudain où allaient les regards d'Adélaïde.

«L'œil viceloque, chez la femme en fleur, ça se tolère toujours bien, fit observer Céline. Elles ont de l'arrondi, des rappels de croupe dans le minois, avec du mystère d'entre-deux. Là-dedans, l'œil vicieux se trouve niché, il tombe à sa place. Mais chez l'homme, même un jeunot comme Boquillard, la luisance salace, c'est pas regardable. Ça manque d'accords, l'œil est tout seul. C'est ce qui me fait honte quand je sors avec Popaul ou avec Fauchois. Ces fumiers-là...»

Paul et Fauchois se mirent à l'injurier, à lui rappeler les livres orduriers qu'il avait écrits, ce grand dégoûtant. Céline raconta une aventure qui venait d'arriver dans son dispensaire de banlieue : un accouchement avec déchirure : le chirurgien, un jeune, un apprenti barbier un peu myope, avait recousu jusqu'à l'anus inclus ; la malade se plaignait de ne pas aller, etc., etc. Villebœuf riait des deux épaules, Fauchois perdait son monocle, Paul saccadait sur ses croquis. Mais, tout à la passion, Adélaïde et son barbiflore ne riaient ni même n'entendaient, et le cor anglais non plus. Soudain, Adélaïde se leva et se souvint à haute voix qu'elle avait laissé le gaz allumé dans sa cuisine. Sans la moindre gêne, le barbiflore lui emboîta le pas. Boquillard surveillait l'avenue à travers le vitrage de l'atelier. Il y vit justement ce qu'il redoutait. Richard Eutrope jouait de sa barbe comme d'un violon et Adélaïde, à son côté, chancelait d'amour éperdu. Boquillard avait des incandescences dans l'œil et sa pomme d'Adam se donnait un mouvement désordonné. Ses compagnons observaient les ravages de cette lourde passion.

«Pourquoi que tu te laisserais pas pousser la barbe?» dit Gen Paul. Boquillard secoua la tête. Il était trop fier pour laisser pousser sa barbe. S'étant informé, il apprit que le barbiflard était un poète du nom de Richard Eutrope.

«Je connais ça, grogna-t-il. J'ai vu un truc de lui: *Le Bulbe des contingences*, que ça s'appelait. De l'écriture de petite salope. De l'évanescence de navet. De la méphistance d'uniprix. Ah! la vache, c'est lui, Richard Eutrope? Le pourri!»

Boquillard grinçait des dents, ses yeux flambaient, sa cervelle grésillait dans la boîte. Il se saisit d'un crayon et se tourna vers le mur couvert d'inscriptions. Les visiteurs avaient en effet l'habitude d'y noter leurs adresses ou leurs numéros de téléphone, pour être sûrs que Paul ne les égare pas. Il écrivit d'un seul jet:

«Baveux, moisi, pâleur, plumicule, embarbé.»

Le cor anglais, qui venait d'écrire là son premier vers, découvrit du même coup sa vocation de poète et s'élança hors de l'atelier en brandissant son crayon. Fauchois, qui avait vu flamberger dans ses yeux l'éclair du génie, le regarda partir avec respect.

«Chez toi, c'est plus fréquentable, dit Céline à Gen Paul. J'ai rien contre les barbes, mais si tu te mets à recevoir des poètes parfumés, des pisseurs de queue de cerise, où qu'on va? C'est le courant d'air avec l'Académie. Ton Richard Eutrope, je connais ça; c'est du poète classique, surclassique, archiacadémique: le renifleur de coco, l'esthète à médéme, avec des complexes et des petites moiteurs de pédoque, le versicule dévirgulé à velléité musicale et philosocoque, quel charme qu'il a, ma chère, et profond, la vache, comment qu'il vous baratine les contraires dans son verbe taillé en pointe, communo en diable et anarcho comme grand-papa, chanteur de la désespérance du rien, kierkegaardien de la semaine prochaine, et les mondes s'affrontent dans mon cœur boudeur comme en 1900, et je dis oui en plein, et non par la bande, et mes fesses dans mon subconscient. Paul, t'es qu'un vilain, une vicieuse. Si t'avais le respect de nos génies, t'essaierais pas de nous faire gamberger dans ta tôle avec des poètes anémiques.»

Paul se révoltait, se secouait comme un sanglier, et tentait d'éclater entre deux respirations, mais Ferdinand le fermait à coups de verbe. À la fin:

«Bon Dieu! Mais qu'est-ce que tu viens me bonir, avec tes anémies? Ton poète, moi je le connais pas. Je l'avais jamais vu, ton poète. Je savais pas seulement qu'il était là, le barbicole. Mais je remarque une chose, c'est que t'as l'air de rudement le connaître. Avec tes airs de frimant, c'est peut-être toi qui l'as rencardé. Ça va, maintenant, je vois la musique. Tes anémioques, tu leur files des remboums dans mon atelier et après, t'as encore la vicelance de venir m'engueuler.» Ferdinand le prit très mal. Il y eut des gueulements qui s'entendirent jusque dans l'avenue. Soupçonnés à leur tour, Fauchois et Villebœuf n'eurent pas trop de mal à se laver de l'accusation. Le mystère de la présence du barbiflard resta entier. Paul, plein de rancœur, donna un coup d'œil à ses croquis et posa une toile blanche sur son chevalet. Prenant un peu de recul et serrant dans son poing un pinceau chargé de couleur rose, il examina longuement l'espace à couvrir. Soudain, il se rua sur la toile, frappant du pinceau comme à coups de sabre, d'estoc, de taille, de revers, et faisant à chaque coup jaillir la chair fraîche. Ses trois compagnons, encore chiffonnés, regardaient surgir et s'épanouir le visage d'Adélaïde.

«Bonne assiette, murmura Villebœuf, comme à regret. L'œil est là.» Paul ne dit rien, mais l'éloge lui fut sensible, car les peintres répugnent à reconnaître quelque mérite à un autre peintre, s'il n'a pas au moins quarante ans de plus qu'eux. On put s'entretenir du barbicole avec un peu plus de sérénité.

Debout dans sa cuisine, Adélaïde mangeait ses crevettes. Elle était descendue avec Richard Eutrope jusqu'au bas de l'avenue Junot. Il ne s'était pas déclaré, fût-ce évasivement ou par allusions. De temps en temps, il lui posait la main sur les fesses ou la barbe sur l'épaule, pour constater le fait qu'elle lui appartenait. Il parlait nonchalant, un peu comme à soi-même :

«Céline, c'est très surfait. L'homme est antipathique, peu intelligent, je m'en doutais du reste. Petit tempérament de populiste qui a déjà atteint son plafond.»

Adélaïde se fichait de Ferdinand et de son plafond. Elle écoutait la petite musique un peu tortillée et noyait son cœur dans la barbe soyeuse. En la quittant, il l'invitait à dîner pour le soir même et lui donnait rendez-vous dans un bar de Montparnasse. Comme elle regagnait son domicile, le cor anglais dévalait l'avenue au grand trot. Il s'arrêtait court, lui prenait les mains et disait :

«Délaïde, j'ai le coup de passion, je t'aime au sérieux, c'est du pour la vie.

– Qu'est-ce qui te prend ?

– Ton barbiculé, c'est de la fausse monnaie, dis-lui merde.

– Tu deviens fou.

– Monte sur mon dos, je te dis, je t'emporte au Ciel, j'ai la clé.

– T'es gentil, mais c'est pas possible.

– Tu m'aimeras un jour et rasé, mais on perd du temps. On perd du temps.»

En mangeant ses crevettes, elle pensait, fondue en délices, à son poète Eutrope et, par incidences, au cor anglais. Qu'il était drôle, ce cor! Pas de barbe, mais la fougue, la passion fauve, le feu dans l'œil. Émouvant quand même, il était. Mais quoi, pas de barbe. À y repenser, il lui semblait avoir posé le pied sur un joli chemin finissant en cul-de-sac.

Dans l'appartement voisin, Letort déjeunait en face de sa femme. Ils mangeaient une blanquette de veau.

«Tu ne sais pas, ce matin, disait Letort, l'inspecteur général Meublé, tu sais Meublé, je t'en ai déjà parlé. Il est passé dans les bureaux. Et alors, Meublé, figure-toi, je n'en revenais pas, ni personne non plus. Meublé, il a laissé pousser sa barbe. Une grande barbe. Une barbe comme ça.

– Et alors?

– Alors, rien... Mais c'est extraordinaire ce que ça change un homme. Ça donne un sérieux, une prestance, une autorité...

– À propos, dit Mme Letort, je t'ai préparé ce qu'il faut pour te raser. Avant de partir, tu as largement le temps. Tu trouveras tout prêt dans le cabinet de toilette. Je te donnerai de l'eau chaude.»

Letort, la rage au cœur, dut s'exécuter. Le lendemain et les jours suivants, il essaya encore de ruser, de persuader, mais chaque fois, sa femme, d'une injonction sèche, lui rentrait ses velléités sous l'épiderme. Il souffrait. Les songes de ses nuits étaient envahis par des buissons de barbe. Il rêvait avec bonheur qu'il portait une barbe moirée, enveloppante, et s'éveillait soudain, et sa joue était rase. À plusieurs reprises, il eut l'occasion d'apercevoir Adélaïde en compagnie du barbiflard. Le poète Eutrope, en effet, ne la quittait presque pas. Ils s'aimaient manifestement et Gen Paul le constatait avec dépit : «Ces vaches-là, ils sont en plein gringue. Encore un coup d'alcôve qui a bourgeonné dans mon atelier!»

Adélaïde, qui était très éprise, avait pourtant au cœur un coin d'incertitude, un brouillard, une vagueur. Il lui arrivait de penser au cor anglais avec un sentiment de compassion un peu fraternelle ou maternelle ou autre encore. Il devenait du reste bien étrange, le cor anglais. Il déambulait à travers Montmartre, la bouche ouverte et les yeux au ciel. Il parlait seul et, tout en marmonnant, il comptait sur ses doigts. On commençait à croire qu'il n'avait plus bien sa raison. C'est ce que disait Gen Paul à Daragnès et à sa femme, un jour qu'ils déjeunaient ensemble :

«Boquillard, c'est malheureux, mais l'amour y a tapé dans la crête. Quand on est pris pour une souris, la voir qui se farcit du blondin, forcément que ça donne un coup, mais lui, je l'aurais cru quand même plus fortingue.»

Letort avait d'intolérables démangeaisons au menton. La jalousie exaspérait maintenant son désir de barbe, mais il se heurtait à l'intransigeance glacée de Mme Letort. Vingt fois par jour, à son bureau, il formait le projet de casser les vitres, de signifier tranquillement à sa femme sa décision de porter la barbe et, en arrivant chez lui, il avait la langue liée. Vingt-cinq ans de mariage le pliaient malgré lui au respect de l'ordre domestique. En présence de l'épouse, il avait le sentiment que sa barbe ne lui appartenait pas, qu'elle était le bien de la communauté et qu'il ne pouvait en disposer seul. Mais à table, il lui arrivait souvent de lever sur elle un regard furtif et une étrange lueur dansait dans ses yeux. Il ne parlait plus jamais de sa barbe et Mme Letort put croire qu'il n'y pensait plus. Brusquement, il se prit de passion pour le théâtre et les oranges. Il voulait voir toutes les pièces et mangeait une livre d'oranges par jour.

Tout en se réservant de le freiner en temps utile, l'épouse jugea politique de ne pas le contrarier. Un soir de pluie, il décida qu'ils iraient voir jouer *Maman Colibri.*

«C'est la première pièce que nous ayons vue ensemble, tu te rappelles?» dit-il avec un accent de tendre douceur, et il regardait sa femme avec bonté.

«Je m'en souviens comme si c'était d'hier, dit-elle, on avait pris un fiacre pour y aller.

– Ce soir, ma chérie, nous irons par le métro.»

Dans les profondeurs de la station Lamarck, les époux attendaient le métro, debout au bord de la tranchée. Letort épluchait une orange et, distraitement, laissait tomber ses pelures sur le sol humide. Comme la rame de métro était en vue, il toucha l'épaule de sa femme et lui dit:

«Vite, allons par là.»

Mme Letort s'élança pour le suivre, posa le pied sur une peau d'orange et, après avoir vacillé et hésité, tomba dans la tranchée en poussant un cri. Le conducteur de la rame n'eut pas le temps de freiner. Un témoin de l'accident rapporta que M. Letort, ayant perdu la tête et paralysé par l'horreur, n'avait pas eu la force d'un geste pour secourir la malheureuse qui lui tendait les bras. Le matin des obsèques, un beau-frère du veuf vint lui dire:

«L'enterrement est dans deux heures, va vite te raser, tu as une barbe de deux jours.

– Laisse-moi, répondit Letort avec accablement, tout m'est égal.

– Allons, allons, fais l'effort de te raser, fais-le pour les gens, pour les voisins.

– Je ne peux pas. Je ne peux vraiment pas.»

On le laissa. Il faisait pitié.

Gen Paul travaillait avec acharnement au portrait d'Adélaïde. Il l'avait recommencé onze fois et commençait à se montrer satisfait. Boquillard passait des heures dans l'atelier à le regarder peindre. Un jour qu'il contemplait le portrait en parlant tout bas et en comptant sur ses doigts, Paul lui demanda :

«Qu'est-ce que t'as à jouer du biniou ?

– Je fais des vers, répondit Boquillard.

– Il te manquait plus que ça. Toi qu'avais déjà le cassis en vacances, maintenant te voilà dans l'anémie.

– Pardon ! Mes vers, à moi, c'est pas les vers à Richard Eutrope.»

Le cor anglais récita un de ses poèmes. Paul s'apprêtait à n'y rien comprendre, mais le poème était facilement intelligible.

«Ça a l'air moins tarte que j'aurais cru, convint-il. Je vas quand même prévenir Ferdinand.»

Paul sortit sur le pas de sa porte et siffla dans ses doigts. La tête de Céline apparut à une fenêtre de l'autre côté de l'avenue. Cinq minutes plus tard, il était dans l'atelier. Mis au fait, il prit un air sérieux, son air de médecin, et, après avoir tâté le pouls à Boquillard, dit en lui tapotant la joue :

«Ce sera peut-être rien, mais c'est quand même à surveiller. T'as des bonnes selles ? Et la nuit, comment que tu dors, la nuit ?

– Ça dépend. Y a des nuits, je fais qu'un somme. D'autres nuits, je ferme pas l'œil, mais c'est parce que j'écris des vers.

– Je vois ce que c'est : le tœnia métrophage avec résonances inter-glandulardes. Voilà mon traitement : trente alexandrins à la fin de chaque repas. Ton tœnia, tu l'auras à l'indigestion. Maintenant, sors-nous ta chansonnette.»

Le lendemain, au café Junot, Paul s'entretenait avec Adélaïde et lui demandait hypocritement des nouvelles du barbiflore.

«Je serais content de le revoir, dit-il. Moi, il me plaît bien, ton petit gigolmane. Je trouve qu'il fait gentil, distingué. Céline, lui, il dit qu'il a du talent comme ça. Il nous cause tout le temps de son intelligence à Eutrope. Il me le disait encore ce matin. Richard Eutrope, il me disait, on sent tout de suite le mec qui en a dans la tronche.

– Ça, c'est vrai, approuva Adélaïde. Pour l'intelligence, il est là. Je comprends pas seulement la moitié de ce qu'il me dit.

– Et de l'éducation, et du sentiment. Qu'est-ce qu'il doit te filer, comme tendresse!

– Pas tant que ça, tu sais. Remarque, j'ai rien à lui reprocher, mais quand même, je trouve...

– Allez, allez, pas de soupirs. À part ça, je suis en train de finir ton blase. Un fond vert amande, que je t'ai fait. Faudra que tu viennes voir. Tiens, dimanche matin, vers midi. Tu nous amèneras ton tordu. On sera tellement content de le voir!»

Le dimanche suivant, en fin de matinée, l'atelier était bourré. Il y avait du monde jusque dans le ravin. Parmi les familiers de la maison comme Daragnès, Villebœuf, Le Vigan, Ralph Soupault, Fauchois, Louis Francis, Max Revol, Bourdat, Chervin, Jean Perrot, Boquillard, des visiteurs plus rares s'entassaient dans le boudoir, entre autres des hommes qui avaient des parapluies ou des têtes de cette forme curieuse qu'on voit aux gens de la rive gauche. On regardait avec un peu d'étonnement un monsieur à moustache blanche, assis sur un haut tabouret et qui tenait son chapeau à la main. C'était le ministre de l'Agriculture. Villebœuf, qui a toujours eu des relations un peu singulières, fut longtemps soupçonné de l'avoir introduit à la faveur de l'affluence. Mac Orlan, qu'un hasard avait enlevé à Saint-Cyr-sur-Morin et déposé chez Paul, considérait l'atelier avec moins de rancune que d'attendrissement. Il se souvenait de l'avoir habité vingt-cinq ans plus tôt et d'y avoir vécu des jours difficiles. Avec Daragnès, il parlait du temps d'avant 1914 et des amis dispersés. Paul tassait les visiteurs, les emboîtait les uns dans les autres et sa voix s'élevait par-dessus le bruit des conversations:

«Vous asseyez pas sur le tuyau de poêle. Attention au ministre, il est pas solide.»

Le cor anglais regardait souvent sa montre et paraissait inquiet. Céline prédisait pour la fin de l'été des catastrophes, des guerres puantes, des famines, des coulées d'abcès monstrueux crevant sur le monde, et prenait le ministre à témoin:

«... Ah! ma vache, une drôle de biglouse, qu'on va se tailler, du cinéac à péripéties avec une belle fin bien amenée. Comment qu'on va l'avoir dans le train, ma vache, et sans se dérangemane...»

Le ministre de l'Agriculture était un peu surpris. Dans un moment d'accalmie relative, il se pencha sur Villebœuf pour lui dire:

«Curieux homme, ce M. Céline! Mais pourquoi m'appelle-t-il toujours "ma vache"?»

Adélaïde et Richard Eutrope furent accueillis par une rumeur amicale. Céline présenta le barbiflard et le donna au ministre de
l'Agriculture comme le plus grand poète de France. De toutes parts
fusaient les approbations et les compliments. Richard Eutrope commençait à faire de la température. Des frissons couraient dans sa
barbe. Au milieu de tous ces hommes, Adélaïde était un peu gênée
et cherchait volontiers le regard du cor anglais, qui l'enveloppait
avec dévotion. Des voix s'élevèrent pour réclamer au barbiflore la
faveur de leur réciter un de ses poèmes. Il se défendait avec coquetterie. Adélaïde lui faisait signe de refuser, mais il ne voulait pas
entendre. Déjà les vers lui coulaient dans la barbe. Au dernier
assaut mené par Ferdinand, il ne résista plus.
«Puisque vous voulez bien m'en prier, je vais vous dire mon dernier
poème. Je l'ai intitulé :

LE BATELIER INTÉGRAL

> *Le dé à coudre le hasard le jeu*
> *qu'à reboiser les as nous convient les infus quand*
> *croulent les jubés sur le chrème*
> *du sphinx œdipéen Vérité qui précède Ó le plus long*
> *des sept mondes le rut en le dé je me démets*
> *des contrefins Universaux qui confluez à mon plexus*
> *exaltation exaltation vous pluriels*
> *lentement cogités en la torte pointe des récurrences*
> *je vous présume Filigranez le temps des ors de l'échappée*
> *qu'un éclat du chaos a fiché dans mon être roseau les nébuleuses*
> *dorment aux dés pipés que crachent les cornets tandis qu'à travers moi*
> *le huniate a rejoint le paganeux chrysostomant à barbe diamantine*
> *rompant face à Xantippe au bassin méprisé pour le rien étoilé.*

Les hôtes de Gen Paul s'étaient presque tous endormis et peut-être
leur attitude était-elle concertée, volontaire.
Toutefois, les ronflements du ministre de l'Agriculture étaient d'une
indéniable sincérité. Il lui semblait, dans son rêve horrible, être en
proie à l'interpellation larvée, sourde et patiente, d'un député dont la
barbe s'enroulait comme une liane goulue autour de son portefeuille ministériel. Richard Eutrope voyait avec détresse ces figures
figées et sommeilleuses, et Adélaïde, rouge, le regardait sévèrement,
car elle commençait à lui en vouloir de cette humiliation où elle
avait sa part.

« Dans ce machin-là, commenta Céline, après avoir laissé durer un silence cruel, y a une profondeur terrible. À entendre, comme ça, on croirait que c'est de la frime de chicandier, des petites vapeurs de nib de pouic, mais faut pas s'y fier. Moi qui suis connaisseur comme pas un, j'entrevois là-dessous un monde de sous-entendus. Y a de l'allusion qui fait penser, du je-ne-sais-quoi vertical qui vous vertigine dans la tronche, et de l'insidieux, et de la troublance, et de la métagnostique affreuse. Mais ces fumiers-là, ils comprennent pas la beauté. Visoquez-moi ça si ça ronfle. Ces hommes-là, c'est du béotien, de l'épiceloque. Mais bougez-pas, mes vaches, moi, la poésie, je vas vous la faire entrer dans la terrine. Boquillard, à ton tour. Fileleur un bon coup de poésie, à ces truands-là. »

Les béotiens et l'Agriculture continuaient à sommeiller. Boquillard se dressa en pied et se saisit de son cor anglais. Son front rayonnait une très belle lumière qui se répandait principalement dans le cœur d'Adélaïde. Du cor anglais, il tira trois sons brefs et éclatants. Les endormis tressautèrent tous ensemble, ouvrant les yeux, puis les oreilles. Chacun pressentit qu'il se préparait quelque chose de grand et d'ineffable. Boquillard avala un coup d'air et dit d'une voix mâle :

DÉPART

> *Mon Pégase est un percheron*
> *Robuste et lourd du paturon*
> *Cheval entier, large du bide,*
> *Avec un cul comme une abside.*

Ce n'étaient encore que quatre vers, mais un frisson courut parmi les assistants.

« Ah ! ma vache ! » ne put s'empêcher de murmurer le ministre de l'Agriculture.

Et des exclamations continues sourdaient de toutes les poitrines oppressées. Adélaïde, des larmes plein les yeux, s'enivrait de cette poésie magnifique et il lui semblait qu'un grand coup de vent balayât dans son âme de vieilles toiles d'araignée poussiéreuses qui pendouillaient tout d'un coup comme des pans de barbe triste et fatiguée. Eutrope faisait une vilaine figure et, justement, sa barbe devenait terne et loqueteuse. Boquillard reprit fièrement :

> *Cheval entier, large du bide,*
> *Avec un cul comme une abside.*

Au pas, au trot comme au galop,
Quand il fait sonner son sabot,
On n'a qu'à compter sur ses doigts,
Le compte y est à chaque fois.
Sur le pavé, des quatre fers,
Il fait jaillir au bout du vers
Les étincelles de la rime.
Mon percheron, loin qu'il me brime,
Donne à mes vers l'éclair du nombre
Qui fait saillir les mots de l'ombre.
Sa rime, c'est l'écho jaloux
Qui m'appelle par l'autre bout.
Caracolant sur son abside,
Sans étriers, sans mors ni bride,
À l'heure d'aller boire un pot,
Je descends l'avenue Junot
Au chant de ses fers sur l'asphalte
Et comme un chevalier de Malte
J'entre à cheval dans le bistrot
Chez Manière, au Rêve, au Junot.
Pour lui, je ne commande rien :
Il se nourrit au picotin
D'une forte syntaxe au lard
Et quand il a soif, mon canard,
C'est du gros bleu du ciel des rues.
Il aime aussi les filles nues
Posant pour Paul ou Valadon,
Mais moi, ferme, je lui dis : Non.
N'emporterai sur ton abside
Que la très douce Adélaïde.

Une énorme clameur d'enthousiasme emplit l'atelier de Paul. Le barbiflard en était écrasé, tuméfié, courbatu, moribard. On se félicitait, on se serrait les mains en versant des larmes de joie. Étreignant Céline à pleins bras, le ministre de l'Agriculture lui sanglotait dans le faux col :

«Comment qu'il nous a filé son coup de farandole, ah ! dis donc !»

Au contraire, Gen Paul, dans son émotion, se mettait à parler comme une comtesse de raout littéraire.

«Mais c'est simplement délicieux, disait-il ; ce jeune homme a un talent fou, et quel jaillissement, quelle puissance, mais c'est adorable !»

Les admirateurs de Boquillard auraient voulu lui serrer les mains, mais Adélaïde l'avait confisqué. Elle le tenait jalousement embrassé et lui baisait la bouche avec une ardeur fondante. Tout à coup, on entendit un hennissement joyeux.

« C'est lui, c'est Pégase ! » s'écria Boquillard.

Prenant Adélaïde par la main, il l'entraîna dans le ravin. En effet, le percheron Pégase attendait à la porte de l'atelier. Les amants, avec légèreté, sautèrent sur l'abside.

Dans l'avenue Junot, M. Letort faisait les cent pas. Il avait maintenant une fort belle barbe où fleurissait un sourire d'optimisme et il venait de s'acheter un parapluie neuf avec lequel il faisait d'allègres moulinets. En voyant Adélaïde caracoler sur l'abside dans les bras d'un jeune homme rasé de près, il sentit son cœur s'endeuiller. Sa barbe lui parut un ornement dérisoire, une misérable chose vaine. Ayant déployé ses ailes, le percheron Pégase s'enlevait de terre et, après avoir survolé un instant le moulin de la Galette, s'effaçait derrière un nuage avec les amants. C'était plus que n'en pouvait supporter M. Letort et, avec un cri de désespoir, il se plongea son parapluie dans le cœur.

Gen Paul et ses amis se pressaient au vitrage de l'atelier pour admirer ces merveilleux événements. Ferdinand Céline, lui, était debout au milieu du boudoir et tenait le barbiflard sous ses regards flamboyants. Soudain, il se rua sur le malheureux et, d'un seul coup, lui arracha la barbe. Après quoi, il lui arracha cruellement la tête, puis les bras, les jambes. Et le tronc, il se mit à le déchirer. Ce que voyant, ses compagnons vinrent l'assister dans cette besogne de justice. Et quand ce fut fini, chacun se remit à la conversation en mangeant un morceau du poète archiacadémique.

LES CHIENS DE NOTRE VIE

*O*ui, je vais vous raconter les chiens, mais d'abord, ôtez vos sabots. J'en étais sûre, ils sont pleins de neige, et vos chaussons, dans quel état! Si vous n'aviez pas lambiné dans les chemins, vous seriez rentrés les pieds secs, mais vous aimez mieux patauger avec des mauvais sujets de votre espèce. On m'a dit qu'un jour on vous avait vus glisser sur le creux Philippe, et juste à l'endroit le plus profond. Ah! si je le savais! Quand je pense à votre maman, pauvre agneau, que je la revois si douce, si sérieuse! Ah! ce n'est pas elle qui aurait glissé sur les creux! S'en revenir de classe, hiver ou été, elle mettait à peine un quart d'heure. Et vous, trois quarts d'heure, des fois plus, et les pieds mouillés, quand ce n'est pas comme avant-hier avec des effets déchirés. J'ai bien envie de ne pas vous dire les chiens. Vos sabots, mettez-les dans le four, asseyez-vous là devant le fourneau, posez vos pieds sur la platine.

Le premier qu'on ait eu à la maison, c'est moi qui l'avais amené, en 1909, à mon entrée en ménage. Mon père se l'était mis de côté pour moi quand sa Musette avait mis bas, sur la fin de l'automne, sept ou huit mois avant mon mariage. Le chien, lui, s'appelait Pyrame. Il était gris fer, le poil ras et les oreilles droites, pas bien grand, pas bien beau non plus. Bon berger, bon gardien aussi, il avait le fond affectueux. Dans son jeune âge, il aimait jouer et tous les deux – j'avais vingt ans – on s'en est donné. Et voyez ce que c'est, il préférait votre grand-père qui n'était pourtant pas tendre avec lui. Mon pauvre Hector, dans tout le pays, vous n'auriez pas vu meilleur homme, mais quand même, il n'était pas pour se gêner d'envoyer un coup de sabot à un chien. Plus d'une fois, le nôtre, il l'a corrigé à coups de trique. Il faut dire que Pyrame le méritait bien, voleur qu'il était un peu, avec ça toujours dans nos jambes à gêner le travail, à

Première publication dans Les Nouvelles littéraires, *11 mars 1948. Repris une première fois en album illustré par Nathalie Parain sous le titre «Les Chiens» en 1948, puis dans le recueil posthume* La Fille du shérif, *Gallimard, 1987.*

embarrasser, des airs importants, comme si toute la besogne devait lui passer par les pattes. On l'avait toujours avec soi, quand on en avait le moins besoin. Une fois, je portais le pain à cuire à la chambre à four, est-ce qu'il ne m'a pas fait tomber au milieu de la cour avec mes cabuchons, la figure en plein dans la pâte ? Ah ! j'étais en colère. Ce qu'il avait aussi, c'est qu'avec le monde, il était hargneux. Il ne pouvait pas supporter que des personnes viennent chez nous ; il n'avait jamais fini d'aboyer après, la gueule regrignée, l'œil mauvais. J'avais toujours peur qu'il morde quelqu'un, et combien de fois c'est arrivé, pas avec des gens, mais avec les chiens du dehors, qu'il ne supportait pas non plus. En champ, quand il gardait les vaches, la même chose, il était rageur, acharné, toujours avoir le dernier mot. Il y en avait une pas commode, je crois qu'on l'appelait la Brunette, elle fonçait sur lui, cornes basses. Une vache qui fait front, beaucoup de chiens, vous les voyez filer, pas fiers, la queue basse et les reins creusés ; mais Pyrame, il ne lâchait pas, et c'était toujours la vache qui cédait. Il était comme ça, et rien qu'à l'entendre aboyer, la voix sèche, méchante, les gens qui passaient sur la route s'écartaient. Pour lui, ce qui comptait, c'était la famille, son maître, moi, et les deux enfants qui nous étaient nés, votre oncle Francis en avril de 1911, et votre maman, pauvre agneau, en novembre de l'année suivante. Avec les deux petits, pas plus patient que lui, pas plus doux. Ils pouvaient lui tirer les poils, la queue, les oreilles, il ne bronchait pas, et si quelqu'un s'approchait d'eux, il grondait déjà, l'air pas bon. Il aimait tellement sa maison, sa famille, qu'on ne le voyait pas rôder dans le pays, comme les autres chiens. Fallait qu'il soit là, dans la cour ou en champ avec les vaches ou à la cuisine, comme si se passer de lui, on n'aurait pas pu. Mais si votre grand-père sortait, soit qu'il s'en aille chez la Frisée chercher un paquet de tabac ou, le dimanche, faire sa partie de quilles, Pyrame était sur ses talons, et jamais si fier, si content.

Et puis, en 1914, un jour d'août, je me rappelle, là en face, au bord de la route, les champs étaient tout en moisson, Hector est parti pour la guerre. Il n'avait pas voulu que je l'accompagne au train à Mont-sous-Vaudrey. Il avait embrassé ses enfants, et à moi, pour me consoler, il disait qu'il serait de retour dans trois semaines. Il s'en est allé sur la route et, en arrivant au grand hêtre, il a renvoyé Pyrame qui l'avait suivi. Le chien s'en est revenu penaud. Sur le moment, il n'a pas compris que son maître quittait la maison pour longtemps. Je suis donc restée, seule avec mes petits, et du travail, vous pensez. Mon père est venu avec des gens rentrer la moisson qui était par terre. On a eu la machine à battre. Je n'avais pas le temps de m'occuper de Pyrame ni de ce qu'il faisait. Tout juste si j'avais remarqué qu'il n'aboyait plus si fort après le monde; mais fini les regains, quand le moment est venu de lâcher les vaches dans la prairie, j'ai commencé de m'apercevoir qu'il n'était plus comme d'habitude. J'avais mis nos vaches au Raicart pour les avoir sous les yeux sans sortir d'ici. Je les surveillais donc de loin, et si l'une ou l'autre s'écartait, je n'avais qu'à appeler Pyrame que j'avais placé auprès d'elles. C'est comme ça que j'ai pu m'apercevoir qu'il n'était, la moitié du temps, plus aux prés. Le rusé, il avait compris que le maître nous avait quittés. Il en profitait. Lui qui n'en avait autrefois que pour la maison et pour son service, avec des airs de vouloir tout faire, il se dérangeait, il allait courir dans le pays. Tout d'abord, il se contentait de partir pour une heure ou deux, mais bientôt c'était la journée tout entière, rentrant juste aux heures de manger. J'ai essayé de le corriger, ça n'a jamais servi à rien. Peut-être que je ne le battais pas bien fort non plus. Toujours est-il que rien ne le retenait de courailler, ni les gentillesses ni les coups.

Et regardez comme c'est malin. En 1915, quand Hector est venu en permission, Pyrame n'a pas quitté la maison des dix jours qu'il est resté là, sauf pour l'accompagner quand il sortait, sans jamais s'écarter d'un pas. Et c'était le même chien qu'autrefois. Il avait retrouvé ses façons rageuses d'aboyer après les étrangers, comme aussi ses airs de vouloir toujours distribuer la besogne. Mais la permission finie, Hector reparti pour le front, il a recommencé de godailler, plus de maison qui tienne!

Vers la fin de l'été, il est arrivé des soldats qui ont cantonné dans le pays. Pyrame ne connaissait plus qu'eux; il était toujours avec eux, il mangeait avec eux. Dans la journée, il venait quand même passer un moment chez nous, comme pour prendre des nouvelles. Il faisait des amitiés aux enfants, mais moi, il n'osait pas trop me regarder, parce que, tout de même, il avait honte. La nuit, des fois, il couchait encore dans sa niche, pas souvent. Et puis, les soldats sont partis. Un matin, je venais de me lever, il était 5 heures, il commençait à pleuviner. Les soldats passaient sur la route, je pensais à mon pauvre Hector. Derrière la colonne, suivaient des attelages de mulets. Tout d'un coup, je vois mon Pyrame qui marchait sous la pluie, à côté d'une voiture. Je l'appelle une fois, je l'appelle deux fois. Il s'arrête, tourné de mon côté, et le voilà qui se met à piquer de la tête entre les pattes, comme s'il voulait venir et qu'il ne puisse pas, et qu'il soit honteux. Et il faut le dire parce que c'est vrai, il avait un air malheureux. Il s'est décidé, mais pour rattraper les voitures. Je l'ai appelé encore une fois. Il s'est arrêté, pas longtemps, et il est reparti, la tête basse et la queue aussi, les flancs tout resserrés. Je l'ai vu remonter la colonne en trottant, jusqu'au tournant de chez Chavignot. Et je ne l'ai plus revu, jamais.

Les enfants, Pyrame leur manquait. Ils auraient voulu un autre chien. Moi aussi. Seulement, j'avais autre chose à penser : la besogne qui courait, le souci de savoir l'homme au front – il en tombait tant ! –, sans compter que j'étais de mettre au monde mon troisième, Fernand, votre oncle Fernand, qui nous est rentré de prisonnier dans l'été d'il y a deux ans. Ces guerres, on n'en finira pas. C'est dans l'été de 1916 que mes cousins de Villers-les-Bois, un jour qu'ils avaient occasion, nous ont amené un tout jeune chien. Il avait deux mois. On l'appelait Belfort, mais votre maman, pauvre agneau, qui avait, quoi, trois ans, guère plus, elle disait Béfort, et c'est Béfort qui est resté. Quand Hector est rentré de la guerre, en 19, Béfort était un beau grand chien, fort comme un cheval ou autant dire, et haut, je n'exagère pas, comme la table. Il avait un joli poil bleu avec par-dedans des taches blanches, un poil un peu long qui frisait au cou et sur les oreilles. Ah ! pour un beau chien, c'était un beau chien et gentil et intelligent. C'est bien simple, il comprenait tout. Si je vous disais qu'à la maison, souvent, il me remplaçait auprès des enfants ! Je pouvais sortir, aller travailler sur les champs, Béfort les gardait. Il savait aussi bien que personne tout ce qui leur était défendu : la mare, le fumier, la fosse à purin, le puits, monter aux échelles. Tenez, c'est lui qui a appris à marcher à votre oncle Fernand. Il fallait les voir tous les deux, le petit accroché d'une main à son poil ou à son oreille, il n'y regardait pas, et lui, le chien, qui marchait doucement, à petits pas, et qui s'arrêtait s'il sentait l'enfant hésiter.

Béfort, c'était plus qu'un chien ; une personne. Quand il nous voyait dans la peine, les uns ou les autres, il était plus malheureux que nous. Il s'en venait nous lécher les mains et il nous regardait avec des yeux tristes. Si quelqu'un pleurait, il pleurait aussi, en geignant avec une petite voix de misère. Je me rappelle, et ça, combien de fois je l'ai vu, quand Hector envoyait un des enfants au coin pour le punir, Béfort allait s'y mettre aussi, et il restait là jusqu'à la fin de la punition. Des bêtes comme celle-là, je dis qu'il en faudrait beaucoup pour apprendre aux gens à aimer.

Et comme berger, pas son pareil. Quand venait la saison de mettre les vaches aux communaux, on les conduisait avec lui une fois, et après, il n'avait plus besoin de personne, ni pour les emmener ni pour les garder. Sur les chemins, il les tenait bien rassemblées, et s'il arrivait une voiture, il avait tôt fait de les faire ranger sur le bord. Tranquillement, sans bruit, sans se presser. Ce n'était pas le genre de chien hargneux à toujours bousculer les bêtes, à les harceler et à leur casser les oreilles. Sur les prés, on ne le voyait autant dire jamais courir. De loin en loin, il se contentait d'aboyer un coup, pour faire savoir qu'il était là. Il dressait la tête, il faisait un pas et ça suffisait, tout rentrait dans l'ordre. Les vaches le craignaient. Je dirai même, elles le respectaient.

Les seuls défauts qu'il avait, mais qui devaient le mener loin, c'est qu'il était gourmand et batailleur. Peut-être aussi farceur un peu. C'était rare qu'il se passe un jour sans qu'il se batte avec des chiens du pays, et toujours il avait le dessus. Pensez donc, il était si fort ! Les gens n'étaient pas bien contents, mais ça n'allait pas jusqu'à venir se plaindre. Après tout, une bataille de chiens, ce n'est pas si grave. Les reproches qu'on nous faisait de temps en temps, pas souvent et plutôt avec l'air de s'en amuser, c'est que Béfort était chapardeur, qu'il volait un bout de viande par-ci, un bout de lard par-là. Nous, on n'y croyait pas beaucoup. À la maison, il n'avait jamais rien volé. La moindre des choses, il ne l'aurait pas prise sans qu'on la lui donne. J'en venais à croire que le monde était un peu jaloux qu'on ait un chien aussi beau.

À l'autre bout du pays, chez les Maufrelat, il y avait un grand chien, à peu près de la taille de Béfort, qui s'appelait César. Je ne saurais pas dire à quel moment ils ont commencé de se rencontrer, mais Béfort devait bien avoir six ans. Comme ils étaient de la même force, c'étaient des batailles qui duraient longtemps. Et puis, tout doucement, à la fin de se battre, ils sont devenus des amis. D'abord, ils ne faisaient pas grand mal. Simplement, ils se donnaient rendez-vous pour aller ensemble rosser les autres chiens du pays. Le malheur est qu'ils ne s'en soient pas tenus là. Un beau jour, la femme à Guste Bonardot, donc l'Éléonore, la fille à Léon Dominé et à l'Esther Micoulin, mariée en premier à Charles Masson qui se trouvait d'être cousin à ma mère puisque le père Masson – Eugène Masson – était le demi-frère de la femme à Jules Blot, la belle Armandine on l'appelait, une Bontemps, de la famille Bontemps, de Saint-Barain, que la cadette des filles, mais j'ai oublié son nom, s'était mariée à un Ragondet, de la Fragneuse, parent – je dis parent, mais ils étaient cousins germains –, cousin donc à Xavier Millet qui était charron à la place où Justin Mignet a aujourd'hui son atelier de bicyclettes. Qu'est-ce que je disais ? Oui, l'Éléonore s'en vient se plaindre chez

nous que Béfort lui avait volé un chapelet de saucisses pendu dans
sa cuisine, même qu'il avait fait le coup, elle disait, avec le César des
Maufrelat. Moi, je défends Béfort, de bonne foi, et je mets tout au
compte de César. La preuve en est, je dis à la Lonore, c'est que j'ai
deux andouilles pendues, là, à la cheminée, et qu'il n'a jamais fait
mine d'y toucher. C'est bon, huit jours se passent, et c'est le tour à
Régis Belhomme, le boucher. Béfort et César lui avaient enlevé, d'un
seul coup, bien cinq livres de viande. Et après, c'était à chaque instant que des gens venaient se plaindre pour une tête de veau, un
jambon, un kilo de boudin, est-ce que je sais? Il ne se tuait pas un
cochon dans le pays, sans que mes deux vauriens prennent leur
part, et toujours des jolis morceaux.

On n'a rien vu d'aussi rusé. Un matin, je me trouvais d'être chez le
notaire avec Hector, c'était pour la succession de mon oncle
Amédée, je causais près de la fenêtre avec ma cousine Gabrielle. Sur
la place, César, le chien à Maufrelat, se chauffait au soleil, couché
sur la pierre au pied de la grande croix, et le bouledogue du boucher
flânait pas loin de lui. Je me rappelle encore, je dis à ma cousine:
«Tiens, voilà César, Béfort ne va pas tarder d'arriver.» Tout d'un
coup, César se jette sur le bouledogue, il le roule par terre.
Entendant couiner son chien, Belhomme jette un coup d'œil dehors,
attrape un gourdin et sort de la boucherie en tirant le portillon derrière lui. Pas plus tôt qu'il a le dos tourné, Béfort, qui se cachait derrière des fagots, traverse la route comme un trait, saute par-dessus
le portillon et ressort de la boucherie avec un gigot dans la gueule.
Belhomme n'avait rien vu. Il était tout fier d'avoir fait s'ensauver
César, qui allait partager le gigot.

Vous pensez, après des coups comme celui-là, si nous, on était dans
l'ennui. Et quoi faire? Battre Béfort, on n'aurait pas pu. Non, même
Hector, il n'aurait pas pu. On l'aimait trop. On a essayé de l'attacher,
mais il était si malheureux, et nous, on était gêné. Il nous semblait
d'être des ingrats. On avait mauvaise conscience. Une journée,
c'était déjà trop. On l'a délivré. Et lui, il a continué de faire ses coups
avec César, et le monde de venir se plaindre, de réclamer, de nous
menacer. À la fin, ce n'était plus tenable. Un jour, au printemps de
24, les Mignard étaient pour marier leur aînée. La veille de la noce,
ils étaient dans leurs préparatifs: des viandes, des volailles, vous
savez ce que c'est, il y en avait plein la cuisine. On n'a jamais bien
su la façon que les choses s'étaient passées, mais ce qui est sûr, c'est
que Béfort et César avaient emporté un quartier de mouton et une
oie engraissée exprès, qu'on avait tuée du matin. Vous pouvez comp-

ter que ce coup-là, ça a fait vilain. Nous autres, on ne savait plus où se mettre. Tout le pays était contre nous. Il fallait donc prendre un parti. Dans les invités de la noce, il y avait un nommé Ponard, qui tenait un commerce dans la banlieue de Paris. Voyant qu'on se trouvait dans l'embarras, il nous propose d'emmener Béfort avec lui dans sa camionnette. C'est comme ça qu'on s'est séparé du chien. Vous pouvez penser le chagrin qu'on a eu, mais quoi faire de mieux ? Le lendemain de son départ, les Maufrelat trouvaient leur César pendu à un arbre de la route. Béfort l'avait échappé belle.

Un mois se passe, oh ! oui, bien un mois, puisque Xavier Millet commençait de faner dans ses prés de la rivière. Un soir, après souper, on était là, dans la cuisine. Hector se lève, il dit : « Je vais me coucher. » C'était ce qu'il disait toujours quand il était d'aller se coucher. Je faisais ma vaisselle dans le coin du relavoir et votre maman l'essuyait. Je me retourne et je la vois toute pâle, pauvre agneau, qui regardait vers la fenêtre ouverte. Elle crie : « Béfort ! » Et c'était lui. Les deux pattes sur le rebord de la croisée, il passait sa bonne tête et il regardait tout son monde. Il a sauté dans la cuisine. Ah ! j'en pleure encore. Mais comment est-ce qu'il avait fait pour s'en venir tout seul de là-bas ? Comptez : plus de trois cents kilomètres et personne pour lui dire son chemin, et il ne savait pas lire les bornes. Fallait-il que le temps lui ait duré de ceux qu'il aimait !

On était bien un peu inquiet, mais si content qu'on essayait de se rassurer. Maintenant que César était mort, qu'il n'avait plus de compagnon pour lui donner idée, peut-être que Béfort ne penserait plus à faire ses coups. Le fait est, pendant près d'une semaine, il est resté tranquille. Ça n'a pas duré. Il a recommencé et pire que jamais. Pensez voir, un jour, on apprend qu'il avait saigné trois poulets aux Poinsot, des gens déjà pas bien commodes. Le lendemain, c'étaient deux canards à la Céleste Reverchon. Vous comprenez, pendant son grand voyage de retour, il avait cherché nourriture et, au plus commode, il s'était mis à tomber dans la volaille d'au long des chemins. À force, n'est-ce pas, il y avait pris goût. Vous pouvez compter que dans le pays, ça a été un joli vacarme. À présent, tous les gens craignaient pour leurs poules, leurs oies, leurs canards. Ils étaient dans tous leurs états, et, au fond, on les comprend bien.

Un après-midi, j'étais en lessive. Béfort était couché près du cuveau, à côté de moi. Hector est entré dans la cour avec Grosbois, le garde-chasse, qui portait le fusil à l'épaule. Il était tout pâle, pauvre Hector. Il a dit : « Béfort, viens ici ! » Le chien a regardé le fusil et, son maître et moi, il nous a regardés avec ses bons yeux. Il avait compris. La tête basse, il s'en est allé près d'Hector, contre lui. Ensemble avec le garde-chasse, ils sont sortis de la cour. Ils ont descendu le petit pré, le long des pommiers. Je me suis sauvée dans ma cuisine. Quand j'ai entendu les deux coups de fusil, las moi! j'ai pleuré. Que j'ai donc pleuré.

Pendant bien deux ans, je n'ai pas voulu d'un autre chien dans la maison. J'avais trop de peine de mon Béfort. Un jour, avec votre maman, on était allé à Oussière à bicyclette voir la tante Anna qui n'était pas bien, et c'est cette fois-là que l'oncle Adrien nous a donné Oscar. Ce chien-là, tout de suite que je l'ai vu, il ne m'a pas fait bon effet, mais votre maman, pauvre agneau, j'ai bien compris qu'elle le voulait. C'est elle qui l'a ramené à bicyclette, dans un panier accroché au guidon, vous dire s'il n'était pas grand.

Ce chien-là, on n'en a jamais rien tiré. Blanc et jaune, il n'était pas laid, assez haut sur pattes. La tête plutôt fine, mais un œil qui ne vous parlait pas. Sur vingt lieues de pays, on n'aurait pas pu trouver un feignant pareil. Une vraie cagne qui n'en avait que pour son ventre. On aurait voulu qu'il apprenne à garder les vaches, mais pas moyen. Faire semblant, c'était trop pour lui. Garder la maison non plus, pouvait bien entrer qui voulait, le jour ou la nuit, ce n'était pas l'affaire d'Oscar. Tout ce qui l'occupait, c'était sa pâtée, courailler à plein son content, dormir au soleil, et en hiver au coin du feu. Avec ça, il n'aimait personne, maître ou étranger, jamais d'amitiés, pas seulement un regard. Quand vous l'appeliez, il levait la tête, voir des fois s'il n'était pas question de manger, et tout de suite il se détournait. C'était bien le cas de dire comme on dit: «Pareil au chien à Jean de Nivelle – Qui s'ensauve quand on l'appelle.» Hector avait dans l'idée de s'en défaire, ce chien-là lui portait aux nerfs et il y avait de quoi. On le gardait quand même, les années passaient. Trop vite, elles passaient, les années. Et c'est en 32 que le malheur est tombé sur nous. Un soir, c'était dans l'automne, Hector est rentré, il s'est mis au lit. Depuis un temps, je voyais bien qu'il n'était pas dans son entrain, mais il ne s'avouait pas malade, il avait en tête de finir les semailles. Il s'est mis au lit sans souper, et en huit jours, il nous est mort. Comme disait mon oncle Amédée, être heureux, ce n'est pas bon signe, c'est que le malheur a manqué le coche, il arrivera par le suivant. Vous croiriez que la mort de son maître, Oscar en a eu du chagrin? Ça ne lui a fait pas plus que rien. De voir qu'il n'avait pas plus de cœur, je lui en voulais.

Deux ans plus tard, un dimanche tantôt, sur le soir, j'étais toute seule à la maison. La nuit commençait à tomber, il était 4 heures de novembre. Oscar dormait là, sous le fourneau. Voilà qu'il arrive dans la cour Dominique le contrebandier, avec une voiture à chiens et Jules la Marmite. Jules, ce n'était rien de bien sérieux : ivrogne, fainéant, travaillant juste quand il en avait besoin, le reste du temps à pêcher à la ligne, traîner les cafés ou bien jouer aux sous. Je me suis laissé dire qu'une fois, il avait perdu cinquante-deux francs dans son après-midi en jouant avec Félicien Roux. Je vous parle d'il y a dix ans. Dominique, lui, n'était pas d'ici, et d'où il était, personne n'en a jamais rien su. Un grand gueusard, il passait à peine sous la porte, avec sa barbe rouge et les yeux toujours en colère. Pensez si j'étais rassurée, moi toute seule, d'avoir ces vauriens-là chez moi. Ils étaient déjà un peu saouls et ils beuglaient dans ma cuisine à vouloir me vendre de la contrebande. Oscar, lui, n'avait pas bougé, et qu'il m'arrive n'importe quoi, ce n'était pas pour le mettre en souci. Je lui en voulais. Dominique en vient justement à me parler de lui. Cette race-là, il dit, c'est tout juste bon à être attelé, et il me propose de l'échanger contre un berger de neuf mois qui renâclait dans les brancards. Oscar n'a pas bien compris ce qui lui arrivait. J'avais quand même un peu de peine de le laisser aller avec des étrangers. Il faisait presque nuit. Je ne l'ai pas seulement vu partir. Les chiens de l'attelage ont aboyé, Dominique s'est mis à claquer son fouet en jurant et la voiture a pris la route. En sortant d'ici, mes deux moins-que-rien ont commencé de gueuser dans le pays. Après ça, ils s'en sont allés boire chez la Frisée pour en sortir à des point d'heure et dans quel état ! En arrivant vers chez Guillemin, sur les 2, 3 heures du matin, Jules était si saoul que Dominique l'a posé sur la voiture. Oscar n'était déjà pas des plus courageux à tirer. Du coup, il a refusé de marcher. Dominique, la colère l'empoigne, il dételle le chien. À coups de manche de fouet, à coups de pied, il se met à lui taper dessus. Un homme saoul n'a plus sa raison et, même en sang-froid, Dominique, il était mauvais. Plus le chien hurlait, plus lui, il était en colère. À la fin, il s'est acharné sur Oscar avec son couteau. Ils l'ont enterré au bord de la route. Bien sûr, ce n'était pas une perte, mais je ne l'avais pas échangé pour qu'on le martyrise.

Le chien que Dominique m'avait laissé un jour, c'était un joli berger noir, des yeux doux, timides, l'air d'un animal habitué à recevoir des coups. Comment il s'appelait, vous le savez, je n'ai pas besoin de vous le dire. Tout de suite qu'il est entré chez nous, il s'y est plu, il nous a aimés. Pas feignant, il s'est mis à son métier de chien. Pour dire les choses, il n'avait pas l'intelligence de Béfort, ni même de Pyrame, et les vaches ne le craignaient guère. Même les autres bêtes n'en avaient pas peur. Les chats se sont toujours bien accordés avec lui et je me rappelle une petite poule blanche qui dormait entre ses pattes. Il n'a jamais eu de méchanceté. Mais je ne vais pas me mettre à vous parler de Finaud, puisque vous le connaissez. Bien sûr qu'il n'est plus ce qu'il a été. Maintenant qu'il va sur quatorze ans, qu'il a le poil tout gris et qu'il a du mal à se traîner, ce n'est plus qu'un vieux. Quand même, il a gardé son caractère qui n'a jamais ressemblé à un autre. Parce que, n'est-ce pas, il y a une chose que bien du monde ne sait pas, c'est qu'il y aurait presque plus de différence entre les chiens qu'entre les gens. Je vous parle de la nature d'en dedans, de ce qui vient du cœur et de la tête.

Allons, vos chaussons sont secs, à présent. Il faut penser à faire vos devoirs. Avant, vous irez au bûcher me chercher du bois et casser des rains pour allumer le feu demain matin.

CONTE DU MILIEU

*L*a maison close allait fermer ses portes pour toujours et, dans quelques heures, ses persiennes s'ouvriraient toutes grandes, trahissant le mystère qui avait ému si longtemps l'imagination des adolescents et des ménagères du quartier. Le dernier client venait de franchir la porte grillée, sous le gros numéro de la lanterne rouge dont la lueur pâlissait dans une aube encore mélangée. Assise au comptoir-caisse, Madame regardait avec une tendresse désespérée le cher troupeau des pensionnaires rassemblées dans un coin de l'estaminet, où elles parlaient à voix basse en attendant le moment des adieux. Plusieurs d'entre elles avaient les yeux rouges, d'autres frissonnaient, glacées jusqu'au cœur par l'affreuse agonie de la maison.

M. Jean, avec le calme dont il ne se départait jamais, entra dans la salle et, d'un geste lent, plein de grandeur, déposa son casse-tête sur le comptoir. S'étant tourné vers Madame, ils échangèrent un regard d'une poignante douceur. Les pensionnaires considéraient avec émotion ce couple exemplaire parvenu aux plus hautes destinées et qu'une loi inhumaine dépossédait de tout ce qui avait été sa fierté et sa raison de vivre.

Après leur avoir adressé des paroles d'adieu et de remerciement, M. Jean les retint à prendre une coupe de champagne et, attention délicate, recommanda de ne pas se laisser aller à la tristesse des derniers instants. On fit marcher le piqueupe et on dansa quelques danses, à vrai dire sans beaucoup d'entrain. Quand le champagne eut coulé, les petites se mirent à chanter, chacune à son tour, de jolies chansons pleines de verdure et de sentiment, qui furent écoutées avec plaisir. En dernier lieu, Liliane se fit entendre dans *Le Temps des cerises*, et les pensionnaires demandèrent ensuite à Madame de vouloir bien leur chanter quelque chose. Avec une

Première publication sous le titre «Porte Saint-Martin» par Les Bibliophiles de l'Étoile, 1949, avec des eaux-fortes de Pierre Berger.

grande énergie, Madame se défendit d'en rien faire. Il est vrai qu'elle avait une voix d'homme, accordée à sa forte carrure, voix rauque et grinçante. Comme on la pressait affectueusement, elle maintint son refus, mais promit de raconter une histoire. Crachant alors son mégot sur le plancher et avalant un coup de champagne, elle commença ainsi :

« Il y avait à Paris, dans le quartier de la porte Saint-Martin, un ogre tout ce qu'il y a de méchant, qui mangeait les personnes du sexe d'entre quatorze et vingt-cinq ans. À le voir, comme ça, ni grand ni petit, plutôt trapu et gras du ventre, avec la figure de tout le monde, vous n'auriez jamais dit un ogre, sauf peut-être cette manière qu'il avait à chaque instant de passer sa langue sur sa moustache, mais quand même, allez supposer ! Cet homme-là, un nommé Chalvignac Ernest, tenait un tout petit café, grand comme pas seulement mon mouchoir, qui s'appelait "café de la Belle Jeunesse". Et ça disait bien ce que ça voulait dire, sans en avoir l'air. Qui venait dans son établissement, il y avait des uns et des autres, et des unes aussi. Lui, son affaire, c'était les unes, et pas toujours pour les manger, porté qu'il était comme pas un sur la chose de vous savez quoi. Les plus jolies, les plus fondantes, il se les gardait pour le soir dans son lit, et ce qu'il pouvait faire avec elles, je ne vous le dirai pas, vous vous en doutez. En somme, c'était l'ogre vicieux. Dans l'arrière-boutique qui lui servait de chambre à coucher, il avait toujours des mignonnes, quinze ou vingt, des fois davantage, qui attendaient son bon plaisir. Naturellement que je vous vois venir. Vous me direz quinze femmes dans l'arrière-boutique, pas possible en France. Minute. Prenez vos tickets. Ce qu'il faut savoir, c'est qu'un ogre, il possède des moyens à part. Celui-là, imaginez-vous, il avait au doigt un anneau magique. Suffisait qu'avec son anneau, une grosse chevalière en argent, il touche une personne sur la joue en disant tout haut : "Calvados, Cognac, Fine Champagne", et la voilà qui rapetissait à moins du tiers de mon petit doigt. Et pour la ramener à sa taille normale, c'était la même chose, sauf qu'en lui posant sa bague sur la joue il n'avait qu'à dire : "Amer, Cinzano, Pernod." Vous voyez d'ici les facilités. Presque tous les jours, dans le quartier, il y avait une femme portée disparue et personne ne pouvait se douter, pas plus les clients que la police. Au café de la Belle Jeunesse, on en causait souvent et chacun donnait son avis, l'ogre comme les autres. Dans la clientèle… »

Ici, Madame s'interrompit et, comme si elle eût soupçonné les pensionnaires d'écouter son récit d'une oreille distraite, interrogea sévèrement :

«Vous filez le train?

– Ji go! s'écria l'auditoire pour témoigner de son attention.

– Je vous disais donc, dans la clientèle, il y avait un homme, un jeune, dix-huit ans, qui venait tous les soirs à l'apéritif. Janot la Grimace, on l'appelait, à cause d'un sourire qui lui tordait drôlement la bouche en lui tirant l'œil vers le bas. Sérieux, pas coureur, économe, il n'avait que le travail en tête. Vu ses dix-huit ans, les hommes du coin le mettaient en boîte. "Un demi-sel, ils disaient entre eux, un barbillon qui croit encore qu'il n'y a qu'à se baisser." Janot la Grimace, il les laissait dire. Il avait quand même sa poupée, une brunette nommée Ramona, qui travaillait en extérieur et qui lui ramenait tous les jours deux cents francs, si pas plus. Deux cents francs par jour, je vous parle d'il y a vingt ans, c'était joli, vous pouvez me croire, surtout pour des jeunes. Sa Ramona, c'était lui qui l'avait dressée, et les bons principes, la bonne mentalité, comment il avait su lui faire entrer. Pas brutal avec les fillettes, remarquez, sauf, bien sûr, son pied dans les fesses quand il le fallait, les femmes il les avait au raisonnement. Les durs de durs, les grands dérouilleurs de première et le revolver dans la poche, c'était pas son genre, à Janot. Sa défense, à lui, c'était la finesse, l'intelligence qui vient de la tête. Dix-huit ans, il était déjà en cheville avec la police, indicateur et mine de rien. Enfin, vous voyez, quelqu'un de bien, Janot la Grimace, et un homme d'avenir. Un soir qu'avec Ramona il sortait de chez l'ogre prendre son pernod, il voit passer une jolie blonde, jeunette, bien roulée, un châssis grand sport et de la frimousse, et des roberts qui tendaient l'étoffe du corsage. Il en prend un choc, mais quoi, il ne pouvait pas lâcher Ramona. Le lendemain, sur le coup de midi, juste au même endroit, il revoit la blonde. Ah! cette fois, pardon, il était tout seul. Le voilà qui pique sur la mésange et qui l'attaque au boniment. Pensez-vous, elle l'envoie aux frites. "Fichez-moi la paix", elle lui dit comme ça, aussi sec. Et, les jours suivants, la même chose. Cette fille-là, je vous le dis, c'était une nature, mais pas éduquée pour un sou. Petite main chez Lanvin, elle était midinette en plein qui croyait encore à la chansonnette du labeur sérieux. La mansarde au sixième étage, le géranium et le canari, vous voyez le genre que c'était. Sans compter l'amour, Janot la Grimace, il avait le cœur gros de voir une si belle fille perdre sa jeunesse dans un atelier alors qu'au trottoir elle avait tout pour se défendre. Mais la petite main était butée, elle comprenait pas qu'il voulait son bien. Tellement il était mordu, Janot la Grimace, qu'avec Ramona il était un peu sur les nerfs. Un jour, à midi, au milieu du repas, il lui envoie une paire de claques, et pour trois fois rien, un chapeau qu'elle parlait d'acheter. Le soir, ils avaient rendez-vous chez l'ogre mais, à l'heure dite, pas de Ramona et, à l'hôtel, personne non plus. Tout d'abord il pense qu'elle était partie à cause des deux gifles, mais ce qui l'étonnait, c'est qu'elle ait laissé ses affaires chez lui. Comme il en croquait un petit peu, il se renseigne près des poulets, des fois qu'elle aurait été embarquée par les mœurs. À la police, on ne savait rien et il commence à se demander si elle n'était pas disparue comme tant d'autres dans le quartier. N'importe comment, c'était un coup dur. Janot la Grimace avait beau avoir des économies, une femme bien dressée qui venait à manquer tout d'un coup, il la sentait passer quand même. Mais, voyez ce que c'est, il en tenait tellement pour la blonde qu'il n'y avait plus qu'elle qui comptait. À force de faire du boniment, il faisait son chemin petit à petit et c'était forcé. Il savait si bien câliner les femmes, cette vache-là. Des petits mots de velours, des petits compliments, des soupirs, des retours de prunelles et son sourire à la grimace, faut pas oublier, qui lui tordait si gentiment la gueule. De fil en aiguille, la mignonne se laissait aller. Une fois, elle lui dit : "Je m'appelle Riri la Blonde. J'ai seize ans et demi." Une autre fois, ils prennent l'apéritif ensemble. Et, un samedi soir, elle accepte de passer avec lui la journée du dimanche. Rendez-vous chez l'ogre à 10 heures du matin. Ils iront d'abord au musée Grévin, la petite voudrait voir la tête de Landru, et puis déjeuner et, l'après-midi, cinéma. Riri la Blonde arrive première au rendez-vous. Janot la Grimace, en débouchant au coin de la rue, la voit entrer au café de la Belle Jeunesse. Il entre à son tour... Vous filez le train !

– Ji go.

– Il entre à son tour, mais au café de la Belle Jeunesse, point de Riri la Blonde, ni personne que l'ogre derrière son zinc. Janot la Grimace, il pouvait pas en croire ses yeux. Quand même, il se garde bien de poser des questions. Il se fait servir un vin blanc et il cause avec le patron. Au bout d'un moment, il regarde l'heure d'un air ennuyé. "Rendez-vous ?" lui demande le patron. "Oui, répond Janot, avec la blonde d'hier au soir. Je ne sais pas ce qu'elle fait..." L'ogre lui répond tranquillement : "Sûrement qu'elle viendra, mais les femmes, c'est toujours en retard." Pas d'erreur, il y allait au flan parce que, forcément, Riri la Blonde, il l'avait vue. Donc, il ne voulait pas qu'on sache qu'elle était entrée dans l'établissement. Vous imaginez les questions qu'il pouvait se poser,

Janot la Grimace. Et toute la journée, il devait remuer ça dans sa tête. Un jour se passe, deux jours se passent, il n'était pas plus avancé. Mais un beau matin, le voilà qui s'habille en femme avec des nippes à Ramona et qui s'annonce au café de l'ogre à l'heure où il était à peu près sûr de le trouver seul. Maquillé, du rouge aux lèvres, les yeux faits, un bon rembourrage sur le torse et un chapeau-cloche qui lui emboîtait la tomate jusqu'au ras des cils, personne n'aurait pu le reconnaître. Et pas mal du tout, en fillette. Bien sûr, l'ogre n'en perdait pas la vue, mais quand même il la trouvait fraîche et bonne pour son garde-manger. Janot la Grimace, il avait toujours été bien en chair. Ce n'était pas l'homme à se laisser aller et même amoureux, il était drôlement de la fourchette. Le voilà donc entré chez l'ogre. Il prend une petite voix flûtée et il commande un café crème. L'ogre prend un verre sur un égouttoir, il manœuvre ses robinets, il fait son mélange, tout ça en traînant les savates, l'air distrait, sans faire plus attention à la cliente que s'il ne l'avait pas remarquée. Janot la Grimace en était même un peu déçu. Le coup est manqué, il pensait. Ça n'empêche pas qu'il ouvrait l'œil. L'ogre pose le café crème sur le zinc et, comme la cliente s'avançait, il lui touche la joue avec son anneau en disant : "Calvados, Cognac, Fine Champagne." Janot a vu le geste, il a entendu les trois mots, mais il n'a même pas compris ce qui lui arrivait. Il se trouve dans la main de l'ogre, puis dans la poche de son gilet, sans savoir si c'est lui qui a rapetissé ou bien si c'est l'autre qui a grandi. En tout cas il n'en menait pas large. L'ogre l'emporte dans sa chambre, il le met dans un saladier qui se trouvait sur une étagère et il s'en retourne à son zinc. Janot la Grimace, il comprenait toujours pas. Autour de lui, il voyait un grand mur circulaire d'au moins dix mètres de haut et lisse comme une armoire à glace. Un drôle de tabac. Mais, dans sa prison, il n'était pas seul. Il y avait là une dizaine de femmes qui s'étaient rassemblées autour de lui et qui parlaient toutes en même temps. En moins de deux, elles l'avaient déjà affranchi, que les cheveux lui dressaient sur la tête sous son chapeau-cloche. Il s'informe de Riri la Blonde, mais personne ne la connaissait. Probable qu'elle était dans le saladier d'à côté, celui où l'ogre avait logé les plus jolies filles pour se les farcir, le cochon. Il s'informe de Ramona. Celle-là, on l'avait bien connue. L'ogre, justement, il l'avait mangée hier soir. La chose qu'elle avait le plus regrettée, c'était de ne pas pouvoir embrasser son petit homme avant d'y passer. Vous me direz, c'était bien de sa part, mais, figurez-vous, Janot la Grimace, il n'était pas dans le sentiment. Il pensait d'abord à ce qui l'attendait. Mettez-vous un peu à sa place. D'abord il n'était pas dans le saladier des favorites. Il fallait donc prévoir le pire et le pire c'était d'être mangé. Janot, il décolérait pas. Ce qui le mettait à ressaut, c'est de penser qu'il s'était perdu à cause d'un minois, en se laissant filer le vague à l'âme. Avouez que pour un homme, c'est vexant. Mais la colère n'avance à rien. C'est bien ce qu'il finit par se dire et il commence à réfléchir. En examinant mieux les murs, il voit que le bord du saladier se trouvait un peu ébréché. Oh! pas grand-chose, une éraflure de presque rien. Voilà sa petite tête qui travaille là-dessus. Question des idées, lui, il était là, et chez un homme, c'est le principal. Ceux qui sont manchots de la cervelle, c'est connu, ils n'arrivent à rien. Tout d'un coup il se met à se déshabiller. Son manteau, sa robe, il se met à les découper en lanières. Ce qu'il voulait, c'était faire une corde en les rajoutant bout à bout. Les femmes s'approchaient une à une et à mesure qu'il se défringuait, elles le regardaient d'un peu plus près. Il leur semblait que pour une fillette elle avait un drôle de châssis, le râble sec et les cuisses plates. Pendant qu'il taillait, il y en avait une grande, une nommée Thérèse, qui veut en avoir le cœur net. Elle crie: "Un homme!" La voilà folle et les autres s'énervent aussi. Elles étaient sur lui, et les mains par-ci et les mains par-là, elles le voulaient toutes. Mais pardon, Janot la Grimace, il ne marchait pas dans ces coupures-là. Venir lui causer bagatelle alors qu'il pensait à ses os, salut, elles l'avaient pas regardé. Il vous attrape la grande Thérèse, il lui file un coup de tête dans le nez et un grand coup de latte dans le garde-manger, qu'en moins de deux elle était groguie. Janot, il était pas brutal, mais il aimait la bonne tenue. Il voulait que la femme se respecte. Voyant la façon qu'il venait d'arranger Thérèse, les autres s'étaient calmées aussitôt. Elles ne pensaient plus qu'à l'aider, si bien qu'en fin d'après-midi la corde était prête. Elle était longue d'au moins douze mètres mais, bien entendu, des mètres proportionnés à sa taille. En réalité, si elle était longue comme ma main, c'était tout. Janot la Grimace enlève son soulier, il l'attache à un bout du câble, et il essaie de le balancer par-dessus le mur du saladier, du côté de l'endroit ébréché. Mais le mur, y en avait un bout. Il n'arrivait pas à lancer jusqu'en haut. Alors il rassemble les femmes. "Aidez-moi, il dit, quand je serai là-haut, je vous sortirai du saladier." Vous parlez si elles en étaient. Il les arrange en pyramide et en grimpant dessus il arrive à lancer son truc de l'autre côté. Le soulier se coince dans la brèche, mon Janot n'a plus qu'à grimper. Pendant qu'il était suspendu, les femmes regardaient, le nez en l'air et en trépignant d'impatience. Mais lui, en arrivant là-haut, il ramène toute la corde à lui et il laisse tomber les mignonnes. Dans les coups durs, chacun pour soi, et Janot il était pas fou. Quand l'ogre viendrait tout à l'heure, s'il trouvait son saladier vide, aussitôt il fouillerait la chambre jusqu'à ce qu'il repique tout son monde. Le saladier des favorites était placé à côté de l'autre, presque bord à bord, et Janot voyait ce qui se passait au fond. En reconnaissant Riri la Blonde, il sentait un coup d'émotion lui chatouiller les intérieurs. Mais pas d'histoire! Quand un homme est dans la détresse, le sentiment, c'est de la faiblesse. Pour Riri la Blonde, on verrait plus tard s'il y avait moyen. En attendant, Janot la Grimace se laissait glisser le long de la corde et prenait pied sur l'étagère. Là, il se rend compte qu'il était loin d'être sauvé. Devant lui, il voyait la chambre, grande presque comme la moitié de Paris, avec le lit de milieu qui lui paraissait plus large que la Seine. À ses pieds, c'était le précipice d'au moins cent mètres de profondeur et rien pour descendre au plancher. Il se voyait déjà perdu, condamné à mourir de faim sur son étagère ou alors à se faire repincer par l'ogre. Tout d'un coup, il avise un gros papillon gris, posé au pied d'un saladier. Ni une ni deux, il vous l'enfourche et voilà le gros papillon gris qui s'envole à travers la chambre avec, sur son dos, Janot la Grimace. Vous imaginez la croisière. Janot se demandait où c'est qu'il allait atterrir. Le papillon volait presque au ras du plafond, tantôt d'un côté, tantôt de l'autre, sans bien savoir ce qu'il cherchait. Finalement, il va se poser sur l'abat-jour de la lampe électrique accrochée au plafond, à trois cents mètres du plancher. Pour quelqu'un qui cherche la sortie, vous parlez d'une situation. Janot pensait : ça va pas mieux. À ce moment-là, la porte s'ouvre et il voit entrer une espèce de montagne. C'était l'ogre qui venait faire un tour à ses saladiers. Le bruit de la porte, à moins que ce soit le déplacement d'air, avait dérangé le papillon. Il reprend son vol, zigzague autour de la pièce et va se poser juste sur une épaule de l'ogre. Qu'est-ce que vous en dites? Sur l'épaule de l'ogre. Janot la Grimace, il avait pas un poil de sec... Vous filez le train?

– Ji go.

– Plus un poil de sec, je dis bien, et convenez qu'il y avait de quoi. L'ogre arrivait à l'étagère. Tout d'abord, il donne un coup d'œil au saladier de Riri la Blonde. C'était ce qui l'intéressait le plus. Après qu'il s'est eu rincé l'œil, il passe à l'autre saladier. Il plonge la main dedans et il pique une femme sans choisir. Le sort tombe sur la grande Thérèse. L'ogre la ramène entre son pouce et son index et, pendant qu'il la déshabille, qu'est-ce qu'elle voit? Janot à califourchon sur le papillon. Comme bien entendu, elle lui en voulait de l'avoir dérouillée à zéro et, avant de mourir, elle pensait plus qu'à la vengeance. Remarquez que c'est humain. Elle crie de toutes ses forces en le montrant du doigt: "Là, sur votre épaule, monsieur l'ogre, il y a quelqu'un qui s'est échappé du saladier. Là, sur votre épaule." Heureusement, pour les grandes oreilles de l'ogre, ses gueulements ne s'entendaient pas plus qu'une petite musique de frelon. Elle criait encore quand l'ogre, une fois déshabillée, l'enfourne tête la première dans sa bouche. Un seul coup de dent, un seul craquement, la grande Thérèse avait vécu. L'ogre dégustait en claquant la langue, un filet de sang au coin de la bouche. Janot la Grimace en était tout pâle. Il assaisonnait le papillon à grands coups de talon dans les flancs pour qu'il parte, mais pas moyen de le faire bouger, à croire qu'il s'était endormi. Et l'ogre, tout en digérant Thérèse, sentait bien qu'il avait quelque chose de pas ordinaire sur l'épaule et il louchait de ce côté-là. Janot s'affolait, vous pensez. D'un pied il prend appui par terre, je veux dire sur l'épaule de l'ogre et, en serrant le cou de la bête à deux mains, il la pousse dans le vide. Voilà le papillon qui pique au plancher comme une masse et il n'en était plus bien loin quand il arrive à se redresser. Une fois de plus, il emporte son cavalier à travers la chambre. Savoir où il allait se poser, cette fois. L'ogre avait quitté l'étagère et il s'en retournait à son zinc. C'était déjà ça. Mais voilà maintenant le papillon, soit par malice, soit par hasard, qui s'en va se poser au plafond, si bien que mon Janot se trouve tout d'un coup la tête en bas. Et il avait beau se cramponner en serrant les cuisses, au bout d'un moment, il n'en pouvait plus. Le lit était juste au-dessous de lui, mais à plus de cent mètres et il hésitait à se laisser tomber. Un quart d'heure se passe, l'insecte avait pas décollé du plafond. Janot, écœuré, lâche tout, il se laisse aller en fermant les yeux et il atterrit au milieu du lit. Il était un peu étourdi, bien plus par la chute que par le choc de l'arrivée. La nuit commençait à tomber. L'ogre ne viendrait pas se coucher avant minuit. Janot pense qu'il a le temps de faire un somme et il s'allonge sous le traversin, entre le drap et l'oreiller. Il était là-dessous comme sous un tunnel. Tellement qu'il était fatigué, les heures passent sans qu'il se rende compte. Entre minuit et 1 heure, l'ogre vient se coucher, il allume l'électricité et s'en va droit à l'étagère. Planqué sous son tunnel,

Janot suivait tous ses mouvements. Il prévoyait bien ce qui allait se passer. L'ogre prend Riri la Blonde dans son saladier, la pose sur le lit et dit en lui touchant la joue avec sa bague : "Amer, Cinzano, Pernod." Pas plus tôt qu'il a eu fini, la petite revient au grand format. Elle était couchée à côté de Janot, qui aurait pu se loger tout entier dans le creux de son oreille. L'ogre la regardait d'un air pas content. "De quoi ? il lui dit, c'est comme ça qu'on se présente à son maître avec une tignasse pas peignée, les ongles pas faits, la mine endormie ?" Riri se lève, elle lui saute au cou. Et vous l'auriez vue lui faire des mamours, des chatteries, vous auriez pensé, pas d'erreur, c'est une femme qui a des capacités. L'ogre était devenu tout souriant. Une fois dans les draps, tous les deux, voilà le cinéma qui commence. L'ogre, je vous l'ai dit, c'était un vicieux, un gros compliqué qu'avait toutes sortes d'exigences. Janot la Grimace, ça lui faisait plaisir de voir sa Riri se démener et bien s'appliquer. Il était content qu'elle apprenne la vie. D'un autre côté, vous me direz, ça devait quand même lui serrer le cœur. Mais non, vous savez, pas tellement. Ils étaient si grands par rapport à lui que tout ça n'avait pas l'air bien vrai. Un peu comme ce serait pour nous de voir le Panthéon se dessaler avec Notre-Dame. De temps en temps, l'ogre attrapait la bouteille sur la table de nuit et il s'envoyait un coup de rouge. Pour la bagatelle, il avait besoin de s'arroser. Il était comme ça. Le litre fini, c'est l'heure de dormir, il décide. Il applique l'anneau sur la joue à Riri la Blonde – "Calvados, Cognac, Fine Champagne" – il va la ranger dans son saladier, il se recouche, il éteint l'électricité et, presque aussitôt, il part à ronfler. C'était le moment qu'attendait Janot la Grimace. En douce, il sort de sa cachette... Vous filez le train ?
– Ji go.
– Sort de sa cachette, avance à tâtons sur le drap. Il faisait nuit noire, sauf un reflet de lumière qui venait d'une fenêtre d'en face. Ses yeux s'habituaient à l'obscurité. L'ogre continuait à ronfler, la tête dans son bras replié, la main allongée sur le drap. Janot s'approche tout près de la main et il pose sa joue sur la bague en disant tout haut : "Amer, Cinzano, Pernod." D'un seul coup, le voilà revenu à ses dimensions habituelles, un mètre soixante-huit, et râblé, et n'oublions pas son intelligence. L'autre était toujours endormi. Janot la Grimace allume la lumière, prend la bouteille vide sur la table de nuit et paf! un grand coup sur la tête. Avant d'avoir pu se réveiller, l'ogre était tombé dans les frites. Janot lui enlève sa bague en argent, la passe à son doigt et vas-y : "Calvados, Cognac, Fine

Champagne." Voilà l'ogre ratatiné à son tour. En reprenant connaissance, il se retrouve dans un saladier, et qui font le cercle autour de lui, toutes ses prisonnières. Vous pouvez compter qu'il n'en menait pas large. Les femmes commencent par le déshabiller. Il pleurait, il les suppliait, il leur promettait de l'argent, des toilettes, mais rien à faire. Elles lui rentrent dedans à grands coups de bottines et les griffes dehors. Il saignait de partout, tellement que Janot la Grimace, pour ne pas qu'elles le mettent en pièces, est obligé de le tirer de là. En attendant de régler son sort, il le gare dans une boîte d'allumettes. Après ça, il s'occupe des femmes, et d'abord de Riri la Blonde. En se revoyant grandeur nature à côté de lui, elle lui dit : "Janot, mon chéri, je suis ta petite femme pour la toute." Et c'était vrai. Dans son saladier, elle avait eu le temps de réfléchir. Elle avait compris une bonne fois que la vie n'est pas une amusette et que ce n'est pas en travaillant comme petite main dans la couture qu'une femme peut prétendre s'élever. Vers 2 heures du matin, tout le monde était réuni dans la chambre et prenait un coup de remontant. L'ogre, comme de juste, était seul à avoir gardé le format bibelot. Janot la Grimace avait décidé que, pour le punir, on l'abandonnerait dans la rue. Peut-être qu'il finirait dans une baraque de foire où on le montrerait pour cent sous. Un moment plus tard, ils allaient en bande le déposer sur un trottoir. Ils croyaient lui laisser sa chance. Mais un chien qui passait par là l'attrape dans sa gueule, le croque et l'avale sans même prendre le temps de s'arrêter. Voilà toute la bande prise par le fou rire. Riri la Blonde, le lendemain en s'éveillant chez son Janot, se marrait encore d'y penser. Au fond, c'était bien fait pour l'ogre.

«Janot la Grimace avait gardé l'anneau magique, pensant gagner de l'argent avec, et sûrement qu'il y avait moyen, surtout que lui, pour l'intelligence, il était servi. Mais la bague, sans qu'on sache pourquoi, elle avait perdu son pouvoir magique. Ce n'est pas ce qui devait les empêcher de réussir. Dressée par Janot, Riri la Blonde allait devenir une vraie femme. Sérieux, vous les auriez vus traverser la vie la main dans la main en regardant l'avenir avec confiance. Dix ans plus tard, ils étaient déjà patrons d'une maison.

«Vous filez le train? demanda Madame d'une voix sourde.

– Ji go, chuchotèrent les femmes soudain oppressées.

– Maintenant, je peux bien vous dire tout. Janot la Grimace, c'était M. Jean, et Riri la Blonde, c'était moi... Et la maison... la maison... la maison...»

Madame éclata en sanglots. M. Jean écrasa une larme à la dérobée et alla pousser les persiennes que nul ne se souvenait d'avoir jamais vues s'ouvrir. Les gonds rouillés grincèrent une plainte funèbre et l'affreuse lumière du jour pénétra dans l'estaminet, dissipant les fantômes de tant de nuits bénies.

JOSSE

*B*ien qu'il fût déjà venu trois fois en cinq ans, Josse n'aurait pas su reconnaître la maison de sa sœur entre toutes les maisons de ce faubourg de petite ville. Il avait même oublié le remarquable bandeau revêtu de losanges en faïence vert pomme, qui séparait, sur le mur de façade, le premier étage du rez-de-chaussée. Lorsqu'il fut descendu de taxi et qu'il se trouva devant la grille de cette petite maison propre et silencieuse, il éprouva quelque chose d'inconnu, qui ressemblait à un sentiment de la solitude. Le chauffeur, la mine renfrognée, descendait de sa voiture les trois cantines de fer qui contenaient toute la fortune de Josse et sur lesquelles étaient inscrits, en capitales blanches, son grade d'adjudant et son nom. Déjà, au sortir de la gare, en voyant venir ce petit homme sec au poil blanc, qui portait le ruban jaune à la boutonnière et le béret basque, il avait flairé le militaire de carrière et senti s'échauffer sa bile antimilitariste. La vue des bagages l'avait confirmé dans son antipathie.

Ayant essayé d'ouvrir la porte de fer de l'entrée, Josse constata qu'elle était fermée à clé. Il se tourna vers le chauffeur qui déposait sur le trottoir de l'avenue Aristide-Briand la troisième cantine et lui dit d'un ton bref en fronçant le sourcil comme s'il le tenait pour responsable de sa déconvenue :

« Personne ? Ça signifie ?

– Ce n'est pas mes affaires, répliqua le chauffeur d'une voix rogue.

– Qu'est-ce que je vous dois ? »

Le prix de la course se montait à sept francs auxquels s'ajoutaient trois francs pour les bagages. Josse régla et donna dix sous de pourboire. Le chauffeur, les yeux chauds et les lèvres serrées par le mépris, empocha l'argent sans mot dire, remonta dans sa voiture et, après avoir craché en direction de la grille, démarra. Josse regarda sa montre-bracelet. Il était près de 5 heures. Un ciel d'étain, très bas,

Première publication dans le recueil En arrière, *Gallimard, 1950.*

et un vent mouillé annonçaient déjà l'hiver. L'avenue, à peu près déserte, était bordée de petites maisons tristes et coquettes, sauf vers l'entrée de la ville, où des immeubles de rapport se faisaient vis-à-vis, et à l'autre bout vers le passage à niveau dont les abords étaient occupés par des familles pauvres logées dans des constructions de fortune. Josse, planté devant ses cantines, n'entendait d'autres bruits que celui du vent sifflant dans les arbres et, à de rares moments d'accalmie, celui d'une scierie fonctionnant dans une rue traversière du côté de la ligne de chemin de fer. Lui qui s'était promené, au hasard de sa vie militaire, en France, en Allemagne, en Afrique du Nord et dans le Proche-Orient sans jamais s'émouvoir à aucun paysage, fut sensible à la mélancolie de ce faubourg provincial où il s'était laissé persuader d'achever sa vie, et y perçut une vague menace. Il constata du reste avec inquiétude cette perméabilité nouvelle à de telles impressions, car il croyait y reconnaître l'influence pernicieuse, pourrissante, de la vie civile sur cet être dur, solide, bien trempé – l'homme par excellence, que représentait à ses yeux le soldat de métier. Comme il se tournait vers la maison, il découvrit, sur l'un des montants de pierre qui encadraient la grille, un bouton de sonnette qu'à tout hasard, il pressa. Presque aussitôt lui parvint le bruit d'une porte claquée, et, peu après, celui d'un pas sur l'allée bétonnée qui longeait le côté de la maison. Longue et sèche, son dur visage à peine adouci par les bandeaux blancs, sa sœur Valérie apparut dans son habituelle robe noire. Elle avait une voix claire et froide, bien timbrée.

«Comment se fait-il que tu sois déjà là ? Tu ne devais arriver que demain soir.

– Voilà un quart d'heure que j'attends à la porte. Qu'est-ce qui te prend, de t'enfermer à clé ?

– J'ai mes raisons. Mais pourquoi ne m'as-tu pas prévenue que tu avançais ton voyage ? C'était la moindre des choses.

– Si tu veux bien m'ouvrir la porte, fais-le tout de suite. Mes bagages sont sur le trottoir.»

Valérie ouvrit la porte, vit les trois cantines et interrogea :

«C'est tout tes bagages ?»

Josse transporta les cantines sur le petit perron, contre la porte d'entrée de la façade, et sa sœur alla lui ouvrir de l'intérieur. Le jour commençait à décliner et il faisait déjà sombre dans la maison. Ne trouvant pas le commutateur, Josse pria Valérie de donner la lumière, mais elle protesta qu'il était trop tôt et qu'on y voyait encore suffisamment. Quoiqu'il n'eût rien d'un panier percé et tout au contraire, l'adjudant, au cours de ses trente-six ans de vie militaire, n'avait pu acquérir le sens des menues économies de la vie domestique.

«Je ne vais tout de même pas me casser la gueule dans l'escalier en montant mes cantines! Allume l'électricité, bordel de Dieu!

– Bien, bien, très bien, dit Valérie en donnant la lumière, mais je ne vois pas qu'il soit utile d'ameuter les voisins par des jurons dégoûtants. Ici, tu n'es plus à la caserne et tu voudras bien te le tenir pour dit.»

Dans la chambre, Josse se mit à déballer ses cantines. Les deux premières contenaient du linge, un complet civil, et trois tenues militaires qu'il déposa sur le lit avec une pieuse inquiétude et des gestes tendres et précautionneux qui ressemblaient parfois à des caresses. Valérie, qui assistait à l'emménagement, était moins attentive au déballage qu'à son frère lui-même. Adossée à la porte, à égale distance du lit et de l'armoire à glace où il rangeait son linge, elle suivait ses allées et venues d'un regard ardent. La troisième cantine contenait surtout des souvenirs, la plupart achetés dans des souks d'Afrique du Nord et de Syrie: encriers, cendriers, maroquinerie de bazar, coffrets, vases de cuivre, pantoufles brodées d'argent, poignards, pistolets, chromos. Josse obligea sa sœur à descendre au rez-de-chaussée lui chercher un marteau et des clous pour accrocher au mur son propre portrait en grande tenue d'adjudant, celui en couleurs du maréchal Foch, et d'autres photos représentant des groupes de sous-officiers parmi lesquels il figurait lui-même. Enfin, au-dessus de son lit, à la place d'un christ en plâtre patiné, il suspendit un sous-verre où reposaient sur un fond de velours noir sa médaille militaire et ses deux croix de guerre, celle de 1914-18 et celle des théâtres d'opérations extérieurs.

«Tu n'as accroché aucune de mes photos, fit observer Valérie.

– À quoi bon? Je te verrai d'un bout de l'année à l'autre. Du reste, je les ai perdues, tes photos.

– Tu vas me faire le plaisir de les retrouver. Je t'ai envoyé ma photo trois fois. Une fois en 1914, une autre fois en 1927 et une troisième fois l'année dernière. Je ne supporterai pas que mes photos circulent dans les corps de garde.»

Josse la regarda au milieu du visage, détourna les yeux aussitôt et haussa les épaules. Valérie était devenue rouge. Elle venait de retrouver, dans le regard de son frère, tous les regards d'homme qui s'étaient détournés d'elle au long de sa vie de vieille fille, elle y avait lu l'invariable réponse à ses illusions toujours renaissantes. Pendant qu'il rangeait ses souvenirs et ses bibelots, elle jeta un coup d'œil sur l'une des portes de l'armoire à glace et y vit son visage osseux. L'âge et les cheveux blancs, qui lui conféraient une sorte de neutralité, en avaient un peu atténué ce que la laideur avait toujours eu d'agressif, mais il conservait une masculinité ingrate.

Il y eut, au moment de se mettre à table, une vive altercation. Valérie, comme à l'habitude, avait mis le couvert dans la cuisine et Josse voulut dîner dans la salle à manger. Ce n'était pas un sentiment de vanité bourgeoise qui l'y poussait, mais une répugnance de toujours, que Valérie n'ignorait pas, pour les odeurs de cuisine, d'évier, de boîte à ordures. À la demande de son frère, elle opposa un refus net. Alors éclata une dispute rageuse, fracassante, au cours de laquelle chacun établit le bilan de ce qu'il apportait à la communauté. Valérie fit valoir qu'elle possédait en propre la maison, héritée, avec quelques titres de rente, d'une grand-tante courtisée pendant trente ans. En outre, elle comptait à son actif son rôle de ménagère, ses talents de musicienne, car elle jouait du piano, et l'agrément de ses relations personnelles, choisies dans un milieu honorable. De son côté, il se prévalait de sa présence d'homme dans une maison où elle avait peur de vivre seule, des moyens qu'il mettait à la disposition de sa sœur, lui permettant ainsi de mener une vie plus confortable, et il tint à déclarer expressément qu'il se foutait de ses talents de pianiste ainsi que de ses relations. Comme elle ne cédait rien, il prit la résolution d'aller dîner au restaurant et de reprendre le train le lendemain même. Valérie accepta de dresser la table dans la salle à manger.

Josse s'éveilla un peu avant 7 heures, se leva aussitôt et expédia très vite sa toilette par habitude, comme s'il eût été pressé et qu'il dût être dans la cour du quartier à l'heure de l'appel. Avant de descendre, il jeta un coup d'œil dans la rue. Sur les deux trottoirs, des employés de magasin et des écoliers se hâtaient vers la ville. De la deuxième fenêtre, il découvrit, par-dessus le mur de clôture, le jardin qui flanque la maison voisine où rien ne paraissait encore bouger. Il descendit au rez-de-chaussée, n'y trouva personne et ne put ouvrir aucune des deux portes d'entrée. Il pensait à enjamber la fenêtre lorsque Valérie, en peignoir, arriva à la cuisine.

«J'aimerais savoir comment on peut sortir de ta bicoque, dit-il. Je n'ai trouvé de clé nulle part.

– Tu pourrais peut-être me dire bonjour.

– Bonjour. Tu me donneras une clé.

– Tu n'as pas besoin de clé.»

Déjà Josse était de mauvais poil, car en ce début de journée, la caserne commençait à lui manquer et il se sentait dans un état de disponibilité anormal. L'affirmation de sa sœur, qui allait contre l'évidence, le fit blêmir. Elle eut assez d'antennes pour deviner quelque chose de cette détresse furieuse et, sans lui laisser le temps d'exploser, elle lui accorda la clé. Pendant qu'il buvait son café, elle lui montra par la fenêtre de la cuisine le potager qui s'étendait derrière la maison.

« Tu pourras occuper une partie de tes journées à des travaux de jardinage.

– Non, répliqua Josse.

– Tu vas t'ennuyer. Qu'est-ce que tu comptes faire de tes journées ?

– Jouir de ma retraite », répondit-il lugubrement.

Lorsque, après le petit déjeuner, son frère quitta la maison, Valérie, intriguée par son air pressé et presque affairé, ne put se tenir de lui demander où il allait, mais n'obtint qu'une réponse vague qui aiguisa encore sa curiosité. Josse suivit l'avenue Aristide-Briand jusqu'à l'entrée de la ville, s'engagea dans l'artère principale sans s'intéresser à l'aspect ni au mouvement des rues, ni aux allées et venues des ménagères vaquant à leur marché. Il marchait rapidement, l'air soucieux, comme s'il eût été en retard à quelque rendez-vous. Au sortir de la ville, après avoir hésité entre deux avenues, il prit l'avenue Thiers, mais n'étant pas sûr d'avoir pris la bonne, son allure s'était beaucoup ralentie et il eut à plusieurs reprises la tentation de revenir sur ses pas. Soudain, alors qu'il n'espérait plus, Josse se trouva devant la grille de la caserne. C'était un quartier de cavalerie désaffecté qui abritait des services civils de l'armée. La cour déserte, nue et plate, offrait pourtant au regard exercé de l'ancien adjudant de légères et émouvantes courbures de terrain, et le bleu livide des hautes fenêtres du casernement et les verrières glauques du manège faisaient battre son cœur. Sous sa défroque de civil, en face de cet univers qui restait, dans son abandon, le cadre sensible de la vie parfaite, il éprouva le sentiment de sa déchéance et n'osa pas se planter sur le trottoir pour contempler la caserne. Il continua de marcher sur l'avenue, revint sur ses pas et entra dans un café faisant face à l'ancien quartier de cavalerie. La patronne, en lui servant un vin blanc, essaya d'entamer la conversation et, sans y être invitée ni même encouragée, se plaignit du tort considérable causé à son négoce par le départ du régiment. Elle parlait amèrement de la municipalité socialiste qui n'avait rien fait pour retenir les militaires dans la cité.

« Ces gens-là ne comprennent pas qu'une ville sans régiment, c'est une pauvre veuve sans espoir. »

Comme elle évoquait les fastes passés de son établissement, Josse leva sur elle un regard dur qui la contraignit au silence et la renvoya derrière son comptoir. Assis contre la vitre, il put en toute tranquillité se rassasier de la caserne. Il s'intéressait à la cour plus qu'aux bâtiments qui l'encadraient. Seul, un adjudant de métier peut comprendre la beauté et l'infinie variété d'une cour de caserne. L'espace y a une qualité particulière, subtile, qui est comme une dimension de la discipline militaire. Après trois quarts d'heure d'examen, Josse découvrait toujours à celle-ci des aspects nouveaux, saisissants et pourtant familiers. Et chacune de ses émotions trouvait dans ses souvenirs personnels un prolongement ou une illustration précise.

Vers 11 heures, deux hommes, un sergent et un civil, sortirent du bâtiment le plus éloigné et marchèrent en direction de la grille. Le civil, qui portait son parapluie comme un sabre, était évidemment un ancien militaire. De plus près, la coupe de ses vêtements, la façon d'ajuster sa cravate et une certaine candeur dans le port du chapeau de feutre noir ne pouvaient tromper. Josse en éprouva quelque soulagement, car il avait souffert comme d'une profanation à la vue de cet individu foulant la cour de la caserne. Pourtant, lorsque les deux hommes pénétrèrent dans le café, l'idée ne lui vint pas de lier connaissance avec eux ni de s'en faire des relations. Dans la vie militaire, il avait du reste toujours été distant, solitaire, sans amitié. Dans toutes les unités où il était passé, il avait su se faire haïr de ses hommes pour sa dureté sans défaillance, pour son souci vétilleux de l'ordre, de la discipline. Ses collègues le tenaient autant que possible à l'écart et les officiers dissimulaient à peine leur mépris à l'égard de cet adjudant exemplaire qu'ils jugeaient stupide et dépourvu de toute humanité. Lui-même n'aimait personne.

De retour à la maison, il trouva sa sœur dans un état de surexcitation qui persistait en dépit de ses efforts pour montrer un visage paisible. Dans la matinée, profitant de l'absence de Josse, elle avait exploré sa chambre et mis la main sur une boîte de préservatifs qu'il avait, par décence, dissimulée derrière une pile de linge. C'était justement ce genre de découverte qu'elle avait escompté. L'idée que son frère pût entretenir avec des femmes des relations d'un caractère révoltant l'emplissait d'un sentiment mêlé : de fureur, de dégoût, de crainte admirative et de fiévreuse curiosité. Au repas de midi, tandis qu'il mangeait sans beaucoup se soucier de sa présence, elle le regardait à la dérobée, s'échauffant et s'exaspérant de l'assurance calme et cynique de ce mâle qui ruminait évidemment des pensées lubriques. Il était si provocant par sa tranquillité même, qu'elle ne put se tenir de l'interroger avec une brusquerie qui le fit sursauter :

«Où es-tu allé ce matin ?»

Josse eut l'air effaré, presque coupable, et parla vaguement d'une promenade qu'il avait faite dans les rues de la ville. Soucieux de ne pas souffler mot de son pèlerinage à la caserne, il avait l'élocution embarrassée d'un homme qui craindrait de laisser deviner un secret inavouable. Valérie se souleva de sa chaise et, penchée sur la table, lui jeta d'une voix haletante :

«Tu es allé voir une femme !

– Non, répondit Josse très calmement, je ne suis pas allé voir une femme.»

Il était soulagé de voir s'égarer les soupçons de sa sœur. Elle insista. Il dit :

«Qu'est-ce que ça peut te faire ?

– Ce que ça peut me faire ? Je suis connue dans la ville, moi. Je n'ai pas envie de passer pour la sœur d'un répugnant personnage.»

La réplique de Josse frappa Valérie de stupeur :

«Tu n'imagines pas, dit-il paisiblement, que je vais me passer de femmes.»

Josse prit l'habitude d'aller, trois fois par semaine, passer ses matinées dans le café qui faisait face à la caserne. Une timidité le retenait de s'y rendre chaque jour. En outre, il se méfiait d'une certaine émotion douceâtre et peu militaire qui le poignait à la vue de ce quartier de cavalerie, détourné de sa destination première et, comme lui, désaffecté. Les jours sans caserne, il passait également ses matinées au-dehors, autant par désœuvrement que pour la satisfaction d'inquiéter sa sœur. Errant par la ville ou par la campagne, indifférent aux gens et aux paysages, il traînait partout un ennui calme, discipliné. Après les longues pérégrinations sans but et sans imprévu, il était heureux de rentrer à la maison, d'y retrouver la présence hostile de Valérie, sa hargne vigilante et son regard inquisiteur. Leur mésentente foncière, les heurts et les éclats qui en résultaient à chaque instant, les maintenaient l'un et l'autre dans un état de tension nerveuse à la fois pénible et tonique dont chacun d'eux éprouvait le besoin. Lorsque, par une réplique blessante ou par quelque manquement aux habitudes de leur vie commune, il venait de provoquer Valérie, qu'il sentait sur lui son regard dur où passaient déjà les éclairs d'un orage, il retrouvait la sorte de plaisir qu'il éprouvait naguère en voyant les visages de ses hommes, crispés par la haine que faisaient monter en eux ses coups de gueule et ses sarcasmes. Toutefois, l'agressivité et la méfiance de sa sœur à son égard lui semblaient comporter un élément secret, touchant au mystère d'une féminité mortifiée, et qui lui inspirait crainte et dégoût. Si vifs étaient ces sentiments qu'il lui arrivait parfois, au plus fort d'une querelle, de céder tout à coup et de la laisser triompher.

Les après-midi étaient longues, d'un ennui qui aurait été insupportable s'il n'avait eu la satisfaction d'irriter Valérie et de l'intriguer, car il montait s'enfermer à clé dans sa chambre en prétextant un travail urgent, sur la nature duquel il gardait le secret. En réalité, il restait assis dans un fauteuil à lire le journal ou à ne rien faire. Toutefois, ayant acquis un jour la certitude que sa sœur écoutait derrière la porte, il quitta son fauteuil et, avec le manche de son canif, se mit à frapper la table à intervalles réguliers, puis au bout d'un quart d'heure de ce jeu qui exigeait une grande attention, il fit crisser les dents de son peigne sur l'angle de la cheminée de marbre, à peu près à la même cadence. Ces bruits alternés et réguliers étaient inexplicables pour Valérie qui se consumait de curiosité et de dépit derrière la porte. Dès lors, Josse s'appliqua patiemment à perfectionner ses bruits, chaque après-midi amenant une découverte nouvelle. Bientôt il eut atteint à la complexité, frappant par exemple la table de la main droite tandis que de la gauche il agitait un filet rempli de balles de Celluloïd achetées au bazar et contenant chacune un grain de métal qui rendait un son mat. Il apportait à ses recherches l'ingéniosité qu'il dépensait autrefois à la caserne pour tourmenter ses hommes. Valérie, à bout de nerfs et crevant de fureur rentrée, comprit qu'il lui fallait réagir. Elle aussi passa une partie de ses après-midi enfermée dans sa chambre, à de prétendues occupations, mais étant assurée que son frère ne viendrait pas écouter à la porte, elle devait faire assez de bruit pour qu'il l'entendît à travers deux cloisons. Durant quelque temps, elle ne trouva rien de vraiment satisfaisant, jusqu'au jour où elle eut l'idée de monter chez elle une meule à aiguiser. Pour ne pas user ses couteaux, elle passait à la meule des morceaux de ferraille, des casseroles hors d'usage, et obtenait des variations assez surprenantes. La première fois qu'il l'entendit, Josse fut d'abord démoralisé, mais il se ressaisit. Sûr de la supériorité de son travail sur la grosse besogne de Valérie, il poursuivit ses combinaisons de menus bruits et parfois il avait la jouissance d'entendre, derrière sa porte, pendant un arrêt de la meule, un léger craquement du parquet trahissant la présence de Valérie.

À la tombée du jour, Josse quittait sa chambre après l'avoir fermée à clé et, emportant un volumineux paquet qui ne contenait que du papier, il allait s'en débarrasser dans un petit bois situé à quelque deux cents mètres au-delà du passage à niveau. L'avenue Aristide-Briand, à son extrémité la plus éloignée de la ville, près de la ligne de chemin de fer, était bordée de baraquements et de masures construites en matériaux de fortune. En passant par là, Josse rencontrait souvent une adolescente brune, maigre, aux yeux de loup, fille de réfugiés espagnols, qui lui souriait hardiment et essayait même d'engager la conversation. Il lui arriva plus d'une fois d'être vivement tenté, mais il fut toujours retenu par la crainte de compromettre la dignité de son passé militaire avec une pauvresse en guenilles. En revanche, il ne s'interdisait pas de fréquenter la maison de tolérance de la rue des Blancs-Boquins, où il se rendait chaque vendredi, le soir après dîner, considérant cette visite hebdomadaire comme un devoir d'hygiène, et d'autre part retrouvant là un cadre et une atmosphère inséparables de ses souvenirs de garnisons.

Un dimanche de la fin février, environ quatre mois après son arrivée, il s'était mis à neiger dans la nuit, et Josse, vers la fin de la matinée, lisait le journal au coin du feu, dans la salle à manger. À 11 heures et demie, comme chaque dimanche, il entendit sa sœur, qui revenait de la messe, ouvrir et refermer la grille d'entrée. Lorsqu'il leva le nez de sur son journal, elle était déjà passée et il ne vit à travers les rideaux que le voile épais des flocons de neige dont la chute effaçait les maisons de l'autre côté de l'avenue. Valérie entra par la porte de la cuisine et dit en se plantant devant lui :

«Regarde-moi!»

Il la regarda. Elle se tenait droite, le menton haut, et sous son chapeau des dimanches, orné d'un oiseau blanc, ses yeux étincelaient.

«Je sais où tu vas te vautrer tous les vendredis soirs, espèce de porc! Mme Jessicaud vient de me l'apprendre en sortant de la messe, et bien sûr qu'à l'heure qu'il est, toute la ville est déjà au courant!

– Et après? Je ne fais de mal à personne!»

Exaspérée par le calme de Josse et perdant tout sang-froid, elle se mit à brailler des injures, le traitant de débauché, de coureur de chiennes, de bête lubrique, et crachant les mots avec une délectation malpropre. Irrité par ces invectives qu'il jugeait imméritées, Josse se leva et, sans s'échauffer autrement, jeta au nez de sa sœur le premier couplet d'une chanson obscène qui commençait ainsi : « La première garce que j'ai baisée – C'est à la porte du quartier... » Il chantait d'une voix claironnante mais brève, qui donnait à la complainte, enlevée comme à coups de cravache, l'allure d'un chant de victoire. Valérie frissonna dans son manteau des dimanches, eut un petit rire nerveux, chevrotant, et s'enfuit à la cuisine, où il la poursuivit pour lui assener le deuxième couplet : « Moi qui suis un sacré cochon – Je la fous sur le polochon... » Réfugiée dans un angle de la pièce, l'air traqué, elle le vit venir sur elle, et, les mains crispées sur son ventre, se mit à crier : « Non ! Non ! » Interdit et bientôt gêné, il lui tourna le dos et regagna la salle à manger avec l'inquiétude d'avoir remué en elle il ne savait quel fond boueux.

Le vendredi suivant, après le dîner, pour ne pas avoir l'air de baisser pavillon devant sa sœur, il se rendit comme d'habitude rue des Blancs-Boquins, mais presque à contrecœur et sans parvenir à éloigner de son esprit la scène du dimanche matin. Le lendemain, Valérie ne fit aucune réflexion et ne marqua sa réprobation qu'en s'abstenant de lui adresser la parole. Dès lors, ses sorties du vendredi soir se firent irrégulières. Chaque fois qu'il se rendait à la maison de tolérance, il pensait avec un sentiment de malaise à sa sœur, lui semblant même qu'elle ne fût jamais très loin de lui et jusqu'à sentir rôder sa présence dans les chambres de l'établissement, dont il se trouva une fois empêché au moment de bien faire. À la mi-avril, il cessa décidément ses visites.

Vers le même temps, un matin qu'assis derrière la vitre du petit café, il contemplait la cour du quartier de cavalerie, se produisit un incident sans gravité apparente, mais pour lui lourd de conséquences. Des maçons travaillant sur un chantier voisin buvaient au comptoir et plaisantaient bruyamment avec la patronne. Agacé par ce tapage qui le gênait dans sa contemplation, Josse tourna la tête pour réclamer le silence d'un regard impérieux. C'est alors que l'un des maçons, un homme d'une trentaine d'années, se détacha du groupe et, traversant la salle, vint se planter devant lui. Après l'avoir regardé de près, en prenant son temps, à la façon d'un maquignon qui examine une tête de bétail, il se prit à ricaner.

« Dis donc, mais c'est bien toi, l'adjudant Josse, la vache qui m'en a fait baver pendant un an à Épinal. Alors, ils t'ont foutu à la retraite ?
– Je vous interdis de me tutoyer !
– Tu m'interdis ? Avec quoi ? Avec ta grosse langue de vache, que tu m'interdis ? Parce que pour me mettre en prison, c'est fini. Et si ça

me plaît de te cracher dans la gueule comme tu le mériterais, vendu, maintenant c'est entre toi et moi. Tu ne peux pas m'envoyer aux durs comme tu as fait à mes copains Ravelin et Minot, qu'à l'heure qu'il est, ils sont peut-être encore à Oléron ou dans le Sud tunisien. Tu t'en souviens de Ravelin et Minot hein, charogne ? Dis-le que tu t'en souviens, je veux que tu me le dises !»

Les autres maçons s'étaient approchés et, tout de suite compréhensifs, regardaient l'ancien adjudant avec hostilité. Josse s'était levé pour faire front. Il regretta de n'avoir pas son revolver sur soi et se promit de revenir le lendemain pour abattre le trublion. Cependant, la patronne s'interposait, adjurant l'interpellateur de respecter la clientèle. Il parut s'apaiser et l'affaire en serait restée là, si à l'instant même deux sous-officiers, venus de l'ancien quartier de cavalerie, n'étaient entrés dans le café. Comme ils s'enquéraient des raisons de ce tumulte, le maçon sentit se ranimer sa rancune et, d'un signe de tête leur désignant son ennemi, trouva dans un éclair de divination les paroles les plus propres à l'humilier en présence des deux sergents :

«Mon ancien juteux, dit-il. Maintenant qu'il a dételé, il vient ici reluquer la caserne pour tâcher de se remettre dans le bain.»

Rencontrant les regards gênés des deux militaires, Josse rougit et se sentit nu comme un ver. Il ne devait jamais remettre les pieds dans le petit café ni rôder aux abords de la caserne. L'aventure le laissa très désemparé. Il éprouvait pour la première fois que le retour à la vie civile, en le privant des prérogatives de son grade et de la protection tutélaire de l'armée, l'avait rendu vulnérable au monde extérieur, et combien il se trouvait diminué. L'univers hiérarchisé dans lequel, pendant plus de trente ans, il avait trouvé un recours en toutes circonstances, cet univers-là était fermé, et il lui semblait n'avoir aucune prise sur le monde étrange et chaotique où l'avait jeté sa mise à la retraite.

Privé de ses pèlerinages à la caserne et à la maison de tolérance, Josse n'avait plus aucun désir de sortir. Ses promenades devenaient plus brèves, moins fréquentes et moins régulières. Dans les rues de la ville ou dans la campagne, il se sentait partout étranger aux autres comme à lui-même et, dans sa hâte de rentrer, se surprenait parfois à courir. À la maison et là seulement il se retrouvait, reprenait possession de soi, goûtant la commodité de vivre en système clos, dans une atmosphère de hargne et de sécurité. Il s'inquiétait d'ailleurs de se voir, au bout de quelques mois, ainsi enraciné chez sa sœur et, sachant sa secrète volonté de le dominer et de l'asservir, il eut quelques velléités de se séparer d'elle, mais qui ne se manifestèrent jamais autrement qu'en paroles, et déjà Valérie ne prenait plus au sérieux ses menaces de départ. Sentant mûrir sa proie, elle manœuvrait habilement à le disloquer, s'ingéniait à lui faire une vie matérielle des plus confortables, aggravant d'autre part le conflit qui donnait du sel à la vie commune. Elle voyait venir le moment où son frère, isolé, lié par un réseau d'habitudes et devenu incapable de se refaire une existence ailleurs que dans sa maison, elle l'aurait à sa merci en le menaçant de le chasser et en se dérobant affectueusement à toute espèce de dispute. Déjà elle avait médité ses paroles, ses intonations et s'entendait lui dire avec bonté : « Mon cher petit, j'ai un caractère difficile qui m'empêchera peut-être toujours de te témoigner mes vrais sentiments de tendresse et je me demande s'il ne vaudrait pas mieux, dans ton intérêt comme dans le mien, que tu t'en ailles vivre sous un autre toit. » Son ambition était de l'obliger à jardiner du matin au soir.

Peu à peu, Josse prenait l'habitude de se lever tard, non qu'il fût devenu paresseux, mais parce qu'il reculait ainsi le moment de sortir. Un matin des premiers jours de mai, vers 8 heures, il ouvrit les persiennes et, par-dessus le mur de clôture, dans le jardin tout ensoleillé du voisin, il vit un enfant qui lui souriait. C'était un garçon de deux ans, prénommé Yvon, qu'il avait aperçu maintes fois sans y prendre garde. Depuis plusieurs années, Valérie était brouillée avec la famille, qu'elle méprisait en bloc à cause des opinions socialistes du père, un homme de trente-cinq ans, exerçant la profession d'agent d'assurances. Planté au milieu d'une allée, l'enfant regardait Josse avec un sourire confiant qui le toucha et il sourit à son tour. Lorsqu'il revint à la fenêtre après s'en être éloigné, Yvon, qui semblait l'attendre et guetter son retour, se mit à rire en agitant les bras. Chaque fois qu'il se retirait de la fenêtre, sa réapparition était saluée par la même joie, le même rire. Le jeu, auquel Josse se prêtait avec bonne humeur, dura presque sans interruption jusqu'à ce qu'il descendît prendre son petit déjeuner. Il eut avec Valérie une violente discussion à propos d'un grand-père depuis longtemps défunt, qu'elle prétendait avoir toujours vu porter une moustache tombante, tandis qu'il se souvenait avec certitude d'une moustache dont les pointes frisées se relevaient vers les yeux. Ce fut pour eux l'occasion de s'accuser mutuellement de mauvaise foi, d'hypocrisie, d'égoïsme, de jalousie et de la plupart des péchés capitaux. Le cœur plein de rage, Josse ne pensa plus à l'enfant de tout le matin.

L'après-midi, montant dans sa chambre pour se livrer comme chaque jour à ses exercices de bruitage, il alla d'abord à la fenêtre. Le bambin lui tournait le dos et marchait dans l'allée d'un pas hésitant à cause des graviers qui roulaient sous ses pieds. Sa démarche pataude de jeune chien amusa Josse et, à le regarder, il oubliait la rancune qui l'animait encore contre sa sœur. Le voyant trébucher, il eut le souffle suspendu et ébaucha un mouvement comme pour le retenir, mais l'enfant retrouva son équilibre et peu après, ayant fait demi-tour, il témoigna à Josse, par des gestes et des sourires, sa joie de le revoir dans le cadre de la fenêtre. Au bout d'un quart d'heure passé à échanger ainsi des sourires, l'adjudant se blâma de perdre son temps à des futilités et, dans un tiroir dont il avait toujours la clé sur lui, alla prendre son filet de balles en Celluloïd. Assis devant sa table, il frappait trois coups sur le bois avec le manche de son canif et, de la main gauche, faisait grelotter ses balles pendant quinze secondes, puis frappait trois autres coups. Mais cet après-midi-là, son travail l'intéressait moins qu'à l'ordinaire et il s'y donnait avec moins d'application. À plusieurs reprises, il abandonna son canif et ses balles pour aller à la fenêtre jeter un coup d'œil dans le jardin des voisins. Il s'y trouvait justement lorsque Valérie, dans sa chambre, se mit à user des ferrailles sur la meule. Elle en tirait d'ailleurs des sons variés et curieux dont l'ensemble ne manquait pas d'une certaine musicalité. Josse, qui regardait les ébats du petit voisin, ne quitta pas le cadre de la fenêtre et l'idée l'effleura que ses activités habituelles de l'après-midi étaient aussi vaines que celles de sa sœur.

Ce ne fut qu'une quinzaine de jours plus tard que Valérie perçut avec certitude chez son frère un changement d'attitude et même de caractère. Auparavant, elle avait déjà observé à de certains moments une légèreté d'humeur qu'elle ne lui connaissait pas, comme aussi un manque d'agressivité et une relative indifférence lorsque s'étaient élevées entre eux des querelles qui, habituellement, l'eussent à coup sûr amené à faire un éclat. Toutefois, ces baisses de tonus avaient été suffisamment compensées par une humeur morose et par des accès de rage pour qu'elle ne prît pas la peine d'y arrêter son attention. Or il lui devenait clair, tout d'un coup, qu'il s'acheminait vers une sorte de sérénité, une joie intérieure faisant penser à quelque jeunesse miraculeusement retrouvée. Cela n'empêchait pas qu'il eût toujours un masque sévère et que ses moindres paroles, aboyées d'une voix sèche, retentissent comme des injonctions, mais il lui arrivait de plus en plus rarement de s'emporter et, aux savantes provocations de sa sœur, il n'opposait la plupart du temps qu'une espèce d'absence et parfois même des paroles d'accommodement et de bienveillance. Il arrivait, sans cause apparente, qu'un sourire vînt éclairer, autant qu'il était possible, son visage dur et têtu. Ses yeux mêmes, ses petits yeux gris clair au regard froid, semblaient maintenant adoucis par la buée d'une rêverie. Ravagée par le dépit, la colère, la jalousie, la curiosité, et sentant son frère lui échapper, Valérie, qui suivait avec une attention aiguisée les progrès de la métamorphose, ne doutait pas qu'il connût une nouvelle femme et qu'un grand amour fût entré dans sa vie.

Josse vivait à la fenêtre de sa chambre et c'était bien un grand amour qui venait d'entrer dans sa vie. Une communication presque permanente s'était établie entre lui et l'enfant qui semblait avoir besoin de sa présence. Du matin au soir, l'adjudant ne se lassait pas de contempler les jeux du garçonnet, d'admirer ses attitudes, ses balbutiements, de s'émerveiller et de s'attendrir. Parfois, pour le mieux voir, il prenait ses jumelles et, après avoir à demi repoussé les battants de la fenêtre afin de se cacher des parents, il se rassasiait du petit visage, de ses mines et de tant de grâce et de délicatesse dont il lui semblait être le protecteur. Il était au courant de ses habitudes, savait dans quelle chambre il dormait et les heures du lever, du coucher, des repas. Les jours de pluie où le jardin était impraticable, il restait à l'affût derrière ses rideaux pour l'entrevoir une minute sur le perron ou dans l'ouverture d'une fenêtre. Pour lui, Josse avait changé ses heures de sortie qu'il faisait coïncider avec les heures de sieste du bambin, après le déjeuner de midi. Et durant ces heures-là, il était encore heureux d'un enchantement lourd qui allait s'allégeant à mesure qu'approchait le moment du revoir. Il se répétait les mots que commençait à prononcer Yvon en les déformant et, d'admiration, de tendresse, il riait tout haut. Un jour qu'il se promenait hors la ville, marchant derrière une paysanne qu'accompagnait une fillette de trois ans, celle-ci échappa une minute à la surveillance maternelle et se trouva au milieu de la route, entre deux voitures qui venaient à la rencontre l'une de l'autre. Josse la prit dans ses bras, la rendit à sa mère, avec laquelle il fit un peu de conversation. Comme on parlait des enfants en général, il déclara tout à trac, sans qu'on lui eût fait aucune question :

«Le mien est plus jeune que votre petite fille. Il vient seulement d'avoir deux ans. C'est un garçon. Il s'appelle Yvon.»

Sur quoi il rougit et regretta ses paroles, car il détestait le mensonge gratuit. Pourtant, après y avoir réfléchi, cette usurpation de paternité ne lui sembla pas trop abusive et il se plut à penser qu'elle était justifiée par le sentiment profond qui l'avait inspirée.

Impuissante, Valérie assistait à la transfiguration de son frère, dont le bonheur trop visible et la mansuétude à son égard rendaient vaines sa fureur et ses habiletés manœuvrières. Désemparée, ayant perdu tout espoir d'apaiser sa soif de domination, elle se sentait dans la situation d'une épouse bafouée ouvertement, sauf qu'il lui manquait de pouvoir invoquer son bon droit et qu'elle se trouvait réduite à ravaler ses cris de rage. Un soir, Josse descendit à la salle à manger, le visage presque radieux et en chantonnant, ce qui ne lui était, à la connaissance de sa sœur, jamais arrivé. Elle en éprouva un choc comme s'il lui eût envoyé au nez, dans ce mince fredonnement, une insolente bouffée de sa joie et de son amour.

«Pourquoi est-ce que tu chantes? C'est pour une femme, hein? Toujours des histoires de femmes! Toujours des chansons obscènes! Toujours des cochonneries!»

Elle répéta plusieurs fois «des cochonneries», jusqu'à ce que la voix lui manquât. Josse l'admonesta avec bienveillance, lui remontrant d'un ton fraternel que ses paroles courroucées ne se justifiaient en rien, car il était bien éloigné de songer à des obscénités.

«Je t'assure que j'ai la tête à autre chose qu'à de pareilles âneries. Quant aux femmes...»

Il eut un petit rire signifiant qu'il avait des préoccupations plus pressantes. Valérie l'interpréta à contresens et, mise hors de sang-froid par la mansuétude de son frère, s'approcha de lui à le toucher, visage contre visage, en criant qu'il était un menteur et un hypocrite. Josse put croire qu'elle allait le mordre ou le gifler, mais, fondant soudainement en larmes, elle se jeta à son cou en l'appelant d'une voix entrecoupée de sanglots son petit frère chéri. Dans son délire larmoyant, elle l'étreignait avec une vigueur remarquable, pressait son visage sur le sien, collée à lui de tout son corps, le ventre ondulant et des deux mains agrippée à la peau de son dos. Écœuré par ce contact, Josse lui écrasa les orteils d'un coup de talon et, libérant son bras droit, lui porta un coup de poing à la mâchoire. Comme elle semblait ne pas s'en apercevoir et que son étreinte ne se relâchait pas, il dut s'acharner à coups de poing et de genou jusqu'à l'envoyer au plancher, le visage ensanglanté.

Valérie ne pouvait pardonner à son frère de l'avoir vue dans un tel état d'exaltation. En outre, la vie commune se ressentit d'une gêne réciproque qu'imposait le souvenir d'une scène pénible. Pendant les repas, ils observaient un mutisme à peu près complet, évitant même de se regarder. Quant à Josse, l'incident n'avait malgré tout qu'une portée assez restreinte et n'affectait pas son existence dans ce qui lui était maintenant essentiel. Il ne vivait plus que pour l'enfant des voisins, n'avait pas d'autre passe-temps que d'échanger avec lui des sourires et de le contempler. À table même où sa seule vraie préoccupation restait Yvon, il était encore heureux et se félicitait de ces repas silencieux qui lui permettaient de poursuivre ses tendres rêveries.

Deux années s'écoulèrent pendant lesquelles le frère et la sœur vécurent presque étrangers l'un à l'autre, du moins en apparence, car si le mutisme de Josse n'était que la marque de l'indifférence, il en allait autrement de Valérie, dont la haine et le désir de revanche se fortifiaient durant ces tête-à-tête silencieux. Elle aurait pu le chasser de sa maison et l'envie ne lui en manquait pas, mais, sans compter les avantages matériels que lui assurait la vie commune, elle gardait l'espoir de prendre un jour barre sur lui et de le tenir humilié à la faveur d'un événement nouveau. Plus précisément, elle attendait la rupture qui, d'après ses conjectures, devait tôt ou tard survenir entre Josse et la femme qui l'avait accaparé. Valérie aurait voulu connaître cette créature, qu'elle se représentait comme une beauté capiteuse, parée de tous les prestiges funestes qu'auraient réunis ensemble une vedette de l'écran, une fille publique et quelque Orientale aux gestes lascifs. Mais comme il restait secret sur l'objet de sa passion, elle était réduite à l'imaginer sans rien pouvoir entreprendre qui eût devancé la date de la rupture tant désirée. Il lui fallait se contenter de desservir son frère en faisant des taches de graisse sur ses vêtements, sur ses cravates, en usant le tissu de ses vestons à la pierre ponce et en jaunissant le col et les poignets de ses chemises, qu'elle repassait, exprès, avec un fer trop chaud. Il lui arriva de passer des jours à user ses caleçons, à les effilocher, puis à y faire des reprises voyantes avec un coton d'une couleur autre que celle qui eût convenu. Peu à peu, un changement sensible apparut en effet dans la tenue de Josse, qu'il avait toujours soignée jusqu'alors. Sans qu'il y prît garde, Valérie procédant avec une lenteur calculée, ses vêtements graisseux, élimés, son linge mal lavé, ses souliers déformés (elle les passait à la meule) lui ôtaient le goût de la propreté, de la netteté. Il en vint à ne se raser plus qu'un jour sur trois ou quatre et à expédier si vite sa toilette du matin qu'il se lavait à peine le bout du visage, en sorte qu'il avait un aspect plutôt malpropre et qu'il répandait ordinairement une mauvaise odeur. Tout en s'étonnant et s'inquiétant qu'il pût ainsi rester

aimable aux yeux d'une jolie femme, Valérie considérait avec satisfaction cette première déchéance qui était son œuvre et le début de
sa revanche.

Cependant, Josse ne se souciait pas des tourments qu'endurait sa
sœur et ne faisait rien pour les aggraver, du moins volontairement.
Devenu conscient de la qualité de ses nouvelles occupations, il
jugeait même sévèrement le soin qu'il apportait naguère à ses
besognes de bruitage. Toutefois, il lui restait des premiers mois
vécus chez Valérie l'habitude de lui dissimuler ses faits et gestes les
plus importants. Aussi s'appliquait-il à ne rien lui laisser deviner de
son affection pour l'enfant des voisins, considérant d'ailleurs qu'elle
était indigne d'être mêlée à une aventure aussi belle, redoutant également qu'elle ne se mît en travers de cette amitié le jour où elle
pénétrerait son secret. Transformé, transporté dans un monde
enchanté, Josse regardait grandir le garçon, lui semblant qu'il gran-
dît lui-même en même temps, comme si sa vraie vie n'eût fait que
commencer le jour où il avait découvert la douceur d'aimer. Plus
attentivement que ne savaient le faire les parents, il suivait les progrès de la croissance d'Yvon, le développement de son intelligence et
gardait le souvenir exact des étapes parcourues. Ayant acheté un
appareil photographique, il prenait, lorsque le temps s'y prêtait, plusieurs clichés par jour, qu'il faisait développer au chef-lieu du
département, dans la crainte qu'un hasard ne fît découvrir aux
parents ou à Valérie qu'il s'intéressait à l'enfant. Presque chaque
semaine, il recevait du photographe une volumineuse lettre recommandée dont l'enveloppe portait, imprimées, la raison sociale et
l'adresse de l'expéditeur. Le facteur avait l'ordre de ne la remettre
qu'en mains propres et même de ne la laisser voir à personne, et
Valérie échoua dans toutes ses tentatives de le circonvenir. Ces
envois hebdomadaires, dont elle n'arrivait même pas à connaître la
provenance, hantaient les nuits de la vieille fille. Maintes fois,
durant les absences de Josse, qui se faisaient de plus en plus courtes,
elle avait tenté sans succès de forcer les serrures de ses cantines,
dans l'espoir d'y découvrir les lettres recommandées.

La plupart des photos étaient médiocres, prises de trop loin et sous
un angle peu favorable, mais pour Josse, aucune n'était dépourvue
d'intérêt, même floue, même ratée, car elle s'attachait à un souvenir
qu'elle fixait et précisait dans sa mémoire. Il les classait dans des
albums, les annotait, les enrichissait de dates, de commentaires ou
d'anecdotes se rapportant aux jours où elles avaient été prises:
«25 juin, il courait, il est tombé sur la bordure, il s'est écorché son

petit genou, il a pleuré, la servante arrive; je lui ai crié "teinture d'iode", elle a compris; quand le petit est revenu au jardin, il ne pleurait plus; il n'a pas boité, j'ai eu peur.» Ces albums l'aidaient à passer les jours de pluie, les jours d'hiver où il ne faisait qu'entrevoir l'enfant. Quelques-unes de ces photos étaient à peu près réussies et il en faisait faire des agrandissements. Parfois, le soir, enfermé à clé dans sa chambre, tous les volets clos, il se donnait une petite fête. Tirant son lit au milieu de la pièce (ce qu'ayant un jour entendu, Valérie, qui écoutait derrière la porte, ne put se tenir de crier: «Mais enfin, qu'est-ce que tu fais?», à quoi il avait répondu: «Occupe-toi de tes pieds»), tirant son lit afin de pouvoir circuler librement le long des murs, il décrochait le portrait du maréchal Foch et d'autres souvenirs militaires (dont la plupart finirent par être relégués dans une cantine) et mettait partout des photos d'Yvon et des agrandissements de toutes dimensions. Tard dans la soirée, il se promenait dans sa chambre, s'arrêtant devant un essaim de photos, s'extasiant à mi-voix, exultant, parfois même riant très haut d'une attitude de l'enfant ou d'une expression qui lui étaient ainsi restituées, tandis que Valérie tendait l'oreille sur le palier, exaspérée par le mystère de cette joie bruyante.

Le bonheur de Josse, qui avait été sans nuage, ne tarda pas à s'accompagner de quelques tourments. À mesure qu'il grandissait, l'enfant se montrait avec lui plus réservé, comme s'il prenait conscience de leurs âges respectifs et qu'il le reconnût pour une grande personne. Leur amitié ne semblait pas menacée, mais Yvon devenait plus avare de ses sourires et s'intéressait davantage à soi-même et aux jeux qu'il imaginait. Satisfait de la présence de Josse, il n'en était plus à béer dans l'attente de le voir apparaître à la fenêtre. Sa réserve devint encore plus manifeste lorsque d'autres enfants vinrent jouer avec lui dans le jardin de ses parents. Les jours où il avait des compagnons de son âge, il ne souriait pas à Josse, le regardait à peine et à la dérobée avec une expression d'impatience, comme s'il se fût senti compromis, aux yeux de ses petits camarades, par une amitié aussi singulière. Josse en avait le cœur serré et, maladroitement, multipliait ses sourires sans comprendre qu'ils indisposaient le garçon. Honnêtement, il aurait voulu se réjouir pour lui de la présence de ces camarades, mais à de certains moments, il se laissait emporter par la jalousie, la rancœur, et pensait pour eux à des quatre jours de prison.

Un matin d'octobre, la première fois qu'il le vit partir pour l'école, Josse, bouleversé et le cœur à la gorge, se mit à fondre en larmes.

Dans sa vie, l'événement n'eut pas une moindre importance que dans celle de l'enfant. Du reste, il prit l'habitude de sortir, les jours de classe, dès 7 heures du matin, et d'aller vaguer par la ville à seule fin de croiser l'écolier en rentrant à la maison. Ces rencontres matinales, il les attendait anxieusement, car l'attitude de l'enfant, toujours imprévisible, était pour lui l'objet de ruminations sans fin. À la longue, il finit par s'apercevoir qu'Yvon ne se mettait en frais d'un sourire que lorsqu'il se trouvait seul. Était-il au contraire accompagné d'un ou de plusieurs camarades, il se contentait de soulever sa casquette, l'air froid, presque dur, et parfois feignait de ne pas le voir. Josse avait sur l'enfance des idées trop simples, trop candides, pour supposer qu'Yvon avait honte de leur amitié devant ses camarades. Ce qu'il ne soupçonnait pas non plus, c'est qu'il avait contre lui non pas seulement son âge, mais aussi ses vêtements malpropres et élimés qui lui donnaient l'aspect d'un pauvre, car cet enfant de cinq ans, élevé dans une famille aisée, avait naturellement en mépris et en aversion les signes extérieurs de la pauvreté. Ainsi les calculs de Valérie qui s'appliquait à user et tacher les vêtements de son frère pour le rendre moins aimable finissaient-ils par se trouver justes. Depuis que l'enfant des voisins fréquentait l'école, elle avait souvent observé que Josse était d'une humeur moins égale, qu'il lui arrivait d'être soucieux et, très prudemment, elle se plaisait à espérer que la créature se lassait, que la fin de son règne était proche et que le sien allait commencer. Mais force lui était de constater qu'il avait encore de bons jours. Et le plus significatif, le plus inquiétant était qu'il continuât de recevoir régulièrement des lettres recommandées.

Une négligence de son frère fit tomber entre ses mains une enveloppe vide, mais sur laquelle étaient imprimés le nom et l'adresse du photographe. Quelques jours plus tard, prétextant une invitation, elle prit le train pour le chef-lieu du département, et là, se présentant au photographe, demanda les photos de M. Josse. Comme elles étaient prêtes, on ne fit aucune difficulté à les lui remettre. Dans la rue, sa stupéfaction fut grande en les regardant et aussi sa fureur, car sa première pensée fut que son frère avait eu, de la créature, un fils dont il tenait la naissance secrète. Les photos étaient floues, prises sous une incidence plongeante qui ne permettait guère de distinguer les traits de l'enfant et, à première vue, laissait même le sexe incertain. Valérie alla s'asseoir dans un jardin public pour les examiner à loisir. Sur l'une des photos, elle finit par reconnaître la maison des voisins, qui se détachait en clair à l'arrière-plan sur un fond d'arbres sombres, et put mettre un nom sur le visage du garçonnet. Sa découverte, qui autorisait plusieurs hypothèses, en premier lieu celle d'une liaison entre Josse et la femme de l'assureur, la laissa perplexe, car aucune n'était satisfaisante. Le soir, au dîner, lorsque son frère entra dans la salle à manger, elle dit en lui tendant l'enveloppe, comme une chose sans importance : « Là-bas, j'ai vu Haudriot, le photographe, qui m'a dit qu'il avait des photos pour toi. Je te les ai apportées. » Surpris, inquiet, il rougit comme un coupable et crut devoir expliquer qu'il s'était pris d'affection pour le jeune fils des voisins. « On n'imagine pas, dit-il avec un rire niais, combien ce petit bonhommelà est gentil, attachant. Un vrai petit ange ! » Au sourire qu'eut sa sœur, il comprit qu'il venait d'humilier son secret en même temps qu'il l'avait livré.

Exactement renseignée sur la nature de cette grande passion qu'elle avait imaginée tout autre, Valérie était à la fois satisfaite et déçue. Josse perdait à ses yeux le prestige dont elle l'avait paré en se le représentant vautré dans la luxure aux bras d'une femme maudite. Elle vit dans cette sentimentalité le signe d'un abêtissement sénile et jugea qu'il était mûr pour la bêche et le râteau. Le lendemain même de son voyage au chef-lieu et quoiqu'il lui en coûtât, elle fit une tentative pour renouer avec les voisins et alla chez eux s'entretenir avec le mari d'une assurance-incendie qu'elle désirait contracter à la compagnie qu'il représentait. L'assureur l'accueillit un peu froidement, mais comme elle parlait d'une assurance-vie au profit de son frère, il ne tarda pas à se dégeler et l'entretien devint cordial. Ayant renouvelé plusieurs fois sa visite, elle fit montre d'une souplesse dont elle était ordinairement peu capable et sut se faire bien voir de toute la famille.

Un jeudi après-midi, fin avril, Josse était à la fenêtre de sa chambre lorsqu'il vit sortir de la maison des voisins et déboucher dans leur jardin sa propre sœur accompagnée de la femme de l'assureur et d'Yvon. Après avoir marché quelques pas, Valérie, qui tenait l'enfant par la main, l'enleva dans ses bras et, parlant et riant, lui montra, de son index pointé, la fenêtre encadrant le buste de Josse. La mère avait levé la tête et regardait dans la direction ainsi indiquée. Josse s'était vivement jeté en arrière comme pour éviter une éclaboussure et, les jambes coupées par l'émotion, s'asseyait sur le lit. La présence de Valérie dans ce jardin, sa familiarité avec Yvon, lui apparaissaient comme une obscénité, mais le plus grave était cette violation d'intimité, dont il pressentait déjà les conséquences, violation délibérée, astucieusement calculée. Josse et Yvon ne s'étaient jamais parlé et il n'y avait entre eux que des échanges muets. Leur amitié avait le goût du secret, qui en faisait peut-être pour l'enfant le véritable prix, le charme fragile. Josse resta longtemps sur son lit à remâcher sa peine, n'osant pas reparaître à la fenêtre de peur de surprendre, dans le regard d'Yvon, le reproche, le mépris ou déjà l'indifférence. Vers 6 heures, il entendit Valérie ouvrir la porte de la grille, faire le tour de la maison, puis monter l'escalier pour aller changer de robe dans sa chambre. Comme elle débouchait sur le palier, il ouvrit sa porte et cria :

« Qu'est-ce que tu foutais dans le jardin des voisins, tout à l'heure ?

– Je ne comprends pas ta colère, dit-elle sur le ton du reproche enjoué. J'ai souvent affaire avec les voisins pour l'assurance de ma maison. Ce sont des gens très aimables et leur petit Yvon est un enfant charmant. Il est bien élevé et surtout très affectueux. »

Tandis que Josse blêmissait, Valérie prit un temps et, l'air attendri, ajouta :

« Il m'aime beaucoup, ce cher mignon.

– Tu mens ! Personne ne peut t'aimer ! Personne ! »

Josse était si troublé qu'il n'eut pas conscience de l'effet produit sur sa sœur par l'affirmation d'une vérité qu'il tenait d'ailleurs pour évidente. À son tour, Valérie changeait de couleur. Son visage et particulièrement son grand nez osseux avaient la pâleur d'un linge et l'acier de ses petits yeux pâlissait aussi. Elle contint les imprécations qui lui montaient à la gorge et n'auraient pu qu'affaiblir sa position à l'égard de son frère. Par un miracle de volonté, elle réussit à sourire et à dire d'une voix douce :

« C'est même une chose curieuse qu'il m'ait tout de suite adoptée avec une tendresse si confiante. Il voulait toujours m'embrasser, être sur mes genoux. Et ses parents me le disaient tout à l'heure : quand je ne suis pas là, il est toujours à réclamer sa "petite tante Valérie".

– Charogne, murmurait Josse. Ah ! la charogne. »

La sueur au front, les mains tremblantes, il avait peur de lui-même et, tout en grommelant, il reculait à petits pas devant sa sœur qui entrait avec lui dans sa chambre. Malgré ses efforts, elle ne put garder l'apparence de la sérénité plus longtemps et poursuivit d'une voix déformée et précipitée par les joies de la haine et la hâte de faire mal :

« Cet après-midi, j'ai eu de la peine pour toi. Il m'a dit qu'il te détestait. Il trouve que tu es sale, que tu as l'air méchant et il voudrait que tu t'en ailles de ta fenêtre. »

Passant devant son frère, elle arrivait justement à la fenêtre et jetait un coup d'œil sur le jardin des voisins, où jouait l'enfant. Elle l'appela d'une voix sucrée et, longuement, lui fit signe de la main. «Je n'ai jamais rien vu d'aussi adorable!» dit-elle en se tournant vers Josse. Aussitôt, elle poussa un cri de frayeur. Josse, armé d'un revolver, se tenait entre le pied du lit et l'armoire à glace. Il n'avait pas l'air irrité et la considérait d'un regard calme qui la rassura un peu. Elle voulut aller à lui pour prévenir une inspiration funeste, mais, levant son arme, il se mit à tirer et lui logea quatre balles dans la cuisse. Alertés par les coups de revolver et les hurlements de Valérie, les voisins commençaient à s'agiter. En attendant leur arrivée, Josse s'assit sur son lit et, regardant sa victime affalée devant la fenêtre, se plut à penser qu'elle resterait estropiée et qu'au surplus, elle sortirait déconsidérée de cette aventure.

Au commissariat de police, il déclara qu'il avait voulu tuer sa sœur pour la voler. Dans son esprit, c'était jouer là un bon tour à Valérie en l'affligeant, aux yeux de ses concitoyens, d'un frère assassin et voleur. Lorsqu'il fut sorti, le commissaire qui l'avait interrogé dit au brigadier:

«Il raconte des blagues. La vérité, c'est qu'il a vu rouge parce que le vieux chameau a dû lui en faire endurer au-delà de ce qu'il est possible de supporter. Son cas est celui de tous les braves types qui finissent par tuer leur femme.»

Dans sa cellule, Josse pensait avec satisfaction aux années de bagne qui l'attendaient. Il lui semblait renaître à un monde cohérent où les hiérarchies et les consignes calaient sa conscience et le protégeaient contre les aventures sentimentales.

LA VAMP ET LE NORMALIEN

La vamp habitait, rue Caulaincourt, un petit appartement de deux pièces, meublé très modestement. Elle aurait pu, en vendant la centième partie de ses bijoux, acquérir par exemple le plus bel hôtel particulier de l'avenue du Bois, mais intelligente autant que belle, Éva Grobureau se gardait d'étaler un luxe provocant. C'est qu'elle redoutait les antennes du fisc et, non moins, les inspecteurs du contrôle économique qui courent derrière les Cadillac conduites par les filles en vison et remontent ainsi jusqu'au pot aux roses du noir ou du trafic d'or, ou d'influences, ou de devises. Éva était une vamp moderne. On ne la rencontrait jamais dans les salons, ni dans les bars à la mode, ni dans les coquetèles d'ambassade, ni sur les plages mondaines. Ayant fait, pendant l'occupation allemande, son rude apprentissage de vamp dans les campagnes françaises et vidé de leurs billets de banque les lessiveuses des maquignons, elle avait compris que les grosses fortunes, les forces vives du pays, ne s'abritent plus sous les lambris dorés, mais dans des boutiques obscures et des trois pièces sur cour où le flair de l'État ne saurait déceler leur présence. Aussi l'idée de se produire au bal des Petits Lits blancs ou au festival Kornilov l'eût-elle fait sourire de dédaigneuse pitié. Elle se contentait de promener dans le quartier sa silhouette de pineupegueurle jambée et torsée, sa mélancolie fatale et le lourd regard de ses yeux merveilleusement pervers. Et il y avait tout un fretin de petits commerçants, de bureaucrates, de chargés de famille et d'employés du gaz qui la regardaient en tremblant de désir ou de vague à l'âme, selon le tempérament. Mais dans le tas, il y avait aussi des grossiums secrets, des marmiteux gorgés d'or, des hommes d'apparemment rien aux matelas bourrés et des faux besogneux cinq et six cents fois millionnaires. Le train de vie d'Éva, qu'on savait modeste, les mettait en confiance et leur donnait de l'audace. De temps en

---

Première publication dans le recueil de deux nouvelles déjà intitulé En arrière *aux Édi-tions La Parade, avec neuf pointes sèches de Rémy Hétreau, 1949.*

temps, on apprenait qu'un bougnat du quartier ou un ancien capitaine de zouaves ou un petit avocat sans causes venait de se faire sauter la cervelle et on s'étonnait tout de même qu'il fût mort sans laisser un sou.

La vamp se préparait à descendre déjeuner dans un petit bouchon du voisinage lorsque chez elle se présenta un garçon boucher aux joues pleines et au teint vermeil. Il s'était débarrassé de son tablier et avait mis son plus beau complet.

«M. Ducasse vous envoie un morceau dans le filet», dit-il un peu brusquement. Il ajouta d'une voix douce : «Et puis voici des roses.» Éva Grobureau comprit que le patron lui faisait hommage de la viande et le garçon du bouquet de roses. En général, les bouchers l'intéressaient médiocrement. Dans l'aristocratie du marché noir et de la combine, avec leur dix ou quinze millions de bénéfices par an, ils faisaient à ses yeux figure d'assez modestes personnages. En revanche, le garçon boucher l'intéressait, car elle songeait tout à coup que depuis plus de trois mois, elle n'avait acculé au suicide aucun jeune homme de moins de vingt-cinq ans et la carrière d'une vamp accomplie doit être jonchée de cadavres de tous âges. Elle le fit entrer et asseoir.

«Le temps, dit-elle, de mettre ces fleurs dans l'eau, je suis à vous.»
À sa façon rauque et susurrante de prononcer : «Je suis à vous», au regard noyé dont elle appuya ces paroles, le garçon boucher manqua défaillir. Mais lorsque la vamp vint s'asseoir auprès de lui, elle avait une voix neutre, un regard vague, indifférent, et c'était comme distraitement qu'elle l'interrogeait sur sa vie et sur ses occupations. Ainsi préludait-elle, par ce changement d'attitude, au jeu infernal qui devait, dans les quarante-huit heures, désespérer la victime de son choix. D'une pauvre voix, bien peu assurée, le garçon boucher se raconta.

Fils d'instituteur d'un village de l'Est, Adrien sortait de Normale supérieure. Comme tant d'autres jeunes gens qui ne trouvent pas au service de l'État, sinon à des conditions misérables, l'emploi de leur beau savoir, il s'était orienté d'un autre côté. Renonçant pour toujours aux professions libérales, si encombrées à présent, il avait embrassé l'état de garçon boucher.

«Dans la boucherie, n'est-ce pas, censément (il parlait encore le langage populaire tel qu'on l'enseigne à l'Université), censément n'est-ce pas, j'me suis dit qu'el bistèque, j'l'aurais midi et soir tous les jours. J'me suis dit comme ça qu'un jour ou l'autre, eh ben, j'épouserais la fille ed' mon patron. Seulement, je vas vous dire une chose, c'est que maintenant j'en ai plus envie, rapport que j'vous ai vue, mam'zelle Grobureau.»

Cependant, la vamp avait changé de visage. Une roseur envahissait ses joues, un feu profond brillait dans ses yeux déjà moins pervers et, pour tout dire, elle était éprise d'Adrien. Les êtres auxquels la nature a prodigué ses dons les plus rares et qui ont été appelés à des destinées de conquérants, sont presque toujours vulnérables par quelque point. Éva, au temps de ses dix-huit ans, avait ambitionné d'être rédactrice dans un ministère et c'est après avoir échoué six fois de suite au baccalauréat qu'elle avait renoncé à son rêve pour se lancer dans la carrière de vamp, mais de ses aspirations déçues et des six échecs à son examen, il lui était resté une secrète tendresse pour les ornements de l'esprit et les diplômes universitaires.

Jetant ses bras autour du cou d'Adrien, Éva lui fit l'aveu de son amour et soupira :

«Ah! parlez-moi des Grecs, parlez-moi des Latins! Parlez-moi poésie et philosophie!»

Adrien composa un bouquet d'Homère, de Sophocle, de Virgile, de Sénèque, et fit un exposé rapide et nerveux de la *Critique de la raison pure*. À toutes ces beautés, elle sentait s'ouvrir et fleurir son dur cœur de vamp comme s'ouvre et fleurit la corolle ennuitée à la caresse des rayons auroraux. Ensemble, ils déclinèrent *rosa* et *dominus*. Un long baiser vint sceller le dernier ablatif.

«Adrien, mon amour, murmura Éva, je vous dois une confidence. Je suis... mon Dieu... je suis une vamp.»

Le garçon boucher pâlit affreusement.

«Je vous aime néanmoins, répondit-il, mais ne me cachez rien.»

Alors, elle dit le baccalauréat manqué, l'apprentissage chez les ruraux, les maquignons lessivés, les cachettes sordides crachant leurs fortunes, les cervelles éclatées, les avoirs à l'étranger rapatriés dare-dare, les bijoux somptueux qu'elle dédaignait de porter, et toujours, sur ses pas, des cadavres, des veuves, des orphelins, des larmes. Elle-même, à cette amère confession, ne se retenait pas de verser des larmes brûlantes, de remords et de détresse.

Bouleversé, mais comprenant qu'il dépendait de lui et de lui seul que cette malheureuse s'engageât résolument dans les chemins de la vertu, Adrien ne se déroba pas à son devoir et au lieu de parler le langage populaire qu'il avait cru propre à séduire une femme distinguée, il en employa un autre, plus viril.

«Il faut avant tout, dit-il, tirer un trait sur le passé. Si votre désir est que je vous épouse, c'est la condition *sine qua non* (ici, le normalien reparaissait). La première chose à faire est de cesser tout contact avec les hommes que vous avez engagés sur les voies de la perdition. La seconde est de vous débarrasser d'une fortune mal acquise.

– J'essaierai de rembourser les familles des victimes, et le reste, je le distribuerai aux bonnes œuvres. Mais, mariés, de quoi vivrons-nous, mon amour ?

– Ne vous faites pas de souci, Éva. Comme garçon boucher, je suis nourri, payé et, en douce, il y aura toujours la côtelette pour vous. Sans compter que derrière le dos du patron je m'arrange pour faire un peu de marché noir.

– De mon côté, je pourrai renouer avec d'anciennes relations de la campagne. Je me ferai céder au prix de la taxe, mais en tout bien tout honneur, du beurre que je revendrai douze cents francs le kilo à Paris.

– Et avant deux ans, nous aurons notre boucherie à nous !» s'écria joyeusement l'ancien normalien.

Déjà le passé semblait s'effacer et l'avenir s'affirmer dans une perspective de bonheur cossu et tranquille. Animés par la fièvre de l'entretien, les fiancés s'étaient levés et avaient marché jusqu'à la fenêtre. Soudain, Éva fut prise d'un tremblement et ses beaux yeux s'emplirent d'horreur. En face de l'immeuble, sur le bord du trottoir, un homme d'une mise très modeste se tenait debout et levait les yeux vers son balcon. Sa main droite était engagée dans la poche de son veston.

«Adrien, courez vite, il veut se tuer ! Dites-lui que je lui rendrai tout, jusqu'au dernier sou !»

Le garçon boucher s'élança dans le couloir et dévala l'escalier. Éva, les jambes coupées par l'émotion, les mains crispées sur les rideaux, surveillait anxieusement les gestes du misérable qu'hier encore elle se fût réjouie d'avoir mené à sa perte. Lentement, l'homme retira la main de sa poche de veston. Éva vit briller l'acier du revolver. Son pauvre cœur dévampé se mit à battre la chamade. Lentement, l'homme éleva son arme à la hauteur de sa tête. Lentement, il en tourna le canon contre sa tempe et l'y appuya. Éva sentit, l'espace d'une seconde, sa raison s'en aller. Par bonheur, l'homme était gaucher et, l'ayant oublié dans son désarroi, il s'en avisa au moment de presser sur la détente. Le temps qu'il changeât de main avait suffi à Adrien pour traverser la rue, se jeter sur lui et s'emparer du revolver qu'il jetait dans une bouche d'égout.

Ce jour-là, Éva ne prit pas le temps de déjeuner et courut boulevard de Clichy à la recherche d'un forain. Il s'agissait d'un dompteur nommé Julius à qui elle avait inspiré une passion si violente qu'il s'était laissé persuader de se faire dévorer par ses lions au cours d'une séance publique qui devait justement avoir lieu ce soir-là. Vêtu d'un vieux complet, les pieds dans des pantoufles, Julius se promenait à petits pas auprès de sa roulotte. Depuis une semaine qu'il était épris, il avait maigri de plus de sept kilos et sa figure ravagée était déjà d'une pâleur mortelle.

« Julius, lui dit Éva, renoncez à cet abominable projet.

– N'y comptez pas, répondit le dompteur. Être déchiré sous vos yeux par les griffes de mes fauves, il n'y a rien de plus doux pour moi à penser.

– Julius, ne soyez pas égoïste. Songez que vous laisseriez une femme, des enfants et des lions inconsolables de votre perte. Renoncez.

– Impossible. J'ai réglé jusqu'au moindre détail du spectacle fatal. Je suis déjà d'un autre monde, et d'ailleurs... »

Julius s'interrompit pour souffler à l'oreille d'Éva : « J'entends ma femme. Séparons-nous. Rendez-vous près du manège de la place. »

Une voix aigre, sortant de la roulotte, appelait Julius et, en s'éloignant, Éva eut le temps de voir apparaître sur le pas de la porte une petite femme maigre au visage revêche qui jeta un coup d'œil circulaire en grommelant : « Où est-il passé, cet animal-là ? Je lui avais pourtant défendu de s'éloigner. »

S'étant retrouvés, Éva et Julius entrèrent dans un café de la place Blanche où ils reprirent l'entretien. Au bout d'un quart d'heure, ils n'avaient pas avancé d'une ligne. Éva avait beau supplier, le dompteur ne cédait rien. Il voulait mourir.

« Puisqu'il faut tout vous dire, Julius, je suis sur le point d'épouser un jeune homme pur et instruit, mais il y a au mariage une condition *sine qua non*, c'est que je sois désormais une femme irréprochable. Voulez-vous donc que les éclaboussures de mon triste passé viennent salir la page blanche du présent ? Songez-y, mon salut est entre vos mains. Votre suicide passionnel me rejetterait à l'abîme ! »

Le dompteur convint que c'était ennuyeux, mais déclara qu'il n'y pouvait rien. Il avait rendez-vous avec la mort. En face de cette volonté ineffritable, Éva, impuissante, se tordait les mains sous le guéridon de marbre.

« Il ne me reste plus, dit-elle, qu'à aller trouver Mme Julius. Peut-être voudra-t-elle m'aider. »

Le dompteur fut tellement effrayé à l'idée d'être pris par Mme Julius en flagrant délit d'aimer ailleurs, il eut une si grande peur de se faire

gronder qu'il ne résista plus. Non seulement il jura sur l'honneur de ne pas attenter à ses jours, mais il s'engagea, sur l'honneur aussi, à prendre chaque jour deux comprimés de calcium pour récupérer les sept kilos perdus au cours d'une semaine d'angoisses passionnelles. Avec cette légèreté d'humeur que procure une bonne conscience et souvent aussi, faut bien le dire, une mauvaise (mais, dans le cas, c'était une bonne), Éva montait la rue Lepic lorsqu'elle reconnut de dos, marchant à quinze ou vingt pas en avant, un pauvre jeune homme pauvre qui, la veille même, s'était jeté à ses genoux sur le trottoir humide. Il avait alors déclaré son amour et, pour toute réponse, la vamp avait eu ce regard indéfinissable et ce sourire énigmatique qui faisaient perdre la tête aux hommes. Et ç'avait été pour elle un affreux délice que d'entendre le pauvre petit gars, le regard hagard et la raison, bien sûr, en allée un peu, s'écrier :
« Je ne suis qu'un employé de la Samaritaine, mais, avant quarante-huit heures, je déposerai une fortune à vos pieds ! »
Et maintenant, Éva regardait le dos de l'épris avec une mortelle anxiété. Pourquoi, à 3 heures après midi, n'était-il pas à la Samaritaine ? S'il n'était pas allé à son travail, c'est qu'il se préparait à perpétrer un mauvais coup, peut-être un crime. Frissonnante, elle imaginait déjà un cadavre, le malheureux employé de la Samaritaine à jamais dévoyé par sa faute, le déshonneur éclaboussant une famille honnête et laborieuse, une maman infirme, un père gendarme qui ne survivrait pas à la souillure de son fils.
Arrivé presque en haut de la rue Lepic, l'employé de la Samaritaine s'arrêta devant la galerie Sandou, jeta un coup d'œil sur les tableaux exposés en vitrine et pénétra dans la boutique. Cinq minutes écoulées, comme il n'était pas sorti, Éva entra à son tour. Il était seul dans la galerie et paraissait examiner de très près un tableau accroché à la cimaise.
« Je ne m'attendais guère à vous voir, dit le jeune homme en souriant pour dissimuler son trouble. Vous aimez la peinture ? Dites-moi ce qui vous plaît le plus ici et emportez-le. Je m'arrangerai avec le marchand. »
Et, tout en parlant, il mangeait des yeux la femme de ses rêves et si grande était la gourmandise qu'il en avait, si naïve aussi, qu'il ne pouvait pas s'empêcher de passer sa langue sur ses lèvres, comme si vraiment il l'eût mangée.
« Avez-vous une mère ? demanda Éva.
– Oui.
– Elle est infirme ? »

– C'est vrai, répondit l'employé de la Samaritaine en baissant la tête.
– Et vous avez aussi un père?
– Oui.
– Il est gendarme, n'est-ce pas?
– C'est vrai», murmura l'employé, tandis qu'une grosse larme roulait sur sa joue.

Ainsi, son intuition d'honnête femme au grand cœur n'avait pas trompé Éva. La mère était bien infirme. Le père était bien gendarme. Et le fils, en dépit d'une nature sensuelle, semblait être un bon fils. Elle lui prit la main et, avec douceur, lui remontra que le cœur d'une maman est facilement brisé par les erreurs de son enfant, comme aussi celui d'un gendarme par la honte et par l'opprobre.

«Je ne suis pas celle que vous croyez, ajouta-t-elle, je vais me marier bientôt. À mon tour, je deviendrai mère, et, bien qu'il ne soit pas gendarme, le père de mes enfants sera quand même un honnête homme.»

Ce n'est jamais en vain que l'on fait appel aux bons sentiments d'un être qui n'est pas encore endurci dans le péché. Le jeune employé de la Samaritaine se mit à fondre en larmes. Il prit un revolver dans sa poche, le jeta loin de lui et, se déculottant légèrement, retira un rouleau de toiles de la jambe droite de son pantalon où il l'avait habilement dissimulé. Néanmoins, Éva demeurait inquiète.

«Dites-moi où est le marchand de tableaux.»

Le jeune homme, dont les larmes redoublèrent, montra du doigt une portière de velours au fond de la boutique. Redoutant le pire, elle alla droit au rideau, qu'elle écarta d'une main tremblante. M. de Decoste, le propriétaire de la galerie Sandou, gisait bâillonné et ligoté, sur le parquet. Délivré, il ne témoigna aucune mauvaise humeur, car il n'aimait rien autant que les aventures et celle-ci lui semblait même avoir tourné un peu court. Les choses s'arrangèrent donc facilement.

Une semaine durant, Éva fut ainsi sur la brèche, surveillant les hommes qu'avait subjugués le regard de ses yeux naguère pervers et particulièrement ceux qui, pour lui plaire, avaient mangé le vert et le sec. Infatigable, elle allait par les rues et les ruelles, s'informant auprès des concierges et des garçons de café, coupant ici la corde d'un pendu qui respirait encore, ailleurs sermonnant un alcoolique passionnel ou arrêtant au bord du crime un père de famille consumé des feux d'un coupable désir. Son beau regard clair, qu'illuminaient maintenant le repentir et la compassion, apaisait le trouble des mâles, éteignait dans leurs yeux les sinistres lueurs de la concupiscence. Tous furent sauvés. Le soir, harassée mais heureuse, Éva regagnait son appartement de la rue Caulaincourt, où Adrien venait partager son dîner. Après le repas, ils faisaient ensemble un peu de latin, de géométrie et, vers 10 heures, le garçon boucher se retirait. Un soir, au moment où il allait partir, elle lui dit d'une voix hésitante :

«Adrien, j'ai quelque chose à vous confier, mais j'ai un peu peur. Vous qui avez une si solide instruction, vous allez peut-être vous moquer. Tant pis! Figurez-vous que depuis quelques jours je pense à Dieu, je pense aux anges. J'ai envie de prier.

– Moi aussi», dit l'ancien élève de Normale supérieure (fils d'instituteur radical).

Depuis ce jour, ils prirent l'habitude de réciter ensemble une petite prière à chaque fois qu'ils se rencontraient. Cependant, la date qu'ils avaient fixée pour leur mariage approchait. En attendant, chacun s'employait de son mieux à préparer un avenir confortable. Adrien, qui avait l'estime de son patron et savait plaire à la clientèle, se débrouillait bien. Pour Éva, après avoir remboursé ses victimes, désintéressé les veuves et les orphelins, elle menait la double tâche de répartir le reste de sa fortune entre des œuvres charitables et d'acheter dans les campagnes du beurre à la taxe pour le revendre au marché noir.

En moins de quinze jours, elle eut distribué sous le couvert de l'anonymat des sommes considérables à des œuvres de bienfaisance. C'était enfin la liquidation d'un passé abhorré, et l'ancienne vamp retrouvait toute la fraîcheur d'âme de son adolescence. Mais un inspecteur du supercontrôle économique et fiscal, intrigué par le Pactole qui coulait dans les caisses des bonnes œuvres, en chercha la provenance et remonta jusqu'à la source. Un soir, à l'heure crépusculaire, Éva sortait d'une maison de la rue Saint-Vincent où elle venait de placer cinq kilos de beurre, lorsqu'un homme l'aborda sur le trottoir. C'était l'inspecteur du supercontrôle économique et fiscal. Ayant décliné ses titres, il dit brutalement :

«Vous avez donné pour les pauvres des sommes fabuleuses. Il va falloir vous expliquer sur l'origine de cette fortune et payer au fisc l'arriéré des impôts et la taxe de prélèvement, sans compter les amendes qui seront énormes.

– Comment paierais-je? J'ai tout donné.

– Tant pis! répliqua l'inspecteur. Vous irez en prison. Ou alors...»

Il n'en dit pas plus, mais la luisance de son regard, le clapotement de sa lèvre humide et sensuelle renseignaient suffisamment Éva.

C'était un inspecteur cochon. Après avoir prié mentalement, elle lui prit la main et lui demanda de l'accompagner. Ensemble ils montèrent l'escalier de la rue du Mont-Cenis. L'homme croyait déjà que l'affaire était dans le sac, mais il commença d'être un peu inquiet lorsque Éva l'eut fait entrer dans la petite église Saint-Pierre. « Mettez-vous là, dit-elle à voix basse, en lui désignant une encoignure. Et ne bougez pas. »

Une femme sortit du confessionnal et Éva prit sa place. Le bon vieux prêtre qui l'écoutait étant un peu dur d'oreille, elle se confessa à mi-voix et l'inspecteur du supercontrôle, tapi dans son encoignure, entendit tout au long ce que je viens de raconter. Émerveillé, il s'éloigna sur la pointe des pieds et, avant de sortir de l'église, glissa un billet de dix francs dans le tronc du denier de Saint-Pierre.

À l'heure qu'il est, les fiancés sont devenus des époux. Travailleurs, économes, ils comptent acheter une boucherie au commencement de l'année prochaine. En attendant, le garçon boucher aide Éva à préparer son baccalauréat. Si elle était reçue, ce serait une bonne chose.

LE MENDIANT

Il y avait à Detroit, dans l'État de Michigan, un homme très pauvre et très pieux, du nom de Théobald Bradley, qui avait une voiture vieille de presque huit ans. Exerçant de petits métiers de fortune, il ne réussissait dans aucun, soit qu'il fût poursuivi par la mauvaise chance, soit qu'il se trompât sur sa véritable vocation, et bientôt sa situation empira de telle sorte qu'il se trouva réduit à mendier pour faire vivre sa femme Dorothy et ses trois enfants.

Le matin, de bonne heure, il quittait sa maison en voiture et s'en allait demander l'aumône dans tous les coins de la ville de Detroit où il lui semblait avoir quelque chance de rencontrer des âmes charitables. Lorsqu'il avait trouvé l'endroit propice, près d'un grand magasin ou d'un hôtel ou dans l'île ou à une sortie d'usine, Théobald arrêtait sa voiture, remontait le phono posé sur le siège arrière, descendait de son siège, et, adossé à la carrosserie dont la peinture s'écaillait misérablement, il tendait la main pendant que, derrière lui, le disque récitait : « *Ladies et gentlemen*, ayez pitié d'un homme malheureux qui a une femme pas commode et trois enfants à nourrir et n'oubliez pas mes frais généraux. » La plupart des gens passaient sans prendre garde à lui. D'autres le toisaient d'un regard rapide et, voyant un homme dans la force de l'âge, que ne gênait aucune infirmité, se disaient simplement qu'il n'avait qu'à travailler pour gagner sa vie. Mais certains s'arrêtaient, saisis par l'aspect vétuste de la bagnole dont le modèle était depuis longtemps périmé. Sa forme barbare, sa couleur douteuse, ses coussins crevés et tachés, son capot qui fermait mal, l'espèce de lèpre qui faisait apparaître la tôle à de nombreux endroits, tout cela leur inspirait une pitié profonde. Le cœur serré, ils pensaient au moteur, imaginant les pauvres pistons usés, le générateur à moitié claqué, les engrenages relâchés, la rouille, la crasse et la poussière envahissant la

Première publication dans Carrefour, *21 février 1950. Cette nouvelle a d'abord été intitulée «Le Grand moteur».*

mécanique, et ils donnaient à la pauvre vieille une pièce de cinq ou dix cents qu'ils déposaient dans la main de son propriétaire. Parfois, après avoir regagné son siège et au moment de démarrer, tandis que le moteur quinteux faisait moutonner toute la carcasse, il tendait encore la main hors de la portière et recevait une ou deux pièces supplémentaires.

Le soir, vers 6 heures, le mendiant regagnait son faubourg où il habitait, à la limite du quartier nègre, une petite maison peinte en blanc, avec un bout de pelouse par-devant. Ayant remisé sa voiture au garage, il avait à subir le rude assaut de son épouse Dorothy qui s'enquérait aigrement de la recette de la journée. C'était une femme de quarante ans, à la fois autoritaire et plaintive, n'ayant extérieurement rien de remarquable, à moins que le sentiment de l'indignité de son mari ou celui d'être lésée par le sort ne vînt animer son maigre visage.

« Comment ! s'écriait-elle, cinq dollars cinquante (ou six ou sept, c'était la même chose) ! Vous vous moquez de moi, Bald ! Vous n'avez pas, je suppose, avec cinq dollars cinquante par jour, la prétention de nourrir mes enfants et de dorloter votre femme comme le mériterait justement une personne élevée dans le sein d'une famille honorable ! Vous êtes peut-être né dans la boue du lac Érié, mais mon père à moi était un fonctionnaire de l'État de Missouri ! Ah ! j'aurais bien dû écouter ma tante Jennifer qui voulait me marier à un employé de banque. Que dis-je ? Plutôt que d'épouser un homme tel que vous, j'aurais encore mieux fait d'épouser un ouvrier. Même un Polonais. Vous m'entendez, Bald, un Polonais ! »

Théobald, qui craignait sa femme presque autant qu'il craignait Dieu, répondait par les paroles d'apaisement et de bonté qu'un homme doit à son épouse en toutes circonstances. « Vous avez raison, chérie », disait-il, ou bien : « Il n'y a rien de plus vrai, mon amour » ou encore : « Hélas ! mon cher cœur, j'ai mérité vos reproches. » L'idée ne lui serait pas venue d'imposer silence à sa moitié en lui appliquant une paire de claques sur la figure, comme cela se pratique encore, malheureusement, chez certaines peuplades étrangères. Il avait trop le sentiment de la dignité féminine et de la sienne propre pour en user de la sorte. Poursuivi par les vociférations de Dorothy, Théobald allait à la cuisine, ouvrait le frigidaire et préparait deux whiskies, un pour elle, un pour lui, qu'il apportait à la salle à manger sur un plateau, avec la bouteille et l'eau glacée. Tirant de sa poche le journal du soir qu'il venait d'acheter, il parcourait les titres de la première page et, passant aux sports, lisait l'article de fond sur le base-ball ou le rugby. Dans la rue, le flot des voitures se pressait vers les grandes voies d'accès à la banlieue. Habitués au bruit des moteurs, les Bradley ne l'entendaient plus guère. Il arrivait pourtant que Théobald y prêtât l'oreille en buvant un deuxième whisky et se mît à rêver aux centaines de milliers de voitures roulant presque nuit et jour dans les artères de la grande ville dont elles étaient l'âme et la raison d'être. Il rêvait aussi à toutes les grandes usines de Detroit qui mettaient sans cesse de nouvelles machines en circulation, aux grands cimetières de vieilles automobiles dont la ferraille serait peut-être récupérée un jour et, en vidant son verre, il lui semblait être sur le point de saisir l'harmonie profonde de l'univers.

C'était entre le deuxième et le troisième whisky que les enfants rentraient, trois garçons d'entre neuf et treize ans, généralement suants, poussiéreux, parfois déchirés. Leur mère se plaignait qu'ils fussent encore allés jouer avec les enfants du quartier noir et déplorait la triste promiscuité à laquelle la nullité du père condamnait sa famille.

«Vous avez raison, chérie», répondait Théobald qui ajoutait en s'adressant aux enfants : «Vous n'avez rien à faire chez les gens de couleur. Votre présence y est forcément déplacée. Certes, je ne nie pas que ces gens de couleur soient des créatures humaines respectables. Après tout, ils sont citoyens américains. Mais si Dieu a voulu qu'il y ait des gens à la peau blanche et d'autres à la peau noire, c'est qu'il entendait marquer une différence. Vous ne devez pas l'oublier.

– Ah! la barbe! coupaient les enfants. On sait peut-être ce qu'on a à faire, oui? Rengaine ton couplet et fais-nous plutôt à manger. On la saute!»

À quoi le père hochait la tête, tout souriant. Il se plaisait à penser qu'en effet, ses garçons savaient mieux que lui ce qu'ils devaient faire, et d'ailleurs il comptait sur le temps et sur l'expérience pour leur inspirer à l'égard des gens de couleur les sentiments convenables. Passant à la cuisine, il préparait le repas du soir, dînait ensuite en famille, lavait la vaisselle, lisait les réclames de son journal et se couchait. Dorothy, lorsqu'elle n'allait pas au cinéma, se couchait aussi et lisait dans son magazine féminin des histoires d'amour finissant par des mariages cossus qui lui arrachaient des cris de rancune contre la vie et contre son époux. Théobald, lui, lisait et méditait un verset de la Bible. Dehors, les voitures continuaient à rouler. Sentant venir le sommeil, il posait la Bible sur la table de chevet qui séparait son lit du lit de sa femme et il se mettait en oraison.

«Seigneur, disait-il tout bas, que ton nom sacré soit béni! Tu m'as fait pauvre comme Job. J'ai une vieille voiture, j'ai un vieux frigidaire et il n'y a dans ma pauvre maison qu'une seule salle de bains. Tu m'as fait, Seigneur, aussi pauvre qu'on peut l'être sur les bords du lac Érié. Cette épreuve, je l'accepte d'un cœur reconnaissant, avec l'espoir qu'elle me sera comptée dans l'autre monde et peut-être dans celui-ci. Tes desseins sont mystérieux, mais je suis prêt, pour les servir, à tous les sacrifices. Et si c'était ta volonté de rappeler à toi ma chère épouse Dorothy, je ne me plaindrais pas non plus.»

Un soir pareil aux autres soirs, Dorothy lisait la très belle histoire d'une infirmière jeune, vierge, distinguée, soignant un ingénieur également distingué qui gagnait seize mille dollars par an. La lampe de chevet projetait un faisceau de lumière sur son magazine, tandis que le reste de la chambre se trouvait dans la pénombre. Théobald avait médité un verset, rendu grâces au Seigneur et venait de s'endormir sur le côté gauche lorsqu'il fut réveillé par le frôlement d'une main sur son visage. Ouvrant les yeux, il vit dans le coin le plus sombre de la pièce un ange très beau rayonnant une lumière discrète et qui lui dit d'une voix forte et pourtant suave: «Théobald Bradley, levez-vous, habillez-vous et descendez à votre garage.» Dorothy n'avait rien entendu, rien vu. Échappée de la coiffe de l'infirmière, une boucle blonde frôlait la joue de l'ingénieur à seize mille dollars et le baiser paraissait probable, mais non certain. Dorothy était dans une grande anxiété. Pourtant, lorsque la porte s'ouvrit, qu'elle vit son mari habillé et prêt à sortir, elle s'en étonna.

«Qu'est-ce qui vous prend, Bald, vous êtes fou?

– Je vais jusqu'au garage», dit-il sans autre explication et il tira la porte sur lui.

Dans la maison obscure, l'ange marchait en avant, aimable et lumineux. Théobald, pour s'assurer qu'il n'avait pas affaire à une vaine apparence, le toucha du doigt et put constater que la chair de cette céleste créature était ferme. Et les plumes de ses grandes ailes n'avaient pas moins de réalité palpable. Lorsqu'ils furent au garage, dont les portes étaient grandes ouvertes, l'ange ordonna:

«Théobald Bradley, prenez le volant. Je monte à côté de vous.

– Pardonnez-moi, mais est-ce que nous allons loin? Je n'ai presque plus d'essence.

– Aucune importance », répondit l'ange.

La voiture s'engagea dans le quartier nègre et, comme elle était arrêtée par un feu rouge, Théobald remarqua, sans y arrêter autrement sa pensée, un Noir d'une carrure athlétique qui sortait d'un bowling avec un arrosoir à la main. L'homme semblait perplexe, regardant tantôt le ciel, tantôt son arrosoir. Guidé par l'ange, Bradley sortit du quartier nègre et gagna un faubourg de la ville. Ayant déjà roulé pendant plus de douze milles, il était bien sûr de n'avoir plus d'essence.

« Est-ce qu'il nous reste beaucoup de chemin à faire ? demanda-t-il. Cette fois, je dois être à sec.

– Ne craignez rien, lui fut-il répondu. Je suis avec vous. »

Soudain, le bruit du moteur cessa de se faire entendre, bien que la machine semblât fonctionner normalement. Théobald ne put s'empêcher de se tourner vers l'ange avec un regard inquiet.

« Marchez, marchez ! »

Ils avaient quitté Detroit et roulaient maintenant dans la campagne. Théobald se sentait aussi maître de sa voiture que si le réservoir eût été plein et, malgré le silence du moteur, ne craignait plus de tomber en panne. Il éprouvait seulement cette sorte d'anxiété exaltante à laquelle on n'échappe pas en présence d'un miracle évident. Il essayait d'imaginer ce qui était justement inimaginable et pourtant réel : les cylindres où les gaz n'explosaient plus, où l'essence ne pénétrait pas et dans lesquels les pistons, mus par la seule volonté de l'ange, poursuivaient leur mouvement régulier de va-et-vient.

« Mais enfin, comment faites-vous ?

– Je n'y suis pour rien, répondit l'ange. C'est le Grand Moteur qui fait tout.

– Le Grand Moteur ?

– Tournez à gauche. Nous allons arriver. »

La lune éclairait une campagne plate, presque sans arbres. La voiture s'était engagée sur un chemin étroit et caillouteux, conduisant à de grands bâtiments rectangulaires qui étaient au nombre de quatre. Construits en bois sur armature de fer, ces grangeages ressemblaient plus aux dépendances d'une usine qu'à celles d'une entreprise agricole. Les phares de la voiture découvrirent aux yeux de Théobald, à gauche du chemin, une maison d'habitation et, à droite, une sorte de remise qui, autrefois, avait dû être une étable.

– C'est là, dit l'ange. Descendons. »

Théobald regarda sa montre. Il était minuit moins 5. L'ancienne étable avait été changée en un atelier de mécanique au milieu duquel se trouvait une voiture neuve au capot relevé. Par la porte ouverte, Théobald voyait un homme et une femme, jeunes, penchés sur le moteur. Dans la coupe de ses deux mains, la femme tendait des vis et des boulons à l'homme qui, après y avoir puisé, travaillait au moteur avec une clé anglaise.

« Il y a juste neuf mois qu'ils ont commencé la voiture », murmura l'ange.

Ainsi qu'il l'a souvent raconté et qu'il l'a écrit dans son *Livre des révélations*, Théobald sentit dans cet instant-là le ciel et la terre se fondre dans sa poitrine et comprit qu'il avait été choisi entre tous les hommes pour être le témoin d'un immense événement. Soudain, sans l'avoir voulu, il se dirigea vers l'étable, et l'ange marchait à son côté. Il était minuit. L'homme posa sa clé anglaise et dit en appliquant une claque sur le dos de la femme :

« Enfin ! Ça y est !

– Il est né ! s'écria l'ange en tombant à genoux. Il est né, le fruit du labeur de l'Homme et de la Femme ! Gloire au Grand Moteur sur la terre et dans les cieux, gloire au Grand Moteur, dispensateur de toute énergie ! Le Messie est enfin venu et il a choisi, pour vivre parmi vous, de s'incorporer au moteur d'une petite voiture toute simple, fabriquée par un couple innocent de jeunes mécaniciens ! »

L'homme et la femme et Théobald s'étaient également agenouillés. Dans un coin de l'atelier, un vieux phonographe s'était mis à marcher, comme de soi-même, et il en sortait une petite musique céleste. Cependant, trois voitures s'arrêtaient à la porte et trois hommes entrèrent, les uns derrière les autres.

« J'arrive de Chicago, dit le premier, qui portait un jerricane d'essence. Je suis le roi du porc fumé.

– J'arrive de Philadelphie, dit le second, qui portait un bidon d'huile. Je suis le roi du papier peint. »

Le troisième, un grand Nègre porteur d'un arrosoir d'eau, déclara modestement :

« J'arrive de Detroit en taxi. Dans mon quartier, je suis le roi du bowling. »

Après qu'ils se furent agenouillés devant la voiture, les trois rois s'approchèrent du moteur et y versèrent l'essence, l'huile et l'eau. Sautant sur le siège, le mécanicien mit le moteur en marche. Les assistants, le souffle suspendu, surveillaient les réactions de la voiture. Le moteur tournait rond, sans à-coups, avec un ronflement adorable. Et l'ange dit à la femme : « Le gouverneur de l'État de Michigan réquisitionne toutes les voitures neuves sorties cette semaine. Ne perdez pas un instant ! Montez à côté de votre époux et fuyez vers Memphis. »

La femme obéit aussitôt et la voiture, franchissant la porte de l'étable, s'enfonça dans la nuit. Le moteur tournait rond, sans à-coups, avec un ronflement adorable.

« Bald ! s'écria Dorothy. Pour Dieu, cessez de ronfler ! Bald ! Ce ronflement est insupportable ! »

Et le lendemain matin, lorsqu'il se leva, elle se plaignit encore qu'il l'eût empêchée de dormir.

« Pardonnez-moi, chérie, dit Théobald. Je ne sais pas pourquoi j'ai ronflé aussi fort. Il faut que ce grand voyage m'ait vraiment fatigué.

– De quel voyage parlez-vous ?

– Vous savez, cette nuit, quand je suis sorti et que vous m'avez crié : "Qu'est-ce qui vous prend, Bald, vous êtes fou ?"

– Je ne vous ai rien dit de pareil, affirma Dorothy, et je ne vous ai même pas entendu vous lever. Assurément, vous avez rêvé ou bien, en effet, vous êtes fou et c'est d'ailleurs ce que j'ai toujours pensé.

– Vous avez raison, mon amour. »

Théobald, contrarié, pensa qu'il devait avoir rêvé. Le cœur plein de regrets, il alla prendre son bain, surveiller celui des enfants et préparer les petits déjeuners. Dans la cuisine où tout le monde se trouvait réuni pour prendre le repas du matin, Dorothy, en riant, expliqua aux trois garçons que leur père était fou et qu'il se figurait avoir fait un grand voyage au milieu de la nuit. Humilié de voir les garçons s'esclaffer et d'essuyer leurs plaisanteries, Théobald fut pris d'une sainte colère et, donnant un coup de poing sur la table, traita sa femme de charogne, de vache, de punaise, de mannequin défraîchi et de vieux moteur sans âme. Là-dessus, il jeta sa serviette sur le carrelage avec violence et alla prendre son chapeau. Dorothy hésita si elle ouvrirait la fenêtre pour appeler au secours et choisit de se trouver mal.

En entrant dans son garage, Théobald douta s'il avait vraiment rêvé. Sa vieille bagnole, qui l'avait conduit sur le lieu du prodige, semblait protester contre cette idée. Et soudain son esprit fut illuminé par la certitude, car il venait de découvrir une plume blanche près de la porte. Une personne mal avertie aurait probablement pris cette plume pour celle d'un poulet, mais il y avait dans la forme, dans la couleur, dans la substance même quelque chose d'infiniment subtil à quoi il reconnaissait sûrement qu'elle avait appartenu à une aile de l'ange. Pas une seconde, il ne s'y trompa.

Comme à l'ordinaire, Bradley s'en alla en voiture mendier dans les rues et dans les avenues de Detroit, mais après avoir empoché les aumônes, il restait en station pour annoncer la divine nouvelle. Il racontait aux passants ce qui lui était arrivé au cours de la nuit et comment il avait été choisi par le Grand Moteur pour répandre la bonne parole. Bien entendu, il en remettait. Il embellissait les choses et il inventait un peu, comme font les personnes de bonne foi pour faire entrer dans les cœurs et les esprits assoupis des vérités généreuses. «Le Grand Moteur a parlé par la bouche de l'ange et il m'a dit: Théobald Bradley, vous serez le prophète de la nouvelle religion... Les hommes adoreront le moteur habité par l'esprit divin, ils se façonneront à sa ressemblance et ils deviendront parfaits...»

Pendant toute la matinée, le mendiant prêcha sans réussir à toucher les cœurs. L'indifférence des passants, au lieu de le décourager, ne faisait que l'assurer dans sa foi. Vers le milieu de l'après-midi, prêchant dans une rue du centre, il lui sembla justement qu'il était en train de trouver le chemin des cœurs. Les passants n'en étaient pas encore à s'arrêter devant lui, mais certains ralentissaient leur allure pour prêter l'oreille. Et soudain, alors qu'il abordait la péroraison, une dame se jeta à son cou avec des cris d'allégresse. C'était une personne à cheveux gris, à lunettes d'or, et coiffée d'un chapeau important qu'ornaient deux rangées de roses jaunes et un flot de tulle vert. Elle lui dit qu'elle était conquise par la nouvelle religion et qu'elle l'emmenait à la rédaction du plus grand journal de Detroit, où elle avait de solides accointances.

«Ce soir, nous aurons un article en première page dans l'édition de 6 heures. Et demain, nous faisons donner la publicité: placards, affiches, hommes-sandwiches, rien ne sera négligé.»

Cependant, ils s'étaient installés dans la voiture de Théobald.

«Je suis oppressée par l'admiration, clamait la dame, par l'amour! Que cette religion est belle et douce à mon cœur! À propos, pour faire les frais de publicité, vous n'avez pas le sou?

– Le Grand Moteur a voulu que le prophète soit un pauvre mendiant.

– Bon. J'avance vingt mille dollars pour la mise en train, mais j'entends ne pas perdre mon argent.

– Le Grand Moteur n'oubliera pas ceux qui l'auront servi.

– Cher Grand Moteur! Mais mettons les choses au net. Vous apportez le Grand Moteur, moi j'apporte l'argent sans lequel Il n'est rien.

Vous trouverez juste que ma part des bénéfices soit de cinquante pour cent.

– Les bénéfices seront sûrement considérables, affirma Théobald. Mais je dois avant tout penser à mes bonnes œuvres. En conscience, je ne peux pas vous accorder plus de douze pour cent.»

Il y eut à l'intérieur de la vieille bagnole une discussion très chaude et à plusieurs reprises, la dame fit mine de descendre. Enfin, elle réussit à obtenir vingt-deux pour cent et la dignité de Dynamo dans la nouvelle Église.

L'entente ainsi conclue, les choses marchèrent rondement. L'article de première page et la publicité firent affluer les néophytes au sein de la Grande Église motorisée et l'argent dans la caisse de Théobald Bradley à qui les constructeurs d'automobiles se disputèrent l'honneur d'offrir une voiture de luxe. Le premier office fut célébré un dimanche matin, dans un cinéma de plein air. Y assistèrent environ douze cents fidèles, répartis dans cinq cents voitures impeccablement alignées. Au pied de l'écran, Théobald officiait dans sa bagnole superluxe, selon le rite par lui-même établi. Beaucoup, parmi les assistants, avaient les larmes aux yeux, mais l'émotion fut à son comble au moment de la communion lorsque, Théobald ayant mis son moteur en marche, les cinq cents autres moteurs se mirent à ronfler tous ensemble. Tournant ensuite sa voiture de profil, le prophète fit, par la portière, son premier sermon. Avec simplicité, il expliqua comment, grâce à la venue du Messie, une connaissance intime et spirituelle du moteur à explosion devait immanquablement faire progresser l'humanité dans les voies de Dieu. Parlant de l'homme et de la femme, il les compara aux pièces essentielles d'un moteur, qu'il fallait se garder de changer à la légère :

«Le Grand Moteur a parlé par la bouche de l'ange qui me conduisait sur la route, et la bouche de l'ange a prononcé: "On ne change pas une pièce de son moteur sans nécessité absolue, ou alors on nuit gravement à la bonne marche de sa voiture. Ainsi en va-t-il du mariage. Le divorce est une horrible souffrance de l'âme et de la chair. Mais toi, Théobald Bradley, le Grand Moteur t'a choisi pour être son prophète, et cette souffrance de l'âme et de la chair, Il t'ordonne de l'assumer sur cette terre pour tous les hommes et pour toutes les femmes."»

De fait, Théobald divorça d'avec Dorothy (bien à contrecœur) et épousa une autre femme, dont il se sépara au bout de quatre mois pour convoler avec une troisième. Ainsi prit-il l'habitude, sans marchander sa souffrance, de se marier deux ou trois fois par an. Et, soit par l'effet du hasard, soit que le Grand Moteur les eût choisies telles, ses nouvelles épouses étaient toujours jeunes et jolies.

EN ARRIÈRE

*I*ls étaient cinq fils de milliardaires parisiens, milliardaires en francs-papier, mais multi et des avoirs à l'étranger, cinq donc fils de famille heureux, comblés, des bagnoles, des filles en vison, plus un sixième fils qui, lui, n'était pas de famille, le père petit employé mal payé, mal content, mal gracieux, de la préfecture de la Seine. Les cinq avaient fait la connaissance du sixième dans un café littéraire de Saint-Germain-des-Prés et s'étaient laissé persuader de fonder avec lui une revue mensuelle ayant pour titre : *En arrière.* Comme bien on pense, les uns apportaient l'argent, l'autre apportait l'idée. Les fils de milliardaires étaient de bons et braves enfants, honnêtes, francs comme l'or, aimant rire, travailler parfois et quoique un peu candides, très ouverts aux choses de l'esprit. Peu importe de savoir comment ils s'appelaient. Mais le fils de petit employé, qui ne valait pas cher, lui, je dirai son nom. Il s'appelait Martin, il avait vingt-trois ans, il était licencié ès lettres et, malgré les remontrances paternelles, ne voulait être ni professeur, ni rédacteur dans un ministère, ni rien qui eût été la fierté d'une famille de gens modestes et méritants. Beau parleur, doué en outre d'une grande facilité de plume, Martin avait une nature perverse et, souvent, un petit rire sec qui faisait froid dans le dos.

Ce que fut le premier et unique numéro de la revue *En arrière*, on en aura une idée rien qu'en parcourant le sommaire. L'article de tête, écrit par Martin, avait pour titre : «Assez de gâtisme révolutionnaire!» Les autres, dont chacun était suivi de la signature d'un des cinq fils de famille, s'intitulaient respectivement : «Que les pauvres se débrouillent!»; «Aimons les riches!»; «Il faut remettre les masses à leur place!»; «Le peuple est imbécile» et «Grand capital, nous voilà!» Si les cinq fils de milliardaires s'étaient laissé convaincre facilement de fonder une revue, il faut dire à leur décharge qu'ils n'avaient pas consenti sur-le-champ à en adopter l'esprit. Longtemps ils avaient

---

Première publication dans Le Cheval de Troie, *juillet 1948.*

disputé, plusieurs fois s'étaient ravisés, repris et, au bout de quinze jours de pourparlers, il s'en était fallu de bien peu que l'idée de la revue fût abandonnée. Mais Martin était fort, terriblement fort. Avec une astuce qu'il faut bien qualifier de diabolique, il avait parlé d'audace de pensée, de non-conformisme, de liberté, de vérité, d'honnêteté – des mots qui ont fait jadis bien du mal et pourraient encore causer bien des ravages parmi la jeunesse si l'on n'y prenait pas garde. «Nous avons, disait-il, une mission à remplir, qui est de libérer les esprits et d'affranchir les consciences.» Finalement, les pauvres petits s'étaient rendus à ses raisons et, bien pis, en étaient venus à les faire leurs.

Le troisième jour qui suivit la parution d'*En arrière*, M. X..., milliardaire bien connu, faisait venir son fils à son bureau. La revue était posée bien en évidence sur sa table. Il accueillit le jeune homme avec un front sévère, non toutefois sans s'attendrir secrètement sur sa bonne mine et l'élégance de ses vêtements. L'ayant fait asseoir, il frappa du plat de la main le corps du délit et prononça d'une voix froide:

«Je ne te demande pas si tu connais cette ordure, puisque ton nom, qui est aussi et d'abord le mien, s'y étale en toutes lettres. Je veux croire que tu as péché par légèreté ou par inconscience. Mais comment toi, un garçon bien élevé, intelligent, instruit, ayant le goût d'une vie confortable et les moyens de la vivre – car enfin tu es riche, très riche, fils de milliardaire! –, comment, dis-je, as-tu pu, sans rougir de honte, écrire un article dont le titre: "Grand capital, nous voilà!" est à lui seul une provocation? Et s'il n'y avait que le titre! Mais le contenu lui-même dépasse les bornes de l'ignominie. Tiens, je lis au hasard: "Nous ne voulons plus feindre pour le prolétariat un amour que nous n'éprouvons pas"... et plus loin: "Que le socialisme s'acharne à appauvrir les pauvres, soit, puisque ça paraît leur faire plaisir, mais ce que nous ne pouvons plus tolérer, c'est qu'il empêche les riches de jouir de leur argent avec une bonne conscience et qu'il les oblige à pousser des soupirs fraternels"... et encore: "Finissons-en avec la révolution-alibi – alibi pour les malins, alibi pour les salauds, alibi pour les c...!"»

Le père referma la revue et donna un grand coup de poing dessus.

«Ah ça! est-ce que tu perds la tête? Est-ce que c'est des choses à dire, ça?

– Je ne renie rien de ce que j'ai écrit, déclara le fils.

– Tu ne renies rien! Et moi, j'entends que tu renies tout et hautement! J'entends pouvoir dire à nos amis d'extrème gauche, comme à nos amis du gouvernement ou de l'évêché, qu'il s'agit d'une simple farce et que ton cœur est toujours pour le peuple.

– Jamais!»

Quelques secondes, ils s'observèrent en silence. Le regard du père était sombre et menaçant. Soudain, le fils se souleva de son fauteuil et, le buste projeté, s'écria d'une voix vibrante:

«À bas Aragon!»

À l'ouïe de ça, le pauvre père milliardaire devint tout pâle.

«Petit malheureux, dit-il d'une voix brisée. Petit malheureux, il ne te suffit pas d'écrire des infamies, il faut encore que tu jettes des horreurs à la tête de ton père! Moi qui ne t'ai jamais rien refusé, moi qui te donne tous les mois six cent mille francs d'argent de poche, qui viens encore de t'acheter une Chrysler pour ta fête. Petit malheureux, va! Est-ce que je t'ai seulement jamais empêché de faire de la littérature? Au contraire. J'ai les idées larges, moi, et il ne manque d'ailleurs pas de jeunes gens bien qui écrivent. Tu aurais pu prendre exemple sur eux. Quand je pense que le fils Réveillaud-Pichon – les Réveillaud de la branche Alimentation et champagne – vient de publier un livre de poèmes à la gloire des ouvriers, un livre dont les journaux les plus avancés ont parlé! Comme les parents doivent être fiers et heureux! Voyons, mon enfant, réfléchis, reprends-toi. C'est si facile de brandir son cœur, de montrer de grands sentiments! Et, crois-moi, non seulement ça ne coûte rien, mais on en est toujours récompensé, toujours. Au fond, qu'est-ce que je te demande? D'être pour le peuple comme tout le monde, d'être révolutionnaire comme nous tous.

– Ce que j'ai écrit, je l'ai pensé, je le penserai toujours.

– Ah! c'est comme ça! s'écria le pauvre père. Désormais, jusqu'à ce que tu changes d'opinion, tu n'auras plus que cinquante mille francs par mois d'argent de poche. Je dis bien: cinquante mille.»

Cinquante mille francs, c'était aussi la somme à laquelle les autres milliardaires (ils s'étaient préalablement consultés) avaient réduit l'argent de poche mensuel de leurs fils. Pour Martin, les choses s'étaient passées un peu différemment. Son père, le petit employé de la préfecture de la Seine, ayant assez à faire avec son journal du soir et son hebdomadaire sportif, n'avait pas pris la peine de lire ni même de parcourir *En arrière*. Aussi ne comprenait-il pas pourquoi il se trouvait soudainement en butte aux duretés et aux vexations de son chef de bureau. Inquiet pour sa situation morale et pour sa situation tout court, il s'était livré à un examen de conscience, sans rien découvrir de reprochable dans son travail ni dans l'expression de sa sensibilité politique. Ses collègues évitaient de lui adresser la parole et, en présence du chef de bureau, le traitaient avec un mépris ostensible. Ce fut pourtant l'un d'eux, son plus vieux compagnon de collier, qui lui expliqua pourquoi il était si mal vu dans les services de la préfecture. La colère de Martin le père fut terrible. Voici ce qu'il dit à son fils : « Ah ! gredin ! rugit-il. Ah ! mauvais fils ! Voilà donc ta reconnaissance ! Toute ma vie, je me suis imposé des sacrifices pour que tu aies une belle situation et que tu puisses un jour épouser une fille riche, et toi, pour me remercier, tu fondes des revues anarchistes ! Tu écris des saletés libertaires ! Moi qui avais toujours été bien noté dans l'administration, je suis aujourd'hui, pour mes chefs, le père d'un dévoyé, d'un salopard, d'un voyou de porte-plume, qui traîne la révolution dans la boue ! Misérable ! Je te chasse de chez moi et je te donne ma malédiction ! »

Il fut d'autant moins question d'argent de poche qu'il n'en avait jamais été question par le passé. Chassé du domicile paternel, Martin avait pour toute fortune cinq cent cinquante francs, provenant des modestes appointements qu'il s'était fait allouer au titre de rédacteur en chef de la revue. Du reste, les questions d'argent ne le souciaient que peu. Ce garçon méphistophélique s'accommodait presque facilement de la pauvreté et ne recherchait en ce monde que les plaisirs pervers, les pires, ceux que procure à ce genre d'individus la hargne des prudents dérangés dans leurs habitudes de penser. Déjà oublieux de la malédiction du père, qu'il avait eu le tort de prendre légèrement, il alla tout droit à la rédaction d'*En arrière*, où il prit le parti d'élire domicile. Les bureaux se composaient d'une seule pièce, d'un vestibule et d'un lavabo. Le premier soir, ayant fait son lit sur un tas de revues, Martin s'y endormit et dormit bien. Le lendemain matin, vers 10 heures, lorsque la jeune secrétaire arriva, il était levé depuis longtemps et avait déjà, de son écriture, noirci sept feuilles de papier machine. Comme il avait négligé d'ouvrir la fenêtre, elle fronça le nez et fit une moue dégoûtée.

« Ça sent, dit-elle, le lapin. »

Ginette, la jeune secrétaire, était une petite blonde potelée que les cinq fils de milliardaires aimaient beaucoup. Elle sortait tantôt avec l'un, tantôt avec l'autre et, avec autant de tact et de bonne grâce qu'ils en mettaient à les lui offrir, recevait d'eux de petits cadeaux. Seul, Martin ne lui donnait rien. Elle n'était du reste jamais sortie avec lui. Elle trouvait qu'il avait bien moins de talent que les autres.

Les cinq fils arrivèrent un peu avant midi avec des mines abattues et des paroles consternantes. Maintenant qu'ils n'avaient plus, par mois, que cinquante mille francs d'argent de poche, ils désespéraient de l'avenir d'*En arrière* et n'envisageaient même plus de faire paraître le deuxième numéro. Martin les secoua, admonesta et ravigota, leur représentant une fois de plus qu'ils étaient les champions du non-conformisme et de la liberté.

«Au travail, conclut-il, pour les riches et pour le grand capital!»

Les cinq parurent avoir retrouvé l'enthousiasme des jours passés et ne quittèrent la rédaction qu'après avoir promis de se mettre au travail sans perdre un moment. Pour Martin, il reprit au point où il l'avait laissé son grand article intitulé: «Enrichissez-vous!», qui, heureusement, ne devait jamais paraître. C'était un pamphlet copieux dans lequel il s'ingéniait, bien en vain, à tourner en ridicule les nobles attitudes de nos élites bourgeoises, leur tendresse pour les classes laborieuses et leur édifiante piété révolutionnaire. Désireux de lui donner une forme parfaite, il était décidé à le recommencer autant de fois qu'il le faudrait pour y parvenir. Les feuillets s'entassaient sur sa table et, comme il avait une écriture difficile à lire, Ginette n'arrivait pas à taper assez vite pour le suivre. De temps à autre, elle quittait sa machine à écrire pour venir auprès de lui se faire préciser la conformation d'un mot et, irrité d'être ainsi dérangé dans sa méditation, il la renseignait avec humeur, la traitant d'analphabète, d'andouille et de retardée. Ginette lui disait qu'il n'était qu'un tocard, un petit prétentieux et ils étaient parfois bien près d'en venir aux mains. Un matin, à 11 h 10, ils venaient d'échanger des mots très vifs et Ginette ayant donné une gifle à Martin, il se leva pour la lui rendre. Au même instant, un rayon de soleil les enveloppa et, à l'étage inférieur, un poste de radio fit entendre un air de jazz, de sorte que, sans l'avoir prémédité, ils fondirent dans les bras l'un de l'autre.

Ce même jour, au début de l'après-midi, les cinq fils de milliardaires passaient à la rédaction. Martin, rouge encore d'avoir échangé avec la secrétaire un long baiser américain, les accueillit avec gêne. Comme il leur demandait s'ils avaient fini leurs articles, les cinq le regardèrent droit aux yeux.

«Tout compte fait, dit l'un, je suis pour le peuple.

– Tout compte fait, dit un autre, je suis pour les travailleurs.

– Tout compte fait, dit le troisième, je suis pour les humbles.

– Tout compte fait, dit le quatrième, je suis pour les masses.

– Tout compte fait, dit le cinquième, je suis pour l'esprit de révolution.»

Durant ces quelques jours qu'ils avaient passés sans contact avec
Martin, les cinq fils de milliardaires avaient profitablement réfléchi.
En outre, n'ayant plus que cinquante mille francs d'argent de poche
par mois, ils avaient eu un avant-goût de la misère et s'étaient sentis en communion avec les humbles, avec les classes laborieuses,
avec les masses. Ayant reconnu leurs erreurs et les détestant, ils
redevenaient les révolutionnaires qu'à l'exemple de leurs pères, ils
n'auraient jamais dû cesser d'être.
« Qu'est-ce qui vous prend ? Vous n'allez tout de même pas lâcher *En
arrière*? demanda Martin.
– On va se gêner! répondirent les cinq. Et d'abord, *En arrière*
n'existe plus. C'est déjà trop d'un numéro publié. Fini de ce torchon
qui insultait aux grandes idées qui tiennent au cœur de tout homme
bien né. Du reste, nos pères ont raison, ce n'est pas en blasphémant
contre la révolution qu'on se fait une position dans les lettres. Nous
aussi, nous voulons entendre dire de nous que nous sommes de
jeunes écrivains d'un grand cœur et d'une grande ouverture d'esprit.
Fini donc d'*En arrière*, fini et bien fini.
– C'est ce qu'on verra, dit Martin. Je me charge à moi seul de faire
En arrière.
– Avec quel argent?»
Martin resta court. Il n'avait pensé qu'au contenu de la revue, sans
envisager le problème des moyens matériels. Le voyant ainsi décontenancé, les cinq, à bon droit, s'étaient mis à ricaner, ce que jugeant
insupportable, Ginette embrassa d'abord Martin sur la bouche et, se
tournant aux autres, leur dit avec dureté :
«L'argent, on le trouvera. Le vôtre, figurez-vous, on n'en veut pas,
parce que vous êtes des tocards et des petits prétentieux, avec pas
plus de talent que mes orteils. Allez vous faire bénir chez vos papas
milliardaires!
– Nous sommes en esprit avec le peuple, firent observer les cinq.
– Ça va. Nous cassez pas les pieds. Mon chéri et moi, on a du travail.
Fichez le camp d'ici!»
Les cinq étaient déjà froissés de ce qu'elle eût baisé Martin sur la
bouche. Ils trouvaient que, devant eux, ce n'était guère délicat. Mais
l'insolence de ses dernières paroles acheva de les indisposer.
«Nous sommes ici chez nous, répliquèrent-ils. C'est nous qui payons
le loyer, qui acquittons les factures du gaz et de l'électricité. Fichez
le camp vous-mêmes et allez faire *En arrière* ailleurs!»
Les deux complices, la rage au cœur, durent vider les lieux. Après
cette exécution, les cinq se rendirent chez leurs pères respectifs et,

avec simplicité et modestie, leur racontèrent ce qu'ils venaient de faire pour les masses. Ils dirent aussi leur foi indéfectible dans l'avenir de l'esprit révolutionnaire. Une même émotion étreignit les cœurs des cinq pères. Sur-le-champ, ils portèrent à huit cent cinquante mille francs le mensuel argent de poche de leurs fils. Cependant, Ginette et Martin se trouvaient dans une situation des plus précaires. Sans appui, à peu près sans argent, ils n'avaient à compter que sur eux-mêmes. Martin ne s'en souciait guère et pensait surtout à son grand article qu'il était loin d'avoir fini. Heureusement, Ginette avait un grand sens pratique. Avec les quelques centaines de francs qui leur restaient, elle acheta aussitôt un billet de la loterie nationale, en sorte que, le lendemain même, ils entraient en possession d'une somme de cinq millions. Martin se réjouissait déjà en songeant au deuxième numéro d'*En arrière*, mais Ginette (elle avait beaucoup réfléchi dans la nuit) lui représenta fermement et raisonnablement que cinq millions n'étaient pas grand-chose, qu'avant de se lancer dans des frais considérables pour soutenir une entreprise incertaine, il fallait s'assurer une solide plate-forme. Elle parla si bien qu'elle vint à bout de ses objections. Ensemble, ils se lancèrent dans le commerce en gros des épingles de sûreté. À vrai dire, Martin n'était guère enthousiaste. Mais, peu à peu, il devait prendre goût aux affaires et s'y consacrer avec une ardeur intelligente.

À l'heure qu'il est, les deux époux sont à la tête d'une fortune considérable. Ainsi que Ginette l'avait pressenti, Martin n'a plus la moindre envie de faire reparaître *En arrière*. Il est pour le peuple, pour les humbles et, comme tout le monde, révolutionnaire. Du reste, il s'est réconcilié avec les cinq fils de milliardaires, qui échangent avec lui des plaisanteries sur le sort de la revue défunte. Il a de très belles relations dans les milieux politiques et dernièrement, il s'est acheté une voiture américaine de quatorze cent mille francs. Et, pourtant, Martin n'est pas un homme sûr. Bien souvent, au sortir d'un grand dîner ou d'un coquetèle donné par des personnes de la meilleure société, il lui arrive de s'écrier avec humeur : «S'ils savaient ce que j'en fais de leur révolution!» Et il a un rire méchant et, dans les yeux, une lueur perverse. Moi qui le connais bien, je me demande avec une certaine anxiété s'il ne donnera pas un jour au monde le spectacle, difficilement imaginable, d'un homme richissime confessant publiquement ses vrais sentiments à l'égard des masses.

NOUVELLES

1951 - 1967

LA FILLE DU SHÉRIF

*E*xcusez-moi, cher Raymond Dumay, de brûler le préambule et d'en venir tout de suite à l'action. Elle est toute simple, l'action, et déjà bien connue : en 1952, ou 3, l'Amérique et la Russie, très décidées à ne pas s'atomiser mutuellement, mais obligées par leur politique imbécile à se faire la guerre, déclenchent les hostilités et déversent leurs provisions atomiques sur le territoire français dont, naguère, notre gouvernement vendit aux U.S.A., pour quelques aises ministérielles, la libre disposition.

Tandis que flambent en France la meule et l'atelier, une poignée de héros, parmi lesquels MM. Moque et Choumane, défendent notre chère patrie aux États-Unis où on les a parqués dans une petite ville de l'État de Missouri. Le shérif a reçu l'ordre de les avoir à l'œil.

La guerre dure depuis six mois et il y a quatorze millions de Français tués, douze mille Russes et sept mille Américains. La France libre, dans son petit enclos de l'État de Missouri, se réjouit de ce que l'armement américain soit aussi efficace. Ses membres se succèdent sans interruption à la radio, expliquant aux Français asservis que chaque fois que cent mille d'entre eux sont atomisés, c'est une très bonne chose qui avance la fin de la guerre. M. Moque exhorte la canaille à mourir avec crânerie, selon les bonnes vieilles traditions, tandis que M. Choumane recommande instamment de réciter, si on en a le temps, une petite prière avant que de crever.

Le gouvernement français (le vrai, celui de Missouri) a un bon moral, mais il trouve que les Américains sont lents à prendre l'offensive. M. Moque en ayant fait respectueusement l'observation au shérif de l'endroit, celui-ci le fait incorporer dans un régiment d'infanterie aéroportée et l'envoie en Afrique combattre les Russes sur le front du Sénégal. Les autres membres du gouvernement se le tiennent pour dit. Le temps passe, la guerre se prolonge et pourtant,

---

Première publication dans La Gazette des lettres, *15 janvier 1951 ; reprise dans le recueil posthume* La Fille du shérif, *Gallimard, 1987.*

il reste encore en France près de vingt et un millions d'habitants. Notre vrai gouvernement s'impatiente. Enfin, les Américains déclenchent leur tant attendue grande offensive. La France est labourée, déchirée, pulvérisée. Et le deuxième jour de l'offensive, les journaux américains annoncent triomphalement : *Paris est détruit.* Tous les puritains et les honnêtes gens se réjouissent de voir atomisée celle qui fut, disent-ils, la Sodome et la Gomorrhe des temps modernes. Le vrai gouvernement français, un moment démonté, se ressaisit aussitôt et M. Choumane rend grâces aux Américains qui, ayant ainsi supprimé d'un coup tous les Parisiens, ont en même temps détruit les gourgandines de la capitale, les sans-Dieu et les collaborateurs.

Au bout de huit jours d'offensive, comme les neuf dixièmes des Français ont péri, les Américains découvrent que leur guerre n'a plus d'objet. La paix est signée. De retour en France, les membres du vrai gouvernement reconstituent les partis politiques, fusillent cent mille personnes, en emprisonnent deux cent mille, soit en tout le dixième de la population, et s'offrent un nouveau scandale des vins. Écœuré, l'O.N.U. décrète que la France sera rayée de la carte du monde. On dirigera l'élément féminin vers les U.S.A. où les bonnes à tout faire sont introuvables et, pour les hommes, on leur coupera les c... qui ne tiennent d'ailleurs qu'à un fil.

Le lecteur l'aura sûrement deviné, ces événements calamiteux, qui s'inscrivent en majuscules dans notre sinistre présent, ne sont pas l'essentiel du roman. Ce n'est rien de plus qu'une toile de fond sur laquelle je brode une délicieuse histoire d'amour, celle du fils de notre vrai ministre de l'Enregistrement et de la fille du shérif. Ces deux enfants-là, c'est évident, s'adorent. Or, hors Ormuz, vieux serviteur nègre du shérif, toute la famille est hostile à l'idée d'un mariage avec le Français. Les voisins y sont également opposés. Faulkner réserve son opinion.

Les amants soupirent, mais non pas si chastement que Dolly, la jeune fille, ne devienne grosse des œuvres de Nénesse, le fils du ministre. Lorsque le shérif s'en avise, la guerre est terminée et les Français sont rentrés chez eux. Il envoie au fils du ministre de l'Enregistrement une carte lui enjoignant de venir réparer. Nénesse prend l'avion, débarque dans l'État de Missouri et épouse incontinent, mais en se gardant bien de révéler qu'il a été touché par le décret de l'O.N.U. et qu'il est maintenant retranché de la vie sexuelle. Le roman s'achève sur une très belle étude du complexe de castration.

UN CRIME

*R*entrant chez lui à l'improviste, le docteur Lambertin trouva sa femme couchée avec le voisin de palier, les tua tous les deux ainsi que quatre femmes accourues, mangea un reste de viande froide et descendit prendre un verre dans un café du boulevard. C'était un homme doux, sensible, laborieux, qui avait à cœur de payer ses impôts et de faire le bonheur des siens. Il but coup sur coup deux verres de cognac, mais se fit scrupule d'en boire un troisième, craignant que trop d'alcool ne le conduisît à regarder son crime avec un commencement d'indulgence. Du reste, il n'aimait pas dépenser de l'argent inutilement.

Le meurtrier s'étonnait de s'être laissé aller à des violences aussi éloignées de ses habitudes. Ce qui lui faisait le plus horreur était qu'après l'hécatombe, il eût mangé un reste de viande froide.

Comme une gitane s'offrait à lui dire la bonne aventure, il refusa d'abord et céda pourtant à un mouvement de curiosité ironique.

«Tu vivras très vieux, dit-elle en substance. Tu auras l'amour d'une jeune fille très belle et tu seras un jour à la tête d'une immense fortune.»

Le docteur Lambertin sourit amèrement et paya la diseuse de bonne aventure.

«Tu t'es trompée, mais je m'y attendais, dit-il simplement.

– C'est écrit dans ta main», protesta la diseuse en s'éloignant.

Le meurtrier haussa les épaules et s'accorda quelques minutes de rêverie. La prédiction n'avait aucune chance de se réaliser, car il tenait à expier son crime. En admettant même qu'il prît la résolution de s'enfuir et qu'il réussît à se soustraire aux recherches de la police, le dégoût qu'il avait de lui-même l'empêcherait de rien entreprendre qui dût lui assurer un jour l'amour et la fortune. Tout à coup, il se souvint de ce reste de viande froide qu'il avait mangé tout à l'heure

Première publication dans Aspects de la France, *21 décembre 1951; reprise dans le recueil posthume* La Fille du shérif, Gallimard, 1987.

comme machinalement et sans y penser. Effrayé, il régla ses deux cognacs et courut au commissariat de police se constituer prisonnier. À tort ou à raison, les juges considèrent le corps médical comme l'une des plus solides assises du régime, qu'ils sont payés pour défendre, et répugnent à envoyer un médecin à l'échafaud. Bien qu'il n'eût rien fait pour sauver sa tête, le docteur Lambertin fut condamné aux travaux forcés à perpétuité. Expédié à la Guyane, il s'évada au bout d'un an, traversa des forêts, des marécages, risqua mille morts et parvint enfin en territoire vénézuélien, à une petite cabane où on lui servit un reste de viande froide qu'il se mit à dévorer avec un furieux appétit.

HÉLOÏSE

Il y avait à Paris, dans le quartier des Enfants-Rouges, un nommé Martin qui croyait être un balai neuf et qui aurait voulu que sa concierge l'eût en main à chaque instant. On l'enferma dans un asile et on n'en parla plus. Dans le quartier de la Goutte-d'Or, il y avait un autre Martin qui, se prenant pour un calembour, s'irritait de ne pas voir les gens éclater de rire à son approche. On l'enferma aussi. Le Martin que je veux dire, c'est celui qui habitait le 39 *ter* de la rue des Dames, dans le quartier des Batignolles. Loin d'avoir l'esprit dérangé, il possédait un parapluie, votait pour le parti M.R.P. et, sur toutes choses, raisonnait sainement. «Mieux vaut tenir que courir» était un de ses adages favoris. De ce qu'il faisait pour gagner sa vie et celle de sa femme, je ne saurais rien dire de certain, sinon qu'il était intermédiaire. Il avait, du côté de la rue du Louvre, un bureau, une secrétaire, un téléphone et une boîte de cigares. Au physique, taille moyenne, visage sérieux et moustache Hollywood. Les locataires du 39 *ter* l'estimaient presque tous.

À l'âge de trente-cinq ans, qui n'est pas réputé critique pour les hommes, il lui arriva une aventure troublante. Tous les soirs, sur le coup de 8 heures, Martin changeait de sexe pour, le lendemain matin à 8 heures, revenir au masculin. Probablement que son subconscient l'avait travaillé. Depuis quelques années, les journaux sont pleins de ces métamorphoses, mais à ma connaissance, aucun changement de sexe n'offre cette alternance régulière et quotidienne. Le professeur Mondor, que j'ai entretenu du cas Martin et poussé un peu librement à cause de notre appartenance à une même maison d'édition, n'a pas semblé surpris et m'a répondu : «Comme la poésie, la nature a ses souterrains, ses latences profondes. Un matin, vous vous réveillez avec une oreille de lapin au cul. Pourquoi? Vous n'avez jamais pensé à une oreille de lapin, vous n'en avez jamais rêvé non plus.

Première publication dans Carrefour, *15 octobre 1952 ; reprise dans le recueil posthume* La Fille du shérif, *Gallimard, 1987.*

Simplement, l'oreille s'était élaborée dans votre sub. Je connais d'ailleurs une histoire bien plus troublante que celle de votre métamorphose : Mallarmé a découvert un jour dans sa mémoire quatre vers qu'il n'y avait jamais mis et qu'il ne reconnaissait pas pour les siens. D'où venaient-ils ? de quels abîmes ? Mais je prépare sur ces quatre vers un ouvrage important.»

Le premier soir qu'il se vit réellement pourvu d'une poitrine de femme et dépourvu de certaines qualités, Martin fut extrêmement contrarié et son épouse le fut aussi. Croyant à une métamorphose définitive, ni l'un ni l'autre ne put fermer l'œil de la nuit.

«Qu'est-ce que va dire ma mère ? se lamentait Mme Martin.

– Je me fiche bien de ta mère, répondait Martin d'une voix qui avait tourné au soprano. Ce qui m'inquiète, ce sont mes affaires. Je ne peux pourtant pas aller à mon bureau avec une poitrine pareille. Ça se verra.»

De fait, sa poitrine était importante et se tenait d'ailleurs très bien. Entièrement nu pour se mieux repaître de son malheur, il arpentait la chambre à coucher en se tenant les seins, parfois les abandonnant à leur poids sans y penser, ce qui ne manquait pas de le gêner, car en dépit de leur consistance, ils ballaient un peu.

«Donne-moi un soutien-gorge», dit-il gravement.

Sa femme, dont les larmes ne tarissaient pas, alla lui en chercher un et l'aida à l'ajuster. Ainsi affublé, il se planta devant la glace et s'examina avec plus d'attention qu'il n'avait fait. D'une taille moyenne pour un homme, Martin était une grande femme, solidement plantée. La cuisse, le mollet avaient pris de l'arrondi et la fesse aussi. Les traits du visage s'étaient amenuisés et dans l'œil, il y avait une douceur et comme un mystère. Les cheveux noirs étaient à la mode du jour, avec une mèche argentée au milieu.

«Qu'est-ce que je vais devenir ?» sanglotait l'épouse.

Pour l'instant, Martin ne s'en souciait guère. Rêveusement il contemplait son image dans le miroir.

«Dire qu'il y a des hommes qui feraient peut-être des folies pour moi.

– Ils ne seraient pas difficiles.

– Je suis mieux faite que toi, répliqua Martin. Et du visage je suis aussi plus belle et plus jeune.»

En parlant de lui, Martin avait naturellement employé le féminin et, comme disent les personnes d'une certaine culture, «il se pensait» au féminin. Le reste de la nuit se passa à faire de tristes projets d'avenir, comme de s'expatrier ou d'aller vivre dans un autre quartier en se faisant passer pour sœurs. Mais ni l'un ni l'autre ne livrait le fond de sa pensée qui était de vivre sa vie. «Ce qu'il me faut, pensait Martin, c'est un homme» et, misère de la chair, sa femme pensait la même chose.

«Le matin, dit-elle, tu passeras l'aspirateur et tu éplucheras les carottes. Ça me permettra de faire un peu de courrier.

– Il va falloir que je pense à m'acheter du linge et des robes. Je ne peux pas rester comme ça.»

Martin se sentait peu d'inclination pour les besognes ménagères. Sans avoir pris le temps d'y réfléchir, il lui semblait être né pour l'amour, la parure, les mystères flatteurs de l'éternel féminin. «Je t'en ficherai», grommelait Mme Martin. À 8 heures précises du matin, comme le couple venait de se lever après une nuit blanche, elle fut la première à s'apercevoir de la seconde métamorphose. Soudainement, Martin était redevenu un homme. Elle poussa un cri de bonheur et lui sauta au cou. Martin était bien content aussi, mais en regardant son soutien-gorge vide, il avait un regret au cœur, celui d'avoir manqué une expérience rare et intéressante.

Au bout de quelques jours, lorsqu'il fut avéré que le changement s'opérait quotidiennement dans les deux sens, la discorde commença de s'installer au foyer. La nuit les époux se supportaient péniblement. Martin, qui était alors une fort belle femme, avait pour sa propre féminité une complaisance presque humiliante pour l'épouse et celle-ci se retranchait dans un mépris venimeux à l'égard d'une créature qu'elle disait être froide et sottement attachée aux vaines apparences. Bientôt, les deux femmes se mirent à faire chambre à part et à cesser de se tutoyer.

«Vous êtes une pauvre fille, disait Mme Martin à son mari, une pauvre fille plus à plaindre qu'à blâmer, car il vous manque une expérience de femme que vous ne pourrez jamais rattraper.

– Détrompez-vous, répondait l'autre avec une perfide ambiguïté. J'ai une plus grande expérience des femmes que vous ne pensez.»

C'est ainsi que le soir, Martin, pour la satisfaction d'un moment, laissait échapper des paroles qui lui retombaient sur le dos le lendemain matin. Dès qu'il avait viré au mâle, l'épouse exigeait aigrement des explications.

«Mais non, protestait-il. J'ai dit ça comme ça. Tu sais comment sont les femmes.»

Il réussissait rarement à se laver de certaines accusations qui n'étaient d'ailleurs pas fondées. L'homme avait aussi à se prononcer à propos d'une querelle survenue quelques heures plus tôt entre les deux femmes, et par fidélité à soi-même, il se donnait le plus souvent raison. Mais ce qui aggravait la mésentente entre les trois éléments du ménage, c'était la claustration à laquelle Martin se trouvait soumis en tant que femme. Les premiers temps, tous trois s'accordaient à penser qu'il fallait tenir la métamorphose secrète et que la prudence commandait de ne pas sortir le soir : quelques alarmes avaient contribué à les rendre timides.

Un dimanche, vers la fin de l'après-midi, des cousins de Besançon étaient arrivés inopinément. Ils s'excusaient de n'avoir pas averti, mais se trouvant à Paris entre deux trains, ils avaient pensé qu'on serait content de les voir. Le cousin et la cousine formaient un couple expansif et jovial qui ne laissait pas la conversation s'étioler. Les Martin leur firent bon accueil, mais à 7 heures passées, les cousins étaient encore là et ne semblaient pas pressés de partir.

«On ne vous retient pas à dîner, dit Martin. Des amis nous ont justement invités.»

Les cousins protestèrent qu'ils n'étaient pas venus pour dîner.

«Ne faites pas attention à nous, dit la cousine. Préparez-vous tranquillement et nous descendrons ensemble.»

À 8 heures moins le quart, après avoir balancé s'il confesserait son secret, Martin, affolé, sortit précipitamment en bredouillant qu'il allait faire une course et alla attendre la métamorphose dans une rue déserte. À cause de sa coiffure de femme et de la poitrine qui gonflait son veston, il n'osait pas affronter le regard des passants pour rentrer chez lui. Il s'y résolut pourtant sur la minuit et se trouva à l'entrée de l'immeuble en même temps que ses concierges qui revenaient du cinéma. Intrigués par l'accoutrement de cette inconnue et voyant son trouble, ils lui demandèrent chez qui elle allait. Pour ne pas perdre leur considération, il donna le nom d'un voisin de palier dont la femme était justement absente pour quelques jours. Une autre fois, nu et tenant ses seins dans ses mains, il déboucha un matin en face du facteur venu apporter un pli recommandé et se métamorphosa dans la seconde même. Croyant être le jouet d'une hallucination, le facteur rentra chez lui se mettre au lit et je crois savoir que depuis ce jour-là il ne se porte pas très bien. Il arriva aussi qu'un homme, avec lequel il était en affaires depuis plusieurs années, ayant téléphoné chez lui pendant le repas du soir, Martin décrocha l'appareil et, à propos d'un prix de revient, fut amené à fournir de longues explications qu'il poursuivit soudain d'une voix de femme, ce qui passa auprès de son interlocuteur pour une plaisanterie déplacée.

Dans la journée, Martin pensait beaucoup à la forme féminine qu'il avait dépouillée le matin et qu'il allait réintégrer le soir. Il y pensait même avec intensité, se représentait si vivement son visage et son corps de femme qu'il en avait parfois la face empourprée. De son côté, elle, qui s'irritait d'être vierge encore à trente-cinq ans, s'intéressait à lui comme au seul homme qu'elle connût et dont elle entendît parler dans la maison. Moins de trois semaines après la première métamorphose, ils étaient déjà très épris l'un de l'autre. Comme il leur était impossible de se joindre jamais, ils s'écrivaient de longues lettres dans lesquelles ils mesuraient la force de leur passion et se juraient fidélité. Leurs lettres différaient autant par la substance que par la forme de l'écriture, ce qui ne surprendra pas les personnes d'un peu de réflexion, puisque l'un avait une sensibilité masculine, l'autre féminine. Chacun avait une optique des choses si particulière qu'il leur arrivait de ne pas se comprendre et l'opposition allait chaque jour s'affirmant. Bientôt ils n'eurent plus en commun que la mémoire. Encore voyaient-ils venir le temps où leurs souvenirs ne coïncideraient plus et où chacun d'eux se demanderait ce qu'avait fait l'autre pendant la nuit ou la journée. Ce fut à peu près ce qui se produisit. Toutefois, ils conservèrent une frange commune de souvenirs se rapportant à de courts moments qui précédaient et suivaient immédiatement l'heure des métamorphoses. Cela suffisait à assurer une continuité entre les deux personnages et à leur donner la certitude qu'ils ne seraient jamais étrangers l'un à l'autre.

Mme Martin ne tarda guère à être informée de cette grande passion. Déjà, elle avait surpris Martin aux approches de minuit, l'œil noyé et la gorge palpitante, en contemplation devant la photographie de Martin.

«Je vous défends de regarder mon mari avec des yeux polissons.»

Un jour, procédant à des rangements méthodiques, l'épouse avait découvert, dans un dossier d'assurance-incendie, un paquet de lettres adressées à Martin et signées Héloïse. Tel était le prénom que Martin s'était choisi pour écrire à Martin et peut-être l'avait-il élu, ce prénom, en raison de l'impossible rencontre des amants. Dans un autre dossier, elle découvrit les lettres de Martin à Héloïse. Les sentiments y parlaient assez fort pour qu'après lecture elle n'eût pas le moindre doute. À midi, lorsque Martin rentra déjeuner, elle lui fit une scène atroce, le traitant de bouc puant, de catoblépas lubrique et lui adressant, entre autres reproches, celui de nourrir une passion incestueuse. Sans doute avait-elle raison sur ce point si l'on considère qu'un individu est à soi-même son plus proche parent, mais il y a là matière à disputer, la parenté impliquant une consanguinité qui n'est nullement établie en ce qui concerne les deux incarnations de Martin. On pourrait aussi arguer que l'inceste n'était ni de fait ni d'intention, vu que l'impossibilité de le consommer apparaissait clairement aux deux parties.

Pour se soustraire autant que possible aux fureurs de sa femme, Martin prit l'habitude de ne pas rentrer chez lui pour le repas de midi. Le matin il procédait hâtivement à sa toilette afin de s'échapper plus tôt et le soir il s'attardait au-dehors, non toutefois autant qu'il l'eût souhaité, redoutant l'imprévisible accident qui l'aurait obligé à subir sa métamorphose dans l'autobus ou sur le trottoir. À partir de 8 heures du soir, lorsqu'il avait changé de sexe, force lui était de subir l'humeur de la maîtresse de maison. Intrigante, grue, Marie-couche-toi-là, étaient les moindres injures qu'il dut encaisser.

«Vous êtes une vieille fille, lui disait l'épouse en faisant méchamment allusion à sa virginité. L'amour n'est pas l'affaire des vieilles filles. Et d'ailleurs, comment pourriez-vous aimer, vous qui n'avez jamais vu un homme, qui n'avez jamais parlé à un homme?

– N'est-il pas tout simple d'aimer qui vous aime? Écoutez ce que Martin m'a écrit dans l'après-midi : "Ta bouche, m'écrit-il, ta bouche est un cœur saignant du sang de mon cœur, tes seins sont des pigeons envolés d'un lilas..." Est-ce qu'il vous écrit des choses aussi belles?

– Grue! Vous êtes une sale grue! Et Martin est un imbécile. Votre bouche, parlons-en! une tranche de foie de veau.»

Un soir, ne se contenant plus, la femme de Martin se jeta sur sa rivale comme pour l'exécuter, mais Héloïse, qui était d'un format plus important que le sien, la maîtrisa sans trop de peine. Les rapports entre les deux femmes n'en furent pas améliorés. L'épouse imaginait chaque jour de nouvelles vexations, de nouvelles brimades. Par exemple, elle s'arrangeait pour que le repas du soir fût servi après 8 heures, ayant elle-même préalablement dîné, et ne donnait pour toute nourriture qu'un brouet clair sans aucun goût.

«Vous me faites mourir de faim. Je me plaindrai, j'écrirai à Martin.»

Ces persécutions et l'atmosphère constamment tendue qui régnait au foyer devinrent à Héloïse si insupportables qu'elle prit la résolution de sortir le soir. Elle écrivit à Martin de lui acheter robes et chaussures, ce qu'il fit le lendemain même, non sans appréhension. Le premier soir qu'elle s'habilla, l'épouse prétendit l'empêcher de sortir.

«Vous ne quitterez pas l'appartement. Ce serait courir un risque auquel vous n'avez pas le droit de nous exposer. D'ailleurs, vous n'avez pas la permission de Martin.

– Je suis Martin», répondit Héloïse avec hauteur.

La première soirée passée au-dehors à flâner par les rues, malgré la joie d'être libre, eut un goût de mélancolie, car Héloïse ressentait vivement l'absence de Martin. En voyant déambuler sur le trottoir des couples heureux ou apparemment tels, il lui vint plusieurs fois des larmes dans les yeux. Rentrant à la maison, elle écrivit à l'amant une lettre si tendre qu'après lecture, il en eut toute la matinée la mâchoire tremblotante et le cœur comme fondant. Les soirs suivants, dans la rue ou au spectacle, la solitude lui parut moins cruelle. Martin est en moi, se disait-elle, comme je suis en lui pendant la journée. Il est avec moi au cinéma et assurément que le pauvre chéri est heureux de voir un bon film qui le repose de son travail.

Au cours de ses soirées, Héloïse rencontrait souvent des hommes empressés et n'était pas insensible aux entreprises de certains d'entre eux, mais son amour était assez fort pour qu'elle les écartât presque sans regret. La seule tentative vraiment dangereuse s'offrit à elle sous les traits d'un homme jeune, grand, mince, d'un très beau visage et d'une infinie distinction. À cause de son élégance, de la coupe de ses vêtements, de l'exquisité de ses cravates, les femmes avaient envie de lui comme d'une parure en pensant qu'il irait bien avec tel de leurs tailleurs ou de leurs robes. Mieux encore, ses yeux clairs avaient un regard lointain, comme si lui-même se fût absorbé dans le souvenir d'une grande douleur ou dans des transes métaphysiques. Le hasard les ayant mis plusieurs fois en présence l'un de l'autre, il lui dit qu'il l'aimait, très simplement, et avec un air d'ennui qui la fit pâlir d'émoi. L'homme avait détourné la tête, le regard vague, comme si déjà il ne pensait plus à ce qu'il venait de dire et attendait qu'elle lui tombât dans les bras. Héloïse ne tomba pas. Elle fit un pas en avant, un pas en arrière et, avec exaltation, parla du grand amour qui était sa raison de vivre. Sans insister autrement, l'autre dit tant pis, salua et rentra chez lui se faire sauter la cervelle. D'avoir triomphé d'une épreuve aussi difficile, Héloïse conçut de l'estime pour sa propre vertu, et son amour s'en trouva embelli, grandi, fortifié. À cette époque, elle écrivit à Martin des lettres claironnantes de passion, du reste admiratives et qui sont des morceaux d'anthologie. Elle ne craignait plus aucune tentation et ne faisait que rire des œillades, des madrigaux et des invites les mieux enveloppées que lui adressaient les hommes les plus beaux, les plus séduisants, les plus spirituels, les plus raffinés. Malheureusement, un soir qu'au sortir du cinéma, elle était entrée se rafraîchir dans un bar, elle y fit la rencontre d'un photographe marseillais, courtaud, velu, bavard, jovial et exhalant une âcre odeur de sueur, comparable à celle du bouc – en bref appartenant à cette variété d'hommes que la plupart des femmes préfèrent secrètement pour leur apparence un peu animale et leur vulgarité entraînante, mais dont elles parlent ordinairement avec une affectation de dédain ironique, autant par pudeur que par une sorte de réaction de défense. Tout en buvant un jus de tomate et en riant aux histoires drôles que débitait le photographe, elle respirait le remugle du mâle, mangeait des yeux ses yeux luisants, sa barbiche, son cou replet, ses cheveux gras, et ne pouvait se défendre de l'imaginer à moitié nu, le corps enveloppé par la graisse, couvert d'une épaisse toison noire qui moussait aux bords du gilet de flanelle. Il racontait des histoires de plus en plus grivoises qui le faisaient s'esclaffer lui-même tandis qu'il approchait sournoisement son tabouret de celui d'Héloïse et son visage de son visage.

Mme Martin rapportait à son mari que « la sale femme » rentrait couramment à 4 heures du matin et parfois plus tard. Il crut Héloïse qui protesta fermement contre cette accusation et, dans l'une de ses lettres, précisa qu'une seule fois il lui était arrivé de rentrer à 3 heures pour être allée dans un cabaret de la rive gauche. Tant d'aveuglement exaspérait l'épouse qui s'entêtait à vouloir le persuader et, pendant les quelques heures de la journée qu'il passait à la maison, ne lui laissait pas un moment de répit.

« Je te dis que cette nuit encore, elle est rentrée passé 5 heures.

– J'en ai assez, finit-il par lui dire. Si tu me parles encore de l'heure à laquelle elle rentre, Héloïse et moi, nous prenons une chambre à l'hôtel.

– Imbécile ! Une chambre à l'hôtel, tu peux être sûr qu'elle y recevrait des hommes toute la nuit. »

En dépit de la pleine confiance qu'il accordait à Héloïse, Martin éprouvait une inquiétude qui semblait n'avoir pas d'objet précis et qu'il croyait pouvoir rapporter à cette superstition de deux existences condamnées à ne se rencontrer jamais. À la réflexion, ce qui l'attristait le plus était de se dire que son Héloïse, ayant un grand cœur, une sensibilité délicate et des loisirs pour en souffrir, devait être beaucoup plus malheureuse que lui. Cette idée lui devenait insupportable.

Un matin il s'éveilla un peu plus tard qu'à son habitude. Il était 8 h 10. Couché sur le côté et retardant l'instant d'ouvrir les yeux, il sentait une présence dans son lit et voulait croire que ses plus beaux rêves se réalisaient : l'existence de sa chère Héloïse se prolongeait après 8 heures, et ils allaient enfin se connaître, fondre dans les bras l'un de l'autre. Il lui sembla que le corps d'Héloïse qui haletait doucement s'approchait du sien et s'approchait si près qu'il eut tout à coup la particulière certitude qu'il ne pouvait s'agir ni d'elle ni d'une autre femme. Il fit un saut de carpe et poussa un cri en se trouvant face à face avec un gros homme barbu.

« Qu'est-ce que ça veut dire ? rugit le photographe marseillais. Qu'est-ce que tu fais ici ?

– J'attends justement que vous me l'expliquiez, répondit Martin.

– Comment ? Je vous trouve couché dans mon lit et ce serait à moi à vous fournir des explications ?

– C'est bon. N'en parlons plus.»

Vêtu d'une chemise de nuit rose qui lui tombait aux pieds Martin se leva, comprenant tout à coup de quelle trahison il était la victime. Le photographe, dont le torse velu émergeait des draps, aboyait derrière lui :

« Vous allez me dire d'abord comment vous êtes entré chez moi ? Et ensuite quelles étaient vos intentions en vous introduisant dans mon lit.»

Sur le dos d'un fauteuil, Martin aperçut la robe, les bas et le soutien-gorge d'Héloïse. Il s'en empara.

« Laissez ça tranquille ! cria le photographe. Je vous défends d'y toucher.

– Pardon. Ce sont les vêtements d'Héloïse que vous avez assassinée, n'est-ce pas ? Et vous m'avez fait enlever à mon domicile de la rue des Dames pour me faire subir le même sort. Inutile de rire. La police saura bien vous faire avouer. Pour me permettre de sortir d'ici et d'aller vous dénoncer vous allez me prêter un complet.»

Le séducteur, épouvanté, prêta ce qu'on lui demandait, jura qu'il n'avait commis aucun crime et lorsque son visiteur se fut éloigné, il partit à bicyclette pour un village du Massif central où il continue présentement à se terrer. Martin, en rentrant chez lui, écrivit ce court billet : « Je viens de m'éveiller chez ton barbu. Nous ne nous connaissons plus. Martin.»

L'aventure le laissait très déprimé. Pour se distraire de sa tristesse, il travailla d'arrache-pied sans arriver à d'autre résultat que celui de faire fortune en six mois. Il restait mélancolique et ne cessait de penser à Héloïse, de se demander s'il la haïssait ou s'il en était encore à l'aimer. Pour Héloïse, elle était fixée sur ses propres sentiments à l'égard de Martin. Elle ne lui pardonnait pas d'avoir fait disparaître le photographe marseillais dont elle était sans nouvelles, ce qui ne l'empêchait pas de sortir le soir et d'avoir d'autres amants, mais sans jamais découvrir l'équivalent de celui qu'elle avait perdu. Ces déceptions ne firent qu'aggraver sa rancune contre Martin qu'elle se prit à haïr et qu'elle s'ingéniait à tourmenter. Au temps où elle l'aimait, jamais elle n'avait aussi évidemment souhaité d'exister en même temps que lui et de le rencontrer, mais c'était maintenant à seule fin de pouvoir l'injurier et lui cracher au visage. Dans un esprit de vengeance, elle s'efforçait de le mettre dans des situations difficiles. Par exemple, elle réussit à gagner la confiance de très vieilles demoiselles pieuses, à dormir chez elles et à se métamorphoser de façon à leur apparaître au masculin dans le plus simple appareil. Martin ne dut qu'à l'évanouissement simultané des trois pieuses d'éviter de graves ennuis. Les premiers temps, il usait de bénignes représailles, comme d'attendre devant un miroir l'heure de sa métamorphose. La haine engendrant la haine et sa bile s'échauffant, il eut des ripostes sévères. Plusieurs fois, il lui arriva de prendre le train dans l'après-midi et d'aller se perdre vers 7 heures du soir au cœur d'une forêt lointaine où Héloïse était condamnée à errer toute la nuit.

Mme Martin exhortait son mari à moins travailler et à prendre de l'exercice. Elle trouvait qu'il s'alourdissait, prenait du ventre et de l'embonpoint, quoiqu'il eût visiblement moins d'appétit. Quelques jours plus tard, il eut des nausées, des vomissements qui se renouvelèrent quotidiennement et le décidèrent à consulter un médecin. Celui-ci le fit d'abord souffler dans son clairon, le suspendit au plafond par les pieds, le fit uriner dans cette position en même temps qu'il lui donnait un coup de bâton sur la tête et conclut après l'avoir longuement regardé dans les yeux :

« Le cas est rare, mais c'est bien ce que j'avais pensé. Il s'agit d'une grossesse nerveuse.

– Nom de Dieu ! s'écria Martin. Si je connaissais le cochon... »

Et cette réaction, qui est d'un homme passionné, établit clairement qu'il était resté très épris d'Héloïse.

« Calmez-vous, cher monsieur, dit le médecin. Une grossesse nerveuse, ce n'est pas bien grave.

– Mais, docteur, pourquoi voulez-vous qu'elle soit nerveuse ? Je suis sûr qu'il s'agit d'une grossesse pure et simple.

– Vraiment ? c'est votre opinion ?

– Parbleu!

– Alors, c'est en effet un peu plus grave que je ne pensais. Venez donc me revoir demain. J'examinerai votre cas avec un de mes confrères.»

Martin comprit qu'on le prenait pour un fou et se garda bien de revenir. Au foyer, comme sa femme l'interrogeait sur le résultat de la consultation, il répondit que le médecin lui avait parlé d'anémie graisseuse due au surmenage et prescrit une vie calme.

«Il en parle à son aise, fit observer Mme Martin, alors que cette sale fille passe ses nuits à faire la noce sans égard aux efforts que tu t'imposes dans la journée, ni à ton état de santé. Trop heureux encore qu'elle ne te flanque pas quelque vilaine maladie. À propos, as-tu remarqué comme elle est en train de changer?

– Comment pourrais-je l'avoir remarqué? Je ne la vois jamais.

– C'est vrai, je n'y pensais pas. Tu sais qu'elle n'a jamais été belle, mais depuis quelque temps, elle grossit des hanches, de la poitrine, et je lui trouve un teint bizarre. Sais-tu ce que je pense, Martin? Cette créature est enceinte.

– Mais non, qu'est-ce que tu supposes? Comme moi, Héloïse fait de l'anémie graisseuse. Il fallait du reste s'y attendre.»

Et Martin, se dérobant à la discussion, s'abîma dans une sombre méditation. La conduite d'Héloïse, qui l'avait jusqu'alors passablement irrité, le mettait en fureur maintenant qu'il se trouvait en mesure d'en apprécier les dernières conséquences. Il lui semblait être déshonoré par la grossesse d'un enfant qu'il appelait à part lui l'enfant adultérin, car il avait tendance à considérer Héloïse comme sa femme. Il se reprochait amèrement de ne l'avoir pas fécondée, ainsi qu'il en avait un moment formé le dessein, par insémination artificielle et de s'être laissé arrêter par le problème de la consanguinité. Son ressentiment était si fort que le désir lui vint de se venger et qu'il réfléchit aux moyens de punir Héloïse. La difficulté résidait dans l'impossibilité d'une rencontre, qui ne permettait guère d'envisager autre chose que des tracasseries. La mort ne semblait pas à Martin un châtiment excessif, mais elle eût probablement entraîné la sienne et d'ailleurs le crime lui répugnait naturellement. En fin de compte, il renonça au carnage comme à toute idée de vengeance et sa colère ne tarda pas à s'apaiser. À mesure que s'écoulaient les jours, il se sentait de plus en plus fatigué, ce qui le rendait simplement morose et dolent.

Bientôt le tour de taille d'Héloïse devint tel qu'il ne fut plus possible de cacher son état à Mme Martin qui ne ménagea pas ses sarcasmes. Martin, lui aussi, prenait des proportions imposantes. La question se posait de savoir où aurait lieu l'accouchement. D'un commun accord, on résolut d'abandonner provisoirement la rue des Dames pour faire une retraite en Bretagne. Le voyage se passa sans incident, Martin était habillé d'un pantalon et d'un imperméable qui sont des vêtements d'homme aussi bien que de femme. Lorsqu'il changea de sexe, entre Dinan et Saint-Brieuc, les voyageurs du compartiment n'en furent pas avertis. L'un d'eux fit simplement observer à sa femme, et sans y attacher d'importance, que le voisin venait de changer de tête, ce qui n'a évidemment rien d'extraordinaire.

Les Martin avaient choisi à dessein une maison isolée où ils n'eussent pas à redouter d'indiscrètes curiosités. Héloïse ne pensait plus à vagabonder et passait au lit la presque totalité de ses douze heures d'existence quotidienne, ce qui lui évitait de subir la compagnie de Mme Martin. L'épouse se montrait d'ailleurs d'humeur plus facile et peut-être l'état d'Héloïse lui inspirait-il de la compassion, voire de la sympathie. Martin s'était muni d'un dictionnaire de médecine dans lequel il avait lu que la marche à pied est une bonne préparation aux accouchements. C'était donc lui qui accomplissait des longues marches à travers la lande où il promenait un ventre énorme que son pantalon ne contenait plus. Entre Héloïse et lui, dans les derniers mois de la grossesse, s'étaient peu à peu rétablies des correspondances depuis longtemps disparues et tous deux retrouvèrent une mémoire commune et une commune intelligence des choses. Il comprenait maintenant presque aussi bien qu'elle l'attrait qu'exerçait sur les femmes le photographe marseillais et il pardonnait.

Les douleurs de l'enfantement commencèrent un après-midi vers 4 heures. Impuissante, ne sachant que faire ni que dire, Mme Martin regardait son pauvre homme en travail. À 6 heures du soir les douleurs devinrent si violentes et il criait si fort qu'elle voulut aller chercher le médecin. Il eut la force de l'en empêcher. L'un criant, l'autre sanglotant, les époux regardaient avec épouvante les aiguilles de la pendule, qui avançaient avec une lenteur incroyable. Plusieurs fois, Martin crut que ça y était, que la peau de son ventre se déchirait. Enfin, l'heure de la métamorphose arriva. Héloïse se mit à gémir.

Ce fut un garçon, il n'y avait quant au sexe aucun doute possible, ce qui ne devait pas l'empêcher, dix-huit mois plus tard, de se changer en fille. Il fut déclaré à l'état civil sous le prénom d'Ernest, fils de

Martin et de son épouse, née Lapierre. Cette supercherie contraria Héloïse qui n'eut d'ailleurs pas longtemps à en souffrir. Depuis l'accouchement la périodicité des métamorphoses se trouvait soumise à des variations qui diminuaient régulièrement le temps d'existence quotidienne d'Héloïse. La peau de chagrin se rétrécissait de jour en jour. Elle finit par se fondre dans la personne de Martin qui porta toutefois pendant près d'un mois les seins de la femme qu'il avait aimée. Et la poitrine se résorba et il n'y eut plus qu'un souvenir et un regret au cœur de Martin.

UN COUREUR À PIED
DU NOM DE MARTIN

Il y avait à Paris, dans une rue du quartier de la Goutte-d'Or, près du boulevard de la Chapelle, un coureur à pied du nom de Martin, qui avait un cœur pur et une belle foulée. Ce n'était pas un très grand coureur et les chroniqueurs sportifs mentionnaient rarement son nom, bien qu'à l'arrivée du deux mille comme à celle du mille cinq cents, il se plaçât presque toujours honorablement. Disons donc qu'il était un coureur moyen, mais un bel athlète qui aimait le sport pour le sport. À la compagnie d'assurances où il était un employé laborieux et ponctuel, on lui accordait des facilités pour son entraînement et deux ou trois fois par semaine, le sous-directeur l'appelait à son bureau pour l'entretenir affectueusement de la course à pied. « Martin, lui disait-il, j'espère que cette fois vous tenez la grande forme. Montrez-moi donc un peu vos jambes. » Le coureur de fond relevait alors ses jambes de pantalon et le sous-directeur, après lui avoir palpé les mollets, les genoux et les chevilles, les couvrait de baisers pendant plusieurs minutes. Martin ne voyait du reste dans ces baisers que l'expression un peu singulière d'une grande dévotion à la course de fond, car toutes ses pensées étaient limpides et il méprisait ou il ignorait les incitations de la chair. Normalement, il aurait dû, la trentaine passée, se laisser marier par son dentiste à une grande et forte fille éprise d'un curé et portant sur les jambes un poil dur comme celui des brosses à dents. Par malheur, il devint prématurément amoureux d'une garce aux yeux de jade, qui faisait métier d'agacer les mâles désœuvrés passant sur le boulevard de la Chapelle. Une semaine, il lutta contre la montée d'une passion qu'il jugeait détestable en soi et funeste à son avenir de coureur. Pour vaincre l'obsession, il occupait ses loisirs à contempler ses propres jambes, ce qui lui arrivait du reste assez coutumièrement, les baisers du sous-directeur l'ayant incliné à un narcissisme

Première publication dans La Parisienne, *février 1954 ; reprise dans le recueil posthume* La Fille du shérif, *Gallimard, 1987.*

tout innocent. Rien n'y fit et l'amour finit par être le plus fort. Un soir, le coureur de fond suivit dans une chambre d'hôtel la fille aux yeux de jade, qui lui signifia dès la porte close : «C'est quinze cents balles sans les suppléments. Bien entendu, on paie d'avance.» Ayant payé le prix de l'amour, il lui dit qu'il donnait son cœur, qu'il l'aimait plus que la course à pied, qu'il était prêt à l'épouser. Pour réponse, elle eut un grand rire de salope et souleva sa robe. Tatouée sur le ventre, elle portait en lettres capitales une inscription votive dont il prit connaissance avec l'émotion que chacun devine : «Tout est à Gustave pour la toute.» Le désespoir de Martin fut atroce. Après avoir erré toute la nuit dans le quartier de la Goutte-d'Or, il descendit dans la tranchée des chemins de fer du Nord et aux premières lueurs de l'aube se coucha sur les rails où le train pour Bruxelles lui sectionna les jambes.

ACCIDENT DE VOITURE

*T*andis que je marchais sur le remblai de la route nationale, une grosse voiture contenant six personnes me frôla les orteils pour aller s'emboutir contre un très beau platane. L'avant de la voiture était en accordéon et j'entendais les dames crier sur plusieurs registres.

Sans hâte, mais non sans une certaine curiosité, je m'approchai pour examiner l'épave et ses occupants, et mon premier geste utile fut de couper le contact, ce qui n'avait pas été fait.

Le conducteur, un homme de cinquante ans, bien vêtu et d'un visage plutôt agréable, n'y avait pas pensé. Je ne lui en fis pas le reproche, car il avait été tué sur le coup, le volant lui ayant vraisemblablement défoncé la cage thoracique. Jailli de sa bouche, un filet de sang avait vilainement taché sa cravate qui était d'un bleu pervenche avec un semis de petites croix, bleues aussi, mais plus foncées. C'était vraiment une jolie cravate et il me vint un peu de tristesse en pensant que cette souillure ne disparaîtrait pas facilement.

Les quatre dames, qui comptaient parmi les six passagers, continuaient à hurler et il n'y a pas grand-chose à en dire de plus.

Le sixième occupant était un vieillard très âgé qui faisait entendre, quand les cris des dames le lui permettaient, un petit rire nasal pas désagréable. L'accident l'avait rendu fou, mais rien ne me frappa ni dans la couleur ni dans le dessin de sa cravate.

Le fond de l'air était frais, le temps assez incertain avec, pourtant, une promesse d'éclaircie. Sous une lumière grise et tamisée, les seigles qui bordaient la route étaient d'un acier blême. Durant quelques minutes, je m'absorbai dans la contemplation de ces champs de seigle auxquels un léger vent d'est imprimait un mouvement de houle qui me fit passer, à quatre reprises, un frisson sur l'échine.

Cette nouvelle, retrouvée dans les documents de Marcel Aymé, a connu une première publication dans une revue non identifiée à ce jour, peut-être au Maroc dans les années 1960. Reprise dans le recueil posthume La Fille du shérif, *Gallimard, 1987.*

Les cris des dames s'apaisaient peu à peu pour n'être plus que des gémissements intermittents.

Désireux d'examiner de plus près la cravate du conducteur, afin de savoir où elle avait été achetée, je tirai le cadavre hors de la voiture et, voyant que la veuve avait un peu de peine, j'entrepris de le ressusciter sans du tout être sûr d'y parvenir.

Le disque du soleil émergeait à peine d'un gros nuage gris, un corbeau s'envolait sur ma droite et le glas tintait à l'église du plus proche village, toutes circonstances favorables aux résurrections. Je donnai un fort coup de pied dans le ventre du mort et un autre sur la nuque, comme on fait à un ami, et presque aussitôt, il se dressa sur ses pieds et me regarda en coin, l'œil mauvais.

«De quoi vous mêlez-vous? dit-il rageusement. J'étais tranquille, je n'avais plus de soucis. À présent, il va falloir que je me mette en quête d'un garage, que je prévienne l'assurance, que je trouve un moyen de véhiculer tout mon monde pour être à 1 heure moins le quart à Paris où j'ai rendez-vous. Si vous aviez eu l'esprit de me laisser où j'étais, le rendez-vous ne tiendrait pas pour moi.

– C'est vrai, dis-je, piqué par ces reproches dont le bien-fondé ne m'échappait pas. Je viens de vous mettre dans l'embarras.

– Il fallait y penser plus tôt. Je ne comprends pas qu'on soit à ce point étourdi.»

Je sortis alors de ma poche le revolver avec lequel, au cours de mes promenades, je tire sur les femmes obèses.

«Pardonnez-moi d'avoir agi inconsidérément, mais si vous voulez bien tourner la tête un peu par ici, je vais vous loger une balle entre les deux yeux.

– C'est bon. Nous n'allons pas tout remettre en question. Puisque je suis là, je vais faire ce qu'il y a à faire.»

Je suis susceptible. Il avait l'air de me remettre ma dette et d'un ton qui ne me plut pas.

«Permettez, dis-je, je tiens à réparer et je vous prie de tourner la tête.

– Fichez-moi la paix.

– J'insiste. Regardez-moi en face.»

On s'étonnera que je n'aie pas brûlé la cervelle à cet entêté sans plus me soucier de l'incidence de son regard, mais je tire toujours entre les deux yeux.

C'est une habitude d'enfance, devenue à la longue une superstition, et je n'ai jamais su m'en défaire.

Nous parlementâmes encore un moment et je vis que mon homme allait se rendre à mes raisons et m'offrir enfin son visage de face, mais alors que je me préparais à l'ajuster, passa sur la route en courant un joli chien blanc et noir. Lâchant mon revolver, je me mis à battre des mains en criant : « Un chien ! Un vrai chien ! C'est un vrai chien ! » Et tout aussitôt, oubliant le sinistre et le ressuscité, je pris ma course derrière l'animal sans penser que j'avais une vie sur la conscience.

Toujours mon étourderie !...

LE COUPLE

*I*l y avait entre Valérie et Antoine un si grand amour que, un soir de vacances, sur une petite plage bretonne, ils se fondirent l'un dans l'autre et que leurs deux corps n'en firent plus qu'un. Il semble que la nature soit conformiste jusque dans ses extravagances puisque, dans cette étroite communion, ce furent le sexe mâle et l'apparence corporelle d'Antoine qui prévalurent avec une légère atténuation de la carrure et, à peine visible, un adoucissement des traits du visage. On peut aussi rapporter cet effacement du féminin (d'ordre purement formel) au fait que les femmes et les jeunes filles de notre temps éprouvent plus ou moins profondément, et jusque dans l'amour, le besoin de ressembler à des hommes, et Valérie n'échappait pas à la règle.

Ainsi fondu dans sa nouvelle enveloppe, le couple extasié passa les premières heures de la nuit au bord de la mer à promener son bonheur sous les étoiles. Un dialogue muet, du reste assez étroitement limité, s'était établi entre les éléments du couple qui avaient conservé chacun sa personnalité quoique étant l'une et l'autre pour ainsi dire bord à bord et parfois entremêlées. De temps en temps, Valérie et Antoine élevaient pourtant la voix – une voix qui, elle aussi, leur était commune et avait gagné en étendue dans les notes hautes. C'était pour faire entendre un chant d'action de grâces dont ils sentaient tous les deux le besoin, bien qu'elle eût peu de religion et que lui n'en eût pas du tout. Un professeur de culture physique, qui rentrait ce soir-là du village voisin où il venait de donner une leçon particulière à la receveuse des postes, rapporta plus tard qu'il avait rencontré Antoine à 1 heure du matin, marchant sur la grève et chantant à tue-tête un *Ave Maria*.

Enfin, las d'avoir longtemps marché, le couple rentra à l'hôtel, qui était celui d'Antoine, se coucha et s'endormit presque aussitôt d'un profond et émerveillé sommeil. Un quart d'heure plus tard, il perce-

Première publication dans Les Nouvelles littéraires, *23 août 1962 ; reprise dans le recueil posthume* La Fille du shérif, *Gallimard, 1987.*

vait confusément des coups frappés à la porte de la chambre, sans comprendre encore qu'il s'agissait d'une visite. Comme il tardait à répondre, une main ouvrit la porte, alluma ensuite le plafonnier, et M. Le Kérec, père de Valérie, apparut au seuil de la chambre tandis que l'hôtelier qui l'avait introduit s'éloignait au bout du couloir. «Je vous demande pardon, dit M. Le Kérec, de m'introduire ainsi chez vous en pleine nuit. J'ai frappé longtemps et, comme vous ne répondiez pas, j'ai voulu m'assurer que vous n'étiez pas là.»

D'un mouvement tout spontané qu'Antoine n'eut pas le temps de contrôler, Valérie rejeta les couvertures et courut à son père qu'elle prit par le cou en s'écriant:

«Papa! Si tu savais comme je suis heureuse...»

Elle s'interrompit et laissa retomber les bras noués autour du cou de M. Le Kérec, brusquement consciente que les réflexes d'une jeune fille affectueuse se trouvaient mal adaptés à l'ambivalence de son état. M. Le Kérec considérait froidement, et non sans un certain malaise, ce garçon en pyjama qui venait de l'embrasser en l'appelant papa, en le tutoyant et en mettant au féminin l'adjectif «heureux» rapporté à sa propre personne. Il y eut un lourd silence pendant lequel Valérie et Antoine se consultèrent sur la meilleure façon de répondre aux questions que le père n'allait pas manquer de poser.

«Monsieur Jouquier, dit enfin M. Le Kérec, hier soir, avec mon autorisation vous êtes sorti en compagnie de ma fille Valérie pour aller faire un tour sur la jetée. Or, il est plus de 2 heures du matin et ma fille n'est pas rentrée. Vous allez me dire premièrement où elle se trouve et ensuite comment vous avez employé votre temps entre 21 h 15 et 2 heures.»

Ayant fermé la porte et prié le père de s'asseoir, le couple entreprit de lui faire entendre la vérité. Valérie comptait, pour le persuader, sur la force de l'instinct paternel, Antoine sur l'ouverture de l'âme bretonne aux mystères profonds des métamorphoses amoureuses. À vrai dire, la réaction de Le Kérec, qui était professeur de sciences naturelles à la faculté de Rennes, ne trahit rien qui fût spécifiquement breton et ne mit pas non plus en valeur son instinct paternel. L'œil mauvais, il apostropha Antoine d'une voix déjà frémissante de colère.

«Vous vous f... de ma gueule, mon garçon, mais je vous avertis que je ne suis pas sorti de mon lit à 2 heures du matin pour entendre des contes à dormir debout. Si dans cinq minutes vous ne m'avez pas dit où est Valérie, je vous flanque entre les pattes de la gendarmerie!

– Monsieur le professeur, proposa le couple par la voix d'Antoine, faisons une expérience. Vous jugez bien que votre fille n'a pas pu me mettre au courant de tous les détails de votre vie familiale. Interrogez-moi sur quelque menue circonstance connue de vous et de Valérie. Vous verrez bien.»

Le Kérec haussa les épaules, mais il y avait là une méthode d'investigation qui flattait les habitudes d'un esprit formé dans les disciplines scientifiques.

«Soit. Qu'ai-je dit à ma fille après vous avoir rencontré pour la première fois?

– Vous avez dit: cet Antoine Jouquier a l'air d'un minus, sans compter qu'il est assez mal bâti.

– Que s'est-il passé chez nous, pendant le dîner, le 19 octobre de l'année dernière?

– C'était l'anniversaire de Mme Le Kérec. Chacun lui a fait un cadeau, vous une veste en daim, Valérie une paire de gants. Pendant le repas, votre fille Juliette a parlé d'Odette Vairon, une étudiante à laquelle vous vous intéressiez. Vous étiez gêné et, en rencontrant le regard de Valérie, vous avez rougi.»

Le professeur, impressionné, posa d'autres questions auxquelles Antoine répondit avec la même sûreté. La conclusion paraissait s'imposer et, dans l'esprit du couple, la partie était gagnée.

«Il est inutile de poursuivre l'expérience, convint Le Kérec, je n'arriverai pas à vous prendre en défaut. Il est certain que vous possédez on ne peut mieux la faculté de lire dans la pensée des gens...

– Comment! Vous doutez encore que Valérie et moi soyons une seule et même personne?

– Je ne doute pas. Je suis sûr que ma fille Valérie est un être parfaitement autonome et que vous ne la recelez pas dans vos flancs. C'est pourquoi je vous demande une dernière fois où se trouve présentement Valérie. Tenez, j'admets que, au cours de votre promenade, vous avez pu vous quereller et chacun de vous deux aller de son côté. Dites-moi simplement ce que vous savez.»

Antoine répondit qu'il ne pouvait faire que la vérité fût autre que ce qu'elle était, mais ce fut avec véhémence que Valérie, emportée par l'indignation, par la douleur aussi, s'adressa à son père.

«Tu n'es pas de bonne foi, reprocha-t-elle. Tu as peur de la vérité, peur en te prononçant pour elle de compromettre ta situation universitaire, ta réputation de savant. Plusieurs fois, à la maison, je t'ai entendu parler de télépathie, de transmission de pensée et c'était pour dire que tu n'y croyais absolument pas. Tu n'as pas plus de courage que d'honnêteté.

– Que voulez-vous, répondit Le Kérec, je préfère croire à des phénomènes de télépathie, qui ne déroutent pas la raison, qu'à cette
absurde fusion de deux corps en un seul. N'avez-vous plus rien à
me dire ?

– Je vous trouve limité », dit simplement Antoine.

Après avoir jeté un coup d'œil sur le lit, ouvert l'armoire et le cabinet de toilette pour s'assurer que Valérie ne s'y trouvait pas, le professeur appela l'hôtelier pour le prier de téléphoner à la
gendarmerie. Le patron, qui avait de l'amitié pour Antoine, défendit
avec énergie son client et la tranquillité de son établissement. Il fut
toutefois surpris d'entendre le jeune homme dire au professeur :
« Apparemment, tu soupçonnes Antoine de m'avoir fait disparaître
après s'être livré sur moi à d'odieuses violences ? Eh bien, tu sauras
que si nous ne sommes pas encore fiancés, je suis déjà sa maîtresse
et depuis quatre jours.

– C'est vrai ? demanda le père, entrant dans le jeu sans y penser,
comme s'il eût eu deux interlocuteurs en la personne d'Antoine
Jouquier.

– C'est vrai, confirma Antoine.

– N... de D...! s'écria Le Kérec. Je ne sais pas ce qui me retient...

– Doucement, doucement, intervint l'hôtelier. Qu'est-ce qui s'est
passé, au juste ?

– Il se passe que l'aînée de mes filles...

– Ah! Je t'en prie, papa, je t'en prie », coupa Valérie, et Antoine poursuivit : « J'ai eu tort, monsieur le professeur. Je n'aurais pas dû. Je me
suis fait beaucoup de reproches. »

Le Kérec eut un regard haineux. Dans cet instant de douleur et de
colère où son jugement n'était plus entravé par des balançoires rai-
sonneuses, il ne doutait plus que sa fille, après avoir cédé à Antoine,
se trouvât maintenant lovée dans le corps exécrable du suborneur.
Cette idée décuplait sa rage.

« Salaud! Je vous ferai regretter d'avoir détourné ma fille. Je vous le
ferai regretter à tous les deux!

– Allons, allons, dit l'hôtelier, à quoi bon se fâcher ? On est jeune, on
est plein de bonnes résolutions et un beau jour il arrive ce qui doit
arriver. C'est humain.

– Vous, f...-moi la paix !

– Et vous, f...-moi le camp, puisque vous le prenez sur ce ton-là.
Vous ne pensez pas que vous allez me faire droguer ici le reste de la
nuit à vous écouter divaguer ? Je ne suis pas en vacances, moi.

– C'est bon. Suivez-moi », ordonna au couple le professeur.

Antoine passa par-dessus son pyjama un pantalon et un pull-over. Dans l'esprit de Le Kérec, il s'agissait de se venger du couple en le livrant à la justice et d'abord à la gendarmerie, mais lorsqu'il eut franchi la porte de l'hôtel, sa colère était déjà tombée et il n'avait plus aucune envie de punir sa fille, ni même le coupable. C'est alors que se posa pour lui la question : que faire ? Il ne pouvait pas renvoyer Antoine à son sommeil et, de son côté, rentrer chez lui pour dire à sa femme qu'il n'avait rien appris sur la disparition de Valérie.

Il lui vint à l'esprit d'emmener le garçon à sa villa et de soumettre toute la famille à l'expérience à laquelle lui-même s'était prêté dans la chambre de l'hôtel, mais quel que dût en être le résultat il fallait envisager des suites redoutables. Une jeune fille ne saurait disparaître que la justice n'en soit tôt ou tard informée. Allaient-ils lui et les siens affirmer à leurs amis, ensuite aux autorités et aux juges, que Valérie et Antoine s'étaient fondus l'un dans l'autre ? Quelle figure feraient-ils devant le monde, devant la faculté de Rennes ? De complices ou de débiles mentaux ? Le professeur se sentait pris dans l'engrenage de la mécanique sociale qui lui imposait la conviction qu'Antoine mentait avec effronterie.

Les gendarmes furent longs à s'éveiller, longs à comprendre de quoi il s'agissait. N'eût été la considération qui entourait le professeur et son grade dans la Légion d'honneur, ils auraient renvoyé les deux parties dos à dos. Le brigadier savait à quoi s'en tenir sur les jeunes personnes de bonne famille et, à son estime, Valérie était tout simplement restée endormie dans les bras d'un galant. Il fallut l'entêtement d'Antoine à prétendre qu'elle et lui s'étaient fondus en une seule personne pour qu'il prît la décision de le boucler dans une pièce de la gendarmerie.

Le point de vue du brigadier changea lorsqu'un pêcheur lui apporta des vêtements de femme, un bracelet-montre, une chaîne d'or et des boucles d'oreilles, trouvés sur la grève à 5 heures du matin, le tout ayant appartenance à Valérie. L'après-midi même, un commissaire venait enquêter sur la disparition de la jeune fille et, du même coup, interroger le prisonnier. Comme celui-ci persistait dans ses affirmations absurdes, le rapport du commissaire conclut que cette affabulation grotesque de la vérité contenait l'aveu d'Antoine Jouquier qu'il n'avait pas quitté la victime jusqu'à l'instant où elle s'était dépouillée de ses vêtements et qu'il connaissait le lieu où elle se trouvait présentement.

Transféré à la prison départementale de Vannes, Antoine fut inculpé de rapt et de séquestration de mineure, en attendant que le flot rejetât le cadavre sur la grève.

Pendant le premier mois, le couple vécut presque parfaitement heureux dans sa cellule. Le temps de la communion et des ineffables prolongements qu'elle conférait aux deux amants fut aussi celui des explorations, chacun apprenant à connaître de l'autre, jusque dans le plus fin, mille moyens de sentir et de comprendre qui lui étaient étrangers, chacun faisant aussi pour son compte de curieuses découvertes sur la nature profonde du sexe opposé.

Ils n'avaient nul besoin de parler pour correspondre et c'était dans le silence qu'ils se comprenaient le mieux, mais ils entretenaient l'habitude de converser à haute voix à propos de choses de peu d'importance comme les voitures de sport, le cinéma ou la politique. Parler était aussi pour eux un moyen de se donner l'illusion d'un affrontement qui commençait à leur manquer.

De temps à autre, le couple était conduit chez le juge chargé d'instruire leur affaire. La cause d'Antoine n'était pas si mauvaise. Auprès des vêtements de Valérie trouvés en assez bon ordre sur la grève, on n'avait relevé aucune trace de lutte et le fait qu'Antoine n'eût pas songé à les faire disparaître semblait témoigner en sa faveur. La conviction du juge qui rejoignait celle du défenseur était que les jeunes gens, vers 10 heures du soir, avaient pris un bain au clair de lune et que la mer ayant emporté Valérie, son compagnon n'osait pas en faire l'aveu. À maintes reprises, il tendit la perche à Antoine qui s'enfermait obstinément dans ses explications stupides. Les experts médicaux, commis à l'examen mental, conclurent à l'entière responsabilité du prévenu, rejetant même l'hypothèse selon laquelle une noyade accidentelle, en causant au jeune homme un traumatisme mental, aurait pu en faire la victime d'une hallucination. À les en croire, il n'était qu'un simulateur et c'est justement cette certitude des experts qui pesait le plus lourdement dans son dossier. On ne simule, disait le juge, que parce qu'on dissimule. Par malchance, le défenseur était un homme de beaucoup de bon sens et, à chacune de ses visites à la prison, il répétait inlassablement à l'inculpé :

«Votre système de défense est idiot. Qui pouvez-vous espérer convaincre en vous tenant à ces balivernes ? Soyez sûr que vous ferez s'esclaffer n'importe quel jury de cour d'assises.

– Croyez-vous, maître, que le professeur a eu l'honnêteté de déclarer au juge d'instruction qu'il avait été troublé par l'expérience à laquelle il s'est soumis dans notre chambre ?

– Il a même été assez généreux pour me le confirmer personnellement et par écrit. Mais de là à croire à ces sornettes, il y a loin. Pour ma part, je ne vois même pas comment utiliser à notre avantage le témoignage du professeur. Je vous l'ai dit et je vous le répète, il n'est pas question pour moi de défendre votre point de vue.

– Que risquez-vous ?

– Mon pauvre ami, votre question n'a pas de sens. Vous-même, que penseriez-vous d'un monsieur qui viendrait vous dire que, chaque nuit, entre 1 heure et 5 heures du matin, il se change en buffet Henri II ?

– Il est certain que je resterais pensif. »

Ce fut vers la fin du premier mois de détention que les deux amants eurent pour la première fois le sentiment, non pas d'un désaccord, mais d'une légère rupture d'harmonie dans l'intimité que leur imposait à chaque instant la cohabitation d'un même corps. Il apparut clairement à l'un comme à l'autre qu'Antoine était plus heureux que Valérie. Aussitôt, ils commencèrent à en souffrir chacun sur un mode personnel, ce qui contribua encore à augmenter l'importance de l'écart qu'ils venaient de découvrir. S'il était le plus heureux, c'est sans doute que, dans la fusion de leurs deux corps, Antoine s'enchantait à l'idée d'être la vivante réalisation de l'unité du couple et ne regrettait rien de ce qu'un homme peut lui abandonner. Valérie, elle, ne trouvait pas dans cette unité la promesse d'une vie sociale, à la fois établie et enracinée, ni la perspective d'un foyer, d'un mari à plier à ses habitudes, d'un enfant, d'une famille à défendre, à imposer, toutes choses dont elle avait cru pouvoir sourire jusqu'alors et qui lui manquaient déjà. À mesure que passaient les jours, son regret devenait plus vif et la seule unité qui lui parût admissible était celle qui se crée autour d'une femme.

Un matin, aux premières lueurs de l'aube, le couple se leva de sa paillasse et alla se planter devant la fenêtre de la cellule, où apparaissait un coin de ciel entre les barreaux. Soudain, Valérie, angoissée, éprouva une sensation nauséeuse, comme d'appauvrissement et de régression. Ouvrant les yeux, elle vit tout près d'elle Antoine qui lui tournait le dos. Rien ne semblait l'avoir averti de leur séparation. La tête renversée en arrière, il contemplait le coin de ciel où s'effaçait une tache de bleu vers le haut de la fenêtre. Blessée, elle songeait en retenant ses larmes : « Il n'a rien senti et il continue à ne rien sentir. Je suis sûre qu'il est en train de rêver à l'unité de notre couple. »

Enfin, Antoine se retourna, mais au même instant, un gardien entrait dans la cellule. Voyant une fille nue qui essayait de se dissimuler derrière son prisonnier, le geôlier proféra d'abord un juron.

« Qu'est-ce que vous f...-là ? rugit-il. Et d'abord, qui êtes-vous ?

– Je suis Valérie Le Kérec... »

Le directeur de la prison fut aussitôt informé et ne tarda pas à se convaincre de la réalité des faits. C'était un directeur ambitieux qui rêvait de diriger un jour une de ces vastes centrales que nous promet notre époque, où les prisonniers, à raison de cinquante mille par bloc d'immeubles, seront surveillés au radar. Aussi ne se souciait-il pas de compromettre sa carrière par une histoire suspecte dont le rapport figurerait à son dossier de fonctionnaire. Ayant donné à Valérie de vieux vêtements de sa femme et un billet de chemin de fer, il la faisait sortir clandestinement de la prison. Le soir même elle était dans sa famille.

«Pour ton animal d'Antoine Jouquier, prononça le professeur Le Kérec après les transports et les effusions, il ne lui reste plus qu'à réparer.

– Il n'y a rien à réparer, dit Valérie, et je n'ai d'ailleurs pas le désir de me marier maintenant.

– Pourtant, votre intimité...

– Oui, bien sûr, mais l'excès d'intimité est justement ce qu'il y a de moins favorable à l'amour. Pour Antoine, ce que je veux, c'est faire proclamer bien haut qu'il a dit la vérité, et que lui et moi n'avons fait qu'un pendant cent vingt-cinq jours.»

La famille protesta. À quoi bon prolonger le scandale?

«Je ne suis du reste nullement convaincu de ce que tu avances, ajouta le père.

– Allons, accompagne-moi à Vannes et allons faire une visite au directeur de la prison.»

Le Kérec n'osa pas se dérober. Le directeur de la prison les accueillit courtoisement, mais déclara n'avoir jamais vu Mlle Le Kérec dans son établissement et ne rien comprendre à ses allégations. On n'en put rien tirer de plus. Le professeur et sa fille, dans une rue de la ville, croisèrent Antoine Jouquier qui avait été élargi dans la matinée. Il leur parla de ses études, de l'Algérie et d'une armoire d'angle qu'il venait de voir dans la vitrine d'un antiquaire.

LA FABRIQUE

*I*l y avait dans la ville de Blémont, rue de la Ferronnerie, une petite fille de six ans prénommée Valérie qui se rongeait les ongles. Elle habitait avec ses parents une maisonnette neuve qui avait remplacé la vieille masure détruite par le bombardement de 1944. Un soir qu'il était venu dîner, son oncle Alfred lui dit : « Si dans quinze jours tes ongles n'ont pas commencé à repousser, ce n'est pas la peine de mettre tes souliers dans la cheminée. Noël ne viendra pas. »

Valérie fit un grand effort de volonté et bientôt, à la surprise des parents, ses ongles se mirent à pousser. Le matin du 24 décembre, à 4 heures et demie, alors qu'il faisait encore nuit noire, elle s'éveilla les doigts dans la bouche et, saisie d'un pressentiment, put vérifier que pendant son sommeil, elle avait rongé presque tous ses ongles. Elle eut un mouvement de retraite comme pour échapper à la triste réalité et croyant s'enfoncer sous ses couvertures, elle s'enfonça dans la nuit des temps et de cent vingt ans en arrière, en sorte qu'elle se retrouva en 1845 au même endroit, non pas dans la maison de ses parents, mais dans celle qu'avait détruite le bombardement.

L'emplacement de sa chambre était à peu de choses près celui de l'unique pièce qu'habitaient alors les Gaigneux. La lune, brillant sur les toits enneigés et les jardins d'en face, éclairait faiblement la pièce. Valérie se trouvait auprès d'un lit dans lequel, couchés tête-bêche, elle finit par distinguer six personnes. Côté tête reposaient Gaigneux et sa femme avec entre eux deux le plus jeune de leurs quatre enfants, Hippolyte, un garçon de cinq ans, étendu tout habillé sous la mince couverture, les yeux brillants et grands ouverts dans un mince petit visage blême. Gaigneux, bien qu'il eût les paupières fermées, ne dormait pas non plus et Valérie l'entendait penser. Il était en train de réfléchir qu'Hippolyte n'avait sûrement pas trois jours à vivre et qu'à tout prendre, mieux valait qu'il mourût dans les

Première publication dans le recueil Enjambées, *1967.*

vingt-quatre heures. Ainsi l'enterrerait-on le jour de Noël, qui était chômé, et ne perdrait-on pas une journée de travail. On aurait beau faire, cet enterrement-là coûterait de l'argent. Pour la fosse, bien sûr, il la creuserait lui-même. Quant au cercueil, si léger fût-il, c'était au moins une pièce de cent sous, sans compter que la mère voudrait le faire passer à l'église, pas pour une messe, bien sûr, mais un bout de prière, un coup d'eau bénite, on ne s'en tirerait pas à moins de quarante sous. Il se souvint tout à coup d'un tas de vieilles planches qui traînaient dans un coin de la cour de la fabrique et il se promit d'en distraire quelques-unes pour son usage. Il en était là de ses réflexions lorsque l'aîné de ses enfants, Léonard, un garçon de douze ans, né idiot, couché la tête à l'autre bout du lit, le saisit par la jambe. D'un vigoureux coup de pied qui porta au ventre, Gaigneux le rappela au respect filial. L'idiot poussa un gémissement et lâcha prise sans s'éveiller. La pensée du père se fixa avec amertume sur ces deux garçons-là, l'aîné et le plus jeune, qui lui valaient si peu d'honneur et de profit. Encore l'idiot était-il d'une constitution robuste qui faisait dire aux voisins : « Allez, la tête n'y est pas, mais il sera diablement fort. » À l'égard d'Hippolyte, malgré la pitié que lui inspirait son état, Gaigneux ne pouvait se défendre d'un sentiment de rancune en se rappelant l'accueil de Giraudin, l'homme de confiance du directeur, le jour où il avait amené l'enfant à la fabrique. « Ton gamin, il m'a l'air bien chétif, avait-il dit, tu ne me feras jamais croire qu'il a cinq ans. » Et comme le père, devenu rouge, regardait la pointe de ses sabots, il avait ajouté avec bonté : « Tiens, pour te faire plaisir, je le prends tel qu'il est à trois sous par jour et s'il travaille bien, il aura cinq sous comme son frère. Mais entre nous, il ne tiendra pas. »

Valérie essaya d'entendre ce que pensait Hippolyte, mais sans pouvoir le comprendre. À vrai dire, il ne pensait pas, plongé qu'il était dans une contemplation harassante, celle d'une journée de travail à la fabrique, qui allait commencer dans la nuit à 6 heures du matin pour se terminer dans la nuit à 7 heures du soir. Il savait qu'il allait mourir comme étaient morts en ces deux derniers mois ses petits compagnons de travail Alexandre et Joseph, mais ce n'était pas la mort qui l'effrayait. Non, Valérie ne pouvait vraiment pas comprendre ce que représentait pour lui l'étendue de cette longue journée d'atelier.

La mère se leva la première, passa sur sa chemise et son jupon une jupe et un caraco et jeta un fichu sur ses épaules. Il devait faire très froid et Valérie s'avisa qu'elle n'en éprouvait pas la sensation, bien qu'elle fût vêtue d'un simple pyjama. La Gaigneux, ainsi l'appelaient les voisins sans nulle intention péjorative, était une petite femme de vingt-neuf ans qui avait déjà l'air d'une vieille. Elle alluma le feu dans la cheminée sous une marmite pendue à la crémaillère et sortit pour aller chercher un seau à la fontaine distante d'une centaine de mètres. À son retour, elle plaça une bûche sur le foyer et ajouta une casserolée d'eau dans la marmite. De la place où il reposait, Hippolyte ne pouvait apercevoir le feu, mais il en suivait sur le mur et sur le plafond la clarté dansante. Parfois une flamme plus haute illuminait la pièce, enveloppant tout à coup la mère qui retrouvait fugitivement les prestiges et les pouvoirs perdus depuis qu'il était entré à la fabrique.

À 5 heures et quart, ayant posé la marmite sur la table et allumé la lampe à huile, la Gaigneux appela tout le monde à se lever et vint prendre Hippolyte dans le lit.

« Il a les mains chaudes, fit-elle observer. Je me demande si on ne ferait pas bien de le garder ici.

– J'aime mieux qu'il aille à la fabrique, répondit Gaigneux. Il aura moins froid là-bas et demain Noël, il aura le temps de se reposer.»

Elle se laissa convaincre, car elle craignait de laisser l'enfant seul en compagnie de l'idiot qui pouvait le brutaliser. Soulevant Hippolyte dans ses bras, elle l'emmena dans la lumière de la lampe pour le regarder. Les traits du petit visage blême lui paraissaient plus tirés que la veille, les yeux clairs longuement cernés de bleu brillaient d'un éclat inhabituel, mais le rose qui colorait les pommettes la rassura autant qu'il était possible. Elle non plus n'ignorait pas que l'enfant était perdu. Toutefois, n'ayant pas le sûr coup d'œil de son mari ni son habitude de suivre sur les visages des enfants de la fabrique les progrès de l'épuisement, elle croyait encore le garder un mois ou deux.

S'étant à son tour approchée de la table, Valérie se fut bientôt convaincue qu'elle passait inaperçue aux regards de tous, sauf à celui de Léonard l'idiot qui avait fort bien remarqué sa présence et, à chacune de ses tentatives pour la pincer ou lui porter un coup, s'étonnait de ne rencontrer que le vide. Le père et les enfants étaient tous levés et habillés. Aristide, un garçon de sept ans, qui travaillait aussi à la fabrique, regardait Hippolyte avec une inquiète sollicitude. Il avait remarqué que les poignets de son jeune frère, ordinairement si menus, étaient ce matin très enflés et il voyait là un signe redoutable. Un moment, il hésita s'il ferait part de sa découverte aux parents, mais à quoi bon ? Il les voyait à ce point abrutis de travail et de misère qu'il crut deviner chez eux une sorte de connivence avec la mort.

«Cet après-midi on va préparer l'arbre de Noël à la lingerie», dit Hortense en mangeant sa soupe.

Hortense, qui avait dix ans, était placée chez le notaire où elle aidait à la cuisine et aux travaux du ménage. Non rétribuée, mais nourrie à midi et le soir, elle était entrée dans la maison sur la recommandation de la cuisinière, cousine éloignée du père. Ayant été à l'école jusqu'à l'âge de huit ans, elle était seule de la famille à savoir à peu près lire et écrire. Deux ans de bonne nourriture l'avaient déjà si bien transformée que parmi les siens, elle avait l'aspect d'une étrangère, et l'habitude de vivre dans l'atmosphère de luxe inouï de cette maison notariale où il y avait salle à manger, salon et trois chevaux à l'écurie, l'avait secrètement détachée du foyer paternel. Ses bavardages vaniteux, empreints d'un respect admiratif pour la vie confortable de ses maîtres, étaient supportés avec impatience. Pourtant, ce matin-là, Hippolyte l'écoutait volontiers. À la fabrique, on disait que le jour de Noël, l'enfant Jésus descendait par la cheminée dans les maisons des enfants riches et il aimait entendre parler de ces aimables visites.

«Mange ta soupe, dit la mère, ça va te réchauffer.»

Hippolyte secoua la tête. Il n'avait pas faim. Aristide, lui, mangeait de bon appétit et, après avoir avalé sa soupe, mordait à belles dents dans son morceau de pain sec. Il aurait voulu pouvoir expliquer à son frère comment lui aussi, vers la fin de l'année dernière, se voyant engagé sur la mauvaise pente, avait réussi à force de ruse et de volonté à tromper la mort et à se tirer d'affaire pour toujours, mais les paroles ne pouvaient rien livrer de son expérience, pas même une indication pour le malade. Lorsque la demie de 5 heures sonna au clocher de Saint-Euloge, les deux garçons se mirent en route. La Gaigneux, qui faisait des lessives, ne commençait son travail qu'à 6 heures et demie, Hortense à 7 heures et c'était elle qui avait la charge de boucler l'idiot à l'intérieur de la pièce. Pour le père qui avait de grandes jambes, il quittait la maison dix minutes après ses fils et arrivait toujours avant eux à la fabrique, distante d'un kilomètre et demi.

Valérie, qui avait suivi les deux frères, observa que ses pieds n'enfonçaient pas dans la neige et n'y laissaient aucune trace. Quoique son aîné le tînt par le bras, Hippolyte marchait difficilement et bientôt, il commença à s'essouffler. Ses sabots étaient lourds de neige, sa pèlerine pesait à ses épaules et il trébuchait presque à chaque pas.

Croyant pouvoir respirer plus librement, il avait desserré le bas de laine que lui avait noué sa mère autour du cou, mais il était de plus en plus haletant. Après trois cents mètres de marche, il fut secoué par une quinte de toux plus longue que les autres et qui le laissa épuisé. Aristide se demanda s'il devait le ramener à la maison, mais il lui sembla qu'en poursuivant la route, il proposait à son frère une épreuve de volonté qui pouvait être salutaire. Le prenant à califourchon sur son dos, il s'engagea dans la rue Château-Clément qui aboutissait à l'une des sorties de la ville. Mais la rue avait de la pente et ses sabots glissaient sur la neige tassée et durcie par le gel. Des enfants qui se rendaient à la fabrique le dépassaient à chaque instant. Après avoir ainsi cheminé quatre cents mètres, il était, lui aussi, exténué. Il fit mettre pied à terre Hippolyte et lui demanda de marcher un instant pour lui permettre de reprendre haleine. Hippolyte fit une tentative, mais après quelques pas, vacillant, à bout de souffle, il lui fallut s'arrêter.

Ils étaient au carrefour de Rieu, à mi-chemin de la maison et de la fabrique. Au coin de la rue d'Aubray, Aristide alla à une voiture chargée de sacs de farine et tirée par deux chevaux attelés en flèche.

«Hé, l'homme! Est-ce que vous allez à la fabrique? demanda-t-il.

– Non, répondit le charretier, je prends par le pont. Je vais livrer à Saint-Sorlay.

– C'est à cause de mon frère, insista Aristide. Il ne va pas bien.»

Le charretier descendit de voiture, prit sa lanterne et l'accompagna jusqu'à un rectangle d'ombre que projetait une maison sur le carrefour éclairé par la lune. Hippolyte était assis sur la neige, la tête ballante. Le charretier le souleva d'une seule main, l'assit sur son bras et l'examina à la lumière de sa lanterne.

«C'est vrai qu'il n'a pas bonne mine et qu'il n'est pas lourd. Qu'est ce qu'il va faire à la fabrique?

– Comme moi. Il va travailler.»

L'homme eut un juron et dit avec colère:

«Vierge mère, je vous le demande, à quoi pense le bon Dieu?»

Il emporta Hippolyte à la voiture, l'assit sur le siège auprès de lui et fit monter Aristide. Valérie, sans avoir besoin de courir, suivait le lourd véhicule qui s'en allait à la fabrique au train d'un simple piéton.

À 6 heures, Hippolyte était au pied de son tabouret, devant la longue table de triage qu'éclairaient des quinquets. Aristide travaillait dans un autre atelier à la mise en paquet des aiguilles. Dehors, la nuit était noire et on n'éteindrait pas les quinquets avant 9 heures, car pour la manipulation des aiguilles, on ne pouvait se contenter d'un demi-jour. Les ateliers n'étant pas chauffés, il y faisait très froid et il était permis de garder sa pèlerine, mais en dégrafant le col pour que les mouvements ne fussent pas gênés. Ceux des enfants qui étaient assez grands pour monter seuls sur leurs tabourets avaient déjà pris place. M. Drias, le surveillant, saisit Hippolyte à la taille, l'assit sur son siège et, prenant sur le milieu de la table une grande coupe pleine d'aiguilles, la renversa devant lui. Malgré la fièvre et la fatigue, l'enfant se mit au triage aussitôt. Par cinq ou six à la fois, il faisait rouler les aiguilles sous ses petits doigts avec légèreté et décelait d'un sûr coup d'œil celles qui avaient un défaut, déposant les bonnes dans une écuelle, les mauvaises dans une autre. Celles-ci faisaient ensuite de la part du voisin d'en face, un grand gaillard de huit ans nommé Philibert Anglat, l'objet d'un second triage, les unes épointées ou tordues étant récupérables, les autres destinées à la refonte à cause d'un défaut du chas ou d'une malformation. Anglat, à cause de ses gros doigts et d'une légère myopie, n'avait pas à beaucoup près l'habileté et le coup d'œil aigu d'Hippolyte à qui il en voulait de sa supériorité.

Après une heure de travail, Hippolyte sentit venir déjà l'affreuse lassitude et la tentation de tout abandonner, qui ordinairement l'assaillaient vers le milieu de la matinée et qu'il avait jusqu'alors surmontées. Valérie, qui se tenait auprès de lui, anxieuse et effrayée, vit tout à coup son buste plonger sur la table et sa tête tomber dans l'arrondi de son bras. De la main, Anglat fit un grand geste pour attirer l'attention du surveillant sur son vis-à-vis. Lorsqu'un enfant se trouvait ainsi surpris à dormir sur la table, l'usage était d'envoyer promener le tabouret d'un coup de pied afin que le délinquant fût précipité à terre. Le surveillant ne put s'y résoudre et, sachant où en était Hippolyte dont il voyait la résistance à la fatigue diminuer de jour en jour, il se contenta d'une claque sur la tête, non sans s'être assuré auparavant que le directeur ou quelqu'un de son entourage n'était pas à proximité.

«Gaigneux, dit-il d'une voix menaçante, tu n'es pas là pour te reposer. Au travail, mon garçon. À 7 heures du matin, on n'a pas l'excuse d'être fatigué.»

Il s'éloigna aussitôt, sans vouloir s'assurer que le coupable se redressait. Hippolyte sentit la gifle, eut conscience d'être pris en flagrant délit, mais fut près d'une minute avant de pouvoir relever la tête. Sa première pensée fut de se remettre au travail, mais aveuglé par les larmes et n'ayant pas encore retrouvé l'assurance de ses mouvements, sa main se posa lourdement sur le tas d'épingles.

Valérie poussa un cri que personne ne pouvait entendre. L'enfant avait l'intérieur de la main droite hérissé d'aiguilles qu'il arrachait avec la gauche. La souffrance le tira de sa torpeur et lui rendit la volonté et la force de reprendre la besogne avec une attention lucide. En face de lui, Anglat ricanait:

«Après ça, on viendra me dire qu'il est plus adroit que moi!

– Moi, personne n'a besoin de reprendre mon travail derrière moi, répliqua Hippolyte à sa propre surprise.

– Ton travail, on n'a plus longtemps à le voir parce que tout le monde le dit, tu vas crever, oui mon vieux, crever. T'iras pas jusqu'à la fin de la semaine et ce sera un bon débarras.»

Les petits voisins d'Hippolyte le regardèrent avec un peu de curiosité, mais sans se laisser distraire de leur travail. Irrité par les paroles d'Anglat, par ce qu'il y sentait de volonté malfaisante, il trouva encore assez de souffle pour répondre d'une voix ferme:

«Ça se peut que je crève cette semaine, mais ce qui est sûr, c'est que toi, tu crèveras avant moi. Y a qu'à voir la tête que tu as.»

La réponse était si inattendue que les voisins éclatèrent de rire en regardant Anglat qui fut pris tout à coup de la peur de mourir et se mit à pleurer avec de hauts cris. Le surveillant, qui était à l'autre bout de l'atelier, accourut aussitôt. Comme Anglat ne se calmait pas, il le gifla d'une main rude et le menaça de l'enfermer dans le cabinet noir avec les rats. On y mettait pour une heure ou deux les enfants qui se rendaient coupables d'un acte d'indiscipline, ce qui était rare, ce petit monde étant généralement très docile, ou ceux qui étaient surpris à voler des aiguilles pour les vendre au-dehors. Épouvanté, Anglat se tut, mais toute la matinée, il devait, pâle et tremblant, travailler avec l'idée de la mort qui le guettait.

Lorsque sonna la cloche de midi, les enfants, y compris les plus petits qui n'avaient pu les escalader, descendirent de leurs tabourets. Hippolyte, lui, ne le pouvait pas et demeura seul en face d'Anglat qui le regardait d'un œil craintif.

«Gaigneux, dit-il d'une voix implorante, ce n'est pas vrai? Je ne vais pas mourir?

– Si», répondit simplement Hippolyte.

Les larmes inondèrent le visage d'Anglat qui ne pensait pas à quitter son siège. Cependant, Aristide venait d'entrer dans l'atelier pour aider son frère à descendre du tabouret. Voyant les pleurs d'Anglat, il voulut en connaître la cause.

«Il m'a dit que j'allais crever, murmura Hippolyte. Je lui ai dit qu'il y passerait avant moi.»

Les yeux d'Aristide flambèrent. Se tournant vers Anglat, il lui dit avec une feinte compassion : «Mon pauvre Philibert, on n'aurait pas dû t'en parler, mais c'est pourtant vrai que t'es foutu. T'as déjà les fleurs de la mort marquées sur la figure.» Les fleurs de la mort firent grande impression à Anglat qui se remit à pousser des cris. Les deux frères s'éloignèrent au petit pas d'Hippolyte qui se plaignit d'avoir mal en montrant sa main droite. Elle était maintenant très enflée et bleuie par le froid. Aristide, effrayé, alla trouver son père dans le préau où les ouvriers, grands et petits, prenaient leur repas de midi. Quelques-uns, ceux qui habitaient les maisons de la ville les moins éloignées, prenaient le temps d'aller jusque chez eux. La plupart mangeaient sur place les provisions qu'ils avaient apportées. Gaigneux laissa Aristide à la garde du sac contenant leur repas et s'en alla trouver le concierge avec l'enfant dans les bras. Un haut mur séparait la cour de la fabrique d'une autre cour, celle de la maison d'habitation du patron. Les concierges occupaient, dans l'angle du mur et de la grille d'entrée, un pavillon de deux pièces. Gaigneux fut d'abord mal reçu. Le concierge, un ancien gendarme, avait pour ligne de conduite de tenir les ouvriers à distance. À cause de la main enflée, il finit par céder, mais de mauvaise grâce. Dans la cuisine, pendant qu'Hippolyte baignait sa main dans une décoction de plantes émollientes, Gaigneux regardait par l'une des fenêtres l'autre cour où trois enfants bien vêtus jouaient à se battre à coups de boules de neige. M. Davin, le patron, surgit au milieu de la bataille et après avoir essuyé quelques boules de neige, souleva dans ses bras une petite fille de cinq à six ans. L'ancien gendarme s'attendrit.

«C'est un homme qui adore ses enfants.

– Remarquez que moi aussi», dit Gaigneux sans prendre le temps de réfléchir. Le concierge le toisa avec commisération et ironie. Comme si on pouvait comparer. Gaigneux lui-même sentit que la quiétude et le confort haussaient le sentiment paternel à un plan où le sien n'atteindrait jamais. Avec gêne, il entreprit l'ancien gendarme sur le tas de planches qui se trouvait à l'autre bout de la cour. On convint qu'il en emporterait ce qu'il lui fallait et qu'il ne lui en coûterait que douze sous. En regagnant le préau avec Hippolyte qu'elle n'avait pas quitté, Valérie aperçut le tas de vieilles planches auprès des écuries et son cœur se serra. Aristide et son père, après avoir mangé leurs pommes de terre et leur pain frotté de lard se partagèrent la part d'Hippolyte qui ne pouvait rien avaler. Quelques minutes avant l'heure de la reprise du travail, M. Davin pénétra dans le préau en compagnie de monsieur le curé. Il annonça qu'aujourd'hui, veille de Noël, les ateliers fermeraient non pas à 7 heures, mais à 5 heures et demie. Saisissant l'occasion, monsieur le curé rappela aux ouvriers pourquoi Jésus était mort en croix et les exhorta à remplir leurs devoirs de chrétiens.

«Et vous, chers petits enfants, braves petits ouvriers qui travaillez comme de vrais hommes, sachez-le, il n'est pas trop tôt pour prendre l'habitude du bon Dieu. Vous êtes trop jeunes pour avoir reçu déjà l'instruction chrétienne qui plus tard vous consolera et vous guidera dans les chemins de la vie. Pour le moment, tout votre devoir de chrétien consiste à bien aimer vos chers parents et à vous acquitter consciencieusement du travail qui, grâce au bon Dieu, vous assure chaque jour votre pain quotidien. Allez, mes enfants. Allez, mes chers petits.»

Il avait la voix d'un brave homme et souriait avec une grande bonté à ses chers petits qui se sentaient réconfortés et animés d'une ardeur nouvelle au travail. Les ouvrières, grandes sœurs et mères de famille, ne cachaient pas leur attendrissement qui, chez certaines, allait jusqu'aux larmes. M. Davin, lui aussi, souriait avec bonté. Lorsque le préau fut vide, il emmena le curé chez lui où ils devaient déjeuner avec d'autres invités.

L'après-midi fut pour Hippolyte plus pénible qu'elle n'avait jamais été. Non seulement sa main le faisait souffrir, mais il avait mal au dos, à la poitrine et dans tout le corps. Le moindre mouvement, le moindre effort lui étaient un supplice. Valérie, qui ne l'avait pas quitté, se désespérait de ne rien pouvoir faire pour lui. Il travaillait de la main gauche, non sans difficulté, et à chaque instant piquait du nez sur la table. Le surveillant le surprit plusieurs fois dans cette position et le releva doucement sans lui faire de remontrance. De l'autre côté de la table, Anglat, le visage blême, crispé, le regard fixe, ne pensait guère à son travail. Après lui avoir fait plusieurs réprimandes, le surveillant se vit obligé d'opérer une retenue d'un sou sur son salaire qui était de cinq sous par jour.

Vers 4 heures et demie, M. Davin, sortant de table, entra dans l'atelier avec deux convives à qui il faisait visiter la fabrique. Le surveillant s'affola en voyant Hippolyte courbé sur la table, la tête dans ses bras. Le regard de M. Davin se portait justement de ce côté-là. Le surveillant ne pouvait plus se permettre d'hésiter. À grands pas, il franchit la distance qui le séparait du coupable et donna un coup de pied dans le tabouret. M. Davin, souriant, expliqua à ses hôtes ce qui s'était passé et traversa l'atelier sans s'y arrêter davantage. Hippolyte était étendu sur le dos, haletant et se mordant les lèvres pour ne pas crier. Le surveillant se mit à quatre pattes et, penché sur le petit visage, voulut savoir si la chute avait eu des conséquences sérieuses. N'obtenant pas de réponse, il palpa le squelette à travers les vêtements et lorsqu'il appuya sur le bas de la colonne vertébrale, Hippolyte poussa un cri. Ayant dénudé la partie sensible, l'homme découvrit une plaie noirâtre, de la largeur de deux doigts, mais ne datant pas d'aujourd'hui. C'était simplement une de ces escarres assez courantes parmi les jeunes enfants qui restaient assis onze heures par jour sur des sièges de bois. Le surveillant remit le garçon sur son tabouret, le buste couché sur la table, l'avertissant toutefois qu'il retenait un sou sur sa paie.

À 5 heures et demie, lorsque la cloche sonna pour la sortie des ouvriers, Hippolyte fit l'effort de se redresser. Comme à midi, il se trouva seul en face d'Anglat qui le regardait avec les mêmes yeux suppliants.

« Gaigneux, je ne veux pas mourir. Gaigneux ? »

Hippolyte le considéra un moment en silence et finit par répondre d'une voix éteinte :

« Non, toi tu ne mourras pas. »

Anglat sanglotait de bonheur et de gratitude lorsque Aristide vint chercher son frère. Celui-ci, au lieu de répondre à la question que lui posait l'aîné sur son état de santé, lui dit à voix basse :

« Je veux voir l'arbre de Noël. »

Les ouvriers avaient tous quitté la fabrique. Anglat, portant Hippolyte sur son dos, traversait la cour en compagnie d'Aristide. La nuit était presque tombée. Valérie marchait à la gauche d'Anglat avec l'espoir de cacher aux deux frères la vue des écuries, mais le bruit alerta Aristide. Il s'approcha du tas de planches et vit, sur la neige, celles que le père était en train de mettre de côté. C'étaient des planches courtes, n'ayant pas plus de quatre pieds de long.

« Vous rentrez à la maison ? » demanda Gaigneux qui parut gêné.

Devinant tout à coup la destination des planches, Aristide tourna le dos sans répondre et se mit à chantonner afin de chasser tout soupçon de l'esprit de son frère. Gaigneux regarda les enfants s'éloigner dans la nuit et songea qu'il économisait tout de même une pièce de cent sous, de quoi faire manger les siens pendant près d'une semaine.

Après quelques minutes de marche, Hippolyte n'avait plus la force de tenir ses bras serrés autour du cou d'Anglat et tombait en arrière.

Les garçons durent, à tour de rôle, le porter dans leurs bras. Lorsqu'ils arrivèrent à la maison du notaire, ils trouvèrent ouverte la porte de la grille et se glissèrent dans la cuisine. Adrienne, la cuisinière, une vieille cousine de Gaigneux, fut bouleversée à la vue d'Hippolyte respirant à peine et la tête roulant de droite et de gauche, mais elle entendit la voix de Mme Legrain, la femme du notaire, qui semblait s'approcher de la cuisine.

«Partez, dit-elle, partez vite. Madame ne comprendrait pas que des petits pauvres soient entrés dans la maison.»

Aristide et Anglat, suivis de Valérie, et toujours portant Hippolyte prirent le chemin de la rue de la Ferronnerie. Ayant retiré sa pèlerine, Anglat en avait enveloppé les jambes de son petit compagnon de travail. Soudain, alors qu'ils étaient à une vingtaine de mètres de sa maison, Aristide s'arrêta. Il entendait retentir des coups de marteau et Hippolyte, à voix basse, dit à son aîné:

«C'est papa qui cloue mon arbre de Noël.»

Valérie se retint de pousser un cri, mais saisissant Hippolyte par la main, elle réussit au prix d'un immense effort à reprendre pied dans le temps qu'elle avait quitté. Le matin de Noël, elle s'éveilla donc dans sa chambre, tenant toujours la main du garçon dans la sienne. Le jour pointait à peine quand elle se leva et entraîna Hippolyte dans la salle à manger. Là, elle lui donna son arbre de Noël et tous les jouets qui s'y trouvaient accrochés. Lorsque les parents firent leur entrée, elle alla les embrasser et voulut leur annoncer que Noël lui avait apporté un frère de cinq ans, mais comme elle se retournait pour leur présenter Hippolyte, elle vit qu'il n'y avait personne. Alors, Valérie se mit à pleurer et à toutes les questions des parents, ne répondit que par des sanglots. Alors le père se fâcha.

«Les gosses de maintenant sont impossibles, s'écria-t-il. On irait leur chercher la lune qu'ils ne seraient encore pas contents.»

NOUVELLES POSTHUMES

CAÏN

« *M*onsieur, ne souriez pas. Je suis né en 1902 et personne ne peut m'apprendre la vie... Garçon, fichez-moi le camp et si je vous prends à écouter à la porte, je vous brûle la cervelle... C'est bon, je continue mon récit :

« Mon frère déboucha d'un ravin sur la plate-forme où je l'attendais : "Nous sommes, me dit-il, sur un îlot qu'habitent seuls des tamarins et des couroucous resplendissants. Je n'ai rien vu qui fût comestible." Il fit volte-face vers la mer et tremblota un charleston excédé. Alors je lui donnai tout un long poignard entre les omoplates en éclatant, comme l'usage veut, d'un rire sardonique. Après quoi je tirai le cadavre par les pieds jusqu'au bord de la haute falaise. Ce n'était pas, à parler exactement, un cadavre, puisqu'en tombant dans le vide, il fit un grand cri : mais, par bonheur, la marée basse découvrait des roches pointues et, penché sur l'abîme, je pus m'assurer que mon frère n'était plus, à vingt mètres au-dessous de moi, qu'un petit tas de bouillie sanglante.

« Je ne sais pas d'impression comparable à celle que procure l'assassinat de son frère jumeau... Monsieur, j'ignore si vous êtes en état de me bien comprendre, mais il faudrait, pour cela, que vous fussiez vous-même quelque peu fratricide ou, qu'à tout le moins vous eussiez égorgé votre meilleur ami et vous m'avez l'air d'un pauvre homme, avec ces yeux humides et ces bajoues molles, bien capable de reculer devant un crime. Vraiment c'est tant pis pour vous, car il n'est pas de mots pour rendre compte de cette allégeance merveilleuse qui suit la réalisation d'un long rêve de haine, de la haine qui s'est patiemment dissimulée sous les soins d'une tendre amitié. Je ressentais une ivresse légère et tout à la fois une inquiétude physique comme si m'eût été retranchée une partie de ma chair. Sur mon visage, des larmes coulèrent, d'une inexplicable dou-

Nouvelle de jeunesse. Première publication dans le recueil posthume La Fille du shérif, *Gallimard, 1987.*

ceur, larmes d'amour fraternel, cruel et délicat… Bien certainement, si j'avais un autre frère, je le tuerais, pour encore pleurer d'aussi douces larmes…

«Pendant des heures je m'oubliai à savourer cette étrange volupté, jusqu'à ce que la faim me chassât au travers de mon île à la recherche de quelque provende. Une heure d'exploration me ramena à mon point de départ, affamé et dégoûté d'un domaine où la végétation n'offrait rien qui pût apaiser ma fringale. Je descendis alors sur la grève et j'eus la main assez heureuse pour ramasser des coquillages et de petits crabes que je dévorai crus.

«Ce repas de carême expédié, je m'étendis au pied d'un cactus grandiflora pour m'essayer à dormir, mais l'état de surexcitation nerveuse où j'étais ne me le permit pas d'abord. Après avoir fait cette remarque hilarante que les crabes de mon médiocre dîner avaient probablement grignoté un lambeau de mon frère, je dus m'avouer qu'il était beaucoup moins drôle d'être naufragé en plein milieu de l'océan et échoué sur une île qu'habitaient seuls des tamarins et des couroucous resplendissants.

«Pour atténuer l'amertume de cette réflexion, je fis l'essai de quelques affreux blasphèmes et, soulagé tout aussitôt, me préparai au sommeil. Le soleil venait d'entrer dans la mer et le bref crépuscule était extraordinairement silencieux, lorsqu'une voix humaine creva la paix du soir, très nette:

«"Caïn, qu'as-tu fait de ton frère?"

« J'adore la plaisanterie et celle-là me parut excellente par son à-propos. Cependant ma joie fut de courte durée et fit place à une certaine anxiété. Je craignis que mon forfait n'ait été constaté par un ou plusieurs témoins, mais un coup d'œil circulaire sur l'île que je dominais et une courte méditation sur les circonstances de mon naufrage me convainquirent de mon absolue solitude.

«La seule conclusion à tirer de cet événement s'imposait donc: un poste récepteur de radiophonie fonctionnait dans l'île. Ce fut avec cette reposante certitude que je m'endormis d'un calme sommeil jusqu'au matin. Une bande de tamarins, qui sont entre les plus malins des singes, m'éveilla en tiraillant mes vêtements et, comme je me levais pour les chasser, j'entendis la voix de la veille:

«"Caïn, qu'as-tu fait de ton frère?"

« Le répertoire n'est guère varié, murmurai-je en haussant les épaules, et, un peu agacé, je m'occupai immédiatement de chercher l'explication d'un mystère qui me déconcertait sur plus d'un point. Qui avait installé ce poste dans l'île? Comment fonctionnait-il et pourquoi répétait-il cette unique phrase : "Caïn, qu'as-tu fait de ton frère ?" Je cherchai vainement la solution du problème et, pendant huit jours, je continuai d'entendre la même voix sans apercevoir ni antenne ni haut-parleur. Le capitaine du navire qui me recueillit, au récit que je lui fis de mes recherches, me fit examiner par le médecin de bord, lequel, après avoir parlé d'acousmat et autres balivernes, donna l'ordre qu'on me gardât à vue pendant quelques jours à l'infirmerie. Et voilà, je ne saurai jamais, jamais ; mais c'est curieux, dites ? Qu'en pensez-vous, gros homme ?

– Ce que j'en pense ? Vous voulez mon avis, Joël ? Eh bien, ce que vous avez entendu, c'était la voix de votre conscience...

– Comment ? la voix de... Ah ça, que voulez-vous dire avec "votre conscience"... Est-ce que ce serait une nouvelle espèce de haut-parleur...»

Et le visage de Joël marquait une surprise candide.

MARIE-JÉSUS

L e ciel est, par-dessus le toit,
Si bleu, si calme

chantait Yvonne Darles et c'est alors qu'un homme masqué, ayant
traversé le vestibule du Lapin agile et gravi les trois marches du
cabaret, souleva un coin de la portière. Vêtu de noir, l'homme avait
des gants noirs et un foulard noir. Son masque noir, qui lui prenait
le visage du front au menton, ne laissait apercevoir que les yeux et,
derrière une ouverture en forme de cœur, la bouche. Il examina les
lieux. L'auditoire lui apparaissait dans une lumière argileuse, alourdie par la fumée des cigarettes. Son regard n'accrochait que des
visages sans corps et, sur les murs noirs et profonds, les tableaux les
plus colorés. Paulo, le maître du Lapin, avait été seul à remarquer ce
masque noir entre la muraille et la portière et ne s'était d'ailleurs
pas attardé à interroger le mystère. L'usage de sortir masqué s'est
perdu depuis longtemps, mais n'en est pas moins respectable.

Dis, qu'as-tu fait, toi que voilà,
De ta jeunesse?

acheva Yvonne Darles. Toute la salle applaudit, mais ce fut l'homme
masqué qui applaudit le plus fort. Il avait franchi la portière de
velours et apparaissait en pleine lumière. Yvonne Darles, effrayée,
poussa un léger cri.
«Il m'a fait peur avé ce masque», murmura-t-elle avec un accent de
Bordeaux qui chantait encore.
Cependant, l'homme s'asseyait au bout d'une table. Il y eut dans la
salle une rumeur d'étonnement et les regards se fixèrent sur lui. Les
clients du Lapin venaient de tous les horizons de Paris, mais un
noyau important de Montmartrois occupait une table d'angle. Pierre
Mac Orlan, échappé pour un jour de sa retraite champêtre, était
venu saluer Paulo et retrouver dans la fumée et les chansons du

Première publication posthume dans les Cahiers Marcel Aymé, *n°9, SAMA, 1992.*

Lapin les fantômes de sa vingtième année. Quelques amis lui tenaient compagnie et c'étaient : Pomme, Utter, Zoff le comitadji, Gen Paul et son élève Bégo. Il y avait aussi une jolie fille de vingt ans aux yeux de myosotis et son nom était Marie Jésus. Lorsque les applaudissements se furent apaisés, Pomme ne put se tenir d'interpeller l'homme masqué.

« Noble étranger, lui dit-elle, vous faites une bien sombre figure. » Les voisins se mirent à rire. L'étranger porta la main à son visage, tâta son masque et, l'ôtant aussitôt, montra son visage. C'était celui d'un très jeune homme aux joues roses. Il se tourna vers Paulo et dit en se levant :

« Pardonnez-moi d'être entré chez vous avec ce masque sur la figure. J'avais un cambriolage à faire près d'ici, dans la rue Paul Féval, et en passant devant le Lapin, j'ai entendu une si jolie chanson et une si jolie voix que je n'ai plus pensé à autre chose. Je suis donc allé vers la jolie voix et j'ai oublié mon masque. »

À la table de Pierre Mac Orlan, Zoff le comitadji se pencha sur Pomme et murmura :

« Dis-lui qu'il vient, à petit brigand.

– Oh ! oui », appuya Marie Jésus.

Le petit brigand accepta l'invitation de bonne grâce et se présenta sous le nom de Jacot. On le fit asseoir entre Gen Paul et son élève Bégo, juste en face de Marie Jésus. Il remarqua tout de suite qu'elle avait des yeux, un nez et une bouche.

« Marcel Noblat va chanter pour vous *Le Rendez-vous de la marquise*, annonça Paulo. N'oubliez pas d'être là au refrain. Vas-y, Marcel. »

Jacot parut s'amuser beaucoup. Il reprenait le refrain avec les assistants et donnait toute sa voix.

> *Et dans le lit de la marquise*
> *Ils étaient quatre-vingts chasseurs...*

Tout en riant et s'amusant comme plusieurs, il ne cessait presque pas de regarder Marie Jésus, mais elle ne lui accordait pas la moindre attention. Lorsque Noblat eut terminé son tour de chant par *La Femme du roulier*, le jeune cambrioleur riait de toutes ses dents. Il se pencha sur la table pour dire à Marie Jésus qu'elle avait des yeux d'une couleur qu'il aimait bien, mais Gen Paul lui demanda :

« Il y a longtemps que tu tapines dans la mise en l'air ?

– Comment ? »

Jacot avait l'air effaré. Marie Jésus lui éclata de rire sous le nez. Les voisins et Mac Orlan lui-même souriaient.

«Je vois ce que c'est, dit Gen Paul. Monsieur est gentleman cambrioleur. Je me demandais donc, jeune homme, si vous étiez cambrioleur depuis longtemps.

– Oh! non, pas longtemps, répondit Jacot en rougissant.

– Vous avez déjà fait combien de cambriolages?

– C'est-à-dire… je vais vous expliquer : je suis arrivé avant-hier de Châteauroux où je vivais chez mes parents. J'avais choisi le métier de poète et papa voulait me faire entrer dans une banque. Alors j'ai décidé de me faire cambrioleur pour devenir très riche et me consacrer ensuite à la poésie. Comme je vous le disais, je suis arrivé à Paris avant-hier, mais la chance ne m'a pas encore souri. Hier soir, je devais faire mon premier cambriolage rue des Martyrs, chez un cousin de papa, qui était au cinéma, mais en passant devant le cirque Medrano, j'ai pensé aux clowns et je n'ai pas pu m'empêcher d'entrer. Et ce soir, vous avez vu. Je pensais cambrioler un vieil ami de la famille et il y a eu la voix d'Yvonne Darles. En somme, je n'ai pas encore de cambriolage à mon actif. Mais ça ne fait rien, j'ai confiance.»

Marie Jésus se mit à rire encore plus fort que la première fois. Aussi Jacot fut-il très content que Paulo annonçât le tour de chant de Renée Jean qui commença par *Les Demoiselles de pensionnat*. Il aima ses chansons de flanroff et d'Yvette Guilbert et se promit de lui envoyer des fleurs aussitôt qu'il aurait effectué son premier cambriolage. Cependant, il croyait s'apercevoir que Marie Jésus lui témoignait quelque intérêt. Leurs regards se rencontraient souvent et il leur arriva plusieurs fois de rougir ensemble. Zoff le comitadji, qui les considérait avec bienveillance, leur versait à boire à chaque instant. Pierre Mac Orlan et Utter évoquaient des souvenirs très anciens et ressuscitaient des fantômes hésitants.

«Tu te rappelles, disait Pierre, un grand blond, avec une cicatrice, ah! j'oublie son nom. Il faisait des paysages au fusain sur du papier de boucherie.

– Attends, répondait Utter, je vais me rappeler…

– Il était toujours avec Flin, tu sais, Flin, celui qui tatouait ses poèmes sur le dos de sa femme. Quand je l'ai connu, Flin, il avait déjà tatoué deux femmes. Il voulait monter un cabinet de lecture consacré à ses œuvres.»

À côté d'eux, Gen Paul échangeait des injures avec Pomme, l'accusant d'avoir fait courir le bruit de sa mort que les journaux venaient effectivement d'annoncer. Marie Jésus et Jacot, qui étaient entrés en conversation, devaient se pencher sur la table et parler presque bouche à bouche afin de pouvoir s'entendre dans le brouhaha. Le

jeune cambrioleur racontait un peu de sa vie passée, disait les bri-
sures de son cœur et les élans de son âme exceptionnelle.
«Puisque vous êtes poète, pria Marie Jésus, récitez-moi un de vos
poèmes.»
Par timidité et par coquetterie, Jacot résista. Pour le décider, elle lui
promit, s'il s'exécutait, de lui indiquer un très beau cambriolage qui
lui apporterait la fortune. L'ayant avertie qu'il s'agissait d'un petit
poème de rien et qu'il en avait écrit de beaucoup plus importants, il
lui récita à l'oreille:

> *Véga brillait au firmament*
> *j'avais dis bonsoir à maman.*
> *Parti pour la grande aventure*
> *J'escaladai le petit mur.*
> *Mais à minuit j'étais rentré*
> *Il ne m'était rien arrivé.*
> *L'odeur du lilas*
> *Mon cœur en est las.*

«C'est formidable, dit Marie Jésus.
– N'est-ce pas? Je crois qu'il est assez bien venu. Maintenant, donnez-moi les renseignements que vous m'avez promis.»
À son tour, elle s'exécuta. Il s'agissait d'un cambriolage chez une
vieille dame très riche qui s'absentait deux jours par semaine de son
appartement de la rue Saint-Vincent. Marie Jésus fournit loyalement
toutes les indications utiles.
«Si le concierge vous arrête, dites que vous venez de la part du
Lapin. C'est le mot de passe.» Voyant déjà son avenir assuré, Jacot se
confondit en remerciements, après quoi ils entendirent *La Boîte à
musique*, une composition de Louise Charpentier que l'auteur joua
elle-même sur la harpe.
Ensemble, ils se rafraîchirent à cet égouttement mélodieux.
Ensemble aussi, les frissons et les rires en écoutant Jean-Roger
Caussimon dans ses poèmes chantés dont l'un avait pour titre:
C'étaient dix marins et pour refrain: «Tra la la la la la la la la la.»
Harpe et chansons, Jacot s'était senti si proche de Marie Jésus qu'il
osa lui demander:
«Est-ce que je vous reverrai bientôt?
– Si vous habitez le quartier, nous nous rencontrerons peut-être»,
répondit-elle froidement.
Et ses yeux de myosotis étaient devenus si durs que le pauvre gar-
çon devint rouge de confusion. Ce fut d'ailleurs à ce moment-là que

Marie Jésus prit congé de ses compagnons et quitta le Lapin en défendant qu'on l'accompagnât. Après son départ, Jacot se trouva en face d'Utter et Utter était bien aimable, mais ce n'était pas la même chose. Amèrement, il se reprocha d'avoir fait fuir Marie Jésus par ses paroles indiscrètes. Il était si triste qu'il n'eut pas de voix pour soutenir, avec le chœur des assistants, le refrain de *Nini peau de chien* chanté par Paulo. Et quand Henri Mondé, de sa belle voix grave, chanta *Celle que j'adore en cachette ne m'aime pas*, il ne put cacher à personne qu'il avait des larmes dans les yeux. Vers 2 heures du matin, après les séparations, il se trouva seul dans la rue avec Zoff le comitadji qui lui dit :

«Tu as grosse peine, petit brigand ? Viens que tu oublies œil bleu.»

Zoff l'entraîna dans des bars et dans des boîtes et ils burent ensemble bien des verres et bien des coupes, mais à 8 heures du matin, quand ils se quittèrent, Jacot était toujours très triste. Il regagna son hôtel, se coucha et dormit jusqu'au soir. Lorsqu'il s'éveilla, la nuit était déjà tombée et son réveil marquait 10 heures. Se souvenant qu'il avait un cambriolage à faire dans la rue Saint-Vincent, il s'habilla en hâte et monta sur la Butte. La rue Saint-Vincent était déserte. En passant auprès du Lapin, il entendit la voix de Bigorre qui chantait une chanson montagnarde, et il fut tenté d'entrer, mais il eut la force de se raisonner.

Ce fut sans difficulté qu'il trouva l'immeuble indiqué par Marie Jésus, et d'abord, tout se passa selon ses prévisions. Comme il montait dans l'ascenseur en dissimulant son visage, le concierge l'interpella.

«De la part du Lapin, répondit Jacot, le cœur battant.

– Ah ! bon», fit le concierge qui regagna sa loge.

L'appartement de la vieille dame était au septième, porte de face, Jacot, qui possédait un trousseau de rossignols très bien étudié, crocheta la serrure sans difficulté. Ayant ainsi franchi la porte d'entrée, il se trouva dans un étroit vestibule. Avec précautions, il entrebâilla une porte vitrée, braqua sa lanterne sourde et poussa un cri. Marie Jésus lui apparaissait dans un rond de lumière.

«Jacot, lui dit-elle, vous êtes pris. Votre carrière de cambrioleur est finie.»

Elle alluma l'électricité. Il se vit dans une petite chambre meublée d'un divan, d'une chaise et d'une armoire de bois blanc. Par la fenêtre mansardée, apparaissaient le ciel et les étoiles. Un canari dormait dans sa cage accrochée au mur. Jacot avait eu la chance, et il le comprit aussitôt, de rencontrer une petite fille qui était pour la morale. Comme les mots lui manquaient pour dire toute sa gratitude, il récita quatre poèmes d'affilée et voyant Marie Jésus somno-ler, il eut assez d'esprit pour l'emporter sur le divan. Le lendemain matin, s'étant levé le premier, il courut chez la fleuriste la plus proche échanger sa lanterne sourde et son trousseau de rossignols contre un pot de géranium qu'il installa sur le rebord de la fenêtre, à côté de la cage du canari. Et avant le réveil de Marie Jésus, il eut encore le temps d'écrire une très belle chanson qui sera chantée un jour au Lapin agile et qui commence ainsi :

J'ai donné tous mes rossignols
Pour le canari de celle que j'aime.

VIE ET ŒUVRE

Ce « Vie et Œuvre » emprunte l'essentiel de ses informations à l'ouvrage de M. Pol Vandromme, *Aymé*, Gallimard, La Bibliothèque idéale, 1960, et à M. Michel Lécureur, *Album Marcel Aymé*, Gallimard, Bibliothèque de la Pléiade, 2001. Qu'ils soient ici remerciés.

Les citations de Marcel Aymé sont en italique ; elles proviennent du livre de Pol Vandromme, du journal *Art* (14-20 octobre 1959), des prières d'insérer ou des présentations rédigées par lui-même, sauf exception signalée.

PAGE PRÉCÉDENTE :
1955. MARCEL AYMÉ DANS LE HALL DU THÉÂTRE DE L'ATELIER, LORS D'UNE EXPOSITION.

1902

Naissance de Marcel Aymé. Il est le sixième enfant de Faustin Aymé, un maréchal des logis en garnison à Joigny dans l'Yonne, et d'Emma Monamy, dont les parents exploitent le moulin et la tuilerie de Villers-Robert, un village du Jura appelé à tenir une grande place dans l'enfance de Marcel.

FAUSTIN AYMÉ (1859-1947)
MARÉCHAL DES LOGIS ET MARÉCHAL-
FERRANT AU 1ᵉʳ RÉGIMENT DE DRAGONS.

« *Mon père était le dixième enfant d'une famille assurément très pauvre, car l'un des fils, vers l'âge de quinze ans, prit la route dans l'espoir de manger à sa faim et ne donna jamais de ses nouvelles, ce qui n'inquiéta du reste personne.* »

Faustin et Emma accordent une grande importance à l'éducation de leurs enfants.

« *Mon père, qui était franc-maçon, avait dû céder à ma mère sur le chapitre de l'éducation religieuse en ce qui concernait mes frères et mes sœurs, mais pour moi, il avait réussi à temporiser et, devenu veuf, avait interdit qu'on me baptisât.* »

Leurs faibles ressources les contraignent à se battre pour que leurs enfants bénéficient de la gratuité des études.

1904

Emma meurt avec l'enfant qu'elle tentait de mettre au monde. Marcel, qui n'a que deux ans, et sa sœur Suzanne qui en a quatre, sont recueillis par leurs grands-parents maternels à la tuilerie. Chez ses grands-parents, Marcel est non seulement entouré d'affection, mais il dispose d'une grande liberté pour découvrir la nature et s'imprègne

des paysages de forêts, de champs, d'étangs qui peuplent son imagination d'enfant et nourriront nombre de ses romans et nouvelles. Il mène une existence de petit paysan dans une large fratrie de cousins et cousines.

« La Tuilerie, quand je l'ai connue, était sur son déclin et n'occupait plus, de façon régulière, que trois ou quatre ouvriers. Telle quelle, j'y pouvais jouer seul des journées entières sans m'y ennuyer jamais. Il y avait les tas de sable, les tas de glaise, les chansons des hommes qui moulaient la brique… »

L'école publique accomplit son œuvre dans cette famille, à laquelle elle permet une rapide ascension sociale.

EMMA ET SES ENFANTS.
AU 2ᵉ RANG : GEORGES, ARTHUR, RAYMOND.
AU 1ᵉʳ RANG : CAMILLE, SUZANNE, MARCEL.

« J'avais trois ans et demi lorsqu'on m'envoya à l'école du village. J'avais sur mes condisciples cet avantage que l'on parlait français à la maison, ce qui facilitait beaucoup la tâche du maître. […] Je n'avais pas encore cinq ans lorsqu'il me chargea d'un groupe de quatre ou cinq élèves. Du bout d'une longue règle, je désignais les lettres sur une pancarte accrochée au mur et à ceux qui répondaient de travers, j'en appliquais un bon coup sur les doigts comme je voyais faire au maître. Au bout de quelques jours, un de mes patients se révolta et en appela au maître qui me retira la règle. »

Le jeune Marcel ne manque pas de modèles. La figure du grand-père, un radical anticlérical, domine la vie de la famille tandis que le monde extérieur est peuplé de toutes sortes d'animaux qui prennent dans l'imagination de l'enfant l'importance que l'on sait. Il ne se détachera jamais de ce monde animal dont il tirera une grande fécondité pour son œuvre à venir.

Pour l'heure, Marcel est passionné par le dessin : il aime le trait rapide qui saisit sur le vif, les silhouettes, les caricatures dont il orne volontiers ses cahiers d'écolier. Et à ses heures de liberté, il mène la vie d'un petit paysan qui sait goûter le bon temps.

MARCEL VERS 1905.
SUR LE BANC : CAMILLE, SUZANNE, MARCEL.
DEBOUT : ARTHUR, RAYMOND, GEORGES.

Pour les habitants de Séligney (« *le village le plus réactionnaire et le plus pieux de tout le département du Jura* », voisin de Villers-Robert), « *c'était un peu une maison maudite que celle de mes grands-parents, où on était anticlérical et radical. Il faut dire que les lois de séparation de l'Église et de l'État étaient récentes et les esprits encore très montés. Par fidélité conjugale, ma grand-mère était devenue anticléricale et républicaine, mais restée pieuse au fond de son cœur…* »

« *Je me souviens qu'au sortir de l'école –* [André, son cousin] *avait alors onze ans – un de ses camarades lui avait dit en patois : "Je me demande comment ça fait sous les jupes d'une femme" et qu'il n'avait pas répondu, du moins pas tout de suite […]. Pour moi, les paroles de son camarade, qu'en passant j'avais saisies au vol, ne pouvaient manquer de retenir mon attention pour cette raison que l'année précédente, je m'étais justement trouvé dans la situation curieuse qu'il évoquait : à la Tuilerie, la fille d'un ouvrier, une grande salope d'au moins douze ans, profitant que j'étais baissé, m'avait mis sous ses jupes et contre sa peau que découvrait l'absence de culotte. J'en étais sorti avec une rageuse indignation sans songer qu'il pût y avoir là le sujet d'une méditation.* »

1908

Mort du grand-père, Auguste Monamy.

« *Autrefois, tout en faisant son métier de tuilier, il s'était occupé de politique, mais sur le plan purement local, et la grande aventure de sa vie paraît avoir été la rencontre de Jules Grévy qui était d'un village distant du sien de sept kilomètres. J'ai toujours entendu parler de Grévy, toujours avec piété, dans le style : "Il venait à la maison. Il était si simple." Et jamais un mot sur le scandale des décorations qui avait déshonoré l'Élysée sous son septennat.* »

« *Pour honorer le mort qui avait été maire de la commune pendant trente ans, les pompiers l'emportèrent sur leurs épaules, mais, comme le chemin était long de la tuilerie à l'église, un bon kilomètre, le cercueil leur échappa vers le milieu du parcours et tomba sur la route avec un bruit redoutable que j'ai encore dans l'oreille.* »

1910

8 MAI

La grand-mère, restée très pieuse, fait baptiser Marcel à Dole. Il signe lui-même son acte de baptême. Elle meurt la même année.

« *Ma grand-mère me parlait, non pas comme à un enfant irresponsable, mais comme à une grande personne, et je comprenais on ne peut mieux tout ce qu'elle me disait, que ce fût à propos de la famille, du jardin, du prix des denrées, de la vie du village ou de la guerre de 1870 qu'elle évoquait avec précision. Elle n'avait pas dû fréquenter beaucoup l'école, car elle lisait avec une extrême difficulté et ne savait pas écrire. […] Contrevenant aux ordres*

formels de mon père, elle m'emmena à Dole
et me fit clandestinement baptiser.
Je venais d'avoir sept ans, l'âge de raison
selon l'Église, et l'abbé de service aurait pu
en profiter pour m'adresser quelques paroles
édifiantes et mémorables, au lieu de quoi il
me traita comme un nouveau-né et la
cérémonie ne dura pas trois minutes. »

OCTOBRE

Marcel Aymé rentre comme interne au
collège de l'Arc à Dole.

« J'y retrouvais mon cousin André Monamy
qui, lui, était en troisième et inexorablement
premier de sa classe, ce qui n'était guère
avantageux pour moi qui ne devais être
qu'un élève moyen en attendant de devenir
un cancre très mal vu de mes professeurs. »

1913

29 SEPTEMBRE

Marcel fait sa première communion.
Depuis la mort de ses grands-parents,
il a été recueilli par sa tante Léa, qui
tenait la mercerie «Le Fuseau d'Or»,
rue des Arènes à Dole. Cette femme
courageuse, pleine de tendresse pour
Marcel, le soutiendra financièrement,
en dépit de ses modestes ressources,
jusqu'à ce qu'il puisse subvenir à ses
besoins par la publication de ses
premiers textes.

« N'ayant pas d'enfants, rien ne lui
paraissait plus naturel que d'élever ceux de
sa sœur, en sorte qu'elle a été pour nous la
plus vigilante et la plus tendre des mères. »

1911

« En 1911, celle de mes tantes qui habitait
Dole ayant perdu son mari put me prendre
chez elle et je devins externe. Au-dessus de
l'appartement, il y avait un grenier où je
découvris une grande caisse qui faisait au
moins un mètre cube et pleine jusqu'au bord
de livres que je lisais à la clarté de la
lucarne. […] J'y trouvais froissé, dépouillé,
sans couverture ni page de garde, un volume
de contes auquel je m'intéressai vivement.
En les relisant une dizaine d'années plus
tard dans une autre édition, je devais
apprendre qu'ils étaient d'Andersen. »

LA MAISON DE TANTE LÉA À DOLE.
MARCEL AYMÉ PHOTOGRAPHIÉ EN 1934.

1914-1918

« La guerre de 1914 fit de moi pendant trois ans le dernier des cancres. Profitant du relâchement de la discipline, je séchais la plupart des cours et s'il m'arrivait d'assister à l'un d'eux, je n'écoutais pas le professeur. À la maison, j'étais trop occupé à lire pour penser à des devoirs et des leçons. »

1919

8 JUILLET

Marcel obtient brillamment à 17 ans deux baccalauréats (latin-sciences-mathématiques). Il s'est montré un élève à la fois doué et indiscipliné. De ses facéties, il tirera plusieurs nouvelles comme « L'Élève Martin », « A et B »...

OCTOBRE

Marcel part comme interne à Besançon où il entre en mathématiques spéciales pour préparer Polytechnique. Les choses tournent mal pour lui : il attrape la grippe espagnole, il est très gravement atteint au début de 1920, il doit repartir pour Dole où il peut se reposer et vivre au grand air.

« Une grave maladie m'oblige à interrompre mes études (si j'étais devenu ingénieur, l'idée ne me serait sans doute pas venue d'écrire et c'est pourquoi je ne compte pas au nombre des vrais écrivains, ceux-ci répondant à l'appel d'une vocation qui leur est révélée dès l'adolescence...) »

AU COLLÈGE DE L'ARC À DOLE, EN 1919. ASSIS À GAUCHE, MARCEL AYMÉ EN TUNIQUE MILITAIRE.

1921

Il est stagiaire à la succursale de la Banque de France à Dole.

1922

MAI

Départ pour le service militaire. Il est affecté près de Landau en Allemagne au 129ᵉ régiment d'artillerie lourde. Il est soldat au moment où les réparations de guerre poussent Raymond Poincaré à faire occuper la Ruhr, le 11 janvier 1923.

MARCEL AYMÉ VERS 1920.

1923

NOVEMBRE

Au retour du régiment, il s'inscrit à Paris à la faculté de médecine et s'installe dans le XVIIIᵉ arrondissement où il habitera toute sa vie. Il aime le poker, les bals, la vie facile et... attrape la syphilis qui se conjugue avec une encéphalite grippale, nouvel avatar de sa grippe espagnole. Il en gardera des séquelles toute sa vie sous la forme d'une myasthénie qui s'attaque à l'ensemble des muscles de la face, aussi bien ceux des yeux, que ceux de la mastication ou de la déglutition.

MARCEL AYMÉ À L'ÉPOQUE DE SON SERVICE MILITAIRE.

1925

2 JUILLET

Marcel Aymé assiste au banquet organisé par les surréalistes en l'honneur de Saint-Pol-Roux à la Closerie des Lilas. Trop malade pour rester à Paris, il retourne à Dole. À l'instigation de sa sœur Camille, il entreprend ses premiers travaux d'écriture avec un roman, *Brûlebois*, pour occuper de trop longs loisirs. Ce premier roman est inspiré d'un personnage réel, porteur à Dole, qui s'exprimait dans une langue précieuse.

1926

SEPTEMBRE

Brûlebois, toujours grâce à Camille, est publié dans *Les Cahiers de France*. Sitôt achevée l'histoire de cet alcoolique qui accomplit « en pleine conscience » sa vocation d'ivrogne jusqu'au martyre, il commence un nouveau livre, *La Chimère poussive*, qui deviendra *Aller retour* : « Rond de cuir doux et besogneux, marié à une femme laide, Justin Galuchey découvre la médiocrité de sa vie. Il veut se libérer... » (Prière d'insérer).

1927

FÉVRIER

Le prix Corrard qui lui est décerné pour *Brûlebois* lui rapporte 3 000 francs

et attire sur lui l'attention des éditeurs. Aymé commence à se soucier de son indépendance financière, il ne voudrait plus peser sur les ressources de sa tante Léa.

OCTOBRE

Les Éditions de La NRF publient *Aller retour*, son deuxième roman, que Jean Paulhan avait soumis à Gaston Gallimard, grâce à Pierre Bost qui l'eut en première lecture et à Germaine Paulhan.

DÉCEMBRE

Revenu à Paris, Aymé abandonne, saisi par le doute, l'écriture des *Jumeaux du Diable* mais publie « Le Puits aux images » dans *La NRF*.

1928

JUIN

Il travaille quelque temps à l'agence Radio comme journaliste.

1929

Les Jumeaux du Diable est publié («L'autobus que vous avez manqué vous offrait autre chose que le suivant. Vous avez manqué plus qu'un autobus», Prière d'insérer). Il en est mécontent et entre dans une phase critique: il se voit comme un bon à rien, un incapable en littérature dont les résultats sont très éloignés de ses ambitions littéraires. C'est Gaston Gallimard qui prend alors l'initiative de relancer ce jeune auteur pour l'heure employé à la Bourse du Commerce.

Aymé écrit des nouvelles, «Et le monde continua», rapidement suivi de «La Fée du métro».

Marcel Aymé présente Marie-Antoinette à sa famille. Il connaissait la jeune femme depuis 1921.

MARS-JUIN

Aymé écrit *La Table-aux-Crevés.*

AUTOMNE

Drame humain (un suicide inexpliqué provoque un enchaînement de situations) à la campagne, *La Table-aux-Crevés* qui obtient immédiatement une excellente critique (Brasillach, Daniel-Rops, André Billy) est couronné par le prix Renaudot. Jusqu'à la dernière minute, il a espéré le Goncourt. Dans *Les Nouvelles littéraires*, Frédéric Lefèvre écrit: «Livre puissant et sain, d'un réalisme plein et joyeux, où il y a de l'amour, de la haine, de la pitié, de la dévotion mêlés à la superstition la plus tenace.»

1930

Il donne un article à *La Revue du cinéma* sur des films soviétiques dont *Le Cuirassé Potemkine* de Sergueï Eisenstein.

JUIN

Parution de la *Rue sans nom.* «Une rue qui sue la misère. Des maisons noires et malodorantes. Un bistrot galeux. Là vivent, aiment, se bagarrent et, le samedi, s'enivrent de

MARCEL AYMÉ À L'ÉPOQUE DE LA PARUTION DES JUMEAUX DU DIABLE *(OCTOBRE 1928).*

rhum à bon marché des ménages d'ouvriers italiens. [...] Noa a dix-huit ans, elle est mince et belle. La rue va l'aimer» (Prière d'insérer). L'année suivante, le livre obtient le prix des lectrices de *Minerva*. Dans *Le Mercure de France*, John Charpentier écrit: «Il y a de l'humour et du pathétique, un sens extraordinaire du mouvement dans le récit de M. Marcel Aymé» et range l'auteur parmi les mieux doués des romanciers actuels.

1931

MARS

Gaston Gallimard accorde une mensualité régulière à Marcel Aymé, ce qui lui permet d'envisager une vie simple mais indépendante.

16 AVRIL

Marie-Antoinette et Marcel se marient et s'installent 9, rue du Square-Carpeaux dans le XVIIIᵉ.

MAI

Publication du *Vaurien* qui reçoit un accueil mitigé. «Bernard est un garçon doux, honnête et sincère, qui n'a point de vocation à voler son prochain, ni vivre aux crochets d'une dame un peu mûre... Tous les événements qui dirigent sa vie sont des accidents. Il ne choisit guère. C'est un garçon bousculé, qui rate sa vie à chaque instant...» (Prière d'insérer).

MARCEL AYMÉ À SAINTE-SAVINE EN 1932.

MARCEL ET MARIE-ANTOINETTE À DOLE EN 1932.

1932

Parution du *Puits aux images*.
Marcel Aymé se met à l'écriture
de *La Jument verte*.
*« Quant à l'histoire elle-même, c'est celle
d'un amour entre deux familles d'un village
français. Je l'ai contée à gros traits, aussi
gros que j'ai pu, car il ne s'agissait pas
d'une étude psycho-histiolo-hérédo-
pathologique. J'ai d'abord voulu rire à des
souvenirs anciens dont plusieurs datent
d'avant ma naissance, et puis faire le
compte de mes sentiments d'amitié et de
méfiance à l'égard de ces paysans que je
crois ne pas mal connaître. »*

JUILLET

Premier des 28 articles que Marcel
Aymé publie dans *Gringoire*, journal
d'Horace Carbuccia, jusqu'en 1933, en
plus de des nouvelles qui paraissent
dans *Candide*, *Les Nouvelles littéraires*, *La
Revue du Cinéma* et *Lire de l'inédit*.

1933

22 MARS

Répondant à une proposition
d'Emmanuel Berl, il passe à *Marianne*,
journal de gauche, qui lui offre la
possibilité d'écrire sur ce qui lui plaît. Il
donne 27 articles en 1933, 51 en 1934,
26 en 1935 puis arrête sa collaboration.
Il aborde les sujets qui le préoccupent,
souvent à partir d'un récit, d'un fait

divers, ce qui contribuera à sa
réputation d'observateur et
d'humoriste. Il y aborde pourtant
nombre de sujets sérieux, les
défaillances de la justice française, la
montée du racisme en Allemagne, la
presse italienne ligotée par le Duce.

JUIN

Aymé publie *La Jument verte*
qui émeut la critique : on l'accuse de
pornographie, on fait de lui un auteur
licencieux, on parle de le poursuivre en
justice et de faire interdire le livre qui
remporte néanmoins un grand succès
public avec 76 000 exemplaires vendus
en 1933-1934.

SEPTEMBRE-OCTOBRE

La Rue sans nom est adapté pour le
cinéma par Pierre Chena. Aymé en a
écrit les dialogues et il a imposé son
ami Robert Le Vigan pour un rôle au
côté de Fréhel. Les critiques
commencent à employer l'expression
de « réalisme poétique » pour
caractériser ce cinéma d'un nouveau
genre. Jean Mitry écrit au sujet du film :
« J'ai dit "réalisme", mais j'ai dit aussi
"poétique". [...] Et les scènes les plus
belles de son film sont peut-être celles
où les personnages veulent s'évader, les
uns par l'amour, les autres par le vin,
par l'aventure ou encore... par un long
rêve extasié. »

*1933. FORÊT DE FONTAINEBLEAU, À
L'ÉPOQUE DE LA PARUTION DE
LA JUMENT VERTE.*

1934

Publication d'un recueil de nouvelles, *Le Nain*, dont aucune n'est inédite. Il commence à écrire et à publier les premières histoires de Delphine et Marinette, qui deviendront *Les Contes du chat perché*: «Le Loup», «Les Bœufs», «Le Chien», «Le Petit Coq noir».

OCTOBRE

Aymé proteste contre la condamnation à mort de Violette Nozières, jeune femme qui avait tué ses parents.

1935

Dialogues de Marcel Aymé pour *Crime et Châtiment* adapté par Pierre Chenal avec Harry Baur (Porphyre) et Pierre Blanchard (Raskolnikov). Le film est récompensé au festival de Venise. Aymé perd sa tante Léa.

17 AVRIL-19 JUIN

Maison basse paraît en feuilleton dans *Marianne*, et en volume en juillet. «*Écrire un roman d'atmosphère, quand il s'agit précisément d'une maison qui n'en a pas, peut paraître une entreprise singulière. Autant essayer de photographier un ciel sans nuage. C'est ce que je me suis dit tout d'abord, et mon premier projet était de publier un livre de pages blanches sous le titre*: Maison de l'absence. *À la réflexion, j'y ai renoncé, car les gens d'esprit auraient eu beau jeu d'insinuer, avec une façon piquante, que je donnais là le meilleur de mes livres.*»

JUIN

Publication de deux *Contes du chat perché*: «L'Éléphant» et «Le Mauvais Jars».

18 SEPTEMBRE

Dans une lettre à son frère Georges, il annonce sa promesse de collaboration à un «journal en gestation qui s'appellera *Vendredi* et sera dans la ligne du "front commun". André Chamson a eu l'idée de cet hebdomadaire... Mon adhésion n'est qu'en tant que professionnel de la littérature, vivant de papier noirci, et n'implique pas une adhésion corps et âme.» L'intention ne se réalisera pas.

MARCEL, SON PÈRE, MARIE-ANTOINETTE ET LE GÉNÉRAL GEORGES AYMÉ, QUI ACCOMPLIT UNE PARTIE DE SA CARRIÈRE EN INDOCHINE.

Malgré des réserves sur le texte, Marcel Aymé signe le « manifeste des intellectuels français pour la défense de l'Occident et la paix en Europe » par pacifisme (« *Entre la paix européenne et une guerre sanglante à la guerre, j'ai choisi sans hésiter. [...] Il faut être un fou de l'espèce la plus furieuse pour vouloir s'embringuer, quels que soient les torts de l'Italie, dans une guerre de principe* », *Marianne*, 16 octobre 1935).

L'homme qui avait jusque-là indifféremment écrit dans *Candide*, *Gringoire* ou *Marianne*, devient officiellement et à son grand scandale un homme classé à droite, associé dans l'esprit de nombreux écrivains et journalistes à l'Action française.

NOVEMBRE

Il suit le procès Stavisky pour *Paris-Midi*. « *Avant la guerre, un journal m'avait chargé de faire le reportage du procès Stavisky, et il fut censuré* » (G. Ganne, *Interviews impubliables*, 1952).

« *C'était une franche rigolade. Le procureur, le président, tout le monde était d'accord pour étouffer l'affaire. J'ai voulu l'écrire. On n'a pas marché* » (*Marcel Aymé insolite*, 1958).

1936

JANVIER ET FÉVRIER

Sortie de 2 films dont Aymé est le dialoguiste : *Le Domino vert* de H. Selpin et H. Decoin et *Les Mutinés de l'Elseneur* de Pierre Chenal.

AVRIL-AOÛT

Le Moulin de la Sourdine paraît en feuilleton dans *Marianne* et en volume en juillet.

« *Dans une petite ville, un homme infortuné, affable, intelligent, et dépourvu de toute espèce de satanisme, assassine sa servante pour profiter de l'occasion qui lui est offerte de commettre un crime avec la quasi-certitude de l'impunité. Voilà l'histoire telle qu'elle devrait être, mais j'ai eu la faiblesse de rendre apparentes certaines obsessions assez troubles que cet excellent homme tenait pour secrètes...* »

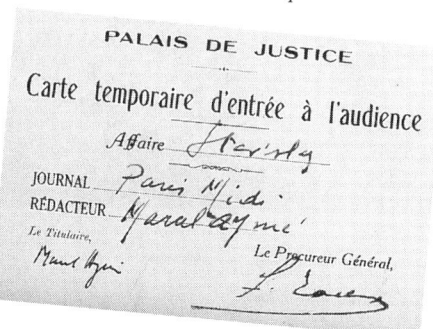

PALAIS DE JUSTICE
Carte temporaire d'entrée à l'audience
Affaire *Stavisky*
JOURNAL *Paris Midi*
RÉDACTEUR *Marcel Aymé*
Le Titulaire,
Le Procureur Général,

SUR LE MILWAUKEE, LORS D'UNE CROISIÈRE EN JUILLET 1936.

Publication du conte
« La Buse et le Cochon ».

1937

« L'Âne et le Cheval ».

« Le Canard et la Panthère ».

Gustalin paraît en feuilleton dans
Marianne jusqu'en février 1938.
*« Après coup et pour sacrifier à l'usage de
la "prière d'insérer", je dirai que j'ai voulu
voir s'affronter à l'intérieur d'un village,
d'une famille et de quelques individus (dont
l'un se nomme Gustalin), les prestiges de la
vie citadine et ceux de la vie champêtre.
L'histoire se présente un peu comme la fable
retournée : le rat de ville venant cette fois
rendre visite au rat des champs. »*

1938

« Le Paon ».

Publication du recueil
de nouvelles *Derrière chez Martin*.

*« Les critiques superstitieux
ou simplement attentifs aux coïncidences
remarqueront peut-être que dans ces
nouvelles, la plupart des héros
s'appellent Martin. Qu'ils veuillent bien
ne pas voir là de hasard ténébreux.
Martin est un nom que j'aime bien
et qui me vient facilement à la plume.
Les titres devenant plus rares
d'année en année, j'en ai profité pour
appeler mon livre "Derrière chez Martin",
quoi que j'eusse pu aussi bien l'appeler
"Devant chez Martin" ou "À côté de..."
ou "Au-dessous de..."
ou simplement "Martin"... »*

Publication de *Silhouette du scandale*.
Éclat public, le scandale donne sa
chance à la vérité.

« Le Cerf et le Chien ».

1939

« Les Cygnes ».

La famille Aymé séjourne au Cap-Ferret
au moment de la déclaration de guerre.
Marcel Aymé sait que sa mauvaise
santé lui épargnera l'incorporation. Il
écrit à plusieurs reprises à Paulhan pour
lui exprimer son désir de trouver un

moyen personnel de participer à la lutte et traverse alors une période de noir pessimisme qui l'empêche d'écrire en dépit de la discipline quotidienne qu'il continue à s'imposer. Ils regagneront Paris à la fin août 1940.

1939. AU CAP-FERRET. EN COMPAGNIE D'EMMANUEL BOVE, ASSIS À DROITE DERRIÈRE MARIE-ANTOINETTE.

1940

NOVEMBRE

Publication du *Bœuf clandestin*. « … *Il existe un seuil de tension passionnelle au-delà duquel la consommation du péché acquiert, par-delà les énergies mises en œuvre, une sorte de justification plastique et qu'en deçà de cette limite, n'étant plus compensé par la dignité du mouvement, mais réduit à sa médiocrité statique, le péché n'est plus que laideur et mérite d'être appelé, seul, capital.* » *Les Contes du chat perché* réunis en volume par la NRF obtiennent le prix Chantecler.

SEPTEMBRE

Aymé rejoint l'équipe du journal *Aujourd'hui* lancé et dirigé par Henri Jeanson. Ancien du *Canard enchaîné* et célèbre dialoguiste d'*Hôtel du Nord* (1938), Jeanson trouve ainsi le moyen de continuer à affirmer ses convictions pacifistes – en septembre 1939, il avait signé le tract « Paix immédiate ». Aymé y voisine avec Henri Poulaille, Léon-Paul Fargue, Jean Anouilh, Robert Desnos, Marcel Carné. Jeanson sera rapidement écarté puis, quelques semaines plus tard, emprisonné une première fois.

Aymé ne publie que deux articles après l'éviction de Jeanson. Pendant l'Occupation, apportant au premier *Aujourd'hui* un article défendant avec violence les Juifs. Jeanson lui faisant observer les risques qu'il prenait, Aymé répliqua : « La seule raison que nous ayons d'écrire, c'est pour dire quelque chose. Qu'importent les conséquences ! » (*Le Crapouillot*, février 1950). L'article fut refusé, bien évidemment.

OCTOBRE

« Le Mouton ».

1ᴱᴿ NOVEMBRE

Aymé donne trois articles au journal de Jean Luchaire *Les Nouveaux Temps*, journal paraissant à l'instigation de l'ambassade allemande (Luchaire et Abetz se connaissaient déjà avant la guerre). Il est si peu dans la ligne et s'exprime avec une telle indépendance que son nom disparaît du journal après le troisième article.

15 DÉCEMBRE

La Belle Image commence à être publiée en feuilleton dans *Aujourd'hui*. « Raoul Cérusier, trente ans, sympathique mais banal, change de visage. Le voilà – brusquement – beau et admiré Sous le nom de Roland Colbert, il séduit sa femme... »

1941

Aymé qui reste à Paris pendant toute la durée de la guerre partage la vie difficile des parisiens.

« Les nuits d'alerte, sous l'Occupation, il pénétrait dans la cave, digne et morne dans une robe de chambre rose et molletonnée, s'asseyait sur une caisse de bois ou sur un pliant et ne bougeait plus. Les autres locataires tentaient alors de le faire participer à leur échange de réflexions, peut-être avec l'espoir qu'il se déciderait à conter une bonne histoire, mais il fallait se rendre à l'évidence : on ne pouvait rien en tirer » (François Billetdoux, *Opéra*, 19 décembre 1951).

20 SEPTEMBRE

Je suis partout, journal où Robert Brasillach donne le ton, commence la publication de *Travelingue* dont l'action se déroule à l'époque du Front populaire.

OCTOBRE

Sortie du film de Maurice Gleize, *Le Club des soupirants*, d'après un scénario de Marcel Aymé, lourde farce interprétée par Fernandel, Saturnin Fabre et Andrex dont la niaiserie de commande ne peut s'expliquer que par l'obligation de faire face à des soucis très matériels. La production est assurée par la Continental-Films, société de droit français à capitaux allemands qui a pris le contrôle du cinéma français.

Publication de *Travelingue*
en volume chez Gallimard.
*« Donc, en écrivant ce bien curieux ouvrage,
j'ai eu l'intention de transcender la réalité
infratemporelle en interpolant certains
facteurs d'indétermination. Surtout, j'ai
voulu prouver que, dans un système donné,
le progrès moral, procédant soit par élisions
successives, soit par rétrocessions à
l'amiable, suit une ligne tendant
constamment à se rapprocher des valeurs en
quelque sorte isomères de la conscience
individuelle. Je n'ose espérer y avoir
parfaitement réussi. »*

DÉCEMBRE

Sortie du film de Louis Daquin, *Nous
les gosses*, dont Aymé est le dialoguiste.
Les Boîtes de peinture, album illustré par
Nathalie Parain.

1942

JANVIER

Aymé, à l'instigation de Brasillach,
publie le premier de 5 articles dans
Je suis partout. Il continua jusqu'en
1943 d'y publier ses nouvelles, telle
« La Patte de chat » et des articles sur
des illustrateurs, malgré la demande
que lui fit Louis Daquin d'abandonner
ce journal. Selon le témoignage de
Daquin, qui affirma avoir eu entière
confiance en lui, Aymé prête son
appartement pour abriter des réunions
de résistants.

Les autorités d'Occupation imposent le
port de l'étoile jaune aux juifs de la
zone occupée. Selon le témoignage
d'Henri Jeanson, Marcel Aymé rédige
et propose un violent article contre les
responsables de cette mesure inique ; il
fut composé mais interdit par la
censure allemande. Les typos
s'empressent d'en tirer des épreuves
pour le faire circuler.

NOVEMBRE

Les Vaches, album illustré par
Nathalie Parain.

DÉCEMBRE

Pour *Le Voyageur de la Toussaint*,
Louis Daquin a de nouveau fait appel à
Marcel Aymé pour mettre en dialogues
le roman de Simenon.
Publication de « Confidences » dans
Paris 1943-Arts et lettres.

1943

AVRIL

Parution du *Passe-Muraille*, recueil de
nouvelles écrites pendant la guerre :
observations d'une vie quotidienne
difficile, délires de l'imagination et
indignation s'y entrecroisent.
Il glisse dans le recueil la nouvelle « En
attendant » dans laquelle il dénonce à
sa manière l'antisémitisme. Dans la
queue devant une épicerie de la rue

Caulaincourt, chacun se lamente sur son sort. « Moi », disent tour à tour les personnages en décrivant leurs malheurs jusqu'à celui qui laconiquement lâche : « Moi, dit le Juif, je suis juif. »

MAI

Madame et le mort, film de Louis Daquin d'après un roman de Simenon dont Marcel Aymé a fait l'adaptation.

NOVEMBRE

Parution de *La Vouivre* qui a emporté l'enthousiasme de Gaston Gallimard : « Je tiens à vous dire tout de suite mon plaisir et mon admiration. C'est une chose vraiment belle et forte. Une fusion si parfaite de réalisme et de mythologie est de grand style » (23 août). Le roman, souvent considéré comme l'un des meilleurs de Marcel Aymé, sera adapté au cinéma en 1989 par Georges Wilson, avec Suzanne Flon, Jean Carmet, Jacques Dufilho, Lambert Wilson.

1944

AVRIL

Publication chez Grasset de *Vogue la galère*, première œuvre d'Aymé publiée pour le théâtre après de nombreux échecs. C'est à Grasset qu'il confie ses pièces, dont certaines connaîtront un très grand succès. « Révolte à bord d'une galère. À la discipline succède l'anarchie, à l'ordre, la gabegie, la saoulerie, la folie de détruire… »

13 JUILLET

Comme Anouilh, Marcel Aymé répond à une enquête du journal *La Gerbe* sur la trahison des élites silencieuses devant les destructions du patrimoine artistique provoquées par le retour de la guerre sur le territoire français. Rappelant la fameuse retraite de Turenne dans le Palatinat pendant la guerre de Trente Ans, il repousse cette indignation mal venue : « Nous avons fourré notre patrimoine entre le marteau et l'enclume. Je ne vois pas à quoi rime de s'indigner contre le marteau ou contre l'enclume – après tout en 1812, les Russes ont mis eux-mêmes le feu à leur capitale, et rien ne démontre mieux qu'à la guerre il est normal et juste de tout foutre par terre. »

25 AOÛT

« À la libération, j'ai eu la chance qu'on ne me mette pas en prison et qu'on se contente de me maltraiter dans les journaux. »

DÉCEMBRE

La Patte du chat, album illustré par Nathalie Parain.

1945

19 JANVIER

Robert Brasillach est condamné à mort. Marcel Aymé met tout en œuvre pour obtenir la grâce du poète (59 signatures au total dont celle d'Albert Camus,

Jean Paulhan, Colette). Il se retrouve ainsi au côté de Jean Anouilh. Il sortira très meurtri de son échec, Brasillach étant fusillé le 6 février.

NOVEMBRE

« Samson », nouvelle publiée dans le quatrième *Cahier de la Table ronde*.

1946

Pour avoir vendu un scénario à Continental, Marcel Aymé fait l'objet d'un blâme transmis par la préfecture au motif d'«avoir favorisé les desseins de l'ennemi ».

MAI

Publication du *Chemin des écoliers* dans lequel Marcel Aymé oppose la vie

1946. À OUSSON-SUR-LOIRE (LOIRET).

réelle à l'irréalité de la guerre et des propagandes : « La France envahie, les discours d'Hitler, de Churchill, la guerre en Russie, ça existe mais la vie, la vraie, celle qu'on vit, c'est la bagarre avec la mégère, les coups de gueule, l'angoisse, la méfiance, les crachats du garçon […] voilà la vie. »
Sous l'Occupation, Pierre Michaud, employé honnête et patriote, découvre que l'un de ses fils distribue des tracts communistes tandis que l'autre fréquente les bars, entretient une maîtresse et gagne des millions au marché noir.

AUTOMNE

Le Problème, album illustré par Nathalie Parain.

Le Trou de la serrure, essai.
Belles vacances, film de
René Arcy-Hennery dont Marcel Aymé
a écrit les dialogues.

1947

AVRIL

Publication du *Vin de Paris*,
recueil de nouvelles qui comprend
« La Traversée de Paris ».

1948

AVRIL

Mis en scène par Douking,
Lucienne et le boucher tiendra l'affiche

plusieurs mois au Vieux-Colombier,
avec Valentine Tessier, Robert Arnoux
et Henri Cremieux.
Une femme de joaillier, belle et
plantureuse, prend pour amant un
boucher sentimental et révèle à son
mari son infortune. Elle le tue et tente
de mystifier la police.

MAI

Parution d'*Uranus*, description d'une
petite ville de province au temps de
l'épuration, qui met en relief les
lâchetés de chacun quelle que soit son
opinion. Le communiste honnête finit
par dénoncer à la police le collaborateur
condamné à mort qui se cache chez un

MARCEL AYMÉ ET VALENTINE TESSIER.

petit bourgeois indulgent et toujours maréchaliste. Le livre de Marcel Aymé sera adapté au cinéma en 1990 par Claude Berry, avec Michel Blanc, Gérard Depardieu, Gérard Desarthe, Michel Galabru, Danièle Lebrun, Fabrice Luchini, Jean-Pierre Marielle, Philippe Noiret, Daniel Prévost.

1949

23 FÉVRIER

Le livre *Nuremberg ou la Terre promise* (1948) de l'écrivain d'extrême droite judéophobe Maurice Bardèche faisant l'objet d'une saisie et d'une interdiction, et son auteur étant incarcéré à Fresnes, Marcel Aymé dénonce, après François Mauriac, dans *Carrefour* («La Lettre de cachet») cette atteinte à la liberté d'expression: «Du livre lui-même, je ne dirai rien, sinon que dans un pays libre il n'aurait donné lieu à aucune poursuite.»

PRINTEMPS

Aymé récidive dans sa critique du conformisme régnant avec *Le Confort intellectuel*: son héros, M. Lepage, n'est pas avare de critiques acerbes et de paroles ironiques… sur sa propre classe – la bourgeoisie – qu'il juge par trop encline à épouser, par romantisme, les modes intellectuelles et à adopter un vocabulaire déliquescent.
À l'invitation du magazine *Collier's*, il fait avec Marie-Antoinette un voyage aux États-Unis qui doit déboucher sur la publication d'un certain nombre d'articles qui ne paraîtront d'ailleurs jamais. Il semble que Marcel Aymé soit rentré déconfit de son voyage qui ne lui aurait pas permis de satisfaire sa quête de liberté. Certaines des nouvelles inspirées par ce voyage, sont très critiques envers les États-Unis.

Marcel Aymé refuse la légion d'honneur: «… Le Ministère de l'Éducation nationale me manifestait son désir de me décorer de la Légion d'honneur, et, vers la même époque, M. le Président de la République croyait devoir m'inviter à l'Élysée. Par respect pour l'État et pour la République, il me fallut refuser ces flatteuses distinctions qui seraient allées à un traître ayant "favorisé les desseins de l'ennemi" [allusion au blâme reçu à la Libération]. Je regrette, à présent, de n'avoir pas motivé mon refus et dénoncé publiquement à grands cris de putois l'inconséquence de ces très hauts personnages dont la main gauche ignore les coups portés par la main droite. Si c'était à refaire, je les mettrais en garde contre l'extrême légèreté avec laquelle ils se jettent à la tête d'un mauvais Français comme moi et pendant que j'y serais, une bonne fois, pour n'avoir plus à y revenir, pour ne plus me trouver dans le cas d'avoir à refuser d'aussi désirables faveurs, ce qui me cause nécessairement une grande peine, je les prierais qu'ils voulussent bien, leur légion d'honneur, se la carrer dans le train, comme aussi leurs plaisirs élyséens» (*Le Crapouillot*, 1950).

1950 | *Aymé et sa petite-fille Françoise.*

14 JANVIER

Publication de la nouvelle « Un poète nommé Martin » dans *Le Figaro*.

25 JANVIER

Marcel perd son frère, le général Georges Aymé (né en 1889), qui ne s'est jamais remis de sa captivité aux mains des Japonais en Indochine. Maltraité, il avait été contraint d'assister aux tortures et à l'exécution de son beau-fils Michel.

FÉVRIER

Dans le « Dictionnaire des contemporains » du *Crapouillot*, Charles Blanchard écrit au sujet d'Aymé : « Marcel Aymé n'a pas une très haute idée de l'homme. Dans son univers, seuls les enfants, les animaux et quelques privilégiés (presque tous des faibles et des vaincus) sont immaculés. Les autres sont marqués du péché originel. Mais Marcel Aymé leur laisse toujours une chance de salut et il s'arrange pour qu'ils la prennent. Il n'y a pas d'Enfer au bout de leur route et même l'huissier le plus sordide et le plus antipathique d'un des contes du *Passe-Muraille* est sauvé parce qu'un jour il a laissé échapper le cri rédempteur de "À bas les propriétaires!" En somme son Paradis est pavé de mauvaises intentions.»

MARS

Clérambard est montée à la Comédie des Champs-Élysées. Cette comédie, qui met en scène un tyran domestique, admirablement interprétée par de grands acteurs, en premier lieu Mona Goya et Jacques Dumesnil, restera plusieurs mois à l'affiche. En 1969, le metteur en scène Yves Robert portera la pièce à l'écran.

AVEC JACQUES DUMESNIL ET HUGUETTE DUFLOS LORS D'UNE RÉPÉTITION DE CLÉRAMBARD. MARCEL AYMÉ PORTE LE DEUIL DE SON FRÈRE GEORGES.

Avant *La Lettre aux Directeurs de la Résistance* de Jean Paulhan, Marcel Aymé donne un article au *Crapouillot* intitulé « L'épuration et le délit d'opinion », dans lequel il reprend le thème de la « légalité de Vichy » et celui de l'arbitraire de la justice : « On créa donc une loi réprimant le délit d'opinion, mais une loi à *effet rétroactif…* »

Il dénonce l'action du Comité national des Écrivains dirigé par Aragon et s'en prend à la figure du général de Gaulle qui « avait réussi non pas à vaincre l'Allemagne puisqu'il n'avait en cette affaire compté que pour mémoire mais à vaincre la France » c'est-à-dire instaurer son pouvoir à la Libération.

NOVEMBRE

Publication chez Gallimard du recueil de nouvelles *En arrière*, le dernier à paraître de son vivant.

1951

15 JANVIER

La nouvelle « La Fille du shérif » paraît dans *La Gazette des lettres*.

8-11 MARS

Marcel Aymé rend visite à Louis-Ferdinand Céline dans son exil danois. Il s'affirme comme l'un des amis les plus fidèles de l'ermite de Klarskovgaard, lançant un appel en sa faveur en avril 1953 avec le professeur Henri Mondor, Jean Dubuffet, Paul Marteau.

Garou-Garou, le Passe-Muraille, film de Jean Boyer interprété par Bourvil et Joan Greenwood, sort en salle.

Sortie de *La Belle Image*, film de Claude Heymann, avec Françoise Christophe, Robert Dalban et Frank Villard.

21 DÉCEMBRE

LOUIS-FERDINAND CÉLINE ET MARCEL AYMÉ À GROSROUVRE, PROPRIÉTÉ DE MARCEL AYMÉ, EN 1954.

«Un Crime» paraît dans *Aspects de la France.*

1952 | 1954

1952

FÉVRIER

Sortie de *La Table-aux-Crevés*, film d'Henri Verneuil, avec Fernandel et Maria Mauban.

AVRIL

La Tête des autres (qui devait s'appeler initialement *Aux marches du palais*) remporte un succès considérable à L'Atelier. En Poldavie, un magistrat qui vient d'obtenir la tête d'un accusé se trouve contraint de choisir entre la vérité et la justice ou la réputation d'une honnête femme, sa maîtresse et épouse d'un autre magistrat. Toute la critique se déchaîne pour ou contre cette pièce qui tourne en ridicule les magistrats. Il est même question d'interdire la pièce. Aymé, qui a 50 ans, est alors au sommet de sa gloire.

15 OCTOBRE

«Héloïse», une nouvelle, est publiée dans *Carrefour*. Elle sera adaptée pour la télévision par Pierre Tchernia, avec Michel Serrault.

1953

JANVIER

Début de la collaboration de Marcel Aymé à *La Parisienne*, revue dirigée par Jacques Laurent et André Parinaud.

1954

FÉVRIER

«Un coureur à pied du nom de Martin» est publiée dans *La Parisienne*. Publication des *Quatre Vérités* qui, monté à L'Avant-Scène, sera un demi-échec. «Le mensonge est une activité normale de l'esprit et pourvu qu'il reste décent et s'accompagne de certaines précautions de formes, la plupart des êtres humains s'en accommodent comme d'une nécessité élémentaire de la vie en commun». En août, Marcel Aymé mettra fin à sa collaboration à *La Parisienne* avec la publication de la fin de sa biographie imaginaire d'Antoine Blondin.

DÉCEMBRE

Sortie de *Papa, maman, ma femme et moi*, premier d'une série de films de Jean-Paul Le Chanois, avec Robert Lamoureux (et Louis de Funès) sur des textes de Pierre Véry et Marcel Aymé. La pièce d'Arthur Miller *Les Sorcières de Salem*, adaptée par Marcel Aymé, est donnée au théâtre Sarah-Bernhardt avec Yves Montand et Simone Signoret dans les rôles principaux. Consulté sur le choix d'un adaptateur de sa pièce, Arthur Miller aurait répondu: Jean-Paul Sartre ou Marcel Aymé. L'adaptation cinématographique de la pièce, réalisée par Sartre, sortira en 1957.

En cette année 1954, il publie «Le Lynx» et «Le Serpent fouisseur» dans un volume collectif réunissant des textes illustrés en couleur par Walt Disney.

1954. À GROSROUVRE. MARCEL AYMÉ APPRÉCIAIT PARTICULIÈREMENT LE PING-PONG.

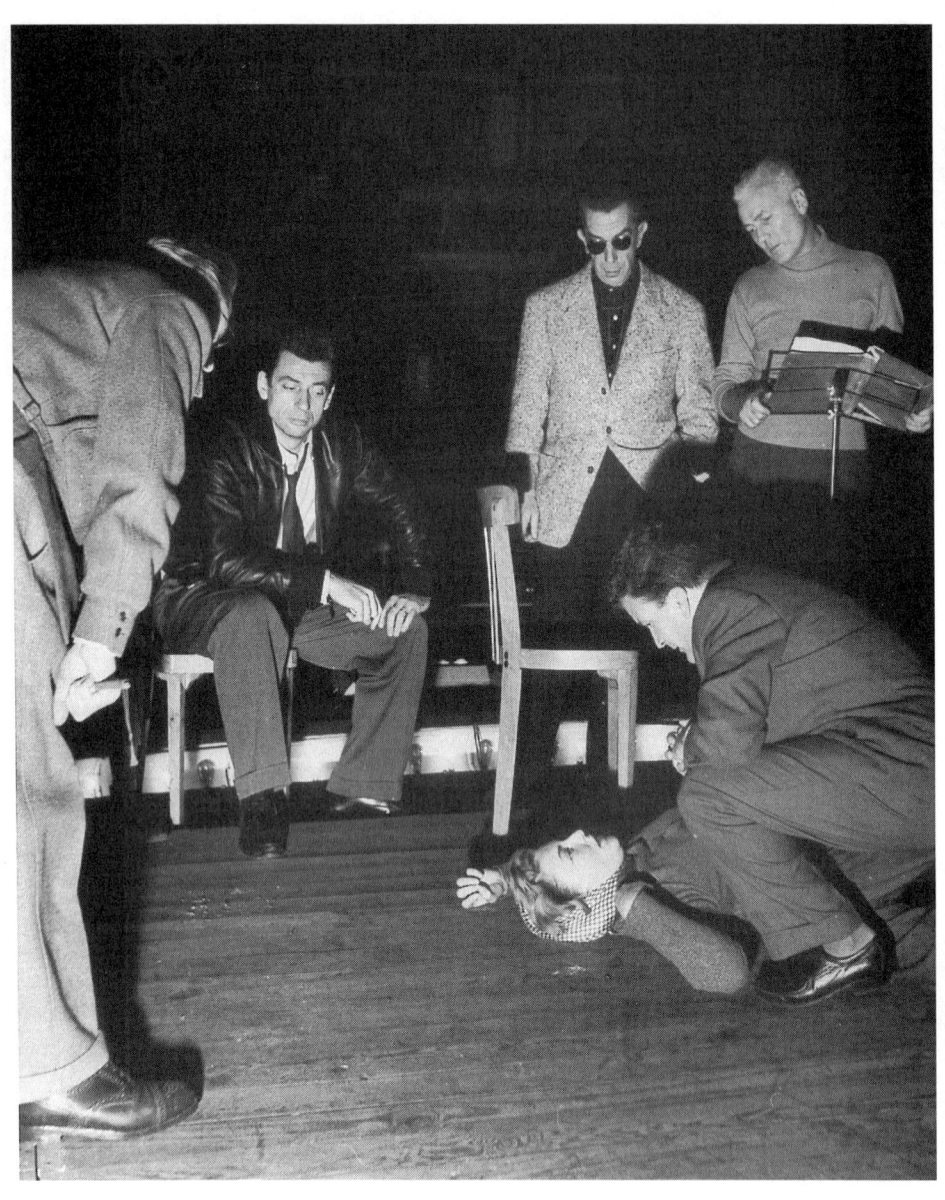

*1954. Répétition des Sorcières de Salem,
avec Yves Montant, Nicole Courcelle et Pierre Mondy.*

La troupe des Oiseaux de lune *en décembre 1955.*

Marcel Aymé, novembre 1955.

1956

Les Oiseaux de lune remporte un beau
succès (elle est jouée plus de 300 fois)
au Théâtre de L'Atelier grâce au jeu de
Jacques Duby qui sait traduire sur scène
le merveilleux qu'a introduit Aymé.
*« Dans une boîte à bachot, le surveillant
général acquiert le pouvoir de changer les
gens en oiseaux. Il en use d'abord avec
économie... Le pire n'est pas qu'il y prenne
goût, mais qu'il prétende ainsi donner le
bonheur à ses victimes. Ces oiseaux-là sont
d'autant plus heureux qu'ils ne pensent
plus. C'est généralement ce que disent les
hommes disposant d'un pouvoir absolu. »*

JUIN

Paris que j'aime, ouvrage collectif
présenté par Marcel Aymé.

OCTOBRE

Sortie du film de Claude Autant-Lara,
adaptation de *La Traversée de Paris*,
avec Bourvil et Jean Gabin. Le film met
en relief la férocité du roman. Dans un
premier temps, Aymé avait tenté de
récuser Bourvil; il revint sur son opinion,
le film rencontrant un immense succès.

1957

OCTOBRE

Publication d'un essai, *Images de
l'amour*, illustré de lithographies

originales de Vertès, qui aura peu
de retentissement.

NOVEMBRE

Publication de *La Mouche bleue*, monté à
La Comédie des Champs-Élysées, qui
au mieux déçoit la critique quand cette
satire des mœurs et de la vie
américaine ne l'exaspère pas.
« Ma pièce n'est pas du tout anti-
américaine, elle dépeint une Amérique
"d'impressions" avec tous les dangers
que cela comporte pour moi »
(*France-Soir*, 8 octobre 1957).
Clérambard triomphe à Broadway, avec
Claude Dauphin dans le rôle titre.

1958

11 MARS

Création au théâtre Antoine de *Vu du
pont* d'Arthur Miller, adapté par Aymé.

Derniers contes du Chat perché.
*« Ces contes ont été écrits pour les enfants
âgés de quatre à soixante-quinze ans. Il va
sans dire que par cet avis, je ne songe pas à
décourager les lecteurs qui se flatteraient
d'avoir un peu de plomb dans la tête. Au
contraire, tout le monde est invité. [...] Un
critique distingué a déjà fait observer, avec
merveilleusement d'esprit, que si les
animaux parlaient, ils ne feraient pas du
tout comme ils le font dans Les Contes du
Chat perché. Il avait bien raison. Rien
n'interdit de croire en effet que si les bêtes
parlaient, elles parleraient de politique ou
de l'avenir des îles Aléoutiennes. Peut-être*

même qu'elles feraient de la critique littéraire avec distinction. Je ne peux rien opposer à de semblables hypothèses…»

1959

AOÛT

Sortie du film *Le Chemin des écoliers*, de Michel Boisrond, avec Françoise Arnoul, Bourvil, Lino Ventura, Alain Delon et Jean-Claude Brialy.

OCTOBRE

La presse s'en prend à *Patron* qui vient d'être monté au théâtre Sarah-Bernhardt. Aymé s'est attaqué pour la première fois au genre de la comédie musicale. La musique est de Guy Béart, les décors de Bernard Buffet. Zizi Jeanmaire et Philippe Lemaire

L'ÉQUIPE DE PATRON : MARCEL AYMÉ, GUY BÉART, ROLAND PETIT, ZIZI JEANMAIRE ET BERNARD BUFFET.

en sont les principaux acteurs, Roland Petit assurant la mise en scène avec Claude Régy, et la chorégraphie. Une jolie femme, chef d'un service du ministère des Finances qui exécute cambriolages et hold-up, rencontre un célèbre cambrioleur à son compte. *« Leurs séductions respectives et la parenté de leur métier les inclinent à de tendres sentiments. Il reste à savoir lequel des deux entraînera l'autre dans sa bande et si le bien – le bien de l'État – l'emportera sur le mal. »*

La Jument verte, film de Claude Autant-Lara, avec Bourvil, Francis Blanche, Yves Robert et Valérie Lagrange, remporte un beau succès. *La Tête des autres* est repris à L'Atelier, avec un quatrième acte totalement remanié.

1960

AUTOMNE

Publication des *Tiroirs de l'inconnu*. Un inconnu a gravé le récit de ses déboires sur le fond des tiroirs de son bureau. Parution du livre de Pol Vandromme *Marcel Aymé*, dans « La Bibliothèque idéale » chez Gallimard. Aymé y donne un texte autobiographique intitulé *Les Jours* qu'il conclut ainsi: *« La seule littérature qui compte aujourd'hui en France, celle qui contribue avec les classiques encore imposés à l'école à former les esprits, est* Tintin, *le reste n'étant d'importance que dans la mesure où il est utilisable pour le cinéma, la presse, la radio, la télévision, les magazines. De tels changements nous font vieillir plus vite que le calendrier. »*

1961

NOVEMBRE

Publication de *Louisiane* qui, monté au Théâtre de la Renaissance, se solde par un échec total, ayant déclenché l'hostilité quasi unanime de la critique. Pourtant peu de spectateurs sont restés indifférent à ce plaidoyer en faveur de la tolérance: *« Louisiane se dispute donc actuellement sur un stade surchauffé, qu'illumine la beauté de Marpessa Dawn. Le combat continue dans les vestiaires et les spectateurs méditent furtivement, à la sortie, pour savoir s'ils ont vraiment abjuré le racisme »* (*Candide*, 5 octobre 1961).

Les Maxibules, écrit en quelques jours en réaction à l'échec de *Louisiane*, sorte de canular qui tourne en dérision les grandes réflexions de l'époque sur l'absurde, est monté au Bouffes-Parisiens et tient l'affiche pendant plusieurs mois. Jacques Dufilho s'y distingue par un jeu qui laisse le spectateur en haleine.

1962

23 AOÛT

Les Nouvelles littéraires publient la nouvelle « Le Couple ».

11 NOVEMBRE

Son portrait de Roger Nimier paraît dans le *Bulletin de la NRF* en réponse aux attaques posthumes dont celui-ci avait été victime dans *L'Express*.

1963

Consommation est joué au Théâtre de l'Œuvre : un impromptu qui est donné à la même séance que *Le Mysanthrope*. Tandis qu'il retirait son nom du *Placard*, pièce de Kopit, *Le Minotaure* est adapté avec succès grâce notamment à la grande interprétation de Jean Le Poulain.

1964

5 DÉCEMBRE

« Mauriac sous de Gaulle » est publié dans *Combat*. Dans cet article sur le livre de Jacques Laurent, Marcel Aymé s'en prend au Général auquel il reproche d'avoir laissé fusiller Brasillach.

1965

FÉVRIER

Aymé rend un « Hommage à Brasillach » dans *Cahiers des amis de Robert Brasillach*.

1966

OCTOBRE

La Convention Belzébir est montée à l'Athénée et, malgré une brillante

DESSIN DE BEN POUR LES NOUVELLES LITTÉRAIRES, *SEPTEMBRE 1956.*

distribution, ne réussit pas à toucher le public. (Contre l'achat d'une vignette, l'administration d'un État imaginaire délivre un permis de chasse à l'homme.) Sortie de *La Bourse et la Vie*, film de Jean-Pierre Mocky avec des dialogues de Marcel Aymé.

1967

14 OCTOBRE

Marcel Aymé meurt d'un cancer du pancréas.

Pierre-Henri Simon, de l'Académie française, écrit dans *Le Monde* (17 octobre 1967) : «Ainsi devait-il se frayer entre le réalisme et le fantastique un chemin qui était bien à lui. Mais il y avait davantage : la haine de la sottise, surtout de celle qui se pare et prétend, un parti pris contre tout ce qui offense le naturel des sentiments et des idées, une colère enfin qui ne naissait pas seulement du spectacle de la comédie humaine mais peut-être d'une tristesse métaphysique enveloppée de gaîté grinçante.»

Le Figaro littéraire publie son dernier article, sur la jeunesse. «*Je me flatte d'avoir fait une découverte considérable, à savoir que la jeunesse d'aujourd'hui, adolescents compris, est à peu près ce qu'elle était il y a cinquante ans. Je sais ce qu'on va m'objecter : mais l'inquiétude de la jeunesse ? […] Mon pauvre monsieur, ajoutera-t-on, il y a ensemble de phénomènes sociaux qui conditionne à présent l'enfance, l'adolescence et l'âge mûr et qui paraît vous échapper complètement. Votre curiosité n'a même pas l'air d'avoir été mise en éveil par l'extraordinaire liberté dont jouissent à présent les adolescents. Et moi de m'esclaffer. Je sais qu'en effet des fils de famille de moins de seize ans commettent le péché de chair et que des filles de banquiers sortent le soir sans leurs gouvernantes pour se soûler et forniquer avec des garçons qui sentent mauvais. On a beaucoup écrit là-dessus. Mais cette liberté nouvellement conquise n'est une révélation que pour une infime partie des adolescents et des parents. Inconnue des garçons de la bourgeoisie aisée, elle était depuis toujours, dans le monde ouvrier, le privilège des adolescents des deux sexes. À des garçons et des filles de quinze ans qui gagnaient leur vie en travaillant, les parents n'allaient pas interdire de disposer de leurs loisirs à leur convenance. Quant aux paysans, la liberté ne posait pas de question, car elle était acquise dès le jeune âge.*»

Parution de *Enjambées*, recueil de 8 nouvelles – Marcel Aymé avait pu en corriger les épreuves.

TABLE DES
ILLUSTRATIONS

FRONTISPICE

Marcel Aymé dans son jardin de Grosrouvre, novembre 1954.
Photo © Izis. 7

ILLUSTRATION DES CONTES

Nathan Altman : 373, 375, 377, 378, 379, 382, 385, 387, 390, 393, 396, 398,
402, 403, 406, 408, 409, 412, 413, 415, 418, 420, 422, 424, 426, 429, 430, 432,
434, 436, 438, 441, 443, 448, 449, 451, 452, 459, 463, 466, 468, 470.

Madeleine Parry : 478, 480, 486, 508, 511, 517.

Nathalie Parain : 524, 529, 532, 536, 540, 542, 668, 673, 677, 687, 689, 692,
698, 703, 711, 716, 721, 724, 731, 734, 739, 904, 906, 908, 917, 929, 933, 939.

VIE ET ŒUVRE

Marcel Aymé au Théâtre de l'Atelier, octobre 1955.
Photo © Millet. 1307

Faustin Aymé (1859-1947).
© Photo coll. particulière. 1309

Emma et ses enfants.
© Photo coll. particulière. 1310

Marcel Aymé avec ses frères et sœurs.
© Photo coll. particulière. 1311

La maison de tante Léa à Dole, 1934.
© Photo coll. particulière. 1313

TABLE
ALPHABÉTIQUE

TABLE
DES MATIÈRES

DANS LA MÊME COLLECTION

la société féodale» • «Que sait-on de l'amour en France au XII° siècle?» • «À propos de l'amour que l'on dit courtois» • «Le Roman de la rose» • Des sociétés médiévales
Introduction par Jacques Dalarun

Alexandre Dumas
• La San Felice
1996, 1736 p.
• Les Mohicans de Paris
1998, 2 vol., 2856 p., 72 doc.
• Olympe de Clèves
2000, 924 p.
Éditions de Claude Schopp
Dictionnaires des personnages

Georges Dumézil
Mythe et épopée I, II, III
1995, 1484 p.
Édition intégrale en un volume
Préface de Joël H. Grisward

Marguerite Duras
Romans, cinéma, théâtre, un parcours, 1943-1993
1997, 1764 p., 200 doc.
La Vie tranquille • Un barrage contre le Pacifique • Le Boa • Madame Dodin • Les Chantiers • Le Square • Hiroshima mon amour • Dix heures et demie du soir en été • Le Ravissement de Lol V. Stein • Le Vice-Consul • Les Eaux et Forêts • La Musica • Des journées entières dans les arbres • India Song • Le Navire Night • Césarée • Les Mains négatives • La Douleur • L'Amant de la Chine du Nord

Michel Foucault
• Dits et écrits I, 1954-1975, 2001, 1708 p.
• Dits et écrits II, 1976-1988, 2001, 1736 p.

Éditions établies sous la direction de Daniel Defert et François Ewald

Witold Gombrowicz
Moi et mon double
1996, 1400 p., 187 doc.
Souvenirs de Pologne (extraits) • Bakakaï • Ferdydurke • Les Envoûtés • Trans-Atlantique • Cosmos

Ernest Hemingway
Nouvelles complètes, 1999, 1232 p., 36 doc.
Toutes les nouvelles organisées selon la volonté d'Hemingway
Choix de lettres, Vie et œuvre, filmographie

Victor Hugo
Choses vues
2002, 1428 p., 44 doc.
Souvenirs, journaux, cahiers, 1830-1885
Texte établi par Hubert Juin révisé
Vie et œuvre illustré

Inventaire Voltaire
1995, 1484 p., 84 doc.
Dictionnaire dirigé par Jean M. Goulemot, André Magnan, Didier Masseau
1368 articles originaux classés de A à Z, avec de nombreuses citations

Journal de la France et des Français
Chronologie politique, culturelle et religieuse de Clovis à 2000
2001, 2 vol. sous coffret, 3472 p.
1 volume Journal rédigé, 2408 p.
1 volume Index raisonné, 1064 p.

Ernst Kantorowicz
Œuvres. Frédéric II. Les Deux Corps du Roi
2000, 1372 p., 95 doc.

Achevé d'imprimer
par Maury-Eurolivres
45300 Manchecourt
le 30 septembre 2002.
Dépôt légal : septembre 2002
1er Dépôt légal : mars 2002
Numéro d'imprimeur: 97257
ISBN 2-07-076373-0/Imprimé en France.

120381